史料与阐释：王鲁彦

复旦大学出版社

卷头语

王鲁彦是现代中国文坛重要的创作者、翻译家以及世界语学者之一。本期“专辑”部分推出张朕编纂的“王鲁彦研究资料”，包含新编年谱、资料汇编、书信辑录和资料目录。这一工作基于对原始材料的重新查考，不仅对作家的创作发表情况有系统清理，同时更为全面地呈现了王鲁彦的生平、交游等方面的情况。在年谱所提供的清晰脉络之余，资料汇编的全面整理，也将有益于补充、修正学界现有成果，推进我们对王鲁彦的生平与创作状况的进一步了解。

本期“文献”栏目继续发表晓风女士辑校的《胡风日记》（1976.12—1985.6.8）以及许俊雅教授的相关考证论文。至此，《胡风日记》已经全部刊载完成。在这里，我们再次感谢晓风女士的辛勤工作以及对本刊的信任，也深信这批资料的面世，将为我们理解胡风和他所身处的整个二十世纪中国提供丰富的启示。本刊也将继续征集、刊布“七月派”和“胡风集团”的相关文献，为进一步的研究夯实基础。此外，本栏目还包括徐强与田丰二位学者发掘的关于徐悲鸿和茅盾的相关文献，以及李兰译叶君健英文佚文一篇，敬请关注。

本期“年谱”栏目推出戚慧的《石民年谱简编（1903—1941）》和李丽的《穆儒丐著述年表》，这两位作家所受的关注较少，期望这两份年谱能够为后续的研究提供新的起点。“论述”栏目聚焦阿垅和无名氏，刊发朱文久介绍新见阿垅长篇《摸索》相关情况的文章及唐睿、金宰旭对无名氏的思想特质和译介情况的阐释。“目录”栏目刊发励依妍整理的重庆《正气日报·新地》总目，这份刊物目前已较为稀见，可供学界参考。

在本期编辑期间，我们惊悉邵绡红女士于 5 月 29 日不幸仙逝，在上一期“邵洵美英文佚文”的编辑过程中，邵女士不辞辛劳，为我们提供了大量文献材料与背景信息方面的帮助。斯人已逝，我们愿借此机会，表达我们的哀思与怀念。

目　录

【专辑·王鲁彦研究资料】

专辑导言　张　朕(002)
王鲁彦年谱(1902—1944)　张　朕　撰(004)
新见王鲁彦研究资料汇编　张　朕　辑录(124)
王鲁彦书信辑录　张　朕　辑录(169)
王鲁彦研究资料目录初编　张　朕　编(172)

【文献】

胡风日记(1976.12—1985.6.8)　晓　风　辑校(182)
《胡风日记》(1937.10.1—1938.9.28)阅读札记　许俊雅(301)
《舒新城日记》载徐悲鸿史事选汇简注　徐　强　整理编注(387)
新发现茅盾在抗战时期的三封佚信辑注及释读　田　丰(405)
叶君健佚文《中国新文学二十年》译文、英文原文及译者附识
叶君健著　李兰译(409)

【年谱】

石民年谱简编(1903—1941)　戚　慧(426)
穆儒丐著述年表　李　丽(449)

【论述】

“左派”青年的“摸索”：新发现的阿垅早期长篇小说《摸索》　朱文久(488)
无名氏早期作品的世界主义精神　唐　睿(496)
韩中文学翻译史上的一个独特现象：无名氏早期作品韩译本初探
[韩国] 金宰旭(501)

【目录】

重庆《正气日报·新地》总目录(1945 年 7 月—1945 年 11 月)　励依妍　辑(512)

专辑 · 王鲁彦研究资料

张　朕

专辑导言

王鲁彦是20世纪20年代涌现出的乡土小说家之一,是"浙派"乡土文学的代表性作家之一。他曾多次向鲁迅请益,鲁迅在编选《中国新文学大系·小说二集》时也曾选入其作品,并在导言中予以评介。长期以来,王鲁彦研究的材料主要基于曾华鹏、蒋明玳两先生编选的《王鲁彦研究资料》(江西人民出版社1984年版,知识产权出版社2010年版),此后关于王氏新材料,学界未见重大发现;目前仅有的一部周春英撰写的《王鲁彦评传》(中国社会科学出版社2011年版)所提供的新材料有限,而且此评传误漏连连,实在有必要加以匡正补苴。

基于此,笔者在查阅大量民国旧报旧刊的基础上编成《王鲁彦年谱》,以补作家年谱之缺漏,年谱中关于作家生平、交游、作品等信息均一一考证,缺者补之,讹者正之,疑者存之。在年谱的基础上整合各种材料,分类排列,又形成几种有关王鲁彦的研究资料,一并说明如下:

《新见王鲁彦研究资料汇编》:此中系列文章收录新见时人回忆或评论王鲁彦的材料,以时间先后为序排列;其中曾华鹏、蒋明玳编《王鲁彦研究资料》及周春英著《王鲁彦评传》中所著录者悉不重复收录,散见于各家文集或者公开出版的作品选内的相关文章暂且也不收录。内中所收材料悉由民国旧报旧刊中辑得,涉及鲁彦作品、交游、生活等方方面面,这些资料对进一步研究王鲁彦有一定的参照作用。

《王鲁彦书信辑录》:王鲁彦书信未曾得到细致整理,《王鲁彦文集》(人民文学出版社2009年版)只收入《紫竹林小札》和《致汪馥泉书信两封》,共计书信六通。但散落于他人回忆文章和各种报刊栏目的书信,文集编者尚未措意予以辑录。鉴于此,有必要对王鲁彦往还书信作一番清理。此中书信大都从时人回忆文章以及旧报旧刊中辑出,计:章洪熙(一通)、茅盾(一通)、王西彦(八通)。其中章洪熙、王西彦等有关鲁彦的回忆文章已经收录在《王鲁彦研究资料》中。此中辑录的书信题目均为笔者所加,对其写作时间略加说明。至此,可稍稍知晓王鲁彦往来书信的基本面貌。

《王鲁彦研究资料目录初编》:此份研究资料编目分论文与论著两种,时间范围为1913至2017年。文献择要而录,顺序按出版时间先后排列,旨在对王鲁彦的研究历史作一初步回顾与小结。

年谱编撰起意于张均师之"西方文化与中国现当代文学"研究生课程(2018学年),课程末次,张均师专辟一堂讲授中国现当代文学研究方法,其中特意提及年谱、传记之编撰、写作与中国现当代文学研究之意义,亦勉诸生课余一试。受此启发,笔者整理旧稿,先后完成彭家煌、王鲁彦年谱之编撰,此处刊出为王鲁彦氏系列材料。资料收集先后承四川大学周鑫薇、中山大学林丽锜襄助,杨梦琳师姐在甬工作,也不辞苦辛,代为查阅相关资料,盛情雅意,铭感于心。年谱初稿完成后曾向林岗、张均两位老师请益,后又得黄修己先生教示年谱之作法,受益良多。在此一并向各位师友表示谢意。

张　朕　撰

王鲁彦年谱(1902—1944)

年谱体例

一、年谱旨在钩沉王鲁彦一生行迹,一般只对历史事实进行描述,不作评论。

二、凡引用材料,一律注明出处,以俟检核。民国时代的旧报旧刊因字迹模糊,一时无法辨认者,悉以□示之。繁体改为简体,异体改为正体。

三、作品凡是可以考知年代、出处的,悉加列出,不可考者暂且存疑。作品中有能够说明作家生活、思想、行止者,视情形予以录用。

四、因王鲁彦译文集尚未整理,散落于报刊中的各种译者附记也未收入《王鲁彦文集》,故而本谱从原刊中辑入这批译者附记,以备参考。

五、作品排列顺序以写作时间为序,无写作时间的以发表时间为序。一年之中,月份不可考者,系于是年之末;凡推定为某一时期之事迹,则系于相应年份下。

六、因谱末附有王鲁彦著译系年及相关研究资料,故而正文中凡是引用文献,除第一次注明出处外,后只列出作者、篇名。

年谱正文

1902 年(光绪二十八年)　一岁

1 月 9 日①(光绪二十七年十一月三十日),王鲁彦出生于浙江省镇海县大碶头王

---

① 王鲁彦的出生年月最先由其夫人覃英明确提出。1979 年 10 月 20 日,刘增人、陈子善二位先生访问了任职于上海师范学院的覃英,访问的记录后经整理刊于《新文学史料》(1980 年第 2 期),题为《鲁彦夫人覃英同志访问记》。在《访问记》中,覃英说鲁彦于"一九〇一年阴历十一月三十日"出生,将阴历折算为阳历,即 1902 年 1 月 9 日。此前,在各种有关鲁彦的文章、文集、论著、辞典中,对其生平常常有"一九〇一年说"和"一九〇二年说",马蹄疾就率先注意到《鲁迅全集》(人民文学出版社 1981 年版)中有关王鲁彦的注释条目,编者对不同卷次的鲁彦生年未加统一,出现了前后矛盾的现象。在参考《访问记》后,马蹄疾将覃英所说的阴历折核为阳历,也正式推算为 1902 年 1 月 9 日(参马蹄疾:《王鲁彦生年辨讹》,《社会科学辑刊》,1984 年第 5 期)。

然而马蹄疾的意见似乎并未广行,后续有关鲁彦的年表和研究资料大都取用阴历,即"一九〇一年"说,这包括曾华鹏、蒋明玳编《王鲁彦生平和文学活动年表》(收入《王鲁彦研究资料》)、周春英《王鲁彦评传》。于是,这就出现了一种非常奇怪的现象:众多书籍唯独在介绍鲁彦生年时使用阴历,此后的纪年则一律使用阳历,前后纪年方式并不统一,显得颇有些不类。甚至,《王鲁彦评传》的作者已经认识到马蹄疾关于鲁彦生年辨证的重要性,并声称采用马蹄疾的说法,但在《评传》的撰写中仍然对鲁彦生年取用阴历,卒年取用阳历,罔顾纪年的前后统一,实在令人不解。

实际上,马蹄疾早年关于鲁彦生年的辨证仍然十分重要。马蹄疾较早指出《鲁迅全集》(人民文学出版社 1981 年版,16 卷本)注释条目中,第 6 卷、第 8 卷、第 15 卷,鲁彦的生年存在不统一的情形。可惜的是,这一意见(转下页)

隘村。

“他家大院子里共住有五户人家，都是姓王，共有一个不远的老祖宗，院子朝东里面一个小院子就是他的家。靠北窗外，排列着七八口特大的水缸，是接天水吃的。进家门是一条小弄堂，左边是楼梯，右边是前后两间住房，弄堂一头靠厨房的地方摆张方桌，在这里吃饭。住房南北开窗，光线明亮，上有楼房。小小的后院是厨房和两间杂屋。和他家住房一板之隔的是公用堂屋，分前堂后堂；前堂是作祭奠用的，后堂是放谷仓用的，堂屋两侧，一边住的是一个孤孀，另一边住的是一个中年妇女和她的约六岁女儿。”①

祖父王荣裕为一名中医，家中藏有大量医书，后来散佚。父亲王宗海“从小当商店学徒，以后便在宁波、扬州等地的商号里做店员”②，也常常在“上海、汉口等大城市的小工厂里当账房”③，一年之中经常奔波在外，只在年末回家过年团聚。父亲常年在外，备尝人间苦辛，一直到七十岁为止。“父亲向来是出远门的。他每年只回家一次，每次约在家里住一个月，时期多在年底年初。每次回来总带了许多东西：肥皂、蜡烛、洋火、布匹、花生、豆油、粉干……都够一年的吃用。此外还有专门给我的帽子、衣料、玩具、纸笔、书籍……”④

父亲态度温和，对鲁彦十分关怀，经常给他讲述自己奔波在外的经历，寓诚实、忠厚、勇敢等训导于故事之中，这对鲁彦性格的养成具有重要作用。“父亲从来不对我说半句埋怨话，他有着洪亮而温和的音调。他的态度是庄重的。但脸上没有威严却是和气。他每餐都喝一定分量的酒，他的皮肤的血色本来很好，喝了一点酒，脸上就显出一种可亲的红光。他爱讲故事给我听，尤其是喝酒的时候，常常因此把一顿饭延长一二个钟头。他所讲的多是他亲身的阅历，没有一个故事里不含着诚实，忠厚，勇敢，耐劳。他学过拳术，偶然也打拳给我看，但他接着就讲打拳的故事给我听：学会了这一套不可露锋芒，只能在万不得已时用来保护自己。父亲虽然不是医生，但因为祖父是业医的，遗有许多医书，他一生就专门研究医学。他抄了许多方子，配了许多药，赠送人家，常常叫我帮他的忙。因此我们的墙上贴满了方子，衣柜里和抽屉里满是大大小小的药瓶。”⑤

（接上页）似乎并未引起《鲁迅全集》编者的注意。在现今通行的《鲁迅全集》（人民文学出版社2005年版，18卷本）中仍然存在这样的情形。在《鲁迅全集》（2005年）第6卷《且介亭杂文二集·〈中国新文学大系〉小说二集序》文末注释58、《鲁迅全集》第8卷《集外集拾遗补编·〈敏捷的译者〉附记》文末注释3，对鲁彦生卒的介绍是“王鲁彦（1901—1944）”；但在《鲁迅全集》第17卷《日记（人物书刊注释）》中，则为“王鲁彦（1902—1944）”，前后仍不统一。

本谱纪年，为使前后统一，一律采用阳历。

又，周春英《王鲁彦评传》虽为首部关于王鲁彦的传记，但作者未能广搜细访民国时期有关王鲁彦的各种材料，所以《评传》中难以见到原始文献，为一大疏漏；再者，《评传》所引材料甚为粗糙，其中所涉及引文，一经核对，纰缪百出，作者对引用文献不加核查校对，妄自增删改动，以至通篇几乎无正确引文。作者虽曾探访王鲁彦的后人亲属，亦有一些寻访材料，但未能好好利用，加之作者所撰评传取材甚疏，其准确性亦颇令人生疑。鉴于此，本谱对于《评传》内容甚少使用。

① 得先：《青少年时期的鲁彦》，《新文学史料》2010年第3期。

② 覃英：《鲁彦生平和创作简述》，收入覃英编《鲁彦（中国现代作家选集）》，人民文学出版社、三联书店（香港）有限公司联合编辑出版，1992年版，第253页。

③ 得先：《青少年时期的鲁彦》。

④ 鲁彦：《旅人的心》，沈斯亨编《鲁彦散文选集》，百花文艺出版社1982年版，第177页。

⑤ 同上，第178页。

母亲据说姓林[①]，是一个能干要强的女人，“为了儿子的逃婚和不肯在洋行里学徒弟，以为这是丢掉她面子不替她争气的事，不知流过多少眼泪”。曾经因为亲房中的一家做生意发财，另造新屋，过着比自己家庭更为优裕的生活，母亲“要强的心理感到非常不舒服”[②]。

母亲对鲁彦自幼的教育很用心，要求严格。“鲁彦的母亲对他的教育很严——按照她的理想，体面地做上等人，有钱有势，和他父亲的安于平凡、与人无争、知足不辱的人生态度大不相同。当时鲁彦的故乡有一种叫做‘惰民’的人，在社会上的地位是卑贱的。凡人家有吊喜丧事，他们便去帮忙，男人们吹唢呐、拉二胡、弹琵琶，奏起好听欢乐或悲哀的音乐来。鲁彦酷爱音乐。而母亲则认为这是下贱人搞的玩艺儿，严格禁止他玩弄乐器。可他还是偷偷地学，偷偷地自己做胡琴。可是被他母亲发现了，胡琴被烧掉了，然而他仍然偷偷地学，偷偷地做。”[③]

与鲁彦同乡的俞林昌后来也回忆：“鲁彦是在浙江宁波的一个乡村中生长大的，大家晓得他精于琵琶，他的学会琵琶就在童年的时候。离他故乡最近的一个市镇——大碶头，在（浙江镇海县属），我也曾一度停息过脚，那是教会势力首选闯进的市镇之一，在这个镇有教堂、还有医院，离不远处更有一座新式的洋桥。”[④]

1907 年（光绪三十三年）　六岁

约本年，进私塾开蒙。“我是六岁上学的，进的自然是私塾。开笔的先生是一位有名的举人的得意门生，仿佛是个秀才。他颇严厉，但对我不知怎的却比较的宽，很少骂我，也很少打我，只是睁着眼睛从眼镜外瞪着我，我因此反比别的学生更怕他，九岁以前常常哭着赖学，逼得母亲把我一直拖过石桥。”[⑤]

1909 年（宣统元年）　八岁

表妹顾芝英生。鲁彦少时常在表妹家住，也常常弹琴给表妹听[⑥]。

陆式楷与盛国成等人创立中国世界语会，为首个全国性的世界语团体。

1911 年（宣统三年）　十岁

约本年前后[⑦]，每逢夏天，经常和村里的伙伴在附近的河中钓虾，但也常常受到母亲的斥责、干预，愉快的童年也带有小小的惊悸。后来妹妹也学会钓虾。

10 月 10 日，武昌起义爆发。

1912 年（民国元年）　十一岁

与住在隔壁的堂叔很亲热。“我只记得我十一二岁的时候，还时常爬到他的身上骑呀背呀的玩。”[⑧]

---

① 亻亍：《王鲁彦小传》，《文学新闻》第 13 期，1933 年 10 月 10 日。

② 得先：《我所知道的“鲁彦”》，《现代妇女》第 3、4 期合刊，1944 年 10 月。

③ 得先：《青少年时期的鲁彦》。

④ 俞林昌：《自乐集 · 笑送鲁彦》，钱塘诗社印行 2002 年版，第 80 页。

⑤ 鲁彦：《我们的学校》，《鲁彦散文选集》，第 161 页。

⑥ 顾芝英：《忆鲁彦和爱罗先珂》，《鲁迅研究动态》，1986 年第 9 期。

⑦ 鲁彦在故乡随笔《钓鱼》中说当初在河边垂钓的人“那是一些十岁以上，十六岁以下的男女孩子，和十六岁以上的青年以及四五十岁的将近老年的男子”。据此推算。

⑧ 鲁彦：《钓鱼》，《鲁彦散文选集》，第 155 页。

1913 年（民国二年）　十二岁

儿时的游戏中，看见摇船的不在船上，船上又没有载物的时候，鲁彦和小伙伴便跳上船把它荡到河中心。爱好游泳和放风筝，但是母亲管得很严厉，多次学习未果。[1]

宁波当地的习俗，每年十一二月间家中会做一石左右米的点心，磨几斗糯米的汤果，做成之后，几乎天天煮着当饭吃。[2]

1914 年（民国三年）　十三岁

约本年，见别的孩子在学校里欢天喜地，自己对私塾渐渐厌倦，于是央求母亲为自己转学。

约本年，妹妹生。

1915 年（民国四年）　十四岁

约本年春，转入当地一所有名的初级小学，在新的学校同样喜忧参半，不过只过半年就拿着初级小学的毕业文凭离开。"不用说，第一次所进的学校给我的印象是相当的好的，它比起私塾来，好得太多了。然而它也使我相当的害怕。教师是拿着藤条上课的，随时有落在身上的可能。犯了过错，起码是半点钟的面壁。上体操课时，站得不合规矩，便会从后面直踢过来。幸亏我在这里的时候并不长久，过了半年，我拿着初级小学的毕业文凭走了。"[3]在此期间，鲁彦经常抄歌谱带回家用胡琴练习，"第二年春间，我由私塾转到了小学校。那里每礼拜上一次唱歌，我抄了不少的歌谱，回家时带了来，用胡琴拉着。我已住在学校里，很想把我的胡琴带到学校里去，但因为怕先生说话，我只好每礼拜回家时拉几次，在学校里便学着弹风琴"[4]。

下半年，转入灵山高等小学就读。校长为徐先生，教授鲁彦国文，为人亲和，教学有方，深受学生爱戴。学校的课程有国文、理化、动植物、手工、音乐、体育等，教员也认真负责，给鲁彦留下深刻印象。鲁彦在学校除正常的课业学习外，课外也积极参加活动，如踢毽子、踢足球等，甚至有一次私下和同伴冒雨进城，约城里的县立小学踢比赛。鲁彦在灵山高小的生活十分愉快，这在散文《我们的学校》中有详细记述。一九三二年鲁彦回到阔别十五年之久的灵山小学，曾深情回忆："灵山是一个非常可爱的学校，我在别的学校里也读过书，但常常赖学，常常逃学，只有在灵山学校几年内，却从来没有逃过一次学，不但没有逃学，连暑假、寒假、星期天，我也会到学校里来。因为这里有我尊敬的老师，有我亲爱的同学，每天都有新的知识会装进我的脑子里，每天都有好玩的东西供我玩耍。我喜欢体育，就每天打篮球、打排球、打乒乓球，玩木枪，掷铅球，玩铁圈，还有武术八卦刀七星剑，秋千，浪木，撑杆跳，游泳，钓鱼，还要做热气球飞向天空。那是太有趣了。"[5]

鲁彦进入灵山高等小学后，学校的老师将鲁彦的字"返我"改为"忘我"，"但要做到忘我，那可真不容易，我每天检查有否真正的忘我，那是相差很远很远，所以我非常感谢我的母校，非常感谢我的老师，他赐给终身勉励我、监督我的好名字"[6]。

---

① 据鲁彦：《风筝》，《鲁彦文集》，线装书局 2009 年版，第 4 页。
② 据鲁彦：《食味杂记》，《鲁彦文集》，第 12 页。
③ 鲁彦：《我们的学校》，《鲁彦散文选集》，第 161 页。
④ 鲁彦：《童年的悲哀》，《鲁彦文集》，第 150—151 页。
⑤ 周大风：《忆鲁彦先生》，《王鲁彦文集》第 5 卷，人民文学出版社 2009 年版，第 282 页。
⑥ 同上。

1916 年(民国五年)　十五岁

本年底,灵山小学校董辞退徐校长,换由董事长的族里人,初小部的一个教国文的老头继任。继任的新校长深为顽固,也没有学问,管理学生亦颇严苛无情,由是遭到教职员和学生的反对,鲁彦与大家商议离开学校。离开的同学或者转学,或者外出学商。母亲不愿鲁彦离开家乡,又无可转学、寻业,于是便赋闲在家自修,至此,鲁彦正式告别灵山小学,时方高小二年级。[①]

约本年前后,随着年纪的增长,对外面世界的好奇心越来越重,渴望追随父亲一道外出,对乡村生活发生厌倦。"到了十四五岁,乡间的生活完全过厌了,倘不是父亲时常寄小说书给我,我说不定会背着母亲私自出门远行的。"[②]

1917 年(民国六年)　十六岁

本年,同族两个要好的哥哥阿成哥和阿华哥为鲁彦做了一根鱼竿,自此开始钓鱼。

1918 年(民国七年)　十七岁

是年春[③],多年意欲外出的愿望得以实现。与父亲以往外出一样,在夜间出发,由父亲护送至上海。鲁彦初次出门远行,对外面的世界十分憧憬,想象着美好的未来。"我的血在飞腾着,我的心是平静的,平静中满含着欢乐。我坚定地相信我将有一个光明的伟大的未来。"[④]

鲁彦到上海后先是在一个同乡开设的经营纸张、印刷事物的商店当学徒[⑤],后来进入日商三菱洋行当小伙计[⑥]。鲁彦不甘失学,白天辛苦工作,晚上进入"环球补习学校"学习英语[⑦],自此逐渐接触新思潮。

父亲送鲁彦进入上海一家洋行当学徒的同时,家中也替他定了婚[⑧],日后遭到鲁彦的反抗。

1919 年(民国八年)　十八岁

5 月 4 日,"五四"运动爆发。

1920 年(民国九年)　十九岁

受"五四"新文化运动感召,写信给当时方兴的北京"工读互助团",希望入团。鲁彦

---

① 据鲁彦:《我们的学校》。

② 据鲁彦:《旅人的心》。

③ 鲁彦在《钓鱼》中说"十八岁春天,我离开家乡了"。《旅人的心》中说"十七岁那年的春天,我终于达到了我的志愿。父亲是往江北去,他送我到上海"。鲁彦表妹顾芝英回忆说"十七八岁时离家乡去上海学徒,从此远走他乡"(《忆鲁彦和爱罗先珂》)。覃英定为十六岁,郑择魁定为十七岁,刘增人、陈子善定为十五岁,周春英《王鲁彦评传》据鲁彦上学情形推测,拟定鲁彦离乡赴沪时应为十七岁,即 1918 年,可取。周春英认为王鲁彦两说均合理,因为一按足岁计算,一按虚岁计算,两者并不冲突。(周春英《王鲁彦评传》,第 41 页)不过,值得注意的是鲁彦这两篇关于家乡的忆旧散文均发表于 1936 年,所作时间大约也当在本年,相隔并不很久远,揆诸情理,应该不会在前一篇文章中用虚岁,后一篇文章中就转用足岁。鲁彦作此文时已经离开家乡十多年,回忆十多年前的事情前后难免有抵牾之处,鲁彦误记的可能性极高。

④ 据鲁彦:《旅人的心》。

⑤ 据刘增杰、陈子善:《鲁彦夫人覃英同志访问记》。

⑥ 陈子善、刘增人:《鲁彦年表》,收覃英编《鲁彦》。又彳亍《王鲁彦小传》谓"初入沪上某煤油公司为学徒,不久,因经理非常虐待他,每日不是打,就是骂,王受不住苦,乃偷偷地逃往北平",可参。

⑦ 据得先:《我所知道的"鲁彦"》,又参得先:《青少年时期的鲁彦》。

⑧ 据得先:《我所知道的"鲁彦"》。

的希望得以实现,在朋友帮助下旋即准备赴北京事宜。据鲁彦表妹顾芝英回忆,鲁彦与她及她父亲同路,“鲁彦到上海学徒的次年(约是1920年),我父亲去北京行医,带我同行。家父是较有名气的中医,我们从家乡坐船到了上海,表哥跟我们一起从上海坐火车到北京,一起住在‘宁波同乡会’(因为故乡镇海县属宁波)”①。

其时也在“工读互助团”的傅彬然事后也回忆:“大约是民国九年一月间,团里接到了一封从上海寄来的信,署名王返我,说是个洋行里的小伙计,觉得那样的生活太没有意思,家里又要强迫他和一个不相识的女子结婚,非离开那儿不可。他渴望着能够容许他入团,来过那理想的快乐的生活,语句里带着浓厚的感情,大家看了很感动,经团员一致通过,立即写信去邀他来。信写出不久,就接到他的第二次来信,说定于某一天趁某一班火车动身,什么时间可以到北京。到了那一天,团里就派两三个同志到东火车站去迎接,临时做了张写着团名的旗帜。记得去迎接的朋友当中,有一个是俞松寿,后来改名为俞秀松的。这位新朋友,就在那一天准时到来了,年龄比原来的一些朋友,似乎稍微小一点,相差并不大,然而生成的一张孩子脸,真率活泼,富于同情心,和大家相处得很好。进团以后,他把原来‘返我’这名字,改做为‘忘我’。这一位从‘返我’改做为‘忘我’的新朋友,就是后来的鲁彦。”②“工读互助团”由王光祈、蔡元培、李大钊、陈独秀、胡适等十七人集资创办,曾吸引了大量青年学生,但只是昙花一现,不久就难以为继,风流云散。

鲁彦在“工读互助团”期间,在一个饭馆里当伙计,半天做工,半天到北大旁听。这样的生活约略持续半年,“工读互助团”解散后,生活无定,多靠章铁民、台静农等朋友周济。“以后的生活全靠朋友帮助,绩溪章铁民、台静农这些人是他的最好的朋友,帮助最多。他夜里睡在庙里,白天晚上就耽在北大的图书馆里。他每餐吃的是两个窝窝头(玉米面做的馒头),就是买窝窝头的几个大子(双十铜元吧),也还是吃一顿找一顿的。但就在这样艰苦困难的生活中,他仍不懈怠学习。”③

“我于民国九年十二月间到北京,住在斗鸡坑的工读互助团里。那时工读互助团中的事业,如饭馆,英文夜校,等等全失败了。铁民靠着翻译书卖给一个朋友过日子,译的是关于音乐的书。

此外,有忘我(鲁彦),何梦雄,缪伯英,钱初雅等,全没有职业。……”④

1921年(民国十年)　二十岁

与表妹顾芝英住在北京东城沙滩附近的“世界语学校公寓”,这里也住着许多世界语者和进步青年。受新思潮影响,当时提倡女子留短发,鲁彦让表妹剪掉了辫子。⑤

同时在北大旁听鲁迅讲授中国小说史。一九三六年鲁迅逝世后,鲁彦在《活在人类的心里》一文中追忆当时的听课情景:“他叙述着极平常的中国小说史实,用着极平常的语句,既不赞誉,也不贬毁。……大家在听他的‘中国小说史’的讲述,却仿佛听到了全人类灵魂的历史,每一件事态的甚至是人心的重重叠叠的外套都给他连根撕掉了,于是教

---

① 顾芝英:《忆鲁彦和爱罗先珂》。

② 傅彬然:《忆鲁彦》,《抗战文艺》第10卷第1期,1945年3月。

③ 得先:《我所知道的“鲁彦”》。

④ 章衣萍:《胡适先生给我的印象》,书同、胡竹峰编《章衣萍集》(随笔卷下),安徽大学出版社2015年版,第252页。

⑤ 据顾芝英:《忆鲁彦和爱罗先珂》。

室里的人全笑了起来，笑声里混杂着欢乐与悲哀，爱恋与憎恨，羞惭与愤怒……”[①]

1922年（民国十一年）　二十一岁

本年春，和章铁民到苏北赣榆县境内的一个小镇创办学校，曾发电邀请傅彬然同去，傅彬然因事未能前往。不到暑假，鲁彦和章铁民就被当地士绅当做“过激派”给驱逐出来[②]，于是返回北京。此时，与台静农同住。张友鸾回忆：“那是1922年，我住在北京马神庙东高房一家公寓里，和台静农同一个院子。他和王忘我（鲁彦）住一个房间，韦漱园、丛芜弟兄也来住过；李霁野好像也住过，却小住即去。”[③]俞林昌回忆：“五四运动前后，鲁彦就学于北平，与台静农同住于东高房公寓中，那时鲁彦醉心于安那其主义，所以对于世界语所习特勤，初名忘我后以传奇文学，遂喜用今名，常将习作拾登于《妇女杂志》，时《妇女杂志》主编为章锡深君，对鲁彦颇为赞赏。”[④]

鲁彦在东高房暂住期间，章洪熙时常来访。“偌大的北京城，一年以来，我每星期必到的有三个地方：一处是钟鼓寺，一处是后局大院，一处是东高房。但是如今，为了意外的变故，钟鼓寺是不能去了，后局大院是不愿去了，两星期以来，只有东高房鲁彦那里，还可以暂时安慰我的寂寞的生命。……‘到东高房去！’车儿到了马神庙了，我便这么说了一句。鲁彦的影子仿佛在我的眼前，他永远是含笑的面庞，手里弹着琵琶。——‘喂，又来了。为什么又发呆？哈！又想女子了！——不要想，让我弹一个好听的曲子给你听。’鲁彦是一个赤心的大孩子，他闷的时节，不是弹琵琶，便是睡觉。”[⑤]

2月24日，俄国盲诗人爱罗先珂到北京，其后应北京大学之邀，在校教授世界语课程。在此期间，鲁彦曾担任爱罗先珂的翻译和世界语助教，二人经常同在世界语学校共餐。鲁彦自幼爱好音乐，爱罗先珂也喜好音乐，两人甚为投契，闲暇时与爱罗先珂共赴学校的游艺会，游览公园，也曾一起游西山[⑥]。与爱罗先珂相处的半年，鲁彦深受其影响，“半年以来，他替爱罗先珂君做书记，受了爱罗君不少的影响，他的性格有些和爱罗先珂君相像。他们都是耐不住寂寞的人，他们最爱热烘烘的，他们永远是小孩一般的心情”[⑦]。

6月19日，新文学社团“明天社”在《民国日报》副刊《觉悟》发表成立宣言，称不应把旧式小说和诗的荒谬思想放在新兴文艺中，更不应将文学视为发泄牢骚的工具，“大家该

---

① 鲁彦：《活在人类的心里》，《鲁彦散文选集》，第185页。

② 据傅彬然：《忆鲁彦》。又，谭昭回忆鲁彦和章铁民办学地点在南京：“不久他离开北京，同章铁民到南京办学校，没有成绩”，参得先：《我所知道的“鲁彦”》。又，鲁彦《食味杂记》(1925)：“有一年在南京，几乎每餐要一二碗醋。”可知鲁彦在南京不虚。另，发表于1925年的散文《风筝》中说：“因此三年前在玄武湖中赶得到了许多的兴趣，雇船去游时可以不受船夫的掣肘，自由自在的荡到太平洋（我们给湖中最宽阔的地方起了这一个名字）中去洗脚。”可知，鲁彦在南京也曾与友人同游玄武湖。

③ 张友鸾：《“偷听”鲁迅一堂课》，原文载1963年香港《大公报》“友鸾杂写”专栏，此处转引自张钰选编《胡子的灾难历程——张友鸾随笔选》，北京十月文艺出版社2005年版，第84页。

④ 俞林昌：《自乐集·笑送鲁彦》，钱塘诗社印行2002年版，第80页。

关于鲁彦信奉安那其主义，章衣萍也说：“有一次，我们在胡先生的书架上，找着一本英译本《共产党宣言》。我们高兴极了，便带到工读互助团里去看。那时工读互助团里的人，如忘我（鲁彦），他是一个安那其主义者，如孟雄，是马克斯信徒，后来成为共产党重要人物，被杀在上海。初雅崇拜托尔斯泰。我同铁民没有什么信仰，但我们也喜欢说说马克斯，克鲁泡特金。常往来胡先生的家里的，有党家斌，他崇拜尼采（Nietzche），我们大家替他取了一个‘超人’的绰号。”参见章衣萍：《胡适先生给我的印象》，《章衣萍创作选》，上海仿古书店1936年版，第39页。

⑤ 章洪熙：《鲁彦走了》，《晨报副镌》，1923年8月10日。

⑥ 据顾芝英：《忆鲁彦和爱罗先珂》。

⑦ 章洪熙：《鲁彦走了》。

努力的是求真能破除境遇不同的人们相互的'盲目性',真能了解'人性之真实',建立一种真挚、博大、深刻的文学"[①]。发起人共有十八人[②],鲁彦亦在列,当时署名为"王忘我"。事实上,明天社只是发表了宣言,并没有创办刊物,展开文学活动。而明天社之所以能够联结起分散在杭州、北京两地的文学青年,汪静之后来答复研究者问时谈道:"明天社是在北京的几位朋友发起的。他们拟好了宣言稿寄来要我们在杭州的爱好文学的青年朋友签名,他们就把宣言登了出来,事先没有告诉我们宣言要在报上发表。我们以为要等出版刊物时再在刊物上刊出宣言,没有出刊物就在报上发宣言这种放空炮的办法我们不赞成。后来在北京的在杭州的朋友都分散到各地了,刊物没有办成,社也自然消灭了。宣言真成了空炮了。他们要我领衔,放了空炮,我当时觉得很羞耻,很难受,后来就忘掉了。发起人中的王忘我,后改名鲁彦,章洪熙后改名章衣萍。夏亢农后改名康农。"[③]汪静之致陈梦熊的信中也特地交代"其中王忘我,即王鲁彦"[④]。

而王鲁彦与汪静之的交往也是始于阅读了汪静之新诗后的通信,汪静之注释应修人书信曾回忆明天社"发起人名单上在北京的有七人,那时我全未见过面。其中王忘我(鲁彦)、章铁民、章洪熙(衣萍)三人都是看了我发表的新诗而和我通信成为朋友的,鲁彦、铁民、衣萍和在北京的七人中的台静农、党家斌后来都见面了,七人之中的其余二人始终未见过"[⑤]。

8月9日,在《晨报副镌》发表所译两则俄国民间传说:《好与坏》《投降者》,署名鲁彦。文末有译者附记,交代译文来源,谓"以上两篇系据科夫曼世界语译本译出,原本见世界语散文集(*Esperantaj Prozajoj*)中"。同月十三日,译文又刊于《民国日报》副刊《觉悟》。

12月11日,在《晨报副镌》发表所译俄国式威德士的两首散文诗:《风的歌》《翅膀》,署名鲁彦。文末附记谓"据世界语本译出"。

本年,寒假前译完芬兰作家法斯配尔的散文诗《日落之后——给胡尔达·什妥南》,曾请周作人校阅,后又改译数次,刊于一九二三年八月十一日《文学旬刊》第八号,署名鲁彦,文末有译者附记。

1923年(民国十二年)　二十二岁

2月12日,天津的新文学团体绿波社成立,社员约三十人,北京稍后也成立分社。绿波社统辖的杂志有《诗坛》《小说》《绿波旬报》,三种杂志其后合并为《绿波周报》,绿波社也逐渐扩大,成员扩充,鲁彦也是其中一员。赵景深1924年1月20日所作《天津的文学界》记载:"在这时期绿波社逐渐发达,现在各处都有社员,如北京朱大枬、孙席珍、张海鳌、曹智官、滕心华、蹇先艾、何植三,南昌周乐山,上海钱钦榆、旦如,汕头冯瘦菊,苏州徐雄,长沙鲁彦、章铁民等都是。……绿波社的社员也有在他社的,如北京的社员大部分是曦社的,万曼也在曦社,前社员胡倾白也在浅草社,鲁彦也在文学研究会,章铁民也在浅

① 《明天社宣言》,《民国日报·觉悟》,1922年6月19日。

② 这十八人是:汪静之、林如稷、郭后觉、胡思永、程憬、漠华、胡冠英、曹诚英、修人、冯雪峰、夏亢农、陆鼎藩、张肇基、台静农、王忘我、章铁民、章洪熙、党家斌。

③ 程中原:《关于"明天社"》,《新文学史料》1983年第3期。

④ 陈梦熊:《空有其名的"明天社"和实有其事的文学关涉》,《新文学史料》1984年第2期。

⑤ 楼适夷、赵兴茂编:《修人集》,浙江人民出版社1981年版,第249—250页。

草社。”[①]

张友鸾也曾谈及绿波社：“焦菊隐青年时期就爱好文学，最初写新诗，后来搞戏剧。在天津时，和一些朋友组织了一个‘绿波文学社’。这个社发展得很快，南北都有社员，出版了《绿波周报》（王鲁彦、赵景深等还在长沙出过《潇湘绿波》）。”[②]

4月5日，受爱罗先珂之约，次日八时到他的住处，一同游览西山。

4月6日，植树节[③]，与爱罗先珂一行十二人游览西山。后来鲁彦将这次游西山的经历写成小说《狗》。

5月20日，作所译芬兰法斯配尔的散文诗《日落之后——给胡尔达·什妥南》的《译者附记》，谓“这篇散文诗系一位芬兰世界语学者亚力山大·法斯配尔（Aleksamder Vesper）的创作。这样美丽的动人的散文诗，在文学界实为不可多得的作品。全文不过一千余字，句句都有诗意，句句流露着深切的情感。我译完这篇散文诗是在去年寒假前，当时曾请周作人先生校过。但我为小心起见，一直留到现在。在这时期中，我又改译了数次，现在虽然觉得较前译的好一些，但总还觉得逊色不少，译文不及原文只好请读者原谅了。一九二三，五，二十附记”。按，鲁彦这一时期与周作人的关系也较为密切，不仅请周作人校阅文稿，还与朋友一起模仿过周作人的字。赵景深《〈现代小品文选〉序》载：“不瞒你说，我有一个时期是周作人派，什么‘在这一点上’（at this point of view 的译语吧）‘倘若……那末’（if……then 的译语吧）摇笔即来，我自信我是能够了解他的文字之优点的。（插一句闲话，他的字也很别致，我也曾学过，还有鲁彦、孙席珍都曾学过。）”[④]

6月11日，在《文学旬刊》第二号发表所译保加利亚作家玛尔斯的散文诗《海前》，署名鲁彦。文末附记谓“玛尔斯（Evgenia Mars）是现时保加利亚的女著作家。此篇系据世界语译文重译”。

7月21日，在《文学旬刊》发表诗歌《给我的亲爱的》，署名鲁彦。鲁彦亦曾写诗，这是鲁彦公开发表的唯一一首诗歌。[⑤]

8月1日，在《妇女杂志》第九卷第八号发表所译匈牙利作家摩尔奈的剧本《第一步》，署名鲁彦。文末译者附志谓“这篇是匈牙利的著名文学家 Frandisko Molnar 所作，由世界语中译出。他的作品很多，数年前欧洲和美洲纽约等埠所盛行的《恶魔》剧，就是他的作品”。

8月，赴湖南长沙，先后在平民大学、长沙第一师范学校教授国文和音乐。

此次离开北京的原因，据章洪熙回忆，鲁彦在给他的信中称自己由于失恋而离开。鲁彦的信自天津寄来，信中称：“洪熙，这世界不是我所留恋的世界了，我所以决计离开北京。……洪熙，我爱上——是大家知道的。我向来不将心中的事瞒人，在去年我就告诉

---

① 赵景深：《新文学过眼录》，陈子善编，广西师范大学出版社2004年版，第210页。

② 张友鸾：《焦菊隐翻起绿波》，张钰选编《胡子的灾难历程——张友鸾随笔选》，北京十月文艺出版社2005年版，第89页。也可参照张恬《张友鸾早期文学活动——兼及一些珍贵的文学史料》，《新文学史料》1990年第3期。

③ 入于民国，民国政府将旧历清明节改为植树节。

④ 赵景深：《新文学过眼录》，第191页。按，关于鲁彦学周作人的书法，贾兆明后来在《闲话作家书法》中纵论新文学各家书法后指出：“学鲁迅书法，似乎还没有，学周作人的，则初有鲁彦，后有沈启无。鲁彦仅略有其貌，沈氏却有些神似了。”参见贾兆明：《闲话作家书法》，《万象》第3年第7期，1944年1月1日。

⑤ 鲁彦离开北京赴长沙时，曾寄给章洪熙一本自己的诗集。章洪熙说：“鲁彦做的诗不多，他的诗多是真情的流露。他的诗发表的只有《文学旬刊》上的一首《给我的最亲爱的》。假如我有功夫，一定替他多抄几首诗拿出来发表，叫大家从鲁彦的诗中认识鲁彦的人格！”按，该诗发表时题为《给我的亲爱的》。

了许多朋友了，就是她的哥也知道。我明知道是梦，但我总是离不开这梦。我明知道她的年龄小，她的脾气不好，她的说话太虚伪。我明知道我不能和她恋爱，明知道不应和她恋爱，明知道不值和她恋爱，然而不知为什么，我总是忘不了她！我现在感觉万分痛苦……总之世界上的人是不能相爱的！……我并不希罕什么生命和名誉，琵琶是我生死离不开的朋友，带去了。爱罗先珂的琴，可请周作人先生保留。爱罗君恐怕有回来的时候的。别了！"[①]连同此信，鲁彦还寄有一本世界语小说，嘱托章洪熙代他还给周作人。还有一本鲁彦自己写的诗集。

鲁彦同章铁民在湖南长沙平民大学教书，鲁彦担任国文教员。教书期间与章铁民、赵景深来往频繁，常常相聚阔谈。赵景深曾回忆："在长沙有一所平民大学，这大学设在浏阳门正街，就在莫泊桑小说集的译者李青崖寓所的隔壁，校长是罗敦伟，与易家钺以合编新妇女的刊物在泰东图书馆出版著名。鲁彦和章铁民都在这个学校里教书。鲁彦住在宿舍的楼上，铁民则住在楼下。敦伟拉我去教文学概论。《近代文学丛谈》（新文化书社1934年版）上面的文学概论就是我当时的讲义。我去上课时，课前后就顺便到他们的房间里去坐，天南地北的乱谈。鲁彦、铁民也常到我那里去。那时我住在岳云中学，他们来了，我便陪他们一同到附近的协操坪草地上去玩，铁民喝醉了，便载歌载舞起来，鲁彦就吹着口琴和他的拍子。有时我们在一个小酒楼上纵谈今古。我不会喝酒，他们俩却喝得很起劲。"[②]

赵景深在记汪馥泉时又说："我认识他，也在长沙，比认识田汉、叶鼎洛要早，与鲁彦、章铁民同时。当时我在北门岳云中学，汪在南门第一师范，我们是曾被铁民封为北门文豪和南门文豪的；那末，铁民与鲁彦同在平民大学教书，该合上谢无量的书名，'平民文学之两大文豪'了。"[③]

约在此时，田汉痛失爱妻，内心十分悲痛，终日借酒消愁，精神不振。后来经过朋友的劝解，到长沙第一师范学校教授国文，以作排遣。"当时和他在一起同事的教员有赵景深、汪馥泉、王鲁彦、叶鼎洛等。"[④]

11月25日，在《东方杂志》第二十卷第二十二号发表小说《秋夜》，署名鲁彦。一九二三年十二月十七日，《申报》载该期目录。后收入短篇小说集《柚子》（北新书局1926年版）。小说写就后鲁彦曾朗诵给赵景深听，其时尚是学生的谭昭也模仿写了一篇发表在校刊上，受到鲁彦称赞。"记得王鲁彦的第一篇小说《秋夜》是在长沙教书的时候写的。他曾经把小说的开头一段朗诵给我听，很是得意（这也就是茅盾用方璧的笔名在《王鲁彦论》中所称赞的一节），大约颇受了爱罗先珂的影响。他又热烈地赞颂显克微支，仿佛显克微支的《二草原》也是他所喜欢的，因此他有时也写寓言体的小说或神秘故事。有一个

---

① 章洪熙：《鲁彦走了》。章洪熙说"鲁彦走了，我对于他的情史不愿多谈"，故而文中没有交代鲁彦的恋爱挫折，但是1937年3月22日《世界晨报》上刊出一文《王鲁彦恋史》，大致梳理了王鲁彦的历次恋爱经历。这一次事件的经过为："爱罗先珂在北大教世界语的时候，王任盲诗人的助教。那时候，怎的他爱上了一个十二三岁的小姑娘。他给她糖吃，有一天鲁彦吻她，她吓哭了，跑回家去告诉爹妈。那女孩同鲁彦是亲戚，可是竟要告他诱奸之罪，如是，他就借了二十块钱，挟着他的琵琶，跑回安徽去了。后来和章铁民一道到长沙去，在野鸡的平民大学教世界语和琵琶，共四点钟，每月大洋二十元，吃了两月饱饭，又闹起恋爱来了。"

② 赵景深：《记鲁彦》，《文艺复兴》第1卷第6期，1946年7月1日。

③ 赵景深：《文人剪影》，北新书局1936年版，第106页。

④ 周楞伽：《记田汉》，载《伤逝与谈往》，黑龙江人民出版社1998年版，第131页。

女生(周南女学姓谭的)学着写了一篇,大约是写一个梦境,在周南校刊发表,他也备极推许。”①

12月10日,在《东方杂志》第二十卷第二十三号发表所译保加利亚斯太马妥夫的小说《海滨别墅》,署名鲁彦。同时文末有译者附志,谓“这篇是从克莱斯太诺夫君(Ivan H.Krestanoff)的世界语译本重译的,著者的经历,据原译人的介绍如下:

“斯太马妥夫(G.P.Stamatov)在现代保加利亚的美文学家中居特殊的地位,他的小说的形式极为人所爱。其散见各处的最好的小说已在一九〇五年出单行本……最近著作更多,我(克莱斯太诺夫君自称)所译的即其中最著名的几篇。

他是一位讽刺的美文学家,他的小说中对于生活的讽刺,构成了精粹的容貌。他深入他的作品中英雄的灵魂里不是想对我们掩遮,却是要捉住畸形的一边和可恶的不道德,暴露出来,用他的无情的酷嘲与冷笑讥刺它、攻击它。他的小说以心理的实验比生活的描写为多。……他的小说的目的是在图解某一思想,论证某一问题。

克莱斯太诺夫君所译的共五篇,系《万国的世界文学》丛书之八,书名《现代小说集》都是斯太马妥夫的作品,一千九百二十二年出版。

译者附志”

一九二四年一月十四日,《申报》载该期要目。小说后来收入一九二八年上海亚东图书馆版《世界短篇小说集》。

1924年(民国十三年)　二十三岁

年初在长沙协均中学任教,同事有赵景深、汪馥泉等人。当时协均中学风气较为开放,实行男女同校,这在当时同类学校中自是一格,但为封建卫道士所不容,受到各方排挤,加之学生收不满,经费又缺乏,于是学校很快就办不下去。鲁彦在此只教了一个学期的书就离开。②

汪馥泉回忆在长沙第一师范的生活称:“在长沙,碰到了在南京同事过的章铁民,认识了王鲁彦、赵景深,还有第一师范的同事赵惠谟、辛树帜,我们是时常谈谈的。……章铁民在平民大学任课,他床上的被头,到了长沙不曾折叠过。王鲁彦在协均中学任课,他那个时候正在闹恋爱,我们进去,他演接吻的戏给我们看。章铁民蹩转屁股就走了。赵景深,在岳云中学任课,那时在我看来,是一个君子人。……有一次,在校外喝醉了,叫不开后门,便在后门前草地上睡了。一位叫张淑诚的小姐,约我们(我、铁民、鲁彦,此外似乎还有一两个人)去玩湘潭,张小姐他们画画,我和铁民猜拳喝酒,两个都大醉了,上小火轮时,我差一点掉在水里。铁民在小火轮上大吐了,吐了便睡,一直睡到湘潭。”③

约本年,与谭昭恋爱。

1月1日,在《妇女杂志》第十卷第一号发表俄国作家西皮尔雅克的童话《给海兰的童话》,署名王鲁彦。未完,后于三月一日,在《妇女杂志》第十卷第三号续完。

3月10日,在《东方杂志》第二十一卷第五号发表小说《狗》,署名鲁彦。一九二四年四月二十七日,《申报》载该期要目。后收入小说集《柚子》。小说写出了对弱者的同情与关爱,这种强烈的人道主义情感曾给尚在中学读书的巴金以深刻触动:“在中学读书的

---

① 赵景深:《记鲁彦》。

② 据刘增杰、陈子善:《鲁彦夫人覃英同志访问记》。

③ 汪馥泉:《长沙底回忆》,《东方杂志》第32卷第1期,1935年。

时候,你的《灯》,你的《狗》感动过我,那种热烈的人道主义的气息,那种对社会不义的控诉,震撼了我的年轻的心。我无法否认我当时受到的激励。自然我不能说你给我指引过道路,不过我若说在那路上你曾经扶过我一把,那倒不是夸张的话。我们十三年的友情就建立在这一点上面。"①

4月10日,在《东方杂志》第二十一卷第七号,发表所译保加利亚斯太马妥夫的小说《墓地》,署名鲁彦。文末有译者附志,谓:"此篇由世界语文转译,关于作者的介绍,请参看本志二十卷二十三号《海滨别墅》的附注。"一九二四年五月二十日,《申报》载该期要目。小说后收入《世界短篇小说集》。

4月28日,在《文学周报》第一一九期发表所译莱多尼亚(Letonia 或 Latvia)的民歌三首,文末附记谓:"由《万国语月刊》一九一〇年十月号中译出,原译者为 P. Kikan"。又《立陶宛(Litova)的民歌》一首,文末附记谓"由《万国语月刊》一九〇一年十月号中译出,原译者为 P. Kikan。"

5月9日,《申报》本埠增刊,出版界消息栏:"国内倡导世界语之唯一杂志《绿光》第三卷第二号已出版,本期有盛国成所作之《中国生活谈片》及《文典琐话》、王鲁彦之《世界语创作》、陈兆瑛之《语句分析》。"是则,可见王鲁彦在《绿光》杂志有《世界语创作》一文,该杂志未见。

5月10日,在《东方杂志》第二十一卷第九号,发表所译犹太籍作家夏虏姆·阿来汉姆的小说《腊伯赤克(希伯莱的讽喻)》署名鲁彦。文末有译者附记,交代译文来源:"夏虏姆·阿来汉姆(Ŝalom-Aleĥem 又名 S. J. Rabinovic)的作品在《小说月报》上已有介绍过,这里不再多说。据原译者说,在希伯莱没有一所屋内不读他的作品,亦足见其在文学界的地位了。此篇系据世界语本《万国的世界文学》丛书之九译出,由原文译世界语者为满趣尼克(Is. Muĉnik),一九二三年出版。"一九二四年六月十八日,《申报》载该期要目。小说后收入一九二六年二月上海开明书店版《犹太小说集》。

6月10日,在《东方杂志》第二十一卷第十一号,发表所译希伯莱作家俾莱芝的小说《灵魂——我的少年史》,署名鲁彦。文末有译者附记,交代译文来源:"俾莱芝(J. L. Perec)的作品在《小说月报》上已有人介绍过,这一篇由世界语本《希伯莱小说集》译出,系《万国世界文学》丛书之九,一九二三出版,满趣尼克(Is. Muĉnik)译。"一九二四年七月二十三日,《申报》载该期要目。小说后收入《犹太小说集》。一九四一年七月,伍蠡甫等译作选集《新夫妇的见面》作为"弱国小说名著"由上海启明书局出版,内收入鲁彦此篇译作,文前附有原作者小传。

夏,与谭昭一起离开长沙,回到阔别多年的家乡镇海老家,二人正式结婚,婚后同游杭州、宁波等地。② 在北方吃惯辣椒,回到家中也买了当地的辣椒却索然无味。③

7月1日,在《妇女杂志》第十卷第七号发表所译俄国作家刚杜鲁息金的小说《仅有的不如意——现代叙利亚生活的写真》,署名鲁彦。文末有译者附记,谓:"本篇由《万国语月刊》一九一二年二月号中译出,为俄国 Konduruŝkin 所著,原译者 I. Malfeliĉulo(不幸者)的真名记不起来,他的世界语创作极多,出有小说集,似为俄国人。"后收入《世界短篇

---

① 巴金:《写给彦兄及附记》,《新文学史料》1983 年第 1 期。

② 据得先:《青少年时期的鲁彦》,又据陈子善、刘增人:《鲁彦年表》。覃英《鲁彦生平与创作简述》说 1925 年,不取。

③ 据鲁彦:《食味杂记》。

小说集》。

8月1日，在《妇女杂志》第十卷第八号发表所译俄国作家西皮尔雅克的小说《汉蒂额夷的天鹅》，署名鲁彦。文末有译者附志，谓："马明·西皮尔雅克（D. Mamin Sibirjak）的大略的介绍已见前篇《给海兰的童话》中，这篇系据费先（Andreo Fiŝer）博士的世界语译文重译（载在一九一〇六月份的 Lingvo Internacia），承盛国成先生借我世界语本，感谢得很。"同期还载有鲁迅的讲演《娜拉走后怎样》。一九二四年九月六日《申报》载该期要目。译文后收入《世界短篇小说集》。

10月10日，在《小说月报》第十五卷第十号发表小说《柚子》，署名鲁彦。后收入小说集《柚子》。

1944年鲁彦逝世后，聂绀弩回忆起自己十多年前初读《柚子》的情形，对鲁彦小说中所体现的人权思想深表赞赏："那时候，我对于文艺什么的，毫无理解。看过《柚子》之后，并没有什么兴感，只把里面的几句话，和别的一些不相干的事情一齐记住了。人的记忆颇有些奇怪，要记的东西，纵然费许多力，还是会忘得干干净净。没有存心记忆的，又往往在没有想到它的时候，自己从记忆里浮现出来。《柚子》里的那几句话，就是如此。不知过了若干时日，不知是第几次记起那句话，这才如有天启，恍然大悟地叫道：'这不就是人权思想么？'……一部二十四史，都是如此写下；到了鲁彦才提出他的控诉，虽然未免太迟，却也幸而已经提出了！……鲁彦不但写过《柚子》以及和《柚子》近似的别的小说，同时还翻译过不少的被压迫民族的作品，如显克微支的集子《老仆人》之类，对于新文化的罗马，对于人权思想的艺术殿堂，是尽过他的一人一日之力；他的《柚子》及同性质的作品与译品，也会用效着一砖一石之劳的。"①

11月10日，在《小说月报》第十五卷第十一号发表所译波兰作家显克微支的小说《泉边》，署名鲁彦。文末有译者附记，谓："显克微支（Henryk Sienkiewicz，1846—1916）所作最著名的短篇小说以深刻悲痛的冷嘲胜，但他又是一个抒情诗人，有许多言情的作品也极佳妙，唯中国尚无译本，仅在《你往何处去》中见其一斑而已。这一篇写梦幻的情景，温柔旖旎，是他这一类的佳作之一，今据巴因博士编世界语的《波兰文选》（*Pola antologio*）中译出，并参照美国寇丁的英译本略有改订的地方。一九二三年，六月二十日。"后收入一九二八年一月上海北新书局出版的《显克微支小说集》。一九三五年二月，然而社编辑出版《世界短篇小说名作选》，内收入此篇。《名作选》每篇译文前附有作者的小传，鲁彦译文前有孙俍工作的《显克微支传》。

12月10日，在《东方杂志》第二十一卷二十三号发表小说《灯》，署名鲁彦。一九二五年一月十七日，《申报》载该期要目。后收入小说集《柚子》。

1925年（民国十四年） 二十四岁

初春，由故乡回到湖南涟水之滨，在岳父家小住。暮春三月，长女涟佑诞生。

3月10日，在《小说月报》第十六卷第三号发表小说《许是不至于罢》，署名鲁彦。一九二五年四月十三日《申报》载该期要目。后收入小说集《柚子》。

3月25日，在《东方杂志》第二十二卷第六号发表小说《阿卓呆子》，署名鲁彦。一九二五年四月十六日《申报》载该期要目。后收入小说集《柚子》。

---

① 聂绀弩：《怀〈柚子〉》，《聂绀弩杂文集》，生活·读书·新知三联书店1981年版，第409—418页。（原文载1945年1月15日《艺文志》创刊号，署名绀弩。）

4月10日，在《小说月报》第十六卷第四号发表所译波兰作家显克微支的小说《宙斯的裁判》，署名鲁彦。文末有译者附记，谓："这一篇据波尔·兰格拉波夫斯奇（A. Grabovski）所编《万国文选》（*Antologio internacia*）中世界语译本译出，并参照美国寇丁（J. Curtin）的英译本。"一九二五年五月十三日《申报》载该期要目。后收入《显克微支小说集》。

初夏，应北京世界语专门学校之邀，只身赴北京教书。暑假间又回到湖南将妻女接至北京。鲁彦原以为可以在此安定，不料教书半年后，世界语专门学校陡然停办，一家人只好从学校搬出来，另辟新居。谭昭回忆："先是住在象房桥大中公寓内，不久在东城沙滩中老胡同一家民房内租了一间西屋住下。因他爱人老师的介绍，在清史善后委员会当了个顾问，帮助整理故宫文物（只供膳食，不发薪水）。"[①]按，此处的"老师"当指时任故宫博物院院长的易培基。易培基尚在湖南任校长时，谭昭即为其学生。值此生活困窘之际，据闻谭昭曾去找过当年的老师易培基，而且易氏允诺予以帮助。一九三三年易培基因"故宫盗宝案"而一时成为舆论焦点，署名"刀校"的作者在《小日报》"文坛闲话"栏发表《易培基与王鲁彦夫人》，首度披露了鲁彦一家在困窘之际，谭昭拜访易培基的经过，谓："无如王氏为清贫之作家，纯靠笔杆吃饭，而又不属于任何党派，离湘以后东西漂泊，兼之谭已生一小宝宝，不能出外作事，卜居北平，生活颇感困难。时易氏正因谭延闿之提携，得长故宫博物院，门生故旧，依之者颇多。谭女士于无可如何之际，乃携爱子，访易氏，且以其子掷于易氏之前，表示不愿生活下去之意，易氏素来善博学生之欢心，且谭女士为其高足之一，当即加以劝勉，并允予以生活上之帮助。"[②]

5月14日，晚与台静农同访鲁迅。《鲁迅日记》载："晚长虹来。夜索非、有麟来。衣萍、品青来。静农、鲁彦来。"

5月17日，午后访鲁迅。《鲁迅日记》载："午有麟来。午后雨。鲁彦、静农、素园、霁野来。"

5月20日，晚与台静农访鲁迅。《鲁迅日记》载："晚鲁彦、静农来。"

5月22日，在《京报副刊》第一五六号发表所译希伯来作家夏虏姆·阿来汉姆的小说《不幸》，署名鲁彦，文末译者附记称："希伯来夏虏姆·阿来汉姆著，由世界语本《希伯来小说集》中译出。"后收入《犹太小说集》。

5月23日，午后访鲁迅。《鲁迅日记》载："午后鲁彦来。"

5月23日，在《京报副刊》第一五七号发表所译芬兰作家哀禾的小说《小人物和大人物》，署名鲁彦。文末有译者附记，谓："哀禾（Juhani Aho）是芬兰最有名的文学家，他的事略及作风，周作人先生在《现代小说译丛》内已有一篇介绍，这篇由世界语重译，见芬兰出版的《芬兰世界语学者报》中。"后收入《世界短篇小说集》。

5月25日，在《东方杂志》第二十二卷第十号"新语林"栏发表散文《风筝》，署名鲁彦。

5月28日，夜访鲁迅，得鲁迅赠《苦闷的象征》一部。《鲁迅日记》载："夜鲁彦来，赠以《苦闷之象征》一本。"

---

① 得先：《青少年时期的鲁彦》。谭昭在1946年所写的悼文《我所知道的"鲁彦"》中也说："学校关了门，不久，他当了故宫博物院的顾问。"与1983年所写的《青少年时期的鲁彦》所记相同。

② 刀校：《易培基与王鲁彦夫人》，《小日报》"文坛闲话"栏，1933年8月15日。

5月29日，在《莽原》第六期发表译文《巴尔扎克和缝衣匠》，署名鲁彦。

6月1日，在《京报副刊》第一六六号发表散文《给LN君》，署名鲁彦。

6月3日，夜与荆有麟访鲁迅。《鲁迅日记》载："晚长虹来。夜鲁彦来，有麟来。夜雨。"

6月5日，在《莽原》第七期发表一则翻译的讽刺小品《考试之前》，文末有附记，谓："大哥鲁迅：我译完了这篇，还不懂得它的意思，问了几个有名的文学家也没有结果，因此跑来问你了。但是你不在，我现在且把它丢在你这里，假使你也不懂，仍不妨代我送去发表。因为有天才的读者和优等的大学生或教授，也许会懂得的。不然，他们就会相信是自己愚蠢，文意深奥，译笔高妙的。老弟鲁彦。"

6月8日，夜与荆有麟访鲁迅。《鲁迅日记》载："晚长虹来。有麟、鲁彦来。"

6月12日，在《莽原》第八期发表译文《敏捷的译者》，署名鲁彦。文末有《鲁彦附记》，谓："鄙人译出这一篇大作，自然也是一个译者了，因此鄙人也希望诸君称鄙人为敏捷的译者，想把中学生的中字改为大字，并以连带的提高鄙人一层资格。苟诸君以为欠妥，复欲改为中学校教员，大学校教员，甚而至于留学生，博士等等，则鄙人更有荣焉。"其后又有《鲁迅附记》，谓："微吉罗就是Virgilius，诃累错是Horatus。'吾家'彦弟从Esperanto译出，所以煞尾的音和原文两样，特为声明，以备查字典者的参考。"

6月25日，在《东方杂志》第二十二卷第十二号"新语林"栏发表散文《干爷和干妈》，署名鲁彦。

7月5日，鲁迅收到鲁彦信。《鲁迅日记》载："得静农信，附鲁彦信。"

7月9日，在《京报副刊》第二零二号发表所译希伯来泰夷琪的小说《资本家的家属》，署名鲁彦。文末附记谓"由世界语本译出"。后收入《犹太小说集》。

7月16日，夜访鲁迅。《鲁迅日记》载："晚寄韦素园信。夜鲁彦来。"

7月20日，午后与夫人谭昭访鲁迅，得赠《呐喊》一册。《鲁迅日记》载："午后有麟、仲芸来。鲁彦及其夫人来，赠以《呐喊》一本。"

7月27日，下午访鲁迅。《鲁迅日记》载："下午鲁彦来。"

7月28日，在《京报副刊》第二二一号发表所译希伯来俾莱芝的小说《姊妹》，署名鲁彦。文末附记谓："由世界语本《希伯莱小说集》译出。"后收入《犹太小说集》。

8月1日，下午同谭昭访鲁迅。《鲁迅日记》载："下午季市来。鲁彦及其夫人来。"

8月6日，在《京报副刊》第二三〇号发表所译希伯来俾莱之的小说《绞首架》，署名鲁彦。文末附记谓："由世界语译出。"后收入《犹太小说集》，更名为《又用绞首架了》。

8月10日，在《东方杂志》第二十二卷第十五号"新语林"栏发表散文《食味杂记》，署名鲁彦。

8月10日，在《东方杂志》第二十二卷第十五号发表所译希伯来Salom-Aleĥem（即夏虏姆·阿来汉姆）的小说《诃夏懦腊婆的奇迹》，署名鲁彦。文末译者附记谓："本篇所据译本及原译者与载在本志二十一卷九号内的《腊伯赤克》同，请参看。"一九二五年九月二十四日《申报》载该期要目。后收入《犹太小说集》。

8月24日，上午访鲁迅。《鲁迅日记》载："上午季市来。鲁彦来。"

8月29日，在《京报副刊》第二五三号发表所译希伯莱作家宾斯奇的小说《搬运夫》，署名鲁彦，文末谓："从世界语译出。"后收入《犹太小说集》。

本年暑假，许杰到杭州西湖度夏，结识汪静之夫妇，经汪静之介绍认识鲁彦，曾在西湖泛舟游览,谈及双方创作。“那时,鲁彦已经在《小说月报》上发表了他的《柚子》了。我倒相当的倾慕。有一天傍晚,我们有许多人同到湖中划船,我便与鲁彦他们,同坐一只。我们在船中,他没有谈什么东西,但是玩却玩得很起劲。那时,我刚学会划船,但手法还不见得纯熟,我也时常把水溅入船中,会溅到人们的身上,但我们却似乎无挂碍的。……不过第一次见面,在我的脑筋之中,我对鲁彦的整个印象,却是很深的。我好象已经很认识了鲁彦似的。以后他写作小说,他翻译世界语的著作,我几乎每篇必看的。”①

9 月 4 日,午同谭昭访鲁迅。《鲁迅日记》载:“午鲁彦及其夫人来。”

9 月 27 日,下午携家人访鲁迅。《鲁迅日记》载:“下午鲁彦及其夫人来、孩子来。”

9 月 21 日,在《语丝》第四十五期发表所译法国第戎大学教授查理斯·拉姆贝尔的演讲文章《希腊的朝山和奇迹地》,署名鲁彦。文前有译者附记,谓:“本篇为法国第戎大学教授查理斯·拉姆贝尔(Charles Lambert)于一九〇二年在该校讲演的文章,经其亲自译为世界语,收入于其论文集《花圈》(Bukedo)中。此文所述,重在希腊医神阿斯克莱片奥(Asklepios)庙中医病的事情,题中所谓朝山和奇迹地即指此处。作者自谓竭力避开厌倦的完全科学方法,仅择读者所不大知道的,略带科学性的一点,使读者感到兴趣。文中人名地名的译音概照世界语规则,因而有几处稍与希腊音不同,如字末之 se 和 us 概代以 o,或在有些字的末尾加上 o 字等。一九二五年九月,在北京。”文章共分三节,本次刊载为第一节,第二节刊载于《语丝》第四十六期,九月二十八日出版;第三节刊载于《语丝》第四十七期,十月五日出版。后收入一九二八年三月上海光华书局版文艺论集《花束》。

10 月 13 日,访鲁迅。《鲁迅日记》载:“上午往女师大讲。鲁彦来。”

10 月 23 日,与荆有麟访鲁迅。《鲁迅日记》载:“鲁彦、有麟来。”

12 月 30 日,在《晨报副刊》第一四一七号发表小说《小雀儿》,署名鲁彦。本次刊载未完,后又陆续刊载于十二月三十一日第一四一八号、一九二六年一月六日第一四一九号,一月七日第一四二〇号、一月九日一四二一号,写作时间署为“一九二五,十二月十一日,北京”。后收入小说集《柚子》。

1947 年,徐迟与谭得先均在私立南浔中学任教,其时徐迟曾听谭得先谈起她和鲁彦在北京的居住情形:“另一位谭得先先生来时,她曾告诉我她是作家鲁彦的第一个妻子。那时他们在北京,生活非常困难。因靠卖稿为生,是不够生活的。稿子卖出去了还仅能生活,何况有的稿子还会卖不出去,不能够发表的呢。有一天,可是得到了一笔比较可观的稿费了。谭得先说,她以为这些天该可以过一点儿像样的生活了吧。哪知鲁彦出去领了稿费回来,那样兴高采烈,他买到一件好东西了。谁也不会想到他买的竟是这样一件好东西。他买了一个‘怀峨琳’,就是小提琴。他高兴得不得了,满口赞美它,‘嘿嘿! 好琴!’但是他并不会拉小提琴,他只会看着它,并赞叹,‘它会发出最好听、最美丽的声音来。’谭得先说,她真是哭笑不得。鲁彦是很好的诗人和作家,但是她如何能和这样的人在一起生活呢? 他们最后只好分开了。(我还听说,另一次鲁彦拿到一笔稿费后,买过一架望远镜,并满口赞许地对他的妻子说道:‘这东西真是好极的了,它是可以看得很远很远的呵!’)”②

---

① 许杰:《我与鲁彦》,《新文学史料》1979 年第 2 期。按,此文作于 1944 年年底,时已发表,原刊未见,此次由《新文学史料》重新刊发,文末附有许杰的后记。

② 徐迟:《江南小镇》(下),《徐迟文集》第 10 卷,作家出版社 2014 年版,第 8 页。

1926 年(民国十五年)　二十五岁

2 月 3 日,在《晨报副刊》第一四三五号发表所译波兰作家年摩耶夫斯奇的小说《小鹿》,署名鲁彦。文末有《译者识》,交代作家生平及相关评价,谓:“年摩耶夫斯奇(A. Niemojewski)的生时不详,唯据格拉包夫斯奇(A. Grabowski)在年摩耶夫斯奇的《传说集》(Legendoj)世界语译本上序言,知其为波兰现时有名的作家,一九〇六年起尚在波兰编辑独立思想报。《传说集》译本将出版前(一九一一年出版)尚有信与译者,据译者所说。格拉包夫斯奇述其著作甚详,其大略为:始作抒情诗甚多,继作剧本和小说,复进而为波兰文学的研究著作及各处旅行的写真,最后则研究宗教,其译作亦多。‘年摩耶夫斯奇的诗中到处闪耀着美丽的,精致的形式和高贵的倾向,尤其是在他歌咏劳工界的欢乐和苦恼的诗中’,格拉包夫斯奇序中说。周作人先生所译的波兰近代文学中,作者曾称之为‘少年的猛烈的气质的诗人’。本篇系由波兰巴音博士所译的世界语本波兰文选中译出。一九二五年,一,二十,译者识。”译文后收入《世界短篇小说集》。

2 月 17 日,《申报》本埠增刊发表张若谷的《太阳神话研究——中国、印度、希腊、北欧神话的断片》,张若谷比较了中国、印度、希腊以及北欧神话中的关于太阳神的想象,其中在谈及希腊神话中太阳神阿波罗时,介绍了当时国内的种种译法,亦包含王鲁彦的译名:“爱普庐的故事,散见在各种书本者很多,我们不便一一详细举出,现在姑且把国人各种不同的爱普庐译名,附抄几个在下面,请诸位随时留意:郑振铎译做‘阿波罗’,沈雁冰译做‘阿博洛’,钱稻孙译做‘亚博洛’,鲁彦译做‘阿坡虏’,华林译做‘阿宝弄’,冯梁译做‘亚婆劳’,陈白鸥译做‘亚保罗’,丰子恺译做‘阿普洛’,某君译做‘亚波罗’。我们因为上海有一家影戏院已经译做‘爱普庐’了,这三个字也不叫人讨厌,就老实不客气地沿用他是了。”

3 月 4 日,在《晨报副刊》第一四四八号发表小说《美丽的头发》,署名鲁彦。本次刊载未完,后又续刊于三月六日《晨报副刊》第一四四九号。后收入小说集《柚子》。

3 月 9 日,夜访鲁迅。《鲁迅日记》载:“晚鲁彦来。”

3 月 10 日,在《小说月报》第十七卷第三号发表小说《自立》,署名鲁彦。后收入小说集《柚子》。

3 月 18 日,夜访鲁迅。《鲁迅日记》载:“夜鲁彦来。”

5 月 22 日、24 日、26 日、29 日、31 日、6 月 12 日,所译的法国作家拉姆贝尔的论文《睡美人和神仙故事》陆续在《晨报副刊》(1394 号、1395 号、1396 号、1397 号、1398 号、1403 号),署名鲁彦,初次刊载前有译者附记,谓:“查理斯·拉姆贝(Charles Lambert)系法国第戎大学(Universitato de Dijon)的教授。本篇由其所著《花束》(*Bol*)一书中译出,曾于一九〇二年十二月,在阿耐西剧场(Teatro de Annecy)中讲演过一次。睡美人在世界语译文为 La Belulino kiu Dermad Arbaro,英译为 The Sleeping Beauty。”译作时间署为“一九二六年五月七日译完,北京”。后收入文艺论集《花束》。

夏,离开北京回到长沙,在古稻田省立第一女子师范任教[1],教授国文。同事有周世钊、陈子展等人,教书不久又返回北京。[2] 鲁彦在长沙省立第一女子师范任教期间结识周贻白,后来周贻白回忆:“我和他认识,还是在国民革命军北伐之前;那时他在湖南长沙教

---

① 得先:《青少年时期的鲁彦》。

② 据刘增杰、陈子善:《鲁彦夫人覃英同志访问记》。

书，正和谭昭女士结褵未久，同住在长沙东城柑子园黄华瘦的屋子里。黄为江西人，亦谙习世界语。同时，在长沙也有一所世界语学校，即由黄创办，鲁彦之与黄同宅，便是因为大家都属提倡世界语的同志关系。我因与黄华瘦为旧交，所以常到那屋子里去，因而认识鲁彦。不过，这时候我和鲁彦，只是泛泛之交，彼此都没有什么深切的认识，但记得他在那里住了好几年。”①

7月，北伐战争爆发，因向往革命，多次计划南下，未果。

8月10日，在《小说月报》第十七卷第八号发表所译匈牙利作家 Ferenc Herczeg 的小说《丽西、爱尔彩、爱丽沙白》，署名鲁彦。后收入《世界短篇小说集》。

8月16日，在《语丝》第九十二期发表所译保加利亚作家安那·卡吕玛的散文诗《天鹅的歌》，署名鲁彦。文末有译者附记，谓："安那·卡吕玛（Anna Kariuva）生于一八七一年，是保加利亚的妇女运动的领袖，作小说很多，所著《建筑物之上》（*Super in Masonajo*）一剧已在国立剧场中排演。本篇系由伊凡·克来司太儒夫（Ivan H. Krestanov）君所编的《保加利亚文选》中译出。一九二六年，六月一日，记"。

8月19日，翻译的显克微支小说《光照在黑暗里》，连载于《世界日报副刊》第2卷第18号（1926年8月19日）、19号（8月20日）、20号（8月21日）、21号（8月22日）、22号（8月23日）、23号（8月24日），篇末有附记，谓："本篇题原题为拉丁文 Lux in Tenebris Lucet，今译其意，全文自丽茄柴孟霍甫女士（Lidja Zamenhof）所编译的世界语本显克微支小说集中译出，又据寇丁（Jeremiah Curtin）的英译本略加修改。"

8月20日，在《学林》杂志第二卷第五期发表所译拉姆贝尔论文《沙库泰拉和印度的戏剧》，署名王鲁彦。文前有译者附记，谓："本篇作者查理斯·拉姆贝尔（Charles Lambert）系法国第戎大学的教授，所著《花束》（Bukedo）一书，极为文学界所珍视，本篇即其中之一。沙库泰拉（Sakuntala）是印度古典戏剧中的一篇名著，卡李达琐（Kalidaso）作，可以说是印度戏剧的代表著作。印度戏剧和中国的颇相似，我们读了这一篇文章，不但可以知道印度戏剧的面目，还可以得到不少指示，所以特地把它介绍出来。　译者附记"。

8月21日，译毕保加利亚作家遏林沛林的小说《访教父去》，后刊于一九二七年二月十二日出版的《语丝》第一一八期，署名鲁彦。文末有译者附记，谓："这一篇由克莱斯泰儒夫君所编的《保加利亚文选》中译出。一九二六年八月二十一日"。后收入《世界短篇小说集》。

9月11日，在《语丝》第九十六期发表所译保加利亚作家遏林沛林的散文诗《眼波》，署名鲁彦。文末有译者附记，谓："遏林沛林（Elin-Pelin）是保加利亚的有名作家，生于一八七八年，提米太尔·伊凡诺夫（Dimitar Ivanov）是他的真姓名。他善于描写乡村的生活，而他的诗和短篇故事尤有名。这一篇由《世界语青年月刊》（*Esperantista Donularo*）一九二四年十月号中译出，原译者署名 Flamulo（情人），真名不可考。　一九二六年八月二十日记"。

9月27日，作《犹太小说集》序言，写作时间署为"一九二六年，九月，二十七日，在上海，鲁彦"。

10月24日，在《狂飙》周刊第三期发表《译犹太作品两篇》，两篇小说译文分别为 I. L. Perec. 的《和尔木斯与阿利曼》、Salom-Alehem. 的《宝》，文末署名鲁彦译。一九二六

---

① 周贻白：《悼鲁彦》，《文章》第1卷第2期，1946年3月1日。

年十月二十五日《申报》载该期要目。后《和尔木斯与阿利曼》收入《犹太小说集》。

10 月，小说集《柚子》由上海北新书局出版，署“王鲁彦小说集”《柚子》，司徒乔作封面，鲁彦前有致谢“谢谢司徒乔先生，他给我画这个封面”。实价六角。内收小说凡十一篇，计：《秋夜》《狗》《秋雨的诉苦》《灯》《柚子》《自立》《许是不至于罢》《阿卓呆子》《菊英的出嫁》《小雀儿》《美丽的头发》。1927 年 7 月，上海北新书局再版。

小说集取名为《柚子》与鲁彦个人爱好有关，时人以为“鲁彦很喜欢吃柚子，所以他的第一部创作集就叫做《柚子》”[①]。鲁彦后来在创作谈《关于我的创作》中说：“《柚子》是我的处女作，写那些文章的时候，我的年纪还轻，所以特别来得热情，呼号，咒诅与讥嘲常常流露出来。现在看起来，觉得非常幼稚，没有技巧，不成为小说。但是可爱的地方也就在这里，不能当它们为小说看，却能当我的年青时代的生命的反映看。在那里有天真的孩子气，纯洁的灵魂与热烈的情感。文笔是直率的，有时也有一点诗似的美句。”[②]

《柚子》出版后不久，高长虹就写信给王鲁彦：“请寄给我一本《柚子》，我吃了留下核子好给它的读者。”而高长虹第一次完整地阅读《柚子》，则是在“一年冬天我回北京去的船上”。[③] 高长虹第二次阅读《柚子》则是在 1928 年初，高长虹称：“到我二次来看这本《柚子》的时候，杂志上已有文字在批评这本书了。他们已经知道了这本书的好处。所以，我目前也不想再来多嘴了。”[④]此外，高长虹也指出自己曾经听说过鲁彦早年的故事，从中也预示到了这本作品的因由：“我在三四年前，曾听到一个朋友告诉我柚子的作者在长江船上的一段故事。我那时便依稀感到这本《柚子》的产生了。因为作品是生活的产儿。有怎样的生活，便会有怎样的作品。这结果，便是我终于在东海船上得读这本《柚子》了。”[⑤]

沈从文在《论中国创作小说》中写道：“鲁彦的《柚子》，抑郁的气分，遮没了每个作品，文字却有一种美，且组织方面和造句方面，承受了北方文学运动者所提出的方向，干净而亲切，同时讽刺的悲悯的态度，又有与鲁迅相似处，当时文学风气是《阿 Q 正传》支配到一部分人趣味的时节，故鲁彦风格也从那一路发展下去了。”[⑥]

11 月 7 日，在《狂飙周刊》第五期发表《译波兰民歌四首》，四首民歌分别为《把我给了杨苛罢》《请你填平了山和谷》《呵流水旁的荚莲儿》《哥萨克人》。文末署：“由世界语本译出，鲁彦。”同期刊有高长虹《走到出版界》系列文章之《1925，北京出版界形势指掌图》，对鲁迅大肆攻击。一九二六年十一月十日《申报》载该期要目。

12 月 26 日，在《狂飙》周刊第十二期发表所译波兰显克微支的小说《提奥克虏》，文末署“鲁彦，由世界语本译出”。后收入《显克微支小说集》。

---

① 彳亍：《文人逸话》，《微言》周刊，1933 年 7 月 8 日。

② 鲁彦：《关于我的创作》，《创作的经验》，上海天马书店 1933 年版，第 104 页。

③ 长虹：《〈柚子〉和它的核子》，《世界》周刊第 5 期，1928 年 1 月 29 日。据廖久明判断，高长虹文中所说的“一年冬天”大约在 1927 年 1 月初，但是殊未可惜的是，廖久明并未给出这样推断的理由。参看廖久明《高长虹年谱》，人民出版社 2011 年版，第 181 页。

④ 之所以判定高长虹在 1928 年初第二次阅读《柚子》，是因为这篇《〈柚子〉和它的核子》末尾写作日期为“二月七日”，即 1928 年 2 月 7 日。此时高长虹所说“杂志上已有文字在批评这本书了”，应当是指茅盾以“方璧”为笔名发表于 1928 年 1 月 10 日《小说月报》第 19 卷第 1 期的《王鲁彦论》。故而高长虹第二次阅读《柚子》的时间当在 1928 年 1 月 10 日至 2 月 7 日之间。

⑤ 长虹：《〈柚子〉和它的核子》，《世界》周刊第 5 期，1928 年 1 月 29 日。

⑥ 沈从文：《论中国创作小说》（续），《文艺月刊》第 2 卷第 5、6 期合刊，1931 年 6 月 30 日。

12月，上海开明书店出版鲁彦译的《犹太小说集》，列为“文学周报社丛书”之一。内收短篇小说凡十四篇，按作家分别排列，计：夏虏姆·阿来汉姆六篇——《腊伯赤克》《中学校》《诃夏儒腊婆的奇迹》《不幸》《宝》《创造女人的传说》；俾莱芝六篇——《灵魂》《姊妹》《七年好运》《披藏谢标姆》《又用绞首架了》《和尔木斯与阿利曼》；宾斯基一篇——《搬运夫》；泰夷琪一篇——《资本家的家属》。实价大洋五角，一九二七年十二月再版。

本年，鲁彦在长沙时，经常和朋友小聚谈天，气氛融洽。“在长沙时，我喜欢听鲁彦谈他的恋爱经过，因为当时我还不曾结婚，像法国 Prevost 所写的《妇人书简》似的，对于此道简直莫名其妙。鲁彦详细地叙述怎样与他的爱人饮酒，怎样同睡，他的爱人在失去处女贞操以后又是怎样的痛哭，他又是怎样的安慰她，我都听得津津有味。”①

一个中秋之夜，鲁彦同赵景深等几个朋友特地雇了一条船，泛舟湘江，在湘江橘洲渡口等月亮。“鲁彦似乎听得学生们的歌声，也有些技痒。他弹奏起琵琶来，一面弹奏，一面歌唱着王维的《阳关三叠》。一会儿唱着‘无故人，无故人！’一会儿唱着‘你苦辛，你苦辛！’”②

1927 年（民国十六年）　二十六岁

年初，长子长佑出生。不久，鲁彦到武汉，任汉口《民国日报》编辑，编辑副刊，妻子谭昭则回到湖南在私立攸叙女子学校任教。③ 其时报社社长为董必武，总主笔是茅盾。

1月2日，在《狂飙》周刊第十三期发表所译波兰显克微支的小说《天使》，文末署“鲁彦，由世界语本译出”。后收入《显克微支小说集》。

1月10日，在《小说月报》第十八卷第一号发表所译显克微支的小说《老仆人》，署名鲁彦。文末有译者附记，谓：“这一篇从丽茄·柴孟霍夫女士（Lidja Zamenhof）所编译的世界语本《显克微支小说集》中译出，又参照了寇丁（Jeremiah Curtin）的英译本，略有增改。”一九二七年四月二十七日，《申报》载该期要目。后收入《显克微支小说集》。

1月23日，在《狂飙》周刊第十六期发表所译拉忒维亚 J. Gulbis 的散文诗《黄叶》，署名鲁彦。文末有译者附记，谓：“这一篇登在1925年十月份的《世界语月刊》中，V. Gailitis 君译。关于作者事略不详。拉忒维亚（Latvia）即莱多尼亚（Letonia）。”

3月10日，在《东方杂志》第二十四卷第五号发表所译保加利亚 St. Runevski 的小说《学生》，署名鲁彦。文末有译者附记，谓：“这是伐佐夫做的保加利亚国歌的一节，盖奥尔干这里用‘和我们的米哈尔’代替了‘和我们的大将’，表示他的快乐。”后收入《世界短篇小说集》。

4月17日，在《中央副刊》（《中央日报》的副刊）星期日特别号《上游》④周刊第四期发表译诗两首，分别为：恼威托尔干尔生作的《我们自己的日子》，俄国米哈耳斯基作的

---

① 赵景深：《记鲁彦》。

② 同上。

③ 据得先：《青少年时期的鲁彦》。

④ 《上游》周刊，1927年3月27日出版，附于汉口《中央日报》的副刊《中央副刊》。1927年3月26日星期六，孙伏园在《中央副刊》第5号作了预告《上游——本刊星期日特别号》，声明自明天起，每周日定期一张《上游》。孙伏园介绍刊物的性质“是高高低低，深深浅浅，三教九流，无所不谈的。……一反从前在星期日作浅显讲坛的习惯，我们在七日中挑出一个星期日来专讨论和介绍一些比较专门的问题”。刊物主要成员有十位：沈雁冰、吴文祺、郭绍虞、梅思平、陶希圣、陈石孚、樊仲云、傅东华、顾仲起、孙伏园。通讯处在武昌阅马场武昌路福寿里二十六号。

《我们是……》,均署名鲁彦。

5月21日,国民党第三十五军军长何键策动,驻守长沙的第三十三团团长许克祥于此日率部包围湖南省总工会、农会以及其他革命团体,大肆捕杀共产党员、国民党左派以及工农群众,是继蒋介石发动"清党"后的又一反革命政变,史称"马日事变"。在"马日事变"前后,鲁彦回到长沙将妻儿接到汉口,不久由汉口回到镇海老家。[①]

7月10日,在《小说月报》第十八卷第七号发表小说《黄金》,署名鲁彦。后收入小说集《黄金》。文末紧接着就是秉丞(即叶圣陶)的评论《读〈柚子〉》,称最爱《狗》《柚子》《阿卓呆子》三篇,"作者的感受性非常锐敏,心意上细致的一点震荡,就往深里,往远处想,于是让我们看见个诚实、悲悯的灵魂。作者的笔调是轻松的,有时带点滑稽,但骨底里却是深潜的悲哀,近于所谓'含泪的微笑'。作者的文字极朴素,不见什么雕饰。这三者合并,就成一种自有的风格,显与其他作者的并不一致。或谓,鲁彦君的作品与某作家的相像,其实相像云者,只是可以粗略地归入一类而已,绝非一样,也未必近似"。

一九二九年九月,AL社同人编选的《现代中国小说选》由上海亚细亚书局出版,内收四十五位名家名作,王鲁彦的《黄金》入选。书前有署名为"吴伯兰"(即赵景深)所作的序言,对各家进行评点,其中说:"有些篇是固定的、著名的,比方鲁迅的《阿Q正传》、许地山(即落华生)的《命命鸟》、朱自清的《别》、王鲁彦的《黄金》、黎锦明的《出阁》、陶晶孙的《木犀》,是许多人称赞过的,几乎成了大家的公意。"

7月31日,上海世界语学者齐聚大东酒楼庆祝世界语诞生四十周年,参加者有陈兆瑛、熊子英、胡愈之、鲁彦等,鲁彦在会上曾发表演说。八月二日,《申报》报道会议情形:

世界语四十周年纪念大会纪

上海世界语学者,以今年为该语诞生之四十周年纪念,日昨(七月三十一日)特假座大东酒楼,举行热烈之庆祝大会。到会者约四十余人,中有菲列滨、奥地利、日本及各地世界语学者。下午四时由宝山路三德里世界语学会出发,先至万国公墓谒司托泼尼同志之坟茔,以司君为创办上海世界语学会时赞助最力之一人。六时赴大东酒楼,七时开会,首由主席陈兆瑛君宣布开会宗旨,并报告国内外世界语运动之概况,略谓语诞生仅四十年,而其传播普遍发展迅速,实大足令人惊异。现今国内学校多已加世界语一科,他如无线电、邮政铁路等机关,最近均已议决采用世界语,今天我们特举行热烈之庆祝,以纪念此光荣灿烂之历史。陈君演说毕,菲列滨伐尔佐沙君及熊子英、杜孝穆、李虚舟、黎世良诸君相继报告各地世界语运动之情形,及其个人之感想。中国无线电专家曹仲渊君演说世界语与无线电之关系,日本石井菊太郎及胡愈之、王鲁彦诸君用世界语演说后,遂摄影而散。

9月10日,在《小说月报》第十八卷第九号发表小说《毒药》,署名鲁彦。后来收入小说集《黄金》。本期为芥川龙之介专号,刊有江炼百、郑心南、梁希杰、顾寿白、谢六逸、胡可章、周颂久、夏韫玉、夏丏尊、黎烈文各译或合译的小说十篇,同时有谢六逸译的芥川氏小品四种,讱生、宏徒各译的芥川氏杂著两种,创作只有三篇,分别为鲁彦的《毒药》、茅盾

① 据得先:《青少年时期的鲁彦》。

的《幻灭》和郑振铎的《春兰与秋菊》，均为小说。

9月16日，在《北新》周刊第四十七、四十八期合刊发表所译俄国作家库卜林的小说《月桂》，署名鲁彦。同期有鲁迅《读书杂谈》。一九二七年九月九日、九月十六日《申报》载该期要目。

9月21日，《申报》载上海北新书局刊出"新文学创作、翻译、批评书籍"，称："中国自有新文学以来，以本局出版的文学书为最纯粹，最伟大，最动人，最有价值，最受中外人士的欢迎！"创作编有王鲁彦的再版《柚子》，"再版《柚子》，王鲁彦著，实价六角"。

9月25日，作即将出版的译作《花束》的序言，写作时间署为"一九二七，九，廿五，鲁彦于上海"。

10月1日，在《民铎杂志》第九卷第二号发表《全世界庆祝的今年——世界语产生四十周年纪念》，署名鲁彦，写作时间署为"一九二七年十一月作于上海宝山路三德里世界语函授学校内"①。

10月10日，在《小说月报》第十八卷第十号发表小说《一个危险的人物》，署名鲁彦。后收入小说集《黄金》。同期茅盾的《幻灭》续完，老舍的《赵子曰》续载至第七篇。一九二八年二月十七日、三月十一日、四月一日，朱自清以"白晖"为笔名，陆续在《清华周刊》第二十九卷第二号、五号、八号连载评论《近来的几篇小说》，谈《小说月报》上近期发表的三篇小说：茅盾的《幻灭》、叶圣陶的《夜》与王鲁彦的《一个危险的人物》，认为这三篇小说体现了文坛的一种新趋势，"这就是，以这时代的生活为题材，描写这时代的某几方面；前乎此似乎是没有的。这时代是一个'动摇'的时代，是力的发展的时代。在这时代里，不用说，发现了生活的种种新样式，同时也发现了种种新毛病。这种新样式与新毛病，若在文艺里反映出来，便可让我们得着一种新了解，新趣味；因而会走向新生活的路上去，也未可知。……这三篇原都不曾触着这时代的中心，它们写的只是侧面；但在我，已觉得是一种值得注意的新开展了"。其中"《一个危险的人物》虽也涉及时代的事情，但其中实是旧时代的人物——连主人翁也是——在动作；涉及这时代的地方，只是偶然，只是以之为空的骨架而已。而因描写的不真切，亦不能给多少影响于人。只因既然涉及了这时代，便也稍加叙述罢了"②。

10月12日，鲁迅午收鲁彦信。《鲁迅日记》载："午得鲁彦信。"

10月15日，鲁迅午后复鲁彦信。《鲁迅日记》载："午后复鲁彦信。"

11月16日，于上海作《世界短篇小说集》的序言，写作时间署为"鲁彦写于上海。一九二七，十一，十六"。后收入《世界短篇小说集》。

11月，鲁彦由世界语翻译的俄国作家马明·西皮尔雅克的童话集《给海兰的童话》由上海光华书局出版，为《狂飙丛书》第三辑第三种，书前有题辞"译呈肖眉和特夫——鲁彦"。本书一九二七年十月付印，十一月发行，售价实价大洋二角半。除《序》外，内收童话凡五篇，计：《长耳朵，斜视眼，短尾巴的大胆的兔子》《小蚊子》《最后的苍蝇》《牛乳儿，麦粥儿，和灰色的猫满尔克》《是睡觉的时候了》。

本年底，从老家携带家眷到上海转南京。

---

① 本期《民铎杂志》于1927年10月1日出版，但是文章写作日期却署为1927年11月，前后矛盾，疑排印时将写作时间排错。

② 白晖(朱自清)：《近年来的几篇小说》，《清华周刊》第29卷第8期，1928年3月30日。

1928年(民国十七年)　二十七岁

春,应作家荆有麟之约到南京国民政府国际宣传科任世界语翻译①,负责编写对波兰、芬兰等东、北欧国家的宣传小册子。

是年春,穆素(即张天翼姐姐)把全家从上海搬到南京,住在圣公会的一幢洋楼里。经姚蓬子介绍,鲁彦一家也暂时居住于此。穆素回忆:

"几天之后,蓬子跟我商量,介绍一个朋友来借住我们的空房子。我因为听说那家有两个小孩子,自己小孩太多,恐怕弄不好,很不高兴。但既是蓬子跟弟弟已经答应了人家,我自然也只好同意,毫没商量的余地了。那搬来的就是鲁彦跟他的原配夫人谭昭。于是我们那间大起居室里真有人满之患了。

"那时的鲁彦虽是已经有两个孩子的爸爸,年龄比弟弟跟蓬子也大一点,可是他的孩子气最足,很快就跟我的孩子们打得火热了。他们在一起吹笛子、唱歌(鲁彦教给他们当时最时髦流行的《妹妹我爱你》《毛毛雨》等歌),下象棋,玩扑克,往往要闹到夜深了被多少次数的催逼才肯去睡。星期天他们打网球,逛公园,骑脚踏车,游水。转眼到了暑假,草地上,球场上更是不断的看得见他们打成一堆,喊叫笑骂的声音时常夹在唱歌声里闹成一片。这大围墙里包括着四幢大洋楼和球场草地,虽然只住了我们这十几个人,一点不显得寂寞,相反的只有嫌太闹得慌了。"②

1月10日,在《小说月报》第十九卷第一号发表所译波兰作家普鲁士的小说《古尔达》,署名鲁彦。文末有译者识,谓:"这篇普路士(Bolestaw Prus)的小说由《万国语月刊》第十四年六号中译出,由原文译为世界语的是罗山恩斯讨克(S. Rosenstock)。——译者识"。同期刊有茅盾署名"方璧"的《王鲁彦论》。一九二八年三月十七日《申报》载该期要目。译文后收入《世界短篇小说集》。

1月11日,《申报》本埠增刊,署名"士骥"的发表《读最近两期〈小说月报〉》,对九、十月号的《小说月报》进行评点,其中尤其盛赞了茅盾的小说《幻灭》,结末也特地提及鲁彦,称其为"新近作家"。

2月5日,上海世界语学会召开常务会员会,推定王鲁彦、胡愈之、钟宪民等人为本届会议筹备员。一九二八年二月十四日,《申报》报道了这次会议:

世界语学会年会之筹备

> 上海世界语学会会员大会,向例每年四月间举行一次。去岁因时局影响,未曾举行。本月五日,该会常务会员会特议决将本届会员大会提早开会,推定黄尊生、莫纪彭、梁冰弦、黎维岳、胡愈之、陈兆瑛、孙义植、周泽、徐耘阡、马一铎、王鲁彦、索非、钟锦涛、钟宪民十四人为本届大会筹备员。日昨筹备会议讨论结果,定三月十日、十一日两天开本届委员大会。至大会地点、节目及外埠同志来沪之招待事宜,已由各筹备员分别担任,预料此次大会开幕于世界语运动必有以促进之也。

2月5日,在《一般》第四卷第二号发表所译遏林沛林③的小说《安特列奥》,署名鲁彦。文末有译者附记,谓:"遏林沛林(Elin Pelin)生于一八七八年,Dimitar Ivanov 是他的

---

① 赵景深1928年4月29日致汪馥泉信,谈及各朋友近况称"鲁彦现在南京做官(市政府编译科员)"。孔另境编:《现代作家书简》,花城出版社1982年版,第164页。

② 穆素:《忆鲁彦》,《青年文艺》第1卷第3期,1944年10月10日。

③ 原刊作"遏沛林"。

真名。他是保加利亚现代最著名的作家,以描写乡村生活闻名。他的作品里充满着幽默(humor),流利与朴素。他发见世界所隐藏的美与善。也发见它所隐藏的丑与恶。《访教父去》(见《语丝》),《兄弟》(见《天海》)和这一篇都是尽力攻击或反抗旧势力的作品。此外译成中文的尚有《老牛》(沈雁冰君译),《鹰的羽毛》(周作人君译),《眼波》这篇由世界语杂志 Revuo 中译出。译者附记"。[①] 一九二八年四月十九日,《申报》载该期要目。后收入短篇小说集《在世界的尽头》。

3 月 11 日,上海世界语学会在上海宝山路颐福里开会员大会,会中推举王鲁彦为常务委员之一。一九二八年三月十三日,《申报》报道此次会议:

上海世界语学会员大会纪

上海世界语学会于前日下午二时在宝山路颐福里开会员大会。列者有五十余人,推黄涓生博士为大会主席,周泽君为记录。主席致辞毕,由胡愈之君代表常务委员会报告上海世界语学会之过去与现在,由徐耘阡君报告一九二六年以后会中收支方面之概况,所有提案均分别提交大会讨论。计当日通过者,有"发起第一次全国世界语大会案""敦促教育部下令、实行十一年教育联合会之决议案""请大学院派代表出席万国世界语大会案""整顿会务案扩大宣传案""国内各团体互通消息案"。议案讨论毕,即开始选举,陆式楷、黄涓生、马一铎、徐耘阡、钟冕民、陈兆瑛、义植、王鲁彦、盛国成、钟锦涛、周泽十一人为常务委员,以后全体会员遂相率赴新新公司聚餐,无线电播音摄影[②]散会。

3 月,上海北新书局出版王鲁彦译的《显克微支小说集》[③],内收小说凡七篇,计:《泉边》《宙斯的裁判》《乐人扬珂》《天使》《光照在黑暗里》《提奥克虏》《老仆人》。集前有王鲁彦的《序》,集后附有四张图片,分别为作者显克微支,世界语译者巴因博士、格拉波夫斯奇、丽茄柴孟霍甫女士的相片。鲁彦译,钱君匋作书面,印量一千册,售价实价五角(据版权页)。

一九二八年三月十八日,《申报》刊载北新书局出版新书,中有王鲁彦所译之《显克微支小说集》,称:"《显克微支小说集》,鲁彦译。作者的小说最能探入人生苦闷的深处,但他又能从绝巅转过来,使苦闷变为欢乐。他的长篇小说出版以后,使全世界惊异赞叹,得到诺贝尔的文学奖金。但许多人说他的短篇比长篇更好,此集所收各篇,都是最有名的作品,从世界语译出,又参照英译本略加修改,可当得信、达、雅三字。实价五角。"

3 月,鲁彦翻译的法国学者查理斯·拉姆贝的文艺论集《花束》由上海光华书局出版,署 Ch. Lambert 作,鲁彦译。内收原作者图片一副,论文三篇:《沙库泰拉和印度的戏剧》《希腊的朝山和奇迹地》《睡美人和神仙故事》,并《周作人序》及《译者序》。一九三六年八月上海大光书局再版。

一九二八年四月九日,《申报》本埠增刊"出版界消息"称:"光华书局新出版物:四马

---

① 按照这篇附记,鲁彦翻译的尚有《兄弟》一篇,载《天海》杂志,但本谱撰者尚未见到《天海》。

② 原刊作"音"。

③ 初版本有两份扉页,出版时间不一。第一份题为《显克微支短篇小说集》,1928 年 3 月初版;第二份题为《显克微支小说集》,1928 年 1 月初版,印数 1000 册。查《申报》广告,介绍此书始于 1928 年 3 月 18 日。新出版的书目在《申报》上发布广告时,一般都会及时发布,如若 1 月出版,则断不至于相隔两月之久才在《申报》上发布广告。查鲁彦其他译作如《世界短篇小说集》《花束》等,出版时间与《申报》上的广告时间极为接近,据此本谱取 3 月出版说。再者,唐弢《晦庵书话》也称为 3 月出版。

路光华书局，自本年至三月份止，计出版物之伙，为往年所不及。四月份内预算出版有八种，已出书者有《暮春》《花束》二书，《花束》为 Ch. Larnbert 原著，王鲁彦译，内附有周作人等序言，一时往购求者，异常踊跃。”

一九二八年四月十一日，《申报》载光华书局出版新书，中有王鲁彦译的《花束》：“法国 Ch.Lamber 教授原著，鲁彦译，周作人序，实价五角。

“这本书里有三朵鲜艳的花，译者说把他们供献给真正爱好文学的人们。接受这花束的人将欣悦地得到一点文学上的知识，倘使他愿意知道印度戏剧的情状与其名著，科学与文学发源地，希腊的医学与神话之关系，人人爱谈的睡美人与传说及童话的变化。

“这书在大学校里为良好的参考书，亦是极好的讲义。”

3 月 25 日，《申报》载，《新月》月刊第二期出版预告要目，中有《渺小的生物》，署名王鲁彦。

4 月 1 日，在《新生命》月刊第一卷第四号发表小说《阿长贼骨头》，署名鲁彦。本次刊载未完，五月一日，又续刊于《新生命》第一卷第五号。一九二八年四月一日、二日；五月三日、四日、五日、六日、七日，《申报》载该期要目。后收入小说集《黄金》。

4 月 10 日，在《新月》第一卷第二号发表小说《微小的生物》，目录署王鲁彦，正文署鲁彦。一九二八年十二月二十五日、二十九日，《申报》载该期要目。后收入小说集《黄金》。

5 月 3 日，蔡公时在济南被日军杀害，鲁彦因如实报道济南情形触怒国民党政府反动当局而被撤职。后来国民党当局又劝引他到王平陵等主持的书报检查机关工作，鲁彦坚辞不就。[①]

5 月 25 日，在《东方杂志》第二十五卷第十号发表所译德国作家嘉米琐的小说《失了影子的人》，本次刊载未完，后又续刊于六月十日第二十五卷第十一号、六月二十五日第二十五卷第十二号，均署名鲁彦。一九二八年八月二十二日，《申报》载该期要目。后出版单行本。

5 月，小说集《黄金》由上海人间书店出版[②]（一九二八年四月发印，五月出版），钱君匋作封面，印数一千册，实价五角半。内收小说凡五篇，计：《黄金》《毒药》《一个危险的人物》《阿长贼骨头》《微小的生物》。一九二九年七月上海新生命书局再版，再版时加入一篇序言《未曾写成之序——即以此代序》和一篇小说《最后的胜利》。鲁彦曾将这本小说送给友人。[③] 一九二八年五月三十日，《申报》载人间书店出版新书，介绍有鲁彦的《黄金》、魏金枝的《七封书信的自传》和朱溪的《天鹅集》。其中对鲁彦《黄金》的介绍是：“《黄金》，鲁彦著，实价五角半。这是鲁彦创作的第二集，比他的处女集《柚子》更精彩而

---

① 据刘增人、陈子善：《鲁彦夫人覃英同志访问记》。

② 上海人间书店出版此书时，书店形势不容乐观。1928 年 6 月 7 日，赵景深致汪馥泉信中说：“人间书店系汪静之的堂兄所办，资本只有数千元，出了一本《天鹅集》（朱溪著），一本《黄金》（鲁彦第二创作集），据说已岌岌可危，大有倒闭之势。各处书店均无款项寄来，颇难以维继云。铁民也帮他们的忙，听说。”见孔令境编《现代作家书简》，上海书店出版社 1936 年版，第 237 页。

③ 朱金顺先生收藏了《黄金》的作者签名本，在该书目录前的空白页上题有“给 耘阡兄 鲁彦”，在这段题签后又有“转赠给 元恺兄 涛”的字样。（见朱金顺：《我所收藏的鲁彦作品》，载《新文学资料丛话》，河北教育出版社 2006 年版，第 34 页。）只是朱先生尚未考证“耘阡”为何人。按，1929 年逃亡在外的周全平从东北回到上海，会同谢旦如、徐耘阡、孟通如、唐瑜等人在上海城内老西门合作创办西门书店，又于楼上附设咖啡座，鲁彦亦是座中常客。此“耘阡”当为时任西门书店职员的徐耘阡。

成熟了。他取了光芒的想象,特殊的风致,冷隽的快笔,深刻的词句,写出一般魍魉的世故来,实叫读者哭笑不得。"

鲁彦后来在创作谈《关于我的创作》中说:"此后我的年纪渐渐大了,热情也就渐渐有意无意地减少起来。《黄金》这一集子便代表了我那一时期的改变:其中一部分仍是带着热情写的,一部分是冷静地写的。"①

6 月 20 日,南京国民政府中央宣传部为编孙中山全集组成一编辑委员会,编委会于此日在宣传部秘书室开第一次会议,商讨孙中山全集的具体编纂事宜。王鲁彦参加,会中讨论后负责孙中山文集中关于西文部分的译述工作。②

8 月 1 日,在《新生命》第一卷第八期发表所译爱沙尼亚作家土革拉司的小说《坡披和猢猢》③,署名鲁彦。文末有长篇译者附记,详细介绍了爱沙尼亚历史境遇和作者信息,谓:

"爱沙尼亚(Esonia 或 Esthonia)东界俄罗斯,北濒芬兰湾,南接莱多尼亚,西临波罗的海,而望瑞典。面积有二万三千余方里,人口仅百万,是欧洲极小的一个新兴国。人种源于条耳民族(Turania),与芬兰人相近。纪元前为他族所迫,而至此处。他们在四面剧烈的角逐争斗之中,独立约一千多年。而十二世纪,为条顿民族侵占,人民遂被逼为农奴,四百多年不准享受教育。及至十六世纪,转入于瑞典之手,人民始较自由。至一六九八年,差不多每一个成年的人都能阅读了。瑞典的管理是很好的,这一个时期,爱沙尼亚人称为'黄金时代'。但爱沙尼亚不久又被俄国夺去,爱沙尼亚又变成了俄国人的奴隶,较瑞典以前所受的还痛苦,俄国的沉重的铁手压住了爱沙尼亚的进步。至一千八百十七年,俄皇亚历山大第二宣布废除农奴,只是一种欺骗。他们耕的是他们祖先遗留下来的土地,他们算是宣布'自由'了,但他们自己没有土地。除了出最高的钱向俄国贵族租借过来耕种,他们没有别的生存的方法。这样,给与他们的只有饥饿,逼得他们于一千八百二十年至一千八百六十年中叛变骚扰了几次,到一千八百六十一年,他们才得到了购买土地权,他们才抬起头来看见了阳光。然而俄国人的压迫是无穷的,一千九百另五年,曾引起了他们起剧烈的革命。但结果却愈加可怕。从前所得到的微小的权利又没有了。爱沙尼亚人民除了血,没有别的。学校变成了俄国的学校,爱沙尼亚人的团体被解散,爱沙尼亚人的报纸被封禁,连爱沙尼亚的文字也受逼迫而摇动了。这是多么可怕的亡国的悲剧!然而希望仍在爱沙尼亚人的心深处,他们仍继续努力着求他们的自由,求恢复他们的国土。欧战爆发后,爱沙尼亚乘俄国革命之际,奋然崛起,终于成立了一个新的独立的共和国。

"知道了爱沙尼亚的历史,我们就可知道爱沙尼亚的文学史一大部分。爱沙尼亚受各国的压迫,延长到七八百年,中间几年有几次连文字都快被他们消灭。如果爱沙尼亚有文学,那便一定是非常的稀少,而且这稀少的文学多半是充满着不幸的,痛苦的呼号与血和泪的。

"这是的确的,爱沙尼亚的文学历来最多的就是这一类,十九世纪末,而且几乎从失望,悲哀沦于厌世的园地了。

---

① 鲁彦:《关于我的创作》,《创作的经验》,上海天马书店 1933 年版,第 104 页。

② 《编辑中山全集,宣传部开编辑会议》,《大公报》(天津版),1928 年 6 月 29 日。

③ 原刊目录与正文中均作"坡披",《王鲁彦研究资料》将此篇题目更为《披披和猢猢》,但未作说明,有何理据。揆诸文意,似乎原刊标题有误,但不知是"坡坡"抑或"披披",故而此处暂且存疑,取用原刊,不予更改。

“新的场面的开辟，充满着希望与警惕的记号的文学，是开始在二十世纪的最初。本篇作者土革拉司（Friedebert Tuglas）就是一个有力的代表。他的小说充满着美与幻想之外，还带着丰富的象征的色彩。他在现在爱沙尼亚的文坛中是一个最有名的人物。

“他所作的这篇《坡披和猢猢》，象征的什么，我们知道了爱沙尼亚的历史，也就知道了。亡国奴的痛苦，俄国的专制与虐待以及任意的破毁，在这里反映得非常明晰。此篇作于一千九百十四年，正当欧战欲发未发之际。作者似已感到，故本篇有这样恐怖的，也可说是充满着希望的结束。至于心理的分析之精细，美与幻之错综，尤为本篇之特色，也就是土革拉司惊人的才力。

一九二八，七，十日，译者附记。”

后收入一九〇三年三月上海神州国光社出版的《在世界的尽头》。

8月，鲁彦翻译的《世界短篇小说集》由上海亚东图书馆出版发行，实价大洋九角，内收短篇小说凡十六篇，计俄国三篇：《月桂》（库卜林）、《汉蒂额夷的天鹅》（西皮尔雅克）、《仅有的不如意》（刚杜鲁息金）；波兰三篇：《古尔达》（普路斯）、《对神的牺牲》（先罗什伐斯基）、《小鹿》（年摩耶夫斯基）；匈加利亚两篇：《二金虫》（加尔陀尼）、《丽西·爱尔彩·爱丽沙白》（海尔采）；保加利亚四篇：《访教父去》（遏林沛林）、《学生》（卢耐夫斯基）、《海滨别墅》、《墓地》（斯太马妥夫）；芬兰两篇：《小人物和大人物》（哀禾）、《雏鸟》（爱尔柯）；乌克兰一篇：《荒田》（波尔调侠克）；瑞士《月光》（柴恩）。一九二九年，亚东图书馆再版。

一九二八年八月九日，《申报》介绍由上海亚东图书馆发行，鲁彦翻译的《世界短篇小说集》，定价九角，“鲁彦先生在文坛上的位置，谁都知道，毋容介绍。这是他选译的小说十六篇，多数是弱小而受压迫的民族的作品。他们的灵魂愈加沉痛，悲哀，所发出的呼声愈比大国的急切，真挚，伟大”。八月十一日、十三日续载。

9月21日，高长虹在《狂飙出版部》（不定期刊）第2期发表《出版部的消息》介绍狂飙出版部协社的现状，其中谈及《世界周刊》社股金移交狂飙出版部，而《世界周刊》社数月来所集的印资中，鲁彦曾出资十元。[①]

10月14日，钟敬文在《文学周报》第七卷第十四期发表鲁彦译《花束》的书评，题为《花束》，向读者介绍，不过也认为译文有些拘谨，“译文似乎十分谨慎地要保存着原文的风格，这一点，我们是很同情译者的用心与勤苦的，但有些句子，我窃觉得略微生硬一点，能够稍为修改，使比较合于中邦的习惯语法，那在多数的读者，像是容易明白领会了”。

11月1日，在《新生命》第一卷第十一期发表小说《最后的胜利》，署名鲁彦。一九二八年十一月一日、二日、三日、四日、五日，《申报》载该期要目。后收入一九二九年七月上海新生命书店再版小说集《黄金》。

11月28日，作即将由上海新生命书局再版《黄金》的序言，题为《未曾写成之序——即以此代序》，后收入一九二九年七月上海新生命书店再版《黄金》。

12月16日，高长虹作随感《“昙花一现”》，其中谈及鲁彦对狂飙运动的看法：“鲁彦同我讲，狂飙运动只能昙花一现，但他的价值也正在此，他打开一个新的局面。他自谓这是一种定论。我则只觉得是一种新颖之论。我说，狂飙运动有艺术运动，有科学运动，有实际运动，纵然一种运动有时衰歇，别种还可以接续而上。他说，他知道的，但这也仍然

① 高长虹：《出版部的消息》，《高长虹全集》第3卷，中央编译出版社2010年版，第212—213页。

是昙花一现,不会长命的。……鲁彦的批评,也自有他的独特见解,我极希望他的这篇文字早日出现,对于一般人了解狂飙运动的程度上一定会有所增益的。"[①]

12 月 18 日,作即将出版的译作《苦海》的序言,写作时间署为"一九二八年,十二月十八日,鲁彦于南京"。后收入一九二九年由上海亚东图书馆出版的《苦海》。

12 月 21 日,高长虹回上海后将在南京写的随感《在南京》发表在《长虹周刊》第 10 期,其中忆及自己在南京问鲁彦写作的情形:"在南京,除政治工作外,很少看见其他的工作。真有点单调。一天,我问鲁彦说:'你没有写过几篇描写南京生活的小说吗?'他说,没有。"[②]

本年,据说王鲁彦在南京中央宣传部任事期间,为安心写作曾专门预定旅馆,闭门写作。静文《文坛逸话·王鲁彦开房间》载:"记得十年前他在南京中央宣传部作事时,白天办公,晚上在家又怕继任的扰乱,因之对于写作的时间久大感困难。后来他学到了吴稚晖先生开房间的法子,他在准备写作时,就先请上两天假,然后在旅馆里开个房间,闭着门住两天,安静的写完他的东西。"[③]

1929(民国十八年)　二十八岁

初春,次女宁佑在南京鼓楼医院出生。这时,鲁彦把家乡的父亲、母亲、妹妹都接来南京住在一起,约半年之久。其间母子间爆发矛盾且日益尖锐,"儿子在母亲的逼迫下,躺在母亲的床上痛哭一场;母亲含着辛酸的眼泪回家乡去了,连新生的孙女儿也没去看一眼"[④]。

鲁彦在南京生活时,依然不改孩子气,对生活缺乏计划,谭昭后来回忆:"鲁彦对于生活是从来不计划的。当时他的收入除较丰的月薪外还有稿费,然而家里却时常缺米少油。他忽然一高兴,就和同事们合伙在丁家桥一片竹林里盖起简易房子来了——竹篱笆、糊泥的墙、铅铁皮盖的房顶,刮风下雨时房顶上敲锣打鼓的,屋子里家具简单,一副铺板,两条长凳而已。一次,他翻译了《失了影子的人》这本书,卖版权三百元。他到上海去取钱后,定做了一套西装和一件呢子的冬大衣,还给妻子买了乔其纱的衣料、长筒的真丝袜子和吊带以及巴黎香粉等等高级的进口货。又买了一辆飞马牌的脚踏车和孩子骑的三轮车,还有柯克照相机等等。总之把钱花个痛快花光,这才兴高采烈地回来了。"[⑤]

1 月 6 日,《申报·艺术界》载憬琛(即赵景深)的《十七年度中国文坛之回顾》,从创作、翻译等角度全面总结一九二八年的中国文坛,在翻译的介绍中,提及胡愈之译的《星火》、茅盾译的《雪人》和王鲁彦译的《世界短篇小说集》等翻译杂集。

1 月 15 日,鲁彦翻译的中篇小说《失了影子的人》由上海光华书局出版,署德国嘉米琐原著,鲁彦译,为"世界名著选"之一,一九二八年十二月一日付排,一九二九年一月十五日出版,印数两千册,售价每册三角五分。一九三六年三月由上海大光书局再版,再版时署法国嘉末琐著,鲁彦译。

2 月 9 日,将高长虹发表在 1925 年 3 月 25 日《京报副刊》第 99 号上的文章《精神与蔷薇》翻译为世界语,载于 1929 年 2 月 9 日出版的《长虹周刊》第 18 期。[⑥]

---

① 高长虹:《"昙花一现"》,《高长虹全集》第 3 卷,第 388 页。

② 高长虹:《在南京》,《高长虹全集》第 3 卷,第 400—401 页。

③ 静文:《文坛逸话·王鲁彦开房间》,《华北日报》,1934 年 4 月 1 日。

④ 得先:《青少年时期的鲁彦》。

⑤ 同上。

⑥ 《长虹周刊》第 18 期,笔者未见,此处参照《高长虹全集》第 1 卷编者说明。具体参见《高长虹全集》第 1 卷,第 104 页。

2月28日，在《中央日报》副刊《青白》第十九号发表《介绍狂飙演剧运动》，署名鲁彦。

4月19日，高长虹作游记《晓庄学校的一瞥》，后来发表于6月22日《长虹周刊》第21期，记录自己与武灵初、王鲁彦访问晓庄学校的情形："一天我同了两个朋友，一个是教育家武灵初，一个是小说家鲁彦，他们都是孩子们的好朋友，去到晓庄学校去看我的两个小朋友，一个是曼尼女士，一个是学礼先生，也顺便参观他们的学校生活，也顺便看一看燕子矶的风景。"①

初夏，因不愿在国民党书报检查机关任职，与中央大学学生覃英相约离开南京，赴上海结婚，婚后意欲去日本留学，未果。"鲁彦从南京出走时，我又因参加进步学生运动在伪中央大学站不住脚，便相约到上海，在上海结婚。婚后我们打算去日本留学，当时任均先我们一年到日本，来信约我们也去，后来因申请不到公费，日本之行只好作罢。"②

赴日本未果，鲁彦与覃英遂在上海法租界萨坡赛路一条弄堂里赁屋安居下来，与丁玲、胡也频为邻，又陆续结识巴金、沈从文、姚蓬子等文化人士。"很巧，丁玲和胡也频是我们的邻居，大家很快熟了起来。他们当时正在办《红黑》杂志。接着，我们又同巴金、沈从文、姚蓬子等文化人陆续结识。在上海这一阶段，我一度到刘海粟办的艺术学校学习音乐，鲁彦还是笔耕度日，继《柚子》之后，出版了他的第二本小说集《黄金》。"③

5月14日，作待出版的译作《忏悔》的序言，后收入一九三一年六月上海亚东图书馆出版的译作《忏悔》中，写作时间署为"一九二九年五月十四日，鲁彦记于南京"。

6月，上海亚东图书馆出版鲁彦翻译的波兰作家先罗什伐斯基的长篇小说《苦海》，署"波兰先罗什伐斯基著，鲁彦译"，定价大洋六角，内收《序》一篇。

一九二九年六月九日、十一日、十三日，《申报》，上海亚东图书馆特价期中出版新书，介绍的有王冰若译的《社会经济发展史》，定价一元；陈情译的《爱的分野》，定价一元二角；谷万川编的《大黑狼的故事》，定价七角五分；鲁彦译的《苦海》，定价六角；田言著的《雨点集》，定价五角。其中对鲁彦译的《苦海》介绍："这是一种长篇小说，原著者俄国先罗什伐斯基。写的是一群最不幸的人们的苦恼生活。他们的一切是那样的忧郁，黑暗，悲痛而且绝望，但同时又充满了那样强烈的生的呼声。"

夏，与覃英同至普陀游玩，住在一所寺庙里。当时来此游玩的作家颇多，有楼适夷、郁达夫、王映霞、卢森堡等人。楼适夷后来回忆，"1929年夏天，我同任均（那时叫卢森堡）两人跑到宁波普陀岛，住在一个小小的由和尚主持的叫天福庵的庙里，一下子来了好些作家，有王鲁彦夫妇，后来郁达夫与王映霞也一先一后地到来了。……当时只有一个卢森堡不怕炎暑，埋着头写他的中篇小说《爱与仇》。别人只是三三两两游山玩海，过得极为散漫。……附带提起，最有趣的是王鲁彦。那时他在南京不知凭何因缘，当了一阵什么小官儿，大概新婚不久吧，夸说正打算在南京买块地皮，自己造房子，安家落户了。我们嘲笑他：'南京嘛，长不了的，能呆多久。'他实在是很天真的，从开始创作及到后来，都是站在进步一边的，也写了不少好的作品，抗战中在大后方办刊物，贫病而死，大家都很怀念他。可能那回他只是喝醉了酒，信口开河罢了。后来天气凉了，大家都打算回上

① 高长虹：《晓庄学校的一瞥》，《高长虹全集》第3卷，第511页。

② 刘增人、陈子善：《鲁彦夫人覃英同志访问记》。

③ 同上。

海,他却走不了啦。原来和尚那里的房饭钱,是以随缘乐助的形式,临走时拿一本化缘簿来讨账的,他夫妇两人,都象小孩子一样吃零食乱花钱,要走就没有钱了,朋友们谁都只够自顾,没力量帮忙。结果只好让新婚的太太留下,自己单独回上海去弄钱来,才带太太脱身。我们笑话他,差点一把太太抵押给和尚了"①。

魏建功后来也回忆,"那是一九二九年秋,我和达夫同到普陀去,乘在慈北轮中,想不到又遇着鲁彦。他带了爱人覃谷兰,刚从南京回来,因为久慕普陀,特地去游玩一次的。为着大家都是熟人,一切行动毫无顾忌,于是一路郁达夫说笑话,他唱世界语歌,并且他还带了琵琶,弹了一出《平沙落雁》,我则一无所长,只能听听而已。

"在普陀勾留了一星期,前山后山都跑遍了。达夫和我都感到厌倦,就动身回来。而鲁彦为了他的爱人覃谷兰有病,不能走开。从天福禅寺,移到比较空旷静寂的紫竹林去住"②。

8月6日,郁达夫、魏建功离开后,鲁彦等还是住在紫竹林,不过已心生厌恶,加之经济困窘,覃英生病,状况颇不乐观。后鲁彦连续致信给魏建功,寻求帮助。本日信件中说:"我们还是住在屋内,没有到什么地方去过,除了几乎天天往街上去问问邮信以外。那原因,第一是密司覃不大挡得住风,不大走得路,第二是没有钱,第三是没有别的同伴,两个人去玩觉得还有点寂寞——建南病得不能走路,卢森堡有点懒。然而,住在屋内也还没有写什么文章,看什么书,每天是如何过去的。竟无从知道。紫竹林,是够冷静了,偌大的楼房只住着我们两个人。底下的潮声已经有点听得厌倦。……但没有钱,也就只好搁浅在紫竹林了。因此我们希望你来,借一点钱给我们出去玩玩,而最要紧的是偷偷地带一点鸡蛋和新鲜牛肉来,因为生着病的密司覃太需要滋养了"③。

8月11日,魏建功早先收到鲁彦的来信,但由于魏建功正在宁波领导"海天剧社",天天忙着排演,所以一时没有闲暇去普陀看他,于是鲁彦此日致信魏建功诉苦,"天天望着你或你的朋友来,竟到今天还没有看见一点消息,是什么缘故呢?普陀是已经不能再住下去了,为了许许多多的原因,我们希望即速的离开。各处发了信去要钱,统统寄到你那里。但是来得恐怕太迟缓了,我们几乎有一刻也不能再住下去的情势。因此想向你借七十元,让两个人一道走了,如不到此数,就先让密司覃走,我暂时来做一个和尚。很想自己到宁波来,但是走不动,连铜子也快用完了。昨天还出了一件冒险的事,没有建南,恐怕会被和尚赶出山门的。可是今天建南走了,只剩下没有一个铜子的卢森堡和另一广东人守着天福庵。穷鬼麇集于此,从此佛国摇动了"。魏建功在接到这封信后,旋即带了一些用品重返普陀探望鲁彦,"我这时也正闹穷,只能带了一些零用费和荤菜,特地重去普陀一次。记得我们同在紫竹林的一个洋楼上煮着牛肉吃,海阔天空地谈着,此情此景,宛在目前,可是这位老友,两年前已到另一个世界旅行去了"。

---

① 楼适夷:《回忆郁达夫》,《新文学史料》1984年第3期。

② 天行:《鲁彦忆往录》,《茶话》第4期,1946年9月5日。

③ 《紫竹林中小札》,《人间世》(汉口版),1936年3月16日。该组信件在《人间世》初次发表时,目录题为"紫竹林小札",正文题为"紫竹林中小札",共三封,而且编者在文后的"附记"里也称将这组信件定命为"紫竹林中小札",由此可知,目录排印漏字,当为"紫竹林中小札"。后来此信又刊发于1948年9月1日《春秋》第5卷第4期,更名为《在普陀的时候》,增加一封,共四封,文前有编者按。此处时间在《人间世》刊发时,末尾署"鲁彦。一九二九,八,六",但在《春秋》刊发时,末尾附加一句"不晓得今天在那一天,只晓得是礼拜日"。按,按照《人间世》版,1929年8月6日为星期二,与《春秋》版所言礼拜日也不合。两信刊发时间相去已12年,此处取《人间世》版文末落款时间。《春秋》版末尾附加的一句疑为误植,或本不为鲁彦信件落款。

8月17日，魏建功前次来探望鲁彦，在普陀住了不多久即返回宁波。本日，鲁彦再度致信魏建功，一则表达谢意，一则函询款项问题："牛肉与鸡蛋虽已由口而入，由肠而出，唯从此君子之惠则常留胸间，永不复去矣。铁民、森堡今日咸相偕返沪，普陀山中孑然孤我，顿觉可怖。而和尚势利，已逐客数次，不能飞山过海，愈觉战慄。沪款、京款不知已否到甬，万一到了，敢请再跑一趟。此处和尚已自己开口，每人每日需洋一元二角，我等已住三礼拜了，倘使款不足，能为我凑一点否?"[①]后托章铁民卖掉《童年的悲哀》的原稿得以度过难关，魏建功回忆：

"后来鲁彦托章铁民，卖给亚东一部《童年的悲哀》的原稿，得洋二百余元，终算脱离了普陀的难关。

"鲁彦结束了普陀生活，仍回到上海，以卖文所入，维持家庭。那时他住在法租界萨坡赛路巴里内，和胡也频、丁玲等为贴邻。我也因家乡闹了一件事不愿再住下去，匆匆地到了上海，大家会见了，有说不出的欢喜。不久，我应达夫之邀去了安庆，他度过了这半年的残冬，也到福建教书去了。"[②]

约8月末9月初，鲁彦回到上海。

9月7日，致友人信，谈近来状况，"抵沪数日，写作奔走特忙，因而不克作书，乞谅之。弟刻寓五马路棋盘街长沙湘记号，一时无他移意。谷兰已插入美专，即将搬入校中。兄如有信，可寄彼转交也。近况如何，暇乞详告"[③]。

10月，创造社成员周全平于上海老西门市口开了一家西门书店，后又于一九三〇年二月二十一日在书店楼上开了西门咖啡座，书店和咖啡座时常成为文化人相聚之地，鲁彦亦是座中常客。曾在西门书店和咖啡座做事的职员孟通如后来回忆："据全平讲成立咖啡座，并不想'生财'，只是一面有些事做做，一面又可以让文艺界朋友作坐谈的地方。事实确实如此，每日除自己的友人如元启、方刚、鲁彦、蓬子、彦华、华鬘、敬隐渔等常来闲坐外，也有外客惠顾。"[④]

11月10日，在《小说月报》第二十卷第十一号发表小说《童年的悲哀》，署名鲁彦。一九三〇年一月二十三日，《申报》刊载该期要目。后收入一九三一年六月上海亚东图书馆版短篇小说集《童年的悲哀》。

12月2日，在《语丝》第五卷第三十八期发表所译保加利亚作家耐米罗夫的小说《笑》，署名鲁彦。文末有译者附记，谓："耐米罗夫(Dobri Nemirov)于一八八二年生于Rnscuk，为现在保加利亚代表作家之一。他是一个写实主义者，心理分析者，也是一个深懂女人的灵魂的作家。在世界语《保加利亚文选》中，耐米罗夫的作品只有这一篇，但在所有的作品中不能不说这是最动人的一篇了。译者附记"。后收入《在世界的尽头》。

12月31日，《申报》载神州国光社新书预告，鲁彦的《在世界的尽头》在列。

本年，施蛰存经由姚蓬子介绍认识王鲁彦。"一九二九年我在上海闸北宝山路世界

---

① 《紫竹林中小札》，《人间世》(汉口版)，1936年3月16日。此信在《春秋》重新刊发时，"一元二角"后内容为"我等已住三礼拜多，至下星期日刚满一月，倘到款不足，能为我凑一点否？又森堡款系由平信内冒险附来，倘你不能来普陀，可发两信，每信内各附三五元钞票，则我有了路费，就可自己来取了"。

② 天行：《鲁彦忆往录》，《茶话》第4期，1946年9月5日。魏建功文中所引的信件与刊在《人间世》中的"紫竹林中小札"文字略有出入，然无关大体。

③ 《在普陀的时候》，《春秋》第5卷第4期，1948年9月1日。

④ 孟通如：《上海西门书店的咖啡馆》，转引自张英伦《敬隐渔传奇》，上海文艺出版社2015年版，第279、280页。

语学会绿光社，由姚蓬子介绍认识了王鲁彦。当时我对他的情况毫无所知。只知道他是一位世界语学者，曾陪同盲诗人爱罗先珂工作过一段时间。他送了我一本《花束》，这是他从世界语译出的一本极有趣味的民俗学小书。”①

1930 年（民国十九年） 二十九岁

1月10日，在《小说月报》第二十一卷第一号发表小说《幸福的哀歌》，署名鲁彦。同期又载有所译波兰作家普鲁士（目录作普鲁士，正文作普鲁斯）的小说《新年》、保加利亚作家伐拉夷柯夫的小说《消夜会》，均署名鲁彦。《消夜会》后有译者附记，谓：“伐拉夷柯夫（Todor G. Vlajkov）于一八六五年生于 Pirdop，为现代保加利亚的美文作家。《关于斯拉夫祖父的孙女》《乾娜婶婶》《仆人》为其最出名的作品。一八九七年印行《长篇小说和短篇小说集》，算是跛佐夫（Vazov）以后最为人所喜读的小说。他最喜欢取现实生活的题材，他的风调充满了美的轻舒。这一篇《消夜会》取材于保加利亚乡村有趣的生活，据原译者注释云，乡村女人常于秋冬的晚上齐集于一屋内，共同工作和游戏，为纺织，刷羊毛，剥玉米等等的事，同时女主人飨以牛酪和果汁混合着的玉米粥。此篇由《保加利亚文选》中译出，原译者为克莱斯太懦夫（Ivan H. Krestanov）。——译者附记。”一九三〇年六月八日，《申报》载该期要目。这篇小说后也收入短篇小说集《人肉》②。一九三七年六月初版、七月再版的《南欧小说名著》（施落英编选）由上海启明书局出版，内收鲁彦译文《消夜会》，文前附有伐拉夷柯夫的小传。

2月1日，在《新生命》月刊第三卷第二号发表所译爱沙尼亚作家土革拉司的小说《在世界的尽头》，署名鲁彦。本次刊载未完，后又续载于四月一日出版的《新生命》第三卷第四号。一九三〇年四月二日，《申报》载该期要目。

2月10日，在《小说月报》第二十一卷第二号发表小说《祝福》，署名鲁彦。

约3月中旬③，到厦门，先在集美中学任教，不久去华侨所办的《民钟日报》编辑副刊。④《集美周刊》第二百三十九期（出版日期不详），“中学校消息”栏载：

> **王鲁彦先生应聘到校**
>
> 该校新聘国文教员王鲁彦先生，在海上文学界，极着盛誉，其作品除出有《柚子》各专集外，余散见于《小说月报》《新生命》各杂志，早为有目所共赏。三月杪应聘来校，担任高中四组，及中二十组国文讲席，学生大表欢迎。王先生对于世界语极有研究，近在校中组织世界研究会，同事同学加入者，约百余人，已开成立会，并摄影以留纪念云。

鲁彦在集美中学任教时同事有左干臣，学生有林振述，“鲁彦的另一位同事左干臣，则是一位青年小说作家，著有长、短篇小说《他睡了》《火殉》等多种。现在美国路州红杖

---

① 施蛰存：《重印〈黄金〉题记》。

② 内收丁玲、王统照、鲁彦、巴金、汪静之、徐蔚南六家六篇作品，出版时间不详，据甘振虎等编《中国现代文学总书目·小说卷》），知识产权出版社2010年版，第306页。

③ 鲁彦《厦门印象》载“四月的中旬，离开我到厦门才一月”。

④ 鲁彦到厦门的时间存在几种不同说法，且多有抵牾之处。覃英在1980年《访问记》中断为“1930年秋”，郑择魁《鲁彦年表》袭取此说，后来覃英又在1992年《鲁彦生平和创作简述》中断为“1930年初夏”，陈子善、刘增人在《鲁彦年表》中则断为“1929年冬”。柯文溥曾检讨这三种说法，又访问过当时相关人物，考证为鲁彦来厦门时间当为1930年3月20日以前，约略在春节前后。参见柯文溥：《鲁彦在厦门事迹考》，本谱即采用此说。

南方大学任哲学系主任的林振述先生当年就是他们的学生，事隔半世纪后，林先生还称王鲁彦、左干臣等为‘良师’”①。

鲁彦到厦门后不久，曾将一位不相识的湖南长沙县立师范学生莎弟的诗歌推荐给《民钟日报》副刊，并且撰写附记，称《莎弟君小诗》“是作者用了精细而纯洁的心写出的，……《民钟》副刊要我介绍稿子，我决心先把他的小诗介绍去发表了，并述数语以纪念这位不识的青年诗人”②。鲁彦在厦门的情形，后有《厦门印象记》可参。

3月20日，在厦门《民钟日报》副刊开始连载鲁彦据世界语转译的俄国作家果戈里的中篇小说《肖像》，编者矛仲在作品下有按语，谓：“鲁彦君在輓（晚）近文坛，甚负时誉，今兹来厦膺集美教职，将最近译著交本报发表，并允为本报撰述长短文艺创作，译述小品等项文字，编者除感谢王君外，敬向读者预告。”③

3月，上海神州国光社出版鲁彦译的短篇小说集《在世界的尽头》，是为初版，印量一千五百册，实价大洋七角。一九三一年，上海神州国光社《图书目录》，在文学类介绍《在世界的尽头》，谓：“本书包含九个短篇，都是世界语闻名的作家的著作。王鲁彦先生用他的神妙整洁的笔调翻译出来，使我们读者，更会加添了无限的兴味。”

4月23日，在《民钟日报》发表评论《莎弟君的小诗》，借着谈论莎弟的诗歌一并批评新诗创作。鲁彦称：“我所爱的是自由的小诗和长一点的散文诗。因此我喜欢时常诵读《陀螺》而厌恶徐志摩等人的诗。志摩，也许有可取的地方罢，但我总觉得志摩是新诗的罪人。自从他在北京《晨报》每星期编一次诗刊以后，不知怎的这种裹着脚步的新诗就到处看见了。不仅新的诗人都受了他的影响，连那本来作得很好的小诗的汪静之君也变了，用《寂寞的国》和他以前的诗一比，总觉得他是退步了许多。由小诗变成了长诗，或许如汪君自己所说，有了进步，但自由的进步于拘泥的，总不能不使人惋惜罢。读他以前的小诗，我没有缺少音韵，不和谐之感，只有读到他后来所写的诗反觉得是很粗劣的。裹着脚布的脚，走起路来，总不如自由的天足来得自然、匀称。”④

4月29日，在《民钟日报》副刊发表所译斯洛伐克作家Svetozar Hurban Vajansky的小说《安慰》。

4月30日，在《民钟日报》副刊发表所译俄国民歌《恋歌》。

5月1日，在《新生命》月刊第三卷第五号发表小说《宴会》，署名鲁彦。一九三〇年五月三日、四日，《申报》载该期要目。小说写国民党内部机关的黑幕，与鲁彦在南京的任职生活颇有勾连，创作谈《关于我的创作》载：“这里的一个主人公是一个最卑鄙龌龊的人。一直到现在，我仍是很厌恶他，怕在实生活中遇到那样的人。但对于他的性格，我却很喜欢。因为拨开一切卑污，我看见了他的坚强的性格。他在这里虽然几次改变他的态度，都是在使用他的手段，想达到他的目的。目的虽是坏的，而他的坚强的性格是使我喜悦甚至敬服的。”

5月7日，在《民钟日报》副刊发表所译俄国民歌《四泉源》。

5月9日，在《民钟日报》副刊发表所译瑞典作家K. A. N Kander的小说《波浪》。同期尚有所译乌克兰民歌《人们说我是幸福的》。

---

① 穆洪：《作家与集美》，《福建新文学史料集刊》1984年第4辑，第120页。
② 柯文溥：《鲁彦在厦门事迹考》。
③ 转引自柯文溥：《鲁彦在厦门事迹考》。
④ 裘助：《福建文坛史料拾零》，《福建新文学史料集刊》1983年第3辑，第73—74页。

5月10日，在《民钟日报》副刊发表所译乌克兰作家 Tavas Seveen 的小说《命运》。

6月14日，在《草野》周刊第二卷第十一号发表《爱》，署名鲁彦。本期为中国现代名家作品专号，郁达夫、高歌、白莽、王任叔、向培良等亦有文章。一九三〇年六月十九日，《申报》"出版界消息"载："斐伦路三四号草野社，本月十四日出版二卷十一号周刊。系中国现代名家作品专号。内有郁达夫之《没落》、鲁彦之《变》[1]、向培良之《圣殿的奇迹》、王任叔之《逃亡的灵魂》等十二篇，文坛消息数则，各报贩均有代售。"

6月18日，在《民钟日报》副刊发表所译俄国作家契诃夫的小说《在狱中》（此译文后又刊于一九三一年一月十日出版的《小说月报》第二十二卷第一期）。一九三六年，郑振铎编选的《俄国短篇小说译丛》三月初版，九月再版，其中收入鲁彦此篇译作，书末附有各原作者小传。

7月18日，在《民钟日报》副刊发表所译犹太作品《难者之物》。[2]

8月，离开集美学校，由巴金介绍，在鼓浪屿华侨创办的厦门《民众日报》编辑副刊。[3]

9月8日，国民党厦门市党部以《民钟日报》常常刊发过激言论，向中央党部申请查封，至此《民钟日报》停刊。署名为"慧痴"的作者1944年4月10日在《集美校友》上登载《怀鲁彦先生》称："鲁彦先生当时在副刊上再接再厉的攻击一个厦市的党大人，结果民钟报被逼停刊了，不久他也离开鼓浪屿到泉州黎明高中当教员。我们有几次通讯，但后来再在泉州会面的时候，他却又应着莆田高中之聘，从此十多年来，我们没有通过信，有时在国内的刊物上看见他的文字和消息，却也不大知道他的近况，直到最近各刊物上大刊鲁彦的病累由桂林回乡，和许多同情的文字，与援助他的募捐运动等消息，才使我不禁又浮起十年前的鲁彦先生的影像：那瘦长的个人，不常修剪的蓬蓬的须发，载着近视的眼镜，黑的长衫，白的手杖，有时也同他的装束也很朴质的夫人，抱着小孩子出来游玩呢。"[4]

10月15日，在《文艺月刊》第一卷第三号发表所译保加利亚作家卡拉范罗夫的小说《哈其该恩超》，署名鲁彦。文末有译者附记，谓："耳犹伯·卡拉范罗夫（Lyuben Karavelov）生于一八三七年，死于一八七九年。他是为保加利亚争自由的一个战士，他一面是革命家，一面又是著作家，出版家，教育家。他曾在罗马尼亚，塞尔维亚，保加利亚工作，出版了一些杂志。他的著作——小说和诗——在保加利亚创造了一个全盛的文学时代。他对保加利亚文学的功绩，和对塞尔维亚的一样。在塞尔维亚方面，他被称为塞尔维亚文学的始祖。他有几种小说是用塞尔维亚文写的。此篇系据 Krestanoff 君的《保加利亚文选》世界语本译出的。"一九三〇年十月十八日，《申报》载该期要目。

11月，施蛰存在《现代学生》第一卷第二期发表《论施蛰存与罗黑芷》一文，开篇曾比较了早期乡土作家各自的异趣，说："以被都市物质文明毁灭的中国中部城镇乡村人物作模范，用略带嘲弄的悲悯的画笔，涂上鲜明正确的颜色，调子美丽悦目，而显出的人物姿态又不免有时使人发笑，是鲁迅先生的作品独造处。分得了这一部分长处，是王鲁彦，许钦文，同黎锦明。王鲁彦把诙谐嘲弄拿去，许钦文则在其作品中，显现了无数鲁迅所描写的人物行动言语的轮廓，黎锦明，在他的粗中不失其为细致的笔下，又把鲁迅的讽刺与鲁

① 鲁彦文章为《爱》，排印误讹。

② 鲁彦刊于《民钟日报》副刊上的文字，原文未见，此据柯文溥《鲁彦在厦门事迹考》一文中提供的信息。

③ 陈满意：《集美学村的先生们》，江苏人民出版社2018年版，第266页。作者称这是根据《集美学校二十周年纪念刊》的记载，想必作者看过原刊，较为可靠。

④ 此处转引自陈满意：《集美学村的先生们》，第270页。

彦平分了。另外一点，就是因年龄，体质，这些理由，使鲁迅笔下忧郁的气分，在鲁彦作品虽略略见到，却没有文章风格异趣的罗黑芷，那么同鲁迅相似。”[①]

12月10日，在《小说月报》第二十一卷第十二号发表所译禾达娄的小说《圣诞节夜》，署名鲁彦。文末有译者附记，谓：“禾达娄(H. Hodler)是一位最热烈的世界语学者，也是文笔最流利的世界语文学作家。世界语总机关报 *Esperanto*，到现今还是最长久而占着世界语运动的重心的，即是他所创办。这一篇童话写生与死的恐怖与希望，于心灵的描写实已尽其能事，故世界语杂志 *La Revuo* 举行第一次文学竞选时，被选为第三篇作品。译者附记。”

1931年（民国二十年）　三十岁

春，一家又辗转到泉州，鲁彦在泉州黎明高中任教，覃英则在华南女中教书。当时泉州集中了大批文化人士，巴金即在此组织世界语学会，鲁彦也欣然加入。在泉州与阔别多年的周贻白相逢，二人时常往来，相与出游。

覃英回忆：“当时泉州聚集了不少文化人，如巴金同志、已故的翻译家丽尼，还有一些朝鲜革命者。巴金同志正在研究克鲁泡特金等人的学说，还组织世界语学会，鲁彦欣然加入。朋友们时常聚会，交流思想，论文谈诗，是鲁彦一生中少有的快活日子。”[②]“这时巴金等一些文化界友人正在开展世界语学习活动并编辑世界语刊物——《绿星》。一些思想进步的青年追随着他们学习世界语，研讨社会问题。”[③]

周贻白回忆：“那时候的泉州黎明中学，可以说是人材荟萃。知名者如陈范予、杨人楩、丽尼、张庚、吕骥，都在那里当过教员。同时巴金因那方面朋友最多，也赶来作了一时期的客人。其初期的创作小说如《灭亡》《新生》之类，好像便是在泉州完成的。但是鲁彦在这样一个集团中并不曾感到温暖，反之，他却时常离开自己的学校，悄悄地跑到我住的地方来。泉州的气候是属于热带性的，最冷的时候，有一件夹袍也够了，因此，我们一有时间便相偕出游，常常十里地二十里地，边谈边走，专找那些县志上载明的名胜地方游逛着。当时我们去得次数最多的地方，便是离开泉州二十里左右的万安桥。……万安桥的新鲜牡蛎，在当地仍视为隽品，我和鲁彦时常到那里去，一方面固然是想看看那浩渺无涯的海面，一方面也有点务于饕餮，想吃一点新鲜牡蛎。记得有一次，孙福熙从上海到集美师范来看朋友，顺便到了泉州，出游的第一个目标，便是万安桥，同行者有鲁彦和我，还有一位好像姓李，我们在那里还同照了一次相。”[④]

就在此时，在鼓浪屿一家滨海旅馆与巴金畅谈，正式结为好友，二人在黎明中学的教务室也时常交谈。巴金回忆：“我看见你穿着一件白衬衫带着一个本地小孩走到鼓浪屿一家滨海的旅馆里来。在二楼那间宽敞的房间里，畅谈了一点多钟以后，我们成了朋友，那是十四年前的事。”[⑤]

1月10日，在《小说月报》第二十二卷第一号“新年号”发表所译俄国作家契里珂夫的小说《在狱中》，署名鲁彦。

---

① 沈从文：《论施蛰存与罗黑芷》，《现代学生》第1卷第2期，1930年11月。

② 刘增人、陈子善：《鲁彦夫人覃英同志访问记》。

③ 覃英：《鲁彦生平和创作简述》。

④ 周贻白：《悼鲁彦》。

⑤ 巴金：《写给彦兄》。按，巴金此文撰于1944年8月，时在重庆。

3月，于泉州作小说《小小的心》，后刊于《小说月报》第二十二卷第四号（四月十日出版），署名鲁彦，写作时间署为"一九三一，三月，于泉州"。一九三一年六月十四日，《申报》载该期要目。小说写因被卖到福建做工后又辗转南洋的小孩阿品的凄惨境遇。故事有着原型，小说的主人公阿品曾和鲁彦比邻而居，又将所见到的被卖到福建做工的孩子形象与阿品融为一体，最终创作此篇。鲁彦在创作谈《关于我的创作》中说："时间久了，看到人家买来的孩子愈多，同情心愈深，到了提笔的以前，终于把阿品和别的孩子并成了一个人，把他变成了被卖的孩子。这仿佛是不真实的，原来的阿品的命运并没有这样惨。但我并不是给原来的阿品作传记，而是写更多的孩子。在福建，或是在别的地方，受着同一命运的孩子的确多得很，我用阿品作了代表，应该仍是很真实的，我以为。"

6月30日，在《文艺月刊》第二卷第五、六期合刊发表所译法国作家 Tristan Bernard 的独幕喜剧《翻译员欧根》，署名鲁彦。文末有译者附记，谓："此剧作者 Tristan Bernard 的史实，译者因手边缺少书籍，暂时无法介绍，惟世界语译本上刊有得作者允许字样，知道他那时还活着，自然是一位现代的作家了。世界语译本系于一九〇七年出版，剧名 Angla lingvo sen Profesoro，意为'没有先生教授就懂得英国话'。译者为 Gaston Moch。他曾在书上说明，此剧第一次公演于 Comedie Parisienne（巴黎喜剧院），时间为一八九九年二月二十八日。译成世界语后，曾于一九〇七年四月十三日在世界语总会公演。近因感觉国内剧本之缺乏，喜剧尤少，特把它译成中文。此剧布景简单，饶有兴趣，甚合一般演员及观众。排演的时候，如不宜于英文和国语，可以自由改为国语和方言。一九三一年，四月十四日，鲁彦于泉州。"一九三一年六月七日、八日、九日，七月八日、九日、十日，《申报》载该期要目。

6月，短篇小说集《童年的悲哀》（版权页题为《童年的悲哀及其他》）由上海亚东图书馆出版，内收小说凡四篇，计《童年的悲哀》《幸福的哀歌》《祝福》《宴会》。一九三四年四月，亚东图书馆再版。

鲁彦后来在创作谈《关于我的创作》中说："《童年的悲哀》这一集子，是继承着《黄金》那一集子的。《柚子》时期的热情到这时几乎完全没有了。它变成了乐观的希望。"[①]

6月，鲁彦翻译的南斯拉夫作家米耳卡波嘉奇次女士的长篇小说《忏悔》由上海亚东图书馆出版，内收有译者序一篇。

一九三一年六月二十七日、三十日，七月十一日、十四日，《申报》，上海亚东图书馆刊出鲁彦作品介绍，计两种：

> **《忏悔》，米耳卡·波加奇次女士作，鲁彦译，定价七角**
>
> 作者为克罗地亚国的女作家。她的文字温柔细致，美丽动人，在克罗地亚文学史中占了特殊的地位。本书是她的日记，从世界语译本中译出。读者可从此认识一位生疏的国家的生疏的作者。
>
> **《童年的悲哀》，鲁彦著，定价五角五分**
>
> 著者为翻译世界弱小民族文学作品的专家，而其创作亦已蜚声海内。本书即其创作小说集之一，共四篇：(1)《童年的悲哀》，(2)《幸福的哀歌》，(3)《祝福》，(4)《宴会》。

---

① 鲁彦：《关于我的创作》，《创作的经验》，上海天马书店1933年版，第105页。

8月10日，在《小说月报》第二十二卷第八号发表小说《他们恋爱了》，署名鲁彦。一九三一年九月三日《申报》载该期要目。后收入小说集《小小的心》。一九四六年十一月，上海经纬书局出版任仓厂编选的《现代创作小说精选》，内收郁达夫、丁玲、张资平、胡也频、巴金、沈从文等十四位作家的十四篇作品，鲁彦的《他们恋爱了》入选。

8月15日，在《文艺月刊》第二卷第八期发表所译 K. Bogusevic 所著的民间传说《珂苏库尔拍趣和美女琶扬——游牧民族启尔基子的传说》，署名鲁彦。文末有译者附记，谓：

“这一篇动人的美女琶扬（Bajan）对于一个英雄，她的未婚夫，珂苏·库尔拍趣（Kozu-Kurpec）的恋爱的传说，据作者（K. Bogusevic）在序文里所说，虽然已经经过了人民的幻想的修饰，但仍是有着历史的根基的。启尔基兹人（Kirgizoj）是一种操土耳其语的蒙古种，中亚细亚东部的游牧民族。事情的发生在斜米勒精省（Siemirleje）的草原。阿拉套山（Alatau）、塔尔巴哈台山（Tarbagata）以及巴尔喀什湖（Balhas）与阿雅古斯河（Ajaguz）等等地名，读者倘若愿意知道，可以往地图上一查，这些都是在紧接着新疆省的伊犁与塔城的。许多小一点的地名，如琶扬（Bajan-aul）据作者在序文里重复的说，都可以在地图上找到，但可惜我们不容易有这样详细的地图。这个传说的最大的历史证据，就是那一个纪念碑。作者说，它在基西耳基雅（Kigil-Kija）那个地方，有十几个 klafto 高（一个 klafto 约等于六尺），用微红的肉桂色的方石所建筑。这些石头非常整齐，像砖头一样，这一种相似的石头现在那里附近的山谷还有。它好像是一种微红的片麻岩，所以容易制成整齐的平面，而且这是在那附近的山上非常多的。经过了许多时候，片麻岩化了灰尘了，因此这一个纪念碑棱角已经完全模糊，而它的尖顶也已崩塌。珂苏·库尔拍趣的坟墓现在也还存在着。

“译者为使读者易于在地图上探索起见，倘使他愿意的话，特将有些重要的地名的译名袭用了有些地图上所用的名字，有些连自己也找不出来的，就照着自己的译了。

“又，美女琶扬原文为 Bajan-Slu，Slu 是启尔基兹人的话，意为‘美丽’。

“这一篇从世界语散文集（*Esperantaj Prozajoj*）译出，一并声明。

一九三一年，六月，鲁彦。”

8月，陈思编选《中学文学读本——小说甲选》，分两册由上海群众图书公司出版，内收鲁迅、叶绍钧等小说创作，在中编部分收入王鲁彦《幸福的哀歌》。

9月10日，在《小说月报》第二十二卷第九号发表小说《一篇抄袭的恋爱故事》，署名鲁彦。一九三一年九月二十八日，《申报》载该期要目，后收入小说集《小小的心》。

11月19日，张天翼在与朋友讨论创作的信中谈及鲁彦：“国内创作，除来信所述而外，尚喜欢那些人？丁玲，沈从文，鲁迅，茅盾，蓬子，鲁彦，施蛰存，罗西，穆时英，冰莹等人如何？我个人以为茅盾和丁玲二人是中国最有希望的作家。”①

1932年（民国二十一年）　三十一岁

1月20日，钱杏邨在《北斗》第二卷第一期（特大号）发表评论《一九三一年文坛之回顾》，总结过去一年的文坛状况，对徐志摩、冰心、胡适、老舍、巴金等作家过去一年的新作颇有微辞，其中对沈从文和鲁彦也有批评。文中说：“其他的一些作家，如沈从文，鲁彦

① 张天翼：《天翼的信》，《人间世》（汉口）第1期，1936年3月16日。

等,那是更不必说的,是‘依然故我’,一贯的发展着资产阶级的个人主义的意识形态,以及智识份子所具独浓的理想主义的倾向,虚无主义的倾向。”

年初,因不满黎明学校当局对学生的不合理措施[①],经涵江中学一位总务主任的推荐、校长何尚友(一吾)的聘请,鲁彦离开福建泉州黎明中学到福建莆田县小镇涵江,同覃英一起在涵江中学教书。“当时,何尚友很客气地说:‘你是有名的文学家,到这个偏僻的小镇教书,未免太受委曲了。’鲁彦不禁喟然长叹:‘呵!是无情的生活把我赶来的。’”[②]得知鲁彦赴涵江中学教书的消息后,鲁彦曾经在集美学校的学生清辉、泉州的学生继业转学而来。[③]

鲁彦一家就住在青璜山涵中一院楼下,房间原是一间课室,屋内陈设极其简单,当时校长何尚友对鲁彦一家颇为照拂,想弄张大藤床给他,鲁彦婉言谢绝道:“我已过惯了贫穷流浪的生活。”鲁彦在涵江中学任教之余,也多游览闽中古镇风光,而且还重新校订了果戈里中篇小说《肖像》的译文;覃英则在涵江中学教授《世界史》,小孩及家庭琐事由雇来的保姆仙游照管。[④] 保姆仙游身世悲惨,儿子后死于兵祸,或被土匪绑去,自己又身负累累债务,不过对鲁彦一家颇为照顾,鲁彦曾慷慨解囊为她偿清债务,临行前还给她一些钱,嘱咐她另谋生路。[⑤]

鲁彦在涵中教授国文,曾革新国文教授方式,一洗涵中此前八股古文的陈腐气,“他在课堂上大力介绍过‘五四’以来的著名作家与作品,他向学生推荐过鲁迅、茅盾、叶绍钧等人,选了《鸭的喜剧》《明天》等为教材;还介绍过外国进步作家果戈理(俄国)、显克微支(波兰)等等”[⑥],积极绍介新文化人士的著述,大大开拓了学生的眼界,为闭塞的小镇带入五四新文化的气息。

在指导学生作文时,时常会绍介中外作家的创作经验,鼓励学生多多体验生活,关心当下现实,从事实出发,少发空谈。“有一次,他和几位学生在青璜山之麓漫步,他指着附近苍笼的林木,远处碧绿的田畴说:‘写文章要讲究词语的选择,你们看看那树木、田野,要用什么词语形容才妥当?’这里鲁彦是以习见的事物为例,启发学生注意观察。接着他又以自己在厦门所写的短篇小说《小小的心》(发表于一九三一年《小说月报》)为例,说明作品中的那个四、五岁的阿品就是他细腻地观察了许多小孩的性格、心理特征之后写成的。”[⑦]与此同时也把学生青飞等人的习作推荐给厦门《民钟日报》发表,将译作《忏悔》等赠送给同事方辉绳,上盖“王鲁彦之印”,与校中学生、同事相处融洽。

鲁彦在涵中时,当时国民党曾采取集体登记的方法诱使人们加入,还时常散布流言,鲁彦则始终保持沉默:“不久,就有个党棍来规劝鲁彦也去‘登记’,突然,鲁彦脸色严峻,双目炯炯,厉声怒色地说:‘我不干,四年前我在南京官办的国际宣传部工作,他们强拉我

---

① 周贻白《悼鲁彦》载:“比方他在泉州的黎明中学,便是因为学校当局对学生的措施不合,他同情学生没有自由发展的机会,因而怀着一种不平的心理,赌气辞职的。”覃英《鲁彦生平和创作简述》说:“巴金不久回上海,黎明中学闹学潮被解散,鲁彦和丽尼等也先后离开了泉州”。

② 柯文溥:《鲁彦在莆田》,曾华鹏、蒋明玳编《王鲁彦研究资料》,知识产权出版社 2010 年版,第 124 页。

③ 据《船中日记》。

④ 柯文溥:《鲁彦在莆田》,第 124—125 页。

⑤ 同上书,第 127 页。

⑥ 同上书,第 125 页。

⑦ 同上书,第 126 页。

参加国民党，就是我不干，才跑了！'"[①]对于国民党当局派遣的学校督学也不以为然。

11月1日，在《现代》第二卷第一期"创作增大号"发表小说《胖子》，署名鲁彦。同期有茅盾的小说《春蚕》、穆时英的《上海的狐步舞》、老舍的《猫城记》（连载）、鲁迅的论文《论"第三种人"》。坊间曾流传说，小说以赵景深为模特儿，小说写就后，鲁彦曾交给鲁迅审核。柳思《王鲁彦〈胖子〉之所指》谓："鲁迅与赵景深的笔战，一千一百十九号本报，豁眸曾有略述。查鲁迅派王鲁彦所写《胖子》一篇，内容对赵景深可谓冷骂热讽之能事。该文写就时，即送与周树人鲁迅审核，周大为赞叹，拍案叫绝。该文虽未将赵之姓名写出，但凡识赵者，一望便知是指赵景深也。赵与其妻感情素笃，文墨生涯，极需滋养品，赵妻每日必为其预备燉好蹄膀一大碗，强迫赵氏食之。午间复令赵昼寝三小时，休养精神，故赵因多食脂肪质，及昼寝，身体臃肿异常，重有两百余磅。又赵为人浑厚，事无大小，恒与人言其家之寝室小房，亦任客人穿插其间，家庭琐事，辄供人谈笑之资，凡此种种，被王侦得，于是略为引申渲染，而成《胖子》一稿。说者谓此种作品，虽属写实，但揭人阴私，稍有识者，终不取也。"[②]据说，赵景深看后也啼笑皆非。[③]

11月19日，鲁彦一家在涵江三江口上轮船，离开福建前往上海。动身时，鲁彦的学生吴际汉曾来帮忙，先到船上定房间，又跑回来送鲁彦到车站。终结了在福建的生活，鲁彦如释重负，频频用"再生"一词表达离开后的喜悦，对福建这段经历则颇为不满。他在离开福建时所作的《船中日记》中载："然而，这样的春之国可能产生热情与幻想？可能产生伟大的灵魂与思想？既没有强烈的热的刺激，也没有严酷的冷的压迫。在它这里，只有淡淡的、平凡的光。而这光，既不能催动一切蓬勃的生长，又不能使一切颤抖的死。……不错，我见到了太多的社会，我增加了太多的经验了。这就是三年来所得的价值，也是我急于要离开这里的最大原因。"

11月26日，轮船抵达上海，次日上岸。不久，得知父亲生病，鲁彦偕妻、子由上海回到宁波，在家乡度过春节，前后住了两个多月。多年漂泊在外，此次回乡经历对鲁彦触动甚大，"经过十多年的漂泊又回到故乡，故乡农村经济的凋敝，贫苦农民的悲惨命运，勾起了鲁彦的文思。长篇小说《野火》就是在这时开始酝酿的"[④]。在家乡期间曾回到少时读书的灵山小学，在礼堂演说。演说完毕后，同学们纷纷提问，询问如何写出好文章，鲁彦一一作答，大意为："有感想时就写，不写无感之事。""写自己熟悉的事、感兴趣的事或人。""写文章功在文章之外，要多看、多听、多问、多看书。""文章写后要多作推敲，多修改，好文章是改出来的。"鲁彦在灵山小学校内住了四五天，后来即返回家中，几天后与灵山小学老师张尔华同搭小汽船到上海，张尔华到一家报馆做编辑，鲁彦在立达学园任教。

鲁彦此行对灵山小学的学生影响极大，激起了学生的创作热情，"虽然只有短短的几

---

① 柯文溥：《鲁彦在莆田》，第126页。

② 柳思：《王鲁彦〈胖子〉之所指》，《金钢钻》1932年12月24日。不过，鲁彦后来在创作谈《关于我的创作》中否认了这种说法，"有些人，常常以为这篇小说是在写谁，那篇小说是在写谁。这是错误的。当我要写的时候，虽然必须有见过或者深深地知道的人做我的人物的基本，但可并不想专门给这个人做褒或贬的传记。……做小说骂人，不但从来不曾这样想过，即连把朋友的短处部分地采用到小说里去，我也不愿意"。

③ 据廖桑：《关于鲁彦》，《前线日报》"作家印象记专页"，1940年12月29日。

④ 刘增人、陈子善：《鲁彦夫人覃英同志访问记》。覃英又在《鲁彦生平创作和简述》中写道："他看到了家乡的残破，更深入地了解了农民的悲惨境遇，对正在觉醒的青年农民寄予了新的希望。他酝酿着写一部长篇小说反映这个现实，这就是《野火》《春草》《疾风》三部曲。"

天，但他带给我们的影响却是巨大的。如李俍民同学以后就一心钻研文学，最后成为一名全国有影响的作家及翻译家。如许多同学，因感而作，每天要写两三篇‘随笔’，且笔名繁多，我一生也用了60余笔名。如许多同学在假期及星期天也来校搞活动。我们还在阅读了他的文章后，顺着文章中所描写的事，去实地体验，如采杨梅，洗杨梅，拉纤淌船过桥洞，做热气球，特别是清明节上祖坟，我们总要带上雨伞……这些都是从他的文章中启发而来”[①]。

1933年（民国二十二年）　三十二岁

年初，从家乡返回上海，先在江湾立达学园任教，因不足维持生活，不久即辞职，自此专事著译，同时也参加上海世界语学会的活动。

鲁彦在立达学园教书期间，赵景深和黎锦明曾去探访。“大家为了生活忙着，我再与黎锦明到江湾立达学园附近去看他时，他已经成为儿女绕膝的爸爸了，他和他的太太招呼我们喝茶吃西瓜，一面还要忙着给小孩子喂奶粉，扶了这个，那个又哭了；抱了那个，这个又跌倒了。”[②]

1月1日，在《文艺月刊》第三卷第七期发表所译法国作家莫利哀的五幕喜剧《唐裘安》，署名鲁彦（目录署名王鲁彦，正文署鲁彦译）。本次刊载未完，后又续刊于本刊第三卷第八期（二月一日出版），署名王鲁彦。一九三三年一月三十一日、二月一日、二十一日、二十三日，《申报》载该期要目。

1月17日，因“一·二八”事变而毁的上海世界语学会正式恢复，本日举行会员大会，除议决提案外，并选举胡愈之、巴金、鲁彦等人为执监委员，并且兼任函授学校教职员，在本埠分区设立讲习班。一月十八日《申报》刊出本次会议介绍：

上海世界语学会恢复
函授学校常年招生
分区设讲习班面授

上海世界语学会，创始于一九〇八年，为中国最早之世界语团体。历年举办事业，如世界语函授学校、《绿光》杂志、世界语书店及图书馆等，成绩卓著，目今全国世界语学者什九皆出自该会附设之世界语函授学校。惜去年“一·二八”沪变，该会适在闸北，全部被毁，因而停顿迄今。现经该会创始人陆式楷、胡愈之、盛国成等多方努力，已于最近正式恢复。昨日举行会员大会，议决要案多起，并改选陆式楷、胡愈之、盛国成、陈兆瑛、巴金、鲁彦、黄警顽等为执监委员，兼函授学校教职员，并在本埠分区设立讲习班面授，详章可向法界华龙路三十号三楼该会索阅，或投函上海邮政信箱一三三二号。

1月22日，《申报》旋即刊出上海世界语学会附设世界语函授学校的招生消息：

一九〇八年创始，上海世界语学会附设世界语函授学校常年招生

宗旨：造成世界语师范人才；

科目：字母、发音，读本、语法、造句、作文、会话、通信法、翻译、文选、读书法、世界语史、世界语运动概况；

---

① 周大风：《忆鲁彦先生》。
② 赵景深：《记鲁彦》。

毕业：六个月；

学费：分“一次缴纳”与“分期缴纳”两种；

教员：巴金、伍大光、林君柱、胡愈之、孙义植、索非、桂良、徐家骏、徐耘阡、陆式楷、陈兆瑛、郭后觉、区声白、盛国成、黄幼雄、黄尊生、杨景梅、刘文海、鲁彦、黎维岳、钟宪民、谭冷意；

校址：上海华龙路卅号（上海邮箱一三三二），规程函索付邮即寄。

1月28日，《申报》载上海大众书局《高小模范文选》，编辑者储祎，选入鲁迅、胡适、周作人、胡适、郭沫若、徐志摩、朱光潜、茅盾、梁启超、傅斯年、朱自清等六十三人的文章，其中也有王鲁彦。

2月1日，在《东方杂志》第三十卷第三号的“文艺栏”发表所译匈加利 Engeno Heltai 与 Emilo Maksai 合作的独幕喜剧《王后之侍者》，署名鲁彦。一九三三年二月一日，《申报》载该期要目。

2月16日，在《东方杂志》第三十卷第四号“文艺栏”发表《船中日记》，署名鲁彦。一九三三年二月十六日，《申报》载该期要目。一九三三年六月，上海南强书局出版由阮无名（即阿英）编选的《日记文学丛选》（语体卷），编者在《序记》中介绍了编选的由来、体例，将集中所收日记分为四卷：第一卷为纪游日记，第二卷为社会考察日记，第三卷为私生活日记，第四卷为读书日记，内收陈衡哲、梁启超、钟敬文、郭沫若、巴金、周作人、鲁迅、胡适、顾颉刚等十五家日记，编者在《序记》中一一介绍评点。鲁彦的《船中日记》亦入选，《序记》谓：“《船中日记》发表在本年的《东方杂志》第四号上。作者鲁彦是被称为最善于描写农村小资产阶级的小说家（见茅盾的《王鲁彦论》，《小说月报》第十九卷），他所发表的日记，据我所知，也只有这一种，是一篇心理描写的日记文。”

3月1日，在《东方杂志》第三十卷第五号“文艺栏”发表散文《雪》，署名鲁彦。一九三三年五月，傅东华编著的《复兴初级中学教科书·国文》第一册由商务印书馆出版，其中选入王鲁彦的散文《雪》。文末有作者简介和文意提示，谓：

作者　王鲁彦，现代小说家及世界语学者，著有《柚子》、《黄金》等小说集。

暗示　注意这篇兼用视觉、听觉、触觉、嗅觉、温觉、动觉来形容雪，我们由此可以悟到观察并不限于视觉。你能用听觉以外感觉形容风声或音乐吗？用视觉以外的感觉形容颜色吗？试举几个例看。

另，一九三六年二月，唐宗辉编选的《分类小品文选》由上海仿古书店再版，在写景类小品中亦收入王鲁彦的《雪》。与此属于同类的写景小品还有郭沫若的《夕暮》、徐志摩的《日出》、朱自清的《荷塘月色》、陈学昭的《寒山》、俞平伯的《桨声灯影里的秦淮河》等。

3月1日，在《创化季刊》第一卷第一期发表独幕剧《面包与马铃薯》（目录作“面包与马铃薯”，正文作“面粉和马铃薯”），署名鲁彦。

3月，在《良友图画杂志》第七十五期发表小说《恋爱行进》，署名鲁彦，万籁鸣作插图四幅。一九三三年五月七日，《申报》载该期要目。

3月16日，在《东方杂志》第三十卷第六号“文艺栏”发表散文《兴化大炮》，署名鲁彦。

3月25日，《申报》载上海世界语学会成立后又与上海广播无线电台订立合同，借该台无线电教授世界语，在拟聘请的讲授人员中有王鲁彦。《申报》载：

上海世界语学会用无线电教授世界语

上海世界语学会系由陆式楷、盛国成、胡愈之等所发起，创始于一九〇八年，为中国最早之世界语团体。历年传播世界语，不遗余力，附设世界语函授学校、世界语书店、《绿光》杂志等，去年一二八之役，该会全部被毁后，陆、盛等继续努力，今春已告恢复。除函授学校开始招生外，其他各书店杂志等亦正在积极进行。现又与上海广播无线电台订立合同，借该台无线电教授世界语。自本星期起，每逢星期一、星期六下午六时四十分至七时十分，由该会请谭、冷两君担任世界语教授。本星期六先由国语专家黎维岳君用国语讲述世界语运动之发展，继由一九二九年代表中国教育部及上海世界语学会，出席匈京环球世界语大会之陈忠信君用英文演讲世界语之重要，以后每次尚拟请陆式楷、盛国成、胡愈之、陈兆瑛、孙义植、王鲁彦等演讲世界语在各方面之应用与价值。谭君所教授之世界语课本，刊载于《中国无线电杂志》上，凡欲用无线电学习世界语者，可向本埠江西路亚美公司订阅，并宜先开姓名、地址、履历等，投函上海邮箱一三三二号上海世界语学会报名，无须出任何费用，俾将来在学习方面有何困难时，可得该会负责之答复与指导云。

4月1日，在《大陆》杂志第一卷第十期发表散文《夜》，署名鲁彦。该期杂志设了“关于夜”的主题征文，此即其中之一。在这一征文活动中，编者挑选了六篇关于夜的散文，分别为峇峇《南荒之夜》、鲁彦《夜》、王西稔《西子湖畔的夜》、白芰《农村之夜》、徐心芹《夜的街戏》、署名“彦”的《长夜寂寂的江湾大街》。“编者识”说：“关于夜的征文，一共收到一百二十六篇稿子。从这一百二十六篇中，我们只能够选出在这儿发表的五篇。其余未能采用，应请作者原谅。”①

4月，鲁彦所译的郭果尔（按，即果戈里）中篇小说《肖像》由上海亚东图书馆出版。一九三三年五月十二日、十三日、二十一日、二十七日，《申报》载，上海亚东图书馆新书七种特价，计《曾文正公家书》、《中国历史上的农民战争》、《欧洲近百年革命运动史》、《俄罗斯的文学》、《求真者》（长篇）、《肖像》（中篇）、《如此这般录之一：百花亭畔》，并逐一略作介绍：

《肖像》（中篇），郭果尔著，鲁彦译，一册，五角，邮费二分半，挂号加八分。

此书分上下两部。上部描写一个贫穷的青年画家用他最后的钱买了一幅奇特的旧肖像，他在肖像的框里意外地得到一笔钱财，引起了他所有虚荣的愿望，以致毁灭了他的天才。下部是叙述这幅奇特肖像的来历，立意深刻，耐人寻味，译者以俏丽简洁的笔锋译出，更觉绝妙。

4月13日，鲁彦致《西京日报·明日》编者郭青杰的信刊登在《西京日报》副刊，此信刊出不久后，郭青杰即给鲁彦复信作答，4月17日郭青杰在《西京日报·明日》发表回信《覆鲁彦》。鲁彦在去信中谈及个人近来的思想状况，“我依然是一个庸凡的人，摆脱不了也不想摆脱生活的重担。音乐家的梦已经打消了，做小说家也觉得没有资格，政治家又怕做，革命家觉得可笑。思想没有归宿，也不想有归宿。未来的希望的梦是没有的，幸也不陷入绝望的悲哀。这在别人看来或许是可笑的，但在我倒也觉得没有什么”②。

---

① 按，实则刊出为六篇，“编者识”中称五篇，误。

② 鲁彦：《你还活着》，《西京日报·明日》，1933年4月13日。

5月1日，在《文艺月刊》第三卷第十一期发表散文《我们的太平洋》，署名王鲁彦。一九三三年五月十一日、十三日，《申报》载该期要目。后收散文集《驴子和骡子》。

5月24日，《申报》载蔡元培等致电南京行政院，要求释放被国民党当局批捕的潘梓年、丁玲，鲁彦也在电文中署名。《申报》载：

蔡元培等电京营救丁、潘

著作家丁玲女士及潘梓年，近因当局认为有某种嫌疑，于上星期为本市公安局拘捕。本埠文艺界，因丁、潘两人，著述宏富素有青年所崇拜，特于昨日联名电京为之缓颊。兹觅得电文照录如次——

南京国民政府行政院汪院长、司法行政部罗部长钧鉴：

比闻著作家丁玲、潘梓年，突被上海市公安局逮捕，虽真相未明，然丁潘两人，在著作界素着声望，于我国文化事业，不无微劳。元培等谊切同文，敢为呼吁，尚恳揆法衡情，量予释放，或移交法院，从宽办理，亦国家怀远右文之德也。

蔡元培、杨铨、陈彬龢、胡愈之、洪深、邹韬奋、林语堂、叶圣国、郁达夫、陈望道、柳亚子、俞颂华、黄幼雄、傅东华、樊仲云、夏丏尊、黎烈文、江公怀、李公朴、胡秋原、沈从文、王鲁彦、赵家璧、蔡慕晖、彭芳草、马国亮、梁得所、叶灵凤、徐翔穆、杨邨人、沈起予、戴望舒、邵洵美、钱君匋、穆时英、顾均正、杜衡、施蛰存等同叩。

本年5月，作创作谈《关于我的创作》（先前应友人之邀），初收一九三三年六月上海天马书店出版的《创作的经验》一书，署名鲁彦，写作时间署为"一九三三年五月"。其后内容又删去首尾两段和文中的几句，更名为《我怎样创作》，收入一九三六年八月上海开明书店出版的《鲁彦短篇小说集》，写作时间仍然署为"一九三三年五月"。在这篇创作谈中，鲁彦对自己十余年来的创作生涯进行总结，将自己的创作生涯依照已出版的三部作品分为三个不同的时期："在《柚子》时期，我的热情使我咒诅一切，攻击一切，不愿意接近一切坏的恶的生活；在《黄金》时期这种倾向渐渐淡了，开始对我所厌恶的放松了，而去求另一方面的善的好的；在《童年》的悲哀时期又渐渐改变了，而倾向于体验一切坏的恶的一面，直到现在。"①

6月1日，在《文艺月刊》第三卷第十二期发表所译独幕剧《阿尔台美斯》（作者未署，不详），署名鲁彦。同期又载有所译 Jeanne Van Bockel 作的《比利时佛兰德人的民歌》（目录作"比利时"，正文作"比利士"，），前半为论文，后面收录四首民歌：《一个公主和一个太子》《东方黎明了》《哈莱文先生》《当冬天下雨的时候》。一九三三年六月六日、八日、十日，《申报》刊出该期要目。

六月十七日、二十四日，七月一日、二日、十五日，《申报》载，上海天马书店刊出广告，隆重介绍《创作的经验》一书：

《创作的经验》，实价大洋八角

执笔者：鲁迅、叶圣陶、郑伯奇、洪深、郁达夫、茅盾、鲁彦、华汉、丁玲、田汉、适夷、沈起予、张天翼、施蛰存、杜衡、柳亚子

本书系征求现代著名作家十六人，各写其创作的经验一篇，汇编成册。内容系自叙创作生活的经历，作品的背景，和创作时的态度，心境，对于事物的观点，使用技

---

① 鲁彦：《关于我的创作》，载《创作的经验》，上海天马书店1933年版，第107页。

巧的心得等等，虽不是一部什么人人适用的万应创作规程，但至少可以使读者于读了之后，有机会来认识一些创作的实践的途径。全书二八八页，三十二开本，上等瑞典纸精印，并由陈之佛先生装帧。

6月，短篇小说集《小小的心》由上海天马书店出版[①]，内收小说凡七篇，计：《小小的心》《一篇抄袭的恋爱故事》《他们恋爱了》《胖子》《兴化大炮》《恋爱行进》《夜》。

7月1日，在《文艺月刊》第四卷第一期发表小说《岔路》，署名鲁彦。一九三三年七月一日、三日、五日，《申报》载该期要目。后收入一九三四年三月上海现代书局版短篇小说集《屋顶下》。小说写吴家村和袁家村两村村民为祛除鼠疫而请关公，因到村先后发生争执，而后引发两村械斗，故事的原型乃是鲁彦在厦门的见闻，可与《厦门印象记》中《害人的苍蝇》与《可怕的老鼠》互参。

7月5日，《橄榄月刊》第四十三期"文艺随笔"栏目刊出彳亍的短文《鲁彦学徒出身》，介绍鲁彦，全文为："鲁彦姓王，镇海王家桥人，幼为学徒，甚苦。乃窃店中之钱逃往北京，作工读书，后学会世界语，方开始创作。（彳亍）"。

7月16日，《出版消息》半月刊第十六期"文坛消息"载彭雪华《漫谈宁波的几个作家》，介绍了鲁彦、王任叔、杨荫深、马彦祥、袁牧之、徐雉、胡行之、陈白尘、白莽、穆时英等二十三个作家，其中对鲁彦的介绍是：

> 鲁彦姓王，是宁波的镇海人。父业农，他是学徒出身，后赴北平，入工读互助团，是时一面读书，一面作工，生活很苦。旋随俄国盲诗人爱罗先珂学世界语，并开始翻译及创作，其所著如《黄金》《柚子》《童年的悲哀》等，颇得读者好评。曾任职中央党部，不一年离去，近仍以著译为生。

八月十九日、二十一日、二十三日，《申报》连续刊载上海公时中学在课程之外另开设文学、社会科学讲座的消息，在所聘请的国内作家中有鲁彦、田汉、洪深、施蛰存等人。《申报》载：

> **公时中学开设文学、社会科学讲座**
>
> 本校为指导莘莘学子以学问的途径，特于部定课程外开设文学讲座及社会科学讲座，敦请国内著名学者担任——
>
> 文学讲座讲师（以笔划简繁为序）：复旦教授方光、著作家王鲁彦、名导演田汉、复旦教授伍蠡甫、复旦教授汪馥泉、现代书局编辑杜衡、复旦文学院长余楠秋、中公文学系主任李青崖、新中公教授李用中、著作家招勉之、名导演洪深、现代书局编辑施蛰存、暨大教授姚名达、中公教授陈子展、大江书铺总编辑陈望道、开明书店总编辑夏丏尊、暨大文学系主任张世禄、著作家张资平、《文艺春秋》主编章衣萍、著作家章铁民、《文学》主编傅东华、著作家冯三昧、北新书局总编辑赵景深、著作家乐嗣炳、交通大学教授郑师许、暨大教授穆木天、复旦文学系主任谢六逸、著作家韩侍桁、暨大教授龙榆生、浙江大学教授钟敬文、复旦教授顾仲彝；

① 此书出版时，据说与天马书店发生纠葛。1933年6月1日，《现代出版界》第13期"国内作家近闻"栏目刊出《鲁彦卖稿上当》的消息，称："鲁彦自来沪后，蛰居江湾，从事著作。近编其未收单行本之短篇六万余字，都为一集，以每千字五元之条件出售与天马书店，惟经天马书店以实字计算，且抹去零数，只实收稿费二百元，鲁彦大呼上当不止云。"

社会科学讲座讲师：大律师王效文、大律师王孝通、复旦教授左舜生、暨大经济系主任朱通九、著作家朱其华、复旦商学长李权时、复旦经济系主任李炳焕、法学院教授李剑华、暨大教授李石岑、中大商学院教授武靖干、复旦国际贸易系主任邱正伦、《中华日报》社长林柏生、持志教授林众可、大东书局总编辑孟寿椿、大夏大学教授倪文亚、复旦法学院长孙寒冰、复旦教授袁道丰、复旦教育系主任章益、暨大教授梅龚彬、暨大教授郭一岑、《新闻报》编辑郭步陶、复旦教授陈清金、暨大政治系主任温崇信、黎明书局编辑冯和法、暨大教授张素民、民智书局总编辑杨幼炯、辛垦书店编辑杨伯恺、《社会与教育》主编樊仲云、大律师潘震亚、中山文化教育馆农村经济调查团主任漆琪生、会计师钱祖龄、复旦社会系主任应成一。

9 月 1 日，在《矛盾》月刊第二卷第一期（革新号）发表所译丹麦 St. J. Blicher 的小说《仆人的日记》，署名王鲁彦。刊物末尾《读者 · 作者 · 编者》栏目中，编辑潘孑农对本期革新号做出说明，谓：“未完稿共有三篇：崔万秋先生的创作《多贺子》和王鲁彦先生的《仆人的日记》，下期均可续完。维李宝泉先生之《中国洋画家诸倾向》一文，尚须赓续一二期。”

本次刊载未完，后续载于《矛盾》月刊第二卷第二期（十月十日出版）。文末有《译后记》，谓：“Steen Steensen Blicher 是一个丹麦的诗人和小说家，一七八二年生于维婆尔轧，死于一八四八年。他的第一次著作是翻译。第一次创作的诗集印行于一八一四年，但未（原文为末，改之）引起人们重大的注意。然而他以他的小说很快的得到了全国的好评，一八四二年，出现了他的杰作《写字间》，那是用日德兰方言写的短篇小说集。这部日记以短短的页数，记载一个人以青年直到老的事情，真是不容易，在短促的一小时内，能使我们读者跟着他年青，跟着他衰老，跟着他喜悦与悲哀，一点不觉得太快了。尤是难事。我所以喜欢它，把它翻译出来，也就重在这一点，或者，无宁说是太受它的感动了，虽然在道德的观点，未必完全和作者合拍，我是更同情于耶恩斯和苏菲亚的悲苦的遭遇和勇敢的坚强的性格。我想译出它来，已经有六七年了，但每次都因里面的拉丁文和法文无法译出，延搁着。原译者 H. J. Bulthuis 在书前注明说，因为原著者有许多地方不加注释，所以他也不加。但这在我看来，太苦了，这不到十条的注释。最近法文的由愈之兄注释出，而拉丁文的也就尽我的能力，加上了几条，留下来的不多，只好付之阙如了，好在有几句是容易理会得到的。一九三三年，五月，译者识。”一九三三年九月十日、十月十二日，《申报》载该期要目。

9 月 1 日，在《文学》第一卷第三号“散文随笔”栏发表散文《父亲的玳瑁》，署名鲁彦。一九三三年八月三十一日，《申报》载该期要目。后收入散文集《驴子和骡子》。

9 月 1 日，在《文艺月刊》第四卷第三期发表小说《伴侣》，署名鲁彦。一九三三年九月一日、三日、五日，《申报》载该期要目。后收入小说集《屋顶下》。

9 月 1 日，在《东方杂志》第三十卷第十七号“文艺栏”发表散文诗《生的痕迹》，署名鲁彦。

10 月 1 日，在《现代》第三卷第六期发表小说《胡髭》，署名鲁彦。同期刊有鲁迅短论《小品文的危机》。本期“文坛鳞爪”栏目刊出的图片有上海电影文艺界同人欢宴来沪之反战代表马莱与古久列摄影、横光利一像、逝世五十年纪念之屠格涅夫、鲁彦近影。一九三三年十月一日，《申报》载该期要目。后收入小说集《屋顶下》。

10月1日，在《文艺月刊》第四卷第四期发表小说《贱人》，署名鲁彦。一九三三年十月一日、三日、五日，《申报》载该期要目。

10月1日，在《文学》第一卷第四号发表小说《屋顶下》，署名鲁彦。本期撰稿的还有老舍、落花生、王统照，杂志特地刊出本期撰稿的几位作家照片，分别题为"老舍在济南""落花生（赴印过沪时留影）""《山雨》的作者王统照""鲁彦近影"。后收入小说集《屋顶下》。

10月30日，覃英在上海的一家医院待产，下午六时，女儿莉莎诞生。晚，鲁彦寄寓在朋友汪君家里，次日清晨又至医院看望覃英。①

11月1日，朋友杜君前一夜从香港来，清晨和朋友一起到医院看望覃英。②

11月2日，下午带恩哥到医院看望妹妹莉莎。③

11月4日，在医院陪伴覃英和女儿。④

11月6日，在医院陪伴覃英和女儿。⑤

11月8日，将覃英和女儿接出医院，回到江湾家里。覃英产后身体状况不好，加之有两个小孩需要照管，家中杂务甚多，鲁彦自己又要写文章，生活担子颇为沉重。⑥

11月18日，母亲回家乡宁波，家中请了在朋友汪君家做了十来年的娘姨来帮忙，家中重担稍减。⑦

11月29日，孩子满月，因家庭状况免去请客吃酒的旧俗。⑧

11月1日，在《文艺月刊》第四卷第五期发表小说《李妈》，署名鲁彦。同期刊有鲁彦所译 Maur Jaumotte 的论文《比利士的文学》，署名鲁彦。本次刊载未完，后又续载于《文艺月刊》第四卷第六期（十二月一日出版）。一九三三年十一月一日、三日、五日，《申报》载该期要目。后收入小说集《屋顶下》。

11月1日，在《文学》第一卷第五号发表小说《安舍》，署名鲁彦。后收入小说集《屋顶下》。

11月1日，在《现代》第四卷第一期发表小说《病》，署名鲁彦。文末刊有鲁彦即将出版的小说集《屋顶下》的介绍，谓："行将在现代书局出版的鲁彦短篇新著——《屋顶下》，现代创作丛刊第十五，内容——《岔路》《屋顶下》《伴侣》《安舍》《胡髭》《李妈》《病》，现已付印，不日出版。"一九三三年十一月一日、十八日，《申报》载该期要目。后收入小说集《屋顶下》。

11月9日，作即将出版的小说集《屋顶下》的序言，写作时间署为"一九三三年，十一月九日，于江湾"。

12月1日，在《文艺月刊》第四卷第六期发表所译波兰作家 M. Ga Walewreg 的小说《最后的幽会》，署名鲁彦。一九三三年十二月一日、二日，《申报》载该期要目。

12月1日，在《文学》第一卷第六号发表小说《〇〇五一二八》，署名鲁彦。

---

① 据《婴儿日记》。

② 同上。

③ 同上。

④ 同上。

⑤ 同上。

⑥ 同上。

⑦ 同上。

⑧ 同上。

12月1日，在《青年界》第四卷第五号发表散文《夏天的蛙》，署名鲁彦。一九三三年十二月五日，《申报》载该期要目。

12月1日，发现孩子手腕弯曲，辗转多方，十分忧虑。[①]

12月6日，母亲从宁波到上海。[②]

12月9日，朋友汪君的女儿周岁，鲁彦夫妇带孩子去做客，这是覃英产后第一次出门。[③]

12月15日，是日为鲁彦生日，覃英欲陪鲁彦到上海看场电影，《婴儿日记》载："他喜欢显克微支的作品，我想陪他到上海去看《罗宫春色》，据说那就是显克微支的《你往何处去》。"后来鲁彦将钱用来给家中装了一个火炉，为了给女儿提供一个更加暖和的环境。后来将一张书店的支票兑换，午后两点多兑现，即到上海看了电影，晚六点多归家。[④]

12月18日，家中请的老太婆离去，家中琐事又落到鲁彦夫妇身上。[⑤]

12月27日，是日天气晴好，鉴于孩子经常吐奶，鲁彦想带孩子到上海医院诊察一下。上午十一点半动身，一点钟在朋友汪君家吃午饭，后即到医院检查。[⑥]

本年，杨家骆主编的《民国以来新书总目提要》由南京中国图书大辞典编辑馆出版，收一九一二至一九三三年间业已出版的中国各类书籍，分十四编，其中在第五编"创作文学"中，有王鲁彦的介绍，谓：

> 《黄金》　短篇小说集。包括《黄金》《毒药》《一个危险的人物》《阿长贼骨头》《微小的生物》《最后的胜利》等许多短篇。王氏之作品，感伤的，灰色的气氛极为浓厚，描写乡村小资产阶级知识分子及农民之心理，刻画极为深刻，茅盾极推重其作品，曾在《小说月报》上发表《王鲁彦论》一篇，称为近代中国之典型作家。(《新生命》，五角)
>
> 《童年的悲哀》共四篇：(一)《青年的悲哀》，(二)《幸福的哀歌》，(三)《祝福》，(四)《宴会》(亚东，五角五分)
>
> 《柚子》(北新，六角)

1934年(民国二十三年)　三十三岁

1月1日，在《文学》第二卷第一号(新年号)发表散文《新年试笔·其九》，又小说《亚猛》，署名鲁彦。小说后收入一九三五年十二月上海文化生活出版社版短篇小说集《雀鼠集》。本期特地设置"新年试笔"栏目，介绍有冰心、巴金、老舍、靳以、蒲牢、西谛、郁达夫、李健吾、丰子恺、鲁彦、既澄、傅东华、王伯祥、顾颉刚、沈从文等十五位作家的新年试笔文章，实则刊出十四则文章，目录中有老舍，但正文中没有老舍写的试笔。

1月1日，在《矛盾》月刊第二卷第五期发表小说《车中》，署名鲁彦(目录署王鲁彦，

---

① 据《婴儿日记》。

② 同上。

③ 同上。

④ 鲁迅三天后也在上海看了这部电影。鲁迅在1933年12月18日日记载："夜同广平往融光大戏院观电影，曰《罗宫春色》。"见《鲁迅全集》第16卷，人民文学出版社2005年版，第413页。

⑤ 据《婴儿日记》。

⑥ 同上。

正文署鲁彦)。一九三四年一月六日,《申报》载该期要目。后收入小说集《雀鼠集》。

1月3日,与覃英同到上海。①

1月7日,晚上朋友潘先生来访。②

1月16日,晚与覃英闲谈,写文章到凌晨一点多才睡。③

1月19日,覃英生病,鲁彦全权照顾孩子,晚孩子睡后差不多写了一整晚的文章。④

1月22日,《摄影画报》第十卷第四期"文艺界"栏目刊载《鲁彦努力写作》一则消息,谓:"自命无党无派的作家王鲁彦,自闽变后被迫回上海,即卜居在江湾乡下某乡民家,终日闭门写作,闻已成长十万字之小说一篇,不久即可本埠某文艺杂志发表。"

1月25日,晚上为孩子起名,初名"娜娜",后来改为"丽莎"。覃英在一月十五日日记中载:"今天晚上,彦拿了一本《世界语字典》,一面翻着,一面念着一些可以表示他对于孩子的喜爱、赞美或希望的字眼,想从这里找出一个好的名字。他问我'珈玛'如何,这在世界语是'carma'。我觉得那声调硬了一点。他说'陀珈',在世界语是'dolca',我又觉得粗了一点,祖母说像宁波话'大姐'了。念来念去,念了许多字,都不大喜欢,终于决定了一个'娜娜',虽然祖母说这也不好听,像是上海话'奶奶'。"⑤

又在一月二十八日日记载:"彦昨天从上海回来,说是孩子的名字还须改换。他听到朋友谈起,法国有一部小说叫做《娜娜》,正是一个极浪漫的淫乱的女主人公的名字。我当然也不愿意我的孩子袭用这一个名字。彦于是重新去翻各种书本,后来主张用丽莎。这两字声音倒还好听,只是'丽'字不大容易写。只好以后再说了。"⑥

1月26日,《申报》载《文化列车》第八期革新号出版,介绍了本刊特约撰述的作者名单,计六十人,王鲁彦为其中之一。⑦

2月1日,在《文艺月刊》第五卷第二期"译述"栏发表所译意大利作家Toscani的小说《星》,署名王鲁彦。一九三四年二月一日,《申报》载该期要目。

2月1日,在《文学》第二卷第二号发表小说《桥上》,署名鲁彦。一九三四年二月八日,《申报》载该期要目。后收入小说集《雀鼠集》。一九四〇年十一月,三通书局出版鲁彦《桥上》,内收《桥上》《枪》《鼠牙》三篇,为"三通小丛书"之一。

2月1日,在《中学生》第四十二号发表散文《厦门》(地方印象记),署名鲁彦。一九三五年六月,中学生社编《都市的风光》,作为"中学生杂志丛刊"之一,交由上海开明书店出版。此书选入十六位作家所写的十六篇关于都市的印象记而成,涉及上海、厦门、广州、青岛、武汉、北平、贵阳、重庆等都市,鲁彦的《厦门》入选。

---

① 据《婴儿日记》。

② 同上。

③ 同上。

④ 同上。

⑤ 同上。

⑥ 同上。

⑦ 《文化列车》特约撰述人名单为:方之中、杜衡、邵洵美、郁达夫、徐凌英、张资平、杨淳、叶圣陶、潘子农、穆木天、王鲁彦、沈从文、林语堂、施蛰存、孙竟谋、崔万秋、杨骚、叶灵凤、郑伯奇、穆时英、左明、李辉英、茅盾、高明、徐转蓬、黄天始、叶永蓁、赵景深、黎烈文、卢森堡、包时、汪馥泉、洪深、高植、徐苏灵、傅东华、杨邨人、赵铭彝、刘家麒、谢六逸、白薇、周作人、侯枫、唐瑜、章克标、汤增敭、董每戡、鲁史、郑振铎、应云卫、何嘉、招勉之、胡愈之、马彦祥、陶晶孙、汤晓丹、叶鼎洛、鲁迅、黎锦明、韩侍桁。

2月3日，许多朋友来访，家中一时颇为热闹，满是语声和笑声。[①]

2月10日，在《华安》月刊第二卷第四期发表散文《叹骷髅选》，署名鲁彦。一九三四年二月二十日，《申报》载该期要目。后此文略经增删修改，更名为《巫士的打油词》，又刊于二月十九日《申报·自由谈》，署名鲁彦。《华安》月刊三十六位特约撰述人，鲁彦为其中之一。[②]

2月26日，晚鲁彦乘车离开上海赴陕西郃阳县立中学教书，此时丽莎尚在襁褓，方四月。[③] 鲁彦一家多年漂泊在外，此次离家也勾起了离愁别绪，感慨颇多，对未来充满着惶惑之感，在《西行杂记》中记载了离沪之前的感受："被包将经过一些什么样的路程呢？将被放在什么样的地方呢？——它并不知道。我呢，我也不知道，将遇到一些什么，见到一些什么，将过一些什么样的生活，将是欢乐或悲哀，将是生或是死。"

2月28日，深夜车进潼关，正式踏上关中土地。[④]

2月29日，在潼关东街游览。[⑤]

3月1日，在《春光》第一卷第一号（创刊号）发表散文《父亲》，署名鲁彦。一九三四年二月九日、三月二日，《申报》载该期创刊号要目预告。王鲁彦亦为本刊长期特约撰稿人。[⑥]

3月1日，在《现代》第四卷第五期发表小说《惠泽公公》，署名鲁彦。一九三四年三月一日，《申报》载该期要目。后入选施蛰存、朱雯主编《中学生文艺月刊》四月号"每月名作选评"栏目，于第一卷第二期（四月十日出版）重新登载，末后有评论。后又被收入一九四一年一月由现代文艺出版社出版的李森南编的《短篇小说集》中。

3月1日，上海现代书局出版鲁彦的短篇小说集《屋顶下》，为"现代创作丛刊"第十五种，是为初版，印数两千册，售价六角五分。内收《自序》，小说凡七篇，计：《岔路》《屋顶下》《伴侣》《安舍》《病》《胡髭》《李妈》。一九三六年上海复兴书局再版，是为第二版；一九四八年上海印书馆再次出版，是为第三版。

一九三四年三月一日，《现代出版界》第二十二期，"现代书局二月份出版新书"介绍了《屋顶下》：

> **《屋顶下》　现代创作丛刊之十五　鲁彦著**
> **版式：三十二开本（二〇〇页）　实价：六角五分**
>
> 这是鲁彦先生搁笔以后很久才写成的集子。鲁彦先生是个饱经世故的作家，虽然对艺术修养已经很深，但他还自谦着经验的不足，不宜于创作，所以他的笔便一搁

---

① 据《婴儿日记》。

② 《华安》月刊特约撰稿人为：王鲁彦、火雪明、方秋苇、伍蠡甫、李楼时、吴经熊、汪静之、周蜀云、周木斋、施蛰存、胡云翼、胡叔异、洪深、徐汉豪、徐仲年、徐昌曾、马国亮、马寅初、孙福熙、崔万秋、章衣萍、章铁民、陆绐、黄天鹏、黄源、黄震遐、黄庐隐、程万孚、傅东华、郑独步、郑业建、樊仲云、潘楚基、谢六逸、顾执中、顾凤城。（见本期《华安》月刊。）

③ 据《婴儿日记》。

④ 据《关中琐记》。

⑤ 同上。

⑥ 本刊的特约撰稿人为：巴金、方光焘、方士人、王统照、王任叔、丘东平、白薇、沙汀、艾芜、老舍、沈从文、沉樱、杜衡、何家槐、周作人、李辉英、征农、李又燃、郁达夫、洪深、徐调孚、祝秀侠、夏丏尊、草明、马彦祥、施蛰存、许幸之、张天翼、陈子展、陈君涵、傅东华、辜怀、叶灵凤、赵景深、靳以、郑伯奇、鲁彦、黎锦明、穆时英、穆木天、戴望舒、魏金枝、魏猛克、丰子恺、芦焚。（见《春光》创刊号。）

三年。在这三年后的现在所写成的集子里又是怎样呢？这须得鲁彦先生的爱好者来鉴赏吧。

一九三五年四月，上海生活书店发行郁达夫等著的《迟暮》（文学创作选之一），内收郁达夫、老舍、鲁彦、盛焕明、墨沙、张天翼、靳以、何家槐、王统照等人九篇小说，《屋顶下》入选。

3月1日，在《东方杂志》第三十一卷第五号发表日记《婴儿日记》，署名鲁彦、谷兰。一九三四年五月三日，《申报》载该期要目。本次刊载未完，后又陆续刊于第三十一卷第七号（四月一日）、第九号（五月一日）、第十一号（六月一日）、第十五号（八月一日）、第十七号（九月一日）。后来结集，于一九三五年五月由上海生活书店出版发行，署鲁彦、谷兰合著，书前有作者所写序言。每册实价六角。

一九四四年十一月，谭正璧编著的《国文阶梯》由世界书局出版，其中选入鲁彦为《婴儿日记》单行本所写的《序》，题为《〈婴儿日记〉自序》，署名王衡。选文后附有作者小传、文中人名、语词等注释以及文言体式的翻译（用文言将此白话日记又重新翻译一遍）。这是本书的体例，“篇后皆附译文，文言则译语体；语体则译文言。又，普通选本之注释，仅有字句之解释，本书则兼及文法与修辞。此种注释在国外为习见，在国内选本中则尚为创格”（据本书《凡例》）。作者小传谓：“王衡，笔名鲁彦，现代浙江镇海人。世界语学者，历任国立浙江大学教授，著有《柚子》《黄金》《小小的心》《雀鼠集》《童年的悲哀》《屋顶下》《爱之冲突》《驴子和骡子》《婴儿日记》等创作。”①

3月1日，在《文艺月刊》第五卷第三期发表法国作家莫利哀的三幕喜剧《乔治·但丁》，署名鲁彦（目录署名鲁彦，正文署鲁彦译），本次刊载未完，后又续刊于第五卷第四期（正文署名鲁彦译）（四月一日出版）、第五卷第五期（目录署名王鲁彦，正文署鲁彦译）（五月一日出版）。一九三四年三月十二日，四月三日、五月四日，《申报》载该期要目。

3月1日，陕西《西京日报》刊载《王鲁彦来陕》的消息，提示王鲁彦即将赴陕西任教的消息：

> 合阳中学自党晴梵君接办后，对于校务改进，非常努力。王鲁彦为该校教导主任党修甫君之多年老友，现已应合阳之聘，不日来陕，据北新书局汪静波来信云：鲁彦教书十年，写作十年，今以友谊关系，不远千里，愿来西北，定可予合阳开百年文运。
>
> 再，闻鲁彦之西安友人及爱好文艺者，拟于鲁彦来省时举行欢迎云。

3月2日，坐人力车由潼关西行，继而向北至朝邑县，次日又由朝邑出发坐骡车往合阳。沿途村落稀少，阒寂无人，一派荒凉之意，下午方才辗转到合阳境内。鲁彦在《关中琐记》中历载了合阳周围的自然景象及民风民俗，如送穷鬼、招魂、逐雀儿、老鼠嫁女等，

---

① 当时文坛上也有一个叫王衡的作家，在刊物上发表有《老人与酒瓮的故事》《可怜儿》等小说，并且也曾多次与鲁迅通信。很长一段时间内，此王衡即被研究者当作王鲁彦。例如《鲁迅全集》（人民文学出版社2005年版）即将两人视为一人。但王雷《王衡质疑》（《鲁迅研究月刊》2000年第1期）、吴作桥《新版〈鲁迅全集〉注释补正十七则》，《上海鲁迅研究》（夏卷，2014年）先后考证此“王衡”并非王鲁彦，本谱采取此说。另外，赵景深在《十年来之中国文学》也早已发现这个现象，称“王衡不是鲁彦的真名，乃是两个人”。参见赵景深：《十年来之中国文学》，《大夏》第1卷第5号，1934年10月15日。

时时与自己家乡宁波风俗相较，勾画颇详。[①]

3月6日，姑丈从汉口来上海。[②]

3月31日，鲁彦从陕西来信，告诉覃英自己想买的口琴可暂缓不买，省下钱来为孩子买一辆藤车，并且叮嘱覃英买一本陈鹤琴编的《儿童心理之研究》来参阅。[③]

3月，在《青年界》第五卷第三号发表随笔《寂寞》，署名鲁彦。一九三四年三月八日，《申报》载该期要目。

4月1日，在《春光》第一卷第二号发表散文《幸福的幻影》，署名鲁彦。一九三四年四月一日，《申报》载该期要目。

4月1日，在《文学》第二卷第四号（创作专号）发表散文《四岁》，署名鲁彦。一九三四年四月一日，《申报》出版界介绍该期杂志要目。

4月6日，是日为清明节，两天后，鲁彦骑着驴子出城往东南三十里外的夏阳游览。[④]

4月，沈从文的批评文集《沫沫集》由上海大东书局出版，内收《论冯文炳》一篇，将冯文炳与许钦文、鲁彦、施蛰存等作家风格进行比较，在谈及鲁彦时说："另一作者鲁彦，取材从农村卑微人物平凡生活里，有与冯文炳作品相同处，但因为感慨的气氛包围及作者甚深，生活的动摇影响及于作品的倾向，使鲁彦君的作风接近鲁迅，而另有成就，变成无慈悲的讽刺与愤怒，面目全异了。"[⑤]

5月1日，在《文学》第二卷第五号（弱小民族文学专号）发表所译立陶宛作家 Vincas Kreve 的散文《啄木鸟的命运》，又捷克作家 Josef Simanek 的小说《唐裘安的幻觉》，均署名鲁彦。《唐裘安的幻觉》正文前有译者介绍，谓："Josef Simanek 于一八八三年生于 Jindrichuv Hradec，是捷克斯洛伐克的天才的诗人和小说家，同时他又是一个哲学家。他的诗和故事常喜欢取材于古代和情欲的描写，他的著作几乎全显现着有力的诗人的火。——据原译者 Fr. Valka 所说。"本期为弱小民族文学专号，计有亚美尼亚、波兰、立陶宛、爱沙尼亚、匈牙利、捷克、南斯拉夫、罗马里亚、保加利亚、希腊、土耳其、阿拉伯、秘鲁、巴西、阿根廷、印度、黑人、犹太等国家或民族的译作二十九篇。

5月2日，覃英将家从半乡村的江湾正式搬到上海。[⑥]

5月8日，陕西《西京日报》副刊《明日》刊载《王鲁彦去郃阳的前后》一文，介绍王鲁彦赴合阳任教的原因以及在当地的艰难处境：

> 王鲁彦来郃阳教书，原因是这样的：自今年党晴梵君被举为郃中校长，他觉得有机会给桑梓做点事情，即令是受些困苦，对社会对个人，都是很可告慰的。党君到合后，便以一切发展计划，商之于党修甫君，修甫君是一个诚默，只知做事，而不计名利的人，民国十七年他和夏康农，张友松创办春潮书店，除出版了《茶花女》《曼侬》等丛书数十种外，还出了十几期《春潮月刊》，那时他们与新月派斗争的非常激烈，修甫以一修的笔名做了不少的文章。他与鲁迅先生过从很密，此时，北新欠了鲁迅五万多元的版费，尽商人与贼之能事一文不还！鲁迅无法，只好向北新起诉，一切介绍律

---

① 据《关中琐记》。
② 据《婴儿日记》。
③ 同上。
④ 据《关中琐记》。
⑤ 沈从文：《论冯文炳》，《沫沫集》，上海大东书局1934年版，第7页。
⑥ 据《婴儿日记》。

师等事，均由修甫君帮忙，结果鲁迅胜了诉，得到北新八千多元的现钱。春潮书店终因没有商人与贼的手法，将两万多元的资本赔光了！还是鲁迅送了修甫君四百块钱，才能有路费回到合阳老家，修甫在合中，仍旧是默默的研究他的自然科学，吾陕从来不知道这一个为文坛出了许多力而在学术修养上很有成就的人！这次党晴梵君长郃中，修甫君感觉到非常的快慰，因为郃中的前途，大可乐观。于是便介绍多年老友鲁彦君前来教书，鲁彦君因为一方面要看看伟大的西北与那坚强的民族性，一方面看看几个老朋友，便毫不迟疑的答应了郃中的邀请。郃中的经费本来每月有地亩附加八九百元，基金万余元，每月可得利息一二百元，勉强可以维持。晴梵君到郃中后，乃知基金不知怎样已失去大半，地亩附加三扣两扣，已成了五百元，每月尚领不到。地方劣绅又为方破坏，说请的教员，均为"下等人"，说党君是"招兵不是办学"。如政府不设法补助，恐合中不免关门。否则，便在不生不死中延长下去。鲁彦在此状态中非常痛苦，几次欲来西安，均由学校及学生的恳切挽留，不能成行。如眼前再无办法，鲁彦即来西安友人处小住，闻西安方面的友人，已去函欢迎云。

5月11日，此前几天鲁彦的姐夫、姐姐和外甥都到上海来，陪着他们买东西，愈加忙碌。[①]

5月20日，子海在《十日谈》第二十九期"文坛画虎录"栏发表《忆王鲁彦》，追忆鲁彦在莆田教授国文的情形。

6月1日，在《矛盾》月刊第三卷第三、四期合刊（弱小民族文学专号），发表所译芬兰Johannes Linnankoski的小说《海基勒家之事》，目录署王鲁彦，正文署名鲁彦。本次刊载未完，不知后续刊于何处。

6月，韩振业编辑的作品集《漂泊》，为巴金等著，列为"当代名作选（中国文学）"第一辑第五种，内收巴金《五十多个》、鲁彦《黄金》、丁西林《北京的空气》（剧本）三篇，书末有《后记》，对入选的三位作者有简略介绍和评论，大约出自编者之手，对鲁彦的介绍，谓："王鲁彦是一个历史很久的作家。他底作品，大多取材于乡村生活。对于封建势力所笼罩着的农村底生活状态，颇多精警的把握。加以文笔素朴自然，极合于描写乡村生活，所以他底作品往往别有一种风趣。《黄金》一篇，对乡村间欺穷尊富的可笑可憎的风习，暴露无遗，而且在轻松的笔调中寓以深刻的讽刺，很可以看出这位作者底特点。"

7月1日，在《文学》第三卷第一号发表小说《鼠牙》，署名鲁彦。一九三四年七月二日，《申报》载该期要目。后收入小说集《雀鼠集》。

7月1日，在《文学季刊》第三期发表小说《枪》，署名鲁彦。后收入小说集《雀鼠集》。

7月3日，《申报》载"各学校消息"，称上海浦东中学下学期聘请的语文教员中有王鲁彦：

浦东中学　本埠浦东中学下学期拟扩充校务，提高课程标准，数理化教员方面，经聘有吴月舫、王季梅、陆祖龙、夏承法、黄钦翔、畲炳成、黎昆宏等，语文教员方面，英文为魏荔洲、何尚友等，国文为汪静之、章铁民、王鲁彦等。

7月9日，上午八时左右，鲁彦回到上海家中，此次与家人分别近四月。[②]

---

① 据《婴儿日记》。

② 同上。

7月13日，冰苔在《西京日报》副刊《明日》发表《欢迎鲁彦先生》一文，对传闻中鲁彦将到西安省立高中任教表示欢迎。

7月16日、17日，汪以果在《西京日报》副刊《明日》发表《送鲁彦行》一文，回顾了自己同鲁彦回西安的情形。

7月21日，朋友章先生带着孩子来访。[①]

8月5日，赵景深在《人间世》小品文半月刊第九期发表随笔《记鲁彦》，追述与鲁彦在长沙、上海的交往情形。八月五日，《申报》载该期要目。

8月13日，署名为"天茄"的作者在《益世报》上的专栏"作家之群"第七篇中，简单介绍了王鲁彦的近况。

8月13日，鲁彦在为是去西安还是青岛发愁。覃英在该日日记中载："彦以去西安和青岛两地不能决，戏作纸球叫恩哥和丽莎占卜，连两次他两人都是拈的青岛。"[②]事实上，坊间流传的就是鲁彦即将去西安，其后鲁彦选择的也恰是西安。同日出版的《每周评论》第一二九期，"文坛杂俎"栏目载有《王鲁彦西安待聘的消息》，称："王鲁彦自与谭昭仳离后，常往来于厦门上海，藉卖文过活。然卖文所入甚菲，王以此终非久计，很想献身教育界，以卖文为副业。因鉴于东南各省均人浮于事，欲谋一讲席，殊属不易，于是濮被赴西安。近得陕西某巨公之介，往见该地省立高级中学校长。校长已允聘为国文教师。聘书日内可发。"

8月18日，丽莎的姑母来访，覃英替她的大女儿置办嫁妆。[③]

8月22日，鲁彦和覃英犹豫许久后决定去西安，鲁彦母亲和姐姐今日一同回宁波，连同家具一道搬走。[④]

8月23日，下午搭车离开上海赴西安，朋友汪君夫妇、周太太前来送行。三时乘小汽车到火车站，车四时开。[⑤]

8月24日，车在徐州停下，下车过天桥等候陇海路的车子。[⑥]

8月25日，下午一时车到潼关，鲁彦一家住在中国旅行社。[⑦]

8月26日，晨七时走至火车站乘车，下午四时到渭南，适逢大雨，又无车可雇，辗转颇久方才进城，暂住一个小学校。[⑧]

8月28日，下午搬到教育局，因该局房子不多，覃英偕丽莎在相距不远的女子小学校暂住一晚。[⑨]

8月29日，乘车赴西安。下午三时，到西安东城门口，鲁彦的学校已派工人前来接待。[⑩]

9月1日，下午搬到省立高级中学，因一时未找到合适的房子，暂时住在狭小的教员

---

① 据《婴儿日记》。

② 同上。

③ 同上。

④ 同上。

⑤ 同上。

⑥ 同上。

⑦ 同上。

⑧ 同上。

⑨ 同上。

⑩ 同上。

室里。后孩子恩哥、丽莎因水土不服先后患腹泻,夫妇二人忙碌不已。[①] 古城西安虽然历史悠久,文化积淀厚重,但在民国战乱的环境中,西安显得残破不堪,混乱、肮脏占据着鲁彦回忆的主调,西安之行并未在鲁彦心中留下深刻印象。[②]

9月1日,在《文学》第三卷第三号发表散文《驴子同骡子》,署名鲁彦。一九三四年九月一日,《申报》载该期要目。后收入散文集《驴子和骡子》。[③]

9月1日,在《中学生》第四十七号发表随笔《听潮的故事》,又散文《关中琐记》,均署名鲁彦。后收入散文集《驴子和骡子》。

9月1日,苏雪林在《现代》第五卷第五期发表评论《王鲁彦与许钦文》。九月一日,《申报》载该期要目。苏雪林在该文中将王鲁彦与许钦文归于受鲁迅影响的作家之列,认为:"五四时代之后,在鲁迅作风影响之下,青年从事乡土文艺或为世态人情之刻画者很有几个人,比较成功的则有王鲁彦和许钦文两位。"对其作品则称:"作品感伤灰色的气分极为浓厚,但其善于描写乡村小资产阶级和农民的心理与生活,则使他天然成为鲁迅高足了。"

9月5日,《申报》载上海天马书店出版的当代名作选(中国文学),介绍十种书目,计:一 《故乡》,鲁迅、陈衡哲、许钦文等作;二 《义二》,叶绍钧、许地山、夏丏尊等作;三 《烦闷》,冰心、卢隐、沅君、凌叔华等作;四 《雨夕》,茅盾、王统照、罗黑芷等作;五 《漂泊》,巴金、鲁彦、丁西林等作;六 《寺外》,老舍、黎锦明、熊佛西等作;七 《湘累》,郭沫若、蒋光慈、郑伯奇等作;八 《微雪》,郁达夫、张资平、白薇等作;九 《拜献》,徐志摩、沈从文、长虹等作;十 《野菜》,周作人、俞平伯、苏绿漪等作。

上述十种书目均售价一角二分,同时介绍的还有鲁彦著《小小的心》,实价四角五分。

9月15日,星期六,下午夫妇两人带孩子出去玩了半天,晚约八时方才归校。[④]

9月20日,陈望道主编的《太白》半月刊创刊号出版,其特约撰稿人六十八人,鲁彦亦为其中之一。[⑤]

9月22日,下午带孩子到校外大操场看陕西预选参加华北运动会人员。[⑥]

10月10日,友人汪、郭二先生来访。[⑦]

10月15日,陕西《西京日报》载《高中成立文学研究会》的消息,报道日前省立高中成立文学研究会,王鲁彦担任指导一事:

> 王鲁彦等指导组织省立高级中学校,日前举行训育会议,兹录志其议决案如次:
>
> 1 规定学生课外运动时间表案,议决:通过;2 课外运动,应由何人负责监督案,议决:除体育教员训育主任每次到场指导外,本级级任于本班运动时间内,须到场点监督;3 改定作息时间表案,议决:通过;4 学生沐浴,应如何办理案,议决:由事务

---

① 据《婴儿日记》。

② 参鲁彦《西安印象》。

③ 收入集中更名为《驴子和骡子》。

④ 据《婴儿日记》。

⑤ 《太白》半月刊特约撰稿人为:艾芜、巴金、冰心、沉樱、杜重远、方光焘、丰子恺、风子、佛郎、谷人、高滔、耿济之、顾均正、何谷天、洪深、黄芝冈、黄石、黄源、胡仲持、胡愈之、张天翼、贾祖璋、金仲华、靳以、韬奋、周越然、周木斋、周予同、赵元任、朱光潜、克士、老舍、老戈、李健吾、李辉英、李满桂、廖容、刘熏宇、刘廷芳、落华生、马宗融、孟斯根、聂绀弩、欧阳山、任白戈、小默、夏丏尊、夏征农、沈起予、许杰、陈子展、陈守实、谢六逸、孙伏园、陶行知、草明、蔡慕晖、蔡希陶、王鲁彦、王伯祥、王统照、万迪鹤、魏猛克、吴组缃、吴文祺、杨骚、叶籁士、乐嗣炳。(据《太白》创刊号。)

⑥ 据《婴儿日记》。

⑦ 同上。

处向澡堂接洽减价办法；5 成立文学研究会案，议决：推王鲁彦、郝子俊、白森元指导组织；6 级任与本级学生个别谈话，应如何进行案，议决：（1）本学期内每生最少谈话 1 次，余第 12 周前完结，（2）谈话表由训育处拟制。

10 月 21 日，鲁彦夫妇带着孩子和朋友吴先生及他的小孩一道到南城外雁塔和宋家花园游玩。[①]

10 月 22 日，《申报》载，上海生活书店出版的作品集《劳者自歌》，介绍如下：

《劳者自歌》，子恺等作

本书是文学丛书散文选之一。内容有：《劳者自歌》（丰子恺）、《不算情书》（丁玲）、《我的种痘》（鲁迅）、《故乡一人》（徐懋庸）、《我的学化学的朋友》（茅盾）、《命相家》（丏尊）、《莎菲日记第二部》（丁玲）、《辨"文人无行"》（鲁迅）、《瘟君与财神》（丏尊）、《轮滚的乞丐》（语堂）、《四岁》（鲁彦）、《作父亲》（丰子恺）、《北满记事》（靳以）等二十四篇，十余万言，印刷装订俱极精美，凡爱好文艺者，均宜手此一篇。

10 月 30 日，丽莎周岁，但经济窘迫，尚未请客。代之的是，鲁彦请了两小时的假和覃英带着丽莎去照相留恋，一家人也曾合照。[②]

10 月 31 日，《申报》载上海生活书店刊出文学丛书创作编《残冬》之介绍。《残冬》，茅盾等作，每册实价八角。收入茅盾《残冬》、叶绍钧《多收了三五斗》、落华生《女儿心》、艾芜《咆哮的许家屯》、沙汀《老人》等十四篇创作，王鲁彦收入的《安舍》。

11 月 12 日，《申报》载上海生活书店出版之三种文学丛书：茅盾等作《残冬》、郁达夫等作《迟暮》、丰子恺等作《劳者自歌》，再作介绍。三种之中都有鲁彦作品入选，《迟暮》中选入的是《屋顶下》。《劳者自歌》中有鲁彦的《父亲的玳瑁》。

11 月 30 日，署名为"拙辍"的作者在《十日谈》第四十五期发表随笔《记王鲁彦》，回忆自己在西安慕名初见鲁彦的情形：

> 不晓得谁的力量，竟使先生再[③]到这荒漠的西北。这灰色的古城——西安，给我们学校代课，但是，我们是下班，而学校只仅上班，原因是"才疏学浅"，不配教我们。为了要看一看王先生究竟是怎样的，我在上历史课[④]的时候，偷偷溜了下来，爬在毕业班教堂的窗外看他。
>
> 一架托力克，小背头，两腮有肉，尤其是两个脸蛋子特别丰满，上唇和下巴有点胡须，但却不是那黑鸦鸦雾沉沉地一片，大概他是常常刮的吧！身穿一套毛哔叽西装，足登尖头皮鞋，现在天凉了！他穿的一件什么呢的夹袍，内套开四米毛衣。
>
> 他女人——兰姑，也一同来了，带有小孩两个。
>
> 一九三四，一一，三。

12 月 22 日，《申报》载北新书局新出图书及重版书，其中《现代小说选》收录有王鲁彦小说，原文如此："《现代小说选》——胡云翼，每册六角，全二册。共分三时期，各选其代表作。第一时期为鲁迅之《故乡》、叶绍钧之《潘先生在难中》、郁达夫之《过去》、冰心

---

① 据《婴儿日记》。

② 同上。

③ 原刊作"在"。

④ 原刊作"堂"。

之《别后》、落华生之《春桃》以及张资平之《三七晚上》。第二时期为茅盾之《创造》、老舍之《牺牲》、沈从文之《扇陀》、巴金之《煤坑》、凌淑华之《等》、冯沅君之《隔绝》、冯文炳之《竹林的故事》,其他为刘大杰、鲁彦、彭家煌等家。第三时期为丁玲、张天翼、杜衡、靳以等家。各篇均有注释。”

12月,散文集《驴子和骡子》由上海生活书店出版,为傅东华主编的“创作文库”之第十七种①,分上、下卷,内收散文凡十二篇,计上卷八篇:《雪》《父亲的玳瑁》《开门炮》《寂寞》《四岁》《我们的太平洋》《听潮的故事》《驴子和骡子》;下卷四篇:《船中日记》《厦门印象记》《西行杂记》《关中琐记》。一九三五年四月,生活书店再版。一九四〇年十月,又由三通书局出版,为“三通小丛书”之一。

1935年(民国二十四年) 三十四岁

是年春,周贻白在上海偶遇覃英,相谈后得知鲁彦近况。加之鲁彦母亲也从镇海来到上海,正要找房,于是周贻白帮着覃英四处觅房,最终确定在霞飞路嵩山路附近一家藤器店楼上。自此,周贻白和鲁彦又通起信来,曾函托鲁彦将在郃阳出土的曹全碑代为拓印一份,暑假时鲁彦从陕西回来即将此拓本送给周贻白,周贻白甚为感念。②

1月1日,在《西京日报》发表散文《人类的喜剧》,署名鲁彦,一同刊出的还有老戈(郭青杰)的《新年与新生》、汪以果的《香蕉》。

1月9日,在《西京日报》发表散文《汽笛》,署名鲁彦,一同刊出的还有老戈的《第一列车》、汪以果的《列车底礼物》。

2月24日,《申报》载文化界人士推行手头字运动,各界人士签名支持者达二百余人,鲁彦也曾签字。《申报》载——

手头字之提倡

第一期手头字共三百字

各界签名发起者二百人

中国文字,虽有种种优点,然笔划过于繁多,而手写体与印刷品又不一律,实为民众教育之一大阻力。近年全国有人主张减省汉字笔划,以谋教学之便利,最近复由文化界人士,共同研究,已历多时,顷始发表手头字第一期字汇,各界人士签名发起者二百人,各文化机关及刊物决定采用者已有十余家,兹将推行手头字缘起,及第一期字汇照录如下。

推行手头字缘起

我们往常有许多便当的字,手头上大家都这么写,可是书本上并不这么印,识一个字须得认两种以上的形体,何等不便。现在我们主张把“手头字”用到印刷上去,省掉读书人记忆几种字体的麻烦,使得文字比较容易识,容易写,更能够普及到大

---

① 1935年2月15日、9月16日,《申报》载,傅东华主编的《创作文库》刊出介绍,称:“现代文坛收获的总汇,未来文学史料的初基。”“本文库以宏大规模陆续选刊现代名家创作之专集、选集、合集,包括长短篇小说、剧本、诗歌、散文、批评,举凡文学之诸部门,靡不应有尽有,搜罗力求其广,选择力求其精,一般读者可以之作鉴赏研摩,青年读者可以之作国语文范本。图书馆备此文库,即可打定现代文学类书之基础;个人备此文库,即可获得国内一切名家之作品。各书一律用卅六开本排印,分精装平装两种,精装用道林纸印,既精美悦目,又小巧便携。”此次介绍了老舍、张天翼、巴金、吴组缃、郑振铎、王鲁彦等的作品计十八种,鲁彦收入的是短篇小说集《驴子和骡子》,实价精装六角半,平装四角半。

② 周贻白:《悼鲁彦》。

众。这种主张从前也有人提出过，可是他们没有实在做，所以没有甚么影响。现在我们决定把“手头字”铸成铜模浇出铅字来，拿来排印书本，先选出手头常用的三百个字来作为第一期推行的字汇，以后再逐渐加添，直到“手头字”跟印刷体一样为止。希望关(原为开，当误)心文化的先生们，赞同我们的主张，并且尽量采用这个字汇。发起人：丁淑静、万迪鹤、万家宝、小默、王人路、丰子恺、方光焘、巴金、王纪□、王独清、王特夫、王国秀、王集从、王屏南、方景略、叶圣陶、朱自清、叶放、左胥之、白薇、叶龢士、朱少卿、朱文叔、任白戈、刘延陵、刘廷芳、刘良模、老舍、余之介、沈子丞、李公朴、吴文祺、沈西苓、沈体兰、沈志远、徐泽霖、李长之、米星□、艾思奇、沈兹九、沈起予、李南芗、李冠芳、陆高谊、吴朗西、吴组缃、吴研因、吴清友、苏雪林、艾寒村、仿联德、李贻燕、余楠秋、吴敬恒、吴廉铭、沈端先、李辉英、杜钢百、艾芜、辛树帜、汪静之、吴翰云、刘熏宇、伯韩、汪馥泉、吴耀宗、邵力子、孟十还、周木斋、周予同、林汉达、林本侨、东平、金兆梓、金仲华、欧阳山、周伯棣、周伯勋、邵宗汉、罗叔和、阿英、郇爽秋、周越然、征农、金焰、胡仲持、胡风、洪深、姚绍华、姜琦、柳湜、范扬、胡愈之、郁达夫、夏丏尊、倪文宙、祝百英、奚如、祝佛朗、马宗融、草明、唐弢、马星野、孙俍工、孙师毅、高梦旦、马国亮、马国英、席涤尘、高铁郎、徐蔚南、徐懋庸、郭一岑、章乃器、曹小端、陈子展、张天翼、曹礼吾、陶行知、张仲实、陆衣言、张肖梅、张良辅、陈君冶、陈克承、陈君涵、许幸之、郭沫若、曹亮、陈致道、郭挹清、陈望道、张梦麟、□彬龢、毕云程、许杰、许达年、许钦文、曹聚仁、陈维姜、陈端志、陆德音、陈樟生、章锡琛、陆锡桢、庶谦、张耀翔、黄石、顾君义、傅东华、冯和法、黄素封、舒新城、黄源、程演生、顾树森、黑婴、靳以、臧克家、杨青田、杨东莼、路敏行、葛乔、葛绥成、杨潮、杨骚、杨霁云、赵义凭、熊昌翼、赵家璧、蒯斯曛、赵景深、管萃真、蔡元培、潘公弼、潘式、樊仲云、郑君里、郑伯奇、蔡希陶、鲁彦、郑振铎、黎烈文、蒋径三、邓裕志、乐嗣炳、蒋弼、蔡慕晖、黎锦明、蒋镜芙、卢冀野、穆藕初、谢六逸、钟天心、谢扶雅、钟韶琴、聂绀弩、魏猛克、谭友六。

3月，生活书店编译所编辑文学作品选集《春桃》(落花生等著)，“文学创作选之四”，内收落花生、老舍、张天翼、蒋牧良等小说十三篇，鲁彦作品收入两篇：《鼠牙》《桥上》。

4月13日、14日，《申报》载《一九三四小说年选》(普及版)的介绍，谓“本书精选一九三四年度名作家之代表作数十篇，凡茅盾、冰心、巴金、老舍、鲁彦、王统照、凌叔华、落华生、施蛰存、杜衡、靳以、沈从文、沉樱、张天翼等，皆有代表作品选入，末附全年小说的总目录。所以看了本书，就不必再看其他的结集和期刊了。全书五十万言，六百余页，精装二元，普及版特价一元，本月内一律八折出售，外埠加寄费一成”。

5月1日，在《文学》第四卷第五号发表随笔《故乡的杨梅》，署名鲁彦。一九三五年五月一日，《申报》载该期要目。后收入一九三七年四月上海文化生活出版社版散文集《旅人的心》，更名为《杨梅》。

5月10日，在《新文学》第一卷第二号(翻译专号)发表《译诗三首》，计《没有什么能够保险》《合适的帽子》《酒精的好处》，署名鲁彦，文末署“译自 P. K.诗抄”。一九三五年五月十九日，《申报》载该期要目。一九四七年三月一日，又以《鲁彦遗诗抄》为题刊于《文潮月刊》第二卷第五期，天行(即魏建功)在文前撰有说明[1]。诗作刊发顺序为《合适

---

[1] 按，魏建功误以为这是鲁彦自己的创作，其实这乃是译作。又，据此可知魏建功尚有一篇悼念鲁彦的文章载《东南日报》，笔者此处未见；再者，此诗十余年前曾经寄给魏建功，但是当时没有发表，后来才寄给《新文学》发表。

的帽子》《没有什么能够保险》《酒精的好处》。天行所作说明为——

> 鲁彦逝世已有两周年了。为了纪念这位亡友，我曾写了二篇短文，一篇登在《茶话月刊》，一篇登在《东南日报》的《笔垒》。今天偶然整理旧稿，发现了他作的三首诗，记得还是十余年前寄给我的，那时我正在编叫做《绿野》的一个刊物，后来这个刊物夭折，这诗便好久存在我处。
>
> 我是不懂诗的，但许多朋友都认为鲁彦是诗人，不仅是一个小说家。他所作的诗很多，似乎发表的很少，偶尔有一二首在刊物上露布，都用了'忘我'或'鲁颜'的笔名，听说章铁民处还存有不少鲁彦的诗稿，倘有机会的话，很可以把它印成一本《鲁彦遗诗集》，这里我把所存的两诗抄录出来，献给爱好鲁彦作品的读者。

5月19日，西京世界语学会成立，王鲁彦报告学会筹备经过，并被推举为理事。五月二十日，《西北文化日报》刊出文章《西京世界语学会昨日正式成立，选王鲁彦等为理事，热心先进亦多参加》予以报道——

> 西京世界语学会，于昨日（十九）上午九时假西安师范学校大礼堂开成立大会。到会员五十余人，并请省党部派员指导，会场布置极为隆重，由会员强褡如司仪，王鲁彦主席，报告筹备经过，次由党部代表刘青原致词，大意谓：创造世界语的意义，是为求世界和平的真正实现，并负有沟通中西文化的重大使命。又党部代表黄其起致词，略谓：世界语对于中国国民党的文化运动有很大的帮助。次有景梅九、党晴梵、陈声树热心世运诸先进，对世界语历史及研究经过，均阐发甚详，听者莫不动容。讲演毕，讨论会章，并选举理事及监事，计选出王鲁彦、陈声树、王心白、刘平甫、郭青杰、吕赞襄、刘昆水等七人为理事，白森元、程永才、薛象晨等三人为候补理事，景梅九、党晴梵、刘青原等三人为监事，党修甫、汪以果等二人为候补监事，下午一时会毕，摄影而散。闻各理事及监事，定于明日（二十一）下午四时，假西安高中召开理监事联席会议，积极推动会务云。

6月1日，在《文学》第四卷第六号发表随笔《清明》，署名鲁彦。

6月10日，《西京日报》刊布消息《世界语学会广征会员》，谓："本市世界语学会，自成立以来，即推定王鲁彦等负责进行，兹该会已于最近印就入会志愿书多份，分发各发起人，请为广征会员云。"

6月，中学生社编辑《我的旅行记》，列为"中学生杂志丛刊"之一，内收许钦文、胡愈之、贺昌群、王统照、朱自清等游记十四篇，鲁彦《关中琐记》入选。

8月20日，《西北文化日报》刊布消息《世界语学会成立研究班，续办讲习班》，通告西京世界语学会第二期开办方案，王鲁彦因南下职务由陈声树代理。消息谓：

> **世界语学会成立研究班，续办讲习班**
>
> 西京世界语学会成立以来，经各界人士之赞助，会务进行颇称顺利。第一期讲习班现已结束，成绩尚有可观。该会日前开会，除改选理事王鲁彦因南下辞职由陈声树递补等议案外，并决议：一续办第二期讲习班，期限六个星期，除星期日外，每日下午四至五时授课。二教授法，前半期用过于，后学期用世界语直接教授。三，人数，满十人开班。四讲义费及杂费全期三元，会员减半。（二）成立研究班。一资格，凡已学过世界语有相当程度者。二，学科，选读，文法，会话，作文；三，授课时间，每

星期日上午十至十二时。四，费用，每月一元。五，报名时间，即日起每日上午六时至九时，下午三至六时。六，报名地址，书院门公字一号本会。

8月24日，虚睨在《西京日报》副刊《明日》上发表诗作《鲁彦南归》，借此缅怀鲁彦。

约8月末，鲁彦由西安返回上海[1]。"鲁彦回沪以后，我们的往来，又恢复了在泉州时的亲密。有一天，我去访晤他，忽然看见一个十一二岁的女孩子，陪着他的恩哥和丽莎在一道玩耍着，谷兰笑着问我：'你认识她吗？'我仔细向那孩子看看，觉得她眉目之间，似乎有点和鲁彦相像，我猜她是鲁彦的外甥。但是谷兰说：'不对，比外甥更要亲近点。'我怀疑地不知道说什么好，于是鲁彦说：'这是谭昭的莲儿，新近跟她母亲来到上海的。'谭昭和鲁彦这段公案，我本来不曾怎么留意，但因莲儿之来，我才知道他们并没有经过正式的离婚手续，彼此仍以朋友的立场，互相来往着。我当时觉得他们这种态度很不错，可是，经过了两个星期，鲁彦跑来同我说：'谭昭来沪，目的在索取赡养费。'要我去替他向谭昭转圜一下。因此，我在其中颇费了一点唇舌，总算把谭昭打发走了。"[2]

11月17日，《申报》载赵家璧主编的《中国新文学大系》，对各集一一介绍，其中在介绍鲁迅编选的《小说二集》时提及鲁彦："小说二集的编选人鲁迅先生，是中国第一个写创作小说的人，他的《狂人日记》在民国七年的《新青年》上出现时，既没有第二个同样惹人注意的作家，更其找不出同样成功的第二篇创作小说。这部集子选北京新潮社的罗家伦、汪敬熙、杨振声、俞平伯等，上海弥洒社的胡山源、赵景沄等，上海浅草社的高世华、莎子、陈翔鹤等，北京沉钟社的冯文炳、冯沅君等，晨报副刊的蹇先艾、许钦文、王鲁彦、黎锦明等，现代评论社的凌叔华，莽原社的向培良、尚钺、朋其，未名社的魏金枝、李霁野、台静农等共计三十三家，五十八篇。鲁迅先生的导言，就叙述上述的每一个团体结合的经过和他们的特色，更批评每一个团体中几个重要作家的作品和他们的思想。"

12月18日，《西京日报·明日》刊出鲁彦一封寄自镇海的信，谈及自己最近的行程，并对过去在西安的生活做了小结："在西安住了一年，似乎并没有见到天空。只有故旧的天是特别大，变化特别多。我们的屋子在青山与绿水的围抱中，一到晚上遍地起了音乐。水面的萤火与天空的星光映辉着。你想想这是一个什么样的世界吧。唉唉！西安归来，真想江南老了。"[3]

12月，短篇小说集《雀鼠集》由上海文化生活出版社出版，为巴金主编"文学丛刊"之一种，内收小说凡六篇，计：《惠泽公公》《亚猛》《车中》《桥上》《枪》《鼠牙》。一九四〇年四月，文化生活出版社已出至第四版，实价五角五分。一九四一年六月，由国风书店再次刊行，抽去《牙》，为五篇。

本年底，鲁彦一家从西安返回上海，暂在梵皇渡路租下一幢楼房，此时茅盾、黎烈文、孙师毅等也住在附近，巴金也在上海，与诸朋友往来频繁。[4] 端木蕻良《忆鲁彦》也记载："远在1936年，我在上海写作时，除了茅盾、王统照、郑振铎、胡风有数的几个人以外，和当时的作家们很少来往。有一次，我从茅盾先生家出来，他送我到门外，还站在那儿和我在说着话。这时，他对着两幢和他家一个模式的小楼，告我说，这边住的是黎烈文，那边

---

① 相关考辨参见张朕：《王鲁彦佚简六通及其他》，《新文学史料》2021年第4期。

② 周贻白：《悼鲁彦》。

③ 《凡美信笺——鲁彦寄自镇海》，《西京日报·明日》，1935年12月18日。

④ 参刘增人、陈子善：《鲁彦夫人覃英同志访问记》，又参覃英：《鲁彦生平和创作简述》。

住的是王鲁彦,我才知道茅盾和他们两位是紧邻。”①

1936 年(民国二十五年)　三十五岁

春初,鲁彦一家又搬到上海曹家渡信义邨②,在此一直住到抗日战争爆发。僻居于此,鲁彦仍然潜心写作,长篇小说《野火》即成于此时。

周贻白《悼鲁彦》载:“民国二十五年的春初,他们又搬家了。新居的地址,是曹家渡信义邨,一所一上一下的假三层楼房。前面有院子,后面有天井,一个人数不多的家庭住着这点屋子,在上海说来,是宽舒有余了。于是他的姊姊带了外甥也来到上海省亲,而鲁彦则埋首于这个幽静的环境中,努力写他的小说。他的唯一长篇创作《野火》,便是这一时期写成的。但是很不幸,他的七十多岁高龄的母亲,就在这一年的夏天去世。”

鲁彦写作《野火》是受赵家璧之邀。赵家璧在编辑“良友文学丛书”时曾向鲁彦约稿,“这二十种里,除这本《烟云集》外,还有周作人、朱光潜、俞平伯、沈从文等北方作家的散文集,都是我一九三五年五月去北平约到的名家名作;上海方面约到郑伯奇、王统照、王鲁彦、杜衡、张天翼、叶圣陶、谢冰莹等的创作。我要把这套丛书以创作为主的目的达到了”③。此外,赵家璧谈及《文季月刊》时期的作品,又称:“三部连载长篇最有特色。巴金的长篇《春》连刊六期。鲁彦的《野火》连载七期,这部长篇由我争取到手,于一九三七年五月编入‘良友文学丛书’;另一部长篇剧本曹禺的《日出》,连刊四期。我原想把这三个长篇都争取编入丛书,因种种原因,仅得其一。”④

可相对照的是,王鲁彦自身并不感觉住宿的幽静。在作于 1939 年的散文《两年前》中说:“两年前,我们住在上海一个弄堂里。这弄堂虽然并不大,却也容纳着四五十家职业不同的住户。每一个家庭似乎都是简单的,很少有上了年纪的人,也不大有兄弟姊妹住在一起,但是没有孩子的却只有一家,其余的往往是孩子超过了一倍以上。这样,我们这一个不大的弄堂几乎全被孩子们占有了。一天到晚,前前后后,总是一片喧闹声,骑车子的,踏溜冰鞋的,打弹子的,造房子的,拍皮球的,敲鼓的,跳绳的,闹吃的,打架的,叫骂的,喊爷娘的,唤姊妹的,仿佛要把屋子推翻,弄堂踏平才痛快似的。”

1 月 1 日,在《文学》第六卷第一号(新年号)发表散文《西安印象》,署名鲁彦。一九三六年一月一日《申报》载该期要目。一九三六年十一月二十日,胡依凡在《申报》文艺专刊发表随笔《锈迹斑斓的历史名城,西安》,文中慨叹西安作为历史名城已然是锈迹斑斓,可在这斑斓中也蕴藏着深厚的古意,“整个的西安,是给笼罩在‘古’的氛围中。所有的西安住民,也就完全给圈住在这氛围里面了”。古城的西安人民并没有多少活力,被往古所拘束得太过严密了,结末作者联想到鲁彦的《西安印象》,说:“但究竟有点缺憾的是,能呼吸着并赏览这古意的,却不是既往创造了以及现在还在创造着古迹的西安的人们自己,反而,只是一些和它完全无关系的人——于是,难怪古意的西安,近来也变得有些灰暗了。鲁彦先生去年写西安印象,还只写到大烟和乌鸦而漏了‘古意’,或者,也就是这个原因。”

2 月 1 日,在《文学》第六卷第二号发表中篇小说《乡下》(目录中署“特约中篇”),署

---

① 端木蕻良:《忆鲁彦》,《端木蕻良文集》第 7 卷,北京出版社 2009 年版,第 317 页。

② 1936 年 11 月 22 日,鲁彦给赵景深的信件末尾所署的地点为“极司非而路信义村二十三号”,也可作为参照。参见赵景深:《现代小说家书简》,《中国现代文艺资料丛刊》第 6 辑,上海文艺出版社 1981 年版,第 225 页。

③ 赵家璧:《文坛故旧录——编辑忆旧续集》,西北大学出版社 2019 年版,第 38 页。

④ 同上书,第 193 页。

名鲁彦。同年七月，由上海文学出版社出版单行本，为“小型文库”之一，署名王鲁彦。一九三六年二月一日，《申报》载该期要目，对该期创作一一介绍，《乡下》“写南中国一农村中三个农民家破人亡的悲剧，实际展示了目前中国整个农村的惨状”。

2月6日，与巴金、沈从文、李健吾等人在聚丰园小聚。《王伯祥日记》1936年2月6日载：“下午三时出配眼镜架，盖今晨偶折也。旋至福店，出席业务会议常务会。四时许，颉刚来。六时，同往聚丰园晚酌，到颉刚、予同、振铎、从文、健吾、巴金、鲁彦及丏尊、雪村、洗人、索非、晓先并予与调孚十四人。并晤梦周、鸣时、道始。九时三刻乃散，复过颉刚。”①

2月15日，《六艺》月刊在上海创刊②，在创刊号中有署名为“鲁少飞作”的“特制文坛漫画”《文坛茶话图》，将三十年代的上海文坛的样貌惟妙惟肖地传达出来。漫画下方配有说明文字，内称“第三种人杜衡和张天翼、鲁彦成了酒友，大喝五加皮”③。

2月25日，汪六滨在《华北日报》副刊《每日文艺》发表对王鲁彦小说《乡下》的评论文章，无标题。

3月1日，在《文学》第六卷第三号发表散文《钓鱼》（副标题：故乡随笔），署名鲁彦。一九三六年三月一日，《申报》载该期要目。

3月6日，《申报》载，由胡憨珠发行、屠仰慈编辑小报《报报》复刊，王鲁彦为特约撰稿人之一。④

3月6日，江蓝（即张秀亚）在天津《大公报·文艺》发表《评〈文学〉》，对本期《文学》杂志中的文章进行评点，对鲁彦这篇小说高度赞赏，其中说：“整本里，分量最重的作品是：鲁彦的那个中篇《乡下》。在一些短篇里，我们认识了作者。他这形体较庞大的新作，以那原因，吸引住我们的目光。这篇写的是乡间劳动阶级层为土劣簸弄陷害的故事。通观全篇，写实的成分较少。对制造一种氛围，这似乎是一个缺欠。但对话却很能在纸面上剪出人物的性格。故事的顶点是在富有反抗灵魂疯了的阿毛，以水幻做仇人面影，怀着复仇的心而沉溺的一幕。对故事整个局面的进展，稍嫌有叠床架屋的情形。如美生结婚的一幕，仿佛是应该删除的不必要的情节。”

一九三六年九月一日，《申报》载，文学出版社出版的“小型文库”，收张天翼《清明时节》、宋春舫《五里雾中》、茅盾《多角关系》、陈白尘《石达开的末路》、欧阳山《青年男女》、

---

① 张廷银、刘应梅整理：《王伯祥日记》，中华书局2020年版，第2049—2050页。

② 编辑人：高明、姚苏凤、叶灵凤、穆时英、刘呐鸥，发行人姚苏凤，每月一册，十五日出版。

③ 《文坛茶话图》惟妙惟肖地传达出三十年代上海文坛的样貌，漫画下方的说明文字全文为：

大概不是南京的文艺俱乐部吧，墙上挂的世界作家肖像，不是罗曼·罗兰，而是文坛上时髦的高尔基同志和袁中郎先生。茶话席上，坐在主人地位的是著名的孟尝君邵洵美，左面似乎是茅盾，右面毫无疑问的是郁达夫。林语堂口衔雪茄烟，介在《论语》大将老舍与达夫之间。张资平似乎永远是三角恋爱小说家，你看他，左面冰心女士，右面是白薇小姐。洪深教授一本正经，也许是在想电影剧本。傅东华昏昏欲睡，又好像在偷听什么。也许是的，你看，后面鲁迅不是和巴金正在谈论文化生活出版计划吗？知堂老人道貌岸然，一旁坐着的郑振铎也似乎搭起架子，假充正经。沈从文回过头来，专等拍照。第三种人杜衡和张天翼、鲁彦成了酒友，大喝五加皮。最右面，捧着茶杯的是施蛰存，隔座的背影，大概是凌淑华女士。立着的是现代主义的徐霞村、穆时英、刘呐鸥三位大师。手不离书的叶灵凤似乎在挽留高明，满面怒气的高老师，也许是看见有鲁迅在座，要拂袖而去吧？最上面，推门进来的是田大哥，口里好像在说：“对不起，有点不得已的原因，我来迟了！”露着半面的像是神秘的丁玲女士。其余的，还未到公开时期，恕我不说了。左面墙上的照片，是我们的先贤刘半农博士、徐志摩诗哲、蒋光慈同志、彭家煌先生。

少飞

④ 《申报》载《报报》特约撰稿人为：汪馥泉、王集丛、曹聚仁、葛乔、陈子展、雷鸣蛰、傅彦长、蒋槐青、谢六逸、章绳治、任白涛、冯宾愿、汪静之、曾亚萍、方光焘、乐嗣炳、伍蠡甫、章铁民、梁耀南、汪仲贤、王鲁彦、金慕周、万籁鸣、李天行、赵景深、孙家瑜、Roth Weiss、许文华。

王任叔《证章》、周扬译作《路》、王鲁彦《乡下》(中篇小说),实价三角。一九三六年九月十八日,《申报》再载小型文库介绍。

3月16日,在《人间世》(汉口版)发表书信《紫竹林小札》(目录署《紫竹林小札》,正文署《紫竹林中小札》),署名鲁彦。文末有编者附记,谓:"这几封信是鲁彦住在普陀紫竹林写的,所以我把它定名为《紫竹林中小札》。编者。"

约在春夏之交,冯雪峰从延安回到上海,与鲁彦时常往来,并相约前去探望在病中的鲁迅。"他那时是党中央特派员,但仍然诚恳热情,没有一点盛气凌人的派头。当时上海文艺界正在开展两个口号的论争,鲁彦因为早就不在上海,未加入左联,又长期埋头创作翻译,不写理论批评文字,所以没有直接参加论争。"①

5月1日,在孟十还主编的《作家》第一卷第二号发表散文《我们的学校》,署名鲁彦。一九三六年五月十六日,《申报》载该期要目。一九四一年一月,由梅衣编选的《第一流》(续编)作品集,列为"文青丛刊"之一,由上海地球出版社出版,内收欧阳山、巴金、萧红、艾芜、沙汀、洪深、夏衍、刘白羽等十五位作家的十五篇作品,鲁彦的《我们的学校》入选。

5月21日,作小说《欢迎会》(副标题:人间映画之一),后刊于《大公报·文艺》副刊第一百七十四期(本年七月五日出版),署名鲁彦,写作时间署"二十五年五月二十一日写"。

5月22日,源水在《西北文化日报》副刊《西北角》发表《关于〈西安印象〉》,批评王鲁彦的散文《西安印象》。

5月,孔另境编选、鲁彦作序的《现代作家书简》由上海生活书店出版,内收王鲁彦致汪馥泉信件两通。

6月1日,在巴金、靳以合编的《文季月刊》第一卷第一期(创刊号)发表长篇小说《野火》(一、二、三章),署名鲁彦。同期连载的还有曹禺的四幕剧《日出》和巴金的激流三部曲之二《春》。《野火》本次刊载未完,后又续载于本刊第一卷第二期(七月一日出版,四、五章)、第一卷第三期(八月一日出版,六、七章)、第一卷第四期(九月一日出版,八、九章)、第一卷第五期(十月一日出版,十、十一章)、第一卷第六期(十一月一日出版,十二章)、第二卷第一期(十二月一日出版,十三、十四章)。一九三七年五月由上海良友图书公司出版单行本,为赵家璧主编的"良友文学丛书"第三十八种。一九四四年十一月重庆独立出版社出版再版,为祝秀侠、韩侍桁主编的"独立文艺丛书"之一。印数一千五百册,印刷者:独立出版社,发行者:独立出版社、正中书局,经售处:中国文化服务社,实价五元四角。

一九三六年九月七日,《申报》载,《文季月刊》九月号出版,隆重介绍曹禺的《日出》、巴金的《家》与鲁彦的《野火》(八—九),称《野火》为"鲁彦先生精心结构的长篇创作,动乱时代中江南农村的姿态"。

一九三七年六月十日、十二日,《申报》载赵家璧主编的"良友文学丛书"的介绍,鲁彦的《野火》作为"良友文学丛书之三十八"予以推介,"《野火》是鲁彦先生最近脱稿的长篇小说。作者写长篇,这是第一次,但却达到了可惊异的成就。作者用十八万字给我们展开了动乱时代中江南农村的姿态,这里有的是同情和热泪,有的是真实和深刻,但同时还有着牧歌和斗争,尤其是斗争。作者给我们暴露了农村的黑暗面,作者也给我们指示了光明。黑暗和光明的斗争造成了全书的最高点。作者在本书里第一次显露了他的雄

① 刘增人、陈子善:《鲁彦夫人覃英同志访问记》。

伟的气魄。这不是一本平凡的书,这是一首伟大的庄严的史诗”。

6月1日,在《文学》第六卷第六号发表小说《中人》,署名鲁彦。一九三六年六月一日,《申报》载该期要目。后收入一九三七年一月上海良友图书印刷公司版短篇小说集《河边》。

6月1日,作小说《河边》,后刊于六月十五日出版的《作家》第一卷第三号,署名鲁彦,写作时间署为“六月一日,二十五年”。一九三六年六月十六日,《申报》载该期要目。后收入小说集《河边》。

6月,与鲁迅、巴金、曹禺等联名发表《中国文艺工作者宣言》[1],号召中国文艺工作者把握现实,努力工作,为争取民族独立自由而奋斗。宣言内容为——

中国文艺工作者宣言

中国不是从昨天起才被强邻压迫,侵略,我们民族的危机并不是一朝一夕所造成,展开在我们眼前的这大崩溃的威胁是有着它的远因和近因,有着它的发展的路径的。我们文艺上的工作者,目光从来没有离开过现实,工作从来没有放松过争取民族自由的奋斗。我们并不是今天才发见救亡图存的运动的重要。

所以,在现在,当民族危机达到了最后关头,一只残酷的魔手扼住我们的咽喉,一个窒闷的暗夜压在我们的头上,一种伟大悲壮的抗战摆在我们的面前的现在,我们绝不屈服,绝不畏惧,更绝不彷徨、犹豫。我们将保住各自固有的立场,本着原来坚定的信仰,沿着过去的路线,加紧我们从事文艺以来就早已开始了的争取民族自由的工作。我们决不忽略或是离开现实。反之,我们将更加紧紧地把握住现实。我们不敢过大地估计自己的力量,但我们将为着目标的远大,忘却自身的渺小。我们相信各部门的文化工作在任何时期都没有一刻可以中断,我们以后将更加沉着而又勇敢地在这动乱的大时代中,担负起我们的艰巨的任务。我们愿意接受同意我们的工作的人的督促的指导。我们愿意和站在同一战线的一切争取民族自由的斗士热烈的握手!

鲁　迅　巴　金　曹　禺　吴组缃　蒋牧良
张天翼　马宗融　方光涛　杨　晦　陆少懿
靳　以　齐　同　孙　成　大　戈　奚　如
曹靖华　赵家璧　田　间　克　夫　李溶华
鲁　彦　陆　蠡　世　弥　丽　尼　荒　煤
萧　乾　芦　焚　方之中　辛　人　东　平
姚　克　路　丁　钟石韦　马子华　天　虚
叶籁士　徐　盈　澎　岛　宋之的　周　彦
黎烈文　以　群　胡　风　溅　波　草　明
萧　军　孟式钧　张香山　王余杞　俯　拾
孟十还　萧　红　周而复　杲　杲　欧阳山
万迪鹤　黄　源　尹　庚　周　文　任文川
孙　用　葛　琴　王元亨

① 此处引自《译文》第1卷第4期,1936年4月16日。此宣言后在《作家》《文学丛报》《文季月刊》等刊载,名单略有不同,不过鲁彦始终列名。

7月1日，在《文季月刊》第一卷第二期发表散文《孩子的马车》，署名鲁彦。一九三六年七月二日，《申报》载该期要目，同时介绍了巴金的《春》、曹禺的《日出》和鲁彦的《野火》，称《野火》为"鲁彦先生精心结构的划时代的长篇创作，动乱时代中江南农村的姿态"。后收入散文集《旅人的心》。

7月30日、31日，易我在《西北文化日报》副刊《西北角》上发表评论《〈乡下〉——王鲁彦小型文库之六》。

8月1日，《申报》载开明书店创业十周年纪念刊物《十年》，结集国内作家最新的创作，印成善本出版，廉价发行，收录了鲁彦《银变》、老舍《且说屋里》、张天翼《一件小事》、巴金《星》等创作。八月七日，开明书店又在《申报》发布广告予以介绍："开明书店自创业至今，已届十年，因特编《十年》一书，以作纪念。此书内收当代小说名家新作十四篇，均为一时杰作，而巴金之《星》长近三万，实一中篇。丁玲之《一月二十三日》则为彼沉默长久后之第一声，尤为名贵。他若圣陶、鲁彦、张天翼等亦均有情文并茂之作。全书三百四十余页，洋装一厚册，只售国币四角，定价之廉实为出版界之创举，以是出版未及一周销售已逾五千云。"一九三六年八月十六日、九月十六日，再载《十年》介绍。

8月4日，作即将出版的《鲁彦短篇小说集》的《序》，后收入本年八月出版的《鲁彦短篇小说集》。

8月16日，在黄源主编的《译文》第一卷第六期发表所译瑞典V. 海滕司顿的小说《在暗礁间》，署名鲁彦。一九三六年八月十六日，《申报》载该期要目预告。此外，本卷为高尔基逝世纪念特辑之二。

8月，《鲁彦短篇小说集》由上海开明书店出版，为"短篇小说全集丛刊"之一，实价国币一元。集内前收《序》和创作谈《我怎样创作》，内中所收小说共二十八篇，分四编，计：第一编收六篇——《狗》《秋雨的诉苦》《灯》《微小的生活》《童年的悲哀》《幸福的哀歌》；第二编收八篇——《小雀儿》《毒药》《一篇抄袭的恋爱故事》《他们恋爱了》《恋爱进行曲》《胖子》《胡髭》《病》；第三编收七篇——《出嫁》《黄金》《阿长贼骨头》《祝福》《李妈》《枪》《桥上》；第四编收七篇——《小小的心》《伴侣》《安舍》《岔路》《屋顶下》《鼠牙》《惠泽公公》。一九四一年一月上海开明书店再版。

一九三六年九月十六日，《申报》载开明书店半月新书介绍，推出三种：《鲁彦短篇小说集》、孙光瑞译高尔基《母》、孟子厚选注《英文时论注选》，一一绍介："本集内含短篇小说二十八篇，把《雀鼠集》以前的作品都收入了。茅盾先先说：'在描写手腕方面，自然和朴素，是作者的卓特的面目。我们读这些故事，就好像倾听民间故事，好像它们从老妪嘴里吐泻出来的一样自然而朴素，同时又在深深抓住我们的心灵。'书前有《我的创作经验》，足助了解。"

9月5日，在黎烈文主编的《中流》半月刊第一卷第一期（创刊号）发表散文《战场》，署名鲁彦。同期刊有鲁迅的杂文《"……这也是生活"》、茅盾的《"创作自由"不应曲解》、巴金的《我的幼年》。一九三三年九月五日，《申报》载该期要目。后收入散文集《旅人的心》。

9月30日，在郑振铎主编的《世界文库月报》[①]第二期发表所译法国C. Lambert的论文《梭孔泰拉和印度的戏剧》，署名王鲁彦。本次刊载未完，后又续载于本刊第三期（十一

① 本刊物为非卖品，附在《世界文库》内赠送读者，每月一期，月底出版。

月十日出版）。

约本年秋末，首次与师陀见面，其后二人亦有往来，鲁彦常邀师陀到家中。师陀《哀鲁彦》载："我和鲁彦第一次见面的时间与地点，现在是完全忘了，推测起来，约在这次中日战争的前一年秋末，我刚到上海不久。第二年我前后两次离开上海，等到再回来的时候，战争已在浦东及闸北进行好几天了。我寄寓在一位朋友的家里，和鲁彦的寓所很相近，他让我到他家里去玩，我含糊答应下来，却始终没去。接着我搬到环龙路一家书店的楼上。有一天下午，刷成奶油色的弄堂房子浴在初秋的阳光中，鲁彦忽然笑嘻嘻的来了。这一次他给我的印象非常深，那种神情，打扮直至今日——并且也将永久分毫不动的留在我心目中，他穿着白斜纹布的长西装裤，白短袖衬衫，领口敞着，一双圆口黑布鞋，瘦弱的中上身材，长长的被暑气蒸红的脸，近视眼镜，头上戴一顶呢帽式的白草帽，手中拿一把黑折扇。总而言之，无处不随便，无处不潇洒，这就是鲁彦。"①

10月13日，《申报》载徐蔚南、储祎主编《古今名文八百篇》出版，该书收录自古至今各个时代作者的文章共计八百篇，由上海大众书局发行，内收王鲁彦文。

10月19日，鲁迅在上海病逝，年五十六岁。此前，鲁迅病重时，鲁彦亦曾去探望。鲁迅逝世后，除了由蔡元培、宋庆龄、许寿裳、茅盾等组成的治丧委员会外，还设有治丧办事处，成员有鲁彦、巴金、黄源、靳以、陈白尘等人，治丧办事处负责灵堂布置、接待民众吊唁、发布讣告、登记花篮祭品以及招待新闻记者等事宜。鲁彦亦曾参与送葬，为十几位抬棺人之一，追悼大会亦始终在场。② 黄新波回忆："整天在鲁迅先生灵堂前担负守卫任务的，除了我们这班青年木刻艺徒外，还有鲁迅先生治丧委员会的同人。其中有作家巴金、鲁彦、靳以、张天翼等多人。"③

10月20日，在《中流》第一卷第四期发表散文《旅人的心》，署名鲁彦。同期刊有鲁迅的《捷克译本〈短篇小说选集〉序》。一九三六年十月二十日，《申报》载该期要目。一九三六年十一月五日出版的《每月文选》收入此篇。后收入散文集《旅人的心》。

11月5日，在《中流》第一卷第五期（哀悼鲁迅先生专号）发表悼文《活在人类的心里》，署名鲁彦。同期刊发有茅盾、巴金、郑伯奇、张天翼、吴组缃、靳以、郑振铎、萧乾、萧红等的悼文。一九三七年一月，范成编选的《鲁迅的盖棺论定》由上海全球书店出版，收

---

① 师陀：《哀鲁彦》，《春潮》第1集第2期，1947年1月10日。

② 覃英曾回忆说鲁迅逝世后，"送葬时，鲁彦是扶棺的八个人之一"。（见《鲁彦夫人覃英同志访问记》），陈子善、刘增人、曾华鹏、蒋明玳均取此说。事实上，当时扶棺的并非八人，覃英当误记，而且据田军（即萧军）所写的《鲁迅先生逝世经过略记》载，1936年10月22日下午"一时五十分举行'启灵祭'。敬礼后，由参加的三十余人绕棺一周，而后由鹿地亘、胡风、巴金、黄源、黎烈文、孟十还、靳以、张天翼、吴朗西、陈白尘、萧乾、聂绀弩、欧阳山、周文、曹白、田军等扶柩上车"。萧军此处列了16位名单，但并无鲁彦；孔海珠《痛别鲁迅》一书中确切考证的抬棺人也只有12人，但也无鲁彦。事实上，鲁迅逝世后抬棺人的数量是浮动的，并非确数，不过无论如何，覃英所记"八人"当误。（参吴中杰：《鲁迅的抬棺人——鲁迅后传》，复旦大学出版社2011年版，第5页）不过，在灵山小学听过鲁彦讲座的周大风后来回忆，鲁彦确为抬棺人之一。"几年过去了，我十四岁那年，在上海一个中学里读一年级，报载鲁迅先生逝世，出殡那天，我也臂缠黑布，在送葬队伍里窜来窜去，偶然在人丛中见到了张尔华老师，他指着抬灵柩的十几位人说，他们都是全国著名的作家。我因好奇，千方百计地从人群中钻进去，突然见到了鲁彦先生，但却无法与他打招呼及说一句话，被'维护秩序'的警察阻止了，只远远地在万国公墓边上站着，听人指着这几位抬灵柩的作家，这是谁，那是谁。有人指着鲁彦先生时说，鲁彦是鲁迅的学生，鲁迅先生叫他'彦弟'，是一位多产的乡土作家。"（见周大风：《忆鲁彦先生》，载《鲁彦文集》第5卷，人民文学出版社2009年版，第284页）另外，草明也在回忆录中谈及鲁彦参与了治丧办事处的工作，参见草明：《草明文集》第6卷，中国青年出版社2012年版，第51页。

③ 黄新波：《民族祭——鲁迅先生丧仪杂忆》，广东鲁迅研究小组编：《鲁迅和我们同在》，1978年版，第214页。

入鲁彦此文。此文后又收入一九三七年十月十九日出版的、由鲁迅纪念委员会编印的《鲁迅先生纪念集》。

11月16日，林建七在《实报半月刊》第二年第三期“人物栏”发表《王鲁彦》，介绍王鲁彦并评析其创作，配有王鲁彦照片。

11月22日，致信赵景深，讯问北新书局版税事。“弟在北新所出之《柚子》及《显克微支小说集》二书，不悉有无版税可取，目下存书若干，该局久未揭单寄来，拟恳老兄费神嘱该局开明赐寄，为感。”①

11月，筱梅编选的《鲁彦创作选》由上海仿古书店出版，为“现代名人创作丛书”之一，内收小说七篇：《李妈》《幸福的哀歌》《兴化大炮》《夜》《屋顶下》《恋爱行进》《黄金》，散文两篇：《钓鱼》《驴子同骡子》，书前附有编者作的《序》，详细评述了鲁彦创作的优劣得失，其中将鲁彦和鲁迅对于乡村的描写展开对比：“王鲁彦的作品，关于乡村小资产阶级的描写得特别多，也描写得特别好。他这种描写得和鲁迅（即周树人）的却是同样的对象。鲁迅描写得虽然同是乡村，但是鲁迅描写得却是思想上受了新的煽动的乡村，而不同王鲁彦所描写得纯粹的不折不扣的中国式的乡村。鲁迅是描写一些很少部分的较高的社会上人物，王鲁彦却能深入中国乡村的底层社会，将那些——人生的矛盾和悲哀，以锐敏的感觉去收集来，用自然和朴素的描写之手腕，很自然的刻画出来，展露在读者面前，好像朴素的乡村美女一样，是能深深地抓住每个看者的心灵。他的描写很有点近于不出力的素描，但他绝不让你感到乏味。”②

12月1日，在《文季月刊》第二卷第一期发表小说《一只拖鞋》，署名鲁彦。又《野火》连载至十三—十四，巴金的《春》连载至第十章。一九三六年十二月三日，《申报》载该期要目。

12月20日，赵家璧编选的《二十人选短篇佳作集》出版。赵家璧与靳以一同商议决定了二十位评审人：丁玲、巴金、王统照、老舍、朱自清、沈从文、林徽因、洪深、郁达夫、茅盾、凌叔华、靳以、张天翼、叶圣陶、赵家璧、郑伯奇、郑振铎、鲁彦、黎烈文、萧乾。赵家璧先后去信说明原委，鲁彦选取的三篇作品为萧军《江上》（《海盐》）、罗淑《生人妻》（《文季月刊》）、萧红《牛车上》（《文季月刊》）。

赵家璧事后谈这次的编辑计划：“由于文艺刊物的编辑，在自己主编的刊物中，总是能够最早发现优秀作品的人，而在同类刊物中，他也是最善于发现新人新作，沙里淘金的。如果能约请较多的文艺编辑而以作家的身份来参加评选，并且不以自己所编的刊物为限（个别地区例外），再加上一部分著名作家，那么，这样的评选队伍，就可以评出面广质高，比较公正的好选本。这个设想得到靳以、萧乾、黎烈文等同志的赞同。此后，靳以又帮我一起决定了二十位评选人的名单；又共同考虑到篇幅和售价关系，决定每人推选三篇，重复者由编者在前言中作说明，并由评选人补足之。作品发表期限规定为一九三五年十一月底至一九三六年十一月底，争取十二月底出书。书名定为《二十人所选短篇佳作集》，封面上注明一九三七年版，今后继续出版就沿用这一书名而仅改年份。出版形式要按‘良友’传统用纸面精装本，另印部分布面特精装的。”③

---

① 赵景深辑注：《现代小说家书简》，《中国现代文艺资料丛刊》第6辑，上海文艺出版社1981年版，第225页。此信没有年份，赵景深判断为1936年，大致可信。

② 据本书《序》。

③ 赵家璧：《编辑忆旧》，西北大学出版社2019年版，第200页。

又谈及评选人的构成:"回顾二十位评选人中,当时在上海担任编辑的有:巴金、靳以(《文季月刊》)、王统照(《文学》)、黎烈文(《中流》)、张天翼(《现实文学》)、萧乾(上海《大公报·文艺》)。在北方的是沈从文(天津《大公报·文艺》);在华中的是凌淑华,她当时在武昌任教,任《武汉日报·现代文艺》编辑;在华南的是洪深,他在广州执教,任广州报纸文艺副刊《东西南北》编辑。我们特别要求凌淑华和洪深评选所在地区的新人新作;当时正在福州工作的郁达夫,我们也向他提出同样的要求,因为没有更多合适的当地作家的作品可选,他仅推荐了一篇。此外的评选人还有在上海的茅盾、叶圣陶、郑振铎、郑伯奇和鲁彦;在青岛的老舍;在北平的朱自清和林徽因以及在日本的郭沫若。……这样一张评选人的名单,在当时来说,也已尽力照顾到文学界的各个方面和几个主要地区,而他们都是和'良友'有过组稿关系的,所以我们发出征求合作的信函后,都很快同意了。"①

而赵家璧的征稿信发出后,鲁彦也较早回信。"征求选稿的信发出后,最先把推选的作品交来的是茅盾先生和萧乾先生,以后陆续的交来,就按照来信的先后而依次发排,共计被推选的小说五十六篇。其中有三篇是重复的,好像端木蕻良先生的《紫鹭湖的忧郁》,叶圣陶先生和丁玲女士都来信推选罗淑女士之《生人妻》,也由鲁彦先生和林徽因女士先后推选。"②

《二十人所选短篇佳作集》书后还附录有赵家璧编写的《良友文艺书目》,刊登一百二十种良友文艺书目的内容提要,内中介绍了鲁彦的《河边》——

> 鲁彦作《河边》 三十六开,黄道林印,布面精装,二四〇页 良友文学丛书之三十五
>
> 内容包含《河边》《一只拖鞋》《银变》等十余篇,在《作家》《文季》等发表时,读者争相颂赞,现已编集出版。③

本年,毛一波在编辑《超然报》时曾向鲁彦约稿。"1936 年,毛一波曾一度离渝赴香港任《超然报》主笔兼副刊编辑,特约巴金、靳以、丽尼、芦焚、黄源、鲁彦、许钦文等撰写副刊专稿,该报顿生光彩,销路剧增。"④

1937 年(民国二十六年) 三十六岁

1 月 5 日、16 日,3 月 19 日、31 日,《申报》隆重介绍一九三六年末出版的《二十人所选短篇佳作集》,聘请全国文坛著名作家二十人挑选,这二十人为:丁玲、巴金、王统照、老舍、朱自清、沈从文、林徽因、洪深、郁达夫、茅盾、凌叔华、靳以、张天翼、叶圣陶、赵家璧、郑伯奇、郑振铎、鲁彦、黎烈文、萧乾⑤。编者先致信给各位选家,让其推荐两到三篇作

---

① 赵家璧:《编辑忆旧》,西北大学出版社 2019 年版,第 201—202 页。

② 赵家璧编:《二十人所选短篇佳作集》,上海良友图书公司 1936 年版,第 2 页。

③ 赵家璧编:《二十人所选短篇佳作集·良友文艺书目》,第 27 页。

④ 苏永笃:《旅美华人毛一波先生》,《富顺文史资料选辑》第 11 辑,中国人民政治协商会议 四川省富顺县委员会文史资料委员会编 1997 年版,第 132 页。

⑤ 本次选辑的标准较以往也有所不同,称:"每逢岁底年头,出版家常有文艺年鉴,小说年选之类的书出版,把过去一年中文艺界的收获作一次统计,更把特殊的佳作编集重印,这些书过去已出版了好几部,但是因为都是一个人或一个团体所选,所以不免有私见和偏狭的弊病;而取稿的标准,也偏重于名家,对于整个文化运动上,意义较弱。我们这次编造这部选集,有三大特点:(一)不是一个人所选而由二十个人选;(二)每个人在过去一年中他所读到的短篇里,推选一篇至三篇,由我们把它汇编成册;(三)选稿的刊物不限于上海一隅,而选稿也以内容作标准。全书共有短篇佳作五十六篇,七十万字,一千余页,最近出版。"

品，然后再致信作者征求意见，最后汇编成书。编者在《前记》中说，各人独自推荐中，罗淑的《生人妻》由鲁彦、林徽因共同选中。鲁彦推选的篇目有萧军的《江上》、罗淑的《生人妻》、萧红的《牛车上》。

1月10日，短篇小说集《河边》由上海良友图书公司出版(精装本)，列为赵家璧主编的"良友文学丛书"第三十五种，一九三六年十二月十日付排，一九三七年一月十日出版，印数两千册，实价大洋九角。内收短篇小说凡六篇，计：《河边》《一只拖鞋》《银变》《中人》《头奖》《陈老夫子》。一九四一年四月，上海良友复兴图书印刷公司再版(普及本)，实价国币一元二角。一九三六年一月二十七日，《申报》载"良友文学丛书第二集"，一一介绍徐志摩、叶圣陶、巴金、周作人、朱光潜、张天翼、茅盾、沈从文、穆时英、郁达夫、王鲁彦等新书二十种。介绍王鲁彦短篇小说集《河边》为："这是鲁彦先生的一个新的集子，包含十个短篇。鲁彦先生从事创作生活至今已近十五年，这一部集子，是他认为最近的得意之作。"另，一九三七年三月三十一日，《申报》载"良友文学丛书"两种，杜衡作《漩涡里外》，鲁彦作《河边》，说："《河边》为王鲁彦先生一九三六年中所写的短篇集。包含《河边》等十篇，鲁彦先生的作品，茅盾先生于十年前即甚推重。最近日本帝大出版之《中国文学》，更有长文评论作者，对于本书中所收集之各篇，都极推许。"[①]同时载有茅盾短篇小说集《云烟集》、鲁彦《野火》(二十万长篇)、张天翼《在城市里》(二十万长篇)的新书预告。

3月10日，在叶圣陶、顾均正、丰子恺、宋易等编辑的《新少年》半月刊第三卷第五期发表随笔《雷》，署名鲁彦。一九三七年三月十三日，《申报》载该期要目。

3月10日，在《世界文库月报》第四十五期发表所译《〈法老〉原序》，署名鲁彦。一九三五年五月十四日，《申报》曾载郑振铎主编的《世界文库》的隆重介绍，刊出第一集目录，有鲁彦译波兰《法老》(B. Prus)。一九三六年七月一日，《申报》载世界文库介绍王鲁彦译《法老》：

《法老》 波兰·普路司作 鲁彦译

> 普路司是现代波兰写实主义的圣手，伟大的才人。《法老》尤为他平生杰作，书中叙述远在纪元前十一世纪之□□少年君主与僧侣之斗争，在悲壮激昂的情绪中，能使读者与书中之主人公同一呼吸。

3月15日，在靳以主编的《文丛》月刊第一卷第一号(创刊号)发表小说《新年》，署名鲁彦。同期刊有张天翼的中篇《陆宝田》、萧乾的中篇《梦之谷》。一九三七年三月十五日、十六日、二十日，《申报》载该期要目。同日，《申报》还载有《文丛》创刊号介绍："上海福州路四三六号，文化生活出版社总经售文季社靳以氏主编之《文丛》月刊创刊号，已于本日出版，内有巴金的《家》，张天翼、萧乾的中篇小说，鲁彦、芦焚、艾芜、靳以、端木蕻良、刘白羽等的短篇小说，李广田、李霁野、沙汀、丽尼、荒煤、陆蠡、陆敏等的散文，何其芳、曹葆华、悄吟的诗，总计十五六万言，售价三角。该刊为优待订阅起见，全年十二册，订费连邮仅收二元，尚有曹禺新作《原野》三幕剧，因第一期不及刊入，准于第二期起开始登载。"

4月15日，在《文丛》第一卷第二号发表散文《母亲的时钟》，署名鲁彦。同期刊有曹禺的《原野》(第一幕)，巴金的小说《死》、萧乾《梦之谷》(第二部)。一九三七年五月九

---

① 文中所言日本《中国文学》上评论王鲁彦长文未见。

日、二十三日,《申报》载该期要目。

4月,散文集《旅人的心》,由上海文化生活出版社出版,为巴金主编的"文学丛刊"第四集之一,内收散文凡九篇,计:《清明》《杨梅》《钓鱼》《我们的学校》《旅人的心》《西安印象》《孩子的马车》《战场》《雷》。是为第一版;一九四六年十一月,第四版;一九四八年十月,第五版。

5月20日,鲁彦的长篇小说《野火》由上海良友图书印刷公司出版,为"良友文学丛书之一"。

6月28日,《申报》载,日德合拍的辱华电影《新地》将在上海上映,遭到文艺界人士的强烈抵抗,文艺界人士发表宣言予以抵抗,王鲁彦在宣言上签名。宣言全文为——

上海文艺界要求销毁辱华《新地》
签名宣言者达一百四十余人
希望政府禁止任何各地开映

华东社云:日德合作的影片《新地》的公然在上海上映,是对于中华民族的示威和侮辱。文艺界同人,用满腔的忿怒,向中国政府提出要求,向日本民众提出控诉,向日本帝国主义者提出抗议。"九一八"以后,东北四省被日帝国主义者公然据为己有,东北四省底三千多万同胞,直接受日帝国主义者底蹂躏和屠杀。几年以来,不但东北四省底同胞,牺牲生命,百折不屈地和日本帝国主义者抗战,卖国汉奸以外的全中国底民众,都同德同心地进行争取民族解放的收复失地的运动,这个怒涛一般的爱国运动,正是中华民族在人类史上争生存的神圣的力量之表现。对于日本帝国主义者感到恐怖,一方面诬为"排日",诬为"匪贼",一方面想用所谓"民间的文化交通"来缓和中国人民底抗日情绪,然而事实粉碎了假面具,宣传日本帝国主义底强盗政策的,侮辱中国人民的《新地》,在上海上演了,而且还有不肖的中国报纸,为他们刊登广告。日本帝国主义者,把洒满中国人民底鲜血的东北四省,当作他们的福地,在中国人民,尤其是东北四省人民底脸上,印下了羞耻的烙印,暴露了他们底所谓"民间的文化交通"后面隐藏着喝血的大嘴。文艺界同人在"九一八"以后,倾注了力量从事爱国的抗日斗争,对于这次日本帝国主义,用文艺手段的新的挑战,更不能不表明坚决的态度。第一,制造《新地》的电影公司和上映《新地》的电影馆,应向中国政府和中国人民声明歉意,保证以后绝对不会有同样的事件;第二,《新地》底片,应全部烧毁,不但在上海或中国任何地方,在日本本国绝对不再上映;第三,中国政府,不但应该负责达到上说的两个条件,并须号召全国人民,作反对的运动;第四,对于曾登《新地》广告之中国报纸,民众应该给以严格的道德制裁;第五,中国政府应即日给人民爱国的集会结社的自由,言论出版的自由,释放一切爱国犯,以与日本帝国主义底文化的进攻相抗,直到东北四省底收复。文艺界同人用最大的决心,提出如上的要求,愿用一切的力量求得实现,希望得到全国文化界和全国人民底反响。文艺界反对《新地》宣言签名者,计有:于逢风、容子岗、王任叔、王鲁彦、王季愚、尹庚、文若、巴金、尤兢、白朗、以群、立波、白薇、北鸥、艾青、任白戈、光寿、光未然、艾芜、全增嘏、列斯、李雷、李兰、宋之的、克夫、汪倜然、吴朗西、吴清友、何家槐、辛人、辛劳、狄耕、沈起予、沈西苓、杜君慧、阿英、沙汀、周文、周学普、周扬、周楞伽、周才齐、周钢鸣、武定河、雨田、孟十还、东平、林淡秋、林焕平、林林、林娜、非厂、金阳、金曼辉、金惟尧、邵子南、邵宗汉、亚丁、季洪、姚克、胡风、胡兰畦、胡依凡等一百四十余人同叩。

6月，朱益才编选的《当代创作小说选》由上海经纬书局出版，书名封面标“适合中等学校教科之用”，内收入鲁彦的《一个危险的人物》。书前附有选入作家的《作者小传》，鲁彦条目谓：“鲁彦，姓王，浙江宁波人，于世界语颇有研究，著有《黄金》《柚子》等，翻译有《显克微支小说集》《失[①]了影子的人》等。”

7月1日，在《文学》第九卷第一号发表所译匈加利亚育珂摩尔的小说《七个人中间的那一个》，署名鲁彦。同期刊有老舍中篇《我这一辈子》。一九三七年六月十六日、二十九日，《申报》载该期要目。

上半年，鲁彦曾在上海沪江大学教过一学期的书。

7月7日，“七七事变”爆发，日军开启全面入侵中国的步伐。“七七事变”爆发后，茅盾写信给在青岛的端木蕻良，召其回沪，端木在茅盾家见到鲁彦，其时鲁彦与茅盾正商讨日后去向。端木蕻良回忆：“‘七七’抗战爆发我正在青岛，茅盾先生写信，催我快回上海。在茅盾家中，见到一位客人，这就是鲁彦。他和茅盾先生谈的都是些有关战事和去向问题。鲁彦穿着一件浅色长衫，说话声音平和，似乎对谁都不陌生似的，给我的印象觉得很亲切。”[②]

8月13日，“七七事变”后日本又蓄意制造事端，借口上海虹桥机场事件挑起战争，进攻上海，是为“八一三事变”。鲁彦一家在此前后离开上海，周贻白《悼鲁彦》载：“对日抗战事起，鲁彦仍住在信义邨，因为那一带接近铁路区，不时有流弹和飞机轰炸。于是鲁彦便把他的书籍和笨重家具，分寄在几个朋友家，我的家里因住在法租界，他也搬了一些东西寄存在我那里，匆匆忙忙地在我家里住了一夜，同谷兰带着两个孩子，乘着一艘拥挤不堪的宁波轮船回到镇海去。我记得我们分手时是深秋时候的一个早晨，天好像还没十分亮，满天的重雾，冷风吹扑到面上来，引起一阵阵的寒噤，我送他们走出大门，他俩一人抱着一个小孩，可爱的丽莎，还沉沉地睡着未醒，鲁彦只向我说了一声：‘再会了！’”

10月10日，在茅盾编辑的《烽火》第六期“双十节特辑”发表随笔《今年的双十节》，署名鲁彦。该栏目中还有王统照《她只有二十六年！》（诗）、赵家璧《明年的双十节》、靳以《双十节》。

11月5日，《西北文化日报》“文化动向”刊布消息：“本市一部分文化工作者创刊之《活的生活》半月刊，第一期出版后，销路颇佳，第二期定今日发行，内容较第一期更为充实，闻有党晴梵、郑伯奇、王鲁彦、焦风等人执笔，读者当以先睹为快。”[③]

本年，与靳以陪同巴金一道到西湖营救一个不相识的姑娘。巴金后来回忆：“其实事情很简单，我收到一封读者从杭州寄来的要求援助的长信，我给两三个朋友看，他们拿不定主意，对信上的话将信将疑。我又把信送给一位朋友的太太，征求意见，她怂恿我去一趟。我听了朋友太太的话，手边刚收到一笔稿费，我就约了鲁彦和靳以同游西湖。

“写信人是一位姑娘，她同后娘处得不好，离开安徽的家庭出外工作，由于失恋她准备去杭州自杀。在西湖她遇到一位远亲，改变了主意带发修行。几个月后她发现那位远亲同小庙里的和尚有关系，和尚对她还抱有野心。她计划离开虎口，便写信求我援助。我们三人到了杭州安顿下来，吃过中饭，就去湖滨雇了一只船，划到小庙的附近，上岸去

---

① 原刊作“出”，当误，据文意改。

② 端木蕻良：《忆鲁彦》，《端木蕻良文集》第7卷，北京出版社2009年版，第317页。

③ 按，此杂志未见，鲁彦所刊文章待考。

约了姑娘出来。我们在湖上交谈了大约两个小时。她叙述了详细情况,连年纪较小的鲁彦也有些感动。我们约好第二天再去庙里看她。他有个舅父住在上海和我同姓,就让我冒充她的舅父。我替她付清了八十多元的房饭钱,把我们的回程火车票给了她一张。"①

1938年(民国二十七年)　三十七岁

约在春节前后,到长沙,住在橘子洲,先后在《力报》馆工作,其后又为田汉主持的《抗战日报》编辑副刊。雨田《悼鲁彦》载:"《抗战日报》的主编,名义上是田汉先生,可是实际负大部分责任的却是鲁彦,他写稿,拉稿,编辑,校对,有时还得为经费奔走。白天他忙着拉稿和写稿,晚上忙着编辑和校对。报馆在城里,他的太太和孩子们住在隔江的水陆洲。记得旧历的除夕那天,我遇见他,问他今天回不回水陆洲过年,他才恍然大悟,表示既然知道是除夕,无论如何得抽空回家去守岁,给太太和孩子们一点快乐。那时他已接连好几晚没有睡眠了。"②

黎锦明《小记鲁彦》载:"他为了某一篇创作,二七年来到长沙,始终不肯在长沙市上逗留一些时候。他甘愿住在水陆洲一幢民房的小楼上,每天到沙滩边会朋友,有时,精神不安定地说:'住水陆洲还不可以么?未必水陆洲就完全由长沙管辖?'"③

田汉之子田海男其时也尚在长沙,后来回忆:"编辑部有廖沫沙、王鲁彦和张曙叔叔,父亲担任报社主编,沫沙叔为副主编,记者有熊岳兰和黄仁宇,可以说粗具规模了。当时大家都一心为了抗战救亡,热情很高,报社没有任何津贴,更谈不上薪水了,就连平时的伙食费都是七拼八凑勉强维持的。……抗战初期,国际国内的形势时时都有新的变化,报纸必须每天研究分析新的形势作出全面真实的报导。大家在晚上都聚集在编辑部焦急地等待着最后一次新闻电讯稿,迫切想了解全国各条战线当天的战况并以此选择头条新闻。我在晚上也常和父亲、叔叔们一起熬夜,午夜时,肚子饿了,有的喝点酒、吃点长沙的油炸臭豆腐和花生米,有的沏杯浓茶吃两个烧饼,在等待新闻稿的空隙中大家热烈议论当前的形势。我在旁边听着很感兴趣,至今我还清楚地记得王鲁彦叔叔操着浓厚的宁波口音讲述他家乡生活时的景象,他那时大概还不到40岁,清癯白皙的脸庞上架着一副深度的近视眼镜,唇上留着两撇小胡子,经常着一件长衫,他和沫沙叔都爱喝两盅酒,两人就着花生米、豆腐干饮,谈到高兴的时候,他常常发出爽朗的笑声。那时他是孑然一身来到长沙,就住在报社,晚上困了,就把铺盖摊开在过道吃饭的长条桌上睡觉。他的性格温和,富有童心,我和他谈得很开心。但有时候他也偶尔流露出忧郁的情绪,拿着酒杯爱饮不饮,陷入沉思之中,恐怕是回忆他人生旅途中坎坷的遭遇吧。我很喜欢他坦率和真诚的性格,虽然我认识他的时间很短暂,但却留下深刻的印象,因而常常怀念他,为他以后过早的病逝感到十分惋惜。"④

朱雯在长沙《力报》馆也碰到过鲁彦,朱雯《一年间》载:"于是我开始为长沙的《大公报》写时评,写了几次,居然有一位朋友来找我了。那位朋友是湖南人,一向在上海从事文艺工作,但是我们却在遥远的长沙初次见面。从他那里,我们知道了许多朋友的消息,也知道了一些朋友准备在这里出版刊物的计划。于是我们到《力报》馆去寻访在长沙碰

---

① 巴金:《我的读者》。
② 雨田:《悼鲁彦》,《改进》,第9卷第6期,1944年8月25日。
③ 黎锦明:《小记鲁彦》,《申报·春秋》,1946年11月28日。
④ 田海男:《沿着父亲的足迹》,《新文学史料》1983年第4期。

到的第一个友人：王鲁彦。他连梦也没有做到我们会跑到这样远的省份来，这高兴当然是难以形容的。他把一路的经过告诉我们，我们也把怎样到浙江，又怎样从江西转到湖南来的行程讲给他听，使他非常惊异于我们扶老携幼、长途跋涉的勇气。当天因为他还有工作要做，我们便约了一个后会的日子，匆匆地分别了。……还没有到约会的那天，我们在一家西菜馆楼上又遇到了鲁彦。那是在晚上，一个画报社的编辑在这里招待长沙的文艺作家，不知是谁告诉他们的，也把罗洪和我邀了去。我们去的很迟，许多朋友已在那里等待我们了。在这一次的宴会上，我们又遇见了齐同、魏猛克、张天翼、蒋牧良，曹禺本来也在长沙戏剧学校教书，这一天却没有来参加。在宴会的中间，那位画报编辑老实说明了请客的用意，而且命令似地指定我们给创刊号写一篇文章，当时我就把这任务推在罗洪的身上。那晚我们与鲁彦坐得很远，没有畅谈，胖胖的齐同却关切地问起我们的近况，同时也告诉我们不久将去贵阳的计划。散席出来，鲁彦跟我们在八角亭漫步，告诉我们茅盾已来长沙，而且黄源、雨田、钱君匋都在这里了，约一个日子要我一起去看看他们。我们因为另外有去湘乡的意思，所以这约会一直到我们搬迁妥定后才实践的！”①

1 月 16 日，鲁彦、张天翼等在长沙的作家为到来不久的茅盾举行欢迎茶话会。茅盾回忆：“我在长沙见到的朋友，除了张天翼、还有田汉、孙伏园、王鲁彦、廖沫沙、黄源、常任侠等。田汉和廖沫沙在编长沙新出版的《抗战日报》。十六日，以他们这些‘外来户’为核心的长沙文艺界还为我举行了一次欢迎茶话会，徐特立也参加了。徐老在茶话会上的即席讲话，有几句给了我深刻的印象，他不赞成青年们离开湖南到陕北去，他认为目前在湖南工作比去陕北更重要。”②

常任侠《我和茅盾先生的交往》载：“在我的日记中，一九三八年一月十六日，在长沙世界剧院应长沙戏剧界欢迎会作演说，下午在远东茶座举行作家茶话会。到茅盾、徐特立、黄源、王鲁彦等五十余人。我曾有诗记其事：青年忝列作家林，座上群贤尽善文；此日湘江风雨骤，同舟共济细评论。当时我三十四岁，还是青年，常向徐老（特立）、沈老请教。”③

常任侠 1938 年 1 月 17 日又致信给其学生孙秉仁：“本来我也想到陕北去的，因为田汉他们说，这里正要人去组织训练，展开救亡运动，所以我不去了。昨天曾开一次作者茶话会，到有茅盾、田汉、黄源、鲁彦等六七十人，一直到晚我才渡江回来，明天我又得过江去，讨论关于救亡戏剧工作开展的方法，这里是有许多工作要做的。”④

1 月 28 日，长沙《抗战日报》正式创刊，田汉担任主编，鲁彦负责文艺版，《抗战日报》的创刊与鲁彦的提议有着密切关系。

朱雯《一年间》回忆：

> 把孩子们放在湘乡，请罗洪照顾。那时汉口《大公报》的副刊编辑陈纪滢约我们为《战线》写文章（这个意思是萧乾从沅陵来信中说起的），而孟十还在编《大时代周刊》，也要我们寄些稿子，所以罗洪蛰居乡下，就潜心写作，寄给《战线》和《大时代》去发表。我一个人就带了一点文稿，来到长沙。第二天早晨，就跟着鲁彦去看黄源

① 朱雯：《烽鼓集》，福建人民出版社 1983 年版，第 42—43 页。

② 茅盾：《茅盾回忆录》（中），华文出版社 2013 年版，第 237 页。

③ 常任侠：《我和茅盾先生的交往》，文化艺术出版社编《忆茅公》，文化艺术出版社 1982 年版，第 279—280 页。

④ 常任侠：《致孙秉仁》，《常任侠书信集》，大象出版社 2008 年版，第 198—199 页。

他们了。

那是一个阴暗的早晨，雨田正在火钵上煨粥，君匋和黄源还在盥洗，我们就围着火钵坐了下来。大家交谈着一路避难的情况，欢忭地讲起那死里逃生的险景，却茫然于如何打发冗长的未来的时日。鲁彦默默地抽着烟，仿佛在思索着什么，大家突然沉静下来，他却兴奋地说话了："我觉得在长沙这样子待下去是太无聊的，我们总该做一点有意义的工作。"

"好啊，什么工作呢？"黄源在卧室里响应道。

"沫若在广州办《救亡日报》，我们在这里也来办一个小型报纸，好不好？我觉得，长沙的报纸太糟了，你们瞧，哪一份报纸够得上水平的？"鲁彦喷出一口烟，停了一停，仿佛在等谁回答似的，却又马上接下去说，"没有，简直没有！说废话，浪费纸张，浪费精神，也浪费读者的时间！"

"那么，鲁彦你来办一张像样的报纸吧。我们都会热烈拥护的！"我这么说。

"一致拥护！"大家附和着。

"是的，我真想办一张报纸。听说田汉回来了，这件事恐怕只有请他主持才行。因为办报是一件事，掏钱又是一件事，同人等恐怕办报有心，而掏钱无力呢。"鲁彦的话，显然是有成竹在胸的。

鲁彦的计划，一星期之后果然成为事实了。报纸的内容和形式，都和《救亡日报》差不多，名称则为《抗战日报》，由田汉亲自担任主编，鲁彦负责文艺版，创刊的日子是一月二十八！

《抗战日报》出版以后，长沙的文艺界顿时活跃起来。《抗战日报》的编辑部，设在皇仓坪二十八号远东大戏院的楼上，于是这一角小楼，便成为文艺作者的沙龙。几乎每天都来这里的有：黄源、钱君匋、胡萍和我。我们在这里烤火钵，在这里喝清茶，在这里聊闲天，在这里拟计划，甚至有几次在这里写文章。有时候，茅盾，张天翼来了，于是以座谈的形式讨论当时发生的问题，过后整理下来，发表在报纸上。记得当时被我们认真讨论过的是，儿童保育和反侵略问题。关于儿童保育，长沙儿童书局还编印过一个专集呢。①

约在三月，许杰到长沙，碰到鲁彦，鲁彦曾向其约稿，二人也所谈亦多。"等我第二年三月，再到长沙时，我碰到鲁彦。那时，田汉在长沙办《抗战日报》，鲁彦在那里编辑副刊。《抗战日报》是一张四开的小报，形式内容，都和郭沫若、夏衍办的《救亡日报》一样，销行也相当的普遍。《抗战日报》的所址，是设在一家叫做远东影戏院与咖啡馆的旁边的。那次我在报社里找到了鲁彦，我们就在楼下的咖啡馆里喝咖啡谈天。我们谈到抗战的情形，我们谈到国际时事，谈到文化界的情形，也谈到所谓文化界内幕的暗礁。那个时候，所谓摩擦，已成为一个时髦的口语了。因此，我们也谈到摩擦。那一次，我们谈得很多，我们有些感慨，但也有些兴奋。最后，他谈到他们的副刊，正在讨论文艺大众化问题，他要我写一篇文章。第二天就要交卷。我回来之后，第二天就写了一篇二三千的短文送去。之后，我还到他报社里去了好几次。可是，我不能久留长沙，在没有几时之后，我又离开了。"②

---

① 朱雯：《烽鼓集》，福建人民出版社 1983 年版，第 43—45 页。

② 许杰：《我与鲁彦》，《新文学史料》1979 年第 2 期。

鲁彦在长沙编辑《抗战日报》副刊时曾向沈从文约过稿。一九三七年十一月，湘西苗族龙云飞倒何，自此湘西陷入混战之中，鲁彦即此向沈从文约稿，约其谈此事件原委始末。沈从文后来回忆："因为当时编辑是老朋友王鲁彦先生，时正是湘西苗族龙云飞倒何，把提倡读经打拳救国的何键轰下了台不久，湘西还在混乱中。王先生以为我是湘西人，且懂问题，约我写十篇社论或感想文章。事实我并不懂何键下台的内部问题，更不明白政权重分配争夺问题。写到第四篇时就闹了乱子，刚出头的蓝衣社，就派了四五个壮汉到报馆找王鲁彦先生，王先生不久即因此辞职，去广西。后来且病故于广西。我想写个小文纪念这老朋友，这些文章内容，和当时发表报刊名称，已难记忆。"①

约二月，同在长沙的作家一道与从汉口过来的潘汉年小聚②。"在长沙的生活是相当有趣的，每天跟朋友们在一起，倒也有点忘乎所以。田大哥（大家这样称呼田汉）很能喝酒，有时候我也陪他喝一点白干。记得有一次潘汉年从汉口下来，我们在一家酒楼上欢聚了一次，同席的有茅盾，柳湜，张天翼，田汉，鲁彦和我们几个常到的友人。那天胡萍有病，独少她没有参加。因为会喝酒的朋友很多，所以我也凑趣喝了一点。散席之后，除汉年、柳湜另有事情先走外，我们这一伙人，又上编辑部去谈了好几小时天，兴尽归来，我寄寓的朋友家只留一个守门的仆人没有睡觉，看着我踉跄回来，疑心我已经喝醉了。"③

2 月 12 日，罗岚从报上得知郭沫若从武汉来长沙的消息，几次去《抗战日报》社寻访未果，本日在报社会见鲁彦，鲁彦告知其次日长沙文化界欢迎郭沫若事，并邀其参加。

罗岚《欢迎会上的郭沫若先生》载——

> 前几天报载郭先生已来长沙，我曾去《抗战日报》社访问了两次都不曾会着。归途中我默默地想："总不至缘悭一面吧？"
>
> 昨晚鲁彦先生告诉我，说明天上午九时在青年会欢迎郭先生，要我参加，我听了非常高兴。④

2 月 13 日，参加由田汉、孙伏园等筹划的长沙文化界"欢迎郭沫若先生大会"。

朱雯《一年间》载："一天，郭沫若从汉口来到长沙，除了个别招待以外，田汉、孙伏园、易君左、杨东等等又联名发柬，茶聚招待。那是农历新年初五的早晨，我从南门外赶到青年会。被邀的宾客，大多是长沙的文化人，有作家，有编辑，有教授，有记者，济济一堂，据说是长沙一次空前的盛会。我跟几个比较相熟的朋友坐在一起，预备听一听郭沫若的宏论，也吃一点精美的茶点，岂知听了几个朋友的欢迎词之后，忽然被田汉点名，要我这个'从上海来的青年作家'上去讲话了。田大哥的脾气向来是这样，到处都要做大哥，凡事皆由他发施号令，既然点到我的名，要我上去说几句话，我有什么办法推却呢？于是我没奈何地走到众目睽睽的台前，踧踖地表示了一点欢迎的意思，匆匆地跑了下来。"⑤

3 月 27 日，中华全国文艺界抗敌协会（后简称文协）在武汉成立，发起人与各方代表

---

① 沈从文：《致〈解放日报〉文艺版编辑》，《沈从文全集》（修订本）第 26 卷，北岳文艺出版社 2009 年版，第 316 页。

② 潘汉年 1938 年 2 月初赴武汉，向中共长江局汇报前一阶段在上海进行的工作，并且聆听今后的工作指示。一个月后，即动身取道广州返回香港。此次潘汉年在武汉停留时间不长，鲁彦与潘汉年的相聚当在 1938 年二三月间。

③ 朱雯：《烽鼓集》，福建人民出版社 1983 年版，第 45—46 页。

④ 罗岚：《欢迎会上的郭沫若先生》，丁三编《抗战中的郭沫若》，战时出版社刊行，第 41—42 页。按，本书出版年月暂不详。

⑤ 朱雯：《烽鼓集》，福建人民出版社 1983 年版，第 46 页。

九十七人，周恩来、孙科、陈立夫被推举为名誉理事，理事有郭沫若、茅盾、冯乃超、胡风、老舍、巴金等四十五人，文协由老舍主持日常工作。文协在全国各地设立数十分会，并出版会刊《抗战文艺》。鲁彦于此前后也在武汉，老舍《八方风雨》回忆自己从济南辗转到武汉的情形："文人们仿佛忽然集合到武汉。我天天可以遇到新的文友。我一向住在北方，又不爱到上海去，所以我认识文艺界的朋友并不很多，戏剧界的名家，我简直一个也不熟识。现在，我有机会和他们见面了。郭沫若，茅盾，胡风，冯乃超，艾芜，鲁彦，郁达夫，诸位先生，都遇到了。此外，还遇到戏剧界的阳翰笙，宋之的诸位先生，和好多位名导演与名艺员。"①

4月1日，国民党军事委员会政治部第三厅成立，周恩来任政治部副主任，郭沫若任第三厅厅长。

4月4日，常任侠动身赴武昌政治部第三厅工作，与鲁彦等作家告别。"一九三八年十月四日，我去武昌昙华林政治部第三厅工作，遂与茅盾先生、鲁彦等人相别。此后有一个很长的时期，未曾见面。"②

4月20日，致孟十还信，后更题为《快要插秧了》刊于孟十还编辑的《大时代》周刊（汉口）第十三号（五月六日出版），署名鲁彦。同时配有孙福熙作的插图《后方将士》。

5月7日，在《抗战文艺》第一卷第二号发表小说《炮火下的孩子》，署名鲁彦。本次刊载未完，后续载于本刊第一卷第三号（五月十日出版）。后收入1938年7月汉口大路书局版短篇小说《伤兵旅馆》。

5月31日，下午二时，出席中华全国文艺界抗敌协会在汉口中山公园举行的游园茶会，老舍在会上代表总务部做报告。会后一记者以《园会》为题，详细报道了此次会议：

> 时间：五月三十一日下午二时
>
> 地点：汉口中山公园
>
> 出席人数：（依签到次序）坚伯、一文、邵冠华、潘梓年、孙福熙、彭真、胡风、奚如、宋之的、田汉、袁勃、臧克家、穆木天、侍桁、老舍、谢守恒、徐盈、朱民威、老向、徐延年、赵鸿宾、阜东、鲁彦、锡金、沙雁、朱爱华、朱振声、萧伯青、华林、端木蕻良、梅林、姚蓬子、萧红、艾青、胡绍轩、钟期森、程晓华、刘刚甫、吴漱予、陈北鸥、盛成、紫墟、臧运远、张玉麟、王平陵、常任侠、沙蕾
>
> 这样的天气，连风都是热的。
>
> 中午时有过空袭，刚解除后没有多久，路上的匆忙已恢复了，马路的柏油融得软软地。碎石路更晒得发烫。人们已从各方赶聚了来，进了中山公园的大门，就找到茶厅，这才坐下来揩一身汗。茶厅一会儿便坐满了。除了通着陆路的一面有些假山，茶厅是三面临着水的。有人想到滕王阁和兰亭，确乎，在平时这是够热闹的杂会了！然而，今天这里的一群斯文朋友，却不是专为了来游园，是来这里有什么事的。因之，并没有什么人提议赋一篇序之类。
>
> 大家全谈得很起劲，一张桌子上围坐上一堆人。有的是多时未见到的老朋友了，有的是刚认识不久的新朋友又在这里遇着，好，大家尽情地谈一下。谈完了，又从这张桌子流到那张桌子去，再谈起来。来，来，来，我替你们介绍：这是某某，这是

---

① 老舍：《八方风雨》，《老舍文集》第14卷，人民文学出版社1989年版，第316页。

② 常任侠：《我和茅盾先生的交往》，文化艺术出版社编《忆茅公》，文化艺术出版社1982年版，第280页。

某某。啊，你好么？从这样谈开去，一直谈到你看怎样？我以为这样。

一位站起来报告了，大家才静起来听先。介绍了在座的人，按着签名再点名，点到的便站起来，让大家瞧个清楚，还加上一段说明，那幽默的嘴是随便编出来却让人要笑的。说是这园会是该早开的，没有钱，一直不能召开，今天的茶钱是只收五分钱一杯，便宜了一半，于是会开成了。这样，一直从会务报告到工作计划说了很多。一下子他报告完了，立刻就有人起来报告：今天日机来空袭，被我们空军在郊外迎战，击落好多架，三架已查明地点，其余还在寻觅中。大家兴奋地鼓起掌来。接着，便是许多刚从各地来此的人站起来报告了，从东南西北各方面来的人都有，有的来自战场，有的来自后方，报告得虽有长短不同，但是谁都留神听，一个报告完了，一个又接着，后来，不晓得怎么一来报告完了，于是大家又开始了随便谈，喝一口茶，嗑一颗瓜子，或者撮撮扇子，谈得又很起劲。

高兴去游一游园的也就开始结伴去游园了，三五成群地，因为人多要是结成大队，便变成游行了。这三五一群转一个弯过来，又遇见那三五一群了，于是笑笑点点头再走，好在中山公园是很宽大的。你高兴走的话可以尽让你走。

有几个来迟了的，也有几个走迟了的，于是刚好，大家再坐下来谈谈，谈到傍晚才走。

这园会是中华全国文艺界抗敌协会在武汉召集的第一次园会，协会自从成立以来，会务非常繁忙，然而事情还只是集在几个人身上，要发动更多的会员来加紧工作，会员间也须要经常有机会碰头在一起，这样，协会便召集了这第一次的园会。

在这一次的园会里，任务是圆满地完成了的，除了许多报告和聚谈，研究部的工作的也要从此开始了。①

端木蕻良事后回忆："5月31日下午，'文协'在汉口中山公园举行游园茶会，老舍、胡风、宋之的、潘梓年、臧克家、艾青、常任侠、姚蓬子、王鲁彦、蒋锡金、萧红和我等数十人都参加了，老舍代表总务部做了报告。"②

6月，日军进攻武汉，"武汉保卫战"爆发。时任文协机关刊物《抗战文艺》编委委员的蒋锡金提议党小组，组织"十人文艺留守团"计划。"十人文艺留守团"是指留下一些单身力壮的青年文艺工作者，在被包围的武汉继续从事抗日文艺活动，直到最后突围。起初报名人数较多，舒群、老舍等都在列，但随着准备参加人员的陆续撤离武汉而作罢。计划破产后，楼适夷邀蒋锡金一同到广州办《大地》月刊，此时鲁彦恰好找到蒋锡金问询日后打算。蒋锡金日后回忆："8月，楼适夷同志找我与他同去广州办《大地》月刊，说他先去，若我无适当地方可去，还是去广州找他为好。这时鲁彦忽然来找我，问我作何打算。我说还是组织'十人留守团'。因为这话传开了，连印刷所的工人知道了此事也热烈地要求和我们一起行动。他们说：'日军一来我们就拆了机器跟你走，你到哪里我们跟到哪里，带一副轻便些的字模，你们写了东西，我们用手拓也给印出来，不让这些设备留给敌人用。'这使我十分感动，因此竭力想办成此事。但鲁彦却说：'你想得美，实际上你还是一个孩子，时局一紧张谁也不管你，丢了你就走，你找谁去？军队也靠不住的，你还相信国民党真的会保卫大武汉？'我说：'那你看怎么样？'他说：'告诉你一件事，胡愈之（时

① 记者：《园会》，《抗战文艺》第1卷第7期，1938年6月5日。

② 端木蕻良：《我与"文协"》，《端木蕻良文集》第7卷，北京出版社2009年版，第112页。

任第五处的处长）正在活动搞一个小组织，包括现在三厅第五处的那些人，如傅彬然、宋云彬等，你都认识的，大家处得也很好，所以我决定去参加了，我看你也来参加吧，我们大家在一起，别再像一个孤鬼游魂似的了，现在的组织不是国民党的就是共产党的，我们也该自己弄一个政党出来，不然总是寄人篱下的。'我回答他说：'让我想想。'于是便向党小组反映了这个情况，并把他们的活动对党做汇报。三厅第五处的傅彬然等人知道我要去，都表示欢迎，他们说桌椅和住处早就为我预备了，只差我搬进去了。当时我正忙着结束汉口的一些事，鲁彦忽然又来找我，说是他看'"三厅"也没啥意思，最好还是不去，去也不必到五处'。我又去了一次五处，看他们对我的态度变了，于是我又去找乃超同志。"①

6月1日，在《民意》周刊②（汉口）第二十五期发表小说《留守》，署名鲁彦。

6月3日，在《同仇》周刊③第六期发表随笔《伟大的农民》，署名鲁彦。《编辑室》："鲁彦先生的《伟大的农民》，是一篇隽永美丽的随笔，也是一幅乡村自然的图画，最适于中小学生的精读"。与前文《快要插秧了》一样，也是叙写出游经历观感。

6月16日，在袁梦超主编的《中苏文化·抗战特刊》（汉口）第二卷第三期发表小说《伤兵旅馆》，本次刊载未完，后续载于本刊第二卷第四期（八月十九日出版）④，仍然未刊载完，不知后续刊载何处。

6月26日，中国世界语协会在武汉召开成立大会，王鲁彦参与并被推选为理事。6月27日《大公报》（汉口版）刊出消息《世界语协会昨日举行成立大会》。消息谓——

> ［本市消息］中国世界语协会昨开成立大会，到有会员五十余人，由乐嘉煊任主席。行礼如仪后，首由主席报告，继由政治部代表叶□致词，并由夏汝卓等相继演说，对世界语国际宣传与抗战之关系多所发挥。旋通过会章，推举蔡元培、郭沫若、曾虚白、胡愈之、范寿康、钟可托等为名誉理事，并选出王鲁彦等二十一人为理事。大会并发表宣言，主张世界语者当加紧努力，以求贯彻"为中国的解放而用世界语"之口号云。

7月，短篇小说集《伤兵旅馆》由汉口大路书店出版，为"大路文艺丛刊"之一，内收小说凡四篇，计：《伤兵旅馆》《炮火下的孩子》《留守》《重逢》。

8月16日，在《文艺月刊·战时特刊》第二卷第一期发表小说《重逢》，署名鲁彦。（按，小说初已收入小说集《伤兵的旅馆》中，此番重新发表。）

约10月下旬，到桂林⑤。

10月24日，丰子恺的妻子突发子痫，即将在桂林医院待产，此时丰子恺尚在桂林师

---

① 蒋锡金口述，逄增玉、吴景明整理：《抗战初期的武汉文化界》，《新文学史料》2005年第1期。蒋锡金后来和叶君健一起离开武汉，前往广州继续从事文艺活动。

② 本周刊编辑者：民意周刊社编辑部，发行者：民意周刊社发行部，每周三出版。

③ 编辑者：上虞县抗日自卫会文化委员会暨上虞报社；发行者：上虞县抗日自卫会；经售处：上虞城中等寺路五号；定价：零售每期二分，周刊，每周五出版。

④ 第四期该杂志迁往重庆出版，在该篇末尾由编者作的"启事"，告知读者，而且改为周刊。

⑤ 鲁彦到桂林具体日期不可详考，不过大致在此时。鲁彦记叙1938年的长沙大火，说："十月二十五日，我军自动放弃武汉，这时笔者适在桂林"。10月29日，鲁彦重返湖南，30日到长沙，见到冷清的市面，说："市面已比两星期前所见时冷落几倍"，可知两星期前鲁彦尚在长沙，即10月15日左右。又，丰子恺之女丰一吟曾回忆舒群与丰子恺的交往说："舒群是1938年10月到桂林的，和王鲁彦同住在桂林城一家楼上的小屋里。爸爸经常过来和他们会面……"，见《丰一吟口述历史》，丰一吟口述，周峥嵘撰稿，上海书店出版社2016年版，第63、64页。据此，可知鲁彦从武汉撤离时，曾经过长沙，在10月下旬到桂林。

范教书,得知消息后丰子恺立即赶赴医院,王鲁彦等已在医院陪护。丰子恺《教师日记》载:"我到院时,联棠、梓生、鲁彦、丙潮诸君皆已在场,分我忧患,壮我胆量,心实万分感激,此时我谢诸君,请其返家。梓翁独留,相与坐手术室外走廊内烧香烟,谈广州失守武汉放弃事。"①

10月27日,与丰子恺、唐现之、朱雯吃茶。"力民素无奶,新枚仰给于牛。昨日为买牛奶约二三月之量。同一吟到桂益行,适是日无车,原因不明。唐现之,王鲁彦,朱雯三君在站,即会赴西湖酒店吃茶。晚唐邀王、朱及我在乐群社便饭,归院,力民已大好,索鸡汤。"②

10月29日,晨鲁彦由公路返回长沙,下午到祁阳、晚八时抵衡阳。③

10月30日,晨坐车向长沙进发,下午到长沙,市面颇为冷落残败。晚到民政厅访一位职员。④

10月30日,丰子恺进城看望妻子力民,顺带访鲁彦夫人覃英等。丰子恺《教师日记》:"上午乘车赴桂林。先到崇德书店看丙潮病,知为发疟,当无大事。即赴医院,见力民体肿已退,看似较廋,而实乃恢复健康。据陈宝、华瞻言,医生已许吃鸡汤,且谓但需休养,已无危险。华瞻正午即乘车返乡。我同陈宝在秀林吃饭,买葡萄针及什物。陈宝先返医院。我则访问吴彦久,张梓生,鲁彦夫人等。彼等于我不在城时,常去医院探访,其好意殊感谢也。"⑤

11月5日,丰子恺进城探望妻子,晚访覃英。丰子恺《教师日记》:"到医院,问过医生,知道明天可以出院。就去访吴敬生,向他借用小汽车,约定明天下午一时到医院来接。晚上访王鲁彦夫人,知道她要迁居江东。"⑥

11月12日,和朋友离开长沙。《长沙火灾的前后》载:"九号那一天,我们几个朋友住在不同的旅馆里的,都被迫着搬了出来。十二号早晨就连买点心和菜蔬也困难极了。然而称之为'空城',则觉太早。据笔者所知,十二号那一天还有许多机关没搬迁完毕,老百姓呢,因为水陆交通很早就为当局所控制,许多财产没法一齐搬走。十二日早晨,火车站上聚集着许多候车的人民和伤兵,附近堆积着许多货物。笔者虽和一部分朋友在十二日下午离开了长沙,但有许多朋友却是准备再住几天,而终于在大火起后,丢弃了许多东西,在大火中冲出来的。"

11月13日,丰子恺访覃英。"上午同梓生访范寿康夫人,王鲁彦夫人。"⑦

11月18日,由衡阳重返长沙,看到大火后的长沙败象。

11月28日,晚离开长沙。

11月25日,"胡愈之自桂林来信,说彼已到桂林,鲁彦、云彬则行踪不明。盖长沙自毁,第三厅也被烧在内。云彬、鲁彦夜半徒步逃出,不知去向。愈之则于自焚前一日请假离长沙,得免于难"⑧。

---

① 丰子恺:《教师日记》,《宇宙风》乙刊第17期,1939年11月16日。

② 同上。

③ 据鲁彦《长沙火灾的前后》。

④ 同上。

⑤ 丰子恺:《教师日记》,《宇宙风》乙刊第17期,1939年11月16日。

⑥ 丰子恺:《教师日记》,《宇宙风》乙刊第18期,1939年12月1日。

⑦ 丰子恺:《教师日记》,《宇宙风》乙刊第19期,1939年12月16日。

⑧ 丰子恺:《教师日记》,《宇宙风》乙刊第21期,1940年2月1日。

11月，巴金自广州到桂林，罗洪与朱雯旋即去拜访，并且不久就与巴金、萧珊、鲁彦一道游历七星岩。

罗洪《怀鲁彦》："我见到鲁彦先生，就在他来到桂林的时候，那天傍晚我们遇见巴金先生，知道他一家人到了桂林，下榻在旅馆里，我和朱雯吃完晚饭就去看他，他在湖南动身之前，就有信告诉我们要来桂林。我们到旅馆去，他们正巧吃过晚饭的样子，他坐在一张椅子上吸香烟，他太太整理一些小东西，他好像有五个孩子，每个孩子手里有一个正在吃的梨。房间里箱子堆得很高，我们笑谈了好些时候。

"第二天巴金先生带我们请他一家人吃中饭，饭后到对江去玩七星岩。鲁彦先生的兴致那么好，我们跟随着火把在黑暗巨大的岩石黑洞中摸索着，听引导者解释沿途的景物。我和朱雯已经玩过了一次，然而兴致也一样的好。鲁彦先生是高个子，戴眼镜，身子好像并不单弱，想不到他竟会患肺病而不治的。"①

罗洪在《怀念萧珊》中也回忆："我认识萧珊是在1938年。那时我们住在广西桂林，有天晚上我们照例在丰子恺寄寓的旅馆里聊天，忽然听说巴金从广州来了。我们马上去看他，就在那里跟萧珊第一次见面，她途经桂林，到昆明的西南联大去念书。我那时二十七岁，她还不到二十，只有十八、九岁的模样。她给我的第一个印象，便是年轻、活泼、精神饱满、热情洋溢。在桂林，我们四个人，巴金和萧珊、朱雯和我，还有鲁彦，一起去游了象鼻山、七星岩。在漓江旁边，萧珊那种跳跃的欢乐姿态，至今还深印在我的脑际，四十年了，一点也没有淡忘。在七星岩，我们随着向导者的火把，在漆黑的岩洞里踽踽地前行，从岩壁渗出来的泉水，涓涓滴滴地淌着，有时把个本来崎岖的地面弄得泞滑不堪，我们便互相搀扶着，一颠一踬地前进。"②

12月5日，陈瑜清返桂林，丰子恺托其带信给杨丙潮，并托其代访蔡定远与鲁彦夫人。《教师日记》："复写两片交瑜清托丙潮代去访问蔡定远及鲁彦夫人，问彼等若欲迁乡，则我当代为觅屋。"③

约在11月，武汉局势日加紧张，鲁彦也由武汉撤离，经湖南到桂林。傅彬然《忆鲁彦》："抗战以后，二十七年的初夏，我从故乡到武汉去，鲁彦也在那里，就常常碰到。不久而且在军委会政治部里做了同事，于是晨夕相聚，大家又睦昵起来，恢复了十七八年前头在北京时候的情景。在武汉同过了一个夏季，九月中旬，我先应了广西朋友之招，到桂林去教书，十一二月间武汉会战，局势渐紧，鲁彦也就从湖南带着他的夫人和孩子们来到了桂林。"④

12月18日，午、晚与宋云彬共餐。《宋云彬日记》："上午八时半出席政治部驻桂办事处第三组会议。讨论参加筹备庆祝元旦事。午与卢鸿基、王鲁彦饭于广东酒家。下午与季平等商讨编印历书。晚与鲁彦饭于柳州饭店。"⑤

12月19日，午与宋云彬、舒群、巴金等午餐。《宋云彬日记》："午与鲁彦、舒群、巴金、阳朔、张铁弦、丽尼在桂南酒家午餐，商讨出版文艺综合半月刊，定名为《一九三九》，

---

① 罗洪：《悼念王鲁彦》，《罗洪散文》，群言出版社2005年版，第6页。

② 罗洪：《怀念萧珊》，《往事如烟》，上海古籍出版社1999年版，第129页。

③ 丰子恺：《教师日记》，《宇宙风》乙刊第23期，1940年4月1日。

④ 傅彬然：《忆鲁彦》，《抗战文艺》第10卷第1期，1945年3月。

⑤ 《宋云彬日记》，第3页。

拟于明年一月五日出创刊号。"①

12月29日,敌机在桂林市中心投弹,警报解除后,下午与宋云彬外出巡视。《宋云彬日记》:"下午一时半,闻警报,一时五十分,紧急警报,二时零八分,隐约闻机声,移时敌机盘旋上空,向市中心投弹多枚。余躲行营后山洞中,甚安全。三时另五分,警报解除,即与鲁彦等出外视察,时正大风,全城黑烟迷漫,天日无光,沿城西行,至桂林中学,晤唐锡光等,忽又谣传有警报,急越城墙而走,颇形狼狈。五时返行营政治部。"②

1939年(民国二十八年) 三十八岁

上半年,在桂林文化供应社任编辑,同时在广西省立桂林中学任教。此时鲁彦已经接触到马克思主义理论书籍,如普列汉诺夫的《社会科学的基本问题》、莫斯科出版的《政治经济学》、高尔基的文艺论集等,上面都有自己的签名。在桂林中学任教期间,在艾芜的推动下购买了精装本的《资本论》。艾芜回忆:

> 他在桂林中学教书的时候,有一天我去看他,一道出来在桂西路上走走。书店门前的新书广告,以及玻璃厨窗里面的摆着红绿封面的新书,都不时使我们略微停下了足步。在读书出版社的店前,他对那些精装巨册的译本《资本论》,凝望了好一会,脸上露出热望的神情羡慕地说:
>
> "这倒该买一部来看看哪!"
>
> 于是我怂恿地说:
>
> "你就买一部吧!"
>
> 鲁彦踌躇一会,才说十六元一部太贵了一点,身上又没有多少钱,必须等到学校发了薪水才能买。我和读者出版社的经理刘尘君是认识的,就立刻介绍鲁彦去跟他会面,用了挂账方式替鲁彦赊到了一部精装本。③

1月1日,夜在家与宋云彬小酌。《宋云彬日记》:"夜在鲁彦家小饮。"④

1月7日,在开明书店与傅彬然、舒群、宋云彬等晤谈。《宋云彬日记》:"在开明书店与彬然、舒群、鲁彦及张梓生等晤谈。"⑤

1月8日,与宋云彬、傅彬然、舒群等畅饮。《宋云彬日记》:"夜,鲁彦招饮,座有彬然、舒群及唐锡光,畅饮剧谈,快甚。"⑥

1月16日,在《国民公论》(重庆版)第一卷第五、六号合刊(新年特大号)发表报道《长沙火灾的前后》,署名王鲁彦。

1月17日,发宋云彬交来的致丰子恺、傅彬然的信件。《宋云彬日记》:"致子恺、彬然函,交鲁彦发。"⑦

1月22日,覃英会同孩子返回上海。《宋云彬日记》:"今日鲁彦家眷动身返浙江,范荣根护送前去,准备由温州转赴上海,为写介绍信两封:一致开明同人,一致马君松。

---

① 《宋云彬日记》,第3页。按,《一九三九》未能出版。
② 《宋云彬日记》,第6页。
③ 艾芜:《关于鲁彦的回忆琐记》,《周报》(上海)第11期,1945年11月17日。
④ 《宋云彬日记》,第7页。
⑤ 《宋云彬日记》,第8页。
⑥ 《宋云彬日记》,第9页。
⑦ 《宋云彬日记》,第11页。

（温州壮丁出海口，悬为厉禁，恐鲁彦家眷及荣根前去，发生阻碍，特为修函李伯涛，请其设法予以便利。）”①

1月27日，午后五时与宋云彬、马彦祥访孙师毅。《宋云彬日记》：“五时后余与马彦祥、孙师毅同赴孙师毅寓。”②

1月28日，丰子恺夜访王鲁彦、宋云彬未果。《教师日记》：“夜访张梓生兄，见巴金君。访王鲁彦、宋云彬诸兄，均不在家，未得见，定远夫妇来谈，九时去。”③

2月4日，与宋云彬避空袭。《宋云彬日记》：“上午十时三十分有警报，与鲁彦等避入附近水龙洞，至下午二时许方解警报。”④

2月11日，晚访宋云彬，相谈甚久，座中有傅彬然、巴金。《宋云彬日记》：“彬然自两江来。晚，与舒群、彬然在天南酒家吃饭，并饮三花酒约半斤。舒群先回其寓所。彬然偕余回寓，巴金、鲁彦亦相继来，谈至十时始散。”⑤

2月13日，鲁彦得知覃英消息，顺利过温州。《宋云彬日记》：“上午出席纪念周，林参谋长主席。鲁彦得讯，其眷属过温州，仗伯涛之助，得安然承轮赴沪。”⑥

覃英到上海后的状况，周贻白回忆：“民国二十八年的夏天，谷兰同她的妹妹，忽然由桂林转香港到了上海，说是鲁彦要她们回来的，把他们寄存在我家里的家具之类取去，在榆林路租了一间房子住下。这时谷兰又生了一个男孩，取名恩弟，也带到上海来。谁知住了两三个月，鲁彦在桂林来信，又催她们回去，同时写信给我，要我设法子帮助她们动身。我又为她们忙了一阵，好容易买着香港船票，谷兰又带着孩子们重上征途。”⑦

雨田回忆：“民国廿八年他在桂林的时候，我曾和他的夫人以及孩子们同住在上海徐家汇的一个楼下。他和太太分别时曾约定每月有八十元寄沪，同时太太再在上海找一点书教，大概足以维持生活。那时他们已有四个孩子，再加一个老妈子，六个人的生活费每月至少须在百元以上，而鲁彦因为卖稿的收入没有固定，时常不能按时寄钱，至于谷兰女士的职业，一到上海也就知道只是梦想，因此我们同住的半年，几乎天天在拮据中度日。孩子们的体质本不健硕，营养一差，更加多病。谷兰女士是一位优秀的小学教育家，虽然处在贫病交加的境地，已然能够泰然处之。当我对她表示心折的时候，她却常要不胜感慨地告诉我：‘不行了，从前的习惯，我每晚必须把案头和抽屉整理好才睡得着觉，现在却常是乱七八糟的。从前我对付小学生很有办法，学校常把些问题儿童交给我管教，现在自己的孩子却不容易带好！’”⑧

覃英带着孩子回到上海后，师陀也曾来访。师陀《哀鲁彦》载：“大概是民国二十八年，鲁彦夫人带着几个孩子回上海，究竟为逃起难来不方便，还是内地生活困难，目前我已记不清楚。起初他们住在徐家汇，出门就是河滨，菜园和荒地；后来搬到汶林路，因为和一位朋友同住，我常常过去闲谈。也许我跟孩子特别容易接近吧，以后便跟他们的几

---

① 《宋云彬日记》，第12页。
② 《宋云彬日记》，第13页。
③ 丰子恺：《教师日记》，《宇宙风》乙刊第26期，1940年7月1日。
④ 《宋云彬日记》，第15页。
⑤ 《宋云彬日记》，第18页。
⑥ 同上。
⑦ 周贻白：《悼鲁彦》。
⑧ 雨田：《悼鲁彦》，《改进》第9卷第6期，1944年8月25日。

个孩子熟识起来，常常带他们到公园去，看他们在草地上打滚翻跟头。”①

2月28日，宋云彬来借望远镜观月。《宋云彬日记》：“归寓时便道去战地文化服务处。鲁彦有望远镜。星月满天，以远镜窥七姊妹星团甚清晰。”②

3月7日，午与宋云彬作东，宴请丰子恺。丰子恺《教师日记》：“午约汪、鲍同至皇城饭店赴宋云彬、王鲁彦君约。”③《宋云彬日记》：“午与鲁同作主人，宴子恺等。”④

3月11日，晚访宋云彬，相谈甚快。《宋云彬日记》：“晚八时，鲁彦、锡光偕同章雪山来，谈甚快。雪山主张恢复开明之《中学生》，余表示赞成，但无适当编辑人。”⑤

3月13日，于昨日递交辞呈，张志让挽留。《宋云彬日记》：“鲁彦忽于昨递辞呈，张组长特邀鲁彦吃夜饭，劝其打消辞意，余与季平作陪，从旁力劝，但无结果。”⑥

3月14日，访宋云彬。《宋云彬日记》：“下午，出席部务会报。张组长忽吐泻，盖因连日忙碌，应酬多，加以鲁彦辞职，未免耿耿，遂影响及于身体也。鲁彦来，见张病，亦为感动，余劝其明日照常到部，似有允意。”⑦

3月15日，正常到部办公，晚与宋云彬、舒群赴宴。《宋云彬日记》：“连日积压公文甚多，竟日清理。鲁彦已照常到部办公。张组长病亦痊愈。夜，白主任在乐群社宴请文化界，余与鲁彦、舒群均被邀列席，归寓已十时半矣。”⑧

3月21日，午与宋云彬等赴宴。《宋云彬日记》：“季平因病，拟请休养两月，今日中午，特邀张组长、廖体仁及鲁彦与余午餐，婉转向张组长请求。”⑨

3月25日，胡愈之赠宋云彬美国板烟一匣，与鲁彦平分。《宋云彬日记》：“夜，张组长宴愈之，余作陪，座有李任仁（重毅）。愈之赠余美国板烟一大匣，与鲁彦平分之。”⑩

4月4日，午与宋云彬同赴宴作陪。《宋云彬日记》：“中午，刘清扬女士来，张组长邀往国际大酒店午餐，余与鲁彦作陪，谈甚畅。”⑪

4月6日，晚与宋云彬、张铁生在开明书店下棋。《宋云彬日记》：“晚与鲁彦、铁生在开明同下象棋。”⑫

4月7日，晚赴宴，宴后与宋云彬、胡愈之等饮咖啡。《宋云彬日记》：“祖璋自两江来，雪山宴之于美丽川，余被邀作陪，愈之，鲁彦亦在座。散席后，复与张组长及愈之、鲁彦往大华饮咖啡，作长谈，回寓已十二时，倦极。”⑬

4月8日，胡愈之请客，赴宴。《宋云彬日记》：“夜，与张组长及鲁彦、铁生等饭于维他命菜馆，愈之作东。”⑭

---

① 师陀：《哀鲁彦》，《春潮》第1集第2期，1947年1月10日。
② 《宋云彬日记》，第24页。
③ 丰子恺：《教师日记》，《宇宙风》乙刊第28期，1940年9月1日。
④ 《宋云彬日记》，第25页。
⑤ 《宋云彬日记》，第26页。
⑥ 《宋云彬日记》，第27页。
⑦ 同上。
⑧ 同上。
⑨ 《宋云彬日记》，第28页。
⑩ 《宋云彬日记》，第29页。
⑪ 《宋云彬日记》，第32页。
⑫ 同上。
⑬ 同上。
⑭ 《宋云彬日记》，第33页。

4 月 13 日，张志让请客，赴宴。《宋云彬日记》：“夜，张组长约往维他命吃饭，并邀愈之、季平及鲁彦，谈今后工作方针与态度，回寓已十二时。”①

4 月 13 日，署名“彬”的作者在《申报》发表短文《名人食谱》，介绍马相伯、吴稚晖、邵力子、马君武、白崇禧、蒋介石、李石曾、顾维钧、鲁迅等政界、军界、文化界等名人的饮食趣事，谈及文学家说：“文学家中，鲁迅喜食花生米，郁达夫喜饮酒（尤其是啤酒），郭沫若爱吃糖果，王鲁彦喜食柚子，林语堂则嗜雪茄。”

4 月 21 日，与宋云彬、艾青、艾芜等小饮。《宋云彬日记》：“下午六时半，邀艾青、艾芜、杨朔、舒群、鲁彦在桂东路昌生园小饮。舒群去傜山半月，谈傜民生活甚详。饮毕，复至大华吃咖啡。”②

4 月 29 日，艾青请客，赴宴。《宋云彬日记》：“下午六时半，艾青邀作小饮，座有舒群、鲁彦及阳太阳。”③

5 月 5 日，在《中学生》（战时半月刊）复刊号④发表随笔《新的枝叶》，署名鲁彦。

5 月 13 日，晚与胡愈之、宋云彬等饮。《宋云彬日记》：“夜与愈之、季龙、鲁彦饮于东坡酒家，愈之作东道主。”⑤

5 月 17 日，晚与宋云彬共餐。《宋云彬日记》：“晚与鲁彦在长沙饭店吃饭。”⑥

5 月 18 日，晚与宋云彬共餐。《宋云彬日记》：“晚与鲁彦吃排骨饭菜饭，家乡风味，大佳。”⑦

5 月 28 日，晚与舒群访宋云彬。《宋云彬日记》：“晚六时，陈一之邀作小饮，饮肉冰烧约半斤，味较三花酒为佳，但含有玉桂气，品不高。正举杯谈笑间，鲁彦、舒群亦来。”⑧

5 月 29 日，宋云彬请客，未赴宴。《宋云彬日记》：“下午六时，邀舒群、必陶、鲁彦、锡光饮，鲁彦、锡光未来。”⑨

5 月 30 日，再次提交辞呈，张志让坚留。《宋云彬日记》：“鲁彦因他事受刺激，又提辞呈，张组长坚留之。晚，愈之邀张组长、鲁彦及余在天然酒家吃饭，谈鲁彦辞职事，愈之似表同意，甚奇。饮后，同至开明书店，他们将在愈之房间内作长谈，看来非谈到一二点钟不可了，余不耐，与张梓翁等谈些空天，悄然返寓所，时已十一时半矣。”⑩

5 月 31 日，午后与宋云彬饮茶。《宋云彬日记》：“午后六时，与鲁彦在中山公园饮龙井茶，咬西瓜子，大舒适。八时半返寓。”⑪

6 月 1 日，午与张志让、宋云彬共餐。《宋云彬日记》：“中午和张组长及鲁彦，在中山公园吃小笼馒头，很可口，但价太贵，二十只要大洋六毛，大有‘吃不起’之感。晚上在开

---

① 《宋云彬日记》，第 34 页。

② 《宋云彬日记》，第 37 页。

③ 《宋云彬日记》，第 39 页。

④ 社长叶圣陶，编辑委员王鲁彦、张梓生、宋云彬、傅彬然、胡愈之、贾祖璋、唐锡光、丰子恺，桂林环湖北路十七号，出版社中学生杂志社，代负发行责者陆联棠、发行所开明书店。

⑤ 《宋云彬日记》，第 42 页。

⑥ 《宋云彬日记》，第 43 页。

⑦ 同上。

⑧ 《宋云彬日记》，第 45 页。

⑨ 同上。

⑩ 同上。

⑪ 《宋云彬日记》，第 46 页。

明书店吃夜饭。鲁彦也来了，同去看艾青，谈得很久，又一起去吃点心。回寓已十一时，遇雨，衣服都湿了。”①

6月14日，晚访宋云彬。《宋云彬日记》：“晚与愈之、季龙在中山公园饮茗，吃馒头水饺，谈至十时方回寓，鲁彦亦在座。”②

6月17日，午与胡愈之、千家驹、胡愈之等共餐。《宋云彬日记》：“中午与千家驹、张铁生及愈之、鲁彦在金龙酒家吃茶点以当午餐。二时，同赴定桂门外漓江中游泳，长江亦来。四时乘汽车至广西地方建设干部训练学校参观，在东莼家晚餐。九时，徒步返，十时一刻回寓。”

6月18日，赴宋云彬约。《宋云彬日记》：“中午穿草履撑雨伞出门，拟赴味香园午餐，而浮桥已断，街面水深没踝，遂折至鲁彦寓所，约鲁彦、必陶、而化同赴桂东酒楼午餐。昨晚已感不适，午后身热大作。”③

6月19日，晚探望宋云彬。《宋云彬日记》：“宛如江南黄梅天气。热仍不退，但幸腰背不酸痛，可决其非肠窒扶斯也。舒群来，手按余额，大骇，彼亦少见多怪耳。夜多梦。鲁彦来视余疾。”④

6月20日，在《中学生》第四期发表小说《雷雨声中》，署名鲁彦。

6月21日，本日为端午节，访宋云彬。《宋云彬日记》：“愈之，鲁彦来。”⑤

6月22日，午后宋云彬邀至游泳。《宋云彬日记》：“身体已恢复健康。午后约同鲁彦及萧而化练习游泳，遇陈此生，颇多指示，惜余未能领会也。”⑥

6月23日，午后至开明书店。《宋云彬日记》：“祖璋自两江来，午后六时特去开明书店访之，鲁彦亦来，谈颇久。”⑦

6月25日，下午与覃必陶等游泳。《宋云彬日记》：“正午交卸部值日职务与张导民，下午四时即返寓，携游泳衣赴江边，单身入水，鲁彦、而化、必陶等均在，见余大呼‘勇敢’。日光不足，江水甚冷，入水不一小时，已觉不可耐，急登岸，赴广东酒家吃鸡球面一碗。”⑧

6月27日，离开行营政治部。《宋云彬日记》：“萧而化决意进行营政治部，惟为编制所限，祇能补一上尉缺，意有未惬，张组长特邀萧午餐，详述困难情形，萧表示谅解。必陶亦将入政治部，补鲁彦缺。”⑨

6月28日，晚与宋云彬等下棋。《宋云彬日记》：“归与鲁彦、叔羊下象棋，意兴勃发。”⑩

7月1日，在千家驹、胡愈之、张铁生编辑的《国民公论》半月刊第二卷第一号发表小说《我们的喇叭》，署名鲁彦（目录署名王鲁彦，正文署鲁彦）。《编辑室》：“抗战到了第三年，负唤起民众之责的文化工作者，特别需要加紧努力。因此我们在这一期里，特别向读

---

① 《宋云彬日记》，第46页。
② 《宋云彬日记》，第49页。
③ 《宋云彬日记》，第50页。
④ 同上。
⑤ 同上。
⑥ 同上。
⑦ 同上。
⑧ 《宋云彬日记》，第51页。
⑨ 同上。
⑩ 同上。

者介绍了鲁彦先生的最近力作《我们的喇叭》。”

7月2日，访宋云彬。《宋云彬日记》：“下午，彬然、光暄、锡光、必陶、鲁彦及季平夫妇相继来，谈甚久。足疾大作，不良于行，而彬然强余同赴美丽川吃夜饭，情难却，允之；剧谈至十一时，畅快之至。”①

7月4日，桂林文艺工作者三十余人齐聚桂林南京饭店，商讨成立文协桂林分会筹备会，鲁彦出席并当选为筹备委员。七月五日《救亡日报》刊布《桂林文艺工作者昨日举行聚餐会成立文协桂林分会筹备会》予以报道：

> 昨（四）日晚，桂林文艺工作者三十余人，文艺界抗敌协会总会代表姚蓬子、陆晶清、程朱溪等三人，假座南京饭店举行聚餐，商讨成立中华全国文艺界抗敌协会桂林分会筹备会，由王鲁彦主席，当场推出艾芜、艾青、李文钊、舒群、盛成、林林、立波、方振武、李任仁、胡愈之、王鲁彦、宋云彬、陈此生、夏衍、田汉、孙师毅、焦菊隐、钟期森、赖少其、特伟、白薇、阳太阳、欧阳凡海等为筹备委员，并将以筹备会名义，发表七七抗战两周年纪念文。临时通讯处暂设本市太平路十二号内云。

宋云彬当日日记载：“晚六时，舒群、艾青、立波三人出面，邀在桂文艺家在南京饭店聚餐，商筹备全国文艺家抗敌协会桂林分会事，出席者三十四人，当场推出筹备员二十一人，余亦被推在内，余非文艺作家，亦所谓滥竽充数也。乐群社文化部邀作晚会，以时间冲突，不果往。”②

7月5日，夜访宋云彬，相谈许久。《宋云彬日记》：“夜，鲁彦来，谈至十二时方去。”③

7月5日，在《中学生》第五期“‘七七’二周年纪念特辑”发表随笔《两年前》，同一辑中有胡愈之、宋云彬、刘薰宇、张铁生、徐盈、秉仁、唐现之、佩弦、叶苍岑、艾芜、芦焚的纪念文章。

7月9日，《救亡日报》刊出《文协桂林分会筹备会为抗战两周内纪念宣言》，明确文艺工作者的责任，并强调建立文协桂林分会的必要性和迫切性。

7月20日，中华全国文艺界抗敌协会桂林分会筹备会举行第一次筹备委员会，舒群、胡愈之、欧阳凡海、艾青等出席，主席鲁彦做报告。七月二十一日，《救亡日报》刊载消息《文协分会筹备会开会议决出版会刊》予以报道。宋云彬此日日记载：“接文协会通知，明日召开筹备会。”④相关报道为：

> 昨（二十）日晚间中华全国文艺界抗敌协会桂林分会筹备会举行第一次筹备委员会，出席者有特伟、赖少其、舒群、李文钊、王鲁彦、方振武、胡愈之、欧阳凡海、陈此生、艾青、阳太阳、林林、钟期森（陆振文代），焦菊隐等十余人，由王鲁彦主席报告后，即讨论（一）本会正式成立的日期与办理登记手续案，议决等重庆总会复函后再决定与进行。（二）关于出版会刊案，议决内容要大众化，侧重青年创作的指导，反映地方生活与沦陷区的战斗，并强调以东方形式表现抗战建国的现实的作风。随即推选出筹备委员李文钊、陈此生、盛成、钟期森、阳太阳等负责总务；王鲁彦、艾芜、舒群、林林、欧阳凡海等负责出版方面。（三）关于会址案，议决：以城内为佳，由总务斟酌办理。

---

① 《宋云彬日记》，第52页。

② 《宋云彬日记》，第53页。

③ 同上。

④ 《宋云彬日记》，第56页。

7 月 22 日，访宋云彬。《宋云彬日记》："零时十五分有警报，铁生适来，同避入岩洞中，不一小时即解除。鲁彦来。"①

7 月 28 日，文化供应社在环湖北路十九号开会商讨八月份编书计划和编辑事项。《宋云彬日记》："晨八时，文化供应社在环湖北路十九号开会，到曹伯韩、秦柳方、张健甫、张志让、张铁生、陈此生、胡愈之、王鲁彦、朱光暄等，议决分组办法、八月份编书计划及专任编辑人数。曹伯韩、张天翼及余皆为专任编辑，天翼未来前，由鲁彦代理。"②

7 月 31 日，与宋云彬躲避空袭。《宋云彬日记》："十二时一刻有空袭警报，偕鲁彦躲入七星前岩小洞中，敌机投弹，声甚厉，空气波荡，风自洞口入，妇孺惊呼，一时骚乱甚。三时，警报解除。省立医院及广播电台均被炸。七时回开明宿，无街灯，十字路口瓦砾堆积，电丝纵横，颇难行。"③

8 月 1 日，文化供应社本定于今日办公，但办公桌尚未安置妥当，约定明日在鲁彦寓所集会。《宋云彬日记》："文供社本定今日开始办公，但办公桌尚未送来，无法工作。经公决，明日上午在东江路四十二号集会（东江路四十二号为鲁彦寓所），顺便往舒（施）家园等处找房子，将编辑部迁移彼处，便躲警报，且可安心工作也。"④

8 月 2 日，与宋云彬、胡愈之等讨论文化供应社编辑事宜。《宋云彬日记》："上午，愈之等十余人集鲁彦寓所讨论编辑事宜。施家园无适宜房屋，鲁彦寓所亦不合办公之用，决暂时仍在环湖北路十九号办公。"⑤

8 月 23 日，下午三时在桂东路广西建设研究会召开文协桂林分会全体筹备委员会第二次会议，商讨分会章程及成立大会等诸项事宜，后刊出启事，征集会员。八月二十二日《救亡日报》刊出《桂林文协分会即将成立定期开筹委会商讨章程》予以预告，谓："桂林文协分会，已得广西省党部正式许可组织，定于八月二十三日下午三时，假座桂东路广西建设研究会，开全体筹备委员会议，商讨分会章程及成立大会事宜。"

9 月 2 日，与宋云彬同赴乐群社。《宋云彬日记》："晚与鲁彦同赴乐群社，因今晚前线出版社韦永成在彼招待文化界也。"⑥

9 月 5 日，与宋云彬同访廖街长，不果。《宋云彬日记》："清晨偕鲁彦去九良下街访廖街长，又未遇。"⑦

9 月 8 日，《救亡日报》刊载《中华全国文艺界抗敌协会桂林分会筹备会启事》，开始征集会员。

9 月 9 日，阳太阳、艾青将到湖南教书，晚宋云彬为二人饯行，邀鲁彦作陪。《宋云彬日记》："下午三时，于游泳场遇阳太阳，云将往湖南教书，艾青也去。六时半，特在广东酒家为太阳、艾青饯别。鲁彦作陪。艾青偕其爱人□□女士来。□□则作不速之客。饭后赴乐群社吃茶。"⑧

10 月 2 日，中华全国文艺界抗敌协会桂林分会举行成立大会，会址在桂东路广西建

---

① 《宋云彬日记》，第 56 页。

② 《宋云彬日记》，第 57 页。

③ 《宋云彬日记》，第 58 页。

④ 同上。

⑤ 同上。

⑥ 《宋云彬日记》，第 64 页。

⑦ 《宋云彬日记》，第 65 页。

⑧ 《宋云彬日记》，第 67 页。

设研究会大礼堂。大会由梁寒操主持,筹备会代表李文钊报告分会筹备经过,重庆总会代表宣读总会贺电。大会推举鲁彦、林林、夏衍、胡愈之、欧阳凡海、宋云彬、焦菊隐、艾芜、黄药眠、欧阳予倩、司马文森、周钢鸣、孟超、新波、孙陵、陈此生、陈迩冬、季平、钟鼎文、孙施谊、舒群、李文钊、盛成、钟期森、白薇等二十五人为理事,陈芦荻、杨晦、冯培澜、向培良、秋江、梁中铭、汪止豪、华嘉、陈原、莫宝坚、陈紫秋、汪子美、刘建庵、任重、金炜等十五人为候补理事。十月三日《救亡日报》刊布《文艺工作者团结起来,文协桂林分会昨开成立大会》予以报道,中华全国文艺界抗敌协会总会曾发来贺电。报道谓:

> 中华全国文艺界抗敌协会桂林分会,于昨(二)日下午三时,假座桂东路广西建设研究会大礼堂开成立大会,到各机关长官,各团体代表,及会员百余人。当即席推梁寒操先生主席,行礼如仪后,由主席致开会辞,略谓:"抗战的力量在人,要全体中国人都参加抗战,即需要宣传;文艺便是最好的宣传工具。从来文艺界朋友多有所谓门户之见,现在感谢敌人的拳头,把我们团结起来了。我们要树立共同的信仰,在大同中灭除小异,精诚团结。"继由筹备会代表李文钊先生报告筹备经过,重庆总会代表夏衍先生宣读总会致分会之贺电。后又由绥署政治部王皓明先生,中央社陈纯粹先生,《广西日报》莫宝坚先生等相继致辞毕,当即通过章程及筹备会提出之八个提案:第一,用大会名义电□蒋委员长,李司令长官,白行营主任致敬(电文附后)。第二,用大会名义敦请黄旭初先生,李任仁先生,梁寒操先生,白鹏飞先生,马君武先生等为名誉理事。第三,拟请总会制定崇尚廉耻砥砺名节之公约,通电全国文艺界一致遵守案。第四,拟请大会发动全体会员参加征募寒衣运动案。第五,拟请组织文艺界战地访问团案。第六,拟请促进通俗文艺运动案。以上第四、第五、第六,三案交理事会详订办法施行。第七,拟请注重培养文艺青年案,与孟超等六人联合提出举办青年文艺奖,文艺讲座等之提案合并交理事会办理。第八,拟请筹备纪念鲁迅先生逝世三周年案,交由理事会筹备一切纪念事宜。继有会员韩北屏等提出拟请协助各部队政工人员推进部队文艺运动案,全场鼓掌通过。最后,由全体会员进行票选理事二十五人,当场推定鲁彦、李文钊等开票。

10月2日,鲁彦在《救亡日报》发表《我的希望》,提出文协要"集中所有的文艺界的力量,脚踏实地,努力于民族解放的工作",此外还须不断吸收会员、培育文艺青年、联系大众、精诚团结[①]。

10月4日,下午三时,文协桂林分会在中山公园新茶亭内召开第一次理事会。十月五日,《救亡日报》刊出《扩大纪念鲁迅,文协桂林分会昨开理事会》予以报道,报道谓:

> 中华全国文艺界抗敌协会桂林分会本月二日举行成立大会推选理事后,各被选理事候补理事于昨[四]日下午三时半在中山公园新茶亭内开第一次理事会。到理事候补理事廿余人,由鲁彦主席,当即推举欧阳予倩、李文钊、陈此生、鲁彦、林林、黄药眠、焦菊隐、艾芜、钟期森等九人为常务理事,并即席分配各部工作负责人员,总务部:李文钊、陈此生。组织部:鲁彦、林林。研究部:黄药眠、焦菊隐。出版部:艾芜、钟期森。旋议决十月十九日鲁迅先生逝世纪念的扩大纪念工作:一,举行扩大鲁迅先生逝世纪念大会;二,十月十九日当天各报副刊出版纪念特刊,由林林、艾芜

---

① 李建平编著:《抗战时期桂林文学活动》,漓江出版社1996年版,第33页。

二人负责收集稿件并分配各报；三，与全国木刻总会联合出版鲁迅纪念册；四，与全国木刻总会联合举行鲁迅木刻展览。其余大会所提交各案，则交由常务理事会办理。

桂林文协分会的成立，鲁彦出力尤多，而且在分会筹备中曾与企图兜揽分会全权者斗争。艾芜记载：

桂林文协分会的成立，鲁彦一个人是尽了最大的劳力的。在分会筹备期间，有一个人想全揽在手里，鲁彦非常气愤，同他大吵一顿，将他赶开了。这人用外国文写过一点文艺作品，向文艺青年演说，必然要提到他的大作，而且自称是巴尔扎克的先后同学，而平常则以国际问题专家的姿态出现，当德国法西斯进攻苏联的时候，则公开预言：三个月内，德军必定会打下莫斯科和列宁格勒。鲁彦和他大吵的第二天，愤愤地对我说：

“这坏蛋！他还想跑来把持哩！……我们文艺界根本就不能要这样的人！”①

10月16日，在《国民公论》第二卷第八号“鲁迅先生逝世三周年纪念特辑”发表纪念文章《假如鲁迅没有死》（正文标题为“假使鲁迅先生还活着”），署名鲁彦。同期刊有司马文森、宋云彬、欧阳凡海（《我对于狂人日记的再认识》）、陈紫秋、艾芜的纪念文章。

10月28日，下午三时，文协桂林分会研究部召集第一次文艺座谈会，在八桂路会所举行，回忆由黄药眠主持，讨论议题为“文艺上的中国化与大众化问题”，讨论热烈，反响良好。会中鲁彦也曾发言，并在会议末尾做了文协桂林分会会务近况的报告。十月二十九日《救亡日报》予以报道——

文协桂林分会研究部召集的第一次文艺座谈会，昨（二十八）日下午三时在八桂路会所内举行，到会员及爱好文学青年数十人。主席是研究部负责者黄药眠，报告这一次座谈会的讨论题目：“文艺上的中国化与大众化问题”，莫宝坚第一个起立发言，继又有艾芜、陈闲、孟超、陈迩冬、李文钊等十余人热烈发表意见。天很快就黑下来了，大家还是不想离去，热烈紧张的空气始终如昔，在黑暗中许多还是抢着站起来说话，主席欲一再插嘴宣布“买洋腊去了”，“买点心去了”。

当点心买来了的时候，王鲁彦欲很有兴致发表值得重视的意见，紧跟着艾芜、林林、韩北屏和芦荻都先后答复和补充。主席做了一个周全的结论。最后，新波报告农民作家叶紫的死耗，及发起募捐援助叶紫家属，和鲁彦报告分会会务近况。散会时已七时许了。

10月28日，《救亡日报》刊出《文协桂林分会设文艺习作指导组》的消息，分会为提高文艺写作水平、普及文艺运动，鼓励文艺青年参加此次习作活动，评阅者有欧阳予倩、司马文森、欧阳凡海等人，王鲁彦亦在列。

10月，许杰从柳州回桂林，在开明书店遇到鲁彦，后相谈甚久。“民国二十八年十月，我从柳州折回桂林，我要到环湖路开明书店去找愈之，却又碰到了鲁彦。之后，我又同着鲁彦去找愈之。那时，愈之、鲁彦都在国际通讯社里。我们就在国际通讯社里坐谈，那一天晚上，愈之他们另外有约会，我和鲁彦，还有云彬，也就在那一家饭馆里吃饭，我们也谈

---

① 艾芜：《关于鲁彦的回忆琐记》，《周报》第11期，1945年11月17日。

得很多。这一次，我是路过桂林的，我又赶回广东一个学校去教书，在桂林不能多留。我看看他们，似乎每个人都是很忙，我也不便多打搅他们。”①

12月6日，文协桂林分会下午三时在东坡酒家召开第四次常务理事会，议决要案，包括组织桂林文艺界前线慰问团、征求前线将士贺年片、出版会刊等事项。

12月29日，桂林文艺界新闻界桂林前线慰问团在扫荡报社举行第一次团员大会，文协的鲁彦、钟期森、林林等出席。12月30日，《救亡日报》刊有消息《桂文艺新闻界慰问团定元旦出发前线》予以报道：

> （本报讯）桂林文艺界新闻界桂南前线慰问团，于昨（二十九）日假扫荡报社，举行第一次团员大会，到文协鲁彦、钟期森、林林、中央社顾建平、扫荡报卜绍周、广西日报莫宝坚、国新社长江、战新社汪止豪、桂林晚报范旦宇、大公报钱庆燕、珠江日报刘宁、救亡日报华嘉、记者学会夏后坡、阵中画报社梁中铭、木刻协会新波等十三单位，缺席漫画协会特伟、文协黄药眠。卜绍周主席，重要决议有：一、定明年元旦出发；二、各单位征集之书报及慰劳物品定三十一日集齐；三、向前线各长官献旗献颂词，由文协起草，交事务组办理；四、团最高机关为团员会议，设领队一人，并分事务、交际、文书三组；五、推长江为慰问团领队。②

12月30日，当晚在记者学会，慰问团举行第二次团员会议。慰问团于1940年1月4日下午正式出发，代表文协、木协、漫协等十六家单位，向前方将士表示慰问，于1940年1月12日返回桂林。

1940年（民国二十九年）　三十九岁

1月10日，在《广西日报·漓水》第四十七期开始连载长篇小说《春草》，署名鲁彦。后又续载于1月11日第48期、1月12日第49期，1月13日第50期，1月14日第51期，1月18日第52期，1月20日第53期，1月22日第54期，1月24日第55期，1月26日第56期，1月30日第57期，1月31日第58期；2月5日第59期，2月6日第60期，2月9日第61期，2月11日第62期，2月16日第63期，2月18日第64期，刊载未完。③

1月15日，在孙陵编辑的《笔部队》第一卷创刊号发表短篇小说《杨连副》（实为忆旧散文），署名鲁彦。

2月12日，文协桂林分会借青年会举行诗歌座谈会，黄药眠主持，林林、杨晦、韩北屏、徐迟等参加，讨论“诗歌之新形式问题”。

3月13日、14日，《救亡日报》刊在邝达芳代收援助叶紫先生家属捐款的启事，鲁彦曾捐助一元④。

3月17日，文协桂林分会召开第七次常务理事会议，商议募集基金公演《三兄弟》和《在旅馆里》独幕剧。

暮春，黄宁婴由香港来桂林，在卢荻的陪同下到桂林中学教职员宿舍访鲁彦，这是黄宁婴第一次见到鲁彦，当时“他正吃过了晚餐，坐在书桌旁休息，饭桌上还横七竖八地摆

---

① 许杰：《我与鲁彦》。

② 按，《救亡日报》未见，此据李建平编著《抗战时期桂林文学活动》，第207、208页。

③ 《广西日报》未见，此据曾华鹏、蒋明玳编：《王鲁彦着译系年》，收《王鲁彦研究资料》，知识产权出版社2010年版，第292页。

④ 《救亡日报》未见，此据李建平编著《抗战时期桂林文学活动》，第216页。

着碗筷，经过介绍后也没有寒暄，他便问我在这次的旅途上一定写了许多诗，朋友来得多了，要办的诗刊希望办得更好，可惜他自己没有写诗，今后也不打算写诗，不然，也可以给我们帮帮忙。又谈到教书对从事写作的人是不适宜的，因为它要剥夺了太多的精神与时间，但除了教书，我们这班人就更难找生活，我们就这样完全没有拘束的谈着”①。

4月6日，《新华日报》“文艺之页”第五期，辟出专版发表署名桂林文协同仁的《我们声讨汪逆》，是为文协桂林分会开展的文艺界“讨汪”运动。于文前有按语，谓：“下面所发表的，是桂林文艺界同人声讨汪逆的文字，各文先后，系按来稿次序排列。这是文艺界联合讨汪的第一声，我们希望这个运动，能普及到全国整个的文艺界中去吧！用我们的笔杆儿，来杀尽无耻的汪逆汉奸卖国贼！——编者”。在这一总标题下，鲁彦发表的为《呃，“和平”》，谓：“汪贼喊着‘实现和平’的国号登场了。那是什么样的‘和平’呢？是屠杀，屠杀自己的同胞，而这刀子是敌人铸造的。呃，‘和平’！”余下则为艾芜《把它当成一面镜子》、李桦《要提防“文化进攻”》、冰兄《连狗狐蛇鼠也不如》、宋云彬《痛骂铸像是不够的》、孟超《怎样反汪》、林山《扑杀另一种狗》、林林《打倒伪宪政》、周行《除恶务尽》、周钢鸣《更要努力》、胡愈之《汉贼不两立》、夏衍《要表示我们民族的意志》、《我们要打杀汪狗群》、曹伯韩《今后怎样反汪》、华嘉《不仅笞落水狗》、新波《提防队伍里面的》、司马文森《用团结和进步来打击汪逆》、刘仑《用我的武器》、戈茅《“没有功夫唾骂”》（此为诗）。

4月11日，在《广西日报·漓水》发表散文《弹弓》，署名鲁彦。②

5月12日，文协桂林分会在东江镇逸仙中学举行小说座谈会，讨论小说写作问题。

6月6日，赴豫丰泰小饮。《宋云彬日记》：“新安旅行团假乐群社招待各界，表演新歌舞，文供社同人皆被邀。彬然约余等先在豫丰泰小饮后，同往参加，余与林山、光暄、锡光先后应约赴豫丰泰，王鲁彦亦来。”③

6月30日，在《四友月刊》第八期发表散文《弹弓》，署名鲁彦。《编辑室》：“文艺栏这期续完了叶紫先生的《菱》，看到这以未完为完的作品，我们感到异常的难过。两首诗都很好。散文内鲁彦的《弹弓》，写得很美丽，刘黑的《枕边》，也都很好。我们相信，这期的几片文艺，没有一篇不是作者精心的杰作。”

约在暑期，当地文学青年公盾、毛松曾来访。公盾回忆：“1940年，我在广西大学读书，趁假期在以郭沫若同志为社长的《救亡日报》工作。有一天下午，我和广西大学同班同学毛松（他是桂林高中毕业的）相约一同去桂林高中看望鲁彦先生。大概毛松先同鲁彦先生已约好，介绍过我是个青年文艺爱好者，给他看过我当时编的、由生活书店发行的《新生代》。因此，我们去时，鲁彦先生就很高兴地来迎接我们，并同我热烈握手。当时鲁彦先生正在《广西日报》上发表长篇连载《春草》，却忽然被‘腰斩’了。我心中颇有点纳闷，问鲁彦先生是不是被新闻检查官看作为有问题的作品而被禁锢了？鲁彦先生苦笑着说：‘大约是吧！’他问起我的故乡在哪里？我说是福建人。他说不久前他到过厦门、泉州、莆田一带，并在那里教过书，是同巴金等人一同去的。从外表看他差不多四十岁上下，举止潇洒，待人热情，而没有语文老师的学究气。后来讲到翻译界，我知道他的世界语很好，他兴致勃勃地宣传世界语。我说，我也经常学习做点英文翻译的工作。后来他

---

① 黄宁婴：《忆王鲁彦先生》，《戏剧与文学》第1卷第2期，1946年2月1日。

② 《广西日报》未见，此据周春英《王鲁彦的佚文及佚事》，《新文学史料》2012年第1期。

③ 《宋云彬日记》，第104页。

又介绍我认识邻居、翻译家宜闲先生。谈到大约五点多钟,我们就告别回来了。"①

8月2日,南雄《民生日报》副刊编者周崇实致信胡愈之、鲁彦、宋云彬,托其谋事。《宋云彬日记》:"南雄《民生日报》副刊编者周崇实来信(笔名斐儿),托为在桂林谋事。这信是写给愈之、鲁彦和我的,我们都不和他相识,但他对于我们却很熟悉似的。"

8月,文协桂林分会、全国木刻协会联合举办暑期文艺写作研究班。七月三十一日《救亡日报》有消息预告:

> (本报讯)文协桂分会、木刻协会为利用暑假时间推行战时文艺运动,特定八月一日起至九月一日止举办"暑期文艺写作研究班"。于每周之一、三、五三日之下午三时至五时,假座本市青年会大礼堂,公开演讲,现已聘定留桂文艺作家欧阳予倩、夏衍、宋云彬、艾芜、陈闲、周钢鸣、司马文森、鲁彦、林林、吴晓邦、温涛、新波、聂绀弩、孟超等十四位主讲,关于战时文艺诸问题,闻已决定在八月二日起开讲,概不收费,欢迎参加。

鲁彦主讲《怎样写短篇小说》。湘渠曾回忆鲁彦讲演情形:"他举了莫泊桑的短篇小说《项链》来分析短篇小说的特点,我们都读过这篇杰作,因而感到亲切有味。他讲得很详细和有条理。他先讲解一个作者必须从生活中积累大量的创作的素材,而又要在很多的素材中吸取题材。他再讲到作品开头的重要和困难,一个作者需要有很大毅力克服这个困难。他特别要大家注意小说中场面变化和发展情况,着重指出创造人物的典型性格的重要。他又说,一篇好的小说,需要有一个最能激动人心的'顶点',作者应该把自己的力量在这个'顶点'上表现出来,使主题达到充分的深刻为止。他说,文学是语言的艺术,作者必须斟酌每一个用字,只有不断锻炼词句,才能使作品达到优美而精炼。他告诉我们,福罗贝尔如何教导莫泊桑用字,要做到'一字致人以力'——鲁彦先生把这句话重复了好几遍。"②

一个月以后,文艺讲习班结束,一晚在桂林群乐路青年会草地上局慈宁宫联欢晚会,鲁彦亦在场。黄药眠在联欢会上有讲话,湘渠回忆:

> 会议主席是黄药眠先生,他在报告中提出要大家对讲习班提点意见。我记得我当时提出了两点意见,一个是许多先生讲解的范围太广泛,缺乏系统性,只有鲁彦先生讲得较好,用一篇作品来具体分析,使人易懂而便于记忆。另一个意见是宋云彬先生讲解《怎样研究鲁迅杂文》,虽然内容很好,但因说话里有浓重的浙江方言,使广西、广东的听众不容易接受,只有我这个浙江人,才完全听得清楚。我这么一说,会场上发出了笑声,不知谁在说"那是没有办法的"。
>
> 散会时,许是同乡的关系吧,鲁彦先生和宋云彬先生都走到我的前面,问我什么时候到桂林,在什么地方工作,非常亲热而关切。于是我对鲁彦先生的印象又加深了。③

10月13日,文协桂林分会第二次会员大会召开,会议选举通过的理事名单有欧阳予倩、艾芜、宋云彬等十九人,无鲁彦④。当晚桂林文协分会举行文艺晚会。

---

① 公盾:《毕生贫穷富才华——忆作家王鲁彦》,《西湖》1986年第4期。

② 湘渠:《鲁彦琐记》,《东海》1957年3月号。

③ 湘渠:《鲁彦琐记》。

④ 李建平编著:《抗战时期桂林文学活动》,第9页。

10 月 16 日，文协桂林分会召开第一次理事会，并推选常委员。

秋，桂林频频遭到敌机轰炸，鲁彦一家迁往柳州，在柳州北面长安丹洲新创办的省立柳庆师范学校任教，在此处患病，后来被迫重返桂林。傅彬然回忆："民国二十九年秋天，才离开桂林，带着家一道到柳州北面长安丹洲新创办的省立柳庆师范学校里去任课。在那里，他常常患着恶行疟疾，接着又患着痔疮，后来才知道是肛门结核。本来经济状况已经要不得，这么一来，就深深的陷入贫病交迫的苦境里。第二年夏天，带着病回桂林来，就在那时候，创办了《文艺杂志》。"[①]

覃英回忆："到了一九四〇年秋天，桂林经常遭到敌机轰炸，鲁彦的身体也更差了，我们就迁居柳州附近的丹江县，在柳庆师范教书糊口。次年夏天，鲁彦在那里染上瘴气，高热几十天不退，又无医无药，我们只得重返桂林。"[②]

本年，三通书局出版鲁彦的《随踪琐记》，内收《厦门印象记》《西行杂记》《关中琐记》，列为"三通小丛书"之一。

鲁彦在桂林时，艾芜第一次到鲁彦住处探望。"第一次到他住处去看他，是 1940 年，他在桂林做事请的时候，远离家眷，住在集体宿舍里。当时是晚间，他穿着短裤、木拖鞋，立刻带我上三层楼的晒台去纳凉。高临桂林城上的秋空，正是一天灿烂美丽的星子，和漓江两岸的灯火，互相辉映着。他同我谈着秋天的星座，并且带着小型望远镜，放在眼睛上，对天空极有兴味地望了起来，随即也叫我拿望远镜看。要我先看天琴座中一颗最明亮最美丽的星子。他用很熟悉的声调介绍地说：'那是秋天星空中的天王星，我们中国人叫做织女星的，看起来是一个，在望远镜内却是两个。'我觉得鲁彦这个人兴趣很高雅，但似乎太远离现实一点。"[③]

1941 年（民国三十年）　四十岁

1 月 18 日，"皖南事变"发生，国内政治形势日趋紧张。

1 月 19 日，在《前线日报》发表随笔《买米归来》，署名鲁彦。

5 月 9 日，《申报》载五洲书报社发行名家作品选《第一流》，分为正编、续编，内收巴金、茅盾、洪深等名家名作，鲁彦也在列："在我们中国文坛上，凡属第一流作家的作品，毕竟是文笔生动流利，技巧丰富，意识准确。我们这册《第一流》的刊行，正是集合文坛第一流作家的作品于一堂。执笔者有巴金、茅盾、洪深、郭沫若、于伶、靳以、萧军、艾芜、夏衍、宋之的、萧红、林淡秋、何家槐、鲁彦、周文等数十作家，包括最佳小说散文剧本，为当前文学青年之良伴。"

5 月 16 日，在《新道理》半月刊第二十一期发表章回小说《胡蒲妙计收伪军》第一回《救中华豪杰齐奋起》，配有插图为胡志敏和蒲逸民，署名王鲁彦。本次刊载未完，第二回《胡志敏密山县起义》刊于第二十二期（六月一日出版），配图为胡志敏化装商人；第三回《编伪军日寇下毒手》、第四回《蒲小姐营中定妙计》刊于第二十三期（六月十六日出版），配图为"兄弟们，预备！""蒲逸民附耳献计"；第七回《迎春节伪司令中计》，配图"蒲逸民

---

① 傅彬然：《忆鲁彦》。柳庆师范学校是广西省政府增设的四所省立师范学校之一，1940 年 9 月在三江县丹洲乡创办，同时被指定为实验学校。1942 年 5 月迁往宜山标营，1944 年 11 月因日军入侵，先后迁往都安、那马、隆安等地。在有些人的回忆中，柳庆师范学校又被称为"丹洲师范学校"，如 1941 年夏蒋虹丁在中华书局编辑乐嗣炳的带领下去拜访鲁彦，"乐先生告我，王鲁彦正在丹洲师范学校教书"。参见蒋虹丁：《回忆作家王鲁彦》，《民国春秋》1988 年第 3 期。

② 刘增人、陈子善：《鲁彦夫人覃英同志访问记》。

③ 艾芜：《关于鲁彦的回忆琐记》。

请郭太太出城游览”;第八回《明正义众伪军反正》,配图“胡志敏率领伪军起义”,刊于第二十五期(七月十六日出版);第九回《乘黑夜蒲小姐脱逃》、第十回《历苦辛女英雄永逝》,这两回配图均无题目,刊于第二十六期(八月一日出版),至此完结。①

夏初,在湘桂铁路枕木厂工作的蒋虹丁到访广西融县,在中华书局编辑乐嗣炳的带领下拜访了鲁彦。当时鲁彦已不在柳庆师范学校教书,而是因病在附近的长安镇医院疗养。乐嗣炳与蒋虹丁正是在医院里见到鲁彦:

> 第二天上午,他陪我去医院,会到了鲁彦先生。我们走进病房的时候,他正倚着床栏杆看书;他的脸色苍白,胡须也较长,但两只眼睛却炯炯发光。
>
> 王先生示意叫我坐在床沿上,笑着问我读过哪些文学作品,写过一些什么。我告诉他,1938年春我读了他的《愤怒的乡村》,而且一连读了两遍。他笑了笑,谦虚地说:“写得很粗糙,将来有机会再修改。”
>
> 王先生知道我是从湘西过来的,认识周立波,便问我立波近况。我告诉先生,我是1939年5月间见到他的,当时他正在译高尔基的《白海——北海运河》。立波译的《被开垦的处女地》(上部,肖洛霍夫著)是我的启蒙书籍之一。我顺便告诉王先生,立波是从英文转译的。
>
> 王先生知道我也学过几年英文,便劝告我说:“抗战以来,翻译文学书的人越来越少了,你不妨试试。”当时我的职业工作很不顺心,听了他的话也没入耳。
>
> 第二天我要回桂林,下午到医院去向王先生辞行。他紧握着我的手说:“好,咱们桂林见!”

7月1日,《申报》载《文艺奖金委会决议事项》,谓:

> 重庆　文艺奖助金管理委员会二十九日举行第十二次委员会议,决议要案如下:一,关于提高文艺刊物稿费者,除《战时文艺》,《文艺月刊》,及《乐风》外,《续三十中国诗艺·文艺》,《青年月刊》二种;二,关于个人贷助者,有韦瀚章贷金一千元,王鲁彦、许太谷、顾了然等各助五百元,滕固、鲁之翰病故,致赠赙仪一千元,及五百元;三,通过□行抗战文艺丛书办法,稿费规定为每千字十五元至二十元,特优作品,酌量增加,又该会筹建之文化会堂,业经呈奉行政院核准,在县庙街文庙旧址中,现正积极进行中。(二十九日电)

同时,此文又载于七月一日《扫荡报》(桂林版),题为《文艺奖助金管委会决议提高刊物稿费》。

约7月下旬,从柳州重返桂林,贫病交迫,开始筹备《文艺杂志》事宜。七月二十一日《大公报》(桂林版)刊发《文艺家纷纷来桂》,谓:“小说家王鲁彦去年秋曾自桂往三江柳庆师范学校执教,惟因该地水土恶劣,今春以来疾病缠绵,日前已辞去教职,携眷来桂养疴。据王氏云:现拟于本市觅一较静寓所,从事疗养,最短期内,拟暂搁教鞭,专事写作。”覃英回忆,鲁彦回到桂林后,“当时,巴金、艾芜、张天翼、黄新波等许多文化人都集中在桂林,大家深感应该办一个像样的刊物来宣传团结抗日,反对分裂投降。巴金同志看到鲁彦有病在身,又拖着一堆孩子,实在是贫病交加。为我们的生计着想,他便主张由鲁彦编辑刊物,由我以三户书店的名义出面作发行人(实际上是生活书店发行),大家共同

---

① 据此推测,可知第4、5回载第24期,第24期未见,待考。

支持。这就是后来于一九四二年初创刊的《文艺杂志》。”①

9月初,发快信给尚在福建永安的王西彦,谈及自己创办的《文艺杂志》计划,并向其约稿。王西彦此时正准备摆脱《现代文艺》的编务,心绪不好,兼之行程匆促,未能寄稿,曾去信说明原委。

秋,蒋虹丁在桂林七星岩附近的一家店铺二楼再次访问鲁彦,见到鲁彦一家,后续多有往来,鲁彦也对他谈及桂林文化界的空气。蒋虹丁记载:“有天下午我去王府,只鲁彦先生一人在家。我告诉他,昨天在文协分会刚听过艾芜先生关于短篇小说的报告,觉得收益很大。我是从湘西和黔中僻塞的山区里生活过一两年的,对桂林的文化生活感到满意。不料王先生很认真地说:‘不完全是这样,实质上是‘外松内紧’,情况也很复杂。”②

秋末,托人转给师陀一封信,为杂志约稿。师陀《哀鲁彦》载:“民国三十年秋末,他从桂林托人转给我一封信,要办《现代文艺》,要我写稿。虽然我早已满身晦气,长远不曾摸笔,我只得立刻动手,稿子在十一月间寄出,附带说明我想到内地的意思,回信马上来,他告诉我金华已经准备好旅费;同时——也许是在另一封信上,他要我将《法老》的译稿寄给他,为买米吃,他急于拿出去发表。”③

11月3日,写信给往王西彦,再度约稿,信件谓:“前得复书,知即将来湘,现在想早在那里住了很久了。我因病在医院住了将近二月,开刀数次,现始渐见痊愈,不日当可出院。杂志事因此耽误了很久,到最近始能发排第一期。又因印刷迟缓,出版恐在年底,就索性把它当作一月号了。你的稿子希早日赐下,以便在十二月初将第二期稿发排。”王西彦此时已经离开福建永安,在湖南东部乡间住下。

11月9日,再度寄信给王西彦,称《文艺杂志》第二期亦快发稿,希望王西彦将稿子速寄过去,并问询日后计划。王西彦收信后就开始着手写稿,将长篇小说《古屋》的第一部分寄给鲁彦。鲁彦在收到稿子后立即又给王西彦写了一封长信,预支稿费,告知王西彦杂志第一期的阵容,声言第二期已经付印,第三期正在集稿,再度向王西彦约稿。

12月7日,文协桂林分会第三届会员大会召开。十二月八日,《大公报》(桂林版)刊出消息《文协改选,欧阳予倩等当选》予以报道——

> (本报专访):“文协”桂分会昨(七)下午二时假广西剧场举行第二届年会,参加之会员、来宾等五十余人,欧阳予倩主席,宣布开会意义后,即由二届常务理事李文钊报告工作概况,继由本战区顾问张香池致词,希望文协同人于努力之同时亦须保力,切求身体健康,工作始能持久。办公厅李主任代表黄震廷致词,希望文艺作家永远团结,站牢文艺岗位。田汉致词,亦盼同人注重训练身体,并希望所作文章能下乡,能入伍,深入大众。词毕通过提案:一、致电蒋委员长、前方将士、本战区司令长官致敬;并电英、美、苏各民主国,鼓励为正义而战,及预祝胜利(由宋云彬、田汉起草)。二、为死难之文艺工作者募捐。三、另觅会址。四、于元旦后一周内举行盛大文艺晚会。五、以大会名义,请求市政府及省党部设法限制印刷商之印刷费无限制增加,并请出版界提高稿费。六、筹设文艺宿舍。七、经常与各杂志取得联络。八、研究部之下加美术组。最后选举结果:欧阳予倩、李文钊、宋云彬、艾芜、田汉、

① 刘增人、陈子善:《鲁彦夫人覃英同志访问记》。

② 蒋虹丁:《回忆作家王鲁彦》,《民国春秋》1988年第3期。

③ 师陀:《哀鲁彦》。

聂绀弩、邵荃麟、王鲁彦、孟超、司马文森、胡危舟、巴金、伍禾、彭燕郊、洗群等十五人当选理事；葛琴、芦荻、陈闲、熊佛西、杜宣、秦似、莫宝坚七人当选候补理事，新理事会于四天内由欧阳予倩召集。

12月12日，文协桂林分会第三届第一次理事会。十二月十三日，《大公报》（桂林版）刊出消息《文协桂分会救济受难同志》予以报道：

（本市专访）“文协”桂分会三届理事昨（十一）午二时假艺术馆开第一次常会，到省党部代表及理事共十六人，欧阳予倩主席，即席议决：一、组织“文协”受难同志救济委员会，推田汉、欧阳予倩、李文钊为筹备委员。二、会址暂借艺术馆。三、新年晚会由洗群、孟超、伍禾、杜宣、胡危舟五人负责筹备。四、提高稿费为最低每千字十二元，版税最低百分之十五。并禁止印刷商抬高价格，由常务理事会备文向省党部、市政府呼吁。五、推定常务理事为欧阳予倩、田汉、李文钊、邵荃麟、王鲁彦五人。总务部由李文钊、胡危舟，组织部由司马文森、伍禾，研究部由孟超、邵荃麟，出版部由洗群、聂绀弩分任正、副部长。六、遵照省党部所定办法，负责招待由港回国文化人。

12月28日，文协桂林分会第三届理事召开第二次会议，商议筹措经费、寻觅会址等事项，另定于次年一月四日晚举办文艺晚会。

12月，作短篇小说《陈老奶》，后刊于王鲁彦主编《文艺杂志》（桂林）第一卷第一期创刊号（1942年1月15日出版），署名鲁彦，写作时间署为“一九四一年十二月”。本期老舍、李健吾、巴金、艾芜、沙汀、张天翼、靳以等均有文章。

1942年，建国书店出版《小说五年　第二集》，内收沙汀、茅盾、巴金、艾芜等小说，鲁彦入选的是《陈老奶》。

本年，除夕前数日，作《〈我们的喇叭〉题记》，后刊于孙陵主编的《自由中国》第二卷第一、二期合刊（五月一日出版），“杂文”栏，署名鲁彦。

约本年，与尚在昆明教书的方敬通信约稿。方敬《花环》载：“三年前我才与鲁彦开始通信。那时我在昆明教书，他在桂林编《文艺杂志》。他常来信要稿。他接到稿子后必立刻回信说明什么时候登载，刊物必按期寄送。因此我知道他是一个认真的编辑。当初那个杂志又是以谨严的态度问世，而他那时已经是一个病人。后来我到了桂林，他正卧病在医院。他差不多已不离病榻，病缠绵，反复无常，药又不见效。我同占元去看他的时候，他一定要起来倒茶，觉得天热又还把蒲扇递给我们。我们所谈的主要是他的病况和刊物。他很想把刊物办好，希望朋友们帮忙。他也渴望他的病早愈，虽然是难治的肺病再加上难治的痔疮。他谈话很刚直，由于兴奋，他精神显得很好。临别还坚持要忍痛蹩着脚送我们到大门口，又把他身边唯一的一本刚出版的杂志送我。不久他的病却有了起色，便回到家里。我要从寄居在他家附近的楼房迁走时，他连忙喊他太太追来问我的新住址，过几天我们在路上碰见，站着光谈刊物就谈了多一阵。但是我搬到乡下去以后我们就很少见面了。……有一次在西彦那里看见鲁彦太太，满面愁容，带着一个穿得很破烂的孩子，正在焦虑地同西彦商量送鲁彦到湖南去医病的问题。他们在经济上束手无策。他们打算卖稿子凑版税稿费，因而又想起战前他译好的，丢在上海没有印出来可以换一笔钱的长篇名著《法老》。他们把什么法儿都想尽了。不久他们便很窘蹙地到湘南去了。”①

① 方敬：《花环》，《花环集》，重庆出版社1983年版，第2—3页。按，此文作于1944年。

约本年，以群等人从香港逃出，鲁彦听说后即来看望以群等人。“两年半以前，我们刚从香港逃出，到了桂林，鲁彦听到这消息，立刻扶病来看了我们，使我们深感到同道者的友情底温暖。那时，他已经患痔，不便行动，大部分的时间只能卧在床上。但他并没有真的休息。他所主持的《文艺杂志》，那时正是初创时期，抱着病，他还不能不为杂志的事奔走，即使卧在床上，也还是不能不中辍他底看稿或是写信的工作。”①

本年，冯亦代在重庆开始写日记，所用的日记本每月前面除有一页反映抗战生活的照片外，还有一页献辞，献辞部分选用了艾青、艾芜、鲁彦、舒群等人的文章。②

1942年（民国三十一年）　四十一岁

1月4日，文协桂林分会举行新年晚会，熊佛西、欧阳予倩、李文钊、聂绀弩、田汉等均出席。

1月11日，在《扫荡报》（昆明）副刊《星期版》第八十二期发表散文《我渴望见到故乡》，署名王鲁彦。在标题上方有一行说明文字：“你看一位文艺作家，是如何的在想望着他可爱的家乡。”

1月15日，鲁彦主编的大型文艺月刊《文艺杂志》正式出版。创刊特大号为八个印张（一般为六个印张），发表有老舍的三幕话剧歌舞混合剧《大地龙蛇》、李健吾翻译的契诃夫的独幕剧《一位悲剧演员》，巴金的中篇小说《还魂草》③，艾芜的《突围后》、沙汀的《模范县长》、芦焚的《期待》、鲁彦的《陈老奶》等短篇小说，许天虹译立陶宛史维嘉的短篇小说《在边境上》、张天翼的长篇童话《金鸭帝国》，还有诗歌的创作和译作、缪崇群、巴金、靳以等的散文。创刊号没有照例的发刊词和补白式的后记，是因为“本想保持沉默，想用杂志本身来说明一切”。（鲁彦《给读者》）杂志出版后随即寄给王西彦一册，王西彦曾去信祝贺杂志的出版，并询问了鲁彦的病情。

《文艺杂志》的第一期稿件较为紧凑，第一期能够顺利出版与鲁彦的催促有着密切关系。鲁彦致姚蓬子的信中说：“为了这一个刊物，我把朋友们都弄得太累了。老舍怎样了？他在头晕的时候给校阅剧本。老巴赶了四万多字的中篇，老在深晚冻着，病了一次至今未十分显得壮健。艾芜，靳以也辛苦得厉害。我想起来真是十分感慨。”④巴金致沈从文的信中则表示“在桂林被鲁彦逼着写了点东西”⑤。

《文艺杂志》出版，鲁彦欣喜不已，也曾向蒋虹丁说明稿件原委：

> 我在他那里也结识了艾芜、王西彦、穆木天几位前辈。有一天，我去拜望他时，鲁彦先生欣喜地把创刊号的目录拿给我看，并且说：
>
> “怎么样？你看，巴金、艾芜的短篇，天翼的长篇童话，胡风的论文……”
>
> 好像从我的眼神里看透了我的心思，他接着说：“都是有名气的作家么？青年人的也有，不多。不是我不关心青年人的作品，实在是因为身体太坏，工作太忙，没有精力帮助他们改稿。”

---

① 以群：《悼鲁彦》，《新华日报》副刊，1944年9月3日。

② 李辉：《冯亦代与郑安娜：陪都迷离处》，《旧梦重温时》，九州出版社2016年版，第285页。

③ 巴金小说《还魂草》中的小女孩利莎即以当时住在巴金隔壁的王鲁彦的女儿王莉莎为原型，王莉莎后来也曾对人提及。参见金锡逊《鲁彦与巴金》，《从近海到远洋》第2辑，宁波出版社2013年版，第157页。

④ 鲁彦：《作家书简·致姚蓬子》，《文坛》创刊号，1942年3月20日。

⑤ 罗炯光编选：《现代作家书信》，文心出版社1993年版，第570页。

《文艺杂志》也收到译稿。鲁彦先生交给我两部，叫我看看。遗憾的是译者都没有附寄原稿来，无从核对，而且我自己也刚刚“开步走”啊！[①]

《文艺杂志》编辑事项几乎由鲁彦一人承担，工作繁多琐碎，繁重的工作大大影响了鲁彦的身体健康。徐柏容在八十年代回忆：

“《文艺杂志》几乎可说是由鲁彦一人独力编辑的。如果说有助手的话，那就是担任杂志发行人的他的夫人覃英。《文艺杂志》由桂林大地图书公司总经售。这也就是说，从编辑到印刷以至经营等，都要由鲁彦夫妇负责，其困难情况也就可想而知了。《文艺杂志》开头几期是按月出版的，后来则几乎出出停停、停停出出，几经挣扎。看来鲁彦是克服一切困难，尽力维持杂志的生存。

“我与鲁彦未曾见过面，但有过书信往返。记得我曾应约翻译过评介英国诗坛的文章，以笔名在《文艺杂志》上发表。可是，由于历经动乱，也许还加上《文艺杂志》和抗战时其它杂志一样，是用土纸印刷的，保存不住，手边早已没有这杂志了。”[②]

覃英亦说：“在极其艰难的条件下，鲁彦以顽强的毅力，扶病组稿阅稿，许多工作都是一人苦撑，经常忙到深更半夜。我一面理家一面帮他编校。由于鲁彦始终不懈的努力和艾芜、张天翼、王西彦、端木蕻良等许多同志的帮助，《文艺杂志》居然时出时停，坚持了三个年头，成为抗战期间影响最大的文艺期刊之一。”[③]

1月17日，写信给姚蓬子，谈及当下出版状况，对书店唯利之举颇为愤慨。姚蓬子前曾来信向鲁彦借钱出书，鲁彦也于此信中婉拒。此信后来发表在徐霞村、姚蓬子、老舍、赵铭彝编辑的《文坛》创刊号（1942年3月20日）“作家书简”栏。[④]

2月15日，在《文艺杂志》第一卷第二期发表编后记《给读者》，署名鲁彦。文中简要回顾了刊物出版的艰辛以及文艺界的乱象，声明杂志的主旨时说：“抗战以来，我们文艺工作者和千千万万的同胞在一起，无论在前方后方，都受着敌人大炮飞机的威胁。在这样不宁静的生活中，我们不但没有畏缩，却愈加奋励，只想以国民的身份，多对国家尽一点责任，有助于抗战，多用自己的笔，忠于自己所从事的工作。——这种种，我们这一个杂志就是最好的明证。”文末同时刊有“附告”，谓：“曹禺先生近来因病，新作剧本《家》未能如期写成，但亦正在病中写着，他答应不久可以寄出。为了这，他曾经打了电报来，要编者代他向读者表示他心中的不安。”

3月9日，茅盾偕夫人孔德沚从香港辗转到桂林，暂时住在旅馆，期间鲁彦曾去探望茅盾。《茅盾回忆录》载：“我们的钱袋，经过三个月的难民生活，也快掏空了。德沚认为当务之急是租一间房，自己起火，以便节约开支。我支持她的想法，但提醒她，一切要因陋就简，只要有个安静点的写作环境就可以了，因为我们不见得会在桂林长住。所以，当桂林的朋友田汉、欧阳予倩、王鲁彦、孟超、宋云彬、艾芜、司马文森，以及先我从香港脱险的夏衍、金仲华等闻讯来看望我，并问我今后有何打算时，我总是回答：打算好好休整一下。”[⑤]

---

① 蒋虹丁：《回忆作家王鲁彦》，《民国春秋》1988年第3期。

② 徐伯容：《鲁彦和〈文艺杂志〉》，《伊甸园中的禁果》，中国书籍出版社1995年版，第277、278页。

③ 刘增人、陈子善：《鲁彦夫人覃英同志访问记》。

④ 鲁彦：《作家书简·致姚蓬子》，《文坛》创刊号，1942年3月20日。

⑤ 茅盾：《茅盾回忆录》（下），华文出版社2013年版，第35—36页。

3 月 15 日,在《文艺杂志》第一卷第三期发表小说散文《火的记忆》,署名鲁彦。

约在此后数日,文艺杂志社宴请桂林文艺界朋友,鲁彦参加。此时,王西彦应鲁彦之邀也来到桂林,并且于此前探望了鲁彦。王西彦记载:"我在桂林留了三天。不凑巧,天天下雨,虽然七星岩近在咫尺,也未曾去游。第二天晚上,在正阳路某酒家以文艺杂志社的名义宴聚文艺界朋友,客人中间,记得有刚从香港脱险回国的茅盾同志。作主人的鲁彦谈笑得很起劲,完全是一个健康人的样子。在宴会上,他用刚从印刷所取出来的第三期杂志分赠朋友,大家谈到杂志前途,都充满着乐观和期待的口吻,他自己更显露出愉快和自信。第三天,他到我的住处找我,我们并肩在马路上走着时,他给我诉述一些桂林文艺界的近事,态度很愤慨。这些话,大致和他在小说集《我们的喇叭》后记及《文艺杂志》第二期《告读者》里所说的差不多。他说他的创办《文艺杂志》,是对当时某种风气的挑战和反抗;他说他今后要多写作品了,能够多写些作品,也是对当时某种风气的斗争,等等。……第四天从桂林去学校,一清早又是雨。为了欣赏沿江风景,我搭了一只大木船,取道水路。鲁彦冒雨到江边送行,匆促间还要我到校后别忘记多写文章,至少一个月要写一篇,寄给他的杂志发表。我也满口应允了,并且也十分兴奋。"①

4 月 15 日,在《文艺杂志》第一卷第四期发表小说《千家村》,署名鲁彦。一九四五年,由文艺书屋出版的《抗战小说选》收录张天翼、巴金、沈从文、靳以、王西彦、罗洪、艾芜、鲁彦等的八篇小说,入选的即为《千家村》。另,一九四六年,上海大华出版社出版的作品集《八年》(抗战文艺选集),巴金等著,亦选入此篇;此外,巴金等著《某夫妇》(抗战文艺佳作,出版日期不详)内收八篇小说,鲁彦《千家村》在列。

4 月 26 日,文协桂林分会在省立艺术馆召开文艺座谈会,针对目前物价上涨的实情,商议提高作家版税、稿费以保证作家权益。

4 月,短篇小说集《我们的喇叭》由重庆烽火社出版,为巴金主编的"呐喊文丛"之一,内收短篇小说凡四篇,计:《我们的喇叭》《伤兵旅馆》《杨连附》《陈老奶》。

5 月 13 日,致信蹇先艾,谈及《文艺杂志》稿件②,此信后来蹇先艾在鲁彦逝世后发表于 1945 年 3 月 26 日《贵州日报》副刊《街垒》。

5 月 25 日,在靳以主编的《现代文艺》(永安)第五卷第二期发表散文《从灰暗的天空里》,署名鲁彦。

约在 6 月底,王西彦辞去广西学校的教师,准备回湖南东部乡间,途径桂林时曾到芙蓉路的一家私人外科医院看望鲁彦,并谈及《文艺杂志》的出版事宜。并且王西彦应鲁彦之邀,在鲁彦家附近小住,期间往来较密。大致在此时,王鲁彦主持的《文艺杂志》与出版商的矛盾日渐突出。蒋虹丁一次前去拜访鲁彦,恰逢王西彦在座,鲁彦提议要自己创办个出版社,其后蒋虹丁与王西彦商议出版社名称定为"新禾",但很快就无疾而终。③

7 月,王者编选的小说集《河边》由文艺书局出版,列为"现代文艺选"之一,内收小说十五篇,鲁彦的《河边》《一只拖鞋》入选。

8 月 11 日,写信给王西彦,谈及出版杂志、改杂志社为出版社,编辑丛书等事。④

8 月作小说《破铜烂铁》,后刊于侍桁编辑的《文风杂志》第一卷第二期(一九四四年

---

① 王西彦:《在魑魅的追逐下——记鲁彦的病和死》,《新文学史料》1979 年第 5 辑。

② 鲁彦:《作家书简》,《贵州日报·新垒》第 6 期,1945 年 3 月 26 日。

③ 蒋虹丁:《回忆作家王鲁彦》,《民国春秋》1988 年第 3 期。

④ 信件参照谱后《王鲁彦书信辑录》。

一月十日出版），署名鲁彦，写作时间署为"一九四二年，八月"。

9月3日，《扫荡报》（桂林）刊出消息《〈文艺杂志〉纠纷调解和好》，谓《文艺杂志》主编王鲁彦与大地图书公司经理顾铁伦因杂志出版权益问题而发生的纠纷，经市府调解和好。消息谓——

《文艺杂志》纠纷调解和好

> ［本报桂市讯］《文艺杂志》主编王鲁彦与大地图书公司经理顾铁伦，前因权益问题发生纠纷，双方均投函市府请求处理，市府主任秘书周游，曾私约顾经理在私寓详谈，要求大地图书公司自动放弃争执意见，对《文艺杂志》社让步。顾经理当以权益争执，系有法律保障，不愿接受片面调解，已于昨日请了作韶律师为辩护人，准备提向公庭起诉，市府社会科为息事宁人计，乃于昨（二日）下午二时邀约王、顾到场当面商议，纠纷经已解决，双方仍继续合作。

9月15日，载熊佛西主编的《文学创作》第一卷第一期创刊号发表小说《樱花时节》，署名鲁彦。

12月3日，文协桂林分会召开第四次会员大会，并选举第五届理事。十二月三日《大公报》（桂林版）刊出消息《文协桂分会昨开会员大会，选举五届理事》予以报道：

> （本市消息）中华全国文艺界抗敌协会桂林分会昨（三）日下午一时假广西剧场召开第四届会员大会，并选举第五届理事，到各会员来宾等七十余人。首由田汉主席致词，勉各会员认清目前文艺工作者责任，为反侵略战争而努力。经由省□社□处、市党部、市政府等代表致词，希望桂市文艺工作者响应目前之文化劳军运动，更希望文化工作者到军队去，教育士兵，提高士兵文化水准。继由来宾师范学院教授张映南，会员胡风等演说，及李文钊报告会务。并决议由田汉、胡风、聂绀弩、王鲁彦等负责起草电文，向蒋委员长及前方将士，苏联斯大林委员长、英美领袖及亚非盟军将士致敬。最后选举第五届理事结果。田汉、欧阳予倩、聂绀弩、宋云彬。王鲁彦、胡危舟、巴金、李文钊、荃麟、艾芜、孟超、杨刚、周钢鸣、胡仲持、秦似、司马文森、熊佛西、伍禾、胡风、柳亚子等二十人为理事，穆木天、陈闲、骆宾基、韩北屏、端木蕻良、新波、杜宣等七人为候补理事，迄五时许散会。

12月15日，《文艺杂志》第2卷第1期出版。

约在12月上旬，致信王西彦谈及出版社计划流产，婉辞王西彦前提到湖南休养的建议。此后不久，又给王西彦一卷油印启事，谈及杂志出版经过和书店纠葛。①

本年，黄宁婴在路上曾偶遇鲁彦。"当香港沦陷，桂林又再度恢复了她的晴朗与热闹后，鲁彦先生回到了桂林，而且还创办了《文艺杂志》。那时他住在西门外，我的学校又是在郊外，故始终没有找过他，而日子久了，我也以为他应该忘记了我这样一个朋友。有一次，他和两个人去过正阳路，跟我打了一个照面，他向我点头招呼，相对笑了一笑，却没有交谈，我才知道我们这淡淡的交情还不曾在他的记忆里消溶掉。不久，他肺病发作的消息从朋友的口中传来，我也没有去看过他，只是差不多隔天便从一位自告奋勇去诊治他的学医的朋友，也是我多年的伙伴那里得知他的病况。"②

---

① 信件参照谱后《王鲁彦书信辑录》。

② 黄宁婴：《忆王鲁彦先生》，《戏剧与文学》第1卷第2期，1946年2月1日。

约本年，鲁彦访艾芜，艾芜后来也特地探望鲁彦。湘渠回忆：

> 另一次见到鲁彦先生是在他编《文艺杂志》以后了。有一天，他到艾芜先生家里，我们正在吃饭。他扶病而来，左手拐着一枝手杖，右手下夹着一束校样。我仔细看着他，果真不是第一次所见的鲁彦先生了。他的精神很萎顿，背也有些佝偻，说话声音很缓慢。这个变化，使我惊讶。
>
> "要一本杂志编得很好，确是不容易，"他一边坐下，一边说，"内容充实果然重要，编排形式也不能马虎。"这天，他是从"三户"印刷厂校对《文艺杂志》回来走到艾芜先生的家。那时，他的痔疮发得很厉害，行动异常不便。从他的住处走到观音山，约有五里路，实在是很费力的。但他不肯轻易把校对的工作委托别人，这种认真负责的精神，使人永远难忘。
>
> ……
>
> 这以后，有一次我和艾芜先生一起进城，顺道去看鲁彦先生。那时他病着，也就是我最后一次见到他。①

本年，王鲁彦在编辑《文艺杂志》期间，在桂林的文学青年多有来访，当时在桂林的青年蒋虹丁、庄瑞源就曾得到王鲁彦的指导与扶助。蒋虹丁日后回忆："我最早知道瑞源的名字是一九四二年在老作家王鲁彦先生家里，鲁彦先生正在编辑大型刊物《文艺杂志》，我则在业余时间去他那里当'学徒'。在他的小桌上放着瑞源的散文集《贝壳》。鲁彦先生笑着对我说：'拿回去看看！这是个医科大学生写的，他的文笔多熟练呵！'我带回住所，一口气把它读完。文笔固然是细腻而流畅的，但更重要的是他写出了当时我们流亡青年共同的心声——到革命圣地延安去。我把《贝壳》一书送还鲁彦先生时，他问我：'写得怎么样？'我如实说出了我的看法。这位文学前辈笑着对我说：'作家就是这样，他不仅要表述自己的感触，而且要写出同命运者们共同的憧憬'。"②

本年，文协桂林分会编印《二十九人自选集》，鲁彦为二十九位执笔者之一。③ 内收作者自选的小说《千家村》，书末有聂绀弩作的《后记》说明选集编选来历。一九四三年九月由桂林远方书店刊行；后于一九四六年四月由上海新知书店印行。

1943年（民国三十二年）　四十二岁

1月10日，致王西彦信。谈及出版社事，自己又患重病肺尖发炎，喉头结核。此后不久，又致信王西彦谈及自己病情。④

1月15日，《文艺杂志》第2卷第2期增大号出版。

---

① 湘渠：《鲁彦琐记》。

② 蒋虹丁：《庄瑞源同志逝世七周年祭》，《福建新文学史料集刊》1984年第4辑，第72—73页。

③ 聂绀弩在本书《后记》中言明编选工作是在本年（1942），其《后记》的写作时间署为"一九四三，元旦，于文协桂分会出版部"，亦可参证。

又，二十九位执笔者名单为：胡风、巴金、王鲁彦、司马文森、韩北屏、辛劳、胡明树、郭沫若、云彬、欧阳予倩、李文钊、艾芜、骆宾基、孟超、绀弩、麦青、茅盾、田汉、秦似、周钢鸣、胡绳、张天翼、荃麟、葛琴、洪遒、伍禾、夏衍、柳亚子、宜闲。

又，本书1943年初版未见，据俞元桂等编《中国现代文学总书目·散文卷》，知识产权出版社2010年版，第317页。又据陈建功主编《唐弢藏书·图书总录》，文化艺术出版社2010年版，第190页。

④ 信件参照谱后《王鲁彦书信辑录》。

1月28日，致信自己过去的学生华新，谈及自己现在的病况。①

2月16日，写信给蹇先艾，谈及自己的身体状况，蹇先艾亦曾去信安慰。鲁彦信中曰："……弟久病不愈，每日卧床时间居多，近复忽患喉症，喑哑已有一月有余。医云系结核病，须长期疗养，苦恼之至！……"②

约2月中，写信给茅盾透露胸中苦闷，谈及身体病状，茅盾曾"汇款补其医药费"。与此同时，茅盾也积极参加了"文协"稍后组织的救济贫病作家的活动。③

3月15日，《文艺杂志》第2卷第3期增大号出版。本期刊载有端木蕻良的长篇小说《科尔沁旗草原》（第二部）。端木蕻良称小说是在鲁彦的不断催促下才得以陆续写就——

> 《文艺杂志》在当时说来，发行量是较大的一个刊物，发行面广泛，普遍得到文艺界的重视，也得到进步力量的支持。
>
> 《文艺杂志》出版证上登记的名字就是鲁彦夫人覃英。鲁彦在信上和口头约了作家们写稿之后，经常要覃英出面催稿，覃英同志总是含着亲切的笑容向作家登门索稿，她有着湖南人的认真不苟的性格，人们都乐于和她相处。
>
> 鲁彦早就知道我的长篇小说《科尔沁旗草原》还有第二部没有着笔，就一直鼓励我把它写出来。虽然，那时我身体很坏，心情尤其不好，但他热情地说："你能写多少就写多少，每期登一点也可以，只要你肯写就行。"当我答应下来时，他笑得那么愉快，如同是他自己完成一部长篇一般。他还要天翼写了力作《金鸭帝国》，他含着最大的喜悦，把这两部作品推荐给读者。天翼身体也不好，所以他还不放心，对覃英同志说："你亲自到天翼和端木那儿去，要他们一定写！"
>
> 我终于开始写《科尔沁旗草原》的第二部，这和鲁彦的鼓舞是紧紧联在一起的。正当我身体很差的时候，要我扛起一个长篇担子，是否能兑现，实在难说。一旦交不了卷，可对不起鲁彦夫妇一片好意。但是，想起鲁彦那纯朴的笑容，我勇气就来了，决定写下去，虽然后来，因战火烧到眼前，加上大病，我没有能够把第二部写完，但这，如果没有鲁彦夫妇的热情的浇灌，这少数的几章，也是不会出现在人世间的呢！④

3月28日，《东方日报》刊出鲁彦已经逝世的消息。

> **鲁彦传已逝世**
>
> 这里为读者报告一个新消息：这消息是沉痛的，小说家王鲁彦已经逝世了，逝世是为了病。王鲁彦的身体原很弱，近年以奔走各地，是更加地疲劳了，自去年由浙江转至福建某县——好像是他的家乡，便办了一份小小的文艺刊物，可是为了纸张缺乏，并不经常出版。他在战后，写小说很少，不过文化工作却很致力，王鲁彦是很有热情的。
>
> 他于世界语很有研究，所以因通信关系，得到不少同志。这次的死，恐怕世界语学会还要为他发消息的。

---

① 此信初载卫民编：《当代作家书简》，桂林普及出版社1943年7月版，关于此信的相关考辨参见张朕：《王鲁彦佚信六通及其他》，《新文学史料》2021年第4期。

② 蹇先艾：《悼王鲁彦》，《文讯月刊》第6卷第2期，1946年2月15日。

③ 信件参照谱后《王鲁彦书信辑录》。

④ 端木蕻良：《忆鲁彦》，《端木蕻良文集》第7卷，北京出版社2009年版，第318—319页。

4 月 15 日,《东方日报》再次刊出消息《鲁彦并未逝世》,予以辨证。

鲁彦并未逝世

老作家王鲁彦,上月传闻有逝世之说,使文艺界上人士无不惋惜,因为鲁彦于我国新文学上贡献甚多,所写之小说亦甚为北方文艺青年欢迎,今悉鲁彦并未逝世,现安居桂林,主编《文艺杂志》,特为关心鲁彦者告。

约 4 月,致信王西彦,谈及病况及出版近况,迫于桂林物价,打算到湖南小住,向王西彦询问湖南物价。①

约本年春末,彭燕郊与端木蕻良曾前去探望鲁彦。彭燕郊回忆:

1942 年春末的一个晴朗日子,我跟端木蕻良一道到西门外一个小村子里去看他。那间空空荡荡地上洒满石灰的小屋,一张用木板架在板凳上的床铺,一只放着药瓶和茶杯的四方凳子,再加上床边的痰盂。此外,再没有第四样东西了。不知怎的,一开始就给我们以凄苦的、压抑的感觉。

鲁彦前辈的肺病已经到了晚期,结核在扩散,已发现有肠结核,好像咽喉部分也有病变,他已经说不清楚话了。真不忍去听他那低低的沙哑的语声了。当端木向他说着安慰的祝福的话的时候,我只是集中力气来强制自己不流出眼泪来。在覃谷兰夫人那种忧虑的沉重的心情面前,我感到我软弱、无力,面对这个不正的世界的愤恨更使我说不出话来。

……

鲁彦前辈的病,又这样拖了一年多。在这期间,邵荃麟同志曾多次去探望他,并尽力从各方面帮助医疗。文协桂林分会也尽可能进行协助,文艺界在 1942 年冬发起了为鲁彦治病的募捐……②

4 月 25 日,致信靳以,谈及病情以及邀请王西彦来协办《文艺杂志》之事。“你的稿费二百多元,我擅自借用了,至今还不出,盖穷困太甚也。西彦最近或可来桂,当叫他给你寄稿。什么事我很少精神亲自处理,拟请他来帮助,希望你即有稿寄来。我自己总得病好了才能写文章给你。”③此信现存手稿,是鲁彦写在文艺杂志社的稿纸上。

约 4 月底或 5 月初,致信给王西彦,拟作长期休养,将杂志编务交给王西彦。④

约 5 月下旬,在一个雨后深夜,王西彦到达桂林,暂住鲁彦家里。鲁彦卧病在床,但依然相谈甚欢。两人谈及刚从上饶集中营释放出来的冯雪峰、杂志的出版以及鲁彦病情,其后王西彦则负责《文艺杂志》的编务,和侨兴出版社等书店经理交道,文艺杂志社与侨兴出版社之间的关系颇为微妙,出版社内部状况也极其复杂,杂志出版难以为继。鲁

---

① 信件参照谱后《王鲁彦书信辑录》。

② 彭燕郊:《那代人:彭燕郊回忆录》,花城出版社 2010 年版,第 288—289 页。按,按照鲁彦病情的实际情况来看,彭燕郊回忆录中所说的 1942 年春末去探望鲁彦并不确切,时间当在 1943 年春末。另,彭燕郊说文艺界在 1942 年冬为鲁彦病情发起募捐也不确切,实际是在 1943 年冬。彭燕郊在回忆录中另一处写道“1943 年下半年桂林文化界就发起为救治鲁彦募捐”(《那代人:彭燕郊回忆录》,第 285 页),较为确切。由此也可知彭燕郊探访王鲁彦的时间当在 1943 年。

③ 此信手稿由蔡东详细释读,参照蔡东:《为中国文化作诚朴之耕耘——王鲁彦致靳以一封书信手迹考释》(未刊稿)。

④ 信件参照谱后《王鲁彦书信辑录》。

彦此时则病情再度加重，进入医院，不仅医药费没有着落，家中尚缺买米钱，于是辞退女工、孩子辍学，生活极为拮据困窘。在此过程中，艾芜也出力甚多，经过多方辗转交涉，确定将杂志第二卷五期转由三户图书社出版，第六期稿件也由王西彦编好送审。后来王西彦也重病，前往湖南，杂志事项名义上任由鲁彦负责，实际上重担落在了艾芜身上。

曾敏之也曾协助编辑《文艺杂志》，其回忆：

> 我永远不会忘记，当我手持复旦大学语言学教授乐嗣炳的推荐信去到桂林的次年，我在一间医院里见到了王鲁彦先生。
>
> 王鲁彦半躺在病床上，床头堆的是《文艺杂志》稿件，他是在扶病主编这个大型刊物，把审阅稿件带到了病床上的。
>
> ……
>
> 我很早就读过王鲁彦的代表作《柚子》，因此在医院见到他的时候，很容易沟通思想感情，他了解我的经历之后，就以轻弱的声音对我说："来吧，来帮我跑腿，跑印刷厂，向作家约稿，你一边可以写东西。"
>
> 王鲁彦的夫人覃英大姐十分慈祥，她也鼓励我做《文艺杂志》助理编辑，她说这个大型刊物是西南大后方最有影响力的了。"只是经济困难，还不能给你较好的工资，只好大家挨苦了。"
>
> 《文艺杂志》当时的处境确是艰困，三户图书公司原来签了对《文艺杂志》承担印刷、出版、编辑、稿费的责任，可是刊物出版了，出售所得入了三户的钱袋，对应发给王鲁彦的编辑费和作家的稿费却拖着不发，这就影响了王鲁彦的家庭生计，也影响了他治病所需的药费。三户图书公司对他的刻薄，也令他多了一重气愤。他患的是严重肺病，这种病在三四十年代还无特效药可医的，只能依赖安静地疗养、清新的空气以舒缓病情。……我也因生活不可能依靠助理编辑的微薄工资维持，得到陈凡的推荐、《大公报》总经理胡政之的青睐，加入《大公报》做记者而离开《文艺杂志》。[①]

8 月 10 日，署名"影侦"的作者在《新生月刊》第五卷第八期发表消息《张天翼・鲁彦：贫病交加》，称："张天翼近在宁乡抱病，其夫人在致女作家彭慧函中称，天翼所患系初期肺病。桂林文协会员已发起募捐慰问。最近又有患大病不起说，各方正在筹谋救济中。在桂林主编《文艺杂志》之王鲁彦，近亦在桂林卧病，病势甚剧。按《文艺杂志》，内容精彩，销行甚广，在西南各省中，销数实较茅盾主编的《文艺阵地》为大。该刊经常执笔者，有巴金、茅盾、张天翼、胡风诸人。"

9 月，鲁彦翻译的显克微支的小说结集为《老仆人》，由桂林文学书店出版，"翻译丛刊"之一，内收短篇小说七：《老仆人》《乐人扬珂》《天使》《泉边》《宙斯的裁判》《光照在黑暗里》《提奥克虏》，文末附有鲁彦作的《显克微支及其著作》，交代显克微支生平及入选的各篇作品样貌，印数三千册。

约在 10 月，鲁彦由桂林前往湖南茶陵休养。《文艺杂志》的编务已经全权交给端木蕻良负责。覃英接受茶陵二中的聘书，在校中教书；三个较大的孩子也送进了湖南难童保育院。

端木蕻良记载鲁彦将《文艺杂志》委托给自己的经过：

---

① 曾敏之：《文人纪事・王鲁彦尽瘁文学事业》，江苏文艺出版社 2007 年版，第 148—149 页。

他们几次找荃麟同志，提出几个方案来商量。商量结果，荃麟同志同意由我代鲁彦来编辑《文艺杂志》。鲁彦和覃英都高兴地来找我作了最后决定。

现在的青年朋友们，也许不知道那时一个出版证是多么难得。如果鲁彦须要弄到一笔钱来医病，他只要把这个出版证出让就可以得到一笔可观的代价。但是鲁彦不是把编辑刊物作为个人的事业，而是作为人民事业的一个组成部分。所以，他才找荃麟同志，征求他的意见。

荃麟也和我谈过这件事，我的健康情况也不算好，但我毕竟比鲁彦小几岁，我便说："如果必须这样的话，我是可以做的。"

鲁彦得到这个消息，他立刻要覃大姐约我到他家里，把整个过程都对我讲了。

我到鲁彦家时，感到吃惊的，是鲁彦消瘦得厉害！突然，我心中私自说，不能让他留在桂林了，到家乡的农村里去，也许还可以有养好的希望。当然，我还不知道那时的茶陵地方是那么闭塞，连最起码的医疗条件也没有……不过彼时的肺病，是没有特效药的，几乎都靠空气疗法……

鲁彦告诉我："我的心愿，就是要把这刊物编下去，不使它夭折，其他要求，什么也没有。你认为可以的话，把主编的名字，改为你的也可以。我和覃英都表示同意！只要把刊物维持下去。"

我说："不，仍然用你的名字。我说一句不该说的话，如果你有什么不幸，这个刊物只要存在一天，也还用你的名字。我对你的要求，就是能安心养病，把病养好了要紧！"

本来，鲁彦是躺着的，这时，他从床上下来，走到床前，他瘦削的脸映着窗外的阳光，阳光照出他的微笑。①

彭燕郊谈及邵荃麟时也称："鲁彦去世前，曾申请将他主编的《文艺杂志》迁重庆出版，他托荃麟把杂志办下去。正好吕荧有一个西南联大同学，毕业后在重庆经营'人生出版社'，愿意出版，于是荃麟在重庆编起了杂志。"②

10月16日，致信王西彦，谈及自己的病况及杂志事宜。③

11月，托人到难童保育院接回两个孩子，病情因医药缺乏而加剧。

12月，在《图书印刷月报》第一卷第二期，十月份全国新书推荐，其中有王鲁彦翻译的显克微支的《老仆人》（文学书店出版），介绍为："显克微支对于我们已不生疏，他的《你往何处去》，早就介绍到中国了。这是他的短篇集，这里面所选译的《老仆人》《乐人扬珂》《泉边》，都是他的最有名的作品。读了显克微支的小说，我们可以知道他是最能探得人生的痛苦，烦闷，忧郁，悲哀——心的深处的，但他又能从绝巅转过来，使失望变为希望，悲观变为乐观，痛苦变为甜蜜。显克微支自己曾说过，他做小说原是要给人们以安慰。"

5月20日，《文艺杂志》第二卷第四期载有文化消息《关于张天翼、蒋牧良、王鲁彦先生病况的报告》，全文为：

为了答复许多朋友和读者关切的询问，我们现在将本刊二位作者和编者的病

---

① 端木蕻良：《忆鲁彦》，《端木蕻良文集》第7卷，北京出版社2009年版，第319—320页。

② 彭燕郊：《荃麟——共产主义信徒》，《邵荃麟百年纪念集》，文化艺术出版社2006年版，第144页。

③ 信件参照谱后《王鲁彦书信辑录》。

况，在这里作一点报告：

（一）张天翼先生　他自今年二月二十六日起，每晚临睡前常常咯血一二口，至今未愈。医生说是肺病。因住在湖南的一个小城里，交通不便，又因体弱困于行动，不能到医药设备较齐全的地方诊治。惟据最近消息，精神已稍佳。

（二）蒋牧良先生　他去年曾病了八个月，今年又病了许久。最近来信说，常常喘气得厉害。信没写完，又喘气了。医生说是心脏衰弱，他在湖南的一个乡下，吃一点中药，每剂也竟贵到七八十元，很为难。

（三）王鲁彦先生　近两年来他行坐都不便，以前患直肠周围溃烂症，用手术八次，皆未痊愈。今年一月初忽然咳嗽，发热喉痛，喑哑同时发作，X 光透视，两肺尖阴暗不明。医生说是肺结核兼喉头结核，近来他的病象渐渐减轻，精神好了许多。只是喑哑已有四个月，说话异常困难，喉痛也还时常发作。

文志编辑室　五月十日

12 月 10 日，徐贤在《杂志》复刊第十七号，第十二卷第三期发表通讯《桂林的作家群》，内中报道了王鲁彦、艾芜、穆木天、田汉、巴金、金仲华等人的近况，其中对王鲁彦的报道是《王鲁彦肺病沉重》，谓：

来信要我报告一点文化界的情形，和作家生活，这自然不好意思推却，不过桂林文化界，不久以前固然盛极一时，现在则已有今非昔比之感，原因很多，纸价和检查是一个问题，文化人的生活不能解决，有的流于消极，有的远走他乡，也是一个问题。最近访问过几位留在此间的作家，知道他们一点实际的生活情形，也许是上海的读者所关怀的吧。

最先往访的，是《文艺杂志》总编辑王鲁彦，现住西门朱紫巷。他身体很消瘦，满脸胡髭，声音喑哑了。我心里不禁惊奇。一年多的贫病生活，使他仅留下了一付皮和骨头。杂志在飘摇中，编辑费的收入，也绝不足以维持一家五口。医药费自然更不在话下了。王太太虽然在松坡中学教书，也依旧不能使一家人脱离饥饿线的生活。

王氏以低哑的声音告诉笔者说“病是这样重，却又穷到无法医治，生命只好听命运支配了。因彦虽曾来担任过《文艺杂志》的编辑，但因为不能维持生活，终于离开了”。他的肺病程度已经很深。①

1944 年（民国三十三年）　四十三岁

1 月 11 日，《扫荡报》（昆明）副刊“文化线上”刊出文艺消息：“鲁彦去湘养病，《文艺杂志》由端木蕻良代编。”

---

① 此处在报刊上署名的“徐贤”当为曾敏之，曾敏之其后将有关桂林作家群的走访印象合为《桂林风雨与文人》，较之报刊初次登载的内容稍有变化，但大体不变。如关于鲁彦的记载为：“首先我看到《文艺杂志》的主编人王鲁彦。他住在西门朱紫巷，正有点乌衣巷口相逢的情调，他那憔悴的病容，满腮的胡子，喑哑的声音，不禁令我感叹地叫他一声：‘啊，你完全变了！’的确，这位老作家变了。一年多的病床生活，把他折磨得只剩下一把瘦骨。刊物在飘摇中。千元编辑费养活不了一家五口，医药费没有着落；他和太太虽然在松坡中学教书，但无法解脱饥饿的厄境。‘病得厉害，穷中无医药，生命只好让时间主宰。西彦曾来帮忙编过《文艺杂志》’，为了生活维持不下去，又走了’他沙哑而呛咳地低诉着，据他说，肺部的结核症已经很重了。”参见曾敏之：《桂林风雨与文人》，《桂林文史资料》第 4 辑，中国人民政治协商会议 桂林市委员会文史资料研究委员会编，1983 年版，第 114 页。

1月14日,《扫荡报》(桂林版)刊出消息《王鲁彦病重,友好代筹医药费》,为王鲁彦筹款。这条消息又以《桂文化界发起募捐名作家王鲁彦医药费》为题刊于1月22日《南宁民国日报》。消息谓:

[本报桂市讯]《文艺杂志》编辑人王鲁彦,尽力文学运动,已二十余年,自患肺病,于去年九月,入湘养病后,生活艰苦,以至近日病势加重,现到衡阳医治,桂市友好,端木蕻良、柳亚子、熊佛西、向培良、高凤仪、田汉等特为发出启事,代筹医药费。急盼王氏知好,共襄义举,闻款由端木蕻良代收云。

1月15日,《大公报》(桂林版)刊出消息《王鲁彦医药费桂文化界发起募捐》,介绍了桂林文化界为王鲁彦募捐医药费的情形:

名作家王鲁彦年来贫病交迫,最后肺结核复又转剧,现留医衡阳,情况困苦万分,桂市文化界闻讯后,特发起筹捐医药费,一时响应者颇见踊跃,昨日由端木蕻良经手募得一万元,计端木蕻良本人捐二千元,开明书店二千元,三户图书社二千元,良友图书公司一千元,聂守先一千元,周鲸文一千元,熊佛西五百元,司马文森五百元。以上各款汇于昨日托交本报代为汇□。

1月上旬,千家驹在知道王鲁彦卧病桂林后曾与田汉等联名发起募捐。"当他惊悉作家王鲁彦卧病湖南茶陵,无钱医治时,他即与田汉、端木蕻良、熊佛西、金仲华、王西彦、陆联棠等联名发起募捐,在《广西日报》上刊登了词真语切的数百字《募款小启》。"①

1月,上海自强书局出版巴金等著的《现代杰作小说选》,标题下标出的作者为"巴金、鲁彦、欧阳山、周文",为"文艺大系"之一。内收欧阳山、周文、巴金、萧红等十七篇小说,鲁彦的《我们的学校》入选。

2月1日,《新华日报》"东南西北"专栏刊出文化消息,谓柳亚子、端木蕻良等为鲁彦发出启事,代筹药费。原文为:"作家王鲁彦,入湘养病后,因为生活困难,病势一天天加重,桂林文化界的柳亚子、端木蕻良、田汉、熊佛西等,特发出启事,代筹医药费。"

3月4日,姚隼在《联合周报》发表《施舍和援助——王鲁彦之病有感》,慨叹文化人的贫病遭遇,文末称此文稿费捐助王鲁彦医药费。同时在该期"文化消息"栏也报告了鲁彦病况,谓:"名作家王鲁彦年来贫病交迫,最近肺结核复又转剧,现留医衡阳,情况困苦万分,桂市文化界闻讯后,特发起筹捐医药费,一时响应者颇见踊跃,《大公报》发起募捐,端木蕻良经手募得一万元,计端木蕻良本人捐二千元,开明书店二千元,三户图书社二千元,良友图书公司一千元,聂守先一千元,周鲸文一千元,高士其一千元,熊佛西五百元,司马文森五百元。"

3月18日,《联合周报》刊出《慰劳王鲁彦等作家,援助万湜思的家属》的启事,称本报自今日起举行照片展览募捐:

慰劳王鲁彦等作家,援助万湜思的家属

本报今天起举行照片展览募捐

近年来文化界人士贫病交迫,名作家王鲁彦、张天翼,戏剧家蔡楚生均患肺病,木刻家万湜思竟因肺病逝世,本社□定于本月十八、十九两日,假民权路参议会举行

① 魏华龄、李建平主编:《抗战时期文化名人在桂林》,漓江出版社2000年版,第419页。

第一次中外时事照片展览会，入场券每张国币二元，以券资所得，捐助王鲁彦、张天翼、蔡楚生三先生医药费及万湜思先生遗孤教养费。承蒙福建省党部委员黄坚、曹挺光，图审处长周世辅，中央日报社长林炳康，中央通讯社福州分社社长袁振宇，大成民主报联合社社长朱宛邻，改进出版社社长黎烈文热心赞助，福建省党部宣传部惠借照片四百余帧，均系最近由渝运到，预料观众必甚踊跃。本社并准备慰劳信四封，欢迎观众签名，会后随同捐款分寄王、张、蔡三先生及万先生家属。

名作家王鲁彦，患肺结核病日重，现在湘诊治，贫病交迫，桂林文化界人士金仲华、王西彦、柳亚子、千家驹、向良培等，为王氏筹集医药之费，《大公报》亦曾发起募捐。

张天翼先生为我国杰出童话作家，去年因操劳过度，致患肺病，经过几个月的疗养，病势已好转。不过在口沫里有时还夹着血丝，在太太扶持下，他常常在室内或庭园漫步。他现在受不起风寒，否则咳嗽便要加剧，同时他也吃不得刺激性的食品，否则也会影响到病势的。他是湖南湘乡人，辣子在食品中是必备的，如今他已免掉了。但要恢复健康，还须经数月的疗养。

蔡楚生先生为中国进步戏剧家，曾导演《渔光曲》《迷途的羔羊》《孤岛天堂》，获得国际荣誉。最近因写作《自由港》，用过极大功夫，以致咯血，现在桂林广西医学院附属医院诊治。

万湜思先生，为年青的木刻家、诗人、世界语者，去年在浙江缙云逝世，身后萧条，其夫人朱湘怡女士，现任教缙云县立简易师范，遗有两子，无法教养，万湜思先生给我们留下许多珍贵的稿本画册，然却无法解决其家属生活！……

3 月 19 日，文协桂林分会召开第五次会员大会，由田汉致词，对文协一年来的工作进行总结，并改选理事。三月二十日，《大公报》(桂林版)刊有消息《桂林文艺协会昨开会员大会》予以报道：

(本市消息)中华全国文艺界抗敌协会桂林分会昨日下午一时在社会服务处举行会员大会。到市府代表暨全体会员共百余人，由田汉主席致词，对文协一年来工作加以检讨，并说明此次改选理事情形及今后文艺工作者积极之任务。嗣由李文钊分研究、组织等部门作扼要之会务报告。并有柳亚子等演说，柳谓目前正有人提倡中国本位文化，中国本位文化最高之释义为重气节，士可杀而不可辱，丁兹世乱时艰，文人做人实应以此为服膺之准则。语短义深，发人深省。继即选举及讨论提案，通过“设立西南文艺工作者联谊部”“响应当前宪政运动”“与印刷界书业界加强联系”“向文协总会建议改端午节为文学节”“出版定期会刊”“编印文艺年鉴及丛书”“恢复文艺讲习班”“加强与国际友人联系介绍优秀作品出国”等重要提案共十余件。改选理事结果，田汉、欧阳予倩、艾芜、李文钊、柳亚子、周钢鸣、巴金、胡仲持、韩北屏、孟超、司马文森、邵荃麟、黄药眠、秦似、宋云彬、熊佛西、骆宾基、端木蕻良、穆木天、蔡楚生、瞿白音当选理事，洪遒、伍禾、王鲁彦、王西彦、陈闲当选候补理事。大会迄五时闭幕。

3 月 21 日，《福建日报》刊出消息《刘主席赠金万元援助贫病作家》报道福建省主席为王鲁彦、张天翼、蔡楚生以及万湜思遗孤募捐之事：

[中央社永安廿日电]此间《联合周报》，为援助贫病作家，前昨两日，在此举行中外时事照片展览，观众极形踊跃，除门票收入外，各界人士，尤多捐赠。省府刘主席亦特赠一万元，两项共□二万元，此外该社筹有慰念信四件，观众当场签名者极

众，最后即由该社分别寄赠作家王鲁彦、张天翼、蔡楚生、故木刻家万湜思之遗孤。

3月21日，《扫荡报》（桂林）"桂市零讯"刊出消息"本市文学书店出版之王鲁彦小说集《家鸽》，原由集美书店经售，现因合同期满，已改由文化供应社发行"①。

3月25日，《联合周报》刊出为王鲁彦、张天翼、蔡楚生募集医药费以及为万湜思遗孤募集教养费的启事公告，将征得的募捐款项一一公布：

本报公开募集王鲁彦、张天翼、蔡楚生三先生医药费及万湜思先生遗孤教养费启事

敬启者：王鲁彦、张天翼、蔡楚生诸先生均为我国杰出之文艺作家，抗战以来，对于鼓舞人心发扬士气，均有特殊贡献，近来因工作过度，致患肺病，医药无着，生活困难；万湜思先生为青年诗人及木刻家，对于木刻及诗歌运动亦有相当功劳，去年因肺病逝世，身后萧条，遗下两子，无法教养，凡我社会人士，岂能熟视无睹？本报为表示对文艺工作者之敬爱，并促起社会上之同情援助起见，特发起募集王鲁彦、张天翼、蔡楚生三先生医药费及万湜思先生遗孤教养费，除举行中外时事照片展览会将所有收入捐助外，并公开征募，尚希各界人士及本报读者，踊跃解囊，共襄盛举。

本报募集王鲁彦、张天翼、蔡楚生三先生医药费及万湜思先生遗孤教养费征信启事

本报发起募集王鲁彦、张天翼、蔡楚生三先生医药费及万湜思先生遗孤教养费，承蒙各界人士热心赞助，慷慨解囊，已先后交汇，兹特将捐助人士芳名列后，以资征信。计开：

刘建绪先生一万元，《中央日报》《大成民主报》各一千元（指定为广告费），《联合周报》一千元（指定为会场用费），陈原、袁振宇先生各四百元，钟川如先生三百元，庞德身、高宝善、沈铼之先生各二百元，王传度、赵体真、周璧、胡资周、□稼农、李楚才、周显谟、梁莺倪、小王、陈维善、谢爱夫、陈纪、黎烈文、许粤华、欧化群、刘独峰、蒋海溶、余云、林□民、钱斌夫、陈权、郑庭椿、无名、萧面化先生各一百元，□麟书先生六十元，郑行亮、何宝□、□开福、张君□、林亿□、高□芗、孙职、俞建之、陈文华、林启椿、林希谦、赵□欣、彭寅、沈嫄璋、叶康参、郑行飞、林葆菁、高植洲、吴举、李达仁、张逢时、徐祖年、陈和生、池铤、魏□鉴、庄家惠、刘永□、李展筹、陈平、李世杰、俞棘、沈冰君、沈志信、蒋先生、陈维汉、严先生、刘小曾、王庆浩、黄先生各五十元，吴志英先生四十元，姚隼、吴先生四十元，无名氏三十五元，王学明、颜先生、林先生三十元，陈古夫、叶公胄、李宝□、陈樵、姚景□、刘国琅、方康年、欧阳□、单农、林庆章、吕□祥、谢涤云、李玉、王玉书、熊开化、池勉成、孙文元、谢成枝、陈敬思、杨西皓、田□珺、朴志中、陈先生、李裔昭、曹志卿、张天行、廖大增、陈子鸣、姚守年、郑寿荣、戴浩、洪先生、顾秀英、陈乐民、童先生、许先生、吴钟□、无名、林先生、谢先生、李先生各二十元，郑□祥先生十七元，□树华、金先生各十六元，周先生、林先生、戴先生各十五元，杨启明先生十四元，高荫栋、庄文树、杜英农、周伟杰、陈□卿、李□彬、薛励青、王亚文、林尚武、刘宇孙、谢□金、李先生、黄先生、侯建威、熊透、童宝□、陈扬、周先生、杨人澄、姚洁人、谢一峰、郭华鼎、施宇、陈□谋、李先生、叶先生、无名氏、苏先生、杨先

① 按，该小说集未见。

生、林葆光、潘先生、章伟□、林先生、倪先生、陈先生、于先生、颜先生、华先生、□坡、陈诚之、林先生、不名、陈□明、陈先生、黄先生、李镇、郭可京、贺庆、刘先生、许先生、林先生、黄绍勉、何先生、余□、王先生、顾先生、孙先生、张天开、胡□渊、乐先生、言先生、华先生、杨先生、高明、杜子明、张志□、周先生、叶先生、无名、李先生、王先生各十元，李广才先生七元，刘先生六元，高朝栋、陈鹿祥、吴先生、廖显明、赖实之、□璋、朱先生、熊先生、陆先生、王先生、黄先生、周先生各五元，郑先生四元，杨元□先生二元。

时事照片展览会门票售出七百七十张共二千四百元，总共二万三千五百七十二元正，除《中央日报》《大成民主报》及本报捐款已指定用途外，实收二万另五百七十四元正。

与此同时，《联合周报》还刊出有《万人签名的慰问信》，分别为《致万湜思夫人朱湘怡女士》《致王鲁彦先生》《致蔡楚生先生》《致张天翼先生》，表达慰问之意，亦多勉励之词："我们这一些男的，女的，老的，少的，虽然和先生素不相识，但都曾经受到过您伟大人格的感召，在您灼热的情感里，把整个生命熔化过的。您的笔触，曾经抚摸过我们的创痕，您的言词，曾经启示过我们的前途，我们之间的灵魂，已经很相熟，很相熟了，心与心拉紧在一起，不是从今天才开始的。"4 月 18 日，覃英致信给《联合周报》的编者，答谢此前为鲁彦筹措捐款事，并报告了鲁彦病中情形。①

5 月 13 日，《联合周报》第十五号载《本报停收援助作家》的消息——

本报停收援助作家捐款

捐款三万余已分别汇出

热心捐助者请直接寄交

本报自三月间发起募集王鲁彦、张天翼、蔡楚生三先生医药费，及万湜思先生遗孤教养费，承蒙各界人士踊跃解囊，截止本日止，已收到三万一千四百九十四元正，除《中央日报》《民主报》各捐一千元指定为广告费，本报捐一千元为时事照片展览会布置费外，实收国币二万八千四百九十四元正，已于四月七日由交通银行分别汇寄万湜思夫人六千二百三十四元，王鲁彦先生五千另四十元，张天翼五千一百二十元，蔡楚生先生五千元（其中畸零之数系捐款人指定）。五月十二日汇交王鲁彦先生、万湜思夫人各二千五百五十元，张天翼、蔡楚生各一千元，现在暂告结束，以后如社会人士热心捐款者，请径汇湖南茶陵省立第二中学王鲁彦夫人覃谷兰女士，桂林七星岩省立医学院附属医院病房蔡楚生先生，湖南宁乡民国学院张天翼先生，浙江缙云县立简易师范学校万湜思夫人朱湘月女士收，较为便捷。

5 月底至 6 月初，湘北战争爆发，长沙迅速失守。七月，日军逼近茶陵。王西彦在五月初即重返湖南乡间，湘北战争后转移到茶陵，一到茶陵随即探望病中的鲁彦。后来鲁彦决定冒险冲过衡阳，到桂林，曾托王西彦帮忙。

在鲁彦养病期间，覃英曾发电报给在上海的友人雨田，托其帮助采购一种药剂，"就在湘北战事发生的不多几天前，我还收到鲁彦夫人打来的一个电报，说鲁彦病危，嘱我采访一种注射的药剂。我明知在邮递困难到万分的目前，纵令买到了也不易寄去，而鲁彦的病躯，恐怕也不是少数的药剂所能挽救的。可是从那电报，可以想见愈到最后，病者对于（生）的意念一定愈加执着，因此我便决心替他觅购。可是还没有得到一点结果，敌人

---

① 两信及其内容参照张朕：《王鲁彦佚简六通及其他》，《新文学史料》2021 年第 4 期。

却已乘着破竹之势，直取衡阳，报载鲁彦他们所住的地方，也受到了敌骑的蹂躏，邮路中断了，连覆电都没法发递。在所有颠沛流离的苦难人群中，最苦的怕莫过于鲁彦一家了吧？病得难以动弹，又没有钱，还有一群孩子，真不知他们将如何逃过这次灾难！”①

6月28日，文化界抗敌工作协会在艺术馆举行成立大会。

7月初，由湖南抵达桂林，途中环境亦十分恶劣，到桂次日，邵荃麟曾去探望。邵荃麟事后回忆了鲁彦到达桂林后的情形及逝世后的相关状况——

> 鲁彦是七月初抵桂的，到桂次日，我去看他，觉得比去年坏了很多，瘦得不成样子，喉头患了结核，说话很不容易。他告诉我，杂志（《文艺杂志》——编者）上了人的当，弄得十分混乱，非常懊悔……
>
> 鲁彦到此时，只剩九百元，情形极其狼狈，他的病因此次路上太辛苦——走了十二天，在敞车上睡了四天四夜——便突然变严重。当时朋友们替他筹募了二万元请医治疗，后来又电你们设法，得到“文协”援助贫病作家基金的接济后，才算把他送入医院。但因针药太贵，几乎天天要找钱应付。到了七月十七日下午，病势突呈危象，即晚，他太太跑来找我，我次晨去看他，已不能言语，身体瘦得皮包骨头，宛如骷髅，叫人惨不忍睹！但他仍极力希望活下去，叫医生替他打葡萄糖……次晨，我正要去看他，到了半路，报丧的已经来了。我立即电“文协”总会请拨治丧费，一面由书业公会募了两万元，总算把丧事料理过去了。在我到医院以前，连入殓的衣着都无钱购买！一个文人下场如此悲惨，尚复何言！
>
> 殡仪已于前晨举行，尚壮严肃穆，文艺界到的约六七十人。现安葬在星子岩前面，墓碑及墓志铭尚待请人撰书。……将来尚请“文协”总会替他募集一些子女教育基金。……②

当时也在桂林的彭燕郊事后读到邵荃麟的这封信，对于信件的内容有所解释和补充——

> 鲁彦抗战初期到桂林，先在学校里任教，1942年初开始主编《文艺杂志》，1944年3月因大疏散停刊，是当时桂林内容最充实，风格最严肃，最受读者重视的文学杂志。鲁彦的病，1943年开始转剧，肺结核无药可治，盘尼西林（青霉素）刚发明不久，被日寇封锁的中国极难得到，极少数用不知什么方法流进来的比金子还贵，连不是药物只能算是保健品的鱼肝油都是奢侈品，1943年下半年桂林文化界就发起为救治鲁彦募捐，因为买不起也买不到特效药品只好眼巴巴地看着病情一天比一天恶化。1944年初他把杂志交给端木蕻良主持。端木有他的志趣，编出来的那一期让重病中的鲁彦看了大失所望，就是荃麟信里提到的“上了人的当”，“非常懊悔”。③

---

① 雨田：《悼鲁彦》。

② 荃麟：《关于鲁彦的死及其他——〈青文〉书简》，《青年文艺》第1卷第3期，1944年10月10日。按，邵荃麟此信作于8月26日，而鲁彦病逝于8月20日，信中所称“到了七月十七日下午，病势突成危象”，此处的7月17日当为8月17日，不知是邵荃麟当时笔误还是《青年文艺》编者笔误，将此时间误判。邵荃麟在致以群的信中说“鲁彦到此，只剩了九百元，情形极其狼狈，他底病因这次路上太辛苦——从湖南茶陵逃出，走了十二天，挤上由衡阳开出的最后一班火车，在敞车里无遮无盖，睡了四天四夜，病就突然严重了起来！……八月十七日，病势转入危境，次晨，我去看他，他已不能言语，身体瘦得皮包骨头，宛如骷髅，叫人惨不忍睹！但他仍极希望活下去……”，由此益可见，7月17日当为8月17日。见以群《悼鲁彦》，《新华日报》副刊，1944年9月3日。

③ 彭燕郊：《那代人：彭燕郊回忆录》，第285页。

7月,“文协”总会发起募捐救济贫病作家运动,到12月底宣布结束,前后持续将近六个月。文协总会在本年12月31日向全国发布《为宣布结束募集援助贫病作家基金运动的公启》,宣布终止这一运动。“文协”总会发出募集的通知后,文协昆明分会积极响应,向社会做出宣传后得到地方民众的热烈支持。期间即有地方院校学生慨于鲁彦的遭遇而频频向文协昆明分会致信。“又石屏师范学生自治会来函云;我们中国新文学运动还在拓荒时期,现有的这些作家是不知用了多少斗争、牺牲、失败才培养出来的。鲁彦先生的死,已使我们遭受了无可补偿的损失了,我们再不能因贫病而失去其他的作家!作家是我们的!如果我们不去关心他们,那还会有谁呢?这里的一万八千二百元,是我们每个同学五元十元的凑起的,现在麻烦你们代转给文协总会,虽然杯水车薪,不能有什么作用,但是我们要借此大声地告诉社会,告诉关心我们国家的盟邦友人:我们青年学生是爱护作家、敬仰作家的!”①

7月19日,《扫荡报》(昆明)副刊响应文协号召,登载《援助贫病的作家们,快快救济文艺兵们》的消息,呼吁各界人士为援助贫病作家踊跃捐款。

8月1日,张天明在《华侨文阵》第4期特大号发表评论《鲁彦底〈野火〉》。

8月11日,席琪在《扫荡报》(昆明)副刊登载的“文坛消息”介绍文协关于援助贫病作家基金的发放——

> 中华全国文艺界抗敌协会发起募捐援助贫病作家基金已募得一批,上月三十日曾由总会集议决定,先汇张天翼万元,艾芜万元,王鲁彦万五千元。王病危急,张则受湘战影响,于病中逃亡湘边某地。

8月20日,鲁彦在桂林病逝,年四十三岁。约在此前,鲁彦病倒时,曾有人聘其为店铺“书札先生”,但鲁彦坚辞不就。“记得当他病倒的时候,桂林日报上曾写文请求社会救济,居然还有一位大老板大发慈悲,愿意转聘他为该老板所开之店铺内的‘书札先生’,据说还是‘待遇从优’,可是鲁彦偏偏不肯‘屈就’,竟至病死。”②

8月21日,桂林文协在广西省立艺术馆召开紧急会议,商讨王鲁彦追悼大会事宜。八月二十二日,《大公报》(桂林版)刊出消息《追悼王鲁彦筹备工作积极进行》予以报道——

> (本市消息)作家王鲁彦病逝桂林疗养院后,灵柩定今日上午七时出殡,暂葬于星子岩之阳,文化界人士及王氏亲友将往执绋。关于王氏遗孤之教养,将由桂林文协发动文化界尽力援助,其生前主编之《文艺杂志》,拟将交由全国文协总会继续出版,以一部分所得作王氏儿女教育之基金,昨日文协在广西省立艺术馆召开紧急会议,商讨追悼大会事宜,当即推定“王鲁彦先生追悼会”之发起人,并组织追悼会筹备会,选出欧阳予倩、陈纯粹、邵荃麟、钟期森、周钢鸣、魏志澄等为负责筹备人,进行筹备工作。

8月21日,《扫荡报》(桂林)刊出消息《作家王鲁彦病逝桂林,桂文艺界今日会集,讨论王氏身后事宜》,谓——

---

① 李何林:《回忆抗战后期的“昆明文协”和募捐救济贫病作家》,《李何林全集》第4卷,河北教育出版社2003年版,第459—460页。

② 俞林昌:《自乐集》,第79—80页。

[本报桂市讯]文艺作家王鲁彦,昨(廿)日午一时以肺疾死于桂林疗养院,王氏从事写作有年,蜚声文坛,年来主编《文艺杂志》,尤受一班爱好文艺者欢迎。此次战火遍湘,彼正卧养茶陵,携雏挈妇,历尽艰苦,辗转来桂,卒因旧病复发,委顿以逝。身后正由生前友好料理中。

[又讯]桂林文艺界定今日上午聚会,讨论王氏身后事宜。

8月22日,王鲁彦灵柩于晨七时出殡,桂林文化界人士前往吊唁。出殡前,举行公祭,欧阳予倩代表桂林文协致悼词,覃英偕子致答谢。八月二十三日,《大公报》(桂林版)刊出消息《王鲁彦灵柩昨日下葬,文协会举行公祭》予以报道:

作家王鲁彦病逝后,其灵柩已于昨晨七时出殡,桂林文化界人士前往执绋者约百人,出殡前曾举行公祭。在祭仪中,欧阳予倩代表桂林文协致悼词,语极沉痛。嗣由王氏妻儿致答谢礼,灵柩即移行,墓地在星子岩之阳。至追悼大会,筹备会定今晨开会,商讨进行事宜,各界如致送纪念礼物,将由大时代书局代收。

8月22日,《新华日报》载鲁彦逝世消息:

王鲁彦病逝桂林

(中央社桂林二十一日电)作家王鲁彦,年前患肺结核症,居湘疗养,后因湘北战局紧张,避地来桂,转入桂林疗养院疗治,因旅途劳顿,病况恶化,终于昨晨不治逝世,享年四十四岁。这里文协分会,正筹设治丧会,办理善后中。王氏遗孤,这里文化界也□□救济中。

8月23日,多家报纸转相报道王鲁彦逝世消息,计有:《南宁民国日报》刊出《作家王鲁彦在桂病逝》,《西京日报》刊出《王鲁彦病逝,文协筹备会请救济王氏遗族》,《西北文化日报》刊出《王鲁彦逝世》,《西康民国日报》刊出《王鲁彦逝世》,《扫荡报》(昆明)刊出《王鲁彦病逝桂林》,《中央日报》(昆明)刊出《作家王鲁彦逝世》,《贵州日报》刊出《作家王鲁彦病逝》,《扫荡报》(桂林)刊出《王鲁彦昨安葬》,《新疆日报》刊出《王鲁彦病逝桂林》。

8月24日,《新华日报》载桂林各界筹备悼念鲁彦消息:

桂各界筹备悼念王鲁彦
文协电唁王氏家属

(中央社桂林二十二日电)作家王鲁彦昨天逝世后,当即入殓,今晨出殡,暂葬桂林星子岩之阳。桂各界正筹备追悼中。

(中央社讯)作家王鲁彦在桂病逝,中华全国文艺界抗敌协会,二十三日特去电吊唁其家属。

是日,刊登王鲁彦逝世消息的尚有:《新疆日报》刊出《王鲁彦病逝桂林》,《阵中日报》(太原)刊出《作家王鲁彦病逝桂林》,《扫荡报》(昆明)刊《王鲁彦遗体出殡》,《西北文化日报》刊《王鲁彦出殡》。又,该日《扫荡报》(桂林)刊出《王鲁彦追悼会改期举行》的消息,告知读者延期原因——

[本报桂市讯]故作家王鲁彦先生追悼大会筹备会,昨(二十三)日上午九时假艺术□馆长室举行首次筹备会议,经议决:(一)原定二十七日举行之追悼会,因远

道王氏友好不及通知，改三十日下午一时假社会服务处举行。（二）各界及王氏友好赠送花圈、挽幛、对联或赙金及遗孤教养金者，由本报（中南路营业处）及大公报（正阳路西巷），时代书局（十字街口）等三处代收。

8月24日，吕剑在《扫荡报》（昆明）副刊发表悼念文章《难言的哀痛》。

8月25日，雨田在《改进》第九卷第六期发表悼文《悼鲁彦》。

8月28日，文怀沙在《新华日报》副刊发表悼诗《喝苦酒，悼鲁彦》，深切怀念好友鲁彦。诗末附有《编者启》，谓“今日本拟同时发表焦菊隐先生寄来的《哭鲁彦》一文，但没有得到刊出的可能，敬向作者读者致歉！”

8月30日，桂林文协同人在《广西日报》（桂林版）发表《悼鲁彦先生》，高度评价了鲁彦一生的文学业绩。①

8月30日，《大公报》（桂林）“桂市点滴”消息栏载“已故作家王鲁彦追悼会，定今日下午一时在依仁路社会服务处礼堂举行”。是日，《扫荡报》（桂林）也刊出消息《王鲁彦追悼会今日举行，地点假社会服务处》，谓：“已故名作家王鲁彦先生追悼会，定今（三十）日下午一时在社会服务处举行，王氏生前友好，希均莅会参加，连日筹备会收到各界送来之花圈挽联甚多云。”

8月30日，下午一时王鲁彦追悼会在社会服务处礼堂举行，到各界人士二百余人。追悼会由欧阳予倩主持并即席致辞，此后邵荃麟等亦曾演说。后覃英致答谢辞。八月三十一日，《大公报》（桂林版）曾刊出消息《桂市文化界追悼王鲁彦》予以报道——

> （本市消息）作家王鲁彦之追悼会，昨日下午一时假社会服务处礼堂举行，到各界二百余人。礼堂布置极为肃穆，中悬王鲁彦画像，左悬其创作年谱目录，并有王氏生平照片。各界致送之挽幛数十幅，大会仪式开始时首由主席欧阳予倩献花圈并即席致词，谓王氏毕生从事文学事业不因贫病而移去之精神备致赞佩，并勉文化工作同志逾加紧团结与努力藉慰其在天之灵。词毕继有杜间口来宾刘□□、邵荃麟等先生演说，词毕，即由王鲁彦夫人覃谷兰含泪致答词，谓因鲁彦之死，已减少生之勇气，唯抚养遗孤，以承死者遗志，则责有未完，今后当善尽未亡人之责以报答社会人士援助关怀鲁彦之至意。词毕大会迄三时始散。

覃英后来回忆：“鲁彦病逝时，日军已开始进攻桂林，桂林文协早已疏散，作家们大都前往柳州。但为鲁彦后事，他们又冒着危险重聚在桂林。邵荃麟、曾敏之、端木蕻良、司马文森等同志四处奔走，在报上刊登讣告，撰写悼文，发起募捐，救助遗孤。经过一番努力，文艺界的同志终于在四四年八月底的战火中为鲁彦举办了追悼会，记得参加者有二百多人，由邵荃麟同志致悼词。会后，桂林文协在七星后岩买下墓地一方，为鲁彦营葬，墓碑上刻着‘作家王鲁彦之墓’。”②

曾敏之曾参加鲁彦的追悼会，尚在病中的端木蕻良为鲁彦撰有挽联。曾敏之回忆——

> 我参加了为殓葬王鲁彦而筹募捐款的工作，参加了沉痛的追悼会，会后护送王鲁彦的遗体埋葬于七星岩下，立了一块墓碑，写着：作家王鲁彦之墓。葬礼进行时，

① 《广西日报》未见，此处据《王鲁彦研究资料》，知识产权出版社2010年版，第59页。

② 刘增人、陈子善：《鲁彦夫人覃英同志访问记》。

敌机空袭，爆炸之声隆隆，苦难备尝的王鲁彦也在苦难的祖国土地上长眠了！

记得端木蕻良时在病中，但是他撑着送走了王鲁彦，并引了蒲松龄的《聊斋自志》的话撰成悼念王鲁彦的一副挽联——

吊月秋虫，偎栏难自热，黑塞青林，君何竟去？

惊霜寒雀，抱树已无温，昏灯冷案，魂兮归来！①

得知鲁彦病逝的消息后，周恩来亦曾发来唁电慰问。覃英回忆："得知鲁彦病逝，敬爱的周恩来同志十分关注，亲自发来唁电，安慰家属，叮嘱要'善抚遗孤'，并请冯雪峰同志转送我们抚恤费伪法币一万元。周恩来同志还亲自安排要都匀、昆明、贵阳等地负责护送文化人的招待站把我们接往重庆。"②曾敏之也说："周恩来在重庆得知王鲁彦身故，家属流离，特电八路军驻桂黔的机构派人送旅费加以照顾，覃英终于辗转昆黔道上，最后平安到达昆明。"③

王鲁彦追悼会开毕不久，覃英等人也随即由桂林转移到贵阳，在贵阳又与端木蕻良等昔日友人相见。端木蕻良称："不久，我们又在贵阳见面了，覃英带着孩子们，历尽千辛万苦来到贵阳。幸亏这里新交旧友都汇集在一起，像张一凡、惠全安、张泊几位，他们对我们这些逃难的，都是伸出援助的手，才得安排鲁彦两位最小的孩子搭上汽车先走了。这时，能搭上汽车的，就意味着走上了生命之路。"④

8 月 31 日，柳倩在《新蜀报》发表悼念鲁彦的文章《我们要抢救生的——并悼鲁彦之死》。此文其后又于九月五日出版的《扫荡报》(昆明)刊出。⑤

9 月 1 日，《扫荡报》(昆明)刊载《王鲁彦哀荣，桂林文化界昨开追悼会》，《西北文化日报》刊载《桂追悼王鲁彦》予以报道。《解放日报》刊出《作家王鲁彦病逝，大后方文艺界生活痛苦》由王鲁彦逝世向民众介绍大后方文艺界作家的困苦处境：

[本报讯]据二十一日桂林中央社电：作家王鲁彦，前患肺结核病，生活困苦，曾居湘疗养。后湘北战起，转入桂林，病况加重，于二十日逝世。按近几年来，大后方文艺界的生活困难，在黑暗政治下，精神上又遭受磨折，大后方报纸曾有许多记载。去年九月出版的《戏剧月刊》中，老舍以《不要饿死剧作家！》为题，痛述"实在不忍看到戏剧作家都抱屈含冤而死！"今年三月十一日的《云南日报》则把老舍描写为"面黄肌瘦，似乎注定了不幸的命运"。该报更申述作家们"在贫病中呻吟叹息"，他们一方面必须绞尽脑汁，换取极低微的稿费，同时还要担当筹划柴米油盐，烧饭带孩子等杂役。而最严重的还是稿子卖不出去，甚至因稿闯祸。去年六月八日《正气日报》载"张天翼一面教书，一面写作，患病至吐血，缺乏医疗费治疗。王鲁彦，蒋牧良贫病交加，困居故乡。许多贫病作家，为生活鞭笞，喘不过气，或染病郁郁以终"。夏衍在上述《戏剧月刊》中也写着："每个写剧本的人，都在被侵害，被糟蹋，为上演权而苦闷！"在该月刊追悼戏剧工作者沈硕甫的文章中，有这样惨痛的话："在长期艰苦的生活中得了胃病，更由之而转为极严重的心脏衰弱，没有余裕的时间，尤其没有余裕的

---

① 曾敏之：《人文纪事·王鲁彦尽瘁文学事业》，江苏文艺出版社 2007 年版，第 149—150 页。

② 刘增人、陈子善：《鲁彦夫人覃英同志访问记》。

③ 曾敏之：《人文纪事·王鲁彦尽瘁文学事业》，第 150 页。

④ 端木蕻良：《忆鲁彦》，《端木蕻良文集》第 7 卷，北京出版社 2009 年版，第 321—322 页。

⑤ 按，本谱所亲见为《扫荡报》(昆明版)，未亲见《新蜀报》。此据段从学《文协与抗战时期的文艺运动》注释。

经济去延医服药，致终成不治之症。在入殓时，发现其内衣破烂无一完整处。”

［本报讯］据七月十四日中央社讯：中华全国文艺界抗敌协会总会，顷为援助贫病作家，发表筹募基金缘起。略谓：抗战七年来，文艺界同人紧守岗位，为抗战宣传，助军民以忠勇，曾未少懈。近三年来，生活倍加艰苦，稿酬日见低微，于是因贫而病，因病而贫，或呻吟于病榻，或惨死于异乡。当局虽曾援助，而粥少僧多，亦难广厦尽庇。苟仍任其自生自灭，则文艺种子渐绝，而民族精神之损失或且大于个人之毁灭。用特发起筹募帮助贫病作家基金，由本会组织委员会妥为报管，专作会员福利设施之用。

［又讯］七月三十日该会将募到的第一批资金，分配给张天翼、艾芜和王鲁彦。湘战发生后，张抱病逃湘边，艾芜眷属三口逃难到柳州。

9 月 1 日，《大公报》（桂林版）“桂市点滴”消息栏载：“郭沫若、茅盾、胡风、夏衍、阳翰笙等昨自渝电唁王鲁彦家属，重庆文化界定期举行王氏追悼会。”

9 月 3 日，梅林在《新华日报》副刊发表悼文《默哀》。同期刊有以群悼文《悼鲁彦》、臧克家悼文《穷身子，硬骨头》。

9 月 5 日，《新华日报》载文协总会追悼鲁彦的日期安排：

文协总会追悼王鲁彦定十六日举行

（本市讯）作家王鲁彦在桂病逝，中华全国文艺界抗敌协会总会定本月十六日举行追悼会，如王氏友好各界致送唁词赙仪，可直接送交张家花园六十五号该会收转。

9 月 6 日，《南宁民国日报》刊出消息《王鲁彦灵柩业已安葬，文协会举行公祭》。

9 月 8 日，《大公报》（桂林版）刊出《王鲁彦家属鸣谢》的消息——

鲁彦先生生前死后，多承各界友好或赠医药或赐唁慰□情，高谊存殁均□□此致谢。

王覃谷兰率子

王恩珂　王恩悌　王恩琪

女　莉莎鞠躬

9 月 9 日，江燕在《联合周报》第二卷第三期“每周短评”栏目发表悼文《悼王鲁彦先生》。

9 月 13 日，《扫荡报》（昆明）副刊刊出周贤鹏、宋振海以金马读书会名义组织捐款用以援助王鲁彦遗属的消息：

金马读书会募七千余元援助作家鲁彦遗属

编者先生：为了响应贵报的“援助贫病作家”运动，我们以“金马读书会”的名义，在我们局里发动一次小规模的募捐。募捐运动得到了不少的可贵的同情和热心的支持，随信附上七千七百五十元，这笔微小的款子，就是数十位热心的朋友共同献给可敬爱的作家们的一点薄薄的心意。而这些朋友□不是有钱的人（有钱的人未必捐助），而是吃不能饱，衣不能暖的低微公务员们，但也惟有穷人才能同情穷人吧！（至少在昆明是这样！）因此数目虽少，那片心意却是无尽的。

因为少，我们不预备寄□文协总会去献丑了，请贵报转寄给王鲁彦先生的家属，也许还够他们买担米的。

由募捐所得的经验,我们要向舆论界提供一个颇堪注意的问题,也是最使我们感到失望的,就是平日间开口读书,闭口研究,今天曰某作家作品如何,明天曰某作家私生活又如何,也算是"爱好文艺",而且在青年男女群中颇为活跃的人物,他们(自然是极少数)不但轻视了抗战以来作家仍劳苦的功绩,且以歪曲的理论迷惑了自己及其他的人,根本否定了"援助贫病作家"这运动的意义及其重要性。这种行为对于我们可敬爱的作家们不能不是一种屈辱,这一点,愿我们贤明的舆论界加以注意才好。即此□敬礼!

周贤鹏　宋振海启

附捐款人姓名

张□、高绵绪先生各捐五百元,何复新、赵式、张松龄、□北麟、邱合寅先生各捐三百元,马士□、孟守仁、陈□臣、张守忠、梁景星、君羊先生各捐二百元,张锡赐,史启□、周□□、王启□、张光斗、戴忠柏、徐良、李之信、罗光宁、赵庭□、陈在恒、黄青云、林耀会、刘□礼、周家□、夏□仲、杨万□、黄天德、王鹏、刘嘉绩、严珂、汪金泉、李明□、罗应昌、罗俊、孙式词,洪宗□、姜□□、王□□、石□桥、陈□午、莫文彩、王成山、张文村、□□、刘福、罗庆丰先生各捐一百元。张德明、杨秀清、沈□功、李松泉、高□君、钟世□、袁□□先生各捐五十元。以上共捐七千七百五十元整。

9月16日,弱水在《社会日报》发表《记病逝桂林之王鲁彦》,报道王鲁彦逝世消息。

9月17日,《大公晚报》消息栏"巴山蜀水"载《作家应谋自救,张道藩昨在文艺晚会演讲》:

【本报讯】文协昨晚八时在中国文艺社举行追悼鲁彦晚会,到三十余人,叶圣陶、茅盾、傅彬然、王平陵、钟宪民相继致辞,纪念此有数世界语学者及作家。张道藩部长新自盘县原籍返渝,亦特赶来参加,彼勉励文艺界同人虽不吝获得各界同情,惟本身之积极自救,则嫌作得不够,彼希望"续戏剧春秋"能早日成,为贫病作家募款,鲁彦虽死,在九泉下亦必含笑。

9月19日,风家在《扫荡报》(昆明)发表悼文《关于王鲁彦的死》。

9月28日,吕器在《新疆日报》副刊《天池》发表悼文《怀鲁彦先生》。

10月,谭昭在《现代妇女》第四卷第三、四期合刊发表悼文《我所知道的"鲁彦"》。

10月10日,穆素在《青年文艺》(桂林)新一卷第三期发表悼文《忆鲁彦》。同时刊有邵荃麟的悼文《关于鲁彦的死及其他——〈青文〉书简》。

10月13日,尚在重庆的茅盾致信全国抗敌文协秘书梅林,托其向鲁彦家属表达慰问之意,并托其转交国币一千元:"梅林兄:十日曾进城,因时间不够,未及访晤,回乡后便又伤风,十六日鲁彦追悼会恐不能参加矣。兹奉上国币壹仟元,请转致鲁彦夫人,区区之数无济于事,聊表微忱而已。并请对到会各朋友代达弟因病不能参加之意,至为感荷。"①

10月14日,《联合周刊》文化消息栏刊出鲁彦逝世消息,谓:"作家王鲁彦逝世,身后萧条,赣州青年报发起募集遗孤教养费,读者捐款甚形踊跃,希望本报读者也慷慨解囊,款项可汇赣州该报社收转。"又谓:"留住柳州作家黄药眠、穆木天、袁梦超、安娥、彭慧、洪遒、黄宁婴接获鲁彦死讯后,即联名致函慰问其夫人覃谷兰女士。"

① 此信首刊于《上海大学学报》1996年第4期,邓牛顿作有简要的《书简说明》。

10月15日，钱新哲在《时与潮文艺》第四卷第二期艺文情报栏发表辑录的鲁彦逝世的消息，谓："作家王鲁彦在桂林逝世，其棺木系由友人及出版界合募。重庆中华全国文艺抗敌协会，定于本月十六日开追悼大会。"

11月1日，《经纬副刊》第一卷第二期刊出鲁彦的遗作《老处女与她的儿子》，署"鲁彦遗作"，文前有编者按，谓："王鲁彦先生是我国一位著名的老作家，从事写作，有二十年以上的历史，最近因病逝世，噩耗传来，文坛同人，莫不痛悼，本刊特载其遗作，以示纪念之意。编者"

12月8日午夜，傅彬然作悼文《忆鲁彦》，后刊于一九四五年三月出版的《抗战文艺》第十卷第一期。该文后又刊于沈延国主编的《月刊》第一卷第四期，一九四六年三月二十日出版。

12月15日，署名"秋"的作者在《浪花》文艺季刊第4期发表《王鲁彦先生传略》。

1945年1月3日，克锋在《东南日报》副刊《笔垒》第2051期发表散文《忆鲁彦兄》。[①]

1945年1月21日，署名"简文"的作者在《上海生活》发表《作家王鲁彦的死》，援引文艺春秋丛刊第三期《春雷》的报道，报告了王鲁彦的死讯。

1945年5月25日，巴金在《文艺杂志》新第一卷第一期发表悼文《写给鲁彦兄》。此文后又刊于一九四五年八月二十五日《改进》第十一卷第五、六期合刊；一九四六年一月一日《中韩文化》第一卷第二期。后加上一段附记，更题为《写给彦兄及附记》刊于一九八三年《新文学史料》第一期。

1945年6月10日，《文艺春秋》丛刊之四《朝雾》刊出本刊编者的《鲁彦之死》，另鲁彦遗墨一幅（致友人书信的手迹），署名鲁彦。页脚有关于鲁彦的简要介绍谓："王鲁彦氏，小说家和世界语学者，他的作品，描写乡村的小资产阶级，知识分子以及农民的心理极为深刻。文艺作品集有《柚子》《黄金》《屋顶下》《河边》《野火》《乡下》《童年的悲哀》《驴子和骡子》《鲁彦短篇小说集》等，译有果戈里的《肖像》、雪劳资凡斯的《苦海》《显克微支小说集》《世界短篇小说集》等。"

1945年11月14日在印度尼西亚《生活报半周刊》发表《战时国内的作家群》，回顾抗战以来国内文化界人士的状态，介绍有穆木天、王西彦、田汉、巴金等，对鲁彦的介绍为："胡愈之先生来信，告诉我们邹韬奋先生逝世，第五期的《生活报半周刊》已经发表了这不幸的消息。现在据所知的，小说家王鲁彦在贫病交迫中死在桂林。战争中鲁彦在桂林编《文艺杂志》，王夫人在松城中学教书，一家五口，无日不在饥饿线上挣扎。鲁彦死后，在桂林的作家艾芜和穆木天等，写信去慰问王夫人，信中'悲愤之情，溢于言表'，大意说：以中国之大，能容纳一帮贪官污吏的压榨欺凌，能容纳奸商市侩的招摇撞骗，却不能容纳一忠实的作家生存。短短几句话，画出了黑暗社会的真面目！"[②]

1945年11月17日，艾芜在《周报》（上海）第十一期发表悼文《关于鲁彦的回忆琐记》，此文后又载于一九四六年一月七日《和平日报》；一九四六年三月三日《文艺新闻》周刊第三号。

---

① 此文未见原刊，此据吴毓鸣：《〈东南日报·笔垒副刊〉目录》，《福建新文学史料集刊》1982年1辑，第87页。

② 原文载1945年11月14日印尼《生活报半周刊》，此处转引自蓝素蓝编：《黑婴文选》，世界图书出版公司2013年版，第78页。

1946年1月1日，赵景深在《新文学》半月刊创刊号发表悼文《纪念两个朋友》，追忆王鲁彦和谢六逸，其中刊出有王鲁彦给赵景深的一封信的手迹和鲁彦照片。内容与《记鲁彦》一文小异。

1946年2月1日，黄宁婴在《戏剧与文学》第一卷第二期发表悼文《忆王鲁彦先生》。

1946年2月15日，蹇先艾在《文讯》月刊第六卷第二期发表悼文《悼王鲁彦》。此文后又刊于一九四六年八月一日《中国文学》第一卷第三期。

1946年3月1日，周贻白在《文章》第一卷第二期发表悼文《忆鲁彦》。此文又载于一九四六年《现代文献》第一卷第三号。

1946年4月19日，岫云在《上海滩》第三期发表《"女作家"·鲁彦的夫人覃谷兰穷途落魄在桂林》，介绍了覃英穷途落魄的情形。

1946年7月1日，赵景深在《文艺复兴》第一卷第六期"抗战八年死难作家纪念"栏发表悼文《记鲁彦》。

1946年7月25日，霞珍在《海涛》周刊发表《鲁彦为贫所累》。

1946年9月5日，魏建功署名"天行"在《茶话》第四期发表悼文《鲁彦忆往录》。

1946年12月29日，黎锦明在《现代周刊》（复版）第三十二期发表消息《鲁彦生平》。

1947年1月10日，师陀在《春潮》（开封）第一集第二期发表悼文《哀鲁彦》。①

1947年4月17日，署名为"集纳人"的作者在《新疆日报》的附刊《新疆副刊》发表《作家的伉俪》，介绍老舍、田汉、马彦祥、鲁彦、赵景深、邵洵美、陈望道、张竞生、胡适、端木蕻良、金满成等人的家庭情形，其中对鲁彦的介绍是："鲁彦，已故。原姓王，名忘我，镇海王家桥人。他本娶有乡间女子，但不久即告离异，后与湖南谭姓女子同居，旋又爱一覃谷兰。王于前岁在桂林患肺病逝世，遗有子女五人，最近覃谷兰已去杭，闻现在某中学任教。"

1947年6月，上海开明书店出版鲁彦夫人覃英编选的《鲁彦散文集》，署王鲁彦著，为"开明文学新刊"之一，每册定价国币一元八角。内收散文凡二十二篇，计：《狗》《秋雨的诉苦》《灯》《微小的生物》《雪》《父亲的玳瑁》《寂寞》《孩子的马车》《战场》《旅人的心》《清明》《杨梅》《钓鱼》《我们的学校》《听潮的故事》《驴子和骡子》《雷》《四岁》《我们的太平洋》《开门炮》《新的枝叶》《厦门印象》，书后附有覃英写的《后记》。一九四九年一月由开明书店再版。覃英在《后记》中说："我把这些散文重新编选出版，不是着重在它的风格和技巧的介绍，而是因为这些记录是那样的真实；每一句话，每一椿事，都充满了幸福和悲哀的回忆。"

1947年7月10日，巴金在《学风》第二卷第一期发表《鲁彦短篇小说集后记》，介绍自己受覃英之托编选的鲁彦短篇小说集，中说："我是鲁彦的朋友，鲁彦的小说我全读过，我有时也同他谈过我对他某几篇小说的意见，他更常常对我讲起他写作的苦心，和他对自己作品的爱好或不满。"

1947年7月10日，《申报》载开明书店最近出版新书，有覃英编选的《鲁彦散文集》，实价八千一百元，介绍谓："现化的知识分子生活在黑暗的环境里，难免要感到寂寞。人在寂寞时便喜欢回顾过去，面对现实是一面反感，一面却更加执着。鲁彦先生的散文多

---

① 编者在《编校小记》中说："这期原有几篇纪念鲁迅先生逝世十周年的文字，但杂志印刷费的时日太久了，等到书出时距先生的忌日恐已过久，恰好印刷厂又把文章的前后秩序排错，也就乐得把它们去掉。但《哀鲁彦》那篇按编者原来的计划是在《少年》前面的，也是因为排版的错误而排到《少年》以后了，这里特别声明一下，算是表示我们对作者读者的歉意。"

半是在这种心境之下写的，可说是最真实的生活记录。”

1947年9月，徐沉泗、叶忘忧编选的《鲁彦选集》由上海中央书店出版，为“现代创作文库”之一，内收鲁彦小说十一篇，计：《鼠牙》《亚猛》《桥上》《屋顶下》《病》《李妈》《小小的心》《一篇抄袭的恋爱故事》《胖子》《兴化大炮》《黄金》；散文四篇，计：《钓鱼》《驴子同骡子》《父亲的玳瑁》《雪》，书前附有茅盾的《王鲁彦论》，书后附有鲁彦自述《关于我的创作》。

1947年10月25日，沙平主编的《风下》杂志第九十八期，“自学辅导读本”栏目选入王鲁彦的散文《新的枝叶》予以介绍分析：

> 作者生平：王鲁彦，浙江镇海人，曾任沪江大学教授，抗战期间，举家迁往湖南，后患肺痨，于湘桂大撤退时，病死在桂林。著有《柚子》《鲁彦短篇小说集》等。
>
> 自学指导
>
> （一）本文旨在谴责专门摧残正在成长的生命的某种暴力，并向某种暴力提出警告。“即是在岩石上，也要生长出新的枝芽呀！”是一篇抒情的小品文。（二）小品文是写署随时随地的片段生活的短小的文章，它的题材范围很广：读书的心得，新奇的见闻，对于事物的感想或意见，生活上所感到的情味等等，无论怎样的零碎琐屑，都可以作为题材，它可以记述人物，可以叙述事情，可以解述道理，可以发表议论，可以抒写情怀，无论有什么意思都可以提起笔来写，直到无可写了为止。在各种文章里，再没有像随笔这样便利自由的了。
>
> 写别的文章，在体裁上，在结构上往往有着普遍的法则，但是写小品文随笔一类的文章，就无须这样。因为它的题材很广泛，而且是部分的，片段的材料居多，不一定关涉到事物的全体，故在写作的时候，只须依据题材的本身，采用适当的形式来表达，同的题材可以采用不同的形式，在体裁上，在写法上，都是很随意。但是有一个共同的要求，那就是要扼要，精炼。①

1947年，《一四七画报》第十四卷第二期②，“文化界”栏目刊出覃英编选的《鲁彦散文集》介绍，谓“《鲁彦散文集》由覃英编选，作品多描写黑暗环境的回忆生活，是他的一部生活记录”。

1947年，上海新象书店出版巴雷编选的《鲁彦杰作选》，为“当代创作文库”之一，内收作品凡十一篇，计：《河边》《鼠牙》《清明》《小小的心》《一个危险的人物》《黄金》《西安印象》《母亲的时钟》《幸福的哀歌》《雷》《枪》。前面附有鲁彦的《小传》。

1948年9月1日，在《春秋》第五年第四期“随笔”栏刊出鲁彦的致友人书信，题为《在普陀的时候》，其中附有鲁彦信札手迹。编者有前言，谓：“我们不至于健忘，我们还记得鲁彦先生，他的每篇作品深深地印在读者的脑中，不幸他在抗战期中病死桂林，他生前寄给朋友们的稿件，未刊载者也不少，承济行先生惠赐，本期先刊鲁彦先生之书信三通，记述他在普陀时的种种，颇具风趣，也弥足珍贵。编者”。文末又有编后记，《编辑室》中谓：“这里特别要提起的是鲁彦先生的遗书《在普陀的时候》，是文艺史料中弥足珍贵的材料，下期有鲁彦先生的中篇小说遗稿刊载，希读者注意。”

1948年10月10日出版的《春秋》第五年第五期刊出小说《家具出兑》（上），署鲁彦

---

① 此可见编者是将鲁彦这篇文章作为小品文的范本来处理的，其后还有“文法提要”和“练习题”栏，普及介绍相应知识。此杂志主编为沙平，发行为新南洋出版社，印刷地址为新嘉坡吉宁街四二号，南侨印刷社，每逢礼拜六出版。

② 具体出版时间不详。

遗著,《家具出兑》(下)刊于第五年第六期(十一月、十二月号合刊,十二月一日出版)。

1948年10月,《愤怒的乡村》由上海中兴出版社出版,署"鲁彦遗著",为"中兴文丛"之一,定价金圆三元一角。一九五六年三月,由上海文化出版社再版,印数一万七千册;一九五七年十月,由上海新文艺出版社再版,印数一万零二百册;一九五九年三月,上海文艺出版社再版,印数一万二千册。

1948年,所译保加利亚 Nomirov 的小说《笑丑的悲哀》,在紫虹主编的《女性群像》第七集"世界名著"栏发表[①],署名鲁彦。

1948年,出版家周铭谦曾援助鲁彦家属。范泉回忆:"到了一九四八年,为了在经济上援助已故作家王鲁彦的遗孀,又增加了鲁彦的短篇小说集《短篇集》。这些小说都是在鲁彦生前尚未结集成书,是由他的朋友们汇编起来,解决鲁彦家属经济困难的。……王鲁彦家属贫病交迫,他知道后捐助了一笔钱。那本鲁彦的书稿《短篇集》,是在鲁彦家属得到经济支援后,觉得无法偿还,才请鲁彦的生前友好辑佚汇编起来的。"[②]

1948年12月12日,《大公报》(上海)"作家手迹"栏刊出《王鲁彦之病》,内中有鲁彦的一幅手迹,同期尚有李广田的相片和手迹。

1949年1月,温州籍诗人莫洛编撰的《陨落的星辰》由上海人间书屋印行,该书空白页有题辞"记十二年来(一九三七—四八年)死难的文化工作者","他们呈献了血和生命"。该书收入一百三十五位早逝的文艺家,涉及诗人、小说家、剧作家、翻译家、木刻家、音乐家等,按笔画为序,王鲁彦排在第五位,对其生平有简要介绍。

1949年8月,方敬的散文集《记忆与忘却》由文化工作社出版,为"工作文丛"之一种,内收《挽词——献在鲁彦先生的灵前》,后来更名为《花环》,收入一九八三年重庆出版社版文集《花环集》。

1951年7月,周立波编选的《鲁彦选集》由北京开明书店出版,列为茅盾主编,新文学选集编辑委员会的"新文学选集"之一,每册售价人民币一万六千五百元,印数五千册。内收作品凡十六篇,计:《秋夜》《柚子》《李妈》《兴化大炮》《小小的心》《童年的悲哀》《父亲的玳瑁》《钓鱼》《桥上》《屋顶下》《胖子》《病》《黄金》《岔路》《厦门印象》《关于我的创作》。一九五二年一月,开明书店再版;一九五四年十二月交由人民文学出版社出版,此次出版抽去周立波所作的《序》,增入小说《陈老奶》。

1967年,林海音主编的《纯文学月刊》从第二期(二月号)起,开辟"中国近代作家与作品"专栏,陆续向台湾介绍"五四"以来大陆的新文学作品。其间每刊出一篇作品,林氏就请一位作家写一篇介绍或评论,介绍鲁彦的作品时,就由对鲁彦有研究的司马中原作《鲁彦作品浅剖》。前后介绍了凌叔华、周作人、老舍、宋春舫、鲁彦、徐志摩、卢隐、郁达夫、俞平伯、朱湘、孙福熙、孙伏园等十八位作家。[③]

2018年11月26日初稿,于康乐园
2019年3月10日—10月19日陆续修订,于夹河小镇
2022年2月27日—3月7日再校,于北京

---

① 具体出版时间不详。

② 范泉:《回忆出版家周铭谦》,《范泉文集》第2卷,上海书店出版社2015年版,第243页。

③ 夏祖丽:《从城南走来——林海音传》,北京三联书店2013年版,第220—221页。

张　朕　辑录

新见王鲁彦研究资料汇编

王鲁彦《胖子》之所指

柳　思

鲁迅与赵景深的笔战，一千一百十九号本报，豁眸曾有略述。查鲁迅派王鲁彦所写《胖子》一篇，内容对赵景深可谓冷骂热讽之能事。该文写就时，即送与周树人鲁迅审核，周大为赞叹，拍案叫绝。该文虽未将赵之姓名写出，但凡识赵者，一望便知是指赵景深也。赵与其妻感情素笃，文墨生涯，极需滋养品，赵妻每日必为其预备炖好蹄膀一大碗，强迫赵氏食之。午间复令赵昼寝三小时，休养精神，故赵因多食脂肪质，及昼寝，身体臃肿异常，重有两百余磅。又赵为人浑厚，事无大小，恒与人言，其家之寝室小房，亦任客人穿插其间，家庭琐事，辄供人谈笑之资，凡此种种，被王侦得，于是略为引申渲染，而成《胖子》一稿。说者谓此种作品，虽属写实，但揭人阴私，稍有识者，终不取也。

（《金钢钻》，1932 年 12 月 24 日）

易培基与王鲁彦夫人

刀　校

日前本报登载的宁波作家索引中，提及《柚子》作者王鲁彦（按：鲁彦系王之笔名），因忆及王氏夫人谭昭女士，与现在故宫舞弊案的魁首易培基之一段轶事。缘易未发迹时，民国十一年间，尚在长沙某中校充当校长，时值赵恒惕长湘，湘省新文化运动颇称落后，易独排众议，极力提倡新思想，并毅然于某校实行男女同学，使湘省教育界风气为之一新，以故海上稍负盛名之士，被聘往湘省执教者颇多。王鲁彦氏亦受聘于湘省之平民大学，担任世界语讲座，与各校思想较新之学生，来往颇为密切。时易之学生中，有女生曰谭昭者，系湘乡产，貌虽平常，但求新知识欲甚强，以学世界语之关系，因与王氏遂渐发生情爱。迨王将离湘，二人遂赋同居。王且曾随谭女士乡居一月，省视岳母，小家庭之乐，怡怡如也。无如王氏为清贫之作家，纯靠笔杆吃饭，而又不属于任何党派，离湘以后东西漂泊，兼之谭已生一小宝宝，不能出外作事，卜居北平，生活颇感困难。时易氏正因谭延闿之提携，得长故宫博物院，门生故旧，依之者颇多。谭女士于无可如何之际，乃携爱子，访易氏，且以其子掷于易氏之前，表示不愿生活下去之意，易氏素来善博学生之欢心，且谭女士为其高足之一，当即加以劝勉，并允予以生活上之帮助。现事隔多年，且易氏因舞弊关系，行踪颇秘，未悉谭女士闻之，亦有所感于中否？

（《小日报》，“文坛闲话”栏，1933 年 8 月 15 日）

鲁彦的科学

石　羊

我本来是喜欢文学的，不晓得什么缘故，近来对于科学也关心起来。这大概是因为我怕鬼罢，文学是往往要说鬼的，而科学就连鬼的影子也找不到。记得行为主义（以生理学作基础的）的心理学家——郭任远，华震等连灵魂都要打倒，讥笑不肯放弃本能说的麦独孤为灵魂的迷信者，你看科学还讲鬼吗？

科学的势力到底大，现在竟普及于一切了！很多商人的广告，都说他们的商品是用科学方法制成的，很多文人的著作，字里行间也都充满着科学精神。偶然翻出《婴儿日记》（三十一卷五号《东方杂志》妇女与家庭栏）一看，知道鲁彦（该文具名是用鲁彦、谷兰夫妻俩，但我看过的上半篇是丈夫的口吻，这大概是在产期的女人尚不能执笔的缘故。）老先生也是拥护科学提倡科学的。在那日记之前短短的楔子里，我们可以读到不少的科学化科学方法……诸名称，差不多是一口气用科学精神写起来的文字。他自恨对于养育婴孩“不懂得科学化，也不能科学化”（也总有个可能的范围）。同时愤慨很多很多的人养育孩子像“把孩子丢在垃圾桶一样，很少在用科学方法养育孩子的”。他归结这种“不能用科学方法养育儿童最大的原因是在经济的力量”（这的确不错，然而于经济无关的也不妨注意一下）。于是“医生保姆告诉我们一切的养育孩子的科学方法，也无法做到”。于是他老先生也只得将那“不能用科学方法测量”的养育孩子的记录，“不时露出养育孩子不用科学的方法的害处，提醒一般做父母的人注意”了。我是已经做父母的人，而且我也相信科学的，赶快去“注意”一下，连忙去看他所记录下来的。

第一日记着的：“昨天是一个很好的日子。天气晴朗，而且和暖。而且是一个吉日！”“吉日”…“吉日”…我真的在“注意”了。这个“吉日”是很值得“注意”的，就是医院对面做喜事的人家放的鞭炮和爆仗，敲的锣和鼓，也仿佛为他们的孩子祝贺一样。同日，他老人家得意洋洋的特地把“废除”了的“阴历”，查了一查，“是九月十二”，又屈指一算，“今年是肖鸡属酉”。但可惜，还“不晓得是什么酉”。

但是，看到这里，我不敢再看下去了。他老先生的科学，同我新憧憬着的科学是不同的。他的孩子日脚好鸿福大，而我则是一个坏透的日子诞生的。母亲从来没有给我做生日，说我的生辰是犯七煞的不好去纪念它。这时候我仿佛有个七孔流血的鬼影在面前，红脸青脸的煞星，也不知有多少，大概是七个罢。鲁彦先生是当今文坛上的健将，他的话是不会错的呀！

（《益世报》，“语林”栏，1934 年 3 月 26 日）

每月名作选评·《惠泽公公》

按：鲁彦为现代作家，世界语学者，姓王，浙江宁波人，曾任中学教员多年，著译甚多。创作有《柚子》（北新书局出版）、《黄金》（新生命书局出版）、《童年的悲哀》（亚东图书馆出版）、《小小的心》（天马书店出版）。王氏创作，感伤的气氛颇为浓重，对于乡村的小资产阶级，知识分子及农民之心理，描写极为深刻。翻译小说，计有《肖像》（俄国郭歌里原著，开明书店出版）、《苦海》（波兰希洛史谢夫斯基原著，亚东图书馆出版）、《显克微支小说集》（北新书局出版）及诸国小说合集《在世界的尽头》（神州国光社出版）、《世界短篇小说集》（亚东图书馆出版）等数种云。

记得有一位批评家批评鲁彦的作品说："作者的感受性非常敏锐，心意上细微的一点震荡，就往深里，往远处想，于是让我们看见个诚实、悲悯的灵魂。"（秉丞《读〈柚子〉》）我们读了上面一篇《惠泽公公》，也觉察出这一点来。《惠泽公公》原只是一件平凡的故事，而惠泽公公那么一个人，也是很平凡而且很普遍的，但是作者偏偏观察到这样一个典型，并且因为"心意上细微的一点震荡"，便体味到那老头儿心灵深处的悲哀。正如茅盾论鲁彦的《黄金》里所说："我们怀着沉重的心，跟随篇中主人公走到无形的悲剧的顶点，结果使我们对于这个平平常常的老头子发生了深切的同情"，我们对于这篇小说，也可以移用茅盾的话来说的。

"作者的笔调是轻松的，有时带点滑稽，但骨底里却是深潜的悲哀，近于所谓'含泪的微笑'。作者的文字极朴素，不见什么雕饰。"（秉丞《读〈柚子〉》）我们在《惠泽公公》一篇里到处可以发现这种轻松的笔调和朴素的文字。譬如这篇的开端，英华和惠泽公公的对话，满是自然而朴素的。

（《中学生文艺月刊》第1卷第2期，1934年4月10日）

王鲁彦去郃阳的前后

被劣绅称为下等人
将来西安小住一时

王鲁彦来郃阳教书，原因是这样的：自今年党晴梵君被举为郃中校长，他觉得有机会给桑梓做点事情，即令是受些困苦，对社会对个人，都是很可告慰的。党君到郃后，便以一切发展计划，商之于党修甫君，修甫君是一个诚默，只知做事，而不计名利的人。民国十七年他和夏康农、张友松创办春潮书店，除出版了《茶花女》《曼侬》等丛书数十种外，还出了十几期《春潮》月刊，那时他们与新月派斗争的非常激烈，修甫以一修的笔名做了不少的文章。他与鲁迅夏氏过从很密，此时，北新欠了鲁迅五万多元的版费，尽商人与贼之能事一文不还！鲁迅无法，只好向北新起诉，一切介绍律师等事，均由修甫君帮忙，结果鲁迅胜了诉，得到北新八千多元的现钱。春潮书店终因没有商贼的手法，将两万多元的资本赔光了！还是鲁迅送了修甫君四百块钱，才能有路费回到郃阳老家。修甫在郃中，仍旧是默默的研究他的自然科学，吾陕从来不知道这一个为文坛出了许多力而在学术修养上很有成就的人！这次党晴梵君长郃中，修甫君感觉到非常的快慰，因为郃中的前途，大可乐观。于是便介绍多年老友鲁彦君前来教书，鲁彦君因为一方面要看看伟大的西北与那坚强的民族性，一方面看看几个老朋友，便毫不迟疑的答应了郃中的邀请。郃中的经费本来每月有地亩附加八九百元，基金万余元，每月可得利息一二百元，勉强可以维持，晴梵君到郃中后，乃知基金不知怎样已失去大半，地亩附加三扣两扣，已成了五百元，每月尚领不到。地方劣绅又为方破坏，说请的教员，均为"下等人"，说党君是"招兵不是办学"。如政府不设法补助，恐郃中不免关门。否则，便在不生不死中延长下去。鲁彦在此状态中精神非常痛苦，几次欲来西安，均由学校及学生的恳切挽留，不能成行。如眼前再无办法，鲁彦即来西安友人处小住，闻西安方面的友人，已去函欢迎云。

（《西京日报·明日》，1934年5月8日）

忆王鲁彦

子　海

王鲁彦，他是《黄金》《柚子》的作者；二年前，他给我们教国文。那一头任其自然的头发，和架着一付金钩的眼镜神气，现在想象起来，还有怪深切印象的呢！

他教我们的国文，使我不会忘记，和他所最常讲的几句话，就是教我们当用心细读，去享受我国古代那几部著名白话小说——《水浒》《红楼梦》《西游记》……记得他给我们要离别的最后一课国文堂上，还是再三叮咛这几句作文秘诀的。他说他自己自信觉得近来写作的进步，也就是在得力着细读那几部精华得来的，此外所时常提起的，要算就是周作人、鲁迅的名字了。

“王先生的癖气最不好”，我们同学中没有一个不这样说的。的确，王鲁彦是有怪癖气的，他最会而且最有工夫去自寻烦恼，尤其是对于某一地方的风俗习惯等，而自感到不满意。他的作品，时常是有这样题材出现的。

他到过厦门，后来到我们莆田，福建给他的印象，是会给他一个气恨的，他常说，福建人是有特殊的性情，这是受所吃的南方食物而影响的。

去年他是到上海，听说今年大概又是因为生活的厌倦，而远赴陕西执教去了。他是一个绿色的世界主义者，他的思想也很倾于这方面。

（《十日谈》第29期，1934年5月20日）

欢迎鲁彦先生

冰　苔

曾在郃阳中学教书的作家王鲁彦先生，最近已来西安了。听说下半年将任教省立高中。如果是事实，我想这对于咱们这荒漠一样的文坛（如果说也可以称作“文坛”的话）总是一件应该说几句话的事情。

鲁彦先生的作品，我只零星的读过些杂志上的短篇；如果说这些短篇可以代表一个作家的话，我觉得作者善以一个细小的事件和人物，深深激荡读者的心，如一秋叶落在平静的湖面上，会激起波澜来。我们常常怀着一颗沉重的同情心，关切着故事里的主人——一个老头或一个蠢愚的农夫灰暗的结局（虽然有时我并不十分同意作者给它的命运）。题材多半是像张天翼的强调的夸大的诙谐；他的幽默只加深了故事的怆凄，勾引读者更大的同情。

这样，算是我认识的作家鲁彦先生。

浩大的灾荒，病疫，兵，匪，已使西北的农村以及整个社会破产到极端，造成你想象也想象不出来的惨状：几百万的饥毙者，几万顷的荒地，怕在人类史上都是稀有的惨案。这对于从事于文艺服务的朋友们，将是多么伟大的历史题材。然而我们的文艺上所表现的是什么呢？——一张白纸！

在几个唯一的文艺性质的副刊上，充满了千篇一律的个人生活的描写。不是说从前有个姑娘怎样爱我，便是说我几点钟起床，几点午餐。初学习写作的青年也总是先来一首情诗，或是《忆×妹》的小说。仿佛咱们这世界已经是天下太平，人人都饱着肚皮，剩下的就只有性欲问题了。

自己拿血肉造成的事件，只能让别人制成片子，作为宣传"人道"的工具，这是怎样愚笨的事呀！

然而鲁彦先生也毕竟到咱们这西安来了。我们除了以欢迎一个作家的热诚欢迎鲁彦先生以外，还希望他以他细腻的笔调，敏感的心情，用更大的同情心，写这比他过去作品都更惨凄的故事，使这伟大的文艺宝藏，在中国舞文坛上开一朵灿烂之花。也不枉一个作家到西北来一趟。

鲁彦先生，咱们是这样欢迎你的。

（《西京日报·明日》，1934 年 7 月 13 日）

送鲁彦行

汪以果

我们是五点半钟会面，到六点多钟就到车站了。

横排着的一列车，使我觉得有点高兴。我拿行李，鲁彦去买车票。可是：挤不通。

"鲁彦！慢着，我认识站长，我先去看看，也许能替我们找到好一点的汽车。"

好一点的汽车，鲁彦连连点头。

但站长不是从前那一个。

似乎也曾见过的，就握手，而且寒暄。结果，等了许久之后，那站长很客气地给我们买了两张票，这车票兑现的时候，是一部最后开走的汽车，也是一部最烂最丑的汽车，在大都会里，这叫做下等，"野鸡汽车"的。

鲁彦的怨艾，是不用说的，他说："你认识那站长，他给你一部最后而且最坏的汽车。倘使在外面买票，一样花钱，却至少要好一点。"

但随后，那汽车咆哮颤抖，里面的人挤得差不多不能吁气，鲁彦也不能开口了。汽车一共在路上生两次毛病，我们算是安全地到了临潼。下车的时候，他又到车站去问，是否还有上东路去的汽车。车站上的人说，只有邮政车。

这时候，大家没有话说，惟有去洗澡了。对于温泉，抱着热烈的兴趣的来客，已经被路程的延误以及汽车的不中意，削弱到近于"既来之则安之"的神气了。

临潼的池水是太热的，这样大热天，热水一泡，说不出的不痛快，然而大家都不做声。

"你在这里，我到车站去后，也许万一有部车，……"

这时，留下我一个人，我在那里预备睡到下午赶向西的车回长安。似乎，鲁彦最担心的是天气要变，如果住临潼，不知那一天方能有动身的机会。我躺着，有点流汗，但鲁彦是到车站去等候他万一的那部汽车去了。所谓车站，究竟是和一个岗位差不离的。

我发现衬衫的袖，已经破了一个小窟窿，才明白又是汽车的赐与。有两种联想横在我的脑际：一是小林多喜二作的《蟹工船》，他在描写烂船的时候，说她带着满身的梅毒，无耻地在海洋荡动着自己底身体，其次，是安特来夫作的《七个绞死者》，中间，天明的时间在西北利亚的雪地执行绞刑，那犯人形容一部马车，说这是魔鬼的肚子。这两个联在一块的记忆，往往侵袭着我。而今天是从现实的生活，体念梅毒与无耻，或者魔鬼的肚子了。

刚要睡着，却来了一位洗澡的客。

这客年青英俊，好问而善于交际。他约我一同回西安，他有汽车。我心满足，于是立刻放弃坐黄包车的计策。

但这时鲁彦回来了。

当我介绍双方以后，客说："同我们回西安去好吗？"鲁彦满头大汗，有点踌躇。

"那吗，你得在临潼住一晚。"我说。

"住那里呢？"

鲁彦同意了，决心回西安，但，客的意思是这样的：

"从潼关到汉口的车票，从汉口到南京的船票，从南京到上海的车票，通通由他送免票，今天同回西安，明天同到农林专校去看看，然后由武功坐原车返潼关。"

对于这样的行程，鲁彦先摇头了。他说：

"顶多我回到西安去。"

我说：

"这叫做幽默的旅行。"

他却虚无的微笑着，额头上一点小汗。看他这股劲，更觉得故事的幽默似乎还没有止境。回到西安我是同意的，至于为了车就转赴武功一趟，虽说"去看看"，但，总有点那个。一方面天气这么晴得起劲的，是不是？

我以为带一个罐头，或者一片汉瓦到北极去探险，只要飞机载重的量够用，那是极其方便，而且风雅的事。可是天下事实常常有点小荒唐，那就是鲁彦恰巧不是一片汉瓦，他而竟有点怕热之类。

上汽车的时候，客介绍给另外一个客，说：

"这是王鲁彦，大幽默家。"

我没有敢偷着瞧瞧鲁彦的表情，但我觉得这故事越来越别开生面了。

我们便这样到了西安。

又经过很多的客气和应酬，才算结束了这段被命运判定了的幽默故事。我想，在西安无声，也许是一种幸福。来了个张恨水，不是嚷得满城风雨吗？张恨水的被人欢迎，是有道理的，因为《啼笑因缘》《鸳鸯蝴蝶》已经成为经典了。《啼笑因缘》的读者，当然应该起来欢迎张恨水，然而，被派为幽默家，而被欢迎着的，想起来真有许多幽默，所以我说反不如悄悄地过着，作为一种幸福。

（《西京日报·明日》，1934 年 7 月 16 日、17 日）

作家之群·七·鲁彦

天　茄

鲁彦，姓王，在《文学》月刊上常能见到这个名字。不知道的人以为他姓鲁。他是个《黄金》《柚子》的作者。他崇拜《红楼梦》《水浒》等书。二年前在上海，作者曾经见过他一面，那一头任其自然的蓬发，架着一付金钩的眼镜，到现在想起来，还有深刻的印象。

他常常劝人细读《水浒》《红楼梦》，他自己说："他的自己的写作的进步，完全在这几部书中学来的。"此外他所时常谈到的，要算是周作人及鲁迅二人了。

他有一种怪癖的脾气，他最会而也最有工夫去无故自寻烦恼：比如对于某一地方的风俗习惯等，而有感觉到不满意时，他常常会诅咒。他的作品的题材，大都也倾向于这方面。

他到过厦门，"莆田"的小县境里，他当过国文教员，他叮咛学生的几句话：也就先叫人去用心《水浒》《红楼梦》。

大概福建给他的印象很坏，很使他气恨。他常常诅咒似他[地]说："福建人是有其特殊性情的，这大概是因为吃的南方食物而受影响的。"

到上海是去年的春天，听说今年大概又厌倦了都市的生活，所以跑到陕西执教去了。

（《益世报》，1934 年 8 月 12 日）

烟波楼随笔·鲁迅与鲁彦

英　昊

我乡有一位老夫子，姓吴，人呼之为吴老师。他的性格很古怪，举动很奇特。如果你遇见了他，必定会叫你笑破肚皮。

讲到他的头衔，那真是天字第一号，前清时代是中了秀才，等到宣统滚下金銮殿，他马上就跑到广州一个师范大学念书，终于给他领了一张大学文凭回家。于是他就在我们家乡的几个学校教起书来。

去年他在汕头一所[1]野鸡中学任讲经之职，大概是教了一学期吧，每当他踏上讲台的时候，学生老是感到疲倦。任他将"子曰""子曰"讲到怎样出神，而学生却好像耳朵塞了棉花似的，听也不听，只是在批阅那些新出版的杂志。他也曾责备过学生，不该在课堂上看到别的书籍，可是学生却理都不理他，只是报之以一笑。他明白，明白要是变起脸来，硬要执行教师的法令，而中学生又是那样地不可惹，说不定会一齐罢课，把他滚出校门外去，那可不是玩的事，便也马马虎虎了。

于是，他便讲他的，学生便看学生的，各自为政，不相干涉。但这样久而久之，他也就感到没趣，并且对于他所擅长的经学，也跟着学生一样的厌倦起来。所以他就时常踱到学生的书桌旁边，同着学生看起那些刊物来。有一回，他在一篇作品的开头，看见鲁彦的名字，他老先生有如哥伦布发现新大陆一般的兴奋，对那学生问道：

"鲁彦是不是鲁迅的弟弟？"

那个学生倒有点幽默的态度，缓缓地回问他：

"杜甫是不是杜牧的哥哥？"

"那里是他的哥哥，同宗吧了？"

"那里是他的弟弟，一个字相同吧了？"

他老先生很不好意思，涨红着脸，走上讲台，依旧讲他的"子曰"。

（《社会日报》，1934 年 9 月 15 日）

鲁彦南归

虚　晲

是谁从陌生把我们拉上相逢

---

① 原刊作"头"，疑为"所"，据文意改。

在这里同度着飘零的人生
时光毫不顾息人们的留恋
像一条无情的皮鞭,轻幻地
又似一缕缥缈的青烟

飘零人的足本无定踪
在你的身后已拖着一条长的鞭影
朋友！你现在又要南行

秋露湿醒了沙滩卜居的群雁
在梦里希望着南国的温暖
末了事都掀在负重的过往
到明朝,便成了天各一方

我的心紧缩得像担力的铁练
偏逢着惹人怒烦的落雨天
丽莎也知道这离别的滋味
静静地,在瞪着眸子的灵辉

房间的空气有点异样
各人的脸都闪着灰情的暗光
时光更显得伸长了腿
把我们剩给了最后一刻
我们的喉咙都像有点苦涩

在我的记忆里永不会忘掉这一个雨天
朋友！你带着新秋要离开西安
当火车的窗隙透进了拂晓
朋友！你身后的旅程正是潼关
在车厢里你再慢慢的细嚼留恋

八,二一,于西京鲁彦居停处。

(《西京日报·明日》,1935 年 8 月 24 日)

陕西人眼中的王鲁彦

夹　人

我们考察了“王鲁彦眼中的陕西”以后,再来看看陕西人对于我们的作家是怎样的认识着,我想这也是一件很有兴味的事。

毕竟因为鲁彦先生是名作家,他的踏进潼关,是引起了陕西知识群的注意,其中有些人虽然并不是出生于陕西,但究因他们是永远永远的住在长安,“娶妻生子”,这里我们也权把他当作陕西人来看吧。

鲁彦先生的得以驾临西安,据说还是由于他的一位当教务主任的朋友的硬拉,当然,那位教务主任对于我们的作家是很景仰的,为的是拉来给自己撑一撑门面。果然不错,当鲁彦先生将要来陕西在合阳中学教书的消息传出之后,在陕西知识群中,就惊奇的传说着:"文学[①]家王鲁彦将要在合阳中学教书了。"我不知这是陕西知识群一些人们的少见多怪,还是对于鲁彦先生抱有什么伟大的希望?

除过写几篇文章之外,鲁彦先生也毕竟和平常人一样,日子久了,人们也就渐渐的忘记了合阳中学还有一个文学家王鲁彦。

不久之后,我们在《西京日报》的副刊《明日》上,突然看见鲁彦寄给《明日》编者老戈的一封信,虽然是短短的几句私语,但老戈却把它注销来,而且特意标出"又是标榜"几个字,大概是为的叫读者看看编者老戈和作家鲁彦的交情是多么的"如胶似漆"呀!

鲁彦先生从合阳到西安的时候,又引起了西安知识群的注意。有一群人们是想赶快去认识作家鲁彦和他交起朋友来,满望在鲁彦提拔之下,也爬上文坛去。另一群,是怀着满肚子的热望,希望作家鲁彦来到西安,能够帮助陕西的文学青年开辟荒漠的西北文坛。然而,结果怎样呢?

在前一群人们,我们看到对于鲁彦的热爱,只是大写其《送鲁彦行》,述说他到华清池去送鲁彦的光荣,或者在鲁彦离开西安时,在"西京鲁彦居留处"写一首《鲁彦南归》的诗,说明自己也是鲁彦先生的一个朋友。而鲁彦先生也总算不错,为要报答朋友之情,也把他一位西北的朋友介绍到《太白》半月刊上去作一个特约撰稿人。至于其他欢迎欢送鲁彦先生的小朋友们呢? 那只有天晓得!

作为后一种人们代表的文字,在当时,我们看到《明日》上的一篇《欢迎鲁彦先生》和西北朝报《帽玲》上的一篇《关于欢迎鲁彦》,在这两篇文章里,是一致的希望鲁彦先生:既然来到陕西那么就应该把陕西连年来被灾荒摧残的真情,详细的观察领略一下,写到作品里去,展放在全国读者的眼前。但鲁彦先生结果只写给我们一篇《驴子和骡子》,告诉我们:他是如何的爱西北的驴子,如何的骑驴子去探春的故事。而且把它登在所谓权威杂志的《文学》上,后来又作为一个集子的题名,这就是鲁彦先生在陕西一年的成绩,对于陕西一些青年热望的回答。也许鲁彦先生以为那就是他到陕西后所写的唯一的好作品吧! 但在这里,正赤裸裸的显露着我们作家的真正嘴脸,大家也就可以认清鲁彦先生究竟是怎样的一个作家了。

因为鲁彦先生是学世界语的一个作家,这使陕西一些学世界语的青年,对他抱着更大的希望,满想鲁彦先生对于他们的世运能有一点帮助,便不揣冒昧的以世界语同志的资格,给鲁彦先生写信,表示他们欢迎的热忱。当遇见鲁彦先生的时候,他们曾从自己的生活费用中拿出一点钱来,开了一个小小的欢迎会。谁知当新文字运动在西安开始起来的时候,我们的作家不但不去帮助,反而造谣中伤,使新文字运动受到打击,使一位学世界语的青年遭到不幸,这就是陕西几位学世界语的青年欢迎王鲁彦先生所得到的成绩!

鲁彦先生转到高中教书的时候,其情形怎样呢? 在七月十八日天津《庸报》的"另外一页"上,有着这样的记载:

> 王鲁彦任教于陕西省立高级中学校,一般学生既不热烈欢迎,亦无反对表示,甚

---

① 原刊无"学"字,据文意补。

为平平，惟前次某要人到陕西，王在高中校务会议席上，提议在校刊上出欢迎某要人专号，未能通过，一时传遍陕西知识界，成为许多爱好文学者谈话的资料。

为什么高中学生不热烈欢迎鲁彦先生呢？为什么没有通过我们作家的提议呢？难道大家都还不知道鲁彦先生是有名的文学家么？而且是很爱要人的呀！

鲁彦先生突然在暑期中携着娇妻爱子离开了陕西，详细的原因我们虽然不大清楚，但一看九月六日天津《庸报》“另外一页”上的记载，就可以知道一点消息：

> 作家王鲁彦，任教[①]于陕西省立高中，已经一年，因学生多不满王之行动，遂被学校当局辞退。王日前已携其夫人及其男女公子，由陕起身赴沪。

究竟高中学生为什么不满王的行动？学校当局的辞退鲁彦先生是否还有其他的原因？这在局外人的我，是不很清楚的。但我很伤心，为什么竟使我们的作家“幸幸而来，愤愤而去”呢？

（《渭流》半月刊第二期，1935 年 10 月 16 日）

评《乡下》[②]

汪六滨

据胜本清一郎说：现在的日本，也不是单行本文化国，而是新闻杂志文化国了。而在苏联，近两年来的文坛也比较的沉寂，出书寥寥；在一九三五年中也只出版了爱莲堡的《屏息》，渥司脱洛夫司基的《百炼之钢》，舒平的《第三阵线》，包高金的《贵族》，和犹太作家白克尔孙的《在特聂泊尔江畔》和由于各处矿工所合作的集体小说《高山的生活》等几本而已。而在中国呢？单行本的创作小说，也只有《生死场》、《炼狱》、《八月的乡间》那么几本！文坛上呈着荒凉的景象，一般爱好文艺的读者莫不感到绝大的失望。所谓“杂志年”中的那些杂志，也绝未见到有什么较使人满意的作品出现，我不能不摇头叹息：中国新文艺的生命是渐渐地没落了啊！

在作品稀少的状态之下，所幸上海的《文学》上还常常可以看到几个中篇小说，我读过了沈从文的《八骏图》，老舍的《新家庭的旧悲剧》，张天翼的《清明时节》，茅盾的《多角关系》等，现在又读了鲁彦的特约中篇小说《乡下》。

《乡下》所写的是乡长和他的爪牙们压迫与剥削甚至陷害乡民的故事。作者的本意只在客观地暴露豪绅地主的欺诈专横以及乡民在欺诈专横下所遭受的痛苦和厄运。完全是消极的描绘，没有“积极性”的存在，更未能在字里行间流露丝毫的解决办法，更未能指出那些被压迫的乡民们应该怎样地去解除他们所遭的痛苦，因为这样，作者无意为他们指示出路，为着故事的结束起见，便把故事中所写的几个乡民们都置之死地。就从这一点看起来，作者的认识不足，思考未深，平庸地勉强地完结了这篇小说，是很可惋惜的事。篇中的中心主要人物是阿毛哥，次要的阿利哥，三品哥；反派的人物是强生乡长，金甚校长和阿坤屠户。阿毛哥是个有着一只小划船的船户，性情刚强，遇事留不住火。故事的开头，为了五角钱的船捐，他就发疯似地说：“我做不得人！——我先和他拼个

① 原刊作“务”，不通，据文意改。

② 本篇原刊无标题，标题为编者所加。

命！——哼！限我三天！——你叫我到哪里去弄这笔捐钱？偷吗？抢吗？我阿毛不是这等人！我从来不靠天，不靠地，单靠我这幅铜打的铁骨吃饭的！——他要逼死我，我就先要他的命！——你看！你看我这铁打的筋骨！十个阿坤杀猪徒，也不在我眼里！"宿命论者的阿利哥，就拿"恶人自有恶人磨"的话来劝他，叫他缴了捐；可是虽然缴了，而阿毛终于因为乡长们的陷害被捕入狱，判了三年徒刑，而和阿毛要好的三品哥也被捉去判了六个月的罪。从他们入狱后，阿利哥就带着阿毛哥的十二岁儿子划船过活，到三品哥六个月期满回来，阿利已经在十天前患病死了！再到阿毛三年期满回来，阿品又患病死了，他的儿子也不知下落的死了！写到最后，阿毛起心复仇了，然而为着几年牢狱之灾，弄得他神经错乱，误认自己的身影为仇敌，用斧头去砍杀："呔！看斧头！"

"但是，没有人，也没有回声。月光照得他身边的田野和道路非常明亮。"——三四三页。

后来他更误认了靠河的两株小树和他自己底影子是强生、金生、阿坤三个仇人，他"愤怒的火爆裂了，阿毛哥拿着斧头，猛虎似地扑了过去……"——三四四页。

——于是阿毛也死了，故事就到这里收了场。

在整个故事的结构和编制上，没有高潮的顶点，全篇平铺直叙，没有什么穿插，在当中作者为尽量暴露乡长的无辜栽害，曾写出乡长为了没有得到吃喜酒的帖子而诬陷于一个在上海洋行里供职的青年为共产党，后来有了喜酒吃了，便算了事。这固然可以反映着乡长的卑鄙、下贱、无耻，但是很不近于人情。这样的事纵有可能，也绝不是这样简单的，这未免稍嫌过火。在写作的技巧上，作者不能戏剧地去写出人物的性格与动作，去创造典型人物，只用着整穿零脱的办法去安排，颇显得手法拙劣。譬如作者要写阿利哥，便把阿毛和三品安排到牢狱里去，用上一大段的字句专写阿利，要写三品了，便叫阿利死了，而把三品打牢里放出来，要写阿毛了，于是叫三品又死掉了，连阿林也死掉，而专写阿毛。这样，便使人物个个是孤立的存在，当然无法收到集体行动描写的效果。尤其第一段的冗长的对话，只有语言，没有动作表情，失去了故事的活泼性。作者对于这中篇小说的结构，纯粹没有用力，也没有用心，处处在逃避故事的复杂，而施用取巧的方法去把它化整为零，这是作者的过失，也是作者的失败，更是一般读者所抱的遗憾。

鲁彦先生是老牌作家之一，然而他的作品，竟不能使人满意，而且使人失望！我近来对于老牌作家几乎失望到尽头了！即如茅盾先生，他打《子夜》《春蚕》以后，有什么新的优美作品出来？近来一般作家之转向杂文一条路上，虽有其一方面的理由存在，而实际上是写不出来更完整的东西，怕也是一个隐藏着的原因吧。这并非特意责难，实际上他们的生活太轻松平淡，凭着脑袋挖想出来的究竟很有限啊！

鲁彦先生这篇《乡下》，在技巧上，意识上，都不能得到较好的评价，非常使我为中国荒凉的文坛再三叹息！

（一九三六，二，十九，于开封）

（《华北日报》副刊《每日文艺》，1936 年 2 月 25 日）

关于《西安印象》

源　水

自从因生活逼迫，在一个朔风怒吹，大雪纷飞的冬季早晨，含泪的离开了亲爱的故乡——西安,而踏入了异地,开始过漂泊生活以来,不知不觉的,茫然的已经把一个年头多的时光匆匆的跑过去了。在这一个年头多的期间,我脑海里时时摇曳着恍惚的西安给与我的印象,尤其是独自个无事的时候,西安那高入云际的钟楼,热闹中心的南院门,便在我眼前出现它逼真的面目了。

一年多来,故乡的消息,可以说一点不被我知道。虽然故乡朋友来信中零星的告诉些故乡的消息,河南开封报纸上有甚么西安市"怎样,怎样",但是这究竟能有多少!我几次想订阅一份西京的报纸,以灵通闭塞的消息,但是自己所得到的钱,连糊口的也几乎不够,总常常对他们说:"多多的给我告诉些故乡的消息。"我得到了故乡的消息,真如得到了玉石一样。

我是个穷得可怜的人,买书当然更是妄想,但是我又爱读书,我为了对付自己的嗜好病,便常常设法买书,或借书。

去年间,在伙食中强迫的节省了点钱,在今年买了一本《文学》新年号。不意在这本书上,又发现了王鲁彦先生的大作《西安印象》。这四个字被我的眼目瞥见后,我就聚精会神的把这个反复的读了几次。哈!《西安印象》,王鲁彦作。我素来少享读王先生大作的福分,而现在这题目既关系故乡的描写,又是中国文坛上著名的,我所爱的文学家所作,这真不枉为去年肚子硬挨饿而节省了那些钱买了这本书!我除了谢谢作者外,连上帝我也想感激!

我恨不得五分钟将它读完,但是愚笨的我,只能希望,不能做到,还是嚼文嚼字,慢慢的读了下去。读完后,我亲爱的美丽的西安,马上使我讨厌它了。《乌鸦的领土》《幻觉的街道》《苍蝇的世界》,但是静思之下,东西南北大街的各家商店,各家商店陈设的百货,建国公园,莲湖公园的花草,又很神秘的壮严的跳在我的眼前了,后又由讨厌它而变成爱它了。哈!西安仍是一个西安,在我回忆起来,是很亲爱的,美丽的,而在王先生眼中的西安,却成了肮脏的厕所了!

王先生是久居中国热闹中心上海的人,一天所能听到的,只是跳舞场舞女娇嫩的歌声,一天所走的路,尽是水门汀,为了发财忽然去到交通不便的西安,自然要感到烦恼。我们作者烦恼得喊出口来了:"我仿佛自己走到小人国里,眼前的钟楼在我的脚底下过去了,熙熙攘攘的人类全成了我脚下的蚂蚁……""一种特殊的气息,从这些小店铺的锅灶上散步出来,前后相接的迷漫了一条极长的街道。"

这些描写未免有些失真,因为这种特殊气息的小店铺,他们为了"商业茂盛"起见,也不愿意"这些"的稠居,总要散开居住。况且西安确实没有那么多的所谓"特殊气息的小商店"。即令有"这些"稠居的小店铺,因了空气调和的关系,也绝对迷漫不了"一条极长的街道"。这使我们不能不认为王先生是①少有常识的人。同时,可以充分的证明了那所谓特殊气息小店铺是造谣哩!

"请,请,躺下……不远千里而来,疲乏了,兴奋兴奋……"

"不会,不会,从来不曾试过。"

"不识抬举的东西,因为你是我儿子的先生,我才拿出这最恭敬的礼物来……"

以上是由王先生脑海中幻觉出来的。在事实上,或许王先生能骂人"不识抬举的东西"。西安虽然是避俗的一隅,但也决对不能如此的不知人情。说到这里,不但不能使我

---

① 原刊无"是"字,据文意补。

们相信，另外笔者还要伸冤一声！至于王先生说"报载新闻，一个猫到奄奄一息，某寡妇烧起烟来解闷。几分钟后，猫儿忽然活了，后来才知道它是烟味上了瘾的"的话，究竟有没有，订阅不起西京报纸的我，也绝对不敢说，没有那回事。不过，我们就客观事实上，以及王先生惯于撒谎，就使我们有些不可靠了。助闲暴虐的王先生女人还说："那里闻不到烟味。"

我们作者早就呐喊着烦恼，和讨厌，但是那"红头绿背的肥胖苍蝇"，还要来站在我们作者的"头上"，"扯耳朵"，"拍眉毛"，"摸鼻子……"把王先生更讨厌又大声叫起来了："活不成呢！"幸喜还有"大批"的武器，教我们作者弄了个"总攻击"，使他们"断头的断头"，"破肚的破肚"，"……"

王先生被所谓"惊醒"而给学生出了个题——"述黄帝之功绩"。王先生说"或曰'怎么样！''怎么样！'"我读这"公有公理"，"婆有婆理"，"议论纷纷"的文字，我们总希望着有一个站在客观立场的人来一个标准的评语，更何况王先生那时还负着"批改"学生文章的责任呢？但是王先生却没有赐给他的学生们一个评语，这不但使他的学生们感到是莫大的遗憾，我敢说一句，另外还[①]有许多读者也同样的感觉着吧！

记得去年一个故乡的朋友，给我来了一封信，说西安高中学生把王鲁彦先生驱出校外了。

西安似乎不需要这位王先生。

（《西北文化日报》副刊《西北角》，1936 年 5 月 22 日）

《乡下》

——王鲁彦小型文库之六

易　我

王鲁彦先生是成名颇久的一位作家。一九三二年前似乎沉默了好些时候，最近颇努力从事作品的生产。《乡下》一书即其最新的中篇，以农村为题材，写尽土豪劣绅种种欺压及剥削农民的活剧：巧立名目征收杂税、举办事业从中渔利，这一方面的暴露，不能不说有相当的成就，而组织本书的悲剧，不无过火，及生硬的坏处。

全书共分八章：第一章写船户阿毛哥预备抗缴"巧立名目"掏河的苛捐杂税，被他的好友阿利哥多方劝阻，互相拉扯了许多说话，从对话中透出了土豪劣绅的"大鱼吃小鱼"的故事。

第二章写阿毛哥接受了阿利哥和三品哥的劝告，凑了钱，耐着百二十分的性子缴到乡长强生的家里去，却被强生乡长侮辱了一番，大气奔回，拿起斧头要劈掉自己的船只，三品哥阻拦不迭，左邻右舍的男男女女终把他截住了。然而这正给土豪一个藉词陷害了他和三品哥。

第三章叙阿毛哥和三品哥被强生哥藉词陷害，以"持斧行凶"和"帮同行凶"的罪名，一个判决三年，一个是六个月的监禁。阿毛哥唯一的一条船，也被充公到乡公所去了，只留下他一个孤苦伶仃的孩子阿林。幸而阿利哥多方设法，把船赎了出来，步着阿毛哥的

---

① 原刊"还"与"有"字之间仍有一"许"字，当为衍字，删去。

后尘，和阿林相依为命地生活在水面上。

第四章写阿毛哥关在监狱里。神经略有失常，思前想后，独自说了许多话。独自最难描写，亦最使人不耐烦，这一章只想他儿子阿林一节最好，颇能引人流下儿女情长的同情泪水。

第五章写六个月后，三品哥出狱来了，可是阿利哥却于十天前染了病疫死去，三品觉得三个好友，一个困禁囹圄，一个长眠地下，自身难得了自由，然而死别生离的悲哀，是无法仰止的，并感到种田根本没有了出路，一个农人一年到头，风吹雨打日头□，过着牛马一样的生活，却经不起别人重利盘剥及巧立名目的苛捐杂税，给自己的是一身债，真是为谁辛苦为谁忙。"要知盘中餐，粒粒皆辛苦"，及土豪劣绅残酷相都写得不遗余力，末后，三品哥终于抛了本行，又继阿利哥的后身，和阿林相依为命地在水上讨生活。

第六[①]章点出了本书的主题，写乡长强生种种欺压的手段：（一）巧立名目，征收掏河捐，把河身挖得既阔且深，虽大旱亦不会干涸，乡人却满以为是件功德，谁知却是为了他们自己，以利他们自己合股所办的汽船的行驶，于是一般靠人丁划船糊口的人们，却被他们夺去了生命的泉源，所以"掏河就是掏命"；（二）阿利哥的儿子回乡结婚，因为没请强生一堆人吃酒，几乎又踏阿毛哥的覆辙，幸而他脑筋灵敏，临机应变，终而得免于难；（三）建筑公墓，农民几为死者而活不成；（四）建筑公路，强生等又从中渔利，不拆有钱人花园的围墙，偏拆三品哥的住宅，终于把三品哥活活地逼死。

第七章写三品哥死后不久，阿林也病了起来。这病的原因，全为思念他的父亲阿毛哥而起，病中想到以往的一切，独白的地方居多，正与第四章阿毛哥狱中独白的情况相同，末后这孩子终于忍耐不住，偷偷地离开了三品伯母，冒着细雨向伏虎岭寻他父亲去了，这孩子就这样没了下落。照后一章的看法，这孩子是死去了。作者用侧笔写法，使读者有迷离之感，然而这毕竟是可取的，否则冒冒失失地走，似嫌生硬。

第八章写阿毛哥终于出了狱，然而神经完全错乱了，笑骂无常，喜怒不定，有时如同无知无觉的生物，有时又较清醒，终于被别人一句话提醒，想到入狱以前的情景，于是愤怒而要对仇人报复，然而结果终于神经失常，死于他生活了半生的河水里面，于是结束了这场悲剧。

就这八章而论，作者能以锐利的目光看清了农村社会的一点一撇，描写无遗，作者之能获得存在，和受多数人的欢迎，绝非偶然。然而叙事不无过火及生硬之处，用笔亦不简练，似嫌繁琐，农人对话时，常夹入一些他们不会用的名词字眼，这也是无可掩饰的缺陷。

一九三六，七、二六，西京

（《西北文化日报·西北角》，1936年7月30日、31日）

文坛逸话·鲁彦开房间

静　文

王鲁彦这个名字，对于爱好文学的人似乎是很熟习的。他的性格很沉静，待人接物又那么和蔼，谈起话来又总是不急不缓，从来没有见过他有疾言厉色。他的文章写的很清逸，可谓文如其人。他的创作不少，译品也很多。他的世界语是刮刮叫，当爱罗先珂在北大教授世界语的时候，他曾任这位俄国盲诗人的助教。他的译品都是从世界语转译来

① 原刊作"五"，据文意改。

的。他不仅对于文学的素养很深，而他对于音乐也很爱好，并且还弹得一手好琵琶。他跑过的地方很多，北平、南京、长沙、厦门，但他都不能安心耐性的常住下去。

记得十年前他在南京中央宣传部作事时，白[①]天办公，晚上在家又怕继任的扰乱，因之对于写作的时间久大感困难。后来他学到了吴稚晖先生开房间的法子，他在准备写作时，就先请上两天假，然后在旅馆里开个房间，闭着门住两天，安静的写完他的东西。

（《华北日报·咖啡座》，1937 年 4 月 1 日）

关于王鲁彦的死

风 家

据中央社桂林电：作家王鲁彦前患肺结核症，居湘疗养，□因湘北战起，来桂治疗，因路途劳顿，病况恶化，终于不治逝世……因此，我们的作家阵营里又损失了一个优秀的战士！

鲁彦的死，“旅途劳顿”云云，□是一个小因素，病是主因。但最根本的原因却在于贫，贫和病是结着不解的缘的，它□击倒一个战士的意志和信心，却很轻易地摧毁了衰弱的肉体，在现社会里，贫、病、死已成为作家的三部曲。不过，所差的只是有的已奏完了最后的一曲，有的在奏着中间的一曲，有的正在开始奏序曲罢了。

如果我们承认“适者生存”这话是真确的，那末，贫、病、死的一群正是受着自然律所淘汰的低能儿，一无足惜的。鲁彦的遭遇也可说是一个明证吧？

此次抗战是个非常时期，那些有“异常之才”，善于使用“非常手段”的“非常之士”都成为“履缟曳素”的名人阔佬了，这些还是属于“□者”一类的。作家群中，自然也有这一流人物：他们的从事于写作，只□把它作为一块敲门砖，以求“闻达于诸侯”罢了。有的则迎合着某一部分的读者心理，使他的源源问世的作品也就不胫而走，这样□自然也可名利双收了。可憾的，鲁彦却非此辈中人，二十年左右的创作生涯，始终在严正不苟的写，也严正不苟的编，这种严正不苟的精神和生活态度，谁知带来了这一悲惨的苦果！

鲁彦死了，这是“现社会中的弱者”的死，能为他一洒同情之泪的也只有和他属于同命运的一群，桂林文协分会为他的遗属的生活问题正向各方□请救济，此辈想来更将遭人的反对了吧！

［《扫荡报》（昆明），1944 年 9 月 19 日］

怀鲁彦先生

吕 器

四年前的一个凄风苦雨的秋夜——远行的前夕，我正在你的临时书斋，接受你温情的慉注，四年后一如四年前的一□凄风苦雨的秋夜，忽而听到你给病魔劫走的噩耗——当这闷雷似的消息，迎头打下来的时候，上帝说明，我的每一根神经末梢，有如触了电火般的震痛。

——本不该在万千人同悼你的时候，勾谈个别的私情，然而，激情迫使我，我怎也抑不住内心的搏动，而我所不□已于吐露的私情尚有私于上者：

当我远行前夕，向你道别的时候，你不作凡人的临别依依，你只那么直面惨淡地——

① 原刊作“明”，据文意改。

根据彼此间的了解,你常常在直面惨淡的后面蕴藏着无限挚切的温情,使人进取的火般的热力——勉我以

"去吧
到没有真理的地方
发现真理
到没有光明的地方
寻觅光明"

你不如往昔那般叮咛我,如叮咛一个亲娘的弟弟:"善自珍重","寒暖自知",你也往昔那般祝福我,如慈母祝福游子:"一路平安","百无禁忌"。而你却把热望隐在,把真情□在舌□,只让你平日在讲坛上讲述烈人烈事时所用的那么"冰冷其外,热乎其中"的神情,从齿缝溅出几声冷冷的"算是祝语":

你——
□□下水的□
愿永远在惊涛骇浪的汪洋航行
不再风平浪静的港湾匍匐
……
顶着大时代的风雨
从渺茫的航程上
找出人生的真谛
宇宙的奥秘

每一个字都满濡着火热的力和挚诚的温情的你勉言祝语,四年来,结成一条有力的电鞭,无时不刻地在鞭策着我,使我只敢向前,没敢退后。

奔走在崎岖的世道,航行在风险的汪洋的漫长的日子里,穷始终没有畏缩,没有怯懦,就在于惊涛骇浪的声音打进心□的时候,真理俯着首哀泣的时候,阴霾遮断了视线的时候,我都默诵你那带着"天启"性的勉言祝语。

风雨如晦的今夕,听到你的恶讯,你那沉重的音容,宛在我模糊的泪影中。我至再默诵你那□着"天启"性的勉言祝语,前历历事,尽显心田。惜哉!招魂无方,徒贻断肠!

我恸——
恸我渺茫的前途失去了盏明灯
恸撒谎的世界少了一个讲实话的人
恸荒芜的中国文艺园地少了一员有力的园丁。

——四四·仲秋·风雨之夕

(《新疆日报·天池》,1944 年 9 月 28 日)

我所知道的"鲁彦"

得　先

鲁彦的出生[①]地在东海滨一个县城,叫做镇海。他的家住在大碶头,杨家桥。这里离

① 原刊作"身",据文意改。

宁波很近，居民多数经商，因此商人味道十足。他的父亲一辈子替人家当账房，直到七十多岁还在外面很辛苦地替人家管账。他的母亲是一位能干、要强的女人，为了儿子的逃婚和不肯在洋行里学徒弟，以为这是丢掉她面子不替她争气的事，不知流过多少眼泪。他有两个姊姊，一个哥哥，一个妹妹。除大姐还活着外，都是十五岁□中间死了，而且似乎也都是死于结核病。

靠着他父亲勤劳辛苦积下来的钱，把祖产分给的两间房子修理整齐。在一幢大院子里同住的几家亲族中，便显得比较丰裕，因此便引起了忌妒。而亲房中有一家因为做生意发了财，在附近另造了一所大屋，过着更优裕的生活，这使他母亲要强的心理□感到非常不舒服。在这样的家族中间，就常常为了些微的小事，不断地发生吵闹，斗争，鲁彦就是在这样的环境中长大的。

鲁彦在自己乡村里的高小毕业后，父亲送他进上海的一家洋行里做学徒，同时替他定了婚。五四运动的高潮惊醒了青年的自觉。这时鲁彦在一个英文夜校补习英文，也受到了新思潮的激励。他感到自己所处的地位，是洋奴的洋奴——买办阶级的走狗，认为是莫大耻辱，况且家里又在逼他结婚，他深深地受到封建势力和帝国主义两重压迫的痛苦，迫切地要求脱离他的耻辱生活。当时陈独秀在北京组织工读互助团，他就直接写了信去，要求加入。接到允许的回信之后，他又得到朋友的帮助，就偷偷地逃到了北京。

他在工读互助团办的一个饭馆子里当伙计，半天做工，半天在北大旁听。这样的生活过了半年，工读互助团解散了。以后的生活全靠朋友帮助，绩溪章铁民、台静农这些人是他的最好的朋友，帮助最多。他夜里睡在庙里，白天晚上就耽在北大的图书馆里。他每餐吃的是两个窝窝头（玉米面做的馒头），就是买窝窝头的几个大子（双十铜元吧），也还是吃一顿找一顿的。但就在这样艰苦困难的生活中，他仍不懈怠学习。他以三个月的速度学会了世界语，能译文译话，曾在北大帮助俄国盲诗人爱罗先珂教世界语。

不久他离开北京，同章铁民到南京办学校，没有成绩，又同章铁民到长沙，任教于平民大学。这时他已开始写小说，多半在《小说月报》上发表。他和铁民、汪馥泉、赵景深一般□在长沙办了一个小刊物，叫做《野火》，刊物虽小，寿命亦不长，但野火却烧遍了长沙城，烧得每个青年都有点热狂了。当时他们的思想是怎样的，还在混混沌沌中的我是弄不清楚的，现在也记不得那些内容了。但记得他们敢说敢骂敢哭敢笑的热狂，至少是当时一般反对封建社会的青年所欢迎的，在长沙流浪差不多一年之久。在平民大学出来后，他便流浪在长沙，差不多一年之久，民十四年再回到北京，任教于世界语专门学校半年。学校关了门，不久，他当了故宫博物院的顾问。北伐军到了长沙，正当中国大革命时代，他由北京又到了长沙，在省立第一女师教国文。这时他已经是两个孩子的父亲，生活的拖累日重。民十五年春他到汉口，在《武汉日报》当编辑。数月后带着家人回至家乡，直到南京政府成立，他才在中央党部国际宣传处工作。

这些年来他一直在《小说月报》、北京《晨报副刊》发表短篇小说，已出版□创作，短篇小说集《柚子》《黄金》和译作《犹太小说集》《失了影子的人》《给海兰的童话》等。

鲁彦在二十岁以前刻苦求学的精神可说是达到了最高峰。他的文艺天才如果能够得到充分的发展，他的成绩应该还要大些。他不但有文艺天才，还有音乐的天才。他小时候在家里偷偷地自己做胡琴，笛子玩，被他母亲发现了，把他的乐器摔掉，并骂他学下流。后来他在北京学会玩各种中国乐器，最喜弹琵琶。他常以不能学西乐为憾事。有一次他得到《晨报副刊》的一笔最大的稿费卅元，全部拿去买了一支破旧的□琴，还在朋友处硬借了十元来配弦线。可是他的家里正在同善堂去领了一袋生了虫的小米来吃哩。

鲁彦对于生活是毫无打算的，穷的时候可以硬着骨头挨，有了钱就尽量的享受。他很爱孩子，但管不了的时候就丢掉不管了。他厌恶，忿恨旧社会里的□[①]劣风习，拜金主义，残忍屠杀，欺骗压迫，但只有消极的厌恶，忿恨，没有积极行动的勇气。他的生活是个人的浪漫的，他的人生观是虚无，悲观的，他的小说免不了多少有点虚无悲观的意味。抗战前后，随着大时代的潮流，他应该是转变了，十六年中我和他的生活隔绝，我不知道他。上面我叙述的，是民十八年鲁彦二十八岁以前的生活，有些是他自己告诉我的，有些是我对他的印象。也许我对他的印象，不知不觉或多或少有些主观，但一切都是真实的。

附记：我和鲁彦生活在一起，只有六年，这六年中我们的生活精神物质都很痛苦。因为我们对人生的看法不同，处世做人的方式不能一致，我是受生活的压迫越重，对人生的了解越多，对人生就更热情，更积极。民国十八年夏初，我生了第三个孩子后三月，他说要到日本去，我也知道他另有恋爱故事，我带了孩子们回到湖南，从此我们就别离了。

我们共有三个小孩：大的女儿叫做涟佑，现在江津国立九中高中三年级读书，第二个儿子长佑在湖南省立第六高级职业学校矿冶科毕业，将来渝升学，第三个女儿宁佑肄业初中，现在沦陷了的湘乡外祖父家里。他们□[②]小就离开了父亲，虽然和父亲的感情没有很好的联系，但是他们听到了父亲贫病而死的消息，也是很悲痛的。

（《现代妇女》第3、4期合刊，1944年10月）

王鲁彦

林建七

老牌作家王鲁彦，他是文学研究社的中坚分子，受了鲁迅先生作风的最大影响，善于描写乡村中小资产阶级和农民的心理与生活，即使其天然成为鲁迅先生的高足了。

他长得是那样的丰满，面上堆满了笑容，人家都叫他“王胖子”——其实他并不十分胖——他的作品、翻译，都写得很逼真，总算是一位很忠实的作家。

在他中篇小说里，描写最好的是《阿长贼骨头》一篇，苏雪林说：“文笔之轻松滑稽，处处令人绝倒，也有些仿佛《阿Q正传》。阿长是易家村一个穷苦的阶级的人，自小顽皮狡狯，喜欢说谎，偷窃、拐骗、赌博、调戏女人，作一切坏事，受了许多教训还是不改。长成后干过卖饼、卖洋油等小贩生活。后来娶了个丑陋不堪的老婆，堕落做了刨坟贼，被人发觉逃亡了事。作者形容阿长好窃的天性到‘到了十二三岁，他在易家村已有了一点名声。和他的父亲相比，人人说已青出于蓝了。他晓得把拿来的钱用破布裹了起来，再加上一点字纸，塞在破蛋壳中，把蛋壳丢在偏[③]僻的墙脚跟，或用泥土捻成一个小棺材，把钱裹在里面，放到阴沟上层的乱石中，空着手到处的走，显出坦然的容貌。随后他还帮着人家寻找，直找遍最偏僻的地方。’”又写他在史家桥拐小孩项圈。他送饼给孩子吃，一面同他谈着话，“‘啊，你的鞋子多么好看！比你弟弟的还好！那个——谁给你的呢？穿了——几天了？好的好的！比什么人都好看！鞋上是什么花！菊花，——月季花吗？——’他一

---

① 原刊漫漶不清，疑为“恶”字。

② 原刊漫漶不清，疑为“从”字。

③ 原刊作“编”。

面说着，一面就把项圈拉大，从孩子的颈上拿了出来，塞进自己的怀里。孩子正低着头快活着看自己的鞋，一面咕叽着，阿长没有注意他的话，连忙收起盘子走了。”作者写阿长这样机警奸诈之处甚多，而且无一不写得很淋漓尽致，栩栩欲活，教我们亲眼看见一个小流氓的面影。这面影正是我们在各处社会可以遇着的。阿长还有其他种种长技：他虽然常常吃别人的亏，却也能常常教别人吃他的亏；他偷了人家的东西被人发觉能容色不变的否认，能跪在神前发血淋的恶誓；被人殴打急时，能吐口水，能便溺并流的装死，甚至他母亲垂死时他也会假作疯癫假作被鬼拖入河底，在外边耽了一日一夜将殡殓费推到别人身上。总而言之阿长是个天生的坏胚子，永远改不好的下流种子，不过在鲁彦温厚同情的笔，我们反倒[1]对他有些可爱，正如我们不大讨厌阿 Q 一样。

此外《柚子》，也是一部很好的作品，一九二七年出版于北新书局，其中包含有《秋夜》《狗》《秋雨的诉苦》《灯》《柚子》《自立》《许是不至于罢》《阿卓呆子》《菊英的出嫁》《小雀儿》《美丽的头发》等篇。第二集为《黄金》，发表于《小说月报》。

《柚子》里写得最好的是《狗》《柚子》《阿卓呆子》。《狗》的一篇，好像心灵上吃着辣辣的一样。阿卓的呆，也就呆得是那样的可爱。有人说：作者感受性非常锐敏。在心意上细微的一点震荡，就往深里，往远处想，于是让我们看见个诚实、悲悯的灵魂。作者的笔调是轻松的，有时带点滑稽，但骨子里却是深潜的悲哀，近于所谓“含泪的笑”。作者的文字极朴素，不见什么雕饰，这三者合并，就成一种自有风格，显与其他作者的并不一样。

平生的著作除上面所写的以外，还有《童年的悲哀》，翻译有《波兰小说集》《世界短篇小说集》《世界的尽[2]头》《显克微支小说集》，郭戈里《肖像》，先夫什伐斯基《苦海》，波加奇次《忏悔》等等。

他的故乡是在浙江宁波，曾在浙江大学教过书，发生一段很美的恋爱故事。她的绰号“赛昭君”，是云南人，名叫谭昭，在厦门文坛上算是个著名的女作家。她俩恋爱不久，遂进一步而结婚。但是后来不知为什么又离婚了，不过鲁彦常对朋友说：“有野心的人，终归失败！”这其中的底蕴，只有她俩自己知道罢。

记得在几年以前，沈雁冰还没有用茅盾的笔名，曾在《小说月报》上发表了一篇《王鲁彦论》，誉之为“现代典型作家”，在当时并没有多少人注意。所以作者在《毒药》的小说里说“他觉得也还不十分粗糙。在这些小说里[3]，他看见了自己的希望和失望，快乐和痛苦，泪和血，人格与灵魂”。这是假设作家来检查自己的小说。后来又因托书店出版，书店的经理回答他说很坏，“这使他非常的愤怒，对于读者，他眼看着一般研究性的或竟所谓淫书，或一些无聊的言情小说之类的书，印了三千又三千，印了五千又五千，而对于他这部并不算过坏的文艺作品，竟冷落如此。‘没有眼睛的读者！’他常常气愤地说”。像如这种的牢骚，在文坛许多有名的作者，都也经历过这样一个不得意的阶段。这并不算是什么过激的牢骚吧。

（《实报半月刊》第 2 年第 3 期，1936 年 11 月 16 日）

---

① 原刊作“到”。

② 原刊作“世界的头头”，据文意改。

③ 原作“小里说”，据文意改。

评《鲁彦短篇小说集》

赵仲群

鲁彦已是一个“老作家”,但他未利用老作家的牌子粗制滥造,甚至比“老作家”还要慎重。虽然他从十七八岁就“踏入了紧张生活的战场”,仍嫌不够充实,更要“多多体验实生活”。他忠实于他的工作,会把有了的材料,定了的方法,再搁上一二年才动笔。像一篇《小小的心》就是这样慎重后的产品。这慎重使他有工夫去接触到更多的孩子,而且懂得了福建话——在作品里增加了一点必需的材料。这样出格的郑重,是他的创作态度。

从大体上说来,鲁彦是一个冷静的作家。鲁迅先生在《中国新文学大系·小说二集导言》关于他,写道:“要说冷静,这才是真的冷静。”

但是,“人”终究是有心的,所以鲁彦先生虽然冷静,也免不了悲哀。他“看见了隐藏在深的内部的秘密。从这里得到了深切的失望和悲哀……涂漆黑一团,什么是前人生的意义?什么是伟大的自我?……”(《毒药》)

在他看来,人生是既无聊又无望。然而在渺茫分歧的路上的人们竟是盲目生活下去的!鲁彦对于这模模糊糊地活着的人,是绝望了的。他看来,这世界,这人间,是无法可改善,可医治的。按理讲:鲁彦既是一个文学家,就该相信文学对这无望的社会有所贡献。但是他却怀疑了:“作品于读者有什么益处呢?给他们一点什么?安慰吗?……希望吗?……指示他们人生的路吗?……”他都不相信。不承认文学作品有什么力量;而且,他因为失望,悲哀,更逃避人间,他不想指示人生了,“还是让他们不了解,模模糊糊的好!”所以,他把他本不相信有什么益处的作品也“点起火柴,他烧掉了桌上尚未完成的作品……”(《毒药》)至于真实的作家鲁彦,也真的在“过去三年中几乎搁了笔”。

他怎样用他的作品来描述了他的“失望与悲哀”呢?

第一,在形式方面,他有“不一致”的作风,文体……他未给自己制造下可怕的不能超出的“定型”;他能用许多的方式或手法写出他对人生的失望与悲哀。《幸福的哀歌》是相当的沉重的心理描写。《胡髭》却是以诙谐——或可以说是顽皮之笔出之的。《小雀儿》更巧妙的用一只麻雀描出中国的内忧外患,虚伪可怕的人性,各种主义的无聊……

第二,在内容方面,更有多方面题材的选取:恋爱的故事在这集子里有三篇,都是无聊和盲目没有意义,如同蛆虫一般。《一篇抄袭的恋爱故事》底主人公们的恋爱仅是“背书”,从小说上学习来,机械的表演一回。《他们恋爱了》的时候,有人有“师生”不该恋爱的大道理来反对;但,结果,这些人物更其草率的,更其莫名其妙的,就“也恋爱了……”在另一篇《恋爱行进》上,更是模模糊糊,主人公们把母爱与情爱看做没有区别,而且,可悲的是不知道为什么结了婚就会生孩子。这样的人物,怎不令人失望而且悲哀呢!

农村经济破产也被作者选取了来。《桥上》的主人公伊新叔虽然用尽了方法,使尽了力量,仍然抵抗不住有钱的轧米船老板。手工业是完全失败了,人们的生活陷进可怕的境界去了。

写婆媳两代的《屋顶下》,更表现了作者对人生的看法。婆与媳虽都是一份“好心”,结果也不免彼此仇恨而且分离,但是作者仍不肯就此住笔,他更深入一步,写出人生的这悲剧会层出不穷。身受这悲苦的人物(媳妇)并不知道她应该设法免除,她反而更糊糊涂涂的就要给自己再弄下这不幸的结果。而且“这时间并不远,眨一眨眼就到了”。

此外,写寡妇的有《安舍》一篇。她“自从二十岁过门守寡”,到四十五岁,因为有了继儿,才能出厅堂一步,才能和丈夫的亲弟弟谈一两句话。而且她“当真咬住了他——她的继儿的左颊,还狠狠的摇头,然而却并没有用牙齿,只是用嘴唇夹住了面颊的肉,像是一个热烈的吻”。这几句[①],简洁有力的写出了守寡几十年的女人的不得安慰的心也是要安慰的。然而,那二十五岁的青年儿子又被朋友招呼了去,她只得“哼出一声悲凉的,绝望的……叹息”。

《黄金》里的主人公如史伯伯的“压迫一天严厉一天”。《祝福》里的主人公陈允才虽然“自幼习读,粗知大义……毁家纾难,投笔从戎……历充排长,连长,营附等职……”但是,也不得不“伸出了他的骇人地瘦削的手”向人乞讨。

因为鲁彦先生的创作差不多都是在十分郑重下写出的,并且他的作风,文体,……也不一致,所以他能完美的,不令人感到些微繁复的写出对人生的无望的心情。

然而,这一个包含二十八篇作品的集子也并非只有冷静,只有失望与悲哀——虽然鲁彦先生冷静的正确的写了这个失望悲苦的中国,但中国既非完全绝望,他的作品里也就有新生的希望,与热情的呼号与咒骂。像《惠泽公公》的孙儿终是从溺爱的老人的怀抱里走向孩子群里了;这孩子自然是有了希望的。像《狗》是作者带着最大的热情的咒骂,同时他相信“微小的生物”会起来,会“集合着伴侣……”

这是去年文学界的一部重要集子;它正确的描写了在悲哀,无望,没落,同时又在逐渐走上新生途中的中国。它丰富可读——无论对于“青年”或“成年”。因为鲁彦先生是冷静的,这集子才并非完全以“热情”支持着作品。它虽然不能便说是“伟大作品”,但对于现代中国却作了正确而且老练成熟的描写。

(《国闻周报》14 卷 14 期,1937 年 4 月 12 日)

王鲁彦命名由来

龙　眼

王鲁彦先生,也是我们这文坛上的一位老作家,他底文章,终是那么老练而流利,他本来也很多产,近来则似乎沉默了一些。

他原名王忌我,鲁彦是他底笔名,也是他底别名。这,有着一段故事:

他没有进过大学,是一位中学毕业生,当五四之后,他得了一位朋友底推荐,谋得了教育部底一个位置。不过,进教育部服务的必须是大学毕业生,否则就不合格。他为了饭碗问题底紧要,就和朋友们商量,借了一个朋友底大学文凭,到教育部去服务。那朋友底名字,便是鲁彦。于是王忌我就一变而为王鲁彦。他写文章,也把鲁彦做笔名,直到现在。至于那个真正的鲁彦据说已经死了。

(《世界晨报》1937 年 7 月 17 日)

---

① 原刊作“句这几”,据文意改。

再告诉你，王鲁彦、蒋牧良、魏猛克、罗洪在流亡中

流动记者

记得是个和暖的早晨，记者为着一点出版上的事去长沙力报馆，不意就碰到了第一个友人，王鲁彦。连梦也没有做到我们会跑到这样远的省份来，而居然会晤叙一室，这高兴当然是难以形容的。他把一路的经过告诉我，我也把怎样到浙江，怎样从江西转湖南的行旅讲给他听，使他非常惊异于我长途跋涉的勇毅。当天因为他尚有工作要做，我们便约了一个后会的日子。

在一家西菜馆楼上又遇到了鲁彦。正是凑巧得很，那是傍晚时光，一个画报社的编辑在这里招待长沙的作家们，不知是谁告诉他们的，也把罗洪邀了进去。我去的很迟，许多朋友已在那里等待我们了。在这一次的宴会中，又遇见了魏猛克、蒋牧良等。但曹禺本来也在长沙戏剧学院教书，这一天却没有到。在宴会的中间，那位画报编辑老实说明了请客的用意，而且命令似的指定我们在创刊号里写一篇文章，当时大家就把这责任推卸在罗洪身上。那晚鲁彦坐得很远，没有机会畅谈，而胖胖的齐同却关切地问起记者的近况，同时也告诉我不久要去贵阳的计划。散席出来，记者跟鲁彦在八角亭漫步，告诉我黄源、雨田、君匋都已来长沙，约一个日子要我一起去看他们。可惜因为另外有去湘鄂的意思，所以这约会迟迟未实行。

（《迅报》1939 年 2 月 3 日）

论王鲁彦的小说

木武彦　著　孔彦培　译

王鲁彦，浙江鄞县人，他是现代中国文坛活跃中的中坚短篇小说作家。他最初刊行短篇小说集《黄金》（民，十八），后继刊行《柚子》（民，十九），《童年的悲哀》（民，二十一），《小小的心》（民，二十二），《驴子和骡子》（民，二十三），《雀鼠集》（民，二十四）等短篇集。现在民国二十五年也还在各杂志上发表，六月号《作家》上有《河边》，七月号有中篇《乡下》，开明十周年纪念的《十年》中《银变》，《文季月刊》中有《野火》。从这些作品中，抽象研究，把他的作品分成（一）题材，（二）内容思想，（三）表现，描写；三个观点，作为观察介绍。

（一）题材。他的题材，大概可以分作两件事。一是吸引主观环境，以作者自身心理推移过程为中心；是随笔的，主观的倾向之浓厚的 Gruppe。一是在外来物质文明的乡村经济侵入之下，以蠢愚的小资产阶级的姿态为题材；是写实的，客观的倾向之浓厚的 Gruppe。前者可以举《狗》《毒药》《秋雨的诉苦》《幸福的哀歌》《灯》等等；后者为《黄金》《最后的胜利》《乡下》等是好例子。

（二）内容思想。他的作品内容有三个倾向：

A 以虚无与疑惑[1]基个的思想苦闷，在那旧意志行动中，无气力的客观化。（《阿卓呆子》）

---

① “疑惑”原刊作“疑感”，据文意改。

B 想要摆脱思想苦闷的焦灼，与其面的争斗。(《灯》《幸福的哀歌》)

C 对无力者赤裸裸的直视，与怜悯，及被纯化了"人间"的接触。(《乡下》《河边》《小小的心》)

加强这些复合的要素，若归于一元，则不外"弱的人间姿态"之主观的、客观的表现形体。今用以下的例子来说明(大体依照作品年代的顺序)。

《毒药》是写一个有名的作家，他的侄子问他"小说怎样着手写呢?"于是他开始回想，自己长期的过去作家生活。最后有其次的疑惑。

> 他感到一种不堪言说的悲哀。他觉得自己好像在不知不觉中，已把青年拖到深黑陷阱中，离开了美丽的安乐世界；他觉得自己既用毒药戕害了自己的生命和无数的青年，而今天又戕害了自己年青可爱的侄儿，并把这毒药授给了他，教他去戕害其他的青年的生命。
>
> 只看见字里行间充满着自己点点的泪和血，无边的苦恼与悲哀：罪恶的结晶，戕害的青年的毒药……

由于这样的疑惑，终于烧掉他未发表的草稿。

《狗》是作者与少数的朋友到西山去，遇到一个妇人在道旁恸哭，作者未曾留意的走过去。一行中的一个人问。

> "王先生，那个妇人，为什么哭!"

作者没有回答。他更继续的问，遂说出这样的话：

> "在我们俄国或日本"，他愤怒继续的说着。"谁一见这种不幸的人时，谁就将她扶了回去。在这里，你欲经过她面前时，如对待一只狗似的，安然走了过去……"

这"狗"胶着敏感的作者的头脑，由于这话，遂疑惑是对自己而发。

> "狗，我才是一只狗！我从良心里看见了我所做的事情，我承认他所说的是对的，我才是一只狗！我恨不得立刻钻入地下……"

这样疑惑自己，同时也是向社会思潮而来。

《小雀儿》作者不外对社会诸事家底矛盾的诱惑，客观的表现。在此现世中，用希望与期待，生出一只小雀儿来。她经验社会的各种相，而不过"都是"反期待，充满矛盾，自有失望与疑惑。被一只猫咬死了，更把"疑惑"与理想的幻想也消灭了。在《美丽的头发》中，把湖边的美女作为理想的幻影，沉溺在一种幸福感中。他看到两年后那女子的现象，而感到幻灭。

自己，社会总是疑惑。"他"沉入在自然虚无的世界中。

> "为什么你被人打的时候，哈哈的笑，阿卓，曾经有人向他问过。他没有回答，只笑了几声。"
>
> "人家打你时，你为什么不逃，阿卓？你不怕死吗?""死!"阿[①]卓呆子瞪着眼回答说："是的呀，你总愿意活着罢?"
>
> "哦，活吗？哈，哈，哈，我不晓得，我不能够晓得我过一会是否还活着……"

---

① 原刊衍一"阿"字，今删。

(《阿卓呆子》)

《空虚的笑》也不彻底。《人间》焦躁躁着想要脱离那发面虚无必死底内面斗争与离脱法。《幸福的哀歌》由于"恋爱",而《灯》由于"心"的再出发。

> "静寂,静寂。世界上除了我和母亲外,没有一个人影,除了风和雨的哭声外,没有半点半点声音。"
>
> "罢了,罢了,母亲。我还你这颗心,我还你这颗心!你生我时不该给我这颗心,这在世界上没有用处!"(《灯》)
>
> 我伸手进去从自己腔中挖出一颗鲜血淋淋的心,放在母亲的心上。母亲的心合和我的心成一个……
>
> 母亲不知道。
>
> "母亲,我不再灰心了,我愿意做'人'。我拭着眼泪对母亲说。"
>
> 母亲微笑了。母亲的心中充满了无限的欢乐,母亲的眼前露出了无限的希望。(《灯》)

然而一度沉溺在虚无中的"人间",不容易到达彼岸。"他"在剧烈的内面争斗之后,结局到着!"旁观的无气力存在"了,最近之《河边》与《惠泽公公》,正是那例。

《河边》,是描写一个青年的心理。怜悯在因袭的,偶像的信仰对象中盲信的无智的人们,同时在信仰的背后,正憎恶否定政治权威,从所谓"他们就是那么幸福的"精神中,虽怎样也做不出来。

《惠泽公公》,是描写一个老人想要按照旧时的教育方法来教育自己的孙子,和与其相反渐次往近代化的孙子的姿态;画出弱的儿子只有取旁观的态度,同情扔下"时代落伍"的自己嘲笑且凄凉死去的老人。

以上诸作,是观察将作者自身主观的心理推移过程作题材,以此为主的方面,但[①]一方面若把这些"弱的"移动到客观的舞台上,则成为"蠢弱的人们"的姿态的直视。即常被物质欲支配,在权威之前卑下,是俾屈,依赖心强全无一定坚强的信,是无智,成为素强的乡村"平凡人"姿态的描写。

《黄金》,是[②]作者初期的代表作。(宁波村)的如史伯伯,因儿子没有寄[③]钱来,没有钱,他受村人实然的侮蔑,不得不甘受之。赤裸裸的描写"黄金"的"伟大",压倒正直的老人。茅盾说:"被物质[④]支配的心理,呈现于工业文明的乡村经济侵入后的现象",我自己也承认。(茅盾在作家篇序中说鲁迅的乡村小说中的人物与鲁家的乡村,小说的人物对立。)

在权威之前,乡村人也不得不畏首畏尾的。因为把"绝对的伟大者"信赖了,有时展开幽默的场面。

《最后的胜利》,是以一个村中的两家米商之间,起了纷争的事件作为中心。互相依赖村中的势力家,然优力的权力家,有他的背景,得了胜利。

"阿吉伯父,你注意看,所长不及股长的地位很明白,何以股长的帽子上有三颗星,所长只有两颗星。我思'股长较所长高一级',他是势力大的。"

---

① 原刊作"伯",据文意改。

② 原刊作"告",据文意改。

③ 原刊作"奇",据文意改。

④ 原刊作"盾",据文意改。

有时他们在(权威)之前反抗而反抗不了,遂成极悲痛的最后(《乡下》),回到太拘泥于物质,而演成最悲惨的喜剧。(《银变》《鼠牙》)

大概这些乡村小说,是所谓描写近代工业文明,与因袭的乡村心理,在无意识的支配下的蠢弱的“平凡人”的神[①]态吗!

(三)表现,描写。表现,大概是朴素,不解译,自然。描写是流畅,不易。若更详细的观察,则如次:

A 大的作品,在其表现中,含多半的 Sentimentalitat(《童年的悲哀》《幸福的哀歌》等),有时堕落到不值钱的地方。(《恋[②]爱进行曲》《你们恋[③]爱了》)

B 凡表现社会调刺,多浅薄,失败。(《小雀儿》等)

C 修长的 Humor 已能在表现中看到。(《银变》《柚子》)

D 茅盾[④]说:“描写乡村人物的对话有欧化,最好用土话。”所指以初期的作品为主,最近是用土语。

以上是用鲁彦[⑤]的作品倾向来叙述,但我自己以为他踏出“再进一步”的境地,不过依然与初期同样享受烦闷,这一点不无遗憾。附带说一句,今后希望氏的进展。

(《中国文艺》第 3 卷第 2 期,1940 年 10 月 1 日)

关于鲁彦[⑥]

廖　桑

王鲁彦,原名王鲁颜,在中国文坛上已有十余年的历史,可以算是一个老作家了。

民国十六年,他在《小说日报》上发表一篇《毒药》,以无名作家变成有名作家为题材,引起文坛人士的注意,此后他又继续在《新月》《现代》等处发表小说,出版了《黄金》《柚子》《新年的悲哀》等集子。

他的小说描写很细腻,紧凑,□洁,题材无所不有,而以文人为典型的尤多。记得他有一篇小说《胖子》,就是以赵景深老爷为模特儿的,当时颇使赵景深看后啼笑皆非。

他在闽、浙、桂各省任中学教员几十余年,去年曾在浙江衢州中学任教,旋赴桂,曾编《抗战文艺》桂刊,□编《中学生》,现任柳州新办的某师范教职,最近写作较少。

(《前线日报》,“作家印象记专页”,1940 年 12 月 29 日)

施舍和援助——王鲁彦之病有感

姚　隼

作家王鲁彦先生近患肺结核病甚剧,桂林文化界特发起为其募集医药费用。接获了这个消息,我们不禁有了深深的感触。

---

① 原刊作“绅”,据文意改。

② 原刊作“意”,据文意改。

③ 同上。

④ 原刊作“盾茅”,据文意改。

⑤ 原刊作“鲁迅”,据文意改。

⑥ 此“作家印象记专页”介绍了五位作家,除鲁彦外,尚有谢六逸、夏衍、司马文森、艾芜四人。

差不多文化人的一生，多半是和贫病为伍。贫和病始终窥伺在文化人的门外，随时要把他们吞噬下去。一生从事文化工作，交付出自己的脑汁精力，为人类，为社会。但结果只落得贫病困迫，连医药费用也无从筹措，这情况是够悲惨的！

但，这并不是宿命论，并不是命里注定的。

在这里，我们并不是企图以鲁彦先生的不幸的际遇，来博取人们的怜悯。不是的，那种没有热情的，没有责任感的，假仁假义的施舍，是用不着的！如果人们是抱着这种的看法的话，那，我相信鲁彦先生是情愿死去，也不愿要人们一分一文的施舍的。

假定写作也算是一种职业的话，那么，鲁彦先生之所以要选定这种职业，并不是因为他没有别的谋生之术，更不是要在贫病的时候求请人们的施舍的；而是他把大我看得比小我为重，他不屑于终日营营，谋取个人生活上的舒适安乐，而是把理想的目标，扩大而放在全人类的幸福上面的。

作家是人类心灵的工程师，他们显示给我们人世间的丑的恶的，也指示我们去建设真的善的美的。作为一个作家，他的物质上的报酬是低微的，而他唯一的财富是读者大众的心的共鸣，这也就是他之所以能够再接再厉与穷困的物质生活苦苦搏斗的力的泉源。

我们从作家处拿得了许多，而我们所给予他们的是什么？冷笑？白眼？还是漠不相关？鲁彦先生病了，援助他的医药费，这是我们道义上，责任上，无可推诿的义务；也是鲁彦先生应得的权利——他是受之无愧的！

末了，谨祝鲁彦先生早日康复！

（本文稿费捐助鲁彦先生医药费）

（《联合周报》1944年3月4日）

鲁彦底《野火》

张天明

这一本长篇创作，刊于一九三七年初，作者鲁彦先生，是祖国新文坛上有久远历史的作家，可是他一向都只致力于短篇方面的写作，这部《野火》的写成，是在他经过长期的“差不多搁了笔”[①]之后所写成的。

首先，我们要知道，一九三七年的年头，卢沟桥抗战的前夕，正当中国农村大崩溃中，恰好塘沽协定了后，政府不准人民底“救国运动”，于是一般有前进及斗争思想的人士，在无路可走中，便大唱“到农村去！”的口号。同时，自茅盾底《春蚕》，魏金枝底《白旗手》，周楞伽底《田园集》等在当时的文坛上出现后，便造成了文艺向那一方面——描写农村崩溃的动乱情况——走去的趋势，所以“农民文学”这一口号在那期间是曾喊得响了好一会。鲁彦先生也就在这样的动向中写下了他以农村为题材的第一篇长篇来了。

无疑地，《野火》描写的对象自然是农村里村夫们在那崩溃的急流中，和一般土劣底压迫剥削下的挣扎、搏斗的实况，而以那天灾人祸所造成的恐怖笼罩下的农村做背景，然后穿插入作者底想象，EMOTION，而织成了这十多万字的故事。

---

① 鲁彦：《关于我的创作》。

故事里的HERO华生,是一个勇敢的乡村青年,他有着结实的身子,倔强的性格,他就讨厌他怯弱的哥哥葛生那种给土劣们奔走,利用的态度。就是为了他倔强的原故,使他不肯吃亏,要对土劣们反抗,更报复土劣们底压迫。不过,作者没有作更进一步的给与,使到这位故事中农民运动底领袖,从人生的经历里,学习一些更精明的智能。反之,给作者写成了有勇无谋,受了人家"有一天""时机一到"等机会主义所影响,而他自己也不知是那一天,机会到了也不能抓紧,甚至有时发着阿Q式的精神胜利想象:

——因为他想到不久以后的阿如老板,心里就痛快得很。

"让他慢慢的死!"

而且有些地方作者把他写得不像是个种田的粗人:

——"……他们都是好好的,各人做着各人的事,各人都为自己的未来……但现在都默默无声的躺下去了。……他们好像秋天的树叶,纷纷落下了。而过了不久,他们的名字,相貌……甚至连那一堆的棺木也都将被人忘却,……正如落到地下后的树叶不久就埋没了一样。……"

似这样的入于PHILOSOPHICAL思想,是没有可能在华生那些野青年底脑海中汹涌的理由的。

所以,华生浑身充满了矛盾,有时颟顸得正像一个傻瓜,像他明明远望看见菊香走近却不见:

——"今天自然也不会的,"华生想。"也许我站在桥上心里生着气,看错了。说不定菊香真的出了门,店堂里的酒席是别家店铺里的人和朱金章吃的,没有阿珊在内……"

总之,作者要拿这种人来做"斗争的领袖"就有了侮辱"斗争队伍"的嫌疑了。

其次阿波哥,可以说是故事里的"明灯"了,但他是个人主义者,感伤的情调浓厚,顾虑太多,他是对于事情的发生知其然而不知其所以然,他主张"等待",他以为阿如老板可以由他自己底内在的经济崩溃,召致败亡,像:

——"……他倒下来比谁都快,……你看吧,华生!……前两年传说他有八万家产,但……这几年来生意亏本,又加上爱赌爱弄女人,吃好穿好,——我刚才听见的消息,他负着十二万的债呢!……"

他却不知道资产阶级在败亡之前更会死挣着加紧和操权者勾结,以肆其毒焰。他三番五次阻止华生"不要妄动",结果他只听到"不准动",而农民运动也失败了,完了。

和华生、阿波哥襄助农民运动的还有秋琴,她可以说是乡村里的"明朗派",可惜作者没有把她写的彻底一些,她很有见地,像:

——"我最喜欢直爽坦白的人,但我也明白在这种恶劣的社会里,是不能太直爽坦白的。因为人家都狡诈,你坦白,一定会吃亏的。"

这种的论调,只是欠软弱一点而已;不过,这样的女子,好像不是一个典型的种田人,她应该放烂一点,才和她底见识相配。

其余菊香底爱逞小性,幽怨撩人,十足是小资产阶级的女儿,她和过于怯弱的葛生哥,都是误了华生的人,他底绊脚石,农民运动底罪人。阿英是插科打诨的一个丑角,她前半太热心来成全人,后来又不露面,似乎缩了手,而对于斗争始终持旁观叫好的态度。这个人,作者把她处处插入,实在浪费笔墨。孟生校长依普通情形,他在恶势力的一圈当中,一定起很大作用的,因为他是傅家桥一乡中唯一的知识分子,既然加在他们底一党里,不能投闲置散,比麻子温觉元也不如。作者应当可能地暗示一切阴谋诡计都是他底主动。明生之由开明斗争分子,转变而站到土劣走狗方面去,抑是一早就是土劣的奸细,诈为表同情,充同志,后来才发觉,这中间不着一笔,也是作者底疏漏。阿品哥——五十多岁的人,作者起先似乎想把他写入消极的颓废派,和阿浩叔、阿金书一样,只是慨叹世界之一天不如一天,可是后来忘记了,又把他写成积极的为恶派。

只有葛生嫂这个人,是不会灭亡的,因为她虽然认识不清楚,可是她底斗争意识和生存欲很强,作者写这个人最成功。如果她有秋琴底认识力,华生底胆量,天下就太平了。

说到《野火》暴露黑暗的手段,挑拨斗争的意识,和人物底 Psychoanalysis,可以说作者都有相当的成就,只是行文剪裁方面有些缺点吧,像写"捉大阵"表示华生底英勇和菊香及一班青年人的羡慕,太长了,会冲淡斗争底意识。虎疫是和旱灾一样都是逼人"起来"的力量,而更加惨酷,不详细描写不能打动读者底"心也裂了"似的感情,使我们觉到作者不够"正视现实"底勇气。

至于作者底描写方法却很熟练,有好几个场面都描写得使读者获到深刻的印象,像轧米决斗的一幕,和麻子温觉元为募缘调戏秋琴而给华生们惩戒的一回都很生致。

在《野火》里,作者是想从这一个故事中把农村底腐化面扬揭起来给我们看,同时显示出中国农民底斗争勇气已有,只是机智还很幼稚,所以在发动暴动要惩治傅青山一班恶人时,却给傅青山底故意稽延,以争取布置推倒运动的办法底时间。然而阿波哥们一点也想不到,堕入了敌人底彀中,还想用旧礼教死去了的权威来惩治千百年来的腐化劣绅土霸,这是一种怎样地愚笨而又不合理的事,结果自然是失败。

可是,作者没有把时代的巨流底方向指示给读者,忘记了对农民大众说一句有力的、有希望的话;相替地,作者只告诉了我们"有一天""要报复"。前者似乎是不兑现的支票,后者就像永远达不到的希望,却是一种"焦灼苦闷"[①]的情调浮溢在故事底从头到尾间。

再进一步地讲,作者因为没有必信的观念来写斗争,他只是把一个故事告诉给人家而表同情于那些受难者和失败者吧了。

他借钓鱼的人说的话,来表明他底斗争观:

——"这些蠢东西,明知道钻不过桥洞去,却偏要拼命的游着哪。'啧',又给我钓上一条了。"

到结末,他写上了这几句:

——"没有那闪烁的星儿和飞旋的萤光,没有那微笑的脸庞和洋溢的歌声,纺织娘消失了,蟋蟀消失了——现在是冬天。"

他更不提太阳快要出来照破黑暗,不提梅花在风雪中冒着寒气结成了无数苞蕾准备把"春天到来"的消息带给一切要活下去的人们,他给予人的读后印象太模糊太浅弱了。

于此,我想起了茅盾论他的一句话:"作者的向善心,似乎是在常常鼓励他作一个人类的战士,然而他又自嫌没有那样的勇气。"[②]由此,正确地,我们在整个故事中见到华生底向善心与苦闷情绪,可以说就是作者本人底向善与苦闷,而阿波哥底怯弱、犹疑,也就是作者本人底没有勇气的自疑。

最后,我以为《野火》应当是野火,一烧开来是不可压止的,任你傅青山一干人怎样地

① 茅盾:《王鲁彦论》。

② 同上。

狡诈也得被烧成烬！因为华生、阿波哥和秋琴三人在那一次的秘密计划后，是把火种撒下了，而阿曼叔之死是把火种燃着了，农民们虽是纯善，□是走到生死线上来，他们会发出狮子似的扑击的，所以在《野火》底收尾，华生等三人入狱后，应当把野火底烟焰扬起，做成一个大动乱前夕的场面，暗示恶势力的收场，而菊香与葛生哥，他俩是弱者，所谓"故事的牺牲者"，应早就在斗争的途上死去，因为那种人是没有在世上可生的理由。至于川长，这个后一辈的青年，该是继任的持火者，他好把世间一切的恶坏烧掉。

那样，有必信的观念，美好的艺术，激沸的 Mood，和狠毒的攻击，才是我们"战斗阵营"里需要的创作。

一九四四于 N，Y，C

（《华侨文阵》第 4 期特大号，1944 年 8 月 1 日）

难言的哀痛

吕　剑

"王鲁彦八十二十日病逝于桂林，桂林文协正筹划治丧委员会办理善后，并已向各方发出呼吁，请求救济王氏家属。"

二十二日的报纸给我们带来了一个令人震惊的噩耗：

"王鲁彦死了！"

我不想相信我的眼睛，我极力镇静自己的心的急剧的跳动。我相信王鲁彦不会死。战时交通不便，电讯□□难免错误，我希望关于王鲁彦的死讯，是由于电讯工作的失职和中央社记者的误传。现在是，我还在一面安慰自己，一面还在遥远地把祝福寄给鲁彦。但□又怎么可能呢？事实总归是事实啊，鲁彦是死了，□肺结核症，死了。

我难以压抑下我们的哀痛，我不知应如何向鲁彦□□悼念和默哀。

王鲁彦从事文艺运动二十年如一日，他是一个严肃的文学工作者。他的业绩是不小的，从他的文□里（《故乡》等小说里）走出了中国的农民，□□所有求上进为人民的文艺工作者一样，一手执文艺的"投枪"进行战斗，一面则与贫病困厄挣扎□□。这命运是可悲的。在现在，是除了同一命运的□□之外，都还难邀得上上下下的知道和谅解。年前，因身患肺结核症，他不得不回家乡湖南茶陵修养，但是我们的作家即便在最病痛的时候，他也还不是放弃他的文艺职责。——那时他在编《文艺杂志》，他不得不躺在床上看稿、校稿、创作，与友人及文艺青年们书信讨论文艺上问题。当我们的作家以心血灌溉的文学作品或亲手编辑的文艺杂志，不分远近地走到中国的各个城市和乡村，递在老年人、青年人、孩子们手中时，我们的老年人、青年人、孩子们，可曾知道这就是我们的作家，在贫病困厄中，为民族为人民所奉献出来的虔诚的心血？王鲁彦死了，但我相信我们民族和人民是不会忘记他的，受了他的教育而在慢慢成长中的文艺青年们是不会忘记他的，和他站在同一岗位上奋斗中的或已功垂而没或亦因贫病困厄而倒下的人们更是不会忘记他的。

王鲁彦以四十四岁的年纪死了，这在作为别个国家一个国民，却正是壮心蓬勃的时候呢。王鲁彦患肺结核症死了，这在人家关心作家的国家，即患更重的病，亦会疗治好的呢！但王鲁彦却不得不衔着哀痛以去，而留下更深沉更巨大的哀痛给后死者的我们——而我们的作家的遗属，还不知道在生活的路上怎样在颠踬饮泣啊。这使我想到，"援助贫病作家”这一呼号的提出已是很久了，而我全国上上下下正不知已经给予了最大的关心和支援，妥订了良好的办法没有？——保存民族的文艺种子啊！保障“人类精神的工程师”啊！

［《扫荡报》（昆明）1944 年 8 月 24 日］

悼鲁彦

雨　田

对于一个比自己年长的前辈，是应该称做“先生”的，尤其是当他已不在人间的时候。可是对于鲁彦，我却无论如何也只能把他当做一个同辈看，直到我和他同在长沙的时候，他虽然已经四十开外，可是他还是那样没有一般成人通有的名利打算，那样天真地热衷于他自己从事的工作，甚至连那有着微红小圆鼻子的笑脸也看不出已经是那么年纪的人，所以我在这里依然只能这么称他。

贫苦几乎是全中国文艺工作者的境遇，鲁彦一辈子从事清苦的文艺工作，兼之一家老小，负担奇重，因此一辈子特别劳苦穷困，以至在壮年期害上穷人的不治之症，三四年来受尽病榻之罪，终于在乱离中把重担卸给了他的夫人！

回想到他的生活，只有抗战初起的半年间，算得比较轻松。那时他在长沙力报馆当编辑，虽然每月仅得生活费数十元，可是他的夫人谷兰女士在醴陵当中学教员，三个孩子由她带领，就近还有她的哥哥和妹妹帮助照料，鲁彦只须维持一己的生活，所以虽然处在战时，他反而没有平日在上海那般的紧张困窘。可是只到廿六年的年底，他因为创办《抗战日报》的缘故，一面脱离了力报馆，失了一笔生活费，一方又得筹钱出报，同时谷兰女士又因病带着孩子来了长沙，于是既贫且忙，紧张的程度更甚于在上海的时候！《抗战日报》的主编，名义上是田汉先生，可是实际负大部分责任的却是鲁彦，他写稿，拉稿，编辑，校对，有时还得为经费奔走。白天他忙着拉稿和写稿，晚上忙着编辑和校对。报馆在城里，他的太太和孩子们住在隔江的水陆洲。记得旧历的除夕那天，我遇见他，问他今天回不回水陆洲过年，他才恍然大悟，表示既然知道是除夕，无论如何得抽空回家去守岁，给太太和孩子们一点快乐。那时他已接连好几晚没有睡眠了。以鲁彦这样一个虽未轰轰烈烈盛极一时，可是从“五四”以来始终守住岗位，为一般读者所熟识的作家，居然情愿无声无息地这样卖命，那时简直连一般朋友都觉得他是过于憨呆。其实他在上海的时候又何尝不是如此呢？他常以赤子之心待人，也常以赤子之眼看人：他自己虽穷，却肯把身上的衣服脱给比他更需要的人穿，他看不惯社会上的一般卑污的现象，不肯和一切不义者妥协，所以无论教书或干别的文化工作，都常常和人决裂，以致一时生活无着。幸亏他在出版界中还不乏良善的朋友，都能在工作和经济上时常给他以方便，所以虽然穷困，还能始终守住这一份自由的职业。

民国廿八年他在桂林的时候，我曾和他的夫人以及孩子们同住在上海徐家汇的一个楼下。他和太太分别时曾约定每月有八十元寄沪，同时太太再在上海找一点书教，大概足以维持生活。那时他们已有四个孩子，再加一个老妈子，六个人的生活费每月至少须在百元以上，而鲁彦因为卖稿的收入没有固定，时常不能按时寄钱，至于谷兰女士的职业，一到上海也就知道只是梦想，因此我们同住的半年，几乎天天在拮据中度日。孩子们的体质本不健硕，营养一差，更加多病。谷兰女士是一位优秀的小学教育家，虽然处在贫病交加的境地，已然能够泰然处之。当我对她表示心折的时候，她却常要不胜感慨地告诉我："不行了，从前的习惯，我每晚必须把案头和抽屉整理好才睡得着觉，现在却常是乱七八糟的。从前我对付小学生很有办法，学校常把些问题儿童交给我管教，现在自己的孩子却不容易带好！"

最近几年鲁彦病了，在桂林三番四次地施用手术，躺在床上编辑《文艺杂志》，还和出版商人淘尽了气恼。鲁彦自己固然很苦，可是每次怀念到他，我更不敢想象到他夫人所过的日子。孩子们一天天长大了，哪里来的钱添置衣服，哪里来的钱送他们进学校呢？最大的一个，由一位热心的朋友送进了保育院，可是剩下来的还有三四个孩子。一年多以前，眼见丈夫的病势一天沉重一天，而病者自己也很希望多活几年，所以谷兰女士特地伴着病夫，拖着一群弱子，从桂林迁居到湖南茶陵去，以教书的清苦收入来抚养子女并让鲁彦得到调养。其间虽也有朋友们偶或给予的帮助，然而杯水车薪，在生活高涨的目前，其艰苦依然是不难想象的。

就在湘北战事发生的不多几天前，我还收到鲁彦夫人打来的一个电报，说鲁彦病危，嘱我采访一种注射的药剂。我明知在邮递困难到万分的目前，纵令买到了也不易寄去，而鲁彦的病躯，恐怕也不是少数的药剂所能挽救的。可是从那电报，可以想见愈到最后，病者对于"生"的意念一定愈加执着，因此我便决心替他觅购。可是还没有得到一点结果，敌人却已乘着破竹之势，直取衡阳，报载鲁彦他们所住的地方，也受到了敌骑的蹂躏，邮路中断了，连覆电都没法发递。在所有颠沛流离的苦难人群中，最苦的怕莫过于鲁彦一家了吧？病得难以动弹，又没有钱，还有一群孩子，真不知他们将如何逃过这次灾难！正在怀念之际，却在报端发现了鲁彦病逝桂林的消息。他怎么居然又能够逃到桂林去的呢？当桂林的许多朋友疏散一空的时候，他们能投靠谁呢？当鲁彦凄然长逝的时候，那一切是他夫人所能承担的吗？

鲁彦在文坛上是一位相当寂寞的作家，可是他的作品在"五四"之后所起的示范作用，在新文学史上是有着不可磨灭的价值的。和他同时代兴起的作家，有的渐渐落了伍，有的后来干脆离开了文艺工作的岗位，而鲁彦的创作力却始终没有衰退，始终是生气勃勃，对于工作的热情以及对于恶势力的不妥协的精神，还和他年青的时候没有两样。最近几年他所主持的《文艺杂志》，也是抗建期间少数态度纯正的刊物之一，前年病中寄给《现代文艺》的一篇短文《从灰暗的天空里》，更充分地表现了他的反抗精神和求生的意志。

也许有人会说鲁彦的性情过于裂躁吧，其实我们安知道这不是潜伏的病菌使然呢？在悼念鲁彦之余，作为一个女子的我，更不能不深深地怀想着他的夫人！（特）卅三年九月一日于永安

（《改进》第9卷第6期，1944年8月25日）

悼鲁彦

以　群

鲁彦死了！两三年来，对疾病，对贫穷，对纷至沓来的重重工作的艰难和阻碍战斗着，挣扎着，到今天，他终于倒下了！

两年半以前，我们刚从香港逃出，到了桂林，鲁彦听到这消息，立刻扶病来看了我们，

使我们深感到同道者的友情底温暖。那时,他已经患痔,不便行动,大部分的时间只能□[①]在床上。但他并没有真的休息。他所主持的《文艺杂志》,那时正是初创时期,抱着病,他还不能不为杂志的事奔走,即使卧在床上,也还是不能不中辍他底看稿或是写信的工作。

坐在那间桂林郊外的窄小的楼屋里——屋内堆满了破烂的杂物,孩子们匍匐在地下——望着他底枯瘦的身影,以及桌上的那一堆堆的稿件,常常使我感到一种要哭出来似的窒息。我们自己正从一种灾难中逃出来,而我们底同道的友人却也正在另一种灾难中煎熬呀！这就是今日所谓“作家”们底生活!

然而,现在回忆起来,在这两年半之间,比较上那时还是他苦恼最轻的时候。后来,我们离开了桂林,而他也就随着他底《文艺杂志》开始了不断的颠簸的生涯。他底病是一天天地加重了！朋友们也曾想尽方法代他筹一点钱,总希望他底病能有转机,然而,他底这些朋友们自己也大都在穷困疾病中挣扎,杯水车薪,对他底逐渐加重的病症又能有什么帮助呢!

间或收到他底信,那些信是潦草的,大都是躺在床上、倚在枕上勉强写成的。他除了感谢朋友们对他的帮助之外,从来不间断为他底杂志呼□和求助。直到临终,他还是念念不忘于《文艺杂志》底调整。——友人S君[②]来信说:“鲁彦抵桂次日,我去看他,觉得比去年坏了很多,瘦得不成样子,喉头患了结核,说话非常困难,他告诉我,杂志上了人的当,许多手续弄得很混乱,非常愧悔……希望我(S君)代他设法筹划复刊……”——他是到死不忘他底工作,他底杂志,他底责任的。

一生清贫,多少年来,他没有脱离过经济底困境。尤其是近两三年,穷得更厉害！S君信上说“鲁彦到此,只剩了九百元,情形极其狼狈,他底病因这次路上太辛苦——从湖南茶陵逃出,走了十二天,挤上由衡阳开出的最后一班火车,在敞车里无遮无盖,睡了四天四夜,病就突然严重了起来！……八月十七日,病势转入危境,次晨,我去看他,他已不能言语,身体瘦得皮包骨头,宛如骷髅,叫人惨不忍睹！但他仍极希望活下去……”——终于,他底生命力消磨已尽,再也活不下去了！“死后,在文协款汇到以前,连换身入殓的衬衫袜子,都没有钱买。一个文人,下场如此悲惨,尚复何言!”(S君语)我想:假如鲁彦不是如此穷困,不是如此穷而骨头硬,特别不是穷到死还要做文人,那末,他底病是可能有救,他是可能不死的！然而,他却始终是个骨头硬的文人！他终于中年早死了！而且死得那么凄惨!

鲁彦是死了,哀悼已经无益,可是,正遭过着与鲁彦同样的命运而现在尚未死去的文人,还正多着,我们该如何援救呢?

(《新华日报》副刊,1944年9月3日)

默　哀

默　林

上月二十二日鲁彦先生在桂林病亡的消息传到重庆,当天晚上文协有一个集

① 疑为卧。

② “S君”指邵荃麟。

会，当大家为死者默哀的时候，主席忘记了已经超过三分钟，他完全沉浸在悲痛的沉默里面。而大家并没像在别种集会“静默”超过时间那样发出提醒主席的咳嗽声或窸窣声。

这是沉痛的默哀。

在战争时期，一个作家的死亡，正像秋天里的落叶悄悄地飘落。这是无声的死亡。他的朋友们，有着同一“命运”的文艺工作者，似乎也只有用无声的默哀。

然而，未死者终于不能不发声，终于忍不住要将鲁彦先生之所以死亡的原因多少地加以说明。这说明也许是多余的，然而似乎必须加以说明。

鲁彦先生底死，自然为了贫病。一个作家因贫病而死亡是不足为奇的，所谓“司空见惯”。然而悲哀也就在这个“司空见惯”里面。中国的作家为什么总是和贫病结合，为什么总是在壮年甚至青年时期便遭遇到死亡，那原因，据我想，恐怕是在于作品创作过程的艰苦和作品产生以后不容易换取得日常必须的生活费。

另一个可以致作家于死命的原因，是精神上的痛苦。作家是精神劳动者，所谓“精神工程匠”，大抵有点“傻气”，惯爱用“文学的眼睛”看世界，看人生。他底这种“不合时宜”的文学眼睛，永远不能容纳沙尘，永远憎恶丑恶。鲁彦先生从湖南到桂林，沿路看到现在绝对不应该再有的可怕现象，他悲愤得流下眼泪，因而促使他的病更重，促使他更快的接近死亡。

鲁彦先生死了，人们以见惯秋天里的落叶悄悄地飘落的眼光看见他死亡，而并不追究他致死的原因。倘人间真还有悲哀，我谨以这种悲哀哀悼鲁彦先生。

然而，我又何必说明一个作家的死亡原因呢？这不是多余么？这不是将被人们目为“牢骚”么？我还是放下笔吧，我还是用沉默哀悼不幸的死者吧，我还是用沉默哀悼在贫病中的未死者吧。

现在，作家唯一的权利似乎就只有“默哀”了。

一九四四，八，卅。

（《新华日报》副刊，1944 年 9 月 3 日）

穷身子，硬骨头

臧克家

一个“作家”困苦到向社会求援，这已经很惨，而代为呼吁的又是他们的同行，这就更惨，而慷慨援助的多系文化工作者，这就更非惨之一字所能包括的了。

一个“作家”生长在中国，命运往往是不幸的。他们的事业不被尊崇，他们的地位不被重视，同苏联以及英美相较，简直没法开比例。这是精神上的莫大的打击与苦痛。谈到物质生活，一般的讲，是不成其为“生活”的。吃不饱，穿不暖，有病无力医疗，有妻子老小养不活他们，结果是穷困，潦倒，挣扎，死亡。例子太多，写在纸上真也太惨，像把流血的同行展览在大家眼前一样。

“作家”难道是人生的弱者吗？难道就无力使自己生活得像个样子？

不，不是弱者，是强者，这才不向生活低头，穷的是身子，硬的是骨头。世界上生活的门路多的很，只要把“天良”一昧，便洪福齐天，战时中国的暴发户，真是雨后春笋呵！

中国目前的作家，因为只看见“国难”，只看见“正义”，只看见事业，就是没留心自己的生活。看,这就是他们苦的根底。

“为什么还不产生伟大的作品呀!?”

可没有人问“作家们的生活怎样?”

可没有人走进他们的“斗室”,可没有人看看他们吃的什么样的饭,穿的什么样的衣服。也没有人想象到,他们执笔时的那无穷的顾虑,一字一滴血的辛劳……

他们无时无刻不在为民族、为别人流汗流血,而别人也该为他们想想。病了,该不让他们被死神夺去;穷极了,该帮助他们,使他们还能生活着去为别人。

在中国这块寒冷的土壤里,培养成功一棵文艺的花木是多么的不容易呵!既然成长了,开花了,结果了,这时候,再让它枯萎了,或死掉了,这该是多大的损失!

我不敢希望中国作家像苏联、英美一样,受国家的尊敬,受社会的推崇,只希望他们能够像个生活的活着,为国家,为社会,也就不错了,唉!

(《新华日报》副刊,1944 年 9 月 3 日)

我们要抢救生的

——并悼鲁彦之死

柳　倩

在□□请援助贫病作家声中,王鲁彦先生还没等到“文协”把分配的钱寄到他□□,□然的他就与世界告别了。

鲁彦先生,由湘地落难桂林,因穷,因肺病加剧,不幸而死。盖棺定论,他□□不愧是中国小说作家中较优秀的一个。他的作品早公之于世,大家自会给予应有的评价。他的身世呢,还有友人比我知道得更详细,而且他们已经□□。

固然,他的凄凉的结局,□□人深感悲悼。但我所□□的不仅限私情,也不仅是对他□独一个,我们浩叹的,倒是目前整个中国作家的厄运。

中国作家的生活,在抗战□都知道是更清苦的,而他们呢,也□□。他们正□□却苦难行的道路。因此他们甘于□□,甘于清贫,他们不断在为自己民族保留下伟大的史诗,不□的英雄的事迹。开创着中华民族文化宽阔的道路,在□□。他们是为人类留下了忠贞和抗争不屈的精神,人称作家是“人类灵魂的工程师”,这话虽然夸饰一些,但其实也再没有比这称号更合适的了。

作家□□自抗战以来,最显明的是以文化战士的□□,站立在抗战的岗位上。他们不论在前线,在后方都发挥了他们最大的力量。他们的武器就是笔,就在这七年中,他们不知道向敌人投射了多少的纸弹!可是这些日子来,所□□帮他们的是“贫”,是“穷”,是生活的高压,难以抗拒的“死”!

病是贯穿了整个中国作家的心灵。

目前单笔稿费□□已经成为不可能的了。作家们自己曾提出过“斗米千字”的呼声,但没有结果。当局□□设有奖励和救济的机构,但效力也很微薄,况且这也仅局限于少数,老实说来,目前已不是救助少数人的事了!

如果为整个国家民族文化计,那国家就须得整个的来想办法解决□□与作家有关的问题,并不能□□贫病的作家□□恼人的生活□□而死。那将是中国的损失!他们诚是中国人民的一小部分,但□□知道,他们不知从若干千万中国人中选拔出来,不要以为死一两个作家是不要紧的。像我们□□抗战胜利的中国是损失不起的!抗战中正“不遗一力□□一物”,而那些巩固抗日精神,号召国人奋起必不可少的工匠,那国家一定要为他们想出一个彻底的办法,以为生计,使他们安心写作,有助于抗□□。他们至少也应有公务人员一体的享受,我们并不能任这些力量□□了。

“救济贫病作家”这一呼□□,已经在报端看得多了。而且也有不少的有良心的中国人,自动的向文协捐赠不少,但希望这种热情继续下去。这是为了中国的文化,而不是普通的赐予或乞求。

王鲁彦先生还不等到大家把钱送到他手边,他就与国人告别了。如果他是有钱救济,养病,怎么会弄到这样呢?这是一个悲痛的实例,不过我更□□我们的朋友:“死的已经躺下了,生的还要活下去!”

我们要抢救生的!援助未死的贫病的作家们!

(八月二十五日在渝)

[《扫荡报》(昆明),1944年9月5日]

从鲁彦之死想起

以　群

鲁彦死时,穷得连入殓的衣着都无钱购买。

因此,一位朋友叹道:“一个文人下场如此悲惨,尚复何言!”这在同道者看来,固然是很可痛心的事。可是,如果细细一想,也会觉得这下场倒是当然的。因为既生在这个社会里,而又不会钻营,不肯改行,偏偏要始终做个“清高”的文人,那末,穷困至死岂非当然的事!

然而,文人之可贵,也正在这一点。据说鲁彦虽到临死,尚念念不忘于《文艺杂志》调整与复刊。这事实正是足以说明文人本色的。他们终生努劳碌碌,不息不休,劳怨不避,艰苦不辞,临危不怯,临事不苟,利禄不能动,威武不能屈,始终坚持着文学事业,献身于文学事业,绝不发一句怨言。这种精神,在文人中固然是可贵的,在民族中,又何尝不是可以珍惜的?

有的人会说:“作家一有什么用?既不会经商,又不善从政,只会写几句没实出的文章,对社会有什么好处?”这话也许是对的,因为从这方面讲,作家确实是无能的——既不会赚钱,又不能生利;既不善于当权,又不长于做官。然而,世间能赚钱,会做官的,何只千万?而站得住脚的作家,二十几年来,却还只是那么寥寥可数的几人!单从这一点,也可看出写作决不是比赚钱、做官更容易的事。有些曾经当过“作家”的文人,一旦摇身一变,成为大富大贵的不是也颇不乏人吗?可是,他们的作品“却从此休矣!”这也可说明作文确实不是一件容易事——它不仅需要语言、技巧的磨练,更主要的还是必须以思想、人格作骨干。好作家不易得的主要原因在此。而今日既存的一些作家之值得珍惜的理由也正在此。

因此,我以为今日引人注目的“扶助贫病作家”运动,其意义决非通常的“慈善事业”可比,由此是可以看出社会正义之所在的。

(《大公晚报·小公园》,1944年9月8日)

鲁彦之死

流

五四新文学运动初期之名文艺作家王鲁彦,近以喉头及直肠两肺结核症病殁于桂林疗养院。其遗骸入殓时,余会往探视,殓房中横棺七尺,一灯证如豆,屋外夜雨如丝,纸灰飞扬,蔓草中秋蛩凄切,与王氏妻儿之饮泣声相应,构成一幅沉哀图,令人酸鼻。桂林文协会成立治丧委员会,为之料理丧仪。王氏□后萧条,治丧费乃出之于其生前友好陆联棠向书业界募捐得三万元及欧阳予倩由桂艺术馆暂拨万元,始勉敷应用。

王氏原籍浙江镇海,生于一九〇一年,死年四十有四。幼年旅沪,攻外国语文,继流浪平津,以自力入北平之工读互助团及北京大学攻读,文学生涯即于是时开始。初期创作发表于北平《晨报副刊》,在文学界遂负盛誉。鲁迅在《中国新文学大系》中评其作品之题材及笔致,赞为乡土文学作家,以诙谐之笔对专制鸣不平,闪露人生之愤懑,并含蓄如俄国盲诗人爱罗先珂所感到之悲哀。抗战前王氏之作品已问世者共计三十余种,小说创作有长篇《野火》,中篇《乡下》《阿长贼骨头》,短篇《柚子》《黄金》《屋顶下》《童年的悲哀》《河边》及《短篇小说集》等,散文有《旅人的心》《驴子和骡子》。翻译作品多为弱小民族作家之创作,尤以波兰为夥,所译数十万言之波兰普鲁士《法老》一书,原收入《世界文库》,迨"八一三"战起,不及印刷,纸版近始自沪抢出,短期内或可重刊。

王氏自随战局转移,流徙内地后,初在长沙与田汉合编《抗战文艺》,嗣在桂林开明书店担任《中学生什志》一部分编务,继主编《文艺杂志》,内容以谨严坚实而获海内外读者之好评。年来因贫蹙影响健康,致病榻缠绵,日以药炉作伴。去冬赴茶陵养病,迄湘战起,偕妻儿仓皇走难南来,病势更形沉重。入桂林疗养院不及匝月,药石无灵,终竟不起。临终时无遗嘱,只以不及见抗战胜利及多写佳作引为憾事。王氏遗子三女一,长子近考入国立汉民中学,幼者尚在牙牙学语。

(《大公晚报·小公园》,1944 年 9 月 8 日)

悼王鲁彦先生

江　燕

从中央社八月廿一日桂林传来的电讯,我们知道王鲁彦先生病逝了。

鲁彦先生是中国文艺界的先进,他在民国十年左右,便已开始写作,他擅长写小说,也写些散文及剧本,他本着善良的心,凭着锐敏的感觉,通过他作品来暴露人生的矛盾与悲哀。写作的手腕却非常自然和朴素,使我们读了他的作品,就好像听了民间故事,好像从老妪①口中吐得出来一样,同时却深深抓住我们的心灵。写作的态度又是非常认真和严谨,照他自己说:他的作品每每是难产,但在写成不久之后,他又常常不满意起来。他所以成为中国最优秀的作家,成为青年作家,不是偶然的。

从另一方面看,鲁彦先生又是中华民族最坚韧的斗士②,在中华民族到了生死存亡的

① 原刊作"呕",据文意改。

② 原刊作"土",据文意改。

最后关头的时候，他便提起他的武器，来宣扬民族精神，来打击无耻汉奸。抗战以后，他更加努力鼓励前方将士士气，唤醒全国民众，虽然物价高涨，作家生活清苦，他仍坚守岗位，加紧写作。后来出任《文艺杂志》主编，工作更加忙碌，终因操劳过度，致患肺结核症，最初仍勉强继续写作，编排，校对，到了病症严重的时候，才回到湖南茶陵去休养，但是在病中仍念念不忘记他的工作，不忘记他的杂志，他所以成为中国最优秀的作家，成为青年最爱戴的作家，更不是偶然的。

现在，鲁彦先生已经长逝了，他的死，是中国文化界的一大损失，是中华民族一大损失，中国优秀作家真正凤毛麟角，能够在抗战时期坚守岗位努力工作更寥寥可算。鲁彦先生逝世，文化界先进又弱一个，中华民族的斗士又弱一个，这损失是非常重大的，我们每一个青年文化工作者，应该效法鲁彦先生这种认真严谨的作风，应该效法鲁彦先生这种刻苦耐劳的精神，才配来追悼鲁彦先生。

（《联合周报》第 2 卷第 3 期，1944 年 9 月 9 日）

记病逝桂林之王鲁彦

弱　水

某报载："名小说家王鲁彦，已于本月二十一日病逝桂林，二十二日晨出殡，暂厝桂林星子岩。"言之凿凿，鲁彦殆已死矣！鲁彦年仅四十左右，还在壮年，不幸逝世，造物之于文人，何其凉薄耶！

鲁彦原籍奉化（或谓镇海），任中学教员有年，尝至北平，及湖南，福建等省。其作品最先见之于《小说月报》，为旅湘时所作，题为《柚子》。叙述生动，文笔遒劲，在平时鲁迅先生尝戏称之为"吾家鲁彦□弟"，盖仿"吾家太炎兄"，与"我的朋友胡适之"例也。

王于文艺外，尤擅世界语，为中国有数之世界语学者。民国十八九年间，任职南京宣传部，译《三民主义》为世界语，暇时常从三数至友，泛舟玄武湖，以为消遣。

报载王病起于半年前，留桂文人，曾以《大公报》副刊义卖稿费三万余元，助王作医药费之需，而竟不得救，亦可悲矣！

（《社会日报》，1944 年 9 月 16 日）

鲁彦之死[①]

鲁彦先生之死，我们是失掉了一位在私交上真率，在事业上忠实的战友，这损失是难以衡量的。

比什么都更为基本，鲁彦先生是一个善良正直的人。因为善良，所以爱人；因为正直，所以敢于正视现实。五四以来的一页新文学历史，是人的发现，人的价值的发掘和肯定的历史。凡作家，只要他的一双眼睛向着社会，向着人民，不管他道路怎样崎岖，怎样迂回曲折，到最后，总汇在人道主义的大旗之下，面对着戕贼人性的专制与黑暗宣战，在这一意义上，一位真正的作家同时就不能不是一名艰苦卓绝的战士。但还自然只是指出一件最一般也最基本的事实；另一面，当战斗越来越激烈之际，却是"时时有人退化，有人

① 原刊无作者，应为《文艺春秋》编者所写。

落荒,有人颓唐,……愈到后来,这队伍也就愈成为纯粹,精锐的队伍了”。而鲁彦先生,终他的一生,始终具有那种强烈的正义感,那种嫉恶如仇的灼热的心肠,无论如何,这一点却保证了他作为一位作家的战斗事业的继续,直至最后。因此,在他的作品里,他所创造的形象,差不多都是在历史重负下挣扎的苦恼的生灵,而又于泪光中闪现得一丝笑影,黯淡里透露出一点阳光,显然对人生一直寄予了不渝的希望。而他之选译弱小民族作家的作品,是拿来照映出我们这东方古老大国的落后。到了后来,斗争越发残酷,视野既变得广阔,灵魂也粗暴起来,他那悍笔就更加接近于人民大众的愿望了。

是的,鲁彦先生不仅是一位清醒的作家,而且还是属于坚贞的那一种,尽管有人已谥定了他,名之曰“本分”作家。他的生命的过早中断,表面上固然是由于肺病,究其实是更有深刻的原因在的。贫病是旧社会加于有良心的作家们身上的“赠予”,这是周知的事,不待解说;但更厉害的却是精神上的桎梏,把一个人的灵魂弄到窒息的恶毒的禁闭。鲁彦先生的良心不止存在,而且还是清醒的,他身受的就正是友人的心能不能与世人见面的焦灼,而尤其是由于市侩们敲诈而来的愤懑,就正是自己难于排解的一切理想与现实的矛盾的纠缠,与此咬蚀着一个人的灵魂的寂寞。不说他别的,光是为了他的编辑的那个杂志,由于一种凡事不苟的认真精神,说是已使他弄得身心交瘁恐不为过的吧。关于这,他一再告白他的苦恼,说:“怎样也无法使自己的心安静。”囊满肠肥的人是没有苦恼的,唯有像他那样的人才遭受到大苦恼,这样,鲁彦先生终于是抵不过黑暗势力的逼迫,苦恼死了。

在去年发表的散文《火的记忆》的鲁彦先生,曾慨叹于自己的灵魂变得粗暴,说道:“天呵,是谁毁灭了我的温良的人性,把魔鬼加进了我的胸中呢? ……呵,给我纯洁的灵魂,慈悲的心肠,多情的热泪,让我从噩梦中醒来吧!”这自然是一个善良的孤独的智识者的悲哀,由此他变成了一个着火者。但心中既然“燃烧着猛烈的怨火”,同时也未尝不是他的再出发的一个起点,我们是很有理由这样说的,因为他同时又以洪亮的声音道出了他的心愿:

“倘若我能活着,能够活下去,谁又能给我暴风一样的力,我一定伸出巨大的手掌扼住敌人的咽喉,一直到他们倒下去而且灭亡!”

“倘若我有那么也消灭不了的火种,我一定燃起亘古未有的大火,燃遍全世界所有残暴卑劣的人群!”

这应该不是一个假定而将成为一个兑现的预言吧。给他以暴风这样的力的人群是存在的,而那什么也消灭不了的火种也是有的。有一天,他以坚实的步伐走到(一个像鲁彦先生那样良心清醒着的作家是一定会走得到的)他们那儿的时候,他恐怕早已把那个可怕的噩梦丢在后面。然而,可悲的是,魔鬼已不给他以再向前走去的时间了。

鲁彦先生已经永远离开我们了,全集的整理和编印,作品的分析和研究,都是我们当前的责任。到今天为止,我们不应该再来絮絮多说悲悼的话语,让我们的文艺工作者做一些真正纪念已死者的切实的工作吧。

(“文艺春秋丛刊之四”《朝雾》,1945 年 6 月 10 日)

忆王鲁彦先生

黄宁婴

以我和鲁彦先生那一段淡淡的交情来写怀念的文章,实在是不无空虚渺茫之感的;

可是，他的印象，却始终那么顽强地抓住我的心灵，而他所给予我的感应，也正如太阳给予大地上一切花草的一样，使我深深地感到骄傲。是的，假如大地上的一切花草，以感受了阳光的温灵为骄傲的话，则我之能够认识鲁彦先生，自然是应该引为荣耀的！

是民国二十九年的暮春时节，我刚从香港来到桂林，而且准备在那里生根的时候，一个冷雨霏霏的夜晚，卢荻兄带着我走进了省立桂林中学，通过那颓旧的走廊，转入了那破破烂烂却使人感到古意盎然的教职员眷属宿舍，在一间毫无装饰，陈设得如此简陋，微熏着霉苔气味的住室里，我第一次会见了鲁彦先生。他正吃过了晚餐，坐在书桌旁休息，饭桌上还横七竖八地摆着碗筷，经过介绍后也没有寒暄，他便问我在这次的旅途上一定写了许多诗，朋友来得多了，要办的诗刊希望办得更好，可惜他自己没有写诗，今后也不打算写诗，不然，也可以给我们帮帮忙。又谈到教书对从事写作的人是不适宜的，因为它要剥夺了太多的精神与时间，但除了教书，我们这班人就更难找生活。我们就这样完全没有拘束的谈着，窗外还在□着霏霏的冷雨，山城的暮春还是那样寒气袭人，没有熊熊的炭盆的如此落寞的房间里会使人直觉着悲凉的，我们的话题不觉就转到生活方面来了。我问起他那两位自己没法赡养的送到教养院去的十岁上下的公子，惹起了大家无名的感喟。真的，像鲁彦先生在文艺界有着如此深长的战斗历史，如今，又教书又写文章，所谓鞠躬尽瘁，却还不能养活这一家数口的最低限度的生活，这是一个多么叫人痛心的世界啊！

那天晚上当我又通过昏暗的街巷，让霏霏的冷雨恣意地舞弄着我的头发与脸面，回到那同样的破旧的学校底宿舍来，睡在床上，我整夜在胡思乱想：我正踏上了鲁彦先生走过的道路，我将也必然地遭遇着鲁彦先生同样的命运，那苍白的脸孔，那寒酸的境遇，那苦痛的担负，那……我会后悔吗？不，绝不！我是更坚定了自己的志向，我将更勇敢地大步向前，因为我已获得了最好的榜样，因为我已深深地受到了鲁彦先生的精神的感召了。

隔了几天，我又跟卢荻兄去找鲁彦先生，而且作了不速之客，在那里用了一顿非常简单的晚膳。饭后，我们围坐起来，在微弱的灯光下纵谈着。突然，我感到裤管里钻进了一件东西，我以为一定是耗子，仓猝地跳跃起来，那东西便从裤管里滚落到了地上，迅速地向墙角里钻，原来是一条五六寸长的大蜈蚣！大家站起来把它打死了，之后，鲁彦先生冷笑地说："这一类可恶的家伙，就常常趁我们搞得火热的时候，要想杀害我们！"我们听了，都报以会心的苦笑。是呀，向鲁彦先生这样坚贞的文化战士，国家非但不曾给他一丝的温暖，而且那像蜈蚣一样可怕又可恶的家伙，简直没有一刻松懈过对鲁彦先生的待机而噬的企图！

三十年春，阴霾笼罩了桂林，文化朋友都星散了，我以后也没有机会碰见鲁彦先生。

当香港沦陷，桂林又再度恢复了她的晴朗与热闹后，鲁彦先生回到了桂林，而且还创办了《文艺杂志》。那时他住在西门外，我的学校又是在郊外，故始终没有找过他，而日子久了，我也以为他应该忘记了我这样一个朋友。有一次，他和两个人去过正阳路，跟我打了一个照面，他向我点头招呼，相对笑了一笑，却没有交谈，我才知道我们这淡淡的交情还不曾在他的记忆里消溶掉。不久，他肺病发作的消息从朋友的口中传来，我也没有去看过他，只是差不多隔天便从一位自告奋勇去诊治他的学医的朋友，也是我多年的伙伴那里得知他的病况。据说，他的声音已经沙哑，病势不易挽救，我几次都想去看看，但不知为什么总没有去成功，直到他往湖南疗养去了，自己才感到一种无可补偿的内疚，将在我的记忆里刻下了不灭的遗憾！

前年的夏天，敌人在湘北发动了空前的攻势，像洪水泛滥似的卷向南来，我们的崩溃竟至不可收拾，桂林的文友都心焦着鲁彦先生的安危，然而鲁彦先生也终于撑着重病的身躯回来了。我那时正在柳州《真报》编副刊，残云兄从桂林寄来了一篇稿，题目是《何香凝先生的眼泪与王鲁彦先生的肺病》，我读完了流下了眼泪。我又含着泪去重读，文章里写出卧倒在医院里的鲁彦先生，嗓子已经沙哑得使人不容易听得清楚，但他还是挥动着颤抖的手，那么激昂，那么愤恨地喊出了对时局的不满——特别是这一次他所亲历政府不负责任，百姓气喘如牛的大逃难，他喊着要枪毙那些混蛋，他喊着民主……虽然围在他的周边的人都不能清楚他所说的每一句话，但没有一个人不受到感动，没有一个人的心里不起了可怖的震撼，更没有一个人敢去劝阻他的风暴似的激情。

文章发表了才几天，便传来了鲁彦先生逝世的噩耗！

那时，桂林已开始在风声鹤唳中，则风声鹤唳中，毕竟还能在社会服务处举行了一个庄重的追悼会。

可是，奇怪的新闻又出现了。

那天，我们的市党部书记长也亲来致祭（听说后来桂林陷落，他便出来“维持”一番，但未悉桂林光复后他曾否反正，或因策应有功而升官发财否耳?），而且还当众发表了他的伟论。他以鲁彦先生为例，力证“文穷而后工”一语之不虚，因为他以为鲁彦先生的文章之所以写得好，完全是由于穷，穷吗，文章自然就好了。这逻辑是蛮机动的，意思就是奉劝你们这班后进小子，一辈子也应该捱穷，捱不得穷就写不出好文章，享福是做官的人才配有的权利。你看，统治者的口吻，是多么的冠冕堂皇啊！

诚然，鲁彦先生一生都遭受着穷与病的无情的鞭挞，而且给穷与病迫害了，可是，鲁彦先生却从没有向穷与病屈过膝，向社会的冷酷乞过怜，向任何的恶势力妥协过，他是硬邦邦地生活，硬邦邦地苦斗，又硬邦邦地死去的！

亲近过鲁彦先生的人，都值得骄傲！

（《戏剧与文学》第1卷第2期，1946年2月1日）

悼王鲁彦

蹇先艾

“生存多所虑，长寝万事毕”——孔融

“地太小了，地太脏了，到处都黑暗，到处都讨厌。人人只知道爱金钱，不知道爱自由，也不知道爱美。你们人类中间没有一点亲爱，只有仇恨，你们人类，夜间像猪一般甜甜蜜蜜地睡着，白天像狗一般的争斗着，撕打着。……这样的世界，我看得惯吗？我为什么不应该哭呢，在野蛮的世界上让野兽去生活着吧，但是我不，我们不，……唔，我现在要离开这世界，到地底下去了。……”鲁彦《秋雨的诉苦》以上这一段话，鲁迅先生在《新文学大系小说二集》的导言上曾经引过，我在这里又重新引出来，因为这是足够说明鲁彦本人的苦恼的。真的，鲁彦已经离开了这世界，到地下去了。《秋雨的诉苦》，想不到竟成了他的谶语！

也许有点偏爱乡土文学作家的缘故，我很早就中意鲁彦的小说。他最初曾经从世界语译过若干弱小的、被压迫的民族文学的作品，无疑地，他也就受了他们的影响；而《秋雨的诉苦》《灯》等篇，类似散文诗，又颇有爱罗先珂的风姿。从他最早的结集《柚子》，直到他前几年出版的小说《小喇叭》，都是一贯的作风，对所描写的善良的人物，表示着深切的同情，也常常为受难者申诉，为被侮辱者呼号。他的愤懑的情绪，几乎在每一个篇章都是蓬勃着的。对于他所诅咒的憎恶的一部分人，他，是用着诙谐的笔调，冷静地加以讽刺，决不肯轻松地把他们放过。有人说，鲁彦有些地方完全学鲁迅先生，并举鲁彦的《阿卓呆子》与《阿Q正传》相似为例。公平地说，前者比较后者是大有逊色的，虽然在鲁彦的小说中，不失为一篇杰作。这一篇（《阿卓呆子》），鲁彦的描写手法，显然在无形中受了鲁迅先生的影响。但我们却不能因之概括一切。鲁彦与鲁迅先生系同乡，作风、题材、人物、背景有些相似，并不是没有原因的。鲁迅先生表现的深入、冷酷沉郁，诚然为后起者所不可企及，但鲁彦也自有他敏锐的思想、活泼的笔调、诗人的情怀，他始终透露着一个青年人仍勇往前进的精神。

鲁彦的作品，据我所知，并不算多，只有薄薄的约莫二十种左右（连翻译在内），长篇似乎只有一个《野火》。在数量上来夸耀，鲁彦自然比不上目前的几位多产作家，而且听说他的读者群也并不怎样广大。但是他的东西，篇篇结实，他是一个态度丝毫不苟的作者。读过他的作品的人，可以相信这句话，他的熟识的朋友们，也可以证明我这句话。我喜欢才气纵横、倚马可待的作家，同时我也喜欢下笔谨慎、刻意求工的作者。有时我是更切盼着拜读后者的文章的。

抗战这几年以来，鲁彦的文章好像写得并不怎样多。他写信给我说：七七以后，我们的东西，写得太少了，大家应当多多努点力。我尤其惭愧，我比他写得还要少。据说他曾经有一个长篇在《广西日报》上连载，可惜我没有得见。我认为这几年中，他最大的贡献，还是在桂林主编《文艺杂志》。他编排那么大方，选稿那么谨严，帮忙他的朋友那么众多，恐怕只有抗战前的《文学季刊》《文季月刊》《文丛》差可比拟。虽然后来这个刊物，从第二卷以后，和鲁彦的病体一样地衰弱下去了，这实在是他心有余而力不足的结果，我们不能完全责备他。虽然后起的《文学创作》和《当代文艺》也颇呈异彩，我们觉得它们仍然没有《文艺杂志》那样纯粹。这个刊物的惨淡经营，中间的波澜起伏，自始至终不忘情于这个艰苦的工作，无疑地也是鲁彦致死的原因之一。

这几年来，鲁彦都在为生活而奔走，都在遇着十分苦辛的日子。民国二十七年，他在长沙某政治部服务，十二月他又被派到桂林行营政治部来工作，这种职业，对于有些文人是并不怎样适宜的，于是他在第二年六月便辞职了。他很想和他的太太覃谷兰、妻妹覃晚晴到贵州来教书，但因为这里报酬的低微，和举室以行的艰难，他终于停留在桂林了。大约还是教一点书，他也做了《中学生》的挂名编辑，一面又给文化供应社编书。那时他的身体还很康健，他每天都要下河去学习游泳，身心好像已经渐渐走上愉快的途径，我们听见，都很欢喜。不久，他发起成立了桂林文协分会，和艾芜、舒群诸君很紧张地一起工作来了。三十年的上半年，他开始筹备他的《文艺杂志》。因为各方面寄稿的迟缓，及登记手续的麻烦，十月才着手发排第一期。他为了多年的痔疮，九月初，便在医院开刀了，一面他还躺在床上，写信给他的朋友，报告近况兼催索文章。他对于朋友的热情太可感了。他对于自己的事情和杂志的不能顺利进行，常常心里不痛快，对于朋友的不平的事情，也一样的着急，不分彼此。为了我的一本散文《离散集》拿不到稿费，他愤慨过一次，为了我的小说《父母》被扣，在《文艺杂志》上预告了而不能发表，也引起过他极大的愤慨。他的病，因为种种事情的不如意，终于拖了一两年，开了几刀，仍然等于零，后来他的病越更深沉了。我接到他的最后一封信，是三十二年二月十六日写的，他有这样几句话。

"……弟久病不愈,每日卧床时间居多,近复忽患喉症,喑哑已有一月有余。医云系结核病,须长期疗养,苦恼之至!……"

以后,信息便中断了。我写过一封信到桂林去安慰他(一样过着穷苦生活,我对他只能作精神上的安慰),没有回信,大约那时他已经移地疗养,搬到湖南乡下去了。后来有些朋友发起募捐运动来救济他,但是在生活飞涨中,杯水车薪,还是无济于事。他的病已经病危了。

三十三年湖南战事一起,我们便在报上很悲痛地得着鲁彦的噩耗。有人说,鲁彦是"贫病以死",这样简单笼统的论定,是不能使死者瞑目的。我们能够说,杂志的挫折,人世的险恶,倭寇侵湘的毒焰,不是他致死的主因吗?敌人那次如果不进扰湘桂,一个患结核病的人,根本不迁徙,谁都晓得他的死亡,是不会这样迅速的。

我不愿用什么"文坛上陨了一颗巨星"或者"鲁彦之死为中国文坛上一大损失"这一类的话求惋惜死者,不过失了一个忠实的写作同志,一个态度严肃的文艺工作的伴侣,在这长途中摸索着的我是益更感到寂寞了,我的悲哀也将是永恒的悲哀了。

(《文讯月刊》第6卷第2期,1946年2月15日)

"女作家"·鲁彦的夫人覃谷兰穷途落魄在桂林

岫　云

永远在穷途中彷徨着的覃谷兰,是已故名作家王鲁彦夫人。在将近十年以前,她和鲁彦合著了一本书,书名大概是《婴儿日记》一类,是记叙他们的孩子从出生到渐渐长大的养育过程。

在鲁彦主编《文艺杂志》时,她是该杂志的一个"发行人",她贡献在杂志中的工作很多,但是却始终没有透气的机会,几年前在贫病煎熬中,鲁彦的心境是那么坏,一群的孩子,幼小的不过三岁,在这样一个悲惨的境况之下,妻和母的责任,不是寻常人所能当的,然而覃谷兰服侍病人,照顾孩子,还要自己去教书来维持生计,没有一句怨言或在孩子们面前有什么不耐烦,这实在是寻常人所难能的。

也为了鲁彦的病,孩子家务的牵累,学校功课的繁重,她差不多完全地放弃了写作,然而鲁彦却又在那时候合上了眼,放弃了妻子和儿子,放弃了他这还有许多未完成的要务——死了。

在桂林,覃谷兰把鲁彦安葬了,她想到内地去,路上又吃尽了千辛万苦。这难道是她的命运?

覃谷兰落魄在穷途,以后的生活,成了个大问题,最近曾致函于在沪的好友,在信中,她说,一个爱好文学的爸爸,一个喜欢写作的妈妈,却没有办法使他们的孩子上学,孩子是失学了,家中的米桶也老是看不到米。希望有人能为她们想一些儿办法。

(《上海滩》第3期,1946年4月19日)

鲁彦为贫所累

霞　珍

有许多人疑心鲁彦是鲁迅的兄弟,其实这种误传,却由于他们同是有名的作家和浙江人的缘故。

鲁彦是镇海县王家桥人，不幸得很，他竟然在二年前逝世了。遗有老母一人，妻子二人，一个姓谭，一个便是覃谷兰，以及子女五人。他的成名作是《阿长贼骨头》，曾经译有德语、俄语及世界语三种。

当他在尚未住入萨坡赛路巴里与胡也频、丁玲为邻时，曾经为了他的爱妻覃谷兰身体的亏弱而去普陀养病。

在普陀最先住在天福禅寺，后来又移住到紫竹林，在那里除了上街去问邮件外，很少到外面去玩。第一是为了妻子挡不住风，第二是为了没有钱，使他最怕的是寺内的和尚，一脸横肉，远望了也会恶心，偏是时常向他们要钱。

京沪二地的款子没有汇到，他一方面吃素菜有些厌了，而且妻子也急须滋养，有好几次，他发出急救信，要他们设法为他借些钱，并且偷带些牛肉或鸡蛋进去，可是所接济他的人实在太少了。

有一时期，他连发了二十余封信借钱，妻子又要滋养品，和尚要逼债，他真的要流落了。幸亏章铁民替他卖去了《童年的悲哀》给亚东，得到了二百元才算解了难关，匆匆地回上海来。

（《海涛》周报第21期，1946年7月25日）

鲁彦忆往录

天　行

鲁彦逝世已有二年，我早已把他忘怀。前几天写了我和达夫同游普陀的事，联想到他和覃谷兰留居普陀时的一段生活，在我的脑海里，又浮动着这位故友的身影了。

那是一九二九年秋，我和达夫同到普陀去，乘在慈北轮中，想不到又遇着鲁彦。他带了爱人覃谷兰，刚从南京回来，因为久慕普陀，特地去游玩一次的。为着大家都是熟人，一切行动毫无顾忌，于是一路郁达夫说笑话，他唱世界语歌，并且他还带了琵琶，弹了一出《平沙落雁》，我则一无所长，只能听听而已。

在普陀勾留了一星期，前山后山都跑遍了。达夫和我都感到厌倦，就动身回来。而鲁彦为了他的爱人覃谷兰有病，不能走开。从天福禅寺，移到比较空旷静寂的紫竹林去住。

我回到宁波不久，就接到他的来信："这里自从达夫和你走后，便变得非常凉快。怕是老天有意和你们为难吧？但虽然凉快了，我们还是住在屋内，没有到什么地方去过，除了几天往街上去问问邮信以外。那原因，第一是密司覃不大挡得住风，不大走得路，第二是没有钱，第三是没有别的同伴，两个人去玩觉得还有点寂寞。然而，住在屋内也还有写什么文章，看什么书，每天是如何过去的，竟无从知道。紫竹林是够冷静了，偌大的楼房只住着我们两个人。底下的潮声已经有点听得厌倦，和尚呢，希望能够不要遇见，因为他生得一脸横肉，远远望见了也会恶心。只有茶房和厨子是很殷勤。但可惜没有荤菜给我们吃。每天总是香菌而又香菌，——为了营养不好——你知道这于密司覃尤其重要。——我们时常想住更合宜的地方去，我们相信天童寺至少要方便些。但没有钱，也就只好搁浅在紫竹林了。因为我们希望你来，借一点钱给我们出去玩玩，而最要紧的是偷偷地带一点鸡蛋和新鲜牛肉来，因为生着病的密司覃太需要滋养了。——"

那时我在宁波领导着一个“海天剧社”，天天忙着排演，所以竟没有闲暇再去普陀看他，他又来信诉苦，是这样的写着：“天天望着你或你的朋友来，竟到今天还没有看见一点消息，是什么缘故呢？普陀是已经不能再住下去了，为了许许多多的原因，我们希望即速的离开。□□昨天还出了一件冒险的事，没有适夷，恐怕会被和尚赶出山门的。可是今天适夷走了，只剩下没有一个铜子的卢森堡和另一广东人守着天福庵。穷鬼麇集于此，从此佛国摇动了。——”

我这时也正闹穷，只能带了一些零用费和荤菜，特地重去普陀一次。记得我们同在紫竹林的一个洋楼上煮着牛肉吃，海阔天空地谈着，此情此景，宛在目前，可是这位老友，两年前已到另一个世界旅行去了。

住普陀没有多天，我仍返宁波。过了几天，我又接了他的一信说：“——牛肉与鸡蛋虽已由口而入，由肠而出，唯从此君子之惠则常留胸间，永不复去矣。铁民、森堡今日咸相偕返沪，普陀山中孑然孤我，顿觉可怖。而和尚势利，已逐客数次，不能飞山过海，愈觉战慄。沪款、京款不知已否到甬，万一到了，敢请再跑一趟。此处和尚已自己开口，每人每日需洋一元五角，我等已住一个月了，倘使款不足，能为我凑一点否？……”

后来鲁彦托章铁民，卖给亚东一部《童年的悲哀》的原稿，得洋二百余元，终算脱离了普陀的难关。

鲁彦结束了普陀生活，仍回到上海，以卖文所入，维持家庭。那时他住在法租界萨坡赛路巴里内，和胡也频、丁玲等为贴邻。我也因家乡闹了一件事不愿再住下去，匆匆地到了上海，大家会见了，有说不出的欢喜。不久，我应达夫之邀去了安庆，他度过了这半年的残冬，也到福建教书去了。

此后，一直没有知道他的消息，只从朋友的口中，得知他去山东，去陕西，年年过着流浪生活。在抗战以后，偶尔读到一本刊物，说他在桂林患着肺病，当时就为这位故友忧心。果然不久，就传来了他的死耗，真有点像做梦，这人生！

鲁彦是镇海王家桥人，家里现在还存有老母。妻子有二人，一姓谭的，二即覃谷兰，遗有子女多人。

他所遗留下来的著作有：《柚子》《黄金》《童年的悲哀》《小小的心》等七八种，描写的大多是乡村生活，题材和鲁迅一样。鲁迅成名作是《阿Q正传》，各国都有译本，而鲁彦的《阿长贼骨头》，也有了德、俄、世界语三种译本。怪不得前几年还有许多人疑心他是鲁迅的兄弟。

最近听说王西彦兄正在编辑《鲁彦全集》，我觉得这是纪念鲁彦的最好的办法。

（《茶话》第4期，1946年9月5日）

鲁彦生平

黎锦明

鲁彦，浙江镇海人，有人说他是作家中属于比较稳健的一个。他为了某一篇创作，二七年来到长沙，始终不肯在长沙市上逗留一些时候，他甘愿住在水陆洲一幢民房的小楼上，每天至沙滩边会朋友。

他的作品很少受潮流影响的。他从世界语转译过来的芬兰、捷克、新希腊、新犹太、保加利亚……那些短隽的作品中体验一种适中的人生观念，以他的市民生活意味，溶化在艺术当中，倒非常能引起一些社会政治意念较深的人们的智识。他和 H.G.威尔斯一样，是一位“粗笔”作家，文章似乎不讲求润色的，他有些儿瞧不起创作。

但鲁彦先生在文艺界所留下的优好成绩，而是那些在民十六七年间所译的短篇小说。亨利克·显克微支的《老仆人》《泉边》……保存了充分的体裁上的优美。他为了人们交口赞誉，卅二年曾在桂林收集了它，重印了出来。他将这个赠给去访问他的友人……这时他的痔症已发，整日躺在桂林西北陲一间小楼的床上。

精敏而努力毕竟是非凡的！十四年，他任北京世界语专门学校教员；十六年，编印短篇小说处女作，翻译集，任宝山路世界语学会会员；廿二年，他到西安，廿七年，再来长沙，旋赴汉口；次年，往广西，任融县柳庆师范教员；卅一年，开始主编《文艺杂志》。次年，还痔疾，割治无效，友人为他征集医药费，返前夫人谭女士故家（湘乡），未数月，以事在赴桂途中病殁。

鲁彦的损失，岂不等于陨坠一颗星？

［《现代周刊》（复版）第 32 期，1946 年 12 月 29 日］

2018 年 6 月—12 月陆续辑校，康乐园

张　朕　辑录

王鲁彦书信辑录

章洪熙(一通)[①]

洪熙,这世界不是我所留恋的世界了,我所以决计离开北京。……洪熙,我爱上——是大家知道的。我向来不将心中的事瞒人,在去年我就告诉了许多朋友了,就是她的哥也知道。我明知道是梦,但我总是离不开这梦。我明知道她的年龄小,她的脾气不好,她的说话太虚伪。我明知道我不能和她恋爱,明知道不应和她恋爱,明知道不值和她恋爱,然而不知为什么,我总是忘不了她!我现在感觉万分痛苦……总之世界上的人是不能相爱的!……我并不希罕什么生命和名誉,琵琶是我生死离不开的朋友,带去了。爱罗先珂的琴,可请周作人先生保留。爱罗君恐怕有回来的时候的。别了!

茅盾(一通)[②]

弟于年内得病,一月初即咳嗽,发热,喉痛,喑哑,并两次见痰中有血。医云肺结核兼喉头结核,至今一月余病状渐轻,而喑哑如故,心中苦闷之至。……得此残疾,真生不如死也。病中得友人之助为筹款购药,因得注射葡萄糖钙十余针,并请医开方服药。然病虽略减,心中愈苦。盖适值寒冬,又逢新年,谷兰常冒风雨,为医药奔走街头,而儿女则多身上无棉,尤以三儿为甚,旧衣均破烂不堪,单裤短至不能盖膝,拖鼻屈背,缩瑟一如小乞。而远近则正鞭炮与鼓乐喧天也。

王西彦(八通)

(一)[③]

前得复书,知即将来湘,现在想早在那里住了很久了。我因病在医院住了将近三月,

---

① 此信从章洪熙《鲁彦走了》中辑出,写于1923年。章洪熙原文载《晨报副镌》,1923年8月10日。

② 此信从茅盾回忆录《雾重庆的生活——回忆录(三十)》,《新文学史料》1986年第1期中辑出,茅盾此文后编入《我走过的道路》(下),并删去副标题。此信所记内容与鲁彦1943年1月10日致王西彦信,1943年1月28日致学生华新信高度重合,且与1943年5月20日《文艺杂志》第2卷第4期所登载的文化消息《关于张天翼、蒋牧良、王鲁彦先生病况的报告》也可互参。由此,此信与鲁彦致王西彦、华新两信写作时间前后相隔并不甚远。由信中所记"弟于年内得病,一月初起即咳嗽","至今一月余病状渐轻",可知此信大致作于1943年2月中。

③ 此信从王西彦《在魑魅的追逐下——记鲁彦的病和死》辑出,王西彦原文刊于《新文学史料》第5辑,1979年11月。此中十一封信均从这篇文章中辑出,下文不再一一出注。此封信写于1941年11月3日。

开刀数次，现始渐见痊愈，不日当可出院。杂志事因此耽误了很久，到最近始能发排第一期。又因印刷迟缓，出版恐在年底，就索性把它当作一月号了。你的稿子希早日赐下，以便在十二月初将第二期稿发排。……

（二）①

……弟因第四次开刀，又半月不能行动，而病仍难速愈，决计日内出院了。近得友人支持，集款数万，并有经验丰富而可靠的人任发行，除继续出版杂志外，拟出丛书。版税百分之十五，八千本以上者酌加，三个月一结账。一切求对得起作者读者，杂志内容与形式将有所改善。杂志社现已改名为"文艺杂志出版社"矣。……

（三）②

……然弟朋友多，皆加支持，今又得集款五万元，已将二卷一期付印，丛书事仍在计划中，要看能否再集款五万元，大约必可成。事业既无法停止，移住湖南不可能，单送孩子来，以身体弱总觉不放心，只好暂时作罢。……

（四）③

来信及书稿已收到，当即将书稿送审。杂志社事得兄鼓励相助，衷心甚感。惟弟殊不幸，杂志纠纷已了，社事始上轨道，个人忽患重病矣。盖前患肛门内症，据医云名属结核性，故累次开刀，至今未痊，且连创口亦不肯收复。前因未见有何特殊症候，仅请医听诊数次，并作痰与血液之检查，结果皆无所得，未与重视。乃近两星期忽患咳嗽，喉痛，哑嘶，夜热，昨作X光透视，则证明系两肺尖发炎，喉医检查，则又认为喉头结核合并症。病情严重。眼前倘能平安度过，据云亦须静养半年，现医已禁止工作与谈话，心中殊苦。……

（五）④

……弟病已多方证明系肺结核。现隔日注射葡萄糖钙一次。药费甚贵、不知能打几针，亦不知能否见效否耳。

（六）⑤

来书久未复，以诸事不如意故，劳远念甚歉。弟病仍如故：喉哑，咳嗽，隔日发烧。此间不乏名医，但多固执为肺结核，除疗养以外云无他法，对咳嗽发烧亦未能制止。弟疑病不简单，发烧尤似疟疾，乃医多不听。盖未能尽心尽力为人医治也。弟自发病至今，已逾三月，病状未见轻减，颇为绝望。且住在桂林，烦恼生气之事太多，殊难静养。前更议去湖南，将杂志停办，或请兄接编，乃意见未能一致。人多云此间医药便利，不宜离开。实则弟已屡为医药所误矣。且家中吃饭人多，米价近已狂涨近八百，有趋千元之势（梧柳早过千元），维持为难，心中苦虑，亦实非疗病之道，奈何奈何？今年出版界不景气已降临，读者购买力弱，银根紧，成本高，桂林出版家已有数家倒闭。文艺杂志社前曾集有股款六万元，一方面因受总经售书店之影响，三期竟至无法从印刷所取出。结果只得解散，交与

---

① 此信作于1942年8月11日。

② 此信约作于1942年12月上旬，此前与王西彦所谈的出版社计划落空。王西彦在桂林时曾劝鲁彦到湖南暂时休养，鲁彦在此信中答复。和此信差不多同时，鲁彦又寄给王西彦一卷油印启事，详细报告杂志创办经过和与书店发生纠葛的情形。王西彦曾复信相劝。

③ 此信作于1943年1月10日，字迹颇潦草。此前不久，为了支持鲁彦的创办出版社，王西彦编了一部小说集，在1942年年底寄给鲁彦，不料鲁彦此时又重病卧床。

④ 此信系短简，在1943年1月10日后不久几天，谈及自己病情。

⑤ 此信大致作于1943年4月，谈及病情，又准备到湖南小住休养，问询王西彦湖南物价。

侨兴出版社代印代发。《风雪》因此在这里搁了许久。上月×××所办××书房索稿，觉得既无另外可办之处，久搁亦多损失，就介绍了给他。想能得兄同意（弟自选集亦交渠出版），以兄云将来桂，故未与订立合同。今日之出版家无一可信任者，作者殆无法不受剥削与欺侮。……弟极想移家至衡山、攸县或茶陵，甚至即使个人也想到湖南小住，望将那边物价医院情形，见示一二。……

（七）[①]

知兄将来桂林一游，企盼之至，希能迅速启程。弟病近日稍痊，然尚不知能恢复否？杂志事弟殊难亲自处理，精神甚不佳，仍须长期休养。兄来桂决将以杂志编务相托，如能见允，可再作一卷的计划，否则弟愿停刊。如何祈即电复为幸。……

（八）[②]

六日快信收到，医生知我的病，故累次劝我不再工作，不再讲话。我喉哑今已十个月，自己亦越来越怕惧，所以终于离开了桂林。来此非求乐土，无非可以略避烦扰与经济的煎迫，勉求温饱之外，希望能有益于身体而已。今幸尚有棉力自作摆布，且得友人之助来到茶陵。因初到稍感不适，又遵医生节劳之嘱，故许多信未写，或由谷兰代写。杂志事我离桂林前均已安排好，三卷一期都已编好审好发排。以后由端木蕻良接代，所有稿件均交端木。关于杂志，我从此告一段落，自问亦已无愧于心了。病中不拟再提这些麻烦事，病好了，再计划更有意义的工作。我现在所最关切者乃是孩子们。儿女过于稚弱，今忽远离，恍如弃之，心中愧恨，梦魂难安。此间景物甚美，明春如得病痊，当约兄来此度暑。……

2018 年 11 月 20 日校毕

---

① 此信大致作于 1943 年 4 月底或 5 月初，系答复王西彦而作。原因在于，此前王西彦曾复信给鲁彦谈及书稿的出版合同续待自己前往桂林订立。

② 此信写于 1943 年 10 月 16 日。此时鲁彦已由桂林转往湖南茶陵休养，杂志的编务全权托给端木蕻良，自己的三个孩子也送进湖南难童保育院。

张　朕　编

王鲁彦研究资料目录初编

（一）论文

章洪熙：《鲁彦走了》，《晨报副镌》，1923 年 8 月 10 日。
方璧：《王鲁彦论》，《小说月报》第 19 卷第 1 期，1928 年 1 月 10 日。
长虹：《〈柚子〉和它的核子》，《世界》周刊第 5 期，1928 年 1 月 29 日。
钟敬文：《花束》（书评），《文学周报》第 7 卷第 14 期，1928 年 10 月 14 日。
朱自清：《近来的几篇小说》，《清华周刊》第 29 卷第 8 期，1928 年 3 月 30 日。
柳思：《王鲁彦〈胖子〉之所指》，《金钢钻》，1932 年 12 月 24 日。
《鲁彦卖稿上当》，《现代出版界》第 13 期，1933 年 6 月 1 日。
《易培基与王鲁彦夫人》，《小日报》，1933 年 8 月 15 日。
彳亍：《王鲁彦小传》，《文学新闻》第 13 期，1933 年 10 月 10 日。
石羊：《鲁彦的科学》，《益世报》“语林”栏，1934 年 3 月 26 日。
《王鲁彦去郃阳的前后》，《西京日报・明日》，1934 年 5 月 8 日。
子海：《忆王鲁彦》，《十日谈》第 29 期，1934 年 5 月 20 日。
冰苔：《欢迎鲁彦先生》，《西京日报・明日》，1934 年 7 月 13 日。
汪以果：《送鲁彦行》，《西京日报・明日》，1934 年 7 月 16 日、17 日。
天茄：《作家之群・七・鲁彦》，《益世报》，1934 年 8 月 12 日。
英昊：《烟波楼随笔・鲁迅与鲁彦》，《社会日报》，1934 年 9 月 15 日。
拙辍：《记鲁彦》，《十日谈》第 45 期，1934 年 11 月 30 日。
《鲁彦先生应聘到校》，《集美周刊》第 239 期（出版日期不详）。
夹人：《陕西人眼中的王鲁彦》，《渭流》半月刊第 2 期，1935 年 10 月 16 日。
汪六滨：《评〈乡下〉》，《华北日报・每日文艺》，1936 年 2 月 25 日。
源水：《关于〈西安印象〉》，《西北文化日报・西北角》，1936 年 5 月 22 日。
易我：《〈乡下〉——王鲁彦小型文库之六》，《西北文化日报・西北角》，1936 年 7 月 30 日、31 日。
《王鲁彦与赛昭君的一段恋史》，《电声》第 40 期，1936 年 10 月 9 日。
林建七：《王鲁彦》，《实报半月刊》第 2 年第 3 期，1936 年 11 月 16 日。
《王鲁彦恋史》，《世界晨报》，1937 年 3 月 22 日。
静文：《文坛逸话・鲁彦开房间》，《华北日报・咖啡座》，1937 年 4 月 1 日。
赵仲群：《评〈鲁彦短篇小说集〉》，《国闻周报》14 卷 14 期，1937 年 4 月 12 日。

《王鲁彦的赛昭君》,《世界晨报》,1937 年 7 月 11 日。
龙眼:《王鲁彦命名由来》,《世界晨报》,1937 年 7 月 17 日。
流动记者:《再告诉你,王鲁彦、蒋牧良、魏猛克、罗洪在流亡中》,《迅报》,1939 年 2 月 3 日。
木武彦:《论王鲁彦的小说》,《中国文艺》第 3 卷第 2 期,1940 年 10 月 1 日。
廖桑:《关于鲁彦》,《前线日报》,1940 年 12 月 29 日。
《鲁彦传已逝世》,《东方日报》,1943 年 3 月 28 日。
《鲁彦并未逝世》,《东方日报》,1943 年 4 月 15 日。
影侦:《张天翼 · 鲁彦:贫病交加》,《新生月刊》第 5 卷第 8 期,1943 年 8 月 10 日。
姚隼:《施舍和援助——王鲁彦之病有感》,《联合周报》,1944 年 3 月 4 日。
《慰劳王鲁彦等作家,援助万湜思的家属》,《联合周报》,1944 年 3 月 18 日。
慧痴:《怀鲁彦先生》,《集美校友》,1944 年 4 月 10 日。
张天明:《鲁彦底〈野火〉》,《华侨文阵》第 4 期,1944 年 8 月 1 日。
吕剑:《难言的哀痛》,《扫荡报》(昆明),1944 年 8 月 24 日。
雨田:《悼鲁彦》,《改进》第 9 卷第 6 期,1944 年 8 月 25 日。
以群:《悼鲁彦》,《新华日报》副刊,1944 年 9 月 3 日。
梅林:《默哀》,《新华日报》副刊,1944 年 9 月 3 日。
臧克家:《穷身子,硬骨头》,《新华日报》副刊,1944 年 9 月 3 日。
柳倩:《我们要抢救生的——并悼鲁彦之死》,《扫荡报》(昆明),1944 年 9 月 5 日。
以群:《从鲁彦之死想到的》,《大公晚报 · 小公园》,1944 年 9 月 8 日。
流:《鲁彦之死》,《大公晚报 · 小公园》,1944 年 9 月 8 日。
江燕:《悼王鲁彦先生》,《联合周报》第 2 卷第 3 期,1944 年 9 月 9 日。
弱水:《记病逝桂林之王鲁彦》,《社会日报》,1944 年 9 月 16 日。
荃麟:《关于鲁彦的死及其他——〈青文〉书简》,《青年文艺》(桂林)新 1 卷第 3 期,1944 年 10 月 10 日。
穆素:《忆鲁彦》,《青年文艺》(桂林)新 1 卷第 3 期,1944 年 10 月 10 日。
罗洪:《悼念王鲁彦》,1944 年 10 月 16 日。[①]
克锋:《忆鲁彦兄》,《东南日报 · 笔垒》,1945 年 1 月 3 日。
绀弩:《怀〈柚子〉》,《艺文志》创刊号,1945 年 1 月 15 日。
巴金:《写给鲁彦兄》,《文艺杂志》新第 1 卷第 1 期,1945 年 5 月 25 日。
　　又载《改进》第 11 卷第 5、6 期合刊,1945 年 8 月 25 日。
　　又载《中韩文化》第 1 卷第 2 期,1946 年 1 月 1 日。
傅彬然:《忆鲁彦》,《抗战文艺》第 10 卷第 1 期,1945 年 3 月。
　　又载《月刊》第 1 卷第 4 期,1946 年 3 月 20 日。
范泉:《鲁彦之死》,《文艺春秋丛刊》之四《朝雾》,1945 年 6 月 10 日。
艾芜:《关于鲁彦的回忆琐记》,《周报》(上海)第 11 期,1945 年 11 月 17 日。
　　又载《和平日报》,1946 年 1 月 7 日。

---

① 罗洪此文发表于何处暂且不详,但其自称写作于 1944 年 10 月 16 日,参见《罗洪散文》,群言出版社 2005 年版,第 6 页。

又载《文艺新闻》第3号,1946年3月3日。

黄宁婴:《忆王鲁彦先生》,《戏剧与文学》第1卷第2期,1946年2月1日。

蹇先艾:《悼王鲁彦》,《文讯》月刊第6卷第2期,1946年2月15日。

又载《中国文学》第1卷第3期,1946年8月1日。

周贻白:《悼鲁彦》,《文章》第1卷第2期,1946年3月1日。

岫云:《"女作家"·鲁彦的夫人覃谷兰穷途落魄在桂林》,《上海滩》第3期,1946年4月19日。

赵景深:《记鲁彦》,《文艺复兴》第1卷第6期,1946年7月1日。

霞珍:《鲁彦为贫所累》,《海涛》周报第21期,1946年7月25日。

天行:《鲁彦忆往录》,《茶话》第4期,1946年9月5日。

黎锦明:《鲁彦生平》,《现代周刊》(复版)第32期,1946年12月29日。

天行:《鲁彦遗诗抄》,《文潮月刊》第2卷第5期,1947年3月1日。

师陀:《哀鲁彦》,《春潮》第1集第2期,1947年1月10日。

巴金:《鲁彦短篇小说集后记》,《学风》第2卷第1期,1947年7月10日。

湘渠:《鲁彦琐记》,《东海》,1957年3月号。

曾华鹏、范伯群:《鲁彦小说散论》,《扬州师范学院学报》1959年第3期。

欣知:《鲁彦的后期小说》,《新民晚报》,1963年3月11日。

许杰:《我与鲁彦》,《新文学史料》,1979年第2期。

文玉:《鲁彦笔名的来历》,《社会科学战线》,1980年第2期。

钱英才:《鲁迅与王鲁彦》,《宁波师专学报》,1981年第2期。

张复琮:《鲁彦小说简论》(上),《郑州师专学报》1981年第2期。

《鲁彦小说简论》(中),《郑州师专学报》1982年第1期。

《鲁彦小说简论》(下),《郑州师专学报》1982年第2期。

《悲伤而执着前进　失望而奋力追求》,《郑州师专学报》1982年第3期。

钱英才:《王鲁彦短篇小说的创作特色》,《杭州师范学院学报》,1982年第2期。

陈慧明:《听潮》,《教研文萃》(江苏省中语会)1982年第12期。

范守纲:《〈听潮〉引起的回忆——访鲁彦夫人覃英同志》,《语文学习》,1983年第1期。

张汉清、方弢:《笔卷惊涛　纸上留声——〈听潮〉的描写艺术》,《语文月刊》(华南师大中文系),1983年第7期。

郑择魁:《〈听潮〉的海景描写》,《语文战线》,1983年第4期。

田禾:《拟声摹态,以色写声——〈听潮〉怎样写潮水》,《淮阴师专学报》,1983年第1期。

江枫:《伟大的乐章 细腻的风格——谈〈听潮〉的音乐感》,《语文教学通讯》,1983年第4期。

傅德岷:《〈听潮〉的绘景和寓意》,《语文教学通讯》,1983年第4期。

端木蕻良:《忆鲁彦》,《新文学史料》,1983年第2期。

云仙等:《王鲁彦与〈文艺杂志〉》,《南充师院学报》,1984年第1期。

李军:《王鲁彦生平及其著译略述》,《宁波师专学报》,1984年第3期。

陈元胜:《鲁彦编过副刊的〈民钟日报〉》,《新文学史料》,1984年第3期。

丁言昭:《诙谐中透出辛辣——读王鲁彦的〈一只拖鞋〉》,《宁波师院学报》,1984年第4期。

覃英:《王鲁彦生平简述》,《名作欣赏》,1984 年第 5 期。
丁言昭:《诙谐中透出辛辣——读王鲁彦的〈一只拖鞋〉》,《宁波师院学报》,1984 年第 4 期。
胡凌芝:《寓精深于质朴——读王鲁彦小说〈一只拖鞋〉》,《名作欣赏》,1984 年第 5 期。
马蹄疾:《王鲁彦生年辨讹》,《社会科学辑刊》,1984 年第 5 期。
李军:《王鲁彦生平及其著译略述》,《宁波师院学报》,1984 年第 3 期。
芷茵:《王鲁彦的短篇小说》,《宁波师院学报》,1984 年第 3 期。
刘桂松:《言家乡之物　抒眷念之情——读王鲁彦散文〈杨梅〉》,《新闻通讯》,1984 年第 8 期。
云仙、敏之、定与:《王鲁彦与〈文艺杂志〉》,《南充师院学报》,1984 年第 1 期。
马蹄疾:《鲁迅与鲁彦》,《鲁迅与浙江作家》,华风书局,1984 年,第 121—125 页。
李建平:《抗战时期王鲁彦的活动及思想》,《抗战文艺研究》,1985 年第 2 期。
公盾:《毕生贫穷富才华——忆作家王鲁彦》,《西湖》,1986 年第 4 期。
王向民:《王鲁彦三十年代在上海》,《绍兴师专学报》,1986 年第 1 期。
胡凌芝:《王鲁彦与乡土文学》,《文学评论》,1986 年第 3 期。
顾芝英:《忆鲁彦和爱罗先珂》,《鲁迅研究动态》,1986 年第 9 期。
陈一辉:《父子情与哲理诗——王鲁彦的〈旅人的心〉》,《扬州师院学报》,1987 年第 1 期。
黄育新:《论早期乡土派小说》,《广西师范大学学报》,1988 年第 3 期。
蒋虹丁:《回忆作家王鲁彦》,《民国春秋》,1988 年第 3 期。
魏华龄:《王鲁彦病逝桂林前后》,《桂海春秋》,1989 年第 5 期。
钱英才:《吴越文化与浙东乡土文学》,《杭州师范学院学报》,1990 年第 4 期。
李军:《文学研究会甬籍三作家》,中国人民政治协商会议宁波市委员会文史资料委员会编《宁波文史资料》第 8 辑,浙江人民出版社,1990 年,第 80—93 页。
杨剑龙:《沿着天才的脚迹前行——论鲁迅对二十年代乡土作家的影响》,《鲁迅研究月刊》,1991 年第 10 期。
钱英才:《论浙东乡土作家的文化意识和特点》,《宁波大学学报》,1994 年第 1 期。
曾华鹏:《论王鲁彦的乡俗小说》,《扬州师院学报》,1994 年第 3 期。
隋清娥:《论王鲁彦小说现实主义创作方法的形成与发展》,《聊城师范学院学报》,1995 年第 3 期。
于文秀、徐秀梅:《漫谈二十年代中国现代乡土小说》,《学术交流》,1997 年第 6 期。
牟书芳:《巴金与王鲁彦、沈从文——文学创作中的人道主义》,《岱宗学刊》,1998 年第 2 期。
王惟敏:《追怀五四后期作家镇海王鲁彦先生》,《白水吟稿》(出版社不详),1999 年。
杨益群:《相濡以沫,情真意挚——巴金与鲁彦》,收入魏华龄、左超英主编《桂林抗战文化研究文集》(六),广西师范大学出版社,2001 年。
王鸿儒:《植根于中国现代乡土的文学——王鲁彦、蹇先艾乡土小说之比较》,《常州工学院学报》,2002 年第 1 期。
袁荻涌:《王鲁彦与外国文学》,《贵州师范大学学报》,2003 年第 6 期。
赵新顺:《现代意识观照下的乡民精神世界——王鲁彦小说乡土意识论》,《殷都学刊》,

2004 年第 3 期。
赵新顺:《王鲁彦——乡村小有产者的表现者与批判者》,《新乡师范高等专科学校学报》,2004 年第 3 期。
今哲:《现代作家、翻译家王鲁彦》,《今日浙江》,2004 年第 10 期。
张生:《〈现代〉小说的另一面:危疑扰乱,焦躁,讽刺与寓言——以黎锦明、张天翼、王鲁彦等人为例》,《江苏社会科学》,2005 年第 2 期。
秦弓:《论王鲁彦小说的心理世界》,《广播电视大学学报》,2005 年第 3 期。
沈斯亨:《鲁迅小说的现实主义》,《广博电视大学学报》,2005 年第 1 期
王吉鹏、黄一帼:《鲁迅与王鲁彦》,《海南师范学院学报》,2005 年第 6 期。
钟丰丰:《站在传统失落与现代追求的交汇处——浅议王鲁彦之乡土小说》,《宝鸡文理学院学报》,2005 年第 6 期。
周春英:《论王鲁彦乡土小说的地域文化特色》,《内蒙古财经学院学报》,2005 年第 4 期。
林细娇:《幸福缺失下生命的悲凉——再论〈菊英的出嫁〉》,《安徽文学》(下半月),2006 年第 9 期。
崔淑琴:《试论王鲁彦乡土小说中的经济意识》,《中山大学学报论丛》,2006 年第 1 期。
杨凯:《王鲁彦小说〈黄金〉的讽刺艺术》,《文学教育》(上),2007 年第 2 期。
赵亚宏:《只因阴阳两相隔——对〈菊英的出嫁〉和〈春阳〉冥婚现象剖析》,《名作欣赏》,2007 年第 24 期。
曾敏之:《王鲁彦尽瘁文学事业》,《晚晴集——曾敏之记述的人物沧桑》,金城出版社,2008 年。
曾斌:《沉默的艺术——〈一个危险的人物〉价值形成机制》,《乐山师范学院学报》,2008 年第 2 期。
兰楠、鲁渭:《繁复的焦灼 永恒的徘徊——试论〈菊英的出嫁〉中的多重纠缠》,《南方论刊》,2008 年第 7 期。
李小倩:《在"人"的柔软处动笔——试论王鲁彦的人道主义》,《大众文艺》(理论版),2008 年第 8 期。
周春英:《王鲁彦乡土小说的民俗事象研究》,《宁波教育学院学报》,2008 年第 5 期。
佟丞:《浅谈王鲁彦小说中爱的悲剧》,《河北大学成人教育学院学报》,2008 年第 3 期。
夏娇、汪丹:《论俄国及东欧文学对王鲁彦乡土小说的影响》,《晋城职业技术学院学报》,2008 年第 2 期。
于宏伟:《在整合与转化中走向成熟——浅析王鲁彦乡土小说风格的流变》,《理论界》,2009 年第 7 期。
周春英、曹妍:《王鲁彦小说叙事技巧探析》,《宁波大学学报》,2009 年第 5 期。
蔡登秋:《"菊英的出嫁"的风俗隐喻》,《三明学院学报》,2011 年第 4 期。
陈纯洁:《王鲁彦乡土小说的美学意蕴》,《广东技术师范学院学报》,2011 年第 5 期。
周春英:《王鲁彦研究资料中的一些错误》,《中国现代文学研究丛刊》,2011 年第 11 期。
周春英:《王鲁彦的佚文及佚事》,《新文学史料》,2012 年第 1 期。
项耀瑶:《论王鲁彦对鲁迅小说人物叙事的承传》,《淮海工学院学报》,2012 年第 2 期。
周春英:《从传统到现代——论王鲁彦小说〈屋顶下〉中婆媳关系的新质》,《广播电视大学学报》,2013 年第 2 期。

周春英:《论经济因素对王鲁彦乡土小说叙事的影响》,《中国现代文学研究丛刊》,2013 年第 6 期。
[日] 坂井洋史:《“心”的寓言/理想的悖论——围绕林憾庐〈无“心”的悲哀〉、王鲁彦〈灯〉和巴金〈我的心〉的感想》,载陈思和、李存光主编《你是谁》,上海三联书店,2013 年。
杨剑龙:《论鲁迅的影响与王鲁彦的乡土小说创作》,《吉林师范大学学报》,2014 年第 3 期。
谢秀琼:《乡土空间的“永恒”与“变迁”——论王鲁彦的离乡与精神返乡》,《学术交流》,2014 年第 4 期。
于元明:《王鲁彦小说中国民精神现代性的建构》,《南都学坛》,2014 年第 2 期。
谢秀琼:《无政府主义与王鲁彦的早期创作》,《宁波大学学报》,2014 年第 2 期。
孙荣:《述评王鲁彦小说创作中的乡民性格及其表现形式》,《湖北函授大学学报》,2014 年第 2 期。
刘佳:《拉斯普京与鲁彦作品中的人道主义精神之比较》,《牡丹江教育学院学报》,2014 年第 9 期。
晏洁:《论中国现代文学多重视角下的乡民叙事》,《新文学评论》,2014 年第 4 期。
林双:《左翼转向前后王鲁彦乡土小说的创作变化》,《宜宾学院学报》,2015 年第 11 期。
李楠楠:《论王鲁彦小说〈柚子〉的黑色幽默倾向》,《名作欣赏》,2015 年第 20 期。
刘丹:《从“不能救人,又不能自救”到“我—不做人家的牛马”——论王鲁彦小说的革命转向》,《牡丹江大学学报》,2015 年第 6 期。
周银银:《王鲁彦和 20 世纪 30 年代左翼文学思潮的关系探析》,《常州大学学报》,2015 年第 3 期。
周春英:《王鲁彦的世界语翻译及对其创作的影响》,《新文学史料》,2015 年第 2 期。
王丹:《从“农家屋顶”到“怒火原野”——论王鲁彦的乡土小说之变》,《重庆第二师范学院学报》,2016 年第 3 期。
彭苗:《试析早期浙东乡土写实小说的地域文化色彩》,《湖北第二师范学院学报》,2016 年第 3 期。
赵军荣:《试析〈阿长贼骨头〉的创作方法》,《攀枝花学院学报》,2016 年第 1 期。
李娜:《论王鲁彦作品中的亲情书写》,《河北科技师范学院学报》,2016 年第 3 期。
周春英:《王鲁彦作品中受侮辱与受尊敬的父亲》,《博览群书》,2017 年第 6 期。

(二)论著

复旦大学中文系现代文学组学生编著:《中国现代文学史》(上册),1959 年。
范伯群、曾华鹏:《王鲁彦论》,上海:上海文艺出版社,1980 年。
林非:《现代六十家散文札记》,天津:百花文艺出版社,1980 年。
黄修己编著:《现代文学讲义》(上),辽宁广播电视大学,1984 年。
孙中田等编:《中国现代文学史》(大学中文系自学丛书),沈阳:辽宁人民出版社,1984 年。
唐弢主编:《中国现代文学史简编》(文学爱好者丛书),北京:人民文学出版社,1984 年。
郑择魁:《鲁彦作品欣赏》,南宁:广西教育出版社,1986 年。

邵伯周主编：《简明中国现代文学史》，天津：天津人民出版社，1986年。
刘献飙：《中国现代文学手册》（上），北京：中国文联出版公司，1987年。
张以英、诸天寅、完颜戎：《中国现代散文一百二十家札记》，桂林：漓江出版社，1987年。
朱德发、蒋心焕、陈振国：《新编中国现代文学史》，济南：明天出版社，1989年。
严家炎：《中国现代小说流派史》，北京：人民文学出版社，1989年。
王嘉良、李标晶主编：《中国现代文学史新编》，上海：上海社会科学院出版社，1990年。
郭志刚：《论鲁彦创作兼及鲁彦创作的评论》，《中国现代小说论稿》，太原：山西教育出版社，1991年。
柯文溥：《剖析城市现实——鲁彦〈小小的心〉〈厦门印象〉及其他》，载《现代作家与闽中乡土》，福州：福建教育出版社，1993年。
《"智果"和"兴化饭菜"——鲁彦〈兴化大炮〉和〈船中日记〉》，载《现代作家与闽中乡土》，福州：福建教育出版社，1993年。
徐柏容：《鲁彦和〈文艺杂志〉》，载《伊甸园中的禁果》，1995年。
桂林市政协文史资料文员会、李建平主编：《抗战时期桂林文学活动》（桂林文史资料第三十三辑），桂林：漓江出版社，1996年。
易新鼎主编：《二十世纪中国小说发展史》，北京：首都师范大学出版社，1997年。
徐学：《厦门新文学》，厦门：鹭江出版社，1998年。
郭志刚：《"巨炮之教训"——鲁彦讲的故事》，《阅读人生——郭志刚学术随笔自选集》，福州：福建教育出版社，2000年。
郭志刚：《"屋顶下"和"岔路"上的矛盾——还是鲁彦讲的故事》，《阅读人生——郭志刚学术随笔自选集》，福州：福建教育出版社，2000年。
《鲁彦诞辰100周年纪念会》，宁波文化年鉴编委会编：《宁波文化年鉴2002》，2002年。
王泽龙、刘克宽主编：《中国现代文学》，北京：高等教育出版社，2002年。
俞林昌：《笑送鲁彦——兼祝自己进入新世界》，《自乐集》，杭州：钱塘诗社印行，2002年。
魏桥主编：《浙江省人物志》（浙江省志丛书），杭州：浙江人民出版社，2005年。
金锡逊：《鲁彦作品的乡土特色》，《似水流年》，宁波：宁波出版社，，2009年。
王嘉良：《"浙江潮"与20世纪中国文学》，上海：上海文艺出版社，2011年。
周明：《纪念王鲁彦先生》，载《往事如歌》，北京：求真出版社，2012年。
王孙：《憔悴斯人，哀民多艰——鲁彦和他的散文》，《八十自省》（普绪赫文丛第6辑），北京：生活·读书·新知三联书店，2012年。
王福和、黄亚清：《世界文学与浙江小说创作》，杭州：浙江大学出版社，2012年。
罗宗宇：《中华民族文化的重建——二十世纪中国小说中的民俗叙事研究》，长沙：湖南大学出版社，2013年。
刘恪：《中国现代小说语言史（1902—2012）》，天津：百花文艺出版社，2013年。
李一鸣：《中国现代游记散文整体性研究》，济南：山东人民出版社，2013年。
梅庆生、李娜：《王鲁彦小说对宁波地方文化因素的呈现》，《宁波市社会科学第四届学术年会文集》，2013年。
刘勇、邹红：《中国散文通史·现代卷》，合肥：安徽教育出版社，2013年。
丁帆等著：《中国大陆与台湾乡土小说比较史论》，南京：南京大学出版社，2013年。

郑绩:《浙江现代文坛点将录》,北京:海豚出版社,2014 年。
候志平:《中国世运史钩沉》,北京:首都师范大学出版社,2015 年。
万湘容、干亦铃:《民国时期宁波文献总目提要》,杭州:浙江大学出版社,2015 年。

2018 年 11 月 23 日—26 日陆续编订

文　献

晓　风　辑校

胡风日记（1976.12—1985.6.8）*

1975 年

12 月下旬（?）某日，三监肖政委、宋副狱长及小院全体干事在座，对我作了一次两三年以来未有的正式谈话。要点为：

一、要我相信政府"给出路"的政策，并指示不应在名字上加上"死囚"的称呼。

二、政府并不管过去三四十年代那些情况，那早已弄清楚了，过去了。

三、我的问题是要改造思想，承担罪责。除了判决"立即执行"外，都是要给予出路的。我过去失去了"机会"，希望我不要失去这个最后机会了。

（我已交代了我所有的问题，包的不算。因此，在 1976 年，我作了那些思想——文艺思想认罪的交代，等于全面地又一次否定了自己的作品——劳动成果。）

1976 年

1 月 8 日　周恩来总理逝世。

《向周总理伏罪》（1 月 23 日）

《1975 年年终总结》（1 月 20 日）

《〈求真歌〉中特别严重的思想犯罪》（2 月 7 日）

《关于反动诗的几点概括交代》（3 月 17 日）

《看守所独身房里反动诗的特大思想犯罪举例和概括交代》：

第一节——分八项；

第二节——《怀春曲》中首篇和末篇的严重的思想犯罪；

第三节——《怀春曲》中专篇举例和概括交代；

第四节——杂诗词的思想犯罪。

（未注明月日）

7 月 6 日　朱德委员长逝世。

9 月 9 日　毛泽东主席逝世。

《在极沉重的日子里的一些感应》（10 月 7 日）

---

* 编者附记：1970 年 2 月，胡风被押解至大竹县四川省第三监狱，并由四川省革委会人保组宣布加判为无期徒刑，不准上诉。在绝望的情绪下，精神开始崩溃，患上"心因性"精神病，生活极不正常。1973 年 1 月，梅志被调到大竹，照顾他，胡风身心渐趋正常。"四人帮"垮台后，精神康复。自 1976 年 12 月起，在狱中开始了中断十多年的日记。

《经过了沉重的内心感应以后》(10 月 21 日)
《附一个简单的交代》(10 月 23 日)
《补充关于张春桥和姚文元(父子)以及江青的若干情况》(11 月 29 日)
《关于姚文元》(未留底稿)(11 月 30 日)

12 月

16 日(或 15 日)起受到了几次讯问。讯问人当是中央派来的,或专案组出面的两位。肖政委和管教干部都出席。以肖政委肯定了关于毛主席逝世和相关的交代("可以")开头。讯问者态度恳切,认真严肃,为受审以来所未见。首先,肖政委提出了"四人帮"问题,希望我"立功赎罪",云。几次讯问中涉及的问题,写下了如下面的材料:

《鲁迅丧事情况》(12 月 16 夜)
《关于张春桥小补》(12 月 17 晨)
《关于张春桥和肖军的决斗》
《关于张春桥和崔万秋有无关系》
《关于江青面貌像崔万秋……》
《关于对张春桥的政治面貌的判断……》
《关于崔万秋的政治面貌……》
《关于江青与崔万秋有无关系……》
《关于崔万秋等的几点补充》(12 月 20 日)

20 日——26 夜,吟成了《红楼梦》悲剧情思交响曲。

又补成了《女性悲剧情思协奏曲》。

25 日　肖政委和管教干事等,会同劳改局医院派来的政委和黄干事等叫我谈话,告诉我的交代"可以"、很好,要我和梅志后天去成都,揭发"四人帮"的罪行,云。

下午,曾干事来诊断身体情况。

26 日　曾干事来约我到办公室,由一部队医生恳切地详尽地诊断了身体情况。

27 日　上午,先到办公室等车。除田股长外,干事们都来了,感情上感到对他们不舍。

曾干事与我们同车(有暖气的吉普车),对我像保育员一样,照料无微不至。甚歉。

黄干事和三监同去的李干事、王干事另车同行。

中午,在坛同镇小停,由曾干事拿来抄手当午餐。

下午二时,过江北大桥后到重庆,住进公安局招待所休息。吃招待所碗蒸晚饭。

听从湖南株洲到贵阳后到此的二位公安干部和韩政委闲谈党政社会情况。

(从大竹经过邻水、××、江北三县)

夜八时半,原人坐大客车到菜园坝火车站。软卧,与韩政委、曾干事同房,他们睡上铺。

28 日　上午约八时到成都(新车站)。曾干事与我们坐汽车约二小时到金堂县的清江镇。经过新都、广汉两县,三县俱为成都郊区。住进省劳改局直属医院地下房。

吃打来的病号吃的饭,吃到了将近十年没有吃到的普通饭菜。

29 日　看到了 26 日公开发表的毛主席在 1956 年 4 月向中央扩大常委会的报告《论十大关系》。其中提到了"胡风问题",提到了《红楼梦》。

王干事从重庆坐汽车来。他和李干事住在另外两间，他们二位管教我。

昨天补吟成了《莺莺》，把《女性悲剧情思协奏曲》补成了十二首。

今天补吟成了《释巧姐》。

上午，医院门诊部主任(雷)来查问身体情况，曾干事李干事在座。查后，受到心电图的检查和胸部透视。

30 日　另一护士来取了血液。

李干事王干事引梅志到镇上去。

赶吟成了《表刘姥姥》，和《巧姐》一起编入《合集》。

31 日　上午，雷主任又来查身体，量血压。给了三种西药，每天三次。晚上另服一小片。

赶写《红楼梦》曲子后记，未完。

补记三点：

一、从大竹到重庆，从成都到清江医院的汽车上，韩政委也同车，他坐在司机台上。

二、梅志多带了衣服，一满皮箱外，又在三床被里裹进了一些，成了两个大而重的行李。又带了一些厨房用具，甚至一些食物。背篓弄得很重。一路上由政委和几位干事背。很不安。

三、到此后，政委和几位干事把窗玻璃糊上了白纸。

1977 年

1 月

1 日　元旦——改补昨天写的后记，即《说明》。

李干事、雷主任陪成都中医学院一位青年中医来诊视，就是所谓望闻问切罢。

夜，李干事来谈了一会闲天。谈到去年 6 月间到上海去看到的情况。

2 日　清抄《说明》。李王二干事引梅志上街。

午饭后吃药时，突然失去意识昏倒了。梅志马上报告。雷主任同医护人员来抢救，打强心针和葡萄糖针，量血压几次。当即苏醒了过来。韩政委亲来照料。

早上大解不多。上午大解相当多。昏倒后，又排泄在裤子里，很多。

约 4 时，陈书记、刘院长亲来问病况。陈书记说在苗溪看见过梅志，云。

夜，放映悼念毛主席记录片。因为在广场上放映，我因身体关系，不能去。二干事引梅志去了。

韩政委和他的夫人来看我的情况，劝我休息。他们在李干事房里闲坐，当是怕我发生意外。甚不过意。等李干事回来了才走。

梅志回来说，影片上只有如报上所见的毛主席遗体，没有卧病的画面。但参加者都哭了，云。

未必毛主席真地去世了么?

3 日　李干事来闲坐一会。谈我的思想改造问题。还是一个改造世界观的问题么?

雷主任来问病况，量血压。决定吃中药。

上午开始吃中药，三剂。

清抄《说明》少许。

9时过,突然大便流出,成稀糊状,带痔血。

睡眠情况,一直是十时左右睡,三到四时左右醒。四到五小时左右。

4日　上午,雷主任来查病情,量血压。略谈了用药的医理根据和中西药的异同。说五六小时的睡眠足够,云。

下午,大便软,痔血较多。腹涨,再拉不出。

药片吃完。

5日　上午,护士来抽血。

大便软,不多,带痔血。

改补《说明》。

6日　上午,雷主任来,谈了病情。

1. 查血,胆固醇高到450。普通是130—250。

2. 现在是治本(矛盾主要方面),中西医意见相同(后来曾干事说是胆固醇高410)。

3. 开了两种成药,一为益寿宁。上午开始服。

下午,公安局长孙局长、贺处长来,韩政委、李、王、黄干事在座。

孙局长传达中央专案组的意见,要我揭发"四人帮",对"四人帮"有正确认识,不要存思想顾虑,云。说我脱离社会太久,不了解客观情况。要我放下包袱。

贺处长谈到调动一切积极因素要依靠自己的内因。

同意我写完《红楼梦》材料。

中药吃完。

7日　续《说明》,未完。夜,断电。

8日　改《说明》。夜,停电。

9日　续《说明》,未完。午睡时,劳改局唐局长来,书记、院长同来,见我未起,在李干事房里坐了一会。我起来后,要我休息,未谈话即离去。

上午,梅志上街,买来日记本。看其中插图,原来鲁迅已改葬在虹口公园内,立了铜像。

改《说明》。

夜,停电。

10日　雷主任来复查,量血压,把脉,开了五剂中药。

改《说明》。停电。

11日　改《说明》。

李干事要去已抄出的说明部分看。我问他的意见,他谈到改造世界观的问题,好像我是唯心主义的。但要看完全文才能下断语,云。

要我在女厕大便。男厕常有水,怕滑倒了云。大概是怕多遇见了人。

王干事拿来了一些旧报,主要是《四川日报》。

12日　李干事耽心我晚上加点写材料。

写《说明》。

午休时,贺处长与杨科长来。先与梅志谈。我起来后对我作了重要谈话。记忆不全,重要的有如下几点:

1. 我写的关于《红楼梦》的材料没有必要,但可以赶快弄完它。研究者大有人在。毛主席有专门著作。

2. 我不应纠缠在过去问题上，那已经过去了，没有问题了。我应放下包袱。

3. 我以为在文艺以外无能做什么。我的职业病非常重，云。

4. 我在历史上脱离了党。鲁迅是完全服从党的（还举了郭沫若参加对“四人帮”的斗争）。我应该抓住主要问题，放下包袱，轻装上阵。

5. 应马上参加揭发“四人帮”的斗争。一切等参加了这个斗争以后再做。不要错过了“大好机会”。

找来了《鲁迅书信集》。《鲁迅全集》则是解放前的版子改排的，不懂何故。

13 日　补《说明》，完。

晚上一粒和白天每次四片白药完，停吃。

开始抄曲子。

14 日　抄完曲子。校看《说明》。中药吃完。

李干事来谈了一会。原来他的两个大女儿都已在高中毕业，有一个在高中带课了，云。

15 日　《说明》校看完。

写了给领导的信。夜，交给了李干事。

16 日　李干事拿来材料嘱加了封面一页。

上午，李干事引梅志上街。

补看了一些报纸记事。

查去年材料。补抄写了上面的日记。

王干事出去了两天，刚才回来了。

查看了一下《鲁迅书信集》。出版说明中提了一句“有些是胡风等坏人”。

17 日　接着昨天、前天，看了些旧报上悼念总理的文章，有些引起了激动。

上午，雷主任查病情，量血压，把脉，看舌苔等。开了四剂中药。李干事配来说缺了好几味。又开了益寿宁（上次还没有吃完）。另一种小白片药，梅志说是维生素 C。

看了《鲁迅书信集》给日本人士的信。

18 日　上午，李干事来改正了《曲》稿的一个错处。又问到了陈白尘。下午不在，当是进城去了。

写《再关于张春桥》，只一节未完。

夜，王干事引梅志去看了哀悼周总理的记录片。那么，毫无办法，只好相信周总理真地去世了！

夜，梦见周总理和刘少奇在一起。这个梦完全是诬蔑我的感情的。但我当时只质问旁边的人，看，周总理这不是健在么？……

19 日　上午，《再关于张春桥》完，梅志抄成，交给了王干事。

下午，梅志为我理发，算是休息。连日小感冒，不退。

夜，早睡。

20 日　《补充关于张春桥两点》，交王干事。

夜，王干事来坐了一会，向梅志问到子女情况，尤其是大孩子。

《报告》未完。有好几件事。

休息时，零碎翻阅《书信集》。

21 日　《报告》完，梅志未抄完。

下午，王干事同雷主任复诊，开了三种治感冒的药片。中药暂停，云。约十天前，不慎碰动了颗门牙，摇动，痛。今晚晚饭时，掉了。

22日　《报告》抄完。交给了王干事（上午）。

写了点关于江青。

23日　（星期日）续写江青。疲乏之至。

24日　李干事从成都回来了。除了应继续揭"四人帮"外，未带来任何意见。晚边回来的。

下午，王干事说，雷主任忙，今天不能来看病。

写完《再关于江青》。

25日　交《再关于江青》给李干事。

李干事引刘医生和另一年轻女医生来查小便情况和痔口情况，云前列腺甚大，云。

雷主任同中医黄医生会诊，把脉，看舌苔，量血压。中医开了五剂药。开了灰锰氧洗痔口。

痔口流血很多，洗了一次。

26日　李干事闲谈了几句，请买书、借书的事好象不可能。

写《再关于姚蓬子》，未完。

洗痔口一次。

夜梦四叔与老大，不知何意。

27日　续《姚蓬子》。

夜，梦路翎。

28日　写完《再关于姚蓬子》。

添写《再关于姚文元》。

29日　李、王二干事陪雷主任查病情。量血压、把脉、看舌苔，问了病情。

校看完姚氏父子抄稿。夜，交李干事。

看《书信集》。

夜，又学一次《论十大关系》。

30日　补充关于陈白尘，关于姚蓬子，关于田汉等向潘公展贺寿。交李干事。

看《书信集》。

31日　补充关于陈白尘。即交王干事。

下午，雷主任和黄医生来复诊。把脉，看舌苔。

又开了五剂中药。广州出的益寿宁一瓶。

看《书信集》。

再学习关于农业学大寨三个中央文件。

夜梦杂乱，怪事！

2月

1日　匆匆看完《书信集》下卷。

2日　昨请李干事谈谈对我所写材料的看法，但今晚韩政委亲来和我谈了约一小时。贺处长还无时间看完，审阅后有指示当告诉我，云。还是要把中心放在揭发"四人帮"上，再就是改造立场观点问题。要学习《论十大关系》和华主席的讲话。对"四人帮"的认识和态度可以不写。

回上去看《书信集》上卷。

3日　《书信集》上卷看到1932年完，1933年起前已看过一遍。

再学习《论十大关系》、华主席和陈永贵副总理讲话。

药罐不慎打破了，牺牲了一剂药。

4日　雷主任、黄医生复诊，量血压、把脉、看舌苔。

昨夜又梦见路翎。

再学习《论十大关系》、华主席讲话。

抓来了三剂中药，明天才吃，云。

选看《书信集》和《鲁迅全集》。

5日　杂看《书信集》。

开始写《关于"四人帮"的感想》。疲乏，不能进。

6日　（星期日）梅志重感冒，雷主任来诊视。打针。

再学习华主席的讲话。

王干事买来了两个抄本。

7日　梅志感冒稍好。

写《杂感》。

8日　梅志感冒兼吃中药。

写《杂感》约半。李干事问我写那么多是什么。

9日　写《杂感》少许。

上午，黄医生来复诊：把脉、看舌苔。量血压因未带听诊器，不果。

开了五剂中药。

10日　写《杂感》。

几乎通晚失眠。

11日　写《杂感》，较顺利。

梅志感冒稍愈。

12日　续写《杂感》。

13日　（星期日）续写《杂感》，很少。

告诉李干事，明早中药吃完。吃黄医生中药后，口苦口干更加重了。

14日　晚，二干事引梅志去看《东方红》电影。

告诉李干事，西药只有明早一次了。

写《杂感》完，共32张稿纸，经过十天。

15日　补写三点声明。

黄医生来复诊：把脉、量血压、看舌苔。

先发来了益寿宁。下午发来了中药五剂。

校对抄稿二十余页。

16日　对未抄稿略有修改。

下午，校完全稿，共53页，题为《关于"四人帮"的一些杂感》。写报告两页。晚饭后，交李干事。

17日　今天为农历除夕，即春节前夜。

打扫了室内灰尘。
杂看些报刊和书信。
夜,喝了一口葡萄酒。
18 日　重读鲁迅 1936 年各文。不禁感慨。
早,吃糖包。
晚饭前,分喝葡萄酒,约一杯。
园内老乡妇女,在窗外路上闲游。风俗如此,云。
19 日　翻阅一些书信,和 1958 年全集注。
成天疲乏不堪。昨晚喉干。
晚,吃面,过量了。
二干事引梅志去看以儿童表演为主的新春同乐会之类。
20 日　(星期日)翻阅一些书信和杂感。
昨午睡了约一小时。今天睡了约二小时。但晚上和午睡醒后口苦口干外还喉干如故。
今天中药吃完。熬第四次多吃二回。
夜,二干事引梅志看以儿童少年为主角的朝鲜影片《火车司机的儿子》(?),说比我们《阿夏河的秘密》好得多,云。
21 日　开始写鲁迅书信中与我有关的情况的注释。午睡约一小时半。
李干事说,等医生假后上班复诊。
22 日　下午,黄医生复诊。把脉、量血压、看舌苔。说是稳固多了,云。今天学习,不能发药,云。
午睡不好。
疲乏不堪。写注释少许。
23 日　约十时,李干事拿来了五剂药。量少,当是换了新的汤头了。
午睡似乎只迷糊了一会。
续写注释。
24 日　续写注释。头绪纷繁不好理。
午睡不沉。
中药改吃四次,但没有熬好。
25 日　续写注释。
昨晚睡了五小时余。今天午睡又不沉。
26 日　续写注释。
昨晚睡了约六小时,今天午睡又不沉。
27 日　(星期日)上午,梅志到镇上,替我买了一双绒面塑料底的“懒人鞋”。即换上了。
脱下了棉裤。
写完注释,共 28 页草稿。
昨晚约睡六小时。今午睡不着。
28 日　修改注释,完。其实注得不完备。
昨晚约睡六小时不足。今午睡不成。

中药、西药今天都吃完了。
今天又有痔污血。
今天梅志开始抄注释。

3 月

1 日　上午九时过,黄医生来复诊。把脉、看舌苔、量血压。说血压稳定了。
十一时发来了益寿宁和维生素 C(?)。
午饭后,发来了五剂中药。量多,只认得有菊花。
续斟酌注释。
中药改为熬三次,吃四次。
2 日　再修改注释若干处。
昨夜约睡六小时。今天午睡不成。
3 日　再修改注释几处。
昨夜约睡六小时。今午睡着了一会。
晚上老乡小孩向窗子扔石子。
4 日　清理存报上的"四人帮"材料,剪存。
李干事引事务长来发给了每人一份配买糖四角。
今晚,又有老乡孩子扔石子,被梅志吼跑了。
校对完梅志抄稿《鲁迅书信中提到我的和与我有关的情况》,计 52 页。
午,睡着了一会。
5 日　注释有须补充的,考虑后暂放下。午,把抄稿交给了李干事。
杂看了一些书信和杂文。
再学习华副总理在第一次农业学大寨会议上的报告。
午,睡着了一会。
6 日　(星期日)上午,李干事约梅志上镇。梅买来了一斤小鱼和一斤鲜菇。
看完《华盖集》一遍。
夜,李干事引梅志看了 1950 年王苹和袁先合导的少数民族题材电影《勐垅沙》。
今天中药吃完。
7 日　随意复阅杂文和书信。
李干事说门诊忙,医生不得空来复诊。
晚,吃自煮鲜菇面,过量了。
昨夜约睡六小时。今午,睡着了一会儿。白天还是疲乏不堪。
8 日　看些杂文。
梅志今天忽然写了报告,要离开我到儿女之一的地方去参加劳动。我不能有任何意见。
下午,睾丸痛,到晚饭前,坐卧都不行。九时上床,痛得不能睡。梅志看电影回来,给吃了止痛片一片,半小时后才入睡。十二时醒一次,三时余醒后,再不能睡了。
李干事同梅志去看了《金光大道》(中)。
这两三天大便不畅。
9 日　重读给日本人士信。心情寂寞的一面很突出。

下午四时过，李干事陪黄医生来复诊（说昨天来，因忙没有来）。把脉，看了舌苔，未量血压。

李干事说今天学习，不能发药。

今天大便，硬、少。午，睡不成。

10日　上午十时，李干事发下了五剂药，其中有薄荷，要后熬。但梅志说只能泡一泡。停发维生素C。

昨晚睡六小时。午，睡不成。

看完《华盖集续编》一遍。《死地》和《悼刘和珍》还使我激动。

左睾丸只有隐隐的痛感。左腰眼痛感比过去强一些。

11日　摘记了《华盖集》及续编（1925—1926）过去没有记住的几个要点。

约上午十时，李干事突然去成都，由梅志去买饭。一位金干事临时来照料我们。

写几点更正和检查，未完。

昨晚睡六小时。午，睡不成。

睡下后，发现左睾丸略硬肿，所以隐隐作痛。

12日　昨晚只睡五时余。四时醒后不能再睡。

午，睡不成。

写完《几点更正和关于检查自己》。下午四时，梅志抄好后，即交金干事转韩政委。没有照梅志意思，等李干事回来后交。

看些杂文。

13日　（星期日）上午，金干事引梅志赶场。梅志买了菜脑壳，金干事还代买来了三斤菌子。

（记起了离大竹前一天，郑干事还引梅志上街买了什物。）

看完一遍《而已集》。

昨夜睡六小时。午，睡不着。

昨夜梦见佳康，但愿他不会因我受无辜之累。

14日　翻看1927年以前《集外集》中各文。

看《中国小说史略》中《红楼梦》部分。只引出了紫鹃戏语和宝玉向小丫头问晴雯死况并往探二情节，可惜都未深入一步。

今天中药第三次熬时（晚饭后）火不久熄了，只好明天上午再熬。

益寿宁[上]午吃完了。

昨晚睡六小时。又是梦。午，迷糊一会。

15日　上午，李干事回来了。王干事去了三星期；李干事回来后，房门开了，也许不来了？

今天中药吃完了。李干事对梅志说，明天医生来看。

看了《三闲集》一部分。

昨夜，睡了六小时左右。午，睡不成。

16日　十时，黄医生来复诊。量血压、把脉、看舌苔。说是要和另一位医生研究一下，云。

昨晚睡六时左右。午，睡不成。

李干事发下了益寿宁。

下午二时过，李干事喊梅志去谈话。劳改局张局长、公安局杨科长，还有另一位和她谈话。说服了她和我一道回三监，云。

喊我给教育指示。宣布我写的材料有些用处，任务完了，回三监继续学习，进行思想改造。我只要求，如果有问题，恳求政府提示我，我当尽力做去。希望回三监前，贺处长和杨科长对我这次写的材料给我一个总的教育指示，使我能进行检查。

收去了《鲁迅全集》和《鲁迅书信集》。

李干事发下了中药五剂。

收拾了材料草稿之类。

检查接受张局长杨科长指示时我的态度：

（一）没有说明一年来的思想认罪，请求指示；

（二）没有着重说明改造思想的决心和具体情况；

（三）没有检查到此后写的材料中偏重在交代思想认识而没有贯串自我检查的精神，犯了少联系自己的错误。

17 日　收拾杂物。

上午，李干事谈了一会。等劳改局买到车票来通知；党对我的要求是改造世界观；贺处长去了北京，主要意思就是张局长所谈的；解决问题由中央决定，但须由基层提出审查意见……总之是，靠自己争取，云。

还有一位老干部同李干事来看了一会，未讲话。

昨晚睡了五时余。午，睡不着。

晚，李干事指示，在单写鲁迅给我的信中，《鲁迅书信集》中排错的两个重要的字，即抄交李干事。

18 日　三监徐干事、曾干事和另一位王干事来。

李干事说明天可以有车票走。准备。

19 日　上午，曾干事、王干事帮忙打行李。

昨天李干事说医院医生行前要来检查一次，但没有来。曾干事量了血压。

下午一时稍过，曾干事给吃了三片药。坐舒适的救护车，三监四位干事，还有韩政委。三时稍过到成都公安局二招待所休息。梅志由徐干事带上街买东西，结果只配了眼镜架子。

在招待所吃晚饭，两样荤菜。

约七时坐汽车到车站，有一位公安干部邀来一位铁路公安队长送进车站，能及时上车，他们二位和韩政委才回去。在汽车等的时间，韩政委指名梅志和我讲了几句话。

九时开车。我和梅志睡下铺，曾干事和李干事睡上铺。睡前，曾干事给吃了一片药。

软卧。这次有了开水。

20 日　（星期日）七时到重庆。三监汽车来接，开到江北郊外少年犯教养所休息。在那里吃早饭后再开出来，徐干事和王干事另买公路汽车票回三监。

三时过到三监，闻干事在值班，如见到“家人”一样，心里很感慨。曾干事量了血压。

收拾房间。闻干事来照料三次。杨干事也来了一次。

六时过才吃了面疙瘩。

21 日　请闻干事给了药罐，煎吃在劳医未吃完的中药，下午和晚上各一次。

杨干事给了供应的食品。

昨晚睡了六小时左右。午睡了一小时余。

22 日　打扫房间和院子。看些报纸文章。

闻干事给了一、二月份的《红旗》。

吃中药四次。

昨晚睡六时左右。午睡半小时。

23 日　昨晚，口苦大大减轻，不干了。

午，睡了一小时左右。

看《十万个为什么》中的高血压部分，还是弄不清是什么一回事。

闻干事来，我报告在成都的情况。既有李干事的汇报，省公安局党委一定有指示，我只遵照监狱党委教育指示，进行学习。干事表示，政委得空将给我指示（干事表示我在成都的表现是好的，云），指示我写点收获。

四时过，闻干事引曾干事来诊视：量血压、听心脏、看舌苔。明天将发下中药云（清江带来的中药，今天吃完）。

我又向曾干事提出希望她为我讲解病理。犯了自由主义的错误。

24 日　昨夜未口苦。约睡六小时不足。

上午，杨干事发下了五剂中药。熬吃了两次。

看《文化偏至论》。

25 日　昨晚睡六小时左右。午睡不成。

重看《红楼梦》曲子和说明草稿。

26 日　上午，郑干事喊梅志一道出街。梅志竟买到了：

周总理照相传记；

《鲁迅书信集》；

两册保健书，其一有讲高血压的；

清茶叶。

重看在劳医写的关于张春桥、江青的材料。

27 日　（星期日）上次闻干事给了《红旗》一、二月份两期。今上午，闻干事给了第三期。我报告了在看在劳医写的材料，看完写检查。他对我作了鼓励的指示（因我向他检查了不该向干事打听我的病情的违规错误）。

徐干事发给了一种白色大药片，梅志说她也不知道是什么药。

上午，梅志请杨干事买了一只鸭；杨干事身体不好，是徐干事拿来的。心里抱歉。

续看在劳医写的材料。

28 日　早起，吃了白色药片。

上午，头晕心慌，也许是昨晚看材料睡迟了的缘故。睡了约半小时，好了些。

看完在劳医写的材料。

29 日　看完对毛主席逝世的感应。

中药只有明晨一次就吃完了。向徐干事报告了。

看高血压病小册子，无法理解。

30 日　看《保健按摩》、《十万个为什么》中一些疾病和保健项目。

28 日《人民日报》重刊王进喜的讲话（过去没有看见过），深受感动。是多年来最受感动的文章。

下午，徐干事同曾干事来复诊。把脉、听心脏、量血压、看舌苔。问病情。其中，我说弯腰后才酸痛。但过后才记得不弯[腰]也有时酸痛，下午到现在就一直酸痛。曾干事说，血压和舌苔的情况都很好，云。

徐干事发来了五付中药。量较上次的少，只知道没有蚌壳。还有两种白药片。上次徐干事拿来的白色大药片是治前列腺肿大的，今天吃完了。益寿宁今早吃完，未再发。

31日　昨晚口粘。

试做保健按摩。

重看向政府写的报告(在清江)。

今天依然腰酸。

新华社的《"钢铁钻工"吴全清》，有些品质真感人。

重学一次华主席的讲话。

4月

1日　四时醒来，口略苦、略干，右腰眼酸。

开始做保健按摩。晨，大便时痔口流血。

闻干事给报时，报告不能快写。他说什么时候写成都可以。

2日　五时醒来。口略苦干。右腰酸。大便后痔口流血。午睡不成。

看《红旗》几篇文章。湖南省委介绍华主席解放后在湖南斗争经历，诚恳、朴素、扼要，和昨天报上山西交城县委介绍华主席抗战和解放战争在交城的斗争经历具有同样的风格。说明了华主席是经过了长期的考验的。

3日　(星期日)五时醒来，口略苦干。右腰有时酸。大便未带血。

看《红旗》上几篇文章。

偶然看到杨干事包盐的文件废页，有林彪反党同谋者的亲笔供词照片。原来他们真有这么狠毒，丧尽了一个中国人的起码的品质。完全出乎意料之外。

4日　四时醒来时，口略粘苦。右腰时有酸涨感。

闻干事发下《人民画报》和《解放军画报》追悼毛主席的专号和《解放军画报》有庆祝华主席和打倒"四人帮"特辑的专号。

开始拟写在劳医的思想感情状态的检查。因前几天闻干事指示我写"收获"。

5日　四时余醒来，口略粘苦。右腰眼时有酸涨感，有时连着右胸肋骨酸涨。

写《检查》，精神不继，仅得草稿两张。

6日　四时余醒来，口略粘腻。大便后流血。右腰眼有时酸涨。

续写《检查》，精神不继，仅得两页。

7日　四时余醒来，口略粘涩，五时余又迷糊一会。

大便后出血。右腰眼有时连前肋骨酸涨。

杨干事传医生嘱咐，我不能吃醪糟(前天吃了点醪糟糯米疙瘩)。

写检查，仅得页半。

8日　约四时醒来，口略粘腻。右腰酸涨。

又梦见了总理，具体情况忘记了。

中药吃完，闻干事来时报告了。

6日《人民日报》发表了叶剑英副主席三首诗。用他的《远望》原韵吟成了一首。

怀　旧

（怀念叶剑英副主席在重庆时）

直钩冷笑蠢渔翁，据实交诚耻卖空；
白馆深仇休灭迹，红岩大义永留踪。
番茄养力追飞鹤，活鲤倾心胜化龙；
向海长江收万水，澄清映日夺天功。

9日　约五时醒，口略粘苦。还是右腰眼酸涨。

闻干事来剪了小树的骈枝。

精神不继，写检查页半草稿。

10日　（星期日）五时余醒来，口粘腻。右腰酸涨，有时连前胸肋骨酸涨。

写检查两页草稿。连日拉拉杂草。

下午二时许，徐干事同曾医生来复诊：量血压，说血压很好。看舌苔。未把脉。嘱晚上不要工作，有时间，云。嘱中药每付可吃两天。上次两种白药是降胆固醇的。她来时说是想起药该已吃完，所以来的。

一小时多后，闻干事发给了两种白药片。向闻干事要求预订毛选第五卷。

晨，在床上又得怀念叶副主席一首：

黑发英雄白发翁，勇倾力战智填空；
参谋合策同怀绩，夺路收城巨步踪；
结谊北欧批鞑靼，还情南越赞鱼龙——
环观国际亲赢敌，小咏深衷当谢功。

11日　身体情如昨天。

续写检查，很少。身体疲乏。

再看关于“四人帮”的杂感。

12日　昨晚睡了六小时余，为数月来睡得最长的，但却做了离奇的梦。醒后口有苦感。右腰眼有时连前胸肋骨酸涨。

上午，徐干事给了四瓶牛黄解毒片。下午，徐干事又发来了五付中药。以后每付吃两天，共六次。晚饭后吃了一次。

今天看完《杂感》后，又看了关于信的注释，找不出什么世界观问题，没有写。但又得怀叶二首：

刺两霸

祸首都装不倒翁，相倾孤注内囊空：
导机旧废新加码，协约晨签夕失踪；
实掠亚非驱猎狗，明侵欧拉踞蟠龙——
第三世界皆横目，厚脸皮还丑表功。

射虎屠龙补课

两代心伤忆父翁，难防海陆未防空：
机飞舰驶飘仇影，马足车轮印敌踪。（呼凶气）
欧拉群风掀纸虎，亚非众雨泼泥龙；

同怀革命传毛著，意合心连练武功。

13 日　四时前醒，不能再睡。身体情况如前。

上午，闻干事给报时问了话，对写法有提示，有催快之意。但依然说时间不限制。说今年学习任务是毛主席《论十大关系》、华主席的重要讲话和《毛选》第五卷。

下午，再看《杂感》等。没有写。

拟全国革命人民初颂英明领袖华主席

负重登高报逝翁，万机一局实连空；
升堂昨既搜狐穴，下厂今须觅鼠踪；
北晋交群驱海虎，南湘合众锁江龙——
“四人帮”惹钢鎚砸，扭正乾坤第一功。

拟全国革命人民初学英明领袖华主席

昼访英雄夜访翁，心无乏感手无空；
联防合作扬旗色，劝学施工稳脚迹；
勤扫牛栏勤打狗，敢探虎穴敢乘龙——
基层锻炼真才德，士气文风下苦功。

14 日　写怀叶诗注释。

自　剖

洗面迎春病老翁，更生愿实戒抛空；
新忧不灭交心迹，旧憾无遮背理踪；
倘发真情痴附骥，如亏实感耻登龙——
民恩党泽深难报，悔罪疗伤愧立功。

15 日　写怀叶诗注释，完。

听广播，《毛选》第五卷今天发行。广播了篇目，其中收进了《关于胡风反革命集团材料》的序言和按语。按语是选录的。

洗澡。

16 日　约四时醒来，不能再睡，吟成一首。

拟回忆红军长征

无疑妇少不衰翁，气贯长虹撼太空；
万水风云嗤作态，千山木石慕行踪；
情歌武德知音马，耻笑文才变色龙——（理斥）
播种宣言新史记，翻天辟地大成功。

闻干事给报。我报告诗在抄，“收获”想在下星期赶写。他当即说：“赶什么！不必赶。什么时候写起都可以。”

下午，开始牙痛。吃了三片“牛黄解毒片”。

17 日　（星期日）梅志抄完了附注释的《怀念叶剑英副主席》，但《拟回忆红军长征》她不肯抄，我自己抄了。交给了徐干事。共七首，22 页。

15 日的《人民日报》发表了《毛选》第五卷的全部宣传材料。编委会介绍只具体提

《驳“舆论一律”》，但也没有提对人的关系。

18 日 昨天已学过中央关于学习第五卷的决定和编委会的内容介绍，今天再选学介绍，其中有一些摘录，引起了感奋。

下午三时顷，田股长给报，社论有按语摘录。无从理解这个论断如何解决。

夜，疲极，无法写。

19 日 决定把检查从头重写，写得简单些。

对怀念叶副诗写了几点改字更正，交杨干事。

闻干事给报，我问对怀叶诗看了的意见。他问给了谁，我说给了徐干事。他说大概徐干事在看。可见领导上不便表示任何意见。

重写的，也只一页多稿纸。

20 日 听广播，今天报上发表了上海人民出版社写的，把胡风集团和“四人帮”联在一起的文章。

查旧报纸，看了一些文章。

又查看去年 10 月写哀悼毛主席的文章。

21 日 上午，闻干事来给报，谈起了广播的，明天可以看到报上的文章。我当即根据我的实际表明了我的态度。有了坦率的对话。归结到改造世界观问题，跟随华主席替社会主义事业做一点事。

又成了一首，加入为第五首，共九首。

致铲除“四人帮”

红心赤胆白头翁，合击黑帮尽落空；
慎认亲情诚表态，严防敌性韧追踪；
欢谈邓姐真驯虎，耻笑叶公假好龙——
武力文心同受命，军成大事党成功。

22 日 把诗加注释抄好，交给了杨干事。

看到了上海人民出版社大批判组的《“四人帮”与胡风集团同异论》。这样立“论”，那就无话可说了。

又写了关于武装斗争的《补充和更正》。

23 日 上午给报，问看了批判文章的意见，并明说这是为了促我的。我说明了我无话可说。他说省领导不和我再谈，因为我已无问题了。提到要对社会主义作出贡献。我说我连公民身份都没有呀！他说现在要你学习。中药吃完。

下午，闻干事给了《毛选》第五卷两本，但梅志只要一本。当即看了十八篇。很晚才睡。

24 日 （星期日）续读第五卷。上午闻干事给报，我报告心情被第五卷吸住了，不能写。他立即同意了我先读了再说。我又冲动地说了几点心情。

写了关于第五首的更正。

25 日 晨，写了关于第七首的更正。

把两个更正交给了徐干事。

闻干事给报，还是鼓励我先看完。

除了四种从前看过的，第五卷全部读了一遍。

徐干事给买了米花糖。

下午，徐干事给了番茄秧，和梅志一起栽了。

26 日　上午，听广播大竹县审判罪犯的群众大会。念了两三个小时，总有百名左右。

重看了第五卷几篇。特别是由我的问题引起的"百花齐放，百家争鸣"口号的提出和关于辩证法的精辟的见解。正式批评了斯大林对辩证法的错误理解。

今天干事没有拿报来。洗澡。

今天打算写，但疲乏不堪。西药吃完。

27 日　上午，广播了华主席一篇重要文章。也许是昨天广播的，记忆模糊。

闻干事拿来两天的报，但没有进房来，没有谈话的机会。

大庆党委书记一篇长报告，政治水平和业务水平都为过去的一般中委望尘莫及的。整天看报。

28 日　正在吃午饭，闻干事给报。向他报告了想重看电影《创业》和《四川日报》上的全省农业学大寨会议的报导。

读了华主席的《贵在鼓劲》，果然是一篇总结生产斗争经验的，没有一句闲话的纲领性文章。这个"劲"是情（最高的主观能动性）理（最大的客观可能性）合一的。

写检查中关于阿 Q 的。

29 日　续写检查。

上午，闻干事给报。我报告又开始写了，他说什么时候都可以。

今天吟成了两首律诗和两首绝句《拟革命人民赞大庆英雄》。抄成，附注和说明，明天呈交。

一　（用《远望》韵）

打垒英雄学逝翁，初探表实里非空；
人妖暗伏难无影，物宝深藏定有踪；
两论起家群破石，三章立党众降龙——
心同敢打归山虎，大干高攀集体功。

二　（韵同上）

鼓劲英雄学逝翁，敢追先进急填空；
钻头矢志追深蕴，原子投诚觅隐踪；
赤胆抓油王进喜，红心扑火蒋成龙——
神州八亿张惊目，大庆开天百代功。

三　（谨用《大庆油田》原韵）

铁人拼命夺丰年，誓拿香油万顷田！
三老四严严立己，求真路敢走螺旋。

四　（同上韵）

会战当年启百年，油田结谊请粮田；
工农大业无终点，胜美超苏始凯旋。

30 日　徐干事给报较早，把诗交呈了。

两天来，广播的文章几次出现了××集团。

徐干事买来了肉，这大概是梅志在单子上写了的。

徐干事又买来了茶叶。酱干没有，云。

报载，孙维世遵总理教导，下到大庆和工人同住，和工人一同写了《初升的太阳》，受到了“四人帮”爪牙的妨害。但带到北京等处演了二百多场。后来还是不准演，用残酷阴谋的手段把她害死了！——看了无法忍受。

上下午拔莴笋搬到门边。不能续写。腰酸。

晨，大便后出血。晚八时过，吃牛黄解毒片。

5月

1日　晨，写了对赞大庆英雄的字句更正和补充说明，午饭时交徐干事，说明中有第五卷引起的。

下午，插四季豆竿子。

夜，疲乏不能写了。

2日　上午，闻干事给报，又作了一次恳切的交谈，其中，他承认郭沫若做过不少对不起人民的事，但也有了功，云。我说功是统战影响，他似乎承认。怪我不该把读五卷的所得“塞”在更正后面。关于“按语”那些判断，我说不敢说什么，凭党的结论；他也说要符合实际。

下午，又砍莴笋。

今天又不能写。

3日　上午，又弄莴笋，弄完了。

一日的《人民日报》载华主席的《把无产阶级专政下继续革命进行到底》，对五卷内容作了极重要的解释。有几处受到重要启发。

下午写了一点。

插四季豆竹竿。

4日　续写了两页检查。

5日　写了三页。

下午，闻干事给了九斤请大监代压的面条。梅志要求上街，闻干事说郑干事正忙。

替三行包谷松了土。

6日　整理并添写，约九页。

7日　再整理一下，共24页稿。

夜，疲乏，没有精神写下去。明天一定写。

8日　（星期天）上午，闻干事给报时，带来了材料纸和三种刊物——《诗刊》两期、《四川文艺》一期、《北京文艺》一期。《四川文艺》上杨超哀悼总理的文章中提到，总理最后在医院中，去看他的人非得到张春桥批准不可！

与闻干事又有了坦率的交谈。

续写了三页半。洗澡。

9日　徐干事赶早给报，说要栽茄子，但并没有拿茄秧来。剥胡豆，上午就过去了。

下午洗澡。整理昨天写的。疲乏不能续写。

挖了半厢地。

赞大庆英雄（又一首）

美好青春报逝翁，倾诚踏实主时空；

秋银秒秒还心愿，齐莉桩桩染手踪；
金颖投危驯火水，丽云顶险灭烟龙——
千环百节成群力，苦练坚持过硬功。

10 日　上午，郑干事喊梅志上街，没有进来。梅志买回了益寿宁三瓶、竹椅一把。

依然疲乏，写不下去。

11 日　下午三时过，徐干事陪曾干事来。量了血压，说很正常。看了舌苔，也说好。听了心脏，也说胆固醇降下了，云。不知道她怎么可以这样断定。怪我买药不该不先告诉她，但说益寿宁可以吃。还说要给药配合着吃，但并没有拿来。还说我并非“老年痴呆”，云。她说，肖政委把第五卷两晚看完了。

写了两页稿子。

12 日　写了三页。曾干事说要给的药，没有影子，当是不给了。

13 日　写了不到三页。

上海师范学院批判组写的文章，把我和姚文元父子拉在一起，完全是无中生有的造谣。关于我们把房子让给姚蓬子作职员宿舍，梅志写了情况说明。那完全不符合事实。黄昏时田股长给豆腐，就交给他了。看了这篇谣言，好象懂得了在劳医后半和回三监后的情况。

14 日　上午，闻干事给报，有了坦率的愉快交谈。关于姚文元父子的造谣，我说了些笑话，他说还没有看，但有哭笑不得之慨。我说领导不问我就什么也不说了，我已说完了所有情况。

徐干事买来了刀片和红茗粉。

今天只写了一页稿纸。实在没有感情写。

看了关于大庆创业时的报导，禁不住感动。

15 日　（星期日）读华主席和叶副主席的讲话，大有所得。我对中央的领导感到完全可以放心了。就是更觉得非加紧学习不可。

写了大约两页。更觉得写这些没有意思。

16 日　下午，栽了茄子和辣椒。

写了三张半稿纸。

17 日　今天没有给报，干事未见面。

写了约四页稿纸。

18 日　闻干事补给附张，没有谈话。

写了三张半稿纸。

19 日　下午，闻干事给《红旗》，又有了坦率的愉快谈话。把关于我案情的按语的我的看法说了。还把我对华主席的认识极简单地提出了。

写了两页稿纸。

20 日　今晨，王干事给报。回三监后他第一次来。

洗澡。写了三页半。

21 日　上午，闻干事给报，没有谈话。

写了五页稿纸。

22 日　（星期日）徐干事给了茄秧和辣椒秧。上午拔草，下午栽茄子和辣椒。

重看昨天写的。只写了一页稿纸。

23日　今天开手拆紧后边墙外的碉堡。

批揭文章引了毛主席一句话:“我和鲁迅的心是相通的。”看了禁不住激动。

写了三页稿纸。

许多天痔口无血迹,今晨大便后忽然流了不少血。

24日　把写成的部分重看了一次。

今天大便又没有血迹。

25日　今天大便后带血。

把看过的部分交梅志开始抄。

闻干事给报,告诉他开始抄了。他说抄出来看看。又提到前几天看的华主席照片集前一张画不好,他也要我写出来,我说那无从写起。

写了一页半稿纸。

报上纪念《讲话》的社论、座谈会报导和文章,很少切中要害的。

26日　今天大便未带血。

写了四页稿纸。

田股长给了十多斤又小又烂的洋山芋。

27日　今天大便又带血。

写了三页稿纸。

28日　今天未带血。

闻干事上午给报,问买米事,没有谈什么。请他给材料纸,得便买《陈毅诗词选集》。

洗澡。写了两页。

29日　(星期日)未带血。

田股长给了一个大监分发的鸡蛋。

写了五页稿纸。

果然,报上的参考材料把政治和文艺联系起来了。梅志说,管它怎么说。大概只好这样。

30日　今天未带血。

写了五页稿纸。关于补充的,写完了。

31日　上午,闻干事给了三天前要的材料纸。

修改了前面三两个地方。

写了四页稿纸。

下午,栽了两厢辣椒秧。

6月

1日　今天是儿童节。

前三天田股长给了一个蛋,今天又给了两个。没有听清是因了什么。

修补了前面两处。只写一页半,检查完了。拟了“收获”项目。

2日　重拟“收获”项目。

前面略有修改处。

3日　闻干事给报。报告分开先写对华主席的认识,他同意了。写了一页半,字太乱,明天重写。

4日　重抄昨天所写。今天又只写一页,还得重抄。

今天是田股长给报。给了肉,买了酱油之类。

5日　(星期日)改昨天写的。

写了两页。内容太重,用语有困难,而且又会拖长。太简单又透不出内心感应。

6日　抄完了检查部分。重看一次,到夜一时。只好明天再整理了。

7日　整理目录添附记,改名《检查问题并补充情况》,作为在劳医的《……思想感情活动(上)》,共158页。田股长给报时,交了。他说清茶叶买不到,只有茶末子,云。

今天报上公安部批判组揭姚文元,但最后把巴枯宁、刘少奇、胡风并列提了一句。

下午洗澡,理发。疲极,睡了再看。

8日　疲劳尚未恢复。今天又没有写。

晚饭后,王干事来问要不要鞋子,云。

田股长照顾,给梅志买了七个蛋。

9日　复阅选集第五卷用红笔勾出的地方。

写了一页半,传统问题说不恰当。

今天开吃在大竹买的第三瓶益寿宁。

10日　今天写了两页。关于传统的一条,明天总可以弄成。

11日　上午,郑干事喊梅志上街。买回了鳝鱼、杏子、甜点心和瓜菜。还有茶叶。没有买书。

今天写了两页,心情颇好,但传统还未写完。

12日　(星期日)写了两页半。

13日　写了一页半。

下午,闻干事给报,向他要求材料纸。

报上有艺术局开了孙维世追悼会的消息。原来她是1968年被江青阴谋投进监狱后死的。没有写被迫死详情。

14日　写了两页半,传统完。

上午,闻干事给报,未带来材料纸。

拔番茄杂草。帮梅志抬粪。

15日　再考虑传统部分,补充完。

王干事给了梅志泡酒的药,是由曾干事添了几味。

16日　田股长拿来猪油,梅志要求退回去了。

打算明天开始抄,重看了已写部分。

写了半页。

17日　重看已写部分,补遗两处。今天只写半页。梅志开始抄。

王干事给报,要材料纸,但还没有,云。

18日　田股长给买来了鱼。

下午王干事给报,不记得问了材料纸没有。

再酌改了已写的一处。没有续写。

19日　(星期日)写了两页。

材料纸抄完了,田股长给报时我在便所。

20日　昨晚可能着了凉,头痛,太阳穴涨闷,口苦口干,很不舒服。小便困难。

早睡，模模糊糊睡了大约七个小时。

闻干事来，给了刊物和画报。梅志说，刊物有关于我的文章。

写了两页。早睡。

21日　情况如昨。上午睡了一小时，下午睡了二小时余。写了两页。梅志瞒着我打铃想叫医生，但干事没有来。

大便不出，吃了两次牛黄片。

22日　晨，田股长陪曾医生来看。把了两手的脉，量了血压，看了舌苔。说有了外感，吃西药会出汗，给吃两付中药。

不多久，王干事拿来了两付中药，都是草药。十一时吃了一次。

晨，大便通了，但收不住，软的过后稀的自动流七八次。

今天没有精神写了。

23日　上午两次大便不出，下午拉出了，带血。

昨晚睡得长，但乱梦甚多，耳鸣很急。

精神略好，写了两页。

24日　昨晚，还是乱梦很多。

闻干事给报，问病状，告以松了好多，但仍不行，是否请医生复看一下，应否再吃点药。被梅志岔开了，她好象把我说成全好了。医生没有来。

梅志请田股长买来了桃子果酱之类。

闻干事指示摘了四季豆。

上午大便不出，流了血。下午三时拉出了，也流了血。

下午洗澡。这两天极闷热。

没有精神，写半页不足。

25日　田股长买来了肉。

上午大便，痔口喷血如线。

疲乏。写了一页半。

挂了帐子，换了席子。

26日　（星期日）王干事给报。

闷热，疲乏。洗澡。

只写了一页。

晨大便，流血甚多。梅志给搽了化痔膏。

27日　晨大便，流血甚多。

闻干事给报。

写了两页。第二节完。

28日　晨大便，流血。

王干事给报。

斟酌了昨天所写的。

疲乏，没有新写。

报上吕远回忆马可的文章，比较好。

29日　上午，闻干事给报。梅志给条子报告痔流血情况。

闻干事两小时后给了药：

红白药片，大概是止血的。

槐角丸四瓶，每瓶吃一天（两次）。

牛黄解毒片六包。

大便流血。吃了红白药片三次，槐角丸一次（150 粒）。

已写者抄完了。疲乏，没有新写。晚饭后，浇菜。

30 日　大便带血、滴血，比昨天好了些。

下午，为番茄浇水。

写了一页半。

看了高尔基的《回忆列宁》。

闷热，到了 30 度。

田股长买来了瘦肉，下午吃了饺子。

7 月

1 日　大便滴血。红白两种药片吃完。

写了三页半。闷热。

2 日　大便滴血，较少点。

第三节写完。第四节写了半页。

下午闻干事给报，没有说什么。

3 日　（星期日）上午，槐角丸吃完，大便滴血。

上午，田股长给报，报告了病情。

疲乏，头昏。下了雨。

约四时，田股长陪曾医生来。把了脉，量了血压，看了舌苔，听了心脏。血压正常，还有外感，云。说明天给中药。尿多不仅因为喝水多。

只写了半页。因大便硬，下午，吃了两片牛黄片。

4 日　早，大便流血较多。又吃了两片牛黄片。

王干事发来了三付中药，三瓶槐角丸，三天的红白药片（每次各三片，每天三次）。都开始吃。

夜九时，大概是牛黄片生效，又大便。较软，但便前还是流了血。

写了两页。

5 日　田股长给买了一斤肉。下午，给了粮油。

下午，闻干事给报，问了身体情况。

写完了第四节。下午，大便两次，都流了血。

6 日　下午，闻干事喊到办公室。原来，叫姓卢的犯医来检查痔流血情况。检查结果告诉了曾干事。曾干事量了血压，看了舌苔，并打了一针，大概是止血针。大约二小时后，闻干事发下了两种药片。

第五节写了两页多。

今天没有大便。

7 日　下午，王干事陪庄医生来打针。大概是止血针。

上午大便，带血（滴血）。下午四时又大便，未带血。

王干事又发来了三付中药。

第五节写完。

8日　添写第六节，完。梅志赶抄好。下午，王干事给雨打湿了的玉米粉，交给了他。题为《初步认识英明领袖华主席》，共96页。

田股长叫我们到办公室过去有煤的房间取了煤。

晚饭后，闻干事陪庄医生来打了止血针。

9日　晨，在床上得赞大庆人一绝：

工耕并茂享成年，大寨田连大庆田；
驭地飞天心合跳，最强音发凯歌旋。

看两天报和重看大庆人记事。

下午，闻干事陪庄医生来打针。

重看《四川文艺》怀念总理的文章。

10日　(星期日)晨，大雨。乏极。

全抄赞大庆人，未完。

下午，闻干事陪庄医生来打针。

晚饭后，闻干事拿来了两种白药片。

11日　抄赞大庆人第三首，作了注释。

下午四时过，王干事陪庄医生来打针，量血压，听心脏。血压偏高，云。

12日　上午大便出血不少。吃了两片牛黄片。

下午四时，闻干事陪庄医生来打针。

晚饭又大便，依然硬，滴血。

写赞大庆人后记，未完。

吃了四个小番茄，第一次吃。

睡前再吃两片牛黄片。

13日　上午大便，滴血后拉出了大量软的和稀的，带血。

四时过，闻干事陪庄医生来打针。向闻干事要材料纸，他无表示。

晚饭后，田股长发下了已吃完的褐色药片。还有一种白药片，夜里王干事来取去了，说是把给他的错给了我。

补写后记，未完。

14日　上午，闻干事叫到办公室。两位当是中央来的负责人(监狱的田股长、闻干事和王干事在座)，询问和乔冠华的接触情况，明说乔冠华后来反对周总理。我说了经过情况，但要我详细回忆后写出。闻干事给了材料纸。我回来后又要梅志去谈话，要她也写一写，并帮我回忆，云。

下午四时，闻干事陪庄医生来量血压，听心脏，看舌苔，但未打针。夜，吃了两片牛黄片。

写完《拟革命人民赞大庆英雄》后记。

15日　早上，田股长给肉时催我写乔冠华材料。上级来人在等，云。

早，大便时滴血。

下午，田股长又催了一次快写。

早上吃了两片牛黄片。

下午，大便拉稀三次，滴血。

晚饭后拉稀二次，未滴血。

写到夜十二时，七页草稿纸。

16 日　今天没有大便。

下午，田股长来看写了多少，叫好好写，不必急。

报上批“四人帮”关于文学遗产的两种胡说，其中有一句反革命分子胡风说文学遗产都是封建文学云。

写到十一时，六页多稿纸。

17 日　（星期日）上午，闻干事给报，问写了多少。

下午，闻干事来把已抄部分先拿去看看。

晚饭后，闻干事发下了三付中药。

又写了六页多，“香港”还没有完。

18 日　早，田股长来催，顶好晚边写完。

大便硬，滴血。大便时，田股长发来了两种白药片。

闻干事给报，又取去了已抄部分。

晚饭后闻干事来，说明早来取。

写完，梅志抄完，45 页。

19 日　上午，闻干事取去了校看部分。

同时，把重抄的《革命人民赞大庆英雄》交给了闻干事。

看前几天未看的报。

晚，闻干事叫到办公室，中央两位负责人（本监田、闻、王、徐在）谈所写材料。计：

1. 问了不明确之处；

2. 做了必要材料的记录，由我再看一次；

3. 谈到晓谷很好，云；

4. 谈到我本人的问题。

看了记录稿一遍，明晨再改。

20 日　早，闻干事来看改好记录没有，后田股长又来一次。改好后，按铃，田股长取去。又拿来改动两处，拿去重抄。重抄后再拿来看了，盖印。王干事拿来我写的，也盖印（手边无图章，盖手印）。

下午近五时，田股长又来告诉关于发言添了几句。

21 日　梅志请徐干事买了糖饼、炸油饼、李子和桔子罐头。

晒了衣服。梅志说，苗溪以后没有晒过。

疲乏，没有写。

早，大便后滴血。下午又大便一短硬条，滴血。

22 日　20 日，吃完了每次五粒的药，报告徐干事。

今天，中药吃完。

上午，闻干事给报，没有说什么。

八时半听广播，十届三中全会 16—21 开会，公布了追认华主席为中央主席和中央军委主席，决议恢复邓小平包括中央副主席的一切职务。公布了对王、张、江、姚“四人帮”的处分。公布了今年召开十一大的具体决定。

这些是出乎意外之快的果断的行动。

听广播中，闻干事来看了一下。

23日　早，大便未带血。睾丸痛。

徐干事给报，报告他药都吃完了。两种白药片吃完。

闻干事上午给三中全会公报单张，闲谈了几句天安门事件之类和邓副主席的情况。

下午，徐干事陪曾医生来复诊。量血压，看舌苔，听心脏。明天给药，云。她说，庄医生打针是她安排的。

晚饭前吃牛黄片一片。

24日　（星期日）早，大便顺利，未带血，但最后痔口还是流了血。

田股长给买了苹果。

开始写《收获》，仅一页草稿。

25日　早大便，仅草纸上有血迹。二时半又大便，便后滴血，但不多。

早，王干事给报。早饭后，徐干事发下中药三付，益寿宁和力勃隆片（补血药）各一瓶。当即开始吃。

下午，闻干事给《红旗》第七期。

写《收获》，又仅一页稿纸。

26日　早，大便未带血。

疲乏，又只写一页。

27日　早饭后大便，晚饭后又大便，均未带血。

上午，郑干事喊梅志上街。书店和食品公司都未开门，没有买到要买的东西。

写了一页半稿纸。

28日　早，大便未带血。

写了一页半，疲乏不堪。

29日　上午，清理四季豆的藤。

写了约两页，第一节完。

30日　写第二节完。吃了西瓜。

31日　（星期日）早大便，滴血（不多）。

中药吃完，力勃隆片吃完，报告了徐干事。

写第三节，未完。闷热。

8月

1日　上午，田股长陪曾医生来复诊。量了血压，说偏低，云。看了舌苔，问了几点情况。

下午，田股长发来了四付中药、力勃隆片一瓶、牛黄解毒片四管。

写完第三节。复看前面六页。闷热，晚上房里不能坐。

2日　晨四时起，复看完所写全部，交梅志抄去。写第四节，仅得半面。

早上和下午两次大便后都带血。

闷热，无法写下去。

3日　早，大便略带血。

写完第四节。第五节未完。

夜，热到32度。无法写。

4日　早，大便有血迹。

第五节仍未完。

夜，热到32度。

5日　早，大便有小滴血。

第五节写完。

田股长给买了肉和西瓜。

6日　晨四时过起，重看第五节。

田股长给买了苹果。

热到33度，疲乏，无法写。

7日　（星期日）热如昨。

上午，闻干事给报。

写第六节，仅得半页。

8日　早，大便有淡血滴。

写第六节，仅得半页不足。

热到34度。

三时半，徐干事陪曾医生来。量了血压，看了舌苔。都好，云。给了降胆固醇的药片，停吃力勃隆片和益寿宁，另开中药，云。八、九月复查胆固醇，云。

重看《费尔巴哈提纲》和解释。

9日　上午，徐干事发下了七付中药，量很大。

热到35度，一个字未写。

数日来，读《八十书怀》，又学习三中全会公报。用《八十书怀》韵吟成了八首（其中今天补吟三首），等《收获》写完后再抄。

10日　上午依然酷热34度，下午下雨，变凉了。

早四时半起来写了半页。希望明天起赶写。

11日　早，大便中，不知是哪位干事给的报。

今天也只写了一页稿纸。

12日　昨晚大雨，今天续雨，变凉了。

早，徐干事给报。

写了半页稿纸。

13日　昨夜大雨，上午续雨，温度下到26度。

田股长给报。

写了一页半。

14日　（星期日）修改已写的，添写了一页。

徐干事给报。

15日　闻干事给报。向他报告了写的情况，他只说写起来再说。我提到子女，他说未受牵累。谈到何其芳，他说要有事实。

写了一页。

16日　徐干事给报。天晴了。

今天写了三页。

早大便,因用力,滴了几滴血。

17 日　田股长给报。

下午,在重庆行过大手术的杨干事回来了。给了榨菜。

疲乏,只写了半页。

18 日　上午,王干事给报。下午饭前,杨干事给昨天报。

写了约两页。

王淑春的报导撼人,可以作为王铁人称为“这才是英雄咧!”的保育员的化身。

19 日　改定已成稿(第六节)。未新写。

四时过,闻干事陪曾干事来复诊。量血压,听心脏,看舌苔,把脉。问了情况。看了眼睑。

闻干事随即拿来了力勃隆片。

20 日　昨晚抄清喜读《八十书怀》和十届三中全会公报共八首(《八十书怀》韵),未完。今续注。

徐干事给报时问要买什么。梅志托买了苹果、甜饼和豆干、草稿纸等。

下午,徐干事通知八时有十一大公报广播。那样快开了十一大,完全出意外。听了广播。

21 日　(星期日)四时起,注释完了诗稿。请梅志抄。

闻干事给了十一大公报的特刊。

下午,曾干事(杨干事陪)亲送来十天的降胆固醇的两种白药片。明天给中药,云。

梅志抄成,夜八时校看完,按铃,杨干事来,交给了他。

昨晚已有放鞭炮和游行祝贺的,今晚更多。

22 日　早,大便后出血。连日牙痛,梅志给吃了一片 APC,但痛不止。

今天又没有写。晚饭后雷雨停电,睡到十二时电来。起来写了关于昨天抄呈了的诗的“更正”。

下午,杨干事发下了五付中药。

23 日　上午,徐干事通知工人修房子,把“更正”交给了他。

牙痛更剧。今天又没有写。

24 日　上午,王干事给报,十一大公报的。后,杨干事给报,十一届一中全会公报的。

牙痛更剧。昨夜吃两片 APC,无效。

今天又没有写。夜,又吃两片 APC,早睡。

25 日　早四时起,修改一页。

牙痛不减。

杨干事给报。学习华主席政治报告两遍。

夜,吃 APC 两片。

26 日　早四时起,没有写。早,大便滴血,出血。

杨干事给肉。徐干事给报。

学习新党章和叶副的报告。

牙痛仍剧。力勃隆片吃完。

27 日　上午,杨干事给报。学习邓副主席闭幕词。

今天牙痛略轻。但写了学习十一大文件的诗。又觉得不好,抄注了两句,不想抄呈了。

下午，王干事又给报。夜，吃了两片 APC。

28 日　（星期日）晨四时，把昨天的诗改了几个字，起来注释完了，请梅志抄。今天又没有能写。

初学十一大文件

千真善继万真兴，许愿钟情起铁人：
理足终能成劲草，心亏必定变污尘；
争鸣益鸟来优异，齐放香花出隐沦——
八亿星星连广宇，夜光梦想日光明。

闻干事给《红旗》。抄好后按铃交给闻干事。

晚饭后，杨干事给昨天报。夜，吃两片 APC。

29 日　早四时半起。今天写了一页。

牙痛稍减。

晚饭后，杨干事给昨天报。

30 日　改写一页半。

31 日　早，杨干事给报。午饭后，闻干事给米。写了两页。

9 月

1 日　早，大便后半滴血出血。牙痛近于停止。

白药片（降胆固醇）早上吃完。

下午，徐干事给梅志生活费，我报告药吃完了。问前天的报，说还没有来，云。

写了近一页。

2 日　早，大便滴血出血。

上午，杨干事给了两天的报。下午，王干事问打铃否。

写了三页。

3 日　早，大便后出血。

徐干事给报，说曾医生要看看再给药，云。

写了一页。

4 日　（星期日）早，便后出血。

今早改了一处。白天没有能够写。热到 31 度。

徐干事给买了一只鸡，又买了两斤多花生。

5 日　早四时起和上午，写了约二页。

上午，王干事给报。

十时过，曾医生来（王干事陪）复诊：量血压、听心脏、敲胸、看眼睑、看舌苔。

下午，王干事发来五付中药、力勃隆片一瓶、降［胆固］醇白药片两种、牛黄解毒片五瓶（六小片瓶）。晚边，王干事给煤，又给了昨天的报。

6 日　早四时起。约写一页半。开始吃昨天发下的药。

下午，听广播成都揭斗刘结挺、张西挺。下面还提出了三个人，听不清。

晚饭前腹泻，晚饭后又腹泻两次。

7 日　四时起来，约写了半页，再睡。

徐干事给报。后又买来了鱼。

又写了两页。

8 日　一时半起来，到四时写了两页，再睡。

田股长给报。又写了一页。

9 日　一时起来写了两页。

徐干事给肉，王干事给报。

纪念堂落成典礼，广播听不清。晚上断电。

10 日　早，闻干事给报，两星期未来。徐干事给豆腐。

热到 32 度，不能写。

11 日　（星期日）一时半起，写了两页。

下午，徐干事给报。

9 日报刊毛主席遗著《加强相互学习，克服固步自封、骄傲自满》。

12 日　二时余起来，共写了三页。

早，大便后出血。上午，田股长给报。

13 日　三时起来，写了一页。早，便后带血。

上午，王干事给报。闻干事来，通知高塔上安天线。

晚，徐干事喊去看电影《平原游击队》。放映机出毛病，中间大半不能发声。长期不见的马狱长也来看了。

今天到的报公布了《关于帝国主义和一切反动派是不是真老虎的问题》（1946—1958 年）。

14 日　早，五时半起来。早，大便带血。

徐干事给报，后又来向我借《列宁主义万岁》。

写了一页。

15 日　早四时起。大便后带血。连日牙痛左颊肿。

大便中，徐干事给豆腐，吩咐梅志挖土种白菜。我出来后，多日不见的杨干事给报。

晚饭时，杨干事给三元零用钱。

共写了三页。

16 日　早三时起来。早饭时，徐干事给报，报告他力勃隆片和中药昨天吃完了。

早，大便后带血。不久，又拉稀，脏了小裤，无血。

晚饭后，徐干事来问打铃否。

写了四页。

17 日　早三时起来。大便带血。下午腹胀，便不出，滴血。

早饭前，徐干事给报。

下午，杨干事买来了洗衣皂，梅志又托他买了面粉。

写了四页半。

18 日　（星期日）早四时过起来。早饭前，杨干事给报。

早，大便带血。梅志请杨干事买来了刀片和牙膏。

徐干事下午来两次问打铃否。

共写了两页半。

19 日　早四时起。大便带血。徐干事给报。杨给肉。

下午，闻干事给了益寿宁和力勃隆片。闲谈了好一会——奈温和缅甸局势，中美问题，铁托等。很愉快。中美问题可能解决（美国从台湾撤走，已撤走舰队）。谈到留美学生和杨振宁。

写了两页。

20 日　早三时起。写完了第六节。大便后带血。

上午，迷糊中没有看见是哪位干事给的报。

21 日　早三时起写了两页半，但后来删去了一页。

闻干事给一张《四川日报》，载刘、张揭批记事。

夜，看记录片《工业学大庆会议》，但机器出毛病，两次都不能放完。徐干事给报带回。

22 日　写了两页。

夜，在一个小院看工业学大庆会记录片。见了世面。

23 日　早，徐干事给报和第九期《红旗》。

大便带血。写了两页。下午，徐干事取辣椒，报告两种白药片昨天吃完。他说叫曾医生来看。

24 日　早，大便后带血迹。下午四时过，杨干事喊名拿报。四时半，曾医生由田股长陪来。问情况，量血压，把脉，听胸，看舌苔。看病牙，破的这里无法拔，云。

写了一页半。杨干事买来了饼子。

25 日　（星期日）梦见姐姐流落在外，梦见徐干事。睡不着，二时起来。写了两页。考虑后，打算明天简写。

早，田股长给报。杨干事给买了地瓜。

看几篇回忆总理的文章，以大寨的最好。

26 日　三时起来。昨天写的不改短，又添写了三页。王干事把报放在辣椒丛上，喊去拿。

杨干事来问梅志要买鸭子否，她答应买两只。

27 日　三时起来，写了三页。大便中，闻干事给报。

杨干事给米和油。

闻干事发下了鲁迅日记和书信中二十二个问题，要先写解释。不久，发下了五付中药和一盒牛黄片（小管）。又给了画报七本和《诗刊》一册、《北京文艺》两册。看了《诗刊》几则评论。

晚，开始吃中药。

28 日　早三时起，写了一页半。徐干事给报。

下午二时，看《周总理永垂不朽》记录片。普天同哀。

徐、闻二干事来剪桃树枝。收拾碎枝。栽菜。

29 日　早三时起，写了一页半。

早，闻干事喊到办公室，肖政委以及田股长和干事们都在。肖政委说过去写材料有参考价值；嘱把闻干事交来的二十二个问题详细写。又说宋庆龄、茅盾等都在，可以核对，云。肖政委和田股长都说时间长点无关系，可以详细写。

开始写交来的问题，得四页。

夜，杨干事喊看电视。有柬埔寨波尔布特书记率领的代表团来访等中外新闻简报和话剧《大军西行》，直到十时三刻。

杨干事给买了水果糖、米花糖。

30日　共写了两页半。

约九时，田股长陪狱部邝科长（干事？）来，关心过节是否需要什么。坐下闲谈了一会，田股长又提到肖政委说我写的材料有参考的价值。并都说现在写的材料可以慢写，愈确愈详愈好，云。邝科长问到提问中有两个他认不清的字，可见提问是从上面来的。

王干事给豆腐和报。也说材料愈详愈好，用不着赶时间，云。

10月

1日　早，梅志用水果糖做芯子包汤圆，借以表示过节之意。

徐干事给报。杨干事给买来了香皂。

写了十一页，完。把注释中写过的插入即成。

2日　（星期日）早，大便少，便后带血。

徐干事给豆粉。田股长给报。

整理好前两天写的和需要从注释中抄录的。这就完了。明天梅志开始抄。

3日　早，王干事给报。下午，徐干事来问打铃否。

把昨天写的最后再整理一下，添了页余。

4日　上午，杨干事给梅志生活费，没有带报来。

再修正了二十二项提问中的两条。

下午，闻干事给报。又闲谈了台湾问题和美国人。

写《收获》两页。

5日　上午，杨干事给报。写了一页半。

早，闻干事陪曾医生来，她只问了问病情，药吃完了没有。不久，王干事发来了一种胶囊药，一种白药片，还有一瓶益寿宁和六片止痛片（牙痛）。

杨干事给肉，给报，托买了白纸和笔芯。

写了两页。夜，王干事喊看电影《金光大道》。观念产品。

梅志抄《二十二项提问》完，校看了一遍。

7日　王干事发下了五付中药。

写了《提问》补记。打铃，杨干事来，交给了他。

下午，闻干事给报。

今天没有写。牙痛，头闷。夜，吃一片止痛片，略好。

8日　王干事给报，又拿来菜秧放在门内。

闻干事给豆腐，谈了几句闲话。关于《提问》，他说看了，弄清了问题，云。

栽了菜。只写半页。

夜，牙痛又发，再吃止痛片一片。

9日　（星期日）上午，闻干事给报。

重读《在延安文艺座谈会上的讲话》。

看了一本《民族画报》和三本《解放军画报》。

没有写。

10日　三时起床，写了一页。大便滴血。王干事给报，问要菜秧否。又栽了菜。看

《人民画报》一册。

11 日　二时起床，写了两页半。五时再睡，不着。

上午，闻干事给报，谈了一会林彪之类，和罗瑞卿。

又写了约一页。夜，徐干事喊看电视《老兵新传》，马狱长也在看。

12 日　五时起床，写了小半页。拨茄杆。王干事给报。

又写了一页。学习华主、叶副在党校开学典礼上的讲话。

13 日　写了两页。下午，闻干事给报，在近门处菜地上谈了一会，关于对外关系的愉快感想。

14 日　整理昨天写的。王干事给报。

王干事给菜秧。下午栽菜。

夜，徐干事喊看电影《年青的一代》（1966 年天马厂拍）。有两位未见过的干事同看。

15 日　上午，写字中某位干事把报放在窗台上。

上午，拔辣椒杆。下午，栽菜。

写了半页。重读《在延安文艺座谈会上的讲话》。

16 日　（星期日）早，王干事给报。

整理。写了一页半。

17 日　三时起床，六时前徐干事来通知搞环境卫生，八时过上面来检查，云。打扫清除杂草碎石。

约九时，省局孙局长（我记不清，是梅志后来告诉我的）由马狱长陪来。闻、徐、王、李干事同来，另有二位未见过的。孙局长简单问了身体和学习。

大便后带血。徐干事买来了肉。

今天是接受逮捕令 22 年整，孙局长来（徐干事黑早来通知，可见是昨夜才接到通知的）不知与此有关否。

写了两页半。

晚饭前，徐干事喊看电视，新闻和《永不消逝的电波》，王苹导演。闻、徐、王干事同看。

18 日　早，大便后出血。徐干事给报，说我的精神面貌比过去完全不同了，云。两小时后，徐干事给三元零用钱，梅志向他提出了上街问题。

王干事买来五十斤红苕。写了两页半，到夜 12 时。

19 日　早，徐干事给报。大便后带血。

下午四时，徐干事陪曾医生来。量了血压，听了心脏，看了舌苔。都说好，云。约一小时后，徐干事就拿来了五付中药、一瓶益寿宁、一瓶力勃隆片（?）二百片。

只写了一页，疲乏不能写下去。

20 日　早，王干事给报。写了两页。

21 日　早，徐干事给报。有宋庆龄和茅盾的短文。茅盾是专攻击我的。原来肖政委提到他们二个是有这样的内容。写了一页半。

22 日　早，徐干事给报。有不指名揭发冯友兰的文章。

下午，闻干事来。我谈了点冯友兰。又提到宋庆龄和茅盾的文章，说了几句对茅盾的讽刺。

写了两页半。

23 日　(星期日)上午,王干事给报。写了两页半。

24 日　上午,闻干事给报和第 10 期《红旗》。

夜,闻干事喊看影片《天山的红花》。写了一页。

25 日　早,听广播,中央决定提前于明年春季召开五届人代大会。徐干事给报。写了一页半。

26 日　早,徐干事给报。写了三页。

27 日　上午十时,闻干事给报,关于宋庆龄和茅盾的情况又说明了几句。写了两页半。

28 日　上午,徐干事给报。交还了画报,换来了三种画报去年全份。徐干事给肉。写了三页半。

29 日　早,田股长给报和十月号《人民画报》。王干事买来了十斤桔柑。写了四页。中药吃完。

30 日　(星期日)大便中,王干事给报。写了四页。雨。

31 日　早,闻干事给报和刊物。徐干事给煤。

梅志停了几天不肯抄,今天起请她重新抄。

写了四页。

11 月

1 日　早,徐干事给报。写了两页。

2 日　早,田股长给报。徐干事给油,向他报告中药吃完了以后,今天益寿宁又吃完了。他说要曾医生来复查,云。

徐干事喊看影片《洪湖赤卫队》。写了一页。

3 日　早,闻干事给报。全报刊了编辑部关于毛主席划分三个世界的文章。一上午读完。

写了三页。

4 日　早,徐干事给报。徐干事给面条和面粉。

杨干事从重庆回,买来了笔芯,书都没有。

写了三页半。栽菜。

5 日　下午,杨干事给报和红苕。下雨。写了三页。

6 日　(星期日)雨。上午,杨干事给报,又买来了《陈毅诗词选集》和一只鸡。写了四页半。

7 日　早,杨干事给梅志生活费。王干事给报。下午,杨干事买来了《伟大领袖永远活在我们心中》,涂色的照片集。写了四页。左颚下牙痛。

8 日　下午二时,徐干事给报。四时过,曾医生由田股长陪来复诊。把脉,量血压,看眼睑,看舌苔。五时过,徐干事发来五付中药、一种白药片和益寿宁。

杨干事发来了焦炭。写了两页。

9 日　早,杨干事给肉。上午,邝科长、田股长、李干事、闻干事、徐干事同来。邝科长、田股长对梅志谈话,是通知她说她有进步,我交的关于“四人帮”的材料有用,她可以自己请假上街,用不着郑干事同去,云。闻干事和李干事同我谈了几句闲天。杨干事给报。

下午，杨干事给菜秧。栽菜。徐干事给豆腐。副刊有一则关于鲁迅与十月革命的文章，提到他看电影夏伯阳和 Dubrovsky。

只写一页。早晨杀了鸡。

10 日　上午，梅志上街。买了一册《红太阳颂》。田股长给报。交还了今年几本画报，换来了几本。

夜，田股长喊看电视《十月的风云》。杨干事给红苕。

仅写半页。

11 日　早，杨干事给洗衣皂，两次。午睡中，徐干事给报。写了两页。

12 日　上午，闻干事给报，电视有《白求恩大夫》给看。写半页，疲乏。

13 日　（星期日）早饭时，徐干事给报。写了三页半。浴。

14 日　上午，徐干事给报，下午又给豆腐。

写了两页半。

15 日　梅志请杨干事买来了白纸。写了两页。

下午，田股长给报；晚，喊看电视《伟大的公民》（下集）。

16 日　上午，王干事给报。下午，杨干事给煤。

写了四页。

17 日　昨夜未睡好。

上午，闻干事给报，叫到办公室去，李干事问了话。闻干事未发言，田股长在写东西。谈话要点：加紧思想改造，出去后怎样打算，云。闻、李干事同来，取去了《收获》已抄部分。对谈了一会。梅志乱说一句。

写了一页。疲乏。早睡。

18 日　上午，徐干事给报。王干事说饭后要搭葡萄架。过一会又说今天不搭，云。写了两页。

晚，徐干事喊看电视影片《甲午风云》。

19 日　午饭时，杨干事给报。中药吃完。

下午，有犯人到这里砌葡萄架的砖柱，我们在过去住过的院子坐了一下午，徐干事照料。看了几篇《红太阳颂》。

写了四页。

20 日　（星期日）早，大便后出血。田股长给报。杨干事买来了背篓和柿子。田股长清早还关切地问梅志上街否。

写了三页半。

21 日　早，大便略带血。王干事给报。

徐干事喊看影片，科技片《武昌鱼》，记录片《治理黄河》。放完后，曾医生在放映室复诊。把脉，听胸，量血压，看舌苔。有感冒，先吃两天治感冒药，云。

下午，王干事发来了两付中药、三种药片。

写了四页。

22 日　早，大便后带血迹。早饭时，杨干事告诉梅志可以买焦炭，梅志不买。

上午，闻干事给报，给材料纸，交还已抄部分稿，叫看一看，说只翻了一翻，云。写了四页。

23 日　上午，梅志写了一个关于 17 日“要我大跨一步”的条子，徐干事给报时交上。

写了三页。

24 日　上午，曾医生由田股长陪来。量血压，把脉，看舌苔。下午，杨干事发来了五付中药、四种药片。

下午，闻干事给报，闲谈了些改造世界观之类的笑话。要争取出去，云。写了四页。杨干事替梅志买来了竹笋。

25 日　上午，田股长给报。写了两页。疲乏。牙疼更剧。

26 日　下午，王干事给报，给病情条子。晚饭后，给了三种药片。

写了三页。

27 日　（星期日）上午，梅志上街。闻干事陪曾医生来看感冒和牙痛。量了血压，看了舌苔。下午三时，闻干事发来了几种药。写了五页半。第七节写完了。

28 日　午饭后，徐干事给报。

后又给豆腐。今天疲乏，没有写。牙痛不减。

29 日　上午，杨干事给报，交了给曾医生的病情条子。下午，徐干事陪曾医生来，量血压，把脉，看舌苔，问。二时过，杨干事发来了四种药片、一种水药。

修改前天写的。

30 日　上午，杨干事给米和油。闻干事即来，谈了很久。问了经历，当是查对之意。提到理论问题，好象了解到我不会争这类问题的。昨天给曾医生条子提到把我的“光人”改为“光仁”事，他也查对了。中间，谈了点笑话。谈话中间，杨干事给报。

报上公安部的文章，有“四人帮”在公安部的党羽把领导人审阅批示过的文件改成“包庇反革命”“里通外国”，制造假案诬陷周总理，云！

停电，早睡。

12 月

1 日　早四时起，写第八节，将完。

上午，王干事给报。晚，停电，早睡。

2 日　早，便中血很多。又大便，血流很多。后又几次大便。写病情条子。闻干事给报，交出。

正午，胃不舒服，停食。睡下。闻干事叫到办公室。犯医卢西□看痔口，上药。曾医生复诊：量血压、听胸、问。夜，闻干事给四种药片，七〇二片一瓶，化痔膏。

看电视《白求恩大夫》。

3 日　上午，杨干事给报。下午，给豆腐，给梅志生活费。写了四页。第八节写完。

4 日　（星期日）早二时到四时起写，又睡。

下午，杨干事给报。写完第九节，共七页。

5 日　上午，王干事给报，报告药吃完。

饭后，梅志上街。其中，田股长陪庄医生来。量血压，听胸。田股长发下一付中药，两种药片。写了四页。

6 日　早，王干事给报。便后流血。杨干事买来肉，下午又买来桔子。上午，田股长陪曾医生来，量血压、把脉、看舌苔。她说再攻耳鸣。

早二时半起，写到五时，写完第十节。睡不着。

白天和晚上再整理，共十页了。

7日　上午，闻干事给报。发下三付中药，每付多量，熬好吃三天。

写了四页。梅志向闻干事怨我写得太多了。

8日　三时起，写了些。五时再睡不着。午，徐干事给报。午睡时，闻干事给材料纸两札。

正午，写完了第十一节，全部写完了。夜，开始校抄稿。

9日　早，便后血。校抄稿130页。

上午，杨干事给报。夜，杨干事喊看电视，湖南花鼓戏《打铜锣》《补锅》。

10日　上午，杨干事给报，又给了九斤猪油。浴。

校抄稿到314页。

11日　上午，王干事给报。校阅完抄稿。从我的诗起，梅志坚决不肯抄，自己开始抄。

12日　抄完补记，共444页。晚饭时按铃，交徐干事。题为《简述收获》，约二十二万字，共十一节。

13日　上午，杨干事给报。同时发来了两付中药。拟了给党委的信。

14日　上午，杨干事给六元，两个月零用钱，云。午睡时，王干事给报。

改抄给党委信。写关于北京高级人民法院的判决的一点补充。六时按铃，徐干事来，交出。

15日　杨干事给肉，后又给报。

看今年几本画报，清理旧报上的文章。

16日　整天整理旧报。早，王干事给报，还了画报。

17日　整理旧报。午睡中，杨干事给报。晚饭前，田股长给了三册今年画报。看画报。

18日　（星期日）清理旧报，完。

午饭后，梅志上街。徐干事给报。梅志买来了四卷本马恩选集。杨干事来问买了什么，也看了看。

重读马恩论文学的四封信，我记忆中的理解没有错。

19日　看马恩选集几篇。杨干事给报，代买东西。徐干事给豆腐。

夜，电灯熄几次，坐在床上看完《陈毅诗词选》。

20日　上午，杨干事给报。下午，王干事陪曾干事来复诊：量血压、听胸、把脉、看舌苔、看舌根。

看完了《所谓原始积累》和序跋。

杨干事发来了力勃隆片等三种和一种小白药片。

21日　早，王干事给报。读选集。

下午，闻、田二位量院子的地。徐、杨二干事登记家具。

夜，王干事喊[看]电视《春天》，画面很少显出。只王干事一位在，余都未来。杨干事发来了五付中药。

22日　上午，闻干事给报和《红旗》（12），看了看我看的马恩选集。谈了会闲天，说我写的没看完，云。要梅志写总结，不愿和我谈具体话。

下午，闻干事引人来安铁丝绳挂牢外院烟囱脚手架。另有二位干事来。

看马恩关于中国的文章。

23日　午睡时，徐干事给报。杨干事给梅志明年布票，又代买面粉。晚饭后又给昨天报。

看完列宁关于马恩的文章。

24日　看选集和《红旗》文章。

25日　（星期日）看选集和剪报。

26日　下午，杨干事给报。又买来腐乳和菠菜。

读完《费尔巴哈和德国古典哲学的终结》。

27日　上午，杨干事给报。

下午，闻干事带工人来拆除铁丝，并给豆腐。

夜，田股长喊看电视毛主席84诞辰文艺晚会。音乐、歌咏、朗诵、民歌等，华主席与中央领导人出席。

看画报。重读《费尔巴哈》。连日牙痛。

28日　午饭时，徐干事给报。下午，杨干事给豆腐六斤。看画报和《费尔巴哈》解释文。今天下午生炭火。打算写对文艺理论问题的态度。

29日　上午，杨干事给报。杂看一些材料。准备写对文艺理论问题的态度。

30日　上午，梅志上街，没有买到什么书。

杨干事给肉，又给报。

杂看报刊。傍晚跌倒，颈折痛，不能写什么。

31日　颈扭僵后，甚痛。

约九时，邝科长、田股长、徐干事、闻干事来。主要是田股长谈话：今年有成绩，明年要更跨一步，云云。中间有争执，说我认罪不够，云。邝科长谈到文艺不能脱离政治，爱什么恨什么人，云云。

下午，到办公室，由卢医生看颈扭处，扎针，按摩。曾医生量血压，听胸，看眼睑。

夜，与梅志喝啤酒。

1978年

1月

1日　（星期日）上午，杨干事给报。

杂看报刊文章。早上吃汤圆过节。

2日　上午，徐干事喊看电影《平原游击队》。

下午，王干事喊到办公室，卢医生扎针、按摩。曾医生在，因前天看过，没有看。徐干事给米和油。

3日　午睡时，王干事给报，发来了五付中药。

下午，把梅志砍倒的菜搬到大门边。按铃，徐干事来取去。颈扭处只略好了一点。

4日　上午，闻干事给报。又提到要另写总结，《简述收获》太多，肖政委没有可能看，云。谈了一会带闲天的话。停止写理论态度，翻看材料，开始写总结。

下午，徐干事来，轻轻地说了两句，像是挖好土栽莴笋的意思。闻干事提到过总结要写劳动和监规。

5日　上午，田股长给报。

梅志给看了她的总结抄稿。

写总结到第五，共三页。

6日　上午，杨干事给报，下午，给莴笋秧。

下午，栽莴笋。写小结两页。

7日　上午，田股长给报。整理前稿，添写页半。

8日　（星期日）上午，王干事给报。报告西药吃完了，他说医生已加到了中药里面，云。杨干事给了肥肉。

整理昨写的，添写了三页。昨才晴，晚又雨。

9日　下午，闻干事给报，和十一大文件汇集。说是我写的东西政委都看，云。问小结写了多少。

今天大晴，晒太阳，没有写。

10日　上午，徐干事拿来莴笋秧，栽莴笋。

下午，梅志出街，店都关门学习，没有买到东西。续栽莴笋。重看已写部分。没有续写。

11日　杨干事给报。又给买了糖饼和苹果。

下午，搬菜到门边。按铃由田股长搬出。

夜，电停了，到一时才亮。

12日　上午，田股长给报。下午又来借唯物主义解说书。

续写了一页半。

13日　上午，杨干事给报。下午又来问梅志栽土豆否。时正广播大竹批斗刘结挺、张西挺，他说是把他们押到大竹来了，云。

写了两页。

14日　早餐时，徐干事给报。大概写了六页。

重学党章和叶副讲话。

15日　（星期日）又下雨。上午，杨干事给报。

写完了《在1977年》，共19页稿纸。

看了《人民音乐》几篇文章。李凌的好。

16日　下午四时，杨干事给报。还在下雨。

修改了《高音篇》，抄清一份，附上《对口晨歌》一并拟明天交呈。

梅志抄完了《在1977年》。夜，重看一遍。

看《人民音乐》几篇，无所得。

17日　早起，下鹅毛雪到下午二时。

约九时，按铃，把《在1977年》和《高音篇》交给了徐干事。

下午二时，闻干事给报，并叫清理刊物。旋即叫看电影《祖国啊，亲爱的母亲》。

看《人民音乐》歌词一本。

18日　上午，徐干事给报。交了刊物单子。

看《人民音乐》数篇和歌词。

看《北京文艺》上曹禺写诗，假得使人寒心。

看《北京文艺》上杨沫写的抗日小说，比《新儿女英雄传》水平低劣多了。可叹。

19日　上午，杨干事给报。

看画报和杂志文章。看《列宁选集》几篇。

20日 上午,杨干事给报,交上了几本画报和杂志。晚饭后又给豆腐。给报后梅志请他买了菜。

看杂志文章和《列宁选集》。

21日 上午,闻干事给报和《红旗》一期。看了《红旗》和文艺有关的文章。浴。连抄带写二页半。

22日 (星期日)午睡时,杨干事给报。梅志上街,也只买了广柑和柚子。她自己买了猪肝和腰子。

下午四时,徐干事陪曾医生来。量血压,听心,把脉,看舌苔。要复查胆固醇疗效,云。

读《马恩选集》若干篇,《列宁选集》关于辩证法。

23日 上午,杨干事给报,发下中药五付。午睡时,又发下力勃隆和黄色小药片。

下午,栽莴笋(梅志向杨干事要的菜秧)。

看《创业》四章。

24日 上午,杨干事给报。下午,田股长通知明天取血查胆固醇。

看《创业》三章。

25日 七时未起床,闻干事陪曾医生来取血。

重学华主席、叶副在党校开学式上的讲话。

早,徐干事给报。读《创业》四章。

还是疲乏不堪。

26日 上午,闻干事发下了下大监被收去的:

1. 毛选三卷

2. 日译《辩证法的唯物论》

3.《关于正确处理人民内部矛盾的问题》

4.《关于国际共产主义运动总路线的建议》

5. 小剪刀

(《建议》空白处有被收进成都看守所约两个月后给梅志的信稿,看了禁不住激动。给她看了,只说我"做梦",云云。)

闻干事又给报,又给了几本刊物和书。看了去年12月的《人民画报》和《诗刊》上有关者的诗,不胜感慨。还看了有关的文章。

杨干事买来了肉。

27日 早四时醒,看完《华主席在湘阴的故事》。

杨干事给报。

看《创业》到19章。

28日 上午,田股长给报,给豆腐。

下午,田股长喊看《十月的风云》,上次电视看过了。

夜,看完《创业》(小说)。

29日 上午,闻干事给报。叫梅志上街。她只买了红苕,鸡太大太贵,没有买。闻干事又给了三本画报。

重看王进喜自己的报告,魏钢焰的《忆铁人》,远远超过了长篇小说的精神高度。

重看了华主席视察大庆的纪事。

30 日　又下雨。上午，徐干事给报，还了四本画报。

杨干事给了豆园芯，又给了金针。

复习毛选，打记号和批注，到第二卷小半。

31 日　早，在便所，听见杨干事给报，劝梅志买炭，她没有买。下午，徐干事给米，还有几种食物。

看了《华主席关怀青少年》。

复习毛选到第三卷一部分。

2 月

1 日　午饭早吃。闻干事给报。

午饭后，梅志上街，买来：

《周总理诗十七首》

《董必武诗选》

《回忆毛主席》

《长征文物选集》。

徐干事给豆腐。

初读总理诗和董老诗。

复习毛选第三卷完。

早上广播，邓副主席从缅甸回到了成都。

2 日　早饭时，杨干事问梅志买腊肉香肠之类。

徐干事给报。杨干事买来了香肠。

昨天看了《华主席关怀青少年》。

今天复习了《毛选》第四卷。

中药吃完。

重读总理诗和一部分董老诗。

3 日　午睡时，杨干事给报。梅志告诉他中药吃完。

下午，他又买来了腊肉和鸡蛋，都是我不能吃的。

复习完日译的《辩证法的唯物论》第一部。参阅了马恩选集。

4 日　起床不久，杨干事给粉丝。田股长给报。田股长喊看电影《上甘岭》。

下午，杨干事给花生和酒米，后又给豆腐。

读董老诗。复习《辩证法的唯物论》。

5 日　（星期日）上午，梅志出街，买来了鸭子和刀片。

三时过，闻干事陪曾医生来。说胆固醇降到一百七十多了，情况很好，云。主要是靠中药。量血压，把脉，看舌苔。还吃一次中药，看情况可以不吃了，云。

梅志插话说我不争气，对她吵了起来。不知道她想些什么，每次都杀我一横枪。

约四时，王干事给了力勃隆和黄色药片。

七时刚过，王干事喊梅志去办公室。由李干事给了她三监给她摘掉“胡风反革命集团分子”的帽子。还要她帮助我改造世界观，云。

6 日　今天为农历除夕。约 9 时，徐干事给报。后，杨干事来问过节准备，闲谈。11

时将吃饭时，闻干事徐干事又来问过节准备，略有闲谈。

夜饭（年夜饭）有鸭、鱼、香肠，喝了啤酒。鸭汤菠菜下面。梅志偶然谈到，昨天李干事说本月起给她三级工资，说“四人帮”把一些文艺工作者关入监狱。说她将给晓山信，云。

看了四本画报（1966年），其中有宣传文艺如何繁荣的报导。读董老诗。

7日　早，吃汤圆。杨干事给报。

午饭后，田股长喊梅志上街。买回了糖果。

梅志写信给晓山、晓风。

看了几本画报。

8日　上午，王干事给报。还了几本画报。

又看了几本画报。读完董老诗选。

9日　上午，杨干事给报。下午，给了本年1月我的账单。据梅志说，去年一年没有给，但她说是杨干事因病才没有算，云。

清理报刊，看杂书。

10日　上午，田股长给报，还问有去年10月的报没有。

重看第五卷中收的毛主席的批语。

开始试写关于理论争执的态度。得二页。

11日　下午，王干事给报。

整理并续写四页半。

12日　（星期日）上午，闻干事给报。

下午二时，闻干事喊看电视，法国《山歌交响曲》和影片《萨里玛珂》。

夜七时，又看电视影片《最后一幕》。

13日　上午，王干事给报。

杂看材料和画报。

14日　上午，徐干事给报。

写了一页半，疲乏不堪。

15日　上午，闻干事喊梅志到办公室。李干事退回了她给孩子们的信，写法不合监规。谈到了我不服罪的问题，又出现了新的动向，等于恐吓了她一通。写了两页，不满意。疲乏。

16日　上午，梅志上街。徐干事给报。

下午，杨干事给梅志生活费和我的零用钱，闲谈了年纪和病况的闲天。

夜，徐干事喊看电视，上海少年儿童音乐歌唱，影片《咱们村的青年人》，马烽编剧。田、闻、徐、杨同看。

17日　早，杨干事给报。午睡时，闻干事给《红旗》第二期，中有湖北省委批判组文章，又绑出胡风集体陪榜示众。其中文艺研究所关于形象思维的材料，略去胡风不提，但署名文章又杀了胡风一枪。卑怯！

18日　上午，杨干事给肉，带来了报。

整理写了三页。

19日　（星期日）上午约十时，闻干事给报。向他提出李干事对梅志谈话关于我的事，我请求直接向我提。

复习《辩证法的唯物论》。

夜，杨干事喊看电视：驯兽；儿童节目；汉剧《借牛》。

20日　上午，徐干事给报。

再看徐迟写的陈景润。复习辩证法。

杨干事替梅志订《人民文学》，已满了额，云。

疲乏，没有劲头写下去。

21日　上午，梅志上街，今天元宵。下午二时过，杨干事给报（19日）。载人代会26日开会消息。

下午五时，吃汤圆，喝了梅志买来的苹果酒。她谈了李干事和她谈话后她的顾虑，意思是要我包下文艺上的罪责。反驳了她。

22日　下午四时，闻干事给报。梅志上去接来。

复习唯物论。夜二时才入睡。

23日　早起，徐干事即给报。杨干事给肉。

重看了到清江起到现在的日记。

复习《辩证法的唯物论》，完。

下午，给梅志讲清江以来的情况，得不到感应。外因能够这样伤害人！

24日　上午，杨干事给报。

晚饭前后，抬煤。早睡，睡得很长。

关于陈景润的情况，一直在感情[上]放不开。

25日　十时过，闻干事给报。似看我有无意思报告什么，但我实在不能再说什么了。

午睡。大便弄脏了裤子。

26日　（星期日）上午，杨干事给报。下午，浴。

夜，对梅志谈实际情况，她依然采取鸵鸟态度。

选看鲁迅杂文。

24日报载中央二中全会开了六天（18日—23日）。准备五届人大（及五届政协）。人代会今天开幕。

27日　上午，闻干事给报，带来晓风、晓山回梅志信。看来他们都好。晓山文化考试已被取，验了体格，云。感到大安慰，也深为感慨。照片有晓谷的妻，朴实、健康的女工。了却了一件大心事。孩子已三岁多，数月后又将分娩，云。晓风次子也六岁多了。

再学习十一大四个文件，待和五届人大文件对照。

连日晚上浮想难已，不能做事。

28日　上午，杨干事给报。二时，这里搭葡萄架，闻干事喊到办公室旁小房与他和李干事谈话，到五时。

3月

1日　上午，告诉杨干事，昨天关于李干事说黄维不认罪的情况。梅志说是徐干事说的，不是李干事说的。他让我写条子，写了给他带去。

昨天李干事谈话，主要是问我对五届人大态度，并提示我加强学习，思想改造上迈大步，云。我答复了他，对人大态度在对华主席和十一大态度中已抒发过了。至于迈大步，只有在实践中才能实现。说我写的和做的成绩，都汇报给了中央，云。

力勃隆吃完。

2日　上午，徐干事给报，叫扯胡萝卜。梅志上街，买来了《鲁迅》（图片集）。看完。有宋庆龄给他信一封。

下午，闻干事给中药五付。开始吃中药。

3日　早，大便不出，数月来仅见。杨干事给二月份账单给梅志。

徐干事给报。第二次大便了少许。

下午，杨干事给米和油。

4日　早，杨干事给肉。徐干事给报。

重看四届人大文件。夜，喝了苹果酒。

5日　（星期日）上午，徐干事给报。

约七时，闻干事通知，八时可能广播五届人大公报。从八时到八时三刻播完。叶委员长、华总理、检察长黄火青、胡乔木社会科学院长、廖承志人代常委副委员长。重看《愚公移山》曲子。听得到爆竹和腰鼓的庆祝声。

重读已写部分，难满意。

6日　杨干事通知后门安电线。约9时半，宋副狱长、闻、李二干事陪着两位军装来巡视。马狱长问学习否，好好学习五届人大文件，云。李干事要看后写感想，云。（梅志说不是马狱长，是曾谈过话的刘主任，曾干事的爱人，云。那刘主任，我记得是宋副狱长。）

夜，杨干事喊看电视——五届人大闭幕式和周总理八十诞辰音乐舞蹈晚会。最后一幕话剧，有总理出场斥骂国民党特务，领导《新华日报》人员唱歌（均为四川节目）。

7日　上午，闻干事给报。他看了《鲁迅》（图片），谈了闲天。下午，徐干事喊看影片《智取华山》，徐、闻、杨干事同看。

8日　早，徐干事给报。看到人代常委和国务院的名单，安定团结的形势大定了。

杨干事给豆腐。下午拔胡萝卜，搬菜，挖南瓜窝。

9日　上午，闻干事给报和四本画报，一册《人民音乐》。成天学习华主席的《团结起来，为建设社会主义的现代化强国而奋斗》。也看了画报和《人民音乐》。

10日　上午，闻干事给报。闲谈福田急向华主席讨好等闲天。学习《宪法》和叶副的报告，再学华主席讲话，都有所得。学了两次以上。浴。重看四届人大的宪法，那是太潦草了，当时我以为是假的。

再看了画报。

11日　早，徐干事给报。下午，杨干事问买粮食否，谈了一会闲天，说华主席只五十多岁，云。

再学华主席和叶副主席的报告、宪法。

12日　（星期日）上午，梅志上街，只买来了食物。

徐干事给报。

修改了《愚公赞》和《鳌鱼赞》。

13日　上午，杨干事给报。

加长了《愚公赞》和《鳌鱼赞》，可以略表对十一大和五届人大的信心。

14日　上午，杨干事给肉。王干事给报。

抄两赞。下午，徐干事来问梅志种玉米事。

夜，徐干事喊看电视《龙须沟》。闻、徐、杨干事同看。

15 日　早，徐干事给梅志要的喷雾器，她给果菜喷了腐植酸钠的水。闻干事给报。

下午，闻干事陪曾医生来。量血压，听胸，把脉，看舌苔。血压情况很好，云。各种情况都好，但耳鸣恐怕没有办法治。闻干事拿来了脑立清（中药）。后又发来了力勃隆片和一种白药小片。大概不吃中药了。

重抄关于十一大的五首诗。

16 日　上午，徐干事给报。下午，杨干事给梅志工资。

激动地读了关于吴吉昌的报告。

夜 8 时，杨干事给昨天报。

17 日　早，杨干事买来柿饼和荸荠。闲谈了一会。

写了三页。

18 日　上午，王干事给报，带来晓风和宋哲给梅志的信[①]。晓山考取了内蒙师范学院数学系。这算是终于放下了二十多年来沉重的精神负担之一。他已回内蒙。看晓风的信，他是很能严以律己的，受到党和农民的器重。另寄来了晓山和晓谷一家在南京拍的小照片两张。孩子们都是可爱的。晓谷的妻健康善良，但她的厂离南京两百多里，还无法改变。

另写《科学精神赞》，得三页。今天科学大会开会。

19 日　（星期日）早上广播未开，听不到昨天科学大会消息。

闻干事给报，谈了闲天，因晓山入大学谈到子女问题，我放下了沉重的包袱，云。

《科学精神赞》写完，抄一部分。

20 日　杨干事给报和三元零用钱。徐干事喊看电影《枯木逢春》（1961 年制）。

抄成给晓山们的《科学精神赞》和《追求赞》和《梦赞》。

21 日　把《科学精神赞》抄一份给党委。把《追求赞》和《梦赞》抄成清稿。

下午，梅志上街寄猪油和中药给晓风。约四时，按铃把四赞交给了杨干事，请审查。

22 日　上午，王干事给报。

再审阅前所写关于十一大和五届人大的杂感。

夜七时过，电灯熄，早睡。

23 日　晨，在床上补吟了《愚公赞》四联。

十时过，闻干事来，把补吟的交了。给晓山的诗交上去审查了，云。谈了几句闲天。又得关于四化（三株）各两联，插入两赞。

24 日　早，补吟成《愚公》最后若干联。

上午，徐干事给报。读邓副在科学大会上的讲话，真是切中时弊。很愉快。

把改补改的抄出，下午四时，按铃交徐干事。

夜约七时过，又熄灯，早睡。

25 日　四时起床，抄清了《鳌鱼》后面补吟的，可惜没有另外标题为《大合唱》。

约八时，杨干事通知后门安电灯。果然，姓韩的犯人骑在墙上大约一小时余。

把抄稿交给了杨干事。

杨干事给报。晚，电灯早灭。

---

① “宋哲”为晓风的丈夫。

26 日　(星期日)上午,梅志上街,买来了中国全图。

王干事给报。晨四时起,补吟成了《愚公大合唱》。下午二时余,按铃给王干事。

27 日　早,杨干事给肉,梅志又托他买了菜头。

闻干事给报和《红旗》第三期,闲谈了几句,关于新建的铁路之类。

重看吴吉昌的特写报告。

28 日　一时半起,再改《愚公赞》的大合唱。

上午,杨干事给报。

重把《愚公赞》抄出,题为《愚公移山改造中国大交响乐》,作为开国三十年纪念的备选节目。

夜,电灯又在八时前熄。下午,浴。

29 日　晨二时起来,不一会电灯又熄了。早,无广播。

上午,杨干事给报。把梅志砍的菜搬到外门边。

写完《愚公》附记,得 8 页纸。

30 日　上午,闻干事陪李干事来。李干事说我写的诗没有意思,还是要改造世界观,云云。给晓山们的诗,他也说不好,云。争执了几句。说领导上并没有说我还有问题未交代。

早,王干事给报。抄完《愚公移山改造中国大交响乐》的说明。晚饭前按铃,王干事来取去。

31 日　早,二时余起床。用昨天报上叶副主席《祝科学大会》(忆秦娥)原曲原韵吟成了三首。

上午,徐干事给报。读方毅长报告两次。

抄完《再祝贺科学大会》。按铃三、四次,近十一时杨干事来,交去。他面有冷色。

四时余,徐干事来问按铃否。

4 月

1 日　上午,徐干事给报。对《忆秦娥》作了字的修正。

重读科学大会文件。

夜,八时前电灯息。

2 日　(星期日)晨二时起床,到四时止,写了两页半。

上午,梅志上街,只买到了点心。杨干事给报。

再学习十一大和五届人大文件。栽莴笋两厢。

3 日　二时起床,把昨天写的整理了一下,删去了不应提得过早的。

上午,王干事给报。杨干事给米,梅志又托他买盐之类。

4 日　上午,闻干事给报。问我“在休息么”,谈了几句就匆匆而去。杂看报上情况。

晚饭后,徐干事给昨天报。上有吴江、文江文章,提到了××集团。当系想维持胡公的威信。

5 日　午睡刚起,杨干事喊看电影,有去年 2 月两辑《新闻简报》,其中有杨开慧烈士纪念馆。还有在电视里看过的湖南花鼓戏《打铜锣》和《补锅》。杨、王干事同看,闻干事未进来。

6 日　上午,杨干事给肉,户口肉加了半斤,云。

王干事给报。重修改已写的。浴。

7日　修正《再祝贺科学大会》，加注。杨干事给报，交去。

整理完，写了页半。

8日　小雨。上午，杨干事给报。

写了四页。

9日　（星期日）再学习十一大和五届人大文件一次。

上午，王干事给报。再复看昨天所写的。

10日　上午，梅志上街，因店铺关门而没有买到什么。闻干事给报，刚谈几句就被梅志叉［岔］开了，还斥责我没有把杂志看完，妨碍她借不到新杂志看。争了几句。闻干事说给孩子们的诗还在肖政委那里，没有工夫看，云。当是托辞。正要谈被梅［志］叉［岔］开了。

对《梦赞》略有增改，重抄了一份。

11日　上午，杨干事给报。把改抄的《梦赞》给了他。下午，梅志出街，只借来了小说。

写了三页。八时电灯熄。一时起写到三时。

12日　上午，王干事给报。杨干事买来了五斤蛋。

写了一页。看了四章《李自成》。浴。

13日　早起，抄了昨夜草的给肖政委的信。杨干事给报时，交去。

写了两页。

夜9时，田股长喊到办公室。肖政委谈话，说明天有位干部来查问1938年《七月》上发表的毛主席关于鲁迅的文章。说近来出外开会，我写的材料没有看，看了要谈，云。说我写材料很好，也是立功，云。我说了一点对李干事的意见。

14日　上午，杨干事给报。又喊到办公室，两位调查干部问关于毛主席论鲁迅的讲话纪录。参加者田股长亲切插话，杨干事、王干事也在，闻干事郁郁不乐地参加。谈了后要写一写。

下午写。杨干事两次来问写成否。晚饭前写成。约九时，梅志抄完。校看完十时。共12页。

15日　早，交出。田股长又喊到办公室。两位来人要写一个简单的，昨天写的也要带去。又问了关于阿英的情况，也要写。

上午，写了关于《毛主席论鲁迅》的简述。田股长中间来催，抄成了交去。徐干事还把两份同时拿来，盖了章。下午，写关于阿英，田股长、徐干事各来催过一次。写成，五时过抄好。按铃交王干事。

16日　（星期日）上午，闻干事给报。问走了没有，他避而不答。他承认，大漠当时不会是坏人。他想否认李干事说过我写的东西都送中央，但又被梅志叉［岔］开，他就趁机走了出去。我说，只有如实写，他点点头。

杨干事不久给肉，下午又给洗衣皂。

补看前两天的报。

17日　早餐后，徐干事拿来晓风给梅志信。原来晓山报的是中文系，北京师大，但数学考了一百分，又考虑到他学中文不适宜，就分到了内蒙数学系。他对数学无兴趣，讨论后，转到了英文学系。这可不好。晓风说情况复杂。

杨干事给了梅志工资。徐干事交写两个材料。其一又是关于毛主席论鲁迅的，当是另一个调查。当即写了。一是鲁迅日记中和我的通信与见面的情况。

徐干事给报。晚饭时，杨干事又给昨天报。

杨干事拿来南瓜秧，栽了。还搬了莴笋。

关于论鲁迅的，交给了徐干事。

18日 早起，写关于晓山不应不入数学系的意见，由梅志抄在她信里寄晓风。她下午出街，发出。书店休息，她出街没有买到什么。

栽杨干事拿来的向日葵。

写关于鲁迅日记的注释，未完。

夜，杨干事喊看电影，绍兴大班的《三打白骨精》。马狱长在看，还有杨干事、徐干事。闻干事看了一会出去了。

19日 二时起，写完《鲁迅日记有关我的情况中若干具体记忆》。早，徐干事来催，又拿来昨天交的《关于毛泽东论鲁迅》要盖章。杨干事给报。

下午，徐干事交代打扫环境卫生。梅志抄完关于鲁迅日记的说明，按铃交杨干事。徐干事又来要去提问。

拔了中间走道两边草。

20日 上午，杨干事给报。昨晚、今天，看完了《李自成》第一卷上册和《红旗》上作者炫耀自己的文章。

拔净了进门到中间走道两边的草。

21日 早7时过，徐干事即给报。

下午，莴笋全砍，搬到大门边。

22日 上午，杨干事给报。拟了底稿，请梅志写信晓风，叫晓山不要照我说的，把母亲的信请领导上看。梅志不同意，不肯写，说晓山不会那样。

复看了上次写的13页，前面加了两页说明。梅志说她趁手空好抄。

23日 （星期日）上午，梅志上街，没有买什么书。

王干事给报。整理已写的。

24日 早，徐干事来叫搞房后的卫生扫除。闻干事给报，叫慢慢搞。

下午约三时，杨干事陪曾医生来。量血压，听心，把脉，看舌苔，并问情况。

上、下午，铲杂草，插四季豆竿，拾石子，等。

25日 徐干事催打扫卫生。徐干事给白药片。杨干事买猪肝和鸡蛋。杨干事发下三付中药。

上、下午铲草，颇累。

26日 上午，杨干事给报。下午，补发中药两付，当是表示得吃过五一节以后的意思。

27日 早，王干事给报。看了看铲过草的后院。

约十一时，本监宋副狱长、邝科长、田股长、闻、李、徐三位干事陪同几位上级来巡视。一位女的似是首长，一位或两位军装，两三位便装。女首长和另一位便装问了身体情况，便装取看了桌上的书。女首长和便装问了年龄。田股长问我学习什么，李干事问我写什么，我写的东西政委在看，云。女首长向梅志问了几句孩子们的情况。

晚饭后，杨干事给昨天的报。

28 日　上、下午，杨干事监视四个犯人（其中有韩义清）在院子里铲草和翻地，挑走垃圾。

写了两页。

29 日　上午，王干事监督四个犯人继续翻地，完。

王干事给报。写了两页。

30 日　（星期日）早起，把对新时期的管窥这一部分写完了。再校看了前面一部分。

梅志上街，只借来了《李自成》。买了糖和点心。

王干事给报。

下午，杨干事来问过节要买什么东西。

5 月

1 日　上午，杨干事给了鸡蛋一斤。下午很迟，徐干事给报。

徐干事通知梅志，要在大坝子看电影。但七时过，又叫我看电视。梅志看了一会电视被叫去看电影，看完后又转来看电视。

电视《大刀记》，音乐、舞蹈。

写完《作风》。

2 日　上午，王干事给报。并给番茄秧。

二时过，徐干事喊看电影，昨晚梅志看过的《钢铁战士》。向闻干事要同样的材料纸，他给了不同的。不久，他拿来了两种，留下是同样的一种。

浏览完《李自成》第一卷下册。

3 日　上午，王干事给报，问要不要鞋子。

下午，杨干事给米，修改关于《作风》。

4 日　校看梅志抄稿《对新时期的管窥》，并写了附记。闻干事拿来一种大概是大竹县委的文件交梅志代复写一部分。

晚饭前，把《管窥》交闻干事。

晚，徐干事喊看电视。有华主席赴朝访问的简报，电影片京剧《格斗》。

5 日　早，徐干事给报。晚饭后，徐干事拿来两月的面条，16 斤。

随手看些剪报。

6 日　早，杨干事给肉。徐干事给报。

报载四个女小学教师的报告，使人感动。其中三人被提名特级教师。

7 日　（星期日）早，梅志上街，只借回了《李自成》二卷之一。

王干事给报。浏览完了《李自成》（二之一）。

8 日　下午，闻干事给一学习五届人大报告的问答给梅志抄写。约五时，徐干事给了两天的报。

9 日　闻干事拿来上海师范大学外访人汤逸中要抄给他关于鲁迅书信和我有关情况的注释。我说了笑话，闻干事只好说是省委批准了的。

夜，雨中，徐干事喊看电视。中有华主席访朝简报一辑，琵琶独奏古曲《阳春》，和影片《水手长的故事》。影片是凭概念编的。

10 日　早，徐干事给报。拿来茄秧。

清理剪存报纸材料。

栽茄子。

11 日　上午，杨干事给报，又给煤。

清理剪报、存报。晚饭后栽茄子。

12 日　上午，王干事给报。清理报纸。

上午，梅志上街，买来了一张世界地图。

13 日　上午，梅志上街。王干事给报。闻干事来催上海师范大学要的关于鲁迅书信的解释。

写关于上海师大批判组的文章，未完。

14 日　上午，杨干事给报，闲谈了一会。卡特果然要来。续写。夜，徐干事喊梅志去与干部家属一道看电视越剧《红楼梦》。很庸俗，云。

15 日　上午，杨干事给报，带来了晓风的信和晓山给晓风的信。晓山决定往英语系。但他们都提到我的问题，当是谁去做了“工作”的。

接着，闻干事来，给了几本《四川》、《北京》文艺。催材料，向他们说了关于上海师大的笑话。

下午，杨干事特来给三元零用钱。

写完附记和补充情况。

16 日　上午，梅志上街补牙。

王干事给报。

校对完抄稿。写给肖政委的信。

晚饭后，按铃，交王干事。

17 日　上午，杨干事给报。收到宋哲寄来的两期《人民文学》。浏览两三篇。

下午，栽茄子。徐干事喊梅志看电影《李时珍》。

下午，杨干事给梅志工资，谈了闲天。徐干事给第五期《红旗》。

18 日　上午，王干事给报。

看杂志上回忆总理的文章。

19 日　上午，杨干事给报。请他送便壶修补，下午拿来了。

看杂志文章。

20 日　上午，田股长给报。杨干事给包心菜。

看报刊文章。看梅志回孩子们信，不胜感慨。

徐干事喊梅志看电影。肖政委等都来看，云。

21 日　上午，梅志上街。王干事给报。

浏览了梅志借来的《李自成》第二卷中册大半。

王干事约梅志看电影，但未来叫。

22 日　上午，闻干事给报，并叫写简历几点。但那是五届人大前写过了的。写好后，下午闻干事取去。浏览完《李自成》。浴。

23 日　上午，徐干事给报。浏览过去报纸上关于把“四人帮”和我扯在一起的文章。

24 日　上午，徐干事给报。晚饭前徐干事告诉梅志，可能给我们看电影，早吃饭。但没有来喊。

重看《对新时期的管窥》一部分。换席子。

25 日　早，王干事给肉。小雨中，徐干事喊看电影《连心坝》。田股长给报。有最高法院院长江华的文章，论法治的意义。看得出党的决心。

看报上文章。

26日　上午，梅志上街。

上午，杨干事给报。浏览梅志借来的《李自成》二之下，未完。

27日　上午，王干事给报。告诉他西药吃完。

浏览完《李自成》。

28日　上午，徐干事给报。插番茄竿子。

晚，闻干事喊梅志看电视，有趣（罗音乐家片）。

29日　上午，杨干事给报。我问卡特特使情况，他马上避开了。下午，来问面条事，进房来闲谈了铁路的情况。浴。看杂志文章。

30日　昨夜大雨，电灯停了。今天整天大小雨。

上午，田股长给报。晚饭时，杨干事喊梅志看电视。七时，田股长又来催一次（儿童节目）。

31日　上午，杨干事给报。

雨止。插番茄竿子，等。看报刊文章。

6月

1日　上午，王干事给报。

下午三时过，王干事陪曾医生来诊：量血压，听心，把脉，看舌苔。说略有感冒。拿钳子来拔掉了一小片碎牙。约一小时，王干事拿来了两种西药。

晚饭前，徐干事约梅志看电视。晚饭后，杨干事给昨天报和豆腐，并催梅志看电视。

2日　上午，杨干事给米、面、玉米面和油。还给了洋芋。

下午，又来问梅志关于布的事。

开始写“备忘材料”，得两页半。

3日　上午，杨干事给报。晚饭前，徐干事通知梅志看电影。将黑时来喊去，看了《李双双》。

写了四页半。

4日　（星期日）早，田股长给报。杨干事给肉。梅志即出街。买来了《朱德诗选》和《鲁迅回忆录》——选的杂乱文章。晚饭时，徐干事约梅志看电视。六时半又来催，田股长还来催一次后，和徐干事同去。徐干事问了一句我身体好否。

写了两页。

5日　早，杨干事给报，并给了夏天熬稀饭的绿豆。下午，王干事给我蓝布二丈，并要在一个“张光仁”的本子上签名。收到四件成衣。这当是新的措施。

写了两页，看了大部分《鲁迅回忆录》。

6日　午饭前杨干事给报。看完《鲁迅回忆录》。

写了两页半。

7日　上午，徐干事给报。看完《鲁迅回忆录》。

写了三页。近8时，徐干事喊看电视，觉得不去不好，勉强去了。一个老片，家庭妇女办生产合作社的思想斗争，已演了小半。演员有张瑞芳。

8日　早，杨干事给报。

写了两页。

9日　上午，杨干事给报。写了一页半。

晚饭后，田股长喊看电视：美术片《壁画里的故事》，莫明其妙；端砚；加拿大体操；高山植物；舞蹈四个。

10日　上午，杨干事来问买肉否（今天端阳），后又给报。下午，徐干事问梅志在苗溪被抄家收去财物的情况。梅志拿出当时给她的收条给他看，要梅志写一报告。我要她把收条给我看一下，她颇不高兴（收条上载明有存款二万元）。写了一页。

11日　上午，闻干事给报，问梅志要被没收财物情况的报告。梅志交上了。有她和我各有多少的问题。真是可笑。

12日　上午，徐干事给报。写了四页半。

13日　下午，杨干事给报。下午，又代买了一斤较好的绿茶。写了四页。

14日　上午，梅志上街。杨干事给报。

晚饭后，杨干事喊梅志看电视。即七日看了下半的那一个，名《万紫千红总是春》。

写了两页。

15日　早，杨干事给肉。后又给了一斤绿茶。早，听广播，郭沫若逝世。

写了三页。

16日　早，闻干事要梅志把关于所谓冻结财产的报告再复抄一份。取去时带来报纸和《红旗》第六期。看了几篇《红旗》。

17日　上午，徐干事给报。下午，王干事陪曾医生来。量血压，把脉，看舌苔，听心。

写了一页。

王干事一来就急于问我要不要棉衣。可笑。我就故意摘了一朵石榴花给曾医生。

18日　上午，梅志上街。徐干事来，似要闲谈，刚问到大孩子（晓谷），梅志喊门，他开门去了。

杨干事发下五付中药，两种西药片。给报。

徐干事来摘了桃子，留下了几个。

晚饭后，田股长给昨天报。

19日　上午，杨干事给梅志工资和我的零用钱三元。写了两页。晚，徐干事喊看电影《长空比翼》。田、闻、徐、杨都来看。

20日　上午，杨干事给报。下午，王干事发来了一双单鞋，还要在"专用"本子上填一笔账。

写了两页。

21日　早，田股长来借去《人民文学》第二期。下午三时过，闻干事给报，带来了晓风的信。坐下谈了一会闲话。主意是想知道我在写什么，看了我摊出的有臧克家、林默涵等人文章的旧报纸，还看了我写的最后一页草稿。过后，拿来了两本《人民画报》，适我在后面拔草。晚饭后，徐干事拿来昨天报。又向梅志问到晓谷。真是怪事。

写了两页。

22日　写了两页。

23日　上午，杨干事给报。只写了一页。

24日　上午，田股长给报。夜，田股长喊梅志看电视。她看见政委和马狱长也去看。

写了两页。

25 日　上午，王干事给报。收到北京寄来的两本《人民文学》。看了若干篇。

26 日　上午，杨干事给报。解放军报评论员长文《马克思主义的一个最基本的原则》。

写了两页。闷热。

27 日　上午，杨干事给报。

下午，杨干事通知院墙上换电线。

写了两页。

28 日　上午，杨干事给报，告诉中西药都吃完。梅志马上插上叫不给我吃中药，对她争执了几句。隔不久她就非找机会向干事作践我不可。

二时半，杨干事喊看电影《乡村女教师》。闻、徐、杨同看。

晚饭时，杨干事陪曾医生来。量血压，看舌苔，听心。说明天给中药成药吃，免得熬药，云。

写了两页。梅志给看了她给晓风的信。

29 日　早，杨干事给两种药片。

梅志上街。杨干事给肉，又给报。杨干事下午通知明天停水，谈了一会闲天。

写了两页。

30 日　上午，王干事给报。

下午四时，马狱长和徐、王二干事陪四(?)位领导人(便装)来巡视。问年龄、牙、眼，注意到房里潮湿。叫梅志晚边上街走走，应替她换张床，云。

八时起，广播毛主席 1962 年在中央工作会议(七千人)上的讲话，到九点三刻。

写了两页。

7 月

1 日　上午，闻干事给报，谈了几句闲天。

下午，闻干事拿来了《在扩大的中央工作会议上的讲话》。当即看了一遍。发表了这篇，我的问题当进到了解决阶段。

2 日　(星期日)早，徐干事给报。写了三页。

再学习《……讲话》。

3 日　上午，杨干事给装药纸盒，是前几天向闻干事要的。田股长给报。下午，闻干事给二月份画报和六月份的《光明日报》与《四川日报》。又给了 75 瓦的电灯泡。看画报。

写了两页。

4 日　早四时起，一小时后电灯泡的丝又断了。

王干事给报，告诉他灯泡断了。他拿来了两个。

徐干事给了米。徐干事约梅志看电影。

写了三页。

5 日　徐干事给报。又两次提到除后面的草，说明天下午叫人来挑渣渣。除了后面杂草四分之一。徐干事挑来了一担石灰，洒住房去湿。

下午，闻干事来，给了两本画报和一本《四川文艺》。意似要明天除完草。暗示把写的抄交，我又说了笑话，提到了田股长要我改造资产阶级世界观。约 7 时，田股长喊梅志看电影。看画报。

6日　大便中，田股长给报。还来了《人民文学》第二期，并问梅志什么真理的书。

上、下午，铲后院杂草。腰酸。

夜7时，田股长通知梅志看电影，八时过来喊去。不久，闻干事来找《四川日报》上的华主席在军政治工作会议上的讲话。

梅志说，看电影摆着桌子茶杯之类，好象在开一个会议。梅志看电影后带回报纸。

7日　上午，徐干事来看，决定下午叫人挑草渣。

下午，三个人挑走了草渣和炉灰。

写了两页。

7时过，田股长通知9时喊梅志看电影。看了两个房里的帐子。

8日　上午，王干事给报。叫梅志打扫进门的巷子。打扫，并拔草。

早起，写了三页。

晚饭后，马、宋狱长，徐、王二干事陪劳改局张局长、苗溪李股长来，看了看房子和环境。李股长和张局长进房来问了身体年龄之类。和梅志说了几句，说梅志关于财产的报告在查，云。同来的还有三、四位，当都是开会的。

8时过，徐干事喊梅志看电影。看了两部。

9日　上午，梅志上街，买了两个甲鱼。

闻干事给报，问他张局长走了否。说走了，又说没有走。

酷热到33度，仅写一页。

夜，近八时，徐干事喊梅志看电影，又有两部，云。

10日　上午，写了近两页。

早餐时，徐干事给报。

三时过，闻干事发下《红旗》(7)和学习参考材料(3,4)——劳改局集印的。谈了几句天气。

7时过，徐干事通知梅志看电影，8时去。

下午，徐干事先给豆腐，后又给面条(十斤)。

11日　上午，田股长给报。

8时过，徐干事喊梅志看电影。写了一页半。

12日　上午，徐干事给报，关心房里太热。

下午，杨干事又买来三斤清茶。说张局长今天走了，同来的有二十来人，云。他是为开会办事务的。

写了一页，酷热。

13日　上午，王干事给报。杨干事问梅志要不要猪油。

酷热，33度。写了一页。

14日　上午，整弄番茄时，没有注意是哪位拿报来的。昨、今两个早上把无花果旁的番茄整理了一次。

酷热，没有写，看看画报。

15日　早餐时，田股长给报。

广播刘结挺、张西挺在千万人广播大会上宣布逮捕法办。

大雨，转凉。写了三页。

16日　（星期日）上午，王干事给报，问梅志上街否。梅志感冒，不去。

写了三页。

17日　早，刮面时，闻干事给报和晓风信。梅志看信，晓谷生了第二个男孩。谈了一些笑话。从他知道，果然，阿尔巴尼亚巴卢库等是被霍查冤死的真正马克思主义者。报上有刘、张被捕法办记事。问他三监有他们人否，他不肯承认，说他们打不进来，云。田股长跟着来了，叫把葡萄摘了吃，云。承关心优待。

拔摘了四季豆。

写了一页。

18日　上午，梅志上街。王干事给肉。田股长给报。

给后面番茄上肥。梅志怪我不该还写（当是指关于夏衍们的），争执了几句。我不做奴才，她是不甘心的。

19日　早，王干事给报。梅志请他找一个犯人来打扫了烟囱。杨干事来发三元零用钱，谈了一会关于小学生的入学考试情况。报上发表了关于广州工人庄辛辛的冤案报导。

晚饭时，王干事陪曾医生来。量血压，听心，把脉，看舌苔，看眼睑。和她说了几句笑话，她说这几天有事，太忙，云。晚边，王干事发来了三种药片和药丸。重看《人民音乐》。

写了两页。

20日　上午，杨干事给报。还了两本《人民音乐》。

21日　上午，王干事给报。报上有关于柳青情况的报导，和吴强修改《红日》的前言。

晚饭后，王干事又给昨日的报。

写了三页。梅志给看了给晓风的信，说是等晓山来信后再寄钱去，云。牙疼。

22日　写了三页。晚饭后，杨干事给报。牙疼。

23日　（星期日）上午，梅志上街，发信。给番茄上肥。

下午二时，田股长喊看电视：曲艺学生演的单弦、西河大鼓、说书、相声四个段子。完全听不懂。牙疼。

写了三页。

24日　上午，王干事给报。梅志要来了农药喷雾器。牙疼甚剧。写了两页。

25日　上午，闻干事给报。

写了两页。下午，杨干事问买粮事，说整天在学习。

26日　早，杨干事给报。梅志托他买了面粉和西瓜。

夜，杨干事喊看电视：《红楼梦》越剧。马狱长来。

写了两页。

27日　上午，田股长给报。田股长喊看电视，仅看几幅连环画面即停电。等了一会，说不能来了，云。

夜，田股长喊看电视《冲破黎明前的黑暗》，马狱长来看。

看《四川日报》上刘、张罪行控诉会发言。

写了一页。

28日　看《四川日报》控诉刘、张的材料。是公安局孙佩瑜副局长宣布逮捕他们法办。

王干事给报。写了一页。

29日　早，杨干事给肉。闻干事给报。向他提到刘、张应敲沙罐，他支吾不作可否。他说番茄丰收，我说以斤计，他只好笑了。

写了两页。

30日　（星期日）上午，杨干事给报。

为小孙儿拟名，拟寄晓谷夫妇备考。

晚饭后，田股长又给报。

写了四页。

31日　上午，杨干事向梅志要吃自种菜的菜单，再交我本月份的用账。看了鲁迅的画集，他十多岁时在部队中到过绍兴，云。

选看《鲁迅回忆录》中若干篇。

8月

1日　四时起，无电，不能写。

上午，闻干事给报。给了四个提问的答复。谈了一会闲天，向他提到任白戈、林默涵等蠢人。

下午，杨干事陪曾医生来。仔细量了血压。听了心脏，看了舌苔，问了情况。

王干事发来了六种药。

写了对四个提问的答复。

2日　早，闻干事给报。给了答复。他问了身体情况。

夜，田股长喊看电视。《走在战争的前面》，为批判"四人帮"专制的应时品。京戏《小放牛》。

写了一页半。

3日　晚饭后，杨干事才给报。告诉他想看今晚电视的《李双双》。过不久即来喊看，但却放的是中罗足球赛，听不懂也看不清。看电视中，又补给了昨天的报。极热。

4日　整理写了两页。下午，几天旱后下了阵雨。

5日　早，王干事给报。闻干事给上月《光明》和《四川》报。

写了两页半。酷热。夜，暴风雨。

6日　（星期日）一早，杨干事给报。

梅志上街。整理被吹倒了的番茄。

杨干事给肉。写了两页。

7日　上午，整理番茄时闻干事给报。说搞得不错，云。毫无错不错可言。梅志交去了番茄。夜，又暴风雨。

8日　上午，闻干事喊看电影《平鹰坟》，是去年拍成的黑白片，演员很好，有几个是过去的老演员。看电影时给了报。

下午，王干事给了梅志要的胡萝卜籽。

整理番茄。写了一页半。

9日　早饭中，田股长给报。整理番茄时闻干事来问梅志抄得怎样，希望一周内抄完，云。

写了两页。

10 日　早，大便中，杨干事给报。

写了两页。校看梅志抄的关于鲁迅的书信的注释。全天阴雨。

11 日　早，杨干事给报。托他买来了《鲁迅论历史》。闻干事给《红旗》第 8 期，向他提出了一些感想，他无以为对。只说将来你会晓得，云。写了两页。

写了关于鲁迅书信注释的第二次抄稿几点说明和给肖政委的信。

12 日　早，杨干事给报。整理番茄。

下午，按铃，把抄稿等交给了杨干事。

看些报纸文章。写了一页。

13 日　（星期日）早，王干事给报。梅志上街。

写《关于两个旧案中若干事实的说明》，6 页。

夜，杨干事喊梅志看电视。

14 日　上午，田股长给报，暑假回到北京的晓山和晓风的来信。

写了一页。

夜，田股长喊看电视，有祝贺中日订友好条约的新闻；电影《飞越天险》，1959 年拍的拼凑的片子。

15 日　早，王干事给报。梅志上街寄信寄钱给晓山、晓风。杨干事给肉，又买来了苋菜。

下午，杨干事又给报。扣了梅志房租、水、电共三角多。莫明其妙。写了三页半。

16 日　上午，杨干事给三元。谈了天气。

十时，闻干事陪曾医生来。量血压，把脉，听胸，看舌苔，问情况。对她谈了笑话，说要吃中药。

下午，闻干事发来五付中药、两种西药，共吃十天。

写了四页半。

17 日　早，杨干事给报。下午，又给面条。晚饭后，又给报，并喊梅志看电视。

写了两页半。

18 日　下午，杨干事买来白纸十张。

写了两页。写给晓山自学外语方法。

19 日　早，王干事给报。梅志把寄晓山的信给他发。写了两页半。

20 日　（星期日）上午，闻干事给报，谈到对华主席访问欧洲的感想，等。问对中日条约感想，要写一写，云。问到吃药后是否好转。

写了两页半。

21 日　上午，闻干事给报，谈了华主席访欧杂感。下午，送刊物给梅志，一定要给我换新帐子。

晚饭后，杨干事又给报。

写关于中日条约，得四页。

22 日　上午，闻干事喊看电影《大刀记》，演员好。这几次看电影有一个未见过的干事在场。

下午，闻干事拿来了新做的方帐子，又拿了竹竿，当即把旧的除下，把新的挂上了。看了一看草稿。

写了三页半。

23日　上午，小睡时，不知哪位干事给的报。

写了三页半。

24日　早，王干事给报，喊拿。

闻干事拿来了一把藤椅。闲谈了几句，他觉得写得长了。写了四页半。

25日　早，王干事给报。热到33度。

写了六页。

26日　早，一位新干事给报。杨干事引来一位杨干事，说他另有任务，由这位杨干事买东西，云。

晚饭后，新干事又给报。

写了四页。

27日　（星期日）晨，写完。共30页。

梅志上街。说新来的叫宿股长，田股长也调走了，云。

28日　写后记，题为《关于中日和平友好条约二三感想》，抄稿共47页。校完。

上午，宿股长给报。报告他告诉闻干事。

闻干事送来、拿来上次拿去的十页抄稿。谈了些关于铁托的话。

校完抄稿。续写事实说明页半。

29日　打铃，闻干事来，把《感想》给他。他又送了报来。两次都讲了几句闲话。

下午，宿股长拿豆腐来。问桃子结了多少，少结因未打枝，云。

看了画报和杂志作品。

30日　早，宿股长给报。

闻干事陪曾医生来。量血压，把脉，听心，看眼睑。问痔口，睡眠、头昏等。睡五小时够了，云。

下午，王干事发来两种西药片。

晚饭后，闻干事发来五付中药。

写了四页。

夜，睡下后，闻干事喊看电视，华主席访伊朗（一）。

31日　早，新杨干事给肉。

王干事喊给报。写了两页。

夜十二时，梅志大呕。

9月

1日　早，王干事喊给报。

下午，闻干事交来晓山信，并书一包，刊物一包。

看了刊物文章，宗派主义者猖狂。写了页半。

2日　上午，闻干事给报，问寄来了哪些书。

写了约两页。看杂志文章。

3日　（星期日）上午，杨干事给报。闻干事来告诉西药是忌吃茶的。

写了五页。

4日　早，宿股长给报。下午，又给米和油。

晚饭后，王干事喊看电视，看了点新闻报[导]，停电了。

写了六页。看电视时有闻干事。

5日　早,梅志上街。宿股长给报。

闻干事拿上月《光明日报》《四川日报》来,问报看了没有。

写了五页。

6日　上午,王干事喊给报。杨干事给猪油。莫明其妙。又来一次问了梅志什么。

写了四页。

7日　下午,闻干事才拿报来,似有所期待。

傍晚,大雨。杨干事来问屋漏否。

写了七页半。

8日　早,大便中,王干事给报。

写了一页半。复看了39页。

9日　看完已写稿。请梅志抄,她不肯抄,看都不肯看。

下午四时,杨干事才给报,并给豆腐。

又添写了一页。

10日　(星期日)电铃坏了,梅志上街不成。

下午,王干事喊拿报。

王干事拿来菜秧。栽菜。

夜,闻干事喊梅志看电影。

写了七页。

11日　上午,王干事给报。写了三页半。

12日　上午,王干事给报。

下午,闻干事、李干事来。李干事问在写什么,我说随便写写。于是问了些生活上的事而去。我向闻干事说了笑话。写了四页半。

13日　上午,宿股长给报。梅志报告要菜秧,王干事拿来了。栽菜秧。

下午,闻干事陪曾医生来。量血压,听胸,把脉,看舌苔,问情况。李干事、宿股长同来。与梅志谈话,说李干事看了各处,云。

夜,宿股长拿来了三种西药。写了四页。

14日　上午,杨干事给肉。又给白碱半斤。

下午三时半,闻干事喊到办公室。肖政委谈话,约一小时半,逼供之意。回答他不能用原则做交易。他称有事,走了。有李干事、闻干事、杨干事在座。谈话中途,他和李干事出去一会。我指破了李干事。

写了三页半。

15日　上午,王干事给报,又发来了五付中药。

写了两页半。

16日　上午,杨干事给三元。闻干事给报。请谈闲天,说下午学习,云。

写了三页半。

17日　(星期日)雨。梅志上街,买了一只鸡。闻干事修了电铃。告诉他等报看。

下午四时,闻干事拿来报和《红旗》(9)。

写了五页。

18日　上午,宿股长给报,告诉梅志要找人来收拾院子。大便几次,便后带血。

写了两页半。

19 日　上午，闻干事给红糖（四两?），问报，他说过一会给。杨干事马上拿来了报。

下午，闻干事通知要叫人来整理院子。我们到另外无人院子闲坐。整治了大半，明天上午再整，云。

写了两页半。

20 日　上午，闻干事催快点早饭，让人来整院子。我一个人到无人院子看报，看杂志文章。院子治完，挖掉了四株桃树。打扫院子。腹泻。写了一页。

梅志得晓风信。提到晓谷小儿子取名恒。

21 日　上午，杨干事给肉。闻干事给报，似要谈什么。

下午，闻干事来，问要谈什么。又是来搞最后逼供的。我谈了我的信心，他又匆匆走了。

写了两页半。腹泻五、六次。

22 日　上午，王干事喊给报。写了四页。

23 日　下午，杨干事才给报。夜，宿股长喊梅志看电影。写了六页。

24 日　（星期日）上午，梅志上街。下午，宿股长给报。晚饭前，王干事给豆腐。写了六页。

25 日　上午，王干事给报。晚饭后，王干事喊看电视，又来说在修理，好了再喊，云。

写了七页。

26 日　上午，王干事给报。夜，闻干事喊看电视。有徐悲鸿画的介绍，《白求恩大夫》。电视机坏了，大半无画面出现，未终场即返。

昨夜停电。写了三页。

27 日　下午三时，宿股长给报。王干事陪曾医生来。量血压，把脉，听胸，看舌苔，问病情。血压已降下了，云。晚饭时，杨干事给面和玉米粉。

夜，闻干事给一种西药片。写了五页。

28 日　上午，杨干事给报。又发来了五付中药。

写了六页半。

29 日　上午，王干事给报。杨干事给肉。王干事来找锄头。夜，王干事喊看电视。足球赛。一小时余，疲乏，退出。写了四页。

30 日　上午，闻干事给报，谈了一小时到二小时，回答了他的"争取"。夜，闻干事喊看电视《报童》。

写了六页。

10 月

1 日　（星期日）早上未开广播。宿股长给报。梅志上街。

晚，喝了点酒。写了一页半。

上午，王干事给报。闻干事喊梅志看电视。

晚饭后，闻干事又喊梅志看电视。

写了七页。

2 日　上午，王干事给报。晚。闻干事喊梅志看电视。

写了六页半。

3 日　上午,宿股长给报。写了三页半。

4 日　上午,王干事给报。下午,王干事给菜秧。栽菜。王干事给了梅志要的煤炭一挑。

写了四页半。

5 日　上午,闻干事喊看电影《走在战争前面》。

下午,杨干事给肉。闻干事给报。

写了四页。

6 日　上午,梅志上街寄时音、小磊的毛衣。

王干事给报。下午,王干事给菜秧。栽菜。

写了三页。

7 日　早,闻干事给报,并带来 9 月份《光明日报》和《四川日报》,但把前三个月的两报强迫拿去了。说让我查一查他也不理,并说以后每月及时看,云。颇有意思。

写了三页半。

8 日　(星期日)上午,杨干事给米和油。闻干事给一种药和《红旗》(10),其中有评姚文元,又向胡风吐来了血污。看了些报纸文章。

9 日　早,杨干事给肉。宿股长给两天报。

晚饭时,闻干事陪曾医生来。把脉,量血压,看舌苔。向闻干事提出《红旗》上的污水,提到李干事两次去上海外调。他笑着匆匆走了,说明天再谈,云。写了五页半。

10 日　上午,杨干事给报。发来五付中药。

闻干事来,关于《红旗》上的文章又把我扯上姚氏父子事向他抗辩了。他无话可说。他拿来菜秧。

夜,写了《关于姚文元父子再一次简单声明》。

写了两页。

11 日　上午,王干事给报。梅志抄好了关于姚文元父子,按铃交杨干事。梅志自己也写了两页。写了半页。

晚,王干事喊看电视,《杨开慧》话剧。

12 日　上午,看书时没有注意是哪位干事把报放在窗台上。写了三页。

13 日　上午,宿股长给报。

晚,王干事喊看电视《伟大的公民》(下)。闻干事来了一会。出门时,梅志看到了早已调走的骆干事。

写了三页。

14 日　上午,宿股长给报。写抄《补充几点》。下午,按铃,杨干事来,交去。梅志向杨干事要了两挑煤。向杨干事提希望看今晚电视松山芭蕾舞,无回答。写了两页。

15 日　(星期日)上午,梅志上街。王干事给报。

写了五页。

16 日　上午,王干事给报。写了四页。

17 日　上午,闻干事给报。问他,他说看了。

杨干事给三元零花钱。杨干事拿来焦炭,过冬之意。

写了四页。全完,共 203 页草稿。

18 日　杨干事给报。校看了 32 页草稿。

19日　上午，杨干事给报。挖地瓜。校看到70页。

20日　上午，王干事给报。告诉他中西药吃完了。

下午，李干事、闻干事、王干事陪曾医生来。同时一男二女干部来。曾医生量血压，听胸，把脉，看舌苔，问得较详。李干事先过来，说来替你看病。男的坐在这里，女的进来看看书就和李、闻到梅志那里去了。看病将了，男的也去了。闻干事翻看了一下草稿。

约二小时后，王干事发来了五付中药和上次同样的药片。

校看草稿到百十页多。

21日　杨干事给肉。又给红苕50斤。

闻干事给报。校看草稿到138页。

22日　（星期日）下午四时，闻干事才给报。夜，杨干事喊梅志看电影。校看到166页。

23日　上午，宿股长给报。校看到192页。

晚边，王干事拿来了梅志向宿股长要的打菜虫的药（喷雾器）。

24日　二时起校看完，共203页草稿，总题为《从实际出发》，共十一节。

看报纸上的文章。

下午，闻干事给报，并给了梅志18颗菜秧，即梅志要晓风寄来的菜籽生的。

25日　早，王干事喊看电影《摩雅傣》，秦怡演。

夜，王干事又喊梅志到礼堂看影片。

写了关于《讲话》两页。

26日　上午，梅志上街。闻干事给报。

写了两页。

27日　上午，宿股长给报。

写了三页半。

28日　早，宿股长给报。梅志得晓风信，谈到两个孩子的学习情况。牙痛，仅写半页。

29日　（星期日）上午，宿股长给报。

写了三页。

30日　杨干事给报。写了两页。

31日　上午，杨干事给报，告诉他中药吃完了。

下午三时，闻干事陪曾医生来。量血压，把脉，看舌苔，听胸。说情况很好，说要检查一下胆固醇。闻干事发来了五付中药和原来那种药片。

写了三页。

11月

1日　上午，宿股长给报。写了四页。

2日　上午十一时，闻干事给报。《上海文艺》评论员文章挂了一句“敌我矛盾”。写了四页半。果然，闻干事喊梅志看电视，是《追捕》，不是《狐狸》。

3日　上午，王干事给报。写了三页半。

4日　上午，宿股长给肉。又给报。写了四页。

梅志回了晓风的信。

5 日 （星期日）上午，梅志上街。杨干事来问梅志买什么东西。下午四时，杨干事才给报。

写了五页半。

6 日 上午，宿股长给报。写了三页半。

7 日 上午，宿股长给报和《人民画报》（10）。

写了三页。

8 日 上午，王干事给报，又给米和油。把画报和九月份《光明》和《四川》报还了他。提到八、九月画报，请借看，他不理睬。

写了两页半。

9 日 上午，宿股长给报。写了五页。

10 日 上午，王干事给报，《红旗》（11）。

夜，宿股长喊梅志看影片《抓壮丁》。

写了五页。

11 日 上午，王干事给报，缺副张。不久，宿股长补来。向王干事报告中药吃完了。宿股长又来向梅志要菜。

写了五页。

12 日 （星期日）早，梅志上街，买来了"于无声处"和"血沃中原"两首绝句的影印条幅，即钉在墙上。

写了五页。

13 日 早，四时起，修改昨天的，补写三页，完。总题为《从实际出发》。草稿 66 页，分 16 节。

校看到 25 页。

晚 7 时，王干事陪曾医生冒雨来复诊。量血压，把脉，听胸，看舌苔，问情况。她提到条幅上的诗，因而向王干事提到《于无声处》。

14 日 上午，宿股长给报。发来了五付中药，昨晚上提到的《于无声处》（载于三天《文汇报》上），上次要的《人民画报》，还有上月《光明日报》。

看《于无声处》两遍。校看到 34 页。

15 日 上午，宿股长给报。王干事给两药片。

校完并略加整理，共 67 页。

夜，宿股长喊梅志看电视。

16 日 上午，王干事给报。梅志答应代抄。再校看。

17 日 早，杨干事喊看电影《保尔·柯察金》。杨、王、宿、闻干事后来。午睡中，杨干事给报。有评论员的《实事求是，有错必纠》。

继续校看。

18 日 上午，杨干事给梅[志]钱。又给豆腐。

王干事给农药和菠菜秧。闻干事给报和刊物之类。栽菠菜。夜，宿股长喊看电视，《花木兰》（常香玉）。报载特约评论员评《于无声处》。续校看。

19 日 （星期日）早，杨干事告诉梅志今天不买肉，但又买来了。梅志上街。

闻干事给报，似有意谈话。校看完。

又看一遍《于无声处》。

20日　上午，宿股长给报。下午，闻干事给晓风寄来的《文学评论》(4)和《文艺报》(4)。看了几篇，改取了隐蔽的战术。卑怯之至。

21日　上午，梅志上街。杨干事给报。

梅志请杨干事补糊焦炭炉子。下午生着炭火拿来，但换来了一个，旧的不能用了，云。

再校看修改。

22日　上午，杨干事给报。下午，按铃向杨干事告诉闻干事要材料纸。不久，杨干事拿来红格的，请他再拿来了黑格的。给了他四晚电视节目，得便希能给看看。晚上来喊。停电。八时过再亮。续校看。

23日　上午，杨干事给豆腐。闻干事给报。告诉了他在抄对《讲话》的态度，并告诉他关于林、任的材料早写完，但不想抄出。他带来了一张《中国青年报》，有关于晓山入大学的一条。谈了一些话，他说到落实政策要做细致工作。校看完。

24日　上午，杨干事来替梅[志]买面粉。闻干事给报，提出要我另写一个简单的，否则太长，没法看，云。也许党委昨晚和省委联系过。谈了闲天。我提出把我和"四人帮"牵上，是阴谋。

写关于胡乔木，两页。

25日　上午，杨干事给报，告诉他中药吃完。

下午四时许，闻干事陪曾医生来。量血压，听胸，再睡下后敲，把脉，看舌苔。问得较详。提到清江没有给治牙，她竭力辩解。写了三页半。

26日　(星期日)上午，梅志上街。宿股长给报。下午，闻干事发来五付中药，量多，每付吃三天，云。还有白药片和一种绿色吃三天的西药片。写了一页半。

27日　上午十时过，闻干事给报。

晚，王干事喊看电视：天安门诗朗诵，话剧《工会迎春》。写了两页。

28日　上午，闻干事给报。还了他9月《人民画报》。

写了两页。

29日　上午，闻干事给报。写了三页半。

30日　上午，杨干事给报。

下午，梅志上街。杨干事喊看电影，闻干事又来喊。《夺印》。马狱长和闻干事、杨干事、王干事同看。

早起写一页。白天补充关于《讲话》的一节。

12月

1日　上午，杨干事给报。写了三页半。

2日　下午三时，闻干事给报。写了三页。

梅志抄完《从实际出发》。

夜，宿股长喊梅志看影片。

3日　(星期日)上午，梅志上街。杨干事给报。

夜，闻干事喊看电视《东进，东进》。写了两页。

4日　早餐前，闻干事喊看影片《抓壮丁》。

下午二时半，宿股长给报。写了页半。

5日　早，杨干事问梅志本月要面粉还是面条。

下午，宿股长给米和油。又给报。

夜，宿股长呼看电视，《邓副主席访朝》，伊朗女钢琴家演奏。写了两页半。

6日　上午，宿股长给报。写了一页半。

7日　上午，闻干事给报。

下午，闻干事带四个犯人来整菜地。栽菜。

写了两页。夜，闻干事喊看电视，《痛苦与欢乐》和儿童寓言朗诵。

8日　上午，王干事来说要找人来翻菜地，梅志说菜翻了没有吃的。宿股长给报，说不翻了。

写了两页。夜，宿股长喊看电视：《春蕾》《美的旋律》《于无声处》（四川人艺演）。

9日　上午，宿股长给报。写了两页。昨晚停电。

夜，王干事喊梅志看电影，歌剧《江姐》。

10日　（星期日）上午，梅志上街。王干事给报。

写了四页。

11日　上午，宿股长给报。写了四页半。

12日　早，闻干事喊看影片：越南难侨回国两辑；新片《特快列车》。

下午三时，闻干事陪曾医生来复诊：量血压，听胸，把脉，看舌苔，详问病情。星期五验血，云。夜，闻干事发来中药五付（每付三天），淡黄药片（百片），绿药丸（五天）。午睡时，闻干事给报，并叫梅志在拔空的菜地上栽莴笋。栽莴笋。看电影时有马狱长和久不见的田股长。杨干事给肉。

13日　上午，宿股长给报。要补旧报，但已剪。

今天报上续完了陶铸女儿陶斯亮的回忆文。真切撼人。有流放前赠老妻曾志七律，当即用原韵吟成了三首。

写完《君子爱人以德》。校看《从实际出发》20页。

14日　上午，宿股长给报。校到65页。

15日　早，王干事给报。下午，宿股长给《红旗》。

校看完。黑早，王干事陪曾医生来抽了血。

16日　整理《从实际出发》的内容提要。

下午，闻干事给报。三时又来拿抄稿，但我还未看完。他要写今年总结，我说这就是总结。

四时打铃，杨干事来，交他。

晚，闻干事喊梅志看电视。

17日　（星期日）上午，梅志上街。

抄录三首转呈赵政委①。起草给肖政委的信。

18日　上午，宿股长给报，交给了《有感》。

下午，杨干事给了包心菜。王干事给了莴笋，在白菜空处栽满。牙疼。疲乏。

19日　早，杨干事给报。又给肉。下午，宿股长来拿去树枝劈成引火柴。代磨了柴刀。牙疼。疲乏。

---

① “赵政委”和后面的“赵书记”均指赵紫阳，时为四川省委书记和中央政治局委员。

20 日　上午，宿股长给报。又给萝卜。闻干事拿来几本刊物。《四川文艺》上有任白戈文章，《人民文学》上有夏衍文章。要我写关于中美建交。并拿来晓风信。梅志拆开后，他抽出看了看。

21 日　上午，杨干事给报。写了《关于中美建交小感》。复看关于胡乔木的草稿。

22 日　上午，宿股长给报，向他要了材料纸。

下午，按铃，把《关于中美建交小感》交宿股长。看完草稿。

23 日　上午，宿股长给报。下午，王干事给豆腐。夜，王干事喊梅志看电视。校看完胡乔木材料。

24 日　（星期日）上午，梅志上街，买来了一本日记本。

杨干事给报。早上广播三中全会公报，有许多重大决策。梅志给晓风信。

25 日　上午，王干事给报。早，广播中央隆重举行彭德怀、陶铸追悼会。

再整理《有感》，加前言、注和后记。

26 日　早，闻干事同曾医生来，告诉胆固醇只有 175，很正常。又喊到办公室，一位成都来的女牙科医生看了牙。只有一点根的牙不能拔，老年人受不了，云。有两个病牙日内拔。

闻干事给报，有三中全会公报，叫看了写感想，当即把《有感》给他，这就是感想。他拿到就匆匆走了。读三中全会公报。

今天为毛主席 85 岁生日。

27 日　早，王干事喊看电影。《黑三角》，反谍片，头绪纷繁，看不大懂，没有生活基础似的。

下午，宿股长陪曾医生来。量血压，正常。取血。又划破牙肿处，挤掉脓血。看了舌苔。

写给赵书记信，得页半。

睡下到九时半，闻干事喊醒，给了三种内服西药和一种化水漱口药片。

28 日　上午，闻干事喊看电影《暗礁》。又是离奇的反谍片。下午四时，闻干事给报。上午，杨干事给了四斤肉。

浏览 10 月的《光明日报》。

29 日　上午，王干事给报。又发来五付中药。

下午，宿股长陪曾医生来看牙肿情况。

晚饭后，闻干事发来两种药片。王干事喊看电视：《三关排宴》。几个干事外，马狱长来看。

30 日　上午，闻干事给报。下午，闻干事喊去和曾医生三人一道到部队医院拔去三颗病牙。曾医生同来止血。

31 日　（星期日）上午，梅志上街。宿股长给报。杨干事给三大颗卷心白菜。晚上，喝了大半杯啤酒。

1979 年

1 月

1 日　下午，梅志上街。宿股长下午给报。下午，宿股长陪曾医生来复看拔牙处情况，并给了一种白药片。没有做事。

2 日　没有给报。没有人来。查看一些 77 年写的材料。

3 日　上午，王干事给报。我问是一天还是两天的，他不答，再问一句，他不高兴地说："看嘛！"

改写给赵政委信，得二页。早上广播，胡耀邦任宣传部长，斗争当会深入下去。

4 日　上午，闻干事给报，问了身体情况。下午，梅志上街。改写信，不足两页。

5 日　早，王干事给米和油。宿股长给报。

三日报载文联茶话会上，胡耀邦兼宣传部长的讲话。当要认真加紧推进运动。

6 日　上午，宿股长给报。晚，杨干事喊看电视：影片《早春二月》。

7 日　（星期日）上午，梅志上街。宿股长给报。看了《人民文学》上的《王昭君》，乱扯！

8 日　早，王干事喊看电影。停电，自己发电放的。木偶片《西瓜炮》，小刀会故事，《蓝色的港湾》。

写了一页半。宿股长给报。

9 日　上午，宿股长给报，向他提今晚电视。

晚，宿股长喊看电视。电视台记者访陶斯亮。影片《五朵金花》。梅志得晓风信。

10 日　上午，宿股长给报，12 月《人民画报》和豆腐。

写了一页。

11 日　十时过，闻干事喊梅志去办公室。闻、李、王三干事在，李告诉她，今天下午省公安局来通知我释放出狱，去成都。下午三时过，闻、李二干事来同到办公室。公安局黄处长通知，省公安局得公安部电话通知释放我出狱，其他情况到成都后谈。有肖政委、马狱长、曾医生、田股长、杨干事在。另有二三位年轻干部，当是和黄处长同来的。我们准备好了即去，云。问我的意见，我当即表明了我的态度和已写未交的三个材料。只肖政委提到对"四人帮"的揭发有成绩，拥护毛主席、华主席，诗虽未发表，感情很好，云云。

约一小时后，除狱长、政委、医生外，黄处长来监房看了一看，表示关切。再一小时后，田、李又来看看东西，表示关切之意罢。

梅志写信告诉晓风。她同意明天发一电报。要她也给晓谷一电报，她不肯。

12 日　决定星期日（14 日）去成都。下午，与梅志出街看了大竹部分街市，约二小时。曾医生送来药片，有两个女青年随来，她说是医务所的，云。

闻干事催收拾东西。夜，宿股长喊看电视：《战马超》与《望江亭》。出街时给晓谷电报。

13 日　早，闻干事来催。我坐到放电影室，犯人来扎行李。下午，再坐到办公室，已扎行李抬到办公室走廊中。闻干事请政委与干事们等叙[谈]，被辞谢。田股长来叙谈，闻干事引邝科长来。不在中庄医生来过。

夜，宿股长喊看电视：《生死搏斗》。

14 日　（星期日）八时过到办公室。政委、狱长、副政委、曾医生、田股长、李干事、杨干事和闻干事在。希望对他们提意见。我表示了感谢他们的耐心。政委提到了毛主席对历史上错误处理干部，如屈原、文王、孔子等的例子，但又提到了党对周扬、夏衍、林默涵、任白戈等的功过也已有结论，云。我表示了对原则负责的态度。

9 时过出发，闻干事、曾医生同行。驾驶员姓杨。在高滩（属邻水县）吃午饭。约 5

时，小雨中到重庆公安局招待所，即前年去成都住过之处。

15 日　上午，与梅志到书店、百货公司等处看了看。

中午，请曾医生、杨驾驶员和闻干事在冠生园午饭。

下午，一行到中美合作所罪行展览馆参观。到红岩村，但当年八路军办事处在修葺，不得进去。又回去看了渣滓洞。白公馆在山上太高，曾医生不准上去。

又到曾家岩 50 号，因已过规定的五时，又不得进去参观。

一道到车站附近小馆吃饭后，上车。杨司机转去。7 时 50 分开车。软席卧比前年更舒适。邻室有一外国人，可能是旅游者。车站职工大都是女青年，已不是前年那种紊乱情况了。

16 日　晨六时半广播，中宣部在举行一个会议。7 时半到成都，张科长（公安局？）来接，住进省革委［会］东风路（第二）招待所。张科长说中央正式文件尚未到，又提到晓山已入党，只内蒙不愿放他走，云。又提到他会来成都看望，云。曾医生、闻干事别去，但还要见面。

下午，张科长来，说行李已运到。杂谈了些四川情况，前途广阔。

晚饭后，与梅志出街，买了信封信纸之类。梅志给晓山信，约他来成都。

17 日　上午，文干事、曾医生同公安局一女干部来。行李已到，太多，难以安置。女干部同梅志去料理。文干事亦别去，写下了三监几个人的名字：

肖　武（政委）

马山贵（狱长）

徐世荣

文（不是闻）子明

曾医生在这里写了病历。女干部同梅志回来时将病历拿去。她们别去。曾干事名素华。

下午，肚泻，拉血，脏了三条裤子。

给晓谷信。这是二十四年来第一次写家信。

借到了 12 日起的《四川日报》。中宣部各省市区宣传部长会议是 6 日—11 日开的。大约是 9 日决定通知公安部释放我的。

18 日　继续泻肚，拉血。中午吃稀饭，晚吃面。下午，与梅志出街走了一走，她为晓风买了一床柞蚕丝被胎。

19 日　今天停止拉血和大便，但胃还极不舒服。上午吃抄手。梅志上午到医院拔牙，只吃面包。下午仍吃稀饭。晚饭后，与梅志出街，买了手杖。读《诗刊》上陶铸诗词选。

20 日　上午，曾医生来，她今天回去。因老文有约，话别后一道出门外分手。与梅志看影片《巴黎圣母院》。

21 日　（星期日）上午，与梅志出街，想买罗马尼亚影片票，不得。在收发处发现晓山打来的电报，他 22 日晨 1 时坐直快车来此。下午，梅志又出街，仍未买到电影票。

22 日　上午，出大门看两边贴的大字报，一个被诬害未得平反的干部和知青们的。

下午，与梅志到人民公园，吃了茶。

23 日　中午过，一时半，梅志从车站接来了晓山。到睡前杂谈一些情况。

晓山带来了外甥吕荣华和朱谷怀给他的信。都是看到青年报上关于他的消息，向他打听我的情况的。

24 日　复吕荣华。上午，一道出街。向晓山谈了 1966 年到成都以后的大略经过情况。

25 日　早，招待所支部书记于浩川来，对生活和过春节的准备表示关切。上午，一道出街，只看了四川轻纺出品展览。下午，看《山村姐妹》。招待所向前同志来，再表示对生活的关切。晓山看完了《从实际出发》，向他解释了一些问题。

26 日　上午，到武侯祠和城南公园。喝茶，吃饭，照了相。回来时在"赖汤圆"吃了汤圆。

对晓山谈了些对原则负责的意思。再给他看《从实际出发(二)》。

27 日　今天旧历除夕。上午，到望江楼。回来吃"龙抄手"。夜，与晓山喝啤酒度除夕。抄了《有感》给晓山看，又抄了《梦赞》给晓山。

晚，听北京文艺晚会录音。

28 日　(星期日)上午吃汤圆，看四川和广东的国画展，四川与黑龙江、江苏的版画展。到人民公园走了一走。抄好《珠兰赞》《诚赞》《善赞》。

29 日　早饭后，一道到杜甫草堂。人极多，就没有找喝茶的地方。回头到文化公园，即过去的青羊宫，喝了茶。到芙蓉餐厅吃饭，比招待所差多了。

给晓山看了《诚赞》《善赞》《珠兰赞》，他不愿表示意见。

30 日　整理《高音篇》，给晓山作了说明。他谈了点对当前思想动向的认识，对我的立场和态度没有异见。下午，同看成都歌剧团的《不准出生的人》，到第四场退出。夜，和晓山谈话。

31 日　抄《太阳花赞》给晓山带给晓风，赠给时音、磊、健、恒四小子。

晓山母子出街买点心带回北京。

夜，又与晓山谈话。喝了点啤酒。

半夜，腹泻，脏了两次裤子。

2 月

1 日　晓山乘 1 时 5 分特快回北京。11 时过，送到去火车站的公共汽车站。因我腹泻，他不准我到火车站。梅志送到火车站上车。腹泻未止。

2 日　上午，看《未来世界》影片，资本主义的畸形产物。看了几篇杂志文章和小说。腹泻未全止。

3 日　上午，看《牛郎织女》，黄梅戏曲片。下午，与梅志出街，修皮鞋。夜，重看《简述收获》最后两节。

4 日　上午，梅志出街买影片票，不得。下午，出街买了北京造的自动表。夜，看重庆曲艺二队演出说唱。

痔流血甚多。

5 日　腹泻，流血。中、下午停食。夜，温水浴。

报上发表了周总理 1961 年关于文艺的讲话。

6 日　上午，同时收到晓谷、晓风、晓山信。晓谷信是寄来被退回去又寄来的。出街买电影票。理发。

下午，看《风雨行程》。公安局陈林福来，谈了些交际话。夜，听西城区少年宫办的红领巾音乐会。

7 日　复晓谷信。上午，看印度影片《流浪者》。梅志回晓风、晓山信。

8 日　梅志到牙科医院，买今天影片票，不得。下午，独自出街走了走，只买了一份《人民日报》。

9 日　上午，看四川厂出的影片《孔雀飞来阿瓦山》。下午，重看印度片《流浪者》。回来时公安局陈林福等在这里，叫明天上午九时不要出去。

10 日　早，得陈林福电话，约九时不要出去。9 时，他陪孙局长来。没有问清姓名。局长宣布，中央对我的问题作了几项决定。

一、北京高等法院判决正确。

二、四川省革筹人保组宣判无效。

三、财物发还。

四、工作由公安局介绍到省政协李修秘书长解决，给了介绍信。要我自己去接洽。

五、梅志工作由省组织部解决，将会来接洽，云。

问我的意见。当即答复：

1. 我是文艺工作者，其他无任何技能。这个决定是否定了我的文艺劳动身份，我无能做任何职业。生活可以自己维持余年。

2. 今天以后，再也不敢以文艺作者的身份向中央写任何材料了。对三个未交的材料作了些说明，并把没有写下去的，给赵紫阳书记的信给他看了。

3. 希望把没收去的稿子审完后还给我。——他答应没有送给中央去的负责退还给我。

他不同意我中央是否定我的劳动身份和我不敢再写材料，说我在监狱写了对党有贡献的材料，现在更应该大写，云。

下午，和梅志到南郊公园，喝茶休息，回路到照相馆取得了上次照的相。在小馆吃了稀饭和包子。

11 日　（星期日）上午，给吕荣华信。附照片给姐姐。

下午，给晓谷信，附三人合照。

看杂志文章。

12 日　看《红旗》(2)上几篇文章。

下午，出街买《人民日报》。

13 日　下午，一个人又看《流浪者》。夜，与梅志看川剧《拉郎配》。

14 日　上午，看影片《怒潮》。重看《简述收获》最后(10)和(11)两节。

15 日　上午，看日本影片《追捕》。

重看《对新时期的管窥》。

晚饭后，与梅志出街。

16 日　上午，看美国记录片《潜流》和《最后的野生动物》。下午，看西安出品《生命的火花》。

夜，重看《关于中日条约签订的二三感想》。

17 日　下午，看《长虹号起义》，杜宣编剧。

重看《从实际出发(一)》，未完。

18 日　（星期日）上午，看法国影片《被侮辱的与被迫害的》。

夜，看成都市歌舞剧团的东方歌舞。

看完《从实际出发（一）》。

19日　下午，看影片《红河激浪》。

重看《君子爱人以德》，未完。

前几天公安局陈林福打电话来问钱存到什么银行，告诉了他。今早，女干部又打电话来问，直呼姓名了。

20日　上午，出街，买不到戏票。下午，出街到文化宫，与梅志走散了。

公安局陈林福来电话约会。他带来两个干部，把我们存款结算总数存单交来了，但只是从1971年没收时算起的利息和本金，二万五千余元。那以前的利息待北京结算，云。他提到工作，要我去政协接洽，暗示是中央决定的。我答以休息些时再看；我年老力衰，做不成什么工作。

21日　上午，看美国片《车队》。下午，再看《被侮辱与被迫害的》（法国片）。

22日　上午，再看《追捕》。回来时，陈林福等着，给了医院病历单（各次病情用药），而不肯给曾医生写的总病历。又逼到政协谈工作。我提了希望给我一个休息的期间再谈。他提到是华主席决定的，又说是他个人好意。我不去，组织上不会管我，云。我说，华主席不会管这样小事。

下午，与梅志看“笑的晚会”（四川省节目的相声）。其中一个节目把张春桥与胡风并提。

得吕荣华信，附来了姐姐一张旧照片。他们兄弟受了我的拖累。

23日　上午，与梅志看过去香港出的宽银幕彩色片《屈原》。

晓风来信。晓山推迟三天，14日才回学校。

24日　八时过，收发室（?）来电话，说陈林福要谈话。不一会，陈林福敲门进来，穿着雨衣，是冒雨来的。送来了曾医生写的病历。说还有事，马上走了。

与梅志出街，买不到票。

25日　（星期日）下午，看南斯拉夫影片《瓦尔特保卫萨拉热窝》。

26日　梅志感冒，一天未吃饭。

看交代材料中关于“团结”的，未完。

27日　梅志又一天未吃饭。

看完“团结”部分。

复吕荣华。

得晓风给梅志信，附来北京语言学院《中国文学家辞典》编委会要求传记材料的启事和表格。还赠了辞典第一分册，未寄来。

28日　梅志只略好一些。

拟了复辞典编委会的信。

下午，服务员引一个工作员来登记了被盖。

3月

1日　上午，雨中出街买电影票，不得。晚饭时，于支书来看了一下，我没有注意。

看关于口号写的材料。

上午，买票。下午，得晓谷信。与梅志看《阿诗玛》。

3日　上午，买票。梅志给晓风[信]，抱怨我妨碍了她不能赶快走上工作岗位。与梅志看《逆风千里》，模糊记起从前看过。

整理一下五篇诗。

4日　（星期日）上午，买到了5日和7日的川戏票。抄注《勿忘我花赞》，未完。下午，与梅志出街。

5日　下午，与梅志到文化宫散步。夜，看川剧折子戏。

抄《勿忘我花赞》，未完。

6日　上午，买票。下午，看《大河奔流》（上）。张瑞芳的形象几乎不能认识。

抄成《勿忘我花赞》（加说明）和《节约赞》。

7日　抄成《童心》三篇。

夜，与梅志看川剧折子戏。

8日　早，买戏票不得。下午，与梅志到人民公园看兰花展。在小馆吃面。

抄完《童心》四篇。

9日　买戏票，不得。下午，与梅志出街到中衣店量尺寸定做丝棉袄。

写完《童心》附记。

10日　抄完附记。收到《中国文学家辞典》（一）。注明是"征求意见稿"。看了几个有关的人的。吹牛，撒谎，真是可叹。

11日　夜，看影片《女理发师》。

12日　下午，看《风筝》。1958年中法合拍的。在小馆子吃面。

13日　上午，看卓别林的《摩登时代》。

写致赵[政]委的信到第五页。

14日　上午，看乐至县川剧团的《海瑞罢官》。

疲乏。一月余以来，觉得犯了关节炎，这两天更重了些。

15日　得吕荣华信，晓风给梅志信。

早起，写到第九页。

夜，看罗马尼亚片《多瑙河之波》。

16日　写了一页半。下午，出街买了单上衣和衬衫。

看记录片《北乡到处是春光》。

晓风寄来了《罗丹艺术论》。

17日　夜，看四川人艺演的《雷雨》。

18日　（星期日）左膝盖关节痛仍旧，右边几乎好了。

夜，看川剧《借亲记》。

19日　上午，看西双版纳傣族自治州文工团演的民族歌舞。中午，看夏衍改编的影片《祝福》。

写了一页。从今天杜鹏程文章知道，冯雪峰死了。

20日　下午出街买电影票，不得。写了三页。

21日　下午，同梅志再看了《摩登时代》。

写了三页。

22日　报载李亚群3月9日死了，15日开了追悼会。我的问题又少了一位证人。正午，看影片《桃花扇》。在小馆子吃面和珍珠丸子。

写了三页。

23 日　写完。复看了一半。

24 日　夜，看四川人民艺术剧院的《陈毅出山》。

25 日　（星期日）复看完，太啰嗦。

出街买戏票。

26 日　下午，看川剧《李慧娘》。

再整理已抄之诗。

27 日　抄完整理后的《勿忘我花赞》。

下午，看京戏戏曲片《尤三姐》。

梅志得宋哲信，晓风愿来。梅志写信约她来。

28 日　改写给赵政委的信，到八页。

夜，看影片《为了和平》。

29 日　下午，看影片《家》。

写到第十一页。

30 日　上午，看罗马尼亚影片《塔基亚人》。

写一短信，把三篇诗稿托招待所支书送给赵紫阳政委。支书于浩川来，把诗稿交给了他。

31 日　下午，看影片《家庭问题》。演员很好。

遇于支书，说赵政委不在，要等他回来了才收，云。这有些奇怪，不可解。

只写了一页半。

4 月

1 日　（星期日）出街买戏票。写到 15 页。

今天《人民日报》发表了特约评论员的《革命者要向前看》。

2 日　上午，看影片《斗鲨》，所谓反谍片子。

中午，于支书来，拿来了托送呈赵政委的诗稿，说赵政委不在，秘书也不在，收发室不肯打收条收下。只好托他交去，不要收条。居然出了这种情况。

写到 17 页。

3 日　早餐前，于支书告诉梅志，他亲自送到了省委收发室，不给收条不要紧，但请一定交到。

得居俊明信。他是乡下来信中知道的。

下午，陪梅志到银行办存款手续后到人民公园。在王胖鸭店吃牛肉面。

4 日　梅志寄小毛衣给晓谷的孩子们。服务员整理房间，小苏提到要为我们洗衣服。

写完了信稿。

5 日　小陈拿报来，借书。《母亲》她已看过，借《美术》去了。梅志出街买票不得。

夜，看川剧《荷珠配》。

6 日　上午，女木工来漆窗子。下午，看影片《舞台姐妹》。买司徒乔画集。

7 日　晚饭后，看影片《拔哥的故事》（上）。

晓风来电报，10 日午到此。

8 日　（星期日）复看给赵政委的信。

9 日　下午，到文化宫喝茶。买了一顶帽子。为姐姐买了一件羊皮筒子。夜，看两个当前题材川剧和一个话剧（独幕）。又看记录片《扬眉剑出鞘》。复居俊明。

10 日　正午，梅志到车站接来了晓风。十三年余的再见。

听晓风谈了闲天。她带来了宋哲短信。

复看完了给赵政委的信。

11 日　下午，三人看英国影片《王子复仇记》（哈孟莱特）。上午，省政协姓孟的干部来，交来一本文史材料，并通知明天下午去听陈荒煤讲话的录音。

12 日　早，看袁雪芬演的《梁山伯与祝英台》。午饭时，一来就在同饭厅吃饭的夫妇向梅志打听我们情况。男的是沙梅，梅志只好证实了我的名字。交谈了一会。他一直在上海，是数月前来四川的。

下午，到省政协听陈荒煤的讲话录音。开会前，姓孟的干部介绍了几个副主席、秘书长、副秘书长等。我一个名字都记不下。

梅志和晓风出街买了一个半导体收音机。

13 日　晚饭后出街，为姐姐买了一盒参芪蜂皇浆。

开始抄给赵政委的信。

14 日　梅志把皮筒子和布寄给了姐姐。

到沙梅房里谈了一会。

下午，和晓风母女到望江楼。

信抄到 15 页。

15 日　（星期日）得晓谷信，附来全家合照和两个孩子的单照。

夜，看影片《冰上姐妹》。

信抄到 21 页。

16 日　上午，与梅志母女出街买了一套春衣料子。

下午，一道到武侯祠，照了相。

夜，看南斯拉夫影片《追踪》和《奋起反击》记录片。

仅抄到 24 页。

17 日　上午，到裁缝店裁衣服，都不接受毛料子。

晓山转寄来张玉坤、张常树的信，是痞子细叔的儿子和孙子，也是痞子。

复吕荣华，告诉他这两个痞子的信我不回。

政协送来了两种文史材料和买书卡片，没有进门来就走了。又是新花头。

下午，看《闯王旗》。在小馆吃面。下午，晓风母女出街，买了带回北京的竹篮子。抄到 29 页。

18 日　下雨。晓风母女出街买东西，并托运到北京去。信抄到 48 页。

19 日　晓风母女去杜甫草堂。

信抄完，共 57 页。

晓风看了信，很不以我的态度为然。

20 日　校看信毕，封上交服务员送支书转送。

下午，陈林福来电话，存款过去的利息五千余元也结算转来了。

晚饭后到人民文化宫，看露天电影《党的女儿》，前面映了三个短片：《泰山》《苦练》《一声惊雷》（《于无声处》片断）。

21日　上午，与晓风看香港影片《三笑》。不在中，陈林福和一干部送利息来，五千近五百元。问到登记户口与政协事，可笑。下午，与晓风母女到人民公园。买到《鲁迅手稿全集》书信第一册。

22日　（星期日）下午，看四个川剧折子戏。

梅志买到了明早去青城山的汽车票。

23日　与晓风母女坐7时30分车到青城山。先到天师洞，吃午饭，再爬更陡的路到山顶上清寺。租下房间。服务员小谢闲谈情况。与晓风到最高处呼应亭。晚，下雨。

24日　早饭后，走另一条路下山。跌了一跤，左腕略擦破了皮。再到天师洞，照了相。在停车场吃午餐。12时半坐车进城，三时到招待所。

晓风买了明晨回北京的火车票。

25日　晨5时送晓风上车，但电车因停电未开出，误了时间。同回招待所，晓风去换了1时5分的票。再送到车站附近吃了面，送上车。

得吕荣华信。

26日　给晓谷信。复吕荣华。下午，看影片《蚕花姑娘》。清理报纸。

27日　午睡后，与梅志看墨西哥影片《白玫瑰》。

梅志取得托运藤椅收据，寄晓风。

28日　上午，到百花潭看从山东菏泽运来的牡丹展览。

后到文化公园（原青羊宫）喝茶，吃面，又顺便看“园丁美术习作展览会”（中小学教员作品）。

得居俊明信和全家照相。

29日　（星期日）清早散步时，又买到了芍药花（昨天买到了一次）。下午，看影片《不平静的日子》。

整理剪报。

收到吕荣华寄的包裹，大概是干鱼。

30日　下午，下雨。

开始写关于捏造事实和欺骗观点的揭发材料。

5月

1日　上午，与梅志出街。出街的人如流水一样。

下午1时，卖饭票的刘同志让给两张《欢天喜地》的电影票。前面还放了拉萨、布达拉宫记录片和动画片《小白鸽》。中午、晚上喝了啤酒。

写到第八页。

2日　早，出街吃豆浆、油条。下午，看影片《女篮五号》。

得晓风信。

3日　上午，看越剧影片《追鱼》。夜，听四川音乐学院三位女教师演唱会（有一位藏族教师）。

4日　早，出街吃汤圆。

下午，看影片《于无声处》。复居俊明。

5日　下雨。夜，听峨眉制片厂的音乐会。

写到14页。

6日　上午，看影片《革命家庭》。

7日　上午，看影片《青春之歌》。

得晓谷信。写了两页。

8日　写到22页。上午，梅志一个人去动物园，但没有去，中途折回了。

9日　上午，与梅志到北郊动物园，午饭后回来。疲乏。

10日　上午，到服装公司量裁衣尺寸。

得晓风给梅志信，附来吕荣华寄到晓山那里转来的信。

写到29页。

11日　写到35页。夜，看川剧《鸳鸯谱》。

12日　给公安局陈林福信，托从存书中取《鲁迅全集》。

下午四时，看川剧《打红台》，是沙梅介绍并买票的。

13日　（星期日）下午，看川剧折子戏。

夜，听广播贝多芬《第九交响乐》，中央乐团和另外两个乐团合奏，严良坤指挥。

14日　写到39页。夜，看越剧影片《碧玉簪》（1962）。前放映记录片《触目惊心》，记录了不合格产品、运输中破损产品、贮藏中霉烂产品和古物（古磁器）、在露天中损害的机器、霉烂的食品等。真是触目惊心。

15日　上午，看英国影片《百万英镑》。

16日　写到43页。给晓谷信。

夜，看川剧《宝莲灯》。

17日　上午，再看影片《三笑》。

夜，在文化宫露天篮球场看影片《李双双》。

18日　下午，到人民文化宫看业余作家的"人物画展"，其中有从来没有看到过的钢笔素描。

写了一页。给陈林福电话，他不在，请他打电话来。

19日　上午，看越剧影片《祥林嫂》。

写了两页。

20日　（星期日）夜，看成都市歌舞剧团的《货郎与小姐》。

写了两页。

21日　夜，看风景记录片《香山》《颐和园》《峨眉山》。

写了四页，到52页。

22日　下午，与梅志到游泳池，看小学生们游泳，喝茶。

写到54页。

23日　上午，陈林福先来电话，后引省统战部陈华隆、省政协杨其松来，以组织纪律逼我去政协见李修秘书长谈工作问题。起了争执。我表示，命令我去我定去，但我不能提任何要求。他们留下名字和电话，说回去汇报。

下午，看香港影片《巴士奇遇结良缘》。

写到58页。

24日　晚饭后，到文化宫看成都和江西的女篮比赛。成都大胜。

写到61页。

25日　写到65页。

26 日　下午，看了英国旧片《女英烈传》。

写到 69 页。

27 日　下午，看川剧《白蛇传》。

写到 71 页。

28 日　写到 73 页。晓风给梅志信。

夜，看川剧折子戏《张飞审瓜》《思凡》《赠绨袍》《请医》。

29 日　上午，看日本影片《望乡》。今天没有写。

30 日　下午，看琼剧影片《红叶题诗》。

写到 78 页。

31 日　写到 83 页。小陈给换了一双大拖鞋，肿脚能够穿了。

6 月

1 日　得晓谷信。写到 85 页。

夜，看影片《报童》。

2 日　下午，看木偶片《孔雀公主》。

夜，售票员刘同志赠中央慰问团的晋剧票。三个折子戏。

3 日　（星期日）写了一页。整理。

五时三刻，看影片《刘三姐》。

4 日　下午，看儿童剧院等演的列宁与儿童的影片《以革命的名义》。老四的儿子南正来信。

小陈和另一个服务员来借书看。

从头校看。

路上被一人认出。名孙静轩，文学研究所学生，听过我讲话，现在省文联，曾被划为右派。讲了点北京情况。

5 日　夜，看影片《火娃》。又路遇孙静轩。

复看到 51 页。

下午，省政协孟干事送来通知，被列为省政协委员，要填登记表。

6 日　下午，照登记表用的照片。看三个动画片，不好。观众仅五、六分之一。

复看完。补写到 88 页。

7 日　写完，稿纸 93 页。

给杨其松、陈华隆信。

夜，看露天电影《红孩子》和《春蕾》。

8 日　复晓谷。给曾素华医生信。

再拟给文学家辞典编委会信。

9 日　抄发给文学家辞典编委会信。

夜，看川剧《御河桥》。

10 日　（星期日）下午，看影片《谊深情浓》，大概是解放后几年内拍的。

夜，看川剧《乔老爷奇遇》。

11 日　填四川政协报到表。附信寄给杨其松和陈华隆。

陈林福来，给了四、五两个月的粮票，是三监李明负责的。可怪。说梅志事已介绍到文化局，云。三个服务员们彻底地扫除了房间。

五时过，看川剧《绣襦记》。

12 日　晚饭后，到文化宫散步。

再看任白戈的关于口号的论文，完全胡扯。

13 日　上午，谢韬的友人、儿子找来，他是从统战部和招待所知道的。

正午，看影片《审妻》。

晚边，与梅志到河滨公园散步。

14 日　给熊子民信，给肖军信。得吕荣华信和姐姐照片。晚边，出街散步。

15 日　上午，为姐姐到照相馆照了相。

中午，看影片《秋翁遇仙记》。

写口号问题，得四页。

16 日　正午后，看川剧四个折子戏。很疲乏。

晓风寄梅志信，并寄来两个日记本。

17 日　（星期日）写到第 10 页。

晚饭后，到文化宫散步。

18 日　上午，看影片《红日》。夜，刘服务员让票，到锦江大礼堂看影片《女驸马》（黄梅戏）和捷克影片《罗密欧朱丽叶和黑暗》。五届人大第二次会今天开幕。

19 日　写到 13 页。夜，看川剧四个折子戏。

买到上海师大、师院、复旦合编的《鲁迅年谱》（下）。

20 日　写到 15 页。晚饭后，到人民文化宫散步。

政协送来文史资料、研究委员会会议通知。

21 日　上午，看卓别林影片《舞台生涯》。

复吕荣华，并寄照片给姐姐。给居俊明并寄照片。写到 15 页。

22 日　上午，冒雨到政协参加了听传达第三次常委会的精神的文史资料研究委员会会议。听念了邓小平主席的开幕词，和省的几个文件。听不清。

写到 17 页。

23 日　上午，到政协小会议室听念华主席在四月份中央工作会议（开了二十多天）上的最后讲话，邓副主席三月三十日在中央召开的党的思想工作会议（无锡）的讲话（中央 5 月 21 日批发）。

服务员让票，中午，看影片《柳堡的故事》。

24 日　（星期日）上午，看影片《儿子、孙子和种子》。

写到 18 页。下午，听李副主席的报告。

25 日　上午，到政协听传达李先念副主席在中央工作会议上的讲话。

晚饭后，到文化宫散步。写到 20 页。

26 日　下午，再看卓别林的影片《舞台生涯》。

写到 22 页。读到华主席在五届人大二次会议上的《政府工作报告》。

27 日　写到 24 页。

在饭厅认识了意大利女学生尼克莱达和陪伴她的北大女生王天慧。她是来主演峨眉制片厂的影片《不是为了爱情》的。今天，她们把影片故事和分镜头剧本给了我。匆匆看了故事。

28 日　写到 26 页。

晚饭后，梅志引到体育场。

29 日　昨晚小便闭塞，涨痛不堪，几乎不能睡。上午，到第一人民医院求诊，内科和外科连诊。抽了尿。给了八种药片和一种药水。血压 180—110。下午，能够小解出了。陈林福打电话，明日要同什么人来。过一会又来电话，说要下星期才能来。

30 日　昨晚小便闭塞，涨痛不堪。上午到人民医院看了内科。血压 110—180。到急诊室抽了尿。给了八种药片、一种药水。小便逐渐能解出了。

得熊子民信。他眼睛一只失明。得居俊明信。

给肖军的信被退回来了，贴了五张退签。

7 月

1 日　(星期日)腹泻五、六次。咳。但小便通了。成天疲乏。

2 日　咳嗽，牙疼，腹泻几次。终天疲乏。

向尼克莱达谈了点对剧本的感想。

晚饭后，到雨后的街上散步。

3 日　咳嗽，牙疼。终天疲乏。把电影剧本和分镜头剧本交还王天慧和尼克莱达，但她另给了两本新的。

晚饭后，到文化宫散步。头昏。

4 日　把林菲两首诗写在折扇上给尼克莱达和王天慧。

陈林福打电话，明天上午来。

抄好《有感》和《月光曲》。

晚饭后到文化宫散步。

5 日　把两种诗稿给了尼克莱达。她还来了扇子。约午饭后照相。

陈林福引两位四川高级法院干部(一男一女)来，给了四川革委会人保组宣布无期无效的通知书。与陈林福因未到政协报到事又发生了口角。即与政协杨其松通了电话。

午饭后，尼克莱达摆好了照相机，由刘同志替我们(四人)照了两次。把写有悼张志新诗的折扇赠给了王天慧。

夜，看四川歌舞团音乐歌舞表演。

买得《鲁迅》(照片集)一册，共 114 幅。

6 日　下午，到政协向李方副秘书长报到，还有贾治安，大概是政协副主席之一。

晚饭后，买得鲁迅手迹两种和郁重今的鲁迅笔名印谱，马恩全集四本。

7 日　上午，看影片《简爱》。晚饭后，到文化宫散步。寄小照片给政协秘书处，请办医疗证。

8 日　(星期日)晚饭后，到体育场看两个工厂的女篮比赛。又有两个工厂男篮比赛。未看完。

9 日　酷热。晚饭后，与梅志散步到人民南路，坐看行人来往。遇雨，吃冷饮而归。

10 日　酷热。晚饭后，到人民文化宫乘凉。见一大旅游车的外宾来看歌舞。刘同志来谈天，说可以托他们买电影票。

11 日　复熊子民长信，整理好寄子民的《有感》和怀念他的诗。晚饭后，到文化宫散步。

12 日　晓风信内附来时音和小磊的信。

添写给子民的信，再写短信给肖军，和退回之信一併寄《人民文学》转。

夜，听四川歌舞团音乐会。

13 日　夜，到文化宫看篮球，乘凉。梅志在街上看到曾医生。

14 日　上午，到政协听传达五届二次政协的精神。

下午，宋哲从北京来。带来了现代汉语词典。

晚饭后与宋哲到文化宫乘凉闲谈。夜，闲谈。

15 日　（星期日）三人到杜甫草堂，看了无土栽培的花卉。喝茶，吃面。一直谈些生活闲话。

三时半回招待所。得晓谷信。

夜，听谈北京生活情况。

16 日　上午，到政协听传达五届二次大会精神，约一小时余。

《中国文学家大辞典》又由政协转来约稿信。

听宋哲谈他的家庭情况。

17 日　抄《月光曲》和《梦赞》，由宋哲带给他的妹妹宝印看看。

与宋哲闲谈。他明天去绵阳。

18 日　早，送宋哲到电车站去绵阳。

复晓谷。意外收到了吴奚如信，即复长信。

19 日　补写给吴奚如信一张。梅志用航挂寄出。

重看关于口号已写部分。

晚饭后到文化宫散步。

20 日　晚边起，腹部涨痛难耐。呕了些，大便几次，但很少。

21 日　忍痛到人民医院看病。给了四种片药，一种药水。痛止了，但大便不出。晓山给梅志信。睡前大便通了。

22 日　对雷抒雁的诗《小草在歌唱》提了修改意见，并给信《诗刊》编辑部。晚饭后，到文化宫散步。

23 日　给熊子民的信由北京转到湖北革委会，收发室盖了章又转回来了。即加封寄到武昌他家里去。看木偶戏《孙悟空三调芭蕉扇》。

24 日　给晓谷信，劝他早些来，和晓山约齐。

得肖军信，附来体育报对他的访问记，又照片两张。

25 日　抄录在《怀春曲》中赠肖军、周颖他们的诗。

晚饭后，与梅志到体育场。

26 日　整理好怀周海燕，怀伍禾，怀周颖三妹，《剑兰赞》。复肖军长信。得吴奚如长信。

27 日　写给吴奚如信，整理《除虫菊》给他。晚饭后到体育场乘凉看球赛。

28 日　给政协李方、李杰村信，和关于我知道的李劼人、罗承烈的情况。晚饭后，到体育场散步，看球赛。

宋哲给梅志信。

29 日　复吴奚如。梅志开始抄口号问题。

傍晚，出小自由菜市散步。在红旗面店吃面。

看《诗刊》(7)上关于冯雪峰的文章。

30 日　得晓谷信,在准备来此中。

得宋哲信,他回北京去了。

得吕荣华信,说姐姐病倒了。看到寄去的照片,泪下如雨。去看母亲的坟,热得病了。

得奚如寄来的关于胡风的材料,错误甚多。

写关于口号到 36 页。

与梅志到文化宫散步。

31 日　得晓谷电报。他夫妇四日下午二点到此。

写到 45 页。

晚边出街散步。

8 月

1 日　雨。午后,看影片《叶塞尼亚》(墨西哥)。

关于口号写到第 50 页。

2 日　上午,得北京来电,“张兄近安否? 速电告”。下无署名。疑系肖军打来,即去航信。如非他打来,托周颖到人大询问是否熊子民打来。

订正吴奚如《关于左联内部斗争史实》,共写了 9 页。

下午,政协行政处冯征来,送来了三个月的粮票、布票、油票、肉票等。

3 日　给吴奚如信。复吕荣华短信。

写到 54 页。

4 日　下午三时过,晓谷夫妇(高庆苹)带小健到,梅志到车站接来的。另包一小房间。

晚饭后,一道到文化宫散步,乘凉。这是 1966 年见后的会面,小健聪明过人(四岁半)。

写到 57 页。

政协小冯送来电影购票证。

5 日　(星期日)与晓谷闲谈。

写到 59 页。晚饭后,全家到体育场看打篮球。

6 日　上午,守家。他们全到杜甫草堂,三时过回来。

得肖军信。2 日无名电报,是他听到我死的谣言打来的。得吴奚如信,附来他致胡耀邦信稿。

得晓山电报,他八日中午到。

晚饭后,与梅志携小健送晓谷夫妇进电影院看《叶塞尼亚》。

写到 67 页。

7 日　上午八时,全家到南郊公园,他们游览,我喝茶。四时半回来。

不在中,从武汉来的田一文来访,留字要再来。

8 日　上午,与晓谷夫妇看影片《冷酷的心》。

下午二时,晓山从北京来。

复吴奚如短信。

9日　上午，他们都到动物园去了。

田一文和他的外孙女卞小星来。谈到十一时半辞去。

写到72页。

夜，听晓谷们闲谈。

刘美芳送明晚川戏票来。

10日　下午一时，与晓谷夫妇看影片《城市之光》。

晚，晓谷夫妇和晓山去看川剧。

与晓山闲谈。

写到77页。

11日　听文联负责人黎本初传达中央召开的全国文艺界落实知识分子政策座谈会的精神。因太乏，早退。胡风反革命集团当作右派问题同样处理，云。买好了明天去峨眉的火车票。

12日　（星期日）全家乘8时火［车］到峨眉县，转公共汽车到报国寺。步行上山三十里到清音阁。住于清音阁。

13日　上午雨。下午雨停。步行十二里，中经黑龙江栈道、一线天，到洪椿坪。宿于洪椿坪。夜大雨。

14日　上午大雨，下午雨止。下山经过一线天，过清音阁，上到万年寺。宿于万年寺。

15日　上午，照相。晓谷、晓山上山去金顶。与梅志、庆苹母子下午到净水公社。喝茶、吃饭后，坐一时五十分公共汽车到峨眉县，再换汽车到车站。但买不到票。挤上时，售票员挡住庆苹母子，吓得小健大哭，另一售票员补票，才得挤上。

转成昆线火车，六时五十分到成都北站。

16日　给吴平信[①]。

重看未抄部分。

17日　下午，晓谷、晓山回来了。

写到87页。得吴奚如信。

18日　上午，晓山谈话。他坐一时特快回北京。

下午，从二号搬到粉刷过的一号。

晚饭后，全家到文化宫散步。

夜，与晓谷谈话。

19日　（星期日）上午，梅志与小高出街。与晓谷闲谈。

下午，全家到望江亭。喝茶，照了相。

20日　上午，与晓谷谈科学界某些情况。得王天慧信。

下午四时过，送晓谷夫妇和孩子到北站回南京。

21日　写到91页。请沙梅女儿（上海交大控制系学生，曾在农村插队五年半）写下她（郑安梅）、她哥哥（郑安犁）、她小侄儿（郑许）的名字。

22日　梅志写信省组织部要求派工作，马上折起，经要求才给我看了。

写到99页。

---

① “吴平”为牛汉妻，该信实为给牛汉（牛汀）。

梅志去组织部，被介绍到文化局，说被分配到博物馆，云。

23 日　写到 104 页。

得吕荣华信。

梅志到博物馆，拿到了一个月的工资七十多元。还要补几个月的工资，云。莫明其妙。

夜，郑安梅来谈了青年和学生中的许多思想情况。

24 日　得吴奚如信。复聂绀弩。

晚饭后，看罗马尼亚影片《光阴》。

写到 107 页。

25 日　下午，看罗马尼亚影片《政权·真理》。

仅写到 109 页。

26 日　（星期日）得晓山信，他和丁戈会合了①，还访问了周颖夫妇。复王天慧。

写到 117 页。晚饭后，与梅志到文化宫散步。她去看了电影《铁道游击队》。

27 日　得晓谷、庆苹信。写到 124 页。

28 日　写到 131 页。

晚饭后，到体育场散步。天气大凉。

29 日　梅志得晓风信。

写到 136 页。

30 日　下午，看印度影片《两亩地》。写到 142 页。

31 日　写到 146 页。给庆苹信。

9 月

1 日　政协小冯送来粮票（九月份）。

整理昨天写的。复吴奚如。

晚饭后，散步到体育场，看了云南和四川的女子排球赛。

2 日　（星期日）写到 155 页。晚饭后到文化宫散步。

3 日　写到 155 页。

4 日　为寄晓谷一千元事又与梅志吵了。一道到银行，算是寄去了一千元。但分给了我两张存单，算是分了家的意思罢。

写到 170 页。

5 日　晓山给梅志信，已被人民大学录取为农村经济管理［系］研究生。梅志照他要的数目，寄去一百元。

在文化宫看影片《女交通员》。

老刘、小陈来看了我们在峨嵋照的相片和晓山的信。

写到 173 页。

6 日　上午，政协政治处阚洪荣来，通知从二月起的每月 150 元可以到政协去领，云。

写到 178 页。晚边，到体育场散步。

7 日　写到 180 页。晚，到文化宫散步。

---

① “丁戈”为晓山女友。

夜，新修的剧场放电影：木偶戏《一只鞋》，邓副访马来西亚，湖南花鼓戏《野鸭洲》。

8日　上午，看电影《非洲》。

晚边，到体育场散步。

写到183页。

9日　中午，看朝鲜影片《金刚山姑娘》。

得牛汉信。

今天报上发表了毛主席1956年的《同音乐工作者的谈话》。

写到185页。

10日　复牛汉信。得吴奚如信，内附适夷给他的信，和文学研究所现代文学研究室的《左联回忆录》的编辑简报。

写到190页。

11日　下午，看朝鲜影片《走向生活的道路》。

写到193页。

12日　得晓谷信，今度信[①]。

写到197页。

13日　得李何林、吴奚如、王天慧信。

即复李何林、吴奚如。给楼适夷信。

写到200页。晚，到文化宫看旧影片《野火春风斗古城》（露天）。

14日　写到206页。

晚，到文化宫露天看《林则徐》旧影片。

15日　写到209页。

理发。到体育场散步。

16日　下午，到政协礼堂看影片《保密局的枪声》。

写到213页。肖军寄来黑龙江文联出的《创作通信》，有为他平反的群众言论。

在餐厅认识了塞风。黄陂人，1938年进抗大后参军，1950年调总参，现在地质部门。在延安时，与侯唯动熟识。

17日　写到218页。得晓风公公宋士元寄赠相片。

18日　写到222页。下午，张波来谈了些情况。他将于后天回广州珠影厂。

19日　上午，王天慧来。她昨晚和尼克莱达回成都，住在锦江宾馆。得《七月》读者（投稿者）来信。

写到225页。复今度。

20日　得李何林信。得吴奚如信，附来《长江文艺》上姜弘的《现实主义还是教条主义》。两信都说十月上旬开文代会。政协转来马希良第一信。他即马兴（A·S）。得政协转来澳大利亚墨尔本大学中文系学生安德鲁的信。信寄到作协，转四川省委宣传部，又转政协。他准备写论文《胡风的文艺理论》。

21日　得适夷信。写到240页。

22日　上午，到政协参加了纪念卅年的文史座谈会。领来了二月起的八个月的生活费。

---

① “今度”即聂绀弩。

夜，看法国意大利合拍的《沉默的人》。

写了一页。

23 日　得牛汀信，说绿原去看了路翎，那情况出乎我的意外，感到了震动不能自制。“二十多年的生活，把一个全身发光的人，变成了一个冷淡的生命！”当即回了信，寄去了一张与小健合照的小像。

得朱谷怀信，他又得了肺病，但和分了二十多年的妻复婚，剩下的女儿也回到了身边。他在广州 21 中复职，女儿做临时杂工。

得庆苹信。得晓山信，丁戈没有考取大学。

得晓风信，附来他们一家照片和两个孩子合照。

李何林寄来《鲁迅研究资料》四大本。

写到 250 页。

24 日　得刘淑华信，熊子民 17 日从北京回到武汉。

写完（余四节暂不写）。开始校对。

复吴奚如。

25 日　晚饭后，逛新开设的夜市。

校对编目到 140 页。

26 日　校对编目到 280 页。

梅志寄了腊肉香肠给朱谷怀。

得南正信[①]。

27 日　校对编目完。下午一时装成册，附给中央纪检会秘书处短信，航挂寄纪检会。

得李何林信。得吴奚如信，他已被通知为特邀代表。

复李何林、吴奚如、朱谷怀。复马希良（A·S）。

28 日　收到李何林寄来的《鲁迅研究资料》第三辑。附有奚如《关于鲁迅和党的关系》一稿。

下午，听政协办的联欢会，有影片《二泉映月》。

给牛汀信，再谈路翎事。并抄寄 1977 年底在《简述收获》[中]提的关于路翎剧本的意见。

29 日　上午，去新都。游了桂湖，照了相。游了宝光寺。

得吴奚如信。

听广播叶副主席纪念讲话。

30 日　学习叶副主席讲话。夜，到锦江大礼堂看《吉鸿昌》。

10 月

1 日　昨天得晓谷信。给晓谷、庆苹信。

下午，到文化宫，到人民中路看节日情况。

发出昨天写的给吴奚如的信。

2 日　起草给胡耀邦政委的信。

晚边，到文化宫看节日群众活动。

---

① “南正”为胡风的一侄子。

3 日　写完给胡耀邦信，空挂寄出。下午，看沙梅改编创作的川剧《红梅赠君家》。

4 日　上午，到省直第一门诊部受王慧生医生检查身体。得李何林信，吴奚如信。

下午，到四川剧场看话剧《在茫茫的夜色后面》。

沙梅约胡兰畦来吃饭。二十四年后再见，老迈了。谈了些她自己和别人的情况。她为我的事挨整了一年半。

在四川剧场遇见了何剑薰，为我的事挨整了一年半。

5 日　上午，到门诊部采血，受心电图测验。

写完给《中国文学家辞典》的“经历”。

收到在桂湖照的相。

6 日　得适夷、吴奚如信。复吴奚如、李何林。

寄“经历”给辞典编委会。

7 日　（星期日）给胡兰畦短信。复适夷。

写关于林默涵，到 4 页。

8 日　上午到医院受肖医生复查。心电图和验血都好，云。又看了眼科。写了一页。

9 日　写了一页。

10 日　上午，看影片《生命的颤音》。

写了四页。

11 日　得马希良信。写到 13 页。

12 日　得李何林信。得晓风信，三十万言又印发了，云。

13 日　写到 15 页。上午，到医院受到脑电图测验。

14 日　（星期日）收到《布谷鸟》九本。得吴奚如信。

重读国庆三十周年讲话。

何满子妻妹吴耀林及其丈夫王广沅来，带来何满子的信，说到了贾植芳、耿庸的情况。

下午，胡兰畦来，晚饭后去。谈了些她和秦德君的经历。

15 日　上午，到医院看脑电图结果。不能过于用脑，云。肖医生又开几种药，打了针。

写到 25 页。

16 日　上午，到医院注射后看影片《小花》。

写到 32 页。

17 日　上午，到医院打针。

得晓山信，他已到人民［大学］报到。写到 37 页。

18 日　得李何林信，朱谷怀信。

下午，看木偶戏影片《阿凡提》和动画片《哪吒闹海》。写到 39 页。

人艺周成五来，转告美国加州大学东亚研究所主任季博思和中国夫人李芸贞希望通信并翻译作品之意。

19 日　早，到医院打完第四针。送了刘美芳一个织锦。

写到 47 页。张波又来了，他在西安听说文代会改在十一月十日开，云。

20 日　下午，看了《鸟岛》记录片。周成五来。打完第五针。

写到 51 页。

21 日　(星期日)得吕荣华信。得吴奚如的《鲁迅先生和党的关系》改正打印稿。得衡阳师专教师王福湘信。

六时半,到锦江礼堂看影片《青春的脚步》,是刘美芳夫妇送的戏票。

写到 58 页。

22 日　得庆苹信。夜,张波来谈,他明天去北京。

写到 64 页。

23 日　得奚如信,他的关于鲁迅的文章被批准可以发表了。《鲁迅研究》亦将公开发行,云。关于文代会,情况不明。即复。

写到 68 页。

24 日　写完,共 78 页。校抄稿到 56 页。

25 日　校对完《关于林默涵同志对问题、对历史负责的党性立场》,寄给了胡耀邦、黄克诚。给他们信。

得奚如信,他的叛徒、特务冤案平反了。即去北京参加文代会。复信到北京。

复王福湘、李何林。给贾植芳信。

26 日　上午,先访胡兰畦。看珂勒惠支画展和记录影片。到带江草堂吃鱼后,游王建墓。

夜,翻阅旧报。

27 日　下午,看《他俩和她俩》。

收到黑龙江作协《创作通讯》,有刘宾雁的约 4 万字《认识和反映我们这个时代》。

给胡耀邦、黄克诚信。

28 日　再寄奚如信。

晚,再看露天电影《三打白骨精》。

给何剑薰信。

29 日　上午,在美国的李芸贞的姐姐李曼云来。说李芸贞夫妇急于等我的信,要译《时间开始了》。已译成我的一些什么,将出版,云。给了经历和照片给她寄去。

晚饭后出街,买到了哈密瓜。

写关于沙汀。到 10 页。

30 日　写关于《时间开始了》和路翎的情况,即空挂寄美国季博思夫妇。并寄《月光曲》。

写到 13 页。

31 日　昨天,第四次文代会开幕。茅盾开幕辞,周扬主持,邓副主席致辞。

得李何林信、东平侄儿丘健生信。

晚饭时,政协贾治安来,曾在政协报到时见过。谈了些关于四川情况的话。他住这里开三干会。

写到 17 页。

11 月

1 日　周成五来。他做旧诗。给《有感》和《勿忘我花赞》他带去看看。谈了关于季博思的情况。

得晓谷、晓山信。晓山去看了肖军,谈到看到香港出的《争鸣》有关的文章。

写到19页。

2日 下午，再看珂勒惠支展览会，又看了四川省美术展览会。到政协领上月份薪水，引起了出纳的女人说不按时去的闲话。

夜，吴耀林、王广沅夫妇来。借来了一本《四川文学》。

3日 得奚如、植芳、耿庸信。得王福湘信。

从植芳信知道了：

耿庸妻王浩——57年投水死。

史华——66年自杀。

俞鸿模——"大革命"中自杀。

柏山——"大革命"中在河南被打死。

张中晓——病死。

满涛——病死。

陈亦门、芦甸、吕荧——死因不明。

复植芳、耿庸。给路翎信。复奚如、耿庸。复晓山。

夜，看前天梅志买了票的重庆歌舞团歌舞。

4日 添写给耿庸一页，附寄与小健在峨嵋的小照片。

给奚如信。得何满子信。写到24页。

复何满子。

5日 给奚如信，谈和熊瑾玎父女的关系。

政协小冯送来粮票。

写到35页。

6日 上午，王广沅来。何剑薰来，谈了些他自己在大难中的情况。谈到因我而死的人[①]：

山莓（张舒扬）——被打死。

马方刚（西南文联）——自杀。

冯异——自杀（？）

陈堃——

得奚如信。

夜，看《曙光》影片。

7日 上午，王广沅借三本鲁迅的书送来。

夜，在露天看《天仙配》。复奚如信。

写到37页。得晓山不要寄钱的电报。

8日 得奚如信，告诉周扬对他和聂绀弩的谈话，中央要年底专门解决我的问题。即复。

下午，到政协领"工资"。写到41页。

9日 得晓山信。下午，看香港影片《画皮》。

王广沅送吴耀林代抄的《经历》来。

写到45页。

---

① 以下几处不确：山莓并非被打死，为病死；冯异未死，此时仍健在。

10 日　得路翎信。得耿庸两信。

复路翎。给晓山信，托他去看路翎。复耿庸短信。从耿庸信中知道：方然早死了！

李笑非两个儿子送来明晚川剧《王熙凤》票。

11 日　（星期日）何剑薰来。

下午，吴耀林请吃饭。王广沅来陪去，见到他们两个儿子，和大儿子女朋友。到锦江剧院看《王熙凤》。

12 日　得吴奚如信。得周颖信。

李何林寄来《简历》打印稿五份。

在寄给澳洲学生安德鲁的《简历》写附记。

看京剧戏曲片《穆桂英大破洪州城》。

13 日　在《简历》附记几句寄澳洲墨尔本大学学生安德鲁。

读到白桦在作代会上的发言《没有突破就没有文学》，代表了三十年受冤屈者的喊声。

下午六时，看影片《铁弓缘》《冰海沉船》。

14 日　复王福湘，附寄了《简历》。

给白桦信，并抄寄了怀念他的一曲——《协奏曲选》下集第九曲。

写到 54 页。

15 日　补给白桦信。得晓风信。

得耿庸信，并耳耶赠诗及何满子和诗。

16 日　给吴奚如短信。得田一文信和《可喜的会见》稿。

即复田一文，并附寄《有感》。复丘健生。

胡兰畦来，谈到晚饭后洗了澡回去。

写到 58 页。

17 日　得庆苹信，晓谷又到景德镇开会。

得耿庸信，牛汉告诉他十二月要开会的情况。收到冯雪峰追悼会通知，即打去四百余字的唁电。写到 60 页。

18 日　（星期日）修改冯雪峰的唁电。报载冯雪峰追悼会昨天上午开过了。把唁电寄适夷转雪峰儿子。下午，到劳动人民文化宫看安徽来的蛇展。写到 64 页。

19 日　下午，看动画片《大闹天宫》。写到 66 页。

抄出《怀贾植芳》和《猴王赞》。

20 日　看日本影片《吟公主》。得李何林信，即复。胡兰畦来，带来秦德君自传稿。校看几种抄稿。

21 日　得耿庸信。得曾卓信。校正几种抄稿。

给李曼云信。写到 68 页。

22 日　得周成五电话，说季博思已收到了我的稿子。得吴奚如信。

吴耀林、王广沅来，给他们寄给上海的几种抄稿。何剑薰来。给贾植芳信。

复曾卓，并寄《勿忘我花赞》和《猴王赞》。

只写了一页。

23 日　李曼云来。得晓山信，他去看了路翎。

耿庸寄来了内部参考的《报刊资料》。给晓山信，内附给路翎信。

写到71页。早，何剑薰儿子来，说他昨夜没有回家。

下午，看影片《七十二家房客》。

24日 得安徽大学徐文玉信和寄来的《安徽大学学报》，内有他关于写真实的文章。即复，附寄《经历》。寄钱给晓山。

夜，在本所礼堂看影片《文登川》。

写了一页。

25日 写到79页。夜，在礼堂看香港影片《可怜天下父母心》。

26日 写到81页。得贾植芳信。正午，王广沅来。

复贾植芳、何满子、耿庸三人长信。

夜，看新疆歌舞。

27日 添写给贾植芳信。再复李何林。给晓山信，并附给耳耶信和给嗣兴信。写到83页。

在本所礼堂看埃及影片《七月战争》。

28日 得王福湘信。写到92页。

这几天痔流血，前列腺涨痛。

29日 昨夜因前列腺肿痛不堪，不能小解，一夜未睡。上午，到第一门诊部排尿，打针。

30日 前列腺肿痛更激烈。到门诊再排尿。做心电图。

入夜时，急电省[政]协，小冯坐小汽车来。到省医院，急救，入泌尿科，排尿艰难。决定住院观察。

12月*

12日 小便出血。医院采取紧急决定，做了摘去前列腺的手术。

19日 小便出血多。前次手术失败，又补行一次手术。此时起，大便也困难，隔数日拼全身力量才能拉出少许。从此当作恢复过去体力的养伤过程。

中间经过取去排尿管，但小便不能控制，大便经常拉不出等情况，一直不能控制。一直继续下去。

1980年

1月

24日 由于术后大脑严重缺血缺氧，原心因性精神病复发，精神开始产生混乱现象。

3月

8日 当天上午，受新华社记者委托的两位同志来给照相。是坐在床上的。有和张健在一起的，有和我们在一起的。

30日 坐飞机到北京，住入文化部招待所。一宿。

---

* 编者附记：这之后至1983年底，由于患病，自记日记时断时续，断时由梅志或晓风代记大事。代记内容现择其要者用楷体录出。本人所记（用宋体）中偶尔呈现出精神疾病征状，现仍依原样原体例录入，以供参考。

31 日　进友谊医院。

4 月

1 日　下午，同医院廖沫沙、李普来谈。

2 日　同医院肖三上午来访。

3 日　下午，楼适夷来谈。亲家宋士元来访，宋哲来。省政协王处长和[省]医院王医生来告别。吃晚饭时，过去华东文化部董一博来谈。晚，全夜失眠。

4 日　昨夜整夜未睡，天将亮时，感伤常流泪。早饭后用车推去照了胸片二张，又照牙片多张。戴大夫说停止探视。

5 日　情况良好。其间来过一同院病人，说同何定华熟识的。

6 日　今天是星期日。下午探视时，戴浩夫妇来过，被护士请他早走了。后来，李何林、肖军夫妇及其长子萧鸣来，照了几张相。周颖来。两外孙来。精神情绪还好。

7 日　今早，江主任和戴大夫及神经科一女大夫来查房。检查后，说他的四肢伸张功能有显著进步。血压等都正常。戴大夫还说查血的结果也很好，胆固醇还低，只 170，所以应该吃营养高的食物，牛奶、鸡蛋、肉类要多吃。下午昏睡，晚上不睡，喊醒晓风两次。

8 日　能走十多趟，但仍爱昏睡。不知脑里想什么？问 M 剩菜放好没有？小心蚂蚁。但我们哪来剩菜？

9 日　清晨四时叫醒 M，说天亮了，五时又叫一次，M 给他喝了水。天亮后睡着，到六时半叫醒他，洗脸，走了几趟。早饭后又昏睡。神经科大夫来看，说见好多了，一切情况都由于脑动脉硬化之故，过些时能恢复的。十时余，护士和一病员陪同一穿干部服的中老年人来，见他仍昏睡，没叫醒他，只说是卫生局的，特来看看他。

戴大夫说他这是痴睡。

10 日　仍痴睡，医生将病历给他看。胆固醇不但不高还过低。要他多吃营养物。得牛汉、奚如信。昨天得晓谷信。下午，罗洛来，能认识，笑笑，没谈什么，无热情。M 和罗洛谈别后情况，他仍痴睡。晚饭罗走，他又睡了。

21 日　出友谊医院，回文化部招待所。

5 月

6 日　因精神疾病严重，住进了北医三院。

27 日　晨，梦见陈毅副总理。

抽血。两位工作[人]员来做除尘等工作。一位未见过的黄医生来。崔大夫也随后来了，闲谈后同去。

昨夜睡得久，仅醒来两次，为几个月来少有的现象。

28 日　早，一□大夫来量血压，把脉。田大夫陪同侯大夫来，问这几天的病情。

29 日　早，量血压。

30 日　早，量血压。

31 日　早，量血压。写《关于鲁迅“转变”论的一点材料》。晓山来作伴。

6 月

1 日　写《关于鲁迅“转变”论的一点材料》，完。

2日　对前稿再修改。并致鲁迅研究室李何林信。

3日　把上面的稿和信寄出。

4日　答人民文学出版社两个人(陈漱渝、包子衍)的问题。

5日　下午,梅志引路翎夫妇和他们的大女来。二十五年才再见,只零碎谈点生活情况。面形大变,在路上见到,都不会认识。真是和往年通身放光的作家路翎如同两人了。坐了一个多小时辞去。

6日　看护们清点家具,贴了条子。

7日　无变化。晓山来。文化部小杨来。晓山帮着洗了澡。

8日　有一姓胡的,他说是徐放的朋友,在本院陪病人住院的,找来看我。

9日　做心电图。上午、下午,各复查一次。

10日　口干。起立更不稳。发声接近哑。

11日　咳嗽多痰,吃了杏仁露,又用盐水漱口。命梅志写了给李曼云的回信。得耿庸、植芳、居俊明信。

12日　带来何满子寄赠的有关《红楼梦》丛刊二册。喉仍哑,服了带来的咳嗽药。看毛给丁诗稿,命梅志去信。

13日　到耳鼻喉科受诊断。开了药方。咳痰仍多。

14日　咳痰血不轻。看澳洲安德鲁信。下午,晓山来洗澡,很痛快,但后半夜咳甚巨。

15日　晨,发现舌头肿了,说话困难,下午有热度,去透视,说可能由气管炎引起肺炎。体温37.4度,到六时已上升为38.2度。

16日　复包子衍信。烧退,仍输液。

17日　烧退,据说炎症未消。仍输液。复奚如、曾卓、获帆夫妇、杨玉清信。八时余才睡。

18日　仍输液,天气闷热,睡得不好。

19日　早,梅志来,发出给杨玉清、曾卓、邹获帆信。下午,加写给奚如信。写耿庸、何满子、植芳信,冀汸信。

侯主任来问症,说到病情大好,希望我月底或月初能出院,过安静的生活,只要来门诊看病就行。

20日　得朱谷怀信。复冀汸。

21日　答安德鲁。答牛汉。

22日　(星期日)上午,杨玉清来。下午,邹获帆夫妇来,李何林来。

23日　给海婴信。给路翎信。给季博思夫妇信。

24日　包子衍、王锡荣来。

25日　海婴偕三儿令一来。(四个孩子:令飞27岁,亦斐25岁,令一23岁,宁19岁。)

26日　梅志晨去看肖军,知去开北京市文代会去了。

27日　看资料。写关于左联我任书记的情况。并致适夷、牛汉信。精神病科副主任张来。耿庸信,上海明开柏山追悼会,他当替我送花圈。致朱微明信。

28日　晓风得组织部史处长电话,谈出院事。给牛汉信。

29日　得曾卓、绿原信,杨玉清信及诗,阅何剑薰信。要晓山录给叶孝慎信,即发。

30日　做脑电图。翻阅旧诗稿。

7月

1日 上午，做心电图。得包子衍寄访问稿。得冀汸、马希良信。改正访问稿。给冀汸信。

2日 给绿原信。

3日 上午，肖军来。

4日 老干部处长和小杨来。决定明天出医院。

5日 搬到国务院招待所。得徐文玉、叶孝慎信。下午，牛汉来，近六时走。

6日 上午，宋哲来。下午，包子衍、王锡荣和虞积华来(上海鲁迅纪念馆)。

7日 上午，宝印来。下午，梅芬和她的大女儿来。她是特从上海来看我的。复吴奚如。

8日 得李曼云信，并转来李芸贞信。得吕荣华信。得耿庸信。得晓谷信，庆苹信。给海婴电话。给杨玉清、斐兰·尼克莱达信。

9日 复耿庸。给李曼云信。

10日 中央组织部宣教干部管理局唐联杰、崔燕英二位来，宣布我为文化部文化艺术研究院顾问，梅志为作协会员(驻会作家)。

起草向宣教局提出发还稿件的要求。

11日 得王福湘文稿。拟了回信稿。得冀汸信。

12日 发王福湘信。

13日 (星期日)杨玉清来。得吴奚如信。回徐文玉信。

14日 得耿庸信。柏山追悼会已开过。

得吴奚如信，即复。

15日 开始注释鲁迅给我的信。

16日 晓谷父子来。加上晓山等到动物园。

17日 继续写注释。

18日 继续写。夜，潘守谦来。

19日 上午，绿原夫妇来。

下午四时，伴晓谷兄弟及小健到紫竹院划船一小时。

20日 海婴来，周颖来。海婴替我们照了相。

注释鲁迅书信。

21日 得吴奚如信。改正访问记，电约王锡荣取去抄正。

得罗洛信和已发表的旧诗词。

给吕振羽亲属发一吊唁信。

22日 开始抄注释。

23日 整理三首小诗抄稿。

得王福湘信。得何剑薰信。

24日 缺记(忘了)。

25日 自称向思赞的弟弟向思赓来。周颖和戴浩来。梅芬母女和她的外孙女来。

关于姓向的，我毫无记忆。他谈的事，都是假的。

26日 早，一个人在大门外散步。

方志敏的儿子和鲁迅纪念馆等来查问情况。吕振羽夫人王时珍的侄女夫妇来。

27日　得贾植芳信，内附柏山追悼会的剪报。我和与我接近的人们未被允许送花圈。

28日　抄完注释。得上海师范学院中文系三位要求提供三十年代情况信。张健一边手骨跌伤。

29日　下午，牛汉来。托晓山寄出《鲁迅书信注释》。

30日　晓谷一位同事来，他们讲了闲话。白日梦甚多。

31日　文化部来车子到医院复诊，因主治医生不在，在北海公园闲逛了一会回来。

给吕振羽夫人江明信。

8月

1日　上海师范大学二教师来核对鲁迅书信。肖军父女来。得朱微明信。

2日　小杨打电[话]约7日再去复诊。

3日　梅芬和她女儿女婿外孙来午饭。

傍晚，李何林来，给《鲁迅动态》二期。

4日　夜，与晓谷、晓山看手球。第一次看手球。梅志和晓山最感兴趣。

5日　得吕荣华信。全家再游北海。

6日　得吴奚如信。

两位鲁编[室]女干部来访，其中一名叶淑穗。

7日　与家人[参观]现代画展。多为颓废派的作品，颇为失望，不忍看下去。

只看些材料，其实不能断定有多少现实或略近现实主义的作品，有多少或没有多少。无从详解。

8日　闲逛，被引起念头种种。

9日　听劝告，上午去地铁坐了几站，出前门到天安门广场走了一圈。

11日　肖军等约去拍照（去邮电医院与老聂一起）。

12日　全家游景山公园。

13日　全家游紫竹院公园。邹获帆来。

15日　无可记的事。撕去废纸若干。

17日　海婴送所照相片来。游地铁。鲁编室二人来。萧耘送相片来。

18日　晚，随晓山丁戈去首都体育馆看排球赛。

19日　一日皆在昏迷中。

20日　精神不好。夜，吃了速可眠一片。

21日　精神分裂更盛。去北医三院门诊，崔大夫休假。

22日　得澳大利亚安德鲁打印稿及信。

23日　陪家人到中山公园一游。

24日　罗洛从青海回来。

25日　出去散步两次。

26日　早起。

27日　下雨。

28日　看病（上午）。下午，细花儿母女孙三人来。

29日　送晓山、丁戈回校。在北海划船。看动物影片。得徐文玉信。

30日　散步至新街口，吃冷饮。

31日　心烦。晚，偷吃了洗衣粉一匙，弄得家人不安。

9月

4日　下午，准备去首都体育馆看体育表演。罗洛来，一同到门口分手。精神不正常，根本视而不见。

8日　清晨起来，病发，打了梅志两拳。她说耳朵可能被打聋。

9日　午睡忽然起来，赤脚穿短裤跑了出去，站在院里。后经服务员劝说，才和晓风回来。

10日　上午九时，又被送进了北医三院，住原病房。下午五时余，文研院党委书记苏一平和文化部人事处周处长到医院看望病人，又到招待所看望梅志，并安慰说房子事要代催。

13日　梅志托肖军转交给统战部副部长张执一的信，说明病情，请他帮助。

14日　信由肖耘送到张执一家。张不在，他夫人看后说一定告他，统战部要管，并说这次会中有很多人提到这公案，云。

15日　中午，肖军陪同张执一到医院看望，并将结论告诉了他。张还说过去就认识他，还为他转过材料和别的事。他本人可记不得了。还告诉他，这次政协本来有他的，周扬也同意了。但最后讨论时，有人认为现在出现恐怕对主席的令名有所不利，要做一些工作；再说，同时公布结论也要做一些工作，所以不能立刻拿出来了。但说，他已转告乌兰夫、刘澜涛，他们都很重视，已立即向总书记反映了。关于我们的住房问题，他也说要从旁帮助，云。本来是先到招待所找梅志一同去的，但她和晓谷这时正在路上，没能遇见。晓风在场。

22日　周扬、苏一平由梅志、晓谷陪同到医院宣布“平反通知”，征求意见。晓风在场。

11月

3日　北京市高级人民法院开庭，撤消1965年11月26日判决，宣布胡风无罪。

15日　口述《向朋友们、读者们致意》，晓山整理①。

12月*

27日　姜椿芳、王元化来。

28日　复旺农、南正。复继祖②。复两个读者。复张炜（荷芬丈夫）。

得冀汸、孙钿、《芳草》诗歌组来信。

30日　下午，《大百科全书》来照相。

---

① 该文后发表于《文汇月刊》1981年第1期。

* 编者附记：这月，由文化部安排临时住处，前门东大街18楼，两个小单元。由晓风到成都将家具和书籍运回北京，安了家。但仍住在医院里。病情稍稳时，便亲自记日记。

去年（1979年）9月起到现在，因病无记事。其间，有老友和未见过的作者来看望。收到多起来信，未复。

② “旺农”“南正”为胡风的两个侄子；“继祖”为胡风大哥的孙子。

31 日　查看旧诗。又作了心电图。

1981 年

1 月

1 日　给邹荻帆信，内寄《雪花对土地这样说》。寄《天津日报》耿直《月光曲》。

2 日　修改《前进曲》。宋哲来。

路翎、鲁煤来。得耿庸、曾卓信。

3 日　侯唯动和作曲家刘炽来。

复曾卓，并寄《前进曲》。

4 日　文怀沙、江丰来。得杭行信。

5 日　看旧稿，无所得。

6 日　内科大夫来看，又照了胸片。

7 日　又打了点滴（因白血球高），发烧至 38.8 度。

得晓谷、庆苹、李何林、居筱曼信。

8 日　黎丁、曾敏之来。我在桂林并未见过他们。

又打点滴。得邹荻帆、贾植芳信。

9 日　所长来问病情。

10 日　得张炜信及照片。晓山来吃了晚饭即走。

12 日　潘怡（吕荧女儿）来看望。得上海吴华民信。

13 日　梅志来。得李立侠信。得晓谷、冀汸信。

14 日　读诗，觉得不好。《芳草》寄稿酬来。

15 日　得《芳草》，看访问记。简直记不得有此事。

得《芳草》周翼南信。沈所长晚上来问病情。

16 日　得曾卓信。

17 日　得乡下旺农、继祖信，张炜信。晓山来。梅志留下。

18 日　侯唯动来，因午睡未见。带来李士钊信。

22 日　上午，晓山、梅志领来荷芬女儿及其五岁男孩子来，叫我太公。晓山为我们照了两张相，还说张炜要来看我。我说无法招待，其实是怕他受牵累，因为幻听干扰，我对自己的事又失了信心，害怕起来了。

23 日　沈所长查问病情。

25 日　晓谷带小健来。

27 日　梅志带庆苹、丁戈、张恒来。

29 日　上午十时，文化部文研院戴森和两位同志来慰问，送来水果一篮。走后不久梅志来。

31 日　上午，梅志、晓谷来接我回家。全楼的护理人员都来帮忙拿东西，很是热情。他们都希望我不要再来住院，在家安安静静地生活。

回家见到小高及两个孙子。我忽然由幻听支配，说晓风是假的，小二、小高都是假的，但过后我也没有坚持，和他们一道吃午饭，晚饭。两个孙子很是好玩热闹，晓山要我坐在他房里看电视，但我看不进去。晓山告我，他已和丁戈登记结婚了。这是一件好事，但我可觉得不是时候，我的问题似乎还很严重。他们都笑我，又安慰我。我可只相信耳朵里听到的声音。

2 月

1 日　谢韬及其女儿来。

2 日　文研院领导来慰问。

3 日　晓山与丁戈结婚大喜。丁戈表兄嫂来，宋哲老夫妇俩来，及宋家姐妹来。热闹得很。

晓山结婚，来者十余人。但是，这两间房无人进来，那两间房一定挤得不堪。

6 日　江丰及一青年来，我只能说几句表态话。

下午，绿原带大女儿来。大女儿一直在成都青白江化工厂当技术员，比晓山大二岁，还未结婚。我和他谈到病情，他对这方面知识丰富。他们还未走，路翎大女儿、二女儿、大女婿及他们的女儿来，还带来点心水果。谈了路翎的情况，和他们的情况，很使我心伤。

8 日　下午三时余，牛汉、徐放、严望、郗潭封、陈思(?)来。后来于行前来。谈到五时走。晚，潘守谦带女儿来，我问了他一些国内外情况。

10 日　有几起人来，是相识者或不相识[者的]后辈，一个也不认得。

11 日　文怀沙母子来，当然是故意来的。我只好请他们走了。范长江儿子来。

12 日　得李何林信及香港载有诗的小报一张。诗有错字，不知何人所寄。问梅志，是编者从她抄去的。

晓谷等去看电影。

13 日　中午，全家一道吃饭。

晓谷夫妇同孩子回南京。晓风送他们坐公共汽车。但不见晓风回来。

14 日　无人来。晓山回来，又去陪学友吃饭。

15 日　晓山回校。

周海婴来，因精神困倦，未见。晓风朋友陈琦来，亦未见。

16 日　晓风去看了李何林。精神混乱，梦甚多。

17 日　牛汉和一个黑龙江《黑土》报编辑来，劝说几次才走。晓风来过又回去了。

18 日　晓风来，宿于此。

19 日　自我介绍是丁戈母亲的来吃午饭。

20 日　梅志决心请保姆，今有一女人来见。一个自称是银川市文联编辑的人来见(即罗飞介绍的高嵩)。

21 日　宋哲来。

22 日　噩梦甚多。

23 日　晓风来。梦多。

24 日　清理了来信。

25 日　邹荻帆和青年诗人周良沛来，于行前来，未见。冀汸"介绍"唐湜来见。

26 日　到医院复诊。

27 日　牛汉带一本《新文学史料》来。

28 日　鲁煤和自称司空谷的来。

3月

4日　鲁煤带一个生人来，他说是司空谷，但却一点不像。我忘记司空谷在赖家桥的一些情形。原来此人是一个小特务，他欺骗鲁煤来打听我的情形。

5日　今天来人过多，我没有谈话，[只]听说话。

7日　今天李嘉陵来看我，一点都不像当年的李嘉陵。同她来的工人自称芦江，我看也一点不像当年的刘江（芦江）样子，连芦甸母子死了他都不知道。

13日　又住进了北医三院。

5月

23日　下午2时55分，乘飞机（直接从北医三院送到机场）离北京往上海。

下午5时半，住进了上海精神病总院。

29日　上午十时余，被叫到医生办公室，由五个医生会诊。有王院长，周玉常医生，现主治大夫张医生，还有一个主任及另一医生。问得很详细，他也能一一作答，不过声音很低。

30日　曾卓来看望，但谈了不多，就请他走了。

6月

2日　迁到门三病房（上海精神病防治所）。

病房主任徐彬秀（女）、杨；护士长顾、沈。

她们介绍一个刚退休的护士长潘来陪住。又带一个年青的护士孙来白天专门照顾。

6日　上午，从北京回来的严院长来了解病情。下午，居俊明夫妇来看望。

9日　中国新闻社陆谷苇来访，只由晓风谈了一下情况。和他见了面，未能谈话。

10日　上午，夏院长、周医生来了解病情。徐医生、杨医生在座。谈了一些脑中出现的情况。他们决定改用日本出的一种特效药（抗氧丸），为了舒张脑血管，恢复脑功能（记忆）。

11日　上午，周医生来谈，讨论了幻听问题。下午，徐医生来看。换了小曹来看护。

14日　翻阅旧稿。

16日　杨医生来谈休养的生活态度。朱微明来看望。

17日　严院长来问病情。居俊明夫妇来。

18日　整理诗。到花园看稿。杨医生来谈养病之道。

24日　贾植芳夫妇来。

29日　罗洛来。

7月

2日　陈沂、峻青来看望。

6日　肚子涨。严副院长来复诊。

7日　突然又加上精神活动混乱。

8日　题扇子。

9日　何满子来。

10日　杜宣来。

11日　王戎来。杜谷、罗洛来。周医生详问病情。严院长来。

12日　病情无好转。

13日　吴强来。

17日　晓谷从南京来。

8月

12日　住进中山医院，是手术后的监护室，由肺科负责。病情是7日晚开始的。下午三时曾跌了一下，腰疼甚巨，后经透视定为压迫性骨折，六时余气喘起来，痛苦得很。九时，热度到39度多，病情复杂了。把梅志接来了，又接来华山医院的医生来会诊。

9月

16日　转回精神病院。

24日　文研院领导白鹰、顾问室路玉珍自北京来看望。

25日　冀汸、耿庸来。

29日　中山医院的肺科、骨科、精总和肿瘤医院的医生们来会诊。

10月

5日　杨友梅来。

12日　贾植芳夫妇及贾英、耿庸、王戎、顾征南夫妇来看望，并在状元楼饯行。

14日　赵先来看望。精总党委、领导等来看望。晚八时，陈沂及秘书、黎焕颐等来告别。

15日　12时40分乘机返京。14时30分抵京。白鹰及路玉珍，晓山及宋哲来接。

11月

24日　公布为政协委员，早晨广播时着重提出。

28日　下午，去人大会堂参加政协五届四次会议开幕式。见周颖、秦德君、臧克家、廖沫沙等。新华社记者照相。

12月

3日　统战部二同志来，告诉经统战部、宣传部、组织部同意，补选为政协常委。并让填写履历表一张。

5日　人文社牛汀介绍陈早春、陈琼芝、胡玉萍来询问冯雪峰情况，为写传记。陈早春在“文革”期间与冯交深；陈琼芝为从延边大学借调来的；胡为北大毕业的。牛汀来，送《白色花》八本。

12日　晚七时，由梅志和晓风陪同去人大会堂出席文联、文化部招待代表、委员们的茶话会。握手问候的有江丰、李伯钊、葛一虹、周而复、刘开渠、严文井、白杨、艾青、阳翰笙、张瑞芳、欧阳山等。

14日　去人大会堂出席政协闭幕式，增选为政协常委（据说文艺界有人反对）。见廖沫沙、杨玉清。

23日　报上宣布为作协顾问。

下午，人文社毛承志、胡德培来联系出文集之事。

1982年

1月

7日　上午，牛汉带一女编辑（石灵之女）来见，拿走为《萧红选集》所作之序言。并拿走路翎小说稿二本。

8日　晚，楼适夷、骆宾基请丁玲夫妇、黄源父子在烤鸭店吃饭，也请了梅志。饭后，丁玲夫妇、冯夏熊来见，小新来照了几张相。

24日　上午，去人大会堂参加国务院主办的团拜会（晓风陪同）。

2月

8日　为《晋驼短篇选》写序。

23日　西北师院中文系学生彭金山、于进、王震三人为编撰《当代诗歌评论选》一事来见，并拍照数张。

25日　文研所杨义、北师大一分校李致远来问有关路翎的问题。

27日　下午，徐绍羽来，带来十本《初雪》。

3月

2日　下午三时，由晓风陪同参加五届人大常委第二十二次会议，列席听赵紫阳总理关于国务院机构精简问题的报告。

4月

1日　雷抒雁及《人才》编辑部一编辑来，带来数本《人才》及《丑小鸭》（内载胡风《读雷抒雁诗〈小草在歌唱〉随感》）及稿费六十元。

7日　上午，新华社记者王辉来拍照数张，为《年鉴》上用。

23日　上午，去政协礼堂听张友渔关于宪法草案的报告。

上午，蕲春县委来二人，为编《县志》之事。

5月

6日　上午，人大中文系周红兴、单光准来为《文学报》访问，并摄影数张。

14日　上午，江西朱企霞及其女来，在此午饭。

18日　下午，美国学者柯丝琪在南大中文系史景平陪同下来见，提问。

25日　下午，柯丝琪来，提问。带来《七月》复印本。李辉在场。

6月

4日　《人民日报》发表《为〈晋驼短篇选〉说几句》。

19日　上午，去人大会堂参加文联四届二次会议。与葛洛、苏一平、草明、艾芜等见面。作协刘岷、中宣部崔燕英、《文艺报》召明等来见。

20日　中国新闻社专稿部苏戈、摄影部王苗来采访并摄影。给录诗《悼周总理》一首。写纪念阿垅文。

23日　上午，中国新闻社新闻部甄庆如来采访。

24日　上午，李辉来采访。

26日　上午，力群来。就周正章文《鲁迅、胡风和茅盾的一段交往》，写了《若干更正和说明》[①]。

7月

8日　悼阿垅文在《天津日报》上发表。

15日　迁居至木樨地24楼205室四居室。和常书鸿、李纯青、徐平羽、张君秋等同楼。旁边22楼住有周海婴、丁玲、江丰等。晚上，由晓山陪同去22楼看望江丰和海婴。

8月

2日　口述《〈七月〉作者与海燕书店》，由梅志笔录整理[②]。

7日　上午，路翎、徐绍羽带马蠡来，在此午饭，并照相。

18日　《光明日报》发表其口述的短文《"进入"到中国大学的上空来了》。

25日　应北京广播电视大学之约请，开始写讲稿《〈写在坟的后面〉引起的感想》。

28日　讲稿写完[③]。

9月

8日　上午，去新侨饭店参加文联、作协的座谈会。作了书面发言（由工作人员朗读）。

13日　晚，文怀沙来电话，说江丰于中午去世。

19日　写江丰同志悼词，让晓山送到他家。

10月

4日　校看《时间开始了》原稿。

24日　在北京工作的日本人三井一司带来奥平定世（在日本留学时日语补习学校校长）的礼物和照片。

11月

16日　上午，高朗来，在此午饭。晚上，阎望、牛汉、周颖、鲁煤、邹荻帆、路翎、徐放、谢韬、卢玉、冯白鲁、李嘉陵、高朗、徐绍羽、高文琢、方瞳等，共十五人在此晚饭。庆祝胡风八十寿辰。

24日　下午，去人大会堂参加政协五届五次会议开幕式，坐在主席台。

25日　上午，去友谊宾馆参加小组会，未发言。

26日　下午，去人大会堂列席参加全国人大五届五次会议开幕式。

---

① 该文后发表于《鲁迅研究动态》1982年第6期。

② 该文后发表于《出版史料》1982年第2期。

③ 该文后发表于《北京电大通讯》1983年第2期及《人民文学》1983年第2期上。

12 月

2 日　上午，去友谊宾馆参加小组会，在主持人邀请下，简短发言表态。

11 日　下午，参加政协闭幕式，仍坐在主席台原位。

19 日　晚，晓山陪同去丁玲家吃饭。并有骆宾基父女、冯夏熊、牛汉、杨桂欣等。

1983 年

1 月

27 日　写对《〈石头记〉交响曲》序言的更正和说明。

29 日　写《悼念江丰同志》①。

2 月

12 日　上午，去政协礼堂参加八旬以上老人的新年团聚会。

13 日　上午，去人大会堂参加春节团拜会。

28 日　下午，去人大会堂列席人大常委会，听赵总理访非报告。

3 月

6 日　下午，去人大会堂参加《新华日报》暨《群众周刊》纪念会。合影并用茶点。

8 日　口述《我和〈新华日报〉和〈群众周刊〉的关系》②。

21 日　开始又一次修改《时间开始了》。

24 日　因胃疼，住进友谊医院观察。

5 月

17 日　上午，出院回家。

6 月

4 月　下午，去人大会堂参加政协六届一次开幕式。坐主席台。精神不佳。

17 日　下午，去人大会堂选举政协领导人，参加闭幕式。

7 月

21 日　晚，白桦及雷抒雁来，送来《白桦的诗》及雷抒雁的《春神》。

31 日　广西艺术学院、广西画院副秘书长刘宇一及桂林市艺术馆何平来作画象（上午预约，下午画）。

8 月

1 日　刘宇一继续画象，在此午饭，至下午三时许。

---

① 该文后发表于 1983 年 2 月 7 日《人民日报》。

② 该文后发表于《中国现代文学研究丛刊》1986 年第 3 期。

11日　侯唯动介绍李士钊来，请为蒲松龄故居及水浒纪念馆（阳谷）题诗。

24日　下午，去鲁迅博物馆参观。照相。肖玉、陈漱渝、叶淑穗、蒋锡金、周副馆长等来见。

25日　下午，大百科简编室摄影组张辰五、张一兵前来摄影，并还来原照。

9月

11日　上午，去政协礼堂参加常委会。

10月

24日　下午，老舍女儿舒济（人文社五四组）、中央戏剧学院戏剧文学系教师克莹、广西文化局侯育中为撰写电影剧本，问老舍在抗战时期的活动。

25日　开始写《我做的一些中日文化交流工作》，直到晚上。

29日　写完《我做的一些中日文化交流工作》①。

11月

10日　上午，参加政协文化组座谈会，作了书面发言。

下午，参加文联座谈会，作了书面发言。

19日　下午，开始写《评论集后记》。这之后，基本上天天写，有时到晚上九时半。

28日　写给路翎的信。

12月

2日　下午，柯丝琪来访，留下两节论文。交她吴奚如《答问和订正》一文复印件和上海《社会科学》一本。

11日　写完《评论集后记》。

13日　开始回忆抄出并注释狱中诗《怀春室感怀》。

18日　上午，命晓山接路翎、徐绍羽、马蠡来，在此午饭。下午走。写给人文社的信。

20日　修改完《怀春室感怀》。

21日　应朱微明转上海《解放日报》约请，写新年展望《革旧迎新五愿》②。

22日　写《“形象的思维”观点的提出和发展》③。

25日　写给奥平定世的信，并录诗一首（《悼小林》），附照片一张。

26日　写给季博思的信，并录诗二首（《记盛事》《记韵事》）。

30日　应牛汉之约，开始写回忆录④。

1984年*

1月

1日　上午，由晓风陪往政协参加茶话会。邓颖超主席作重要讲话。重点在台湾问

---

① 该文后发表于《江海学刊》1984年第4期。

② 该文后发表于12月30日《解放日报》。

③ 该文后发表于安徽《艺谭》1984年第3期

④ 该文自《新文学史料》1984年第1期起开始连载。

* 编者附记：自1984年1月1日起，胡风再次执笔亲写日记，直至1985年5月19日病重止。这之后至6月4日，为值班家人代记，现仍用楷体录出，以供参考。

题。谴责美国阻碍台湾回到祖国的怀抱，例如向台湾出卖武器，鼓励"台独"运动等。各党派领导人发出了热烈的响应。

改"参加左联前后"稿。得于行前贺年片。得江苏人民出版社章品镇信。

2日　海婴来。改回忆录稿。得江苏出版社陈咏华信。得贾植芳信。

3日　改稿。牛汉和适夷夫妇及孙子来。

4日　写回忆录。看后记稿。

5日　看后记稿。下午，朱明来。

6日　看《时间开始了》底稿，作了若干修改。

7日　把《晨光曲》加进了《时间开始了》里面，代替已失掉了的《回旋曲》。由晓风抄好了寄给了江苏出版社。

写了《介绍两位台湾作家》。寄给《人民政协报》①。

8日　小莎、小欣、元元三个女孩来照相，并为她们题字纪念。

写《略谈我和外国文学》。

9日　贾植芳介绍两个复旦的讲师来问关于路翎的某些情况和我的某几点情况。

10日　续写。

11日　朱明来。

12日　续写"与外国文学"。

贾植芳学生带来他托带的食品。

看完后记，许多重要内容被删去了。

13日　得朱健信。

续写"我与外国文学"。

14日　写完"我与外国文学"②。

15日　（星期日）写"我与鲁迅"。

16日　朱明来。晓谷的一个学生来。

17日　晓山回来。续写"鲁迅与我"。寄稿与信给贾植芳。

18日　收到晓谷电报。写悼魏孟克短文，寄出。

续写"鲁迅与我"。

19日　高启杰来。李嘉陵来。

20日　晓谷一家到了。得邹士方信，和发表了介绍台湾作家的《人民政协报》。

21日　续写鲁迅回忆。

22日　（星期日）续写。

23日　得珂丝琪提的问题。宝印夫妇来。

24日　续写。

25日　续写。得贾植芳小说选和《海燕》复印本。

26日　文研院白鹰等三位来。晚，丁玲夫妇来。得孙钿信。贾植芳寄赠小说选集。

27日　丁玲秘书送来她的近作散文选。

28日　下午，珂丝琪来，回答她提的问题，约二小时。她为我照相。另赠她照片

---

① 该文后发表于1月18日《人民政协报》。

② 该文后发表于《中国比较文学》1985年第1期，并被译成英文，发表于《文贝》第二期。

一张。

29 日　上午，鲁煤来。下午，周颖来。得曹白信。

30 日　彭小莲来。杨桂欣来。

31 日　上午，到医院看内科、神经科。

2 月

1 日　台联三人来访。周巍峙及其秘书小田来。

2 日　参加政协召开的春节团拜会。

3 日　肖军夫妇子女和韦嫈来。

居筱曼夫妇携王赞来。吃午饭去。邹荻帆夫妇来。得姜弘信。谢韬、卢玉来。

4 日　徐放来。黎丁来。屠一骥夫妇来。

5 日　江丰夫人和儿子来。续写。

6 日　绍羽携她的子女来。

7 日　得《甘肃工人报》王震信和载有他的访问记的《老人》一本。

8 日　得胡天风信，湖北人民出版社出选集的预定被领导否决了。

9 日　林晓辉来。高朗来。续写。

10 日　续写。

11 日　晓谷全家回南京。

12 日　白鲁夫妇来。得贾植芳信，并《我与外国文学》影印本。任敏附信告诉了贾于除夕被自行[车]撞倒，折了骨，要卧床半年。

13 日　给贾植芳信。海婴夫妇来。得朱明信。改朱明的访问记。

14 日　给朱明信。

15 日　得晓谷信。续写鲁迅。朱明由小莲带来银耳一匣。

16 日　(元宵节)梅志去卢沟桥公社参加文艺界和农民的元宵联欢。

17 日　续写。吴强来。

18 日　李何林来。

19 日　三井来，带来奥平的礼物。

20 日　田间、侯唯动、《延安文学》曹谷溪、在《七月》上发表过文章的狄耕(已故)的夫人苏棠来。得罗洛信。

21 日　得朱明信。为《延安文学》和蒲松龄故居题字。得赵先信。

22 日　续写完《鲁迅先生》。

23 日　重看《鲁迅先生》。

24 日　重校改《鲁迅先生》[①]。得彭燕郊信。

25 日　文联王烈来。得任敏信。

26 日　得康濯信。得耿庸信。罗洛来，赠著、译诗集各一本。晚饭后去。

27 日　开始写《左联离职后在上海》。

28 日　复康濯。

29 日　收到过台湾的周鸿赓信。得钟瑄信并 1982 年诗选。周而复来。

---

① 该文生前未能发表，后发表于 1993 年《新文学史料》第 1 期。

3月

1日　复周鸿赓。

2日　给阳翰笙要求更正信。罗洛来。

3日　得孙钿信。承李何林剪寄《革旧迎新五愿》。

4日　得江苏人民出版社文学室信，毁弃了对《时间开始了》的约定，只能选出一、二两篇之一；实际上等于不出。即回信要回原稿。复孙钿。

5日　写《贺肖军》①。

6日　下午，参加肖军五十年创作纪念会。由晓风念了贺词。

7日　续写。

8日　下午，到人大会堂听吴学谦外长报告赵紫阳总理访美、加情况。

9日　续写。

10日　苏民来。

11日　休息。

12日　得路翎信和选集序。即回。

13日　休息。得庆苹信、小健信。

14日　得何剑薰信。

15日　上午，参加老舍八十五岁生辰座谈会。由晓风念了发言稿。

16日　得田间信、耿庸信。

17日　得侯唯动信。

18日　三井同一个奥平的学生石井来。奥平带来衣物礼品。得张剑虹信，即复。得曾卓信。

19日　休息。

20日　续写。晓谷因公来京。

21日　续写。

22日　《时间》原稿寄回了。

23日　上午，出席政协常委会。张剑虹来。

24日　上午，出席常委会。照相。

25日　侯唯动来。一自称《童话》编辑来，一自称解放前《大公报》的人来。

26日　休息。

27日　休息。石西民夫人来。得贾植芳信。

28日　休息。

29日　得康濯信。休息。

30日　《北京晚报》二记者来。

31日　得张剑虹信。上[午]到友谊医院受超声波检查。

4月

1日　休息。

---

① 该文后发表于4月25日《北京晚报》。

2日　晓谷回去。写关于从香港撤退的情况《补充几点我经历的情况》。

3日　参加统战部召开的关于从香港撤退的情况的座谈会。交出了那个发言稿。得庆苹和小健信。

4日　休息。南方局一人、惠阳地委一人、八一厂一人来。

5日　惠阳地委一人、八一厂一人来。问从香港撤退情况。得胡兰畦信。

6日　收到《中国现代文学家传略》(下)。休息。

7日　得朱明信。复看。休息。

8日　冀汸介绍三个研究新文学史的教师来,问些关于"七月诗派"的情况。整理(三)完。

9日　再整理。作协外联部范宝慈送来关于台湾文学运动和作家的材料。

10日　写《向赖和先生的光荣经历致敬》①。

11日　到友谊医院检查身体。《致敬》被取去。侯唯动和广州出的《希望》一人来(未见)。

12日　到医院抽血,留小便。写《我读路翎的剧本》。

13日　下午,参加纪念台湾作家赖和的纪念会。晓风念了发言稿。续写。

14日　写完《我读路翎的剧本》②。重看《后记》稿。

15日　重看《后记》。

16日　得自称是高濑三郎的本多秋五的明信片。重看《后记》。

17日　翻阅前三年日本寄来的复印材料,没有一个人是知道的。这高濑是谁也可疑。出版社牛汉、李曙光、罗君策来③。许道生来。天蓝的两个儿子和孙子来,天蓝已于13日去世了。写成《悼念天蓝同志》。

18日　梅志送《我读路翎的剧本》给路翎。得晓谷信。得索菲信。整理《后记》。

19日　《辽宁日报》文艺组荆鸿、徐霄扬来访,并赠荆鸿刻印章一枚。

20日　上午,武汉政协龚芷扬来访问抗战时武汉统战情况。瑶华女儿夫妇旅行结婚来此。侯唯动引胡征主持的陕西文学研究所张长仓、霍友明来问《七月》和延安作者的关系④。

21日　海婴夫妇来。休息。

22日　休息。

23日　董曼尼的儿子汪芜生来,照了一些相。改《后记》。

24日　休息。

25日　李辉来,交来为我拍的照相数幅。休息。

26日　晓谷来。瑶华女儿夫妇去。

27日　翻[看]1946年日记,发现不少未知的人名,真是怪事。有许多无有的事,例如晓谷进过中国中学和什么艺术学校。

28日　晓风取来《评论集》(上)的样书。这样书有二十册,在分别审查,二十天后要交回。印数比计划减少了大半。

---

① 该文后题为《纪念赖和先生》,发表于4月29日《光明日报》。

② 该文后发表于《文汇月刊》1986年第1期。

③ 人民文学出版社三人来为转达中宣部文艺局对《评论集后记》的意见,要求作些删改。

④ 该采访录音经晓风整理后发表于《延安文艺研究》1986年第4期。

何林函告老同学高琦来京。

29日　查看《评论集》(上),有的文章和实际不符。例如《秋田雨雀印象记》,竟写的是我穿着浴衣带草帽去看E(江口焕)。我在东京从未穿浴衣带草帽,更不能这种衣着去看朋友。文末署"一九三三年,六月三十日",也不对。我是那年七月上旬回到上海的。这篇文章,我当年成集时忘记收入。这是贾植芳养女桂英从杂志上抄补进去的。休息。

30日　给文联作协人事安排小组信,说明我完全不了解领导班子的人事情况,不能提名。

5月

1日　高琦和他的长子来。

2日　潘守谦来。李辉来。

3日　苏民来。

4日　梅志得何剑薰信。

5日　为《徐放诗选》写短序①。

6日　梅志随文联旅游团离京。

7日　出席政协六届五次常委会。晨,晓谷回去了。得贾植芳信。

8日　得冀汸信。得孙钿信及照片。

9日　出席政协常委会。

10日　休息。

11日　秦德君来。梅志自西安给孩子们信。

12日　出席全国政协二次会议。

13日　未出席小组会。休息。

14日　未参加小组会。休息。

15日　梅志12日离西安前来明信片。下午,在人大会堂四川厅从电视收听赵总理在人大作的政治报告。

16日　休息。

17日　梅志自成都来信,并照片一张。

18日　休息。

19日　晓谷来信。昨晚得政协电话,三个文化小组今天上午开联合会议。但晓风回家了,无法通知她,又无法要车,只好缺席了。很可惜。

复看完《左联离职后在上海》。

20日　上午,胡兰畦来。下午,耿庸来,晚饭后去。晓风取来评论集中卷样书。印数降到八千了。

21日　上、下午,出席政协全体会议,听讨论发言。上午,附中同学张明养在主席台上找来见面,当是常委。六十年来,居然认出了我。

22日　收[到]《柳青纪念文集》。

23日　重看《鲁迅先生》。

24日　得胡征信。得朱微明信。

---

① 该文后发表于1986年2月27日《光明日报》。

25日　上午,出席政协常委会,遇见李纯青。

26日　上午,出席政协全会闭幕式。耿庸来,转来化铁信(三十多年无消息),和想象的完全不同。梅志从武汉来电报,明午到京。晓谷开完会回家。

27日　上午,出席文联在北京饭店举行的招待人大代表和政协委员的茶会。受到几个香港女记者的拍照。

梅志到家。复胡征。给化铁信。不在中,丁玲、陈明来,并赠旅美杂记一本。

28日　晓谷回南京。

29日　秦德君引四川社科院历史研究所马宣伟来问历史情况。

30日　路翎、牛汉、李嘉陵、徐放、耿庸、李离来。晚饭后,照相。

31日　阎望引现代文学史料馆的人们来照相,提问,录音。

6月

1日　晓谷来信。珂丝琪来信。得路翎信,即复。康濯寄赠《小说选》和《水滴石穿》。

2日　查阅旧日记。

3日　耿庸来,他明天回上海。朱明寄来柏山小传稿。晓风带来宝印友人钱芑谱的《月光曲》乐谱简谱草稿数页。

4日　牛汉引来三联倪子明和《读书》编辑董秀玉。倪赠傅雷译人物传五种。

5日　得贾植芳信。

6日—8日　休息。

9日　黎丁来。

10日　晓风回来。《评论集》(上)19千本版税单寄到。《延安文学》的《节约赞》校样寄到,即校好寄还。文研院王贤敏(?)来。

11日　晋驼同一女友(妻? 女?)来。

13日　杨玉清来。

14日　为文研院一司机题字。为蒲松龄故居题字。得朱健信。得胡征信。

15日　休息。

16日　上午,超声波检查,照胸像。晓谷来信。

17日　休息。

18日　赴文研院选举区人民代表。

19日　休息。

20日　《评论集》(中)版税寄到。减了印数。

21日　查阅旧日记,许多并非事实或与事实不符,想系伪造的。无从理解。

22日—23日　休息。

24日　吟成选举人民代表有感,应约寄给《北京晚报》李辉①。

学园艺苑喜逢春,敢捧师心合众心。
立本开源兴四化,情投国是理求真。

校对《在左联任职期间》的清样。

---

①　该诗后题名《喜投神圣的一票》发表于7月1日《北京晚报》。

25日　写《〈工作与学习丛刊〉始末》[①]。

启黄中学同学卢骥的儿子卢俊来。

香港《明报》记者林翠芬寄来在文联茶话会上摄的照片和报上登的她所写的访问记。

26日　休息。

27日　休息。海婴来。取来《评论集》(上、中)赠书。

28日　李士钊来,未见。南京市委党史组薛国愿、王为崧来问当年南京革命活动情况。薛是晓谷在西北工学院的党领导人。

晓风给看了五月初王福湘的来信。

人民文学出版社毛承志、李昕来商量《后记》修改。

29日　罗洛来信。晓谷来信。修改定《后记》。

30日　清晨,小便不通,涨痛。十多分甚至几分钟涨痛一次,出水极少,伴着难堪的涨痛。

到友谊医院受诊查,定为尿道感染。吃药后减轻。下午有微热。

得邹士方要书信。

应邹荻帆之要求,把旧译日本女工和黑人的诗让他编进选集去。

7月

1日　鲁藜寄赠诗集三种。

2日　给贾植芳信并《〈工作与学习丛刊〉始末》。陈冰夷来。

3日　休息。

4日　李辉来信,又来访。西安秦俑馆李鼎铉来信索字。

5日—8日　休息。

9日　得胡征信。

10日　得贾植芳信。取来《评论集》压膜本。

11日　晓谷来信。为赠书题字。为《延安文艺研究》题字。

12日　休息。

13日　为赠书签名。

14日　肖军之孙送来《从临汾到延安》。

15日　晓谷二学生把小健带来。

16日　曾卓来。说鲁萌在应莎士比亚的汉姆莱特研究[生]硕士学位[考]试。

17日　收到奥平定世布类礼物两件。翻阅武汉时期的《七月》。

18日　上午,参加文联成立35周年茶[话]会。

周而复来,赠《上海的早晨》和其他三种。

黄树则寄《老年健康顾问》。

19日　晓风带回雪苇赠《鲁迅散记》。得钟瑄信。

黄源的儿子放放来,带来他父亲的短信和茶叶三种。

20日　文研院当代文学研究室艾克恩和陕西社会科学研究院《延安文艺研究》的王荣来。王元化来信。

---

① 该文后发表于1985年8月上海书店《工作与学习丛刊》影印本。

21日　得贾植芳信、卢鸿基信、张禹信。

22日　杭行来信。黎丁来。

23日　翻阅抗战初在武汉的日记。许多情况不可解。

24日　休息。

25日　晓风带回艾青赠《诗选》《诗论》等三种。

26日　卢鸿基寄赠美术刊物七种。

27日　翻阅旧日记。得化铁信及照片。得舒强信。

28日　李辉来,带来与艾青夫妇的合照。

29日　得朱健信。得朱谷怀信。

30日　得彭燕郊信。

31日　重看关于《石头记》的三篇。

8月

1日　晓谷回来度假。王元化来。得朱健信、冀汸信。

2日　重看《〈石头记〉交响曲》三稿。

3日　力群来信。补写成《表农民姐弟——姐弟表新人》。

4日　得胡征信。安徽《艺丛》来信,"关于形象思维"短稿,九月号可登出,但有修改,云。

5日　冯白鲁来,赠《电视文艺》两期。

6日　休息。

7日　得朱谷怀信。

8日　得姜弘信。

9日　休息。

10日　得彭燕郊信。

11日　重校对《时间开始了》抄稿一遍。

12日　整理了《时间》目次。

13日　给彭燕郊信。

14日　休息。得米军信和他的《热带诗抄》日译本。

15日　休息。

16日　得马希良信、朱明信。

17日　到友谊医院复诊:内科、神经科。注射。

18日　晨,护士来注射。一个自成都来的人昨天来要见,拒绝了。今天又来,只好见了一会。赠诗三首,当即退给了他。说要组织诗社,并出诗刊。婉言谢绝了他。牛汉来。

19日　晨,护士来注射。雷加、伊苇及其女儿甘栗来,赠《雷加小说集》和《浅草集》。得贾植芳信。

20日　另一护士来注射。

21日　原护士来打针。得何剑薰信。

22日　护士来打针。西北大学《鲁迅研究年刊》的阎愈新来。

23日　曹白儿子来。海婴来。护士来打针。

24日　护士来打针。人民文学出版社郭振华与木刻家颜仲来,照相并决定下卷的照片和画。

25日、26日　护士来打针。

27日　护士来打针。晓谷携小健回去。

28日—30日　休息。

31日　晓谷来信。黄源来。

9月

1日　休息。

2日　日本人三井和石井引两个留学生来。

3日　休息。

4日　鲍光前来。

5日　休息。

6日　高警寒来信。

7日　张剑虹来。鲁藜介绍《天津日报》二记者来照相。晓谷自南京来。

8日　休息。

9日　给绿原信,为译文集和《时间开始了》出版事。

10日　给倪子明信。

11日　天蓝儿子来。

12日　休息。

13日　为赠黄克诚等的书签名。晓谷去招待所,他明晨去西德考察。

14日　得贾植芳信。

15日　休息。

16日　得田间信、彭燕郊信。罗洛寄赠《海的歌》。

17日　得化铁信。雁翼寄他编选的《中国当代抒情短诗选》,选了《睡了的村庄这样说》。周良沛寄来他选编的《七月诗选》。海婴夫妇来,赠补全了的《两地书》。

18日　草成对76号文件的申述。

19日　休息。

20日　曹白来信。

21日　休息。

22日　庆苹来信。

23日　休息。

24日　上午,到怀仁堂听中央举行的报告会:彭真主持,姬鹏飞报告中英谈判香港问题的情况。

25日　韦嫈及其子女来。

26日　休息。

27日　写"我的简单声明"(答任钧)。

28日　休息。

29日　作协三个工作人员送西瓜来。彭燕郊的学生送来他的诗选。

丁戈剖腹生一男孩。

30日　参加赵紫阳总理在人大会堂宴会厅举行的庆祝建国35周年的国宴。

10月

1日　上午，在天安门城楼西平台观礼。

夜，在东平台观放焰火。

2日　休息。

3日　得绿原信。《开国三记》在《人民日报》上登出。晋驼来。

4日　于行前、李嘉陵来。

5日　路翎来。

6日　晓谷从西德回来。得三井电话，告知奥平逝世。即发一唁电。

7日　美术出版社送来《江丰美术论集》。

8日　丁戈抱孩子从医院回家。

9日　休息。

10日　贾植芳来信。

11日　写《抗战初期在武汉》。

12日　小健来信。

13日　续写。

14日　休息。

15日　晨未起时，黎丁来。上海影印书店二人来。绿原来信。

16日　晓谷回南京。

17日　休息。

18日　休息。宝印送《月光曲》乐谱来。

19日　《甘肃日报》武扬来。

20日　上午，天蓝长子王仁及来拿走《序言》稿及《七月诗选》。罗洛来，在此午饭。晚，发低烧，被送至友谊医院住院。

21日　烧退，打青、链霉素。

22日　休养。

23日　开始服中药。

24日、25日　休养。

26日　到牙科受诊查。

27日、28日　休养。

29日　上午，到牙科照牙片。下午，到超声波作心动检查。

30日　休养。停止打针。

31日　休养。

11月

1日、2日　休养。

3日　牙科主任来看，后又做了牙印。

4日　休养。

5日　去门诊做牙印。得贾植芳信、孙钿信。

6日　写《译文集》的《几点说明》。

7 日　晨，空腹去做超声波检查。

8 日　下午，去门诊试牙样子（蜡模）。

9 日　上午，李大夫来试牙样子。

10 日　试戴假牙。

11 日　休养。

12 日　取血化验。

13 日　下午，做心电图。

14 日　修改假牙。

15 日　休息。

16 日　接受智力测验。

17 日　上午出院。答日本鲁迅研究者釜屋修。

18 日　写蕲春县要的历史材料。

19 日、20 日　续写。

21 日　写完。交出。

22 日　为《杂文集》写《几点说明》。

23 日、24 日　休息。

25 日　晓谷来信，小健来信。

26 日　彭燕郊来。

27 日　休息。

28 日　下午，出席丁玲、舒群主编的《中国文学》创刊，在新侨饭店举行的招待会。应丁玲之约写了书面发言《我的祝愿》①，由晓风代读了。

29 日　孙儿本满两个月，抱着他照了相。

重看《抗战初期在武汉》。

30 日　休息。

12 月

1 日　续写《武汉时期》。

2 日　化铁给信梅志。赴医［院］复诊内科和牙科。

3 日、4 日　休息。

5 日　续写。

6 日　文学研究所三位研究员来。

7 日　李正廉夫妇来。得自称是白莎的信。

8 日　贺敬之、鲁煤来。彭燕郊来。

9 日　改定文化部干部司为《中国人名辞典》拟的简历。

10、11 日　休息。

12 日　贾植芳来信。

13 日　给《人民政协报》写《两点祝愿》。

14 日　文研院两干部来提问题，录音。

---

① 该文后发表于香港《诸者良友》第 2 卷第 1 期。

15 日　续写。

16 日　休息。

17 日　蕲春濒湖诗社来信。杜谷给梅志来信。

18 日　休息。

19—21 日　不能工作。休息。

22 日　于行前来。晓谷来信。

23 日　谢韬、卢玉来。三井来。

24 日　海婴来。

25、26 日　休息。

27 日　曾卓、杜谷、冀汸来。贾植芳、耿庸来。

28 日　不能工作。休息。

29 日　参加中国作家协会会员第四次代表大会开幕式。下午报告因有书面,未出席。

30 日　疲乏不堪,未出席。

31 日　参加小组会。

1985 年

1 月

1 日　参加政协常委茶话[会]。康濯来。

2 日　头昏,未能出席。

3 日　参加选举。下午,听杜润生关于农业发展的报告。

4 日　困乏,未能出席。几个友人来慰问,晚饭后去。

5 日　文联王烈来。下午,出席第四次作协会员代表大会闭会式。

6 日　休息。

7 日　梅志认识的田地来。

8 日　困乏。

9 日　困乏,无能工作。晓谷来信。

10 日　困乏,无能工作。

11 日　精神错乱,无能工作。

12 日　应海婴之约,为纪念藤野题字两幅。

13 日　填文联调查表。

14、15 日　无能工作。

16 日　张剑虹来。

17、18 日　无能工作。

19 日　牛汉来。

20 日　名黎丁的又来。

21—25 日　无能工作。

26 日　海婴来。

27 日　重看《石头记》曲子等。

28日　政协转来四川公安厅交来的《求真歌》等稿，其中就有不是我写的短诗。梅志和晓风不准我看，非保存原样不可。看都不准我看。得曹白信。

29、30日　无能工作。

31日　校正《求真歌》一遍。将近十年后才发还，除了招致罪责以外，更无其他作用了。从此已矣！

2月

1日　姜椿芳、罗洛和两位女干部来。

2—5日　无能工作。

6日　晓谷来电报给梅志。

7日　无能工作。

8日　晓谷全家来度假。牛汉来信。

9日　无能工作。

10日　写关于《石头记》的几点补充。

11日　把关于《石头记》的材料整理了一下。

12日　晓风把《石头记交响曲》寄出去了。

13日　中宣部崔燕英等三人来。

14日　无能工作。

15日　文研院黎辛党委书记和路玉珍来。

16日　文化部赵启扬等二人代表文化部党组来。因在午睡中，未见。

17日　无能工作。

18日　徐放、鲁煤来。

19日　旧历除夕。

20日　宋哲父子来。骆小新来。

21日　海婴夫妇来。得贾植芳信。

22日　江丰夫人母子来。丁玲、陈明来。牛汉、绿原来。

23日　屠一骥来。

24日　无能工作。

25日　路翎来，晚饭后去。

26日　得彭燕郊信，他们收到了《石头记交响曲》稿。

27日　晓谷全家回南京。

28日　无能工作。

3月

1日　无能工作。

2日　力群寄来《我的乐园》。

3、4日　无能工作。

5日　三十多年不见的尹庚赠《鲁迅故事新编》和苹果。

李何林寄《鲁迅年谱》第四册。

6日　无能工作。梅志参加文联茶话会。

7日　宝印引音乐家钱苣夫妇来,给我放听了钱谱的《月光曲》录音。庆苹、小健来信。

8—11日　无能工作。

12日　重读《鲁迅先生》。

13日　无能工作。

14日　为法国某项文学运动题《我为什么写作》①。

15日　出席政协六届八次常委会开幕。

16日　晓山、晓风扶往友谊医院复诊:内科、神经科、骨科。领中西药多种。

17、18日　无能工作。

19日　晓山去荷兰考察农业经济。

20日　寄去哀悼韩幽桐信。张剑虹来。

21日　写悼念台湾作家杨逵的短信。

22日　写1942年在桂林的文化人情况。

23日　续写。

24日　无能工作。

25日　出席政协六届常委会[第]三次大会。

26日　出席巴金创办的现代中国文学史料馆。

27日　无能工作。

28日　参加作协主席团会议。

29日　无能工作。

30日　出席统战部座谈会。下午,出席杨逵纪念会。

31日　无能[工作]。

4月

1日　无能工作。

2日　休息。

3—5日　无能工作。

6日　巴金寄赠散文集三种。晓山回家。参加政协全体大会,[听]大会发言。

7日　无能工作。

8日　政协第六届常委会大会闭幕。

9日　胡兰畦和她的两个朋友来。

10日　无能工作。

11日　住进友谊医院。

12日　在医院中。

13—15日　接受治疗。

16日　接受治疗。中医主任来诊查。

文研院路玉珍来。

17日　接受治疗。

---

①　该文为应"巴黎图书沙龙组织"和瑞士《二十四小时报》之约书写《我为什么写作》。后发表于4月20日的《文艺报》。

18日　早上，一院长传达黄树则医生（卫生部顾问）的关心。

下午，另一院[长]来诊查。又一医生来复查。

陈明来。晓谷从南京来。

19日　黎丁闯来。

20日　为李伯钊同志去世致哀悼信。打点滴。

21日　无能工作。

22日　邹荻帆来。曾卓寄伍禾诗《行列》。

23日　文化部干部司司长徐文伯、副司长王朝沄、处长阎振堂来。

24日　抽血、验血、输血。

周颖、刘雪苇来。

25日　路翎夫妇来。朱谷怀来信。

王院[长]查问病情。

26日　中医大夫复诊。

路翎来。

27日　打点滴，输液。

28日　高朗来。黄树则顾问来。路翎来。

29日　周巍峙副部长来。梅志来看望。

30日　路翎来。打点滴，输液。

5月

1日　黎辛来。

2日　停止打针。

3日　中医院郁主任来复诊。肖军夫妇[及]子女来。

4日　《瞭望》周刊的胡国华、方金玉来访。文化部老干部局局长范振江、艺术局张业生、老干部局马岳清来慰问。

文研院人事处长戴森来看望。

5日　即将去南斯[拉夫]访问的冀汸和牛汉来。

6日　打血清点滴。

7日　宋哲来。

8日　输血。洗澡。

9日　理发。

10日　徐放来。

11日　抽血，打点滴。中医复诊。

12日　李辉闯来。

13日　王戎来。白鹰副院长来。

14日　主治医生来。路翎来。

15日　梅志来看望。输血。晓山夫妇携张本来。

16日　王院长来问情况。中医郁大夫来复诊。输液。两位值班医生来。

王戎又闯来。

17日　搬入二楼一号。

路翎、鲁煤、司空谷来。俞苏来。

18日　打点滴。路玉珍来。

19日　绿原和他的外孙女来。黎丁闯来。值班医生来。

20日　输液。做心电图。吸氧气。用吸痰器吸痰。主治医生来。答夏振国。

21日　梅志来看望。打青霉素。

22日　早上抽血，打针两次。

宝印等四人来。

23日　路翎的《财主底儿女们》出版了。何满子来。丹丹来。

抽血一次，打两针。

24日　打针两次。

25日　苏一平来。

输血。打两针。

26日　冀汸来。

打两针。

27日　打两针。

28日　作协東沛德、杨子敏等三人来。

给万同林写信。

29日　田间和他的女儿来。海婴夫妇和秦德君来。

30日　路翎来。冯白鲁来。

31日　田间来。

6月

1日　梅志来。

答林青。

2日　打两针。

3日　抽血两次。

4日　输血。

1985年6月8日16时5分，胡风于北京友谊医院去世，享年83岁。

许俊雅

《胡风日记》(1937.10.1—1938.9.28)阅读札记

前言

9月25日,胡风自上海撤离,10月1日来到战时首都武汉。到武汉后,开始筹备纪念鲁迅逝世周年及出版刊物,10月16日,《七月》改为半月刊就在汉口出版了。动荡不安又忙碌的生活,胡风一直到11月5日当夜才乘长沙轮回蕲,隔天抵家,11日又赶回武汉。待到12月4日,梅志和孩子才从老家湖北蕲春县到了汉口,一家得以团聚。胡风继续忙着编辑《七月》,经常通宵达旦地工作。后来在中共党组织的安排下,很快参加了以博古(秦邦宪)为首的"调整文艺领域工作"的四人小组(另两人是何伟和冯乃超),每周开一次会,报告文艺界的情况。胡风同时也担任了武汉文化界抗敌协会研究部主任。

1938年1月初,胡风组织了一次抗敌木刻展览会。他审查展品,为画名编目,并写了《抗敌木刻展览会小解》。这是抗战期间在国统区开的第一次全国性的木刻展览会。3月,"中华全国文艺界抗敌协会"(以下简称文协)成立,胡风被选为常务理事,任研究部副主任,负责研究部的日常工作。为了配合文协的成立,胡风在《七月》第11期上编了一个祝文协成立的专辑。为了补助生活,胡风应聘到对敌宣传委员会任编译,编写日语传单和对日宣传手册、告日本作家的宣言等。到了4月,由于山西战事危急,临汾不保,萧红、端木蕻良、聂绀弩、艾青等人陆续回到武汉。5月上旬,传来了周作人附敌的消息,引起了全国文化界的公愤,各地纷纷起而声讨。文协除发了通电外,还由老舍、郁达夫、胡风等十几位作家联名发出了公开信,警告周作人"幡然悔悟",表达了进步作家对周作人投敌的义愤。

1938年6月始,武汉越来越接近前线,形势越发严峻,6月24日胡风让梅志带孩子随同金宗武夫人先疏散到宜都山区避难,自己仍在武汉继续编辑、撰稿和翻译。他不愿将家乡的亲人留在即将成为沦陷区的故乡,把父兄、继母及侄辈们都接了出来,让他们先撤退到鄂西宜都。8月时,胡风寄住的小朝街被敌机轰炸,只好过江住在汉口的友人张西曼家,此时武汉已成前线,天天都有敌机轰炸,24日俞鸿模来告知《七月》不能出了,这使胡风思考到去向非根本改变不可,直到9月28日胡风不得不撤离了武汉,结束了这一年来在武汉从事的抗战工作。

《胡风回忆录》提及"八一三"淞沪会战后,他当晚听着炮声,拿出本子开始记下第一天的日记。因为"在地下、半地下生活中,当然不能记日记。现在,大炮响了。中国人民一定要在战争中昂起头来,国民党再也不敢用专制手段压迫人民残害人民了。不妨记点日记好查考。后来,到离开上海租界投入工作中,马上感到了,不得不用隐语记下以至省掉和党领导以及著名领导人的关系。这种情况一直继续到1948年冬我离开上海进解放区为止”。由于日记中的隐语以及若干敏感处的省略,加上日记本身的局限,来龙去脉犹如散落的碎片,需捡拾拼凑方能渐显全貌,但年代已久远,依赖相关的回忆材料也未必存真,笔者个人学问、才智有限,思虑也容有不周,在上海日记的札记之后,再接续阅读武汉时期的战时日记,所得竟累积札记四十二则,期待抛砖引玉,让胡风日记隐讳处更加明朗。

一、《哨岗》、绀弩、《人与鲁迅》的附记、陈良屏

1937年10月2日

夜,写完日记,门外有人来,掀开帘子一看,一共四个:丽尼、绀弩、白朗、罗烽。上午给白朗的信已经收到,而且约了出我意外的丽尼和绀弩。他们筹出一刊物,有人愿负经费责任。

10月12日

晚饭后去绀弩处,文章已成,但无精彩,预备添一个附记发表。

10月17日

上午访绀弩,他对《七月》似乎热心起来了。同他一路到第七小学走了一转,他预备明天搬进那里。……绀弩友人陈君在广东党部做事,来信说他约集五六十人办一文艺刊物,要我替他们写文章云。

1937年9月,罗烽、白朗、舒群、沙汀、任白戈、丽尼(郭安仁)等撤离上海,乘火车到南京,罗烽(傅乃琦)申请参加八路军未成,辗转到武汉,白朗和婆母乘船投奔在武汉做邮递员的么舅。罗烽一到武汉,立即与丽尼、聂绀弩(国棪)、陈荒煤(光美)、杨朔等在汉口编辑《哨岗》半月刊,胡风日记说“他们筹出一刊物”,即是指《哨岗》,10月16日出版第一期后即遭查禁。胡风在《七月明信片》说明:“《哨岗》出了第一期以后,因为经营的困难,停刊了。对于这个勇健的友军,当和读者同声悼惜。因为经济能力不能在报纸上登启事,特在这里向读者传达告别的意思。”①《哨岗》原拟定名为《战旗》,未悉何故改作《哨岗》。在署名“蜜”的《文坛消息(三)》:“聂绀弩,罗烽,丽尼等先后来汉,近拟发行一文□性刊物,定名为‘战旗’,正在积极筹备中,本月中旬当可出版。”②这则消息刊在《战斗》1937年双十特辑,出刊时间1937年10月8日,到了月中,罗烽等人编辑的刊物出刊时改作《哨岗》。

胡风与聂绀弩渊源不浅,1933年胡风与聂绀弩、周颖夫妇,以及王达夫、方天一等人在日本一起被驱逐出境。1936年在鲁迅的支持下,胡风与绀弩等筹办《海燕》。上海战事后,9月2日记载胡风访彭柏山,从彭处看到了绀弩从南京来的信,未料他亦已经到武汉,因此大出胡风的“意料”。接下来10月3日到12日,胡风与绀弩几乎天天见面,胡风约绀弩为《七月》写稿,12日从绀弩处取得文章,但阅后认为无甚精彩,预备添一个附记发表。绀弩这篇文章即是《人与鲁迅》,为纪念鲁迅逝世周年而写,发表于1937年10月16日《七月》第1期。胡风在文末添加了“附记”,原文如下:

---

① 《七月》第2期,1937年11月1日,第71页。

② 《战斗》第1卷第3期第9页(总第42页),“蜜”,即编辑罗荪。需留意的是,1936年2月20日出版的中共闽粤边区特委机关报也是《战斗》第3期。至于《战旗》刊名,后浙江省第三区行政督察专员公署使用,1938年5月创刊于绍兴。初为5日刊,后为旬刊。先后共出100期。成员先后有社长方元民,副社长胡云翼,主编罗越崖、曹天风,刊登了一些反映浙东人民“冲过钱塘江,收复杭嘉湖”的呼声的报道。

读者可以看到这篇小文是虎头蛇尾地结束了作者底本意是想从鲁迅先生底伟大精神来指明目前在抗日战争中消极怠工和积极替敌人当刽子手的那些非人现象底社会原因作为后方工作底参考但因为精力不继时间仓促以及参考材料不够终于没有能够接触到主要论点对读者对自己都是非常惭愧的希望不久有补过的机会。(原文无标点,此处存真。)

《人与鲁迅》后收录《聂绀弩全集》①,编者将胡风的"附记"视为作者聂绀弩的文字,改作"作者附记"(实为编者胡风的附记),并将当时习惯用法"底"字一悉改作"的",加上新式标点符号。同样的理由,《胡风全集》也未收录这篇附记。刘保昌著《聂绀弩传》亦视"附记"为聂绀弩所写,文谓:"杂文《人与鲁迅》一文……在'作者附记'中,聂绀弩写明了创作此文的目的。……这实在是一篇深得鲁迅思想精髓真传,同时在行文风致上深具鲁迅风骨的奇文!"②

10 月 17 日上午,胡风又访绀弩,说他对《七月》似乎又热心起来了。这是因为胡风到武汉,仅以半个月时间,《七月》第一期就在 10 月 16 日出刊,且刊登绀弩《人与鲁迅》一文。蜜(即罗荪)《文坛消息(四)》本来还说:"创刊号约于本月二十左右发行。"当时胡风还在办理《七月》的登记,未料竟能提早四天发刊,这股拼劲、热情想必也感染了聂绀弩。当天,胡风同绀弩"一路到第七小学走了一转,他预备明天搬进那里"。在聂绀弩 18 日搬到第七小学之前,落脚处在哪里呢? 据聂绀弩曾自述:"到了武汉,住在以同乡郭曙南为经理的'天南公司'(运输行),同乡刘辅珩在里面当出纳,曾昶陔当文牍。郭原在重庆伪市府当科长,是小学同学。刘、曾在抗战初期都在汉口七小,武汉沦陷前回故乡,日寇来时,就在乡下搞游击。"③18 日一早胡风访绀弩不遇。当晚再访又不遇。如此急找聂绀弩的原因,是因 19 日是鲁迅周年忌纪念,胡风需要找些鲁迅材料,知道绀弩手边有鲁迅的书籍(从绀弩《人与鲁迅》一文可知,引用了《华盖集》《狂人日记》《呐喊》自序的原文)。19 日晨找到绀弩,也找来两本翻版《鲁迅文集》,在《无声的中国》里找到了"一条话",预备写在白布上送到纪念会去。聂说刘辅珩、曾昶陔抗战初期都在汉口七小,这个"七小",就是汉口市立第七小学。在 12 月 20 日日记,有胡风到"七小"找绀弩,略谈即回。可见 10 月 18 日以后,聂绀弩即住第七小学。

另外 1938 年的 1 月 25 日日记,胡风为了梅志回家定舱位事到第七小学找陈良屏,陈良屏与聂绀弩同乡,聂绀弩《我和反革命的关系及其危害性(1955 年 12 月)》陈述:

我到上海后,最初同住的是陈。提起这人,他是我的同乡,在上海社会局当办事员或科员之类。据我所知,他和胡风并不认识,是因为胡风到他家里去找我才认识的。④

陈良屏是聂绀弩的同乡,聂绀弩初到上海后与之同住,胡风找聂绀弩时因之认识了陈良屏。郭力《往事怎堪回首——忆先考郭曙南琐事》一文亦说其父郭曙南"和聂绀弩、鲍事天、何平、陈良屏等青年故交、同乡,终生谊浓,始终不渝"⑤。聂绀弩在 1961 年 10 月

① 《聂绀弩全集》第 2 卷杂文(中),武汉出版社,2004 年 2 月,第 145 页。

② 刘保昌:《聂绀弩传》,崇文书局,2008 年 1 月,第 162 页。

③ 《聂绀弩全集》第 10 卷运动档案(附录),第 48 页。

④ 同上,第 126 页。另同书第 88 页,提到曾昶陔于抗战前在汉口第七小学当事务员,抗战初期在家里没有事,老婆当小学教员。足见聂绀弩在第七小学住过,了解一些事。

⑤ 陈仕文主编:《京山名人(上)京山文史资料 15 集》,政协京山县文史资料委员会,1997 年 12 月,第 275 页。

21 日有《赠良屏》诗："一春都在闭门中，何处忽来鲐背翁。四十年衰双凤翮，三千里隔两龙钟。人间青眼卿加我，明日黄花心与胸。俟得河清身尚在，倚阑同唱大江东。"[①]足见二人情谊不渝。胡风虽然在上海见过陈良屏，但大概要汉口以后才比较熟悉，之前两人似并无太多的交往。陈良屏当时任军委会船舶运输司令部少将主任秘书，因此胡风请他设法定舱位。

陈良屏（1905—1979），亦名振云，湖北京山人。他在《武汉会战时期的军事船舶运输》一文说："1 月 10 日在南京下关江边成立军事委员会船舶运输司令部，承担水上军事运输任务。……司令庄达与我有亲戚关系。当我应他电催到部任秘书时，已是 11 月 21 日，而这时南京政府正准备迁都重庆。南京形势已十分紧张。……'迁到武汉'，南京沦陷后，船舶运输司令部于 1937 年 12 月 19 日在汉口招商局大厅恢复了正式办公。"陈文继续说道："司令部有针对性地拟定了一个临时运输战规则，即关于从 1938 年 1 月到 4 月水位低落时期的船舶运输规则：（一）优先承运军事人员与军事物资，及与军事有关的器材和设备，等等。（二）中央机关交运的物资、器材、档案，与公务人员及其眷属，等等。（三）迁移后方的企业单位及其工厂设备和职工、家属，等等。（四）上述三类运输，在船只起运前，如尚有空余船位，得搭具有机关或团体证明迁移后方的难民。……（六）零星军官、士兵及公务人员与家属等，具有本机关证明的，得向司令部进行登记，以便按次配搭便船。这样一来，从 1938 年的 1 月到 3 月，不但运输秩序渐渐纳入了常轨，即运输任务也超过了预定的计划。同时，武汉形势的暂时稳定也是重要原因。"[②]胡风应该是依循第六项规则，请陈良屏"向司令部进行登记，以便按次配搭便船"。

前述 10 月 17 日访绀弩时，提到"绀弩友人陈君在广东党部做事，来信说他约集五六十人办一文艺刊物，要我替他们写文章云"。陈君即是陈良屏，在上海只是见过面，陈良屏在 1935 年至广州，先后任中央军校广州分校特训班主任秘书兼训育处长、国民党广东省党部科长、《救亡呼声》杂志社编辑。此一文艺刊物即是《救亡呼声》旬刊，是 1937 年 8 月至 1938 年 10 月在广州创办发行的，陈良屏于 1937 年 11 月 21 日至南京，担任军委会船舶运输司令部少将主任秘书，12 月 19 日在汉口招商局大厅正式办公，并与聂绀弩都住在第七小学。陈良屏在 1946 年任武昌中华大学副教授，1948 年代理国民党湖北省党部书记长。陈此时利用职务之便为中共提供情报、为和平解放武汉奔走，参与策动京山团队五百人投诚。1949 年 8 月同郭曙南等到重庆策动国民党西南战区第三兵团司令朱鼎卿起义。1951 年 2 月，任教于山西汾阳中学，后又调山西平遥中学。1964 年，居四川成都，1979 年病逝于平遥。

二、美专校长、喻育之、抗敌木刻画展览会、武昌民教馆、江烽

10 月 2 日

得王天基信并木刻八幅。子民说认识美专校长，展览会大约可以开成。夜，整理木刻，造一目录，共作家十七人，木刻一百五十余幅。开起来并不贫弱。

10 月 6 日

午饭后同子民一道过［江］，到美专会唐校长。地方是可以借的，但希望有名人

---

① 聂绀弩：《聂绀弩旧体诗新编》，花城出版社，2017 年 7 月，第 248 页。

② 文闻编：《我所亲历的武汉会战》，中国文史出版社，2005 年 1 月，第 52—55 页。

做赞助人。访潘怡如,他说星期天一道找省党委喻育之。

10 月 10 日

下午,潘怡如来,同子民三人一道找喻育之,疏通展览会的事情。

1938 年 1 月 5 日

晨,田间来,说木刻展已借定了民众剧场,时间为八日、九日、十日。复读者信数封。下午,理发后到通志馆会见李书城,谈了一会闲天。

1 月 6 日

为木刻展底赞助人,找了张季鸾、沈钧儒,他们都答应了。

1 月 7 日

晨,艾青等拿江烽带来的木刻来,选好,编目、装置,合原有的部份,超过了三百幅。

夜,把木刻展底编目和题名全部审查一遍,写《抗敌木刻展览会小解》,已四时矣。

1 月 8 日

晨,被艾青等敲醒,跳起来就吩咐买东西,布置会场。共布满上下两室。照料的有江烽、艾青、田间、王淑明、李又然、萧军夫妇、端木、马达、宛君等。到一时,抢着布置好了。观众越来越多,中间夹杂不少赶热闹的。今天大概有一千多人的样子。

胡风为"抗敌木刻展览会"所撰写《抗敌木刻画展览会小解》一文中,指出了抗战木刻的兴起与发展原因主要有两个:"一是中国人民的困苦的斗争,在艺术上要求表现,而木刻一开始就是和这个要求一致的,另一方面也由于中国伟大的文化先驱者鲁迅先生的提倡、介绍和诱导。木刻家所以必得受冷视、受困苦,甚至流血的原因在这里,而木刻艺术就是在冷视、困苦、流血里也依然能够成长、发达的原因也在这里。"他同时指出抗战木刻的现实意义:"从战斗里产生的艺术自然能够和战斗一同前进。我们希望一般观者能够从这里亲切地感到中华民族的伤痛、忿恨以及浴血的苦斗,也希望木刻运动本身从这里得到更深刻地向斗争突进的兴奋。"①这些见解正是来自他对费心搜罗的三百多幅抗战木刻的观察和研究。由于受到鲁迅喜爱木刻艺术的影响,胡风在编辑《七月》的时候,也非常重视发表木刻版画作品,为《七月》封面、内文插图准备木刻画。在《七月》迁往武汉的过程中,胡风通过江烽、力群、艾青等人协助,搜集了不少的木刻画,一心想筹办一个抗敌木刻展览会,这不仅是纪念鲁迅逝世周年,更多的是传承鲁迅所开创的现代木刻运动的精神。因此从武汉时期的日记可以理解他对抗战木刻的重视心情,

胡风 10 月 1 日抵达武汉后,隔日即找熊子民商讨木刻展览会一事,熊子民给他介绍认识美专校长,又通过潘怡如找喻育之,疏通展览会的事情。10 月 14 日,胡风写了《七月社启事》告知读者木刻展览一事,文云:

本社征得的创作木刻,达一百八十幅左右,包含优秀的木刻作家十八位。题材内容十分之九以上为救亡运动和(原稿误排"和动"——引者)抗日战争,有敌人底凶残面貌,有中国民众底悲惨生活,但更多的是神圣的民族战争中的各种壮烈的图像。现已得各方的援助,筹备最近在武汉公开展览,一以纪念中国革命文学之父,同时也是新兴木刻艺术底首倡者鲁迅先生底逝世一周年,一以纪念《七月》在武汉的发

① 《抗敌木刻画展览会小解》,载《新华日报》1938 年 1 月 13 日。

刊，希望能够得到武汉文化界底支持，在提高抗战情绪这一意义上呈出我们底贡献。一俟地点日期确定后，即当登报通知。①

从10月2日到14日，胡风所记的木刻数量已从17家150余幅增加到18家180幅左右，增加哪一位作家、哪些木刻尚不清楚，但从后来的展览数量增至三百多幅，可知胡风初抵武汉时期，除为《七月》奔波，另一件要事即是筹办抗敌木刻展览会。上引2、6、10日日记，胡风找熊子民陪同访美专会唐校长商借展览地方，后来又与潘怡如、熊子民一道找省党委喻育之疏通展览会一事。展览会一直到隔年(1938)1月8日才正式开幕展出，地点在武昌民教馆。但筹办展览过程，透过哪些人协助疏通、促成？胡风日记与回忆录所述不很清楚，也可看出找展览地一波三折。自从10月10日拜会喻育之之后，14日即昭告读者最近要在武汉公开展览，此后日记未见觅展览场地之记录，翌年1月5日才记载田间告知木刻展已借定了民众剧场，并说自己"理发后到通志馆会见李书城，谈了一会闲天"。日记未提到会场是请通志馆帮忙的，但《胡风回忆录》说："1938年1月初，着手筹备展览会。会场是请通志馆帮忙解决的。我审查了一次展品，作了画名编目，还写了《抗敌木刻展览会小解》，但不记得在报上登了启事没有。布置会场(共布置上下两室)，除金宗武请来的湖北通志馆的职员外，帮助照料的有江丰、艾青、田间、李又然、萧军、萧红、马达等。"②那么胡风1月5日到通志馆会见李书城，可能就是早上田间告知借到场地，时间也定下了，这事是李书城疏通协助的，所以胡风下午特地到通志馆致谢。李书城时任湖北省通志馆馆长，金宗武也在湖北省通志馆工作，日记提到的唐校长是唐义精(1892—1944)，字粹庵，湖北武昌人(今江夏区金口街)。早年就读于湖北省立第一师范学校，钻研艺术，兼作中西绘画。1920年与蒋兰圃等创办武昌美术学校，任教务主任，1924年学校更名为武昌艺术专科学校后任校长，亲授美学、美术史等课程，著有《艺术史》《绘画概论》《艺术教育》《湖北画人辑略》《六朝艺术概论》等。据张执一所述，1937年唐义精、唐一禾(义和)兄弟为武昌艺专迁校事，历尽千辛万苦，方迁到四川江津，但很遗憾的是，在1944年3月24日，唐氏兄弟从江津赴重庆参与美术教育会议，中途轮船触礁翻覆，兄弟二人同时淹水遇难③。唐义精也是艾青好友，艾青到武汉后借住在美专，胡风起初想找展览场地时，艾青曾寄信推荐，信辗转到梅志那边再转胡风，10月7日日记说梅志转来了艾青的信，他介绍的朋友就是美专校长。可能要找名人做赞助人较麻烦，后来又找喻育之疏通协助。当时国民党汉口市政府市长是吴国桢，湖北省党部代主任委员是喻育之，所以潘怡如说找省党委喻育之疏通，但似乎也没下文。

此处略述喻、潘生平，喻育之(1889—1993)，湖北黄陂人，早年受新思想熏陶，立志革命。1909年考入湖北陆军测绘学堂。武昌起义爆发，参与攻打湖广总督署。1912年任大元帅府参谋部测量局副科员，并入湖北法律专科学校学习。1916年反袁事泄，赴日先后求学于东京私立日本大学、政法学校法律科。曾任湖北留日学生同乡会评议长、会长。1918年因反对签订《中日军事协定》入狱，获释后回沪任中国留日学生救国团副团长，参

---

① 《七月社启事》，载《七月》第1期，1937年10月16日，第5页。

② 《胡风回忆录》，人民文学出版社，2005年1月，第86—87页。《胡风全集　第7卷集外编3》，湖北人民出版社，1999年1月，第364页。

③ 张执一：《为人民做过好事的人　人民永远不会忘记他——怀念党的朋友唐义精校长》，中国人民政治协商会议湖北省委员会文史资料研究委员会编：《湖北文史资料　1988年第2辑　总第23辑》，第180页。

与创办《救国日报》。1919年参与声援五四运动。1921年任粤军许崇智部前敌总指挥部军法处长、参议等。后赴渝创办《重庆时报》，宣传北伐。其后又任职湖北省党部、省政府。晚年定居武汉，自创"长寿三字经"，终年104岁。潘怡如在日记发表时有注解，很简洁，仅云："潘怡如（1881—1943），爱国人士，地下党员。"笔者略赘数言：潘怡如，名康时，出生于湖北红安，早年参加辛亥革命，后又参加了北伐战争，为董必武挚友。自撰《潘怡如自传》[①]长文，对其一生有详尽叙述。1943年3月29日《新华日报》曾以《辛亥革命老前辈潘怡如先生病逝》为题，报道其生平革命事迹。董必武有《哭潘怡如》挽诗，表达了诗人对亡友的痛惜和哀思之情，其后并为之做墓志铭。胡风初到武汉所见重要人士都是具有乡亲血缘地缘关系，利用亲朋情谊，获得一些帮助。

胡风到达武汉，距离1938年1月8日的展出，尚有两个半月多的时间，胡风继续搜罗木刻，11月29日得力群信、稿并木刻数幅，12月20日力群寄来木刻三幅。12月30日下午，艾青、江烽来，送来江烽带来的木刻数十幅。一直到展览前一天即1月7日晨，艾青等拿来江烽带来的木刻，胡风选好，编目、装置，合原有的部分，超过了三百幅。7日那天又找张季鸾帮忙替木刻展登义务广告；找陈纪滢，在9日刊出木刻特刊。夜晚把木刻展的编目和题名全部审查一遍，写《抗敌木刻展览会小解》，已四时矣。透过张季鸾、陈纪滢帮忙，《大公报》第12375号刊登了力群《消声匿迹》、胡风（未署名）《抗敌木刻画展览会小解》（日记缺"画"字）、乃超《关于木刻》。且云"本日因出抗敌木刻展览特刊！文艺改明日刊出"（1938年1月9日第4版）[②]。

根据日记所载，可知展出时间是1月8日下午一时至10日下午五时[③]，当时会场上下两室，照料的有江烽、艾青、田间、王淑明、李又然、萧军夫妇、端木、马达、宛君等。结束后，胡风同艾青、田间、江烽、李又然、宛君姐弟等收拾木刻，和梅志携回家来。后来这些木刻作品有些捐赠给北京鲁迅博物馆。常楠《抗战木刻运动中的胡风》说："胡风文库所藏近400幅抗战木刻的大部分来源。如今，这批木刻静静地躺在北京鲁迅博物馆胡风文库之中，很少有人知道，在它们的身上，曾经发生过一段怎样的历史和故事……如何评价胡风在抗战木刻运动史中的位置，至今仍然是个值得探讨的话题，而他所做的这些实际工作，也不应被人忘记。"[④]当时参与展出的木刻画如就《抗战漫画》（1938年第3期）所选录，可确认的有陈烟桥《我们的前锋》、力群《敌机去后》、新波《前线》、马达《新式士兵》、罗清桢《火炬的传送》、李桦《被枷锁着的中国怒吼了》、沃查《全民抗战》、江烽《雪地的行军》、野夫《冲锋》等幅。力群的《敌机去后》又被胡风编入《七月》1938年第6期。如再参考1月13日《新华日报》所刊"抗敌木刻展览会特刊"，胡风的《抗敌木刻画展览会小解》，艾青的《略论中国的木刻》，萧军的《"木刻画展"纪——一九三八年一月八日》，田间的《中国必须有自己木刻》，及三幅木刻：高冈《"夏伯阳"三英雄》、李桦《旗手》、马达《以

---

① 潘康时：《潘怡如自传》，《辛亥首义回忆录》第3辑，湖北人民出版社，1980年。

② 当时《新华日报》尚未创办，宣传活动仍需透过《大公报》协助，《新华日报》在1938年1月11日由周恩来等无产阶级革命家在武汉汉口创办，是中国共产党在中华民国公开发行的第一份报纸。13日《新华日报》刊登了此次"抗敌木刻展览会特刊"。

③ 《新华日报》载"文艺工作短讯：七月社所主办的'抗敌木刻画展览会'，在本月八日下午开幕，十日下午闭幕。作家二十余人，作品三百幅，观者共达六千人以上"。胡风初到武汉时，记载有十七位，经过搜罗邀请，作家达二十余人。

④ 北京鲁迅博物馆、天津美术学院主编：《怒吼　北京鲁迅博物馆藏抗战版画展图录》，湖南美术出版社，2013年3月，第652页。

轰炸还轰炸》，亦可见部分展品。萧军的《“木刻画展”纪——一九三八年一月八日》是10日木刻展览结束后，在11日所写的追记。梅志《胡风在武汉》总结这次展览说：“这是抗战期间在国统区开的第一次全国性的木刻展览会。……展览会开得很成功，观众相当踊跃，起了很好的宣传鼓动作用。可惜因会场限制，只开了三天。”[①]时间虽短，但却是一次颇有影响的展览，展览结束的隔日，1月11日《新华日报》发表《抗敌木刻展览会参观记》。到了4月16日，武汉木刻人联谊会在武汉成立，力群、马达等在汉口洪益巷小学举办木刻学习班，并于5月1日举办五一劳动节木刻展览会，展出作品200幅。6月12日，中华全国木刻抗敌协会在汉成立，并举办展览会，展出作品800余幅。10月5日，武汉大学举办木刻讲座，胡风这次活动所带来的影响可见一斑。

至于这次展览的地点通过1938年1月5日日记：田间借定民众剧场，可知展地就是民众剧场，在武昌中正路的民众教育馆。《抗战漫画》刊出“抗敌木刻画展”注明1月8日至10日举行于武昌民教馆，民教馆是民众教育馆省称，之所以加上“武昌”，乃是因汉口亦有民众教育馆，1929年6月汉口市教育局兴办汉口市立第一民众教育馆，1931年8月改为汉口市立实验民众教育馆，1938年武汉沦陷时才停办。民教馆是一个综合的社会教育机关，可以用多种方式和活动去唤起民众，组织民众，训练民众。

另外的一个问题是胡风写《悼念江丰同志》，江丰即江烽，文中说江烽不久去了延安。“不记得他过武汉时见到没有。但到延安后是通了信的。”[②]事隔45年，又经历25年牢狱之灾，胡风已不记得江烽过武汉时是否见过面；查证日记所载，自然可以确定他们多次见过面，而且江烽是这次木刻展览重要核心人物。早在上海时，江烽就交了五十多幅木刻给胡风（9月11日），武汉时，艾青同江烽来见了他（12月29日上午），12月30日下午，艾青、江烽又来，主要送来江烽带来的木刻数十幅。展览结束后隔月的7日、12日江烽都来探望胡风，12日跟胡风说他要去延安进抗大，想弄免票。胡风找了臧云远设法，13日给了江烽车票。江烽到延安后，胡风收到江烽来信，时间已是6月3日。当时江烽带着这批作品赴延安，后来交给鲁艺木刻工作团团长胡一川，由他带到敌后根据地展出过，边区人民得以第一次观看到木刻展览会，在延安撒下革命美术种子，为“鲁艺”培养出一批新美术、新木刻人材。胡风与江烽情谊深厚，从在上海交付五十多幅木刻，到上海沦陷前夕，他在漫天烽火当中，带着一大批抗敌的木刻画到达汉口，亲自交给胡风，协助胡风顺利举行了全国抗敌木刻展览会，让新兴木刻经过抗战的烽火淬炼之后，成为艺文界宣传抗战的有力武器。再者，需再留意的是从日记亦可见江烽、艾青的好交情，艾青除了与田间经常一起见胡风外，也经常与江烽联袂送木刻到胡风住处，后来二人也一起托人带给胡风《民间剪纸》一书，胡风从此书选择了若干图案用于《七月文丛》的封面。江、艾之交情或始于1936年2月联名致信鲁迅，假托借书，以此告诉鲁迅他们已被捕。当时鲁迅托人带去了一本珂勒惠支画集，并鼓励他们坚持奋斗。

三、柏山的信、《战火文艺》

10月4日

夜，复曹白、柏山。

---

① 《武汉文史资料文库第8辑 历史人物》，武汉出版社，1999年8月，第507页。

② 原刊《人民日报》，1983年2月7日，收入《胡风全集第7卷集外编3》，湖北人民出版社，1999年，第142页。

10 月 11 日

市政府送来了《战火文艺》被省政府批驳登记的公文。马上打电话给金宗武，约在他那里商量。过江先到潘怡如处，李书渠已在等着。说是一面出版一面办理登记手续。他去找冯乃超及其夫人李声润来。……宗武约定明天过江来到市政府去疏通。

10 月 18 日

得柏山信，晓得曹白是平安的，信里提到卢天，说他对我很好。我怀念起了他们。

胡风在 9 月 25 日离开上海，28 日在南京给柏山信，告知已平安上船。10 月 4 日胡风回覆柏山，柏山在 10 月 10 日夜又回信给胡风，说：

> 接到你的信，已经三天了。刊物名《开荒》也是很有意思。我的一篇稿子，上月三十日，由航空寄上的，照例，应该收到了。曹白听说也寄了一篇来。我和他，最近都忙于跑街，要写文章，怕是难事。不过我计划好了一篇小说，最近无论如何写好寄你。……卢天对于我们办刊物事，表示非常热心，他说要写一篇东西，不知对我说过多少遍，至今还是一句空话，不过我也不怪他。由于近来见面比较多谈起近年来许多人的言行，他下过一个惊动我的断语："中国至今文坛上将来有造就的人，恐怕只有老谷。"我觉得他近两年来，虽然荒芜了创作，但做事的能力却比我高强得多，所以我们都很合得来。[①]

柏山说接到信已三天，那么就是胡风 10 月 4 日的回信。从柏山的回覆，知当时胡风拟将新筹办的刊物取名为《开荒》[②]。不过胡风很快又有了新想法，在署名"蜜"的《文坛消息(四)》："在武汉报纸的广告上，曾宣传过《战火文艺》出版的消息，该主编人胡风已来汉，也正在进行中，名称或将改用《七月》。创刊号约于本月二十左右发行。"报导者说的"也正在进行中"，是承前一则罗烽筹备《战旗》"进行中"而来。这一则消息，说明胡风在 10 月 8 日前后已有改用《七月》的想法。11 日《战火文艺》又被省政府批驳登记，接洽不顺，因此更坚定了沿用已登记注册的《七月》的想法，从 15 日可见胡风"为了忙《七月》第一期，由十三到今晚，一直没有空。一切弄妥，明天可以出版了。曹白的文章没有来，我耽心他也许在前线上遇到了危险"。仅是很短暂的时间，《七月》在武汉重新出刊了。胡风对曹白的安危始终挂在心上，所以 18 日收到柏山 10 日写的信，他在日记说，"得柏山信，晓得曹白是平安的"，又特别记下柏山信里提到的卢天，"说他对我很好。我怀念起了他们。明天得去信鼓励华沙写文章"。"对我很好"之意，是指卢天对胡风的肯定。胡风不禁怀念起在上海的他们，且激起鼓励卢天夫人华沙写文章的想法。

"卢天"即王尧山(1910—2005)，又名宋乐天、路丁天。曾担任上海左联党团组织部长。柏山、卢天交情不错，胡风在上海时期的日记称卢天为路丁，每次胡风访柏山，路丁或在或来，柏山还对胡风说他要住在上海，因与路丁见过，在上海也许还能做点事也。胡风曾将卢天 1 月 16 日给他的信(1 月 25 日收到)题作《从上海寄到武汉》，刊在《七月》

---

① 《彭柏山文选》，上海文艺出版社，2003 年 2 月，第 335 页。

② 这一处发现，朱微明(彭柏山妻子)、吴永平已有说明，见《〈胡风家书〉疏证》，中国社会科学出版社，2012 年 5 月，第 34 页。

1938 年第 8 期。

柏山信中说“我的一篇稿子，上月三十日，由航空寄上的，照例，应该收到了”。这篇稿子应该就是为《七月》出鲁迅逝世周年纪念专辑而写的《活的依旧在斗争》，这篇文章说“最近胡风兄在离沪之前，邀集七月社的几位朋友商量出一个鲁迅先生纪念号”①。从这里可看出胡风作为一个编辑的深谋远虑。

四、罗荪、王寿生、于浣非（宇飞）

10 月 5 日

光未然同《战斗》编者罗荪来，要替《战斗》和《战斗画报》写稿。并云省市党部将招待由上海来此之文化人云。

10 月 9 日

上午，罗荪来，要为《战斗》写纪念鲁迅的文章，辞却。他带来一封和柏山同监的王君要求见面的信。

11 月 1 日

同茅盾及三郎夫妇到天津馆吃饭，孔罗荪同他底夫人小孩来。

1938 年 1 月 10 日

过江来再到展览会遇孔罗荪及其友人于飞。

10 月 5 日记载光未然同《战斗》编者罗荪向胡风邀稿。光未然（1913—2002），湖北光化人，原名张光年。抗战期间从事抗日救亡活动，撰写抗日歌曲，推动诗歌朗诵运动，创作组诗《黄河大合唱》，经冼星海谱曲，在延安首次上演。1940 年去重庆从事文艺活动，创作长篇叙事诗《屈原》。皖南事变后他被迫出走缅甸，团结华侨文化界和华侨青年从事反法西斯的文化活动。1942 年回到云南，1943 年 3 月到 1944 年 9 月，根据流传的民歌编写了长篇叙事诗《阿细人的歌》，同时创作了抒情长诗《绿色的伊拉瓦底》。1949 年后一直担任文艺界领导工作。先后任《剧本》《文艺报》《人民文学》主编，以张光年署名发表了大量文学、艺术评论。

孔罗荪（1912—1996），原名孔繁衍，笔名罗荪、叶知秋等，原籍上海。早年在北京读书，1928 年去哈尔滨，开始向当地报纸副刊投稿，并为《国际协报》编辑副刊《蓓蕾》。1932 年 9 月回到上海。1935 年应武汉《大光报》之邀，主编文学副刊《紫线》。1937 年至 1938 年在汉口与冯乃超、蒋锡金创办《战斗》旬刊。中华全国文艺界抗敌协会成立，担任该会机关刊物《抗战文艺》编委、协会理事兼出版部副部长。武汉沦陷前去重庆。1940 年为重庆读书生活出版社主编《文学月报》。皖南事变后，受生活书店委托，代茅盾编《文艺阵地》。1949 年后，任南京市文联副主席，并在南京大学中文系兼课。1954 年调上海作家协会。作品有《野火集》《小雨点》《文艺漫笔》《寂寞》《文学散论》等。胡风日记曾载“罗荪送《野火集》”。1937 年 10 月 7 日日记载“为《战斗画报》写《双十节杂感》”，这属于特刊专辑，每人写一部分，如徐步、张汹，胡风作品刊出时，题目并非《双十节杂感》，而是放在《十双的戏》题下。《战斗画报》，目前仅得见第 4 期以后的周刊，即从 1937 年 10 月至 11 月（第 4 期至 13 期）。《战斗画报》是《扫荡报》属下的刊物，由宋一痕主编，曾邀请光未然、蒋锡金、冯乃超、蒯伯赞任编辑。又因《战斗画报》的原因，便将要办的刊物

---

① 柏山：《活的依旧在斗争》，《七月》第 1 期，第 27 页。

定名为《战斗旬刊》(胡风日记用《战斗》),用宋一痕题写的与《战斗画报》同一字体的字做刊头,请胡绍轩出面,在武昌的国民党湖北省党部进行刊物登记,1937 年 9 月 18 日创刊于武昌,孔罗荪出面主编,另成立编委会。11 月 1 日战斗书店开张经营。[①]《战斗旬刊》出刊到 1938 年 4 月,因"中华全国文艺界抗敌协会"成立。蒋锡金、孔罗荪等人接受了筹办全国文协的机关报《抗战文艺》的任务,因人手不足,主动把《战斗旬刊》停刊了。《战斗旬刊》撰稿人多为著名的革命家、社会知名人士和作家,其中有:胡绳、光未然、陈独秀、冯乃超、邓初民、史良、张申府、徐盈、李书城等人写的文章;白桦、陈毅、杨朔、史沫特莱等人写的通讯报导;高兰、田间等人写的诗歌。另外,蒋锡金等人出版《战斗旬刊》后,《扫荡报》开始时拒绝代印,继而又取消了蒋锡金、孔罗荪、夏特伦等人在《战斗画报》上"编辑"的名字,最终《战斗画报》也停刊了。

10 月 9 日孔罗荪为《战斗旬刊》又来约胡风写纪念鲁迅的文章,因《战斗旬刊》第 4 期也要出"鲁迅纪念特辑",这一天罗烽、陈纪滢来邀稿,也是要胡风写文章,可能胡风自己在《七月》规划了鲁迅逝世周年纪念,而且《大公报》陈纪滢那边也要稿,预定写鲁迅精神,他先前也写了双十节杂感的文章给《战斗画报》,种种考量,胡风辞却了罗荪的邀稿。18 日日记说《大公报》晨来拿文章,即是指《关于鲁迅精神的二三要点》,因赶着隔天要登出。

罗荪来邀稿时,同时带来一封和柏山同监的王君要求见面的信。王君,日记未注解,查阅关于柏山在苏州陆军军人监狱的文章,王君即是王寿生。李波人《苏州军人监狱的一段回忆——兼怀彭柏山同志》记述了与柏山在苏州军人监狱的情形:

> 医疗条件更差,王寿生患肺结核,吐血多年,得不到治疗;黄浩患中耳炎,头肿得斗一样大,只是每天给用双氧水洗一次。难友们个个面黄肌瘦,情绪消沉。原来听说这儿还有党的组织,王寿生说,一九三〇年暴动失败后,早已不存在了(其实是,还保存了一个很精干的党支部,支部书记是章夷白同志。这个支部采取长期隐蔽的方针,极其秘密,只和党中央直接联系,我们绝大多数人当时都不知道),这时候,中央苏区丧失,红军长征不知结果。上海地下党组织全被破坏了。[②]

柏山当时曾设法寄了一张明信片到内山书店给鲁迅,"胡风一看笔迹,是彭柏山写的,这才知道他已被判刑坐牢,而且身患重病。于是鲁迅嘱胡风赶快复信,并替他购买药物补品。从此,胡风化名张国芳,假称是柏山的表姐,不断地寄钱、寄药、寄书,接济狱中的柏山"。[③] 有些药是柏山代狱友要的,胡风应该不知这位王君实际上也受用过他寄给柏山的药。这里补记王君的生平:王寿生(1906—1945),又名王亦,上海人。1926 年 3 月奉中共江浙区委之命到常州开辟工作。1927 年 1 月任中共常州独立支部干事,同年 3 月

---

① 特伦:《鲁迅先生周年祭》左下角空白处登了战斗书店广告,知是 11 月 1 日开张,地址在武昌胡林翼路 234 号。

② 中共江苏省委党史工作委员会、江苏省档案局编:《江苏党史资料》1985 年第 2 辑总第 15 辑,第 139 页。李波人此文提到一位王抚之,但年纪最大,平时戴老花眼镜,精神世界特别宁静,若有所思的样子。所以不是此人。文章也提到他是在 8 月 18 日被释放。但从柏山《苏州一炸弹:八月十五日狱中生活断片》一文脉络及末句:"第二天,我和其他的难友,已经自由地走向了苏州的街上。"彭柏山及王寿生似乎是 8 月 17 日出狱。据闻当时报刊有报导释放政治犯一事,只能待找到报导的报纸方能确认实际时间,但总归是这几天时间,胡风日记载 8 月 20 日"乔峰来过,留字说柏山已出来到上海了"。

③ 戴光中:《胡风传》,宁夏人民出版社,2010 年 5 月,第 131 页。

任武进县总工会委员长兼工人纠察队总指挥,是常州工人运动的先驱。“四一二”事变中被捕入狱,被判无期徒刑,关押在苏州。1937 年秋出狱后,到武进前黄组建“江苏民众义勇军”,从事武装抗日活动。之后率部参加江南抗日义勇军,1940 年底任中共澄西三区区委书记。1945 年 10 月,随苏中五分区部队执行任务时,因手枪走火牺牲。后经江苏省政府批准,追认为革命烈士。[①]

1938 年 1 月 10 日胡风日记有载:“过江来再到展览会遇孔罗荪及其友人于飞。”于飞是谁? 日记未注,但知是孔罗荪友人,经查是于浣非,笔名有于宇飞、宇飞,但似乎未用过“于飞”。于浣非(1894—1978),宾州(今黑龙江省宾县)人。自幼喜爱绘画。因忧于家乡生活贫困落后,缺医少药,中学毕业后舍弃绘画的爱好,考入哈尔滨医专学医。医专毕业后返回家乡,与友人张正元等创办宾县医院。“五四”运动后,受反帝反封建新思潮的影响,热衷社会活动,经常奔走于宾县、哈尔滨、沈阳之间,联络同志,传播中山革命思想。1925 年参加由赵惜梦等人组织的新文学社团春潮社。1929 年初,与赵惜梦、孔罗荪、陈纪滢等创办文学社团“蓓蕾社”,并在《国际协报》出版《蓓蕾》周刊,宇飞为“蓓蕾社”主要成员之一。1932 年 2 月 5 日,哈尔滨沦陷,他与赵惜梦、关吉罡等离开哈尔滨去北平,继续从事抗日宣传工作,曾以“于宇飞”笔名发表独幕剧《土龙山》。1935 年 3 月 1 日由张学良出资,赵惜梦在武汉创刊《大光报》,任该报经理,1937 年 9 月报纸停刊。1937 年 9 月下旬,萧红和萧军从上海乘船赶往武汉,到达武昌码头时,上船进行例行检疫的医官正巧是昔日《国际协报》同事宇飞。宇飞介绍二萧与蒋锡金认识,并告诉蒋锡金,二萧需要在武汉找房子,可否去他家里住。锡金应允,领二萧住进武昌水陆前街小金龙巷 21 号自己的租处。宇飞后来离开武汉去重庆,在东北抗日救亡总会工作。抗战胜利后,回吉林担任国民政府接收大员。1947 年又被选为国大代表,1949 年时随国民党政府到台湾。此后转向古籍整理研究,曾出版《屈赋正义》《诗经新解》等著作。[②]

五、《哀鲁迅先生一年》引出一双拖鞋的故事

1937 年 10 月 6 日

得之林稿,才子气太重,无严肃气氛。可惜!

这篇稿子是《哀鲁迅先生一年》。胡风 10 月 4 日日记非常清楚地记录了分别收到信件的情况:得之林信、曹白信及稿子、柏山稿子。三个人的情况都不同,他收到之林(端木蕻良)的信件即是 10 月初发出的信,文末说“鲁迅先生纪念文即寄”,过了两天也就是 6 日胡风收到稿子。端木 10 月 9 日又给胡风信说:“五日信收到……我的文章已寄上了,不过短得和狗尾巴相似,想来你可以收到了。”[③]10 月 16 日《七月》出刊,胡风在 17 日给曹白、柏山、之林、东平、艾青信,并各寄《七月》一份。10 月 20 日之林致胡风信,告知信和刊物都收到,“皆满意,甚为兴奋”。以上是 10 月时胡风、端木的书信、文稿往返情形,看得出端木对此稿能发表在胡风主编的《七月》上感到满意和兴奋,但胡风日记则抒发了负

---

① 叶绪昌主编:《江苏革命史词典》,南京大学出版社,1993 年 5 月,第 490 页。中共江苏省委党史工作办公室编:《王寿生烈士纪念碑》,《江苏省革命遗址通览(上)》,中共党史出版社,2014 年 1 月,第 361 页。

② 张泉:《殖民拓疆与文学离散——“满洲国”“满系”作家/文学的跨域流动》,北方文艺出版社,2017 年 1 月,第 172—173 页。

③ 袁权辑注:《端木蕻良致胡风的二十一封信》,载《新文学史料》2013 年第 1 期,第 58 页。

面的意见，虽然寥寥数语，但“可惜”之感叹，足见胡风对这篇文章并不看重。

梅志在《胡风传》中提到了胡风对端木蕻良《哀鲁迅先生一年》的态度：“想起鲁迅先生逝世一周年的纪念日将到，又赶写了一篇《即使尸骨被炸成灰烬》。端木的一篇纪念文却使胡风为难了，那双破拖鞋被他编得简直神了，也太荒唐了。本来，这事是胡风对端木说的，怎么一下子写成了另外的情况，是在写小说吧？可是，改又没法改，删去吧，会说胡风小气，伤了作者的虚荣心。只好留下，让他自己对这不合事实的编造负责吧。”①

这里涉及端木蕻良在《哀鲁迅先生一年》里叙述的关于“一双拖鞋”的故事。这个故事，在端木晚年发表的《鲁迅先生和萧红二三事》里又重复了一遍，并且内容有所添加：

> 胡风招呼我，为我拿过一双拖鞋来。这是一双十分破旧的皮拖鞋。所以，他就向我作了解释。当我知道这双旧拖鞋的历史以后，使我不能不肃然起敬！我的心情十分激动，当时，我便向他要了这双旧拖鞋，今后，由我来保存。
>
> 原来，这双拖鞋，是瞿秋白同志住在鲁迅先生家里时，亲自买回来的，他走了，便留给鲁迅先生了。鲁迅先生又继续穿，所以才这么破旧了。这就是我在《七月》第一期上发表《哀鲁迅先生一年》一文中，所提到的那双拖鞋的由来。
>
> 当我在胡风家中居住，穿着这双拖鞋时，并没有想到，另外还有什么人曾经也穿过它。当萧红和我从重庆准备动身去香港时，萧红清理行装，在我小箱子里发现了这双拖鞋，她瞪着两只大眼看着我。我连忙将这双拖鞋的来历告诉她，没想到，她感慨万千地告诉我，她，也穿过这双拖鞋！②

这篇文章发表后，除了梅志《胡风传》及时予以澄清外，还引发学界对瞿秋白拖鞋的讨论。③ 一双历经数人穿过的拖鞋究竟真相如何？现已难明确，不像鲁迅茅盾是否送了火腿到延安，有档案可查证。本文试着从《鲁迅先生和萧红二三事》的三处记忆错误切入，提醒端木文章的回忆真伪可信度应谨慎对待。以下略述此文另外三处之误。

一是许寿裳与萧红见面时间。《鲁迅先生和萧红二三事》的叙述是：

> 在重庆当萧红写完了《回忆鲁迅先生》这本小册子的时候，书店马上要出书。恰巧许寿裳先生从香港去台湾，他和我们见面时，萧红把这本小册子拿给他看，寿裳先生非常高兴。我们便说，这本小册子，字数少了些，想征求他的同意，把他写的一篇有关鲁迅先生的文章，也编辑进去。寿裳先生愉快地答应了。并且，鼓励萧红说，还可以再写，积累起来，作为续篇。

原文出现了不可思议的“许寿裳先生从香港去台湾，他和我们见面时”这个信息。许寿裳应台湾省行政长官陈仪邀请去台湾的时间是1946年6月25日，抗战时期万万不可能从香港去台湾。这个明显的错误在《端木蕻良文集》做了修正，由于端木已在1996年过世，1998年陆续出版的《端木蕻良文集》的修订应非端木本人。新的版本将“许寿裳先

---

① 梅志：《胡风传》，北京十月文艺出版社，1998年1月，第360页。

② 端木蕻良：《鲁迅先生和萧红二三事》，载《新文学史料》1981年第3期。

③ 参见王观泉《关于瞿秋白留下的拖鞋》，收《怀念萧红》，东方出版社，2011年5月。朱献贞：《关于〈瞿秋白留下的旧拖鞋〉的疏证》，载《鲁迅研究月刊》2014年第3期。王观泉：《朱献贞对瞿秋白旧拖鞋的疏证疏出了个大洞》，载《瞿秋白研究文丛》2014年第8辑。乔世华：《端木蕻良回忆文章的真伪》，载《鲁迅研究月刊》2014年第9期。秋石：《从“瞿秋白留下的旧拖鞋”之争论说到新世纪以来萧红研究的种种乱象》，载《史料与阐释》总第3期，复旦大学出版社，2015年12月。

生从香港去台湾，他和我们见面时”改作“许寿裳先生到复旦大学来看我们，他和我们见面时”。[①] 改动的文字虽没违背史实，但文字仍有违和，按理说，应该是做为后辈的萧红、端木去看长辈许寿裳才合情合理。许寿裳于1939年9月17日自陕西城固乘汽车入川，胡风在9月18日得许寿裳信，19日复信时，许寿裳已抵成都，10月5日到重庆，13日去巴县新桥，22日自新桥返回成都。[②] 许寿裳在10月5日至13日旅居重庆这段时间，萧红可能通过曹靖华介绍与他见面。许寿裳和曹靖华曾在西北临时大学任教，二人相熟，萧红通过曹靖华介绍和许寿裳见面是可能的，萧红《鲁迅先生生活散记：为纪念鲁迅先生三周祭而作》刊《中苏文化杂志》1939年第4卷第3期，编后记说：“这一期的栏目颇有增减……于莱蒙托夫一百二十五周年的纪念文，是由戈宝权先生负责编辑，关于鲁迅先生三周年的纪念文是由曹靖华先生编辑”[③]，曹靖华筹划“鲁迅先生逝世三周年纪念特辑”，除了萧红之文，尚有景宋《鲁迅先生的日常生活》、闻超《鲁迅眼中的汪精卫》、罗荪《苏联文艺的介绍者鲁迅先生》及曹靖华自己的文章《鲁迅先生在苏联》。萧红与曹靖华的交往是很自然的。而作为鲁迅知交好友的许寿裳于10月来到重庆，与朋友见面了解、关心鲁迅三周年纪念活动事宜是人之常情。后来萧红征得许寿裳的同意，把许先生的《鲁迅的生活》一篇也编进《回忆鲁迅先生》，使小册子的内容更丰富一些。《回忆鲁迅先生·后记》说明了：“附录二则，一为先生昔年海外窗友许寿裳先生为文，备详年谱，可为资考，系当面征得同意者。一为鲁迅夫人景宋先生之文，间以稍长，勉加省略，则系函中征得同意者。今仅一并附录如上，特此敬布谢忱。一九三九年十月廿六日记于重庆。”[④]这篇后记为端木代写。[⑤] 端木确实参与了萧红《回忆鲁迅先生》小册子的编辑工作，但他提供的许寿裳见面的信息确是错的。

《鲁迅先生和萧红二三事》之误二：南洋约稿者是郁达夫，不是洪丝丝。端木蕻良说：

> 萧红写了回忆鲁迅先生的文章，洪丝丝先生知道了，从南洋来信，要她把稿子寄

---

① 《端木蕻良文集》第7卷，北京出版社，2009年，第270页。

② 许世瑛：《许寿裳年谱》，《绍兴文史资料选辑第7辑》，1988年，第44—145页。

③ 《中苏文化杂志》第4卷第3期，第98页(1939年10月1日)。萧红提供稿子之后，与曹靖华续有互动。苏联大使馆于11月7日举行茶话会招待各界。萧红受曹靖华之邀与端木蕻良从北碚来到重庆，先住在一家旅舍。曹靖华前去探望，萧红说起自己走过的路及所受的屈辱，曹靖华感叹地说：“认识了你，我才认识了生活”，“以后不要再过这种生活了”……当萧红和端木准备去香港的时候，曹靖华没有表示意见要萧红留重庆休养。后来萧红给骆宾基说，只要曹靖华说一句不去，她就不去了。萧红生前不止一次表示了这遗憾。骆宾基：《萧红小传》，建文书店，1947年9月，第141页。

④ 端木蕻良：《致许广平(1封)》：“×先生：前上一信谅已收悉，今乘红先生书信之便再作一书。”可能萧红为此去函征求许广平同意。读者陈青生去信请教端木，说“在一九三九年十二月十五日上海《大美报·浅草》上，刊有您旧日书信一封。该信刊载时已将收信人姓名删去。从内容看，该信可能是您写给许广平先生的；信中提到(红先生)，大概是萧红女士；确否，请赐告”。陈青生信件及端木致许广平信，俱收入《端木蕻良文集》第8卷，北京出版社，2009年6月，第24—25页。

⑤ 端木自陈，《回忆鲁迅先生》后记是端木代写，从后记文字来看，确实不是萧红的文字风格，萧红会让端木来写后记，可见身体确实不好，就像这一系列的回忆鲁迅文字，也是萧红在黄桷树登瀛桥头嘉陵江畔树下的露天茶馆陆续口述，请姚奔帮忙笔录，再整理成几篇散文(见丁言昭：《爱路跋涉　萧红传》，业强出版社，1991年7月，第234页)。萧红亦曾为端木代笔。端木蕻良长篇小说《大江》写到第七章时病倒了，无法动笔，萧红替端木蕻良写了一大段。又见骆宾基著《萧红小传》记载，萧红和端木蕻良去曹靖华那里探访，曹靖华注意到端木蕻良的原稿上是萧红的笔迹，说萧红你不能给他抄稿子，他怎么能让你给抄呢？可能曹靖华看到的是萧红替端木蕻良代写的《大江》的一段。建文书店，1947年9月，第140页。

给他发表。为了南洋的读者，这当然是应该的。可是，萧红的稿子大部分已经发表过了，虽然拿到南洋再发，两地读者不一样，但萧红还是带病把文章作了些调整和改动，使它和原来刊物上发表的，尽量作到此有彼无。实在作不到的，也在文字的表达上，有所不同。催稿催得再急，逼挤出来的文章，她也决不马虎应付，她从不会敷衍人家，她是以自己的实际行动，学习鲁迅先生一贯严谨的作风。她对鲁迅先生关心青年人，有着极为深刻的印象。

萧红的回忆鲁迅先生的写作时间点是1939年9—10月，萧红将多则文章整理成《回忆鲁迅先生》一书拟出版，书稿后记时间是1939年10月26日。如果洪丝丝向萧红约稿，也应该是这段时期。[①] 洪丝丝原名洪永安(1907—1987)，福建金门人，以长女乳名“丝丝”为其笔名。抗战爆发后回到马来亚槟城，任《光明日报》和《现代日报·现代周刊》主编。1941年底日军攻占槟城，洪丝丝南下新加坡，在陈嘉庚先生的支持下创办《现代三日刊》，同时和胡愈之、郁达夫、王任叔等担任新加坡抗敌青年干部训练班讲员。抗日战争结束后再次担任《现代周刊》主编，因《现代周刊》拥护中国共产党团结抗日的主张，是大众化的进步杂志，洪丝丝被誉为“南洋邹韬奋”。但迄今为止，萧红作品尚未见于《现代周刊》。

至于萧红有关鲁迅回忆的文章寄到南洋何处，根据萧红著作的研究，此文当是《鲁迅先生生活散记》，刊登于《星洲日报》副刊“晨星”，在1939年10月14日首次刊登时注为“本刊特约稿”，副刊主编郁达夫并附志：“本篇系编者向重庆特约的萧先生为纪念鲁迅逝世三周年纪念所作之稿件，本拟于十九日专号上发表，但因全文过长，一二次登载不了，故先期披露。萧先生所记者，系鲁迅晚年的生活，颇足以补我《回忆鲁迅》之不足，请读者细细玩味，或能引起其他更多关于鲁迅的记述，那就是我的本望了。”[②]足见郁达夫对此文的重视。端木所提到的洪丝丝约稿应是误记。萧红在南洋发表稿件的约稿者当是郁达夫。

《鲁迅先生和萧红二三事》之误三，则误认篇名及刊登的刊物。该文说：

> 胡风知道我一个人住，便约我到他家去住，生活上可以方便些。我想，等我买到车票，就离开上海了。所以，就搬到他家去住了一个短时候。记得那时，他正在写一篇向妇女致敬的、不算短的新诗，题目大概是《致妇女》，后来在《七月》上发表。

笔者于胡风上海时期的日记札记一文曾指出，胡风在1937年8月29日夜，写成《提议》，当时书名号不用现今标点符号，这个“提议”指的是胡风的一首长诗《同志——新女性礼赞》，礼赞新女性对伤兵、对国家所做出的牺牲奉献。载《烽火》(旬刊)1937年9月第2期。(《七月》并无《致妇女》新诗。)端木这段回忆有误，端木住进胡风家是9月15日之后的事，胡风早在8月29日就完稿了，端木之所以对此诗有印象，可能是《烽火》刊出时间是9月中了，而他自己也有作品《中国的命运(论文)》刊登在同期上。

鉴于《鲁迅先生和萧红二三事》中记忆内容多处出错，端木蕻良所记述的拖鞋事情既有可能是记忆出错，也有可能是有意识地对记忆的修改。《鲁迅先生与萧红二三事》一文

---

① 《回忆鲁迅先生》单行本的出版时间是1940年7月(重庆妇女生活出版)，已是萧红端木到香港数月后的事了。

② 萧红：《鲁迅先生生活散记》，《星洲日报》副刊《晨星》，1939年10月14日第16版。该文从14日刊登到20日，其中15日未刊登。

不仅仅是要回忆鲁迅、回忆萧红，还要强调自己与萧红的情感连结，多种写作意图纠结于文字之间。所以，对于这个串起鲁迅、胡风、萧红、端木的拖鞋故事，我们有必要审慎看待。

六、达五是廖沫沙

10月15日

晓得堃容底太太是叫做达五的他底姨妹。

这句话非常拗口，但应是胡风有意这样写，除了讶异堃容的太太是姨妹外，背后原因还有在于说明堃容、达五是同一人，因一直以来大家都误认达五是黎烈文的笔名。笔者在《1946年之后的黎烈文——兼论其翻译活动》文有一脚注：

有关其笔名"达五"亦错误沿袭迄今。陈云海《"达五"是廖沫沙的笔名》："廖和黎烈文是同乡、朋友，黎常约他为《自由谈》写稿，'达五'是廖在《自由谈》写稿的几个笔名之一。"（见《新文学史料》1983年第4期，第131页。）廖沫沙《我在三十年代写的两篇杂文》亦提到用过"达五"之笔名。（见《新文学史料》1984年第2期，第41页。陈云海为廖沫沙夫人①。）

堃容即是廖沫沙，妻子为其姨妹陈云海。从日记感觉到这个笔名的张冠李戴，廖沫沙有机会总要澄清一下，因此到20世纪80年代，他特别提到在30年代写的两篇杂文用笔名达五。只是学界文坛在介绍黎烈文时，还是沿袭旧说，总把达五笔名归属于黎。廖沫沙（1907—1990），原名廖家权，笔名还有达伍、怀湘，湖南长沙人。1930年加入中国共产党，其后在上海从事地下工作。1933年春，开始在《申报·自由谈》《大晚报·火炬》《中华日报·动向》等副刊发表杂文。先后担任过湖南沅陵《抗战日报》、桂林《救亡日报》、重庆《新华日报》、香港《华商报》等报社总编辑、编辑主任、副总编辑、主笔等职，撰写了大量评论和杂文。

七、《关于鲁迅精神的二三基点》

10月17日

到三时过，写成《关于鲁迅精神的二三要点》。

10月18日

晨八时，《大公报》来拿文章，……陈纪滢来，商量删节萧军底文章。我把昨天写的文章要回清校来，添改了一点。

《关于鲁迅精神的二三要点》刊出时作《关于鲁迅精神的二三基点》，刊登《大公报》第12293号，1937年10月19日第4页"战线"第28号。此文登毕，紧接着是萧军文章《谁该入"拔舌地狱"》。20日，《大公报》刊萧红的《逝者已矣》、白朗的《弃儿》、刘梦秋的《鲜红的血液中》，都是关于鲁迅逝世周年的文章。胡风后来在《七月》月刊总第20期"纪念鲁迅先生逝世三周年"的专辑，写《断章》这篇文章，再次重申了鲁迅的观点：解放正是为了进步。胡风指出"鲁迅底一生是为了祖国底解放，祖国人民底自由平等而战斗了过来的。但他无时无刻不在'解放'这个目标底旁边同时放着叫做'进步'的目标。在

---

① 《成大中文学报》2012年9月第38期，第167—168页。

他，没有进步的努力，解放是不能达到的。……这是我在先生逝世一周年纪念时说的话(《关于鲁迅精神的二三基点》)，现在再让我回忆一次罢。而且，在今天，我们还可以把这解释更推进一点：在先生，解放正是为了进步，不要进步的人终于会背叛解放。汪精卫及其群丑证明了后者，但不愿做奴隶的全中国人民底战斗一定要使前者成为创造新中国的真理"。

八、东平信并小说一篇

> 10 月 18 日
>
> 得东平信并小说一篇，信上说，"如不肯让我底文章在你底刊物发表，就转给《大公报》"云。

丘东平的信应是 10 月 13 日从济南发出的，信上说："你现在还办什志没有？寄一个短篇给你，请你看看，如好请在你编的什志上发表，如你没有什志或有而不肯让我的文章发表，请转大公报为祷！"这个"短篇"指小说《暴风雨的一天》，虽然胡风以为《暴风雨的一天》与现实生活有一定距离，但还是发表于 11 月 1 日出版的《七月》第 2 期上。并回信告诉他，从战争现实中选择题材。根据李频的研究，他认为东平信中"如不肯让我底文章发表"则是有故事的。当时的刊物比较敬重"全国闻名的大作家"，而一些很有前途的文学青年却常受冷遇。鲁迅逝世后不久，血气方刚的小伙子们就把火烧到了《中流》刊物上。大概是投寄了文章而被积压或退回了罢，东平给编者写了一封信，信的开头便是一句"国骂"，这在当时是颇有影响的风波。《中流》编者很气愤，甚至要把那封信制成锌版登出。胡风处于两面夹攻中，左右为难。东平是左翼作家，编者没有明说，但暗示胡风也有责任。而东平他们因为胡风经常在《中流》登稿，私下里以为他在"文坛的客厅"里忘记了他们，所以，东平和他的朋友把胡风也攻击在内。东平 10 月一到南京，就给胡风写回信，"信和《七月》都收到了，你们干得很好。……我又回来南京，日内也许要来汉口，就可以见面"。并随信附寄了两篇作品《叶挺将军印象记》和《善于构筑防御工事的翁照垣》。[①]

九、《鲁迅文集》、主祭、唱挽歌、呼口号

> 10 月 19 日
>
> 晨找绀弩，找来两本翻版《鲁迅文集》，在《无声的中国》里找到了一条话，预备写在白布上送到今天的纪念会去。
>
> 下午一时余赴青年会开纪念会，遇洪深、杨翰笙、邹荻帆，还有在南京学生时代的彭君。到会场去的路上遇见静君。将近三时开会，被推为主祭，说了十余分钟的话。演说者共有六七人，群众情绪极好，唱挽歌呼口号而散。

胡风在聂绀弩处找来的《鲁迅文集》是苏菊芳编、中亚书店 1935 年 8 月出版的，分论文、小说、杂感、创作、小品文、翻译、图画木刻、诗歌、回忆录等八类，收自 1919 年至 1934 年的作品 44 篇。前有 1927 年 11 月茅盾作《鲁迅论(代序)》和《鲁迅自叙传略》。此书在 1935 年 8 月 10 日和 8 月 20 日分别出过两种仅封面颜色不同的版本。鲁迅生前可能没

① 李频：《大众期刊运作》，中国大百科全书出版社，2003 年 8 月，第 417 页。

看过，在书信或日记里都没有留下片言只字。1948 年 1 月上海春明书店出版过另一版本的《鲁迅文集》，有许广平后记，这两种《鲁迅文集》版本不同，收录的作品也不一样。

胡风说在《无声的中国》里找到了"一条话，预备写在白布上送到今天的纪念会去"，但在相关纪念鲁迅逝世周年的文章皆未见记录。

鲁迅忌日周年纪念在汉口青年会召开，根据《七月》第 3 期第 88 页的补白有一则广告"蛇山外国语补习学校"报名处：汉口青年会在武昌三道街三十九号。胡风被推为主祭，说了十余分钟的话，说话内容见特伦《鲁迅先生周年祭》一文，夏特伦的纪录如下：

> ……他先说的鲁迅先生的一生全是战斗，一直到死都保持著不屈不挠的精神。接著说起前全面抗战已经展开黎明亦将到来，可惜先生没有看见这一段新的史实便已去世了，这固然是一个遗憾，但在后继者却因此而更外感到先生的伟大，抗战的发动也正是鲁迅先生精神的表现。先生一生所表现的是奋斗到底，直到他最后一次的呼吸，自始至终都没有放弃奋斗的目标，对于敌人也从未宽恕过，直到敌人不存在为止。把这种精神摆在抗战里，我们可以保证一定会胜利的。[①]

演说者共有六七人，群众情绪极好，根据罗衣寒《记鲁迅先生周年祭》记载，这六七人还有胡绳、洪深、阳笙翰、何伟、萧军、柯仲平。所有演讲完毕，由王莹女士朗诵高兰的《我们的祭礼》（载《战斗旬刊》第四期），罗文说最后一段，那声音掀动着每一个参加者，节引部分，以见当时氛围：

> 今天是你的一周年！
> 鲁迅！你"旷野呐喊者的声音"
> 鲁迅！你"与热泪俱下的皮鞭"
> 你曾以你的血哺乳了我们，
> 教育了我们四万万五千万，
> 今天是你的一周年！
>
> 没有一朵鲜花配放在你的墓前，
> 更没有一席丰美的时馐之奠
> 使我们对于你的敬爱、崇敬、哀悼
> 得以充分的表现，
> 从去年的十月十八日一直有多少天。
>
> 虽然我们不敢忘掉
> 你那宝贵的珍言；
> 虽然我们含着泪
> 望着那遥远的天边；

---

① 《战斗旬刊》1937 年 10 月，第 77 页。这一段话与罗衣寒《记鲁迅先生周年祭》所记相近，大抵没有什么出入，罗文："鲁迅先生的一生就是奋斗，三十年来，从反封建到反帝国主义，这坚韧的精神是一直到先生放下了那支战斗的笔，是始终继续著的。我们要纪念鲁迅先生，要学习鲁迅先生，就必须继续著鲁迅先生的坚韧的战斗精神。"强调在神圣的民族战中发扬鲁迅坚韧的战斗精神的重要性。《七月》1937 年第 2 期，第 42 页。

虽然我们也时刻地
在你的墓前流连；
虽然我们也努力地
担起你未竟的志愿，

然而——今年，
距你死去的二百三十天，
芦沟桥的烽火，
燃起了整个中国的狼烟！
这狼烟使我们毫不犹豫，
一切不愿作亡国奴的人们，
都走上了抗战救亡的前线

你“旷野呐喊者的声音”，
唤起了万千的怒吼和同声的呐喊，
旷野沸腾起来了！
无数反抗的呼号
正迎接着风暴，声震云天！

你“与热泪俱下的皮鞭”，
已使多少冥顽麻木者觉醒，
……
我们献上了祭礼——抗战！
这里有血、有泪、有火、也有光，
这里有生、有死、也有光荣的创伤，
这里也有奴隶们反抗的呐喊[①]有战斗者钢铁般的誓言，
这里也有永恒不灭求生的烈焰；
……
鲁迅！你“旷野呐喊者的声音”，
鲁迅！你“与热泪俱下的皮鞭”
请你来飨吧！
更大的祭礼在明年的今天！

日记载纪念活动最后唱挽歌呼口号而散，鲁迅先生挽歌应是鲁迅出殡时所发的传单，原刊在《生活知识》的张庚之作，是鲁迅先生去世时，为悼念鲁迅先生写的挽歌，吕骥谱曲。词文是：“你的笔尖是枪尖，刺透了旧中国的脸，你的声音是晨钟，唤醒了奴隶们的迷梦；在民族解放的斗争里，你从不曾退后，擎着光芒的大旗，走在新中国的前头！啊导师，啊同志，你死了！在艰苦的战地，你没有死去，你活在我们的心里，你没有死去，你活在我们的心里！你安息吧！啊导师，我们会踏着你的路向前。那天就要到来，我们站在

---

① 这句诗后来改作：这里有战斗者钢铁般的誓言。

你的墓前报告你：我们完成了你的志愿。”高呼的口号则是：“鲁迅先生精神不死！中华民族自由万岁！”

十、蒋弼与《文学月刊》《战地半月》

10 月 21 日

得魏孟克、蒋弼、黎锦明等合编之《文学月刊》要稿子的油印信。

胡风收到邀稿信后，是否有提供文稿呢？从日记所载，胡风此时忙于编辑《七月》第 2 期，恐无暇撰文。次日（22 日）说编好了九篇稿子，且当时邀稿者亦多，25 日冯乃超来要文章，26 日开封办《风雨》的姚雪垠也来信要文章。直到 11 月 1 日《七月》第 2 期已装订，方于 5 日当夜乘长沙轮回蕲春，6 日抵家。此外，所邀稿应是与纪念鲁迅周年有关，而此时胡风早在 9 日应了《大公报》编辑徐盈、陈企云的邀稿，17 日夜三时过，写成《关于鲁迅精神的二三要点》，18 日一早《大公报》就来拿文章，19 日刊登在《大公报》第 12293 号第 4 页“战线”第 28 号，改题为《关于鲁迅精神的二三基点》。此文登毕，《大公报》接着刊登萧军文章《谁该入“拔舌地狱”》，可能是篇幅或内容关系，陈纪滢亲自来找胡风商量删节萧文。胡风在 12 日深夜还写了《即使尸骨被炸成了灰烬》纪念鲁迅，刊于《七月》1937 年第 1 期。换句话说，胡风在 21 日收到《文学月刊》邀稿信之前，已经写了两篇关于鲁迅忌日周年祭的作品，这些因素可能让他没有动笔。

这一则日记看似平淡，很容易滑看过去，实则有其重要性：一则此份《文学月刊》并非 1932 年 6 月 10 日在上海创办的左翼作家联盟的机关刊物，在几份同名《文学月刊》的文献中，此份《文学月刊》未见注录。① 胡风日记所提到的编辑人魏孟克、蒋弼、黎锦明，查各家对他们文学活动的介绍，编辑《文学月刊》这一项也被阙漏。透过姜德明《长沙〈文学月刊〉》一文，可知《文学月刊》社址在长沙湘春街 73 号。发刊词以《文学月刊的姿态》为题。署名“本社同人”。他们认为：“文学不是没有用的；证之去年六七月间上海所倡的国防文学而言，质直地说，何尝不是今年七月七日卢变的警钟？”继之又提出“文学究竟是文学”，主张不学美国、德国，也不学苏俄，甚至不学“中国古典匠宗”。特别提到苏联对中国的抗日战争采取“若即若离”的态度，“使我们更不能不从独自抗战上求生”。又说“湖南的粮食充足，不至和战时的德国一样，把预备充作造纸用的原料去制面包……只要作家的表现无愧于当前，为保全一小方艺术种植地，不得不在一片‘文学不能救国’的议论中，完成这不甚重要的义务了”。《文学月刊》创刊号共发文章十二篇，诗和歌词各一首，作品如黎锦明《文艺上的新认识》、向培良《抗战艺术诸问题》、孙伏园《文以记事状物》、黎锦晖抗战歌曲《中国威力无穷》、陈子展《逃难日记》、方家达《上海的八月》，另如“《卢沟桥抗战的前后》写北京西苑学生的军训；《九月二十六日》写长沙东站群众迎接抗日伤兵的情形”。为纪念鲁迅逝世一周年，辟有“鲁迅特辑”，共四篇文章，即齐同的《鲁迅的精神》、魏孟克的《纪念鲁迅》、蒋弼的《鲁迅周年祭》、堵述初的《光辉的一面》。“几篇文章都结合抗战，阐释鲁迅的战斗精神，特别批判了以周作人为首的对鲁迅的攻击和歪曲。其中一篇是专门推荐许广平新编的《鲁迅书简》影印本。这一组文章，在鲁迅研究资料中都失记了。”由此可见其史料之价值。创刊号预告第 2 期执笔者有曹禺、张天翼、熊佛西、

① 姜德明曾偶获此份《文学月刊》创刊号，说：“遍查有关书目不见注录。”见《长沙〈文学月刊〉》，收《书坊归来：往日风景的寻访者》，山东画报出版社，1999 年 3 月，第 116 页。

黎锦熙、陈铨、特伟、梁白波诸人。但第2期迄今未见，很可能创刊号即是终刊号。另编者在《编后》中说："在这全面抗战的时期，文艺工作者的步调，当然是应该统一的，所以本刊的文字，有一致的阵营和一致的态度。由于目前的形势，也会有各方面的意见和主张，所以本刊也许可以见到不常在一块儿工作的作家的作品放在一起。"确实集中不少外地作家，除了湘人外，有从北京、南京、上海、武汉撤到长沙的。①

在这三、四月时，蒋弼（欧阳弼）也在1938年3月14日"从西安来，留有字条，打电话约他来谈了一会。卅一师师长某每月拿四百元出来，叫他办一个杂志"。看来也有向胡风邀稿的意思。胡风《蒋弼一斑》叙述："直到抗战发生的第二年春间，我在武汉意外地又见到了他。"②指的即是日记3月14日所记之事。其中卅一师师长某所指是池峰城（1903—1955），在《战地半月》第2期刊有坚守台儿庄之池峰城师长骑马照片，冯玉祥《我们应该怎样认识台儿庄的胜利》："坚守台庄的孙总司令连仲部池峰城师……依然死守其四分之一的据点。"③池峰城，字镇峨，又名池凤臣。1920年，考入西北军学兵团，毕业后，调到卫队营，深得冯玉祥赏识，与中国共产党关系友善，1930年代，蒋弼、丁行之、蒋牧良等共产党人士活动都在他的营幕受到保护。他所率领组织的敢死队，在常人难以想象的情况下，一路前进，逆袭、反击日军，迎来了台儿庄大捷。他要蒋弼办的刊物，即是《战地半月》。蒋弼3月14日来到汉口见了胡风后，不久又离开，直到28日又回到汉口，在《一封信》里写着："这回是廿八到的汉口。第二天和孟克到汉润里看你，你不在。"信写于1938年4月1日，胡风4日收到信。根据以群《忆蒋弼》一文所说，蒋弼和十几位青年一起经武汉去一个原属西北军的学队里做战地工作，那时部队驻在徐州附近，他常常有来汉口的机会。四月间，台儿庄大捷，他们的部队正是这役作战的主力部队。蒋弼从前线赶回汉口，约以群去台儿庄前线看看这抗战史上第一次胜利的战绩。④ 据《一封信》所述，蒋弼在28日被派到汉口，30日就获知卅一师已开至台儿庄上了前线，31日又得悉卅一师在台儿庄组织冲锋七次，牺牲惨烈。4月1日报上登着"台儿庄激烈争夺战"。他把这三日的讯息一一说给胡风听。信中充满热切兴奋的激昂神气，恨不得立即离开汉口，奔赴前线，参与激战。他说倘不是为了这份刊物，这封信恐怕也来不及写了。⑤ 蒋弼在信中提到刊物因为印刷方面的麻烦，还得几天才能出世。这应该是创刊号，出刊时间是4月10日。胡风在这半个月并未提供稿子，所以蒋弼特别拜托："第二期，务必请你写一点，不知可以否?"那么，胡风写了稿子吗？日记并未见到胡风写作的记录，但在5月16日记载"蒋弼来。五时到组缃处，因为蒋弼为《战地半月》请客"。而《战地半月》1938年第3期

---

① 《长沙〈文学月刊〉》，收《书坊归来：往日风景的寻访者》，山东画报出版社，1999年3月，第116—118页。另见彭国梁：《抗战初期的〈文学月刊〉》，收《长沙沙水水无沙》，南京师范大学出版社，2007年4月，第80—81页。

② 载《希望》1946年第2卷第3期，第157—158页。

③ 见《战地半月》1938年第2期，第1、3页。第2期主要刊登有关台儿庄大捷文章，池峰城师屡见。

④ 以群：《忆蒋弼》，《文艺复兴》1946年第1卷第6期，第666页。蒋弼同以群挤上了火车头后面的煤车上，从汉口到郑州路不长，但也要两天时间，尤其夜风寒颤，无蓬煤车肮脏潮湿，但军队生活已将蒋弼知识分子癖性洗刷掉了，很自然和衣睡躺下去，一到白天，立刻精神百倍跳上跳下，抢做一切麻烦的事，任劳任怨，任何人找他帮忙不会遭到拒绝。这是当时以群眼中的蒋弼。再者，这个时间点配合《战地半月》第2期《后记》所述，大约是4月中旬左右。后记说："创刊号出版时，刚巧碰了台儿庄大捷。编者为了使《战地半月》更鲜明的反映战地，便亲自赶赴前方去了一趟。回来的时候，已经误了第二期的出版日期。'半月'却也变成了一月了。……编者自己也决不再这样老远的跑来跑去，耽误大事了。"换句话说，第2期延到5月10日方出刊。

⑤ 胡风多年后才听到蒋弼牺牲的消息，刊登了蒋弼写给他的这封信，命名为《一封信》，并写《蒋弼一斑》予以追念。《一封信》刊《希望》1946年第2卷第3期，第156—157页。

《后记》说："上月十六日，本刊约请了几位先生谈了一阵士兵写作的问题，谈完了，又请将各自所谈的写了寄来，这便是本期前面的几篇（依那天发言次序）。"从胡风日记与《战地半月·后记》所载，可知16日那天是蒋弼为《战地半月》请客，兼带讨论关于士兵创作的问题。吴奚如《士兵与作品》开门见山说："这两个问题——怎样鼓励、指导士兵同志们写作品，和写些怎样的作品给士兵同志们读?"那天的讨论题纲就是这两个问题，后来有了"关于士兵写作"的好几篇文章。日记虽未写出全部参与者，但从《战地半月·后记》可知当天参与者除蒋弼、吴组缃、胡风外，还有魏孟克、丁行、奚如、石阳、以群、适夷等九人。他们的文章题目是：吴组缃《"这也可以写在文章里么?"》、魏孟克《恐惧病》、丁行《发动广大的士兵写作运动》、奚如《士兵与作品》、石阳《对士兵写作的几点意见》、以群《士兵中的文艺工作》、适夷《怎样培养士兵中的文艺干部》、胡风《关于士兵创作》。《小邮片》且说"胡风先生并且提议辟一专栏来登我们的文章，只要大家加油寄文章来的话，这是容易办到的"。以此勉励士兵同志努力投稿。胡风《关于士兵创作》一文写于5月25日，但胡风日记当日并无记载。①

蒋弼在汉口筹办刊物的这段时间，从后来的纪念文章《蒋弼一斑》可以更详细看到，胡风说：

> 直到抗战发生的第二年春间，我在武汉意外地又见到了他。几年不见，还是带着微微的笑容，但穿著一身小兵的灰布军装，束著小皮带，打著绑脚。他参加到了一个部队，当时就是奉命从河南到武汉来为那个部队办一个刊物的。看来，那个部队在抗战的高潮中很兴奋，正想展开军中文化工作以及外面文化界的联系。蒋弼本人也很兴奋，忙著弄刊物，约人参加那个部队。……现在看看他底信，我们还可以感觉到那一股兴奋的皈依战争的心情，但却是蕴含在极其质朴的镇定的表现下面的。（页158）

杨华《记蒋弼》的叙述则说"他是奉命来创办一个沟通前方和后方的杂志的——这就是《战地半月》"。② 蒋弼在《战地半月》第1期《后记》说："本刊原来定名《战地》，后来在西安听李初梨先生谈及，知道丁玲舒群两先生也在筹划出一'战地'，于是我们变改成了现在的名字。以为一是文艺的，一是综合的，大概不致打混的了。待到发出了一些约稿信，而各方面的关系也大致以'战地半月'的名义弄得差不多了的时候，才知道'战地'原来也是半月刊。为了好区别，只好请读者称呼本刊为'战地半月'，切不要带'刊'字。"由此可知《战地半月》命名由来，以此区别了丁玲、舒群的《战地》。《战地半月》所策划的"关于士兵写作"命题，尔后也成为战时刊物关切的议题，《小战报》除了注重士兵读物，也鼓励士兵写作，《抗战文艺》第五期亦有"怎样编制士兵读物"的座谈会，《文艺阵地》的短评也热烈讨论"关于士兵读物"。③ 另外，据胡风《蒋弼一斑》一文，有两件事值得留意，胡风记忆中1934年的蒋弼"一直没有发表过文章，是文学活动的事务工作者"。但1934

---

① 《关于士兵创作》辑佚亦见吴宝林《文献源于问题：胡风佚文、佚简及佚译辑考》，《中国现代文学研究丛刊》2021年第5期，第188—189页。第2期《战地半月》于5月10日出刊，未见胡风文章，到第3期始见《关于士兵创作》，1938年6月5日出刊。

② 中共长治市委宣传部、长治市地方志办公室编：《上党英杰》，1984年，第124页。茅盾编辑的《文艺阵地》亦说"战地半月，蒋弼编辑，意在沟通前方与后方"。并引用战地半月的发刊词。《文艺阵地》第1卷第2期，1938年5月1日，第51页。

③ 《文艺阵地》第1卷第8期，1938年8月1日，第261—262页。

年的蒋弼至少发表过《纪家冲》《小罗子》《从男扮女的象征派说起》《"以稀为贵"》诸文①。另一件是蒋弼对于筹钱、印刷、校对的兴趣,出版了一期刊物好像是《综合》。关于《综合》这刊物,暂时还无相关材料。

十一、孙陵和杨朔

10月25日

午饭时三郎来,也谈到作家底组织问题,并说有一个孙陵从陕北来,想见一见。……夜,三郎夫妇引孙陵来,是一个爽快的青年。谈了一些陕北的情形,留下了一册为陕北公学募捐的册子。

10月26日

饭后,三郎同孙陵送稿子来。

10月27日

罗烽、孙陵、杨朔来。

11月1日

过江回寓后,见孙陵留字,说今晚去南京了。

12月29日

孙陵来拿捐款。

1938年3月2日

未起床时,孙陵、杨朔来。

1938年4月2日

上午,看了一些稿子,复了几封信。杨朔来,一会即去。

孙陵(1914—1983)最初出现在胡风日记,是在1937年10月25日,透过萧军、萧红的引介,孙陵见到了胡风,留下一册为陕北公学募捐的册子。12月29日,孙陵来跟胡风拿捐款。事情经过可参照孙陵《江青·周扬·夏衍·阳翰笙》一文,"八一三"后,他矢志"投笔从军",先去延安抗大,但遭挫折,第二天,过河去找正办"陕北公学"的成仿吾,成仿吾是郭沫若的老友,他穿了一件黑棉布小棉袄,冷冷缩缩地说:

> "你看,延安来了两万大学生,却一本书也没有。我这个学校,那儿还像学校?你能不能回上海去?给我们捐一些书?捐一点钱?这比当兵有贡献!"
>
> 他停了一下,又说:"你看看我,冬天了,连件毛衣也没有,你能不能顺便给我弄一件毛衣?一床棉被?……"
>
> 我一听,很是感动,连连应承。

孙陵因此当兵不成,从陕北到汉口见萧军、杨朔等朋友。孙陵在文中说:"胡风是怎样认识的?一直想不起来。他住的还不错,一个大院子,种了许多花。窗户开着。他告诉我:'我睡觉从不关窗。''你不怕受凉吗?''习惯了,就好了!'他又带我去院中散步,有种小花,缠住小树,他说:'菟丝附茑萝,你知道吗?'我当然知道,出于古诗十九首。他又说:'这就是茑萝。'于是,我告诉他:'成仿吾很想捐点钱!'他立即应承:'我负责两千

① 分别刊登于《当代文学》第1卷第5期、《文学》第3卷第1期、《新语林》第5期、《社会月报》第1卷第6期。

元。'"[①]孙陵问胡风:"你那有这样力量?"胡风说:"我有位资本家朋友,绝无问题。"于是,孙陵把成仿吾几本油印小册,送他一本,作为证据。胡风日记所记孙陵"留下了一册为陕北公学募捐的册子"。当即指此。孙陵记不起怎样认识胡风的,透过胡风日记,我们知道原来他为陕北公学募捐,先通过萧军来说明想见一见的意思,胡风答应后,当晚萧军、萧红陪孙陵到胡风借住的金宗武家。从日记语气来看,胡风之前在上海时应不认识孙陵,但孙陵应听过胡风大名,因此托好友萧军夫妇引介,二人初识时间即是 1937 年 10 月 25 日。

根据成仿吾说词,1937 年 7 月底,党中央决定成立陕北公学,委托他及林伯渠、吴玉章、董必武、徐特立、张云逸等同志负责筹建工作。经过两个月的紧张筹备,于 9 月间招生,11 月 1 日正式举行开学典礼大会。[②] 校址定在延安东门外。8 月成立,党组书记兼校长成仿吾、教务长邵式平、生活指导委员会主任(政治部主任)周纯全、总务处长袁福清。孙陵何时到陕北公学校?胡风在 8 月 29 日日记提到他从周颖口里听到郭沫若第一个签名在孟十还等发起的"投笔从军"的志愿单上。当时他只提到孟十还,对孙陵还陌生,孙陵说自己为了实现从军的愿望,他执意前往华北战场,但未被接收,又转道西安,不顾腿肿脚烂,徒步走了二十多天路程赶到延安,大约 10 月初时到了延安陕北公学,他说在那边还"参加了双十国庆,听过毛泽东的演讲,参观过'公审法庭'的过程。……辩论了三天。原因是一位团长级的人物,爱上北平初来女生,女生不爱他,他以为受了骗,把那女生打死了"。[③] 孙陵再从陕北回到武汉时,时间已是十月下旬。10 月 26 日饭后,萧军同孙陵送稿子来。这篇稿子即是孙陵《十月十日在延安》,他在延安陕北公学参加了双十国庆,翌日(27 日)胡风将此文收入《七月》第 2 期(第 54—56 页),表达了对于延安新的信念与新的精神的感知:"有的是一种新的信念,新的精神,充分而且坚强地从他们和她们那矫健的面孔上和步伐中间表现了出来。是这些人们将这座偏远的老朽的从来不被人们注意的土城活跃了起来,带来了一股不可比拟的新鲜的气象和力量。"[④]孙陵关于"公审法庭"的文章,则等到他回上海后才写,题名《延安的公审法庭》[⑤],送郭沫若所办的《救亡日报》发表(夏衍为总编辑)。如果留意一下孙陵这句话,会发现很有意思的是,他写了《十月十日在延安》及《延安的公审法庭》,但没有听毛泽东演讲的文章。10 月 19 日鲁迅逝世周年祭日,毛泽东在陕北公学做了谈鲁迅的演讲。这次演讲有陕北公学学员汪大漠的记录,后来汪将演讲记录稿带到武汉后,交给了胡风,胡风将毛泽东的演讲稿刊载于自己主编的《七月》杂志上,题名作《毛泽东论鲁迅》。

孙陵忆述"到了汉口,正好杨朔和罗烽一家租屋同住,我便与杨朔同住。'远征'重聚,很高兴的到饭店去吃菜喝酒",27 日这一天,罗烽、杨朔与孙陵同到胡风住处。孙陵受托找到陈波儿时,陈提出要求,要他到上海去把陈的妹妹带出来。她的妹妹,正给何香凝

---

① 孙陵:《江青·周扬·夏衍·阳翰笙》,收入《我熟识的三十年代作家》,成文出版社,1980 年 5 月,第 152 页。

② 成仿吾:《战火中的大学:从陕北公学到人民大学的回顾》,人民教育出版社,1982 年 2 月,第 17 页。抗战时期有一句流行很广的话,"武有抗大,文有陕公",道出了抗大和陕北公学这两所学校在中国革命中的重要地位,孙陵当时先去抗大,被误会因蓝萍关系想到抗大,后来不成改到陕公。

③ 孙陵:《江青·周扬·夏衍·阳翰笙》,收入《我熟识的三十年代作家》,第 162 页。

④ 《七月》1937 年第 2 期,第 54 页。

⑤ 孙陵说郭沫若、林林都对他说:"这篇文章很好!"确实没有自夸,此文屡收各选集,如李蓁初编著《陕北印象记》,延安解放社,1937 年 12 月。《战时初中国文》,救亡出版部,1938 年 2 月,第 182—191 页。

做“书记”之类的工作。过了四五天，即11月1日，胡风“过江回寓后，见孙陵留字，说今晚去南京了”。由此可见孙陵何以要到南京及离开汉口的时间。不过这一路颇为波折，他说“买舟东下，到了南京。再由南京乘公路车前往上海。车到苏州，日机猛烈空袭。住了一夜，第二天再走，上海陷落了，只好再回南京。回到南京，路费光了。忽然想起任泊生有封信，便拿信找叶剑英。他们也真有办法，安慰我说：‘不要紧，我们有交通。’详细的告诉我先到镇江，再去江北泰县，然后去南通，乘英轮回上海”。①

孙陵回到上海后，他告诉郭沫若“成仿吾要毛衣、棉被，……”，郭沫若是怎样反应的呢？孙陵说：“他立即掏出一百元来，我到‘国货公司’买了一床绸面丝绵的被，两套毛绒裤，还有多余，又买了一支帕克钢笔。”孙陵又为捐书的事，找生活书店老板徐伯昕，他很慷慨，一口答应，捐出全部生活书店出版和代卖的书，每种一册，共约两万元。根据胡风日记，12月24日“孙陵及杨朔来”。说明24日以前孙陵已经回到武汉。12月29日记载：“孙陵来拿捐款”，此处可见胡风守诚信重然诺，从10月25日答应为陕北公学募捐，即在进行中，小胡风12岁的孙陵，即使过了四十几年都还记得：“胡风早已准备好了，我大出意外。”②孙陵拿到捐款之后，杨朔也想去延安。但关于杨朔到延安的情况，孙陵说：

> 这时，杨朔和我谈起“条件”来。他说：“上次你去了延安，这次，该我去了。”成果丰富，书，钱，成仿吾个人所需，加起来总在两万元上下，等于今天两三百万，或更多。
>
> 当时我说：“好罢！你愿去一去也好。”
>
> 没想到杨朔这一去，真是有了“殊荣”。被招待在外宾招待所，总共五六人。每天都是白面馒头、冰糖肘子一类。住了四十多天，回到武汉，告诉我一切经过。……杨朔似已对成仿吾有感情，后来又去了延安。——我的少年朋友，我的好友，那知这一去竟成永别呢？太悲惨了！③

当时成仿吾把杨朔介绍给了毛泽东主席，杨朔向毛主席报告了在国统区开展抗日救亡工作的情况，然后向毛主席报告了准备在武汉创办《自由中国》杂志，表达了请毛主席题词的请求，很顺利取得毛主席的题词，杨朔将题词带回了武汉。杨朔去延安四十多天，回来时可能已是2月下旬，胡风日记记载：“3月2日未起床时，孙陵、杨朔来。”从孙陵《我熟识的三十年代作家》及胡风日记，可知孙陵、杨朔几乎都同时联袂拜访胡风，二人关系诚如孙陵所说“我的少年朋友，我的好友”，后来他们的分别是在杨朔第二次去延安。

但后来随着孙陵在1939年投靠桂系，杨朔与孙陵的关系变得敏感起来，杨朔亲弟杨玉玮在《献身不惜做尘泥——忆我的哥哥杨朔》一文说：

> 整风后期“抢救运动”期间，杨朔为了哈尔滨时期友人孙陵的问题背上包袱。他与孙陵在1936年冬分手，以后再未会过面，也未通过信。孙约在1939年离开东北，1940年辗转到了桂林，投靠了桂系。这些情况杨朔是一无所知的。组织上无休止地让杨朔写交待材料，使他很是困惑。直到周恩来总理于1945年“七大”之前，回到延

---

① 孙陵：《江青·周扬·夏衍·阳翰笙》，收《我熟识的三十年代作家》，第152页。

② 同上书，第156页。

③ 同上书，第156—157页。

安，说孙陵在 1939 年之前是个进步青年，去桂林之后，才发生变化的。这样，才把杨朔解脱出来。

胡风 1937 年、1938 年日记多次记载了孙陵、杨朔同来，杨玉玮说杨朔与孙陵在 1936 年冬分手，以后再未会过面，也未通过信之说词，自然是错了。不可思议的是，杨玉玮和孙陵极可能在 1937 年 10 月错身而过，杨文一开头就说“1937 年 9 月，杨朔只身乘船离沪，转赴武汉，住在武昌城内。这年 10 月中旬，我随华北流亡学生南下经武汉到长沙国立临时大学就读。在汉口按照杨朔的函嘱，先找到大公报社副刊编辑陈纪滢先生，然后在武昌花堤下街一座破旧的二层小楼里，找到了杨朔。他在楼上租了间小屋，室内陈设很简单，一床一桌，两把木椅。邻居是作家罗烽、白朗夫妇，全家人住的也很挤。杨朔身着咖啡色西装，热情洋溢，顾盼有神。兄弟间多年未见，倍感亲热”[①]。杨玉玮 10 月中旬找到了兄长杨朔[②]，孙陵则在 10 月 25 或 27 日前与杨朔、罗烽同住，他们极有可能错过了。杨朔从延安回到武汉后，除 3 月 2 日与孙陵往见胡风，4 月 2 日独自去胡风处，一会即去。此后胡风日记未见记载。而臧云远、杨朔、孙陵主编的《自由中国》4 月 1 日在武汉创刊，第 2 期刊出杨朔从延安带回的毛泽东的题词。很快的出至第 1 卷第 3 期后就停刊。[③] 不久到广州，广州沦陷，11 月到桂林，不久又去重庆。1939 年 6 月参加了全国文艺界抗敌协会组织的“作家战地访问团”，去华北战地访问抗战将士，同行的有李辉英、白朗、罗烽、以群等，胡风 6 月 14 日也到生生花园参加作家战地访问团出发仪式，聚餐。应该有见到杨朔，但日记未记。

孙陵与郭沫若渊源更早，亦受郭沫若器重与信任。1938 年 4 月国民政府军事委员会政治部第三厅成立，郭沫若担任厅长，孙陵任机要秘书，不仅处理日常事务，还负责安排全厅的人事工作，这段时间孙陵都在汉口。孙陵最后一次出现在胡风日记里，是 1938 年 7 月 25 日“萧红来。夜，萧红又同孙陵来”。一日之中，萧红来两次，晚上那次是陪同孙陵去见胡风，应该是谈去重庆的事。孙陵回忆萧红时说：“这年七月，正是往重庆疏散的时候，萧红底肚皮又大起来了。但是端木一个人，买了一张头等船票，去了重庆，把萧红一个人留在武汉。这时从东北出来的朋友都去了西北，只有我一个人还在汉口，我答应给她帮忙，没事的时候常常谈起哈尔滨来。一谈起来，总是一阵伤感。”胡风日记 4 月 9 日就记载：“艾青带来了萧红的信，说是有了孕，艾青则说她和端木同居了。”萧红给胡风的信是 1938 年 3 月 30 日写的，信里说“前些天萧军没有消息的时候，又加上我大概是有了孩子”。到了 5 月 9 日，端木、萧红从西安回到武汉。由于端木已先到重庆，同是东北作家的孙陵成了萧红的协助者，但萧红、胡风及孙陵也陆续离开即将沦陷的武汉，孙陵 10 月随三厅到了桂林。

孙陵、杨朔、萧军、罗烽、倪平之关系，可约略述之，更能理解日记所述之前因后缘。孙陵与杨朔在哈尔滨时即友好，并从事旧体诗词写作，到上海后合办北雁出版社，合编《北伐》《西班牙在火线》。在罗烽倡议下联合在沪的东北作家萧军、萧红、舒群、白朗、金

---

① 《蓬莱文史资料第 6 辑 · 杨朔专辑》，蓬莱县政协文史委员会，1990 年 12 月，第 49 页。

② 杨朔有篇报告文学《王海清》，报告了宝清抗战的壮烈史的一个精彩插话，写作时间地点是 10 月 2 日武汉，杨朔此时已在武汉，可能是因在写作及与胡风尚不熟悉的缘故，这一天并未与罗烽、白朗、聂绀弩等人访视胡风。

③ 因时局发展和环境特殊的考虑，创刊号采用了郭沫若的题词。第 2 期才发表毛泽东的题词手迹。1940 年 11 月 1 日，孙陵在桂林复刊武汉出版的《自由中国》，由于当时国共关系紧张，复刊题词没有出现毛泽东及此份手迹，而是改用“一位值得尊敬的人物”，以印刷文字代替。

人、杨朔、林珏等集资与自愿捐助，出版了六十四开本的《夜哨》文艺小丛书，由白朗、金人任义务主编。孙陵、杨朔又发起投笔从军签名运动。孙陵与二萧更是1933年时即认识，孙陵受长春《大同报》编辑陈华之托，到商市街探望他们，到上海时，孙陵与二萧亦始终保持联系。

十二、茅盾抵达武汉时间及《文艺阵地》创办过程

10月31日

饭后过江，到大同旅社访茅盾，不遇。到邮务工会开座谈会。茅盾来，谈了一些上海、长沙的情形。……

夜，在“大同”同茅盾谈了一些闲天，他想在武汉出大刊物。

11月1日

去茅盾处，萧乾已在。过一会，三郎夫妇说是要请茅吃饭。因为雨，结果由茅盾请在旅馆吃。三郎夫妇之失态，大大地出乎我意料之外。同席者还有三人。……同茅盾及三郎夫妇到天津馆吃饭，孔罗荪同他底夫人小孩来。饭后又回旅馆，不送他上船，我先走了。

1938年2月11日

过江到“蜀腴”应生活书店底午餐。原来是茅盾来了，他们欢迎的。茅盾一见面就谈到“生活”要出一个范围大的杂志，而且是在上海就讲好了的云。吃饭中间，警报响了，听见较远处有轰炸声。

饭后，同冯乃超一道到茅底旅馆。他提议三件事：1. 过去的左翼作家现在散在各地，需要彼此联络，各地有一专人；2. 需要一个共同纲领；3. 彼此交换稿件。我看所谓左翼作家，即在创作生命，有的前进，有的后退，而新人不断出现，旧人逐渐转变。这些提议其迷恋旧梦而已。看他那样热心，我就不愿说什么了。

茅盾在回忆录里曾忆及他在1937年、1938年三次到武汉的情况。但在胡风日记里，1937年10月8日那次没有记载，只记载了茅盾后两次到武汉时与之接触的细节。虽然已有《茅盾回忆录》[①]对茅盾战时行踪及文学活动提供了一定的资讯。但胡风日记的披露，也提供了另方面的资讯，且得以订正茅盾第二次离开汉口的时间，不是1938年2月24日，也不是2月22日。

胡风1937年10月31日的日记提到他饭后过江访问茅盾的情况，特别指出茅盾想在武汉办刊物。记者陈斯英《茅盾访问记》则说“他此次是为了送他的公子们到长沙读书而经过武汉的，他的太太还在上海，所以他又得赶回上海去。……最后他告诉我，再过一两月以后，他也许要带着他的太太一同到武汉来长住”[②]。可见当时茅盾先到长沙安顿子女读书就学事宜[③]，然后到武汉，陈斯英在武汉访问茅盾时说“茅盾先生明天一早便要乘轮离开汉口。……再过十几个钟头他便离开汉口了”。这个时间点如参照胡风11月1日日记：“饭后又回旅馆，不送他上船，我先走了。”这天茅盾登船离开汉口，再转搭火车到杭

---

① 茅盾、韦韬著，华文出版社，2013年1月。

② 陈斯英：《茅盾访问记》，《时事类编》1937年11月25日特刊第5期，第45页。

③ 胡风1937年9月22日日记：“之林到茅盾处去过，……茅亦准备离开上海。……。茅想把儿女送到长沙读书去。”可见当时茅盾已在规划带子女到长沙读书。

州回上海。可知陈斯英是在10月31日夜间八时访谈茅盾，因再十几个钟头他便离开汉口了。10月31日夜胡风也在大同旅社与茅盾谈了一些闲天，茅盾想在武汉办大刊物，这晚胡风与陈斯英都去了茅盾居住的大同旅社，二人是否相见，胡风未载，此处亦暂且不论。① 从这两则讯息中似乎说明将从汉口离开的茅盾，打算一两月以后可能会带着太太一同到武汉长住。根据茅盾《烽火连天的日子　回忆录（二十一）》所述，他在1937年10月5日离开上海，10月8日抵达汉口，找了开明书店汉口分店，意外见到从杭州来的叶圣陶和章锡琛，他们得到上海的电报，已经为茅盾准备了住宿的地方，茅盾说此次不在汉口停留，要先把孩子送到长沙，之后会再来汉口，从原路回上海。因此9日就启程去长沙，10日中午到达。第二次到汉口是10月20日，而其妻子德沚的电报早在开明书店汉口分店里，告知长江航线有危险，南京不通航，要茅盾改走其他路线返沪。茅盾忆及当时打消了拟在汉口多住几天的想法，买到24日去杭州的卧铺票，在等车的两天中，与叶圣陶谈到武汉能否长期坚守的问题，另有一天是徐伯昕来看他并问有什么计划，茅盾说原来想先回上海再与德沚来内地，想在长沙落脚，现在又动摇，因那里还在提倡读经，太落后了。徐伯昕说："你来武汉编辑杂志罢，在上海韬奋就说过，要请你主编一个中型的文艺刊物，类似《文学》那样，我今天专程来拜访就是为了这件事。"茅盾答应了，具体方案等上海回来之后再商量。② 茅盾曾想过日后落脚长沙，但见到落伍的长沙，心中开始动摇，又答应韬奋、徐伯昕到武汉编文艺刊物，所以他回答陈斯英说他也许要带着他的太太一同到武汉来长住。

这一次离开汉口的时间，根据胡风日记所载是1937年11月1日，茅盾自己的回忆录说是10月24日，因他曾想再提早两天回上海，但找票有困难，有些研究者未细看，误以为是10月22日。但不论是22或24日，这时间点都不太合理，因回忆录说他回到上海的时间是11月12日上灯时分，回家这一天，上海沦陷了。从汉口到杭州费去13天，从杭州到上海又费7天时间，前后二十天时间，未免太长。他在《烽火连天的日子　回忆录（二十一）》说："从武昌经长沙到株洲，再转浙赣线经南昌到杭州，在和平时期，火车大约走两天两夜"，但现在是非常时期，在他的印象中，火车老是停在某个不知名的小站上，等到达杭州已是11月5日的傍晚。他到绍兴换船，第五天才登上回上海的船。③ 如果以11月1日汉口出发，5日抵杭州比较可能，因非常时期，较平时多花三天时间在路上。而杭州到

---

① 胡风10月26日日记已写到"《时事类编》的陈士英来过，留下《时事类编》两册"。胡风所误作的"陈士英"即陈斯英。胡风与陈斯英在《时事类编》编译工作期间未重叠。陈斯英，原籍广东，1927年至上海求学和工作八年，后转赴南京工作，在《时事类编》任编辑，喜欢旅游摄影，撰写游记，游历名山大川、历史古迹。1937年秋随中山文化教育馆《时事类编》迁汉口、重庆，1940年响应开发西北，辞去《时事类编》的编译工作，服务于甘肃农林部畜牧机构，调查各县畜牧事业发展概况及草原牧场分布情形，后又应聘前往新疆建设厅工作，得以踏上天山探秘之旅，遍观草原冰湖等奇景。至台湾后，受《大同》杂志邀约，撰写故国旧游，之后又将单篇结集成《西北万里行》上下两册，台湾文经出版社有限公司于1985年出版。该书对川、陕、甘、新诸省的山川形势、历史文物、民情风俗、社会形态以及旅途生活实况，有细腻而深入的描写，其间异域情调与传奇故事尤引人入胜。

② 茅文刊《新文学史料》1983年第4期，第7—28页。吴永平《〈胡风家书〉疏证》认为茅盾10月22日回上海，时间有误。认为第一次来汉口是为安排家属去长沙避难事，第二次来武汉是与生活书店谈创办大型文艺刊物事，第三次来武汉是为《文艺阵地》稿源事。但更精确地说，应该是茅盾第一次是携子女到长沙读书路过武汉，第二次只是要从原路回上海，也是路经武汉，生活书店邀编刊物事是他意料之外的事，第三次才是与生活书后研究编刊物的事，确定了要在广州编辑出版，因此向汉口朋友约稿。

③ 茅盾、韦韬：《茅盾回忆录（中）》，第18—19页。

上海一段，主要是在等船期及会见朋友①，一旦船开也很快抵达上海，不过为了安全，多绕了一大圈。茅盾从10月5日离开上海，10月8日抵达汉口②，花了四天时间，但回程多花3倍时间，从11月1日汉口上船到武昌搭火车，直到12日晚上才到家。

茅盾第三次到武汉的时间，根据其回忆录是1938年2月7日。但胡风2月11日才知道茅盾来了，这天日记说："茅盾一见面就谈到'生活'要出一个范围大的杂志，而且是在上海就讲好了的云。"可见此行就是为了与生活书店讨论编刊物的事，商量刊物名称及刊物内容、每期字数等问题。根据茅盾回忆录，他与妻子孔德沚在1937年除夕③登上了去香港的轮船，次年元月3日来到广州，1月8日离开广州北上，12日抵达长沙，与孩子会合，打算在长沙逗留半月之久，因1月30日是阴历除夕，所以打算过完年再去汉口。孔德沚则要茅盾在汉口先把房子找到。2月7日到达汉口之后，茅盾向生活书店的邹韬奋、徐伯听提出编辑出版地点移到广州，认为印刷条件广州比武汉好。而且，汉口并不安全，敌人如沿长江逆水而上，武汉是守不住的，他也预计尽早去广州筹备。④ 从孔德沚要茅盾在汉口找房子来看，茅盾原先是打算留在武汉办刊物的，何以后来又改变了心意呢？毅然转到广州编辑出版，究其原因当与陈独秀见面有密切关系，在《烽火连天的日子　回忆录(二十一)》写有一次冯乃超问他："想不想见见陈独秀？"茅盾反问："他在汉口吗？"乃超说："南京陷落前他就到这里了，现在他完全自由了，国民党不再监护他了。我知道他住在什么地方。"茅盾说："应该去看看他，已经有十年不见面了。"于是冯乃超陪茅盾去拜访了陈独秀。"陈独秀明显地老了。他见到茅盾很高兴说：'虽然阔别10年，但我从你写的小说中见到了你。'他和十年前那次见面一样，不谈政治，但谈战事。他说武汉是守不住的，我们都得走。又说，日本人一定会来轰炸武汉的，如果有空袭警报，他开玩笑说，我就钻到桌子底下去。"⑤茅盾潜意识里十分钦佩陈独秀对战事的分析和见解，尤其最后指出"武汉是守不住的"，给茅盾相当大的冲击。原先在去年10月20日那次与叶圣陶的谈话就觉得今后的打算很难预测，不知武汉能否长期坚守。这次来武汉，他没有去开明书店，

---

① 茅盾去长沙时，早与端木约好回程至杭州见面。根据1937年10月9日端木蕻良从浙江上虞给胡风的信："茅盾先生已去长沙，他约定回来电邀至杭州相晤，也许他不回来我即走了，但得看我腿相允否。"11月5日傍晚茅盾抵达杭州车站，即听到今日凌晨敌军在金山卫登陆的消息，"从中午起火车已不通上海，归路断了"。据载11月5日，日本侵略军在金山卫登陆后，萧山开始遭受战火的侵袭，11月30日，日军机更高达28架次轮番轰炸萧山县城。茅盾遂离开杭州到绍兴，然后等乘轮船回上海。茅盾与端木之约显见不可能了。坊间众多说词说茅盾约端木在萧山会面，端木因腿风湿病犯了，委托兄长曹京襄前去，11月11日当天又遇日机轰炸萧山，遂未能晤见。见曹革成《端木蕻良年谱(1912—1996)》，收入王德金，徐霞主编：《永远的怀念——纪念端木蕻良一百周年专辑》，2012年，第264—265页。此说恐有误。

② 茅盾散文《苏嘉路上》即叙此次逃难的情景。由于孔德沚的老朋友陈达人来电报，欢迎茅盾夫妇将两个孩子送往长沙读书。10月5日，茅盾带着一双儿女和简单的行李，踏上了去湖南长沙的旅途。上海北站被敌机炸毁，茅盾他们在上海西站上车。火车沿沪杭线到嘉兴，再沿苏嘉路去苏州。苏嘉路是南京政府为备战而筑的简易铁路，7月才通车，此时恰好承担了上海到南京的中转运输任务。火车上挤满了逃难的人，而日寇的飞机随时有可能来轰炸火车和铁路。

③ 这个除夕、元月三日用法类似旧历，但茅盾此处是指新历12月31日及1月3日。适夷在《记〈文阵〉二年》说："二十七年的武汉的二月，茅盾先生把自己从上海流亡出来的家属，暂时安顿在长沙的近郊，只身到武汉来。"(《文艺阵地》第4卷第12期，1940年4月16日，第1607页)。另篇《茅公和文艺阵地》一文对茅盾离开上海的时间叙述有误，当时茅盾早已将儿女安顿在长沙读书，只有他与孔德沚逃难，到长沙再与孩子团聚，他只身到汉口。但楼文："茅公于1937年11月，携带全家从经过'八一三'战争炮火成为孤岛的上海，跋涉战争时期混乱艰难的道路到了湖南长沙，暂时把家属寄寓在长沙的郊外。"见《新文学史料》1981年第3期，第175页。

④ 茅盾、韦韬：《茅盾回忆录(中)》，第22页。

⑤ 《新文学史料》1983年第4期，第26页。

因他知道叶圣陶、章锡琛他们已将开明书店全部家当迁往重庆，叶圣陶全家也在去年12月底随船队西行，这种种现实，让茅盾很快做出决定："二月十九日，我回到长沙，因为事先已有信给德沚，告诉她我们全家将去广州。"以群《〈文艺阵地〉杂忆》一文另有补充说："那时决定编辑部设在广州，而不设在汉口，也是为了政治上的方便——远离国民党的政治中心，避免主编人和他们打交道。"[①]这说词近似茅盾回忆录所记，邹韬奋和徐伯昕同意茅盾的意见，"认为抗战的力量应适当分散，都集中在武汉，反被政府注意，未必能发挥它应有的作用"。鉴于以上种种考量，茅盾一家在2月21日登上了南下火车。回忆录续写他们一家于2月24日到达广州，他立即与生活书店广州分店的经理商议了《文艺阵地》的排印问题。到广州的第三天，萨空了力邀茅盾去香港帮助他编辑《立报》的副刊，并说："你可以在香港把《文艺阵地》编好，寄到广州来排印。那边的居住条件，写作环境都比广州好，免得天天躲警报。"于是2月27日下午茅盾离开广州赴香港。

至于刊物命名为《文艺阵地》，茅盾回忆录仅有很简单的纪录，完全没提到与胡风相关的细节。胡风的回忆录则说："1937年10月底，茅盾从上海到武汉来了。一见面就宣称，他将编一个大杂志，这是在上海就谈好了的，云云。"这段回忆夹杂了10月31日及次年2月11日的日记内容[②]，10月这次见面是茅盾第二次到武汉，但"将编一个大杂志，这是在上海就谈好了的"以及胡风紧接着说"见了几次，他对文艺运动提出了三点意见"。以下所述包括刊名的确定、与生活书店订立出版合同，都属第三次到武汉的事。由于胡风回忆录在叙述时，从1937年10月底写起，以后没再出现其他时间，很容易被误认三点意见、刊名、出版合同等信息都来自茅盾第二次来武汉发生的事[③]，实则都是茅盾隔年2月第三次来武汉才发生的。2月11日日记载他同冯乃超一道到茅盾下榻旅馆。茅盾提议三件事的内容即可证明。关于刊名命名经过，胡风回忆录写道：

> 他取名《文艺前哨》。《前哨》是左联在五个作家牺牲后出版的秘密机关刊，它代表了左联的英勇的战斗精神。茅盾用它做刊名，寄寓了这个刊物要继承左联这个传统的意思。我想了想，向他建议，不如用《文艺阵地》。我说，由你打阵地战罢，《七月》只能打游击战。我的想法是，他和有地位的作家的关系广，能够联系他们，鼓励他们写文章参加抗战，也从上层扩大统战力量。……他当即欣然同意了。[④]

楼适夷《记"文阵"二年》则说："当时指定的名字是'文艺哨岗'，后来觉得'文艺阵地'四个字更沉着些，便在三教街一个朋友的家里决定了。"[⑤]文中的三教街的朋友指孔罗

---

① 以群：《〈文艺阵地〉杂忆》，《以群文艺论文集》，上海文艺出版社，1983年9月，第534—535页。

② 胡风这句话很容易被误认作茅盾是在1937年10月底到武汉的，实则是10月20日已到汉口。

③ 吴永平《〈胡风家书〉疏证》将文艺运动三点意见等论述当作茅盾第二次来武汉时的面谈情况。然则这三点意见都是确定要办刊物之后的事，10月那次只是同意编刊物。其他如见吴奚如、周恩来等事也都是1938年2月茅盾第三次到武汉才发生的，第二次并未见到吴奚如、周恩来，事实上，周恩来要到1937年12月中旬才到武汉同国民党协商合作事宜，时任中共中央长江局副书记，之前他在山西太原、临汾，茅盾不可能10月时在武汉见到周恩来。比对胡风日记，这三点意见记录在2月11日的日记里。至于刊名、订立出版合同列为茅盾第三次来武汉时的交谈结果，则无误。

④ 《胡风回忆录》，第89页。梅志《胡风传》同样意思，是胡风对茅盾说了自己的看法，提议不如将原定的名字《文艺前哨》改为《文艺阵地》，因为现在已不是过去在上海的时候了，现在应该团结新老作家，占领阵地。茅盾同意他的看法，后来他果然用了《文艺阵地》为刊名(第362页)。但梅志也误将茅盾第三次到武汉办刊物的事移到10月来写。

⑤ 《文艺阵地》第4卷第12期，1940年4月16日，第1607页。楼适夷另有《茅公和〈文艺阵地〉》，《新文学史料》1981年第3期，第175页。但此文未提到刊物命名经过。

荪。吴景明《〈台儿庄〉与〈文艺阵地〉》说:“乃超带锡金去和他见了面,并在孔罗荪的住处三教街开了一次会。茅盾受生活书店的委托,提出要办一个‘打阵地战’的文艺月刊,和大家商量了办刊物的方针,并决定将刊物的名字定为《文艺阵地》。”①他们在谈到刊物定名为《文艺阵地》,都没提到胡风参与此次讨论,但对照胡风2月13日的日记,参与者冯乃超、胡风、茅盾、孔罗荪诸人都相同,大抵可以肯定《文艺阵地》这名称就是在这一天讨论后定下来的,而且是胡风贡献的意见。日记记载胡风饭后过江就“到孔罗荪家,茅盾等已在。正谈着杂志的问题,看来是想各方面都拉的。第一期要我写论文一篇云。……过茅盾处,冯乃超等还在”。胡风本人亲身参与刊物问题讨论,这些内容自然是触及刊名、约稿、组稿等事。今所见日记有删节,恐怕是触及较敏感忌讳的人事,诸如对茅盾的批评。再者,此处胡风家书亦有所省略,情况恐是相同。由于楼适夷并未参与这次讨论会,刊物原先拟取的刊名仍以胡风所说为是,取名为《文艺前哨》,不是《文艺哨岗》,而最后命名为《文艺阵地》,则是胡风的意见被采纳了。楼适夷所说的《文艺哨岗》,也确实有此刊物,根据《抗战文艺·文艺简报》的报告,该刊于(1938年)6月出版。②

2月13日的日记还记下了茅盾给胡风“一份《抗战》。除了隐隐对《七月》表示不满外,不过一篇胡说而已”。隔两天后(2月15日),胡风在家书也抒发了心中的郁闷,他说:

> 茅盾来了,“生活”出一杂志,在广州编印,稿费每千字四元—五元,〔……〕。看茅盾底态度,是以《七月》作对手,非挣扎一下不可,但我想,在它出版前,《七月》也许可以挣出几期来!为了杂志,茅还另外想出了几套法宝,想拉我去扮一脚,我是以“唔,唔”对付过去的。和他共事共够了,我何苦再来卖傻劲呢?我是,暂时支持《七月》几期,其余的到时候再说罢。③

胡风日记及家书呈现的情绪,大约可以从《七月》到武汉后所遭遇的现实理解:10月23日市党部通知特三区,禁止《七月》。胡风为之大大地忙了一通,到了31日,特三区还不准《七月》发行。12月18日访张仲实,谈《七月》事,以为生活书店可以接收。20日胡风与子民至生活书店,商《七月》事,结果条件相隔甚远。22日又去生活书店交涉,未成议。晚上在子民家吃晚饭,为《七月》事大起争执,端木等要成立编委会,否则退出,结果是不欢而散。24日胡风想把《七月》停刊,绀弩、子民皆不赞成。26日再到生活书店会徐伯昕,胡风感觉徐伯昕没有接受《七月》的意思。直到隔年1月6日大抵态势明显,生活书店不愿接受《七月》,胡风猜测是邹韬奋的文化系统在起作用。幸而1938年1月12日到杂志公司与张静庐谈妥了《七月》出版事宜,每期120元。17日下午,杂志公司小伙计送合同来签字,《七月》暂时算是可以生存了。1月27日萧军夫妇、田间、艾青、端木、绀弩都离开武汉了,只剩胡风一个人留在武汉办刊物。29日子民来,说潘汉年、李克农都要他摆脱《七月》。所以2月2日胡风很感慨写下:“这《七月》,原是一个小小的努力,连这点健康的生命都不能被容许存在,这战争还有什么前途呢?”2月11日知道茅盾来了,胡风

---

① 吴景明:《蒋锡金与中国现代文艺运动》,东北师范大学出版社,2015年4月,第81页。

② 文云“南昌的一些文艺朋友,准备出版一种文艺杂志,每月刊行一次,定名‘文艺哨岗’六月初出版”。《抗战文艺》第1卷第6期,1938年5月28日,第64页。

③ 1938年2月15日自武汉,见晓风选编:《胡风家书》,复旦大学出版社,2007年4月,第46页。

在这天日记写:“他们(生活书店)欢迎的。”可见从 1937 年 10 月到隔年 1 月这三个多月来《七月》发刊过程充满挫折艰辛,然而生活书店对《七月》及茅盾的支持度有相当大的差别待遇,胡风内心自然非常感慨。在晚年回忆录仍有这样的认知,他说:

> 到茅盾来武汉决定出《文艺阵地》,他们当然不出《七月》了。我只好又和上海杂志公司接洽,老板张静庐接受了,但每期编稿费只肯出一百二十元。每期七万多字,每千字两元都不到,编辑费更不用说了。我也只好同意了。生活书店又提出要求,希望以六折(普通是七折)计算,由他们包销三千份。我转告张静庐,他同意了。还没有实行,《文艺阵地》出版了,生活书店就把三千份改为三百份。

《文艺阵地》受到全力的支持,稿费每千字四至五元,倍于上海杂志公司给予《七月》的每千字两元,生活书店包销价格也低于行情一折,最后还只剩三百份。这不是与茅盾在作商业竞争、文坛地位的竞争,而是现实受到不公平的对待,一种被边缘化而生出的奋斗动力。这显然不是“茅盾邀请胡风与之共办《文艺阵地》,胡风拒绝”①所能解释的。

十三、武汉文化界抗敌协会

> 11 月 19 日
>
> 夜七时,参加党部召集的文化界茶话会。会场完全由他们操纵,要成立文化界抗敌协会。我说了几句话,毫不能挽救,反被加上了筹备委员的名目。
>
> 11 月 23 日
>
> 七时去武汉日报开文化界筹备会,未终席即回。
>
> 12 月 9 日
>
> 七时半赴武汉日报馆出席文化界抗敌协会筹备会,不终会即退出。这些都不过浪费时间而已。
>
> 12 月 19 日
>
> 晨起即过江约柳湜同到市党部出席武汉文化界抗敌协会成立会,被推为主席团之一,被选为理事。二十五名理事中,党部占十七名。
>
> 1938 年 1 月 23 日
>
> 四时出席文抗会理事会,原来是官方不准举行“保卫大武汉”宣传周,所以开会决议取消。

胡风初到武汉不久,被邀参加了武汉文化界抗敌协会筹备会,未几,又参加全国文艺界抗敌协会筹备会,这两个名称近似的抗敌协会,分别成立于 1937 年 12 月 19 日及 1938 年 3 月 27 日,参加的团体、人员多有重叠,胡风也分别担任研究部主任、副主任,甚至武汉文化界抗敌协会也有段时间简称“文协”②,与全国文艺界抗敌协会的简称完全相同,因此

---

① 张玲丽:《在文学与抗战之间:〈七月〉〈希望〉研究》,武汉大学出版社,2016 年 2 月,第 209 页。张文还说,其中的原由与之前的“左联”经历,“两个口号论争”等诸多纠纷有关。

② 《“文协”近讯(特讯)》:“‘武汉文化界抗敌协会’,是武汉文化界社团的一个联合性的统一性的组织,由武汉文化界共同发起,并推举段公爽等十一人为筹备委员……在筹备期间,加紧办理各文化社团的登记,并……征求会员。”文中介绍已踊跃登记的各文化社团及会员登记,大体就绪。近五百字的内容全是“武汉文化界抗敌协会”的消息,但标题简称“文协”。《文化新闻》第 2 卷第 1 期,1937 年 12 月 10 日,第 5 页。胡风此时日记对此组织则称“文抗会”。

学界有时会混淆这两个不同的抗敌协会。[①]“武汉文化界抗敌协会”由《武汉日报》出面召集组成。胡风日记在11月19日记载“党部召集的文化界茶话会”,吴宝林考订:这里指的是汪精卫在汉口特别市党部召集沪、宁、汉三市文化界人士开座谈会,[②]在这个茶话会上提出成立武汉文化界抗敌协会。胡风在并不情愿的情况下被列为筹备委员的名目。[③] 23日记载武汉文化界抗敌协会初次筹备会时间[④],12月9日胡风再次出席文化界抗敌协会筹备会,两次都是不终会即退,胡风甚至说这些都不过浪费时间而已。经过近一个月筹备,武汉文化界抗敌协会于12月19日成立。胡风被推为主席团之一,被选为理事,在二十五名理事中(段公爽、胡风、钟期森、何梦雪、魏绍征、刘炳藜、陶涤亚、光未然、彭芳草、谢楚珩、罗楚石、马丝白、刘倩茂、徐步、梁韬、林荣葵、李彦常、王镜清、郑竣生、朱双云、管雪斋、冯乃超、宋一痕、金则人等),市党部占十七名,主席团由魏绍征、段公爽、胡风、钟期森、阳翰笙、刘炳艺、光未然等七人担任,并推魏绍征为总主席。会上,讨论并通过了几项决议:(一)决以大会名义通电拥护蒋委员长宣言,并由武汉文化团体及刊物转载,积极阐扬其实意;(二)筹设武汉民众战时常设训练班;(三)发表大会成立宣言;(四)商同政府筹设武汉小学教师抗敌研究社及战事常识巡回演讲所;(五)集中武汉文化人分赴内地宣传抗敌工作;(六)由本会创办一抗敌言论杂志;(七)筹备举办战时流动演剧队。12月27日市党部开会,胡风被选为研究部主任。[⑤] 12月31日到市党部开会,但到者不足法定人数。成立后两周(1月2日),武汉文协召开首次理事会议,由谢楚珩主持。会议决定成立如下组织:设有国际宣传委员会、教育工作委员会、电影工作委员会、出版工作委员会、文艺工作委员会(胡风、钟期森、冯乃超、王平陵、穆木天、沈从文、老舍、叶圣陶、姚蓬子、萧军、萧红、萧乾、端木蕻良、凌叔华、孔罗荪、艾青、蒋锡金、程晓华、黎圣伦、苏雪林、胡绍轩、杨世骥、吴慕风、赵合俦、王霞宙、黄默忱、金石寿、高兰、田间、白朗、彭子冈、林庚白、徐盈、东平、辛人、林蒂、李士伟等36人为委员)、音乐委员会。[⑥] 1月23日出席文抗会理事会,原来是官方不准举行“保卫大武汉”宣传周,所以开会决议取消。在1月时发起组织保卫大武汉宣传周,何以又取消?可能国民党市党部发现是共党人士在主导,尤其《新华日报》刚创办不久,即在1月17日被捣毁,胡风1月18日的日记记载:“过《新华日报》馆,晓得发行部遭了捣乱,报纸上的启事都登不出。”19日的《新华日报》在第一版刊登了《本报紧急启事》:

---

① 如杨闻宇《一束蒲公英》:“1938年5月,武汉文化界抗敌协会通电全国之外,其会刊《抗战文艺》刊出了《致周作人的一封公开信》,谴责他‘昧却天良’,‘背叛民族,屈膝事仇’,‘贻文化界以叛国媚敌之羞’。”线装书局,2017年4月,第132—133页。所云《抗战文艺》刊《致周作人的一封公开信》并无误,但《抗战文艺》并非是武汉文化界抗敌协会的会刊,而是全国文艺界抗敌协会的刊物。武汉文化界抗敌协会当时亦对周作人行径有所警告,发布《声讨周作人宣言》,并非茅盾等的《致周作人的一封公开信》,二文都登在《抗战文艺》(5月5日及14日),如未细辨,可能因此混淆。

② 吴宝林根据李文开著《武汉会战时的书报检查机构》,《武汉文史资料》1985年第1辑,第69页。

③ 吴宝林指出当时选出了三个人:钟期森、胡风、冯乃超,为“筹备委员”。吴宝林:《〈胡风日记·武汉一年〉史实考订及新发现——兼谈胡风“战时日记”的史料价值》,《新文学史料》2018年第4期。

④ 翌日有《武汉日报》的报导为证,此处仅列标题:《武汉文化界抗敌协会 昨开首次筹备会 推定常务委员三人 确定会章起草原则》,1937年11月24日第4版。

⑤ 《武汉日报》标题《武汉文化界抗敌协会 推定内部负责人 昨开第一次理事会》,1937年12月28日。

⑥ 以后又曾设戏剧工作委员会、战地工作委员会、救济慰劳工作委员会、农村工作委员会,并出版了会刊《时事月报》。该会在3月举办战时工作干部训练班,5月率先通电全国声讨周作人的附逆行为。《武汉文化界抗敌协会成立》,《抗战》1937年第1卷第16期,第242页。关于武汉文化界抗敌协会会员名单与理事一览表可见湖北教育厅档案,其中文化社团有84个,但目前研究论著一般都写83个。

本报出版之唯一宗旨在巩固团结抗日救国有创刊号以来之言论与事实足以证明不料因此触忌,汉奸匪徒竟于前日(十七日)下午六时半突有匪徒二三十人手持短斧声势凶凶闯入本馆营业部首将电话割断继即狂施捣毁并高呼"先打机器要紧"于是横冲直撞,排字房与机器房均被殃及,待宪兵队与警察局第十二分局赶到,始蜂涌散去。内有二人在捣毁排字房后脱逃,稍迟始被当局拘获,当由宪兵带去。本报除据实报请军警当局依法澈究外,特将事实经过敬告各界,并吁请报界同业及社会人士加以同情援助本报抗敌初衷始终如一。当晚已将机器铅字加以整理,照常出版,今后更当努力以达救国目的,特此启事。

可见当时言论控制之氛围。《新华日报》在1938年1月13日第1页刊"怎样保卫大武汉?"捣毁事件后,1月20日第1页又有"保卫大武汉文协会宣传计划",22日第2页"保卫大武汉名人广播演讲"。这都可能导致武汉文协在23日作出决议,取消举行"保卫大武汉"宣传周。《大公报》对此无进一步报导,仅见1938年1月17日第3页"文化界抗敌协会昨请邵部长等演讲"。而原先《武汉日报》在13、20日也还在宣传,标题还做"保卫大武汉 文化界抗敌协会 定期举行宣传周"及"保卫大武汉 文协会拟定宣传计划"。胡风1月23日所载就极为重要,可以看出当时国民党的抗战态度,也纠正后来沿袭的错误,以为"1938年1月29日,协会发起的'保卫大武汉宣传周'开幕,并组织了歌咏、宣传队等60余队分赴全市开展抗日救亡宣传活动"①,这个错误后来见诸各类论著。② 除胡风日记提到文抗会理事会决议取消"保卫大武汉"宣传周外,在李公朴、柳湜主编的《全民周刊》的"编辑后记"清楚交代了该运动已停止举行,文云:

本期原来计划是配合武汉文化界抗敌协会发动之保卫大武汉运动继续出第二特辑的,现因该运动已停止举行,本刊第二特辑,亦暂不出,但上期关于保卫大武汉问题未登之来稿,仍在本期登出。③

《全民周刊》上一期(即第1卷第7期)策划了保卫大武汉运动特辑一,出刊时间是1938年1月22日,文抗会理事会在23日即决议取消"保卫大武汉"宣传周,与之或有关系,第1卷第7期所刊文章有穆木天《保卫大武汉:给一个青年朋友》、叶剑英《目前战局与保卫武汉》《舆论界为保卫大武汉动员!》《怎样保卫大武汉》、方直《怎样进行保卫大武汉的宣传运动》、胡绳《短评:两件大事》、关吉罡《保卫武汉的战时交通问题》、允一《短评:转变武汉非战时的空气》、沈兹九《怎样动员妇女保卫大武汉》等。在这期的《编辑后记》还提到原来打算出一个保卫大武汉专号,因为保卫大武汉宣传并不是一周的事,而特约的文章也决非一期可以容纳得下,因此改出特辑,也打算以后按照客观需要,续出特辑二,或特辑三。④ 未料仅出特辑即无法再续出,该期提出太多专家实际的意见,大概非当局所乐见,⑤因此,文抗

① 范泉主编:《中国现代文学社团流派辞典》,上海书店出版社,1993年6月,第340页。

② 如吴景明著《蒋锡金与中国现代文艺运动》即根据范泉主编的《中国现代文学社团流派辞典》,文云:"1938年1月29日,协会发起的'保卫大武汉宣传周'开幕,并组织了歌咏、宣传队等分赴全市开展抗日救亡宣传活动。"东北师范大学出版社,2015年4月,第56页。

③ 《全民周刊》第1卷第8期,1938年1月29日,第125页。

④ 《全民周刊》第1卷第7期,1938年1月22日,第109页。

⑤ 宪政运动在国统区蓬勃高涨时,叶楚伧先生任国民党中央党部秘书长时就曾对人说:"研究可以,最好由少数学者在房间里研究研究,不要发表文章,来什么运动!"见邹韬奋:《抗战以来》,生活·读书·新知三联书店,2018年10月,第180页。可见国民党对于"运动"忌讳,恐怕失控。

会理事会断然取消了"保卫大武汉"宣传周。在1月29日这天各报所报导的都是纪念"一·二八"活动,《武汉日报》在这一天的报导是:

> 昨为"一二八"六周年纪念,武汉文化界抗敌协会散发告武汉市民五万份,派歌咏宣传三十五队,出发武阳汉三市各区宣传,并动员平汉楚各角在新市场、天声、美成医院加演抗敌剧,电影股放映抗战特辑影片,观众达一万四千人云。[①]

取消"保卫大武汉"宣传周后,1月29日举行了哪些活动呢?根据《武汉日报》所载,一是《中华全国电影界抗敌协会昨成立 邵部长出席致训词 选出理事七十余人》,二是《鄂春节抗敌 宣传周昨开幕 敦请何主任邵部长等演讲 组宣传队出发表演街头剧》,尤其是以春节为名,由鄂非常时期宣传委员会举办之春节抗敌宣传周,与武汉文化界抗敌协会原先策划的"保卫大武汉"宣传周性质不同,实质是维稳,害怕宣传周引起批判当局,酿成一发不可收拾的运动。[②]

十四、二萧、端木蕻良都被省党部特务组捕去吗?

> 12月11日
>
> 午睡时,悄吟跑来,说是有三个流氓似的人物来逼三郎去。去那里一看,晓得是什么特务机关派来的,派他们同到警察所去。我出来到行营找曹振武处长,他答应去交涉。回来托宗武找人打听,回信是党部来捕的。再找曹振武,他说是省党部特务组捕去的,回来找金老伯去找特派员,M来说之林已在我处,他们都出来了。看来他们是想秘密弄去的,后来见外面有人知道,无法下台,只好说是因为他们没有报户口。看来武汉的情形一天一天严重了。

胡风日记记载了1937年10月4日萧军、萧红来到武汉[③],到了11月22日萧军来告

---

① "纪念一二八沪市下半旗 武汉文化界抗敌协会在三镇扩大抗敌宣传",《武汉日报》1938年1月29日第2版。

② "保卫大武汉"的宣传,到6月之后才又复起,甚至在八月积极宣传、拟定宣传纲要。这可能与局势日渐危急有关。文协会刊曾刊广告主催"保卫大武汉七·七公演",下期会刊简报则将剧本改名《总动员》,演剧事最终未如愿。但很快的,《武汉日报》登出了"全体警察誓死保卫大武汉"(1938-06-15),陆续有"建中师生献金保卫大武汉"(《新蜀报》1938-06-16)、"保卫大武汉与争取第三期抗战胜利"(《新蜀报》1938-07-02)、"保卫大武汉之阵容暨半周来战况概要——陈部长向外记者报告"(《武汉日报》1938-07-05)、"以全力保卫大武汉 为民国二十七年抗战周年纪念作"(《武汉日报》1938-07-07)、"纪念'八一三'保卫大武汉!武汉各界决定办法积极宣传"(《西北日报》1938-08-05)、"纪念'八一三'保卫大武汉宣传纲要"(《武汉日报》1938-08-07)。

③ 有些文章误作两萧是10月10日到达武汉。郑保纯《凌波微步——萧红在武汉》:"1937年上海沦陷前,萧红和萧军于9月离开上海,10月10日到达武汉。"见舒炼主编:《名人武汉足印丛书　文化卷》,武汉出版社,2012年6月,第232页。这个错误可能是源自王德芬:《萧军年表》,载《东北文学研究丛刊》第2辑,1985年10月。其后丁言昭《爱路跋涉——萧红传》:"一九三七年九月上旬萧红和萧军离开上海去武汉,十月十日到武昌。"(业强出版社,第183页),其中言九月上旬离开上海,时间亦应订正为九月下旬。胡风在9月25日离开上海时,尚与萧军夫妇辞别。二萧离开上海赴武汉的时间,诸多文章多作九月上旬,因而顺便一提。葛涛《文物背后的历史信息——萧军、萧红寄存许广平处的物品释读》:"1937年9月初,萧军与萧红离开上海奔赴武汉,临行前把鲁迅给两人的53封书信交给许广平并把一些个人物品寄存在许广平处。"《鲁迅生平与文稿考证》(安徽大学出版社,2017年3月),第385页。《萧军年表》对二萧到达武汉的时间之说法也影响了晓风,在《萧红佚信一封》一文说:"全面抗战爆发后,萧红与萧军于1937年10月10日来到当时的抗战中心武汉。"《中华读书报》2001年1月10日,《鲁迅研究月刊》2001年第2期,第80页转刊。根据胡风日记及《胡风家书》可知二萧抵达武汉时间是1937年10月4日。10月7日胡风自湖北武汉致信在湖北蕲春的梅志:"萧军夫妇已到,绀弩夫妇亦在,但周颖和小孩即下乡去。"《胡风家书》,第35页。

知胡风,之林(端木蕻良)也到了[①]。由于住得相近,二萧、端木时相过往于胡风住处。但在12月11日三郎(萧军)被省党部特务组捕去。胡风记载了当天下午发生的事件。

胡风日记在1938年1月27日二萧、端木去临汾之前,习用三郎、悄吟、之林称呼,引文提到悄吟来通风报信,这一段记录,后来也见于梅志的回忆。梅志已在12月1日与胡风相聚,她也是现场见证者。梅志《"爱"的悲剧——忆萧红》一文还谈了一些细节,比如:

> 萧红一个人气急败坏地跑了进来,连话都说不清:
>
> "有三个流、流氓……样的人,跑来逼着萧军要跟他们走……萧军……还要我们都到警察局去。"
>
> 顺了一下气才说清楚:萧军被他们带走了,她赶快溜出来报信。
>
> F立即去行营找曾见过面的某处长,答应调查、交涉。又托房主人找人打听情况,后来知道是省党部特务组干的,F就求房主金老伯去找特派员。那是他过去的学生。不久萧军就出来了。时间虽然只有几个小时,却给了我们很大的一个警告。因为他们想秘密捕人,那是确切的。这次只因为萧红跑出来报了信,我们营救得快,他们无法隐瞒这鬼蜮伎俩,只好悄悄地放人,故意借口说是因为他们没报户口。[②]

梅志还说出了这事后的几天,萧红亲自刻了一方小图章送给胡风。从这些描述来看,梅志理应见证了此事,且在近五十年后对此事印记特别深刻,她描述当时胡风迅即求助于国民党在湖北的上层关系进行营救,这些基本上与胡风日记所述事实相同,并无出入,只是隐去曹振武处长,以某处长称之,但又补述了求金老伯找特派员设法的缘故,因特派员是金老伯过去的学生。梅志此文发表于1985年,说明了萧红对萧军被捕表现出的机智勇敢以及她对萧军安危的关心,流露挚爱的情感,同时也很清楚萧红并未与萧军同时被捕。虽然当时胡风日记尚未公开,梅志此文极可能看了日记后,勾起她对某些场景的回忆。然而令人不解的是此文之后又收入诸多文集,比如梅志散文集《花椒红了》(1995)、张毓茂、阎志宏编《萧红文集　散文诗歌及其它》(1997)、季红真编选《萧萧落红》(2001)、晓风编《梅志文集　散文小说卷》(2007)、孙郁主编《1978—2008中国优秀散文》(2009)、彭放、晓川编著的《百年诞辰忆萧红 1911年—2011年纪念萧红诞辰100周年》(2011),二萧没有同时被捕一事应该也广泛被知悉了,但在萧红、萧军、端木个别的传记,不是国民党逮捕、迫害进步作家二萧,就是三人同时被捕的细节描绘。如孙一寒《端木蕻良传》:

> 三个人饿了。
>
> 萧军恨恨地说:"监狱的犯人到时候还给饭吃呢,他们连水都不送!我真恨不得踹开这房门一走了之。"
>
> 萧红说:"别嚷,我困了!"
>
> 三个人把三张椅子拼起来。端木把毯子铺上,让萧红躺上,萧军脱下上衣给她盖上,端木将皮夹克卷成一个枕头,给萧红垫在头下。端木靠在椅子上,萧军伏在桌

---

① 端木到武汉时间是1937年11月22日。坊间诸书亦多错误。如"10月下旬,端木蕻良应胡风、萧军之邀前来武汉,随后也搬进小金龙巷与二萧住在一起"。见《萧红全集》第4卷,黑龙江大学出版社,2011年5月,第475页。十月下旬搬入同住的时间,肯定有误,端木此时尚在浙江上虞,11月9日致胡风信函,信中有云:"今日得三郎夫妇信,何以又有去意,心甚怆感,吾辈能团聚如几时,又复东西!"

② 《"爱"的悲剧——忆萧红》,刊《女作家》1985年第2期。引自王观泉编:《怀念萧红》,第79—80页。

子上。三个人似睡非睡地等候黎明。

端木朦胧中,忽然感到有东西盖在自己身上,睁眼看,原来是萧红给自己盖皮夹克。萧红看见端木醒了,低声地说:"你风湿,不能冻着! 睡吧!"

端木却一下子站起来,说:"天都亮了! 不睡了!"①

钟耀群《端木与萧红》一书也说:

艾青当时便没有进去,后来才知道端木、萧军、萧红被捕了。……当时国民党当局是怕三位东北作家在"一二·九"前后再写什么文章,掀起学生爱国热情上街游行,所以就以"抓人"的方式来镇压一下,后来有人出来说话,因此连问都没问,就把他们三人放了。

从胡风日记及梅志的回忆,可以很明确知道萧红没有同时被捕,因此有关萧红在事件中与萧军、端木的对话就是撰者的虚构想象,远离了传记纪实的实践。至于端木是否被抓捕,秋石的研究是蒋锡金的回忆与端木本人的回忆有两点相似,"其一,端木被抓时,据蒋锡金回忆,从他的书架上抽出了一本新版旧约全书,准备坐牢阅读。端木自述:'临出门时,顺手在床上拿了一床毯子,书架上抽了一本书。'其二,蒋锡金回忆,随萧军等人一起被带走的还有两个外省女学生,而端木日后的描述是,这一天'两个女学生来找萧红谈创作'……"②那么,端木亦是被带走的,端木的自陈影响了其夫人钟耀群所书写的《端木与萧红》。然而梅志在《胡风传》却说"幸好萧红和端木看到形势不对,赶紧溜走了"。③似乎端木并没有被捕。过去端木曾写过从胡风那边接收了鲁迅、瞿秋白穿过的拖鞋,梅志转述胡风的话,即认为近似小说虚构笔法了,前述端木的回忆与蒋锡金的回忆也可能是相互受影响暗示的结果。胡风日记记录了 12 月 13 日他"在席上报告了萧军等被捕的事实"。胡风用了"等"字,除了萧军、蒋锡金外,不知是否亦包括了端木,不过在同一时间,胡风同萧军到市党部出席第六部召集的谈话会,会上,胡风向大家介绍萧军是著名的东北抗日作家,有向党部示威的意思,在两次的记录里都没提到端木蕻良。关于端木是否也在此次被捕人员中,史料不足,众说纷纭,暂附于此,但有些说词疑窦重重,不得不辨。笔者根据现有的材料,推测当时只是要抓捕萧军,蒋锡金的访谈(1999 年 8 月 27 日)说:

那天一大早,我准备过江去上班,刚走到小金龙巷的巷子口,就被早已等候在那里的四个穿蓝衣服的人(即国民党蓝衣社特务)给挟持上了一辆小汽车,一直开到了国民党的陆军监狱。在监狱的一间会客室里,特务头目要我写一个便条给萧军,说是请他到一家饭店就餐。④

那天早上抓捕蒋锡金之后,即有逮捕萧军的行动,特务随即拿了模仿伪造的字条要骗逮萧军,萧军明白这是一个圈套,故意大吵大闹,与特务们殴斗,得以让公安局以打架斗殴滋事而拘留,把事情闹开,不致被秘密绑走。而当时在场的通通被请去,随萧军一起被带走的还有两个外省女学生,端木也被带走,端木在被带走时顺手拿了一床毯子,抽了

① 孙一寒:《端木蕻良传》,华龄出版社,2016 年 3 月,第 108 页。

② 秋石:《两个倔强的灵魂》,作家出版社,2000 年 12 月,第 439 页。

③ 梅志:《胡风传》,第 369 页。

④ 秋石:《萧红与萧军》,学林出版社,1999 年 12 月,第 368 页。及《两个倔强的灵魂》,第 437 页。

一本书。[①] 因打架滋事的主角及特务拟捕的对象是萧军，所以端木及两个女学生很快就被释放了，蒋锡金及萧军还待营救。端木出来后即与梅志先碰面，因此梅志以为混乱中萧红、端木溜走了。梅志赶紧通知胡风说端木已在他们住处，胡风再问端木，这才知道他们都出来了。国民党特务抓捕蒋锡金出动了四个人，如果要一道逮捕端木、萧红，三个特务要各抓一人，很容易就逃脱，而且字条只有萧军的名字，因此萧红才能趁乱逃离，并通报胡风说："有三个流氓似的人物来逼三郎去。"并未提到逼端木蕻良（之林）去警察局。而蒋锡金已于早上被送到陆军监狱，之后二萧、端木、女学生一并被捕的回忆，很明显并非蒋锡金本人亲眼目睹，亲身经历，这些叙述的相似点都与端木的回忆相关，显见是受端木说词的影响。而蒋锡金《乱离杂记——忆萧军与萧红》[②]一文也提及此事件，此文发表于 1986 年，与 1999 年的访谈雷同，该文有一处明显错误："他们六个人未经审问就押进了拘留所"，他们六人是指蒋锡金本人及萧军、端木、萧红、刘国英、窦桂英合计六位，但萧红逃离了，其他人也只是一起到警察局，很快就释回，这情景与梅志《"爱"的悲剧——忆萧红》所述相同，萧红说"还要我们都到警察局去"。"要现场的人一起到警察局，混乱中，萧红逃了出来，端木与两个外省女生很快被释放"。再就当时政治情势推敲，端木、萧红并未有特别出格的言行，不致成为国民党特务要逮捕的对象，反倒是萧军在此前不久公开辱骂汪精卫的投降卖国演讲是"纯属狗叫"，而惹翻了汪精卫、张道藩一伙，因此才出现蓝衣社特务对萧军的绑架事件。

其他可以日记订正者，如发生之时间，日记所写时间是 12 月 11 日，但在一些传记里的时间与此有异，如"12 月 10 日，小金龙巷来了一群不速之客。领头的一个人相当客气地对萧军说：萧先生，有几位熟朋友请您去吃饭，蒋锡金先生已经先到了，这是蒋先生给您的便条"[③]。萧红"12 月 10 日与萧军、端木蕻良突遭当局逮捕。次日，在胡风托人斡旋下，三人获释"[④]。或者衍生三人在狱中的故事传说，事件发生在 12 月 11 日中午，经过奔波营救，当天晚上他们吃过饭到胡风那里闲谈了一通，大概就是聊这天发生的事。另外，也有将时间定在 12 月 9 日前，如"当局担心东北籍的文学青年在十二月份为纪念'一二·九'写什么东西，或有什么行动，来一个防患于未然，先把他们关了起来"[⑤]。凡此皆可据日记以订正。此次萧、蒋被捕后得以安然被释放，得力于日记提到的曹振武处长，蒋锡金提到的贾士毅厅长，以及冯乃超、邓楚明、何成浚、胡风、董必武居中奔走联系。至于事件发生后，二萧是否隔日即搬离武昌的小金龙巷 21 号，还是在年底搬进冯乃超位于武昌阳湖畔寓所，纷纷纭纭，留他日再说吧。

十五、郑氏姐妹是谁？

12 月 23 日

郑氏姐妹从广州来此，因旅馆无隙地，找到了这里。

---

① 根据蒋锡金回忆，武昌的小金龙巷 21 号蒋锡金住处，是由四家合租的新落成的独门独户宅院。蒋锡金"分租了其中的坐西朝东的厢房两间"，作为卧室和书房。为了帮助萧红和萧军，蒋锡金把卧房让给了他们，自己住书房。后来端木蕻良也搬到这里，和萧红、萧军的房间毗邻，中间有内门可以通达，有一段时间还三人同挤一张床。《新苑》1986 年第 4 期。孔海立：《忧郁的东北人端木蕻良》，上海书店出版社，1999 年 12 月，第 84 页。

② 《新苑》1986 年第 4 期。

③ 张毓茂：《跋涉者——萧军》，辽宁人民出版社，2000 年 11 月，第 213 页。

④ 《萧红全集》第 4 卷，第 475 页。

⑤ 孙一寒：《端木蕻良传》，第 109 页。

12 月 25 日

上午郑氏姐妹搬往傅家。

胡风日记中的郑氏姐妹即是郑育之、郑玉妍姊妹。《胡风回忆录》:

周文(何谷天)——他到上海前在四川。思想左倾,为人老实诚恳。他的夫人郑育之也是党员,但和我没有工作关系。抗战初 1938 年,她和姐姐(刘长胜夫人)进延安,过武汉时找我,我介绍她到我认识的傅宛君家里住了几天。①

25 日日记写上午郑氏姐妹搬往傅家,即是傅宛君家。胡风在 27 日听梅志说,郑氏姐妹今晚去四川。郑育之在《抗战初期成都市的抗属工作》叙及上海沦陷后,她痛苦地离开了养育她近二十年的上海,到香港转广州。深入三峡,到四川成都,那时已是 1938 年春天了。② 所以胡风日记说郑氏姐妹从广州来此,从日记可知郑氏姐妹是 12 月 27 日离开武汉前往四川成都的。郑育之是周文夫人,在《潘汉年同志对我的教导》陈述潘汉年经常关心询问周文到四川后的情况和她的近况。当他了解到周文到了成都,四川党组织尚未派人与他联系之后,便安慰她,并要她写信告诉周文不要焦急。后来,江苏省委批准她赴四川工作。她在 1937 年 10 月底到"八办"转组织关系,并向潘汉年告别,潘仍安慰她说:"你放心!周文和你的组织关系都在我手里了,一定负责转给四川党组织,如转不到就和我联系。"郑育之到达成都约两个月,中共中央将他们组织关系转到川康中共党组织的罗世文。③ 李浩《周文画传》有一张郑育之姊妹在成都的合照,图文说明:"郑育之在中共党组织领导下的,以上层妇女为主要成员的统一战线群众团体组织四川妇女抗敌后援会里担任组织部工作。除募捐帮困、学文化、唱救亡歌曲外,还组织抗属做缝纫工作。郑玉妍也同时参加了这些活动,并担任缝纫技术指导。"④

那么胡风日记所说的郑氏姊妹就是郑育之、郑玉妍,但《胡风回忆录》却有出入。

首先是《胡风回忆录》叙郑氏姐妹 1938 年进延安,时间略为跳跃,她们到延安已是 1940 年。郑育之之所以到四川成都与周文有关,因抗日战争全面爆发后,周文即被派往四川成都开展文艺界的统战工作。1938 年 5 月,周文又同刘盛亚、王白野一起创办了文艺旬刊《文艺后防》,针砭时弊,讴歌抗日,为民族危亡尽力,但至 1939 年下半年蒋介石治下的白色恐怖益加猖獗,遂于 1940 年奉命撤回延安。⑤ 其次胡风与郑家姊妹还有一层关系,根据郑育之之子周七康的文章:

在鲁迅去世以后,许广平一人带着儿子海婴仍住在大陆新村 9 号的老房子里,

---

① 《胡风回忆录》,第 23 页。

② 《成都文史资料选辑总第 12 辑　纪念抗日战争胜利四十周年专辑之四》,1985 年 9 月,第 18 页。

③ 郑育之:《潘汉年同志对我的教导》,载《上海文史资料选辑 第 42 辑》,上海人民出版社,1983 年 5 月,第 16 页。其中曲折可见《周文自传》:"9 月,我要求到四川去做统一战线的工作。……潘汉年同志和冯雪峰同志都愿意我去,由潘汉年同志给我写一封介绍信到成都去找李一氓同志,并带一份关于成都救亡活动分子的秘密调查报告给李一氓去。……殊不知我双十节到了成都去找李一氓,据那家人回答:李一氓已到南昌新四军去了,我就赶快写信到上海去通知汉年同志和雪峰同志。后来汉年同志到汉口,通知罗世文同志赶快来找我,罗世文同志找到我后,说明是潘汉年同志要他来找我的,我就把介绍信交他看,并把带来的秘密文件交他。他就把我们交给四川省工委。那正是 1938 年 2 月间的光景。"张岚、王锡荣主编,上海鲁迅纪念馆编:《周文纪念集》,上海文艺出版社,2002 年 6 月,第 280 页。

④ 李浩:《周文画传》,上海社会科学院出版社,2007 年 6 月,第 109 页。

⑤ 郑育之:《忆周文》,雅安市政协学习文史联络委员会编:《雅安文化史料拾零文史资料 第 6 辑》,2007 年 12 月,第 11 页。

感到孤独并且不安全。1937年，胡风为他们在霞飞路霞飞坊找到了这幢三层楼的新式里弄房子，又由我二姨郑玉颜在她工作的上海保和洋行做了担保后，她带着海婴搬进去住在二楼，三楼让给周建人一家住。由于经济困难，想把底楼租出去。许广平向冯雪峰提出要找一个可靠的人做他们的邻居。……三姨郑玉妍在抗战后到了成都，在那里参加为抗战将士做被服衣物。……（二姨）是第一个受母亲影响参加革命，参加共产党。她利用职业的便利，为党保存文件，还担任租房担保人的工作，得到冯雪峰等党组织领导的信任。1937年八一三淞沪会战后，经冯雪峰通过许广平的介绍，她在何香凝和许广平等人组织的"上海妇女抗敌将士慰问会"工作，后来她还领导过"妇女俱乐部"的工作。二姨对工作认真、负责、勤奋、忠心，深受何香凝、许广平的信赖和重视。当许广平与冯雪峰讨论谁做她的邻居时，许广平说"阿郑（指郑玉颜）可靠，可否住到我家来"。经冯雪峰与母亲商量研究，由许广平亲自征求了二姨的意见后，母亲和几个姨妈搬进了霞飞坊64号，居住在许广平楼下。不久，母亲和三姨离开上海到大后方四川工作。[①]

从以上引文，可知周七康的二姨是郑玉颜，三姨郑玉妍，和郑育之同到四川工作的郑玉妍不是刘长胜夫人郑玉颜，郑家有九个女儿，颜、妍发音又相同，以致造成胡风晚年回忆有了错误。周文在1937年12月14、23日去信胡风，特别提到请胡风关照郑育之，因郑在汉口一切都不熟悉。信中提到郑育之"是同她三姊和七妹一道的"。难怪胡风日记称"郑氏姊妹"，同时也可知三姊是郑玉妍，七妹是郑玉雯，当时同去的是郑玉妍，不是刘长胜夫人郑玉颜。[②] 至于郑育之（1913—2004）简历略述之，曾署名樨公，1932年参加左联，同年参加共青团，1934年入中国共产党。中共建国后任全国妇联机关党总支书记，上海国棉五厂副厂长，上海长宁区教育局副局长。刘长胜（1903—1967），山东海阳人，曾化名刘希敏、刘浩然，以瑞明股份有限公司董事身份作为掩护，联系当时的上海工委、教委、郊委、情报、策反及机要机关的工作。1933年赴莫斯科国际列宁学院学习。1935年奉命回国，并抵延安，出任中华全国总工会西北执行局主任。1937年，先后任中共江苏省委委员、组织部长、省委副书记和上海工人运动委员会书记。1942年抵达淮南抗日根据地，出任中共中央华中局城市工作部副部长、部长。1945年当选中国共产党第七次全国代表大会候补中央委员。第二次国共内战时期，担任中共中央上海分局副书记。后曾任中共中央委员，"文革"期间遭受迫害，1979年平反。

十六、《七月》没刊过臧克家的作品

12月29日

臧克家来信想替《七月》写文章。

但《七月》未见有臧克家之作，从胡风的一段回忆可窥知缘由：

附带想起一个插话。是那以前在武汉，臧克家从战地寄了诗来，附有友好的信。他在抗战前就是被茅盾捧出了大名的诗人，但我不能卒读，感情不是庸俗就是虚伪。

---

① 周七康：《危难中的亲情、友情、同志情——外婆一家与许广平做邻居》，载《民族脊梁——父辈的抗战历程》，上海人民出版社，2016年4月，第264—266页。

② 参周七康编注《周文致胡风的信》，《新文学史料》1998年第3期，第146—147页。

现在当然是抗战诗,居然屈尊寄给了我,但可惜诗的感情还是换汤不换药,虚伪的。不成,《七月》上不能出现这种庸俗的抗战诗和这个庸俗诗人的名字。信都无法回,装作没有这件事,对谁都不提。①

从胡风这段回忆及用词,可以看出胡风为人毫不世故圆滑,也毫不隐藏自己的心思,竟然将臧克家的诗鄙夷为庸俗、虚伪一类,甚至装作没收到信,其个性也自然容易树敌,但这也是他天真赤心之处。据臧克家抗战时期的行止,1938 年,和于黑丁组织带领文化工作团在战地作救亡工作,曾三赴台儿庄视察,和碧野、田涛、姚雪垠、程光锐等人在河南、湖北、安徽各地从事抗战文化和文艺活动。近五年的战地生活中,他出版了《从军行》(1938 年)、《泥淖集》(1939 年)、《淮上吟》等集子。论者认为他这个时期的诗作有着强烈的爱国激情,格调较为高亢,形式也较为自由。②

十七、刘肖愚

1938 年 1 月 2 日

复胡行健、刘肖愚、陶雄。

1 月 12 日

过江,在子民处遇由湖南来的刘肖愚。

1 月 16 日

到子民处,吃饭后刘肖愚同一位营长来,谈了约一小时始去。

3 月 9 日

得刘瑀、奚如信。

1939 年 2 月 25 日

得曹白、周文、徐中玉、刘肖愚信。

刘肖愚(? —1993)在日记中出现数次,胡风与之见面多在熊子民处,彼此亦有通信往来,有一次胡风写作“刘瑀”,日记注解了“刘肖愚”,为胡风在青年时期的友人。刘氏生平及与胡风关系可再略书几笔:根据刘肖愚《怀念鲁迅先生》《深切怀念郭沫若先生》及冯雪峰致包子衍的信(1974.1.30):“小芋刘肖愚,湖南长沙人。”冯雪峰说:“刘小芋”“刘肖愚”“小芋”据上述材料是同一人,即刘瑀,鲁迅先生在中大任教务主任时的教务主任办公室书记,1928 年起在上海暨南附中任历史教员,曾向《奔流》投稿。冯雪峰的回信透露刘肖愚、刘小芋、小芋、刘瑀是同一人③。刘肖愚《怀念鲁迅先生》自陈别号“达尊”,《深切怀念郭沫若先生》一文说其原名“刘禹”。《怀念鲁迅先生》叙说鲁迅向孙伏园推荐他当武汉《中央副刊》助手,同时提到几次工作经历:

本人一九二六年八月考入广州中山大学任该校秘书处速记员兼旁听生,是一个刚满二十岁的青年,曾毕业于长沙私立修业中学,一九二四年在校加入共产主义青年团,当时正是第一次国共合作的后期,我住进中大后,该校湖南籍进步同学黄春源、毕磊、毛盛炯等常来我处谈谈,并一同去拜访过该校进步教授施存统、鲁迅等。

---

① 胡风:《简述收获(片段)》,《胡风全集》(六),湖北人民出版社 1999 年 1 月,第 628 页。

② 《臧克家小传》,上海教育学院中文系编:《中国现代作家作品选　下》,福建教育出版社,1987 年 8 月,第 250 页。

③ 冯雪峰:《1928 至 1936 年的鲁迅——冯雪峰回忆鲁迅全编》,上海文化出版社,2009 年 4 月,第 312 页。

一九二七年一月，鲁迅先生从厦门大学来校任教，全校师生热烈欢迎他。一天，我怀着崇敬的心情上文明路校本部大钟誉去拜访鲁迅。当时，我名刘瑀（别号达尊），……承许德珩教授的介绍，上海真茹暨南大学聘为预科讲师，讲授《中国近代史》，并兼中学部历史教员。一九三二年我从河南到了北平，由马哲民教授介绍到北平中国学院教书。[①]

鲁迅日记中有23处提及刘肖愚（有时用小芋），他的有些作品通过鲁迅介绍刊登，《给我一个春天的人生》诗即是用肖愚之名发表于《奔流》1928年第1卷第4期。这时期的诗歌创作多以“爱情”为主，《给我一个春天的人生》中用“是谁家妙龄女郎的诗意/引来了秋气的凄迷?”，倾诉着“失恋”的愁苦和对美好爱情的留恋。有一次鲁迅记下小芋的信并高尔基木雕像一座。《怀念鲁迅先生》一文说明了1933年8月去东京留学，1936年10月回国，带回的高尔基木雕像即是通过胡风转交。《深切怀念郭沫若先生》再次看到与《中央日报》副刊相关人事的因缘：

1927年2月，经鲁迅先生介绍，我随孙伏园教授到达汉口。孙教授任《中央日报》副刊主编，我任助理编辑兼记者。4月，蒋介石背叛革命，5月《中央日报》刊出了郭沫若先生的讨蒋檄文《请看今日之蒋介石》，这篇檄文义正辞严地用事实揭发了蒋介石背叛革命的真相，笔锋犀利，入木三分，特别在刻画蒋本人一副阴险毒辣的凶恶面貌时，活灵活现如见其肝肺然。以后郭先生也到了汉口，又写了《脱离蒋介石以后》的长文，陆续在《中央日报》副刊上刊出，也是写得很出色的讨蒋檄文，由于我是檄文的初校人，先睹为快，受教良深，因此内心非常佩服郭先生，只是尚未会过面。1933年8月我东渡日本东京留学，1934年魏猛克来到东京，当年8月有一天他邀我一同去看望久住东京郊外的郭沫若先生，同行的还有林林、任白戈等。……一天章伯钧果然正式通知郭老来早稻田中华料理馆聚餐，我也被邀参加，这次见到郭老我才告诉他，我在大革命时期是《中央日报》副刊主编孙伏园的助手，我有幸是《请看今日之蒋介石》有名讨蒋檄文的初校人。他听了和我热情地握手，并说：“很好，很好，我们又走到一起来了。”此时我对郭先生只是执弟子之礼，尊敬他而已。本人1935年10月回国，就没有再见过郭先生了，解放后也没有和郭老联系过，但在我的档案中却有这样一笔记载：刘禹（我原名）在东京曾与章伯钧郭沫若组织‘资本论翻译社’翻译进步书刊。真是庇先生的荫了。[②]

晓风辑选注释《胡风致朱企霞书信选》，其中有一封1929年1月10日自上海的信件，提到“还得还刘肖愚八元”[③]。胡风与刘肖愚的交往，据张梦阳的研究：“一九二八年

---

① 黄仁沛：《鲁迅研究文丛》第四辑，湖南人民出版社，1983年7月，第313页。

② 政协长沙市南区学习文史委员会编：《南区文史资料》第8辑，1995年第13—15页。刘肖愚这篇文章提到回国时间与《怀念鲁迅先生》一文所述有出入，时间差了一年，《怀念鲁迅先生》文末载：“一九三六年十月我从东京回国，路过上海，我住在北四川路家湖南旅社，当时在复旦大学教书的胡风兄来看我，我便向他问及鲁迅先生的病况，又写了一短信问候，并把我从东京带回的一个高尔基木雕像请胡风转交先生。《鲁迅日记》载：‘十四日，下午河清来，得小芋信并高尔基木雕像一座。’又载：‘十五日，晴，上午复刘小芋信。’十六日我在旅社收到此信。字写得比平日大些粗些，显得他的手力有些难支了。信的大意是说：我因病不能见客，你如能在沪多住几日，还是可以见面的。不料我二十日车过徐州时，报上突然报导伟大的鲁迅先生已于十九日凌晨逝世了，我哀恸不已。”其回国时间，似以1936年10月为是。

③ 载《史料与阐释》总第4期，复旦大学出版社，2016年9月，第198页。

底到一九二九年初在上海，他和认识鲁迅的刘肖愚有交往，刘常常谈起鲁迅，但光人从没有意思要刘约着去见见鲁迅。光人认为那对鲁迅是不该有的打扰。"[①]依据这几则信息，两人交往应是1928年的9月，胡风受武汉时认识的朋友金宗武的启发，离开政治形势复杂的江西到了上海，打算找一份合适的工作时期。[②]

刘肖愚当时可能是国民党左派，或中共地下党员，早期翻译《人类的起源》《人类问题及所谓人种学》，刊1935年《河南政治》，之后政治态度似有转向，所写《一个伟大的印象：十二月二十四日记(附肖像)》，歌颂附和蒋介石，还挪用柔石的《一个伟大的印象》，其他《力行与文化：为创造三民主义文化而奋斗》(《力行》1940年第1卷第1期)《宪法与宪政》(《力行》1940年第1卷第2期)《学员讲词：根据军校政治教育的经验，说明我对中等学校之期望》(《中央训练团团刊》1941年第92期)亦较近国民党之宣传。后曾任黄杰的秘书、湖北省出版社责任编辑。

十八、《星期文艺》

1938年1月9日

同冯乃超到《新华日报》，与西园商量副刊事，他每周编一天文艺。

1月14日

下午过江付《星期文艺》的稿子。

2月26日

晨起即过江，到报馆，西园红着脸说：董事会觉得《团结》不活泼，应多有文艺作品，所以……所以，《星期文艺》拉倒了。我说，我原是不主张有的。总算卸下了一个担子。在报馆吃午饭。适夷底样子很得意。

1938年1月11日，中共长江局机关报《新华日报》[③]在汉口创刊，潘梓年任社长，华岗任总编辑。1937年12月，华岗从山东国民党监狱释放出来，到武汉后党组织安排任总编辑。华岗(西园)是胡风在南京东南大学附中时校外共青团的领导人，所以约胡风编辑《七月》之暇，为《新华日报》每周星期天编《星期文艺》，原其他天由楼适夷主编《团结》文艺副刊。其用意是《团结》发表一般性文艺创作，如诗歌、散文、小说，《星期文艺》则注重发表文艺评论，特别是对文艺创作上的不良倾向提出批评。

事情大约是从1月2日西园约明天见面开始，1月3日胡风到新华日报馆。"西园说是副刊每周出文艺材料一次，要我担任"。胡风回忆他曾向华岗提出，当前正值抗战初起，一般作者、读者感情激动，很难深思熟虑地写文章，因此当务之急是引导他们尽力多写文章，不是指手划脚地去评头品足，而且也很难找出可以当作倾向评论的作品。尤其是在党报上发表这类文章，会使作者产生顾虑，影响创作的繁荣。[④] 华岗坚持要胡风试

---

① 张梦阳：《鲁迅全传　苦魂三部曲之怀霜夜》，华文出版社，2016年8月，第173—174页。

② 梅志：《胡风传》北京：北京十月文艺出版社，1998年。钱文亮《胡风"找路"时期的一则珍贵史料——介绍钱形的〈胡风在南通〉》，《史料与阐释》二〇一一卷合刊本，复旦大学出版社，2013年6月，第366页。李希安：《草色烟光残照里——兼记父亲刘肖愚与鲁迅、胡风的交往》，《书屋》2008年第6期。

③ 汉口沦陷后《新华日报》于同年10月25日迁往重庆，出至1947年2月28日，被国民党当局强迫停刊。凡9年1个月18天，先后出版3231号。

④ 廖永祥：《新华日报纪事》，四川大学出版社，1994年11月，第367页。

试，所以1月7日下午胡风过江找西园，“还是”每周得出一次文艺专刊。出于对华岗的尊重，同意试刊，1月9日同冯乃超到《新华日报》，与西园商量副刊事，他每周编一天文艺。1月14日下午过江付《星期文艺》的稿子（第1期），1月22日编好了第2期《星期文艺》，交适夷带去付印。1月30日《星期文艺》第2期出版，内容、版式都比第1期好多了。2月4日4时到“普海春”出席全国文艺家协会的筹备会散会后，同适夷冒雪到报馆付排《星期文艺》。2月6日说为了《星期文艺》和国际宣传处的事，回乡一趟的预约又不易做到了。这与上海时期编《七月》情况很像，为了刊物不得不延迟出发的日期。2月11日到报馆编好了《星期文艺》第4期，只差茅盾的一篇。2月13日《星期文艺》第4期出版。2月18日夜，编《星期文艺》。2月25日夜，想替《星期文艺》写一篇，不成。2月26日获得华岗转达董事会意见：《星期文艺》停刊。

从以上日记脉络得知：2月13日记载《星期文艺》第4期出版，2月18日胡风尚在编第5期《星期文艺》，20日出刊，26日停刊。第二天原来版面换成《团结》了，但28日记载“适夷说他已提出辞职了”。可见胡风编《星期文艺》至少有五期，亦即1月16、30日、2月6日、13日、20日出刊，他在25日时还在想为27日的出刊写一篇文章，孰料26日就被告知停刊。然而《星期文艺》期数在胡风回忆录或梅志《胡风传》的叙述都是四期，其后研究亦多沿袭此说，相关言说罗列如下以见：

> 廖永祥《胡风与〈新华日报〉》：出了四期后，报馆编辑部看到它的内容，和《团结》内容没有显著的性质的区别，为了集中精力加强《团结》的编辑，便把《星期文艺》停止了。①

> 梅志《胡风在武汉》：党报《新华日报》在武汉筹备出版，总编辑华岗（华西园）是胡风在青年时代的团的领导人。他约胡风编星期天的副刊《星期文艺》，胡风就从1938年1月中旬起编了4期，后因稿件有困难而停刊。②

> 艾以《可贵的友谊——记华岗和胡风的交往》：1938年1月16日，《星期文艺》第1期和读者见面了。这之后共编了四期《星期文艺》。③

2月20日所出的第5期被遗忘了，直到李频《关于〈星期文艺〉的一点订正》才指出《星期文艺》共出五期④。不过当时尚未见到日记。

十九、全国文艺界抗敌协会

1938年1月15日

七时到“蜀珍”赴杨翰生之宴，席上决定了由这次到会人出名广宴作家，希望能成立一全国性组织云。

---

① 廖永祥：《新华日报纪事》，四川大学出版社，1994年11月，第367页。

② 政协武汉市委员会文史学习委员会：《武汉文史资料文库·第8辑·历史人物》，武汉出版社，1999年8月，第508页。

③ 《华岗纪念文集》，青岛出版社，2003年6月，第215页。马蹄疾在《抗战文艺研究》1986年第3期上发表的《胡风抗战年谱》中说：1938年“一月中旬，应华岗之请，任《新华日报》（武汉）副刊《星期文艺》主编，编四期停刊”。晓风在《新文学史料》1986年第4期上发表的《胡风年谱简编》也说：“为《新华日报》编文艺副刊《星期文艺》，编了四期后停刊。”

④ 《新文学史料》1988年第3期，第211—212页。

2月4日

四时到"普海春"出席全国文艺家协会的筹备会，到二十余人。

2月6日

到三教街罗荪处，会同冯乃超到"美的咖啡座"开文艺家协会筹备会。被推为书记之一。

2月14日

饭后到"美的"咖啡座找王平陵等开会，不见人影。

2月23日

散会后，同适夷过江到"蜀珍"赴关于筹备全国作家抗敌协会的聚餐会。邵力子也来了，看他们好像非弄成官办的东西不可似的。

2月24日

过江到"普海春"出席全国作家抗敌协会筹备会，邵力子主席。被指名说了几句话。

3月23日

下午过江，到永康里开所谓筹备会，不快之至。郭沫若影响下的小先生们想包办一切似的。

3月27日

早起，九时半同鹿地夫妇一道到总商会开文艺界抗敌协会成立大会。鹿地作了简单演说，替他当翻译。十二时左右到"普海春"吃饭，一面吃饭一面开会。饭将吃了，警报响了，警报解除出来的时候，已四时左右了。

1937年冬，随着抗日形势的变化，政治军事中心由南京转移到武汉，平津沪宁等地的文化工作者相继在武汉云集。1938年1月，由阳翰笙倡议，在邵力子、冯乃超、王平陵等支持下，推选胡风、老舍、阳翰笙、王平陵、曾虚白、陈西滢等28人为全国文艺界抗敌协会筹备委员，经过将近3个月的筹备，终于在3月27日，假座汉口市商会，隆重举行了中华全国文艺界抗敌协会(简称"文协") 成立大会。胡风日记从1月15日到2月24日记载了几次开会筹备过程，在24日"普海春"举办的全国作家抗敌协会筹备会上，邵力子主席指名胡风发言。据《庄严热烈的文艺阵：记全国文艺界抗敌协会号大会》一文，2月24日是全国作家抗敌协会筹备会成立日期，是武汉的文艺界同人经过六次非正式筹备的结果。胡风被指明说了哪些话？该文记载："胡风先生说到昨夜王平陵先生的话，过去中央召集了六次文艺人终于召集了起来。因为大家有了一个共同的目标抗战，所以立刻形成了大团结。这表示统一战线已切实执行而且加强发展，故此会之受全国作家拥护，必无可疑。其次说到中国现在没有像鲁迅先生那样一声召号，可以波动世界的大作家，更需以集体之力作国际召号，及文艺家要多多表扬新的英勇的典型的方面。"主席邵力子"把几位先生的话作了总结，全体一致同意成立此会。推举了老舍、冯乃超、曾虚白、胡风、王平陵、崔万秋、陈西滢、凌叔华、老向、穆木天、马彦祥、楼适夷、沙雁、陈纪滢等二一位先生作正式筹备员，预定三月六日召集成立大会。必要时受权筹备委员会延迟数日，……此外已起草之发起旨趣、章程、表格、公函，因时间关系，不及讨论，改用书面分别征求意见。在热烈庄严的全体鼓掌声中，宣布了大会的散会"①。到了3月20日之后，文抗协会紧锣

① 《新华日报》1938年2月25日。

密鼓开筹备会，讨论问题。23 日、24 日、26 日都参与了筹备工作。27 日文艺界抗敌协会正式成立，会上选出理事 45 人、候补理事 15 人，组成了第一届理事会。为了祝贺文协的成立，胡风在《七月》第 11 期上编了一个专辑，发表王明（陈绍禹）和博古的文章各一篇，非正式地表示了中国共产党对文艺界组织的希望。

中华全国文艺界抗敌协会成立后，有理事会、常务理事会的召开，3 月 31 日中午胡风到餐馆赴老舍的宴会，到场才知是讨论文协理事会的。4 月 1 日日记说恰好冯玉祥星期天请吃饭开文协理事会，胡风很高兴没影响到他原打算回蕲春的时间。这个星期天就是 4 月 3 日日记所载：

> 三时到千家街开文协理事会，连陈西滢都到了。六时，冯玉祥请吃饭，一汤、一菜、一饭、一水果，吃法特别，经济而可口。被推为常务理事兼研究部副主任。主任是郁达夫，看来又是无法做什么的。

老舍在总务部的《会务报告》说："第一次理事会是由冯焕章先生请吃饭，中菜西吃，一色的蓝花粗磁器，饭菜与家伙一概朴而美，大家非常的快活。"[①]即是 4 月 3 日日记所记，冯焕章（冯玉祥）以请客吃饭的形式召开第一次理事会，推举出十五名常务理事：胡风、郁达夫、王平陵、楼适夷、姚蓬子、老向、华林、老舍、胡秋原、冯乃超、胡绍轩、穆木天、沙雁、盛成、吴组缃。常务理事名单产出后，翌日随即召开常务理事会，胡风 4 月 4 日记载："三时到文艺社开常务理事会。"推选常务理事及正式公布当选名单是必须的，因此 4 月 4 日即见报，选出时间自然是 4 月 3 日，只是后来对中华全国文艺界抗敌协会相关研究都误作 4 月 4 日，如：

> 在 4 月 4 日由冯玉祥在其公馆（武昌千家街福音堂）里召集的第一次理事会上，胡风被推举为常务理事，并兼任研究部副主任。研究部主任是老作家郁达夫，但他对胡风说："实在没耐心做组织性的工作，不惯于管事"，因此委托胡风完全做主。这样，研究部的实际工作就由胡风负责了。[②]

胡风日记印证了报刊所记日期[③]，常务理事推举名单的正确日期是 4 月 3 日。这个日期的错误，可能与胡绍轩《现代文坛风云录》的叙述有关，后来吴永平的《胡风家书疏证》也沿用胡绍轩的说词略云"四月四日文协第一次理事会在冯玉祥寓所举行"[④]。在文协理事选举差不多过了一个月，4 月 28 日胡风去参加文协的杂志编辑会议，散会后到楼适夷处，竟然听到适夷跟他说"舒群在外面说他没有做成文协理事是我捣的[鬼]，而且说我说他出卖丁玲底名字云。听了很生气，到以群处，他说没有听到过"。据胡绍轩的回忆，提供给各大报纸的理事名单是根据得票多少的排序，"会前没有酝酿候选人名单，也没有发生拉选票"的事情，统计选票时又"有几位通讯社和报馆的记者在旁边观看，等候

---

① 《抗战文艺》第 1 卷第 6 期，1938 年 5 月 28 日，第 63—64 页。另可参中国第二历史档案馆编：《冯玉祥日记》第 5 册，江苏古籍出版社，1992 年，第 297 页。老舍《八方风雨》，初刊北平《新民报》1946 年 4 月 4 日至 5 月 16 日。后《新文学史料》1978 年第 1 辑转载，第 13—33 页。

② 舒炼主编：《名人武汉足印（丛书）文化卷》，武汉出版社，2012 年 6 月，第 142 页。

③ 文天行、王大明、廖全京主编：《中华全国文艺界抗敌协会史料选编》，四川省社会科学院出版社，1983 年 12 月，第 9—10、67 页。

④ 吴永平：《〈胡风家书〉疏证》，第 63 页。胡平原《中华全国文艺界抗 敌协会成立过程》亦云："第一次理事会，由理事冯玉祥将军主持召集，1938 年 4 月 4 日在武昌黄土坡冯宅举行。"《湖北文史》2019 年第 2 期，第 86 页。

选举结果,以便第二天见报",因此"选举是严肃认真的"。仅从这份理事名单来看,"文协"的确可以称为一个包括了不同党派和利益集团的文人之间的联合,"绝对没有一点谁要把持与包办的痕迹"。老舍说:"这四十五人中多一半是住在武汉,以便随时可以开会,少一半是散居各处的,以便互通声气,在各地推动工作。"[①]可见这次的选举严肃认真、没拉票、没把持、没包办情形,难怪胡风听闻后备感生气。

由于胡风担任了常务理事一职又身兼研究部副主任,日记中的记载时时可见他出席文协会议及为文协付出的心力。除前述出席的时间,还有5月7、14、23、31日,6月12、17、20日,12日是文协召开临时理事会,根据《抗战文艺》知悉是商讨武汉在军事形势紧急时如何进行工作,并决议会刊不能停,要尽力保卫武汉,寻找财源等问题。会上推定胡风草拟文协响应世界作家在伦敦开会电文,楼适夷起草为广州惨被轰炸告世界人士书。[②]6月17日胡风替文协拟成致"国际作家保障文化自由协会"的电报。7月10日"文协"在汉口公园举行茶话会,到会40人。总务部报告了会务及账目,出版部报告了会刊的情况。16日到三教街九号开晚会。9时过警报响了,到11时才解除。过江时挤得要命,胡风到家已过了午夜1点钟。这次晚会,大家在空袭警报中进行,谈到抗战文艺问题:"有人认为仅仅表面的,甚至公式主义的描写胜利和光明,是非现实的,而且斗争力量也非常薄弱。抗战是在最艰苦的道路上前进,在每一步往前跨去的行程中,都伴了最高的痛苦斗争。我们要写胜利,但我们更要写怎样才能接近和得到胜利。我们的光明是通过了重重的黑暗才得到的,倘写成一脚踢去便碰到光明,这是非现实的。但也有人认为不必过份强调黑暗面,容易使人陷入失望和悲观。"[③]7月23日又开文协理事会,决定总会迁重庆,《抗战文艺》暂时在汉口出,待重庆出版时为止。7月29日晚,赴文协欢迎F·Utley的茶会。"文协"在中法比瑞同学会欢迎《泥脚的日本》的作者英国女作家阿特丽(F·Utley)女士,参加者尚有老舍、邵力子、胡秋原、盛成、白薇、绿川英子等三十人出席。绿川英子用世界语讲话,希望中日英三国人民团结起来,共同打倒日本帝国主义。在7月29日的欢迎会上,老舍正式向文协的会员辞了行,先行迁赴重庆。[④] 直到9月4日胡风还到三教街参加文协留汉者开茶话会,会上决定出武汉特刊。后武汉情势日渐危急,留汉文化界人士纷赴各地,胡风先到宜都,月余再转赴重庆,仍继续着文协的活动,为抗战奋斗。

二十、倪平(吕荧)

1938年1月31日

到罗烽那里,他们都在家,还有孙陵、倪平也住在那里。

胡风早在1937年初编《工作与学习丛刊》的时候,收到一个署名倪平的青年来信,倪平便是吕荧。吕荧给胡风寄来了两篇文章:《论在艺术方法上的鲁迅》《田间与抒情诗》。吕荧在信中开头写到:

---

① 据3月28日《大公报》所刊理事45名与《新华日报》44名,遗漏了孟十还,但胡绍轩的回忆认为被遗漏者是阳翰笙。见《中华全国文艺界抗敌协会成立始末记》,收《现代文坛风云录》,重庆出版社,1991年,第1—19页。

② 《抗战文艺》1938年第1卷第9期,第112页。但6月17日的日记所载,替文协拟成致"国际作家保障文化自由协会"的电报,未悉是否同一被推定的工作。

③ 《第一次晚会》,《抗战文艺》第2卷第2期,1938年7月23日,第30页。

④ 《阿特丽女士欢迎会小记》,《抗战文艺》第2卷第4期,1938年8月13日,第63—64页。

当你接着这两篇东西的时候，因着这个陌生的名字和突兀的举动，你会感到惊讶吧？你是不认识我的，也许还是第一次看见我的名字，不过你的论文对于我的反是十分熟悉的。你的深湛的文学修养使我感触到一种亲切的印象，并且使我决定了这个突兀的举动。这两篇东西寄给你，希望你能给我一个无情的、严厉的批评，并且我相信，你是不至于使我失望的。

在胡风即将离开上海时，9月25日三时，萧军夫妇来，带来倪平的信和诗稿。胡风才知他原来已逃出北平了。26日就买来信纸信封，给在南京的倪平写信。当时23岁的倪平在北平沦陷后，随流亡学生南下。原设想与未婚妻张亮蓉同道外出参加抗日，因遭张父反对未遂。倪平取道南京，在那里与罗烽、白朗等结成文友，赴武汉后寄居罗烽、白朗家中。后来又与罗烽结伴去延安，到达西安时，因道路阻隔，遂去山西临汾"民族解放先锋队"工作。因病离临汾到四川成都休养。武汉期间曾多次拜访胡风。胡风3月4日日记载："倪平来，带来两篇稿子，诗一篇，看后即还给了他。"胡风在《七月》第3集第2期发表了他的小说《北中国的炬火》，署名倪平。1940年《七月》第6集第1、2期发表他翻译的G·卢卡契的《叙述与描写》，署名吕荧。1941年4月，《七月》第6集第3期发表《人的花朵》（《艾青、田间合论》）。6月，《七月》6集4期发表《普式庚论草稿》（M·高尔基作）。胡风1940年10月31日记尚用倪平其名，12月10日后日记改用吕荧。1955年胡风受到政治陷害，吕荧挺身为胡风做申辩，受到牵连和迫害。于此也可看出倪平（吕荧）对胡风的了解及其人纯洁的风骨。

二十一、蒋齐生

2月2日

得欧阳凡海、齐生底信。

齐生是谁？日记未注，但胡风2月22日记录复蒋齐生，可见是蒋齐生，胡风得信后约三周后方有空回信。蒋齐生（1917—1997），陕西户县人。1935年在上海参加"语联"及世界语运动，以及上海文化界抗日救亡运动。他自学世界语和俄语，翻译俄国文学高尔基《我怎样学习的》及苏联歌曲《空军歌》《斯大林》。1943年赴延安，1946年任新华社编辑，历任新华通讯社国际部编辑、总编室副主任、新闻摄影编辑部副主任，新闻摄影家协会常务理事，中国新闻摄影学会会长。在新闻摄影实践中，他拍摄了许多真实生动的人物。如《老舍》《郭沫若》《吴晗》，著有《新闻摄影理论集》《新闻摄影一百四十年》《新闻摄影的历史和现状》《新闻摄影的价值与规律》《摄影史记》《历史的瞬间与瞬间的历史新闻摄影佳作一百个范例》及《蒋齐生新闻摄影理论与其他》等。

二十二、纪德《浪子回家》、勃洛克底《十二个》

2月3日

昨晚睡在床上看了一半纪德底《浪子回家》，早上看完了。又看了勃洛克底《十二个》。

胡风所读《浪子回家》，应是A. Gide（纪德）著，卞之琳译，上海文化生活出版社1936年5月出版的译本。内容包括《纳蕤思解说》《恋爱试验》《爱尔·阿虔》《菲洛克但德》《白莎佩》《浪子回家》等6篇作品。其中4、5两篇为戏剧，其余为散文诗体小说。六篇文字的素材皆取自希腊和《圣经》中的神话、传说或者寓言，以象征诠解象征。该集子后来在1941年重印时，封面上增补一“集”字，作《浪子回家集》，添补“译者序”，纳入《西窗小书》丛书之中[①]。

《十二个》，苏联勃洛克（Блок，A. A. 1880—1921）于1918年仿照十二使徒寻找耶稣基督的故事，写十二个赤卫军战士在十月革命后的风雪之夜巡视彼得格勒的大街，通过基督形象给予十月革命和人民群众一种道德解释和象征认知。旧制度的维护者资本家、雄辩士、神父、贵妇人在黑暗中咒骂革命，而代表新世界的十二个战士则英勇刚强，坚定地向前迈进。充满诗意体验和象征意味的长诗《十二个》，形象地揭示了复杂时代与宗教传统、社会变革与个人体验的隐蔽关联。

胡风所读的译本可能是1926年未名社胡斆（1901—1943）所译的《十二个》[②]，广告词这样写道：“俄国勃洛克作长诗，胡斆译。作者原是有名的都会诗人，这一篇写革命时代的变化和动摇，尤称一生杰作。译自原文，又屡经校订，和重译的颇有不同。前有托洛茨基的《勃洛克论》一篇；鲁迅作后记，加以解释。又有缩印的俄国插画名家玛修丁木刻四幅；卷头有作者的画像。”孙郁说：“鲁迅关注勃洛克，有许多原因，这件事对他后来思想的转变是有不小的推动力的。《十二个》的隐含有诸多方面：其一是写了俄国的革命，有血一般的颜色。其二是涉及了知识分子的态度，即如何对待革命的问题。其三呢，是艺术上的象征主义的美丽。这本译著的封面设计和插图，都很有趣。尤其是首页上勃洛克的木刻，目光是忧郁的，神色里流露出迷茫的凄楚感，好像在憔悴的梦里刚刚醒来，那姿态比其诗句似乎还有韵味。这是鲁迅最初在书里看到的满意的木刻，因为这样作品的可看性加大了。后来他在译介外国的作品时，坚持要有插图，和《十二个》的成功出版也是有关的。”[③]

译者胡斆字成才，浙江龙游人，系北京大学俄语专修科1924届毕业生，与《未名丛刊》之一《苏俄的文艺论战》译者任国桢是同班同学，他们都曾到同校文学系的课堂听过鲁迅先生的中国小说史课。《鲁迅日记》，胡斆与鲁迅的直接交往始于1926年5月20日，该日日记记有：“得胡斆信。”7月11日记有：“胡成才来并交任国桢信。”同年7月15日、19日、21日及10月3日均有胡斆来寓访问的记录，7月16日且记：“伊法尔来访，胡成才同来，赠以《呐喊》一本。”伊法尔即鲁迅在《〈十二个〉后记》中提及的译本“先由伊法尔先生校勘过”的伊。伊原名A. A. 伊文，苏联的汉学家，当时在北京大学教授俄文，他对俄国诗坛情况比较熟悉，后来曾写过《勃洛克论》。胡斆访鲁迅，可能与《十二个》的翻译与出版有关。据《〈十二个〉后记》所述，译文除经伊法尔校勘外，还经鲁迅与韦素园复加校订，并作文字上的润饰。

二十三、松井石根

2月3日

晚报载日本把松井换回去了，换来了一个皇族。未必是为了妥协，换个皇族来压军人的么？这么一想，有些耽心起来了。

---

① 何辉斌、蔡海燕：《20世纪外国文学研究史论》，浙江大学出版社，2014年6月，第353页。沈文冲：《民国书刊鉴藏录》，上海远东出版社，2007年7月，第334页。

② ［苏］亚历山大·勃洛克著、玛修丁画、胡斆译：《十二个》，北新书局，1926年。戈宝权初次发表在上海时代出版社编印的7—8月合刊的《苏联文艺》第22期上，1948年5月，时代出版社出版了《十二个》的单行本。

③ 孙郁：《鲁迅藏画录》，花城出版社，2015年3月，第109、110页。

松井即松井石根(まつい いわね,1878—1948),生于日本名古屋市,毕业于日本陆军大学。日本陆军大将,皇道派将领,驻扎中国13年的中国通,大亚细亚主义的鼓吹者,1904年到中国参加日俄战争。1932年任驻台湾军司令官。1933年升陆军大将。1937年"八一三"事变时任上海派遣军司令官,后任华中方面军司令官,指挥日军侵犯上海、南京等地。许宗元有《夜读松井屠城诗》云:"1937年12月,陷上海屠江南的日军分三路进逼南京时,华中派遣军司令官松井石根便晓谕部下谷寿夫、牛岛等四个师团长:'南京是中国的首都,占领南京是一个国际上的事件,必须发扬日本的武威,而使中国畏服。'12月13日谷寿夫率第六师团兽军首先攻进南京中华门后,遂采取史无前例的'无人不可杀,无地不可杀,无术不可杀'恶魔手段,烧杀奸淫,屠戮我三十万同胞。魔王松井石根一手挥刀、一手竟舞笔,作令人发指的屠城诗:以剑击石石须裂,饮马长江江水竭。我军百万战袍红,尽是江南儿女血。"[①]由于日军在南京的暴行震惊了国际社会,作为日本盟国的德国当时派驻南京的代表曾向其本国政府报告说,"这不是个人的而是整个陆军即日军本身的残暴和犯罪行为",日军是"为自己竖立了耻辱的纪念碑"。迫于国际舆论的巨大压力,日本政府召回松井石根及其部下将佐约80人,2月25日松井等抵东京。2月3日胡风日记所述即与此相关。《大公报》1938年2月19日根据中央社上海十八日路透电:"据确息,日本政府已下令将松井石根大将召回。"新闻标题作"松井被召回国畑俊六继任敌司令敌又增派四师团",并说明了畑俊六的经历,继任者畑俊六是前朝鲜军司令,时年58岁,推测畑俊六比较擅长于外交。[②] 松井石根返日后,同年7月20日升任内阁参议官,至1940年辞职。同年2月与其他退伍军官在他的故乡热海市建造有面向南京方向的"兴亚观音",纪念日本及中国双方在战争中的牺牲者,企图为自己赎罪。次年任法西斯组织大政翼赞会下属的大日本兴亚同盟副总裁,1942年4月4日,松井石根受日本天皇"叙勋",授一级金鵄勋章。1943年任总裁,继续宣扬大亚细亚主义,为配合日本对外侵略战争积极活动。1945年被盟军逮捕,1948年11月12日被远东国际军事法庭作为甲级战犯判处绞刑,12月23日零时在东京巢鸭监狱伏法。[③]

二十四、曹白信、柏山批评《杨可中》

2月4日

同适夷冒雪到报馆付排《星期文艺》。……得曹白信,内附柏山给他的批评《杨可中》的信。

曹白的信,内附柏山给他的批评《杨可中》的信,胡风将曹白《民众活动特写:杨可中》刊《七月》1938年第8期,第228—230页。曹白《杨可中》写他的战友,一个充满爱国热情的青年,却连续遭到上司忌恨报复,最后在病饿交迫中死去,因同在难民收容所共事、生活,曹白对杨可中的性格很熟悉,有力揭露了杨可中悲惨命运的现实社会。该文写作时间是1938年1月20日,胡风收信时间是2月4日,在3月6日写成《关于创作的二

---

① 许宗元:《许宗元文存·上·文学卷》,安徽文艺出版社,2009年10月,第451页。

② 《大公报》1938年2月19日第2页:"松井被召回国畑俊六继任敌司令敌又增派四师团。"

③ 松井将召回国之说在1月27日即有传闻,《申报》1938年1月27日第1页"松井将返国因招外人反感被敌政府召回",《新华日报》1938年1月27日第2页"王文基被委情报处长松井有将被敌政府召回说",《大公报》1938年1月27日第2页,"松井将调回国说",2月20日第2页"松井即归国",2月26日第2页"松井抵东京"。

三理解——用〈杨可中〉（载〈七月〉第八期）作例子》一文，刊《七月》1938 年第 10 期，290—291 页，借此阐述了自己对创作问题的感想。胡风此文中也转载了曹白、柏山的信，彭柏山认为《杨可中》这篇作品虽然是真实的，富有感人的力量，但因为作品透露的是阴冷，缺少健康的光明，是失败之作。举出：对于“死”这一问题，应该认识是一种人生的过程。我们不怕说死，应当死引起活的希望，这才能增加读者的力量。请你记住，我们的写作，是要把人类带到光明的世界。因此，征服“死”，是目前人类历史的转换点，同时也就是我们创作的重要的主题之一。对于彭柏山的建议，胡风提出了自己的理解，他认可《杨可中》一文凄惨而哀伤的风格基调，认为正因如此该作品才真实而感人，既表达自己的文艺评论，也对曹白具有鼓励作用。信的翔实内容及事情来龙去脉可参胡风该文。

二十五、胡风与国际宣传处对敌宣传科、对敌宣传研究委员会

2 月 5 日

他（崔万秋）在国际宣传处第三科——对敌宣传科，他要我帮忙。谈话的结果是：我去那里当日本研究会的委员，每月可得百元以上的生活费。

2 月 14 日

过江到汉润里会崔万秋，他说日本研究会之事不成，因已给了横滨领事某君，另外要我考虑对敌人内部工作云。

2 月 18 日

五时应崔万秋之约，到“美的”咖啡座。原来所介绍的人是横滨总领事邵君。坐不久即别去，又同崔到曾虚白处坐了一会。约定明天正午在海军青年会午餐。

2 月 22 日

晚饭后，同蔡任达一道过江，在“良友”餐室会见崔万秋，他拿去了蔡底画；他们一做官，就非摆威风不可。他说邵要看我底日文作品，万一没有，就写一点罢。我说“试验么？”他红起脸来，说是“说起来失礼了，得罪得罪！”我看，这些新贵，是有些可恶的，得强硬地回绝他们。

2 月 24 日

崔万秋来，蔡任达来，约齐在另一室和邵毓麟吃茶。邵当面约我们到国际宣传处工作，名义大概是编译。

3 月 8 日

得邵毓麟信，说聘书已发了下来。

吴永平《胡风在“国际宣传处”任职情况考》批评胡风晚年回忆录中对曾任该职事有所避讳。他引用胡风回忆录，写道：“到武汉以后，由于客观的情况，不可能不和对敌宣传工作发生一些直接间接的关系。在上海认识的崔万秋，这时在国民党中宣部国际宣传处对敌宣传科负责。他这个对敌宣传工作无法做，几次拉我去帮忙。我虽然有从职业取得生活补助费的必要，但一则时间不允许，再则，我也没有方法没有能力做这个宣传工作。只好拒绝了。”接着说参看家书所述，可知“拒绝”事失实。让人疑惑的是吴永平引胡风拒绝崔万秋一事，却未引用回忆录的另段文字，胡风说：

> 国民党在日本横滨当领事的邵毓麟回到武汉来了。……他回来以后，为了酬劳他罢，就让他组织一个对敌工作的机构：对敌宣传委员会。比崔万秋的对敌宣传科

更有面子，地位更高。《大公报》张季鸾请客时，我和他认识了。通过张季鸾和崔万秋，他再三再四地拉我参加他的工作。我的情况是，如不从做职业取得生活补助费，连《七月》都无法坚持下去。他说要借我的名义争取对敌工作的影响，也实在不好拒绝。哪知接了聘书一看，是要在编译室做具体业务工作，只好凑合下去再说了。……用着极大的忍耐力敷衍到7月下旬(7月上旬起)，这个机构在筹备搬家，这才简单地把我们解雇了。[1]

可见胡风并未隐瞒在对敌宣传委员会工作的事实。吴永平对胡风这一段忆述文字片言只字未提，其中缘由未悉，或许是他把"国际宣传处对敌宣传科"与"对敌宣传委员会"有所混淆，再者是他当时未能看到胡风武汉时期的日记，以致此文对胡风及其回忆录多有批评。该文说"当年，胡风接受崔万秋邀请所欲供职的单位是'国际宣传处'的'对敌宣传研究委员会'而不是他在回忆录中所提到的'对敌宣传科'。并举2月15日的家书证明，崔万秋当年不仅是'对敌宣传科'科长，还曾同时主持'对敌宣传研究委员会'，他邀请胡风加入的是后一个机构。胡风没能马上成功的原因不是崔万秋反悔，而是该委员会的头头换成了原驻日本横滨领事邵毓麟。"关于胡风与国际宣传处对敌科、对敌宣传研究委员会的关系，需再梳理，才能比较清楚吴永平的错误之处。

1937年9月，国民政府改组军事委员会，确定军委会第五部专门负责国际宣传，但第五部的工作尚未真正展开，便于11月6日遭裁撤。同时，军事委员会宣传部下增设"国际宣传处"，接管原属第五部的工作。1938年2月，国际宣传处改隶国民党中央宣传部，由中宣部副部长董显光负责，曾虚白任处长。国际宣传处初创时期总部设于武汉，辖四科一会一室，四科是(英文)编撰科、外事科、对敌科、总务科，一会是对敌宣传研究委员会，一室是新闻摄影室(以后扩展为新闻摄影科)。[2] 对敌科主要工作是收集日军侵华罪行的文字、图片等资料，编撰日文报道与论文，透过广播散布对在华日军、日本国内和散居世界各地的日本侨民进行反战宣传。当时崔万秋担任对敌宣传科科长。胡风2月5日的日记提到崔万秋邀他去那里当日本研究会的委员，"每月可得百元以上的生活费"。这里所谓的"日本研究会委员"，正确而言是"对敌宣传委员会"，与"对敌宣传科"同样辖属中宣部国际宣传处，并不是崔万秋主管的"对敌宣传科"。胡风征询过吴奚如、熊子民，考虑后初步应允，但他还是为按时办公问题苦恼，因编《七月》又编《星期文艺》，极为忙碌，后来日本研究会委员不成之后，崔万秋要胡风考虑对敌人内部工作，就是到崔万秋的对敌宣传科，这一段经过，完全呼应了回忆录所说："时间不允许，再则，我也没有方法没有能力做这个宣传工作。只好拒绝了。"胡风当时确实是拒绝了国际宣传处的对敌工作，并无吴永平先生所言的在回忆录中却对此有所避讳，吴文因之衍申的若干对胡风的批评也就需重新评估，包括任职国际宣传处遭到周恩来对胡风的政治态度有所怀疑，以及"自从胡风接受这个职务后，负面效应便接踵显现：当年4月长江局在组建军委会政治部第三厅时，没有把他列入任职人选；他向吴奚如提出意见后，据说周恩来曾有意推荐他出任

---

① 《胡风回忆录》，第92、93页。

② 吴永平引用了郭必强《国民政府秘密组织赴日揭露南京大屠杀真相述评》一文，已提到国宣处辖四科一会一室，但后续论述将对敌科与对敌宣传研究委员会混为一。郭文见《南京社会科学》2002年第12期，第43页。吴文见《江汉论坛》2009年9月，第89页。另氏著《〈胡风家书〉疏证》亦云："胡风晚年撰写回忆录时，否认接受过崔万秋给予的这个职位"，第51页。

三厅的‘设计委员’,不料又被王明等否决”[①]都属于主观推测。

2月14日工作落空之后,胡风在18日又应崔万秋之约,到“美的”咖啡座。崔万秋介绍横滨总领事邵毓麟。19日同崔万秋一同到海军青年会,打电话约来曾虚白,谈了一些关于宣传的问题。大概事情渐明朗,因此才有22日崔万秋提出邵要看看胡风的日文作品。大概是考试的意思,遭到胡风拒绝。24日邵、崔约胡风、还有一个画家蔡任达,一起吃茶。邵当面邀请胡风、蔡任达到国际宣传处工作。以后就有了实质性的接触,到了3月8日胡风接得邵毓麟信,告知聘书已发了下来。3月9日与蔡任达过江,到宣传处去面谈,11日就出现在编译室,开始办公了。整个过程就是这样。

这期间尚有一事不能不留意,即是3月6日:“上午,子民着人送信来,说是李克农找我,要马上去。过江,在子民处吃了冷饭。李来,说蒋要办一个对敌宣传机关,在香港工作,要我去云。他说,《七月》可否交给别人?看来,他们总不把《七月》看作有用的工作似的。”3月7日胡风又到东旅馆,会见艾秀峰,说是蒋要组织一日本研究团体。艾秀峰即艾大炎,七七事变爆发后,艾秀峰投笔从戎,1937年9月从平津辗转南下抵武汉,其后在第六战区司令长官冯玉祥部鹿钟麟处工作,与冯玉祥时相晤谈,又受《大公报》主笔张季鸾推介,蒋介石于行营传见他,应蒋之所示要点撰写对日空投传单,同时也获在中共武汉办事处工作的王梓木介绍得与周恩来、李克农认识,并与李克农时有往来。梅志在《胡风传》写道:“子民同他说,潘(潘汉年)、李(李克农)叫他摆脱《七月》(子民在帮他工作),因为时局可能会恶化,他会因此受拖累。至于胡风去哪儿,由他自己决定,这里面当有其他的含义。”[②]由此看来,李克农是有意安排胡风到香港的对敌宣传机关工作,与艾秀峰所说的日本研究团体应是同一件事,但胡风依旧考量《七月》的编辑出版工作,决定留在武汉,接受邵毓麟对敌宣传委员会的编译工作,贴补家用及编《七月》之需,因此并未到香港对敌宣传机关任职。那么,胡风到国民党宣传部兼职,似乎就不是吴永平所言:“他在国民党机关中任职理应正式地请示并获得批准,可惜他没有这样做。”而胡风在中央宣传部国际宣传处对敌研究委员会的工作是否因此影响他被聘任第三厅政治部设计委员一职?事实好像并不是这样。郭沫若回忆筹备第三厅情形:

> 在第二年的正月六日我接到陈诚的电报邀我到武汉。到了武汉,才知道有政治部的复活,由陈诚任部长,周恩来和黄琪翔任副部长,要我担任第三厅,主持宣传工作。我知道工作的困难,无心再作冯妇,在二月我逃到长沙去躲避了一个月,但终竟躲不掉,只好又回到武汉。筹备了一个月,在四月一日才勉强把三厅成立了,比其它的厅后了两个多月。政治部的编制原本是一厅两处,挨着次序,第三厅是只包含第五处和第六处的。第五处主管文字宣传,由胡愈之担任处长。第六处主管艺术宣传,由田寿昌担任处长。但在筹备中蒋要我们添设一处第七处,主管对敌宣传。我便想请达夫主持,立即打电去福州邀请他。但因工作迫切,等不得他来只得就近请范寿康担任了。因此等达夫到达武汉时,三厅的组织已经完全就绪,便只好聘他为设计委员了。

国民党军事委员会政治部第三厅筹备了一个月,4月1日正式成立,郭沫若任厅长,

---

① 吴永平:《胡风在“国际宣传处”任职情况考》,第91页。

② 梅志:《胡风传》,第375页。

阳翰笙任主任秘书，其他重要成员有杜国庠、冯乃超、田汉、董维键等。在筹备的三月初，胡风尚未到邵毓麟对敌宣传委员会工作，如以梅志《胡风传》所述，似乎是未获得政治部设计委员的提名，胡风为了补助生活，“应聘到对敌宣传委员会任编译，拟了些日语传单，还编了个对日宣传手册等”。其实《胡风回忆录》就明言：“周副主席也提了我的名字，但被王明用我没有拥护‘国防文学’口号作理由否决了。否则，我就用不着浪费那大的时间敷衍邵毓麟了。”可见其因果关系并非如吴文所述，胡风接受国际宣传处一职才引发未被聘设计委员等负面效应产生。尽管胡风未获设计委员一职，但据3月8日的报载，胡风被推为中苏文化协会会员，3月27日“中华全国文艺界抗敌协会”成立时，胡风被选为常务理事，并任研究股副主任（后任主任），负责研究股的日常工作。胡风到国宣处工作似乎不是那么大逆不道，需要他在回忆录加以隐讳。何况当时崔万秋也是做了许多积极的工作，例如邀请鹿地亘来武汉，胡风从3月23日起几乎都在忙鹿地事及翻译，崔万秋请日本共产党人青山和夫以及鹿地亘与夫人到电台对日播音，进行反侵略宣传，又邀请池步洲夫妇到电台担任编辑和播音，采用郭沫若的介绍，邀请绿川英子到电台参加播音，进行对日反战广播。

前述崔万秋国际宣传处对敌科与邵毓麟对敌宣传研究委员会的差异，在胡风日记中也处处可见。比如说“到邵毓麟那里，再到崔万秋那里”。“出来到国际宣传处，崔万秋请鹿地和我到馆子吃饭”。“回来路上遇见了崔万秋，一道到国际宣传处坐了一会”。等等。因崔万秋所主导的多半是对日播音，鹿地亘出现时，胡风也经常在。[①] 日记叙述到对敌宣传研究委员会时，则多是“到编译室”，从任职的四个半月时间来看，胡风到编译室的次数约五十多次，经常可见他写着“到编译室坐了几小时”，足见此份工作费去他甚多时间，直到7月29日“到编译室，交代了一下，从此我和这机关没有关系了”。至此胡风才算了了一件事。再者，此议题延伸的相关问题，有若干项再进一步梳理说明。

一是日记中6月18日“下午到编译室，到杂志公司为邵毓麟交涉出版《敌情》事”。目前整理的日记做《敌情》，恐是统称，不需加书名号。邵毓麟负责的对敌宣传委员会编有敌情报告诸书，如《敌情检讨》《敌情资料》和《敌方谬论》等，目的作为专门提供国民政府决策当局参考。又如宣传部对敌宣传研究委员会编的《长期战与日本经济力　敌情研究资料 第1辑》就选辑《大公报》文章两篇：邵毓麟《日本的经济力能持久战吗?》、陈博生《日本经济上危机之解剖》（宣传部对敌宣传研究委员会，1938年）。

二是绿川英子来到武汉的时间。坂井尚美认为是1938年9月[②]，根据胡风日记7月28日长谷川照子和她的丈夫刘君来。8月6日到国际宣传处，遇盛成及长谷川照子。注解云“长谷川照子，即绿川英子，日本反战人士，其丈夫刘君名刘仁”。那么时间绝不可能是9月。7月2日国民党中央电台传出由绿川英子主播的流畅的日语节目：“日军同胞们，当你们的枪口对准中国人的胸膛，当你们大笑着用刺刀挑死无辜的婴儿，你们可曾想到过，这是罪孽，是世界人民不可饶恕的滔天罪孽！”以活动时间推测，绿川英子到武汉时

① 胡风回忆录对鹿地亘从广州到武汉的过程说得较详细，当初是他向崔万秋推荐的，崔也答应马上交涉请鹿地到武汉来，但这时郭沫若的政治部第三厅也和鹿地亘接上了关系，由政治部约他们夫妇到武汉来，并给予设计委员的名义。胡风和鹿地亘他们并没有工作关系，但住得近又与文学有关，许多事就由胡风来帮忙。第91页。

② 坂井尚美：《长谷川照子与郭沫若先生——日本研究长谷川照子现状及寻访其故居》，《郭沫若学刊》2005年第4期。

间很可能是6月下旬7月初。

三是吴永平《胡风在"国际宣传处"任职情况考》说:"梅志母子自'七七事变'前来蕲春探视胡风的父母后,一直留住在乡下。他们期盼着能在武汉团聚。"阅读日记可知梅志母子在12月1日来到武汉与胡风团聚了,直到来年1月28日先回蕲春。胡风2月6日说为了《星期文艺》和国际宣传处的事,回乡一趟的预约又不易做到了。因1月19日"得大哥信,要我们回去过年"。他让梅志母子1月28日先回蕲春,他则因各种因素方于4月5日返乡将梅志母子接到武汉。6月24日,梅志母子先行赴湖北宜都暂住。在2月之前梅志母子已在前一年12月与胡风在武汉团聚了。

四是吴永平根据2月3日家书提到的《七月》问题,认为此事发生在上引2月7日家书的前4天,很可能就在"子民、奚如等说是叫我答应了再说"以后。由此推断,信中关于"不去临汾而要在这里'做官'的批评并不是预测,而是已发生的事实"。然而前述2月5日崔万秋才邀请胡风到国际宣传处第三科担任日本研究会的委员。5日见了奚如、6日见到子民,6日日记且言:回乡一趟的预约又不易做到了,这才有2月7日家书所言:

> 看情形,我暂时很难回来了。因为,崔万秋要我到国际宣传处去,大概每月有百元左右的"生活费",我想暂时只好接受了再说。不过这里有一个问题,一是怕束缚了我底时间,一是怕自己人不了解,说我不去临汾而要在这里"做官"。子民、奚如等说是叫我答应了再说,我想明天去"到任"了,……我答应这个事,完全为支持《七月》和无法解决你和孩子的问题。

从前后因果关系来看,胡风是因崔万秋找他到国际宣传处,他找子民、奚如商量,得到的结果是先答应再说,他预想可能会遭到某些人说他"不去临汾而要在这里'做官'"的流言蜚语,这恐非是已发生的事实,只是胡风生性敏感,揣想周遭人可能会有的谣传,何况类似的惨痛经验不是没有,他在七七事变前回家探视病重的父亲,当时胡风就被误解他不是回乡去看父亲的病,而是送梅志母子避难的。[①]

二十六、周行、杜谈、许大使、头山满、孔祥熙

2月6日

> 给周行信。……过江到汉润里。等杜谈不来。……据说许大使带回了四个议和条件,头山满已到香港,孔祥熙今天坐飞机去了。

胡风给周行信,应该与周行文章刊《七月》有关。周行(1910—1946)与丘东平是朋友。原名吴玙,又名吴海宁,字子璠。广东东莞人。1930年入厦门大学文学系。1932年失学后回广州,与袁文殊等人合办《万人周刊》。1932年底,广州文化大同盟(后改称中国左翼文化总同盟广州分盟)成立后,为该盟领导人之一。主编地下文艺刊物《地下火》。1933年冬到上海,加入中国左翼作家联盟。1937年抗日战争爆发后,周行到广西从事文学评论、研究和翻译工作。1939年同华嘉在南宁创办文艺刊物《大地》。后来到桂林,在

① 《胡风回忆录》说:"家里来信,说父亲病重,急于想见一面。离家十年多了,因为担心国民党和土豪报复惹麻烦,一直没回去过。……到买好船票后,七七事变发生了。"(第74页)1937年8月6日的家书:"送家眷到内地乡下去的人多得很,艾芜底太太今晚动身回湖南。有些人一口咬定我上次不是看父亲底病,而是送你们避难的。辩解无益,也就索性不响了。"《胡风家书》,第19—20页。

逸仙、德智等中学任教，其间加入了中华全国文艺界抗敌协会桂林分会。在桂林曾和欧阳凡海合编《批评与介绍》旬刊，附于《救亡日报》第4版。1943年翻译出版美国作家杰克·伦敦的小说《马丁·伊登》。应邵荃麟之约，在《文化杂志》上发表翻译论文，还常在重庆出版的《中苏文化》《文艺阵地》发表译作和评论。1944年11月，日军侵犯桂柳，周行夫妇撤到桂北，参加罗培元领导的《柳州日报》的工作，并担任该报社的副总编辑。1946年春在广州主编文艺杂志《草莽》[①]，是年秋，病逝于香港，年仅36岁。作品有《关于〈华威先生〉出国及创作方向问题》、《关于"在抗民族革命高潮中为什么没有伟大的作品产生"》（皆刊《七月》）、《冀南抗日青年营的创立》及译作土耳其奥玛·绥费丁的《贿赂》、匈牙利B·伊勒斯的《幸福枪》等。

杜谈（1911—1986），河南内乡人。原名杜兴顺，别名杜英夫，笔名有窦隐夫、隐夫、白特、朱彭。1928年冬到北京大学作旁听生。1930年加入北平左联。先后参加编辑《北方文艺》《文哨》《擎旗手》及《普罗诗选》等刊，同时发表诗作。1932年，为悼念李伟森、胡也频、柔石、殷夫、冯铿等左翼作家殉难一周年，和张秀中、铁岩合编诗集《血在沸》。同年到上海，并加入中国左翼作家联盟，与蒲风等发起成立中国诗歌会，出版《新诗歌》。1935年被捕，翌夏获释。抗日战争爆发后赴延安，入中央研究院学习，结业后留院新闻教研室工作。曾任职于东北电影制片厂。1949年调中央文化部电影局，后在电影剧本创作所任编剧。1958年调北京电影制片厂，作有《翠岗红旗》电影剧本。[②]

许大使是指许世英（1873—1964），安徽至德人。字俊人，一作静仁，晚年别号双溪老人。其回国之事，乃因柏林宣告调停失败，许接到国民政府外交部电，通知他"准予回国，行期自定"。自七七事变后，日本侵略者感到原定的三个月结束全部对华军事的狂妄计划无法实现后，遂通过德国驻华大使奥斯卡·托德曼，向国民党政府提出"议和"条件。托德曼在南京会见了国民政府外交部次长陈介，传达了德国政府愿意调停的意向，并声称他愿做调停者。日方提出四项要求：（一）中国必须放弃容共、抗日、反"满"政策，与日"满"两国合作，实行反共政策；（二）在必要地区设立非武装地带及特殊政权；（三）中、日、"满"订立密切的经济合作协定；（四）中国须付给日本所要求的赔款。12月26日，陶德曼将上述条件转达给孔祥熙。孔祥熙经与蒋介石商议，虽然认为日本提出的条件苛刻，但并没有因此放弃妥协求和的念头，他们只求日方宽延期限，并要求对四项条件作出具体说明。12月30日，日方通过陶德曼，就四项条件向国民政府作了具体解释：国民政府表示希望了解日本的和谈条件。第一项，首先是要中国承认"满洲国"，并表示有积极排除共产党的证据，不过并非要求中国参加防共协定或废除中苏互不侵犯条约。第二项，所谓"非武装地带"，是指：① 内蒙；② 华北；③ 上海附近已为日本占领区。所谓"特殊政权"，是指：① 内蒙方面，须具有和外蒙相同地区的"自治政府"；② 华北方面，就连转达人陶德曼也不明了日方的意图；上海方面，则是在公共租界与法租界以外的地区，设立"特殊政权"。第三项，关于经济协定，是指关税与商务方面。第四项，所谓"赔偿"，一部分为战费赔偿，一部分为日本财产损失的赔偿，另外日军的占领费用也须由中国负担。但终因条件苛刻，日方又拟用武力征服中国。不久正式通知德国陶德曼，"调

---

① 何芷：《周行和〈草莽〉的始末》，《新文学史料》1981年第2期。中共柳州市委党史办编：《抗日战争时期的柳州日报》，漓江出版社，1992年12月，第136页。

② 艾芜：《记诗人杜谈》，《新文学史料》1983年第4期，第129—131页。

停”活动以失败告终。1938 年 1 月 18 日，日本政府命令驻华大使川越茂回国。1 月 20 日，孔祥熙命令驻日大使许世英回国。[①] 张仲实曾写《许大使回国》，略云日方否认我中央政府，并决定召回驻华大使川越后，我驻日大使许世英，也奉命于 20 日启程返国。……许大使于动身前，发表谈话，内谓：“一民族之期望：非武力所可屈服”，暗示我抗战到底的意志，我们认为也很得体。……许大使的返国，不啻向全世界再度表示我们抗战到底的决心。[②] 许世英回国后，重掌财务委员会。1945 年授以国民政府高等顾问。1947 年后历任国民政府委员、蒙藏事务委员长、总统府高级顾问等职。1949 年移居香港。1950 年赴台，受聘“总统府资政”，1964 年病逝于台北。

中日断交，日方仍想尽种种方法再与国民政府接触。除政府官员外，还动员了一批民间人士，特别是与国民党有往来，且有密切关系的人们，要他们出面对中国进行和平攻势，其中，最受注目者，莫过于头山满（1855—1944），生于日本九州岛福冈市一贫穷武士家庭，年轻时，曾因参与士族叛乱而入狱。1881 年，他成为“玄洋社”发起人之一，是 20 世纪日本右翼政治领袖、军商，极端国家主义秘密团体黑龙会创办人，曾是孙中山、金玉均的友人，有过支持中国革命的历史，同时，又和日本政府有着密切的联系。其人颇具争议，日本人认为他是慈善家，但被日本侵略的国家则认为他高唱“大亚细亚主义”，一贯主张推行大陆扩张政策，鼓吹征服中国和朝鲜。盛传头山满唆使行刺李鸿章、军事挑衅俄军，是甲午战争、日俄战争的疯狂的鼓动者。他在中日两国外交关系正式断绝后，竭力设法打开两国之间的僵局，因此立即致电孔祥熙行政院长谓：

> 黄君来寓，询悉近佳，快不可言。老夫龄八十加四，蒿目时艰，五中如焚。拟竭平生之力欲归两国于好。公如同其志，速改旧图，更新其策，时不再来。盼赐电复。

孔祥熙于正月 23 日复电头山，略云：“尚希主持正义，力挽狂澜，设法贵国少数军人早日醒悟，则中日两国人民立可出于水火而登衽共进于文明之域。黄种之幸，亦东亚之福也。”[③]1938 年 1 月，国民政府实行改组，此时孔祥熙被任命为行政院长，兼财政部长和中央银行总裁。

二十七、胡风与毛泽东的《论持久战》

> 2 月 8 日
>
> 昨晚和今早看了几十页《民族解放战争的战略和战术》。

日记注解：“《民族解放战争的战略和战术》似乎是毛泽东《论持久战》中的一章。”这个注解需订正。毛泽东在延安窑洞撰写《论持久战》的时间是 1938 年 5 月 26 日至 6 月 3 日。周恩来得到《论持久战》文稿之后，撰写社论和文章，于汉口《新华日报》上发表，阐释毛泽东《论持久战》的思想，并在武汉各界作了多场报告。但《论持久战》并无《民族解放战争的战略和战术》的章节。时间也是 5 月之后的事，胡风不可能在 2 月 8 日看到《论持久战》，直到 8 月，胡风才认真阅读了《论持久战》，并写了文章回应。《民族解放战争的

---

① 王松编：《孔祥熙大传》，团结出版社，2011 年 9 月，第 176—177 页。

② 1938 年 1 月 23 日载《抗战》8 日刊第 39 号。收《张仲实文集（上）》，中国文联出版公司，第 257 页。

③ ［日］伊原泽周：《从“笔谈外交”到“以史为鉴”——中日近代关系史探研》，中华书局，2003 年 1 月，第 475—476 页。

战略和战术》一书的作者另有其人，是张凌青[①]，该书由汉口上海杂志公司1937年9月出版，202页。书分四部分：全国总动员论、民族解放战争的战略与战术的研究、游击战争、抗敌战争经验谈。该书出版时正值“八一三”抗战开始，张凌青在书中明确提出了“全民总动员，以长期的消耗持久的战略战术，必能打败日帝取得最后胜利”的论断，1985年时张凌青《我在社联的时候》一文再次对《民族解放战争的战略和战术》中的持久战观点作解释：

> 民族解放战争，是殖民地半殖民地反侵略求解放的战争。它以弱敌强，但是决定战争最后因素是“人”。我国人的数量四万万，但是必须使所有的人愿为战争而效命，这就是全国总动员的任务。要人民都自觉的爱国，就要实行真正的民主政治，要在经济上实行改善贫苦人民的生活，改善士兵的待遇，使兵民自觉是国家的主人。……
>
> 对日作战应该采取什么战略呢？敌方的财力、经济力、兵力、人力、社会状态绝不能支持长期战争。所以它的战略是速战速决，妄图实现它“三个月灭亡中国”的狂想。我们的战略是反其道而行之。我们采取持久战，是长期消耗战战略，由于军力敌强我弱，战略退却不可避免。广大土地将被敌军占领，我们将在广大的敌占区开展敌后游击战争。将使敌人陷入我军民的包围之中。敌军将在长期消耗战中日渐衰弱下去，而我军将在长期战争中由劣势转变为优势，最后胜利必然属于中国[②]。

张凌青在“八一三”战事后被分配到张发奎部队的战地服务团，后又至太行八路军总部。他所采取的长期消耗战的战略持久战，可能对当时的抗日战略产生一定的作用。

胡风自8月29日起撰述了三篇阐述《论持久战》的文章：

> 8月29日写成了《持久战中的文化运动》第一章。
>
> 9月16日写成《关于文化中心问题》，送到生活书[店]。
>
> 9月26日写成了《要普及也要提高》。[③]

在书写“论持久战中的文化运动”时，胡风在9月7日再次重读《论持久战》。9月11日又看完毛泽东另一部由新华日报馆5月出版的《抗日游击战的战略问题》，此书阐明讲

---

① 张凌青（1905—2000），江苏宝应人。笔名张耀华、凌青、海澜。1929年在上海大陆大学读书。1932年参加革命，1933年加入中国共产党，先后任上海“中国社会科学家联盟”常委兼编辑部长、上海“左翼文化总同盟”的《正路月刊》主编。经常在上海《东方杂志》《申报月刊》《新中华》《永生周刊》《战时日本》《救亡日报》等报刊上发表政论、经济、文化等评论文章。1934年被捕入南京国民党军人监狱。1939年4月，由中央北方局分配到八路军第一纵队，开辟山东敌后根据地而到达沂蒙山区，1940年冬，张凌青面对鲁南这个游击战争重要根据地文化宣传工作落后于军事、政治、经济的情况，在沂蒙山区创办文艺活动。1950年任中央人民政府文化部办公厅副主任。1952年受聘任北京大学中共党史教授。1964年转上海社会科学院历史研究所从事研究工作。作品有《国际关系之现状》《世界人民阵线》《太平洋形势的分析》《苏联社会主义建设的财政基础》《美国金融恐慌的展开与世界经济危机的激化》《我在社联的时候》等。生平见张凌青著《张凌青文集》，书前有《张凌青传略》，上海市新闻出版局，1997年。

② 该文写于1985年4月22日。收入上海市哲学社会科学学会联合会编，《中国社会科学家联盟成立55周年纪念专辑》，上海社会科学院出版社，1986年3月，第114页。

③ 这三篇论述刊登于汉口《国民公论》1938年第1卷第1—3期，第8—10、15—16、17—19页，发表时二、三篇有标题作“论持久战中的文化运动之二、三”。前两篇又刊《华美》1938年第1卷第32期，第16—18页。《战时生活》1938年第2卷第1期，第9—10页。《论持久抗战中的文化运动》后来收入《民族战争与文艺性格》一书，但第一篇（其一）文末的写作时间误作1937年8月29日，日记记载时间是1938年8月29日。

述游击战争的基本原则及六个具体战略问题。可见胡风对于抗战问题中的文化运动相当关注，他在《论持久战中的文化运动》批判《义勇军进行曲》的歌词，事实上在1937年3月为黄新波《路碑》"序言"里已初露端倪。当时他批评黄新波《祖国的保卫》：

> 作者底主题主要地是民族革命战争，但在走向这条康庄的路径，即采取主题的着眼点上，似乎还有未能调和的矛盾。像《长征》《抗敌归来之义勇军的遭遇》《被牛马化的同胞》等，原是目光坚利，紧站在生活实地上面，但如《祖国的防卫》《为民族生存而战》等，就流于空泛，弄成了没有个性，像标语画似的东西了。我想，后者也许是由于作者被时论所移，想腾空地去把捉大题目的缘故罢。[①]

在胡风看来，"祖国的防卫""用我们的血肉筑成我们新的长城"都是些空泛的大题目，不断向民众重复这些概念的动员方式，与"愚民政策"的差别，也只是在民众脑子里面多注入了几个概念，最终还是会妨害民众的"自动性"和"创造力"。

在《论持久战中的文化运动》一文中，胡风指出，"用我们的血肉筑成我们新的长城"来抵御敌人，用"肉弹"来击退敌人，当做提倡牺牲精神的抒情表现，当然是好的。然而，谈到实际的战争，那是运用整个社会力量的搏斗，尤其是被压迫的弱的民族对于强敌的战争，全人民性质的战争，那不但需要人民的政治觉醒，还需要人民对于政治远景的坚信，通过热情及智能进行长期的、广泛的、艰苦的战斗。在胡风眼中，提倡"用我们的血肉筑成我们新的长城"不过是"祖传的'精神胜利法'"，如把这个概念进行宣传和灌输，即便令民众形成一种"无条件反射"，实际上仍是"经不起一打"。这些著作让读者得以掌握胡风的战时文化思维及态度。

二十八、中华全国剧界抗敌协会招待文化界的公演

> 2月12日
>
> 到维多利亚纪念堂，看中华全国剧界抗敌协会招待文化界的公演。共三个剧本、几幕活报。

根据《握着文化的火炬反抗侵略——反侵略宣传周文化日》一文，武汉除隆重集会表示要"握着文化的火炬反抗侵略"外，下午全国戏剧界抗敌协会还在维多利亚纪念堂公开演出。演出剧目共四个：《血洒晴空》（描写空军烈士阎海文之死）、《最后一计》、《杀敌报国》和《为自由和平而战》（描写敌人的强暴及八百壮士奋勇抗敌的壮烈场面）。胡风记三个剧本，漏写一个剧目，但不清楚胡风当时是漏掉哪一个剧目，很可能是提早离开，最后一个没看到。详见《新华日报》1938年2月13日的报导，第33号第2版。

二十九、俞棘

> 3月11日
>
> 得俞棘信。
>
> 3月28日
>
> 夜，复言武、朱凡、王洁、俞棘等。

---

① 《新波的木刻——〈路碑〉序》，初刊《工作与学习丛刊》第2辑《原野》，1937年3月25日。

5月19日

得黎烈文、俞棘、冼群信。

日记注解:“俞棘”,投稿者,曾在《七月》上发表散文二篇。经查是《失去了健康的悲哀》与《第一颗炸弹(福州通信)》,分别刊登《七月》1938年第8期、11期。《第一颗炸弹》是通讯报导,报道了福建的遭害,可见俞棘是从福建寄稿给在武汉的胡风。根据汪毅夫[①]、李敖、苏雪林诸人的著述,得知俞棘为于吉笔名,原籍浙江慈溪,抗战时期,流落到福州,长期过着穷困潦倒生活,曾当过交通警察。此期间写了不少新诗、小说、文艺理论投到《福建民报》《南方日报》副刊,认识了福州的文艺青年,他们通过省民教处组织了“民众剧社”,借合法场合公演抗日救亡话剧。与陈学英等人创办了文艺月刊《平凡》,传播新思想、新文化。闵佛九担任福州《南方日报》社长兼总编辑时,吸收他当《南方日报》校对,后提为副刊助编,然后升为编辑。在闵佛九表示放手让大家自由发挥才能之时,俞棘在副刊《南方公园》上刊登左翼文章,积极筹组“文艺界抗敌后援会”,并扩大为“文艺界救亡协会”,让读者对左联在文学创作上提出的“国防文学”和“民族革命战争的大众文学”两个口号开展讨论。但这些活动和文章,与《南方日报》的办报宗旨不相符合,起初闵佛九保持沉默,然而《南方日报》理事会的国民党理事们强烈反对,视俞棘是共产党的代言人,尤其是福建省保安处特别党部的刘子兆和国民党福建省党部,多次提出警告。闵佛九受到种种压力,只好通知俞棘,要求俞棘体面地离开报馆,俞棘被迫借口要东渡日本留学,于1937年3月间正式提出辞职[②]。抗战时期,在福建的《公余生活》《十日谈》《力行》及黎烈文主编的《改进》发表不少文章,可见者有《现阶段日本南进的透视》《二十六国宣言后的反轴心阵容》《从战略的演展判断我敌成败》《虎伥:一九三六年福州小景之一》《海丁》《日割:旧账之一》《文艺:前一代(纪念“九一八”十周年)》《为个人主义举哀》等。

俞棘后来到台湾,曾任《中华日报》(1946年2月20日创刊)台南版总编辑,及中国国民党民国三十九年之改造与台湾新政台湾省各县市改造委员会台南市委员。孙陵《大风雪》惹祸时,俞棘1954年6月13日给李敖长信,说“在十九节(第六章内)我读到了您的智慧,钦佩您的眼光,那一段文字是40年代中国历史最好的诠解,这一段要得,不可省。我们都不是把民族主义当魔术耍的人,但我们知道:当大家迷失本性,舍主人而不为的危急时期,‘黄帝子孙’这一声叫喊,唤回沉溺的灵魂,是有其效用的。您在《大风雪》里这一声呼唤,在今天听来格外的洪亮、庄严,使人振奋”。李敖在《为自由招魂》如此评价俞先生:

> 布雷先生之世交,平素不苟言笑,不苟写作,尤不苟许人。俞先生历任台南改造委员等职,结业于实践研究院联战班。其为人更足使吾人深信了。俞先生除文艺理论外,尤擅创作,写作态度至严,故吾人不能常读其作品,盖彼自期许者至高之故也。根据王集丛、俞棘两先生于两年前早已表示之意见,《大风雪》实为反共抗俄之今日所必需,至为显然,故职不必自己多说。[③]

---

① 汪毅夫:《1945:福建文人与台湾文学·闽台区域社会研究》,鹭江出版社,2004年2月,第300页。

② 《南方日报》,潘群主编:《福州新闻史略 1858—1949》,福建人民出版社,2005年7月,第112页。

③ 李敖:《为自由招魂》,时代文艺出版社,2012年9月,第109页。

俞棘居台南,与同在成功大学中文系任教的苏雪林情谊友好,或书信往返或一起参与活动,苏雪林在 3 月 20 日日记载参加糜文开喜宴:"新娘裴溥言年轻貌美,糜续弦得此大属可贺。今日之客,属严友梅、萧传文夫妇及余四人,此外则则[①]施之勉夫妇、儿媳及二小孙女、俞棘先生,连新郎、新娘一共十二人,酒食甚丰,至九时乃散。"[②]

后来俞棘在李荆荪政治迫害事件中受到牵连。1971 年 12 月 10 日,中广公司总经理、《大华晚报》董事长兼行政院经建会机要秘书李荆荪与该报副主笔俞棘被国民党政府逮捕。军事法庭以"匪谍"罪判处李荆荪无期徒刑(后减为 15 年徒刑,1985 年 11 月 17 日获释),俞棘被判处 5 年徒刑。[③] 当时戒严下的台湾类此事件层出不穷,《新生报》副总编辑单建周被逼跳楼自杀、《公论报》采访主任黄毅辛和《民族报》编辑唐达聪也先后被捕,最惨烈的《新生报》女记者沈嫄璋与夫婿姚勇来一死一入狱。李敖说吾人不能常读到俞棘作品,或许也同样是期许较高,俞棘至台后出版著作有《泡沫》《郁雷》《凤凰树下》《黄帝子孙》《失去的影子》《金蕉园》《生命的递嬗》《花潮》等。

三十、鹿地亘

3 月 27 日

早起,九时半同鹿地夫妇一道到总商会开文艺界抗敌协会成立大会。鹿地作了简单演说,替他当翻译。

4 月 2 日

下午引鹿地夫妇过江到电影制片厂收音,收了一半机器坏了,于是到附近的花园玩了一会,到"蜀珍"吃饭,吃饭后又收音。郭沫若说最近有一千多俘虏要到武汉来。收音后一同照了一张相。

1937 年 12 月中旬,鹿地亘在夏衍的鼓励下,写了《现实的正义》和《所谓"国民的公意"》等反侵略战争的文章。夏衍将《现实的正义》翻译后在广州《救亡日报》(1938 年 1 月 31 日)和武汉《新华日报》(1938 年 2 月 8 日)上刊登,引起强烈反响。胡风在 1 月 25 日的日记透露从梅景钿那儿"晓得鹿地夫妇已到香港近二月,生活困苦不堪,现在想到陕北去云"。但鹿地亘文章刊登后,武汉文化界中涌起了聘请鹿地亘夫妻来武汉的签名运动,军事委员会国际宣传处遂决定聘请鹿地亘先生到汉口来,后林林受夏衍委托去香港接鹿地亘夫妻。当时在武汉的胡风写道:"看到了在《团结》上发表的他向屠杀文化的日本帝国主义抗议的文章。前两天又收到了信和诗稿。我赶快译了出来,介绍给中国兄弟们。但我在这里所感到的心绪的感动,并不是鹿地亘君所遭受的困苦和危险,……我的感受到激动,是在另一方面,因为,从这里,中国的兄弟们可以感到中国人民争自由争解放的神圣的民族战争是和日本的人民、人类的进步的文化在一起的。中国人民争自由争解放的神圣民族主义是有伟大的国际主义底力量在支持的……"[④]胡风在 2 月 16 日译成鹿地来信,订题为《从广州寄到武汉》;17 日又"把鹿地底两首诗译成了"。此二首诗即

---

① 疑衍一"则"字。

② 《苏雪林作品集》第六册,日记卷,成大出版社,1999 年 4 月,第 94、225 页。

③ 李松林主编、凡理等撰写:《中国国民党史大辞典》,1998 年 6 月,第 202 页。

④ 胡风:《关于鹿地亘》,《七月》第 9 期,1938 年 2 月 16 日。本段引自《胡风全集》第 4 卷,第 94 页。个别字句有所改动。

《颂香港(即兴)》《送北征》。[①] 2 月 18 日上午又写了散文《关于鹿地亘》,这些作品皆刊《七月》1938 年第 9 期,可见胡风当时积极昂扬的兴奋心情。前述国际宣传处决定聘请鹿地亘先生到汉口,这与胡风也有相当关系,3 月 15 日胡风到编译室,崔万秋告知请鹿地来的话已讲好,胡风拟了电报发给鹿地亘。21 日收到鹿地的航空信,说将动身,进广州手续也弄好了,胡风猜测是政治部方面也邀请了他。23 日鹿地夫妇来到了汉口,胡风日记自 23 日之后经常出现与鹿地亘的联系,尤其在四、五月的日记里,非常频繁。3 月 27 日文艺界抗敌协会成立大会,鹿地亘在会上作了发言,胡风当场翻译,内容可见《全国文艺界空前大团结》的报导:

> 在热烈的掌声中,日本反侵略作家鹿地亘,登坛演说了,由胡风作翻译,并作简单介绍。他说:在民族解放斗争中的中国,我能参加中国文艺作家这么一个大场合,我的感想实在很多。到了武汉以后,曾亲切的看到中国政府,已成为民众的政府,中国的军队,已是真正民众的军队。可是在日本呢,军队离开了民众,政府成为威胁人民利益的政府。我曾会见中国的当局,他们曾很恳挚的告诉我,打倒日本军事的法西斯,单靠军事远不够的,要靠日本的文化界以及反侵略同志共同起来努力。听了这些话,使我大受感动。关于日本军人的战略,他们的旧法,总是集中力量攻那一点同时另外又要攻击这一点。这是非常可笑的,在中国广大的土地上,他们的兵力,将不能集中,他们如果专顾了前面,后方的中国民众又要起来,要以日本举国的兵力,来从事略侵战争,则日本民众就要更顺利的起来打他们。中国今日,正向着世界上最进步的民主化大道前进!今天的战争,民众的力量是最基本的决定力量。最后要向诸位致意,中国应与日本的人民,及反侵略文化人,携手起来![②]

此后各报刊报导鹿地亘演说之新闻,胡风也扮演翻译者的角色协助他,日记中可见诸描写:替鹿地翻译,弄出了一身汗、同鹿地去汉口访一个空军俘虏,等等。种种的协助让鹿地感激地说“他到中国以后,除了鲁迅就是张了”。足见胡风当时对鹿地亘的关心及实际的协助。

其中有一次陪同鹿地亘夫妇到中国电影制片厂收音的记载,时间是 4 月 2 日。可再做补充。根据唐瑜所述:

> 一九三八年四月十日,中国电影制片厂(这时是郭沫若第三厅属下的电影厂)拍摄《响应全世界反侵略运动》纪录片时,鹿地亘夫妇由郭沫若与胡风陪同到厂参加。于是三十年代中国文艺界一批精英人物胡风、郭沫若、应云卫、陈波儿、郑用之、孙瑜、王瑞麟、戴浩、史东山、何非光、袁牧之留下了珍贵的合影。[③]

唐文所述可与胡风日记互参,鹿地亘夫妇由郭沫若与胡风陪同到中国电影制片厂,除了参观拍摄世界反侵略运动纪录片,胡风日记说是到电影制片厂收音,但收了一半却机器坏掉,于是先到附近的花园玩了一会。虽然唐文的时间误作 4 月 10 日,但附上的照片具有史料价值,这张照片的人物有郑用之,中国电影制片厂厂长。中国电影制片厂前身是国民党在 1935 年设在江西的“剿共”军事机构南昌行营政训处下辖的电影股,起初

---

① 这两首诗发表时未署名译者胡风的名字。

② 载《新华日报》1938 年 3 月 28 日。

③ 唐瑜:《二流堂纪事　图文增订本》,生活·读书·新知三联书店,2005 年 11 月,第 247—248 页。

规模很小，由郑用之负责，主要拍摄反共的新闻纪录片，编入《电影新闻》，抗战爆发前出品 30 多号。电影股移至武汉后改称“汉口摄影场”，经改组扩充后称为中国电影制片厂，简称“中制”，1938 年 4 月 1 日成立时，隶属于当时国民政府的军事委员会第三厅。郭沫若任三厅厅长，阳翰笙任三厅主任秘书兼中国电影制片厂编导委员会主任，郑用之任厂长，袁牧之、史东山、陈波儿、钱筱璋等人为中坚。1938 年 9 月，中国电影制片厂迁重庆市观音岩。[①] 因此当天郭沫若对胡风说最近有一千多俘虏要到武汉来，4 月 18 日胡风还同鹿地访一个空军俘虏。日记提到“先到附近的花园玩了一会”，所指是汉口杨森花园、周家花园。中国电影制片厂厂址在杨森花园（今惠济路，曾一度改作中共武汉市委小礼堂，20 世纪 80 年代拆除）。由于郑用之与杨森同是四川老乡，郑用之“为宣传抗日欲办电影制片厂，想租借汉口杨森花园这块宝地，说到动情处时，眼眶便噙着泪水，情辞恳切。杨森拍着郑用之的肩膀道：‘峻生，你要办电影制片厂，很好。但我的杨森花园，不能租给公家，只可租给你个人。因为这笔产业属于我们全家数十口人的。目前虽然闲置着，但总有一天我是会搬进去住的。’一项象征性的每年只收一块银元的租赁汉口杨森花园的合同立马就签约了”[②]。郑用之把武汉电影制片厂的牌子挂在汉口杨森花园门口后，在花园左边大块空地上新建了一座摄影棚，右边的空地则作为外景场地。将杨森公馆内的地下室分别隔离成洗片、印片、滚筒、机械修理、照相、道具、木工和泥工等各室，将剪辑、录音、放映、摄影、美工、卡通及大饭厅设在一楼，二楼是电影制片厂的办公室，三楼为寝室和休息室。后来人员增多时，郑用之又租赁了离杨森花园仅百步之遥的周家花园（周苍柏之弟的产权），著名导演史东山、袁丛美、高占非、唐瑜、孙瑜、何非光等均在那里居住过。[③]

前述唐文的时间是 4 月 10 日。查胡风日记，这一天胡风上午忙于看稿，下午替恩向军需学校报名后，过江到汉润里和杂志公司取信件，又到奚如处。直到晚饭后才见到鹿地亘夫妇，“坐谈约一时始去”。就整天行程来看，胡风不可能在 10 日这天陪同鹿地夫妇到电影制片厂。而 4 月 4 日，鹿地亘参观电影制片厂的第三天，就病倒了。胡风是日载“夜，到鹿地处，他病在床上。于是，走了很多路，去找医生和替他打了针。看他们实在有些惨，但我已准备好了回去，明天不走又不晓得会延到什么时候，而 M 是眼滴血地在望着我的。还是明天回去一下罢”。于是胡风 4 月 5 日回家乡接妻儿去了。

《新华日报》在 4 月 9 日曾报导“鹿地亘今晚广播”，内容说：

> 日本反侵略作家鹿地亘、前应国民外交协会之请、定六日晚在汉广播、是日适鹿地氏患病致不克亲自出席，当由该会派委员彭乐善将鹿地氏之讲演稿、译成英语向国际广播、兹鹿地氏业已痊愈、因仍应该会之请、定今（九日）晚九时在汉市广播电台、以日语向日本国民演说、内容将申述中国抗战真义、唤起日本国民之觉解、两国人民应共同站在兄弟友好立场、消灭日本军阀、建立永久之东亚真正和平。[④]

可见鹿地亘直到 4 月 6 日仍在病中，无法出席向日本人民广播，国民外交协会弹性应变，将演稿译成英语向国际广播。4 月 9 日这一天也很热闹，胡风“九时到汉口，过江抵

---

① 武汉地方志编纂委员会主编：《武汉市志 22　文化志》，武汉大学出版社，1998 年 2 月，第 206 页。

② 邓先海：《从汉口摄影棚的创建到电影抗战——记郑用之与武汉时期的中国电影制片厂》，《和谐》2015 年 12 月第 6 辑（总第 48 辑），武汉出版社，第 117—118 页。

③ 胡榴明：《杨森与汉口杨森花园》，《武汉文史资料》2003 年第 10 期，第 16—19 页。

④ 《新华日报》1938 年 4 月 9 日，第 4 页。

金家，约十时过。坐不一会，沙雁同中央摄影场的人来，要摄鹿地夫妇的新闻片，于是到鹿地处，吃饭后一道来这里。新闻的场面是献花、说话、走路……这时艾青来，于是一共摄了一张照片，我们三个同鹿地夫妇也摄了一张"。胡风日记与现今留下的照片材料完全吻合。

三十一、郁达夫在武汉

4月3日

被推为常务理事兼研究部副主任。主任是郁达夫，看来又是无法做什么的。

胡风武汉日记出现郁达夫的记载，仅此一次。但并不意味两人在这段时期无交集，原因可能是胡风素来不喜创造社中人，郁达夫也不常停留在武汉，除了徐州劳军，他又去视察河防，冒着烽火炮弹在山东、江苏、河南一带及东战场巡视，合计一月多时间，虽前后在武汉约四个月，扣除劳军巡视的时间，大约也就三个月时间。也因时间短暂，有关郁达夫的评传对此时期的叙述也就一笔带过。1938年这天日记，胡风被推为常务理事兼研究部副主任，胡风说："主任是郁达夫，看来又是无法做什么的。"开会时老舍等15人被推举为常务理事，其后老舍又被推举为总务部主任，但老舍自己推说不干，成了僵局，郁达夫看到这个局面，就出头说话："老舍先生的总务部主任不干，我的研究部主任也不干，吃完冯焕章先生的饭，我们就散伙！"这话有些激将的功用，老舍无话可说，只能笑了，于是大家就把这一笑算作他答应了。郁达夫是个典型的才子名士，自陈不惯也没耐心做实际事务工作，胡风请他对工作出点主意，他也要胡风完全作主，连告诉他都不必。这么说来，郁达夫已表明他不管事，一切由胡风作主。但日记何以说"看来又是无法做什么的"了？胡风可能对创造社的人是怀有偏见。当时在文协的"左派人虽然多，如郭沫若、田汉、阳翰笙、冯乃超等，但都在第三厅担任了公职，没有时间来做文协的群众工作"。选举结果让胡风联想起自己并无公职，而那些有公职的左派人士，哪有时间再挪出来做文协的群众工作？不过胡风又退一步想，郁达夫"肯担负研究股主任的名义，没有提出辞职，这就算是顾全大局了"①。所以，这句"无法做什么的了"并非专门针对郁达夫，而是对第一次理事选举结果的感慨。后来研究股的工作实际上由胡风单独负责，随后又担任文协会刊《抗战文艺》编委。

但郁达夫也未闲着，这与年初得悉母亲被害的国仇家恨及与妻子王映霞感情的冲突或有关连。从他来武汉之前给郭沫若的信："我意要文化人到各乡各村，去遍散爱国抗敌宣传种子。"及至武汉，他附和文协提出的"文章下乡，文章入伍"的口号可观知。文协成立后不久，郁达夫次老舍原韵："明月清风庾亮楼，山河举目涕新流。一成有待收失地，三户无妨复楚仇。报国文章尊李杜，攘夷大义著春秋。相期各奋如椽笔，草檄教低魏武头。"字里行间洋溢着同心力扫倭寇、誓雪国仇的壮志雄心。郁达夫很快投入劳军视察的行列，相关研究也多有所记载，但个别细节略有不同，叙述的时间也有差异，比如郁达夫和盛成的出发时间和返抵武汉的时间，出入颇大。由于台儿庄战役的胜利，文协特派理事郁达夫、盛成二人代表到前线劳军，据1938年4月18日《新华日报》的《救亡简报》报道："中华全国文艺界抗敌协会，以最近鲁南大捷，奠定我最后胜利之基础。特派该会理事（十七）晨北上，遄赴台儿庄前线，慰劳英勇抗战将士。"郁达夫于4月19日写信给王映

---

① 胡风：《在武汉——抗战回忆录之二》，《新文学史料》1985年第3期。

霞说:“十七晨上车,抵郑州已昏夜。”又据盛成《台儿庄纪事》所载:“四月十七日早七时一刻,乘车由汉口大智门车站出发。……车到郑州,已夜十一点钟。第一战区司令长官部政训处长李师璋上车欢迎政治部代表,站上欢迎者有市民千余人。”[①]由此可知,郁达夫出发的时间是4月17日,而非4月10、12日或14日。[②] 这时间大抵可以确定无疑,不过从老舍给胡风的信来看,郁达夫、盛成应该在4月16日晚或说4月17日大清晨就准备出发了,才能赶上早上七点一刻的火车到郑州。老舍先生在16日致胡风的信说:

> 达夫今晚到前方劳军(我会推盛成代表,同郁出发),所以必和您说说,虽明知您身体不大好。

这封信主要是报告文协的会务,顺便说明郁达夫和盛成将于16日晚到前方劳军,之所以特别和胡风说明,应该是郁达夫是研究部主任,胡风是副主任的关系。此时胡风正在生病,其实老舍也病,信的一开头就说:“尊体欠安,甚为系念!我近中亦患头晕,难以执笔;春天不是写文天,于此有证。”胡风在4月13—17日日记写下:“十三深夜忽然大吐,十四晨体温增高,一直继续到十五夜。十五吃金鸡纳霜丸四粒,体温才恢复原状,但十六日十七日依然不能做事,疲乏得很。”与老舍此信完全吻合,胡风确实生病了。然而文协会刊《抗战文艺三日刊》第1卷第1期的《文艺简报》却报导:“为庆祝鲁南我军歼敌的胜利,于四月十四日,本会特派理事盛成,代表本会赴台儿庄劳军。……又本会理事郁达夫,亦代表政治部同时前往劳军。”二人同时出发已可证无疑,但时间却误为4月14日,这里只能理解为文协于14日决定委派郁、盛两位理事赴前线劳军,而不是他们的具体出发时间。但是《文艺简报》这一资讯后来影响了若干文章在时间上的误植。至于郁达夫何时返回武汉,其诗、文、信皆未提及,盛成《台儿庄纪事》则十分明确地交代时间是1938年5月4日。后来盛成回忆说:“我俩合作了一份很长的工作报告,我们根据自己在台儿庄的所见所闻,认为中国必胜,日本必败。报告分别送交政治部、文协和国际宣传委员会等部门备案。”[③]陈子善给盛成的信说:

> 您和达夫没有同车回武汉,他先走。当然,您也没有参加5.4的会,《抗战文艺》消息不确。至于这消息是谁写的,则不清楚,因未署名。另外,陆诒先生写的回忆郁达夫的文章中说他在徐州和台儿庄未见郁达夫,与您的回忆和报告中所记有出入。我将尽快把您的信转陆先生,并请他再仔细回忆一下。时隔四十多年,记忆有出入是难免的,幸好您的报告在,这才是可靠的第一手材料。[④]

---

① 盛成:《台儿庄纪事》第17—18页。另参蒋成德:《盛成徐州劳军史实钩沉》,《徐州工程学院学报》2016年第31卷第2期,第77—83页。

② 史承钧主编《简明老舍词典》:“郁达夫、盛成二人于1938年4月10日赴台儿庄劳。”甘肃教育出版社,2000年4月,第87页。李海流《郁达夫的台儿庄劳军之行》:“4月12日,郁达夫与盛成从武汉乘火车出发。他们先抵郑州,会见了第一战区司令长官程潜,向第一战区将士献旗致敬。4月14日,郁达夫、盛成抵达徐州,见到了第五战区司令长官李宗仁。”《文学教育》2016年10月,第12页。盛成的《与达夫一起去台儿庄劳军》一文亦因时间久远,回忆有误,文中说:“大约是在四月十二三日,我与达夫同车出发。不过,我与达夫不在一个车厢。”第433页。

③ 盛成:《与达夫一起去台儿庄劳军》,见陈子善、王自立编:《回忆郁达夫》,湖南文艺出版社,1986年,第435页。盛成到家十天之后的5月14日,盛成撰就了徐州慰劳报告一书,见北京语言大学出版社2007年出版《盛成台儿庄纪事》一书。该书三大部分:一是徐州慰劳报告,二是台儿庄血战记,三是前线通讯,不过前线通讯是误收,非盛成所作。

④ 转引自许建辉:《翰墨书香中的追寻》,文化艺术出版社,2014年10月,第276页。

这里又触及陆诒在徐州和台儿庄未见郁达夫的疑问。从各种材料，都可证明陆诒记忆有误。郁达夫《在警报声里》一文即可自证他与盛成都在徐州和台儿庄。文章一开始就说："从台儿庄回来的第三天，我们在徐州的花园饭店前面的一家叫作致美楼的饭馆子楼上吃午饭。"我们自然是指作家战地访问团成员，包括了盛成，文章中有一处说："'这真是我们老圣女样，大克了，我们要恭祝她的健康！'我们同志中间的一位盛成先生，在飞机警报戒除的声里，就举起了他那只小小的高粱酒杯。"①《抗战文艺》的消息不确见于前述的出发时间，但陈子善此信所指《抗战文艺》消息不确是指返汉时间，求证盛成没和达夫同车回武汉，盛成也没有参加5月4日的会。但《抗战文艺·文艺简报》对二人返汉时间的报导似乎亦有部分事实，报导说："前代表政治部往前线劳军的本会常务理事郁达夫，已于三日完成任务，回返武汉，他还有意往西北前线一行。和郁氏同行代表本会出发劳军的本会常务理事盛成，因参加五月四日举行的徐州文化界抗敌协会成立大会，不及与郁氏同归。"②说明了二人同行出发但没同车回武汉，因为盛成留下来参加5月4日举行的徐州文化界抗敌协会成立大会。二人返汉时间可能差了一天，郁达夫于5月3日返汉，盛成可能在五四会后结束即搭车返汉。如此看来，二人劳军的前后时间约半个多月，不及一月，但坊间诸文有时作近一月或一月之久，这或许是受郁达夫《毁家诗纪》③的影响，第五首诗郁达夫自注："四月中，去徐州劳军，并视察河防，在山东、江苏、河南一带，冒烽火炮弹，巡视至一月之久。"自注时间是1939年春，距离劳军尚不及一年，郁达夫所云巡视至一月之久即有误矣，当然也可能是作者约略之言，不加推究。

郁达夫返汉后，隔天（五四纪念日）即完成《平汉陇海津浦的一带》④的战地通讯，可见他为广大士兵和群众高涨的抗日热情所震撼，迫不及待据实报道了前线的战事，极力颂扬前方将士英勇抗战和民众同仇敌忾的精神，说："我们的机械化部队虽则不多，但是我们的血肉弹丸与精神堡垒，却比敌人要坚强到三百倍，四百倍。没有到过前线的人，对我中华民族将次复兴的信念，或有点儿疑虑。已经到过前线的人，可就绝对地不信会发生动摇了。最后胜利，必然地是我们的。"《在鲁南印象　田汉郁达夫与记者谈话》报导："记者……旋往访代表政治部前往鲁南慰问我前方将士最近归来之郁委员达夫，据郁氏谈称，我军士气及素质，绝不逊于敌军，故我方虽不能绝对保证胜利，敌方亦难获重大进展，此行所获虽多，此数语实可概括一切云。"⑤俱可见此行给予郁达夫强大的信心。到了6月中上旬，郁达夫便又接到命令赴浙江、安徽等地巡视河防，轻装简从，匆匆就道。其《毁家诗纪》第七首自注："六月底，又奉命去第三战区视察，曾宿金华双溪桥畔，旧地重来，大有沈园再到之感。"这个时间点也是约略说的，因为根据《郁达夫等返汉》的报导：

> 军委会政治部设计委员郁达夫、许宝驹、邹静陶、汪啸涯、刘晋暄等一行五人，日前赴××××等处慰劳前方抗敌将士、并考察战区政治、念一日晨抵金后、即赴××访晤

---

① 郁达夫著，刘涛、沈小惠主编：《郁达夫新加坡文集下册》，浙江文艺出版社，2014年1月，第27—28页。

② 《抗战文艺》1938年第1卷第2期，第3页。

③ 《毁家诗纪》共有二十首，其中七绝七首，七律十二首，词一阕，系作者于1936年春至1938年冬陆续写成，并经多次修改，最后加上注文，寄给香港《大风》主编陆丹林，刊登于1939年3月5日《大风》旬刊第30期。后载入多种版本的郁达夫文集。本文所引自注，均出自《郁达夫大全集》，新世界出版社，2012年12月，第286—290页。

④ 《抗战文艺》1938年第1卷第2期，第3页。

⑤ 《武汉日报》1938年5月12日，第3版。

黄主席、接洽一切、当午转××访×集团军总司令刘建绪、深夜乃返金、即于八时赴南昌转道回汉云。①

报导所述郁达夫在6月21日深夜返回金华,隔日八时赴南昌转道回武汉。这个时间与《抗战文艺·文艺简报》的报导吻合:"郁达夫又赴东战线视察,约两周后可返(误作返可)汉。"②根据1938年6月6日的各家报导,如《武汉日报》的"郁达夫等抵赣",《华美晚报晨刊》的"郁达夫等今赴东战场视察",《甘肃民国日报》的"郁达夫等赴东战场视察",《东南日报》的"郁达夫等今来东战场",可知郁达夫在6月6日赴东战场视察,再度赴前线慰劳将士并视察战区,预估时间是两周回来,因此《东南日报》在1938年6月23日刊登郁达夫返汉消息。③ 那么郁达夫自注的六月底曾宿金华双溪桥畔的时间,显然是误记。再从《毁家诗纪》第八首自注:"七月初,自东战场回武汉,映霞时时求去。至四日晨,竟席卷所有,匿居不见。我于登报找寻之后,始在屋角捡得遗落之情书(许君寄来的)三封,及洗染未干之纱衫一袭。长夜不眠,为题'下堂妾王氏改嫁前之遗留品'数字于纱衫,聊以泄愤而已。"其时间说七月初回武汉亦是有误。目前对郁王二人感情纠葛所作的讨论或对《毁家诗纪》诗之笺注,都毫无保留地接受了郁达夫《毁家诗纪》自注的时间,恐怕是需要再重新斟酌。

郁达夫在5月初返汉后,有两件事不能不提,一是5月初北京传来周作人参加日本召开的"更生中国文化建设座谈会"的消息,周作人的附逆行为遭到文化界的强烈谴责。5月5日,文协通电全国,文协会刊《抗战文艺》第4期发表《给周作人的一封公开信》。该信由老舍倡议,楼适夷起草,再经文协常务理事,研究部主任郁达夫斟酌修改,最后由18位作家签名定稿。这对郁达夫相当冲击,当年《沉沦》出版后引来的无数诋毁和非议,周作人一篇评论文章为其辩护才逐渐销声匿迹,郁达夫对周作人是心怀感激,甚至在《达夫代表作》改版本扉页上曾写道:"此书是献给周作人先生的,因为他是对我的幼稚的作品表示好意的中国第一个批评家。"但遇到民族大义问题时,郁达夫还是鲜明地表达了他的立场和观点。文云:"先生此举,实系背叛民族,屈膝事仇之恨事,凡我文艺界同人无一人不为先生惜,亦无一人不以此为耻。先生在中国文艺界曾有相当的建树,身为国立大学教授,复备受国家社会之优遇尊崇,而甘冒天下之大不韪,贻文化界以叛国媚敌之羞。我们虽欲格外爱护。其如大义之所在,终不能因爱护而即昧却天良。"他怀着痛惜的心情字斟句酌,最后慎重地签上了自己的名字。

另一件事,他在5月14日的《抗战文艺》第1卷第4期上发表《日本的娼妓与文士》,批判昔日曾经是好友、今日一变而为日本军国主义走狗的佐藤春夫、林房雄之流的无耻,并热情赞扬具有正义感的日本反战文学家。胡风3月4日记载:"到所谓对敌宣传委员会,看了一些报纸和《改造》,可怜的日本文人,差不多都随着军阀狂吠了。"当时佐藤春夫也是随军阀狂吠者之一。后来国际宣传处的崔万秋送给郁达夫一本三月号的《日本评论》,他在上面读到佐藤春夫的《亚洲之子》,余怒难息,写了《日本的娼妓与文士》,锋芒直指佐藤:"平时却

---

① 《东南日报》1938年6月23日,第2版。

② 《抗战文艺》1938年第1卷第8期,第95页。

③ 或云郁达夫抵汉时间是6月27日。见李杭春:《"戎马间关为国谋,南登太姥北徐州"——郁达夫三大战区劳军事略》,《史料与阐释》第八期,第133页。郁氏返汉时间似仍不明朗,以《东南日报》之报导推测,郁达夫22日返汉,从金华到南昌及南昌至武汉皆大约三四百公里,火车时程各十几小时,至少需一天时间,可能抵汉时间即《东南日报》出刊的,1938年6月23日,除非路上有突发状况,否则不可能五六天后抵达。且当初预估视察时间即是两周,27日抵汉的话,则长达22天,超过三周时间。

是假冒清高，以中国之友自命的。他的这一次的假面揭开，究竟能比得上娼妓的行为不能？"郁达夫斥责佐藤春夫那逢迎军方、丧尽节操的本质，此文义正词严，振奋人心。

惜7月初家庭起了风波，郁达夫于7月5日汉口《大公报》上刊登寻人广告，指责王映霞卷款私奔。经友人规劝后，双方于9日立下《协议书》，表示重归于好。然夫妻感情之创痕毕竟已难平复。此时武汉局势日趋紧张，当局已下令疏散人口，郁达夫一家遂迁移到湖南汉寿，后来又去福州。最后，应《星洲日报》之邀前往新加坡主持该报副刊，与王映霞关系彻底破裂。新加坡沦陷后，又流亡苏门答腊，转入地下活动，最终被日本侵略军杀害。

三十二、胡仲潜

4月13日

宗武的朋友引来一个客人，原来是在南昌认识的胡某。他做了几年县长，现在在鄂西某县，这以前在广济做了三年。

胡风日记中的胡某应该是"胡仲潜"。胡仲潜（1895—1970），字克纯，广济县（今武穴市）梅川镇人，1914年考入湖北陆军军官预备学校，受姑表叔居正的影响，在武昌参加了声援辛亥革命、声讨袁世凯等一系列革命活动，1917年初考入保定军官学校第6期步兵科，1919年春保定军官学校毕业后，分在河北陆军第二旅任见习排长、掌旗官，不久升任连长，后来南下投奔国民革命军，在江西先任营长、副团长、参谋长。胡风可能于1927年在江西南昌避难时认识胡仲潜，但他说胡某在广济做了三年县长可能有错。胡仲潜与广济县关系密切，但他不曾任广济县长。[①] 1931年刘文岛（1893—1967，字永清，广济县人）任湖北省民政厅厅长，安排同乡王丹侯（1894—1949）出任广济县长（接替陈云直），胡仲潜时任广济县公安局长[②]，尚有何成浚（1882—1961，字雪竹，湖北随州人）一份公文可证[③]。1937年卢沟桥事变，中央军校由南京迁入四川成都，胡仲潜自愿下部队，参加南京保卫战，1938年春调任重庆卫戍司令部上校督练官，主要集训驻重庆附近部队下层军官。王丹侯于1931年8月任广济县长，到任后即杀害共产党员刘大六、刘细六、彭仲南等。是年广济水灾，省民政厅拨救灾款1.5万元，王鲸吞1.2万元。许世英"公函：函复湖北省政府为准函据广济县周鹏九等陈控卸任县长王丹侯吞振一案业经看管追缴未知是否依法起诉请查明示复文"，时间是民国二十年（1931）十月二十一日。[④] 后又因王丹侯以私隙杀死刘龙辉被告发，他任县长仅两个月即解职，被押解至武昌下狱，后变卖房产退赃获释。其后由傅端平、耿季钊接任县长。抗日战争发生，王丹侯又于1938年1月经潘宜之保荐，再度出任广济县长兼广济县抗日自卫团司令。[⑤] 综上所述，从1931年8月至

---

① 国民党广济县长不曾有过胡姓者，出过的几位广济县长，如黄天玄、张鞭、龚绍波、吴定富、傅端平、耿季钊、段尊尧、刘仲修、徐炳龙、王鹤山、周朗秋、黄帝孙等。参武穴市地方志办公室编：《广济历代名人传记》，1989年。陈予欢编著：《保定军校将帅录》，广州出版社，2006年，第622页。

② 王丹收集整理、王体全主编：《黄冈手册》，中国言实出版社，2000年，第77页。

③ 该公文主旨是"省政府为武穴公安局长胡仲潜勒索捐费业由民政厅停职其党委刘蓉等亦有不法函请省党部依法办理"，时间是民国二十一年（1932）三月八日，所附民政厅原呈之文，详陈细节，最后陈述"公民徐世超等所控该局长强索门牌费，勒收筵席捐等项，既据查明属实，显系病商扰民，枉上玩法，应即停止职务，以示惩戒，……除函请湖北省党部查核办理，并另派员接充该地公安局务以维治安外，理合备文呈复"。（湖北省政府公报，1932年第185期，第19—22页。）胡仲潜于是被停职。他随后去中央军校，不可能当广济县长。

④ 许世英：《振务月刊》1931年第2卷第10期，第75页。

⑤ 武穴市地方志办公室编：《广济历代名人传记》，1989年，第67页。

1938 年 1 月，胡仲潜都不可能在广济县当了三年县长。

三十三、德明饭店、杭立武、英国二青年作家 Auden 和 Isherwood

4 月 21 日

> 四时到德明饭店，赴杭立武、陈西滢招待英国二青年作家 Auden 和 Isherwood 的茶会，到者有冯玉祥、邵力子等二十多人。

德明饭店位于汉口胜利街 245 号，属法租界，英文名 Terminus Hotel，Terminus 意为终点站，音译“德明”。[①] 属文艺复兴建筑，法国古典风格，内部装修为当时一流，雕花精美的木楼梯，黑白相间的条纹缎面沙发椅，为当时汉口最高档的饭店，来此下榻的中国政界著名人物有蒋介石、程潜、白崇禧、蒋百里、唐生智。1938 年 1 月，美国著名作家史沫特莱在德明饭店举行记者招待会。1954 年德明饭店改名为江汉饭店，曾经是湖北省接待外宾的重要场所。[②]

英国两青年作家 Auden 和 Isherwood 指诗人奥登（Wystan Hugh Auden，1907—1973）和小说家衣修伍德（Christopher Isherwood，1904—1986）。他们结伴东行，亲赴中国战场采访，以实际行动支持和声援中国人民的抗日斗争，并写下了《战地行纪》（*Journey to a war*）。在武汉居留期间，他们在外国记者史沫特莱女士的介绍下，参观了八路军驻武汉办事处，受到热情的接待，衣修伍德衣冠楚楚，有标准的战地记者风度，而奥登举止率性、衣着随意。1938 年 4 月 14 日，他们返回汉口，再一次受到各界人士的热烈欢迎，成为新闻热点。4 月 21 日由陈西滢、杭立武等人为奥登和依修伍德抗战前线归来而举行招待茶会的盛况。奥登说了对其时中国形势的相关印象及看法。关于在前线的观感及中国抗战前途，奥登说，对于中国军队，他感到无限的欣慰。欧战时的军队，大率傲慢而善吹，可是中国军队却非常有礼貌，非常切实，非常坚强。而且，全世界只有中国最能给予新闻记者便利。在别国（如西班牙），他们处处拘束记者，像防备间谍。中国军队的军备确实不好，但是他们的精神却会引起人们万分的钦佩。最后，奥登说这次在前后方已经获得了很丰富很宝贵的材料，但还要收集如中国电影戏剧、妇女战地工作、新四军、访问周恩来等材料，以便更充实，更有说服力。[③] 4 月 22 日的《大公报》还同时登有题为“招待会席上名诗人唱和”的消息。在招待会上，奥登简要介绍了英国现代诗坛的情况。第三版又刊一则题为“英名记者前线归来，畅谈抗战观感”的特写报道。关于杭立武、陈西滢部分，在《战地行记》都有所记述，4 月 21 日之后的行程，他们拜访了陈西滢，陈妻子凌叔华还赠给奥登与衣修伍德各一副扇面，这个扇面上的湖畔景色是由凌叔华亲手描绘的，此外又托他们把一个雕刻精美的象牙骷髅作为礼物送给远在大洋彼岸的伍尔夫。[④] 陈西滢、凌叔华都是英国文学研究的专家，早先两年来到武汉大学的朱利安在《天下》月刊英文杂志发

---

① ［英］W. H. 奥登、克里斯托弗・衣修伍德著，马鸣谦译：《战地行纪》译作“终点饭店”，上海译文出版社，2012 年 11 月，第 143 页。

② 武汉市档案馆编：《老房子的述说　武汉近现代建筑精华集萃》，武汉出版社，2016 年 6 月，第 121 页。刘英姿、［法］蓝博主编：《汉口法国租界及其建筑》，武汉出版社，2013 年 12 月，第 54 页。

③ 杨乃乔主编：《雾外的远音　英国作家与中国文化》，福建教育出版社，2015 年 3 月，其中第六章《踏上东方文明古国之后：英国作家“中国梦”的实现与回味・“横海长征几拜伦”》由葛桂录著，第 334—347 页。龚敏律：《远游在东方的缪斯——外籍来华诗人与中国文学的互动影响研究》，长沙湖南师范大学出版社，2018 年 5 月，其中第五章《奥登与中国现代文学的互动影响研究》，第 149—192 页。

④ ［英］W. H. 奥登、克里斯托弗・衣修伍德著，马鸣谦译：《战地行记》，上海译文出版社，2012 年 11 月，第 150—151 页。

表了一篇《W. H. 奥登与英国诗歌的当代趋向》文章，载 1936 年第 3 卷第 3 期。《天下》月刊英文杂志在 1930 年代的中国思想文化界有着重要的影响，编辑有林语堂、温源宁、吴经熊，撰稿人有陈西滢、凌叔华、邵洵美、姚莘农等。可见奥登以及奥登为代表的英国左翼诗人经朱利安介绍，中国艺文界应有一定认识。

三十四、三个外国摄影师和一个新西兰女作家

4 月 22 日

四时后到“普海春”，出席招待三个外国摄影师和一个新西兰女作家的茶会，到有一百多人。

吴宝林《〈胡风日记・武汉一年〉史实考订及新发现——兼谈胡风“战时日记”的史料价值》一文，已指出新西兰女作家是威尔金笙(1906—1939, Iris Guiver Wilkinson)[①]，但三个外国摄影师没有考订，因此略加说明。日记及当时报刊报导都是先提三个外国摄影师，足见其重要性，这三位摄影师是伊万驷、万农、贾白。《新华日报》在 4 月 21、22、23、26 日分别有报导，仅列标题：

“《三位反侵略的欧洲艺术家从台儿庄归来，他们亲冒炮火摄取了真理其相，为的是保卫文化和平暴露残暴(附伊万驷、万农照片两张)》”(21 日，第 3 版)

“文艺、电影、戏剧等十四团体欢迎来华美摄影师(伊万驷、万衣、贾白)”(22 日，第 3 版)

“全国电影、戏剧、文艺界等十四团体，欢迎反侵略欧洲艺术家(伊万驷、万农、贾白及纽芬兰作家威尔金笙女士)”(23 日，第 3 版)

“来汉纽西兰女作家(威尔金笙)畅谈中国最后必胜，最近即将离汉赴备战区视察，随时撰文宣传抗战英勇事迹”(26 日，第 2 版)

根据 4 月 21、22 日报导，可知尤里斯・伊万驷在 1938 年 4 月到武汉，这也是他第一次到中国，当时他担任美国洛克菲勒基金教育影片部主任，他带了全套摄影机和助理导演兼第一摄影师万农(荷兰人)及第二摄影师贾白(匈牙利人)组成一个摄制小组前来中国，拍摄反映中国人民英勇抗战的实地纪录片。他们身历其境，冒险犯难，先到台儿庄前线工作十天，摄取了台儿庄大捷中从敌方缴获的战利品——几十辆坦克车，还有大炮，难以计其数的枪弹。所取得的杀敌雄姿、敌机狂轰滥炸、农民抬担架抢救伤兵等珍贵画面。20 日，伊万驷一行从台儿庄前线返回武汉，在汉口，会见了周恩来，并拍摄了周恩来、叶剑英在汉口介绍敌后战场形势以及周恩来、董必武、叶剑英、博古在汉活动的纪录片。22 日下午，由中华全国文艺界抗敌协会、中国国民外交协会、中国青年救亡协会等十四个团体，在汉口江汉路普海春餐厅举行盛大的茶话会，欢迎伊万驷一行。到会的有各团体及文艺界人士二百余人，由田汉主持，安娥、沈钧儒、钱俊瑞、金山等相继致词，表示对三位艺术家的钦佩。两位助手贾白、万农也讲了话。最后伊万驷满怀激情地说：“我们这次来华，系代表欧美无数同情中国抗战的各界人士。因为中国反抗日本侵略者非人道的残暴行为，也就是为人类反抗日本侵略者非人道的残暴行为，也就是为保卫全人类的和平；而

---

① 见《新文学史料》2018 年第 4 期，第 189 页，不过其出处引证误作“《大公报》1938 年 4 月 22 日报道《武汉十四文化团体欢迎伊万驷等》”，事实发生在 1938 年 4 月 22 日，所以翌日(23 日)《大公报》报导此事。

奋斗。维护真理与人道精神，就是我们艺术家的责任。所以我们来华摄制中国英勇抗战的实地纪录，以便向全世界进行宣传。我们高兴的是，开始工作就碰上台儿庄的大捷，这就说明了中国抗战前途是光明的。”他的话博得了会场热烈的掌声。当报社记者去访问他们来中国摄影片的目的是什么，伊万驷坚定地回答说：我们来中国不是为了好奇，不是借着大时代中的中因来发横财。我们为了真理，为了真相，为了能尽自己对于保卫文化、保卫和平、反对侵略者应尽的力量，使世界人类公敌的狰狞残暴面目，为民族独立解放的中国英勇抗战事实，能尽情地显露在世界人类的面前。并说所摄制的纪录片是有结构、用活的事实编制的史诗片。①

日记记载到有一百多人，报刊则谓二百余人。人数无法确认，但普海春大酒（饭）店一向为各大活动召开地点，根据记载，普海春容纳五六百人没有问题，曾被推举为文协理事的冯玉祥就在普海春大饭店设宴招待与会者，五六百人欢聚一堂。中华全国戏剧界抗敌协会的成立大会，亦载三百多人在此聚会。至于尤里斯·伊万驷，后来多译作尤里斯·伊文思，他多次来中国，1980年，北京举办“伊文思从影五十周年影片回顾”活动，展出伊文思拍摄的珍贵纪录片和关于他从影活动的图片。②

三十五、艾青长诗、李雷

4月26日

上午，艾青来，给看了长诗。……得端木、雪苇、李雷、李又然信。

艾青的长诗，可能是《北方诗草》，包含《驴子》《补衣妇》《风陵渡》三首诗，因此胡风说长诗，强烈地体现了艾青深沉悲慨的民族忧患感。胡风将之刊《七月》1938年5月第3集第1期。

日记注解“李雷”，仅说是诗人，这里略加补充：李雷（1910—1967）原名李奎林，辽阳县小屯水峪村人。省立第一师范学校读书，“九一八”事变后，到北平求学，并加入抗日救国会，不久到延安抗大学习，毕业后参加抗日。1948年11月至次年9月，任辽阳市副市长兼市人民法院院长。1949年10月，任吉林省教育厅副厅长。1954年，调兰州大学任教授。“文革”初期惨遭迫害，投黄河自杀。1979年，甘肃省人民政府予以平反。著有长诗《诗人》，刊《诗时代（武汉）》1938年第1期，作品还有《八月的满洲》《论诗歌朗诵的技巧》《记李春林：人民代表画像之一》《迷途的羔羊：献给被逼到中国作战的日本青年》等。1939年7月18日，胡风得丁玲信，介绍李雷的长诗。丁玲的信是1939年6月27日自延安给胡风的，信中提到“李雷先生的诗，我与雪苇本拟看看的，无奈因为没有时间，索性请你一人去看吧。他现在寄给你，希望放在诗丛里，自然也希望你给他些意见”。牛汉曾说“李雷的诗与艾青相似，但写得比艾青粗犷。李雷后来从文艺界消失，不知何故。我

---

① 汉口《大公报》1938年4月23日《武汉十四文化团体欢迎伊万驷等》报导，亦记录“全国电影界、戏剧界、文艺界、抗战协会、中国青年救亡协会、全国基督教徒联合会、中国国民外交协会、中国青年记者学会、中国学生救国联合会、国际宣传委员会、国际反侵略中国分会、国联同志会、中国文艺社、留法比瑞同学总会及东北救亡总会等14团体，欢迎新自台儿庄摄取我军战绩归来国际有名荷、法导演与摄影师伊万驷、万农、贾白三氏，及来华考察我国英勇战绩之纽兰名作家威尔金笙女士（笔名：“Robin hyde”著述诗书极多）茶会，昨日下午4时在普海春大厅举行”。《武汉抗战史料》，武汉出版社，2007年11月，第627页。

② 夏衍：《老骥伏枥，志在千里：祝“尤里斯·伊文思从影50周年影片回顾”映出》，载《人民日报》1980年9月13日。

一生记得他的诗”。[①] 可见其诗造诣。根据张泉的研究：

> 李雷，生卒年不详，原名李青纲，北平东北大学学生，1936 年参加过校园演剧活动，后赴延安。20 世纪 30 年代后期，跻身知名战争诗人之列。1938 年 9 月，延安成立陕甘宁边区文艺界抗敌联合会，他是七位负责人之一。1940 年 12 月 8 日，延安“新诗歌会”正式成立，选举萧三等十一人担任执行委员，李雷名列其中。1943 年调入鲁艺教研室工作，曾与公木、葛洛一起，整理鲁迅艺术学院收集的《陕北民歌选》。……除了在延安发表诗作外，如《解放日报》上的《殉道者》（1941 年 9 月 26 日）、《黎明由》（1941 年 12 月 1 日），《新诗歌》月刊第 4 期上的《原野小歌》（1940 年 12 月 1 日）等，还有大量的作品在国统区面世。……在李雷的作品中，最受到瞩目的是长篇叙事诗。他的创作刻意向现实和历史纵深开掘，并力求通俗化、群众化，便于上口朗诵。[②]

战后李雷“担任过合江省教育厅副厅长、辽阳市副市长、辽阳法院院长等职。似乎他在家乡的仕途并不顺遂。1949 年 1 月，胡风、梅志夫妇在东北见到许多当年的诗坛故旧。梅志回忆说，干部待遇高，作家记者待遇低。李雷是市长，待遇就好，但‘这反倒害了李雷……搞得身败名裂，而刘白羽吸取了教训，亦官亦文，永远立于不败之地’”。在学生时代就与李雷有交集的郭小川，约略记载：“李雷原名李青纲，现又改了名字（记不得叫李什么），现在甘肃兰州大学。”[③]

三十六、《巴黎晚报》记者、巴黎反侵略分会代表色斯

> 4 月 27 日
>
> 上午过江到编译室。下午，参加欢迎色斯的大会。同鹿地夫妇一道过江来。夜，整理座谈会记录，未完。

日记注解“色斯”（Pierre Scize）是美国友人。但根据当时报刊报导，“色斯”是法国《巴黎晚报》记者、巴黎反侵略分会代表。《新华日报》4 月 27 日载自中央社：“法国名记者色斯，代表国际反侵略运动大会来华视察抗战情形，上周曾赴前线参观，日昨返汉，拟即回国报告。国际反侵略运动大会中国分会……等十四团体订于今（廿七日）下午三时在江汉路普海春举行茶会招待，并交换意见。”可知茶会地点在普海春，日记未记。

色斯 4 月 19 日到达汉口，随即往战地考察中国抗战情况。27 日十四家团体欢迎色斯先生，大会邵力子、吴玉章等致词，色斯致词盛赞中国团结抗战，盼我国胜利后仍能领导和平建国。鹿地亘讲演日人反法西斯，鹿地亘慷慨陈词，请色斯先生把我们在怎样的境况下战斗的情形告诉欧洲的人们。在法西斯枪刀威胁下九千万人成了残暴侮辱的对象！告诉欧洲人，日本民众并没有和法西斯站在一起，他们是法西斯的敌人。4 月 28 日蒋介石对色斯的谈话指出：中国党派之争，现已不复存在，国民政府在孙总理各项原则不受破坏下，愿与各党派携手合作，以对付共同敌人。《新华日报》记者杨慧琳有《法名记者国际反侵略运动大会代表：色斯先生欢迎大会》一文，详载诸位致词内容，并提到独臂色斯责敌大逆不道，色斯于 5 月 5 日返国，返国前，曾捐助一千法郎交中国红十字会总会驻

---

① 牛汉口述，何启治、李晋西编撰：《我仍在苦苦跋涉》，生活·读书·新知三联书店，2008 年 7 月，第 99 页。

② 张泉：《殖民拓疆与文学离散·“满洲国”“满系”作家文学的跨域流动》，北方文艺出版社，2017 年 1 月，第 189 页。

③ 同上书，第 191 页。

汉办事处，作为购买医药救护受伤将士之用。①

三十七、吴朗西

4 月 28 日

在路上遇到吴朗西，他要到广州、上海去。

“七七”事变爆发，吴朗西（1904—1992）赴重庆筹备文生社迁川工作，他在天主堂街重庆业余消费合作社设立文生社重庆办事处，翻印和发行茅盾、巴金等在上海编辑出版的《呐喊》（《烽火》）周刊。1938 年 4 月经汉口赴广州，与巴金商谈文生社事宜，又取道香港搭乘海轮于 5 月初返抵上海，和陆圣泉等商讨如何在孤岛上重振文生社事。日记记载胡风在路上遇到吴朗西要去广州上海，即是指此事。通过日记，可知时间是 4 月 28 日。吴朗西为重庆开县人。1925 年赴日入上智大学学习德国文学。“九一八”事件后归国。1932 年去福建泉州平民中学教书。1934 年在上海三一印刷公司创办的大型《美术生活》月刊担任文学编辑。9 月该公司又创办《漫画生活》月刊，由他和黄士英等编辑，负责文学部分和外国漫画介绍。该刊有一半篇幅刊登杂文和小品文。与鲁迅、茅盾、巴金、老舍、张天翼、黎烈文等作家交往。1935 年 5 月创办文化生活出版社。自任社长，聘请巴金任总编辑。吴朗西精通出版业务，擅长资金流转，抗战爆发后，在广州、桂林、重庆等地设办事处。一度去福建永安帮助黎烈文创办改进出版社。抗战胜利后回到上海。1956 年，加入新文艺出版社，任外国文学编辑室副主任。②

三十八、《团结》、东平的信、《七月》第十二期

5 月 3 日

午饭后到绀弩那里，他苦着脸，说《团结》无法编下去。

得东平、凡容、侯唯动信。《七月》第十二期已卖完了。

《团结》是《新华日报》副刊。《新华日报》1938 年 1 月 11 日创刊于武汉，创刊即有副刊《团结》，出至 6 月 9 日，满 96 期之后，未说明原因即行停止。当时绀弩编《团结》，在意识到无法编下去时，又撑了一个多月。在近五个月的日子里，这个《新华日报》副刊总计刊登各类稿件 328 篇，其中杂文 22 篇，诗歌 22 篇，读者来信及编者复信 17 篇，译文 1 篇。之后《新华日报》仍有副刊，但没有定名。

东平给胡风的信，极可能是 1938 年 4 月 25 日自新四军军部发出的，信内容：“近来好么？前寄上各稿及信不知已收到否？念念。现在拜托你一件事，叶军长从这一月起以后每月帮助我家庭的生活费二十元，这月的已经拿了。此地无国际汇兑，徽州和屯溪都不能寄，不得已只好寄与你，烦你在百忙中为我转汇到香港去，我这个月底（一礼拜内）就要随先遣队出发，到敌人的后方去打游击，以后和后方恐怕要完全隔绝关系，我的二十元以后由钱家英同志寄与你，烦你每月为我代转一次。事虽麻烦，但出于不得已，望你原谅！兹由邮局汇上大洋二十元，请查收。”此后东平往返信件较难对应，晓风在《丘东平致胡风的一束信》的补注中说起，胡风日记中有以下几处提到：“1938.5.3. 得东平信”；

---

① 杨慧琳文，见《新闻记者》1938 年第 1 卷第 2 期，22—23 页。捐款报导见《会讯：红十字新闻：色斯已返国》，《中国红十字会月刊》1938 年第 36 期，23 页。当时各报对色斯捐款亦多有报导。

② 《开县文史资料 第四辑》，辽宁教育出版社，2008 年 12 月，第 371 页。

"1938.5.4.得东平信";"1938.5.5 复东平";"1938.5.12 下午过江,替平拿来了五十元稿费";"1938.5.17 到杂志公司,得东平信及稿,……东平已加入先遣队到敌人后方去了。愿他平安!"因战时通讯不便,无法推断上述记载应分别与哪封信有关。在《七月》第 3 集第 2 期(1938 年 5 月 16 日)的"七月社明信片"中,胡风写道:"《一个连长的战争遭遇》,战争以来的小说形式上的最英雄的突击,这一期算是完全送给了读者。和这同时,作者已参加在××军先锋队里面绕到了敌人的后方。我们祝他底平安,更等待他底更伟大的收获。"①

《七月》第 12 期是第 2 集第 6 期(1938 年 4 月 1 日),销售情况极佳,胡风日记上特意记载这一期已经卖完了。这天日记还记载胡风夫妇吵嘴:"她把稿费买了皮包送我,我无意中说黑色不好,于是就一直不高兴,终于借故吵起来了。"梅志的稿费,来自《香烟的故事》,亦登在《七月》第 12 期。其他文章有萧军《做买卖》、苏民《"稀烂路"上的生灵》、艾青《乞丐》、谢挺宇《茶馆听训记》、力群《抗日英雄特写:张培梅》、邹荻帆《给鹿地亘:并无数的日本革命作家》、鹿地亘《听见了呀!》、田间《给 V. M.:中国的胜利是全亚洲甚至是全人类明天的一把钥匙》、绀弩《地方特写:延安的风子》、塞克、端木蕻良、萧红合作的《突击》、辛人《神经病女人》、S. M.《血肉二章》《关于"文艺答问"》。

三十九、张天翼侄女张式愚

5 月 4 日

午饭后到杂志公司会由西北来的一位女士。谈了一会,晓得她原来是张天翼底侄女。

日记提到的张天翼底侄女张式愚,又名张若嘉、张靖,南京中央大学毕业。1935 年前后在南京参加读书会、秘密学联,当时秘密学联发起组织公开团体文艺研究会,并创办《生活文学》刊物,编辑有张式愚、徐荃等人,登载反帝反封建的和反映劳苦大众生活的文艺作品,有小说、诗歌、文艺理论等,共出了三期。曾到延安陕北公学学习,后到湖南益阳,在益阳加入中共,开展抗日救亡活动。1938 年 9 月,益阳县委成立益阳县青年工作委员会(简称"青委")时,张式愚任书记,与叶紫有接触,曾与李文定同去兰溪,通过兰溪区委书记汤石安、委员张子霞找到叶紫住所。因地下党经费困难,只能给叶紫少量经济支援,李文定和张式愚建议通过张天翼,请求文艺界友人接济。张式愚公开身份是蔚南女中教师,以此掩护身份。1938 年 9 月,张式愚组织师生 30 余人,建立"蔚南剧社",和"益阳战地文化宣传服务队",排演《保卫家乡》等抗日救亡话剧。1940 年任职于中华职业教育社②,1943 年 5 月与周世敏结婚③。

胡风 5 月 4 日日记说"谈了一会,晓得她原来是张天翼底侄女"。口气似出乎意料,

---

① 《书屋》2003 年第 3 期,第 74—77 页。

② 《黄炎培日记》1940 年 1 月 31 日日记载:"午后,偕职社同事张若嘉女士(默君之侄)坐公共汽车(二人共 9.00)赴沙坪坝,步行至中央大学,应学生所组秀野社邀往演讲。"中国社会科学院近代史研究所整理:《黄炎培日记 · 第 7 卷 1940.9—1942.8》,华文出版社,2008 年 9 月,第 216 页。

③ 《黄炎培日记》1943 年 5 月 31 日晚记载:"中苏文化协会为张若嘉,周世敏证婚,同证婚者金奎植,主婚魏雅平(若嘉之舅)、金若山(朝鲜义勇军副司令),介绍人孙起孟、金淳爱。来宾卫玉、望芬夫妇,王昆仑、曹孟君夫妇,王卓然夫妇,孙运仁、谭得光(女)、张嘉树(女)及内子维钧。"见《黄炎培日记 · 第 8 卷 1942.9—1944.12》,华文出版社,2008 年 9 月,第 114 页。张若嘉曾译 A.玛卡伦科著《苏联建设通俗介绍专辑:社会主义国家的儿童》,刊《中苏文化杂志》1940 年第 7 卷第 2 期,第 70—72 页。其与中苏文化协会关系应匪浅。

在这之前，胡风是否与张若嘉曾有过接触呢？据胡风夫人梅志在《胡风传》中写道：

> (1936年)六七月时，雪峰交给他(按指胡风)一个任务，说是丁玲要来上海，让他去车站接她，一切都已安排好了。他按时租了辆车在车站附近等候，南京的火车准时到达，他看到在远处丁玲由一个年轻姑娘陪着向马路这边走来。他伸手向那姑娘打招呼，这是预定的暗号，她们就走过来了，一开车门，胡风飞快地将丁玲拉上车，命令司机开到早已定好的俭德公寓(护送丁玲的是张天翼的侄女，叫张若嘉，中央大学学生，后来参加了革命，解放后胡风还见到过她。丁玲回忆里说是张天翼的外甥女，那是记错了。外甥女契萌后来同张天翼一起生活，当时仅是个高中生，是没有能力担任这重要工作的)。[①]

如依梅志所言，胡风当时向那姑娘打招呼，这是预定的暗号，那姑娘就是张天翼的侄女张若嘉，那么经过近两年再见，胡风这时才知张若嘉与张天翼关系，似乎也有些奇怪。丁玲在《鲁迅先生与我》回忆：

> 一九三六年夏天，我终于能和党取得联系，逃出南京，也是由于曹靖华受托把我的消息和要求及时报告给鲁迅，由鲁迅通知了刚从陕北抵达上海的中央特派员冯雪峰同志。是冯雪峰同志派张天翼同志到南京和我联系并帮助我逃出来的。遗憾的是我到上海时，鲁迅正病重，又困于当时的环境，我不能去看他，只在七月中旬给他写了一封致敬和慰问的信。哪里知道就在我停留西安，待机进入陕北的途中，传来了鲁迅逝世的噩耗。[②]

丁玲这篇文章与《魍魉世界——南京囚居回忆》合观，可补充一些细节：

> 后来我搬到苜蓿园去后，天翼来看过我，而且最后在一九三六年，还是他带来了党给我的信息，并且由他的外甥女陪同我一道离开南京去到上海。因此我对他一直是充满着感激，我永远不会忘记当年他为我冒过的风险，给予我的慷慨的有效的援助。[③]

李向东、王增如编著的《丁玲年谱长编　1904—1986(上卷)》有1936年6月至7月间发生的事：

> 张天翼受冯雪峰委派来到苜蓿园，以看望丁玲、姚蓬子为名，悄悄递给她一张纸条："知你急于回来，现派张天翼来接，你可与他商量。"丁玲认出是冯雪峰的字迹。次日，与张天翼在家咖啡馆见面约定了去上海的日期和车次。又过两日，由张天翼外甥女陪伴，穿一件蓝布短衫，装出一副土里土气样子，悄悄乘火车三等车厢到了上海。坐云飞汽车公司的出租车，开到泥城桥一带，另一部汽车等在那里，胡风接她。汽车开到北四川路俭德公寓，胡风已经预订好房间，桌子上摆有田间的诗、萧军的《八月的乡村》、萧红的《生死场》、叶紫的小说等等。他告诉丁玲，这是雪峰要他准备的，雪峰很忙，要过一两天才能来。胡风坐至晚九十点钟告辞。[④]（此条材料注明来自丁玲《魍魉世界——南京囚居回忆》。)

---

① 李向东、王增如编：《丁玲年谱长编　1904—1986(上卷)》，天津人民出版社，2006年1月，第109页。

② 丁玲：《鲁迅先生与我》，《新文学史料》1981年第3期，第21页。收入高艳华编：《忆旧》，北方文艺出版社，2013年12月，第71页。

③ 丁玲：《魍魉世界——南京囚居回忆》，《丁玲全集》第10卷，河北人民出版社，2001年，第39、40页。

④ 引文见李向东、王增如编：《丁玲年谱长编　1904—1986(上卷)》，第108页。

梅志说胡风租了辆车在车站附近等候，从文脉来看，丁玲被接到俭德公寓应只有搭一次汽车，但从丁玲的回忆，是出上海车站先搭云飞汽车公司的出租车，再搭胡风所雇的出租车，二者文字仍有些出入。梅志在叙述胡风接丁玲一事时，特别说护送丁玲的是张天翼的侄女张若嘉，不是外甥女契萌，强调契萌当时仅是个高中生，是没有能力担任这重要工作的。梅志《胡风传》1986 年起连载《文汇月刊》，同年 2 月梅志撰写《几点补遗》，回忆鲁迅逝后的移灵安葬说：

> 一九八一年鲁迅先生诞辰百周年纪念时，我曾根据胡风一九七六年写下的有关他经手鲁迅丧事的情况，加以整理成文，发表于上海《社会科学》一九八一年第四期上。当时他正在病中，后来他病愈能阅读时，看了这篇文章，就说还有许多没接触到的，以后将重写。但直到他逝世，也没能完成这个任务，我因此深为惋惜。这几年来，看到一些同志的回忆，现就我所记得的，勉力写几点补遗在……移灵安葬时曾有一个马蹄形的大花圈，最近有一位热心搞鲁迅资料的同志问到我，说花圈挽带上写有十六人的名字，有些弄不清是谁。我记得是八对夫妇：路丁（王尧山）、华沙（赵先）；周文、榫公（郑育之）；张天翼、契萌（张的前妻）；黄源、雨田；萧军、萧红；欧阳山、草明；聂绀弩、周颖；胡风、屠琪（梅志）[①]。

引文里提到的契萌（张的前妻），即《胡风传》说是与张天翼一起生活，当时仅是个高中生的契萌，在《几点补遗》特别记得花圈挽带上十六人的名字是八对夫妇，张天翼、契萌是其中一对。同是 1986 年的叙述，一说两人“一起生活”，一说是夫妻。契萌是否无法担任护送丁玲此重要工作？1936 年时的契萌是高中生吗？据何宝民《纸页上的文学记忆》记载：“契萌（1916—　），原名徐芝瑟，曾用名徐昭。江苏南京人。张天翼夫人，有作品在《大公报》副刊《文艺》和《小说家》等报刊发表。”[②]曹国智《湖南抗日救亡运动的片断忆》说到徐契萌在收到艺文界捐助张天翼医药费 5 150 元后写信致谢[③]，都可证实契萌、徐芝瑟、徐昭、徐契萌为同一人。其生年 1916 年。欧阳文彬《张天翼与契萌的一段情缘》：“张天翼比契萌大十岁，政治思想比契萌成熟，创作经验比契萌丰富，契萌很尊重他，他也很欣赏契萌的才华。契萌那时已在茅盾主编的《文艺阵地》和黎烈文主编的《申报·自由谈》发表作品，还在长沙的进步报纸《观察日报》当了编辑。”[④]张天翼是 1904 年生，所以契萌也可能生于 1914 年。也就是说，1936 年的契萌已经是 20 岁，或者 20 岁以上的少妇，即使还在读高中，也已经属于大龄学生。1936 年，契萌发表过《报名》《迟到》《帮助》诸篇作品，也经常参与编辑座谈会。[⑤] 张天翼就近安排契萌护送丁玲，似乎也不无可能。[⑥]而其侄女张若嘉在 1935 年前后在南京参加读书会、秘密学联时，年纪与徐契萌相仿，那

---

① 《高山仰止——鲁迅逝世五十周年纪念集》，上海文艺出版社，1986 年 8 月第 6 页。

② 何宝民：《纸页上的文学记忆 民国文学短刊经眼录》，海燕出版社，2017 年 1 月，第 114 页。

③ 徐契萌：《笔会：张天翼的病况：天翼夫人来函联》，《联合周报》1944 年第 16 期，第 3 页。

④ 《欧阳文彬文集·散文卷》，上海三联书店，2012 年 8 月，第 24 页。还有《新少年》亦可见徐契萌作品。

⑤ 小鹰：《追忆与思考　纪念我的父母荃麟和葛琴》：“1937 年春妈妈邀请一批进步作家，其中多数已是共产党员，住到家乡丁山，一起研讨文学创作。这些作家中先后有邵荃麟、张天翼、叶以群、刘白羽、蒋牧良、吴组缃、王惕之、梁文若、凡容、徐芝瑟、于岩，朱凡和契萌等。他们彼此交流作品和写作计划，大家分析评价、各抒己见、自由讨论、情感交融，讨论会开得生动活泼。”2007 年 7 月，第 39 页。未见出版地，仅知作者 2007 年记于美国马萨诸塞州。引文中徐芝瑟和契萌、王惕之和于岩、凡容和朱凡实同一人。

⑥ 胡风 1937 年 8 月 13 日日记曾记载：“我去看张天翼。无话可谈，他和他那外甥女的脸色，很难形容。”外甥女即徐契萌。

么就人生经历、出道早晚来看,契萌反而是比较早。再者丁玲于 1984 年 12 月 11 日致徐芝瑟信,说:“1936 年,你陪同我从南京逃到上海。这件事我一直记得清清楚楚,并且很感谢你。如果你们单位需要了解这件事,我这封信即可作证明。或请你们单位发公函到中国作协了解。”①从信上内容来看,似乎是徐芝瑟需丁玲帮她证明 1936 年护送丁玲到上海一事。丁玲回信一直提到“这件事”,内容指涉非常清楚,而且都是当事人,因此梅志《胡风传》认为是侄女张若嘉之说法似应再斟酌。胡风日记说“谈了一会,晓得她原来是张天翼底侄女”这样的口吻也就更可以理解。

四十、曹靖华到武汉、辨胡风向曹靖华隐匿萧红在武汉之说

7 月 31 日

得李何林信,嘱替曹靖华谋一差事。

8 月 15 日

曹靖华留字在书店,他已到了汉口。

8 月 18 日

下午六时半,到大加利饭店,赴胡愈之、张仲实等约宴,同席者除曹靖华外,有沈钧儒、潘汉年、罗果夫等。

8 月 21 日

曹靖华来,吃饭后去。

1998 年,端木夫人钟耀群在《端木与萧红》一书中援引端木的话:“没有几天,曹靖华坐周恩来的汽车从武汉来重庆了,端木以为萧红也会来的,谁知曹靖华说,在武汉的时候曾问胡风,和鲁迅关系近的人,还有谁没走,可以坐这车一起走。胡风明知萧红没走,却说都走了,没人了。”②翌年,孔海立在《忧郁的东北人端木蕻良》引用 1981 年端木蕻良同美籍学者葛浩文谈话的原始录音档,写道:“倒是另一件事是端木蕻良至今提起还很生气的,那就是在那一个多月的中间,周恩来曾途经武汉并向胡风询问:‘还有没有与鲁迅有关的文化人滞留在武汉的?因为他们有一辆空汽车,可以帮助他们转移到重庆。和萧红深有交往的胡风竟然没有提到萧红。这也就是端木蕻良和萧红最初与胡风产生隔阂的原由。”③钟、孔之说,引发了学者们的热议,为胡风辩护者的理由是曹靖华不曾到过武汉,自然也就没有了坐周恩来汽车赴重庆这一节,“胡风拒绝让萧红搭乘周副主席的‘空车’自武汉去重庆的说法,纯属子虚乌有!”④其论证的支持点在于曹靖华当时不曾在武汉,“而且,曹靖华先生由他任教的‘西北联大’所在地汉中举家搬迁至重庆的日期,已是在一年多后”。秋石进一步推论说:

> 曹靖华先生当时不曾在武汉,自然也就没有了坐周恩来汽车赴重庆这一节。何况武汉八路军办事处大撤退时能余下一辆“空车”,也许只有端木蕻良一人相信。此外,就在此期间,李何林曾致信胡风,托胡风替曹靖华先生谋一个适当的差事。胡风

---

① 王增如、李向东编:《丁玲年谱长编(下卷)》,第 762 页。钦鸿《不应忘记徐契萌》一文对梅志之说已提出商榷之意。见《新文学史料》2015 年第 1 期,第 57—59 页。

② 钟耀群:《端木与萧红》,中国文联出版公司,1998 年 1 月,第 45、46 页。另见丁言昭:《鲁迅和萧红》,晓川、彭放主编:《萧红研究七十年 1921—2011 中》,北方文艺出版社,2011 年 3 月,第 18—19 页。

③ 孔海立:《忧郁的东北人端木蕻良》,上海书店出版社,1999 年 12 月,第 549 页。

④ 秋石:《两个倔强的灵魂》,作家出版社,2000 年 12 月,第 548、549 页。

想了想，认为只有找周副主席才会有办法。后来，周副主席的秘书吴奚如转告胡风，经周副主席的努力，已将精通俄文的曹靖华介绍给国民政府军事委员会充任苏联援华抗战军事人员的翻译。可是，也是本案最为关键的一点是，曹靖华先生并没有来武汉。由于久候数日不见曹来，周副主席还专门问起此事，弄得胡风无法作答。①

秋石认为胡风没有阻止萧红坐周恩来小汽车去重庆，此观点应该可信，从胡风家书可知胡风性情断不会做出此事，但秋石文中若干推论的脉络不够准确。从胡风日记、曹靖华自撰的《自叙经历》可知，曹靖华载 1938 年确实到过武汉，而欲厘清上述史实，需对曹靖华、胡风、萧红当时的行踪有所了解，因此笔者先处理胡风与曹靖华的书信往返。

曹靖华于 1938 年 7 月 22 日去信胡风，信中说："弟一切如故，往汉否未定。余由竹兄面达。"竹兄即李何林；胡风 1938 年 7 月 23 日记载：李何林及其夫人来，应是传达与曹靖华相关事情。过一周，胡风 7 月 31 日日记又载："得李何林信，嘱替曹靖华谋一差事。"②8 月 1 日的日记说"饭后到奚如处"。根据胡风后来的说法，他在隔天就将曹靖华谋职事托吴奚如转告周恩来，周恩来意欲介绍曹靖华到军事委员会给苏联军事人员做翻译。8 月 5 日载："夜，李何林来。"应该都是为曹靖华觅职一事奔波。过没多久，胡风 8 月 15 日记载曹靖华已到汉口。胡风在当日看到曹靖华留字在生活书店，曹抵达武汉时间可能是当日或前一天。从 7 月 22 日尚不知是否去武汉，隔一周即决定托胡风觅职，再经过两周曹靖华已到达武汉，这中间的转折可从曹靖华亲笔写下的《自叙经历》探得。文云：

> 1938 年春，临汾、风陵渡相继失守，陕西门户潼关告急，西安当局下令西北临大南迁汉中。学校师生搭火车到宝鸡后，徒步翻越秦岭，历时半月到达汉中。因找不到合适的校舍，学校被安置在三个县内，校名改为西北联合大学。汉中为校本部，平大的一部分与北洋工学院迁城固。这时，我将家眷也接来城固。同年 7 月国民党教育部下令改组西北联大校委会，先后增派 CC 分子胡庶华、张北海为校委，校内掀起反对教育 CC 化、法西斯化的声势浩大的运动，全校师生与胡庶华等展开面对面的斗争，要求民主自由，一致对外，一致抗日。
>
> 正在这时，我突然接到武汉电报，便赶往武汉见周恩来同志，周恩来同志要我到武汉工作，我当即表示服从调派，但需回汉中作些安排。不料回到汉中适逢陈立夫亲临联大处理"学潮"，勒令校内禁止宣讲马列及开设俄语课程，引起师生公愤，推举我与彭迪先、韩幽桐等几位教授与当局展开面对面斗争，一时无法脱身赴武汉。③

可见经过胡风的奔波，曹靖华很快接到来自武汉的电报，便赶往武汉见周恩来，也打算接受武汉的工作调派，但需先回汉中城固做些安排，因此又离开武汉，但他回汉中后，即因坚决抵制陈立夫、顾毓秀等国民党要员对西北联大的整饬弹压，他与其他 12 位教授被解聘，为向当局抗议并声援被逮捕的师生，不得已滞留汉中。直至三个月后此事方平

---

① 同前注。另，秋石在《从"瞿秋白留下的旧拖鞋"之真伪 说到新世纪以来萧红研究的种种乱象》其中"胡风阻止萧红坐周恩来小汽车去重庆吗?"一小节，考辨有关胡风隐瞒"萧红没走"一事，见《史料与阐释》总第 3 期，第 417 页。

② 据《胡风日记》及张晓风撰《胡风保存的老书信一束》之五，2002 年第 2 期，第 168 页。秋石谓"1938 年 7 月 22 日，曹靖华先生书亲笔信一封由李何林先生交胡风，请胡风助其在武汉谋一适当工作"。应非 7 月 22 日之信，此信尚言"往汉否未定"，据张晓风《胡风保存的老书信一束》之五《曹靖华致胡风》之注，乃是 1938 年 7 月 31 日李何林信之嘱托。

③ 《自叙经历》由曹靖华女儿苏玲整理，收入《曹靖华》，河南人民出版社，1997 年 1 月，第 45—47 页，但将文中"1939 年初"误作"1939 年底"。同文又刊于《新文化史料》1998 年第 2 期。

息，但时间已是在武汉失守之后的1938年11月。"我们这批被解聘的教授分批离校入川。"曹靖华在1939年初"举家乘敞篷卡车沿'难于上青天'的蜀道日夜兼程……历经一周颠簸到达广元，之后经成都抵达重庆。到重庆后的第一件事就是去曾家岩50号，周恩来同志一见到我，没等我汇报就笑着说……你们挖他们的墙脚，解聘自然是意料中的事。你会俄语，就到中苏文化协会去发挥你的专长吧。多介绍一些苏联十月革命和社会主义建设的作品，这对中国读者，对中国革命有用……这是党的安排"①。由于《自叙经历》在收入《曹靖华》一书时，将关键性时间1939年初，误植为"1939年底"，这一字之差，才使秋石误判"曹靖华先生由他任教的'西北联大'所在地汉中举家搬迁至重庆的日期，已是在一年多后"。其实曹靖华是1939年2、3月到重庆，周恩来安排曹靖华到中苏文化协会翻译一职，与1938年7月底李何林嘱胡风替曹靖华谋一差事无关，虽然也是翻译。秋石之文上半无误，但下文说词"本案最为关键的一点是，曹靖华先生并没有来武汉。由于久候数日不见曹来，周副主席还专门问起此事，弄得胡风无法作答"则不准确。胡风日记已载曹靖华8月15日在武汉，而周恩来专门问起此事，胡风无法作答，所指应是曹靖华"回汉中久无音讯，周恩来还曾向胡风问起过"②，而非问胡风何以曹靖华没有来武汉。胡风8月21日日记载"曹靖华来，吃饭后去"。此后未见再写到曹靖华信息，也没有收到曹靖华的信件，很可能在21日之后，曹靖华便离开武汉回汉中城固，回去后又忙于西北联大被陈立夫整饬弹压事，后又遭解聘，而三个月后的11月，武汉早已失守，这才举家迁重庆。

曹靖华从武汉回到汉中城固的时间可能在八九月间，同是未名社的台静农在9月24日自四川重庆致信在上海的许广平，说"靖兄仍执旧业，携眷在陕之城固。近闻本地另有新商店，聘彼任事，自较旧生意获利，然非性之近，大概不拟就，农则殊不以为然也"。"靖兄"即曹靖华，时在陕西城固西北联大教书，有人在重庆安排了他另一工作（应是周恩来所规划。信件写得隐秘，说是新商店），台静农认为性情缘故，曹靖华可能不愿意去。之所以在信末提了这么一笔告诉许广平，这或许是三人彼此间的紧密关系吧。台静农在11月29日又致信许广平，"曹兄言拟来渝，书不想教了，依农意早劝其放下粉笔。惟舍不得安静生活，终犹疑不定"③补充了前信，曹靖华尚在汉中是舍不得教书安静的生活，但观看此信，曹靖华在11月时已有赴渝（重庆）打算，因此写信告知在重庆的台静农。关于这种种变动，曹靖华在1939年3月22日致许广平信件可了解，信写道：

> ××［景宋］兄：久未通讯，近况如何？××［海婴］如何？生活如何？殊念。弟半年来生活有很多变动。去年暑假赴武汉一游，友人即留弟在武汉，奈当时好多旧友在校，不愿中途离开。十月初回校后，一切均好。不料在十一月×部即派人长［掌］法商，×翁离职，弟及大批教授被解聘（因所谓思想问题），近见逮捕优秀学生三人，弟旧历十二月廿三日离校，携眷来此。现将家眷送至渝西三百里之白沙，与×及××数家合住共食，一切均好。弟单人来此，工作不久可决定，容后再奉问。④

---

① 《自叙经历》由曹靖华女儿苏玲整理，收入《曹靖华》，河南人民出版社，1997年1月，第45—47页，但将文中"1939年初"误作"1939年底"。同文又刊于《新文化史料》1998年第2期。

② 梅志：《胡风传》，第394页。

③ 葛涛：《台静农集外的文稿和书信疏证》，《绍兴鲁迅研究》，2019年9月，第155—156页。

④ 这封信原载1939年4月12日出版的《鲁迅风》第13期，但是没有被收入《曹靖华译著文集》的书信卷。当时的《鲁迅风》杂志是在上海租界的特殊环境下出版的，所以在发表该信时对信的内容做了一些处理，用××来分别代替一些人的名字。见葛涛《曹靖华的三封集外书信考释》，收入《鲁迅生平与文稿考证》，安徽大学出版社，2017年3月，第365页。

这封信透露了他在 1938 年暑假赴武汉，回到汉中安排时，因同校有好多旧友，他不愿中途离开。可见武汉觅职一事在确认工作性质后，回到汉中的曹靖华就因各种考量，想继续留在汉中，没有再去武汉的打算，这件事胡风应该也清楚，这才有了前述的周副主席还专门问起此事，胡风无法回答的窘境。就曹靖华来说，当初来到武汉，是因得到电报，赴武汉见周恩来，电报措辞简单，不会细谈工作内容，所以曹靖华也是到了武汉才比较清楚工作的内容，我们斟酌其性情喜好，也能理解曹靖华所做的抉择，因此 10 月初他尚在汉中，开学后回到学校也"一切均好"，后来牵涉开课课程，教育次长以其在学生中"宣传与三民主义不相容的马克思主义"解聘了他。事已至此，他写信向台静农表达了拟赴渝的想法，由于 9 月 24 日信件已提到本地另有新商店，聘曹任事，既然得离开西北联合大学，改去重庆工作成为必然。[①]

通过以上日记、书信等文件的梳理，大致可以推测曹靖华八月下旬就离开了武汉，在九月时已回到陕西城固。到了 11 月被西北联大解聘，而此时武汉已失守（10 月 25 日），原在武汉的机构、朋友也都分迁到渝。曹靖华则在 1939 年 2 月 11 日离校（致许广平信的时间是旧历时间 12 月 23 日），2 月 18 日到达广元，之后经成都抵达重庆（《自叙经历》）。在生活安顿妥当后，3 月 22 日去信给许广平，从此信时间推敲曹靖华抵达重庆时间约在 1939 年 3 月。[②]

但是，接下来的问题是：曹靖华 1938 年 8 月下旬离开武汉回汉中的路线，究竟是经重庆、成都回到陕西城固呢？还是乘火车离开武汉到西安，再换乘汽车回到城固？1938 年 8 月已是武汉会战时期，日方要切断运输补给，我方铁路常遭其轰炸，水路也常被沉船，基于安全考虑，要去汉中，选择蜀道也是可能的。胡风日记及家书都提到八九月份不断有空袭、房子倒塌的险象，顾及个人安全，曹靖华似乎也可能选择耗费时间的蜀道，毕竟从重庆到汉中这一条路也是很多人在战争时期不得不做的选择。当然，更多的是从武汉搭火车到西安的例子。1938 年 8 月，杨放之、何云率领武汉《新华日报》15 位人员，冒着日机对铁路轰炸的危险，坐火车到西安，计划先建立西安分馆，并在西安出版西北版。9 月 29 日时周恩来跟一些同志也是乘火车离开武汉到西安，换乘汽车到延安。[③] 曹如搭火车到西安，再西行就是汉中，那么，自然没有端木所说的那一节故事。从地图上看，武汉、汉中、重庆这三个地方构成三角形，最难行的是蜀道即从重庆往汉中道路，而从武汉

---

① 《自叙经历》各版文字不太相同。其中说他到重庆后的第一件事就是见周恩来，周已安排好工作。在重庆八路军办事处，周恩来对他说："我全知道了，你被解聘了。那是早料到的事，因为权在他们手里。你挖国民党的墙角，挖得对，挖得好。你被解聘了，没关系。中苏文化协会改组了。你是改组后的该会的理事，我们提名的，你就到那里去吧。你会俄语，这个工具正用得着，在那里公开介绍反映十月革命和反法西斯的文艺作品吧，这对中国读者，对中国革命有用……"冷柯：《曹靖华》，侯志英主编：《河南党史人物传》第 3 卷，河南人民出版社，1988 年 12 月，第 62 页。

② 重庆汉中路线，在 1938 年 2 月时因抗战关系，国民政府军事委员会电令交通部从速兴修汉渝公路。"汉渝公路……从重庆到汉中的具体线路是：由重庆市沙坪坝区三角碑（现沙坪坝转盘）起，经中渡口，渡嘉陵江，到石门，再经大石坝、江北、邻水、大竹、达县、宣汉、万源，翻大巴山，去陕西省西乡，接汉白（白水）公路，到汉中，全程 587 公里。……国民政府西迁重庆。当时重庆对外交通，空运极少，铁路未通，长江航运日益缩短，只能达于湖北三斗坪。公路至湖南、广东等地均已截断，仅存川黔和滇缅路联络海外，成渝路川陕接通西北，完全不能适应抗战运输的急迫需要，国民政府决定以'库款自办'方式，投资修筑汉渝公路，为沟通大西北国际运输线陇海铁路，接运西北及苏联援华物资直达重庆，缓解人民生活物资及军需物资严重紧缺状况。"见张志凡主编：《重庆市沙坪坝区交通志》编纂委员会编：《重庆市沙坪坝区交通志》，重庆大学出版社，1993，第 72 页。

③ 根据乃超《从武汉撤退》一文，知周恩来又返汉，参加了 10 月 19 日的汉口鲁迅纪念会，做了精彩的演讲。《抗战文艺》第 2 卷第 10 期，第 151 页。

经西安走则容易得多,不需要经过重庆转道。除非那几天铁路中断未修复,又基于安全考虑,否则没有从武汉到重庆再走蜀道回汉中的道理。

如果曹靖华从武汉回汉中,根本不需去重庆的话,那乘坐周恩来安排的车去重庆这件事就根本不存在,胡风阻扰萧红搭空汽车的事自然也不存在。曹靖华在来年的 2 月就从汉中走蜀道,几经波折,耗费相当时日才到达重庆,他在《自叙经历》说:"春天,离开西北联合大学,带着一家四口,越过当年依然是'难于上青天'的蜀道,夜宿在荒山茅舍中,与猪共眠,最后到了重庆。"他用了"当年",指的就是 1939 年的春天,而不是"去年"1938 年已经走过一次蜀道。如是"去年"才走过蜀道,印象深刻,理应会提及,但《自叙经历》只字未提。这一趟花了他多少时间呢?从任职中苏文化协会时间可约略推算,尤其文中已说举家乘敞篷卡车沿"难于上青天"的蜀道,日夜兼程,风餐露宿。一路上天寒地冻,荒无人烟,遇到坡陡还需下来推车,方能继续前行。当时有七八辆卡车结伴同行,中途仍遇路匪拦车抢劫。历经一周颠簸到达广元。再从广元到成都,一般也要四五天,成都再到重庆,也要半个月以上的时间,大约要花一个月时间。而八九月间从武汉回汉中所花时间来看,似乎不像是搭周恩来的汽车先到重庆再转蜀道去汉中。

综上所述,曹靖华从武汉回到汉中,究竟是选择哪一条路线?以目前文献考察,仍是浑沌不明。退一步说,即使曹靖华因为是战争的关系,他必须绕道重庆走蜀道回到汉中,端木所言也没任何证据,当年葛浩文就很谨慎看待这一条材料,想来也有他的道理。笔者同样也谨慎看待这则材料,但如再进一步结合胡风日记、家书的话,笔者比较倾向胡风人格的清白。1938 年 7 月 30 日发自武汉的胡风家书说:"我暂时还不能走,汉口托人找房子,有合适房子或搬过去。……艾青夫妇到衡山去了,一个中学请艾青教书,算是好运气,否则没有办法。端木、萧红两位还没有走,大概得快走罢,他们不到这里来了。"①从这封家书可以知道 7 月 30 日时端木、萧红尚未离开武汉,胡风特别提到两位,潜意识中自然是"两位还没有走"或"两位都走了"的想法,谁知竟然是端木先走,萧红留下?萧红后来搬到了汉口三教街的"中华全国文艺界抗敌协会"总部(孔罗荪、蒋锡金等人在此),胡风此时情况又如何呢?《胡风回忆录》提到他 8 月 12 日"我早起过江,去杂志公司和子民家,在他那儿躲警报。等我过江回来时,小朝街已被炸,左邻落一弹,这边厨房三间被炸坏,书房飞进了一屋的土,我的卧房门锁都被震坏,围墙也坍了。看情形是不能在这儿再住了"。8 月 13 日家书又载:"晨四时,敌机又来袭,在湖边丝瓜棚下伏坐了一小时,警报解除已天亮了,即过江去。今天是八·一三,上海抗战周年,一定还会再有空袭。到三教街,乃超夫妇及萧红在,才知道萧红至今还未走成,端木将她一人留下自顾自先走了。她身体已显笨重了,一个孕妇无人照管,怎么行呢?问她有什么困难,她说将随乃超夫人一道撤退,我才放了心。"②其实当天的胡风自己"也成了无家可归的人,先随鹿地住在三井洋行,住了一天就不让住了"。在这样动乱时代,朝不保夕时候,胡风首先想到、看到的是孕妇需有人照管,知道萧红将随乃超夫人一道撤退,他才放了心。如此仁心之人,自然难

---

① 《胡风家书》,第 61、62 页。

② 《胡风回忆录》,第 114 页。胡风日记所载与家书相同,但更清楚些。8 月 13 日:"晨四时过敌机来袭,在湖边丝瓜棚下伏坐了约一小时。警报解除后天亮了。洗脸后同鹿地过江,因今天为上海战争周年,或还有空袭也。到三教街,乃超夫妇及萧红在,睡了一会,一道出外吃饭。到宣传处。三井洋行有房子,鹿地决定晚上搬进,我可以借住几天。回武昌收拾东西,满目荒凉,东西也堆积得无从着手,只好决定明天再来一次。过江来,三井洋行进不去,只好搬到三教街住一夜。"

以想象端木“将她一人留下自顾自先走了”,因此端木攻击胡风之词,实则句句回打到自己脸上。端木说:

> 其实胡风明明知道萧红没走,文艺界人都知道,他更应知道,萧红当时在汉口的文协住。结果,萧红就没有坐上这车去重庆。这件事是曹靖华到重庆后告诉我的。我们感到胡风这个人不应该这样来,在那样情况下,他对待一个妇女太不厚道了。当时矛盾没有像后来那样激化么,就是出于礼貌,怜悯心,也应该告诉萧红,那样萧红就可以和曹靖华一起安全到重庆。

胡风一直到8月13日才知道萧红至今未走成,虽然8月16日见到曹靖华,之后胡愈之、张仲实设宴邀请沈钧儒、潘汉年、罗果夫、胡风等人陪同为曹靖华洗尘,当时或许也都闲聊武汉局势、武汉文化人的情况,或者有关萧红的消息,曹靖华也可能会听到。其时多数人都与胡风想法相同,未料端木竟然可放心地先行离开武汉,而且不留分文给萧红。9月中旬,萧红与冯乃超妻子李声韵结伴赴渝,船到宜昌时,李声韵大咯血而住院,萧红被迫一个人转船去重庆。上船时被缆绳绊倒了,几乎流产,在好心人的扶持下勉强上了船。前后十天才抵达重庆。此举让很多人更难以认同端木,对其行为多所非议,因此端木日后生出多种说词解释缘由。诸如缘由之一:托人只买到一张船票,端木要萧红先走,萧红要他先走,争论时萧红发了脾气,非要他先走不可!安娥(田汉的夫人)在一旁也说她能搞到船票,叫端木蕻良放心走,还说“萧红就交给我们了”,端木才不得不先走了。[①] 但9月安娥跟郭沫若到第五战区采访,不去重庆了。缘由之二:萧红要坐直达重庆的船,所以才没乘这趟船。坐直达的船对萧红而言,最为合适。但直达船少,所以耽误。缘由之三:端木蕻良走的时候没给萧红留钱,是因为端木从来不过问钱财之事。他的工资全部交给萧红了[②],所以走的时候就想不到钱的问题。缘由之四:“当时他们是托罗烽去买的船票。由于船票很难买,最后一共只买到两张船票。端木蕻良和萧红当然不好意思把两张船票都占为己有,可是一张船票谁先走呢?萧红觉得她这么一个大腹便便的女人和罗烽一起上路,让罗烽照顾她不仅不合适也不方便,所以就坚持让端木蕻良和罗烽一起走。端木蕻良觉得也有道理,把萧红托付给安娥,也是放心的,所以才先上路了。不料安娥一时没有买到船票,萧红又在武汉耽搁了一个多月。”[③]但萧红好友高原在《悲欢离合忆萧红》中回忆,他从延安返回武汉后,是在胡风的帮助下,找到了滞留武汉的萧红。与她谈起端木时,“她的神情很不自然,也不愉快,并不热心谈到D. M”。后来高原把自己仅有的5元钱留给了萧红。萧红就用这5元钱请大家吃了冷饮。锡金为她着急,帮她借了150元应急。可见胡风依旧是站在帮助萧红的立场。

前引端木之说:“其实胡风明明知道萧红没走,文艺界人都知道”,事实上恰恰连中华全国文艺界抗敌协会的人都不知道萧红还留在武汉。老舍蓬子在8月中旬前后到渝,在10月8日出刊的会报《抗战文艺》,总务部的《会务报告》谓8月中还有些理事与会员也前后都到渝,赫然可见萧红列在名单上[④],可见直到10月初,众人都还以为萧红与端木同

---

① 钟耀群:《端木与萧红》,第44页。

② 孔海立:《端木蕻良传》,复旦大学出版社,2011年1月,第92页。

③ 孔海立:《忧郁的东北人端木蕻良》,上海书店出版社,1999年12月,第102页。

④ 《抗战文艺》第2卷第5期(总第17期),1938年10月8日,第80页。

到渝了。然而胡风与萧红情谊,后来确实也有所变化[①],钟耀群指空汽车一事是端木蕻良和萧红最初与胡风产生隔阂的原由。不过此事既可能不存在,他们产生隔阂就是有其他原因。时隔45年后,在为人民文学出版社1984年2月出版的《萧红》一书所作的代序《悼萧红》中,胡风回忆道:萧红从西安回到武汉后曾去看望胡风,萧红告诉胡风,她已与萧军分离,胡风听了毫不感到惊奇。因为他:"一直感到他们迟早要分开的,但是目前这种情况,可使我迷惑不解了。我向她坦率地表示了我的意见,可能伤了她的自尊心,尤其使T[②]感到不高兴。这以后,我们就显得疏远了。"[③]楼适夷《论胡风》一文则说:"胡风又以其无所顾忌的热肠快肚,直言相告道:'作为一个女人,你在精神上受了屈辱,你有权这样做,这是你坚强的表观。我们做朋友的,为你能摆脱精神上的痛苦,是感到高兴的。但是,何必这么快?你冷静一下不更好吗?'萧红的自尊心,显然受不了这番逆耳忠言,从此,她和胡风逐渐疏远了。"[④]可见胡风知道萧红与端木在一起之事后说了些话,那些话伤了萧红自尊心及让端木不高兴,这个心结可能导致后来二人看待任何与胡风相关的事有了偏颇,以致生出胡风阻止萧红坐周恩来空汽车到重庆的事。

最后,笔者再以端木蕻良《野花的芳香——读苏晨〈野芳集〉》一文,说明端木记忆有误,他与曹靖华首次见面时间是1939年曹靖华从汉中来到重庆。端木在这篇文章里说:

> 记得在1933年,北京秘密传来几本《铁流》,我却得了一本。当时,南开同学张信达,想用高价来买,我却一直保存它,直到1935年底我去上海,还留给我母亲好好保存着。但直到1939年我与萧红和靖华在重庆相见时,他告我他小时是个放牛娃,只有在鲁迅先生的提掖下,才得致力翻译工作。[⑤]

端木说"直到"1939年我与萧红和靖华在重庆相见,这个口吻似乎是三人首次见面,就过往三人的行踪履历考察,也只有同在重庆时才可能认识会面,端木得以认识曹靖华,还是因萧红的关系,其时间点可能是九、十月间,或苏联大使馆11月7日举行茶话会招待各界时,萧红受曹靖华之邀与端木蕻良从北碚来到重庆,先住在一家旅舍,曹靖华前去探望。[⑥]

---

① 萧红抵达香港后有两次在给《新华日报》负责人华岗的信上发泄了对胡风的不满。这中间或许是端木关系引发的误会。胡风根本不清楚,他还去看了一次萧红,很感慨地说:无论她的生活情况还是精神状态,都给了我一种了无生气的苍白印象。只在谈到将来到桂林或别的什么地方租个大房子,把萧军也接出来住在一起,共同办一个大刊物时,她的脸上才露出了一丝生气。我不得不在心里叹息,某种陈腐势力的代表者把写出过"北方人民的对于生的坚强,对于死的挣扎,会给你们以坚强和挣扎的力气"的这个作者毁坏到了这个地步,使她精神气质的健全——"明丽和新鲜"都暗淡了和发霉了。《胡风回忆录》,第249页。

② 指端木蕻良。

③ 《胡风回忆录》,第246页。再者,胡风日记写到1938年5、6月时,端木、萧红经常一起到胡风住处,7月次数减少了,尤其之前常两人一起去,此时端木已较少陪同去,而从6月中起,萧红似乎颇有心事,胡风6月9日日记:"夜,鹿地夫妇、端木、萧红来,谈到十时过始去。"19日的日记说:"夜,萧红来坐了许久。"胡风在7月30日家书说:"端木、萧红两位还没有走,大概得快走罢,他们不到这里来了。"端木蕻良则说:"当时矛盾没有像后来那样激化",大约当时胡风直率的谈话内容埋下端木的不快。但耿直的胡风并没有意识到。

④ 楼适夷:《论胡风》,转引自戴光中:《胡风传》(上),宁夏人民出版社,2010年5月,第127页。

⑤ 端木蕻良:《野花的芳香——读苏晨〈野芳集〉》,刘庆林主编:《时代的浪花》,湖北人民出版,1999年5月,第581页;又收《端木蕻良文集》第6卷,北京出版社,2009年,第385页。

⑥ 骆宾基:《萧红小传》,建文书店,1947年9月,第140—141页。再者,曹靖华因在中苏文化协会工作,因此邀请萧红参加苏联大使馆11月7日的茶会,曹靖华、萧红在重庆的互动,首见于萧红《鲁迅先生生活散记:为纪念鲁迅先生三周祭而作》,刊于《中苏文化杂志》第4卷第3期,1939年10月1日,正是萧红九月撰写回忆鲁迅一系列散文时。此前及之后皆未见萧红有作品刊《中苏文化杂志》。

不论是哪一个时间点相见，端木与曹靖华见面时间都不可能是“1938 年”曹靖华从“武汉到重庆”，端木说：“那样萧红就可以和曹靖华一起安全到重庆。”这句话的编造痕迹显而易见了。

四十一、京山惨案

9 月 10 日

到奚如处，知京山被炸时周颖母女无恙。

吴奚如是湖北京山人，自然关注故乡京山被炸惨况。胡风到吴奚如处，得知京山被炸时周颖母女无恙。上海“八一三”事变后，周颖带着女儿聂海燕到湖北京山，聂绀弩则随“上海抗日救亡演剧队”来到汉口。湖北京山惨案发生在 1938 年 8 月 29 日，翌日《新华日报》报导“敌机昨狂炸京山 死伤千余人 毁屋七百余栋”，《大公报》报导“敌机袭京山 死伤人民千余 情状甚为凄惨”，可见日机轰炸京山县城之猛烈。聂绀弩从延安回到武汉后，趁隙回故乡探望妻女，参与主持孙铁人夫人葬礼并写祭文。京山祖屋部分被炸，所幸其母及妻女幸免于难。一个月后聂绀弩返回武汉，经周恩来介绍去皖南新四军军部。

四十二、《一点感想》、巴黎《人道报》副总编达纳(Darnar)、《延安底虱子》

9 月 17 日

为《大公报》写了一纪念“九一八”的短文，午饭后送给陈纪滢。归路上遇见一辆马车，里面坐着胡兰畦、长江等，是到德明饭店会巴黎《人道报》副主编 Pierre L. Darnar 的，于是被约一道去。谈了两小时左右。

得雪苇和丁玲底信，说延安有人对绀弩底《延安底虱子》不满云。得黄既信，说很寂寞。得倪平信。夜，看完 S · M 底《从攻击到防御》原稿。

胡风为《大公报》所写的纪念“九一八”的短文，刊于 1938 年 9 月 18 日第 4 页，题作《一点感想》。巴黎《人道报》是法国共产党中央委员会机关报，1904 年 4 月，法国工人活动家饶勒斯创办。初为法国社会党机关报，1920 年底法国社会党因参加共产国际问题发生分裂，以勃鲁姆为首的少数派留在党内，以马赛尔 · 加香为首的多数派组成共产党并接办《人道报》。该报在两次世界大战中，为争取民族独立与团结、反对外部侵略作出一定贡献。在 1939 年 8 月时曾被禁止出版，两个月后开始秘密出版发行，坚持出版了 317 期。达纳(Darnar)于 1938 年 9 月 16 日访问武汉，9 月 18 日《新华日报》第 2 页报导“人道报副总编来汉 本报热烈欢迎”。旋即又到重庆，9 月 24 日重庆通讯处和《新华日报》分馆举办茶话会欢迎他来中国采访。他具有丰富的新闻采访和报道经验，认为中国的抗战是正义的事业，中国人民的英勇抗战一定会胜利；全世界被法西斯侵略的劳苦大众利益是一致的，大家要联合起来。达纳此行除了宣传中国抗战，也介绍法国文化。

得雪苇和丁玲的信，说延安有人对绀弩底《延安底虱子》不满云。由前两封信看，每一次发信差不多得要十天左右方能收到，据此情形推断，此信日期应在 9 月 6 日，信内并附了雪苇给胡风的信。丁玲信中说了聂绀弩的特写《延安的虱子》“使人们嗡嗡好一阵”，由此联想到了其他事。前一信已写到了“孤独之感，这次更是感到异常的寂寞”“但比前进步的是能忍受这寂寞”，从而“愿在寂寞中生长”。她还以鲁迅先生鼓励自己，也鼓励胡风。这封自延安的来信内容如下：

雪苇的信放在我处已经三天了，我本想再同他商量一次了再发，因为我不愿让老聂知道他的好心的文章反而使人们嗡嗡好一阵，我尤其顾虑的，怕会引起一些误会，以为人们都是这样的，实际也不过几个有成见的人四处讲而已。而且主要的似乎还不是要说老聂，不过说说我而已，因为那女诗人一定是我，而政治家，则硬派上是周恩来了。我回来后颇忙，但也有空听了这么些空话，譬〔如〕《战地》的停刊。都怪我太利害了，实际我干了什么呢！过几天我大约可写成一年中之战地服务团，我以后要多写些文章了。不管好坏，总是多写。延安还须住一阵，除文章外暂少管闲事。一月后或仍将出发前方或往后方一游。近年来似乎捧我的不少（在武汉这边你也不是告诉过我么），丁玲值二毛钱，但心中却常常感到异常的寂寞，但比前进步的是能忍受这寂寞，也是和雪苇说的不在乎，我愿在寂寞中生长，而且我要鼓励你，鲁迅先生若不是在寂寞，他的一生的历史将不是那样的。就是现在我仍感觉鲁迅先生是寂寞的，即如鲁迅艺术学院连《鲁迅全集》一部也未定（雪苇告我）。我的斗争不是放在一些人事上，不是争取少数人的夸奖，不蒙蔽人，是要用作品同大众见面，为大众劳动的。你走过一段艰苦的途程的，所以仍应支持下去，虽说一方面是寂寞的，而另外也有很多朋友的呢。[①]

晓风在《丘东平致胡风的信》补注《延安的虱子》："胡风认为它表现了在艰苦生活条件下的革命生活气概，但它却受到了"讽刺革命根据地"的责备。[②] 在绀弩《延安的虱子》发表后还有些故事。彭柏山曾问聂绀弩拿到《七月》的时候，首先读的文章，绀弩回答：大概首先读曹白的。他说东平，S. M. 曹白，都好，但对曹白却乐于先读的原因，柏山笑说："别这样推重曹白吧？他可不这样推重你，他说你的文章没有一篇好的。"我说："我知道，我碰见过他的。"我想起在上海时的那冷冰冰的会晤。"怎么？悲观了么？还没有说完咧。下面一句是：除了《延安的虱子》。那篇文章是他提议给上海的刊物转载了的。"这句话颇使我欣喜，我实在以为他连一篇也看不起的。[③] 可见《延安的虱子》受到肯定，后来转载于上海《文艺》1938 年第 1 卷第 2 期。

聂绀弩的《延安的虱子》刊《七月》第十二期，写徐特立、何思敬、成仿吾等人的艰苦生活和乐观情怀，同时赞颂了纯朴可亲的朱德总司令。延安的虱子确实很多，老百姓和战士身上都长虱子，休息的时候就一边晒太阳一边解开衣服抓虱子。大家习以为常，风趣地把虱子叫作"革命虫"，当时史沫特莱看到延安的虱子为害甚烈，觉得清洁卫生习惯应改进。

小结

胡风在武汉的情况，透过日记可勾勒要点如上，其中接触的人事、作家、诗人极多，所以《胡风日记》对现代文学史或战争时期的文学都是相当珍贵的文献，过往的矛盾、错误、不清晰处，借由日记清楚呈现时代的种种面向，对个人、家族，甚至经济社会文化政治史研究都提供了重要参考素材。由于私人记录性质，比正式文件少了遮掩与修饰，更能够进入武汉时期胡风的精神世界。四十多则的札记要点，小结不再归纳，我个人认为日记中流露的个人环境恶劣之下的坚持及理想，以及悲悯之心，是更令人动容的。初至武汉，由于熊子民家没余房，胡风只得住在他家的过道里，这一年，在看似自信、好辩、固执的胡

① 晓风：《从丁玲给胡风的 23 封信解读二人的友谊》，《新文学史料》2015 年第 4 期，第 134 页。

② 丘东平：《丘东平作品全集》，复旦大学出版社，2011 年 7 月，第 710 页。

③ 聂绀弩：《聂绀弩全集 · 第 4 卷 · 散文》，武汉出版社，2004 年 2 月，第 144 页。

风身上，还是看得到他内心的不能安静，孤独寂寞时时重重地扑身而来。他的情感相当细腻丰沛，在得到曹白信后，悲壮的叙述即使他热泪涨着了眼睛，但因萧军在旁而忍住了。他在江边碰着了赤心女人二妹，心中亦不胜悲怜。艾青到陕北公学，他担心艾青的女人（竹如）和孩子。他看到张止戈房间里有年轻女孩子，夫妇似地，他给姚楚琦信，劝她回来。他知京山被炸时，关怀住那里的周颖母女。华岗对他说决定和葛琴脱离夫妻关系后，他陪华岗到小饭馆吃饭，以示安慰。孙陵请他为陕北公学募捐，他言而有信，他为朋友四处奔波，知道王天基从苏州逃出，所带的钱在路上被军队抢光了，便去八路军办事处及生活书店，为王天基想办法。看似"好事"，爱打抱不平，却是对朋友的正直坦诚及真挚关怀，读者都看得出在颠沛流离的艰难环境下，胡风不会是卖友求荣、趋炎附势的人。但也正因任性、不世故，日记中不免流露对某些人的鄙夷、愤慨和嘲讽，无情抨击某些人的虚伪、庸俗，看似性格缺点，却也正是这种人格理想激励着胡风进行着顽强的抗争，从日记可见胡风内心深处对左翼革命知识分子的固执认同，并以之为安身立命的一种努力。他并非没有自觉，只是天性使然，飞蛾扑火也会歌颂真诚，抨击虚伪。

徐　强　整理编注

《舒新城日记》载徐悲鸿史事选汇简注

舒新城是现代著名学者、编辑家、社会活动家，在教育学、编辑学、辞书学上多有建树。他长期主持中华书局编务及辞海编辑所，与现代文化、艺术、教育、政商等各界联系颇多，特别是文化艺术界友朋甚夥。现存时间跨度超过半世纪（1909—1960）、皇皇400万言的《舒新城日记》，堪称一座史料宝库，其学术价值不言而喻。

当代画坛巨匠徐悲鸿是舒新城的密友。《舒新城日记》记载徐悲鸿史事较多。两人交往的最早记载在日记中见于1929年，而以1930—1933年及抗战前夕为最多，此时正值徐悲鸿婚变，舒新城作为其密友见证了事件的发展过程，他的记录从一个特殊视角，对于已出版的各种史料形成印证、补充或对照。新中国成立后，因中华书局渐次北迁，又因舒新城担任有关政治职务，经常赴北京公干小住，在徐悲鸿生命的最后几年两人有若干交往，均有记录。徐悲鸿逝世后，出于对徐悲鸿的怀念、对其遗孀廖静文的关心，有关史事仍常见于日记中，最晚记录延续至1957年。

舒新城的这些记述，对于研究徐悲鸿及相关现代文化史事具有相当重要的意义。笔者近年从事《舒新城日记》整理（据上海辞书出版社影印本整理，整理本将由中华书局出版），兹先抉摘连缀有关内容，并作必要背景简注，供学界参考。

整理者

1929年

1月31日[①]

得叔和函，报告艺术学校风潮。悲鸿本为画家，而去作校长，宜其被拒也。

12月4日

中华送来《摄影初步》十二步[②]，分赠丏尊、子恺、雪村、西谛、圣陶、季安、伯鸿、悲鸿、鹏霄、齐各一册。

1930年

11月28日[③]

下午三时去悲鸿处，正在为其弟子孙多慈女士画像，看其情形，似非陷入情网中不

① 时舒新城甫任中华书局编辑所所长，在杭州组织词典编撰。徐悲鸿1928年年底短暂受聘担任北平大学艺术学院院长职务，因改良国画教学引发反对风潮，未几辞职。

② “步”当系“部”之笔误。

③ 时舒新城在南京公干、参加中华学艺社年会。

可。当即联想到德国摄影年鉴中之一照片，系一女子困在网中，与其形貌相似，并想到将《情书2》可改为《情网》。五时同中大看其三方丈之大油画两幅①，费时三年余始完成，伟大可佩，寻至白华新居，适白华他出，乃坐共谈关于恋爱之各方面，他深服我的恋爱哲学，且自谓对孙确有恋爱倾向，惟不知对方如何耳。六时起行赴余席，于途中遇白华，乃又回谈半小时。七时至寓，同仲约至夫子庙六华春赴席。主人共八人。谈至十时方返。

12月1日

悲鸿今日特郑重介绍两人，一为曾觉之，中大文学教授，对于法国文学研究甚深，拟请其任世界文学名著法国文学部分责任。一为盛成，亦留法十一年之学生，现初回国，对于文学之修养甚深。其《我的母亲》一书在欧洲颇负时望。彼谓拟将此书及其他各创作共五种译成中文，交由本局发刊。当允之。惟言谈间知其思想甚旧，对于中国情形过于隔膜。著作或可印行，事务则绝无望也。

晚餐后并映放电影，东美、白华均到。十时半方返。悲鸿自作之碑本或对联曾携回一幅。

12月3日

五时去悲鸿处与盛成谈出版问题。

12月4日

四时即至悲鸿处闲谈，约定明日午前去画像。

12月5日

午前九时，顾夫人邀我与仲约同至广州酒家早点。十时去悲鸿处画像，以炭笔画全身像，十二时成大概。他对于慈之苦感甚多，恐非走入绝路不可。盖其夫人为西方式之女子，妬性甚重也。十二时半至安乐酒店应商务书馆之宴。到者约六十人。二时未终席，即去悲鸿处续画，四时方成。由中大教育学院学生引去中大讲演，历二小时始毕。不过略将十余年来对于教育之积感发舒而已。近日觉中国教育制度与教育者均走歧途，非挺身纠正不可。决返沪后切实写出。

12月6日

早九时半同范猷（金奎明日返）返沪。车中遐想甚多，关于悲鸿及慈之遐想尤多，并欲作诗，当可写成。

12月7日

夜间读杜诗，忽忆及昨日在火车上之遐想，写成诗六首。题为《我想建筑一座空中楼阁》。如下：

我想建筑一座空中楼阁，
　只住居着你和我，
没有人间的桎梏和束缚，
　凭凭我们痛苦也好，欢乐也可！②

我想建筑一座空中楼阁，
　背倚着苍郁的青山，面对着绿漪的爱河！

---

① “同”后应漏一“至”字。

② “凭凭”，原稿作“凭凴”，“任凭”之意。

远离着人间世的罪恶，
　只有百鸟的啘啭和我们的歌声唱和。

我想建筑一座空中楼阁，
　供养着美的神爱的魔，
美神为我们执圣洁的太阿，
　爱魔替我们执情网的织梭。

我想建筑一座空中楼阁，
　在那里溶化我们的一切作一个和合，
就有人再要把它分为两个，
　那时也成了我就是你，你就是我。

我想建筑一座空中楼阁，
　住居我们的姊姊妹妹弟弟哥哥，
他们都孩子般的天真，天使般的快乐，
　像我们一样地过活。

我想建筑一座空中楼阁，
　居住冥鸿与慈多，
闲来比翼飞飞，兴来共涂仙娥，
　把一生的光阴，都在美中过。

最后一首为悲鸿与多慈作也。

12 月 11 日

下午得悲鸿函，述其近日恋慈之苦状。并有诗句：燕子矶头叹水逝，秦淮艳迹已消沉；荒寒胜有台城路，水月双清万古情。自注第一二句云，此两句待他作，我暂凑，且有两水字，亦不佳；注第三句云此是我所写当日景；注第四句云：总要保持得这些清，方不入阿鼻地狱。我当复一函，告以我六日在车中之奇想，中有云：在事实上我愿天天见你，而且你也无时无地不盘距在我的脑中。如此看来，我们未尝不可成为爱人，更未尝不可成为无任何问题的爱人。万一人间世的种种都成问题，这到是一个很好解决方法。虽奇想实妙事也。你以为如何？对于他的则套两陈句答之①：台城有路直须走，莫待路断枉伤情。悲鸿爽直豪放，非江苏的常人，实可爱也。

夜与菊闲谈及此，并将来往函件示之。她谓近日大为我算命。昨日又去大马路某瞎子处算命。据谓我命有三子两妻，但不至于互为情死，她心甚安。此所谓肚疼抓脚心，亦可见宗教在人生不能消灭之原因也。

12 月 30 日②

九时去中央大学致知堂出席社会学年会。上午讨论会务及选举职员。下午二时宣

① “他的”后应漏一“诗”字。
② 时舒新城再度赴南京出席社会学会年会。

读论文。但少精采。　十二时去悲鸿家午餐，遇盛成，谈现代中学文学家派别。

1931 年

1月8日

上午应成一及法邵可侣来访，应拟请润卿至复旦教书①，邵由悲鸿介绍接洽其所选之法文稿也。

1月23日

《美的西湖》摄影集久当预告，但稿未交印。② 前数日选三十张寄悲鸿请其代选二十张。今日寄回所评甚是。拟再选数十张请其重选。

1月25日

上午放照片，重选三十张，连已定之二十张寄请悲鸿再选。　下午二时去中社参观郎静山个人摄影展览会，竟寻不着地址。转至丏尊处，同他及雪村去俍工处，其室中凌乱情形，真无法形容。五时半返。夜写《我和教育》一千字。

丏尊、雪村谈及近日友人中之闹恋爱问题者很多，但多是苦恼不堪。他们主张夫妻与爱人分开而同时并存。若男女不争地位，以爱为爱人之结合条件，以法律与义务为夫妻之结合条件，则苦恼可以减去许多。但事实恐非如此简单。我信楫之思想已在此上，根本上无所谓地位问题，然而苦恼仍无法去也。③

1月30日

将《中国教育建设方针》校毕，拟作一叙而无暇，下午悲鸿将照片选定二十二张寄还，谓皆尽美尽善不能舍弃。但仍拟去两张，因一张调子与全书不同，一张构图相似也。

2月14日

悲鸿托曾觉之带画四幅甚精，拟入其画集。并为《美的西湖》作一部及封面。

6月12日

午前九时去车站接楫等。忽遇悲鸿同其学生数人。他们本欲去泰山写生，因团体车票不能用，改至下午行。相谈甚快。

7月16日

午前十时去所，悲鸿夫人先在，谓系寻悲鸿而来。十一时悲鸿来，始悉其夫妻间有蹊勃。他于昨晨来沪，其夫人碧微则于昨日晚起行也。原因系为孙韵君而起，韵君此次考入中大，碧微以悲鸿爱之也，不欲其录取，结果至欲迫悲鸿辞职。悲鸿乃于席间远走。劝之再三，不能回去，乃暂居家中。十一时同去兆丰花园详谈三时余，其夫人之性情实与他不合，问题之来已非一日，兹事不过其最近之导火线耳。

7月17日

下午七时，大杰宴悲鸿，请其绘画写字。直至九时半方止，共写十数张，画数张。为楫特写“勇迈”二字，题词曰“济群女士为学深思行其所安，不挠不屈，独与吾友新城相爱，险阻既经，前途坦荡，书此贻之”。并为她及友云、菊瑞与我各写绘小轴各一。　楫上楼看写绘，全不能走，我抱之上下。　午前十一时，谢寿康至所相仿，询悲鸿住址，谓碧微已

---

① 润卿，指马润卿，时为中华书局英文编辑。

② 《美的西湖》是舒新城摄影作品集。

③ 楫，指刘济群，时在北平读书，二人正在热恋中。

返宁，乃告以实情，并同之至寓。悲鸿正在书室为碧微及其岳丈写信，相见之下，默不一语，彼此形色均似重有忧者。良久始由我为之连接话机。谢劝之去庐山，徐则欲去北平，盖他拟辞去中央大学之职务，去北平与李石曾等接洽在北京研究院谋一职务，以其薪之一部分供家用，一部分自活，再过流浪生活也。但未决定。 谢等即在家午餐。 下午悲鸿为菊画铅笔像一。

夜悲鸿去谢处。

7月18日

午前悲鸿来所预支版税二百元，预备北去。回家午餐谢及邵洵美均来寓，邀之共午餐。泛谈男女问题。都以为中年恋爱在现在的中国已成为时代病，友朋中之有此问题者屈指可数数十。下午去楫处与大杰等谈及此事，他谓现在的女生大概不爱少年而爱有妻子之中年男子，第一为的是地位，第二为的是经济，致使楫颇感不快。

8月12日

托叔和在平代刻赠大杰、辉群之两墨盒，下午五时半由川人戴某带来。戴并谓北平盛传悲鸿失踪，托他在南打探。当告以经过。

8月25日

午后取悲鸿对及弘一字去楫处，菊在旁为讥讽之词，不觉忿火中烧，破口大骂，并将弘一之字毁之。菊则大哭。事后思之，始悉她之讥讽，不过便谈，并无恶意，我对她未免太过。但感情爆发亦无可如何。

9月24日

夜因头痛喉痛，不想作事，卧看悲鸿之字甚有趣，忽忆他在沪收购照片之议，拟函询之，同时记得楫，于下笔时竟写一大济字，遂续写成济群妹，而为楫又写一长函（三十一号）。如此称谓去年以来之第一次也。

1933年

1月12日

十一时徐悲鸿来，谓二十八日将去法国开展览会，当邀至寓午餐。

夜因悲鸿之约赴汪亚尘家晚餐，在座者有华林、郑曼青（岳）、诸闻韵、潘天寿及亚尘夫妇诸人，食日本式之牛肉，相谈甚欢，九时半返。

1月25日

悲鸿二十八日将去法国开展览会，午前携近人国画百余幅来摄影。

1935年

2月20日

午前悲鸿来访，并欲至家午餐，当约瑾士、锡三作陪，以腊味数事飨之。

下午悲鸿寄来千元，托为转存会计部，备其子女入学之用。当交会计部，存帐由我转交。

3月19日

上午林维中来访，谓寿昌已于昨夜解京，托函悲鸿照料，当允之。

4月3日

得悲鸿信，附致孙多慈女士，孙为中央艺术系学生，为悲鸿最得意之学生，且恋之甚久,以格于阃威,不敢有所举动。今日之信虽云言事,但痴情仍流露于字里行间,致我之信,书为四月三十二日,亦趣事也。

4月8日

午前十时,孙多慈携其描稿三十一件来商出版事,她为悲鸿之得意弟子,梦里情人,早为悲鸿约为帮忙,故允为其出一专集,就技术言,亦可出专集也。当将其不易摄影者剔去四张,余二十七张即交出版部制玻璃版。

4月13日

午前悲鸿来函,请将多慈描集出版,告以当尽力。

4月20日

十时悲鸿来谈,道其去年回国后因孙多慈女士在家庭间所发生之种种问题与痛苦,至十一时半方去。此种男女间问题,在艺人间本是常事:盖艺人以感情为生活,若不浪漫,则其作品无生命,即师生间真成情侣,亦算不了什么,不过在中国总是麻烦。我劝其读邓肯女士自传或可得一安慰。

交来孙多慈女士述学一篇,欲请我作叙,我则请彼代笔,实太忙也。并将润泉事郑重相托,如到京,请其照料。彼允之。

5月2日

午前九时悲鸿来访,谓其妻为孙多慈事负气来沪,孙欲其来沪接之归,所谈苦痛甚多,但此种问题,即上帝亦无法解决。只有慰之而已。彼与孙实谈不到恋爱,不过因孙之才学超群而特别维护之,社会不谅,家庭不谅,日日相煎,结果恐非走入恋爱之道不可也。

6月24日

午前得徐悲鸿夫人蒋碧薇一函,肆口谩骂,谓孙多慈之事以后请直接与其本人交涉,不必由悲鸿;悲鸿为孙事弄得名誉扫地,道德破产,而我犹从中宣扬牵引,实属无聊已极。且责我不应与楫君同居,复不惜助人堕于不义,悲鸿虽愚,未必效法;并谓彼不懦弱,不听人遗弃,而以我为枉费心机云云。真所谓疯狗。我与孙多慈初不相识,因其为悲鸿得意门生,五年前在京由其公馆始见一面。此后无从交涉,直至本年,悲鸿以孙之画集出版事相委,于四月间由其送稿来又见一面。此后因稿件关系,有所通讯,概为公函。某次孙因悲鸿在京受诬甚苦,且自诉苦,悲鸿复请去函相慰,乃复一函鼓励其努力于艺术。其他无有也。关于孙之画集交涉,均由悲鸿及孙两方请托,交悲鸿整理,寄去之件亦均公函,而蒋迁怒于我,悍妬竟如此,难乎其为悲鸿,更不知其前途如何也。

下午得悲鸿一函,仍催孙集,其中有"多慈别去(归家),悲不自胜,天昏地黑,无处可诉,其集请速赶出,成其大事(赴比游学),弟稽首奉恳,望兄哀之"之语。两相对照殊有意趣。

8月2日

悲鸿来函,附周太玄一函,安慰其孙女士之关系也[①],当复一函如下:

> 手教及太玄函均悉,当为珍重藏之。现在究竟如何?孙君比国之行能成事实否?兄之生活诚苦,然亦太玄所云,颇为有味。如太玄则惟有回想,汝弟则忙于现实,兄则介于二者之间,理想境界也。
>
> 我常以为情之妙境在想望:想者回忆过去,望者希冀未来。所想所望,不论是苦是乐,均能使情升华,入于圣洁之域。此圣洁之心情在行为上,能鼓舞人赴汤蹈火,

---

① "其"后当漏一"与"字。

在创作上能引导人超凡入圣，以弟个人言，五六年前，致群之函，现在固写不出，四年前之《故乡》，①现在亦写不出，乃至于照片亦摄不成几张，此无他，想望现实化，惰性抬头，遂苟安于现实而不思创造耳，所以生活之苦，固在想望时期。而生活之有味，亦在想望时期，今日之时间实吾兄最宝贵之时间，尚望珍重而玩味之，万不可作消极想也。

9月1日

午前同楫君等竹战。下午六时宴刘大杰、李幼椿、左舜生、常燕笙、陈翊林于中央，大杰将去成都四川大学任教，为之践行也。席间李、左谓在南京晤悲鸿夫妇，日来大起冲突，其夫人且当人骂余，一笑置之而已。

10月21日

午前，徐悲鸿与其学生谭某来访，盛成亦至。悲鸿谓将去桂，并携其《白松》一大幅请摄影。因事繁不能畅谈，乃约于午后六时在中央晚餐。

六时去中央，谭某首到，谓悲鸿家庭间无办法，其夫人负气，返宜兴原籍，近始来沪，悲鸿则将京中之家完全收拾，携其要件赴桂。而孙多慈初本无谓，近以各方面环境之逼迫，对悲鸿更为崇爱，将来恐不免弄成悲剧。此等事第三者实无法代为解决，亦只有听之而已。　未几悲鸿携其德国友人 Liscteinet 来，此德国人虽至中国仅六个月，但能说中语，盖悲鸿在德时居停也。　未几盛成同邵洵美至。席间德人盛赞我中央银行之钞票印工。我劝悲鸿将不必要之画件不必携桂，盖政治机关之安定性颇有问题也。彼深以为然。拟将一部分寄存公司，允之。　饭后同去汪亚尘家，汪善绘金鱼，索得一幅。悲鸿并以裱就之双猫一幅。十时方返。

10月24日

孙多慈来电询悲鸿行踪，谓如在沪请其速电，彼当来沪相见。当复以彼已去桂。孙以电来约，如无别故，则其爱悲鸿也可知。如彼不让步而向悲鸿进攻，则其演成悲剧恐不能免也。并将电转桂交悲鸿。

10月25日

今日上午又得多慈一函，大意与作电相同，但通讯处则为皖建设厅李家应女士转，而不由其任职之安庆中学直接，不知何故。当附一函，告以悲鸿三星期内当返沪，并将其函转桂交悲鸿。

《孙多慈描集》今日出版，读其述学之文，颇有气吞河岳之概，论文与画均属奇才，悲鸿之爱之也，实其才有以使之然。据知之者言，初无何种暧昧之事。如其夫人逼之甚，而孙恃才任性，不顾一切而于悲鸿无所避，或竟向之进攻，则其夫人终必失败。此等事只得归罪于造物弄人，人实渺小不能相抗也。

10月31日

午后二时半，汪亚尘来访，因悲鸿有信，托其将彼前此寄存之两画箱打开，加放樟脑丸若干，以免虫蚀。当与之共同启封，加丸后并共同签字于封皮上欲就藏入庶务课储藏室。

11月23日

悲鸿自香港来电，谓乘杰佛逊总统号回沪，请接并告亚尘、予倩，将电转亚尘，并告以

---

① 《故乡》，舒新城作，中华书局 1934 年出版，述 1931 年回故乡湖南溆浦见闻。

后日悲鸿到沪不能去。盖因地位之限制,不能与之太亲密:如过从太密,不仅与之同等之所谓文艺家要说话,其夫人亦要大成问题也。此之谓做人难。

11 月 25 日

午后悲鸿来访,将多慈致彼函及瑾士赠彼名片交去。

11 月 26 日

午前悲鸿来访,携其作品两件照相后,同至寓访楫并车送其至汪亚尘处,据云广西政治颇上轨道,社会极安静,彼拟将中央大学艺术科之三四年级移至桂林。该省政治领袖且于阳朔购一住宅赠彼。

1936 年

1 月 31 日

午前徐悲鸿来访。

2 月 1 日

午宴徐悲鸿汪亚尘于家。

2 月 26 日

访社会教育司长张星舫,因病未到,见其科长钟道赞,与之谈注音汉字问题,彼不甚了了,俟张愈再商。辞出去部中花园摄影数张。便道过成贤街访徐悲鸿于中大艺术学院,适与张大千在画国画,略谈数语即驱车独赴玄武湖公园。时正十一时四十分。

3 月 6 日

午后悲鸿寄来一信,并附其见韵君诗两首,以白纸大张录写,上款且写明由我存念。当为什袭藏之。信中谓事已大变,将束装赴桂专心著述,与世绝缘,复一函慰之。

4 月 11 日

午前悲鸿来,以孙多慈之两信见示,爱彼之忱溢于言表,而因彼前次至京,悲鸿夫人托人函彼父亲毁彼,精神苦痛异常,为避免各方面无谓之纠纷计,拟努力十年不与悲鸿通信以期有成。悲鸿则欲竭力助之。此次在京售画及平日储蓄得有五千元拟托我以公司名义代彼购慈之画以谋间接助彼,盖彼不愿受悲鸿之助也。我谓彼用意甚苦亦甚善,但用公司名义颇有不便,我当托他人名为之。彼之款项则请给一委托书于我,以便将来有问题时有法律根据,彼以为然。当交千元支票于我,我乃为之转会计部取出代为立户暂存于公司。 午间同楫君宴悲鸿于新雅并邀亚尘作陪。 悲鸿在我室写联数付。

4 月 12 日

夜九如夫妇来,将悲鸿所书之字示之。彼等以其有野狐禅之味而盛赞我字之魄力大劝我写字,颇为之动。

4 月 13 日

午前悲鸿同盛成及孙某来访,叶青亦来访,购《哲学问题》一部,请有机会时予以工作。 悲鸿以二千五百元托为设法购孙多慈画以间接补助之。其委托书及办法全文录下:

> 新城吾兄惠鉴:请将弟存款内拨二千五百元陆续购买孙多慈女士画,详细办法,另纸开奉务恳 吾兄设法照办为感。敬颂 撰祺 弟悲鸿立正 廿五年四月十二日。
>
> 本〇因鼓励少年艺术家及促进文化运动起见,特向先生订购画件,其契约如左:

(1) 画之内容(指作法之完整)以作者在中央大学之自写及静物为标准,倘不及此标准,本〇将相商作者易得他幅。

(2) 画之所有权归本〇,但出版权仍由作者保留。

(3) 绘画暂分为两类,(甲)有结构者,Composition,(乙)人像、风景、静物。

(4) 本〇所定之酬报,(甲)二百元一幅,(乙)一百元一幅。

(5) 所谓画纯指油绘之于布面上而言。

(6) 大小不甚拘,但以尺寸最长一面为一公尺(metre)八十为度,最短一面不得少于四十公寸(centimetre)。

(7) 与　先生暂定画十幅,十幅交齐再行续订,但十价格在第二期之十幅中仍照本约所订数目。

(8) 作者将每幅作品完成后自送至上海澳门路戈登路中华书局总厂舒新城先生收或托各中华书局分局代寄亦可,本〇收得认为满意后即立即付款。

(9) 本〇所需要者为构图,最好以民间生活状态或历史之关于民族精神者为题,但作家自写风景静物亦所欢迎,兹假定为数画之题,请酌量先后写之。

浣衣人　夜课　木工　小学生　作者全身

(以上在以图计)　(甲)类

老妇　黄山　静物(不要常格)

作者半身自写(用刀画　等……)(其余人像亦可,但不能多过三幅,亦希望用刀画原色)以上乙类

(10) 在约订定后每月至少须交本〇乙类一幅,一年中须有甲乙两类之画件十幅。

附件

本〇并拟购作者之素描二十幅,每幅定二十元,作法内容之完整以作者描集为标准,以水墨写于中国纸上尤为欢迎,最好每月能交本〇两件,寄款办法一如第八项。

廿五年四月十二日徐悲鸿委托舒新城先生办理

他的办法甚详细,我必欲其写委托书者,以有经济关系,无他的亲笔证明书,将来在法律有问题时我无办法也。其款已于前日交来千元,又公司还彼之画款百元及定期存款七百余元。　又允其编当代名画一册为之印行。

4 月 15 日

午前汪亚尘送来悲鸿七百元,当由廉铭交绎如存入悲鸿活期折中。下午致孙多慈一函,告以有友人拟购彼之油画及素描,询其意见如何。

4 月 23 日

午前八时半去沧州饭店访徐仲年未遇,晤汪辟疆,悉中国文艺社春季旅行团昨日到沪者有徐、汪及悲鸿、盛成、华林、倪炯声、石江(首都《新民报》记者)、卜少夫、吴漱予、唐学詠(咏)、汪东、王平陵、方志(希孔)、谢寿康、鲁觉吾与沈紫曼、杭淑娟、张蒨(茜)英女士等,九时并去新亚访方王未遇。十一时仲年来访,约定下午二时起至新旧厂参观。

5 月 7 日

午前将悲鸿委托代购孙多慈之契约改正,嘱文书课缮正另备函寄去。盖彼日前来函,允将画出售也。

5 月 11 日

午前文宙得五洲药房一函,谓《新中华》七期载徐悲鸿《南游杂记》有饮三鞭酒服自

来血虽可助威呐喊但于事无济。以自来血为该店出品，认为故意散布文字毁谤，实是奇谈。盖作者所谓事者指国事，而彼误为药力，且附一篇似通非通的驳议（误解出版法第十四条而然），当由彼拟一稿经我与献之修改，本拟签发，乃电告伯鸿，彼谓可先复谓已告作者，俟作者复信再复，药房现在无生意，最会利用机会作广告，我们不可不注意。其经验高我一等。当即照办。

5月19日

午前十一时悲鸿来访，谓明日将去广西，并谓此次曾去安庆与多慈盘旋两日（慈友李女士为伴），前日并在一西友家与其夫人一晤，其夫人谓彼一生中能有美而才之两女人相爱亦可自豪云云。所述情景颇可制成一小说。　十二时同去陶乐春张大千之宴。张川人，善画。欲以其画付印，故宴及余。席间晤侨务局局长粤人简经纶（琴离），善写字及治印，由悲鸿为介，允为余刻二印，并写畅吾庐一屏。

悲鸿寄存此间之画两箱，由其出条于明日由旅行社取出。其所选之画范亦交其整理清楚。

6月24日

下午与子敦商，今年献之六十岁，拟为之祝寿。决定秋间去漕河泾郊游一次，即在该处摄影以资纪念，并购盆景奉赠，子敦则拟请悲鸿画画一幅为祝，允为转请。

7月14日

十一时半高剑父携悲鸿之函来访。人甚矮小，但潇洒一如其画。沉着而有魄力，颇具骨气。相谈甚欢，允为印行作品，并约定三四日内，当走访长谈。

7月16日

孙多慈于午前来访，询悲鸿起居且谓下年拟至沪任职（此次与其父同来，且得其父允其在沪），当去新华访汪亚尘。

8月12日

十一时陈望道来访，方于前日由广西到沪，谈两粤事甚详。（……）又谓徐悲鸿现在桂任省政府顾问，已放画笔从事政治，常乘飞机往来各处，接洽政事，一时不能回京，且有文字骂中央政府及蒋个人，事实上亦不能北旋矣。

10月5日

午前得徐悲鸿自桂林来信，谓两广民气甚好，当与中央龃龉时中央欲以五百元收买一携枪之降卒而不可得。李、白均能牺牲意见一致对外。彼则拟在桂置产，不回南京，且欲我辟一宅。当复以①

九月十九日得慈远寄红豆而无一字

灿若朝霞血染红，关山间隔此心同。千言万语从何说，付与灵犀一点通。

耿耿星河月在天，光芒北斗自高悬。几回凝望相思地，风送凄凉到客边。

初 秋 即 事

急雨狂风避不禁，放舟弃棹匿亭阴。剥莲认识中心苦，独自沉沉味苦心。

新城吾兄知我

阳朔天民

廿五年九月廿五日

---

① 本句未了，句在页末，故疑影本脱去一页。

得徐函时,同时得孙多慈之信,谓在黄山得油画八幅、素描十余幅,俟参加京中展览会后,即择尤寄伯鸿。故复悲鸿函有红豆精诚,竟将远隔万里之两书同时寄到,而使之相见相亲,至少亦可谓之为墨缘。　并复孙一函,泛泛语耳。

11 月 21 日

夜六时半四监理于东亚还席。此一星期内每晚均为四监理赴宴,吃来吃去均是自己人,均用公司钱,徒替酒席馆增生意,使大家费时间,可谓无谓之至。然而此系人情,比国法还难逃,可叹之至。席间告郑健庐,请其转告港、粤、桂诸分局,以后悲鸿道过,只可视为著作人之一,不必过于招待,尤不必代为垫付款项,盖彼等故事铺张,欲乘机求悲鸿之画,甚至于画画之纸亦出公帐,可谓太无公德也。故因锡三说及而郑重告郑。

11 月 26 日

孙多慈昨日寄来油画风景一幅,炭画黄山松两幅,一赠我,余两张以伯鸿之名义代收之,由悲鸿款中照前约划付壹百廿元作酬资,由总务部划皖局转付。

11 月 27 日

午前张安治君持悲鸿之名片来,为彼取百五十元购画件赴桂,盖张为彼之学生,此次携彼子伯阳去桂助彼,当片达绎如付之。

11 月 28 日

午前致悲鸿一函,告以张安治支款及孙多慈售画诸事。

1937 年

1 月 11 日

午前得徐悲鸿函,对于孙多慈半年不给一字,只寄红豆一枚,颇为伤心,且信日者言,谓其彼此关系,于年终而止云云。

1 月 12 日

复悲鸿一信,并将《图书集成》与《辞海》两册取出寄桂林交彼。

3 月 8 日

午前盛成来访,将悲鸿五年前借去之海粟画一幅(中有伯鸿题字)由广西带经北平交还。

3 月 11 日

悲鸿为献之所写之《奔马》裱就即送之,仅费裱费二元五角。朱稣典送裱就之弘一法师《究竟清凉》一直幅。

4 月 12 日

[在给子女信中谈及:]

> 信用是作人作事的基本要义。无论你有多大的本领,倘若讲话无信用,银钱无信用,什么事都不能成功。若有信用,只要有相当的能力便可以成事业。我出身农村,幼时很穷,在高等师范读书时,连零用都得靠自己写文章来兑换,但我情愿没钱用,从来不乱向别人借钱。自从民国六年在社会上作事以后,凡是答应过别人的话,或者借用别人的钱,总不会失信的。即使万不得已而不能践言,也必定要向对方说明理由,绝不含糊了事。所以我在朋友之中很被人重视,常常有人托我代管银钱。我现在替他人代管的钱比我自己的多的多。这些人之中,你们知道的便有徐悲鸿、钱歌川、黄九如、陈润泉、褚先生,而中华书局,每年由我手上签出支票要有好几十万

元，从没有人对我发生疑问。信用实是无穷的资本，无论作什么事，都离不开它。这是讲信用的事实。

5月24日

悲鸿来一函谓在香港开展览会并欲寄港洋三百去港交其子。当将其存折将款提出寄去。

7月10日

悲鸿由京来访，谓将去安庆访孙多慈，并谓孙将与其同学李家应同去比国留学，彼决赠两人二千元，即由存在中华之款支付。

7月11日

七时赴汪亚尘寓晚餐。在座者有张大千、马公愚及悲鸿等。大千为我画一画。

7月13日

七时宴徐悲鸿、简琴斋等于水上饭店。九时散，遇大雨。徐当晚去安庆晤其情人孙多慈。并谓孙与同学李家应将去比留学，徐托代购百二十四磅，俟二人到沪代交去。

1938年

7月17日

下午三时去店，将悲鸿前代孙多慈向通济隆所购之旅行支票计百二十四镑之收据及来回信件交亮伯转增奎代为售出。

7月19日

于三时送镜返家，独去店，将悲鸿托购旅行金镑事与增奎商定先行售出再购现货，以旅行支票非本人在支票上及使用地当面签字不可，而彼不在此无由在支票上签字也。

12月2日

十时同去分厂，悲鸿正在厂照画，将带来之金镑百二十四个交彼。

三时在厂中看悲鸿之画，在川所写数件甚好，四时同至寓，据谓孙多慈因安庆失守，曾全家至长沙，电彼由渝赴湘相见，并由彼将其举家移桂林，慈且曾允嫁彼，但为其家庭所阻，后又发生误会而至港，现则去浙之义乌，数月未通信云云。此种过渡时代之风流公案，殊难有圆满解决之道也。

12月3日

午前郑子展来，同至六国饭店约宪文（彼先去访其《中美日报》之社长吴某）雇车同游香港各名胜，并在香港仔及浅水湾小憩，浅水湾为游泳胜地，有旅馆酒店等，夏日游人甚多，各领咖啡一杯连小帐费一元三角，十二时一刻游毕，付车费七元（每小时三元），即同子展赴利园应简琴斋及悲鸿之午宴。

11月4日

下午独居无聊，去大华看电影，题材无聊，摄影甚佳。

七时伯鸿招食，同座者有悲鸿、宪文、瑾士、庭梅、秀山、健庐等，伯鸿因阅李微尘之论文而想到新政府成立后，我局应付问题，彼决定停业，此实惟一之办法，约明日详谈。

托健庐代购船票，以加后为主，不得则霞飞。　健与悲鸿同至寓谈至十时半方去。

12月6日

夜约礼锡、悲鸿、健庐等晚餐。于酒店对面之桂园，悲鸿携陶亢德同来，该园专治川菜，烹调甚好，可与上海之都益处媲美。在座均旧友，笑谈甚欢。悲鸿并以其在渝所作寿韵君之牛及牧童一帧题款见赠。

1939 年

4 月 24 日

复徐悲鸿函，谓在星展览，得四万金，以之捐助国家，为文人生色不少。

4 月 27 日

下午复悲鸿一函，寄星局转交。

5 月 14 日

十二时厉志山宴我等于欧罗巴饭店，到克勤、季安夫妇与蒋保黎，谈及徐悲鸿，彼等大为赞赏，允以下次假地宴彼等，当将悲鸿作品陈列，并放电影以娱之。

夜检查收藏近人字画，共得五十余件三十余人，悲鸿字画有十五件之多。拟将其全部及其他人二十人者于还宴厉时陈列之。

5 月 20 日

下午复悲鸿函，彼自新加坡来函说多慈事，去函慰之。并告以开小展览会事。

6 月 16 日

悲鸿由星加坡寄枇杷五尺皮纸大画一幅，颇足珍贵。

6 月 17 日

致悲鸿一函，谢其赠画。

7 月 9 日

［致陆费逵信中提及：］

> 公或将谓现在之事业其重要不更重于个人著述？此项判断在客观上容或如此，在主观上则未必然矣。人函人之前例①，可为证也。公虽亦为著作家，但大半为客串，在弟则以感情与理智兼富，未敢自居“天性”的著作家，但日厨川树白②所谓《苦闷的象征》颇能体验，举例言之，哼惯了平剧的人，嘴里随时都在“小东人……”，学惯游泳的人看见可游之水就要跳下去，徐悲鸿的画笔、马思聪的提琴随时都带在身边，随时要画要拉，旁观者或以为他们在发疯，可是若随时要禁止他们哼、跳、画、拉，他们的苦闷难堪，若果永久禁止他们，他们真的要发疯，所以著作家自称其作品为“生产”，即所谓苦闷的解脱也，倘怀孕多年而永久禁止其生产，其苦闷当如何？

9 月 29 日

午前本拟宴请蒋保釐等顺便为悲鸿作品开小展览会，乃向青年会及沧洲饭店定房间均不可得，三四日者亦已定空，不知孤岛有钱人如此之多耶！

10 月 14 日

夜六时宴厉志山、蒋保釐、姜屏藩、滕克勤、薛季安、沈鲁玉于八仙桥青年会九楼四十六号。以展览悲鸿及近人书画为主，二时半遣郭寿仁携工友寿生去布置，郭颇有美术思想，配置甚得宜。饭后并映小电影。十时方返。

12 月 26 日

因打字机急待修理，午前约子展来。将打字机交其着人修理。谈及工潮，据谓由廖

---

① “人函人”疑为“矢人函人”。矢人，造箭矢的工匠，函人，造铠甲的工匠。《孟子·公孙丑上》：“矢人岂不仁於函人哉？矢人惟恐不伤人，函人惟恐伤人。”

② 厨川树白，应为厨川白村之误。

仲凯之子承志及杨槐、金仲华主持。(……)又言及悲鸿与孙多慈因误会而几至决裂。悲鸿有长函多次骂多慈,谓其已嫁某高官而弃彼,故拟决之。彼在星则与王莹善,而为之写丈余之油画像,且题为人人敬服之王莹女士,以致慫其去印度之期。子展曾函慈请其赴港寄居其家,一切生活及旅费均由其供给。慈复谓其母病甚,俟其母病愈再说云云。此种葛藤,已延十年以上而犹未解决,可称苦闷之人生也。

1940 年

1 月 20 日

复悲鸿及陶菊隐函。

2 月 16 日

午前复陈修平、刘范猷[现在桂林邱昌渭(号毅吾)民政所长下任秘书主任]徐悲鸿各一信。

5 月 4 日

复王克仁、钱歌川、徐悲鸿各一函,稿存编辑部。

5 月 23 日

得悲鸿自印度寄喜马拉雅山第二峰照片一张。

8 月 2 日

复钱歌川、徐悲鸿各一函。徐在印度于六月得我函知姗姗出生,特画千里驹一幅贺之。

10 月 22 日

下午复伯鸿一长函,又复钱歌川、李儒勉、徐悲鸿、许达年各一函。

1941 年

4 月 1 日

与健庐、子展闲谈时,得悲鸿自星加坡三月廿三日来信,谓在星展览约国币十余万元,概捐灾梨,且将赴美,欲印画若干,由其本人出资。当复允照办,并函达廉铭附去原函请其照办。

《中美日报》载有徐悲鸿筹赈画展通讯,剪如下。①

10 月 13 日

昨日得瑾士请帖,为其子坤祥于十七日在美华酒楼与侯竹英结婚,备茶点饗客。战后即不曾出现于公共场所,现在更抱此旨,但在人情上应有表示,考虑礼物,颇难得适当者,以彼为同人,而又不懂文化品,同时我又不能以俗物相送,筹思再四,检出品逸女士之红绿梅花一幅为礼物,此幅为册页上下添泥金方纸,裱得太长,且头上过旧,乃于下午携厂请沈子丞代为交裱装店改短,并请其将上空白之泥金题诗,下空白请慎伯写题上下款,拟于后日下午亲送其家,说明十七日不能到场之原因。　因检该画将各画全部检出,计悲鸿书画达二十二件,其他时人者计五十八件,自写之字十件,其中有若干为鼠虫所蚀,二十五年自写五言小联送淞,为我有生以来书写之最佳者,但仅余上联,下联不知何处去,幼辈之重视文化品如有此者,同时感到此若干书画,均系近人精心之作,我在尚视为

---

① 剪报《徐悲鸿的筹赈画展》,兹略。

珍宝,随时检阅欣赏,我死不独子女辈将视为赘疣,即济群亦将视为无足轻重,而任意置之,或以废纸出售,故遗嘱中写明只许彼等各选二件为纪念(不要者自然听之)余概交中国图书馆保藏。　因此更感我之书物已太多为累,且将累及子女,故以后决定尽量少购书物,同时我之思想,在济群与子女辈恐亦不能了解,决尽量利用余暇从事写作以自白于社会。

1945 年

8 月 7 日

二时同楫君去中国画苑看徐悲鸿画展,共画百余件,与齐白石合作者十数件,笔致神韵甚佳,画马最多,但看不出特点与进步处,我最欣赏者为《天寒翠袖薄》一幅,一女子,似以王莹为模型,旁为竹子用粗笔横扫,气韵盎然,为我从所未见,返所函誉之。

1951 年

3 月 26 日[①]

五时同达人、铭中访悲鸿于其寓,请其依照总署意见审理共同纲领画稿,有其同事王君及某君在座,他们以为宜开展览会吸取大众,由悲鸿介绍全国政协委员会文化俱乐部负责人史公载在该会展览。并拟与总署商量请其组织负责人去参观,适悲鸿病胃,移时即返。

1952 年[②]

2 月 3 日

上午十时同楫君去探视徐悲鸿,他于去年八月间中风,在医院住四月余,现已能扶人行走,据其夫人言,去年八月某日他与上海文化馆负责人刘君谈话至深夜,由她送他至其外室就寝,翌日九时半后尚未起,入室视之,则已不能动,立即送医院,经中、苏医师治疗数月,一切经费均由国家负担。她说他的血压高已十余年。一九四九年出国参加世界和平大会,归时血压为百七十度是他血压最低之时,以后经常在二百度以上,而工作又经常紧张,故睡在床上亦成问题云。　入室视之,他神志极清,谈话亦清楚而有条理,他要我的《我怎样恢复健康的》一书,允为购赠,并告以注意每日通大便及弛张神经。

2 月 5 日

上午购《我怎样恢复健康的》一册送悲鸿,由其夫人廖静文签收。

6 月 19 日

上午访徐悲鸿于其寓,其病渐好,谈一时余。

9 月 25 日

昨日下午四时访悲鸿于其寓,病有起色,脸上皱纹较前少,白发也较少,能起坐,且能看电影,谈一时而出。

10 月 23 日

上午访悲鸿于其寓,他已在庭院中行走,谈话二小时亦不觉,可算已复原。他欲分海

---

① 时中华书局业务北迁,舒新城作为主要负责人之一在北京联络筹划中华的业务新方向事宜。

② 本年舒新城频繁来往京沪,常在北京办公、接洽中华书局事务。记事均发生在北京。

宝于我，特为送玻璃缸去，相谈甚畅，即在他处午餐。

在悲鸿处借得朱琏之《新针灸学》一厚册夜读之，此书今年即无售，四处觅不到，无意中借到，喜出望外也。

11 月 6 日

在陈家谈及《中国建设》杂志社要购房屋[①]，当为短简介绍其总务之任张石渠去看徐悲鸿寓所并为之电徐夫人廖静文接洽。

11 月 28 日

上午高谊来访达人，他们谈过后，我略与谈，十一时半同达人去悲鸿寓午餐，为其夫妇照相四张，为《寄新中华画报》使海外侨胞关心他之生活情形者知其现状也。 下午一时返。

下午五时半悲鸿夫妇以车来接，同去曲园为田汉之母八十一岁寿辰祝寿，到有马彦祥夫妇、欧阳予倩夫妇，阳翰笙、李儒勉夫妇等二十余人，田母甚健，田与安娥侍之。由我等公宴，款照人数分摊。八时半由悲鸿送至青年会高谊寓所，潘、郭、俞均在，泛谈公司情形，十时返。

12 月 19 日

致悲鸿夫妇一函，附去放大照片三张，并请其写文交《新中华画报》发表。

1953 年

4 月 4 日[②]

下午去协商会参加学习。 履历表有经济、家庭、社会关系、经历、学历、著作、长于何种业务、技术、志愿作何种工作等项要具体而详实，均一一如实填写，家庭成员将子女全部填入外，再将次媳李振坤亦填加，以明家庭中之政治情况，社会关系栏只填符定一、徐特立两师，徐悲鸿、田汉、许彦飞三友，并曾与许通电话告以将他填入，先将填入各项拟稿录楫君日记簿中，便将来可查。

4 月 22 日[③]

上午函楫君谓将于月底月初同潘等返沪。夜再函她，谓拟久住等候该校治疗，同时写一信于李穆生，请其查上海何人及何医院有此设备，请其于楫君电询时告她转告我，便决定去沪期。因下午三时半同达人访悲鸿，其夫人曾说及吴耀宗之夫人在沪用此法治疗，北京并有多人去沪治疗也。

5 月 6 日

昨日下午同达人去悲鸿家请其将英画家白朗群致他的信稿与画照出寄《新中华》画报。

7 月 13 日

上午在家理书画。 悲鸿赠给济群与我之书画二十件，其他各家书画五十余件，久未清理，有少数被鼠啮。 选悲鸿两画及弘一两字悬于客室。

7 月 14 日

早八时去厂。因昨夜得管电话，谓陈毅市长将于八时半到厂看图书馆，看后到我家

---

① 陈家，指陈瀚笙家。

② 舒新城时在上海。

③ 本年 4 月上旬到 5 月上旬舒新城在北京主持工作。

看书也。　昨夜电告达人请其早去。　家中人知陈市长今日来均甚兴奋,阿理早四时即起收拾房间,陶亦早起,楫决定掉课回家接待,姗、迟准备笔记本请题词。　达人八时十分即到。　陈、管于八时半到,先在办公室小坐,为之介见潘、陆及孙庆瑞、唐培生等,带同去图书馆看一周,并检古版宋、元、明书本与近代史料之《民主》《民权》《民呼》诸报与《中国青年》诸杂志。陈悉各机关常来借材料,建议不借,只允其来读来抄,以免遗失。

十时由厂出,十时十分至我家,因同来三汽车,警卫五六人,同弄居民甚警奇,亦有事先知道者(由阿理传出),进室时,弄堂围观者甚多,先在客室稍坐,至书房看赵英才之《从影集》、悲鸿之画及其他各家之字画与重要碑帖与我之照相集。因悲鸿画集有复本,送陈一册,又送管海宝一瓶(因他索取)。楫、迟均相见,并出笔记本请陈题词,他为姗题"学问之道,不日进则日退",为迟题"业精于勤荒于嬉,学成于思毁于随",为楫题"君子自强不息"。　看后在客室畅谈健康生活诸问题。

7月25日

得悲鸿信,寄英国之 Veriloid 治高血压药仿单,请为向国外购置。就仿单看,手续麻烦且有副作用,并无绝对效力,大可不必。

7月26日

上午去厂,将悲鸿信交达人,请其设法购寄,并与之谈刘鹏每日工作不到五小时与退休同人家属医疗之原则问题。　在厂本拟复悲鸿、文迪各一函,因荦人今日去京,乃将复文迪之意告之谓我现在身体甚好,每日去公园,建议他每日操广播操,并每周去公园若干时。对悲鸿信则交达人转晓钟译其仿单之大意函告之。

7月30日

八时在厂复悲鸿一信,将晓钟之 Vesiloid 译文寄去,并告以健康情况。

9月28日

报载徐悲鸿于二十六日晨二时五十二分在北京医院因脑溢血旧症复发逝世,是中国以及世界文艺界的重大损失。他生于一八九五年,去年八月生病极严重,今年四月在京见他数次,已能行动,且出外参加集会,以为他从此可以好下去,不料竟于前日逝世,在个人讲是损失一位二十余年的好友,与潘电唁其夫人廖静文。

12月1日

夜电告他①:(一)请他去悲鸿夫人探听其生活情况,因我甚关心,(二)开明书店发息情形,(三)友好询我生活情况请告以血压正常,正研究健康问题,对教育史也当尽一份力量。

1954年

1月3日

达人并告我前次托他去访悲鸿夫人,他谓未去专访,但在悲鸿遗作展览会中曾见她,但以人多未接谈。闻他的住所将由政务院处理,为之设纪念馆云。

1月19日②

夜访李儒勉夫妇于其寓。悉悲鸿夫人已去北大读书,两孩交托儿所。原住所由中央

---

① 他,指潘达人,时为中华书局党负责人,主持中华书局北京工作。

② 本年1月中下旬,舒新城在北京。

美术院保管设纪念馆，故亦无从去看她们也。叙旧甚欢，九时方返。

1955年

7月16日[①]

得新华通讯社新闻摄影部通知请去摄影，散会后同唐生智去王府井十二号照相（湖南代表只我们二人），其主任郑同志谓二十年前在南京由悲鸿介绍相识。

1956年

11月24日

上午去藏书楼将第一期稿修改完毕，并照相十余张，至一时方返。　下午三时半，访徐悲鸿夫人廖静文于沧洲饭店102号。　她此来系文化部派她至各地访悲鸿老友采访悲鸿生前事绩，预备专门研究研究生平，为之写传。允以日内将悲鸿送与我与济群之亲笔字画检出交她看，并向中华查他的信。下周内我与楫将约定时间谈我们的回忆。

11月25日

第一女中历史教师少，致有两班未上课。楫君于前日起再去上课每周六小时，同时又拔牙，故今日上午她在家备课，我为廖静文清理悲鸿作品。　下午同楫君去看电影《葛麻》（湖北讽刺戏）。

11月29日

下午同楫君送悲鸿字画二十件至沧洲饭店，与廖谈一时余。

12月3日

五时三刻得廖静文电话谓曾去中华看到悲鸿所画之马。又谓她拟选字几张作为她有，又借《小犊》一幅带至纪念馆悬挂短期再还我们，均允之。

1957年

3月4日

将徐悲鸿少年时照片（明信片式）一张检出带京交廖静文，由其纪念馆保存展览。

---

① 本年7月舒新城在京出席政协大会，8月上旬返沪。

田　丰

新发现茅盾在抗战时期的三封佚信辑注及释读

近期发现未收入《茅盾全集》及其他作品集的茅盾佚信三封，这三封信均作于抗战时期，不仅有助于我们了解此一时期茅盾的思想观念和活动状况，而且对于我们了解茅盾在抗战时期与刊物编辑之间的交往状况有所助益，尤其是第三封信可以见出茅盾在面对稿件重复发表时的自律意识和自审精神。

一

××先生：

来示及《战时艺术》二册，收到已久，迟复为歉。我已经读过这二册，意见如下：论文方面如二[①]期的：《把笔端触到后方种种》《发动职业剧人……》《关于旧戏改良……》[②]等篇，都是针对当前的实际问题提出了精确的意见的，我相信这样的主张应当使从桂林一地普遍到全国去。作品方面，比较薄弱一点，但这自然是客观事实所限，——人少与无外来投稿。鄙意少登作品，多登指导性质的论文，亦一办法；因为此刊既为××社所办，一方可为××社同人发表研究及与国内其他文化工作的团体和个人交换意见之机关，另一方面可尽了推动广西国防文艺的使命，所以我对于贵刊的前途抱有莫大的期望！目前我因积压事件太多，急待清理，一时不能写些短文奉上，出月以后，当有时间，敬当遵命寄上短文。……

茅盾启　四月十八日

（原载 1938 年 5 月 1 日《战时艺术》第 5 期）

按：《战时艺术》是半月刊，1938 年 3 月 1 日在桂林创刊，由桂林战时艺术半月刊社编辑出版，唯其如此，茅盾方才会在信中强调要将《战时文艺》第 2 期上针对所涉及的实际问题提出的精确意见“从桂林一地普遍到全国去”。1938 年 12 月 29 日，由于遭遇日军飞机轰炸，各地作家寄来的稿件多被烧毁，《战时艺术》遂被迫停刊，1939 年 4 月在桂林普陀山复刊，改为月刊。

---

① 此处原文漫漶不清，初看疑似为“一”，但仔细辨别应为“二”，如此这般与下文所述文章题名也能够相互对应。

② 上述文章均刊载于《战时艺术》1938 年第 2 期，作者及题名分别为雁沙《把笔端触到后方种种》、吴启瑶《发动职业剧人来参加抗敌救亡工作》和彭世桢《关于旧戏改良的一点意见》。从时间上来看，《战时艺术》第 2 期出版时间为 1938 年 3 月 16 日，而茅盾回信时间为 4 月 18 日，故此才在开头说“收到已久，迟复为歉”。

透过茅盾回信不难发现《战时文艺》向他赠送刊物的目的有二：其一是想让有着丰富办刊经验的茅盾提建议；二是向茅盾约稿。茅盾在信末说自己近期事务缠身无暇给《战时艺术》撰稿，出月之后再寄上短文，但经查询此后并未在其上刊发作品。深究其实，茅盾说自己积压事件太多并非虚言，4月1日《立报》在香港丛刊，茅盾之前已接受萨空了的邀请答应担任该报副刊《言林》的主编，4月16由茅盾主编的《文艺阵地》创刊号出版。茅盾同时担任两个刊物的主编，而且都处于初创阶段，加之还要为这两个刊物撰写稿件并偿还其他笔债，因此自是无暇他顾。虽然茅盾未曾如约给《战时艺术》直接供稿，但还是尽了宣传推广的义务，1938年5月他在发表于《文艺阵地》第1卷第2期上的《新刊三种》一文中向读者重点推介了《战时艺术》以及《战地》（丁玲、舒群编辑）、《自由中国》（臧云远、孙陵编辑）这三种新刊。

二

××：

五月廿八日及六月二日两信，由渝转来，上周始收到。我们尚未赴渝，在半途停下来了。母亲逝世，我想也是年高体虚之故，未必有别情，正如你所说，倘不返里，或者不至一病不起，此都因为我们走得太远之故，悔已不及。我们何时赴渝，现在不能走。不过迟早要去一次的。亦未必就在渝住下，打算再到别处走走。譬如桂林，旧友较多，也想去一看，如果可能。你觉得上海生活程度太高，打算走走，亦是一个办法，不过内地生活程度之高，不下于上海，或者桂林较可。我身体还好，目疾未见剧，亦未见较好；反正用目愈少，则愈可支持，因此，只在半休息状态，没有什么做事的计划也。……

玄[①] 八月三日于鲁艺东山

（原载1940年9月24日《正言报·草原》第8版）

按：《正言报》副刊《草原》创刊于1940年9月20日，停刊于1941年12月5日也即日军侵占上海“孤岛”前三天，先后由柯灵、师陀、文宗山担任主编，依据茅盾回信时间和刊发时间来看收信人当为柯灵。

茅盾信中所提及母亲逝世的具体时间为1940年4月17日，其时他尚在新疆，收到电报后即欲返回故里料理母亲后事，但“新疆王”盛世才担心茅盾一去不返而故意阻挠，直到5月5日才在毛泽民等人的帮助下与张仲实一道脱离险境。5月26日茅盾辗转到达延安，6月初的一天毛泽东在拜会过陈嘉庚之后问候茅盾，建议茅盾搬到鲁艺去，并想让他当鲁艺的旗帜，茅盾回答说搬去鲁艺住他非常乐意，但当旗帜却不够资格。与毛泽东会面两天后周扬请茅盾搬到鲁艺去，在鲁艺先后住了近四个月，从六月上旬直至九月底，在回复此信时茅盾正在鲁艺东山。茅盾之所以在信中说“尚未赴渝，在半途停下来了”，一方面是因此时身在延安出于保密起见故作此言[②]，另一方面依据收到5月28日来信而

① 茅盾的笔名“玄”见于《这也有功于世道么》（1921年7月30日《时事新报·文学旬刊》第9期），自1922年起他时而在信件中用作署名。

② 茅盾在回忆录中谈及从新疆搭乘苏联飞机到达兰州时，虽然他和张仲实结伴去观看抗战话剧，但却并没有“‘暴露身份’，因为尚有延安之行需保密”，为此他们还特意叮嘱他们熟识的生活书店兰州分店的薛迪畅不要将他们到达兰州的消息宣扬出去。

茅盾5月26日辗转到达延安推测，当是茅盾在之前给柯灵的信中可能说过要从新疆到重庆去的打算。茅盾在新疆期间真切地感受到盛世才的反动本相而心生去意，5月1日他与苏联总领事依照事先商定的计划，在盛世才举办的宴会上由他发出拟搭乘总领事飞机的请求，总领事当面答应，盛世才碍于情面不好阻拦只得同意放行。该飞机原定计划是5月5日从新疆飞往重庆，动身之前茅盾和张仲实去看望杜重远并道别，他们向杜重远保证会将盛世才的真实面目和杜重远的遭遇原原本本地告诉重庆的朋友，并设法尽早将他营救出去。茅盾一家四口和张仲实搭乘的苏联飞机降落到兰州飞机场后，因傅作义及其随员要去重庆，结果挤占了他们的位子。最后在张仲实提议下茅盾偕同家人共同前往延安，因此茅盾信中所言半途停下来确也合乎事实。

三

牧野先生：

十月二十七日手示奉到多日，乃因筹备赴渝，琐事丛杂，遂迟作答，殊为仄歉。《笔阵》昨始收到新五期，拙作《桂林通讯》等二稿①蒙刊登新六七期，甚感，惟稿酬所不敢受，此因该二稿已在此间出板②之《人世间》③及《诗创作》④中先登出矣，该二刊皆为在月初出板者。此事应当向先生略加说明。两稿先后寄给盛亚⑤兄后，弟处本留有底稿，后此间友人索稿，见此二篇，询知为《笔阵》写，而《笔阵》则此间无代售，不可得见，遂谓两用无障，拿了去付印。当时弟因借此了却一事，轻减负担，固所乐意，且意谓《笔阵》出板在前，发行不及桂林，该二刊出板必后，发行不限于成都，似乎两不相碍。不料《笔阵》因印刷关系，出板反后，则该二刊先已在成都市上发者，稿酬自不宜再受。惟既已汇来，退回反多周折，故一面弟即收下，一面请叶圣陶先生代弟归还《笔阵》，附致圣陶先生一信，即祈代交，并与面洽为荷。弟赴渝后当续为《笔阵》再写，并望不再闹此种纠葛，盖此间文艺刊物多至十二种，一家应酬一篇，已索十二篇，弟文思迟拙，实在应付不开，而索者又颇韧性，故有上述之事，日内即赴渝，余容后详，即颂

日祺

弟雁冰启　十一月二十二日

（原载1943年1月15日《笔阵》新7期）

---

① 《桂林通讯（雨天杂写之四）》刊发在《笔阵》1942年新6期，另一篇题名为《诗论管窥》，刊载于《笔阵》1943年新7期。

② 应为“版”，下同，不再赘述。之所以出现如此明显的错误主要是受限于印刷条件的简陋以及出版时间的仓卒，《笔阵》在新7期的“本刊编辑部启事”中还对此特意做过如下说明：“成都印刷条件困难，本刊以出版期间仓卒，以致手民失检，错讹颇多：如（SY）误植为（ST），（苦命人）漏（连载）字样，文中亦多错误。除衷诚向作者表示歉意外，今后自当设法改进，并请读者原谅。”

③ 先以《雨天杂写之四》为题名刊载于1942年10月15日《人世间》桂林复刊第1卷第1期，之后又以《桂林通讯（雨天杂写之四）》的题名刊载于1942年11月15日《笔阵》新6期。

④ 《诗论管窥》先于1942年10月30日在《诗创作》第15期刊出，之后又刊载于《笔阵》1943年1月15日新7期。

⑤ 刘盛亚（1915—1960），重庆人，著有散文集《卐字旗下》，由周文向茅盾介绍其作品后受到茅盾的重视，1938年从德国法兰克福大学回国后在成都创办《文艺后方》刊物，并担任群益出版社总编辑和《星期文艺》主编。

按：收信人牧野本名厉歌天，系叶圣陶的女婿，其时正与叶圣陶翁婿两个联合主编《笔阵》[①]，同时他还担任中华全国文艺界抗敌协会成都分会理事一职。茅盾作为文化名人，在抗战时期每到一处便有大量约稿纷至沓来，从信中所述可知，《雨天杂写之四》和《诗论管窥》这两篇文章原本是为《笔阵》所写，先后寄给了刘盛亚，之所以并非直接寄给《笔阵》的主编叶圣陶和厉歌天，原因在于《笔阵》的主办单位是中华全国文艺界抗敌协会成都分会，而刘盛亚一度担任过该分会的负责人，加之他为茅盾所赏识，因此通过他向茅盾约稿。其他友人见到留存的底稿后，以《笔阵》在桂林没有代售而两用无碍为由说服茅盾拿去付印。但出乎茅盾意料的是，这两篇原本先行投给《笔阵》的文章反因排稿及印刷关系滞后于《人世间》和《诗创作》，为此他给《笔阵》主编牧野致信说明情况并表示不宜再受稿酬。茅盾在信中表示等他到达重庆后再给《笔阵》一篇新稿，事后果然按照约定将《读书偶记》二则交给《笔阵》，刊发在 1943 年 4 月 15 日出版的新 8 期上。

① 虽然《笔阵》始终受到中华全国文艺界抗敌协会成都分会的直接领导，但在出版发行过程中却是一波三折。先是于 1939 年 2 月 16 日在成都创刊，同年 11 月 25 日出至第 14 期休刊；1940 年 4 月 1 日复刊，出版新 1 卷第 1 期，1940 年 11 月 1 日出至新 2 卷第 2 期再度休刊；1941 年 11 月 20 日复刊后出版新 1 期，由牧野也即厉歌天担任主编，自新 2 期开始由叶圣陶和牧野共同编辑，直至 1943 年 4 月 15 日出至新 8 期休刊。1944 年 5 月 5 日再次复刊，在封面上明确标注有“《笔阵》革新第一号”字样，不过刊名已改为《颀平》，主编人为王冰洋、吕洪钟。

叶君健著　李兰译

叶君健佚文《中国新文学二十年》译文、英文原文及译者附识*

从孔子所编订的第一部中国民歌集《诗经》开始(约公元前1200年),我们的民族文学已经持续了三千多年。但有趣的是,在写作领域,整个过去三千年远不如现在二十年来的丰富多彩。事实上,汉朝(公元前202—公元220)前期是我们古典文化肇始时期,在宋朝(960—1260)①儒家学者们将之短暂复兴;从唐朝(689—740)到宋朝②,诗歌领域兴起了浪漫主义运动,然而每次唯一的结果是文学在形式和语言上都发生改变,而封建制度的基本特征却没有被触及。

中国文学大一统的封建主义自然源于中国社会基础的封建制度,中国从来没有产生过詹姆斯·瓦特,所以也没有查尔斯·狄更斯。诚然,商业资本在周朝(公元前1122—公元前249)③末年得到发展,甚至在汉朝积累大量财富,但是没有出现投资行业,因而它绝不可能成为改变中国社会结构的重要因素。无论经历多少王朝更迭,中国始终是一个封建的农业国家。当社会的基石没有被撼动,我们便不能奢望在政治体制和文化生活领域出现任何变化。

旧中国是脆弱的,随着19世纪下半叶西方国家资本主义的成熟,工业不发达的中国注定要成为一个市场。中英第一次鸦片战争(1840—1842),中法战争(1856—1860),以及中日甲午海战(1894—1895),将这个从前自给自足的老大帝国击退到半殖民地的处境。外国资本和商品的大量涌入,摧毁了农业社会的基础。然而,一种觉醒出现了。在外国资本主义的入侵和随之而来的社会结构转变的刺激下,新兴的民族资本主义迅速成长起来,但因太过弱小而无法同外国对手竞争。因此,封建制度不再只是把国家团结在一个皇帝统治下的警戒线——现在它已经成了民族资本主义发展的障碍。推翻包含封建糟粕的清王朝已在所难免。其结果是1911年史无前例的民族主义革命将统治中国长达三千年的君主制度转变成西方民主共和政体。

伴随着这场革命而来的是文学革命,第一次文学变革是胡适博士首倡的语言改革,他是杜威教授的学生,是美国实用主义的虔诚追随者。当新兴的民族实业家发现

---

* 所有注释均为译者注。

① 英文 the Sung dynasty (960-1260)。宋朝:960—1279;1260年,指忽必烈成立蒙古汗国。

② 英文 the Tang (689-740) and Sung Dynasties。唐朝:618—907;孟浩然的生卒年为:689—740。根据上下文内容,孟浩然未曾在诗歌领域发动浪漫主义运动,作者当是想表达唐朝的时间。

③ 英文 the Chow Dynasty (1122-249 B.C.)。现根据夏商周断代工程2000年结题报告,将周朝时间确定为:前1046—前256。不过这种定法至今存在争议。

封建主义阻碍了他们的成长，新的知识阶层发现古老的文言文（文言文仅被博学之士用来书写而不为大众所知，在很多方面如同中世纪的拉丁文——作者注）在新的创作领域无所裨益。他们认为写作应该是直白真诚的、发自内心的，不只是旧式文人华丽的词藻游戏。所以这些文学的革新者用普通大众的语言写作，胡适博士本人尝试用白话文写作和翻译，进而创作了一系列诗歌，命名为《尝试集》。对于实用主义者而言，这次“尝试”只不过是一次冒险，他必定会成功，因为满足了新的、不断变化的中国社会的需求。

这场语言革新后来发展成反对封建主义和旧封建伦理的运动，为社会提供道德上的支撑。一方面，随着 1914 年世界大战的爆发，另一方面，1915 年，日本向北洋政府提出了丧权辱国的“二十一条”，中国在国际上的地位岌岌可危。然而，战争带来了一些方面的中止；西方列强陷入欧洲战场困境中，中国得以应对日本的入侵，她的民族工业有了较好的发展机会。变革并不局限于文化与经济领域，它很快成长为一场为建设新国家和振兴整个民族的政治斗争。

1919 年是决定性的一年，因为列强在凡尔赛宫重新划定世界版图，中国作为一战的协约国，希望条约至少恢复中国被德国侵占的领土与权利。但日本人以退出会议为要挟，设法夺取了德国人之前在中国的特权。消息传到北京，学生和新兴的中产阶级在 5 月 4 日举行了盛大的游行示威，五四运动很快蔓延到山东、山西、河南、江苏、湖北以及其他诸多省份。在上海、天津等城市，各阶层人民举行了总罢工，要求北洋政府拒绝在条约上签字。与此同时，民众要求言论自由与新闻自由，要求惩治卖国贼，结束秘密外交。在文化领域，五四运动成为中国的“文艺复兴”。它标志着正在成长为民族资本家的中国中产阶级的觉醒，得益于欧洲战争给他们提供的机会。

随着“文艺复兴”的发展，封建制度分崩离析，旧的道德标准摧枯拉朽般轰然倒塌。人们不再谈论“贵族文学”，而是竭力主张写作应该针对“平民”，毋庸置疑，“平民”意味着新兴的上升的城市中产阶级自身。大多数评论家要求的现实主义或多或少类似于 19 世纪早期法国的自然主义。既然帝制已经被推翻，一个新的政府、新的社会秩序，最重要的是新的世界观必须建立，儒家思想被看作是进步的敌对面。民主最适合上升的新兴的中产阶级的需求，因此民主成为激烈争论的主题。科学和理性是日常讨论的话题。年轻一代开始谈论爱与婚姻——几个世纪以来都被父母包办的事情。知识分子开始怀疑孔子主张的孝道。易卜生是最受喜爱的作家。

所有这些新问题在陈独秀先生主编的文学月刊《新青年》杂志上讨论，很多文学革命支持者如鲁迅、胡适博士等均是撰稿人。《新青年》出版了新颖而有创意的作品。这是一个革新、建立新规则、引进新思想的时期，伟大的作品还未出现。早年最好的值得纪念的作品当属鲁迅的《呐喊》，一部强烈地反封建主义的短篇小说集，大部分发表在《新青年》上。

然而，启蒙运动或中国的文艺复兴不可能追随欧洲文化再生的路线。欧洲战争结束后，西方列强再一次将魔爪伸向了工业落后的中国。中国新兴的民族资产阶级还没有强大到足够自持，就沦为买办的地位。为控制势力范围或者直白地说为占有市场，资本主义列强必须以封建军阀的名义在中国维持自己的势力。因此导致多年内战，使得国家陷入极其困苦与贫穷的深渊，中国第一次文艺复兴的萌芽夭折了。

所以，从 1919 到 1925 年，是中国作家们思想动摇且苦闷的时期。1921 年，茅盾、叶绍钧、郑振铎等作家成立文学研究会,《小说月报》改版[①]。不同于《新青年》,少了激烈的争论,多了创意的写作。他们用血和泪书写文学篇章,揭露社会的罪恶,心中充满抑郁。他们借鉴俄国 19 世纪现实主义作家的创作,安东·契诃夫、陀思妥耶夫斯基、安德列耶夫的作品被翻译、出版和广泛阅读。法国自然主义作家福楼拜、莫泊桑、司汤达被引入。北欧和中欧国家的作家们变得广为人知、受人钦佩——瑞典的斯特林堡、挪威的汉姆生、匈牙利的约卡伊·莫尔。中国由此接触到许多国际文学遗产,并对新一代产生了巨大的影响。

1921 年[②],另外一个文学社团创造社成立,成员主要是年轻的留日学生,创造社没有遵循文学研究会的路线——这些作家相信有创意的写作和"为艺术而艺术"的宗旨。当然,他们的浪漫主义是这一时期摇摆不定的另一种反映,一部分作家的倾向是颓废的,郁达夫的小说《沉沦》是他们典型的代表作。然而,另一部分作家是进步的浪漫主义,他们沉迷于对未来希望的幻想,相信乌托邦,而不是具体计划的必要性。郭沫若是那时的代表,创作了诗歌《女神》、戏剧《三个叛逆的女性》和小说《牧羊哀话》(描述了朝鲜人民在日本人统治下遭受的苦难——作者注)。

文学研究会和创造社尽管在风格和氛围上大相径庭,但是有着一个共同的目标和共同的渴望——坚决反对封建主义和陈旧的伦理教义,他们想要一个独立的中国和一个自由的中华民族。随着外国压力的增长、地下革命运动的高涨,两个文学社团的很多作家接受了无产阶级革命思想与理论。随着冲突加剧,他们中的许多人加入了这支新军的行列。尽管有不少人退回了敌人的阵营。[③] 例如,郭沫若在 1926 年成为革命军政治部领导[④],茅盾也同样成为反军阀运动中的重要政治工作者。

1925 年,因上海市租界警察[⑤]杀害一名中国工人引发了"五卅惨案",紧接着在中国各大城镇爆发大罢工,在"五卅惨案"的刺激下,受到全国人民支持的国民革命军从广州向北行进。郭沫若开始提倡无产阶级文学,在青年作家中演讲时说了这些话:

> 每个社会阶层都有自己的作家,我们的文学必定会渗透着无产阶级革命精神。我们中国作家应该到兵间去,民间去,工厂间去,革命的旋涡中去,你们要晓得我们所要求的文学是表同情于无产阶级的社会主义的写实主义的文学。[⑥]

于是,郭沫若带领青年作家们投身革命事业。事实上,这种新的革命现实主义此后成为中国文学的主流。

从 1927 年开始,激进派文学团体如雨后春笋般涌现。1928 年,两大颇具影响力的左派作家组织太阳社和我们社成立。太阳社、我们社与秉承实用主义的大学教授们展开了

---

① 英文:And a magazine *Story Monthly* (*Hsao Sho Jeh Pao*) was published。《小说月报》于 1910 年 7 月创刊于上海,1921 年该刊第 12 卷第 1 号由沈雁冰主编,全面革新内容,成为文学研究会代用机关刊物。

② 英文写的是 1922 年,实际上创造社于 1921 年 6 月 8 日成立。

③ 此处主要是指一部分作家加入无产阶级革命队伍,一部分人退回到军阀阵营中。

④ 英文原文是 Ko Mo-jo, for instance, became the head of the Political Department of the revolutionary army,1926 年 7 月,郭沫若任北伐军总政治部宣传科长、副主任。

⑤ 英文:with the killing of a Chinese worker by the Shanghai Municipal Police. Municipal 原意是"市政的;地方政府的"。此处指 1925 年 5 月中国工人顾正红为抗议日商纱厂资本家撕毁与中国工人达成的协议被枪杀事件,所以此处译为"上海租界警察"。

⑥ 郭沫若:《革命与文学》,1926 年 5 月 16 日,《创造月刊》第 1 卷第 3 期。这段是郭文章中的原话。

激烈论战[①]。他们的领袖胡适博士不再支持第一次文学革命的精神,胡适否定了他们自己的成就,认为在文学革命的成就中他们在语言改革方面取得了成功。在这些论争中,新的文学批评达成,并为新写作找到了指导原则。与此同时,很多新的文学理论从国外引进。数百卷文学批评与小说从德语、俄语、英语、日语中翻译而来。普列汉诺夫成为最有影响力的外国批评家。

这些论争的第一个具体结果与新文学批评的引入使得 1930 年成立了以晚年鲁迅为领袖的左翼作家联盟。它创立了三条规则: 1. 无情地攻击传统旧思想和陈旧的社会秩序; 2. 传播新社会的福音并为之早日实现而奋斗; 3. 建构新的文学批评。[②] 以左联为他们的向导,新作家群迅速出现,他们的影响很快遍及全国。三大杂志发行,《小说月报》致力于原创写作;鲁迅主编的《萌芽》从事新批评和外国作家的引入;郁达夫主编的《大众文艺》出版文学评论与原创作品,很多资深老作家成为撰稿人。

另一方面,坚持实用主义的教授们不再沉默,受到年轻和更新运动的激励,他们创办《新月》月刊。《新月》不仅发表文学创作也发表政论,他们现在感到中国缺少某样东西。他们觉得需要有中国的萧伯纳、中国的阿纳托尔 · 法郎士、中国的约翰 · 济慈。他们向往一个总理及两院议会制或者总统国会制的政府。这些想法本身是非常美好的。但聪明的读者们会发现这些事情基本不可能实现,除非中国是独立自主的且没有内战,中国民族资本家被允许在中国发展自己的企业,没有外国的竞争与破坏。当沉浸在这些迷梦中,日本人占领满洲东三省,严重威胁中国安全。理想破灭的教授们因此不得不重新回归自己的讲台。当然,他们引入英国维多利亚时代的外国作品应该受到赞扬。文体家沈从文和诗人徐志摩,将永远被中国人铭记。

随着鲁迅领导下的左翼运动迅速发展,日本侵华战争的加剧,国内反共政治战争日益激烈,也使得文学斗争更加尖锐,一群沙文主义作家开展民族主义文艺运动来反对左联作家。相比一个系统的民族解放计划,这些作家对于个人英雄主义更感兴趣;但墨索里尼武装入侵阿比西尼亚彻底摧毁了他们的幻想,在 1932 年日本入侵上海后,他们从文坛上销声匿迹,没有留下值得纪念的作品。在其他方面,上海战争使得唯美主义者和艺术业余爱好者失去信心,让她的作家们深刻认识到中国问题的严重性。

1933 年,另一个自称为"第三种人"的文学团体出现了,坦言超越阶级,在无产阶级与资产阶级之外。[③] 他们的文艺月刊《现代》[④]在 1932 年淞沪抗日战争后出版界一度比较沉寂萧条的情况下发挥了重要的作用,一开始,茅盾等作家是撰稿人。然而当该刊发表"第三人格主义",巴金、戴望舒、张天翼这些作家便弃刊而去。杜衡,一个政治上的叛

---

① 1928 年的革命文学论争主要是以鲁迅为首的"语丝派"和太阳社、创造社的论争。

② 这部分内容根据叶君健的英文直译而来。这段原是鲁迅 1930 年 3 月 2 日在中国左翼作家联盟成立大会上的讲话(发表于 1930 年 4 月 1 日《萌芽月刊》第 1 卷第 4 期),内容是: 第一,对于旧社会和旧势力的斗争必须坚决,持久不断,而且注重实力。第二,我以为战线应该扩大。第三,我们应当造出大群的新的战士。

③ 第三种人: 在"知识阶级的自由人"和"不自由的、有党派的"阶级争着文坛霸权的时候,最吃苦的却是这两种人之外的第三种人。这第三种人便是所谓作者之群。(苏汶:《关于"文新"与胡秋原的文艺论辩》,载《现代》,1 卷 3 号,1932 年 7 月)。施蛰存解释: 所谓"知识阶级的自由人",是指胡秋原所代表的资产阶级自由主义者及其文艺理论。所谓"不自由的、有党派的"阶级,是指无产阶级及其文艺理论。"第三种人"是不受这两种文艺理论指挥的创作家。(施蛰存:《北山散文集》,华东师范大学出版社 2001 年版,第 250 页)。叶君健在思想上持左翼观点,这段英文对"第三种人"的描述便有所体现。

④ 《现代》第一、第二卷由施蛰存主编,第三卷开始由杜衡参与合编,一直到第六卷。

逆者，成为它的主要评论家。它主张文学至上，脱离社会现实。他们的格调很高，但是经不起鲁迅领导的左联批评家们的严格检验，随着日本压力的加剧，杂志落入道德沦丧的境地。

这些不同的团体和倾向反映中间阶层知识分子在国家危机中摇摆不定；另一方面，进步作家们坚定自己的信念，意识到自己作为中国人的责任，正在认真审视扫荡国家的每一场风暴。满洲中国农民的抗日斗争，日本企图殖民满洲东三省劳而无功，中国民族实业家在外来资本的巨大压力下破产，所有这些都成为新作品的题材。萧军创作的《八月的乡村》和萧红创作的《生死场》是第一批史诗般叙述中国人民在满洲为民族解放进行抗战的作品；茅盾的《子夜》和《春蚕》描写了中国农村经济的破产和本土资本主义的毁灭，《子夜》是当时中国创作的最优秀的现实主义作品，开创了新写实主义的新学派。

不过，从 1935 到 1936 年，整个局势改变了，日本人走私商品，吞并中国市场，破坏中国海关的完整性。华北地区实际处于日本人的经济控制下。然而，这些绝不满足的军国主义者想要走得更远——他们企图把整个中国变成第二个朝鲜。抗击侵略者、捍卫中国领土和主权完整，成为了包括劳苦大众、民族资本家、国内军队和各大政党在内的所有中国人的普遍诉求。这种要求以 1936 年底的西安事变和抗日统一战线的建立而告终。

面对新的政局，作家们放弃个人偏见与党派对立。作为中国公民，他们也必须和全中国人民一起肩负起新的任务。为中国的独立与自由而奋斗成为最神圣的工作。为了响应共同的需求，所有作家不分流派与“主义”，团结在一起。他们促成了国防文学的诞生。

“我们新文学性质上是保卫国家”，茅盾在《文学》（第 6 卷第 5 号）中这样评价新运动：“这是民族的文学，咏赞民族自救的文学。然而这不是狭义的民族主义的文学。这对于民族的敌人固然憎恨，然而对于敌人营垒里被压迫被欺骗来做炮灰的劳苦群众却没有憎恨。不但没有憎恨，而且应以同志般的热心唤醒他们来和我们反抗共同的敌人。对于甘心做敌人伥鬼的汉奸，准汉奸，应给以不容情的抨击，唤起民众注意这种‘国境以内的国防’。”[①]

尽管国防文学是在各种各样作家的推动下产生，进步的与落后的、无政府主义者与实用主义者，他们曾相互斗争，现在为了共同的事业团结一致，但并不意味着中国的新文学运动冲破了重重阻碍，现在退后一步是为了达成和解。在全民族解放战争爆发前鲁迅行将离世，已故的鲁迅[②]说得好：

> 因此，新的口号的提出，不能看作革命文学运动的停止，或者说“此路不通”了。所以，决非停止了历来的反对法西主义，反对一切反动者的血的斗争，而是将这斗争更深入，更扩大，更实际，更细微曲折，将斗争具体化到抗日反汉奸的斗争，将一切斗争汇合到抗日反汉奸斗争这总流里去。决非革命文学要放弃它的阶级的领导的责任，而是将它的责任更加重，更放大，重到和大到要使全民族，不分阶级和党派，一致去对外。[③]

---

① 茅盾：《需要一个中心点》，1936 年 5 月《文学》第六卷第五号。这段是茅盾这篇文章中的原话。

② 英文：The late Lu Hsun well said, as he lay dying before the outbreak of the present war of national liberation。鲁迅于 1936 年去世后，各地举行纪念鲁迅逝世周年活动，茅盾在香港时亦有参加。

③ 鲁迅《论现在我们的文学运动——病中答访问记者，O.V.笔录》，1936 年 7 月《现实文学》月刊第 1 期，这段是鲁迅的原话。

随着 1937 年 7 月 7 日中日战争爆发,各种不同流派作家之间的对立,就像不同政党间的政治论战一样,几乎被泯灭了,每一组作家有系统地工作并与其他作家携手合作,他们过去的差异被略去。实际上,为争取民族独立的斗争克服了几乎所有的分歧。在 1938 年 3 月 27 日,小说家、诗人、散文家、戏剧家、民谣作家、乡土文学作家等齐聚一堂,参与了在当时的战时陪都汉口举行的会议。会议通过了一项决议:立即成立联合所有作家的联盟,从而能够更加系统地、有效地为共同目标奋斗。选举产生委员会,成立中华全国文艺界抗敌协会。这是中国文学史上最伟大的作家组织。总部设在重庆,抗敌协会在国内主要城市设有分支且会员遍布全国。

回顾这些过去的事件,我们能看到中国的新文学运动是绝对无法与中国人民的民族解放运动割舍开来的。1911 年辛亥革命,1919 年五四运动,1926 年北伐,现在的抗日战争,每一次都引起声势浩大的文学运动。每一次变革的目的,无论是政治上还是文学上,都是为了取得民族的独立与自由。然而,今天的文学创作运动对民族生活与未来文化生活的发展有着如此重要的意义,以至于它可以被称为文艺复兴。第一次重生因为各方面的因素而流产;但第二次,我们今天的复兴,通过中国人民在这场神圣的民族解放运动中的浴血奋战,伴随着新中国的出现而成熟并享受正常的生活。

英文原文初刊香港《中国作家》(*Chinese Writers*),1939 年 8 月第 1 期

英文原文:

TWO DECADES OF CHINA'S NEW LITERATURE.

by Cicio Mar

Beginning with the *Book of Poems* (c. 1200 B. C.), edited by Confucius, the first collection of Chinese folk songs to be made, the literature of our nation has continued for more than three thousand years. But it is interesting to note that the whole of the past three thousand years is much less colourful than the present two decades in the field of writing. It is true that we had a classical period in the first part of the Han dynasty (202 B.C.-A.D. 220), which was revived for a short time by Confucian scholars in the Sung dynasty (960-1260); and then a movement of romanticism in the poetry of the Tang (689-740) and Sung Dynasties, yet the only result of each was a change in literary form and language, while the basic feudal characteristics remained untouched.

The uniform feudalism of Chinese literature results of course from the basic feudalism of Chinese society. China has never produced a James Watt and consequently no Charles Dickens. It is true that commercial capital developed in the last years of the Chow Dynasty (1122-249 B.C.) and was even accumulated in tremendous sums in the Han Dynasty; but without industry for investment it could never constitute an important factor in changing the foundation of the social structure. China remained always a feudal agricultural country, no matter how many dynasties came and went. We cannot hope to find any change in political institutions and cultural life when the bases of society continue undisturbed.

Old Cathay, however, was vulnerable. With the maturing of capitalism in the western countries in the latter part of the 19th century, China with her undeveloped industry was doomed to become a market.The first Opium War with the British (1840–42), conflicts with the French(1856–58) and the naval engagement with Japan (1894–95) beat back this giant into a semi-colonial position, from her former state of self-sufficient empire.The big-scale infux of foreign capital and commodities destroyed the foundation of her agricultural society. Yet there was an awakening. Galvanized into life by the invasion of foreign capitalism and its consequent alteration of the social structure, a new national capitalism rapidly grew up, but it was too weak to compete with foreign rivals.Feudalism, therefore, was no longer solely a cordon which held the country together under an emperor—now it had become an obstacle to the growth of national capitalism. Overthrow of the Manchu Dynasty which incorporated the worst aspects of feudalism became inevitable. And the result was the unprecedented nationalist revolution of 1911,which converted the monarchy, China's predominant form of government for three thousand years, into a western democratic style of republic.

With this revolution came the revolution in literature. The first literary change came with the language reformation initiated by Dr. Hu Shih, a pupil of Professor John Dewey and a pious follower of American pragmatism. As the new Chinese industrialists found feudalism choking their growth, so the new intellectuals found the old *Wen Yan* language (language written only by the learned and unknown to the common people; in many respects comparable to the Latin of the Middle Ages) useless in the creation of the new writing. They said that writing should be in plain and sincere speech, coming direct from the heart, and not merely the euphuistic games of the old-style literati. So these literary innovators wrote in the language of the common people. Dr. Hu Shih, himself, tried to write and translate in the new language and even produced a collection of poems called *Trial*. To the pragmatist this 'trial' was little more than an adventure but he was bound to succeed because he answered the demands of the new, changing Chinese society.

This language reformation then developed into a movement against feudalism and the old feudal code of ethics which gave moral support to its society. With the outbreak of the World War in 1914 on the one hand and the insult of 'Twenty-One Demands' delivered to the Peking Government by the Japanese in 1915 on the other, China's status in the family of nations became perilous. Yet the war brought some surcease; the western powers were bogged down on the battlefields of Europe, and China was left to deal with the Japanese invasion. Her national industry had a better opportunity to develop. The revolution was not confined to culture and economy: it soon matured into a political struggle for the construction of a new country and the regeneration of the whole nation.

1919 was a decisive year, for then the Powers re-made the map of the world in the palace of Versailles. China had been an Ally in the War and hoped that the Treaty would at the very least restore to her the territory and rights seized by Germany. But the Japanese, by threatening to withdraw from the Conference, managed to grab the former privileges of the Germans in China. This news reached Peking, and the students—sons of the new middle class—held a great demonstration on May 4th. The movement soon spread to Shantung, Shansi, Honan, Kiangsu, Hupeh and many other provinces. A general strike by all classes of the people was staged in such cities as Shanghai and Tientsin, demanding that the Peking Government refuse to sign the treaty. At the same time the people asked for freedom of speech and of the press, for punishment of traitors and for an end to secret diplomacy. In culture, the May 4th Movement became the Chinese Renaissance. It marked the awakening of the Chinese middle-class, who were becoming national capitalists, thanks to the opportunity given them by the European War.

As the Renaissance grew feudalism fell asunder. The old moral standards collapsed like a rotten wall. People no longer talked of 'noble literature', but urged that writing should deal with the 'common people'—and here by the 'common people' they undoubtedly meant themselves—the newly risen urban middle-class. Most of the critics demanded a realism somewhat akin to French naturalism of the early 19th century. Now that the monarchy had been overthrown, a new government, a new social order and, above all, a new world outlook must be established. Confucianism was considered an enemy of progress. A democracy best suited the needs of the newly risen middle-class and so democracy became the main subject of polemics. Science and reason were subjects of daily discussion. Young people began to talk of love and marriage—a thing which for centuries had been ordered by their parents. And intellectuals began to doubt filial piety as laid down by Confucius. Ibsen was a favourite author.

All these new problems were discussed in the *New Youth*, primarily a literary monthly, edited by Mr. Chen Tu-hsiu with many cultural revolutionaries, such as Lu Hsun and Dr. Hu Shih as contributors. It also published new creative writing. But as this period was a time of reformation and of establishing new principles and introducing new ideas, great writing was yet to come. The only memorable work from these early years is Lu Hsun's *Look Here*(*Na-han*) a collection of strongly anti-feudal short stories which had appeared for the most part in *New Youth*.

The movement for enlightenment or the Chinese Renaissance, however, could not follow the lines of the European Rebirth of Cluture. The European War ended, the western countries again stretched out their hands to industrialy-backward China. Not yet strong enough to hold its own, the new national capitalism of China was reduced to a compradore status. And to hold their spheres of influence, or plainly speaking their markets, the capitalist Powers had to maintain their own forces in China in the person of military lords who embodied feudalism. Thus resulted years of civil war during which the country was brought to extreme misery and poverty. The first embryo of the Chinese Renaissance was aborted.

And so the years from 1919 to 1925 were a period of wavering and depression for Chinese writers. In 1921 a group called the Literary Study Association was formed by Mao Tun, Yeh Chao-chun, Chen Chen-to and many others. And a magazine *Story Monthly* (*Hsao Sho Jeh Pao*) was published. Unlike *New Youth*)① there was less fiery argument and more creative writing. They wrote literary pieces in 'tears and blood'; they exposed the evils of society and were filled with depression. Russian realists of the 19th century were their models: Anton

① Unlike *New Youth*),此处“)”当为“,”。

Chekhov, Dostoevsky and Andreyev were translated, published and widely read. French naturalists: Flaubert, de Maupassant and Stendhal were introduced. Writers of the Northern and Central European countries became known and admired—the Swedish Strindberg, the Norwegian Hamsun, the Hungarian Mor Jokai. Thus China came into contact with much of the heritage of international literature and it exerted a tremendous influence on the new generation.

In 1922 another literary society called Creation (*Chuang Tsao*) was formed. Its members, chiefly young returned students from Japan, did not follow the lines of the Literary Study Society—these writers believed in creative writing and the principle of 'Art for Art's Sake'. Their romanticism is, of course, another reflection of the wavering of the period. A section of the writers tended to be decadent and the novel *Fallen* by Yu Ta-fu is typical of their work. Another section, however, were romantically progressive. They cherished illusions of hope for the future and believed in a utopia rather than in any necessity for a concrete plan. Ko Mo-jo is representative here, with his poem *Goddess*, his play *Rebellious Women*① and his novel *Melancholy Songs of A Shepherd*, which describes how the Koreans suffer under Japanese rule.

The Literary Study Society and Creation, no matter how they differed in style and mood, had a common aim and a common aspiration—strong opposition to feudalism and the old ethical teachings. They wanted an independent China and a free Chinese people. As foreign pressure increased and the underground revolutionary movement grew, many of the writers of both groups took up the ideas and theories of the proletarian revolution. Many of them joined the ranks of this new army as the clash matured; although quite a number fell back into the camp of the enemy. Ko Mo-jo, for instance, became the head of the Political Department of the revolutionary army in 1926 and Mao Tun likewise became an important political worker in the anti-warlord campaign.

Stimulated by the May 3rd② Incident which broke out with the killing of a Chinese worker by the Shanghai Municipal Police and was followed by a general strike in all big towns in China in 1925, the revolutionary army advanced northward from Canton supported by the common people throughout the country. Ko Mo-jo advocated proletarian literature and addressed the young writers with these words,

"Each social class has its own writers. Our literature must be pervaded with the spirit of the proletarian revolution. We writers of China must go to the masses, the barracks, the factories and the very rank and file of the revolutionary army. We must create a literature that is realistic and can fulfil the aspirations of the Chinese people."

Thus he led the young writers into the work of revolution. And it is true that a new

---

① 此处指郭若沫创作的历史剧本《三个叛逆的女性》:《卓文君》《王昭君》《聂嫈》。

② 此处 the May 3rd 当是 the May 30th,1925 年 5 月 15 日中国工人顾正红为抗议日商纱厂资本家撕毁与中国工人达成的协议,在与日本人交涉时被日商枪杀,这成为五卅运动的导火索,由此各界爆发了大规模的罢工与游行示威活动;在 5 月 30 日,英国巡捕对中国游行群众开枪,打死打伤多人,制造震惊中外的五卅惨案;五卅反帝爱国运动为北伐战争准备了群众基础,推进了国民大革命的进程。

revolutionary realism became the dominant current in Chinese literature henceforward.

From 1927 on, left literary groups sprang up like mushrooms. In 1928 two influential left organizations of writers, called Sun and We,[①] were formed. Fierce arguments raged between them and the pragmatist scholars who had now become professors in government schools. Their leader, Dr. Hu Shih, no longer supported the spirit of the first literary revolution. He denied their own accomplishments by saying that they had succeeded in the language reformation and that this was the accomplishment of the literary revolution. In these polemics the new literary criticism was hammered out and guiding principles for the new writing found. At the same time many new theories were introduced from abroad. Hundreds of volumes of literary criticism and stories were translated from Russian, German, English and Japanese. Plekhanov became the most influential foreign critic.

The first concrete result of these discussions and the introduction of new literary criticism was the formation of the League of Left-Wing Writers with the late Lu Hsun as chairman, in 1930. It laid down three principles: 1—ruthless attack upon the old ideology and the old social order; 2—spreading the gospel of the new society and struggle for its early realization; 3—construction of a new criticism. With this large organization as their guide, new writers rapidly appeared and their infuence spread throughout China. Three magazines were published. *Story*, a monthly, was devoted to original writing. *Bud* was edited by Lu Hsun and undertook introduction of new criticism and foreign writers. And *Literature of The Masses*, edited by Yu Ta-fu, published both literary criticism and original writing, with many of the older writers as contributors.

On the other hand the pragmatist professors no longer kept silent. Stimulated by the young and newer movement they put forth a monthly called *New Crescent*. This magazine not only published literary writings but also essays on politics. These writers now felt that China lacked something. They felt the need of a Chinese Bernard Shaw, a Chinese Anatole France and a Chinese John Keats; they longed for a government with a prime minister and two houses of parliament or a president with a national assembly. The ideas themselves were very beautiful. But intelligent readers saw that these things could hardly be realized unless China were independent and free of civil wars and the Chinese industrialists allowed to develop their own enterprises in China itself, without foreign competition and destruction. But in the midst of all these dreams the Japanese seized the three Northeastern provinces in Manchuria and threatened the very existence of China. The disillusioned professors therefore had to return to their platforms again. Yet they deserve credit for their introduction of such foreign writing as that of the English Victorians. And the mark of the stylist, Shen Tsun-wen, and the poet, Hsu Chih-mo, will forever be remembered by the people of China.

With the rapid growth of the left movement under the leadership of Lu Hsun, the

---

① 孟超在 1951 年开明书店出版的《洪灵菲选集·序》里说:“当时,光赤(蒋光慈),阿英(钱杏邨)和我,把曾经在武汉酝酿过的文艺团体,正式组成了太阳社,创办了《太阳月刊》,灵菲,平万,还有杜国庠(那时他化名林伯修),组成了‘我们社’,出版《我们》月刊。”

intensification of the Japanese invasion and the bitter prosecution of the domestic political war in the anti-Communist campaign, the literary struggle became ever more acute. A group of chauvinist writers started a movement for nationalist literature in opposition to the left-wing writers. This group was more interested in individual heroism than in a systematic national liberation plan; but the invasion of Abyssinia by Mussolini completely disillusioned them, and after the Japanese invasion of Shanghai in 1932 they disappeared from the horizon of the literary world leaving no memorable writing. In other directions the Shanghai war discouraged aesthetes and dilletantes① and drove home the serious nature of China's problems to her writers.

In 1933 another literary group designated itself as The Third Person and professed to be above classes, neither proletarian nor capitalist. Their very artistic literary monthly *Contemporaries* was important during the barren period of writing immediately following the War of 1932 for it counted, at the beginning, as contributors such writers as Mao Tun. Ba Chin, Tai Vanchou, and Chang Tienvih②, who, however, deserted the periodical as soon as it published its 'third personism'. To Hen, a political renegade, became its leading critic. It advocated 'super-class' literature, removed from actual society. Their words were high-sounding but they could not withstand the harsh examination of the left critics led by Lu Hsun; and with the intensification of Japanese pressure, the magazine went morally bankrupt.

These different groups and tendencies show how the middle-class intellectuals wavered during the national crisis. On the other hand, the progressive writers, firm in their convictions and conscious of their duties as Chinese, now seriously examined every storm that swept their country. The struggle of the Chinese peasants in Manchuria against the Japanese, the fruitless endeavours of the Japanese to colonise the three provinces of Manchuria, the bankruptcy of China's national industrialists under the heavy pressure of foreign capital—all these became subjects of the new writing. Hsiao Chun's *August Village* and Hsiao Hung's *Life and Death Field* are the first epic narratives of the struggle for liberation of the Chinese people in Manchuria. Mao Tun's *Twilight* and *Spring Silkworms*, which describe the bankruptcy of China's rural economy and the ruination of the native capitalism, remain the best realistic writings China has produced, and open the new school of new realism.

From 1935 to 1936, however, the entire situation changed. Japan smuggled in her commodities and swamped the Chinese market destroying China's maritime customs integrity. North China virtually came under Japanese economic control. The never satiable Japanese militarists, however, wanted to go farther—they wanted to convert the whole of China into a second Korea. To fight the invader in defense of China's territorial and sovereign integrity became the universal demand not only of the masses and the national capitalists, but also of the national armies and the several political parties. This demand culminated in the Sian Incident at the end of 1936 and in the formation of the anti-Japanese United Front.

---

① dilletantes 当是 dilettantes,意思是：浅薄的涉猎者、浅尝辄止者、业余爱好者。

② 按照威妥玛拼音,ih 是汉语拼音的 i。Chang Tienvih,V 当是 y,应写为 Chang Tienyih,作家张天翼在《现代》发表过不少文章。

In this new political situation writers also had to give up their personal prejudices and party antagonism. As citizens of China, they had also to shoulder the new task with the entire Chinese people. To fight for the independence and freedom of China became the holy work of all. In answer to the common demand, all writers, irrespective of school and 'ism', united together. They urged the production of 'national defense literature'.

"Our new literature is national defensive in nature," Mao Tun speaks thus of the new movement in *Literature*,① vol. 6, no. 5. "It is a literature which sings of the struggle of the Chinese people for their freedom, but it is not chauvinistic. True, it has hatred for the enemy who are invading our country, but it is sympathetic to the enemy soldiers who are common people driven to the fronts for cannon fodder. But not only sympathy for them. We must awaken them with comradely sincerity and enthusiasm so that they can stand up with us and we can fight our common enemy together. We shall ruthlessly attack the traitors who serve the enemy and we shall urge the people to exterminate them."

Although 'national defense literature' is being produced by all kinds of writers, progressive and backward, anarchist and pragmatist, who had been fighting one another and have now united together for the common cause, it does not mean that the new literary movement of China, having struggled through all sorts of obstacles, has now taken a step backward in order to reach a compromise. The late Lu Hsun well said, as he lay dying before the outbreak of the present war of national liberation,

"The call for a united front of writers does not mean cessation of the revolutionary literature movement nor does it constitute an obstacle to the development of the movement. Therefore, it does not mean a cessation of the sanguinary struggle against fascists and reactionaries which we have carried on for years. On the contrary, it becomes more practical, the struggle is strengthened by unity, more inclusive, and more solidly a concrete anti-Japanese, anti-traitor fight. It does not mean that the revolutionary literary movement will give up its responsibility as a leading force, but means that it has undertaken a greater responsibility; so great a responsibility that it has to assume the burden of uniting the whole people, irrespective of their political standing and their social class, to fight against the common enemy of the nation."②

With the outbreak of the Sino-Japanese War on July 7th, 1937, the antagonism between the various schools of writers, like the political controversies between different political parties, was practically annihilated. Each group of writers worked systematically and hand in hand with the others, their past differences ignored. Indeed the struggle for national independence has overcome nearly all differences. On April 27, 1937,③ a mass meeting of novelists, poets,

---

① 《文学》月刊,1933 年 7 月 1 日创刊,由上海生活书店发行,共出刊 52 期。

② 此处的引文是鲁迅《论现在我们的文学运动——病中答访问记者,O.V.笔录》中的内容,后文翻译参考了这篇文章。

③ 根据文本上下句,前面已经提到七七事变,此处当指的是 1938 年 3 月 27 日中华全国文艺界抗敌协会成立,此处的 April 27, 1937,当为 March 27, 1938。

essayists, playwrights, ballad writers and village story tellers was held in Hankow, then he①war-time capital. A resolution was passed for the immediate formation of a union of all writers so that all could work more systematically and effectively for the common cause. A committee was elected and the Federation of Chinese Writers thus established. It is the greatest organization China has ever had in the whole of her literary history. With headquarters in Chungking, the Federation has branches in all the major cities and members throughout China.

Reviewing these past events, we see that the new literary movement in China has never separated itself from the national liberation struggle of the Chinese people. The first revolution of 1911, the May 4th movement of 1919, the second revolution of 1926 and the present anti-Japanese war have each resulted in strong movements in literature. The purpose of each change, whether political or literary, has been to secure freedom and independence for the Chinese people. The movement in writing to-day is, however, so significant to the life of the nation and to the future development of our cultural life that it can be called nothing less than Renaissance. The first rebirth was aborted by a combination of factors but the second, our Renaissance of to-day, may mature and enjoy normal life with the emergence of the new China through the bloody struggle of the Chinese people in this holy war of national liberation.

译者附识:

英文佚文《二十年的中国新文学》尚未被《叶君健全集》收录,叶念先编写的《叶君健年谱》亦未提及。《二十年的中国新文学》是《中国作家》开篇之作,文本按照时间顺序展开叙述,以历史事件为宏大叙事,阐释现代文学的来龙去脉,用英文讲述了新文学二十年的面貌及传统。文本内容分三部分展开论述,分别是由"五四"到"五卅"的文学革命运动与社会背景,"大革命时代"前后的革命文学兴起、以及"九一八"到抗战时期的文艺思潮。另外,文学与时代、革命、阶级、政党之间的关联亦是这篇文章的重要命题。文本多次阐发中国社会与民族工业面临的战争处境与发展环境,知识分子遭遇的政治、社会、精神三重危机,以及在该处境中人民、作家、党派之间的关系,试图阐明中国文化之发展主要源于内部动力和自我革新,亦不讳言其中存在的问题。

一

叶君健早年考入武汉大学外文系,攻读外国文学,师从陈西滢。1937 年,叶君健参加了由周恩来、郭沫若领导的国民政府政治部第三厅第七处的国际宣传工作,负责笔译、口译与英语广播,并参与发起了中华全国文艺界抗敌协会(简称文协)。在三厅工作时,叶君健结识了《纽约时报》记者爱泼斯坦、史沫特莱等人,并得到当时三厅秘书长阳翰笙的肯定:"当时只要是进步的国际友人来到武汉,或途经武汉到延安解放区去参观访问的,都是找叶君健同志去翻译,如与史沫特莱座谈、电影家伊文思到中国进行拍摄、世界学联、援助解放区的外国医生等等。"1938 年秋武汉失陷,三厅解散,叶君健、楼适夷等人从武汉辗转到香港,继续用英文进行抗日宣传。1939 年,叶君健在香港与戴望舒、徐迟、冯亦代等共同编辑英文刊物 *Chinese writers*,同时以旅港美国人爱泼斯坦、艾伦等为技术

① 此处的 he,当为 the。

顾问。

《中国作家》将抗战时期创作的诗歌、小说、散文等翻译成英文作品，如艾青的《雪落在中国的土地上》、林徽因的《除夕看花》、施蛰存的《镰刀的三个季节》、袁水拍的《不能归他们》，何其芳的《我歌唱延安》、碧野的《太行山边》、端木蕻良的《青弟》、野蕻的《新垦地》等作品，并配有叶浅予、丁聪、特伟、陈烟桥、张慧等人作的插画与木刻画。一方面是侵略成性的帝国主义，一方面是长期被欺压的弱小民族，作家的使命感和责任感促使作家丢开“自我”去“体验”“被压迫民族”的“集体精神”，创作“集体化的文学”。个人主义与群体意识、民族主义与世界主义、五四思想的开阔性与丰富性，转变成亟需将国家从民族的危亡与社会的危机中解救出来的联合统一性，这些译介作品赓续现代文学的战斗传统。叶君健的《二十年的中国新文学》介绍中国新文学与抗日战争的同时，展开历史与民族身份书写，并期待这些书写可以在更大范围领域获得民族身份认同。文本呈现中国人所特有的集体意识与团体意识，努力构建民族国家共同体，蕴含国人精神并流露人道主义精神。这是一篇传播中国能量，缔造民族形象，反映被压迫民族心声的重要文献，也为《中国作家》的选材指明了方向。从现代诗歌、白话文小说、戏剧，作者向外阐述中国新文学内部结构的变迁，向世人展示 1919 年五四新文化运动到 1939 年抗战时期二十年间中国新文学形象，充满期待文学迎来第二次复兴的乐观精神。

二

1933 年，叶君健用世界语创作第一本小说《岁暮》，在武汉时，叶君健在孔罗荪编的《大光报》的副刊《紫光上》上发表多篇短文。1937 年，叶君健用世界语出版第一本小说集《被遗忘的人们》，书写半殖民半封建社会的中国人民被世界遗忘。1938 年—1939 年，叶君健将翻译的外国反抗法西斯作品发表在《抗战文艺》和《文艺阵地》上，如菲迪南·吉伦的《在特鲁尔前线》、巴利欧的《巴塞龙那上空的“黑鸟”》《抗战中来华的英国作家(介绍)》《荷兰复兴期诗人“荷兰之狮”百年纪念》。1938 年，英国诗人奥登与衣修伍德来到汉口，叶君健向他们介绍了中国的抗战情况，抗日战场为奥登 1939 年出版《战地行》(*Journey to a War*)准备素材，与此同时奥登写作组诗《在战时》，描写战争下人民的苦难、无奈与迷惘，并以译介的方式传入中国，对九叶派诗人产生深远影响。叶君健在武大念书时结识好友朱理安(伍尔夫的外甥)，英文语言风格受到了弗吉尼亚·伍尔夫、海明威影响。西班牙内战爆发，朱理安在参加西班牙国际纵队时中弹身亡，这些使得叶君健将视野投向国际反法西斯战场，将宣传抗战作为神圣使命，也为 1944 年奔赴英国准备条件。

1944 年，叶君健赴英任中国抗战情况宣讲员，书写文化抗战以鼓励英国人民战胜法西斯的信心。二战胜利后，叶君健进入剑桥大学学习欧洲文学并加入“布隆斯伯里”学派，期间叶君健将茅盾的《春蚕》《秋收》《残冬》，张天翼的《华威先生》、姚雪垠的《差半车麦秸》等译成英文，并以第一次国内革命战争时期为题材创作英文小说《山村》，同时创作英文短篇小说集《无知的和被遗忘的》，英文长篇小说《雁南飞》(*They Fly south*)，这些都在向世界“诠释中国”，在引进外国文学同时，承担将中国文学输出去的文化实践活动。迈克尔·斯卡梅尔称赞叶君健“那直率、流畅、抒情的笔调，更接近于杰克·伦敦和早期的高尔基，而不像布隆斯伯里学派的那种下意识的淋漓的描述”。

结　语

在中国文学史上，辜鸿铭曾用英文写作《中国人的精神》，介绍国人的精神，林语堂的

《吾国与吾民》《京华烟云》等英文作品也畅销海外。萧乾《苦难时代的蚀刻》(1942)和熊式一的《天桥》(1943)都被众人熟知,中国新文学一直试图与世界文学进行"对话"。八十年代,叶君健用中文续写《山村》后两部《狂野》《远程》,被英国翻译家译成英文,由T.S.艾略特曾任董事长的英国费伯出版社出版,总称为《寂静的群山》三部曲,叶君健将宣传中国革命作为翻译的毕生事业,向世界展现中国革命的宏伟历史画卷。1980年叶君健在斯德歌尔摩第65届国际世界语大会所举办的暑期大学上作了题为《中国的现代文学》的报告,论述三十年的中国新文学发展概况,是抗战时期所写的《二十年的中国新文学》的延续。这篇英文论文阐发了中国三千来的历史事实与文化发展,阐释中国人从不乏抗争与战斗精神,从未停止对民主自由的渴望与追求,我们的社会也不会静止地停留在自身文明的某一阶段上,相反,它是常变常新的,并自觉凭借自身力量突破制度缺陷和文明瓶颈的制约,在吸收外来文化的同时,通过内部的自我革新来获得文化的新生。

年　谱

戚　慧

石民年谱简编(1903—1941)

编者说明:

石民(1903—1941),湖南邵阳市,现代诗人、翻译家、编辑。1922年,考入北京大学文科预科,1924年升入北大英文系。自学生时代开始创作,在报章杂志上发表多篇诗歌、散文、翻译等,著有诗集《良夜与恶梦》,译诗集有《他人的酒杯》《散文诗选》和《巴黎之烦恼》,译著有《曼侬》(与张友松合译)《英国文人尺牍选》《文艺谭》《返老还童(英汉对照)》(与傅东华译注)《红楼梦孤鸿零雁记选》(与袁嘉华编译)《三国志与西游记》(与袁嘉华选注)《忧郁的裘德》(亡佚)等。1928年毕业后,到上海北新书局任职,编辑《北新》《青年界》等刊物,还参与北新书局"英文自修丛书""英文小丛书""英译中国文学选粹""自修英文丛刊"等书的译注工作以及中学教科书的出版工作。1933年从北新离职后,到武汉大学担任文学院外文系助教。1939年秋后,因肺病严重后不得不返乡治疗。1941年9月4日,在邵阳病逝。

石民的一生,辗转于邵阳、长沙、北京、上海、武汉、乐山等地,结交了不少良师益友。大学同学有梁遇春、废名、张友松、许君远等人,其中与废名、梁遇春感情甚笃,三人被誉为"骆驼草三子";在上海结识鲁迅、李小峰、赵景深、胡风、朱企霞、韩侍桁等人,鲁迅对他在文学上和生活上多有帮助;在武汉和乐山执教期间,与陈源、凌叔华夫妇及武大同事往来颇多。

民国时期,石民的诗歌创作便引起不少评论家的关注。阿英称赞《我恨不得杀却了伊》"风格很朴素,实在是过去的中国诗坛上少见的创制",沈从文评价"石民的《良夜与恶梦》,在李金发的比拟想像上,也有相近处,然而调子,却在冯至、韦丛芜两人之间可以求得那悒郁处",赵景深将石民归入与李金发、冯乃超、胡也频等人一类的"拟法国象征诗派",都能看到石民诗歌的独到价值。目前学界对石民的研究,尚不多,且以回忆类文章居多,如冯健男的《关于诗人石民》、唐甫之的《怀念石民》、石景荃《对〈怀念石民〉一文的订正与补充》、胡风的《关于鲁迅日记中——有关我的情况若干具体记忆》、梅志的《有关石民情况的两封信》和唐仲远的《"骆驼草"三才子》等。研究性文章多集中在对石民诗歌创作和翻译的介绍上,如谢韵梅的《湘籍第一个象征派诗人》、朱龙梅的《论石民对欧美象征诗派的翻译》和刘佳慧的《石民诗歌基本结构模式探析》等。此外,李冰封披露了《梁遇春致石民信四十一封》,胡适档案馆藏有石民致胡适信一封,均为石民研究提供了珍贵的史料。孙玉石所编的《象征派诗选》(修订版)收录石民诗十四首,孔范今主编的《中国现代文学补遗书系诗歌》第2卷选录其诗十三首,此外不少诗选对石民诗有辑录并作赏析。

1903 年　1 岁

3 月 8 日，石民出生于湖南省邵阳市新邵县陈家坊乡田里村。[①] 据《石氏族谱》，石民，册名嵘，字阴清，号影清。父亲石生枬，名赞均，字静臣，工诗文，通经史，1894 年甲午正科中举，曾任四川知县，著有《皇朝直省府厅州县歌括》一卷（清光绪二十七年宝庆刻本）。母亲杨氏是举人修职公的女儿。

1922 年　20 岁

6 月，毕业于湖南私立岳云中学。

7 月 24 日，在北京参加北京大学预科招生考试。初试包括国文、外国文（英文、法文、德文或俄文）和数学，复试则考历史（中国史和外国史）、地理、物理、化学和博物。[②] 初试不合格者，不得复试（但在上海投考者，初试复试连续举行）。

在进大学之前，长兄对石民的学业多有指导，叮嘱他既要读经看史，又要致力于实用的西学。石民在中学时升学志愿是预定在工科方面的，因受新文化运动潮流的影响选择报考北大文科。他自述："我应当从我进大学以前的时候说起。那时候先长兄还在世，他对于这个弟弟是'爱之深而望之切'的，每当我从学校里回家度寒暑假的时候，他总是那么谆谆地督教我读经看史，说我们不要数典忘祖，并须得'多识前言往行'，以为'畜德'之方，亦以为学问之助云。然而在另一方面，他却也持着'西学为用'的见解，常常叮嘱我将来务必致力于实用的'西学'，不要像他自己那样的'儒冠误身'，以致一世的穷愁潦倒。所以当初我升学志愿是预定在工科方面的。但是在中学的后两年中，所谓新文化运动的潮流正弥漫了全国，一些流行的刊物多是讲述着各种各样的主义，讨论着各种各样的问题，并且一鳞一爪地介绍着西方的文艺和哲学，这些都扩展了我的眼界，开拓了我的心胸，觉得知识和思想的世界是这么广大，这么丰富，便不甘于以学习一技之长的工科为满足，认为那只是形下之事而不屑为了。所以在离开中学之前，我就改变了方针，决定进北京大学的文科，即现在的文学院。为什么呢？因为它是新文化运动大本营的原故。"[③]

8 月 5 日，北京大学发布在京招考预科名单，录取石民、冯文炳、林作猷等 271 名新生。[④]

9 月，到北京大学报到入学，在预科乙部英文班学习。《北京大学学生履历一览表》上注："石民　湖南保（宝）庆　二十　湖南私立岳云中学毕业"。

"但是进了北大之后，好高骛远的我却感着有点失望。那时还是旧学制，两年预科的普通功课，实在使我觉得沉闷得很，于是我的兴趣几乎全在一些课外读物上，这种课外阅读，当然是没有计划，没有系统的，因为当时我有的是一种广泛的求知欲，对于任何方面，任何种类的知识和思想，尤其近代的，都想要尝鼎一脔。例如各种派别的社会主义，相对

---

① 关于石民的出生年向来说法不一，主要有三种说法：一说是生于清光绪二十七年（1901 年）；一说是生于清光绪二十八年（1902 年），1991 年 7 月，石民之子从美国归来，为他父亲换上刻有"诗人石民之墓"的墓碑，墓碑上便写明石民生于 1902 年；一说是生于清光绪二十九年（1903 年），张步瑜在《石民集》（光明日报出版社，2019 年版）的《石民年谱》中写道："1903 年农历二月初十，出生于今新邵陈家坊镇田里村。此为《石氏族谱》所载"。文中采用 1903 年的说法。

② 《试题录：本届招考预科新生入学试验各项题目》，《北京大学日刊》1922 年 8 月 5 日第 1067 号。

③ 石民：《应征的自述》，《宇宙风（乙刊）》，1941 年 4 月 16 日第 43 期。

④ 《本校布告》，《北京大学日刊》1922 年 8 月 5 日第 1067 号。

论，唯物史观，心理分析学，叔本华，尼采，托尔斯太，赫克尔，伯格森，克鲁泡特金，诸如此类，夹七杂八地软吞硬嚼，不管是否消化得下，当然，这样所得到的大抵只是或明或暗的一些零碎观念而已。然而那些正规功课所给我的却更少，两年之中，除了英文略有长进之外，值得提及的便只有末后一年郑奠先生的国文讲授，颇能引人入胜，因了他的诱导而开始研究《楚辞》，算是我在大学时代所喜爱的三部古籍之一，其他两部便是后来在本科期内所读的《庄子》和《文选》（特别是赋的部分）。"（《应征的自述》）

10 月 9 日，《北京大学日刊》第 1080 号上刊登《注册部布告（二）：第三院乙部预科新生公班名单》，共分甲乙丙丁四班，石民被分在乙班。

10 月 31 日，《北京大学日刊》第 1095 号刊登《注册部布告（二）：世界语分班名单》，石民被编入世界语 C 班。

1923 年　21 岁

9 月 20 日，《北京大学日刊》第 1295 号刊登《注册部布告（四）：乙部预科一年级准升入二年级各生》，石民由乙部预科一年级准升入二年级。

1924 年　22 岁

7 月 12 日，《北京大学日刊》第 1510 号刊登《注册部布告（一）》，"预科甲乙部各班学生本学年成绩业已经预科教授会审查完竣，兹将准其升级及升学各生姓名列后"，石民在乙部二年级名单中。

10 月 6 日，《北京大学日刊》第 1536 号刊登《本校布告：英文学系教授会通告》，"本系入系试验成绩已经教授会审定系列诸生得入英文学系肄业（共十八人）"，石民、梁遇春、冯文炳（废名）、张鹏（友松）、许汝骥（君远）、尚钺等人在列。石民与梁遇春同宿舍，住在马神庙西斋。当时为英文系授课有林语堂、叶公超、陈源（西滢）、徐志摩、郁达夫、张歆海、毕善功、温源宁等人，开设的课程有："基本英文""英文作文""小说""散文""戏剧""英国文学史略""英文教授法""英汉对译""文学评衡""诗"及"十九世纪文学"等。除本系课程外，石民还选了国文系、哲学系和史学系的课程，如"汉魏六朝诗""汉魏六朝文""词选""印度哲学""论孟要义"等课。

"我记得我自己对于某些必修的课和选修的功课，就不曾忠实地听过几次讲，而考试的结果却居然还有几门得了'甲'字，例如刘毓盘先生的词，徐志摩先生的英国诗，叶公超先生的十九世纪文学（叶先生还教过我们别的课，那我倒是按时到场的）。刘先生是有名的词学专家，也许正为是专家的缘故罢，他讲解词，好比毛公说诗，无非美刺，王注《楚辞》，尽属寄托似的，实在迂拘得可以。然而他的考试办法却一点也不迂拘，只要你填一首词就是，既不限定题目，也不限定词调，更不限定时间，你可以预先作好，按照考试时间表上的规定钟点到堂上去，用发下的试卷誊正呈交。（黄晦闻先生的'汉魏六朝诗'和刘叔雅先生的'汉魏六朝文'，也都是用这样的考试法，不过是规定了题目的，前者仿佛是'仿谢康乐《斋中读书》'，后者是'陆士衡《文赋》书后'。）徐先生的英国诗，所用课本就是最通行的'金库'，此书在预科期内我就凭了一部麦米伦的详注本的帮助，很上劲地读过了，但是即使你完全没有读它也不要紧，因为先期在黑板上写出来的考试论文题是可以让我们信口开河的，那题目是——'Poetry and I'。叶先生呢，他的考试也很有趣，他是临时在堂上出题的，一面想，一面写，一连写十几道，只须选作二题，就中有关于唯美主义和九十年代英国文学的，我便暗自得意，因为那时在我自己随意阅读的书中，恰巧读过了王尔德和塞蒙斯的几本东西，所以也就很顺利地通过了这一关。”[①]

1925年 23岁

2月20日，《北京大学日刊》第1619号刊登《北大湖南同乡会启事》，“本会于去年十一月二十三日大会议决省政府津贴自十二年度至十三年度起平均分配（即依省政府办法补得该项津贴者亦决不得私自向本校会计课领取），因同乡中有未到会者特再委托干事分途接洽，兹将赞成此种办法并签名者开列如左”，石民在赞成名单中。

6月19日，诗歌《恶梦》《秋之暮》刊于《京报·莽原》第9期。

1926年 24岁

4月19日，诗歌《是谁》刊于《语丝》周刊第75期。

6月25日，诗歌《怪物》《五分钟》《“可悲又可笑的人呵”》刊于《莽原》半月刊第1卷第12期。

9月10日，诗歌《湖畔》《无题》（“多谢你无限的温柔，亲爱的”）及译诗《野花之歌》（[英]威廉·布莱克作）刊于《莽原》半月刊第1卷第17期。《无题》后收入《良夜与恶梦》（北新书局，1929年1月），改题《多谢你》。

1927年 25岁

1月30日，向培良发表《有话大家说：“为什么同鲁迅闹得这样凶？”》，刊于《狂飙》第17期。文中提到：“于是我寄稿去。下期没有登，来信说稿子长一点，分配不来，等下期。下期又没登，来信说G线和石民的稿子压好几期了，鲁迅走时说要赶快发表，所以再等下期。”

3月10日，诗歌《在公园里》《灯已熄了》《你照彻》刊于《莽原》半月刊第2卷第5期。《在公园里》后收入《良夜与恶梦》，改题《夜的深处》。

5月14日，诗歌《良夜》《饮者之歌》刊于《语丝》周刊第131期。

6月11日，诗歌《最后的救助》刊于《语丝》周刊第135期。

6月18日，诗歌《无题》（“从你的笑靥或颦眉”）《黄昏》刊于《语丝》周刊第136期。其中《无题》又刊于《黄报·黄报副刊》1928年3月16日第44期。

1928年 26岁

5月3日，北大发布《本科布告》，对石民等欠费本科生，限定一星期内缴清学宿费，否则勒令休学。[②]

5月21日，诗歌《五毒酒及其他》刊于《语丝》周刊第4卷第21期。

6月25日，诗歌《东方日出》《是耶非耶》《真恼杀我》刊于《语丝》周刊第4卷第26期。收入《良夜与恶梦》，《是耶非耶》改题《等候》，《真恼杀我》改题《私语》。

本月，从北京大学英文系毕业，获得文学学士学位，其毕业成绩单由英文系主任温源宁签署“准予毕业”。[③]

---

① 石民：《应征的自述》。

② 《本科布告》，《国立京师大学文科周刊》1928年5月11日第24期。

③ 据石民的毕业成绩单，其“法文”“汉魏六朝诗”“词选”等课成绩均为甲，历年总分为2 954，总平均成绩为73.9。

7 月 4 日,下午,鲁迅“得石民信”。根据《鲁迅日记》[①],1928 年 7 月 4 日至 1936 年 7 月 19 日,其中关于石民的记载有 60 多处,主要涉及校阅稿件、介绍稿件、代领稿费和往来通信[②]等方面。

7 月 9 日,译诗《圆光之失却》《“Anywhere out of the World”》([法]波特莱尔作)刊于《语丝》周刊第 4 卷第 28 期。

7 月 12 日,鲁迅“午后复石民信”。

7 月 16 日,译诗《愉快的死者(Le Mort Joyeux)》([法]波特莱尔作)刊于《语丝》周刊第 4 卷第 29 期。

10 月 4 日,下午,《鲁迅日记》:“小峰、石民来。”

10 月 16 日,译诗《惹祸的心》([美]埃德加·爱伦·坡作)刊于《北新》半月刊第 2 卷第 23 期。

10 月 21 日,下午,鲁迅“复石民信”。

11 月 5 日,译作《两篇演说》([英]莎士比亚作)刊于《语丝》周刊第 4 卷第 43 期。1932 年 4 月,这篇文章收入由王侃如、徐伯和等人编注的《新学制中学国文教科书初中国文》第六册(南京书店 1932 年出版)。

11 月 12 日,《解颐录》刊于《语丝》周刊 1928 年第 4 卷第 44 期。

11 月 15 日,诗歌《进酒》刊于《春潮》月刊第 1 卷第 1 期。

11 月 16 日,译诗《屠格涅夫散文诗钞》刊于《北新》半月刊第 2 卷第 24 期。同期,在“补白”栏发表诗歌《在会场》,署名沈海。

11 月 26 日,夜,鲁迅“得石民信”。

11 月 30 日,诗歌《迟暮》《从深处》《我恨不得杀却了伊》及《译 A. SYMONS 一首》([英]Arthur Symons 作)刊于《奔流》月刊第 1 卷第 6 期。《我恨不得杀却了伊》收入《良夜与恶梦》,改题《短诗一》。

12 月 14 日,阿英在《各国文艺考察的断片》的“IX 断片”中写道:“石民是谁,我不知道。在《奔流》上有他的几首诗。其间,有一首题做《我恨不得杀却了伊》,站在个人主义的立场上看去,这是一首很好的情歌,风格很朴素,实在是过去的中国诗坛上少见的创制:

> 我恨不得杀却了伊,奋然地,如我杀却了神,
> 伊的一切,唉,竟这样地纠缠着我的灵魂,
> 看哪,燃烧的夕阳披火焰之光衫于伊的身上,
> 如此眩目的,那肉体的妖艳呵——不可破的魔障!

我虽然喜欢这一首诗,但是,我同时要用 Bogdanov(波格丹诺夫)的话指出这是个人主义者之歌。因为在作者看来,女性是个人享乐的源流。在无产者看来,却并非如此。Bogdanov(波格丹诺夫)解释这个问题道:‘我们底批评指示出这是和集体主义的意义相矛盾的;对于一个集体主义者,妇人并非仅乎是一个人享乐的源流,而是这同一集体的真正的有力份子。’不要再征引别人的话,我们是显然的可以看出作者的立场了。”[③]

---

① 文中关于鲁迅与石民往来,均引自《鲁迅全集》第 16 卷,北京:人民文学出版社,2005 年。不一一标注页码。

② 据《鲁迅日记》,石民致鲁迅信有 14 通,鲁迅写给石民的书信则有 17 通,这些信件尚未披露。

③ 钱杏邨:《作品论》,上海:沪滨书店,1929 年,第 199—200 页。

12 月 15 日，译作《秋》（[瑞典] 史特林保格作）刊于《春潮》月刊第 1 卷第 2 期。

12 月 29 日，《鲁迅日记》："晚石民来。"

12 月 31 日，译作《小说中神异事物之价值》（[日] 小泉八云作）刊于《语丝》周刊第 4 卷第 51 期。

本年，赴上海，担任北新书局编辑，参与编辑《北新》《青年界》等刊物，还参加了北新书局"英文自修丛书""英文小丛书""英译中国文学选粹""自修英文丛刊"等书的译注、编选工作及中学教科书的出版工作。"毕业之后，为了职业问题彷徨了许久，最后得到上海友人的来信，邀我去担任北新书局编译的职务，我马上就答应了，觉得这事于我颇相宜。于是浮海南下，开始了较长期的笔墨生涯。"①

本年，梁遇春从北大毕业，旋即被聘至上海真茹的暨南大学任教。1930 年 2 月，重返母校，任北京大学英文系图书馆管理员兼助教。在上海期间，梁遇春与石民过从甚密，几乎每周都来往一次，无所不谈。梁遇春为《北新》《青年界》《现代文学》撰稿，并在北新书局出版多部著（译）作。

1929 年　27 岁

1 月 1 日，译诗《海涅的诗三首》（[德] 海涅作）及译作《事实之于文学》（[英] Arthur Symons 作）刊于《北新》半月刊第 3 卷第 1 期。同期，在"补白"栏发表七律诗歌《安得》，署名沈海。

1 月 8 日，鲁迅"上午寄石民信"。

1 月 16 日，译作《英国的"谣曲"》（[日] 小泉八云作）刊于《北新》半月刊第 3 卷第 2 期。

1 月 30 日，译诗《初次的约会及其他》（[法] Paul Fort 保尔·福尔作）刊于《奔流》月刊第 1 卷第 8 期。

本月，诗集《良夜与恶梦》由上海北新书局初版，1929 年 11 月再版。收录新诗、散文诗 47 首，其中译诗 9 首，均作于 1925 年至 1928 年在北京期间。

2 月 4 日，鲁迅"上午寄石民信"。

2 月 20 日，鲁迅"得石民信"。

2 月 21 日，鲁迅"午后复石民、刘衲、彭礼陶、史济行、陈永昌信"。

2 月 26 日，鲁迅"夜得石民信并《良夜与恶梦》一本"。

3 月 3 日，下午，鲁迅"复石民信"。

3 月 12 日，鲁迅"寄石民信并还介绍稿"。

3 月 17 日，鲁迅"晚同柔石、方仁、三弟及广平往陶乐春，应小峰招饮，同席为语堂、若狂、石民、达夫、映霞、维铨、馥泉、小峰、漱六等"。

3 月 18 日，散文诗《镜的悲哀》刊于《语丝》周刊第 5 卷第 2 期，又刊于《中央日报·青白》1929 年 9 月 1 日第 121 期。

3 月 25 日，《别人的话》刊于《语丝》周刊第 5 卷第 3 期。

4 月 20 日，《鲁迅日记》："下午石民来。"

4 月 22 日，鲁迅"上午寄石民信"。

---

① 《应征的自述》。

4月30日,译著《曼侬》([法] Antoine Prevost 安多尼·卜赫佛作,与张友松合译)由上海春潮书局初版,为林语堂主编的"现代读者丛书4",据 Modern Library 英译本转译。书前有"作者传略""译者的话"和"作者附记",作品共13章。1935年4月,由上海中华书局初版,1940年11月再版(著者译名为卜莱佛),为"现代文学丛刊",书前有徐仲年的长篇序文以及译者的话、作者附记。

5月27日,《友人马君的遗书》刊于《语丝》周刊第5卷第12期,署名石沈海。文中收录马君遗书计15通,其中1925年5通,1926年4通,1927年6通,都是马君写给"石子"(即石民)的。马君与废名《死者马良材》(《语丝》周刊1927年10月1日第151期)中的"马良材"是同一人,真实姓名为马绢熙,与石民同乡,为当时文学青年,在《民国日报·觉悟》上发表了不少诗歌、小品文、评论和译作。1927年5月,马缉熙因在上海江湾区参加共产党进步活动被国民党特务逮捕杀害。①

6月3日,译作《摘刺(一点翻译)》刊于《语丝》周刊第5卷第13期。

7月8日,张文亮的《评石民底〈良夜与恶梦〉》刊于《语丝》周刊第5卷第18期。文中说:"这次离上海时影清曾将他底最近出版的《良夜与恶梦》送了我一册。这些诗底大部分,当我俩同在北大时,他都给我看过。""影清底诗,至少依我看来,虽然题材底范围颇为狭小,即权限于人生经验之某一方面,然而他却将这一部分题材以种种的可珍视的形式巧妙地表白出来。""我总觉得影清有些诗(当然少得很)简直还未能完全摆脱旧诗词的影响。我十分相信在最近的将来,为着解救我们底狂渴,作者一定会专出些更其纯粹国语化的诗底美果来。""正因为题材不多而表现底形式极丰富,这部诗在最近国内底诗坛有它独到的价值。"

7月17日,鲁迅"得石民信并稿"。

7月18日,鲁迅"上午复石民信"。

7月19日,夜,鲁迅"得石民信"。

7月20日,鲁迅"寄赠石民《艺苑朝华》两本"。

7月22日,鲁迅"上午寄石民信"。

7月23日,《鲁迅日记》:"下午石民来。"

8月6日,梁遇春在福州致石民信,信中说:"今天病了,所以写信。病得很不哀感顽艳,既非病酒,与愁绪亦绝不相关,只是鼻子呼呼,头中闷闷。你迁新居后谣琢纷兴,俟我返申实地调查,有何莺声燕语鸭尾高跟隐在屏后否?"②

8月15日,《译诗一首》([比利时] Charles van Lerberghe 作)及散文译诗《时计》《仙女们的礼物》《戏谑者》([法] 波特莱尔作)刊于《春潮》月刊第1卷第8期。

8月22日,《鲁迅日记》:"下午石民来。"

本月,梁遇春从福州致石民信,信中说"前几天寄上请帖,想已收到。此中消息,仁兄可想而知矣","弟定于阳(历)九月四、五号,偕内子离闽,这是绝不会再延的"。③

9月2日,鲁迅"得石民信并稿"。

---

① 参见《江湾缉获共产党六名》,《申报》1927年6月4日第19478号。

② 李冰封、唐荫荪:《梁遇春致石民信四十一封》,《新文学史料》1995年第4期。文中所引梁遇春致石民信均出自此。

③ 据王国栋考证,1929年初,石民女友尹蕴纬将细君介绍给梁遇春认识,两人交往一段时间后,梁遇春暑假返乡与细君成婚。(参见王国栋:《梁遇春:来自三坊七巷的散文家、翻译家》,《闽江学院学报》2011年第3期。)

9月3日，晨，鲁迅“复石民信”。

9月6日，鲁迅“上午得石民信并稿”。

9月9日，上午，鲁迅“复石民信”。

9月15日，散文《暗箭（并序）》及译诗《登临》（[法] 波特莱尔作）刊于《春潮》月刊第1卷第9期。

10月7日，鲁迅“晚得石民信”。

10月9日，作诗歌《“幻影”》，刊于《骆驼草》周刊1930年9月1日第17期。

是日，鲁迅“托柔石送还石民译稿”。

10月14日，译诗《译一首》（[法] 波特莱尔作，恶之花第四十三）刊于《语丝》周刊第5卷第31期。收入《他人的酒杯》，改题《将何言》。

10月21日，《“散文小诗”选译》（[法] 波特莱尔作，有《疯人与维娜丝》《老妇人之失望》《早上一点钟》《伪币》《靶子场》《野蛮妇与妖姣女》《穷孩子的玩具》《倒霉的玻璃匠》和《Epilogue》）刊于《语丝》周刊第5卷第32期。

10月23日，作诗歌《你的声音》，刊于《骆驼草》周刊1930年9月1日第17期。

10月26日，《鲁迅日记》：“石民、衣萍、曙天、小峰、漱六来，并赠孩子用品。”

11月16日，鲁迅“夜寄石民信”。

11月19日，鲁迅“上午得石民信”。

12月9日，译作《济慈的三封信》刊于《语丝》周刊第5卷第39期。同期，若斯的《海涅诗一首》后有石民附言。

本月，与洪翔校释译著《屠格涅夫散文诗》（[俄] 屠格涅夫作，白棣、清野合译），由上海北新书局初版，为“英汉对照”本，收散文诗49首。1931年4月，由石民、袁家骅校释，出版4版，为改正版。

本年，在上海，与北大同学梁遇春、张友松、朱森、王普等人来往密切。

本年，胡风通过朱企霞到北新找李小峰出版小说集，与石民相见，石民曾向他邀稿。

本年，外甥唐麟因参加进步活动从长沙逃亡到上海，跟随堂舅石民学英文。

1930年　28岁

1月6日，译诗《老浪人及其他：“散文小诗选译之二”》（[法] 波特莱尔作）刊于《语丝》周刊第5卷第43期。

1月7日，梁遇春致石民信，信中说“元旦弟等了整天（你那封信是七号才收到）”，“这星期日请你来吧。我近来大念俄国小说，前日还到书店赊一本 Goncharov 的 Oblomov，请你于星期日把 Best Russia Short Stories（World’s Classic）顺便带下，来这儿口谈手谈，急急如律令”。

1月9日，《鲁迅日记》：“晚修甫及友松来，托其以原文《恶之华》一本赠石民。”1929年12月30日，崔真吾为鲁迅买原文《恶之花》一本。

1月15日，《鲁迅日记》：“石民来。”

1月16日，译作《论创作（一至二）》（[日] 小泉八云作）刊于《北新》半月刊第4卷第1/2期“特大号”。

1月20日，译诗《译 Henri De Régnier 诗二首》（[法] Henri De Régnier 作）刊于《语丝》周刊第5卷第45期。

2月1日，译作《论创作（续前三至五）》（［日］小泉八云作）刊于《北新》半月刊第4卷第3期。

是日，《鲁迅日记》："下午石民、侍桁来。"

2月3日，《鲁迅日记》："夜石民及侍桁来。"

2月5日，《鲁迅日记》："午后侍桁来，托其寄石民信并季志仁稿。"

2月7日，《鲁迅日记》："晚石民来并交季志仁稿费十。"

2月16日，梁遇春从北平致石民信，信中说："诗注一月后总可寄上，《荡妇传》坚决按月五万字（译出），你把Dead Souls看完没有？广告做好未曾？请先与小峰兄说一下，报酬系照弟（译）其他百种名著办法。"不久前，梁遇春辞去上海暨南大学教职北上，2月8日到达北大，与北大同学林作猷同住在北京东城报房胡同56号，待安顿后写信给石民报告近况并谈及离沪缘由。梁遇春回北大后，"以后频频的来信往往总不免诉说牢愁"[①]。

3月10日，《鲁迅日记》："夜石民来。"

是日，梁遇春致石民信，信中说："信去，杳然不得一覆，想足下必沉迷于Baudelaire，Marion Davies，Cafe，Bebe Daniel，My Dear（refers to tobacco，not human being）之中矣，弟整天过treadmill式的clerk生活，烦闷仍然。"

3月21日，梁遇春复石民信，向他讲述北大近况及自己授课、译书、作文等事。信中谈到"北大近来也多'故'得很，德国教授卫礼贤死了，这个人弟不知道，所以也无感于衷，单不庵先生也于最近死了，而且身后萧条，人们都说他是好人，我也看他是个很诚恳的人，不过太不讲卫生一点，他为人很有幽默情调，（在）这点上，他是强过梁激溟的，虽然他们都是宋学家。刘子庚（毓盘）也死了，他是弟所爱听讲的教授，他教词，总说句句话有影射，拿了许多史实来引证，这自然是无聊的，但是他那种风流倜傥的神情，虽然年届花甲了，总深印在弟心中，弟觉得他颇具有中国式名士之风，总胜过假诚恳的疑古君及朱胡子等多矣。还有诲人不倦之关老夫子也于前日作古了，你听着也会觉得惋惜吗！"[②]

4月1日，《关于〈屠格涅夫散文诗〉》刊于《北新》半月刊第4卷第7期。是日，夜，鲁迅"得石民信"。

4月2日，鲁迅"午后复石民信"。

4月4日，《鲁迅日记》："石民来。"

4月27日，上午，鲁迅"得石民信并诗"。

5月5日，梁遇春致石民信，信中说："你从前不是送我一本《曼郎》[③]吗？有好几位朋友借去看，他们都称赞你的译笔能达原文意境，我颇有'君有奇才我不贫'之感。"提到废名筹办《骆驼草》的消息，已将《英诗注》[④]寄给李小峰，请石民代为编上英文原稿。

5月11日，《鲁迅日记》："午后石民来。"

5月12日，《骆驼草》在北平创刊。废名主编《骆驼草》时，常催石民和梁遇春写稿，并刊登了他们不少文章，三人有"骆驼草三子"之称。

6月16日，梁遇春致石民信，赞赏石民的《机器，这时代的巨灵》一诗，他说："你的诗的意思我十分赞成，但是，我觉得里面的音调太流利些，所以不宜于歌咏那毫无人性，冷

---

① 石民：《亡友梁遇春》，《文艺月刊》1932年6月30日第3卷第5、6期。

② 单不庵先生于1930年1月13日逝世。"关老夫子"指关应麟，1930年逝世。

③ 即《曼侬》。

④ 梁遇春译注：《英国诗歌选》，上海北新出版社1930年6月付排，1930年8月初版，为"自修英文丛刊之一"。

冰冰的铁轮。”信中谈及最近写作的《救火夫》《破晓》《她走了》《苦笑》等文，他的太太将生产，费用紧张，请石民帮忙催北新书局的书款。

约6月、7月间，梁遇春致石民信，告知收到来信和照片。谈到《北新》刊登的生田春月的评传及自杀，并寄上自己的照片一张。

7月14日，译诗《孤帆》（［俄］莱芒托夫作）刊于《骆驼草》周刊第10期。

7月16日，译诗《我们的进行曲》（［俄］玛耶珂夫斯基作）刊于《北新》半月刊第4卷第14期，署名沈海。

7月21日，诗歌《机器，这时代之巨灵》[①]刊于《骆驼草》周刊第11期。同期，还刊登梁遇春的散文《坟》，文中写道：“吾友沉海说过：‘诉自己的悲哀，求人们给以同情，是等于叫花子露出胸前的创伤，请过路人施舍。’旨哉斯言！”[②]

7月27日，梁遇春致石民信，询问石民恋爱事。信中说：“前日温源宁对弟说，石民漂亮得很，生得很像Angel，当时废名兄也在旁，这话大概是你所乐闻吧！”谈到莱蒙托夫关于帆的诗歌，“这也是一首好诗，不过跟你所译的（是）另一种情调，在茫茫人海里，我希望你已望见你的小舟了。太Sentimental了，未能免俗”。再次请石民帮忙催北新书款，告其新出生的小侄女叫燕瑛。

8月1日，译诗《我们于钢铁中生长出来》和《工厂的汽笛》（［俄］喀斯特夫作）刊于《北新》半月刊第4卷第15期。

8月5日，梁遇春致石民信，请他帮忙催北新的书款。信后附言，向石民推荐陀思妥耶夫斯基《卡拉马佐夫兄弟》，他说：“假中重念Dostoevsky的Brothers Karamazovs，相信是天下古今第一本小说，他书里有成千变态心理的人，都描写深刻得使我做出噩梦。希望你也看一下，但是有一千页。我这里有两部，若使你真想看，可以奉送一部。但是你需先心理默誓（人格担保），在收到书后三个月内看完（一天十页，不算多吧！），默誓后写信来，即可寄上，否则不行。”

8月16日，译诗《孤独及其他：波特莱尔“散文小诗”选译之三》（［法］波特莱尔作），有《孤独》《诱惑：色情、黄金、荣誉》《黄昏》《射手》《镜子》刊于《现代文学》月刊第1卷第2期。

8月20日，梁遇春致石民信，信中说“老板的钱尚是分文未寄来，弟在这儿穷得很，昨日去一快信催他。一面自然还得请你在旁击鼓催花”，“前寄给北新的《救火夫》，你见到没有？这几天内正写一篇《黑暗》，那是我这两三年入世经验的结晶”。本月，译著《英国文人尺牍选》由上海北新书局出版，1931年2月再版，为“自修英文丛刊之一”。

9月15日，译诗《回魂》（［法］波特莱尔作）刊于《骆驼草》周刊第19期。

9月16日，梁遇春致石民信，询问《罪与罚》是否收到，请他寄赠《英国文人尺牍选》一册。

9月17日，晚上，参加由“左联”部分领导成员发起在荷兰西菜馆举行的鲁迅五十岁祝寿晚宴。参加晚宴的有许广平、柔石、冯雪峰、冯乃超、阳翰笙、蔡咏裳、董绍明、茅盾、叶圣陶、田汉、洪深、姚蓬子、杨邨人、魏金枝、李伟森、胡也频、冯铿、傅东华、石民以及外

---

① 此诗后收入由赵景深、姜亮夫选注的《初级中学北新文选》第三册（上海北新书局，1932年）、杜天縻编著的《国语与国文》第二册（上海大华书局，1933年11月初版）和石泉编著的《初中师范教科书初中国文》第四册（北平文化学社，1934年）。

② 秋心：《坟》，《骆驼草》周刊1930年7月21日第11期。

国友人史沫特莱和罗佛(又译乐芬,塔斯社驻上海记者)。[①]

10月16日,译诗《玛耶阔夫司基的两首诗》([俄]玛耶阔夫司基作,有《我们的进行曲》《异常的奇遇》)和《两个瞎子》([意大利]Salvatore di Giacomo 作)及诗歌《再显》刊于《现代文学》月刊第1卷第4期。

10月21日,梁遇春致石民信,告知近来染风寒病了一场,谈及阅读波特莱尔作品的感想。信末,请石民回封长信。

10月30日,梁遇春致石民信,从朱森处得知石民订婚消息,制信祝贺。信中劝慰石民,认为他的胃病是神经衰弱影响的,结婚后生活安定会好些。他说:"《骆驼草》真将停刊了,此次系雁君告我,非前半官消息之可比也。[②] 我希望你能来这儿结婚,让大哥小弟们热闹一下。"

本月,与尹蕴纬在南京订婚。尹蕴纬,生于1905年,号季欣,为尹光勋季女(四女),毕业于江西省立高中。曾任邵阳电报局文书兼妇女会干事,中国航空公司会计、秘书等职务。1949年移居香港,后迁往台湾,1964年10月旅居美国纽约,1992年2月24日逝世,葬于美国纽约市州西郡公墓。尹氏家族是邵阳市邵东县流光岭的名门望族,尹蕴纬父亲尹容园(光勋)曾任江西鄱阳、南城等县知县和内政部参事,母亲石守箴(淑林)为石民的表姑奶,曾创办南昌正蒙女子师范学校。尹蕴纬有两个哥哥、一个弟弟、三个姐姐,二哥尹仲容曾任台湾"经济部长",被誉为"台湾经济发展之父",二姐尹蕴玉嫁给席鲁思,三弟尹叔明毕业后曾供职于武昌工务局。[③]

本月,沈从文的《我们怎么样去读新诗》刊于《现代学生》月刊创刊号。文中将新诗分作三个时期,"一、尝试时期(民国六年到十年或十一年);二、创作时期(民国十一年到十五年);三、沉默时期(民国十五年到十九年)","第三期诗,第一段为胡也频、戴望舒、姚蓬子。第二段为石民、邵洵美、刘宇。六个人皆写爱情,在官能的爱上有所赞美","第三期的诗,一种是石民的《良夜与恶梦》,胡也频的《也频诗选》,可以归为李金发一类","石民的《良夜与恶梦》,在李金发的比拟想像上,也有相近处,然而调子,却在冯至、韦丛芜两人之间可以求得那悒郁处"。

11月10日,下午,鲁迅"得石民信"。

11月11日,鲁迅"上午复石民信"。

11月12日,鲁迅"上午引石民往平井博士寓诊"。

11月19日,鲁迅"上午往平井博士寓乞诊,并为石民翻译"。

11月26日,鲁迅"上午往平井博士寓为石民作翻译,并自乞诊"。

12月6日,梁遇春致石民信,谈到阅读波德莱尔《恶之花》的感想,提及"雁君昨日想复兴《骆驼草》,要弟担任些职务,弟固辞,莫须有先生颇为怫然"。信中说"这两天把你的书信集差不多看完了,的确佩服你利用文言的本领。但是,在 Charles Lamb 信里有三个地方译疏忽了,现写下来为再版时参考",作为纠正的酬劳,"你也得把我的诗同小品两本从头到底看一遍"。此前,梁遇春收到石民寄来的《英国文人尺牍选》,当即复信,称

---

① 《左翼文艺作家鲁迅五十生寿纪念》,《红旗日报》1930年9月21日第38号。

② 1930年11月3日,《骆驼草》周刊出至第26期后停刊。

③ 石蕴纬在《怀念三弟尹叔明》中写道,尹叔明"1934年毕业,到长沙与席章贞结婚,婚后到武昌工务局任职。那年我住珞珈山武汉大学,我们经常来往,他的同学同事都常和我们一起游乐"。(《邵东文史》第4辑,1992年,第297—302页。)

"前天收到你的书，读你的译文，仿佛同你读的信一样，你的 style 多少跑到里面去了。据我看，好的译文是总带些译者的情调，若使译者个人没有跑到作品里去，他绝不能传神阿堵，既是走进去了，译出来当然具有译者色彩，Fitzgerald 的 Omar 就是如此。还有你遣使文言，颇有'神差鬼使'之妙。今天，与所谓'老哥'谈及之，老哥近来大赞美足下的诗"。

12 月 8 日，上午，鲁迅"同石民往平井博士寓为翻译"。

12 月 16 日，诗歌《承露盘》刊于《现代文学》月刊第 1 卷第 6 期。

12 月 17 日，鲁迅"午前同石民往平井博士寓诊"。

是日，梁遇春复石民信，告知因家中事忙未及时回信。信中说"足下的对子很有意思，虽然使你有些不好意思"，接着谈及夜间读书感受，寒假中拟读薄伽丘的《十日谈》。

12 月 25 日，在东京留学的胡风致朱企霞信，信中提到石民："到现在为止，刚才说过，两个多月的生活完全是一张白纸。除了译了一篇《吟诵诗人……》（你也许在石民处看到过）以外，什么都没有做成器。""现在的石民，是凤毛麟角，甚而至于李小峰都算是好的。""石民是好人。""再，把上海、北京、南京、广州的代表文艺刊物调查清楚。……调查好了给一个目录石民（预备托他定），寄一个来。""对石民说，文坛消息和一篇《杰克伦敦和〈野性的呼声〉》，一月上旬无论如何可以寄到。还想集译几首诗，也许做不到。觉得《现代青年》比《青年界》好听些。"[①]

12 月 28 日，梁遇春复石民信，对石民"做庸人"的观点大有同感，"至于你说'就只好忍耐着生活下去'，昨日同雁兄谈到这句话，我们都也觉得无论如何，我们当个明眼人，就是遇鬼，也得睁着眼睛。雁兄很有这副本领，恐怕在你我之上，你以为如何?"信中，梁遇春对石民编辑的《青年界》表示支持，拟撰写十几篇"杰作"的批评，"大约每篇约四、五、六千字以至一万字，取评传的体裁，注意启发读者鉴赏文字的能力（这话说得太俨然了），对于杰作作个详细的叙述和批评"。

本月，译著《文艺谭》（［日］小泉八云著）由上海北新书局初版，1931 年 7 月再版，为"自修英文丛刊之一"，收入《论生活和性格对于文学的关系》《论创作》《论读书》和《略论文学团体之滥用与利用》4 篇论文。

本年，应石民邀稿，胡风在国内及在日本留学期间，以"谷非""光人""张光人"等名为《北新》《现代文学》《青年界》撰文。

1931 年　29 岁

1 月 7 日，废名的《斗方夜谭（十、十一、十二）》刊于《华北日报副刊》第 354 号。文中写道："我有两位相好，均是六年之同窗，大概谁都可以唱它一出独脚戏，谁也不光顾谁，好比我同他们的一位写好契约借一笔款竟料到居然是大碰一个钉子，其人现在海上，好像是（姓）沈名海，说起来真是怪相思的，两个黄蝴蝶，双双飞上天，三千弟子谁个不知，谁个不晓，如今是这一个冰天雪地孤孤单单的刚刚游了一趟北海回来。还有一位，若问他的名姓，是一个愁字了得。话说这一字君，很受了我的奚落，就因为这一个字，但目下已经是四海名扬，大有改不过来之势了。天下事每每悲哀得很，我与一字君几乎一失千古，当年一年三百六十日，一日六小时，我缺课他迟到不算，然而咱们俩彼此都不道名问姓，简直就没有交一句言，而他最是爱说话的，就在马神庙街上夹一本书也总是咭咭唔唔，只

---

① 晓风辑选注释：《胡风致朱企霞书信选》，见《史料与阐释》总第 4 辑，上海：复旦大学出版社，2016 年，第 204—210 页。

不同我同沈海，我时常嘱耳而语沈海曰：'这个小孩太闹！'而在最近三日我同一字君打了两夜牌，沈海君远不与焉。沈海君最近丢了诗人不做要'努力做一个庸人'（来信照录），这才引动了今夜我谭话的雅兴。我同一字君捧了他的来信读，我实在忍不住要赞美这一篇庸人论实在是高人的题目，而且有点不敢相信沈海，因为他到底是诗人出身，于是我端端正正的把一字君相了一相，觉得我要佩服他，他的'庸人'大致可以做到一个英雄的境界，多福多寿且莫多男子焉。他已经是一位年青的爸爸。沈海君最近才请了医生检察身体，明春再出请帖行结婚礼。"其中，"沈海"为石民，"一字君"即梁遇春。

1月初，梁遇春致石民信，信中说"袁、顾二君来平热闹一下，现在他们又回去了，而且把莫须有先生拐走，剩我凄冷地滞此"，"前日袁、顾二君，与我拟一注释英文名著丛书目录，计五十本，已写信与老板了，希望你能合作"[①]。

1月27日，梁遇春复石民信，信中说："注释英文名著的目录附上，起先我们写信与老板说：每本报酬一百元上下，他当然答应了。你所说的抽版税法，非常好，我想也照你的法子办去。二人同心，足下其勉之。""前写信给老板，说要把最近两年内写的散文五六万字，合起来印为《空杯集》，此事请你就近催促一下，千万。你那篇序也得起草了。"还告知那篇《十日谈》的批评下月中旬可以寄去，得知石民要选唐诗，推荐了自己阅读的唐诗选本。信末谈到："你日本的友人[②]的确知言，莫须有先生说过：'你愁闷时也愁闷得痛快，如鱼得水，不会像走投无路的样子。'糟糠之友说的话真不错，我为之击节叹赏者再。这仿佛都证明出你是具有彻底的青春，就是将来须发斑白，大概也是陶然的，也许是陶然于老年的心境了。这未免太说远了。"

1月29日，胡风致朱企霞信，信中提到："石民底钱寄来了。汇钱期为一月十四。说是在南京时支用了一点，现在才凑齐寄上云云。他不知十天的距离有多久，也不知道十天内所谓'日金'那东西已经涨了几多两，大有'饱人'之概。因为换得的日金数太小，还在信里发了一句轻松的感慨'洋面包真不容易吃也'（难道他还不知道日本只有味噌しる可喝么?）。"[③]

2月6日，梁遇春致石民信，信中说"弟连日向几位师长找位置，但春明颇有难于插足之慨"，"闻君失业，于图书部事更加留恋。然真是鸡肋。人生吃饭难焉！能不慨然于斯言?"前几日，梁遇春曾收到石民来信，惊悉他与李小峰吵架而失业，忙写信安慰，并找叶公超为他谋出路，得知"暨南或有法可想，他即将写信去"。北大正在改组中，办公处扩充，他将写信告诉在青岛谋职的废名，希望能与石民、废名在北京团聚。他认为石民所说的"开明事，恐怕成功的成分很少"。此次石民虽与老板李小峰闹矛盾，但尚未离开北新书局。

2月15日，梁遇春致石民信，信中说："近来病了一场（感冒），致二信来，而不能一覆。"他得知石民要译注《十日谈》，删节后出版，准备将自己手中的《十日谈》寄给石民做新年礼物。谈到"英文注释名著事，你说得不错，老板恐怕不答应收版税，而且商务等书局，关于教科书和补助读物，都不肯抽版税，开明林语堂的读本，就是个例子。我拟写信跟袁、顾这两位主动人去商量一下，但恐无甚实效也。是所谓一失足"。

---

① "袁、顾"为袁嘉华、顾绶昌，与梁遇春曾参与上海北新书局"世界文学名著丛书"译注工作，他们自青岛来平，不久与废名同返青岛。

② 似指胡风。

③ 晓风辑选注释：《胡风致朱企霞书信选》，见《史料与阐释》总第4辑，第211页。

3月10日，《译诗二首》（[美] 朗弗罗 Henry W. Longfellow 作，有《阴雨天》和《箭与歌》）刊于《青年界》月刊第1卷第1期"创刊号"。《青年界》创刊后，由石民与袁嘉华、李小峰、赵景深共同编辑。[①]

本月，译著《散文诗选》（[法] 波特莱尔作）分上下册，由上海北新书局出版。收入《外方人》《老妇之失望》《戏谑者》《疯人与维娜丝》《狗与瓶》《倒霉的玻璃匠》《早上一点钟》《老浪人》《糕》《时计》《穷孩子的玩具》《仙女们的礼物》《伪币》《宿缘》《醉》等22首散文译诗。

本月，上海北新书局因出版进步书籍被国民党江苏高等法院第二分院查封，直至4月23日启封。

4月24日，梁遇春复石民信，告知近况。信后附言，"雁君贺礼已预备好了"，将译稿康拉德的《青春》[②]寄给北新书局，现正从事译注乔治·吉辛的《草堂随笔》，并询问石民是否要寄去《十日谈》。

5月，梁遇春致石民信，信中说："听说你要在首善之区举行婚礼，那么咱俩礼物寄到时，恐怕你已在燕子矶头细话流年了，那么就算做你回上海时，老朋友向你俩说的一声欢迎罢！我的文章，洋洋一千言，前日才做好，定十九号可裱好（裱得很讲究呀！），预算寄到上海总在廿一、二号左右，这并不是我起先懒惰，实因这篇文章做得太费工夫了，虽然见才拙，亦可见意隆也。《十日谈》明天寄上，足下其将作十夜谈乎？一笑。新婚后，拟往何处度蜜月？"

本月，与尹蕴纬在南京结婚，婚后往西湖度蜜月。

6月7日，梁遇春致石民信，祝贺其新婚。信中，梁遇春告知家中二老来京，正陪他们游览，不免手头紧张，请石民帮忙催促译著《荡妇自传》的稿费。

6月10日，小品文《谈译诗》及译诗《天使》（[俄] 莱芒托夫作）刊于《青年界》月刊第1卷第4期。

是日，梁遇春致石民信，信中说："天天等你俩结婚的玉照寄来，却老没看见这张俪影，现特大笔一挥，请立即赐下，礼物收到多久了？你俩觉得怎么样？现在预备着明年送汤饼会的东西，一笑，想到将来路过春申江上时，多一处下榻的地方，而且要吃咖啡，也用不着去洗前日的渣滓，觉得很欣然，未知何日能于风雨之夕在你那儿谈些琐碎的话，吃了满地的烟灰。《十日谈》已收到没有？"

本月，与袁嘉华选注《三国志与西游记》由上海北新书局出版，为"英译中国文学选粹第一辑"，其中《西游记》英译片段选自李提摩太译本，《三国演义》部分为邓罗译文的节选。

7月10日，译诗二首（[英] 威廉·布莱克作，有《哀蔷薇》和《不可说》）刊于《青年界》月刊第1卷第5期。收入《他人的酒杯》，《哀蔷薇》改题《病蔷薇》，《不可说》改题《爱之秘》。

7月30日，胡风自武汉致朱企霞信，信中提到："如计算起来二十号之内回信可到上

---

① 赵景深在《复刊词》中写道："民国二十年三月十日，是《青年界》创刊的日子。创刊号很厚，有四百二十四面，也是现在这样的二十五开本，编者是石民、袁嘉华、李小峰和我自己。实际上负编辑责任的头几期是石民，以后一直都由我编辑。"（载《青年界》1946年1月10日新1卷第1期复刊号）

② Joseph Conrad 著、梁遇春译注：《青春》，上海：北新书局，1931年6月付印，1931年7月出版。

海,就可由石民转(由北新转,他已不住庄家阁了)。”①

夏,胡风从日本回国,路过上海时住在石民家中。胡风自述:“取得庆应大学学籍是在一九三一年春。当年暑假回国了一次,想从湖北教育厅领到一名官费。到了上海,住在友人石民家里。石民是去日本前在上海认识的,他专业英国文学,在北新书局当编辑。我到日本后曾为他编的《北新》半月刊寄过稿,如《夕阳之歌》和日本作家生田春月自杀的报道(生田是一个进步的名作家,思想倾向共产主义,但觉得在实践上不能贯彻自己的理想,无法克服这个矛盾,因而自杀了)。”②

9月17日,译诗《西蒙士的诗二首: 一、歌 二、看上帝的面子呵……》刊于《中央日报·文艺周刊》第46号,又刊于《盛京时报》1931年9月29日第1版“新诗”栏。

9月30日,译作《妒》([英] 高尔斯华绥作)刊于《文艺月刊》第2卷第9期。

9月,译著《返老还童》([美] 霍桑作,与傅东华合译)由上海北新书局初版,其中收《返老还童》和《美人,黄金,威权》(石民译注)两个短篇小说,为“英文小丛书”系列。

约9、10月间,梁遇春致石民信,信中说:“乘去雁之便,送些笔墨诗韵以及饽饽,当时匆忙忘却写信,现在只好付邮了。我译的小品文续选,你见到没有?”

秋,收到废名寄赠的《天马》和《镜》二诗集手写本。1931年3月,废名写成诗集《天马》,同年5月,编成诗集《镜》,并将其手写稿寄到周作人、石民和沈启无等友人处。

10月19日,废名受梁遇春之托,将其散文集《泪与笑》(即梁遇春信中所说的《空杯集》)带给在上海的石民,希望找个机会出版。1932年12月20日,石民在《〈泪与笑〉序三》中写道:“秋心的这本集子,在去年(按: 指1931年)秋天曾经由废名兄带到上海来,要我们给它找一个出版家,而且‘派定’我作一篇序文。”

10月29日,周作人致废名信,信中说:“石民君之信已寄往上海,想可收到了。”③

10月30日,译作《泥泞》([俄] 柴霍甫作)刊于《文艺月刊》第2卷第10期。

约10、11月间,梁遇春复石民信,信中说:“得到你的大札并小书,实在感激你俩的盛意。雁君真是不愧为红娘,他一去,你的信就滔滔不绝的来,愁闷如我者,自己也不知道多么欢喜。”此前,石民曾向梁遇春询问胡适主持的翻译委员会的译书计划,梁遇春回复:“博士的翻译计划好像偏重于历史及社会科学,文学方面听说有译莎翁全集的打算,因此就得打听一下了。”

11月19日,《鲁迅日记》:“上午石民来并交松浦氏所赠日译《阿Q正传》四本,《文学新闻》二张。”

12月5日,梁遇春复石民信,已收到结婚照,废名抵家后将返平,并询问《他人的酒杯》是否印出。信后附言,北新书款尚未寄来,连给李小峰写五封信均未得回复。

12月10日,诗歌《与未知的那人儿》刊于《中央日报·文艺周刊》第58号,又刊于《盛京时报》1931年12月17日第1版。

12月25日,陈源致胡适信,推荐石民和徐仲年二人为中华文化基金翻译委员会译书。信中说:“石民是北大英文系十七年度的毕业生,与冯文炳系同级。他的功课,在班上是前五名中间的,文笔很好。著有新诗集《良夜与恶梦》。他毕业后便在上海卖文为

---

① 晓风辑选注释:《胡风致朱企霞书信选》,见《史料与阐释》总第4辑,第219页。

② 胡风:《胡风自传》,南京: 江苏文艺出版社,1996年,第17页。

③ 黄开发编:《知堂书信》,北京: 华夏出版社,1994年,第217页。

生，是'北新'编辑之一。他译过十几种书，但因为是'买卖货色'，自己都不满意。他'自认为苦心孤诣'译品二种——一为波特莱尔的散文诗集《巴黎之烦恼》，一为近代诗人选译集《他人的酒杯》，至少均未能付印。他捡出发表过的寄来，兹特另封信寄呈。他寄来一个翻译的书目，乞察呈。我看他的译笔确是不坏，只是错误仍是很多，要是有一个人负责指导他，是将来一个良好的译手。"①信末，陈源请胡适路过上海时与他们二人见一面。信后附上石民译书计划，有莎士比亚的《裘力斯·凯撒》《奥赛罗》《辛白林》《第十二夜》《一报还一报》《皆大欢喜》，塞万提斯的《唐·吉珂德》，歌德的《威廉·迈斯特的漫游时代》，卡莱尔的《衣裳哲学》，雨果的《悲惨世界》和哈代的《德伯家的苔丝》。此时，石民寓居上海北四川路士庆路75号。

12月31日，译作《论散文与诗》（[英] Arthur Symons 作）及诗歌《共工之怒》《短歌》刊于《文艺月刊》第11/12期。

本月，梁遇春致石民信，信中说："中华文化基金闻在译莎士比亚全集，外尚有译《衣裳哲学》、哈代之《谛斯姑娘》者，可见范围也很广也。"

1932年　30岁

3月18日，梁遇春致石民信，信中说"得两信始一覆，弟心绪之凄其，可想而知也"，已将哈代的《市长》及《哈代传》等书寄去，询问石民近期的出版计划。信末，希望石民常写信来。

4月18日，梁遇春致石民信，告知近来看了《联语汇编》《灯谜丛话》以及宋人笔记等书，回复石民询问的几个翻译问题。信中提到废名赠送他一管笔，颇有学书之意。

5月，编著《初级中学北新英文法》由上海北新书局初版。

6月5日，致函胡适，从废名处得知前两次所寄译稿胡适已阅览，希望胡适回信指正。照录如下：

适之先生：

前日友人冯君来信，知两次所寄译稿达览，惟终以未得先生覆至为念。民寓居沪上，盖纯恃所谓"砚田"之收获，译书非为贫而看时乎为贫，甚望于百忙中赐寄数字为幸。

祝康健！

学生石民

六月五日

通信处：上海蒲石路劳尔东路颐德坊三十一号②

6月15日，废名致胡适信，信末附言："先生说为石民君寄点款去，不知已寄出否，此人大有在上海滩上作枯鱼之呼喊。"③废名请胡适为石民所寄之款应为翻译委员会的译书款。④

---

① 耿云志主编：《胡适遗稿及秘藏书信》第35卷，合肥：黄山书社，1994年，第97—103页。

② 此信由中国社会科学院近代史研究所胡适档案馆收藏。信封保藏完好，封面上收件人为"北平米粮库四号胡适之先生"，封底寄信人为"上海蒲石路劳尔东路颐德坊三十一号石民寄"，贴有五分邮票，邮戳日期为"上海廿一年六月五日"。

③ 耿云志主编：《胡适遗稿及秘藏书信》第36卷，合肥：黄山书社，1994年，第584页。

④ 石民很可能参与了翻译委员会的译书计划，但未见翻译委员会出版其译著。他译书计划中所列书籍，其中《奥赛罗》由梁实秋翻译，《威廉迈斯特的漫游时代》由伍光建翻译，《德伯家的苔丝》由张若谷翻译，均为商务印书馆出版。而石民翻译的《忧郁的裘德》则毁于战火。

6月25日，梁遇春在北平因患急性猩红热病故。

6月30日，诗歌《笔》《影》《夸父》及散文《亡友梁遇春》刊于《文艺月刊》第3卷第5/6期。

9月，赵景深在《中国文学小史》中将石民归于象征诗派，其文称："最后为象征诗。……石民喜爱波特来尔(Baudelaire)，都可以属于这一派。虽然其中有难懂的，有易解的，而师承又各有不同，但总之都是喜爱法国象征派的诗人的，所以又可以称为'拟法国象征诗派'。"①

10月26日，上海北新书局出版林兰编写的通俗民间故事书《小猪八戒》，因书中情节有辱回教而引起回教的严正抗议，北新书局被回教徒捣毁。11月16日，国民政府内政部批复查封北新书局。北新书局被迫改名"青光书店"继续营业，一年余后，才恢复原名。

11月20日，《略谈中国诗的英译："英译古唐诗选"序》刊于《青年界》月刊第2卷第4期。

12月20日，为梁遇春遗著《泪与笑》作序文，文中说："把数月前在某杂志上发表过我所作以纪念他的一篇小文略为删改附在这里，聊以表示'挂剑'之意而已。"

冬，胡风从日本东京回国，曾在上海法租界金神父路高福里石民家后楼住了数日。他说："到上海后，先住在静安寺路大鹏坊韩起家，三四天后，搬到法租界高福里石民家的后楼。"②

1933年　31岁

1月1日，韩侍桁的《最近逝世的梁遇春》刊于《现代》1933年第2卷第3期，同期还刊登了梁遇春遗影及其手迹，手迹为致石民信。他说："四个月前我从广州回到上海来，访问了我的一位老友，闲谈中提起了梁君，从他的口中我最初听见梁君逝世的消息；在那位老友居室的墙壁上，挂着这位死者的肖像，一个年纪很青面孔白胖的青年，的确如我的老友所说是颇有福相的，至少也不像一个夭死者。""我的友人在我的身旁静静地谈说着梁君已往的身世以及他们的友谊，最后报告给我，这死者是结婚不久，身后遗留下一个婴儿与一位新妇，他当时的心情是和我决然不同的，在他的话语间是响着哀伤的调子。"韩侍桁笔下的老友应指石民。③

2月1日，《致石民书六通》刊于《现代》第2卷第4期，署名"故梁遇春"。此文后收入王逸岑编《现代名人实用白话书信》(南强书局1933年版)。

3月1日，译诗《囚人》([英] Stephen Phillips 作)刊于《创化季刊》第1卷第1期"文学专号"。

---

① 赵景深：《中国文学小史》，上海：光华书局，1932年，第214页。

② 胡风：《胡风自传》，第17页。

③ 据《现代》上的《社中日记》编者(施蛰存)的记载，1932年11月15日："侍桁先生托巴金先生带来记念梁遇春的文章一篇，预备编入三期《现代》。"12月3日："发排张天翼先生的《梦》，侍桁先生的《最近逝世的梁遇春》，写信给侍桁先生请他有便把梁遇春的照片及手迹带来。"12月8日："侍桁先生来访，这是我和他第一次晤见。他底相貌、举止，甚至语音，都和张天翼先生逼肖，我觉得很奇怪。承他以梁遇春照片并致石民先生信一束惠借，使得刊入《现代》画报，甚可感佩。"12月9日："读梁遇春致石民书信，颇多极有风趣者，拟选抄数通，刊入下期《现代》。"(载《现代》1933年1月第2卷第3期)1933年1月4日："抄录梁遇春致石民书简六篇，编入本期《现代》。"(载《现代》1933年2月第2卷第4期)据此可知，梁遇春致石民信及梁遇春的照片应是石民交给韩侍桁的，由他携交施蛰存。施蛰存先将梁遇春遗影、手迹与韩侍桁的纪念文章一起刊登，后抄录书信六通发表，待抄录后，又将信送还石民。

8月，离开北新书局。他说："说来很惭愧，除了审阅来稿和校改译稿之外，那笔下的出产大都是一些包工定制，应时上市的商品而已，并不是什么著作大业，而且我自己似乎渐渐地成了专造便宜货的一部不甚灵活的机器。在那时，除了那种种雇佣工作所需要的，几乎是束书不观。学殖既很荒落，生活也很烦闷，每天被电车汽车拖来拖去，出没于纷攘嘈杂的漩涡里，神经衰弱的我可有点耐不住了。到了第六年夏天，便决然舍去，到珞珈山的武汉大学来了。"①

本月，石民到武大。② 初到武昌时，曾暂住废名长兄家中。③ 他在武大任文学院外文系助教，为外文系三年级讲授必修课程"翻译"（与陈源合授），"学程内容"规定："本学程研究翻译之方法，多作翻译之练习，间及译本之校对与批评"④，每周二小时，一年授完。还为各学院一年级讲授必修课程"基本英文"⑤，每周三小时，一年授完。

陈源时任武大文学院院长，与石民从北大时期的师生而变为同事，石民多次为陈源夫人凌叔华主编的《武汉日报》文艺副刊《现代文艺》撰稿。与北新书局编辑的忙碌生活相比，武大优美的环境使他心灵舒展，可谓"环境既然惬意，生活也颇有余裕"，并有了看书的时间。石民在武大度过5年的教书生活，自认是"比较安适宁静的五年"。1939年秋后，肺病严重后不得不返乡治疗，仍怀念在武大度过的时光。

本月，选著《诗选》由上海北新书局初版，为"中学国语补充读本之一"，选收上古至唐代的诗400余首。

本月，选著的《高中英文萃选（三册）》由上海北新书局出版，根据修正课程标准新编，教育部审定，为北新中小学教科书系列之一，后多次再版。

10月1日，《英文法的研究》刊于《青年界》月刊第4卷第3期。

本月，长女石纯仪出生。

本月，选著《诗经楚辞古诗唐诗选（英汉对照）》由上海北新书局初版，石民根据英国H. A. Giles和A. Waley及日本小烟薰良所译的英译文编注。1968年2月，由香港进修出版社出版。1982年3月，北京中流出版社根据香港中流出版社1982年影印本出版，并于1992年再版。

本月，译著《红楼梦孤鸿零雁记选》（与袁嘉华编译）由上海北新书局出版，列为"英译中国文学选粹第二辑"。

本月，译著《他人的酒杯》由上海北新书局1933年初版，为"黄皮丛书"之一种，收录威廉·布莱克、波特莱尔、海涅、莱蒙托夫、马雅可夫斯基等12位诗人的36首诗作。

12月10日，薛时进编的《现代中国诗歌选》（上海亚细亚书局1933年12月10日出

---

① 《应征的自述》。

② 《中华民国廿二年度国立武汉大学一览》中"职教员履历""助教"一栏注明：姓名：石民，别号：影清，籍贯：湖南邵阳，经历：国立北京大学英国文学系毕业，曾任上海北新书局编辑，职务：文学院助教，到校年月：二十二年八月。（国立武汉大学1933年12月版，第232页）石民到校的年月应以1933年8月为准，以往研究者多认为他是1936年到武大的。

③ 参见冯健男：《关于诗人石民》，《新文学史料》1989年第4期。

④ 国立武汉大学编：《中华民国廿二年度国立武汉大学一览》，国立武汉大学1933年12月版，第21页。

⑤ "基本英文"的"学程内容"规定："本学程为各学院公同功课。其目的在使学生能畅读英文原本书籍，并用英文表达思想。选读近代名家作品，注重课外自行预备，务使学生明了各篇之大意，语句之构造，及成语之应用。文法练习之外，每月须有写作练习三次。"此课由李儒勉、胡稼胎、胡光廷、王云槐、顾如、捷希、石民、费鉴照等人授。（国立武汉大学：《中华民国二十四年度国立武汉大学一览》，国立武汉大学1935年12月编印，第16页。）

版)收入石民的《无题》(“晚风抚弄着纤柔的柳条儿”)和《黄昏》。1937 年 3 月,由笑我编著的《现代新诗选(第 4 版)》(上海仿古书店 1937 年出版)同样选入这二首诗。

本年,胡风从日本被驱逐回国,在上海“左联”工作,与石民仍有往来。

1934 年　32 岁

1 月 9 日,诗歌《流风的梦》《无弦琴》刊于《华北日报·每周文艺》第 5 期。

2 月 20 日,诗歌《壶中天》《无题》(“从昏暗的梦中觉醒”)刊于《华北日报·每周文艺》第 11 期。文末署“一九三三年冬,落袈山”。

3 月 19 日,《国立武汉大学周刊》第 193 期刊登《图书馆启事》,称石民捐赠《灵寿县志》一部四册,《湖南掌故备考》一部十二册,《宝庆府志》一部七十六本,《桂东县志》一部五本。

5 月 17 日,《鲁迅日记》:“下午费君来并交《唐宋传奇集》合本十册,又得小峰信并版税泉贰百,且让与石民之散文小诗译稿作价二百五十元。”石民此时身患肺疾,急需钱款治病,原打算在北新书局出版的波特莱尔散文诗集《巴黎之烦恼》,因与北新书局老板李小峰交恶而无果,请鲁迅帮忙设法,鲁迅预付石民稿费二百五十元,后将诗集介绍给生活书店,于 1935 年 3 月出版。

5 月 20 日,诗歌《是耶非耶》《神鸾的故事》刊于《人间世》第 4 期。

10 月 15 日,诗歌《风与影》刊于《华北日报·文艺周刊》第 7 期。文末署“一九三四,落袈山”。

本年,在武汉大学月薪 140 元。[①]

1935 年　33 岁

1 月 1 日,书评《读〈橄榄〉》刊于《民立学声》“特大号”。

1 月 11 日,译作《费边社的英日关系论》(译自《The News Statesman and Nation》)刊于《中央时事周报》第 4 卷第 1 期。

1 月 30 日,上午鲁迅“得谷非信,附石民笺”。胡风解释道:“石民,原在北新书局当编辑多年,研究英国文学(大概是北大毕业)。我 1929 年去日本前认识他,1931 年夏和 1932 年冬回国,都在他家住过。人老实,受书店老板李小峰剥削。1933 年我回上海时,他已到武汉大学教书去了。他在北新书局出版过法国诗人波德莱尔散文诗《巴黎的烦恼》译本。是世界名著,但读者少。他走后,李小峰不再印了。也许他离开北新是和李小峰闹了矛盾的,甚至可能他给李信李也不理他。他给我信,附一信给鲁迅,请鲁迅帮他向北新交涉取得这本书的纸型(在北新等于废物),并帮他介绍到别家去出版。他在北新时原和鲁迅熟识,现在托我转交,大概是担心以这样事务麻烦鲁迅,怕鲁迅不理他。但后来鲁迅热心地帮他交涉,取到了纸型,还帮他交涉生活书店出版,还代他取版税转寄他。他抗战前病亡。”[②]胡风将《巴黎的烦恼》寄给鲁迅后,由黄源交给上海生活书店。[③]

1 月 31 日,鲁迅“上午复石民信”。

2 月 22 日,诗歌《孤兴》刊于《武汉日报·现代文艺》第 2 期。

---

① 武汉大学档案馆藏《民国二十三年度国立武汉大学职教员履历册》。

② 胡风:《关于鲁迅日记中——有关我的情况若干具体记忆》,《鲁迅研究月刊》1991 年第 10 期。

③ 黄源说:“石民的《巴黎的烦恼》也是托我交去的。”(《黄源致包子衍信》,见上海鲁迅纪念馆编:《上海鲁迅研究 2008 夏》,上海:上海社会科学院出版社,2008 年,第 21 页。)

3月15日,诗歌《无题》刊于《武汉日报·现代文艺》第5期。

3月18日,《国立武汉大学周刊》第226期刊登消息《本校教职员赈济湖北旱灾》,称石民捐洋一元四角。

本月,译著《巴黎之烦恼》([法] 波德莱尔作)由上海生活书店初版,为《翻译文库》之二。据 Arthur Symons 英译本并参照法文原本译出,内收散文诗51首。

4月25日,鲁迅致黄源信,询问:"《巴黎的烦恼》,不知书店何以还未送来,乞便中一催。"[①]石民《巴黎之烦恼》此时已经出版,但生活书店尚未送给鲁迅,因而函请黄源催促。

4月26日,散文诗《深夜》刊于《武汉日报·现代文艺》第11期。

是日,《鲁迅日记》:"夜河清(黄源)来并赠《巴黎之烦恼》二本,还译稿二篇。"

7月1日,《石民堪称翻译家》刊于《每周评论》第173期,未署名。

7月5日,散文《赋得云》刊于《武汉日报·现代文艺》第21期。

7月20日,《鲁迅日记》:"收《小约翰》及《桃色之云》版税百,《巴黎之烦恼》版税五十。"

7月26日,译作《Samuel Butler 的小杂感》(摘译自《伯脱勒随笔选》)刊于《武汉日报·现代文艺》第26期。

8月2日,诗歌《晨曦》刊于《武汉日报·现代文艺》第25期。

8月30日,散文《水仙操》刊于《武汉日报·现代文艺》第29期。

本年,开设的课程有"基本英文""翻译"。[②]

1936年　34岁

1月10日,《我的职业生活特辑:职业与事业》刊于《青年界》月刊第9卷第1期"青年职业问题特辑"。

1月21日,鲁迅"午后往生活书店取版税二百九十元,又石民者四十元"。

2月7日,诗歌《明月照积雪》《出门》刊于《武汉日报·现代文艺》第50期。

2月20日、2月24日、2月27日,3月2日、3月5日、3月9日、3月16日,《屠格涅夫散文诗钞》(译自[英] C. Garnett),刊于《公路三日刊》第140期、第141期、第142期、第143期、第144期、第145期、第147期。

4月1日,诗歌《采石矶》刊于《文艺》月刊第3卷第1期"周年纪念号"。

---

① 《鲁迅全集》第13卷,北京:人民文学出版社,2005年,第446页。

② 参见国立武汉大学:《中华民国二十四年度国立武汉大学一览》,国立武汉大学1935年12月编印。书中"附本大学教员著作摘要"列出石民的著作情况:

良夜与恶梦	北新书局
无弦琴	未刊行
他人的酒杯(译诗集)	北新书局
巴黎之烦恼(Le Spleen de Paris)	生活书局
曼侬(Manon Lescaut)	中华书局
裘德(Jude the Obscure)	商务印书馆(尚未出版)
英汉对照英国文人尺牍选	北新书局
英汉对照英译中国诗选	同上
英汉对照文艺谭	同上
高中文萃选(三册)	同上
北新英文法	同上

4 月 7 日，施蛰存致赵景深信，信中询问石民、柳无忌、罗皑岚、孙席珍、许钦文 5 人的最近通信处。①

5 月 1 日，梁遇春的《秋心小札》刊于《西北风》半月刊第 1 期"创刊号"。《秋心小札》抄录梁遇春致石民信五通，信前的按语处署名沈海。按语云："秋心去世后，我于悼念之余曾经有意蒐求他与各友人的信札，打算连同我自己所保存的一些编印出来，因为他的信是那么明白生动地表现出他这个人。但到现在为止还只是那么个意思而已。兹承天行兄之嘱，特为摘抄数首发表于后。——沈海。"

本月，《从胡言乱语说起》刊于《青年界》月刊第 9 卷第 5 期"英文栏"。

7 月 19 日，鲁迅"收生活书店补版税，又石民者十五元"。

本年，次女石曼仪出生。

本年，讲授的课程有"基本英文"和"翻译"②。

1937 年　35 岁

4 月 10 日，诗歌《夏日在疗养院》刊于《新诗》月刊第 2 卷第 1 期。

6 月 15 日，诗歌《无题》（"息灯放进窗前月"）刊于《文艺（武昌）》月刊第 4 卷第 6 期。

8 月 1 日，诗歌《浣纱溪：拟古之一》《谢了的蔷薇》刊于《文学杂志》月刊第 1 卷第 4 期。

9 月 15 日，周作人致废名信："石民君有信寄在寒斋，转寄或失落，信封又颇大，故拟暂留存，俟见面时交奉。"③

本月，堂侄石理由天津北洋工学院机械系转至武汉大学工学院机械工程学系三年级借读，与石民多有交往。④

本年，儿子石型出生。

本年，开设的课程有"基本英文"和"翻译"⑤。

1938 年　36 岁

3 月 27 日，中华全国文艺界抗敌协会在汉口举行成立大会，石民为发起人之一。⑥

本年，随武大西迁四川乐山。

本年，开设的课程有"基本英文"和"翻译"。⑦

1939 年　37 岁

8 月 1 日，译作《与中国智识阶级书》（[日] 室伏高信作）刊于《中国公论》月刊第 1 卷第 5 期。

---

① 赵景深辑注：《现代小说家书简》，见《中国现代文艺资料丛刊》第 6 辑，上海：上海文艺出版社，1981 年，第 233—234 页。

② 国立武汉大学：《中华民国二十五年度国立武汉大学一览》，国立武汉大学 1936 年 12 月编印，第 28 页，第 47 页。

③ 药堂：《怀废名》，见冯文炳：《谈新诗》，北京：新民印书馆，1944 年。

④ 参见石德明：《解密 航天科学家石理传》，上海：上海三联书店，2014 年。

⑤ 国立武汉大学：《中华民国二十六、七年度国立武汉大学一览》，国立武汉大学 1939 年 12 月编印，第 53 页。

⑥ 《中华全国文艺界抗敌协会发起旨趣》，《文艺月刊》1938 年 4 月 1 日第 1 卷第 9 期。

⑦ 国立武汉大学：《中华民国二十六、七年度国立武汉大学一览》，国立武汉大学 1939 年 12 月编印，第 73 页。

秋季，因肺病加剧告假，不久携眷回邵阳养病，途经长沙。“到了‘渔阳鼙鼓动地来’的时候，我这才随着大团体前往峨眉山下去了。前年秋后，不幸的病却把我送回了故乡。”①

11月12日，胡风致朱企霞信，信中说：“信已收到。给石民的已封好投邮，未加入什么。因为我到武汉即给了他一信，未见回音，后来也不见任何消息，我还以为他离开了武汉大学的。想来当是使他感到了不便之故。”②

本年，从武汉大学离职③。

1940年　38岁

6月，译作《论邱吉尔》（[英] 古柏作）刊于《现实》月刊第13期。

1941年　39岁

2月，作散文《应征的自述》，载《宇宙风（乙刊）》半月刊4月16日第43期。文末署“民国三十年二月，邵阳白云山下”。

9月4日，石民病逝，安葬在老家陈家坊窝塘冲的其父墓旁。石民逝世后，留下年轻的孀妻和三个幼子。战乱时期，尹蕴纬带着三个孩子，生活艰苦，在亲友的帮助下，曾到桂林无线电厂、重庆交通大学、中国航空公司任职。1948年秋，尹蕴纬随中国航空公司迁往台湾台南。不久，三个孩子也来到台湾并定居。大女儿石纯仪从台湾大学毕业后到美国俄亥俄大学留学获文学硕士学位，小女儿石缦仪留学美国获硕士学位，儿子石型于台湾清华大学研究生院毕业后，后获得纽约哥伦比亚大学物理化学博士学位。1991年，儿子石型回到陈家坊将父亲石民坟墓修缮，立碑刻字“诗人石民之墓”。

石民逝世后，其妻尹蕴纬曾写有两首七律悼念石民：

其　一

无端枭獍逞凶威，浩劫沉沦岂复回。
恶魅现形惊世态，劳蛛缀网漫心灰。
茂陵又苦缠绵疾，漆室空怀倚柱悲。
一片心香凭寄语，但甘藜藿愿无违。

其　二

凭年频散似飘蓬，过眼烟云一梦中。
岁月眠迟惊露冷，摘花起早怯寒风。
珞珈荒草成陈迹，淞浦行云忆旧踪。
骚（搔）首苍茫增百感，大千世界觉皆空。④

本年，郭麟阁发表书评《曼侬》，刊于《法文研究》月刊第2卷第6期。

1942年

本年，译著《忧郁的裘德》（现已亡佚）由三户图书出版公司出版。胡风说：“亡友石

---

① 《应征的自述》。

② 晓风辑选注释：《胡风致朱企霞书信选》，见《史料与阐释》总第4辑，第228页。

③ 《中华民国廿六、七年度国立武汉大学一览》“职教员履历”一栏注：石民“廿八年离职”。（国立武汉大学1939年12月版，第396页）

④ 据石纯仪提供的尹蕴纬悼念石民七律两首手稿所录，此诗题为《民国卅几年客桂林寄影清》。

民译出了哈代的大著《忧郁的裘德》,1942年在桂林我介绍给了一个出版社,但没有等印出日寇就占领了桂林,恐怕原稿都消失了。”①梅志称:“1942年,胡风在桂林曾收到他妻尹蕴纬的来信,说石民已去世,译了一本哈代的《忧郁的裘德》,希望胡风代他找出版处。胡风即回信,说可能有办法。稿就由他侄女送来,胡风交‘三户图书出版公司’出版。我们那时也就离开了桂林。后来得知书都印好了,桂林突然紧张,即将沦陷,出版公司将全部书及纸型运湖南,刚运到不久,湖南也紧急,无法再转运,书终于全部被毁,连纸型都未抢救出来。我们是连样书都未看见。希望她能见到样书。但稿酬是付了的(可能是一部分)。因为她侄女谈到,她经济十分困难,还要从收入中分出一部分钱还他姐姐早期供他上学时的学杂费的欠债。这是我所知道的经过。”②

2018年5月作,2022年3月改

[本文系2018年度国家社科基金一般项目“未经整理的现代诗人全集编纂暨现代散佚新诗研究”(18BZW164)的阶段成果]

---

① 胡风:《略谈我与外国文学》,见《胡风晚年作品选》,桂林:漓江出版社,1987年,第246页。

② 梅志:《有关石民情况的两封信》,《新文学史料》1995年第4期。

李　丽

穆儒丐著述年表

1884/1885 年(光绪十年/光绪十一年)

穆儒丐出生在北京西山健锐营。

1894 年(光绪二十年)

10 岁左右的穆儒丐,入西山旗人学校虎神学堂学习,儒丐的父亲小时候也在这个学房上学。

1900 年(光绪二十六年)

穆儒丐考入武备学堂,这个学堂是由曾经为神机营造兵器的机械局改建。入学不久义和团进京,回家躲避义和团。义和团运动开始后,武备学堂被义和团拳民破坏停课。穆儒丐回家避乱,后入西山的旗人乡村公学堂方知学社学习,因不满学校为权贵子弟成绩弄虚作假,与教员发生冲突。

1903 年(光绪二十九年)

由方知学社的老师推荐,进北京城高等小学,宗室觉罗八旗学堂读书。宗室觉罗八旗学堂后更名为正经学堂。

1905 年(光绪三十一年、明治三十八年)

经过考试,成为 20 名留日学生之一,1905 年 9 月 7 日(光绪三十一年八月初九)启程,由北京—天津—大沽—烟台—长崎—下关—神户—东京,到早稻田大学留学。在天津滞留期间,由英敛之的弟弟英实夫接待,并拜访了《大公报》,见到了英敛之。到神户,刚好赶上日本人庆祝日本在日俄战争中取得胜利。

刚到日本一个多月的穆儒丐遭遇到了留日学生的反满风波,从东京逃到神户田中屋避难,由领事馆出面借了神户华商麦少鹏的须磨别庄住宿。一个月后,风波过去,穆儒丐回到东京继续求学。期间又发生了考场风波,与同在日本排满情绪剧烈的同学关系缓和。

1905—1911 年(光绪三十一年—宣统三年、明治三十八年—明治四十四年)

在日本早稻田大学师范科学习历史地理,三年后又继续学政治经济学。穆儒丐 1928 年发表的文章《女教与家庭问题》中提到,“从前我在日本留学,本是奉命去研究教育的,也有正三年的研究。后来我不愿当教员,所以又延长三年,改行研究起政治经济学,志向本来想着大用”。

留学期间由恒钧介绍，作为慕道者参加东京青年基督教会的活动。与住宿处清晖馆的主人千代相恋。千代清晖馆关闭后，搬到青年基督会的宿舍。

1907年（光绪三十三年、明治四十年），与其他旗人宗室在日留学生在东京创办《大同报》，并任《大同报》主笔（其他主笔还有恒钧、佩华、隆福、荣升、乌泽生、裕端等）。

1907年6月25日在《大同报》第1号上，翻译日本人类学家岛居龙藏发表在日本《太平洋报》报上的《经济与蒙古》。

1907年8月5日在《大同报》第2号上，翻译了日本学者浅龙虎夫载于《日本京都法学会杂志》第2卷第1号的《中国纸币起源考》。

1907年9月25日和11月10日在《大同报》第3号和第4号上，连载《世界列国现今之状势》。

1908年1月1日，在《大同报》第5号上发表《蒙回藏与国会问题》（未完）。

1911年3月，东京帝国剧场落成，穆儒丐时而去看戏。

1911年（宣统三年）前半年从日本早稻田大学毕业，大偎伯爵夫妇和高田早苗出席毕业典礼并讲话。

从东京坐火车到神户，从神户乘船到大沽，再由大沽乘船至塘沽，由塘沽坐火车回北京。回国通过考验游学生考试，1911年阴历九月十五日，被清政府授予法政举人。清帝逊位后，仕途无望，出任禁卫军书记长，不久辞职回到北京西郊家中赋闲。

1912—1917年（民国元年—民国六年）

1912年民国元年，进入同学乌泽生创办的北京《国华报》，任副刊编辑。

1912、1913年之交，在天津与汪笑依相识，订忘年交。

1914年参加北洋政府举办的第一届“知事试验考试”。

在北京《大同日报》《群强报》《国华报》做记者，主要负责文艺版。开创了现代报纸上“戏评”栏目。期间与荀慧生相识，培养荀慧生。因创作小说《梅兰芳》在《国华报》《群强报》连载，得罪了以冯耿光为首的梅党，小说《梅兰芳》全部被焚。

1914年，署名穆六田，在《京师教育报》第1期发表《吾之实用教育说》，第3、4期连载《忧国之教育家斐帖略传》。第4期发表《说展览》。第6、7期连载其翻译日本入泽宗寿的《最近教育》。

1916年，曾在奉天法校短期任职，法校停课后返京。

1916—1917年间，穆儒丐父亲去世。

1917年（民国六年）

穆儒丐创作，署名辰公的《伶史》，由汉英图书馆出版。

由两位日本人野满先生和辻听花先生介绍，接受沈阳《盛京时报》之聘，到沈阳出任该报小说编辑。

在《盛京时报》工作期间一直以儒丐、丐为主要笔名进行创作。初到沈阳的穆儒丐住在沈阳小西边门外。

1917年冬，穆儒丐在沈阳送别好友汪笑依。

1918年（民国七年）

1月15日，在《盛京时报》创办文学副刊《神皋杂俎》，并任副刊主笔。

在《神皋杂俎》刊载长篇小说《女优》①。

4 月 6 日,在《神皋杂俎》笑林栏目刊载笑话《富妻》。

4 月 10 日—5 月 23 日,在《神皋杂俎》戏评栏目连载《绮梦轩剧话》。

4 月 27、28 日,在《盛京时报》第一版论说栏目,连载穆儒丐翻译《大版每日新报》的文章《德波同盟与中日》。

5 月 2 日,在《盛京时报》第一版论说栏目发表《闻俄复辟运动感言》。

5 月 4 日,在《盛京时报》第一版论说栏目发表《今后时局之危险》。

5 月 9 日,在《盛京时报》第一版论说栏目发表《兴国武人与王国武人》。

5 月 11 日,在《盛京时报》第一版论说栏目发表《说人才》。

5 月 18 日,在《盛京时报》第一版论说栏目发表《南北辉映之中国》。

5 月 23 日,在《盛京时报》第一版论说栏目发表《流行病》。

5 月 25 日,在《盛京时报》第一版论说栏目发表《余之忠告》。

5 月 30 日,在《盛京时报》第一版论说栏目发表《对于整顿币制之感言》。

6 月 1 日,在《盛京时报》第一版论说栏目发表《拔木塞源》。

6 月 8 日,在《盛京时报》第一版论说栏目发表《妥协于国会问题》。

6 月 13 日,在《盛京时报》第一版论说栏目发表《都市政治与国家》。

6 月 19 日—30 日,在《神皋杂俎》艺圃栏目发表《凝香榭书评》。

6 月 20 日,在《盛京时报》第一版论说栏目发表《鸣呼陆建章》。

6 月 27 日,在《盛京时报》第一版论说栏目发表《陈烈女殉夫感言》。

6 月 28 日,在《神皋杂俎》丛谈栏目连载《小说闲评》。

6 月 29 日,在《盛京时报》第一版论说栏目发表《鸣呼买办政策》。

11 月,长篇小说《梅兰芳》在《神皋杂俎》连载,至 1919 年 4 月 6 日连载结束。

1919 年(民国八年)

1 月 11 日,在《盛京时报》第一版论说栏目发表《国家之改组》。

1 月 19—22 日,在《神皋杂俎》戏评栏目发表《书女优须磨子殉情事》(虽未署名,但从文章内容可以认定作者为穆儒丐)。

1 月 26 日,在《盛京时报》第一版论说栏目发表《社会制裁》。

2 月 8 日,在《盛京时报》第一版论说栏目发表《闻日政府拟废鸦片专卖感言》。

2 月 15 日,在《盛京时报》第一版论说栏目发表《民族问题私议》。

2 月 22 日,在《盛京时报》第一版论说栏目发表《和平会议之前途》。

3 月 1 日,在《盛京时报》第一版论说栏目发表《记者与新闻眼》。

3 月 15 日,在《盛京时报》第一版论说栏目发表《都市行政与道路》。

3 月 22 日,在《盛京时报》第一版论说栏目发表《南北对照之祸国说》。

3 月 28 日,《神皋杂俎》刊登"小说预告",为即将连载的穆儒丐翻译作品——战争小说《情魔地狱》做广告。

3 月 29 日,在《盛京时报》第一版论说栏目发表《勖平和会议》。

4 月 3 日,《神皋杂俎》文苑栏目,刊登了署名"花奴"的文章《梅兰芳说部杀青在即爰

---

① 因《盛京时报》保存资料不完整,无法确定《女优》的起始登载时间和结束时间。在《盛京时报》影印本中只能看到 1918 年 4 月 2 日六十二节至同年 6 月 30 日一三七节。

题四绝并柬儒丐》。作为回应,4 月 4 日,儒丐在《神皋杂俎》文苑栏目发表《和花奴见赠》。4 月 8 日,瘦吟馆主在《神皋杂俎》文苑栏目发表《踵花奴题梅兰芳说部韵并寄儒丐》。4 月 11 日,竹侬在《神皋杂俎》文苑栏目发表《儒丐君梅兰芳说部脱稿题四律》。4 月 12 日,赵锡斌在《神皋杂俎》文苑栏目发表《读梅兰芳说部爰题四绝并呈儒丐》。4 月 13 日,周兴在《神皋杂俎》文苑栏目发表《梅兰芳说部绝麟而后花奴瘦吟馆主各题四绝余亦敬踵前韵而和之并柬儒丐》。4 月 18 日,抗尘子在《神皋杂俎》文苑栏目发表《题梅兰芳小说用花奴原均质之儒丐其嗔我为佛头点粪否》。

4 月 5 日,在《盛京时报》第一版论说栏目发表《亲善刍言》。

4 月 8 日,署名穆笃里在《神皋杂俎》刊登《代邮》,请悯卿室主和瘦吟馆主示真姓名及住处。

4 月 8 日—8 月 30 日,在《神皋杂俎》连载翻译的德国小说《情魔地狱》。

4 月 19 日,在《盛京时报》第一版论说栏目发表《司法独立》。

4 月 20 日,在《盛京时报》第一版论说栏目发表《过激思想之将来》。

4 月 23 日,在《盛京时报》第一版论说栏目发表《暹罗亦虐待华侨耶》。同日在《神皋杂俎》艺圃栏目发表《评刘问霞》。

4 月 26 日,在《盛京时报》第一版论说栏目发表《欢迎邮政储蓄》。

4 月 29 日,在《神皋杂俎》戏评栏目发表《刘永春》《蒋芹香》。

5 月 3 日,在《盛京时报》第一版论说栏目发表《世界大势之前途》。

5 月 4 日—6 日,在《神皋杂俎》戏评栏目发表《三日晚第一楼观剧记》。

5 月 14 日,在《盛京时报》第一版论说栏目发表《对外与对内》。

5 月 18 日,在《神皋杂俎》戏评栏目连载《梨园小评》。

5 月 21 日,在《盛京时报》第一版论说栏目发表《警告国民》。

5 月 24 日,在《盛京时报》第一版论说栏目发表《不祥之消息》。

6 月,穆儒丐长篇小说《梅兰芳》单行本出版,首开东北出版单行本小说的历史。

7 月 26 日,在《盛京时报》第一版论说栏目发表《督军亡国论》。

8 月 2 日,在《盛京时报》第一版论说栏目发表《虐待生畜》。

8 月 16 日,在《盛京时报》第一版论说栏目发表《余之防疫谈》。

1919 年沈阳庆丰第一楼剧场开业,儒丐时而去观戏,自 8 月 16 日开始,在《神皋杂俎》戏评栏目,不定期刊载《儒丐戏话》,品评戏剧、名角,介绍戏剧知识和掌故。

8 月 23 日,在《盛京时报》第一版论说栏目发表《大隈侯》。

9 月 6 日,在《盛京时报》第一版论说栏目发表《学生团之请愿》。

9 月 11 日—10 月 28 日,在《神皋杂俎》发表短篇小说《毒蛇罇》。

9 月 13 日,在《盛京时报》第一版论说栏目发表《和议刍言》。同日在《神皋杂俎》戏评栏目发表《小舞台戏评》,介绍公园小绿天小舞台内演员和票友的戏曲演出情况。

9 月 20 日,在《盛京时报》第一版论说栏目发表《党祸亡国论》。

9 月 24 日—26 日,在《神皋杂俎》发表《红楼时语》,用小说《红楼梦》中的人物和情节来比附当时的政府、政客、记者、教育界等社会人物和现象。

10 月 4 日,在《盛京时报》第一版论说栏目发表《战后之德国》。

10 月 18 日,在《盛京时报》第一版论说栏目发表《未来之一隐忧》。

10 月 25 日,在《盛京时报》第一版论说栏目发表《敬告警察厅》。

11 月 8 日，在《盛京时报》第一版论说栏目发表《余之烟酒借款观》。

11 月 9 日—14 日，在《神皋杂俎》发表“滑稽短篇”《咬舌》。

11 月 15 日，在《盛京时报》第一版论说栏目发表《呜呼军纪》。《神皋杂俎》刊登儒丐“社会小说”《香粉夜叉》的预告。

11 月 18 日—1920 年 4 月 21 日，在《神皋杂俎》发表小说《香粉夜叉》。

11 月 22 日，在《盛京时报》第一版论说栏目发表《异哉仲裁裁判说》。

12 月 6 日，在《盛京时报》第一版论说栏目发表《治蒙刍言》。

12 月 19 日，《神皋杂俎》书评栏目发表《绮岫阁听书》，记述了穆儒丐与友人瘦吟馆主一起听书。

12 月 13 日，在《盛京时报》第一版论说栏目发表《官僚发财说》。

12 月 20 日，在《盛京时报》第一版论说栏目发表《激党之趋势与中国》。

1920 年（民国九年）

1 月 10 日，在《盛京时报》第一版论说栏目发表《长江派之衰运与时局》。

1 月 17 日，在《盛京时报》第一版论说栏目发表《勖崇俭会》。

1 月 24 日，在《盛京时报》第一版论说栏目发表《和议如何进行乎》。

1 月 31 日，在《盛京时报》第一版论说栏目发表《政治癖》。

2 月 14 日，在《盛京时报》第一版论说栏目发表《思想界之变迁》。

2 月 28 日，在《盛京时报》第一版论说栏目发表《最后之英雄》。

3 月 3 日，在《神皋杂俎》戏评栏目发表《卿鸣舞台观剧记》。

3 月 6 日，在《盛京时报》第一版论说栏目发表《门罗主义之督军》。

3 月 13 日，在《盛京时报》第一版论说栏目发表《再告警务处》。

3 月 21 日，在《神皋杂俎》戏评栏目发表《卿铭半出戏评》。

3 月 27 日，在《盛京时报》第一版论说栏目发表《新派文学之疑点》。

4 月 3 日，在《盛京时报》第一版论说栏目发表《异哉吴佩孚》。

4 月 10 日，在《盛京时报》第一版论说栏目发表《载搏卖产感言》。

4 月 13 日，在《神皋杂俎》戏评栏目发表《星期晚卿明顾曲记》，记述与杏林公子、细腰郎、闵卿室主观戏，批评“梅派”新戏。

4 月 21 日—22 日，在《神皋杂俎》戏评栏目发表《星期日卿明顾曲记》。

4 月 22 日—28 日，在《神皋杂俎》发表《香粉夜叉或问》。

4 月 24 日，在《盛京时报》第一版论说栏目发表《春日述感》。

4 月 27 日—6 月 25 日，在《神皋杂俎》发表小说《海外掘金记》。

5 月 8 日，在《盛京时报》第一版论说栏目发表《去二业说》。

5 月 15 日，在《盛京时报》第一版论说栏目发表《意飞机东来感言》。

5 月 22 日，在《盛京时报》第一版论说栏目发表《哀奏中》。

5 月 30 日，在《盛京时报》第一版论说栏目发表《天问篇》。

6 月 4 日—5 日，在《神皋杂俎》发表《第一楼观剧记》，评论 6 月 2 日在第一楼剧院演出的《胭脂虎》《打花鼓》《艳阳楼》。

6 月 5 日，在《盛京时报》第一版论说栏目发表《箴党篇》。

6 月 9 日，在《神皋杂俎》戏评栏目发表《七岁红之两出戏》，文中对武生七岁红演出的《界牌楼》《铁公鸡》两出戏给予很高的评价。

6月12日，在《盛京时报》第一版论说栏目发表《中心势力之必要》。

6月17日，在《神皋杂俎》戏评栏目发表《不会营业的戏园》，批评沈阳戏园白天不好好唱戏，只在夜里认真唱戏的风气。

6月19日，在《盛京时报》第一版论说栏目发表《哀党篇》。

6月22日—7月15日，在《神皋杂俎》书评栏目发表《书场闲话》11篇，介绍沈阳每至夏日，万泉河边的书场茶楼，聘请名角演出盛况和戏曲方面的知识。

6月26日，在《盛京时报》第一版论说栏目发表《张使晋京与皖系》。

7月3日，在《盛京时报》第一版论说栏目发表《人事与天时之关系》。

7月10日，在《盛京时报》第一版论说栏目发表《不彻底之争》。《神皋杂俎》刊登即将连载穆儒丐警世小说《落溷记》的预告。

7月11日—31日，在神皋杂俎的戏评栏目连载5篇《戏场闲话》。

7月15—10月5日，在《神皋杂俎》发表《落溷记》。

7月24日，在《盛京时报》第一版论说栏目发表《内国战之意义》。

7月31日，在《盛京时报》第一版论说栏目发表《段氏失败之原因》。在《神皋杂俎》戏评栏目介绍鹤林社8月1日的演出。

8月3日，在《神皋杂俎》戏评栏目发表《公园鹤林社顾曲记》。

8月7日，在《盛京时报》第一版论说栏目发表《国民大会之疑问》。

8月15日，在《盛京时报》第一版论说栏目发表《忠告直系当局》。

8月21日，在《盛京时报》第一版论说栏目发表《政局之趋势如何》。

9月4日，在《盛京时报》第一版论说栏目发表《厚葬说》。

9月11日，在《盛京时报》第一版论说栏目发表《吾所进于张使者》。

9月18日，在《盛京时报》第一版论说栏目发表《德国之新燃料》。

9月25日，在《盛京时报》第一版论说栏目发表《谜的中国与外人观》。

10月2日，在《盛京时报》第一版论说栏目发表《无能之政府》。

10月6日—8日，在《神皋杂俎》发表短篇小说《五色旗下的死人》。

10月9日，在《盛京时报》第一版论说栏目发表《告电灯厂》的文章。在《神皋杂俎》发表短篇小说《电灯》。

10月12日—17日，在《神皋杂俎》发表短篇小说《难女的经历》。

10月17日—23日，在《神皋杂俎》常识栏目发表《药石新语》。

10月15日，在《神皋杂俎》戏评栏目发表《剧界偶感》。

10月16日，在《盛京时报》第一版论说栏目发表《时局与革命》。

10月23日，在《盛京时报》第一版论说栏目发表《噫借款振灾》。

10月23日—24日，在《神皋杂俎》发表短篇小说《市政》。

10月26日—28日，在《神皋杂俎》戏评栏目发表《废跷见管》。

10月28日—11月，在《神皋杂俎》发表侦探短篇《奇案》。

10月30日，在《盛京时报》第一版论说栏目发表《月蚀》。

12月—1921年2月17日，在《神皋杂俎》发表长篇章回体小说《笑里啼痕录》。

1921年(民国十年)

1月8日，在《盛京时报》第一版论说栏目发表《论阳历》。

1 月 15 日,在《盛京时报》第一版论说栏目发表《政治问屋》。

1 月 22 日,在《盛京时报》第一版论说栏目发表《选举之罪恶》。

1 月 29 日,在《盛京时报》第一版论说栏目发表《革新运动》。

2 月 3 日,在《神皋杂俎》戏评栏目发表《梨园消息》。

2 月 5 日,在《盛京时报》第一版论说栏目发表《说防疫》。

2 月 13 日—15 日,在《神皋杂俎》连载 3 期《汉石经考》。

2 月 19 日,在《盛京时报》第一版论说栏目发表《失库感言》的文章。在《神皋杂俎》戏评栏目发表《戏评小言》。

2 月 25 日,《神皋杂俎》刊出穆儒丐翻译小说《俪西亚郡主传》即将连载的预告。

2 月 26 日,在《盛京时报》第一版论说栏目发表《改良思想》。

2 月 27 日—3 月 9 日,在《神皋杂俎》戏评栏目连载《二柳庵论剧》(此时穆儒丐由最初在沈阳的住所搬迁至"二柳庵"后又称为"半亩园"的住所,庭中固有二柳树,有山林气象,被其称为"二柳庵",大概有半亩左右,因此后又称为"半亩园"),以古人评画以神、妙、能、逸四品,来品评名伶。

3 月 1 日—12 月 29 日,穆儒丐翻译的波兰显克微支的长篇小说《你往何处去》,穆译本以《俪西亚郡主传》为名,在《神皋杂俎》连载。

3 月 5 日,在《盛京时报》第一版论说栏目发表《援库心理》。在《神皋杂俎》文苑栏目发表《代中岛先生寿瑞棠封翁七佚大庆序》。

3 月 10 日—11 日,在《神皋杂俎》品花栏目发表《品花文字应当怎样作》。

3 月 15 日,在《神皋杂俎》品花栏目发表《前夕看花记》。

3 月 16 日,在《神皋杂俎》戏评栏目发表文章《金少梅》。

3 月 12 日,在《盛京时报》第一版论说栏目发表《贤人专制》。

3 月 18 日,在《神皋杂俎》戏评栏目发表《呜呼刘鸿昇》。

3 月 19 日,在《神皋杂俎》戏评栏目发表《刘鸿昇之死——因果律》。

3 月 19 日,在《盛京时报》第一版论说栏目发表《清帝出洋》。

3 月 22 日,在《神皋杂俎》戏评栏目发表《菊言小事》。

3 月 26 日,在《盛京时报》第一版论说栏目发表《宁为玉碎》。

3 月 29 日,在《神皋杂俎》戏评栏目发表《卿鸣一夕记》。

3 月 30 日和 4 月 6 日,在《神皋杂俎》谈丛栏目发表《小说丛话》介绍优秀小说的叙事;《小说丛话(二)》介绍爱尔兰作家格尔的斯密斯。

4 月 2 日,在《神皋杂俎》漫谈栏目发表《植树与伐树》。

4 月 4 日,在《神皋杂俎》漫谈栏目发表《开正步》。

4 月 5 日,在《神皋杂俎》漫谈栏目发表《本末》。

4 月 9 日,在《盛京时报》第一版论说栏目发表《罢教与国家》。

4 月 12 日,在《神皋杂俎》别录栏目发表《梅伶家变书后》。

4 月 13 日,在《神皋杂俎》文苑栏目发表旧体诗《春日偶成即题自画山水》。

4 月 16 日,在《盛京时报》第一版论说栏目发表《外蒙自治》。

4 月 17 日、21 日、28 日,5 月 7 日,在《神皋杂俎》铎声栏目,根据身边发生的事情,发表关于儒丐对市民"公德"缺失的批评。

4 月 22 日,在《神皋杂俎》铎声栏目发表《运动》。

4月23日,在《盛京时报》第一版论说栏目发表《奉直问题》。

4月24日,在《神皋杂俎》文苑栏目发表《答华严阁主人》。

4月30日,在《盛京时报》第一版论说栏目发表《无政府主义》。

5月6日,在《神皋杂俎》戏评栏目发表《三戏牡丹》。

5月7日,在《盛京时报》第一版论说栏目发表《政府与津会》。

5月8日,在《神皋杂俎》戏评栏目发表《卿鸣一夕记》。

5月10日,在《盛京时报》第一版论说栏目发表《军阀与财阀》。在《神皋杂俎》书评栏目发表《庙会听歌记》。

5月13日—20日,在《神皋杂俎》戏评栏目连载《旧剧新解》批评时事。

5月15日,在《神皋杂俎》戏评栏目发表《会仙顾曲记》。

5月16日,在《神皋杂俎》戏评栏目发表《会仙二夕记》。

5月19日,在《神皋杂俎》戏评栏目发表《志小香翠》。

5月21日,在《盛京时报》第一版论说栏目发表《裁兵汰警》。

6月7日,在《神皋杂俎》戏评栏目发表《会仙部顾曲小志》。

6月9日—10日,在《神皋杂俎》戏评栏目发表《说禁戏》。

6月12日,在《神皋杂俎》品花栏目发表《平康一夕话》。

6月14日,在《神皋杂俎》书评栏目发表《星期听鼓记》。

6月15日,在《神皋杂俎》介绍新刊《大东报》。

6月19日,在《盛京时报》第一版论说栏目发表《裁兵机会》。

6月19日—26日,在《神皋杂俎》栏目开始发表《说本戏》。

6月22日,在《神皋杂俎》戏评栏目发表《会仙顾曲记》。

6月25日,在《盛京时报》第一版论说栏目发表《国际关系》。

6月30日,在《神皋杂俎》戏评栏目发表《避暑演剧》。

7月1—6日,在《神皋杂俎》书评栏目发表《艺林小识》。

7月2日,在《盛京时报》第一版论说栏目发表《孝感惨影》。

7月7日,在《神皋杂俎》书评栏目发表《万泉听歌记》。

7月9日,在《盛京时报》第一版论说栏目发表《弥乱刍言》。

7月12日,在《神皋杂俎》戏评栏目发表《万泉河听鼓记》。

7月16日,在《盛京时报》第一版论说栏目发表《鄂督恋栈》。在《神皋杂俎》书评栏目发表《书场闲话》。

7月17日—8月12日,在《神皋杂俎》笔记栏目发表《二柳庵随笔》共11篇。

7月26日,在《神皋杂俎》书评栏目发表《河上听歌》。

7月24日,在《盛京时报》第一版论说栏目发表《太平洋会议》。

7月30日,在《盛京时报》第一版论说栏目发表《自卫》。

8月2日,在《神皋杂俎》品花栏目发表《花氏二姬志》。

8月4日,在《神皋杂俎》文苑栏目刊登了一组穆儒丐、瘦吟、李东园、王孟贤等人在万泉河泛舟听曲唱和的旧体诗。

8月6日,在《盛京时报》第一版论说栏目发表《沪上商业》。

8月9日,在《盛京时报》第一版论说栏目发表《自退》。在《神皋杂俎》书评栏目发表《星期一日记》。

8月10日，中元节，当晚儒丐、瘦吟馆主、不文、憨态郎、竹齐等在小河沿畅欢楼听书。

8月13日，在《盛京时报》第一版论说栏目发表《时局转变》。

8月13日—16日，在《神皋杂俎》发表短篇小说《道路与人心》。

8月13日，在《盛京时报》第一版论说栏目发表《统一之望》。

8月17日，在《神皋杂俎》戏评栏目发表《松鹤轩雅集小志》。

8月18日，在《神皋杂俎》书评栏目发表《万泉一夕记》。

8月20日，在《神皋杂俎》戏评栏目发表《小五朵面面观》。在书评栏目发表《中元一夕记》。

8月26日，在《神皋杂俎》文苑栏目发表旧体诗《蚊》《蝇》。

8月27日，在《盛京时报》第一版论说栏目发表《助吴将军》。

8月30日，在《神皋杂俎》书评栏目发表《新秋之万泉河》。

8月31日，在《神皋杂俎》谐文栏目发表《有钱的忘八大三辈》。

9月3日，在《盛京时报》第一版论说栏目发表《再助吴将军》。

9月6日，在《神皋杂俎》书评栏目发表《星期日之畅观楼》。

9月10日，在《盛京时报》第一版论说栏目发表《哀道德》。

9月18日，在《神皋杂俎》戏评栏目发表《星期四的会仙部》。

9月22日，在《神皋杂俎》文苑栏目发表旧体诗《辛酉中秋酒罢悲生因而有作》。

9月23日，在《神皋杂俎》戏评栏目发表《勉笑鸿影》。

9月24日，在《盛京时报》第一版论说栏目发表《督军与内阁》。在《神皋杂俎》戏评栏目发表《娱乐与人品》。

9月25日，在《神皋杂俎》品花栏目发表《名花一瞥》。

9月29日，在《神皋杂俎》品花栏目发表《嫖之程序》。

10月1日，在《盛京时报》第一版论说栏目发表《子玉失败?》。在《神皋杂俎》文苑栏目发表旧体诗《自饮》。

10月4日，《神皋杂俎》文苑栏目发表了一组李东园、穆儒丐、瘦吟馆主等人重阳节饮酒的旧体诗。

10月5日，在《神皋杂俎》书评栏目发表《昨夕之畅欢楼》。品花栏目发表《昨夕平康所见》。栏目发表《东园留饮并赐小印感赋长句》。

10月6日，在《神皋杂俎》笔记栏目发表《二柳庵笔记》，谈宋诗中的“倾家酿”。

10月7日，在《神皋杂俎》品花栏目发表《昨夕莺燕记》。

10月8日，在《盛京时报》第一版论说栏目发表《陆军检阅史》。

10月9日，在《神皋杂俎》文苑栏目发表《奉和雅峰夫子秋日游静宜园韵有序》。

10月13日，在《神皋杂俎》品花发表《昨夕游记》。

10月14日，在《神皋杂俎》书评栏目发表《昨夕之畅欢楼》。

10月15日，在《盛京时报》第一版论说栏目发表《箴青年》。

10月16日，在《神皋杂俎》戏评栏目发表《戏词小言》。

10月19日，在《神皋杂俎》戏评栏目发表《康喜寿》。

10月21日，在《神皋杂俎》戏评栏目发表《会仙顾曲记》。

10月22日，在《盛京时报》第一版论说栏目发表《商埠与市政》。

10月23日、25日，在《神皋杂俎》品花栏目发表《书从良二事》。

10 月 27 日，在《神皋杂俎》戏评栏目发表《畅观楼听鼓记》。

10 月 28 日，在《神皋杂俎》品花栏目发表《花间小语》。

10 月 29 日，在《盛京时报》第一版论说栏目发表《共管与时局》。

10 月 30 日、11 月 10 日在《神皋杂俎》品花栏目发表《沈水花城沧桑记》。

11 月 2 日，在《神皋杂俎》戏评栏目发表《中华茶园顾曲记》。

11 月 3 日，在《神皋杂俎》戏评栏目发表《一日晚之中华茶园》。

11 月 4 日—5 日，在《神皋杂俎》别录栏目发表《儒丐宣言》。

11 月 5 日，在《盛京时报》第一版论说栏目发表《为女生请命》。

11 月 6 日，在《神皋杂俎》书评栏目发表《刘问霞之归窑》。

11 月 10 日，在《神皋杂俎》文苑栏目发表《东园约饮醉报此诗即依原韵》。

11 月 12 日，在《盛京时报》第一版论说栏目发表《痛言》。

11 月 15 日，在《神皋杂俎》戏评栏目发表《星期日之会仙园》。

11 月 17 日，在《神皋杂俎》戏评栏目发表《星期二之会仙观剧记》。

11 月 19 日，在《盛京时报》第一版论说栏目发表《如何裁兵乎？》。

11 月 22 日，在《神皋杂俎》戏评栏目发表《会仙观剧记》。

11 月 24 日，在《神皋杂俎》戏评栏目发表《会仙宜演大名府》。

11 月 26 日，在《盛京时报》第一版论说栏目发表《自助》。

11 月 30 日，在《神皋杂俎》戏评栏目发表《第三天的义务戏》。

12 月 2 日，在《神皋杂俎》戏评栏目发表《菊部闲话》。

12 月 3 日，在《盛京时报》第一版论说栏目发表《意军之非行》。

12 月 7 日，在《神皋杂俎》戏评栏目发表《会仙一夕记》。

12 月 10 日，在《盛京时报》第一版论说栏目发表《大学问题》。

12 月 13 日，在《神皋杂俎》戏评栏目发表《畅观听鼓记》。

12 月 17 日，在《盛京时报》第一版论说栏目发表《此例可援乎？》。

12 月 20 日，在《盛京时报》第一版论说栏目发表《吾之观测》。在《神皋杂俎》连载关文英的白话小说《离魂记》，结束后作了评语。

12 月 21 日，在《神皋杂俎》戏评栏目发表《呜呼背景》。

12 月 22 日，在《神皋杂俎》品花栏目发表《莺花短简》。

12 月 25 日，在《神皋杂俎》戏评栏目发表《大新舞台之二小》。

1922 年（民国十一年）

1 月 1 日，在《神皋杂俎》小说栏目发表短篇小说《宜春里》。

1 月—2 月，因事返回北京。

2 月 18 日，在《神皋杂俎》戏评栏目发表《北京戏界一瞥》。

2 月 21 日—4 月 30 日，在《神皋杂俎》连载“哀情小说”《同命鸳鸯》。

2 月 25 日，在《盛京时报》第一版论说栏目发表《禁售国产》《法将过奉》。

2 月 25 日，儒丐与焦影、少田、少岐、怜影游汤岗子温泉，并在 3 月 1 日，在《神皋杂俎》游记栏目发表《汤岗子一日记》。

3 月 4 日，在《盛京时报》第一版论说栏目发表《无党》。

3 月 7 日，在《神皋杂俎》在品花栏目发表《前夕小志》。

3月11日，在《盛京时报》第一版论说栏目发表《幕不堪接》。

3月18日，在《盛京时报》第一版论说栏目发表《利用》。

3月19日晚，儒丐与憨态郎到悦来舞台看戏，并于3月22日、23日在《神皋杂俎》戏评栏目发表《悦来舞台观剧记》。

3月23日晚，在悦来舞台看戏，在3月25日《神皋杂俎》戏评栏目发表《大舞台一夕记》评价3月22日所观戏曲。

3月24日，《神皋杂俎》刊登署名东亚主人寄给儒丐的一封信。

3月31日，《神皋杂俎》刊登了一封哈尔滨袁世安写给穆儒丐的信，题为《一封可感谢的来函》，内容是希望儒丐不要再办品花栏目。4月4日，穆丐在《神皋杂俎》刊登了《复袁世安先生书》，表示接受袁世安的建议，从此不再做品花的文字。

4月1日，在《盛京时报》第一版论说栏目发表《忠告青年》。

4月6日，在《神皋杂俎》戏评栏目发表《悦来舞台宜改良》。

4月8日，在《盛京时报》第一版论说栏目发表《奉天之轻举》。在《神皋杂俎》戏评栏目发表《志金紫玉》。

4月14日，在《神皋杂俎》戏评栏目发表《说恨海》。

4月18日，在《神皋杂俎》戏评栏目发表《为梨园请命》。《神皋杂俎》刊登的翻译小说《妻》(美国欧文著，新民馥堂翻译投稿)连载结束后，穆儒丐做志表示感谢。

4月20日，在《神皋杂俎》戏评栏目发表《菊讯一束》。

4月22日，在《盛京时报》第一版论说栏目发表《战争与自卫》。

4月23日，儒丐与郎笑痴、文东山、张仁镜去看紫金玉演出的《贞女血》，并在4月25日的《神皋杂俎》戏评栏目发表《星期顾曲记》。

4月28日，在《神皋杂俎》戏评栏目发表《新戏与剧本》。

4月29日，在《盛京时报》第一版论说栏目发表《言论需慎》。

4月30日，在悦来舞台看戏，于5月3日在《神皋杂俎》发表《金紫玉之红鸾喜》。

5月3日，在《盛京时报》第一版论说栏目发表《宜求民助》。在戏评栏目李浮生发表的《志会仙茶园之徐母骂曹及翠屏山》后刊登“李浮生先生惠鉴请将尊寓示知以便趋谒。儒丐载拜”。

5月5日，在《神皋杂俎》戏评栏目发表《古今奇观里的戏剧》。

5月6日，在《盛京时报》第一版论说栏目发表《战争之推测》。

5月7日，在《神皋杂俎》发表短篇小说《战争之背景》。

5月7日，在《神皋杂俎》戏评栏目发表《二金之新安驿》，介绍了新安驿这出戏的由来和同光之际的老十三旦侯俊山，同时介绍了沈阳悦来舞台与会仙茶园两班合演该戏的情况。

5月9日、11日，在《神皋杂俎》戏评栏目发表《如是我闻之戏界消息》，记述了沈阳悦来舞台经理和演员的纠纷。

5月12日—19日，在《神皋杂俎》笔记栏目发表《小说话》。

5月13日，在《盛京时报》第一版论说栏目发表《哀沈篇》。

5月14日，在会仙茶园看戏，于5月17日在《神皋杂俎》戏评栏目发表《会仙顾曲记》。

5月19日，在会仙茶楼观戏，于5月21日在《神皋杂俎》戏评栏目发表《会仙顾曲记》。

5月20日,在《盛京时报》第一版论说栏目发表《大哉文告》。在《神皋杂俎》戏评栏目发表《志龙瑞恒》。

5月24日,在《神皋杂俎》戏评栏目发表《扮戏的规矩》。

5月27日,在《盛京时报》第一版论说栏目发表《为三省贺》。

5月28日,在《神皋杂俎》戏评栏目发表《戏界消息》。

5月30日,在《神皋杂俎》戏评栏目发表《会仙的角色》。

6月2日,在《神皋杂俎》戏评栏目发表《戏剧杂谈》。

6月3日,在《神皋杂俎》戏评栏目发表《戏界消息》。

6月4日,在《神皋杂俎》戏评栏目发表《戏界消息》。

6月7日,在《神皋杂俎》戏评栏目发表《戏界消息》。

6月8日,在《神皋杂俎》戏评栏目发表《第一楼戏评》。

6月9日—15日,在《神皋杂俎》连载短篇小说《锄与枪》。

6月10日,在《盛京时报》第一版论说栏目发表《自治之义》。

6月14日,在《神皋杂俎》戏评栏目发表《票友与内行》。

6月16日,在《神皋杂俎》戏评栏目发表《梨园大须改良》。

6月18日,在《盛京时报》第一版论说栏目发表《停战妥协》。在《神皋杂俎》戏评栏目发表《保护梨园》。在《神皋杂俎》铎声栏目发表《慎行》。

6月20日,在《神皋杂俎》戏评栏目发表《戏园与市民》,铎声栏目发表《戒严与细民》。

6月21日,在《神皋杂俎》铎声栏目发表《杀人是杀自己》。

6月23日,在《神皋杂俎》铎声栏目发表《丢了一个公园》。

6月25日,在《盛京时报》第一版论说栏目发表《停战与奉局》。

6月27日—12月12日,在《神皋杂俎》连载长篇自传小说《徐生自传》。

7月1日,在《盛京时报》第一版论说栏目发表《送傲霜庵序》。

7月1日—7日,在《神皋杂俎》谐文栏目发表《戏拟某省宪法草案》(未完)。

7月8日,在《盛京时报》第一版论说栏目发表《公理民权》和《成绩》。

7月12日,在《盛京时报》第一版论说栏目发表《椅子宜换矣》。在《神皋杂俎》书评栏目发表《万泉闻歌记》。

7月15日,在《盛京时报》第一版论说栏目发表《忠告奉当局》。

7月16日,在《神皋杂俎》书评栏目发表《谨告辰生先生》。

7月19日,在《盛京时报》第一版论说栏目发表《军人之德行》。

7月20日,在《神皋杂俎》书评栏目发表《艺讯二则》《和辰生说话》。

7月21日,在《神皋杂俎》书评栏目发表《歌人与食品》。

7月22日,在《盛京时报》第一版论说栏目发表《犹争地盘乎》。

7月29日,在《盛京时报》第一版论说栏目发表《今后之一战》和《南市场之工程》。

8月2日,在《盛京时报》第一版论说栏目发表《须兴市政》。

8月9日,在《盛京时报》第一版论说栏目发表《助王岷源氏》。在《神皋杂俎》别录栏目发表《答警瑕先生书》。

8月12日—17日,在《神皋杂俎》别录栏目连载《艺术之批评》。

8月16日,在《盛京时报》第一版论说栏目发表《巧拙之分》。
8月23日,在《盛京时报》第一版论说栏目发表《犹讲情面乎?》。
8月29日,在《盛京时报》第一版论说栏目发表《南北市场》。
9月2日,在《盛京时报》第一版论说栏目发表《登庸实验》。
9月6日,在《盛京时报》第一版论说栏目发表《废党》。
9月9日,在《盛京时报》第一版论说栏目发表《甄党篇》。
9月16日,在《盛京时报》第一版论说栏目发表《扣车问题》。
9月20日,在《盛京时报》第一版论说栏目发表《市政须独立》。
9月23日,在《盛京时报》第一版论说栏目发表《外人与教育》。
9月30日,在《盛京时报》第一版论说栏目发表《读史箴言》。
10月4日,在《盛京时报》第一版论说栏目发表《身分与衣服》。
10月10日,在《神皋杂俎》戏评栏目发表《没戏看》。
10月13日,在《神皋杂俎》戏评栏目发表《奉垣顾曲家之例好》。
10月14日,在《盛京时报》第一版论说栏目发表《铁路小言》。
10月18日,在《盛京时报》第一版论说栏目发表《余之早川观》。在《神皋杂俎》文苑栏目发表七言绝句《书感》。
10月19日,在《神皋杂俎》书评栏目发表《青莲阁一夕记》。
10月21日,在《盛京时报》第一版论说栏目发表《电车问题》。在《神皋杂俎》戏评栏目发表《剧事答金涛先生》。
10月22日,在《神皋杂俎》戏评栏目发表《介绍移风社》。
10月25日,在《盛京时报》第一版论说栏目发表《中山之成功》。
10月25日晚,到北市场青莲阁听戏曲,于26日在《神皋杂俎》书评栏目发表《前晚之青莲阁》。
11月4日,在《盛京时报》第一版论说栏目发表《马铁之废存》。
11月8日,在《盛京时报》第一版论说栏目发表《赤俄与中国》。
11月15日,在《盛京时报》第一版论说栏目发表《须知大体》和《再说"宛平政府"》。
11月22日,在《盛京时报》第一版论说栏目发表《奉直和议观》。
11月25日,在《盛京时报》第一版论说栏目发表《中国报纸观》和《答某报》。
11月28日,在《神皋杂俎》译丛栏目发表《教士与地痞》。
11月29日,在《盛京时报》第一版论说栏目发表《政治教唆犯》和《宛平政府的我见》。
12月3日,在《盛京时报》第一版论说栏目发表《社会观念》。在《神皋杂俎》谐文栏目发表《阳虎是傻小子》。
12月7日,在《神皋杂俎》戏评栏目发表《会仙舞台顾曲记》。
12月9日,在《盛京时报》第一版论说栏目发表《政治之恶化》和《我们自己的赛马》。
12月13日,《神皋杂俎》戏评栏目发表《大舞台顾曲记》。
12月15日,在《神皋杂俎》戏评栏目发表《戏风日坏》。
12月16日,在《盛京时报》第一版论说栏目发表《不良少年》。
12月20日,在《盛京时报》第一版论说栏目发表《共管说》。
12月22日,穆儒丐与郎笑痴一起观戏,于23日在《神皋杂俎》戏评栏目发表《北市场一夕游》。

12月24日,在《神皋杂俎》戏评栏目发表《说贫女泪》。

12月30日,在《盛京时报》第一版论说栏目发表《裁兵与民团》和《赤俄野心之可畏》。

1923年(民国十二年)

1月1日,在《神皋杂俎》发表小说《猪八戒上任》。

1月10日,在《盛京时报》第一版论说栏目发表《裁兵运动》。

1月13日,在《盛京时报》第一版论说栏目发表《裁兵与招匪》和《公告剿匪情形》。

1月17日,在《盛京时报》第一版论说栏目发表《赌博与政治》。

1月18日—19日,在《神皋杂俎》戏评栏目连载《北京第一舞台义务戏单》。

1月20日,在《盛京时报》第一版论说栏目发表《暴民专制》。

1月20日晚,观看奉天青年会新剧第一日义务戏,于23日在《神皋杂俎》戏评栏目发表《青年会之义务会》,记述了该剧团上演天津南开中学的新剧《一文钱》,儒丐对此晚演出给予了很高的评价。

1月21日,在《盛京时报》第一版论说栏目发表《可怜的惨杀案》。

1月24日,在《神皋杂俎》戏评栏目发表《记北京第一舞台义务戏单第二夜》。

1月25日,在《盛京时报》第一版论说栏目发表《养不教》。

1月27日,在《盛京时报》第一版论说栏目发表《爱护国粹》。

1月28日,在《盛京时报》第一版论说栏目发表《赣人之愚策》。

1月31日,在《盛京时报》第一版论说栏目发表《长江派危矣》。

2月1日—7日,在《神皋杂俎》戏评栏目发表《说新剧》。

2月3日,在《盛京时报》第一版论说栏目发表《政党祸国》。

2月7日,在《盛京时报》第一版论说栏目发表《封台与封印》。

2月9日,在《神皋杂俎》戏评栏目发表《鸿泰轩一夕记》。

2月10日,在《盛京时报》第一版论说栏目发表《长生之道》。

2月14日,在《盛京时报》第一版论说栏目发表《罢工之是非》和《出尔反尔》。

2月20日,北京荣剑尘的福昇堂八角鼓全班和广恩普,到沈阳北市场附近的青莲阁茶社演出。穆儒丐与瘦吟、芗福、怜影、憨态郎、守鹤等人在丽影照相馆拍了合照,然后去青莲阁看戏。并于22日,在《神皋杂俎》戏评栏目发表《青莲阁顾曲记》,称"自荣剑尘到奉以来,往无虚夕"。

2月24日,在《盛京时报》第一版论说栏目发表《大元帅府》。在《神皋杂俎》戏评栏目发表《青莲阁一夕记》。

2月25日,在《神皋杂俎》戏评栏目发表《大舞将演好戏》。

2月27日,在《盛京时报》第一版论说栏目发表《又欲置经略》。在《神皋杂俎》书评栏目发表《志两段好书》。

2月28日—9月20日,自传小说《北京》,连载于《神皋杂俎》。

3月2日,在《神皋杂俎》书评栏目发表《青莲阁闻歌小志》。

3月3日,在《盛京时报》第一版论说栏目发表《共同目的》。在《神皋杂俎》书评栏目发表《十四日之青莲阁》。

3月6日，在《神皋杂俎》戏评栏目发表《会仙舞台一夕记》。

3月7日，在《神皋杂俎》戏评栏目发表《会仙顾曲记》。

3月8日，在《神皋杂俎》戏评栏目发表《会仙舞台顾曲记》。

3月10日，在《盛京时报》第一版论说栏目发表《考派留学生》。在《神皋杂俎》戏评栏目发表《大观茶园义务戏》。

3月13日，在《神皋杂俎》戏评栏目发表《大观茶园观剧记》。

3月14日，在《神皋杂俎》戏评栏目发表《大观茶园义务戏》。

3月14日，在《盛京时报》第一版论说栏目发表《公共卫生》。

3月15日，在《神皋杂俎》戏评栏目发表《昨夕顾曲记》。

3月16日，在《神皋杂俎》戏评栏目发表《偶然看了两出戏》。

3月17日，在《盛京时报》第一版论说栏目发表《不可解》。

3月21日，在《盛京时报》第一版论说栏目发表《统一之障》。

3月23日，在《神皋杂俎》戏评栏目发表《北市场观戏记》。

3月23—27日，在《神皋杂俎》连载《剧场小言》。

3月24日，在《盛京时报》第一版论说栏目发表《电车与市政》。在《神皋杂俎》戏评栏目发表《贾玉峰的四进士》。

3月28日，在《盛京时报》第一版论说栏目发表《国家之病》。

3月30日，在《神皋杂俎》戏评栏目发表《介绍刘竹友》。

3月31日，在《盛京时报》第一版论说栏目发表《纪念耶稣》。

4月1日，在《神皋杂俎》书评栏目发表《青莲阁一夕记》。

4月5日晚，在青莲阁听大鼓书然后去大观茶园看戏，于4月6日，在《神皋杂俎》戏评栏目发表《大观园两出》，在书评栏目发表《青莲阁一夕记》。

4月7日，在《盛京时报》第一版论说栏目发表《南北市场观》。

4月11日，在《盛京时报》第一版论说栏目发表《余之再战观》。在《神皋杂俎》戏评栏目发表《说刘竹友》。

4月14日，在《盛京时报》第一版论说栏目发表《飞行摩托车》。同日晚与妻子一起去青莲阁听书，于4月15日在《神皋杂俎》书评栏目发表《青莲阁一夕记》。

4月18日，在《盛京时报》第一版论说栏目发表《道德与经济》。

4月20日，在《神皋杂俎》戏评栏目发表《菊界消息一束》。

4月21日，在《盛京时报》第一版论说栏目发表《无聊之人》。

4月25日，在《盛京时报》第一版论说栏目发表《奉军之多算》。

5月，奉天道德会成立，张惠霖为会长，穆儒丐也是发起人之一。

5月2日，在《盛京时报》第一版论说栏目发表《瞽瞍杀人》。

5月2日，在北市场群仙舞台看同乡老生刘竹友、郎笑痴等演出的《坐宫》《盗令》，3日在《神皋杂俎》戏评栏目发表《群仙一出戏》。

5月4日，在《神皋杂俎》戏评栏目发表《刘竹友之逍遥津》。

5月5日，在《盛京时报》第一版论说栏目发表《望奉直妥协》。

5月9日，在《盛京时报》第一版论说栏目发表《商埠地养猪》。在《神皋杂俎》戏评栏目发表《戏界消息》《群仙茶园之人材》。

5月16日，在《盛京时报》第一版论说栏目发表《如何弥匪患》。

5月19日，在《盛京时报》第一版论说栏目发表《政治与文化》。

5月22日—6月5日，在《神皋杂俎》别录栏目连载《新闻纸学浅说》（未完）。

5月22日—24日，在《神皋杂俎》戏评栏目发表《五种角色概说》（未完）。

5月23日，在《盛京时报》第一版论说栏目发表《匪患感言》。

5月25日，道德研究会成立，儒丐经常参加道德研究会的活动。

5月26日，在《盛京时报》第一版论说栏目发表《远东运动会》。

5月29日，在《神皋杂俎》戏评栏目发表《角色之变例》。

5月30日，在《盛京时报》第一版论说栏目发表《市政小言》。

5月31日，在《神皋杂俎》戏评栏目发表《听刘汉卿一出戏》，评论了29日在北市场群仙楼所观戏曲。

6月2日，在《盛京时报》第一版论说栏目发表《瓜分宾座》。

6月9日，在《盛京时报》第一版论说栏目发表《国民性》。

6月13日，在《盛京时报》第一版论说栏目发表《政海风波》。

6月14日，在《神皋杂俎》戏评栏目发表《乾坤大舞台观剧记》。

6月16日，在《盛京时报》第一版论说栏目发表《书感》。

6月20日，在《神皋杂俎》戏评栏目发表《端午节南市场观剧记》。

6月22日，在《神皋杂俎》戏评栏目发表《南市场观剧志》。

6月30日，在《盛京时报》第一版论说栏目发表《难产》。

7月3日，在《神皋杂俎》书评栏目发表《万泉河听歌记》。

7月4日，在《盛京时报》第一版论说栏目发表《清室之大火》。在《神皋杂俎》戏评栏目发表《票友出身名角一览表》。

7月7日，在《神皋杂俎》书评栏目发表《福照春听书记》，记载5日在万泉河边福照春茶社观看荣剑尘单弦演出。

7月12日—13日，在《神皋杂俎》书评栏目连载《说单弦》。

7月14日，在《盛京时报》第一版论说栏目发表《可怜之曹锟》。在《神皋杂俎》书评栏目发表《说快书》《说大鼓》。

7月15日，在《神皋杂俎》书评栏目发表《说相生》。

7月20日，在《神皋杂俎》戏评栏目发表《菊讯一则》。

7月26日，在《盛京时报》第一版论说栏目发表《今后之清室》。

7月27日，在《神皋杂俎》戏评栏目发表《乾坤舞台两出戏》。

7月28日，在《盛京时报》第一版论说栏目发表《庸医之害》。

8月1日，在《盛京时报》第一版论说栏目发表《市民之训练》。

8月4日，在《盛京时报》第一版论说栏目发表《改造心理》。

8月8日，在《盛京时报》第一版论说栏目发表《热》。

8月11日，在《盛京时报》第一版论说栏目发表《言与行》。

8月14日，在《神皋杂俎》戏评栏目发表《菊讯一束》。

8月15日，在《盛京时报》第一版论说栏目发表《提倡美术》。

8月18日，在《神皋杂俎》戏评栏目发表《菊讯二则》。

8月24日，在《神皋杂俎》戏评栏目发表《辨醉酒之扮装》。

8月25日，在《盛京时报》第一版论说栏目发表《大选与奉天》。在《神皋杂俎》戏评栏目发表《乾坤舞台顾曲记》。

8月29日，在《盛京时报》第一版论说栏目发表《英人之外交》。

8月30日，在《神皋杂俎》戏评栏目发表《说溪皇庄》。

9月11日，在《盛京时报》第一版论说栏目发表《市政论》。

9月15日，在《盛京时报》第一版论说栏目发表《黄陂赴沪》。

9月21日—25日，在《神皋杂俎》戏评栏目发表《我所选的皮黄戏》。

9月22日，在《盛京时报》第一版论说栏目发表《唐氏之谈话》。

9月28日—10月16日，在《神皋杂俎》戏评栏目发表《新剧与旧剧》。

10月3日，在《盛京时报》第一版论说栏目发表《文学的我见》。

10月6日，在《盛京时报》第一版论说栏目发表《今后之时局》。

10月10日，在《盛京时报》第一版论说栏目发表《成功与民意》。

10月16日，在《盛京时报》第一版论说栏目发表《今后之战争》。

10月18日，在《神皋杂俎》戏评栏目发表《李玉奎及程永龙》，记述名伶李玉奎、程永龙来奉在会仙舞台演出的情景。

10月19日，在《神皋杂俎》戏评栏目发表《会仙观剧记》，记述了17日在会仙楼观戏的情况。

10月20日，在《盛京时报》第一版论说栏目发表《科学生活》。

10月27日，在《盛京时报》第一版论说栏目发表《反直之形势》。

10月30日，在《盛京时报》第一版论说栏目发表《对日知识》。

11月3日，在《盛京时报》第一版论说栏目发表《中医之曙光》。

11月4日，到沈阳城内道德研究会参会。

11月6日，在《神皋杂俎》戏评栏目发表《会仙之义务剧略评》。

11月8日，在《神皋杂俎》戏评栏目发表《提高顾曲程度》。

11月8日—1923年1月18日，在《神皋杂俎》连载金小天著、儒丐阅哀情小说《鸾凤离魂录》。

11月9日，在《神皋杂俎》戏评栏目发表《七日晚之义务戏》。

11月10日，在《盛京时报》第一版论说栏目发表《秘密与公开》。在《神皋杂俎》戏评栏目发表《公余俱乐部之义务戏》。

11月13日，在《神皋杂俎》戏评栏目发表《北市场群仙舞台之奋斗》。

11月17日，在《盛京时报》第一版论说栏目发表《陋哉直系》。

11月20日，在《盛京时报》第一版论说栏目发表《市政之观念》。

11月30日—12月8日，在《神皋杂俎》戏评栏目发表《戏剧之教训》。

12月1日，在《盛京时报》第一版论说栏目发表《迁移刑场议》。

12月8日，在《盛京时报》第一版论说栏目发表《新与旧》。

12月11日—15日，在《神皋杂俎》别录栏目连载《谩骂与讽刺》。

12月15日，在《盛京时报》第一版论说栏目发表《废娼之研究》。

12月16日，在《神皋杂俎》文苑栏目翻译苏格兰诗人米尔克的诗《赠杜鹃》。

12月22日，在《盛京时报》第一版论说栏目发表《学!》。在《神皋杂俎》文苑栏目意译英国诗人洛格斯《述怀》。

12月23日，在《神皋杂俎》笑林栏目发表《西笑》。

12 月 27 日，在《神皋杂俎》戏评栏目发表《评剧家的流品》。

12 月 29 日，在《盛京时报》第一版论说栏目发表《儒家鬼神说》。

本年穆儒丐因得皮肤病，奇痒难忍，无药可医。于 1924—1925 年间染上鸦片，皮肤病好以后就一直吸食鸦片，1930 年开始戒烟。

1924 年（民国十三年）

1 月 6 日，在《神皋杂俎》戏评栏目发表《奉省梨园人材小志》。

1 月 10 日，在《神皋杂俎》笑林栏目发表《西笑》。

1 月 11 日，在《神皋杂俎》发表讽刺小说《他是个文学家》。

1 月 12 日，在《盛京时报》第一版论说栏目发表《读书》。

1 月 19 日，在《盛京时报》第一版论说栏目发表《根本生活》。

1 月 19 日—30 日，在《神皋杂俎》翻译由日本作家谷崎润一郎小说创作的小说《麒麟》。

1 月 25 日，在《神皋杂俎》戏评栏目发表《一段拉杂的戏评》。

1 月 26 日，在《神皋杂俎》戏评栏目发表《第一楼一夕记》，记录了穆儒丐与憨态郎 1 月 24 日去第一楼听戏，以及第一楼重新装修后的情形。

1 月 31 日—4 月 8 日，在《神皋杂俎》连载翻译日本作家谷崎润一郎的小说《艺妒》。

2 月 2 日，在《盛京时报》第一版论说栏目发表《医与药》。

2 月，穆儒丐的自传小说《北京》，由盛京时报出版，陶明浚、韩梦琦、陈蕉影、杨棠吾、白眼狂生、东莱芗福等分别作序，其后有作者自序。

2 月 16 日，在《盛京时报》第一版论说栏目发表《商界须觉悟》。

3 月 2 日，在《神皋杂俎》戏评栏目发表《剧界消息》。

3 月 8 日，在《盛京时报》第一版论说栏目发表《思想与人生》。

3 月 15 日，在《盛京时报》第一版论说栏目发表《去党》。

3 月 22 日，在《盛京时报》第一版论说栏目发表《中俄之外交》。

3 月 26 日，在《神皋杂俎》戏评栏目发表《南市新舞台之二张》，记录了 23 日与冷佛、芗福一起到南市场新舞台看戏。

3 月 29 日，在《盛京时报》第一版论说栏目发表《种牛痘》。

4 月 5 日，在《盛京时报》第一版论说栏目发表《国民道德》。

4 月 8 日—10 日，在《神皋杂俎》别录栏目连载《艺妒译言》。

4 月 11 日，在《神皋杂俎》戏评栏目发表《〈一个老学究的公德〉略评》。

4 月 12 日，在《盛京时报》第一版论说栏目发表《说法治》。

4 月 14 日—17 日，在《神皋杂俎》戏评栏目连载《名旦小志》。

4 月 19 日，在《盛京时报》第一版论说栏目发表《泰戈尔来华》。

4 月 21 日—23 日，在《神皋杂俎》戏评栏目发表独幕短篇《公理之失败》。

4 月 24 日，在《神皋杂俎》戏评栏目发表《王华买父》，评论 19 日在南市场新舞台所观看的戏曲。

4 月 26 日—28 日，在《神皋杂俎》戏评栏目发表《说本戏》。

4 月 30 日—5 月 2 日，在《神皋杂俎》发表《遗嘱》。

5 月 3 日，在《盛京时报》第一版论说栏目发表《物质文明》。在《神皋杂俎》戏评栏目发表《梨园消息》。

5 月 7 日，在《神皋杂俎》戏评栏目发表《新舞台之大名府》。

5 月 10 日，在《盛京时报》第一版论说栏目发表《吸烟与赌博》。

5 月 13 日，在《神皋杂俎》戏评栏目发表《戏界消息》。

5 月 17 日，在《盛京时报》第一版论说栏目发表《修路秘诀》。在《神皋杂俎》戏评栏目发表《戏园之变迁》。

5 月 21 日，在《神皋杂俎》戏评栏目发表《说彩切》。

5 月 24、26 日，在《神皋杂俎》戏评栏目发表《戏与背景》。

5 月 27 日，在《神皋杂俎》戏评栏目发表《记公余俱乐部之彩串》，记述了 25 日，道德研究会周年大会，在小河沿百花楼为会场的庆祝演出。发表《悼张兴周》。

5 月 30 日，在《神皋杂俎》戏评栏目发表《说转台》。

5 月 31 日，在《盛京时报》第一版论说栏目发表《民胞物与》。

6 月 1 日，在《神皋杂俎》谐文栏目发表《窦尔敦制》。

6 月 6 日—7 月 18 日，在《神皋杂俎》别录栏目连载《半亩寄庐说绘》。

6 月 6 日，在《神皋杂俎》戏评栏目发表《菊讯》。

6 月 10 日—12 日，在《神皋杂俎》常识栏目发表《吃西餐》。

6 月 12 日，在《神皋杂俎》戏评栏目发表《公余俱乐部之彩排》，记述 6 月 8 日为公余俱乐部周年纪念，在庆丰第一楼彩排时千人到场的盛况。

6 月 17 日，在《神皋杂俎》书评栏目发表《万泉河之一瞥》。

6 月 19 日，在《神皋杂俎》书评栏目发表《介绍桂兰友》。

6 月 21 日，在《盛京时报》第一版论说栏目发表《整顿金融》。

6 月 22 日，在《神皋杂俎》书评栏目发表《志桂君兰友》。

6 月 24 日，在《神皋杂俎》书评栏目发表《二日听歌记》，记述了 21 日和 22 日在万泉河边听曲的经历。

6 月 25 日，在《神皋杂俎》书评栏目发表《志随缘乐》。

6 月 27 日，在《神皋杂俎》戏评栏目发表《空前未有之火烧向帅》。

6 月 28 日，在《盛京时报》第一版论说栏目发表《制度与习惯》。

6 月 30 日—7 月 1 日，在《神皋杂俎》戏评栏目发表《说卖力气》，讽刺沈阳看戏的人喜欢演戏的“卖力气”。

7 月 3 日，在《神皋杂俎》戏评栏目发表《说狸猫换太子》，记述了陪母亲在南市场新舞台看此戏。发表《剧讯一则》，介绍《狸猫换太子》第一次在沈阳演出的情况。

7 月 5 日，在《盛京时报》第一版论说栏目发表《绘画展览会》。在《神皋杂俎》戏评栏目发表《演戏不可预存成见》。

7 月 6 日，在《神皋杂俎》戏评栏目发表《形头不能乱穿》。

7 月 7 日—8 日，在《神皋杂俎》戏评栏目发表《本戏的编制》。

7 月 12 日—18 日，在《神皋杂俎》戏评栏目发表《说戏装》。

7 月 18 日，在《神皋杂俎》铎声栏目发表《岂不快哉》。

7 月 19 日—20 日，在《神皋杂俎》别录栏目发表《一种心理研究》。

7 月 21 日，在《神皋杂俎》戏评栏目发表《一段拉杂的戏评》。

7 月 26 日，在《神皋杂俎》书评栏目发表《万泉听歌记》，记述了日前与瘦吟、细腰郎，在万泉河藕香榭遇李浮生，一同观看刘问霞、赵兰卿、桂兰友的戏曲。

7 月 19 日，在《盛京时报》第一版论说栏目发表《上下交争利》。

7 月 29 日，在《盛京时报》第一版论说栏目发表《历史地理》。

8 月 2 日、3 日，在《盛京时报》第一版论说栏目连载发表《读文明史》。

8 月 4 日，在《神皋杂俎》别录栏目发表《水浒》。

8 月 4 日，与冷佛、芗福去南市场新舞台看日本拍摄的《水浒传》。

8 月 5 日，在《神皋杂俎》刊登《儒丐启事》。

8 月 6 日，在《神皋杂俎》戏评栏目发表《观水浒传影片》，记述了 4 日观看“日本活动写真会社所制”的电影《水浒》。

8 月 6、7 日，在《神皋杂俎》书评栏目发表《文学的杂艺》。

8 月 7 日，在《神皋杂俎》戏评栏目发表《林冲的戏》。

8 月 8 日，在《神皋杂俎》戏评栏目发表《中国的旧戏》。

8 月 9 日，在《盛京时报》第一版论说栏目发表《市政刍言》。

8 月 14 日—23 日，在《神皋杂俎》戏评栏目发表《中国的社会剧》。

8 月 17 日，在《神皋杂俎》戏评发表《欢迎做左团次来华》。

8 月 16 日，在《盛京时报》第一版论说栏目发表《转移学风》。

8 月 23 日，在《盛京时报》第一版论说栏目发表《眼睛卫生》。

8 月 24 日，在《神皋杂俎》戏评栏目发表《奉天座观剧记》，记述了 22 日观看市川左团次的表演。

8 月 28 日—29 日，在《神皋杂俎》戏评栏目发表《如何图戏剧的进步》。

8 月 30 日，在《盛京时报》第一版论说栏目发表《车牌之研究》。

9 月 1 日，在《神皋杂俎》常识栏目发表《治外法权》。

9 月 5 日，在《神皋杂俎》戏评栏目发表《志张德禄》。

9 月 6 日，在《盛京时报》第一版论说栏目发表《因循之害》。

9 月 7 日—9 日，在《神皋杂俎》戏评栏目连载《说新形头》。

9 月 13 日，在《盛京时报》第一版论说栏目发表《战争与战斗》。在《神皋杂俎》戏评栏目发表《应节戏》，在文苑栏目发表《送水木彪君归国治学序》。

9 月 15 日，在《神皋杂俎》谐文栏目发表《兔儿爷》。

9 月 20 日，在《盛京时报》第一版论说栏目发表《维持治安》。

9 月 25 日，在《神皋杂俎》创作栏目发表《惰村》。

10 月 3 日，在《神皋杂俎》创作栏目发表《悲剧的开幕》。

10 月 4 日，在《盛京时报》第一版论说栏目发表《战时的服务》。在《神皋杂俎》文苑栏目发表一组纪念日本清浦奎吾来沈阳的旧体诗，穆儒丐发表旧体诗《即席呈正奎堂子爵》。

10 月 9 日，在《盛京时报》第一版论说栏目发表《拒毒会》。

10 月 15 日—24 日，在《神皋杂俎》连载小说《四皓》。

10 月 18 日，在《盛京时报》第一版论说栏目发表《可靠的消息》。

10 月 26 日，在《神皋杂俎》谐文栏目发表《克林威尔与现洋》。

11 月 2 日，在《神皋杂俎》戏评栏目发表《紫金玉不日回省》。

11 月 7 日—11 月 10 日，在《神皋杂俎》小说栏目发表《一个绅士》。

11 月 7 日，在《神皋杂俎》戏评栏目发表《志奇双会》。

11月8日，在《盛京时报》第一版论说栏目发表《今后之时局》。

11月15日，在《盛京时报》第一版论说栏目发表《时局之观测》。

11月17日，在《神皋杂俎》谐文栏目发表《戏改一段水浒》。

11月20日，在《神皋杂俎》戏评栏目发表《一夕顾曲记》，记述了18日在会仙楼(此时已经改名为德胜楼)邀请公余俱乐部会员演出。

11月22日，在《盛京时报》第一版论说栏目发表《武力与平和》。

11月26日，在《神皋杂俎》戏评栏目发表《说奇双会》。

11月28日，在《神皋杂俎》谐文栏目发表《白化主义》。

11月29日，在《盛京时报》第一版论说栏目发表《冯玉祥下野》。

12月3日，在《神皋杂俎》别录发表《介绍胭脂虎》。

12月5日，在《神皋杂俎》戏评栏目发表《助金紫玉》。

12月6日，在《盛京时报》第一版论说栏目发表《清室问题》。在《神皋杂俎》戏评栏目发表《说闺情戏》。

12月8日，在《神皋杂俎》戏评栏目发表《战后之戏园》。

12月13日，在《盛京时报》第一版论说栏目发表《忠告警界》。

12月16日，在《神皋杂俎》戏评栏目发表《说战宛城》。

12月20日，在《盛京时报》第一版论说栏目发表《人的事业》。

12月20日—1925年2月26日，在《神皋杂俎》别录栏目连载《半亩寄庐说绘》。

12月27日，在《盛京时报》第一版论说栏目发表《呜呼革命》。

1925年(民国十四年)

1月1日，在《神皋杂俎》童话栏目发表童话《牛》。

1月10日，在《盛京时报》第一版论说栏目发表《政治与背景》。

1月17日，在《盛京时报》第一版论说栏目发表《善后会议》。

1月20日，在《神皋杂俎》戏评栏目发表《梨园回顾录》。

1月23日，在《神皋杂俎》别录栏目发表《京华风物小志》。

1月31日，在《盛京时报》第一版论说栏目发表《中山果死乎》。

2月3日，在《神皋杂俎》戏评栏目发表《说唱》。

2月7日，在《盛京时报》第一版论说栏目发表《生活难》。

2月14日，在《盛京时报》第一版论说栏目发表《伟人与体力》。

2月15日—23日，在《神皋杂俎》别录栏目发表《书肆巡回记》，介绍当时沈阳的书店，包括商务印书局、中华书局、会文堂、世界书局、大东书局、四合堂，日本站新市街日人开办的书店：山阳堂、大陆堂、古本屋。

2月16日，在《神皋杂俎》谈业栏目王克文发表《熊头》，穆儒丐为文章加按语。

2月18日，在《神皋杂俎》戏评栏目发表《德胜舞台三日记》，记述公余俱乐部在德胜舞台的演出，以及自己以票友的身份演出。

2月21日，在《盛京时报》第一版论说栏目发表《势力与利害》。

3月2日，在《神皋杂俎》戏评发表《梨园之趋势》。

3月7日，在《盛京时报》第一版论说栏目发表《忠告邮务局》。在《神皋杂俎》戏评栏目发表《帅府堂会戏参观记》(文章未署名，因为提到白牡丹说十余年未见，感慨无量，因此推测是儒丐。)

3 月 11 日—21 日,在《神皋杂俎》戏评栏目连载《帅府寿戏概观》。

3 月 14 日,在《盛京时报》第一版论说栏目发表《时局又坏矣》。

3 月 21 日,在《盛京时报》第一版论说栏目发表《死体保存》。

3 月 27 日,在《神皋杂俎》戏评栏目发表《演剧消息》。

3 月 27 日—28 日,在《神皋杂俎》戏评栏目连载《编戏须立范围》。

4 月 3 日,在《盛京时报》第一版论说栏目发表《欢迎后藤子》。在《神皋杂俎》别录栏目发表《社会生活与娱乐场》。

4 月 12 日,在《盛京时报》图画周刊,刊登《金息侯先生鬻书》。

4 月 13 日,在《神皋杂俎》戏评栏目发表《游艺会之我见》。

4 月 18 日,在《神皋杂俎》戏评栏目发表《三搜卧龙岗》。

4 月 22 日,在《盛京时报》第一版论说栏目发表《美术校长失踪》。

4 月 22 日—26 日,在《神皋杂俎》连载新剧《马保罗将军》。

4 月 25 日,在《盛京时报》第一版论说栏目发表《理财》。

5 月 6 日—6 月 19 日,在《神皋杂俎》著述栏目连载《美学史纲要》(暂完)。

5 月 10 日,在《神皋杂俎》寓言栏目发表一组《小寓言》,包括《耳与飞机》《煤与乡人》《真珠伪珠》《鹦鹉之舌》。

5 月 13 日,在《盛京时报》第一版论说栏目发表《青年之趣味》。在《神皋杂俎》发表《戏界消息》。

5 月 17 日,在《盛京时报》第一版论说栏目发表《治学之法》。

5 月 24 日,在《盛京时报》第一版论说栏目发表《中国艺术观》。在《神皋杂俎》寓言栏目发表《小寓言:多盗之村》。

6 月 7 日,在《盛京时报》第一版论说栏目发表《实力救国论》,开始了“五卅”惨案后与启明学社、《东三省民报》,主要是《东三省民报》记者安怀音长达两个月的论战。

6 月 9 日,在《盛京时报》第一版论说栏目发表《再伸前说》的文章。

6 月 10 日,在《神皋杂俎》刊登《儒丐自讼》,并附《东三省民报》登载的《特别更正》。

6 月 11 日,在《神皋杂俎》刊登《感谢启明学社的来函》,并附署名为“弟梅黄素”代表启明学社诸友的一封道歉信。

6 月 12 日—14 日,在《神皋杂俎》连载小说《财政次长的兄弟》。

6 月 14 日,在《盛京时报》第一版论说栏目发表《论英人外交》和《奉劝民报记者》。

6 月 17 日,在《神皋杂俎》戏评栏目发表《公余义务第一日》。

6 月 19 日,在《盛京时报》第一版论说栏目发表《可怜的民报记者》和《牺牲之代价》。

6 月 20 日,在《盛京时报》第一版论说栏目发表《运动与外交》。

6 月 24 日—28 日,在《神皋杂俎》艺坛栏目连载《青年画家韩乐然》。

6 月 27 日,在《神皋杂俎》戏评栏目发表《介绍筱爱茹》。

7 月 17 日,在《神皋杂俎》笑林栏目发表一组小笑话,包括《以骂了之》《以骂爱国》《骂宗新教》。

7 月 19 日—8 月 4 日,在《神皋杂俎》首创修养栏目,译述美国 SAMUEL 的 *Character*《品性论》。

7 月 21 日,在《盛京时报》第四版发表《呜呼国报后援会》。

7月22日,在《盛京时报》第四版发表《再致邵丹甫》。

7月23日,在《盛京时报》第一版发表《双手奉送》。

7月24日,在《盛京时报》第一版论说栏目发表《病喻篇》。本日《盛京时报》临时增加一整版与民报对骂。其中的文章没有署名。有一篇《骂宗新教》是穆儒丐17日发表的一则笑话。

7月27日—8月16日,在《神皋杂俎》别录栏目连载《半亩寄庐感想录》。

8月2日,在《盛京时报》第一版论说栏目发表《祸国之徒》。在《神皋杂俎》戏评栏目发表《刘竹友仍在安东》。

8月6日,在《盛京时报》第一版论说栏目发表《俄人无理》。

8月7日,在《盛京时报》第一版论说栏目发表《掩其不善》。在《神皋杂俎》谐文栏目发表《不夺人之所好》。

8月9日,在《盛京时报》第一版论说栏目发表《书感》。

8月17日—20日,在《神皋杂俎》新戏栏目连载短剧《两个公理》。

8月21日,在《盛京时报》第一版论说栏目发表《筑路我见》。

8月22日—25日,在《神皋杂俎》别录栏目连载《说少爷》。

8月23日,在《盛京时报》第一版论说栏目发表《研究本国》。

8月27日,在《神皋杂俎》谐文栏目发表《织女不来》。

8月28日,在《盛京时报》第一版论说栏目发表《转学之是非》和《罢工之传染》。

8月30日,在《盛京时报》第一版论说栏目发表《时事感言》。

9月3日,在《盛京时报》第一版论说栏目发表《历史重演》。

9月6日,在《盛京时报》第一版论说栏目发表《释政客》。

9月8日,在《神皋杂俎》别录栏目发表《志杨令茀女士画》。

9月10日,在《盛京时报》第一版论说栏目发表《曲解法令》。

9月12日,在《盛京时报》第一版论说栏目发表《艺术之价值》。

9月13日,在《盛京时报》第一版论说栏目发表《民族消长》。

9月16日—10月24日,在《神皋杂俎》著述栏目连载《南宗画史》,连载到第三章未完结,便中断了很久。1926年4月14日—6月5日继续刊载,刊载到第九章未完,就不再连载。

9月20日,在《盛京时报》第一版论说栏目发表《助青年》。

9月27日,在《盛京时报》第一版论说栏目发表《教育警察》。

10月2日,在《盛京时报》第一版论说栏目发表《勿伐陵树》。

10月4日,在《盛京时报》第一版论说栏目发表《生活与罢工》。

10月30日,在《盛京时报》第一版论说栏目发表《人格问题》。

11月4日,在《神皋杂俎》谈丛栏目发表《丁伟良》。

11月19日—12月15日,翻译法国作家雨果的小说《克洛得》在《神皋杂俎》连载。

12月18日—12月22日,在《神皋杂俎》艺坛栏目发表《克洛得的解说》。

12月23日,在《盛京时报》第一版论说栏目发表《救济难民办法》。

12月27日,在《盛京时报》第一版论说栏目发表《交付血价》。

1926年(民国十五年)

1月1日,在《神皋杂俎》童话栏目发表《牛与虎》。

1月5日,在《盛京时报》第一版论说栏目发表《吊徐树铮》。

1月7日,在《盛京时报》第一版论说栏目发表《吾之忠告》。

1月8日,在《神皋杂俎》谈丛栏目发表《兴登堡元帅》。

1月9日—23日,在《神皋杂俎》翻译日本《木曜晚报》上刊载的文章《电影与贸易》。

1月14日,在《盛京时报》第一版论说栏目发表《依赖之破绽》。

1月24日,在《盛京时报》第一版论说栏目发表《须购空气》。

1月27日,在《盛京时报》第一版论说栏目发表《中俄问题》。

1月28日,在《盛京时报》第一版论说栏目发表《为贫而战》。

2月2日,在《神皋杂俎》戏评栏目发表《祝两俱乐部》。

2月3日—2月11日,在《神皋杂俎》艺谈栏目连载《旧小说闲话》。

2月10日,在《神皋杂俎》戏评栏目发表《票房说》。

2月11日—12日,在《神皋杂俎》戏评栏目发表《票友说》。

2月6日,在《盛京时报》第一版论说栏目发表《为当局祝》。

2月7日,在《盛京时报》第一版论说栏目发表《省宪》。

2月20日,在《神皋杂俎》发表《春节的报告》。

2月23日,在《盛京时报》第一版论说栏目发表《打破走马灯》。

3月2日,在《神皋杂俎》谈丛栏目发表《上元之回顾》。

3月3日,在《神皋杂俎》别录栏目发表《得画记》。

3月5日,在《神皋杂俎》戏评栏目发表《中央饭店堂会记》。

3月11日,在《神皋杂俎》戏评栏目发表《说诨》。

3月13日—14日,在《神皋杂俎》戏评栏目发表《说词》。

3月15日—17日,《神皋杂俎》戏评栏目发表《说装》。

3月17日,在《盛京时报》第一版论说栏目发表《吾之私见》和《吾为东省策》。

3月18日,《神皋杂俎》戏评栏目发表《说打》。

3月19日,在《盛京时报》第一版论说栏目发表《省长之逐鹿》。

3月21日,在《盛京时报》第一版论说栏目发表《百务废弛》。

3月24日,在《盛京时报》第一版论说栏目发表《路政之我见》和《城门问题》。3月30日,《神皋杂俎》戏评栏目发表《公余彩排记》。

4月1日,在《盛京时报》第一版论说栏目发表《保护牲畜》。

4月2日,在《神皋杂俎》戏评栏目发表《论音色》。

4月4日,在《神皋杂俎》戏评栏目发表《说戏评》。

4月5日,《盛京时报》创办副刊《紫陌》,穆儒丐在创刊号上发表《发刊辞》,提出了“旧不腐,新不浮”的新文化理想。

4月7日,在《神皋杂俎》戏评栏目发表《再说戏评》。

4月8日,在《盛京时报》第一版论说栏目发表《炸毁北京》。

4月12日、19日,在《盛京时报》副刊紫陌第2期、第3期连载《地理小言》。

4月22日—28日,在《神皋杂俎》闲话栏目连载《我的报馆经历》。

5月1日,在《盛京时报》第一版论说栏目发表《私禁大车》。

5月8日,在《盛京时报》第一版论说栏目发表《车税之我见》。

5月14日,在《神皋杂俎》闲话栏目发表《古缘记》。

5月16日,在《盛京时报》第一版论说栏目发表《宜少分润》。

5月22日,在《盛京时报》第一版论说栏目发表《根本解决》。

5月24日,在《盛京时报》副刊《图画周刊》发表《半亩寄庐山水问世》。儒丐列出自己画作的润笔费用。

5月25日,在《盛京时报》第一版论说栏目发表《人天分治》。

5月26日,在《盛京时报》第一版论说栏目发表《惟有保境安民》。

5月31日,在《盛京时报》副刊《图画周刊》刊登穆儒丐画作《秋林远岫图》。

6月10日,在《神皋杂俎》谐文栏目发表《中国的赤化史》。

6月22日,在《盛京时报》第一版论说栏目发表《五月十三》。

6月22日,在《神皋杂俎》戏评栏目发表《介绍杨莲青》。

6月25日,在《盛京时报》第一版论说栏目发表《英雄之名誉》。

6月27日—7月11日在《神皋杂俎》别录栏目发表《学绘一得》。

6月28日,在《神皋杂俎》书评栏目发表《闲歌小记》。

7月3日,在《神皋杂俎》刊登《穆六田启事》。

7月17日—25日,在《神皋杂俎》别录栏目发表《滴涎录》。

7月20日,在《神皋杂俎》别录发表《傻子传》。

7月22日,在《神皋杂俎》别录发表《古缘记》。

7月30日—1927年2月19日,在《神皋杂俎》别录栏目连载《半亩寄庐杂缀》,主要内容为品评书画篆刻,自己学习书画的心得,介绍书画艺术的相关知识。

8月3日,在《盛京时报》第一版论说栏目发表《安慰!》。

8月5日,在《盛京时报》第一版论说栏目发表《货币可以买卖乎》。

8月29日,在《神皋杂俎》艺谈栏目发表《沈水画家小志》。

8月30日—9月1日,在《神皋杂俎》艺谈栏目《珂罗版与真迹》。

9月12日,在《神皋杂俎》艺谈栏目发表《呜呼金北楼》。

日本清浦奎吾9月来奉,吉田总领事设宴,儒丐参加宴会并赋诗,发表在10月4日《神皋杂俎》。

12月9日,在《神皋杂俎》文苑栏目发表《和李东园五十初度原韵》。

12月15日,在《神皋杂俎》戏评栏目发表《商埠俱乐部之彩排记》。

12月17日—21日,在《神皋杂俎》闲话栏目连载《说储蓄会》。

12月24日,在《神皋杂俎》闲话栏目发表《关于字眼的一点闲话》。

12月27日,在《神皋杂俎》文苑栏目发表两首旧体诗旧作《偶成》《秋夜》。

1927年(民国十六年)

1月1日,在《盛京时报》第一版论说栏目发表《新年之辞》。

1月5日,在《神皋杂俎》闲话栏目发表《假中的我》。

1月16日—18日,在《神皋杂俎》闲话栏目发表《雅片问题私见》。

2月10日—15日,在《神皋杂俎》闲话栏目发表《我的新年》。

2月20日,在《神皋杂俎》别录栏目发表《我的小说预告》。

3月9日—1928年2月21日,在《神皋杂俎》连载翻译小说《哀史》(即雨果的《悲惨世界》)。

6月22日—8月7日，在《神皋杂俎》戏评栏目连载《伶史》。

7月23日—8月18日，在《神皋杂俎》艺谈栏目连载《半亩寄庐说书》。

8月6日，在《神皋杂俎》艺谈栏目发表《蝉翼搨之由来》。

8月10日，在《神皋杂俎》艺谈栏目发表《画与世运》。

8月20日—9月1日，在《神皋杂俎》艺谈栏目连载《半亩寄庐所藏碑帖跋尾》。

9月12日—10月27日，在《神皋杂俎》格言栏目刊登《愿体集》。

9月13日—28日，在《神皋杂俎》闲话栏目刊登《秩序》。

10月3日—9日，在《神皋杂俎》闲谈栏目发表《梅案闲谈》。

10月19日—25日，在《神皋杂俎》闲话栏目发表《商店之军阀化》。

10月27日—28日，在《神皋杂俎》艺谈栏目发表《草书概说》。

11月16日—17日，在《神皋杂俎》闲话栏目发表《毁誉——一篇小题大作的文章》。

本年参与创办奉天游艺园有限公司。

民国十七年(1928年)

1月9日，女画家杨令茀送给穆儒丐一张自己1927年在沈阳故宫作画的明信片，在明信片背面题亲笔信："六田先生道席，久疏笺候，敬维，著述妥愉为颂，寄上袁洁珊先生题《我慕室吟草》五古一首祈览。贵报比来画兴如何，茀画像毕，当勤通书札相与讨论也，敬颂著安，杨令茀上。改元十八年一月九日。"①

1月16日—19日，在《神皋杂俎》别录栏目发表《肩书》。

2月10日—12日，在《神皋杂俎》闲话栏目发表《上元节之天灾人祸》。

2月14日，在《神皋杂俎》闲话栏目发表《仆与主》。

2月16日—18日，在《神皋杂俎》别录栏目发表《法律思想》。

2月23日，在《神皋杂俎》闲话栏目发表《狗与家庭》。

2月24日，在《神皋杂俎》发表《译余赘语》。

2月25日，在《神皋杂俎》闲话栏目发表《爱民乎爱官乎》。

2月29日，在《神皋杂俎》艺谈栏目发表《砖塔铭》。

3月3日，在《神皋杂俎》闲话栏目发表《市政问题》。

3月4日—5日，在《神皋杂俎》闲话栏目发表《恶货驱逐良货》。

3月7日，在《神皋杂俎》别录栏目发表《余之富》。

3月10日，在《神皋杂俎》闲话栏目发表《人格破产》。

3月11日—4月2日，在《神皋杂俎》艺谈连载《学书随笔》。

4月4日—10日，在《神皋杂俎》艺谈栏目发表《广武将军碑》。

4月10日，在《神皋杂俎》常识栏目发表《禁治产准禁治产》。

4月11日，在《神皋杂俎》艺谈栏目发表《说帖》。

4月12日，在《神皋杂俎》发表《儒丐启事》。

4月14日，在《神皋杂俎》别录栏目发表《圣学之一节》。

4月16日，在《神皋杂俎》别录栏目发表《妻》。

---

① 1926年沈阳故宫设立"东三省博物馆"，设立东三省博物馆筹备处，当时沈阳故宫已经面目全非，因经费有限，展品不足，请来归国画家杨令茀赴北京故宫，临摹清朝历代帝王画像，画成96幅。杨令茀赠送穆儒丐这张自己作画的明信片，应该就是源自这个事件。

4 月 19 日—20 日，在《神皋杂俎》别录栏目发表《质问电灯厂》。

4 月 21 日，在《神皋杂俎》铎声栏目发表《伤时之言》。

4 月 26 日—27 日，在《神皋杂俎》戏评栏目发表《戏式》。

4 月 27 日—7 月 6 日，在《神皋杂俎》别录栏目发表《儒丐自课录》（未完）。

5 月，在《辽东诗坛》第 35 号上，发表为日本诗人田冈淮海的《入蜀诗记第一卷》作序《入蜀记诗序》。

6 月 24 日，在《神皋杂俎》别录栏目发表《反切浅说》。

6 月 27 日，在《神皋杂俎》别录栏目发表《挽张吴二十师联》。

7 月，在《辽东诗坛》第 37 号上发表《挽张大元帅》。

7 月 6 日—8 日，在《神皋杂俎》常识栏目发表《有限公司》。

7 月 15 日，与儿子泽儿一起进城买衣服，在城隍庙吃冰糕回来腹泻，在家养病 7 日。

7 月 19 日，在《神皋杂俎》别录栏目发表《病中七日记》。

7 月 20 日—29 日，在《神皋杂俎》别录栏目发表《说有限公司》。

7 月 25 日—8 月 15 日，在《神皋杂俎》闲话栏目发表《逆耳之言》。

8 月 17 日—9 月 7 日，在《神皋杂俎》别录栏目发表《用论理学救济时弊》。

9 月 9 日—19 日，在《神皋杂俎》社会问题研究栏目连载《游艺园问题》。

9 月 20 日—28 日，在《神皋杂俎》社会问题研究栏目连载《女教与家庭问题》。

10 月 1 日，在《神皋杂俎》别录栏目《月饼》。

10 月 9 日—10 日，在《神皋杂俎》文苑栏目发表《送张聘三局长序》。

10 月 13 日—14 日，在《神皋杂俎》发表《戏剧之退化与进化》。

10 月 16 日—23 日，在《神皋杂俎》发表《戏剧戏文并经文人润色》（未完）。

10 月 26 日—11 月 2 日，在《神皋杂俎》社会问题研究栏目，连载《近来社会上最苦痛之问题》（未完）。

11 月 24 日—27 日，在《神皋杂俎》戏评栏目连载《道德会之义务戏》。

12 月 10 日，在《神皋杂俎》别录栏目发表《说龙》。

12 月 12 日—18 日，在《神皋杂俎》社会问题研究栏目，连载《中等阶级之破灭及将来之惨象》。

12 月 22 日，在《神皋杂俎》别录栏目发表《贺韩静文君》。

1929 年（民国十八年）

1 月 4 日—6 日，在《神皋杂俎》社会问题研究栏目发表《请教几个问题》。1 月 11 日在《神皋杂俎》别录栏目刊登署名东北少年的《答儒丐先生几个问题》。

1 月 12 日，在《神皋杂俎》社会问题研究栏目发表《交通问题》。

1 月 16 日—27 日，在《神皋杂俎》休养栏目发表《知足之言》。

1 月 31 日—2 月 1 日，在《神皋杂俎》别录栏目发表《钜室宜及时觉悟》。

2 月 3 日，在《神皋杂俎》社会问题研究栏目发表《中国人能以个人为单位么》。2 月 6 日，在《神皋杂俎》别录栏目发表《三省杂谈》（未完）。

2 月 18 日，在《神皋杂俎》别录栏目发表《说娱乐场》。

2 月 19 日，送妻子到车站，儒丐妻子回北京。

2 月 21 日，在《神皋杂俎》别录栏目发表《新旗下之路政》。

2月24日—3月1日，在《神皋杂俎》别录栏目《介绍花火》。在闲话栏目发表《逆耳之言》。

2月28日—3月1日，在《神皋杂俎》发表《左传与经不可分说》。

3月5日—23日，在《神皋杂俎》艺谈发表《学书管见》。

3月10日，在《神皋杂俎》别录栏目发表《取缔汽车之我见》。

3月11日，在《神皋杂俎》戏评栏目发表《戏剧与民众》。

3月13日，在《神皋杂俎》艺谈栏目发表《颜书夫子庙堂记》。

3月14日，在《神皋杂俎》闲话栏目发表《百姓如丧考妣三年四海遏密八音》。

3月16日，在《神皋杂俎》闲话栏目发表《一段老生常谈》。

3月20日，在《神皋杂俎》闲话栏目发表《天道与人事》。

3月22日—23日，在《神皋杂俎》刊出自己收藏的碑帖拓本并附志。

3月27日—30日，在《神皋杂俎》发表《为治庸言》。

4月初生病，在家卧床养病7日。

4月11日，在《神皋杂俎》小评栏目发表《势利眼》。

4月11日—12日，在《神皋杂俎》别录栏目发表《病后感言》。

4月12日，在《神皋杂俎》小评栏目发表《创作力》。

4月13日，在《神皋杂俎》小评栏目发表《维持金融》。

4月15日，在《神皋杂俎》小评栏目发表《权利义务》。

4月15日晚，在友人家饮酒，晚11点归家后，家人告之家里来盗贼，因为发现得早，没有财物丢失。

4月16日，在《神皋杂俎》小评栏目发表《垄断把持》。

4月17日，在《神皋杂俎》小评栏目发表《戴母之孝经》。

4月18日，在《神皋杂俎》小评栏目发表《超人的傀儡》。

4月18日，在《神皋杂俎》别录栏目发表《盗难》。

4月19日，在《神皋杂俎》小评栏目发表《一个记忆》。

4月23日，在《神皋杂俎》小评栏目发表《宗教衰落之原因》。

4月24日，在《神皋杂俎》小评栏目发表《纸币尤可发乎》。

4月25日，在《神皋杂俎》小评栏目发表《得不偿失》。

4月26日，在《神皋杂俎》小评栏目发表《两性冲突》。

4月27日，在《神皋杂俎》小评栏目发表《银行之钱商化》。

5月，南京政府邀请在苏联的宋庆龄回国参加孙总理安葬典礼。苏联备专车送她到长春，东北边防部长官张学良恭迎于沈阳南站，宋庆龄下榻于凌格饭店。穆儒丐作为新闻记者代表团一员赴旅邸采访并作为代表提问。

5月1日，在《神皋杂俎》小评栏目发表《注音字母》。

5月2日，在《神皋杂俎》小评栏目发表《国语注音之疑问》。

5月5日，在《神皋杂俎》小评栏目发表《爱国心何由而生》。

5月6日，在《神皋杂俎》小评栏目发表《宣传》。

5月8日，在《神皋杂俎》小评栏目发表《他人之利益可侵害乎》。

5月9日，在《神皋杂俎》小评栏目发表《矢人惟恐不伤人函人惟恐伤人》。

5月10日，在《神皋杂俎》小评栏目发表《大学图说》。

5月12日,在《神皋杂俎》小评栏目发表《银行与道德》。

5月13日,在《神皋杂俎》小评栏目发表《保畜》。

5月15日,在《神皋杂俎》小评栏目发表《呜呼法律》。

5月16日,在《神皋杂俎》小评栏目发表《言论可以随便么》。

5月19日,在《神皋杂俎》小评栏目发表《报纸言论之程度》。

5月20日,在《神皋杂俎》小评栏目发表《假冒》。

5月22日,在《神皋杂俎》小评栏目发表《呜呼电表押金》。

5月23日,在《神皋杂俎》小评栏目发表《恩人》。

5月25日,在《神皋杂俎》小评栏目发表《应如何取缔假冒乎》。

5月26日,在《神皋杂俎》小评栏目发表《科学 救国》。

5月29日,在《神皋杂俎》小评栏目发表《租税之转嫁》。

5月30日,在《神皋杂俎》小评栏目发表《税》。

5月31日,在《神皋杂俎》小评栏目发表《呜呼倒戈家》。

6月5日,在《神皋杂俎》小评栏目发表《改良市区》。

6月6日,在《神皋杂俎》小评栏目发表《侵占是便宜吗》。

6月6日,在《神皋杂俎》别录栏目发表《可怜的韩敬文》。

6月8日,在《神皋杂俎》别录栏目发表《成功的公式》。

6月9日,在《神皋杂俎》别录栏目发表《工厂与民居》。

6月10日,在《神皋杂俎》别录栏目发表《中国人之政治的生命》。

6月11日,在《神皋杂俎》别录栏目发表《残忍职业可以放任下去吗》。

6月14日,在《神皋杂俎》别录栏目发表《关于读哀史的几句话》。

6月15日,在《神皋杂俎》别录栏目发表《躐等不能成功》。

6月21日—24日,在《神皋杂俎》卫生栏目发表《中西医说》。

7月3日,在《神皋杂俎》别录栏目发表《甚于鸦片之毒物来》。

7月6日,在《神皋杂俎》别录栏目发表《无耻行为等于强盗》。

7月11日,在《神皋杂俎》别录栏目发表《法纪公理不伸国家难于》。

7月12日,在《神皋杂俎》别录栏目发表《不得已而言之》。

7月13日,在《神皋杂俎》别录栏目发表《各公馆官衙宜有以自处》。

7月14日,在《神皋杂俎》别录栏目发表《今日之官场非旧官场》。

7月16日,在《神皋杂俎》别录栏目发表《童子军之社会的服务》。

7月19日,在《神皋杂俎》别录栏目发表《卖国的资格》。

7月26日,在《神皋杂俎》别录栏目发表《印四库全书的我见》。

7月27日—8月3日,在《神皋杂俎》发表《捧角家小传》。

8月10日,在《神皋杂俎》别录栏目发表《水患感言》。

8月12日—1931年7月5日,在《神皋杂俎》翻译法国大仲马小说《严窟岛伯爵》(即《基督山伯爵》)。

8月18日,在《神皋杂俎》小评栏目发表《我所希望之人才》。

8月26日,在《神皋杂俎》小评栏目发表《对俄战争之我见》。

8月27日,在《神皋杂俎》小评栏目发表《战争之形势》。

8月29日,在《神皋杂俎》小评栏目发表《对外可耳勿存心对内》。

9月5日—9日，在《神皋杂俎》闲话栏目《我近来疑惑和牢骚》。

9月11日，在《神皋杂俎》小评栏目发表《幽暗与污秽》。

9月12日，在《神皋杂俎》小评栏目发表《文武人才》。

9月13日，在《神皋杂俎》小评栏目发表《课役修路》。

9月14日，在《神皋杂俎》小评栏目发表《盗匪》。

9月23日，在《神皋杂俎》小评栏目发表《由投稿中可见文风之衰落》。

9月27日，在《神皋杂俎》小评栏目发表《剿匪》。

9月28日，在《神皋杂俎》小评栏目发表《人的价值》。

9月29日，在《神皋杂俎》小评栏目发表《凌虐污辱》。

10月1日，在《神皋杂俎》小评栏目发表《汽车可畏》。

10月2日，在《神皋杂俎》小评栏目发表《政争》。

10月3日，在《神皋杂俎》小评栏目发表《改称呼》。

10月4日，在《神皋杂俎》小评栏目发表《司法的威信》。

10月5日，在《神皋杂俎》小评栏目发表《殉职与卖命》。

10月6日，在《神皋杂俎》小评栏目发表《学生生活之可畏》。

10月7日，在《神皋杂俎》小评栏目发表《行道乎？济私乎?》。

10月8日，在《神皋杂俎》小评栏目发表《下民含怨》。

10月9日—10日，在《神皋杂俎》艺谈栏目发表《唐李北海真迹》。

10月14日，在《神皋杂俎》艺谈栏目发表《古物去国之原因》《学书须见真迹》。

10月16日—23日，在《神皋杂俎》别录栏目发表《中国博物馆宜如何组织乎》。

10月17日—20日，在《神皋杂俎》别录栏目发表《得犬失犬记》。

10月19日，在《神皋杂俎》小评栏目发表《不忍人之心》。

10月26日，在《神皋杂俎》艺谈栏目发表《〈锦西县通志〉序》。

10月28日，在《神皋杂俎》小评栏目发表《刑赏》。

11月1日，在《神皋杂俎》小评栏目发表《骄奢与刻薄》。

11月4日—7日，在《神皋杂俎》艺谈栏目发表《书法妄言》。

11月8日，在《神皋杂俎》小评栏目发表《财政与国家》。

11月9日，在《神皋杂俎》小评栏目发表《国是》。

11月11日，在《神皋杂俎》小评栏目发表《新官旧官》。

11月14日，在《神皋杂俎》小评栏目发表《破坏之目的何在乎》（署名M）。

11月15日，在《神皋杂俎》小评栏目发表《限制留学》（署名MCK）。

11月16日，在《神皋杂俎》小评栏目发表《听其杀之》（署名M）。

11月17日，在《神皋杂俎》小评栏目发表《介绍名医》。

11月18日，在《神皋杂俎》小评栏目发表《榨乳与收税》（署名M）。

11月19日，在《神皋杂俎》小评栏目发表《卫生》。

11月20日，在《神皋杂俎》小评栏目发表《藏污纳垢》。

11月21日，在《神皋杂俎》小评栏目发表《下水与卫生》。

11月22日，在《神皋杂俎》小评栏目发表《广义卫生》。

11月24日，到沈阳城内古香斋得到崔东壁《考信录》，然后由大南门步行至中街，买了一件毛衣、一条围巾、十二尺羊绒，一共花了十二元。本年沈阳商家生意惨淡。

11月28日，在《神皋杂俎》小评栏目发表《呜呼商业》。

11月30日，在《神皋杂俎》小评栏目发表《总动员》，感慨因为中东路事件，东三省与苏俄交火，而内地军阀混战，就跟不知道东北的局势一样。

12月2日，在《神皋杂俎》小评栏目发表《富强》。

12月3日，在《神皋杂俎》小评栏目发表《北伐》。

12月6日，在《神皋杂俎》小评栏目发表《姨太太与武器》。

12月9日，在《神皋杂俎》小评栏目发表《盗道》。

12月12日，在《神皋杂俎》小评栏目发表《党事国是》。

12月13日，在《神皋杂俎》小评栏目发表《悼韩军长》，悼念东北将军韩麟春，"东北名将，在张老帅时代，颇有人才辈出之势"。

12月14日，在《神皋杂俎》小评栏目发表《大书家宝沈盦先生》。

12月15日，在《神皋杂俎》小评栏目发表《患盗》。

1930年（民国十九年）

1月11日，在《神皋杂俎》小评栏目发表《建设》。

1月12日，在《盛京时报》第一版论说栏目发表《取珠弃孔》。

2月4日，在《盛京时报》第一版论说栏目发表《种族革命》。

2月16日、18日，在《盛京时报》第一版论说栏目连载《宗教革命》。

2月25日，在《盛京时报》第一版论说栏目发表《成绩》。

2月26日，在《盛京时报》第一版论说栏目发表《政治意见》。

3月9日，在《盛京时报》第一版论说栏目发表《说医》。

3月15日，在《盛京时报》第一版论说栏目发表《说伟人》。

3月21日，在《盛京时报》第一版论说栏目发表《教科书问题》。

3月26日，在《盛京时报》第一版论说栏目发表《三权分立》。

3月28日，在《神皋杂俎》小评栏目发表《官箴》。

4月4日，在《盛京时报》第一版论说栏目发表《人治与法治》。

4月12日—13日，在《盛京时报》第一版论说栏目连载《学术的殿堂》。

5月16日，在《盛京时报》第一版论说栏目发表《忠告青年学子》。

5月26日—29日，在《神皋杂俎》连载《来沈名伶小传》。

5月27日，在《盛京时报》第一版论说栏目发表《文化与国际》。

5月29日，观看来沈的名伶演出，程砚秋的《玉堂春》，侯喜瑞的《法门寺》，李多奎的《钓金龟》。

5月30日，在《神皋杂俎》戏评栏目发表《评碧玉簪》。

6月1日，在《神皋杂俎》戏评栏目发表《廿九夕观剧小评》。

6月7日，在《盛京时报》第一版论说栏目发表《新旧旗人》。

6月13日，在《盛京时报》第一版论说栏目发表《多作少说》。

6月15日—20日，在《神皋杂俎》影谈栏目连载《说影》。

6月21日，在《盛京时报》第一版论说栏目发表《实际教育》。

7月6日，在《盛京时报》第一版论说栏目发表《看了最后命令以后》。

7月18日，在《盛京时报》第一版论说栏目发表《战场与商场》。

8 月 7 日,在《盛京时报》第一版论说栏目发表《天理与地理》。

8 月 17 日,在《盛京时报》第一版论说栏目发表《博学鸿词科》。

6 月 21 日—9 月 1 日,在《神皋杂俎》闲话栏目连载《书业与文化之关系》。

8 月 29 日,在《盛京时报》第一版论说栏目发表《说灾》。

9 月 9 日—21 日,在《神皋杂俎》常识栏目发表《说常识》。

9 月 13 日,在《神皋杂俎》戏评栏目发表《介绍魏莲芳》。

9 月 24 日—27 日,在《神皋杂俎》戏评栏目发表《对于明月歌剧团之管见》。

10 月 5 日,在《盛京时报》第一版论说栏目发表《病畜公司》。

10 月 8 日,在《盛京时报》第一版论说栏目发表《独善惟有落伍》。

11 月 7 日—30 日,在《神皋杂俎》闲话栏目发表《余之戒烟经验谈》。

12 月 9 日,在《神皋杂俎》法律栏目发表《一个法律问题》。

12 月 19 日—20 日,在《神皋杂俎》艺谈栏目发表《五碑咏并序》。

12 月 20、21 日,在《盛京时报》第一版论说栏目连载《不景气之由来》。

本年成立奉天通志馆,编纂《奉天通史》,穆儒丐与伦明负责合编交涉志。

1931 年(民国二十年)

1 月 10 日,在《盛京时报》第一版论说栏目发表《所得税》。

1 月 17 日,在《盛京时报》第一版论说栏目发表《恶货驱逐良货》。

1 月 23 日,在《盛京时报》第一版论说栏目发表《最低限度!》。

2 月 27 日,在《神皋杂俎》闲话栏目连载《小儿坠井奇谈》。

4 月 2 日,在《神皋杂俎》漫谈栏目发表《植树与伐树》。

4 月 4 日,在《神皋杂俎》漫谈栏目发表《开正步》。

4 月 5 日,在《神皋杂俎》漫谈栏目发表《本末》。

4 月 10 日,在《神皋杂俎》漫谈栏目发表《养廉》。

4 月 11 日,在《神皋杂俎》漫谈栏目发表《还得读书》。

4 月 12 日,在《神皋杂俎》漫谈栏目发表《先事预防》。

4 月 16 日,在《神皋杂俎》漫谈栏目发表《先事预防》(和 4 月 12 日发表《先事预防》仅仅是题目一样,内容并不一样)。

4 月 19 日,在《神皋杂俎》漫谈栏目发表《繁荣北平》。

4 月 24 日,在《神皋杂俎》漫谈栏目发表《东西异辙》。

4 月 29 日,在《神皋杂俎》漫谈栏目发表《助国民代表》。

5 月 7 日,在《神皋杂俎》漫谈栏目发表《保护牲畜》。

5 月 17 日,在《神皋杂俎》漫谈栏目发表《积极消极》。

5 月 21 日,在《神皋杂俎》发表《山药》。

5 月 24 日,在《盛京时报》第一版论说栏目发表《关城制度》。

5 月 29 日,在《神皋杂俎》漫谈栏目发表《好胜》。

5 月 31 日,在《神皋杂俎》发表《六艺》。

6 月 13 日,在《神皋杂俎》闲话栏目发表《人类之矛盾行为》。

"九一八"事变前接受时任北京市市长周大文的邀请,于六七月间到北京市政府任秘书职位,具体任职不详。根据《北平市市政公报》1931 年第 135 期,民国二十年十二月十二日，一则政府公报《令筹备自治委员会请转令公安财政两局将厕所捐另款存储以便改良公厕由》显示，穆儒丐任首善工艺厂董事会候补常务董事。

9 月 1 日—18 日，在《神皋杂俎》连载《游平漫记》。

1932 年（民国二十一年、伪满大同元年）

3 月 9 日，在长春参加溥仪任“执政”典礼。

1933 年（民国二十二年、伪满大同二年）

1933 年春回到沈阳，继续在盛京时报工作。

6 月 1 日—12 日，在《神皋杂俎》诗书滋味栏目连载《杨子学说概况》。

6 月 18 日，在《盛京时报》第一版论说栏目发表《沙漠政策》。

6 月 22 日—10 月 6 日，在《神皋杂俎》开辟半亩寄庐随手录栏目。

7 月 4 日，在《盛京时报》第一版论说栏目发表《为马案进一辞》。

8 月 24 日—10 月 6 日，在《神皋杂俎》半亩寄庐随手录栏目连载翻译日本《赤穗义人录》。

10 月 7 日—18 日，在《神皋杂俎》连载《读了赚蒯通杂剧之后》。

10 月 19 日—28 日，在《神皋杂俎》连载《“满洲”民族之教育》。

11 月 3 日—20 日，在《神皋杂俎》连载《犬记》。

11 月 21 日，在《神皋杂俎》刊登《儒丐启事》。

12 月 2 日—1934 年 1 月 13 日，在《神皋杂俎》连载穆儒丐辑译《东北职方汇考》。

12 月 18 日—1934 年 2 月 4 日，在《神皋杂俎》连载《家庭之难关及其打破策》。

12 月 29 日，穆儒丐在“新京”任职的弟弟晓田，放假从“新京”回金州，路过沈阳看望穆儒丐。

12 月 30 日，从报社下班后，到沈阳电影院看《五千年古尸复活记》。

12 月 31 日，到得意轩理发，理发后到时敏姊丈家串门，晚上读了日本人写的《犬之话》。

1934 年（民国二十三年、伪满大同三年、伪满康德元年）

1 月 1 日，到《盛京时报》报社聚餐，与去年聚餐酒菜为和食不同，今年是华食，饭后与金小天到中和茶店，买了二两茶叶后，雇了一辆马车回家了。

1 月 2 日，约友人到小河沿万泉茶社。

1 月 1 日—15 日，在《盛京时报》副刊《另外一页》连载穆儒丐辑著《犬史约编》。

1 月 14 日—21 日，在《神皋杂俎》连载《新年五日记》。

1 月 25 日—26 日，在《神皋杂俎》连载《答王警秋君》。

2 月 6 日—19 日，在《神皋杂俎》连载《北京之粥类》。

2 月 20 日—3 月 12 日，在《神皋杂俎》连载《北京之点心》。

3 月 21 日—4 月 11 日，在《神皋杂俎》连载《北京之饮食店》。

3 月 24 日，在《神皋杂俎》发表《悼阚局长》。

4 月 12 日—5 月 3 日，在《神皋杂俎》北京梦华录栏目连载《大戏和杂耍》。

4 月 27 日—5 月 3 日，在《神皋杂俎》连载《大晋龙兴皇帝三临辟雍皇太子又再莅之盛德隆熙之颂》。

5 月 4 日—27 日，在《神皋杂俎》北京梦华录栏目连载《奇巧工手》。

5月22日—31日,在《神皋杂俎》连载《戏剧之概念》。

5月29日—6月27日,在《神皋杂俎》北京梦华录栏目连载《骑射游猎》。

6月27日,在《神皋杂俎》发表《荣剑尘旧地重游》。

6月28日—7月25日,在《神皋杂俎》北京梦华录栏目连载《风俗礼节》。

7月28日,在《神皋杂俎》刊登穆儒丐小说《财色婚姻》的预告。

8月1日—10月10日,在《神皋杂俎》刊载穆儒丐校阅的弹词《八仙缘》,连载第二回后,转在副刊《另外一页》及《儿童周刊》连载。

8月4日—1935年10月30日,在《神皋杂俎》连载小说《财色婚姻》。

1935年(民国二十四年、伪满康德二年)

4月14日,在《神皋杂俎》发表《西泠画展参观记》。

5月25日,在《神皋杂俎》发表《介绍古越周办叟画梅题咏》。

5月31日,在《神皋杂俎》发表《协和俱乐部之义务戏》。

10月16日—18日,在《神皋杂俎》连载《同德坤社概况》。

10月31日—11月1日,在《神皋杂俎》连载《〈财色婚姻〉脱稿述略》。

11月2日—3日,在《神皋杂俎》别录栏目连载《茶社》。

11月7日—13日,在《神皋杂俎》闲话栏目连载《运命质疑》。

11月15日—17日,在《神皋杂俎》连载《戏剧座谈会》。

11月21日—12月27日,在《神皋杂俎》连载小说《离婚》。

1936年(民国二十五年、伪满康德三年)

1月1日,在《神皋杂俎》发表《戏剧杂谈》。

1月10日—29日,在《神皋杂俎》连载《杀人辨伪》。

1月29日—2月9日,在《神皋杂俎》连载《过年杂记》。

2月10日—14日,在《神皋杂俎》连载《旧京铺面的妆饰》。

2月17日—3月25日,在《神皋杂俎》连载小说《一个生了子的妾》。

3月20日,在《神皋杂俎》歌坛栏目刊登《新来三书女》。

3月26日—27日,在《神皋杂俎》连载《章草一得》。

3月26日—27日,在《神皋杂俎》连载《元代剧坛术语》。

3月30日—6月23日,在《神皋杂俎》连载《捡珠随笔》。

5月29日,在《神皋杂俎》刊登介绍医师姚纪彬的新书《介绍〈健康之道〉》。

6月28日—10月4日,在《神皋杂俎》连载《捡珠随笔外篇》。

8月16日、17日,在《盛京时报》第一版论说栏目发表《欧会书感》。

8月22日,在《盛京时报》第一版短评栏目发表《体魄蛮化说》《畸形国家之婚姻》。

9月3日,在《盛京时报》第一版短评栏目发表《陵树被抢》《西班牙之表》《东西婚姻之不同》。

9月5日,在《盛京时报》第一版短评栏目发表《现代青年之烦恼》《医士公会勿自杀》《满外》。

9月10日,在《盛京时报》第一版论说栏目发表《取缔饲野犬刍议》。

10月4日,在《盛京时报》第一版短评栏目发表《大西门之拆除》《奇怪之马背》。

10月7日,《神皋杂俎》刊登小说《栗子》连载预告。

10 月 18 日—1937 年 3 月 27 日，在《神皋杂俎》连载小说《栗子》。

12 月 27 日，穆儒丐的儿子穆汝霈结婚。

12 月 30 日，在《神皋杂俎》刊登《穆儒丐谢启》。

1937 年（民国二十六年、伪满康德四年）

2 月 19 日，在《盛京时报》第一版论说栏目发表《三论安东戏院惨剧》。

2 月 21 日，在《盛京时报》第一版论说栏目发表《礼俗宜革说》。

2 月 28 日，在《神皋杂俎》刊载《九流考》。

3 月 16 日—19 日，在《神皋杂俎》连载《独立色彩》。

3 月 26 日—5 月 11 日，在《神皋杂俎》连载《汉学梗概》。

5 月 6 日—16 日，在《神皋杂俎》连载翻译日本神尾一春发表在《满蒙》5 月号的文章《唐代长安文化与契丹文化》。

5 月 19 日—7 月 21 日，在《神皋杂俎》连载《橄榄谭》。

6 月 9 日，在《神皋杂俎》发表《王又辰一行来奉之我观》。

7 月 19 日，在《神皋杂俎》刊登穆儒丐小说《福昭创业记》的连载预告。

9 月 12 日—18 日，赴“新京”参加“全国满字记者恳谈会”，会议期间“新京”举行国都建设礼，协和会联合大会。9 月 24 日—30 日在《神皋杂俎》连载《新京七日记》，记述了穆儒丐在“新京”参加会议的内容及所见所感。

7 月 22 日—1938 年 8 月 12 日，在《神皋杂俎》连载《福昭创业记》。

12 月 19 日—27 日，在《神皋杂俎》连载《戏迷传》。

1938 年（民国二十七年、伪满康德五年）

2 月 18 日—2 月 21 日，在《神皋杂俎》连载《关于飞鸿遗迹》。

8 月 12 日—20 日，在《神皋杂俎》连载《用元曲来消夏》。

8 月 21 日，《神皋杂俎》刊登穆儒丐翻译小说《古城情魔记》的小说预告。

8 月 26 日—28 日，在《神皋杂俎》连载《答问》。

9 月 8 日—1939 年 1 月 11 日，在《神皋杂俎》连载翻译小说《古城情魔记》。

10 月 12 日，《盛京时报》第二版刊登文艺盛京赏受赏说明《文艺小说家穆六田氏》。

10 月 18 日，《盛京时报》第一版刊登《文艺盛京赏本年度受赏者，盛京时报社论说委员穆六田》。

10 月 19 日，在《神皋杂俎》刊登《儒丐启事》。

11 月 9 日，《盛京时报》第二版《弘报协会新筑落成　纪念表彰满洲新闻界十年以上服务者》中记录二十年以上续勤者穆笃里氏。

11 月 16 日，在《神皋杂俎》连载《介绍汉晋真迹字鉴》。

12 月 24 日—1939 年 1 月 13 日，在《神皋杂俎》连载《戏剧杂谈》。

1939 年（民国二十八年、康德六年）

1 月 12 日—24 日，在《神皋杂俎》连载《情狂记》。

1 月 21 日—26 日，在《神皋杂俎》连载《王昭君考》。

1 月 26 日—2 月 3 日，在《神皋杂俎》连载《关于古城情魔记》。

2 月 8 日—23 日，在《神皋杂俎》连载穆儒丐校录，王静菴考订，唐代韦庄的《秦妇吟》。

2月11日,《盛京时报》第二版刊登《第一回民生部大臣文艺赏授于穆笃里氏》。

2月14日下午5时,满日文化协会在“新京”(长春)大兴大楼青叶吃茶点,为获得民生部文艺赏的穆儒丐召开茶话会,穆儒丐在会上发言。

2月15日,《盛京时报》第二版刊登《民生部大臣文艺赏赏金授与式盛大举行》。

3月10日—11月12日,在《神皋杂俎》连载《随感录》。

5月24日,《神皋杂俎》刊载《福昭创业记》出版预告广告。

6月23日—7月6日,在《神皋杂俎》连载《演剧杂谈》。

11月9日—10日,在《神皋杂俎》刊载《儒丐启事》。

11月10日,《神皋杂俎》刊登穆儒丐翻译日本谷崎润一郎的小说《春琴抄》连载预告。

11月17日—28日,在《神皋杂俎》连载《冰房杂记》。

11月21日—1940年1月31日,在《神皋杂俎》连载翻译日本谷崎润一郎小说《春琴抄》。

11月29日,在《神皋杂俎》刊载《不信义》。

11月30日—12月4日,在《神皋杂俎》连载《印书难》。

12月8日—1940年1月23日,在《神皋杂俎》连载《曝檐琐语》。

12月,在《文选》杂志第一辑发表论文《三个运动》。

1940年(**民国二十九年、伪满康德七年**)

1月27日—2月1日,在《神皋杂俎》连载《文艺的真势力》。

2月,穆儒丐母亲去世。

2月3日—5日,在《神皋杂俎》连载《地震浅说》。

2月4日—17日,在《神皋杂俎》连载《自诗春秋说到新闻纸》。

2月18日—3月5日,在《神皋杂俎》连载《新春谈戏》。

3月7日—30日,在《神皋杂俎》连载《非常时期不丧礼检讨》。

4月16日—11月7日,在《神皋杂俎》连载《琵琶记》。

4月19日—23日,在《神皋杂俎》连载《说八角鼓与单弦》。

4月27日,在《盛京时报》(晨刊)第一版论说栏目发表《死的劳工》,记录了23日穆儒丐在路上看见一个关内劳工死在路边,抨击虐待入满劳工的工头,认为他们比美国贩卖黑奴和猪崽的人更可恶,因为他们虐待的是同语言、同风俗、同肤色的同胞。

5月2日—24日,在《神皋杂俎》连载《真的琵琶记》。

5月30日,在《盛京时报》晨刊第一版论说栏目发表《关于配给日用品》。

6月23日,在《盛京时报》晨刊第一版论说栏目发表《英法之败因》。

8月24日,在《盛京时报》晨刊第一版论说栏目发表《设置汉医科》。

9月1日—2日,在《神皋杂俎》连载《答问》。

9月14日,在《盛京时报》晨刊第一版论说栏目发表《营口杀人案》。

10月26日,在《盛京时报》晨刊第一版论说栏目发表《由里谚感到配煤》。

11月2日,在《盛京时报》晨刊第一版论说栏目发表《厚生馆及科学审议》。

11月8日—16日,在《神皋杂俎》发表《琵琶记概说》。

11月9日,在《盛京时报》晨刊第一版论说栏目发表《日“满”华三国之责任分担》。

12 月 5 日，在《盛京时报》晨刊第一版论说栏目发表《遗传与输祸》。

1941 年（民国三十年、伪满康德八年）

1 月 16 日—5 月 24 日，在《神皋杂俎》连载穆儒丐翻译作品《瘾君子自传》（作者狄奎因士，故事发生在伦敦，主人公是个吸食“阿片”的瘾君子，穆儒丐翻译的目的是反对吸食鸦片）。

2 月 5 日—16 日，在《神皋杂俎》连载《春节杂谈》。

3 月，萧俄《哀史》（雨果《悲惨世界》）在春日町银映剧场上映，穆儒丐前去观影。3 月 11 日在《神皋杂俎》上发表《观〈哀史〉影片公演》。

4 月 27 日，在《神皋杂俎》发表《富连成及叶盛章》。

5 月 25 日—6 月 3 日，在《神皋杂俎》发表《瘾君子译后感言》。

6 月 11 日—22 日，在《神皋杂俎》连载《自毛世来谈到听戏》。

6 月 27 日，在《神皋杂俎》发表《旧剧之空间时间与人物》。

7 月 3 日，在《神皋杂俎》刊载《小说预告〈如梦令〉》。

7 月 6 日—1942 年 1 月 13 日，在《神皋杂俎》连载社会小说《如梦令》。

12 月—1942 年 8 月，在《麒麟》杂志上连载《新婚别》。

12 月 23 日晚七点，盛京时报与大北新报联合召开“大东亚战争座会”，穆六田任司会，致开会辞。此次会议消息刊载在 12 月 26 日《盛京时报》第二版，12 月 27 日《盛京时报》第七版，12 月 28 日《盛京时报》第二版。

1942 年（民国三十一年、伪满康德九年）

1 月 22 日，“新京”成立康德新闻社，穆儒丐任理事。

3 月 4 日晚 6 时，穆儒丐作为康德新闻社理事，主持在“新京”军人会馆召开的“建国要人十周年座谈会”，会议情况连载于 3 月 14 日—19 日《盛京时报》第一版。

7 月 4 日午后 6 时，穆儒丐出席由《盛京时报》主办的“七七事变恳谈会——从剑锋上带来东亚黎明，时光的巨流给我们以辉煌战绩晴朗和平”，会上穆儒丐没有发表讲话。该会议的报道连载于 1942 年 7 月 7 日《盛京时报》晨刊第一版、7 月 9 日《盛京时报》晨刊第一版、7 月 10 日《盛京时报》晨刊第一版。

7 月 29 日，《盛京时报》晚刊第三版刊登《网罗共荣圈内一流之操觚者》介绍参加大东亚文学者大会者名单，作为康德新闻社理事的穆六田列于“‘满洲国’侧”。

8 月 5 日—7 日，“‘满洲’建国十周年庆祝大东亚操觚者大会”在“新京”召开。根据《盛京时报》对此次会议的报道，未见穆儒丐在会上发言。

11 月 26 日—29 日，在《神皋杂俎》连载回忆散文《捕鹰》。

1943 年（民国三十二年、伪满康德十年）

1 月 15 日，《神皋杂俎》刊登穆儒丐新小说《淘气歪毛识字记》的预告。

1 月 25 日—4 月 9 日，在《神皋杂俎》连载《淘气歪毛识字记》。

10 月 20 日—25 日，在《神皋杂俎》连载《关于战宛城》。

12 月 28 日，在《神皋杂俎》刊登《生活返朴说》（下）（未见上）。

1944 年（民国三十三年、伪满康德十一年）

1 月，《青年文化》第二卷第一期发表《“满洲”新闻小史》。

1 月—8 月 11 日，在《盛京时报》第二版、第四版连载小说《玄奘法师》。

4 月 25 日，儒丐编辑《大陆成语辞典》，由大陆书局印刷发行。

本年在《艺文志》杂俎第 1 卷第 5 号发表《间接翻译论》，在第 1 卷第 6 号发表《汉小说的传统》。

11 月，任“满映”监事。

1945 年

穆儒丐返回北平。

1949 年

约在新中国成立初，创作岔曲《敬爱的毛主席》。

1953 年

经张伯驹介绍，以宁裕之的名字被北京文史馆聘为馆员，居住在新街口大四条 34 号。根据北京文书馆工作人员介绍，建国后的北京文史馆馆员，不需坐班，没有工资。张菊玲先生《风云变幻时代的旗籍作家穆儒丐》一文也印证了这点，文中称穆儒丐晚年以唱曲为生。

根据 1976 年穆儒丐儿子宁汝霈署名“块屋”，整理点评穆儒丐作品《半亩寄庐子弟书》，穆儒丐回到北京后，创作了单弦《屈原》《荆轲刺秦王》《汉文帝夜梦黄头郎》《雪艳娘》《三笑》；岔曲《酒色财气》《鲁智深赞》《李逵赞》《武松赞》《讽世》《自况》《自嘲》《八恨》《八怕》《八乐》以及七律《自遣》：“苦茶一盏代白干，饭后能拧一袋烟。老眼不花书细字，闲情有寄校芸篇。文章西汉难追企，乐府东篱尚可攀。高歌一曲调元气，今日才知乐尧天。”

1961 年

8 月 20 日，参加屈振庭收入门弟子活动。中午在到何剑锋护国寺藕芽胡同家中吃了一碗面。席间说：“今天还能吃就凑合着活，也许过几天就没了。”

9 月，逝世于北京。

［本文为黑龙江省教育科学十四五规划 2022 年度重点项目“新文科视野下地方高校文学类一流本科课程建设与实践”（GJB1422330）；2021 年黑龙江省高等教育教学改革项目“新文科视域下应用型本科高校汉语言文学交叉融合课程建设机制研究”（SJGY20210507）阶段性成果。］

论 述

朱文久

“左派”青年的“摸索”：新发现的阿垅早期长篇小说《摸索》

在当前学界，提起阿垅的长篇小说，人们往往会想到他写于1939年的长篇报告体小说《南京》[①]；然而，阿垅早期(约1931年)竟然还写有一部长篇小说《摸索》。该小说目前尚未被学界所知，是阿垅的一部比较重要的散佚长篇小说，它主要刻画了以毛舜卿为代表的一群进步觉醒的国民党“左派”青年彷徨“摸索”革命道路的心迹历程，几乎可以当作阿垅本人彼时的精神自传来读。

一、阿垅早期长篇小说《摸索》的发现与确认

因为笔者博士论文的研究对象就是阿垅，所以平时比较留心阿垅的散佚作品，在阅读2014年版的《阿垅致胡风书信全编》的过程中，笔者发现阿垅曾两次提到自己早年写的一部长篇小说《摸索》：

> 看了《座谈会记录》，也觉得一件事在进行中要全面描写是太早了，也忙不过来的。自己就是个证明。很久以前，写了一个长篇《摸索》，那是只有热情，从现在看来简直反动，对于自己是打击与嘲笑了。(1938年2月19日)[②]

> 《摸索》搁在灰尘里已经近十年，计十章，约十一万字。用笔名蠢然，在孙福熙编的杂志上发表了八、九章。那个时代我是一个民主主义者。那在我是一个遗蜕。所以还爱惜着并不是依恋昨天，而是给明天以证据。从那，说明有一群青年怎样生活过来，说明有怎样一些事件发生在我们底时代。因为汪精卫的叛卖，在我这文章，更有向他反击的力。自然，我得写一个好好的序。(1940年11月20日)[③]

于是，笔者循此线索，爬梳抉剔，在孙福熙参与编辑的1932年的《南华文艺》(上海)杂志上果然发现了长篇小说《摸索》：计有七章，前两章署名“春然”，后五章署名“蠢然”，第七章末尾有“第七章完全稿未完”字样。这与阿垅信中所言“计十章，约十一万字。用笔名蠢然，在孙福熙编的杂志上发表了八、九章”总体上是相符的，因此基本上可以判断

---

① 阿垅的长篇报告体小说《南京》在当时未能出版；1987年12月，《南京》由人民文学出版社正式出版(改题为《南京血祭》)。

② 阿垅著，陈沛、晓风辑注：《阿垅致胡风书信全编》，中华书局，2014年，第3页。

③ 同上书，第60页。

该小说就是阿垅的作品。

此外，还有两个证据：

其一，笔者还找到了当年孙福熙介绍阿垅(阿垅当时使用的名字是陈春然)的一篇文章，即发表于《南华评论》1933年第4卷第7期上的《政治与鞋匠——我来介绍这位鞋店学徒出身的陈先生》。孙福熙在该文中对陈春然(阿垅)的生平简历、性格气质作了详细而独到的介绍与分析(其中，"生平简历"部分，与耿庸、罗洛编写的《阿垅年表简编》[①]几乎完全一致)，而且还具体说到："这位陈春然先生，《南华文艺》及《艺风》月刊上，都做过很多的文章，另外还写过小说，散文，诗歌等好几本集子，是思想浓厚而行为严峻近来不可多得的青年。……我，因为他的投稿而与他通信，约他来会。"[②]孙福熙说陈春然(阿垅)在《南华文艺》上"做过很多的文章"，其实主要指的就是他的长篇小说《摸索》，当然也包括他的散文诗《人鬼之间》[③]等。

其二，还有一些细节旁证。长篇小说《摸索》明确写到主人公毛舜卿的年龄、体貌、性格、家庭、职业、生活地域等，个中描述与阿垅本人几乎完全一致。而且，在《摸索》第一章的结尾还有这样一个情节(细节)，尤郁文带着毛舜卿和华大风两人，去教育厅听孔长福宣读"总理遗嘱"，只听孔长福读道：

> 吪唵！余致力国民革命，凡四十年，其目的在求中国，之自由，平等，积四十年之经验深，唵，唵知欲达到此目得，必须唤起吪民众，及联合世界上以平等侍我之民族共同奋斗！现在，革命尚尚……未成功，凡我同志务须依照余，所著《建国方略》，《建国大网》……

小说中，投机分子孔长福将"建国大纲"读成了"建国大网"，由此引发了在场诸人的嘲笑与抗议。而阿垅在致胡风的书信中，也曾提到这个细节：

> 变动的是人，不是河山，而且变动得如此大。抗战试炼了人，迫使过去的小人，拖尾巴而现狗身，如同把建国大纲读做了建国大"网"的王五权汉奸。但也有老骨如钢、孤心似丹的同盟会时代的勇者，我底老友之一，周人侠——现在他是死了，看不见胜利——其实又何必看见？感慨得很！(1947年6月16日)[④]

杭州人王五权，早年投机革命，抗战爆发后又做了汉奸[⑤]，真可谓"抗战试炼了人，迫使过去的小人，拖尾巴而现狗身"。由此，笔者推测，阿垅长篇小说《摸索》中投机分子"孔长福"这个人物角色的原型，很可能就是阿垅所说的"王五权"，因为他们都"把建国大纲读做了建国大'网'"。

由上面的多个线索，我们可以得出结论：1932年《南华文艺》(上海)杂志上刊载的长篇小说《摸索》(计七章)，就是阿垅散佚的早期长篇小说《摸索》。

为了直观起见，现将该小说的具体刊载情况，列表如下：

---

① 耿庸、罗洛编写，绿原、陈沛修订：《阿垅年表简编》，《新文学史料》2001年第2期。

② 孙福熙：《政治与鞋匠——我来介绍这位鞋店学徒出身的陈先生》，《南华评论》1933年第4卷第7期，第22页。

③ 蠢然：《人鬼之间》，《南华文艺》(上海)1932年第1卷第9、10期，第81—85页。

④ 阿垅著，陈沛、晓风辑注：《阿垅致胡风书信全编》，第173页。

⑤ 参见铁头：《杭州的奴才(一)：伪"商会会长"王五权》，《汉奸丑史》1945年第5期。

题　名	署名	刊 载 时 间	刊载期刊及页数
摸索(第一章)	春然	1932 年 3 月 16 日	《南华文艺》(上海)1932 年第 1 卷第 5、6 期,第 15—29 页。
摸索(第二章)	春然	1932 年 4 月 16 日	《南华文艺》(上海)1932 年第 1 卷第 7、8 期,第 70—85 页。
摸索(第三章)	蠢然	1932 年 5 月 16 日	《南华文艺》(上海)1932 年第 1 卷第 9、10 期,第 26—40 页。
摸索(第四章)	蠢然	1932 年 7 月 1 日	《南华文艺》(上海)1932 年第 1 卷第 13 期,第 19—32 页。
摸索(第五章)	蠢然	1932 年 7 月 16 日	《南华文艺》(上海)1932 年第 1 卷第 14 期,第 14—28 页。
摸索(第六章)	蠢然	1932 年 8 月 1 日	《南华文艺》(上海)1932 年第 1 卷第 15 期,第 49—64 页。
摸索(第七章)	蠢然	1932 年 10 月 1 日	《南华文艺》(上海)1932 年第 1 卷第 19 期,第 52—64 页。

至于长篇小说《摸索》的写作时间,从阿垅的自述"《摸索》搁在灰尘里已经近十年"(1940 年 11 月 20 日),以及小说《摸索》第四章开头提及的战事(即中原大战)"已经半年了"(约为 1930 年 11 月)、《摸索》第六章又有"几个月来"的时间线索可知,该小说大约写于 1931 年。

此外,还有一个问题值得思考,那就是:根据阿垅的自述,他的长篇小说《摸索》共有十章,但为何只在《南华文艺》上刊载了七章,而没有刊载最后三章呢?笔者推测,这可能跟当时的"《南华文艺》侮教案"有关。该事件经过如下:

1932 年 9 月(其实是 7 月——笔者注),南京政府铁道部次长曾仲鸣主编的《南华文艺》在第 1 卷第 14 期刊载娄子匡所写《回教徒怎么不吃猪肉》一文,污称猪八戒是"回教徒的祖先"、回民是"小猪八戒"。上海回民发现后群情激愤,公推哈少甫等 3 位代表前往交涉。提出:一、由该社正式道歉。二、回民撰文驳斥其对回民的侮辱,由该社照登。三、保证今后不再有此种侮辱文字出现。四、现存该刊于礼拜寺内焚毁。消息传至北平后,北平各界回民集议,认为此等侮教案连年发生,绝非一时一地部分回民之事,应联合全国回民向政府当局交涉。遂即组织华北回民护教团,公推马振武等 15 人为代表,向南京政府提出下列要求:一、罢免《南华文艺》主编曾仲鸣所兼各职,由法院科以"割裂民族、危害民国"罪。二、请政府勒令《南华文艺》停刊。三、将撰稿人娄子匡移交法院治罪;同时选出马子文、王瑞兰、刘柏石、王梦扬 4 人为代表赴南京请愿。南京行政院秘书长褚民谊答应回民要求:一、作者娄子匡交法院究办。二、《南华文艺》停刊。三、政府明令全国严诫以后不得有同样言行于回族。四、主编曾仲鸣确系挂名,已多次道歉,免于议处。一场轰动全国的,反对由国民党反动民族、宗教政策导致的侮教案始告平息。①

迫于此案的巨大压力,《南华文艺》最后不得不"停刊"了,而陈春然(阿垅)的长篇小说《摸索》在《南华文艺》上的连载也因之受到影响,这不能不说是一件非常可惜的事。由此,我们也可以理解《摸索》第七章的末尾为何会有"第七章完全稿未完"的字样了,因为那是停刊前最后一期向读者所作的一种委婉的"声明"。

① 中国伊斯兰百科全书编辑委员会编:《中国伊斯兰百科全书》,四川辞书出版社,1994 年,第 421 页。

二、在“三条路”之外：“左派”青年的理想与“摸索”

“国民党左派”是一个复杂的、变动的政治概念与历史概念。学者李志毓认为：1924至1927年间，“国民党左派”主要是指支持“联俄、联共、扶助农工”政策的国民党人，此时的派系特征尚不明显；而1928至1931年间，则主要是指以汪精卫为精神领袖、以陈公博为政治领袖的“改组派”，有着清晰的派系特征；而“左派”的主要特点是：同情底层、关注农工、反对资本主义、倾向社会主义、对社会政治现实持激进的批判和变革主张。① 此外，学者李志毓还曾对“大革命失败后的国民党左派青年”作过具体的界定②，并且还以陈春然（阿垅）作为其中的一个代表案例，指出“主张民主政治，相信群众利益至上，信仰三民主义”是国民党左派青年的“基本品格”③。

阿垅早期的长篇小说《摸索》，主要就是国民党“左派”青年那种美好理想及其“摸索”历程在文学上的形象化表达。在中国现当代文学史上，以国民党“左派”青年为主角的长篇小说较为罕见（茅盾《蚀》三部曲之《动摇》中的方罗兰，算是一个动摇的国民党“左派”），加之这部小说带有明显的自传色彩，因此，阿垅的长篇《摸索》对于我们了解当时的国民党“左派”青年（以及同时期的其他青年），对于我们了解阿垅本人的思想及其家庭情况，都具有非常特殊的意义与价值。

首先，阿垅的长篇小说《摸索》，为我们展示了大革命失败后，国民党“左派”青年在通常的“三条路”之外所进行的内部“革命”的努力。阿垅曾借《摸索》主人公毛舜卿之口，两次提及当时青年面临的“三条路”：

> 他（毛舜卿——笔者注）早已细想过：青年们只有这样三条路走……第一条路是和原有社会势力妥协，或者直接投降了它；第二条路是加入中国共产党；假使不愿意拍卖革命的人格——不能够腐化，又不能够恶化，那末只有走第三条路——自杀呀！（第一章）
>
> 毛舜卿又沉吟着自言自语道：“只有三条路，投降反动的半封建社会；加入中国共产党；自杀。”（第二章）

小说一开始就写毛舜卿“计划着如何去自杀”，并想象着“关于自杀方式的采用和自杀实现了的情景”（用枪自杀、上吊、服毒、投湖），因为“自杀”就是“三条路”之一；但其后对自杀意义的怀疑和人类求生的本能又让他“委决不下”。当同学华大风找到他，了解情况后，问他为何自杀时，他说：“我也有些糊涂。我没有办法，我需要自杀。你看罢，我们有什么成绩？你贡献了什么，对于社会，对于群众？固然做事需要什么地位，然而不难推想的，假如你有了地位，在现时代你会有什么表现么？充其量成了一种特殊阶级；或许情形更坏也说不定！一座自动的打字机，一条蛀虫，一个病源菌，朋友！你将堕落，成为这些东西！况且根本没有出路，呃，朋友！”④显然，毛舜卿是主张民主政治的，不愿投降或堕落成为“特殊阶级”，此为其“民权主义”思想的一种体现。而从后来毛舜卿施舍钱财给

---

① 李志毓：《关于“国民党左派”问题的再思考（1924—1931）》，《中共党史研究》2016年第10期，第98—99页。

② 李志毓：《大革命失败后国民党左派青年的困顿与探求（1927—1932）》，《华东师范大学学报（哲学社会科学版）》2019年第6期，第60页。

③ 同上。

④ 春然：《摸索（第一章）》，《南华文艺》（上海）1932年第1卷第5、6期，第26页。

穷困的老妇人、黄包车夫等情节，又可以看出他同情底层、关怀群众的“民生主义”思想；小说第四章写到，毛舜卿与华大风聊天时更是激动地感慨“可怜的人啊，不是死在帝国主义者底资本势力之下，就是死在军阀底豢养利用中！”，并喊出“打倒帝国主义！……打倒新旧一切军阀！……”[①]的口号，这又是明显的“民族主义”思想。然而，毛舜卿虽然有“三民主义”的理想与信念，却彷徨于“如何奋斗”“如何革法”的困境。

直到和另外五位国民党友人（费小梅、余洛卿、杨梅窗、章铁佛、江雨人）一起秘密组建了“中国国民党浙江省左派同志联合大会”团体后，毛舜卿才觉得找到了奋斗与革命的方法与方向。该团体的革命对象就是“现在的目前的当局”，其理论主张与活动方法是：

> 我们主张的是要做到“由人民的政治”，诅咒“为人民的政治”，要打倒一切新军阀，独裁的；还主张节制私人资本，发展国家资本；打倒帝国主义。……第二，我们要在同志里面找同志，吸收新的革命分子，共同奋斗；还要发宣言发传单等等。[②]

毛舜卿这时觉得“仿佛到了一个地方，那里有一株希望之树，开着好看的花，后来又结了美丽的果，每一个人都可以分到一个”[③]。然而，在接下来的讨论中，出现了分歧：毛舜卿和章铁佛主张“多在农工群众里面活动”，而杨梅窗却认为民众只“为着自己底利益”“麻木”“实在还不配解放呢”。毛舜卿对此作了三点分析：一是指出团体失败的原因往往是由于贪图个人私利；二是承认中国人依赖性太重；三是强调“每一个人应该尽每一个人底力”。毛舜卿对这个团体还是寄予了一定的希望。

但是，几个月下来，毛舜卿逐渐看透了他所属的那个团体：“表面粉饰着革命，暗中却都争着操纵和利用这个团体，做达到个人自己底愿望的工具，没有一个真正是为农，工，小市民阶级底利益而努力的。”[④]尤其是在接下来的分组“发传单”事件中，矛盾终于有了一个总的爆发：毛舜卿、章铁佛是认真而大胆地发传单，但杨梅窗、费小梅等人却畏畏缩缩，不敢发传单，于是章铁佛动手打了杨梅窗，矛盾彻底激化，团体终于解散了，江雨人甚至说“他参加这个组织原是游戏性质”[⑤]。

小说第七章，是毛舜卿、章铁佛、华大风三人的谈话，其中，毛舜卿、华大风两人觉悟相对较高：华大风用“唯生史观”解释了小资产阶级的觉悟缘由，并用数据分析了中国的现状，认为“农工小资产阶级联盟”是可以实现的；而毛舜卿则以身边的实际案例，指出民族资产阶级失败的两个原因，一是国际资本主义的威胁，二是连年的内战。毛舜卿、华大风两人找到了共同话语，华大风又约毛舜卿晚上去家里详谈。从目前仅存的七章《摸索》来看，毛舜卿、华大风最后摸索到的是以“农工小资产阶级联盟”为基础的“小资产阶级革命论”，这也是当时以陈公博为首的国民党“左派”理论的核心观点——“这种理论认为，在中国占据人口绝大多数的不是现代的工业无产阶级，而是自耕农、小地主、小商人、手工业者、新式学生等‘小资产阶级’。无论是现在，还是很远的将来，这个‘小资产阶级’都不会如马克思所预测的那样，被大资本所消灭。这种社会性质决定了中国革命的道路

① 蠢然：《摸索（第四章）》，《南华文艺》（上海）1932年第1卷第13期，第24页。

② 蠢然：《摸索（第五章）》，《南华文艺》（上海）1932年第1卷第14期，第17—18页。

③ 同上书，第18页。

④ 蠢然：《摸索（第六章）》，《南华文艺》（上海）1932年第1卷第15期，第49页。

⑤ 同上书，第64页。

不能是无产阶级革命，而应是想办法稳固和扩大‘小资产阶级’（或‘中间阶级’），走一条既非资本主义又非共产主义的‘中间道路’。”[①]以今天的目光视之，这种理论当然是不成熟的，但在当时却具有一定的进步性与积极性，因为它毕竟算是在改组基础上的一种内部“革命”。

其次，阿垅的长篇小说《摸索》，还为我们展示了当时不同青年不同理念的争论与交锋。这主要体现在小说中的几次辩论中。一是关于自杀问题的辩论。主要有三类观点。马平、尤郁文认为人不应当自杀：马平根据法律来批评自杀，认为每一个人都应该向社会负责，而自杀是杀害作为社会成员之一的自己；尤郁文认为自杀是弱者的行为，“不能奋斗，当然是弱者”。而黄小舫、周汉魂则认为自杀是可以理解的：黄小舫认为每一个人都需要一种安慰，自杀也是一种安慰，因此我们没有理由反对；周汉魂认为自杀是最大勇气的表现，是时代社会的反应，“社会问题不解决，自杀的事件必然日渐增多。自杀决不是罪恶！”马长风则自杀过一次，他认为自杀在人类社会中是很平常的、不可避免的，“和吃饭穿衣一样，不算一回事。不值得歌颂，也不值得诅咒……假如你愿意生活，你就生活着，不足为奇；假如你不愿意生活，你就可以自杀。……但是……我希望我们都不是自杀论者”[②]。萨特认为真正严肃的哲学问题只有一个，那就是自杀；从上述对自杀的三类不同观点，足可见出当时青年们处境的复杂与思想的驳杂。二是关于革命理论的讨论。黄小舫认为“不应以信仰而革命，而应为革命而信仰”。马长风认为“革命的立场”与“党的立场”看似是一致的，却是两个不同的东西，可以联合，可以分离，“所谓革命党者，是以革命为立场的一种有主义有组织有纪律的同志底集合体”。毛舜卿则谈到党的三个构成要素，即“主义”“组织”和“纪律”，并由“组织”谈到当时的国民党“排除异己，吸收旧日在打倒之列的军阀官僚”而“拒绝新的革命份子加入”的情况，并激愤地感慨“大多数被压迫在下层的民众——农，工，自由职业者——是本党底基础，现在，却变了军事领袖们所欢喜吃的东西了！……他们是不主张——不要造成民主势力的，民主势力一造成，他们晓得他们底政治生命是就要马上寿终正寝的！”[③]而且指出“国民革命”并非“全民革命”，由此直接引发了与周国庆的冲突，而且毛舜卿动手打了周国庆一顿，周国庆表示要去上级党部告发毛舜卿是“共党分子”。由此可以见出国民党内部左、中、右的严重分歧与对立。其中还有一个典型就是马长风，他之前是“反对共产党最有条理的人”，然而自己后来却加入了共产党，而且“写信来说愿意介绍朋友们加入”。三是国民党“左派”青年内部之间的辩论。当然，“左派”青年的内部有“真左派”与“假左派”之分。杨梅窗认为民众有严重的惰性与依赖性，“你们弄成功了，他来享受现现成成的福，他不晓得义务，只晓得权利”，因而主张“狄克推多”。章铁佛表示附议。这引起了江雨人的调侃：“唉，你们这些人！党籍是国民党，言论是不成熟的共产党，思想是保皇党，行动是无穷党拆白党！”并进而辨析说，假如“民权”就是“资产阶级”，那么，无产阶级便不是“民”而“命真苦”而“决不反封建了”，然而到底还有些小资产阶级代表着无产阶级在那里反封建，而小资产阶级“前吃后空”，实际上也是一个“无产阶级”。章铁佛转而又肯定左派“要造成民主势力，要人民自己起来播种革命和享受革命果实”的努力。毛舜卿算是坚定的“真左派”，他痛

---

① 李志毓：《关于“国民党左派”问题的再思考（1924—1931）》，《中共党史研究》2016 年第 10 期，第 95 页。

② 春然：《摸索（第一章）》，《南华文艺》（上海）1932 年第 1 卷第 5、6 期，第 22 页。

③ 春然：《摸索（第二章）》，《南华文艺》（上海）1932 年第 1 卷第 7、8 期，第 76 页。

心于国民党的腐败:“可怜的国民党,说什么深入民众,就是取得民众都谈不上!我们,万不可再因循下去。”[①]由此可以见出国民党“左派”青年内部的分化与真假。

最后,阿垅的长篇小说《摸索》,也为我们深入了解阿垅本人的思想情况及家庭情况,提供了宝贵的文本。《摸索》中主人公毛舜卿的年龄、体貌、性格、家庭、职业、生活地域等,与阿垅本人极为相似,几乎可以看成阿垅自己在文学中的投影。小说中的毛舜卿,“身材不高二十三四岁”,在理想破灭、恋爱失败的打击下一度想过自杀。在写给父亲的信中,他表示不愿寄生于丑恶的家庭,也不愿用革命获得个人的成功,更对“建筑于旧礼教上的封建宗法社会”和有嫡庶之分的“吃人的大家庭制度”表示了厌恶;在写给姬其相的求婚信中,他又展现了其理想主义的一面,他表示“需要的不是使我面上发生光荣肩上减少责任的单纯‘贤妻’,我要求一位能够和我起共鸣的革命同志”,后来他也反省自己,“对自己柏拉图式的爱情有些不懂”[②]。毛舜卿同情底层群众,始终放不下“责任”与“革命”,他苦苦“摸索”奋斗的方法,他与友人讨论、辩论,甚至动手打了与自己理念不同的周国庆;他与五位友人一起成立“中国国民党浙江省左派同志联合大会”团体,觉得找到了希望,然而不久该团体又因内讧解散了;最后,他发现自己与华大风“农工小资产阶级联盟”的理念相通,似乎又看到了革命的一丝希望。小说中毛舜卿的这种思想情况,与阿垅本人的自述“那个时代我是一个民主主义者。那在我是一个遗蜕”[③]几乎是一致的。此外,小说中对毛舜卿家庭情况的描绘,也让我们得窥阿垅复杂的原生家庭之一貌。毛舜卿在写给父亲的信中劝父亲“无论母亲生的庶母生的,请你格外看破些”,而在写给姬其相的求婚信中,也提及自己“家庭组织的复杂”。而小说中还有两处直接写到毛舜卿回家后的所见所感:第二章,毛舜卿回家,看到开门的楼妈的表情,就“猜中这个可厌的多事的老朽的家庭又闹了什么事了”,楼妈偷偷告诉他,父亲、母亲和姨娘(庶母)因为钱的事刚吵闹完,毛舜卿“对于这个家庭已经绝望,他是不愿再计较了的”,“他在这个家庭里好像一个客人”;第四章,毛舜卿刚回家就听见怒骂声,父亲、母亲和姨娘(庶母)正吵闹着,母亲让他评理,他挣脱了,“他不管她们底事”,“他底心像浸在醋里一样发酸”,他奔上二楼自己的卧室沉沉乱想,“非家庭革命不可”[④]。由目前所掌握的资料可知,阿垅的父亲陈溥泉有两房太太,阿垅是家中的长子,有两个弟弟(一个是同胞弟弟,一个是庶母弟弟),一个妹妹。这与小说中的毛舜卿的家庭结构几乎是一样的。通过小说中所描绘的场景,我们可以直观感受到阿垅在原生家庭中的尴尬位置与精神痛苦,自然也就更好地理解了阿垅后来为何决意要走出家庭,闯荡属于自己的一条革命道路。

由此可见,阿垅早期长篇小说《摸索》的发现,为我们形象地展示了大革命失败后国民党“左派”青年的彷徨、理想与“摸索”历程,同时还旁及当时不同青年的不同理念,此外还为我们深入了解阿垅本人当时的思想情况及家庭情况提供了宝贵线索。

三、阿垅曾有过的系列长篇小说写作计划

其实,阿垅曾有过非常宏伟的系列长篇小说的写作计划,《摸索》和《南京》只是其中之二。在写给胡风的书信中,阿垅曾三次提到自己的长篇小说写作计划。

---

① 蠢然:《摸索(第五章)》,《南华文艺》(上海)1932年第1卷第14期,第22页。

② 春然:《摸索(第一章)》,《南华文艺》(上海)1932年第1卷第5、6期,第23页。

③ 阿垅著,陈沛、晓风辑注:《阿垅致胡风书信全编》,第60页。

④ 蠢然:《摸索(第四章)》,《南华文艺》(上海)1932年第1卷第13期,第29页。

1938年2月19日,阿垅在致胡风的信中说:

> 很久以前,写了一个长篇《摸索》……这以后本想再写两个:一个从九一八到八一三,暂名《动乱》;一个从八一三开始,暂名《扬弃》。自己底意识与能力如何,自然是一个大问题。可是要着手总一时不能。①

1940年11月20日,阿垅在致胡风的信中说到自己的长篇写作计划"扩大了":

> 我底计划到现在扩大了。因此实行起来也就更难。我打算写《摸索》《动乱》《战争》三部。
>
> 《摸索》搁在灰尘里已经近十年……
>
> 《动乱》包含下面几部:第一,九一八前后时代,我忘不掉那时候的学潮和工潮(可惜我没有像工潮突入)。第二,"一·二八"前后时代(或者和大革命尾巴一同并入第一部分去)。第三,军校时代,这是个极五花八门之至的世界。
>
> 《战争》包括南京和计划中的《论勇敢》,和将来展开的形势,直到自由、解放底取得。我相信,计划,总是好的。但是,我是给生活捉弄得雄心如灰,明灭不定呢。愿鞭策我吧。②

1952年7月13日,当时阿垅的处境已经极为困难,但他在致胡风的信中仍表露了自己构思中的宏伟写作计划:

> 附带告诉你,最近,由于看了几部好作品,也由于苦闷之故,计划了一下,感到从五四到解放前,从童年起,可以历史地写几部如下的东西:一、不动的年代——童年,五四,和第一次世界大战,军阀统治,日本租界拱辰桥,城郊的生活;二、震动的年代——少年,中等城市的生活,齐鲁之战,大革命;三、反动的年代——青年,上海和南京,改组派,军校,学生运动,法西斯底幼虫;四、激动的年代,1. 战争:京沪之战,武汉撤守,大溃败和大流亡,第二次世界大战,2. 活魂灵:兵役,壮丁,师管区,伤兵,3. 大后方:重庆,皖南事变,大轰炸,国难财,"四大寇",文化现象,军事调处,复员,劫收;五、行动的年代——国大,人民战争……
>
> 但一切,还是混沌的东西和要求;以今天而论,也没有任何条件。
>
> 但只要可能,不论力量如何,我是想慢慢弄的——如果到了不让工作的话。③

然而,由于种种原因(如阿垅本人的意识与能力、物质条件的困窘、健康状态的恶化、时局和生活的动荡等),阿垅的系列长篇小说写作计划最终未能如愿完成,目前可见的,除了学界所熟知的《南京》(《南京血祭》)外,就是笔者新近发现的阿垅早期长篇小说《摸索》——阿垅《摸索》的重新面世,让我们看到了一个更为丰富、更为复杂的阿垅,也多少弥补了中国现当代文学研究领域中的一段缺憾。

---

① 阿垅著,陈沛、晓风辑注:《阿垅致胡风书信全编》,第3页。

② 同上书,第60页。

③ 同上书,第331页。

唐　睿

无名氏早期作品的世界主义精神

本文旨在梳理无名氏作品的世界主义精神，而无名氏作品的世界主义精神之建构，主要可分成三个阶段。三个阶段大致能以《亚细亚狂人》的各个故事为界。第一阶段是《亚细亚狂人》之前的写作时期，即 1939 至 1941 年左右①往前的写作，这时期无名氏的作品主要是一些短文，这些短文虽然不见严格意义上的世界主义精神，但它们却展现着一种独特的世界视野，这些短文或以外国古今的历史事件、人物为主题，如《崩溃》《大宗师》《日耳曼的忧郁》；或以他国人民作品说话的对象，如《月下风景》《拉丁之凋落》《绝望的呼吁——给法兰西国民》，但这些篇章都有一个共通的意念，即外国古今的事件都可以视为今日中华民族的缩影。这种独特的世界视野虽然并非严格意义上的世界主义精神，但它却在无名氏遇上韩国光复军并写《亚细亚狂人》后逐步发酵，孕育成日后《无名书》的世界主义精神。详细分析这种世界视野，将有助读者深入认识无名氏作品世界主义精神的渊源及演变。

建构无名氏作品世界主义精神的第二阶段，是《亚细亚狂人》的写作时间，时间大概可划在 1939，1940—1946② 年左右，这时期无名氏开始撰写《亚细亚狂人》，在这部小说里，无名氏将过去的世界视野，一些朦胧的世界主义精神特质，逐步酝酿为《荒漠里的人》（即包括《龙窟》、短篇小说《骑士的哀怨》和《露西亚之恋》）以及《北极风情画》等作品之中的跨国族同理心。这种跨国族同理心虽然仍带有相当的民族主义精神，但在部分篇章，如《露西亚之恋》《狩》里面，它已经非常接近严格意义的世界主义精神，可以视为日后《无名书》的世界主义精神之先声。

至于第三阶段，是指 1946 年无名氏开始动笔撰写《无名书》之后的时间。无名氏作品的世界主义精神，在写作《无名书》时，已大致经确立，《无名书》之后的作品，亦一直贯彻这种精神，成为无名氏作品的一大特色。跟《亚细亚狂人》相比，《无名书》已撇开了“我”和“他者”的辩证思维，而是站在普遍人类——即“我们”的高度，思考人类生命的终极意义和价值。《无名书》虽然也触及复兴中华民族、抗战、革命等时代议题，但无名氏却

---

① 作家写作一种主题的分期和复杂的心理活动，往往比较难作明确的时间的界定，此处以 1939 至 1941 年为界，因为 1939 年，无名氏写作了第一篇以韩国为主题的篇章——《韩国的忧郁》，而在 1941 年，无名氏则认识了韩国临时政府要员，自此，无名氏开始构思创作《亚细亚狂人》。不过，根据其他资料，无名氏早在 1932 年便想写一篇名为《日蚀》的短篇，讲述韩国志士尹奉吉在上海虹口公园偷袭日本要员的故事。如果以《日蚀》这篇仅有构想、未有完成的作品为界，无名氏以韩国国族为主题的创作，就可以追溯至 1932 年。

② 跟上注所提及的考虑一样，此处以 1946 年为界，是以无名氏动笔写《无名书》第一卷《野兽·野兽·野兽》算起，但如果以无名氏放弃写作《亚细亚狂人》，另外动笔撰写《无名书》的想法计算，这个分期的时间，则需要收窄到 1946 年之前。

没有描写主角印蒂如何实现这些理想。相反，无名氏借印蒂的理想幻灭，来道出这些时代议题之虚妄与不实，从而指出，人类应该撇开狭隘的国族观念，以古今中外人类同为一体的世界主义高度，去探求未来人类的和平幸福之道。

《无名书》的世界主义精神在中国新文学之中是独特的。从晚清到二十世纪上半叶，中华民族历经各种深重磨难，四十年代中期，八年抗战终于结束，但中华民族的前途命运仍然充满阴霾。当作家纷纷希望通过写作匡时救国的时候，无名氏却不落窠臼，以更宽、更深邃的视野展望人类文明的出路。尽管《无名书》在情节和风格上有不少值得商榷的地方，但单以书中对中西政治、宗教、哲学等主题的深入论述而言，《无名书》已可谓别树一帜。

《无名书》的主题，实源于无名氏的独特世界主义精神，而无名氏的世界主义精神，则来自二十世纪中国文学的特殊时代语境。它既是晚清，以及晚明以降东西文化交流的产物，也蕴含了作家的阅读经验和生命体验。无名氏作品的世界主义精神，充分体现中国现代文学的世界性因素。这种精神建构，并非一种文本旅行的结果，它不是作家对外国文学作品的仿作或横向移植，而是作家回应外在世界的各种问题，以及个人心理需要的复杂思维结果。无名氏的作品提醒我们，尽管有不少中国现代作家的创作意念源自外国文化，但我们却不应忽略作家在创作过程中的主动投入。无论作家如何在主题或风格方面取法外国文学，作家在创作过程中仍需注入自己的思想和意念，即使一些作品含有较强的仿作色彩，但论者亦不应轻率地将之视为外国文学的附庸，而是应该将之视为世界文学的一员，与外国作品放在对等地位，仔细审视两者相同及各异的地方，加以讨论。

早在早期的作品里，无名氏的作品就表现出一种朦胧的世界主义精神，然而这种世界主义精神并非无名氏当时创作的母题，无名氏早期创作最关心的是民族存亡的问题，跟同代作家并无太大差别。无名氏的世界主义精神渐趋成熟，是在结识韩国临时政府要员之后，这时期无名氏的世界主义精神，实际也是建基于一种同仇敌忾的民族主义精神之上——因为中韩单独不能抵抗日本的侵略者，所以必须建立跨民族的合作关系。1943年与韩国光复军分道扬镳后，无名氏作品中的世界主义精神便逐步脱去了民族主义色彩，展现出一种更纯粹的世界公民视野，集中讨论普遍人类的存续问题。

十九世纪中叶的鸦片战争之后，中国传统文化开始出现价值危机。由于传统文化对知识分子寄予一种社会责任，近代知识分子大多表现出一种改良社会的自觉。1919年的五四运动，可说是这种精神的具体表现。文学作为启蒙工具，在新文学发展中一直有着举足轻重的地位。由于国族的存续问题迫在眉睫，不少作家都希望通过写作来警醒整个时代，改良社会，这种倾向到了二十世纪三十至四十年代抗战期间更趋明显。在主题上，不少作品都表现出浓厚的爱国主义和民族主义精神；至于表现形式，则多采取现实主义的风格，务求在作品中突出强烈的批判精神。在这时代语境下出生成长的无名氏，早期作品亦自觉呼应这种时代议题和精神。为了以更宏大的格局来拉开叙述的时间和空间，加强作品的感染力，无名氏早期作品往往有一历史主题核心，这些主题体现了无名氏对世界的关注，对普遍人类的关怀。

在认识韩国光复军之前，无名氏的作品比较零碎，这些作品后来都收到《火烧的都门》和《露西亚之恋》两本集子里去，其中又以《火烧的都门》的篇章较多。无名氏此一时期的作品具有强烈的民族主义色彩，题材多写抗战期间的破败社会以及百姓的颓丧心灵，代表作品有《烽火篇》《诅咒集》《火烧的都门》《梦北平》和《古城篇》等。除了直书国家当下的境况，无名氏亦利用较为曲折的写法，以中国古代的人物来抒发自己对时局的情怀，《劫运篇·其一》借黄巢误杀救助自己的老僧一事，表达宿命论；而《鞭尸》则借伍子胥向楚国复仇、鞭楚平王尸的故事，抒发有怨必报的决心。

无论直书当下或者以古喻今，都能看出民族存亡与国族仇恨的主题贯穿了无名氏的早期作品，但无名氏作品的主题并不限于民族主义。在部分战争题材的作品里，无名氏尝试将主题荡开，展现出一种超越民族主义的世界视野。以控诉日军暴行的《月下风景·其一》为例，故事描绘几个抗战时期的社会片段，其中特别提到日军对中国百姓的蹂躏，描述之残酷，教人不忍细读：

> 在广德，一个裸体妇人被钉在大门上，身形如一座十字架。
>
> （中略）
>
> 在惨白的月光下，她全身是愈益显得惨白了：两只乳峰已被割去，只留下番石榴样的血红肉鳞在月光中明灭着恐怖的死红彩色。她的下部插着一根冷酷的木棒。……①

此段文字惊心动魄，控诉了日军的暴行，让人读后心生恐惧，对日人产生仇恨之情。根据这段文字的主题和笔法，读者有理由预期《月下风景·其二》将承接前文，继续描述日军给中国人民带来的深重灾难，可是无名氏却在《月下风景·其二》一连写了五个片断，描述日本军民在战火底下，所遭受的种种不幸。其中包括如羔羊般被炸死的日军；孤寡的少妇；离乡背井的从军士兵；“如殡葬仪列的‘浅间丸’”和它行尸走肉般的水手；还有一位因情人调遣中国，结果选择自杀、名叫千代子的女孩。《月下风景》的题材虽然也是抗战，但它跟一般仅仅将日军妖魔化的样板作品不同，它刻画的不只是日军为中华民族所带来的灾难，同时也描绘了日本人民的不幸。这篇作品的视点并不单单从国家民族的立场出发，而是以“纯人”的立场来发言，阐明战争无论对侵略国或者受侵国的民众，都会造成无限的伤害。这观点让《月下风景》一文得以由一般的反日作品跃升到反战的层次，从捍卫国族利益的立场，提升到捍卫人类文明公义的高度，作品的思想深度亦由此加深。捍卫人类文明公义的主题，在无名氏早期作品里，尚比较暧昧模糊，但到后期的作品就渐见明显。例如在《无名书》第三卷的《金色的蛇夜》里，作者在描写韩国将军韩慕韩时，就写道：

> 他平常连一只蚂蚁都不忍有意踏死，但他却用战刀刺破过一个日本孕妇的肚子，从里面挑挖出胎儿，再掷死在地上，为了预先毁灭那可能奴隶东北的日本下一代刽子手。他做过绑匪，打劫过火车，主持过哈尔滨最大的恐怖活动……②

用刺刀刺杀孕妇，是抗战时期时有听闻的日军暴行之一，无名氏在这里却让《无名书》第一部《野兽·野兽·野兽》中的韩国民族英雄摇身一变，成为凶残的刽子手。对无名氏前期作品缺乏了解的读者，读到这段，难免会误会无名氏提倡以牙还牙、以暴易暴的复仇主张，但实际上，无名氏在《金色的蛇夜》这一节所表达的，是韩慕韩已经变成了一个带有魔鬼气质的英雄，因此，这一节要突出的，是人的魔性。通过韩慕韩这个角色，无名氏说明人类一旦丧失理智，便可以做出疯狂残酷的行为，人性的堕落是普遍人类的问题，

---

① 无名氏：《火烧的都门》，上海：真善美图书出版，1947年，第107—108页。

② 无名氏：《金色的蛇夜》，香港：未名书屋，1971年，第67页。

不分国界，无论是韩国人或者日本人都是一样。实际上，这种以普遍人类立场来评价事物的转向，在无名氏的创作中，具有非常重要的意义，因为《无名书》的编写，就是为了探索出一种人类未来的新哲学、新宗教，如果不首先厘清无名氏此一理念，便可能误会无名氏作品的主张。以普遍人类立场来审视世界的视角，在无名氏早期作品中，这种视角往往只在字里行间里不自觉地流露出来，直至无名氏稍后遇到韩国临时政府，决意要以韩国志士，特别是李范奭为原型写作小说时，无名氏的作品才逐渐跃出以中华民族为中心的狭窄民族主义，体现出愈来愈强的国际主义精神。

除了以宏观视野观照对人类的普遍关怀外，无名氏早期作品还借由另一种方式，呈现出一些世界主义的精神特质，这种呈现方式，从《大宗师》《绝望的呼吁——给法兰西国民》一类的文章里可以看到。《大宗师》由五篇短文组成，每篇各写一件外国历史事件，除“七月”一节写法兰西人民而没有明确主角外，其他各篇，都以一历史英雄人物为主角。各篇故事没有关联，但主题却相同，均叙述英雄或民族在危难时如何自我勉励。虽然《大宗师》里未有详尽铺叙，但熟悉历史的读者都不难看出，这些历史事件都有一共通点，即该英雄或民族在经历过这些事件的洗礼后，能够浴火重生，甚至较过去更坚强、伟大。

《大宗师》写于1940年，正值国难深重的时候，而无名氏当时处身陪都重庆，参看无名氏其他同年的篇章如《诅咒篇》和《火烧的都门》，都可发现，篇末除署上写作日期外，还不时强调“敌机轰炸中”或“轰炸后”。无名氏这时期的写作题材大多与国难、民族兴亡有关，《大宗师》亦不例外，不同的只是，《大宗师》采用的是象征、比喻的笔法，而非《诅咒篇》《火烧的都门》的直接描写技巧。通过历史上其他国族浴火重生的事件，无名氏隐喻中华民族最终将可跨越抗战，重新振兴。《大宗师》虽然仅以隐喻和象征的方式，道出国族间的相同处境，未有直接指出其他国族（“他者”）与中华民族（自我）的关联，但国族之间可以互相了解，互相体会彼此处境的主题，仍然呼之欲出。《大宗师》这种从“他者”映照出自我的观照方式，稍后在《亚细亚狂人》里，更逐渐发展成一种跨国族的同理心，成为无名氏作品的世界主义精神的重要基石。

在《亚细亚狂人》之前的作品里，尚有一篇跟《大宗师》相似的作品，它就是《绝望的呼吁——致法兰西国民》。这是一篇致法兰西人民的颂歌，通过歌颂法兰西历史的伟大事件和伟大人物，从而勉励法兰西国民“拿起一切能杀人的，冲上去！冲上前去！”“让法兰西红色土壤上铺满红色尸身”[①]，无名氏呼吁法兰西国民冲上去杀的对象是谁，《绝望的呼吁》里虽然没有明确道出[②]，但根据作者特意在篇末附上的“一九四〇夏法国投降时作”一句，即可知道，无名氏呼吁法兰西国民对抗的，是纳粹德军。1940年6月，法国首都巴黎遭纳粹德军占领，法国进入了一分为二的时期，北方为沦陷区，南方为自由区，情况与当时的中国相似。从篇章的表层信息言，《绝望的呼吁》固然是对法兰西民族的呼吁，但同时也是对中华民族的呼吁。无名氏从两个民族身上，看到彼此的影子，从这影子，无名氏肯定国族间能够互相了解，并在情感上产生一定的结连。这种情感结连，可说是构成世界主义精神的先决条件，无名氏稍后遇到韩国独立军，定意以《亚细亚狂人》为题，撰

① 无名氏：《火烧的都门》，1947年，第72—73页。

② 无名氏不少以战争为题材的作品都没有对所谓的“敌人”深入着墨，甚至似乎有意回避不点出“敌人”，这种写作取向跟同时代不少渲染“敌人”丑恶面貌的作品可谓大相径庭。细阅无名氏的作品，不难发现，自早期创作开始，无名氏的作品便对抵抗予以肯定，但对于“敌人”，无名氏的作品却隐含着一股包容，呈现出一种抵抗的和平主义取态。

写一部由韩国亡国开始,一直叙述至韩国复国的故事,可说也是由这种国族间的情感结连而起。

从《大宗师》和《绝望的呼吁》,可以看到无名氏的作品,早在《亚细亚狂人》之前,已在酝酿着世界主义精神的思想基础,这种思想基础,有一部分来自无名氏的阅读经验——例如法国文学,特别是罗曼·罗兰的作品;又如德国哲学,特别是尼采和叔本华对东方思想的吸收,不过可以肯定的是,阅读经验肯定不是这种思想基础的唯一泉源,事实上,现实生活,特别是抗战期间的经历,对无名氏世界主义精神的构成,有着更大的影响。《大宗师》和《绝望的呼吁》两篇作品的写作时间都说明,二次大战时期的国际情势:中、法乃至其他国族间的相近处境,都刺激到无名氏从其他国族("他者")身上看到中华民族(自我)的写照。由此可见,无名氏的世界主义精神基础,并非纯粹来自阅读经验的横向移植,而是渗入了作者个人经验和时代语境等复杂因素。虽然世界主义精神既非无名氏的发明,亦非无名氏作品的独有主题,但他作品中所体现的世界主义精神,却是独特的,是个人的。像其他新文学作品一样,它是二十世纪外国文化与中华文化交融的产物,具有明确的世界性因素,而无论无名氏自觉或自愿与否,这些作品已无可避免地被纳入到了世界文学的格局。单从世界主义文学角度而言,无名氏作品中独特的东方视野,就足以让它跟外国的世界主义作品看齐。

[韩国] 金宰旭

韩中文学翻译史上的一个独特现象：无名氏早期作品韩译本初探

在翻译史上，为适应本国不同读者的阅读需求，增加原作品的传播途径，扩大其影响，或为显示不同译者对原作的独到理解和相异的译笔风格，外国文学作品特别是名家名著，不仅有不同译者的多种全译本，还会有节译本、缩写本和改写本。无论哪种文本，都必须对原著负责，必需署原作者之名。这已经是译介外国作品的常识。中国现代著名作家卜宁(无名氏)的部分主要作品在韩国的翻译出版，却呈现出另一种景象。这就是有的作品的作者署名变成了作品主人公的原型，有的作品还出现了作品主人公的原型所作的改写本。这不能不说是翻译史上一个值得关注的独特现象。

1990年代以来，中国学界对现代作家无名氏作品的研究在很多方面取得了突破性的进展，不同视角的研究自有令人瞩目的成果。然而，还有若干问题值得探讨。其中之一，就是无名氏及其早期作品与韩国在华军人李范奭的关系。无名氏和李范奭等韩国人接触的时间不到五年，但这对于作家无名氏至关重要，因为他20世纪40年代的重要作品如短篇小说《骑士的哀怨》《露西亚之恋》，未完成的长篇小说《荒漠里的人》《北极风情画》，以及从《荒漠里的人》中截取出来作为短篇小说独立发表的《伽倻》《狩》《奔流》《抒情》[1]，以及以"李范奭"之名发表的纪实文学《青山里喋血实记》，主人公和情节都来自李范奭这位韩国军人及其传奇式经历。

无名氏以韩国人为主人公的作品，1946年以后陆续在韩国翻译出版。遗憾的是，韩中学界对这些韩译本至今还没有足够的研究。先行研究者的论文中，虽有部分内容涉及这一论题，但都没有作为一个独立的视角对待。如朴宰雨教授2000年发表的《卜乃夫与其韩人题材小说考》[2]，介绍了四种韩译本《伏尔加的乡愁》、《韩国的愤怒——青山里血战实记》(以下简称《青山里血战实记》)、《托木斯克的天空下》、《托木斯克的恋人们》[3]，

① 这四个短篇小说从《荒漠里的人》中的截取情况，可参见李存光编注《荒漠里的人》，秀威资讯，2015年2月。

② 《中国学报》第41辑，韩国中国学会，2000年8月。

③ "1946年宋志英把《露西亚之恋》译为韩文，以《伏尔加的乡愁》为名连载于日报，1950年把它以单行本形式出版，1947年金光洲把《韩国的愤怒——青山里喋血实记》译为韩文，以《韩国的愤怒——青山里血战实记》为名出版，此后1972年金光洲把《北极风情画》以《托木斯克的天空下》为名翻译出版，如前所述，1996年洪淳道把《北极风情画》最后修订本以《托木斯克的恋人们》为名翻译出版"，《中国学报》第41辑，韩国中国学会，2000年8月，第125页。

也提出了这些韩译本的著作权问题[①],但未及深入研究这些韩译本,文献方面也有遗漏。此后发表的论文在涉及这一问题时,大都重复列举朴教授所述4部韩译本,也没有超越朴教授对这些韩译本的看法。[②] 因此,对于无名氏作品韩译本有不少疑问至今还未得到充分的回答。例如,无名氏作品的韩译本只限于以上4部吗?这4部译本还有没有其他版本?这4部以外还有无名氏其他作品的韩译本吗?署名"李范奭"的无名氏作品韩译本的署名,仅仅存在"著作权"问题吗?……本文试以无名氏《青山里喋血实记》《露西亚之恋》《北极风情画》和短篇小说集《龙窟》为中心,谈谈笔者发掘的新韩译本并作初浅的探讨,希望在纠正和弥补先行研究中某些错漏的同时,能为无名氏作品韩译本研究提供值得参考的文本线索和观察译本在韩国影响的视角。

一、《韩国的愤怒——青山里喋血实记》韩译本在光复后韩国的流传及其影响

1941年11月由西安光复社出版的《韩国的愤怒——青山里喋血实记》一书[③],记录了韩国独立军1920年10月21至26日在中国延边地区的青山里白云坪、卧龙完流沟、鸭鸡沟等地与日本占领军进行的10余次战斗。当时韩国独立军以3 000多人的兵力击溃日军3万余人,歼灭日军1 000余人。此书写作过程的特别之处在于,曾参加"青山里战斗"的李范奭提供了详细口述材料和一些文字资料,由无名氏记录并加工润色而成。尽管这本书可视为李范奭与无名氏共著,但韩译本作者沿用中文本署名"李范奭"是没有疑义的。

《青山里喋血实记》的最早韩译本,韩国论者普遍认定是1947年光昌阁出版的《韩国的愤怒——青山里血战实记》。[④] 据笔者调查,光昌阁本的初版时间是1946年4月20日,译者为著名的文学家、翻译家金光洲。该书正文前有独立运动家严恒燮和译者金光洲的序文。当年5月6日的《东亚日报》"新刊介绍"就列举了这本译作。李范奭1946年6月22日回韩国,这个韩译本在他回国前就已经出版。这一事实说明李范奭不仅是一位善于作战的军人,还是一位领会到文学宣传功能并能与文人交流和沟通的军人。韩译本《青山里血战实记》的发行日举行大韩民国首届政府成立大会,李范奭就任国务总理。1948年8月15日建国社出版《血战——青山里血战实记》,这实际上是重印金光洲译本。[⑤] 此外,笔

---

① "最终著作权归属于哪位是不简单。根据中国初版本的名义处理没有大的问题。即《韩国的愤怒——青山里喋血实记》是对于李范奭胜战体验的实录,如有一定部分卜乃夫的润色,这是卜乃夫的代笔,将李范奭看为原著者也没有大的问题。《露西亚之恋》《北极风情画》虽有相关李范奭的故事成为主要情节,但这些作品中所发挥作为小说家卜乃夫之才能、手腕,同时被运用多样的文学装置,实际上是卜乃夫的再创作。"《中国学报》第41辑,韩国中国学会,2000年8月,第134页。

② 如金启恩:《无名氏的小说研究——以〈露西亚之恋〉为中心》,《中国现代文学研究》第7辑,1998年12月;李한닙:《无名氏的韩人题材小说〈北极风情画〉研究》,韩国外国语大学硕士学位论文,2008年;韩才恩:《李范奭与卜乃夫——基于'文史互证'基础上的研究》,复旦大学硕士学位论文,2012年;金哲、朱明燕:《无名氏韩人题材小说研究述评》,《黄海学术论坛》,2013年第1期等。

③ 过去以为中文本《青山里喋血实记》只有初版本,后发掘出此书的重版序文《我的话——〈韩国的愤怒〉重版小记》。这篇序文以"李范奭"之名发表于《中央日报·前路》(贵阳版)第599期(1942年7月30日),又载的《今文月刊》创刊号(1942年10月15日)。据文字风格,重版序文可能是无名氏写的。参见李存光《文献的发掘整理与研究的开拓深化——关于"中国现代文学中的韩国人和韩国"研究》,《现代中国文化与文学》第11辑,四川出版集团巴蜀书社,2012年,41—42页。

④ 韩国学者在例举此书时,大都标明出版于1947年。这错误可能来自收藏此书的韩国国会图书馆之著录项目。至今该图书馆著录项目中的《青山里血战实记》出版年仍为1947年。

⑤ 1948年10月16日《京乡新闻》专门刊出一则《〈血战〉发刊纪念》推荐该书。1948年建国社版对1946年光昌阁版作了两个变动,一是把正题《韩国的愤怒》改为《血战》,二是把严恒燮、金光洲的序文从书首移到了书尾。

者在 1948 年 8 月 1 日发行的杂志《三千里》第 4 号中发现了《青山里血战实记》的摘要本《青山里的激战》。据光复后李范奭在韩国的政治地位和主动运用大众媒体的经历，当时出版的报刊中收录《青山里血战实记》摘要本的应当不止这一种。[①]

1964 年发行的《思想界》第 5、6 月号连续刊载了另一种韩译本《青山里的抗战》。半年前即 1963 年 12 月，曾任伪满洲国军官、后来发动“五一六军事政变”的朴正熙，就任第三共和国总统。考虑当时韩国内外的整体状况，《青山里的抗战》的发表并不是偶然的。《思想界》的发行人是光复军军官出身的张俊河。光复初期所传播的金光洲译本虽发扬了韩语的妙趣，但译本中有不少汉字词语，从大众的阅读观点来说是一个缺憾。《青山里的抗战》则把金光洲译本中的汉字词语改写为适合新语法的韩语，这就更适应韩国读者阅读。

“青山里战斗”是韩国独立运动史上的一个光辉的大胜利。大体而言，李范奭通过中文版《青山里喋血实记》及韩译本，作为牵制政治或军事方面竞争者（主要是属于社会主义的势力）的工具之一，获得了不少成果，如台湾中国国民党的支持、独立运动的英雄称号和很高的政治地位等。但是，有一个基本史实不能忽略，1920 年参战“青山里战斗”的部队中除了金佐镇、李范奭等领导的以北路军政署军为中心一派的军队以外，还有洪范图领导的以大韩独立军为中心的一派，当时日军最怕的是洪范图领导的部队。李范奭在《青山里喋血实记》中并没有记述参加“青山里战斗”的其他部队特别是洪范图部队的战功。[②] 1960 年代末，李范奭的状况和以前完全不同，在政治上处于守势。随着 1970 年前后美国公开日帝败亡后扣留的日军文件，勇猛无比的洪范图部队的活动得以流传，这导致不少历史学者怀疑中文本《青山里喋血实记》及韩译本所述的事实性。1971 年 12 月，李范奭发表了带有自传性质的《露营火》。[③] 书中收入《青山里喋血实记》的新译本《青山里的血战》，这个译本实为李范奭作的增订本，在中文原本及以前韩译本 11 章（节）的基础上[④]，增加了第 12 章“不能混浊民族的骄傲历史事实”。这一章的主要内容，是从他曾发表的《抗日武装斗争的摇篮》（《思想界》6 月号，1969 年 6 月）一文中抽选的。李范奭的增订本仍然没有洪范图部队战功的记述。[⑤] 通过这个文本，李范奭再次表明《青山里喋血实记》不记述洪范图部队是正确的这一态度。李范奭于 1972 年 5 月去世，抛开学者之

---

① 1956 年，金光洲把《青山里喋血实记》韩译本的部分内容改写为短篇小说《青山里的黎明》，后发表在《希望》月刊（1956 年 6 月），这也说明《青山里喋血实记》的韩译本在韩国的流传比较广泛。

② “青山里战斗”后洪范图及其部队转移至俄罗斯与苏联红军合作，此后洪范图留在俄罗斯直到死亡。

③ 《露营火》（思想社，1971 年 12 月）全书目次为：第一章　祖国，第二章　青山里的血战（改写《青山里喋血实记》），第三章　爱马“无前”（改写《骑士的哀怨》），第四章　情怀录（六个不同的故事），第五章　托木斯克的 8 个月，第六章　伏尔加的乡愁（改写《露西亚之恋》），第七章　马占山将军，第八章　原野的浪漫，第九章　资料。包括学界在内的韩国人认为《露营火》是李范奭的回忆录。但此书不属于一般回忆录的范畴。从形式方面看，未采用一般回忆录偏好的编年体，而以独立的故事为中心分成各章。各章的故事之间缺乏回忆录应有的叙事上的连贯性；甚至有的章（第 4 章）构成为 6 个不同的故事，各章的语言风格也不一致。更值得注意的是内容。此书的两章（第 3 章和第 6 章）为无名氏的短篇小说《骑士的哀怨》和《露西亚之恋》韩译本的改写，另一章（第 2 章）为李范奭和无名氏合作完成的纪实文学《青山里喋血实记》的改写，有的章节则为无名氏未完成长篇小说的《荒漠里的人》的原材料。总之，《露营火》不是回忆录，而是自传性的文学作品。

④ 一、大战序幕，二、遭遇，三、准备，四、从黑暗到黎明，五、白云坪之战，六、向甲山村途中，七、泉水坪之战，八、马鹿沟之战，九、血的插图，十、胜利，十一、终结。

⑤ “铁骥李范奭将军纪念事业会”出版的李范奭传记《铁骥李范奭将军的生涯》（首尔：白山书堂，2001 年 5 月）中，编辑人纠正《青山里的血战》的错误，记述了“青山里战斗”中洪范图部队的战功。参见该书 34—35 页。

间的论争,《青山里喋血实记》的最后译本《青山里的血战》凭借收入出版量大的畅销书《露营火》,直至 1990 年代初还受到韩国读者的欢迎。[①]

二、短篇小说集《露西亚之恋》和《龙窟》的韩译本

1942 年 2 月重庆中国编译出版社出版的《露西亚之恋》,是无名氏(卜宁)最早的短篇小说集。集中收入《骑士的哀怨》《露西亚之恋》和《鞭尸》《海边的故事》《日耳曼的忧郁》《古城篇》6 篇短篇小说。其中,前 2 篇是以李范奭为原型的作品,后 4 篇则同李范奭和韩国人无关。这里,探讨以李范奭为原型的 2 篇作品。

《骑士的哀怨》的主人公没有姓名,全篇围绕主人公心爱的坐骑“无前”。小说的主人公是“在一个战役里遭遇残酷的失败,健康与职业都被损坏了”的军人,可以确定是韩国人。这小说反映 1925 年李范奭所属的高丽革命军和苏联红军的合作破裂,被苏联红军强行武装解除,在发生武装冲突后,李范奭流亡到中国东北宁安县宁古塔时的情况。《露西亚之恋》反映 1933 年 7 月李范奭和国民党高级军官一道赴欧洲视察军事,经过莫斯科、波兰、德国等地时的事实。作品描写流亡到德国的韩国爱国者“金”在韩国侨胞欢迎会上作慷慨激昂的控诉,在白俄酒吧里听流亡白俄贵族们痛苦的回忆。小说没有完整的故事情节,通篇渲染出一种思念祖国的深切悲情。

《露西亚之恋》的最早韩译本以《伏尔加的乡愁》为题,作为总题《放浪的热情》下面的第 2 篇,连载于《国际新闻》1948 年 8 月 22 日—9 月 5 日,署“李范奭著,宋志英译”。总题《放浪的热情》下还有另 3 篇无名氏作品,即《日耳曼的忧郁》《鞭尸》(韩译名《雪恨》)和《骑士的哀怨》。上述各篇连载情况如下:

无名氏原作题目	韩译本连载题目	署　名	连载刊名	日　期
《日耳曼的忧郁》	《放浪的情热》(1—10) 《日耳曼的忧郁》(一)	李范奭著 宋志英译	《国际新闻》	1948.8.11—16,18—21;共 10 期。
《露西亚之恋》	《放浪的情热》(11—23) 《伏尔加的乡愁》(二)	李范奭著 宋志英译	《国际新闻》	1948. 8. 22—29, 31—9. 5;共 13 期。
《鞭尸》	《放浪的情热》(24—30) 《雪恨》(三)	李范奭著 宋志英译	《国际新闻》	1948. 9. 8—12, 14—15;共 7 期。
《骑士的哀怨》	《放浪的情热》(31—42) 《骑士的哀怨》(四)	李范奭著 宋志英译	《国际新闻》	1948.9.16—17,19—23,25—26,28—10.1;共 12 期。

经《国际新闻》连载后,这 4 篇译文于 1950 年由正音社以《放浪的情热》为名出版单行本。值得注意的是,单行本除《国际新闻》所连载的 4 篇(其中《骑士的哀怨》改题为《爱马记》)以外,还收录了《海边的故事》(改题为《没有眼泪》)和《古城篇》(改题为《古城断章》)的译文。1974 年 6 月,正音社又发行了再版本,所收录的作品与初版本相同。

① 《露营火》1971 年 12 月由思想社印初版后,1994 年 2 月印十二版,2016 年 5 月在白山书堂印了增补版。此外,此书 1980 年代在报纸几次被选为“高中学生放假期间可以读的图书”,推荐图书的选定也扩大了《露营火》的传播和影响。

1990 年代特别是 1992 年韩中建交后，韩国中国现代文学研究急速成长。与历史学者不同，这一时期韩国的中国现代文学研究者和能运用韩文加入韩国学界的中国朝鲜族学者，充分认识无名氏在中国文学史上的地位和无名氏以韩国人为主人公作品的意义，他们认为无名氏以李范奭为原型的作品是属于无名氏的创作。从这时起，无名氏作品韩译本的作者署名逐渐回归正常。1999 年 5 月白山书堂出版的译本《龙窟》[①]和 1996 年现代文化新闻社出版的《托木斯克的恋人们》（即《北极风情画》，详见本文第三节），两书著者均署“无名氏”，便是显示韩国中国现代文学学界努力的结果。1947 年中国出版的无名氏短篇小说集《龙窟》收以韩国人为主人公的《伽倻》《狩》《奔流》《抒情》《龙窟》《红魔》6 篇作品，前 4 篇表现了李范奭个人经历，后 2 篇则与李范奭的个人经历没有直接关系。韩译选集《龙窟》虽然用了中文本短篇小说集的名称，但所收录的作品有差别，除收录原集子中的短篇小说《龙窟》《狩》《奔流》外，还收录了纪实文学《青山里喋血实记》和小说《露西亚之恋》，全书著者署名为“无名氏”。可见，1990 年代中期以后，韩国学界对无名氏以李范奭为原型的作品有两种看法：历史学者把它们（特别《青山里喋血实记》及其韩译本）当作李范奭著的史料，文学学者（特别中国现代文学研究者）认为是无名氏以李范奭为原型创作的小说或为李范奭代笔写的纪实文学。

三、《北极风情画》的韩译本和《荒漠里的人》的中文原本

1931 年“九一八”事变后，李范奭受马占山将军的邀请担任作战科长、上校高级参谋。1933 年中国东北抗日军战事不利，李范奭和中国抗日军一起流亡到苏联的托木斯克，经历了 8 个月的扣留生活。连载于 1943 年 12 月—1944 年 4 月西安《华北新闻》的《北极风情画》，主要描写李范奭这段时间在托木斯克与一位波兰女性的一段艳遇。

《北极风情画》的最早韩译本是 1970 年 11 月 1 日发行的《周刊朝鲜》所收录的《北极风情画》摘要本，署“李范奭著，禹玄民译”。最早的全译本 1972 年 10 月才出现，这就是新现实社出版的《托木斯克的天空下》，署“李范奭著，金光洲译”。据笔者调查，金光洲的韩译本此后两次再版：1973 年 7 月由新现实社出版，1992 年由三育出版社出版。此外，1972 年 11 月《文学思想》所载的《北极风情画》的韩译摘要本也出自金光洲的译本。

李范奭去世后出现了别的版本。到目前为止，笔者确认有两个版本。一种是 1988 年文化出版公司出版的《我的爱奥蕾亚》，署“李范奭著”，另一种是上一节中提到的 1996 年 10 月现代文化新闻社出版的《托木斯克的恋人们》，署“无名氏著，洪淳道译”。前一种版本基本采用金光洲的译本，但将全文编为 6 章，给各章赋予了题目。[②] 对无名氏而言，《托木斯克的恋人们》的出版很有意义，一是作者署“无名氏”，二是这个译本是根据中文本《北极风情画》的最后定本翻译的[③]，反映出无名氏艺术世界的变化。

《荒漠里的人》是无名氏未完成的长篇小说，连载于 1942 年 8 月 29 日至 1943 年 7 月 24 日贵阳《中央日报》。作品反映 1929 年至 1931 年李范奭在中国东北边境的流亡生活以及试图和鄂伦春人合作抗日的经历。由于《荒漠里的人》仅仅在报上连载，直到 2015

---

① 无名氏著、金英玉（朝鲜族）译：《龙窟》，白山书堂，1999 年 5 月。

② 各章题目为：“我的爱奥蕾亚”“一个希望”“爱情序曲”“另一个试炼”“短和长的旅行”“绝唱”。

③ “此书后来被修改过 3 次，最后修订在于 1987 年 8 月 24 日台北，此新韩译本据最后修订本的”，无名氏《‘北极风情画’韩译本序文》，《托木斯克的恋人们》，现代文化新闻社，1996 年 10 月，第 15 页。

年才经李存光教授发掘整理后完整出版，[①]因此韩国至今没有出现《荒漠里的人》的全译本。我们已知短篇小说《伽倻》《狩》《奔流》是《荒漠中的人》中部分章节另加题目单独发表的，[②]而这3个短篇有韩译本，因此可以说这部长篇也有部分韩译。

《伽倻》的韩译本初载于1974年发行的《月刊中央》3月号，又收入1991年12月和1992年11月외길사和三育出版社各自出版的《铁骥李范奭自传》（又名《露营火》后编）[③]。作者署名都为李范奭。如前所说，《狩》《奔流》以无名氏署名已经收录于韩译选集《龙窟》。

考察《荒漠里的人》原本不属于本文涉及的范围，但为谈无名氏早期作品韩译本的特点和意义，不能不提《荒漠里的人》的部分原本《原野的浪漫》及其写作过程。1960年代末，李范奭为出版《露营火》做了口述录音。据笔者调查，这录音中的一部分写成文字在杂志发表，后（或直接）收录于《露营火》。笔者看，李范奭的口述录音文字化的作品中几篇，从故事、人物和背景方面来说，不少部分和无名氏创作的以李范奭为原型的文学作品类似，最典型的为《露营火》第8章《原野的浪漫》。这是宋相玉听写李范奭口述的作品，连载于1969年《周刊朝鲜》总15回。作品的时间、空间背景，所描的人物和故事等与《荒漠里的人》密切相关。《原野的浪漫》写李范奭在中蒙边界的狩猎生活以及试图和鄂伦春人合作抗日的经历，以第一人称视角详细描写豹子、黑熊等猛兽的捕获过程和鹿茸、貂皮等物品的获得过程。从故事情节看，《原野的浪漫》和《荒漠里的人》之间有不少相同相似之处，但两书中出现的人物有一些差异。《原野的浪漫》中的韩国人猎人"姜载河"、福丰恒主人山东人"田子珍"和鄂伦春首领"万家富"，大致对应《荒漠里的人》中的"姜载河""田老板"和"蛮加布"形象，但《荒漠里的人》中一些人物如盛伦、叶莲娜和张连长等未出现在《原野的浪漫》中，两书中都出现的一些人物如莫梧奇夫妇，年龄、外貌、性格、经历和与两书中的主人公李范奭、金耀东的关系都大不一样。可以确认，《荒漠里的人》原材料来源于当年李范奭的口述。[④] 再看小说作者无名氏和口述记录者宋相玉的有关表述就更加清楚：

> 这里面的材料，完全由一些韩国朋友们所供给。其中的情节，大部分是根据史实与事实，因为这本书的主人公，就是曾和我在一间屋子同住过大半年，这大半年中，我几乎完全用来搜集材料与记录他的谈话。我相信，只有从现实的底蕴中抽绎出来的素材才能深刻，生动，感人。但凭脑子幻想，即使技巧精致，也不过是盆景清供一类的点缀而已……[⑤]

69年2月至6月铁骥的狩猎故事连载过。题《原野的浪漫》。以满洲、蒙古及西

---

① 李存光编注：《荒漠里的人：无名氏长篇小说》，秀威资讯，2015年2月。

② 参见李存光、金宰旭：《解开无名氏的长篇小说〈荒漠里的人〉之谜》，《中国现代文学研究丛刊》，2012年第7期，第117—118页。

③ 可称为李范奭"回忆录"的是他逝去后出版的《铁骥李范奭自传》。此书以编年为中心作章节，各章节具有叙事上的连贯性，全章节的语言风格一致。在中国翻译出版的李范奭的回忆录(《李范奭将军回忆录》，云南人民出版社，2008年)就是以后者为原本选译的，但《铁骥李范奭自传》在韩国的影响比不上文学性更强的《露营火》。

④ 除了《原野的浪漫》，《露营火》第4章第4节《掉进雅鲁河的玛利亚》、第4章第5节《莫梧奇的爱情》和《铁骥李范奭自传》中的《我的爱——玛利亚》等，也包含《荒漠里的人》部分原材料。这些部分还未发现有报刊连载的文本。

⑤ 卜宁(卜乃夫)：《关于〈荒漠里的人〉》，贵阳《中央日报·前路》第608期，1942年8月19日。秀威版《荒漠里的人》，第56页。

伯利亚原野为背景的生动的狩猎经验谈。共16回五百余张分量,从头至尾我听写口述,作为作家十年我写了小说,铁骥口述的构成、文章几乎不必修改。除语法上几个错误全文都与他口述一致……①

在中国发表的中文本《荒漠里的人》和在韩国发表的韩文本《原野的浪漫》虽然有着将近30年时间差,但可以确认这两部作品都是据李范奭不同时段的口述写成的。对读这两部作品,《原野的浪漫》是李范奭叙述自己经历的回忆录式的纪实作品,《荒漠里的人》则是无名氏在李范奭提供的原材料基础上展开艺术想象进行艺术加工创作的长篇小说。

四、关于无名氏小说韩译本的署名和李范奭改写的异本

从以上对无名氏早期作品韩译本的简要梳理可以看出:一、1990年代前韩国发表的无名氏作品韩译本《托木斯克的恋人们》、《我的爱奥蕾亚》(即《北极风情画》)、《伽倻》、《伏尔加的乡愁》(即《露西亚之恋》)以及《日耳曼的忧郁》、《雪恨》(即《鞭尸》)和《爱马记》《爱马"无前"》(即《骑士的哀怨》)、《没有眼泪》(即《海边的故事》)、《古城断章》(即《古城篇》)等,作者都署"李范奭";1990年代之后出版的新译本纠正了署名错误,但韩国学界还有一些不同看法。二、《青山里喋血实记》《骑士的哀怨》《露西亚之恋》不仅有韩译本,还有经李范奭改写的异本。

先谈谈无名氏作品韩译本的署名。

《青山里喋血实记》据李范奭口述的战斗经历写成,在中国以"李范奭"之名出版,因而韩译本也以"李范奭"之名出版是自然的。短篇小说集《露西亚之恋》、长篇小说《北极风情画》和其他作品的韩译本署名"李范奭",却不能不令人产生疑虑。这些作品在中国是以无名氏的原名"卜宁"出版的。《露西亚之恋》所收录的六篇作品中有四篇和李范奭的经历无关。据笔者调查,李范奭没有说过这四篇是自己写的,但在世时并没有纠正韩译本署名的错误。

上述作品署名错误直接影响于韩国评论家。前面介绍的1972年《文学思想》所载《北极风情画》的韩译摘要本《托木斯克的天空下》就提供了一例。摘要本前有4篇评介文章:宋相玉《卓越的作家铁骥》、宋志英《有关〈北极风情画〉的几件事实》、郑然喜《惊人,可惜》和金炫《可以考虑收录我们的文学史》。前两篇算是一种"证言",认为据李范奭口述的《北极风情画》,可以算为李范奭的作品。后两篇评论《托木斯克的天空下》及其意义,著名评论家金炫直接提出《北极风情画》可否纳入韩国文学史的问题。这样的错误不限于上述译作,例如,1984年12月发行的女性杂志《女怨》中所载《海边的故事》的韩译本《没有眼泪》,1985年1月发行的《小说文学》1月号中所载《日耳曼的忧郁》《鞭尸》和《古城篇》中"松""家"二节的韩译本。两本杂志的编辑都是把李范奭作为作者介绍的。

对无名氏而言,这些韩译本的署名错误是很难接受的,不过,就其效果言,这种"错误"为文学交流提供了不少便利。因为这些韩文本在韩国广泛流传的主要原因,不是韩国人由此可了解中国作家无名氏的艺术世界,而是韩国人尊敬李范奭才要读他写的作

① 宋相玉:《卓越的作家铁骥》,《文学思想》11月号,1972年11月,200页。原文将"原野"误写为"雪野",笔者引用中修改了。

品。李范奭早年担任光复军参谋长，建国初任代国务总理、国防部长官，以他的名义出版的几种韩译本对韩国人、韩国社会的影响确实是不小。1996年10月出版《托木斯克的恋人们》时，无名氏来韩国参与各种学术和出版活动，但署名"无名氏"的这本书销量和影响都比不上李范奭在世和去世之后他署名出版的同类书。

再谈李范奭的改写异本。

《露营火》所收录《骑士的哀怨》的韩译本《爱马"无前"》[①]和《露西亚之恋》的韩译本《伏尔加的乡愁》，经李范奭改写，与中文原本及以前韩译本不同。这次改写除语言以外，叙述视角上也发生了变化。无名氏的《骑士的哀怨》《露西亚之恋》是以第三人称全知视角写成的小说，而李范奭的《爱马"无前"》《伏尔加的乡愁》却是以第一人称视角写的回忆录。这二篇中，《爱马"无前"》不仅改变了视角，内容上也有一些变化。在此仅对比中文本《骑士的哀怨》和韩文本《爱马"无前"》的第一段：

> 当他在一个战役里遭遇到残酷的失败，健康与职业都被损毁了，流亡在宁古塔时，他的疲倦而感伤的眼睛，终于落在他的无前马身上。[②]

> "无前"——，这就是我独一无二地爱过的马的名字。在战役遭遇到残酷的失败后流亡在宁古塔时，对我唯一的安慰就是这匹马。极度消瘦又没有任何做的事情的我，从"无前"的眼睛温暖地感受到我失去的所有。从其纯真的眼睛来到的体温是，间或，突然烧过我胸怀中的火焰。[③]

对比两段文字，后者的描写融入了李范奭自己的切身感受，显然比无名氏的文字更细腻，更深入内心。与以上所谈的三篇作品不同，李范奭未改写过《北极风情画》的异本。李范奭在《露营火》中虽说到他在苏联托木斯克的生活，但所说的内容与《北极风情画》韩译本相比有不少不同之处。《露营火》第5章《托木斯克的8个月》是以随笔形式写他与马占山部队一起撤退到苏联后被转移到苏联托木斯克所经历的艰苦的俘虏生活，比较明显地表现出一位军官被苏联共产党解除武装后感到的愤怒，此外作品中还有作者剖析苏联社会、经济矛盾的内容。

那么，我们从李范奭的改写本能发现何种意义？为此值得参考李范奭对以自己为原型的无名氏小说《露西亚之恋》和《北极风情画》的说法。

> 这文章是，中国抗日战争时期为祖国独立得中国支援而出版的。这小说以白话文写成，中国青年文人卜乃夫的校对后，以无名氏处女作《露西亚之恋》为名发表。[④]

> 我回到大陆以后有一个作者留在我身边。他得知复杂多样的我经历后，请求我，为小说创作讲其恋爱故事。这故事打动他的心，他求我写原稿。既是他以礼敦劝，又是为祖国光复获得中国的支援，我得给中国人广而告知韩国人的人情和祖国

---

① 《骑士的哀怨》以《骑士的哀怨》为名连载于《国际新闻》，正音社出版单行本时名为《爱马记》，收录于《露营火》时改名为《爱马"无前"》。

② 金柄珉、李存光主编：《中国现代文学与韩国资料丛书(1)》，延边大学出版社，2014年，第443页。

③ 李范奭：《露营火》，思想社，1971年，93页。

④ 同上书，305页。

爱，而闹着玩的写的。那个作者把原稿再修正后出版的小说就是《北极风情画》。[①]

李范奭曾说自己写了《露西亚之恋》和《北极风情画》的初稿，无名氏只是其初稿的"校对者"而已。这种说法对中国学者来说是荒诞不经的。但不同研究视角，会给我们提供新的结果。如扩大视野，我们从这种误会能了解韩中文学交流的一个侧面，至少认识无名氏和李范奭之间进行的文学交流的深刻性和复杂性——无名氏在与李范奭相识之前的 1939 年创作的以韩国人为主人公的短篇小说《韩国的忧郁》[②]中，就很难发现类似复杂性、特殊性。笔者认为，通过以上所说的改写本，我们能考察无名氏早期作品创作特点之一，即"李范奭口述的文字化（文学作品化）及其突破"，又可以结束从李范奭"误会"所造成的韩中学者之间的见解之差异（特别是中国文学学者和韩国历史学者之间）。

李范奭对《露西亚之恋》的更改只发生在叙述视角。这是因为无名氏创作的《露西亚之恋》有别于李范奭给无名氏提供的口述和一些文字资料。《北极风情画》也是艺术上明显脱离李范奭提供的口述、文字文本，故而李范奭始终不曾改写这部作品。笔者认为，艺术上无名氏创作的《露西亚之恋》《北极风情画》超越了李范奭及文本。反过来说，《骑士的哀怨》中还留着李范奭及文本的痕迹，因此李范奭才可能把《骑士的哀怨》比较成功地改写为韩语本《爱马"无前"》。我们不必怪《骑士的哀怨》的韩译本以李范奭之名出版。对马而言，李范奭的文本优于无名氏的《骑士的哀怨》。[③] 据笔者调查，李范奭在韩国发表过不少描写他和马之关系的作品，其中之一是《创造奇迹的怒人》（《露营火》第 4 章第 2 节）。读这篇作品，就知道李范奭确实长于描写马和他的关系。

作为研究中国文学的韩国人，笔者相信李范奭所说，除了口述以外，可能给无名氏的某些作品提供过一些文字资料。不过，这里有一个误会，李范奭所说的"原稿"可能不是我们常说的出版之前的原稿。就其质量方面来说，这"原稿"（除外《青山里喋血实记》）可能不如擅长口述的他讲出来的故事好。对无名氏、李范奭和韩中学者来说，《原野的浪漫》是非常重要的作品。通过此作品的写作、发表过程，可以猜测 70 余年前无名氏和李范奭之间进行文学交流的大体情况，并了解李范奭"误会"的来源。我们不能否定《北极风情画》的写作过程与《原野的浪漫》相当类似。我想，作为军人出身，光复后变为充满自豪感的政治家李范奭很难判断这两个不同文学作品及创作过程的差异。《荒漠里的人》和《原野的浪漫》之间所发生的语言、结构等艺术方面的差异，就是李范奭所说的"原稿"和《露西亚之恋》《北极风情画》之间的差异。[④]

从中韩文学交流史研究方面而言，从李范奭口述至《爱马"无前"》其语言及叙述视角变化过程值得注意。这一过程即李范奭口述（汉语，第一人称视角）→无名氏改写（汉语，第三人称全知视角）→宋志英翻译（韩语，第三人称全知视角）→李范奭改写（韩语，

---

① 李范奭：《露营火》，思想社，1971 年，295 页。

② 卜宁：《韩国的忧郁》，香港《大公报・文艺》第 707 期，1939 年 9 月 25 日。

③ 李范奭从云南陆军讲武堂骑兵科第十二期第一名毕业到去世一直和马一起生活，由此他对马的观察力特别强，对马的描写内容丰富有深度。他的号"铁骥"就是说明他和马的密切关系。

④ 我们不能说李范奭讲或写的故事或文章未发现任何艺术性。根据李范奭后来在韩国发表的作品、文章，他比较长于谈（写）有经验的以爱情、战斗、打猎、野生生活和马等为中心的比较短的故事，弱于谈（写）战斗加上爱情、野生生活加上爱情等具有相对较复杂的情节的故事。例如故事情节上《露营火》第 4 章 5 节《莫梧奇的爱情》本来属于《原野的浪漫》，无名氏在《荒漠里的人》把这 2 个故事能融合在一起，但李范奭则不会写在一起。我认为，他讲的故事或写的文章的特点为"质朴、简洁而有情感"。

第一人称视角)。

韩中的文化交往有上千年的悠久历史。1910年日本吞并韩国前,两国之间的包括文学文化交流,主要以韩方吸收、学习中方为主进行。正如韩国著名学者孙晋泰考证的那样,韩中文化的连贯性在于韩国文化主要从中国输入。孙晋泰在《朝鲜民族说话研究》中[①],据韩中文献,考证了从中国传到韩国民间故事有22篇,从韩国传到中国民间故事只有2篇。虽然韩国民间故事是韩国人固有的故事,但其中不少故事和中国人共有。我认为,与古代民间故事交流相比,在现代所进行的从李范奭口述至《爱马"无前"》发表的过程更为复杂。用中文写的《爱马"无前"》的原本确实是从中国"传"到韩国,就结果来说又是韩中两国人"共有"的故事[②],而这故事是从韩国人口述开始的。更为复杂的事情是,后来这位韩国人据中文本的韩译本进行改写并收录于自己的著作中。中国文学作品中韩国主人公的实际原型,成为作品的作者来到现实世界,并得到广泛传播,在中韩文学交流史上很难找到第二个。我们通过无名氏和李范奭之间的文学交流可以了解中韩两国人际交流的悠久性,也可认识中韩现代转型中进行的与古代不同的现代文学交流的独特性。

韩国光复后在韩国刊行的无名氏以李范奭为原型作品的韩译本在1990年代前半期前大都以"李范奭"之名出版,《青山里喋血实记》《露西亚之恋》《骑士的哀怨》还出现了李范奭改写的异本,这的确是韩国中国现代文学作品翻译史上的一个独特的现象。是否也可以这样理解呢:无名氏早期作品不仅仅是中国文化、民族内生原发的一元化的现象,还是中韩两国民族思想、文化关系密切融洽的深厚文学表现。无论如何,我们通过这些韩译本和改写本,可以更深入地把握无名氏早期作品的现实生活依据和思想文化内涵。就中韩文学交流史方面而言,把李范奭对无名氏口述到自己改写《爱马"无前"》等作品并发表的过程,看作从古代至现代韩中之间进行的文学交流的一幅压缩图画也许不过分。这里既能发现口述和文字并行的古代韩中文学交流的痕迹(尽管其方向与古代相反),也可发现韩中现代文学研究关注的互文性、混杂性。总之,无名氏早期小说与李范奭口述的关系,无名氏早期小说与李范奭后期改写本的关系,既直接紧密又纷繁复杂,值得进一步深入研讨。当然,这是需要作为专题的另一个文学研究课题。

---

① 1927年8月以后在《新民》所发表15回,1947年,乙酉文化社出版单行本。

② 在韩中流传的"以中国为背景的有关李范奭的故事"有多种。在中国有一种,是无名氏创作的以李范奭为原型的中国现代文学作品。在韩国则有三种,一是以李范奭为原型的中国现代文学作品的韩译本,二是李范奭的改写本,三是据李范奭韩语口述出来的韩国现代文学作品。

目　录

励依妍　辑

重庆《正气日报·新地》总目录（1945 年 7 月—1945 年 11 月）

近日读到杨新宇先生刊发在《现代中文学刊》2020 年第 5 期上的《等等大雪等等霜——诗人赵令仪论》一文，见其文章结尾写了一大段"题外话"：

> 近年来，随着民国报刊的数字化，出现了"民国时期期刊全文数据库""近代报刊库"等重要数据库，为现代文献的整理提供了极大的便利。笔者收集到的赵令仪作品，绝大多数也是得之于此。但原始报刊仍然有它的价值，比如说作家的未知笔名，就是仅靠搜索无法发现的，本文所讨论的赵令一的笔名，如果不是查阅原始报刊，就很难发现。但原始报刊的保存、查阅受到很大的限制，我第一次查阅到刊载赵令一作品的重庆《正气日报》时，是在复旦图书馆的过刊库仍然提供开架阅览的时候，复旦馆藏的这份报纸本身也并不齐全，只订成了薄薄的一小本，但其副刊上刊载有大量重要的作品，据我抄录的有芦焚的《无题》（即《争斗》的一部分，2013 年出版的《师陀全集续编》始收入发表于《新文丛之二·破晓》上的版本）、靳以的《白兔的死亡》、谷斯范的《紫藤花》以及严文井、金克木、陈迩冬、赵清阁、熊佛西、田禽、彭燕郊、曾卓、山莓、丽砂、秦牧、赵超构、王平陵等人的作品，这些作品当时曾经拍摄了一些，但因为疏懒，并未全部拍摄，并且因为报纸装订的缘故，很多文章边角无法拍摄完全。等我第二次想要查阅的时候，库房已在进行民国报纸的清点登记，当然，这是一项非常重要的工作，但等库房清理完毕，我再次去查阅重庆《正气日报》时，却被告知馆藏失踪。后来，我查阅了国家图书馆、上海图书馆和重庆图书馆的民国报纸目录，发现均没有这份报纸。但愿复旦的这一份并非孤本，诚望关心现代文学文献整理的学界同仁，能够多方查找（特别是各高校的图书馆，或能查阅到这份报纸），以使其上的作品不至于湮没。

巧得很，四川大学图书馆的馆藏目录中就能够搜索到重庆《正气日报》，待去图书馆查询时，馆员老师告知这份报纸已做成缩微胶卷，阅览方便。既然这份报纸已属十分稀见，我便花了一些时间将其文学副刊《新地》的目录整理了出来，以供学界参考。

重庆版《正气日报》于 1945 年 7 月 16 日创刊，其报头"正气日报"四字下尚有"军中版"字样。副刊《新地》也是从 7 月 16 日开始，其第八十三期上有一则《严杰人启事》："本人已辞去新地编务，今后来稿请径寄新地编辑室，勿书鄙人姓名。此启。"第八十七期上又有一则田禽的《帮闲人语》：

> 《新地》在江西时代是颇负盛誉的，虽说我没有亲眼看到当时副刊的风貌，但，听

一般文艺界的朋友们谈起过，都一致公认它的编排和新颖，活泼，内容丰富，充实。一个副刊能获得同行人异口同声的称道，确实不是一件偶然的事！

本报在渝复刊后，副刊仍用原名——新地，编务由诗人严杰人兄负责，声誉仍不减当年。原因是他拉稿的能力相当高，所以才能维持着《新地》的光荣历史。然而，我相信杰人兄在短短的两月余的编辑生活中，一定是很吃力地，因为我们的报纸不对外，这在拉稿方面便增加许多困难，特别是一般名家，但，他却能在万分困难之下，靠着私人的感情拉了不少水准相当高的文章，因此给渝版《新地》增加了无上光彩。

最近，杰人兄因急于返桂，一时无人接替，暂由我来帮闲，做做替工，从十七日接编以来，使我最感困难的就是稿件的来源，今后能否维持以往《新地》的光荣，完全要靠我们青年军中一般青年作家，编者的能力是异常薄弱的。今后本刊采用的稿件当以本军各位新战士的作品为主，自然，外界一般名作家的作品我们尤其欢迎，但，稿件取舍的标准决不以"有名"或"无名"来做最后决定，完全以"货色"的高低做为取舍的准绳。

最后，谨以热诚的心欢迎爱护本刊的作者与读者源源赐稿，来充实这块绝对公开的园地。

根据这两则启事可知，《新地》副刊前期为严杰人主编，后期从1945年10月17日开始则为田禽主编。严杰人是诗人，因此前期诗文较多，文艺气息更浓；而田禽是戏剧评论家，他接编以后，戏剧方面的文章明显增多。1945年8月5日至10月7日，《正气日报》又于每周日出版《阵中文艺》副刊，共计十期，其出刊时，《新地》暂停。《阵中文艺》"稿约"注明"本刊为士兵园地，专登反映士兵生活之士兵创作"，并要求"来稿请署部队番号及真姓名，惟发表时可用笔名"，因系军中作家作品，水准有限，《阵中文艺》副刊的目录本文并未整理。但田禽主编《新地》后，号称"稿件当以本军各位新战士的作品为主"，在《新地》上刊发文章的作者中，确实有了不少军中作家，如李萼辉、蔡本宪，均在《阵中文艺》发表过作品。

遗憾的是，四川大学图书馆的馆藏也不完整，7月17日、8月1日、8月2日、8月3日、9月2日、9月15日、9月26日、10月4日、11月16日、11月18日、11月21日、11月22日、11月24日、11月25日和11月26日的报纸缺失，共计十五日。其中11月16日的报纸，复旦大学图书馆曾有馆藏，下列当日副刊的目录，由杨新宇老师提供的照片整理补入。

另，10月21日，《新地》副刊停一期，但仍有文艺版面，刊有陈迩冬的《谈妲己——失乐园零札之一》和赵超构的《日本人气质之一面：小品的与小气的》；10月28日又停一期，但刊有江的《山城偶语之一："重庆人"》；11月4日又停一期，但刊有构（当为赵超构）的《美人小论之一：乐天的美国人》；11月11日又停一期，但刊有构的《美人小论之二：单调　平凡　庸俗》。而10月31日《新地》停掉的版面，则为蒋经国编的《主席家书》和他的《父亲怎样教我读书做人做事》所填充。

第一期

（一九四五年七月十六日）

荒凉的草原 …………………………………………………………… 许幸之

被囚的狼(诗) …………………………………………………………………… 彭燕郊
读画随笔 ………………………………………………………………………… 黄茅
诗坛直观 ………………………………………………………………………… 陈迩冬
编者致辞

第二期

(一九四五年七月十七日,报纸缺)

第三期

(一九四五年七月十八日)

缘 ……………………………………………………………………………… 胡明树
星星(诗) ……………………………………………………………………… 臧克家
艺术 ……………………………………………………………… 见托尔斯泰散文集
诗坛直观 ………………………………………………………………………… 陈迩冬
短篇连载:无题 ………………………………………………………………… 芦焚
编辑室

第四期

(一九四五年七月十九日)

失去的星(诗) ……………………………………………………………………… 庄涌
力的执着 ………………………………………………………………………… 丽砂
需要与诗 ………………………………………………………………………… 钟辛
短篇连载:无题 ………………………………………………………………… 芦焚

第五期

(一九四五年七月二十日)

读画随笔:谈风俗画 …………………………………………………………… 黄茅
希望 ……………………………………………………………………………… 骆寻晨
《罪与罚》 ……………………………………………………………………… 严杰人
短篇连载:无题 ………………………………………………………………… 芦焚

第六期

(一九四五年七月二十一日)

父亲 ……………………………………………………………………………… 史伍
露西亚之恋(诗) …………………………………………………… 叶赛宁作,黎央译
雇人哭丧 ………………………………………………………………………… 穷发
短篇连载:无题 ………………………………………………………………… 芦焚

第七期

(一九四五年七月二十二日)

美丽的童年——戏剧生活回忆录之一 ………………………………………… 田禽

幸福 …………………………………………………………………………………… 萧簇
一个牧女的死(诗) ……………………………………………………………………… 彭燕郊
短篇连载: 无题 ………………………………………………………………………… 芦焚

第八期

(一九四五年七月二十三日)

论契诃夫(一)(二) ………………………………… Alexender Deutsch 作,何家槐译
崇高的父性 ……………………………………………………………………………… 史伍
夜(诗) …………………………………………………………………………………… 丽砂

第九期

(一九四五年七月二十四日)

论契诃夫(三) ……………………………………… Alexender Deutsch 作,何家槐译
雨(诗) …………………………………………………………………………………… 庄涌
短篇连载: 无题(完) …………………………………………………………………… 芦焚

第十期

(一九四五年七月二十五日)

蹄子…………………………………………………………………… M · 普里希汶作,尤琪译
喜雨(诗) ……………………………………………………………………………… 令狐令得
论契诃夫(四) ……………………………………… Alexender Deutsch 作,何家槐译

第十一期

(一九四五年七月二十六日)

新的圣经 · 新的福音 …………………………………………………………………… 严杰人
玛鲁夏 ………………………………………………………………………………… 李又然译
诗坛直观 ………………………………………………………………………………… 陈迩冬

第十二期

(一九四五年七月二十七日)

真勇者罗曼罗兰 ………………………………………………………………………… 洪遒
日本的《战争绘画》……………………………………………………………………… 黄茅
尘烟 ……………………………………………………………………………………… 刘北汜
灯塔 ……………………………………………………………………………………… 萧簇
文讯
龚古尔奖金得奖作品

第十三期

(一九四五年七月二十八日)

真勇者罗曼罗兰 ………………………………………………………………………… 洪遒

我要生长(诗) …… 山莓
快乐 …… 骆寻晨
用爱与信念工作 …… 编者
文讯

第十四期

(一九四五年七月二十九日)

献呈约翰·克利斯多夫 …… 黎焚薰
诗简 …… 卞之琳
溶解(诗) …… 山莓
魇 …… 柯可

第十五期

(一九四五年七月三十日)

献呈约翰·克利斯多夫 …… 黎焚薰
梦回(诗) …… 柯可
邸宅(诗) …… 彭燕郊
雅典人台满的控诉 …… 张诺志
文讯

第十六期

(一九四五年七月三十一日)

白兔的死亡 …… 靳以
诗坛直观(四) …… 陈迩冬
中篇连载:花与果实(一) …… 林韵
编辑室

第十七期——第十九期

(一九四五年八月一日——一九四五年八月三日,报纸缺)

第二十期

(一九四五年八月四日)

开窗的人 …… 郭风
希望(诗) …… 白岩
中篇连载:花与果实(五) …… 林韵

第二十一期

(一九四五年八月六日)

画笔余墨 …… 黄茅
鼠 …… 丽砂

中篇连载：花与果实（六）……林韵
版刻：自由的呼唤……梁永泰

第二十二期

（一九四五年八月七日）

写在演出之前……赵明
《胜利进行曲》与演剧队……何泛
《胜利进行曲》本事
一个外国人的观后感……赖诒恩神甫
中篇连载：花与果实（七）……林韵

第二十三期

（一九四五年八月八日）

略论“也有”……穷发
青春的恋歌（诗）……山莓
诗坛直观……陈迩冬
中篇连载：花与果实（八）……林韵

第二十四期

（一九四五年八月九日）

好名二术……丁易
泰翁散文三篇（《一片鸟羽》《一颗星之死》《一瞥》）……芹译
诗坛直观（七）……陈迩冬
中篇连载：花与果实（九）……林韵

第二十五期

（一九四五年八月十日）

一个官吏的死……柴霍甫作，金近译
激变……骆寻晨
中篇连载：花与果实（十）……林韵

第二十六期

（一九四五年八月十一日）

语言的启示——从“屙屎尿”和“大小解”说起……陈迩冬
关于万尼亚舅舅——致契诃夫……高尔基
默庐散记……青苗
中篇连载：花与果实（十一）……林韵

第二十七期

（一九四五年八月十三日）

谈夸张……黄茅

默庐散记 …………………………………………………………………………… 青苗
克虏伯这位“纯”工业家…………………………………………………………… 清涟
中篇连载：花与果实（十二） …………………………………………………… 林韵

第二十八期

（一九四五年八月十四日）

我爱绿色（诗） …………………………………………………………………… 山莓
默庐散记 …………………………………………………………………………… 青苗
诗坛直观（八） ………………………………………………………………… 陈迩冬
中篇连载：花与果实（十三） …………………………………………………… 林韵

第二十九期

（一九四五年八月十五日）

天皇是蜂王么？ …………………………………………………………………… 秦牧
默庐散记 …………………………………………………………………………… 青苗
中篇连载：花与果实（十四） …………………………………………………… 林韵

第三十期

（一九四五年八月十六日）

忆剧坛老将 ………………………………………………………………………… 魏矢
记曹禺 ……………………………………………………………………………… 彭君
话剧运动纪元问题辨证 ………………………………………………………… 阎金锷
中篇连载：花与果实（十五） …………………………………………………… 林韵

第三十一期

（一九四五年八月十七日）

虾仁图 ……………………………………………………………………………… 秦牧
漫画艺术的生命 …………………………………………………………………… 黄茅
中篇连载：花与果实（十六） …………………………………………………… 林韵

第三十二期

（一九四五年八月十八日）

一年之忆 …………………………………………………………………………… 华嘉
诗二题（《等》《还》） ………………………………………………………… 赵令一
如此“游龙”，如此“戏凤” …………………………………………………… 陈迩冬
中篇连载：花与果实（十七） …………………………………………………… 林韵

第三十三期

（一九四五年八月二十日）

远足小记——渝郊行脚之一 ……………………………………………………… 华嘉

偶语 …… 弃市
老人 …… 钟辛
中篇连载：花与果实（十八） …… 林韵
启事

第三十四期

（一九四五年八月二十一日）

阳光 …… 丽砂
病友（上） …… 葛琴
偶语 …… 弃市
老鹰涯之夜——渝郊行脚之二 …… 华嘉

第三十五期

（一九四五年八月二十二日）

病友（下） …… 葛琴
偶语 …… 弃市
坝上风光——渝郊行脚之三 …… 华嘉

第三十六期

（一九四五年八月二十三日）

风俗画和风景画 …… 黄茅
夏天 …… 丽砂
倒碗茶来 …… 唐海

第三十七期

（一九四五年八月二十四日）

疯狂了的安乐寺 …… 唐海
风俗画和风景画 …… 黄茅

第三十八期

（一九四五年八月二十五日）

评《妈妈，我，和我唱的歌》 …… 潘阳
殡仪（诗） …… 彭燕郊

第三十九期

（一九四五年八月二十七日）

沉默（诗） …… 赵令一
冰雪溶消的日子（诗） …… 山莓
蛙鼓（诗） …… 彭燕郊
走在山野（诗） …… 魏放

青色的庭院(诗) …… 缪白苗
河岸(诗) …… 白堤
听琴(诗) …… 钟辛
受伤的鸟(诗) …… 白岩
城市点滴(诗) …… 丽砂
犬之歌(诗) …… S·叶赛宁作,黎央译

第四十期

(一九四五年八月二十八日)

致远及其它 …… 骆寻晨
弘愿篇(诗) …… 赵令一
胜利与"神奇" …… 慕容霞
紫藤花(一) …… 谷斯范

第四十一期

(一九四五年八月二十九日)

星星 …… 张天授
江 …… 杨琦
紫藤花(二) …… 谷斯范

第四十二期

(一九四五年八月三十日)

今日的歌唱家 …… 江烽
侧面 …… 葛珍
风 …… 杨琦
紫藤花(三) …… 谷斯范

第四十三期

(一九四五年八月三十一日)

芭蕉 …… 刘黑枷
忧患 …… 骆寻晨
紫藤花(四) …… 谷斯范

第四十四期

(一九四五年九月一日)

汉水,再会吧 …… 朱凝
夜雨篇 …… 赵令一
L婆 …… 穷发

第四十五期

(一九四五年九月三日)

多了三十五加仑 …… 王郁夫

幻想 …………………………………………………………………………… 骆寻晨
祠(一) …………………………………………………………………………… 齐明

第四十六期

(一九四五年九月四日)

黑大陆的火种——故事新编 …………………………………………………… 秦牧
夜读《安魂曲》(诗) …………………………………………………………… 孙跃冬
祠(二) …………………………………………………………………………… 齐明

第四十七期

(一九四五年九月五日)

苦的丸药(上) ……………………………………………………………………… 张诺志
送别 ……………………………………………………………………………… 曾卓
远足再纪——渝郊行脚之四 …………………………………………………… 华嘉

第四十八期

(一九四五年九月六日)

倾听 ……………………………………………………………………………… 曾卓
桌面幻想曲 ……………………………………………………………………… 秦牧
苦的丸药(下) ……………………………………………………………………… 张诺志

第四十九期

(一九四五年九月七日)

舞龙舞狮与洋人打锣 …………………………………………………………… 王郁夫
被遗弃的女儿…………………………………………… 犹太 A. RASR-N 作,陈翔鹤译
村读摘记(一)(二)(三) …………………………………………………………… 华嘉

第五十期

(一九四五年九月八日)

荐亡经…………………………………………………… 犹太 A. RASR-N 作,陈翔鹤译
村读摘记(四)(五)(六) …………………………………………………………… 华嘉
勇敢 ……………………………………………………………………………… 骆寻晨

第五十一期

(一九四五年九月十日)

话“风雅” ………………………………………………………………………… 秦牧
花园老人 ………………………………………………………………………… 孙钿
村读摘记(七)(八)(九)(十) ……………………………………………………… 华嘉

第五十二期

(一九四五年九月十一日)

创造的统一 ……………………………………………………………………… 金克木

难忘的一天——渝郊行脚之五 …… 华嘉
在乡村里(上) …… 孙钿

第五十三期

(一九四五年九月十二日)

独白 …… 司马垂杨
水灾——渝郊行脚之六 …… 华嘉
在乡村里(下) …… 孙钿

第五十四期

(一九四五年九月十三日)

三个人(上) …… 严文井
梦 …… 萧簇
村读摘记(11)(12)(13)(14) …… 华嘉

第五十五期

(一九四五年九月十四日)

父亲 …… R. Bornson 作,魏放译
三个人(下) …… 严文井
蜂蜜·牛·鼠与人 …… 张诺志

第五十六期

(一九四五年九月十五日,报纸缺)

第五十七期

(一九四五年九月十七日)

今后中国绘画之路 …… 李文钊
向这充满了和平与恩惠的土地(诗) …… 叶赛宁作,黎央译
战争的一瞥 …… R. G. Ingersoll 作 魏放译
厌倦 …… 萧簇

第五十八期

(一九四五年九月十八日)

今后中国绘画之路 …… 李文钊
怀沙篇(诗) …… 屈原作,令一译
颜色·声音 …… 彭燕郊

第五十九期

(一九四五年九月十九日)

剧头论 …… 赵湘宇

玫瑰 …………………………………………………………………………………… 丽砂
颜色·声音 ……………………………………………………………………………… 彭燕郊

第六十期
（一九四五年九月二十日）

颜色·声音 ……………………………………………………………………………… 彭燕郊
剧头论 …………………………………………………………………………………… 赵湘宇

第六十一期
（一九四五年九月二十一日）

生命的无视 ……………………………………………………………………………… 刘火子
回旋在垃圾堆上 …………………………………………………………………………… 林韵
隐秘 ………………………………………………………………………………………… 萧簇

第六十二期
（一九四五年九月二十二日）

创造人物的几个要点 ……………………………………………………………………… 青苗
谈歌曲上的色情倾向——由刘雪厂的《红豆词》说起 …………………………………… 江烽
谈题材艺术 ………………………………………………………………………………… 林垦

第六十三期
（一九四五年九月二十四日）

体面 ………………………………………………………………… S. 安特生作，宜闲译
气息 ………………………………………………………………………………………… 萧簇
由历史画说起 ……………………………………………………………………………… 林垦

第六十四期
（一九四五年九月二十五日）

幸福在顷刻间毁灭 ………………………………………………………………………… 易巩
体面 ………………………………………………………………… S. 安特生作，宜闲译
小瀑布 ……………………………………………………………………………………… 林韵

第六十五期
（一九四五年九月二十六日，报纸缺）

第六十六期
（一九四五年九月二十七日）

黎明之前 …………………………………………………………………………………… 穷发
烛（诗）…………………………………………………………………………………… 赵令一
秋天 ……………………………………………………………………………………… 孙艺秋

召唤 …… 骆寻晨

第六十七期

（一九四五年九月二十八日）

关于画马的话 …… 黄茅
静物（诗） …… 赵令一
门外谈 …… 林韵
哭泣 …… 杨琦

第六十八期

（一九四五年九月二十九日）

由民间艺术说到立体派绘画 …… 黄茅
沉默 …… 杨琦
腿脚的记忆 …… 白岩

第六十九期

（一九四五年十月一日）

杜鹃声里斜阳暮 …… 张诸志
疯子 …… 章况
颜色·声音 …… 彭燕郊

第七十期

（一九四五年十月二日）

杜鹃声里斜阳暮 …… 张诸志
舌头 …… 林韵
颜色·声音 …… 彭燕郊

第七十一期

（一九四五年十月三日）

赏雨 …… 萧簇
露西亚之歌 …… 叶赛宁作，黎央译
作家书简 …… 洪遒

第七十二期

（一九四五年十月四日，报纸缺）

第七十三期

（一九四五年十月五日）

养猫记 …… 易巩
艺术底真实与作家底良心 …… 章况

托尔斯泰谈话录…… V. 契特柯夫笔记
作家书简 …… 彭燕郊

第七十四期

（一九四五年十月六日）

永在温情 …… 魏放
街 …… 丽砂
托尔斯泰谈话录…… V. 契特柯夫笔记
作家书简 ……《安娜·卡列尼娜》译者宗玮

第七十五期

（一九四五年十月八日）

永在的温情 …… 魏放
绿色的体验（诗）…… 山莓
她生下了一个孩子 …… 章况

第七十六期

（一九四五年十月九日）

塔与小城 …… 青苗
春天的林子（诗）…… 山莓
托尔斯泰谈话录…… V. 契特柯夫笔记

第七十七期

（一九四五年十月十日）

塔与小城 …… 青苗
缱绻——给一个人和一个理想 …… 赵令一
托尔斯泰谈话录…… V. 契特柯夫笔记

第七十八期

（一九四五年十月十一日）

平凡的故事 …… 钟美
塔与小城 …… 青苗
托尔斯泰谈话录…… V. 契特柯夫笔记

第七十九期

（一九四五年十月十二日）

平凡的故事 …… 钟美
墙 …… 丽砂
托尔斯泰谈话录…… V. 契特柯夫笔记

第八十期

（一九四五年十月十三日）

平凡的故事 …………………………………………………………………………… 钟美
托尔斯泰谈话录…………………………………………………………… V. 契特柯夫笔记

第八十一期

（一九四五年十月十四日）

托尔斯泰谈话录…………………………………………………………… V. 契特柯夫笔记
月亮与猫头鹰的故事 ……………………………………………… 奈基希金作，江桄树译
平凡的故事 …………………………………………………………………………… 钟美

第八十二期

（一九四五年十月十五日）

月亮与猫头鹰的故事 ……………………………………………… 奈基希金作，江桄树译
颜色·声音 ………………………………………………………………………… 彭燕郊

第八十三期

（一九四五年十月十六日）

意外 ………………………………………………………………………………… 章况
颜色·声音 ………………………………………………………………………… 彭燕郊
严杰人启事

第八十四期

（一九四五年十月十七日）

战争与美国文学展望 ………………………………………………… 美·娜芙曼女士作
我怎样渡过抗战的八年 ……………………………………………………………… 蒋萌
《语体诗歌史话》读后（著者：李岳南；出版者：拔提书局） ……………………… 宣建人

第八十五期

（一九四五年十月十八日）

从"连台好戏"说起 ……………………………………………………………… 陈望野
船 …………………………………………………………………………………… 欧阳虹
论情节（上） ……………………………… 美国 Charles H. Caffin 作，石之龙译

第八十六期

（一九四五年十月十九日）

苦难没有终结——哀父亲的死 ………………………………………………… 云深
童年的伙伴们 ………………………………………………………………………… 树文
论情节（中）……………………………… 美国 Charles H. Caffin 作，石之龙译

第八十七期

（一九四五年十月二十日）

帮闲人语 …… 田禽
论情节(下) …… 美国 Charles H. Caffin 作,石之龙译
广州之恋 …… 黎元誉

第八十八期

（一九四五年十月二十二日）

谈选歌 …… 陈曼鹤
忆 …… 李蕚辉
文艺训练的三要素 …… 佛罗朗著,田禽译
托尔斯泰的创作态度 …… 编者

第八十九期

（一九四五年十月二十三日）

遥简 …… 欧阳虹
吝啬(诗) …… 李蕚辉
窗(诗) …… 李蕚辉
梦(诗) …… 李蕚辉
屠格涅夫论人物底创造
巴黎大搜查——一幕三景剧 …… 查理布洛克作,羊渥城译

第九十期

（一九四五年十月二十四日）

堂吉诃德东游 …… 海草
巴黎大搜查(二) …… 查理布洛克作,羊渥城译

第九十一期

（一九四五年十月二十五日）

往事 …… 宣建人
巴黎大搜查(三) …… 查理布洛克作,羊渥城译

第九十二期

（一九四五年十月二十六日）

你是个音乐家 …… 陈曼鹤
巴黎大搜查(四) …… 查理布洛克作,羊渥城译

第九十三期

（一九四五年十月二十七日）

心影(诗) …… 李蕚辉

希望(诗) …………………………………………………………………………… 李萼辉
年少的我 …………………………………………………………………………… 文□
巴黎大搜查(五) ………………………………………… 查理布洛克作,羊涯城译

第九十四期

(一九四五年十月二十九日)

人生画报(上) ………………………………………………………………………… 欧阳虹
巴黎大搜查(六) ………………………………………… 查理布洛克作,羊涯城译
启事

第九十五期

(一九四五年十月三十日)

山居偶感 …………………………………………………………………………… 文
无题(诗) …………………………………………………………………………… 李萼辉
雾 …………………………………………………………………………………… 流声
巴黎大搜查(七) ………………………………………… 查理布洛克作,羊涯城译

第九十六期

(一九四五年十一月一日)

山城曲 ……………………………………………………………………………… 张契渠
赶鸭翁 ……………………………………………………………………………… 周大公
巴黎大搜查(八) ………………………………………… 查理布洛克作,羊涯城译

第九十七期

(一九四五年十一月二日)

论督邮该被打死 …………………………………………………………………… 邓绥宁
门前(诗) …………………………………………………………………………… 钝斧
山溪(诗) …………………………………………………………………………… 钝斧
油灯(诗) …………………………………………………………………………… 钝斧
夜雨(诗) …………………………………………………………………………… 钝斧
巴黎大搜查(九) ………………………………………… 查理布洛克作,羊涯城译

第九十八期

(一九四五年十一月三日)

狗 …………………………………………………………………………………… 友茜
狂婪的雨(诗) ……………………………………………………………………… 莱芜
巴黎大搜查(十) ………………………………………… 查理布洛克作,羊涯城译

第九十九期

(一九四五年十一月五日)

十月颂 ……………………………………………………………………………… 栗江

背世的理论 …………………………………………………………………………………… 编者
山城曲 ……………………………………………………………………………………… 张契渠

第一〇〇期

（一九四五年十一月六日）

动作与感情——戏剧的要素 ……………………… 哈佛大学教授倍克遗著，鄢光华译
短篇连载：奇异的结合（一） ………………………………… 苏莉亚女士原著，邓绥宁译

第一〇一期

（一九四五年十一月七日）

普希金的爱 ………………………………………………………………………………… 冷火
高帽子论 …………………………………………………………………………………… 海草
短篇连载：奇异的结合（二） ………………………………… 苏莉亚女士原著，邓绥宁译

第一〇二期

（一九四五年十一月八日）

略谈写小说 ……………………………………………………………………………… 王平陵
义卖胜利花 ……………………………………………………………………………… 王秉昊
短篇连载：奇异的结合（三） ………………………………… 苏莉亚女士原著，邓绥宁译

第一〇三期

（一九四五年十一月九日）

散文三章（《摘星录》《窗》《友情》） …………………………………………… 宣建人
作家书简 ………………………………………………………………………………… 王平陵
五桂石也笑了 ……………………………………………………………………………… 李慧
短篇连载：奇异的结合（完） ………………………………… 苏莉亚女士原著，邓绥宁译

第一〇四期

（一九四五年十一月十日）

晴朗 ……………………………………………………………………………………… 曾卓
它不比痰盂高贵（诗） ……………………………………………………………………… 中平
抒情——写给朱欣若 ……………………………………………………………………… 宣建人

第一〇五期

（一九四五年十一月十二日）

雨天的记忆——写给翔和凡 ……………………………………………………………… 李萼辉
复活（诗） …………………………………………………………………………………… 绿蕾
寄英姐 ……………………………………………………………………………………… 胡明

第一〇六期

（一九四五年十一月十三日）

钟声 ………………………………………………………………………………………… 西克

枪 …………………………………………………………………………………… 李展林
蟹子——这正是吃“酒醉蟹”的时候 ………………………………………… 蔡本宪
新生的山城 ……………………………………………………………………… 卜吉安

第一〇七期

（一九四五年十一月十四日）

风雨之夜 ………………………………………………………………………… 欧阳虹
论演奏方式——从俞伯牙与钟子期说起 …………………………………… 陈曼鹤
新生的山城 ……………………………………………………………………… 卜吉安

第一〇八期

（一九四五年十一月十五日）

批评的流派——读书札记之一 ……………………………………………… 田禽
序《戏剧演出教程》………………………………………………………………… 熊佛西
战之歌（诗）……………………………………………………………………… 芳杰
山城曲 …………………………………………………………………………… 张契渠

第一〇九期

（一九四五年十一月十六日）

漫谈文化 ………………………………………………………………………… 赵清阁
弟弟，写给你的（诗） ………………………………………………………… 李葆琼

第一一〇期

（一九四五年十一月十七日）

长堤（诗）……………………………………………………………………… 林咏泉
遥寄 ……………………………………………………………………………… 李亚飞
泪水是怎样流的 ………………………………………………………………… 青风
编剧技术论（一） ……………………………… 哈佛大学教授倍克遗著，光华译

第一一一期

（一九四五年十一月十九日）

悼念——地下书之一 …………………………………………………………… 红虹
旅程的花（诗）…………………………………………………………………… 艾君
编剧技术论（二） ……………………………… 哈佛大学教授倍克遗著，光华译
代邮

第一一二期

（一九四五年十一月二十日）

生活的启示 ……………………………………………………………………… 刘耀
旅程的花朵（诗）………………………………………………………………… 艾君

播弄 …………………………………………………………………………………… 萧枫
编剧技术论(三) ……………………………………… 哈佛大学教授倍克遗著,光华译

第一一三期、第一一四期

(一九四五年十一月二十一日、一九四五年十一月二十二日,报纸缺)

第一一五期

(一九四五年十一月二十三日)

南方(诗) ………………………………………………………………………………… 艾君
诉别——给余主任纪忠 ………………………………………………………………… 蔡本宪
生活的留痕 …………………………………………………………………………………… 嘉

第一一六期、第一一七期

(一九四五年十一月二十四——一九四五年十一月二十六日,报纸缺)

第一一八期

(一九四五年十一月二十七日)

雨夜 ……………………………………………………………………………………… 欧阳虹
《复仇艳遇》读后 ………………………………………………………………………… 海草
轮演问题(二) ……………………………………………… 英国 MORLEY 著,高原译

图书在版编目(CIP)数据

史料与阐释. 第九辑. 王鲁彦/陈思和,王德威主编. —上海：复旦大学出版社，2023. 8
ISBN 978-7-309-16747-4

Ⅰ. ①史… Ⅱ. ①陈…②王… Ⅲ. ①中国文学-现代文学史-史料②中国文学-当代文学-文学史-史料 Ⅳ. ①I209

中国国家版本馆 CIP 数据核字(2023)第 018807 号

史料与阐释. 第九辑. 王鲁彦
陈思和　王德威　主编
责任编辑/郑越文

复旦大学出版社有限公司出版发行
上海市国权路 579 号　邮编：200433
网址：fupnet@ fudanpress. com　http://www. fudanpress. com
门市零售：86-21-65102580　团体订购：86-21-65104505
出版部电话：86-21-65642845
常熟市华顺印刷有限公司

开本 787×1092　1/16　印张 33. 75　字数 799 千
2023 年 8 月第 1 版
2023 年 8 月第 1 版第 1 次印刷

ISBN 978-7-309-16747-4/I · 1350
定价：108. 00 元